海岛寻梦

HAIDAO XUN MENG

马素平◎著

时代出版传媒股份有限公司
安徽文艺出版社

图书在版编目（ＣＩＰ）数据

海岛寻梦/马素平著.—合肥：安徽文艺出版社，2024.1

ISBN 978-7-5396-7682-1

Ⅰ．①海… Ⅱ．①马… Ⅲ．①散文集－中国－当代

Ⅳ．①I267

中国国家版本馆 CIP 数据核字(2023)第 010034 号

出 版 人：姚　巍

责任编辑：周　丽　　　　　　　装帧设计：悟阅文化

···

出版发行：安徽文艺出版社　　www.awpub.com

地　　址：合肥市翡翠路 1118 号　邮政编码：230071

营 销 部：(0551)63533889

印　　制：三河市华东印刷有限公司　　(0316)3312202

···

开本：880×1230　1/32　印张：10　字数：280 千字

版次：2024 年 1 月第 1 版

印次：2024 年 1 月第 1 次印刷

定价：49.00 元

···

梦中的海岛

序 一　闫星华

2018年秋天，受文友贾善耕的邀请，我作为嘉宾赴泉城，为山东金融界的某个征文活动颁奖。在颁奖典礼上，我第一次见到了马素平。仪式结束后，我与获奖作家们小聚。席间，对马素平的了解多了起来。

素平是海岛部队子女，从小在大钦岛（隶属长岛县）长大。电视剧《父母爱情》，讲述的就是守岛部队的故事，有素平家的影子。编剧刘静家与素平家的关系匪浅，他们的父亲既是中国人民解放军海军原烟台炮校的同学，又是同一个守备区的战友。去年春天马素平、王国政到京参加《金融文坛》杂志社活动时，还邀请我与刘静共进晚餐，最终由于事务繁忙我未能成行，刘静则由于身体原因没能出席。一个月后，刘静因病去世的消息传来，让人不得不感慨一句：世事无常。

正是那次活动，我们三人彼此算是认识了，感谢文学女神，让我多了一位"同事"，让国政多了一位"战友"，让素平多了两位文友。

我和素平说是"同事"，并不为过。从部队转业回老家莱阳后，我一直在农业银行工作，而素平则在海岛上的农行上班。严格意义上来讲，20世纪八九十年代，我们都曾在烟台农行工作过，确实同事一场，只是与这个同事的相识，着实晚了一些。素平告诉我，她是到农业发展银行后才开始写作的，而发表作品，是近几年的事，要是早写东西，说不定认识得更早。

国政与素平"战友"一事，也不全是虚言。国政服役时，曾在大钦岛上待过几年。素平自小在大钦岛军营长大，尽管没当过兵，我仍认为他们算是战友。共同聆听同一把军号，保卫同一座海岛，守护同一群人民，这不就是战友吗？

活动之后，我们的联系多了起来。素平参加了几次《金融文坛》杂志社组织的活动，去过野趣沟、来过北京。我每次回烟台几个老朋友也都会聚一下。随着情感的加深，她的创作热情也高涨起来，作品逐渐增多，文字越发流畅，笔法也越来越老练。

素平起初的作品，语言尚可，但结构上有点问题。最大的不足是太"面面俱到"了，让人看不出重点，后来这个问题改正了许多，素平的文章有了肉眼可见的进步，获得了几个大大小小的征文奖。

我认为素平的文字和她的为人一样，突出一个"真"字。

一曰真实。许是与自小生活的环境有关，素平对风花雪月的缱绻旖旎兴致缺缺，她的目光始终在金戈铁马，在似水年华，在灵魂深处。笔触多落在人、事、物等实处上，或记录、或回忆、或缅怀，少了无病呻吟和虚无缥缈的无边幻想，多了一份真实的力量，如同海浪无尽地拍打着礁石，冲刷掉岁月的痕迹，留下的是铿锵有力的声音和言之有物的故事。《海岛寻梦》的四辑，分别是军歌嘹亮、父母爱情、峥嵘岁月、那海那人。一整本散文集中只有两三篇"游记"，这是很难得的。"我就是写我的真实想法"，素平是这样说的，我认为她也是这样做的。

二曰真诚。相信每个与素平交往的人都能感受到她的真诚和热情。每年夏天，我都有回烟台避暑的习惯。最近几年，每次回烟台，只要素平得知消息，定会约三五个文友一起把酒言欢，畅谈文学。虽是女同志，但素平继承了部队作风，酒桌上巾帼不让须眉，豪气干云。有句话说，酒品见人品，足以见素平的真诚与实在。我这个伪烟台人，在素平的陪同下，参观了北极星钟表馆、张裕葡萄酒城、烟台山景区等烟台的地标景点。起初我并不了解素平家中状况，后来知晓后我总劝她多休息，在家好好陪父母就行。素平表示出来走走就是放松心情。对朋友如此，确实不容易。据我所知，素平曾多次克服困难帮助失联多年的守岛战友恢复联系，帮别人重续战友情，帮复退老兵和军二代们修改回忆文章……没有真心与耐心，谁会去做此事呢？这在她的文章中有记录，大家不妨一读。真诚的人，文字必然也真诚。真，是文章的灵魂，素平的文章是有灵魂的。

三曰真情。经常在朋友圈看到素平发关于她父亲的照片和小视频，配的文字都是积极向上、乐观倡孝的。素平对父母的真情，体现在"孝"字上。她的孝顺不仅体现在双亲的身上，作为一名传统的山东媳妇，还体现在对公婆的孝敬有加。本书有一个专门的章节——"父母爱情"，其中既有对父母生日的记录，又有与公婆出游的回忆。如此孝顺，令人钦佩。素平对朋友的真情，体现在她的热心上。素平的朋友，多称呼她为"马大姐"。素平与荧屏上的"马大姐"一样热情似火、疾恶如仇，经常为朋友挺身而出、慷慨解囊。有时吃饭，素平会叫几个朋友陪同，席间大家谈笑风生、吹拉弹唱，只有真感情，才会有如此热烈的气氛。素平对亲人、朋友、战友、文友以及同事的感情，在她的文章中体现得淋漓尽致。那一句句叮咛、一首首赞歌、一篇篇回忆，都饱含着素平的真情。

今年5月，经过层层审核，素平加入了山东省作协。我觉得这是对她水平的认可，自此，她不仅是一位金融作家，更是一名真正的写作者。

以笔写真心，以文记真情。梦中的海岛，亦是真实的海岛。本书，是文字给予素平这几年写作生涯的最好的礼物。

是为序。

（作者简介：闫星华，男，山东莱阳人，中国作家协会会员、中国戏剧家协会会员，现任中国《金融文坛》总编。长篇小说《查账》《震区》《贷款》获各类奖项，报告文学《寻找金穗》被改编成电影《良心》并获得"华表奖"。）

烟台人马素平

序 二　　王国政

　　我与马素平素昧平生，识其人之前先读其文。

　　那是几年以前，烟台的朋友转我一篇《海岛寻梦》的文章，洋洋洒洒近两万字，我仔细看了。文章记述的是作者马素平阔别大钦岛数十年后，回海岛寻亲访友所见所闻所感。文章写得很动情，很细腻，很感人。朋友之所以将此文转给我，是因为我20世纪80年代曾在大钦岛当过兵，感觉文章能够唤起我对海岛军旅生活的回忆，引起情感上的共鸣。我看过之后，岛子上的山水草木、渔村人物在脑海里一幕幕重现，亲切、温暖，扯动起我对第二故乡的绵绵情思。后几经周折，我与马素平互加QQ和微信，从此算是认识了。

　　大钦岛面积6.3平方公里，位居渤海深处，属战略要地。马素平生在大钦岛，曾在岛上工作、生活过多年，对海岛可谓一往情深。其父是一位老军人，曾在守岛部队担任过要职。通过文字认识后，我常读马素平发在各类报刊和公众号上的文章，感觉她的记性特别好，那些已经过去几十年的事，在她的笔下被梳理得一丝不乱，历历在目，宛若昨天。我与她同属60后，一个年代的人，那些怀旧文章，自然勾起我对往事的回忆。尤其她写大钦岛的文字，使我对海岛人、海岛事比从军时多了解不少，也算长了见识，激发我"回海岛看看"这样一个朴素的想法。那一年秋天，我在退伍回乡二十六年之后，回到在我人生旅程中留下深刻印记的大钦岛。踏上大钦岛那一刻，我的心情确实很激动，感慨很多，满怀激情写下《长山列岛秋赋》。时隔一年，我因公再次赴岛，并留下《再走大钦岛》的文字。

马素平家在烟台，我与她第一次谋面在济南。三年前的一天，我突然接到她的电话，称其次日因公来济南，说一起吃个饭。我问她几个人，提前安排吃饭的地方。她说同学已经订好酒店，让我下班后赶过去就行。餐桌上见面，寒暄过后，马素平给我的第一印象是阳光、大气、真诚。一起吃饭的既是她的同学，也是一个部队大院长大的发小。她热情地给我介绍这是某司令的女儿，这是某参谋长的儿子，我边握手边搜索记忆底片，实则一个也想不起来。我是一个兵，我人际交往的半径只有连队的战友及一起赴岛的莱阳老乡。几杯酒下肚，我见马素平酒量惊人，镇定自若，心想，真乃将门出虎女也。她却冲我玩笑说该喊我解放军叔叔的。她说的是实话，当时岛上居民见到守岛部队官兵，大都这样称呼。她是军人女儿，不分年龄地称呼军人为叔叔是从小养成的习惯。

通过文字相识，以文会友成为常事，也是乐事。有一年金融作协活动安排在济南，马素平获了奖来参会。她写散文，我写的也是散文，我们围绕散文相互交流写作的观点和看法。短短两天时间，她热情地与来自全国各地的文友交流，酒桌上忙前忙后，不停地为大家攇菜、添酒、倒茶。后来接触多了，我发现马素平有一副热心肠，待人特别诚恳，纯朴善良，不虚套，不做作，心眼好。这几年，我时常去烟台，有时因工，有时会友，或观海摄影。马素平得知后，或组织文友一起吃饭，或一起登山临海，领略烟台风光，让人心生感动。后来跟一些天南地北的朋友说起她，众口一词夸她待人热情，人正行端，有大姐风范，平时大家都亲切有加地喊她马大姐。按说马大姐出身于干部家庭，本身也是个不大不小的官，这么多年，社会上、官场上人来人往见得多了，她却始终保持一颗正直善良之心，远离功利世俗，不卑不亢，身体力行，传播正能量，把友谊的种子播撒到他人的心田里。在当今这样一个社会环境中，做到这一点很不易、很可贵，这也是我为她写下这段文字的初衷。因我深知，时下社会挺浮躁，像马大姐这样具有古道热肠的人已经不多见。我想，她正直、善良、诚信的品格，与海岛淳朴的民风，与家教熏陶和从小到大的成长环境，与其自身良好的品行修养有着天然的关系。

烟台是个风景秀丽的海滨城市。马素平与海有缘，生在大钦岛，在人间仙境长岛工作、生活多年后，举家搬到烟台，一直没有离开过海。大海赋予她宽广、坦荡的胸襟。大钦岛是她的情所系、根所在。她对海岛、对老一代守岛人怀有深厚的情结。年过九旬的父母，一直跟她一起生活。她对老人的至顺至孝，也是对老一代守岛人的敬仰和爱戴。一些转业、退伍的老兵，来到烟台后都愿意找她畅叙海岛情。马大姐的多篇文章，以一个军人女儿的视角，动情地歌颂了父辈们爱岛守岛可歌可泣的感人故事，读之催人泪下，精神振奋。文章所流露出的那样一种情感，没有经历过的人是难以体会到的。一次与马大姐谈到这些励志的文字，她动情地说，老一辈打江山守海岛很不容易，留下了宝贵的精神财富，任何年代都不过时。看得出来，她在运用手中的笔，通过文字的力量，将老一代人艰苦创业凝聚成的守岛精神薪火相传，教育后人，融入当下新的时代中。

马素平在金融系统工作近四十年，平时忙忙碌碌，不知不觉忙到了退休的年龄。前些日子，马大姐退休，烟台几个文友为她设晚宴庆贺，我与北京做文学编辑的晓阳兄一起回烟台老家，赶巧参加了。大家谈笑着，说一些社会、人生、文学的话题。乡音、乡情，我与晓阳兄沉浸在家乡人热情温暖的氛围中。马大姐红光满面，神清气爽，笑吟吟地逐一敬酒。我回敬时大概说了愿你这千里马挣脱职场羁绊后奋蹄疾驰，在文学女神的护佑下永葆青春和快乐的话。

马大姐乐了，说：那就幸福再出发！次日她安排好家人陪老人，带我与晓阳兄逛烟台山，参观张裕百年大酒窖，午餐品尝家乡菜，安排得周到、熨帖，令人温暖。下午我回济南，马大姐问过我的车次后，特意打包一盒葱油饼，嘱我车上晚餐时垫一下。我带着热乎乎的葱油饼上了车，饥饿想吃时却已变凉。因肠胃不适不喜食凉，我想借用或有偿使用列车微波炉加热遭拒，遂将《葱油饼高铁遇冷》的短文留在车上。

葱油饼遇冷，马大姐的热心肠却是恒温的，温热着社会，温热着他人。

（作者简介：王国政，笔名团长，山东莱阳人。中国金融作家协会会员、中国散文协会会员、中国金融摄影家协会会员、山东省金融作家协会理事、山东省散文学会会员。其作品获得过各类奖项，有自己的公众号"政见"，关注人数已过万。）

做一个有文学情怀的金融人

自 序

　　我恰好是在我们国家走改革开放之路，全国金融行业第一批招干之际，考入银行系统的。作为金融队伍中的一员，我常常被火热的金融生活所感动，经常从内心涌现出文学创作的冲动。近几年来，我通过参加中国金融作家协会、《金融文坛》杂志社和金融作协山东创作中心举办的一些活动，受到许多启发，也产生了一些感悟，那就是要努力做一个有文学情怀的金融人。

一、我的散文写作之路

　　我的散文写作源自腾讯公司开发的软件QQ。那是在2009年的正月初五，给年迈的母亲过完生日，我感慨万千，晚上坐在电脑旁，在QQ空间写下了我的第一篇文章《祝福80岁的老妈妈——我爱我家之一》，字里行间抒发了我心中对母亲的爱恋和感恩之情，积攒了多年的情感终于有了倾诉的地方，心情无比愉悦。此后，写爸爸的生日、保姆老朱大娘等系列亲情文章，我都一一放在了空间里。写身边熟悉的人，写身边有趣的事，是我那时写散文作品的初衷。

　　2009年11月16日是个特别的日子。从11月6日开始，我着手撰写《回眸三十年》的从业回忆录。我是高中毕业后参加全国银行招干考试入行的，三十年来在多家银行的多个部门工作过，把青春和热血都奉献给了壮丽的金融事业，留下了许多美好的回忆。三十年风雨历程，三十年披荆斩棘，三十年春华秋实，回忆不断填满我激情澎湃的心房。直到十天后——我参加银行工作三十周年的纪念日，我共写了7篇三万多字的回忆录，这些文章我采用了叙事与抒情相结合的写作方法，把自己所掌握的优美词句毫不吝啬地奉献了出来，这应该算是我学写散文的习作吧。至2015年年末，QQ空间收录了我的数十篇文章，其中有6篇文章还投寄到本地的报社，在《烟台晚报》《今晨六点》上刊登。QQ空间成了我练笔的地方，更是我拾取记忆、回味生活的乐园。

2015年中秋节前夕，我到父母的故乡沈阳寻亲访友，回来后写了一篇文章《魂牵梦萦故乡情》。我首次将文稿投到刚运营不久的中国金融作协微信公众号，被刊发后我转发到微信朋友圈，亲朋好友好评如潮，都鼓励我写更多的文章。此后我笔耕不辍，有40多篇文章在中国金融作协、山东金融文学网、兰熏轩、丝路金融文学网、水母网、"愚伯的自留地"和《中国金融文化》《金融文坛》《金融文化》《山东老年》《威海广播电视报》等微信公众号、知名网站和报刊上发表。其中《难忘营业所门前那口井》获得了2016年10月山东金融文学网站举办的"往事"征文活动一等奖；《营业所门前那口井》获得了2018年5月山东金融文学网站举办的"述金融情怀·我的金融故事"征文活动优秀奖。《我陪父母到地老天荒》《给爸妈一起过生日》分别获得山东省老龄办2017年10月、2018年5月"读敬老书，做敬老事，写敬老文"主题征文活动一等奖（总分第一名）和优秀奖。《凤凰山的水》获得《金融文坛》杂志社2018年举办、梁凤仪博士赞助的"大美凤凰山、走进大梨树"征文活动一等奖。《父辈的海天壮歌》《聆听时钟的声音》分别获得《金融文坛》杂志社2017年度、2018年度散文评选三等奖。2017年5月、2018年4月和2019年5月山东金融文学创作中心出版的《回望》《银海帆歌》《文学高地》丛书集，分别收录了我的6篇、8篇和3篇散文。

我的散文写作之舟由此扬帆起航，迈入了新的征程。

二、我的写作体会

我近年来创作的几十篇散文，虽然内容不同，但写作风格基本相同，都是以第一人称叙事为主，来抒发情感的文章。每篇文章篇幅长短不等，多者两万多字，少时不过千字。现在我比较擅长写三四千字的文章，这个字数的散文，故事能展开，语言能表达充分，情节还不拖沓。另外，因为之前所获的殊荣，我也逐渐喜欢上参加各类征文比赛，有意锻炼自己去迎接挑战，遵守征文规则，在限定的时间、字数、内容上完成作品的创作。下面是我几年来散文创作的几点体会：

（一）多读书，积累和丰富自己

有人说写作靠的是天赋，但就我而言，后天的学习、积累还是最重要的。

我从小便喜欢读书、看报，父母给的零花钱，还有参加学校勤工俭学挣来的"碎银两"，基本都贡献给了海岛上唯一的小书店。小人书、连环画、少年读物，大人看的小说，我都爱不释手。正是这样，父母请木匠进家打制家具时，也特意留出了木板材料，为我打制了一个小书柜，以此来鼓励我藏书。买来的书不够我看的，就想方设法到处借书看。记得邻居家大哥一从县城的中学放假回来，我就去借大哥从图书馆带回来的书看。对那些上、下集两册的小说，我会把大哥没看的下集先借出来看，待大哥看完上集，我再用下集去换。那时只要有书看，管他前后连不连贯。

20世纪六七十年代，海岛上物资匮乏，但因为有驻军，文艺生活还是很丰富的。各大军区的文工团、春节拥军优属慰问团和当地地方、部队宣传队，经常会带来丰富多彩的电影、戏曲演出，使我在天真烂漫的年龄能歌善舞，爱上了文艺，提升了艺术修养。高中毕业那年，家父转业到了县城，在要塞机关的二姐和姐夫家里有不少部队图书室的书，我迷上了他们借来的古今中外的文学名著，每天捧读在手，仿佛一株饥渴的小树苗，得到了酣畅淋漓的浇灌。"最是书香能致远，腹有诗书气自华。"

改革开放后，图书市场日益繁荣起来。尤其是我参加工作后，手里有了工资，可支配的"银两"让我开启了书刊订阅的日子，从此我的业余生活伴随着书香的芬芳丰富了起来。我的《报刊征订遐想》文章里记录了我当时订阅的心态和历程。连续十几年，我每年用于订阅书刊的费用在300元左右。在那个低工资的年代，手中的钱买完书后我基本就没有多少积蓄了。读书能够获得灵感，书香使生活更加充实。如今网站购书的便利让我足不出户就能享受到读书的便捷。工作三十九年，调动和搬家数次，每次精简掉的绝不会是书籍。直到2005年，我的新家有了书房，书房名为"山海苑"，寓意：集高山、大海之博大、精深，荟萃学术、文艺之处所。书可作友，书可释怀，这里是我心灵得到净化的地方，是我文学修养不断提高的充电站。

在《难忘的求学之路》文章里面，提到我在20世纪80年代末报考过汉语言文学专业的高等教育自学考试，这也是我爱好文学为自己充电的一个重要阶段。在此期间，我看了大量的文学理论书籍和与之配套的参考书籍，参加了多次全国统考，储备了深厚的文学理论方面的知识。"学向勤中得，萤窗万卷书。三冬今足用，谁笑腹空虚。"

（二）勤思考、记录和感悟生活

生活中总会遇到形形色色的人或各种各样的事，记录感悟，品味收获，把美好的、有意义的、难忘的事情付诸笔端。

从我参加工作的那一天起，我便养成了记日记的好习惯，回过头再次翻看，记录频率越高的年份，成长进步得就越快，而不记日记的年份，定是碌碌无为的日子。这些记录生活中的琐事，也给我今天的文学创作提供了真实的素材。另外，我还有几个报刊剪贴本和优美词句摘抄本，是我日常读书看报时，看到好的段落、好的句子，要么剪贴，要么摘抄，等到闲暇时候再品读翻阅一下，汲取百家精华。

文学是润泽人生的甘霖，是慰藉心灵的清风。文学像一面激情的旗帜，始终在我的生活里猎猎飘扬。

近几年，我写了不少金融题材的文章，回忆和感慨了那流逝的岁月和奋斗的历程，素材基本都来自日记。特别是《一次难忘的深圳之行》在中国金融作协微信公众号发表后，竟被我的老东家——中国农业银行选中，刊登在文化类期刊《金融文化》上，还收获了一笔不菲的稿酬，开心至极。

（三）从自己的阅历出发，写出自己的风格

好的散文是作者用真情实感从心底流淌出来的文字，是原汁原味的，是平淡真实的。好的文章，字里行间都洋溢着至清至纯的善之美，当作者的真情、真爱和真感悟在文章中自然流露时，读者才会产生共鸣。

尽管我的文章没有太多华丽的文字和辞藻，但我希望我的文章可看、可感、可悟，甚至满满的正能量，这就是我要最终达到的一种撼动人心的艺术效果。

文学来源于生活，并高于生活。大家知道王海翎、刘静这两位知名女作家，但不知道她们就是从我生活的那个海岛走出来的军旅作家吧？我非常喜欢她们的文学作品，比如电视剧《大校的女儿》《父母爱情》，更熟悉作品中的背景、人物，那都是我生活的海岛上老一辈守岛军人的故事。这些好的作品，无不来源于生活，能让我们读者和观众产生共鸣。受其启发，我在写《爸爸的愿望》《父辈的海天壮歌》《英雄的山》《我的女兵姐姐们》等文章时，是带着浓厚的军旅情怀，紧扣父辈守岛建岛、心系国防、情牵部队、保家卫国的"老海岛精神"这条主线，努力把素材充分利用，创作出激励、感染、鼓舞读者的好文章。父辈们红色的历史，为中华人民共和国奉献的精神，需要我们一代又一代的传承，我的文章希望呈现出强烈的历史责任感和使命担当意识。父亲的战友，国防大学孙茂杰教授给我的文章点评："撰写老一代军人的故事是一种功德，是对军队和社会的奉献，是军二代义不容辞的责任。"

我每每在朋友圈里发布文章，都得到了亲朋好友的好评、点赞，他们都说看了我的文章，如同身临其境，感慨良多。原守备区宣传队饰演《沙家浜》里阿庆嫂的琳军姐姐，把我所写的文章都收藏下来，每天只转发一篇到她所在的宣传队、医院、老乡朋友等群里，让大家每天都能分享我写的文章。每篇文章发到群里，她的战友们都会触景生情，热议一番。像她这样喜欢、转发我文章的，还有许多亲朋好友。2017 年 6 月上旬，琳军姐姐的战友宣传队分别四十年后的第一次聚会活动，她专程从已定居的海外回来，还邀请我参加他们的活动。我看到那些熟悉的面孔，回想年少时同他们共处海岛、快乐生活的一幕幕场景，上台致辞时声音都哽咽了。我暗暗发誓：一定好好写作，多写他们都喜欢看的文章！

（四）感动自己，才能感动读者

我不是高产作者，但我的文章定要"拿得出手"。通过写作把美好的东西分享给大家，我更坚定了走文学创作之路。

我的《魂牵梦萦故乡情》发表后，一位在海岛生活的男同学告诉我："你这篇文章感动死我了，我哭了三次。"我告诉他，我也是流着泪写完这篇文章的。你想想，我们这些军人后代，都是跟随父母在军营出生长大的。20 世纪六七十年代，是国际形势动荡、国内国防建设施工如火如荼的时期，时刻准备打仗的弦绷得紧紧的，军人根本不让休假。再加上老家道远，路费花销太大，我们大部分孩子都没有回过父母的老家，甭说爷爷奶奶的面见不着，就连照片都没有，只靠每年过年时寄一封家书，邮一次养老钱来传递亲情。记得我爷爷去世时，正赶上时任美国总统尼克松访华，我父亲时任守备区保卫科科长，有安全保卫任务要抓，根本请不下假回沈阳老家给爷爷送终，这给他留下了终生的遗憾。我们做晚辈的也很想见见父母老家的亲人，真是有时做梦都梦到爸爸妈妈给描述过的爷爷奶奶、姥姥姥爷出现了。后来父母年龄大了，不能舟车劳顿了，回老家去看一看的愿望一直到我年逾50岁才实现。男同学点点头说："怪不得啊！小时候都非常羡慕你们这些部队孩子，没想到你们的父母在海岛保卫着祖国的东大门，帮助我们老百姓建设海岛，过上幸福生活，却牺牲自己和家人，让你们有家难回，只把海岛当作自己的家，的确感动啊！"

我的《难忘的春节》在朋友圈里转发后，一些在海岛当过兵的哥哥姐姐留言说："一样的青春，同样的芳华，我们是手握钢枪在祖国的海防前哨保卫国家，而你是手握钢枪保卫银行的金库、老百姓的钱袋子，比我们还有着不怕牺牲的大无畏革命英雄主义气概。"是啊，我也是在写作时，才发现那个小小年龄的"我"，全身充满着革命英雄主义的豪迈情怀，吃苦耐劳、不怕牺牲、勇往直前。"我"不正是那个年代，成千上万银行员工中的一个缩影吗？如今自己不去写这么可爱、勇敢的小姑娘，别人可能永远也不知道银行的员工在那个年代还有这么丰富多彩的故事。

半生金融情，毕生爱国情。我们20世纪60年代出生的这代金融人，在改革开放大潮中勇立船头，经历过计划经济到市场经济的变革，目睹过行社分家，见证了股份制银行如雨后春笋般发展壮大。自己近四十年的金融职业生涯，深沉的家国情怀与热爱的金融事业水乳交融，真的要感谢并致敬那些一路走来的人生旅程。

我愿做一个有文学情怀的金融人，用心继续书写有故事、有能量、有风度、有情怀、有情趣的好文章。

2020年12月

目 录
CONTENTS

第一辑 军歌嘹亮

第二辑　父母爱情

第三辑　峥嵘岁月

第四辑　那海那人

第一辑

军 歌 嘹 亮

海岛寻梦

　　家乡对每一个人来说都是其内心最柔软的地方，我是跟随当兵的父亲在海岛出生的，这个岛既是父母的第二故乡，也是我的家乡。

　　2015年国庆节假期，我从蓬莱码头坐船前往离别快三十年的出生地，回来后短暂的两天总想写点什么，就像一个孩子，总想显摆一下自己有个宝贝，让别人都知道。对我而言，这个宝贝就是我的家乡——大钦岛。

　　3日下午3点钟，我坐上了进岛的客船。因为大风，头两天没有通航，现在"大钦岛8号"客船的船舱，里外都挤满了人，据说有500多人，我好不容易才在3层的船长休息室里找了个落脚点。船慢慢驶离蓬莱码头，我的心里莫名地激动起来。船过珍珠门，此时的海面上已经不太平静了，"船到珍珠门，无风也起三尺浪"，船下有暗流在涌动，大船左右摇晃起来，我急忙走出休息室站在甲板的一侧，海风习习吹来，慢慢缓解了晕船的症状，遥望着前方若隐若现的岛屿，我浮想联翩。

那岛那往事

　　长岛县有三十多个岛礁，南部成群，数量较多，北部成列，数量较少，整个岛群位于渤海海峡中南部，纵跨渤海和黄海的分界线。岛群陆地总面积56平方公里，海岸线长146公里。主要的海岛有南、北长山岛，大、小黑山岛，庙岛，砣矶岛，大、小钦岛，南、北隍城岛等，其中南长山岛最大，陆地面积为 13 平方公里。20 世纪 60 年代此岛是军队的内长山要塞区防地，管辖长岛、蓬莱和黄县三个县。长山列岛南与蓬莱阁隔海相望，北同旅顺的老铁山岛相对，面对朝鲜半岛、日本列岛，背托北京、天津两市。各岛之间形成了老铁山、长山、庙岛等九条重要水道，是出入黄海、渤海的必经之路。长山列岛作为扼守海口的天然要塞，是祖国的东大门，战略地位十分重要，被称为渤海的"钥匙"和"铁门闩"。

一百多年来，帝国主义列强一直把这里视作入侵我国的跳板。1858 年至 1860 年第二次鸦片战争英法联军在大沽地区三次登陆作战、1900 年八国联军进攻京津之战、1904 年日俄争夺辽东地区之战、1914 年日军攻占青岛之战、1937 年日军大沽北塘登陆作战，曾先后七次路经长山列岛，闯入渤海、进犯京津。中华人民共和国成立后，为了防止敌人走八国联军的老路，毛主席亲自选定蓬莱长岛地区为战略要点。

1949 年 8 月 12 日中国人民解放军解放蓬莱长岛后，立即抽调兵力临时合编了一个长岛海防团。1951 年初中央军委决定组建长山列岛水上警备区，简称"长山水警区"，归山东省军区建制。

1952 年改编为海军长山列岛水上警备区，归海军青岛基地建制。1954 年又调陆军第二十六军七十八师与长岛水警区合编为海军长山要塞区，直属军委海军管辖。其编制为正师级，下辖八个团，北隍城岛为一团，南隍城岛为二团，大钦岛为三团，砣矶岛为四团，北长山岛为五团，南长山岛为六团，大黑山岛为七团，蓬莱长岛为八团。

1960 年初，军委决定海军长山要塞区由海军改编为陆军，调归济南军区指挥，其编制由正师级上调为正军级，番号为中国人民解放军长山要塞区。中央军委将要塞区由一个师的兵力增强为一个军的兵力，并组织济南、北京、沈阳三大军区在黄海、渤海构成了陆、海、空三军联合封锁渤海海峡的作战部署，从此彻底改变了渤海海峡历史上"有岛不守、有海无防"的局面。

1963 年，中央军委把长山要塞区的番号加了一个"内"字，改称为"中国人民解放军内长山要塞区"，与驻军在旅顺口，也称外长山要塞区形成一个坚不可摧、牢不可破的海上防线，守卫着祖国的东大门。内长山要塞区下辖的第一、第二、第三守备区，番号改称为大钦岛守备区、北长山岛守备区、蓬莱长岛守备区。各守备区均为正师级。

1975 年全军进行精简整编时，撤销了北长山岛守备区机关，保留了大钦岛和蓬莱长岛两个守备区及北长山守备区所属的三个守备团。1981 年大钦岛和蓬莱长岛两个守备区改称为"守备七师"和"守备六师"。

1985 年全军大裁军时，要塞区由正军级降为正师级，将两个守备师合编成为一个守备师，其番号为"内长山守备师"，1993 年又恢复为"内长山要塞区"的番号，但仍为正师级规模。其所属部队整编为三个守备团，大钦方向一个团，南、北长山岛方向一个团，蓬莱长岛方向一个团，后来又改称为"三个海防团"，归山东省军区建制。

几十年来，党和国家及军队历代领导人多次登岛视察，莅临指导。要塞区一代又一代官兵的艰苦奋斗，铸造了"海岛为家，艰苦为荣，祖国为重，奉献为本"的老海岛精神，完善了"地上地下、能打能藏"的防御体系，形成了一道坚固的海上长城。随着世界格局的变化和时代的发展，要塞区的编制六十多年来虽然经历了多次大变动，但这并不意味着其战略地位的改变，而是历史的必然，是作战力量结构的重大转型，是新时代改革强军的重大举措，是适应未来战争形态发展变化的基本需要。

大钦岛是长岛县的一个岛屿，其地理位置非常特殊，她南距蓬莱长岛 53 公里，北距老铁山 54 公里，位于山东半岛与辽东半岛的中心点上。她居长山列岛之腰，南北与各岛相望，历来是兵家必争之地，也是山东省内距离大陆最为遥远的岛屿。岛陆面积 6.44 平方公里，老百姓人口约 5000 人。其特殊的地理位置还决定了它丰富的海洋物产和奇特的地理地貌，由于水深流急，这里盛产的海参、鲍鱼、大虾、扇贝、夏夷贝、海带、海胆、金钩海米等海产品，在国内都是独一无二的。

大钦岛的驻军在 1961 年 3 月撤团建区，是内长山要塞三个守备师之一，当年时任砣矶岛四团政治处保卫股助理员的父亲跟随团里政委孟兆瑞、团长陈希平到大钦岛守备区报到。孟政委任守备区政治部主任，陈团长任守备区副司令员。司令员姚希同是山西人，抗战时期入伍，参加过抗美援朝，是从徐州 68 军调入的。父亲调入大钦岛不久，师部下令凡入伍十一年以上，且在连级以上任职七年以上的干部可以带家眷了。那时父亲 1950 年随沈阳军区的炮六师，集体转到海军青岛炮兵学校，1951 年 5 月毕业后分配到长岛水警区驻守在砣矶岛的 39 连，已经在海岛服役十余年了。经审查批准，同年父亲回到东北将生活在沈阳辽中县的我母亲和四个姐姐哥哥接上，举家上岛随军定居。那时当地居民统称我们为"部队家属"，虽然条件较差，但是全家人能团聚在一起，爸妈觉得非常满足和幸福了。在当地居民家住了一年有余，部队盖了一些房子，家属们也都陆续搬进来了。1963 年 6 月我出生时，妈妈说我是踏着部队的起床号声降临到这个大钦岛的。直到 1969 年初，我二姐参军后，我家已搬迁三次，来到"西山十五户"，这里也是我开始有记忆的故居了。

从小到大，父辈讲得最多的话题就是海岛的战略位置如何重要，保卫海岛和建设海岛的重要性，他们军人的责任和担当，以及如何搞海上武装泅渡训练和演习比赛，如何在每年腊月到全国各地领新兵回来等话题。我目睹了他们每天繁忙的工作，盖营房、修公路、打坑道和修工事，训练、执勤……官兵、军政和军民关系非常好。他们吃苦耐劳、艰苦朴素、任劳任怨，一心一意为把海岛早日建成御敌堡垒、生活乐园而努力工作。那时的父亲一身戎装，显得特别威严，对待工作和生活有板有眼，这是经过长期海岛军营生活磨炼，在父辈身上雕刻出来的印记，是特属于内长山要塞区部队那种"老海岛精神"的见证。长岛部队哺育了一代又一代像父辈们一样的老兵，传承了坚韧不拔、吃苦耐劳的优良传统和作风，为我们这些后来人留下了宝贵的精神财富。前些年热播的军旅电视剧《父母爱情》的作者刘静就是大钦守备区部队子女，我们的同龄人，她的作品以父母的爱情生活为主线，讲述了中华人民共和国成立后，一代代驻岛官兵担起守卫京、津锁钥之重任，视吃苦奉献为本分，为守岛建岛，巩固千里海防的故事。其家人也自始至终陪伴着他们，勤劳持家，教育后代，服务地方，做好军供服务，谱写了一首绚丽的部队大院之歌。

父亲自 1961 年来到大钦岛后先后在多个岗位任职，1978 年 3 月在我高中一年级时举家离开了大钦岛，迁往砣矶岛的二十七团。一年后，适逢我哥哥部队复员回来和我即将高中毕业，部队开始第三批大裁军，当组织决定父亲转业时，他坚决服从，并要求留在海岛工作。他虽然出生在东北，却在海岛生活了近三十年，我们知道，他那是割舍不断对老部队的深深眷恋和情同手足的战友，要近距离留在旁边啊。父亲的申请终于批下来了，1979 年秋天我和妈妈随父亲落户到了长岛县的县城所在地——南长山岛。那时适逢改革开放之初，父亲从财贸办公室、司法局、政法委、纪律检查委员会一路开辟新建单位的各项工作，到 1990 年从人大常委会办理了离休手续。我毕业那年参加了全国银行系统的招干考试，在县农行工作直到 1988 年初调往烟台市分行。自从离开长岛就没再回过大钦岛，几次同学聚会也因为工作太忙离不开，没有进岛。几十年来我在梦中经常想起这个岛、这里的小伙伴们，还有那个承载我们快乐的军营，心中充满着与岛屿同学们朝夕相伴的情感。三十年风雨历程，三十年春华秋实，回忆不断填满我激情澎湃的心房。

客船在我欢快的回忆中行进着，已是傍晚时分，太阳在天空与海面之间缓缓降落，晚霞映照着海面，波光粼粼的，吸引了船舱里的乘客，来甲板上照相的人多了起来。进入了秋季，海面上北风吹来，船尾溅起了一层层白色的浪花，寒意阵阵，我拉紧了外套。"看啊，大钦岛到了。"行驶了三个多小时的客船，此时正慢慢向码头靠拢，这是位于小浩村西南面的位置，是岛上军民共建共用的码头，当我站在船舷边看到前来迎接的同学身影后，忽然感到码头好小啊，下面接船的人也好小啊。儿时来接船那个踮起小脚仰视这样的大船的情景仿佛就在眼前。

天已微黑，远处已有灯光闪烁。家在南村的金红同学和她老公本仁大哥驱车把我们拉回了家，一同赶来的还有北村的男同学延杰。这两位同学的孩子都在烟台工作，他们经常回来探望孩子们，是我岛上同学中这些年来往最多、走动最频繁的。来之前我已经通过烟台同学联系了还在蓬莱军休所当兵的同学，他联系了大钦岛驻军的团长，在部队招待所订了房间，但是金红同学把我们拉到家后，说什么也不让我去招待所住，她说为了我们来，已经连续烧了三天的大炕了。看着金红和本仁大哥真诚的目光，再摸着滚烫的热炕，真怀念小时候经常和妈妈到房东家去玩，她帮人家织渔网，我困了就在那热炕头上睡一觉的场景。"不怕麻烦同学了，行李赶快拿进来，今晚就在这儿住下了。"

那海那山色

丰盛的晚餐过后，皓月当空，金红夫妇带我们来到了村头东面的海边。夜色中，海风低语，海涛低吟，远处有渔灯闪烁。秋天的海已经告别了夏日的浪漫，平添了几分充实和宁静。

坐在有些凉意的海滩上，向北望去是我们刚下船的码头，这是岛上军民走向陆地唯一的出港码头。20世纪70年代，因为岛上驻军多，又缺少淡水，军队的给养都是由要塞后勤部船运大队从蓬莱不定时地给运过来。当那一艘艘登陆艇给我们运来了夏天的各种蔬菜和水果、冬天的猪肉和白菜、土豆、萝卜，那是小伙伴们最高兴的日子了，我们家家都会美美地吃上几顿肉或饺子，我们还会把大青萝卜切片带到学校给地方的同学们当零食吃。冬天运来白菜，每家每户会按人头分配，我们小孩子也要去帮家长搬运回来，外面的老帮子剁碎喂鸡，好的菜心放到早已挖好的菜窖子里储备下来。

放眼远望满是海带和鱼类、贝类养殖区，特别是海带养殖区，留给我的印象太深了，那些长而飘逸的海带，在水里随着海流的涌动而飘动，极具美感，很有仙人飘逸着长须的范儿，听说岛上最长的海带有6—7米。海岸上，有大小不一的鹅卵石铺就的海滩，那时我们都叫这样的滩涂为"海沿"。在这片海滩上，我们参加学校组织的勤工俭学，从大小不一的鹅卵石中挑出最圆的球石，筛选出或大或小的等级，然后或背或抬地踩着踏板倒入在海岸边停靠的大货船舱里，据说是给陆地的炼钢厂用。到了夏日，海带收获之时，天刚亮我们就来到了海边，渔民驾着小舢板，把一捆捆鲜海带拖到海滩上，然后一条条摆好，让它们等待日光浴。午饭后，我们还要来这里把每条海带翻动一下，防止粘连在鹅卵石上。傍晚在日头西下之前把晒干的海带一条条收拢好，再拖到仓库去。在海带收割季节一般学校都会放假，专心干这件事，没有一个同学怕脏怕累请假的。偶遇阴雨天，就要把已经晒好的海带赶紧收到仓库，待天晴再拖出去重晒。捂了一宿的海带再重新晾晒，味道熏死人。漫长的海带季结束时我们的假期也过完了，开学后，同学们会根据由班干部整理的劳动考勤记录和自己的感受，评出先进劳动个人，学校会发笔记本或者钢笔作为奖励。有一年学校发现金了，好像没超过30元。考勤记录还会作为学期评选三好学生的依据。

在海滩走走，任由清凉的海风拂过酒后微红的面颊，仰望着浩瀚的星空，巨大的银河从东北横亘西南，让人在寂静的夜里遐想无限……

　　第二天早上不到 5 点半，金红同学从海边打来电话，告诉我赶快起床，太阳要出来了。从她家到海边不过百米的路程，她是看天阴太阳不知几点出来，4 点就过来打前站，盯着海面，怕我们错过看日出的景致。早上的海滩还有些凉意，远处平静的海面上已经看到有的渔民开着机动小帆船，乘风破浪到深海养殖区去工作了。脚下的海浪有节奏地拍打着海滩，溅起了白色的浪花。6 点 05 分，一轮红日从远处的海平面冉冉升起，我赶快用手机拍下小视频，发给我的微友们。一次、两次……我乐此不疲地把红日从海平面上升的过程上传给他们，直至太阳高高挂起。6 点 13 分，昨晚拉我们进岛的第一艘客船离开了码头，进入了我的微拍镜头中，国庆假期这个昔日封闭的军事要地现在也开始踏上迎接山南海北游客的征程了。6 点半，第二艘客船又映入了我的眼帘，昨晚听说岛上一天就进来了三艘客船，已经打破了大钦岛日进一船的纪录。金红说是因为我们的到来，给海岛带来了人气。看，远处一只刚出海打鱼的机帆船，按照渔家的规矩，开海前放了几个鞭炮，期待今年秋季风调雨顺、风平浪静，能有好收入。鞭炮响过的海区里，那些在海里觅食的海鸥被惊吓起来，它们群起群飞，时而翱翔，时而俯瞰，好不欢快。红日在慢慢升起，客船在缓缓驶离，这时金红同学给我找好角度让我一只手臂向上举，按下快门。那一瞬间，我仿佛手上托举了一轮朝霞，在朝霞的映照下，全身散发出无限的光芒。一幅多么美丽的画面啊，如果说昨晚海边的夜晚让人感到宁静和温婉，那么今天的朝霞让人感到了激动和力量。

　　早餐的丰盛，也让我惊叹和感动不已。因为我在岛上待的时间短，金红同学想把岛上所有好吃的都让我尝尝，凌晨 2 点多就起来准备这顿早餐，有海参、鲍鱼、大虾、海胆蒸蛋，去湿气的红豆粥和三种不同馅的海鲜、山菜包子。我把这些美食发在了微信朋友圈，用岛上方言告诉微信朋友圈里的同学们"真好逮（吃）啊"，朋友们回复道：哪里也吃不上这么丰盛的早餐啊。

饭后，延杰同学开车过来带我们游览海岛，而我此时此刻的心思是寻找儿时的记忆和欢乐，观光和游玩已经是第二位了。

首先映入眼帘的是岛上的大西北口，这里既是我儿时最喜欢游玩的地方，又是当年驻军演习的地方。下车后我站立在海滩上方那荒芜的土地上，想起了中学时代我们在老师的带领下在这里开荒，栽种地瓜。到地瓜成熟季节，留下给学校养猪场足够多的饲料，余下的地瓜我们每个同学能分点，在那个缺水，以渔业为主，不种经济作物的岛上，我们背着一网兜地瓜走进家门，那份自豪感洋溢在脸上。

我走到海滩上，这里有大小不一的鹅卵石，一平如砥。在西南面的海岸，那些林立的礁石露出海面，这正是退潮的时间，待下午3点左右它们会随着潮汐上涨没入水中，这些漂亮的礁石让海的价值一下子提升了。退潮后的海滩是赶海的好去处，儿时我们人人都有一张手制的潮汐表，那是我们"开门办学"走出去跟渔民伯伯学到的知识，"十二三正晌干"说的是每月阴历十二和十三那天的正午12点左右是退潮的时候，后一天退潮的时间要比前一天晚48分钟，这样每半个月就会轮回一次。正因为有了这个知识点，我们儿时每次去赶海都会掐准时间。现在想想，好有智慧啊。如今走近褐色的海礁旁，顿时响起了我惊喜的欢叫声。除了海参和鲍鱼，那些小海鲜如簸螺、海蛎子、海星、小海螺都能看见。海岛生态环境保护得这么好，让我没有想到。在我居住的烟台市的海边已经看不到这些海洋生物了，因为这些年游客太多，捡得快绝迹了。小时候课外活动我最喜欢约上几个小伙伴提着小篓拿着小铲来这里赶小海。那时，海里的海参、鲍鱼、簸螺多得都能连成片。特别是海螺，因身上有个辣点，再加上岛上方言叫"肉"为"油"，所以我们叫它"辣油"，它不是单个地生长，都是一窝一堆地在一起，岛上人叫"一床"。大海赐予我们太多的宝贝了，每次赶小海都满载而归，给家人打了牙祭，给物资匮乏年代的我们补充了营养和能量。那时去海滩赶海，使我们感到身心愉悦。此时金红同学用石头砸开几个海蛎子皮，我捡出一个海蛎子肉放入口中，腥咸的海水味儿一下子涌上味蕾，慢嚼了几下后，一股鲜鲜的清爽的味儿沁人心脾，还是小时候的那个味道，我找到感觉了，我找到家乡的感觉了！

西北面的海岸是惊涛拍岸的峭壁。登上原本想象中高高的山头，感到山也矮了许多。放眼远望，碧波万顷，有渔帆点点，海天一色；低头俯首时，看波翻浪涌，浪激峭壁，卷起千堆雪。此时，刚烈与豪迈之气油然而生，我想起了曹操《观沧海》里面那壮丽的诗句："……水何澹澹，山岛竦峙。树木丛生，百草丰茂。秋风萧瑟，洪波涌起。日月之行，若出其中；星汉灿烂，若出其里……"

来到了大钦岛北村南面的海沿，这里以蜿蜒优美见长，静静的海水，细细的沙滩，曾是儿时我们学校和驻军游泳的地方。那时候，每年逢 7 月 16 日纪念毛主席畅游长江的日子，岛上军民就开始下海游泳了，直到 9 月前后止。学生一般是上午 11 点就放学回家吃午饭，中午 12 点到学校集合，12 点半就以班级为单位开始下海游泳。初学时每个孩子腰上会绑上养殖用的塑料泡沫球，渔民叫"浮漂"，几个白球用粗渔网线串起来。待学得差不多了，就扔掉它，奋不顾身地扑到深水区。那时海岛的学生除非胆子特别小，基本上都会游泳。当然胆大的会的花样也多，他们扎猛子或在海里翻跟头，还会经常游到远处的小船上，然后再跳入深水中。游泳带给了我们强健的体魄，加上吃的海鲜够多，我们同学中个子高的居多。在海滩上游泳，学生一个区域，军人一个区域，有时我游泳游够了就悄悄跑到部队的海区，看他们训练或比赛。在一个个半裸的军人方阵，一眼就能看到我爸爸，这时我会送给爸爸一个会心的微笑，摆摆小手无声地告诉爸爸"我——在——这"。

下午我们转到了金红同学家南面的唐王山脚下，小时候因为家长管教得严，根本没来过南村，南村这个山却来过一次，好像听说山上的野菜多，我们几个女同学搭伴来山上采过一种叫山麻楂的野菜，回家让妈妈学着当地居民的做法，添加了鱼肉和猪肉做了顿三鲜包子。那时候在我们眼里，这座海拔不算高的唐王山就是巍巍泰山啊。金红同学介绍说："在一千多年前的大唐贞观年间，这里就是唐王李世民率兵东征高丽时的海上通道。这座山海拔202米，从高峻到气势都居长山列岛众山之首。相传当年，唐王李世民率大军东进，途中前军来报'海天相接处，有岛屿浮现'。唐王李世民下令大军上岛驻扎。上岛后，见前面有一大山，十分高陡，李世民便令军士伐木填沟，修筑御道。约莫半个时辰，两条环山道开成，名大马道、二马道，直至山顶。唐王在山巅极目远望，但见古木参天，百花斗艳，海天一色，微波不兴，真是心旷神怡。可山上用水须由山下运来，十分不便。唐王问：'何不就地取水？'随臣回答：'掘地数处皆不得水。'唐王道：'朕代天立命，凡天下万物，莫敢不从。'说完在山顶手指一地：'从此掘井便得龙泉。'众军士凿石掘地打了一井，果然涌泉喷吐，水质清澈甘甜。从此，唐太宗在该岛传下了道道钦命，而得名钦岛，那山也因此称唐王山。"听完金红的介绍，我想：她这个村唐姓人居多，莫不是有些来历？远望山顶上有几处岩石的形态，经金红提醒我们仿佛看到那是唐王和手下的大臣在对弈的场景。

唐王山脚下这条漫长的海岸，礁石林立，凹凸有致，逶迤多姿，雄奇壮阔。

军用坑道是大钦岛山上的一大景观。在那个"深挖洞，广积粮，不称霸"的年代，岛上的官兵们进行坑道施工。经过几十年的建设，内长山要塞的防御体系日臻完善，许多岛屿的山腹都已挖空，建成了许多永久、半永久、坚固的攻防阵地，列装了许多先进的信息化武器装备，形成了立体、环形、纵深的防御体系，具有防空、反舰、反潜、抗登陆等多种防御能力。那时岛上每座山都有洞，尤其是唐王山这个坑道，据说是全国第二大人工隧道。可惜后来军队缩编，又说这个坑道的情况已经泄密，没有可使用的意义了，已经贯通的隧道在出口处添堵了起来，然后交由地方管理了。现在这儿成了岛上旅游的一大景点，由于当年的工程半截停工，洞里有几处危险的地方，村里就安排了专人把守，进来观光的人要有熟悉情况的人带领。我们跟随金红打着手电或打开手机照明走过了坑道的二分之一处，在潮湿阴暗的地方体会这些官兵开掘隧洞的不易。

除了坑道，碉堡也是岛上的一大特色。特别是位于大西北口海边那个碉堡，因为小时候去海边赶海的次数多，那时候看战争电影多，所以到了那里就要回头仰脖子看看，感觉特别神秘恐怖，总认为里面有架机关枪瞄准着。现在几下就能爬上去了，也不恐怖了。在海边的石滩上我还发现了一枚生锈的手榴弹，这个海岸是过去部队和民兵组织荷枪实弹演习的地方，那时经常戒严，是个神秘的地方。金红同学高举手榴弹摆了个姿势，吓得我唯恐是未引爆的手榴弹，离她远远的。结果走时她带到了车里，说是自己当民兵时进行过投弹训练，这就是枚训练弹，算是个老古董了，拿回家当锤子用吧。

"大顶望"是建在东村山上的一个容直升机降落的大平台上。在这个制高点可以向北近看小钦岛和南、北隍城，远看旅顺老铁山。小钦岛是大钦岛的姊妹岛，以前和大钦岛属一个公社，现在不足一千人的小钦岛单独设了乡。南、北隍城也都单独设了乡。小时候我们学校宣传队也会去这些岛屿给部队进行慰问演出。站在大顶望上，当秋季有北风的时候，往南可以清晰地看到蓬莱。在这上面看日落你会感到太阳的渺小，因为就在天地间俯视它。在大顶望我还看到了同学双剑父亲当年的空军部队的导弹营基地。那时候岛上海、陆、空三军都有部队驻扎，好不威风。双剑的父亲也是东北人，部队里像父亲这样的东北人为数不多，他们那接近普通话的东北话，曾让我们大院里的同学羡慕不已。

从大顶望下来的路上，我想到了这个山脚下的东村烈士陵园，那里埋葬着无数为解放大钦岛和建设大钦岛而牺牲的革命先烈。小时候每当清明节的那天，同学都会脱下厚重的棉衣，揣着两个热乎乎的鸡蛋，唱着洪亮的革命歌曲，排着整齐的队伍去给烈士扫墓。

大钦岛的海面，或是卧波呈祥，或是惊涛骇浪，是一道常看常新的风景，是一幅波澜壮阔的长卷，秋水共长天一色，被称作中国的夏威夷一点儿也不为过。大钦岛的山峦，精致奇特，秀美俊俏，说是极美的北方鼓浪屿也不夸张。大海是蔚蓝的，我们儿时的梦想也是蓝色的，现在童年的梦想正在变成现实。

那人那故乡

长山列岛又称为"庙岛群岛"。妈祖娘娘是海边庙宇里通常要供奉的神灵，但奇怪的是我在海岛生活了十几年却没有见过这样的庙宇。这次听岛上同学说："以前岛上也有个小庙，中华人民共和国成立后就给撤除了，后来岛上部队多了，部队是最不信神的，有他们保护着老百姓，渔民们坚信他们比神仙还灵啊。"是啊，想想我们的父辈打小就离开家乡干革命，根本不信这些，尤其是在部队这个大熔炉里千锤百炼过，还有什么可怕的。所以至今我们部队大院出来的后代没有迷信那些神灵鬼怪的，都信仰共产党，崇拜英雄人物。现在岛上却在原公社地址也是过去那个小庙的原址上重新建了一个庙宇，平时也没有人员看守，连烟火都没有，只是每逢阴历十五这天，岛上有的渔民要来这里进香，香火香烟缭绕之际，他们祈祷风调雨顺、安康幸福！

大钦岛的金融机构过去是农业银行的营业所和信用社，一套班子两套账。我还清楚地记得1985年3月的一天，时任县农行会计出纳科科长的我来协助查找千元短款的往事。曾经我的女同学文英的爸爸，部队转业回来的，担任过这个所主任。还有一个刘阿姨，淄博人，跟随当兵的爱人在海岛多年，直至爱人升职任山东省军区政委，现在家里那个大女儿也是解放军报社文化部主任编辑了，上校军衔。如今的农业银行早已经撤了机构，昔日的几间大瓦房早就没了踪影，保留了信用社，现叫农村商业银行，他们盖了座明亮、宽敞的大楼，独自担负起乡镇金融业务职能了。

小学四年级时，从东村转来我们北村小学的女同学焕春，个高、白净，学习不错，住在学校南面小台山下面的姥姥家。她姥姥家的院子里有棵岛上罕见的樱桃树，每逢课间休息时我经常会借着口渴跟她飞奔到她姥姥家去喝水，喝水的目的就是看看那棵樱桃树。从开花、结果到成熟，时常听她姥姥念叨着"樱桃好吃树难栽"，漫长的等待后才能享受那酸酸甜甜、口齿生津的幸福。长大后才知道"樱桃好吃不是树难栽"而是"樱桃熟了果实难摘"。如今我来到这个思念过无数遍的地方，触景生情。听说她姥姥早已仙逝，她姑姑住进了老宅，樱桃树也了无踪迹。近四十年未见的焕春儿女双全，也是奶奶辈的人了，现经营着杂货店，我们相见后喜极相拥，那份少年美好的回忆彼此都珍藏在心间！

走进小台山北面的十字路口时，当年公社身后那个拐角南头，那个我少年时代最钟爱的小书店还在吗？离开小岛最让我留恋的是这个小书店，那个白白胖胖卖书的赵姐整理书架子忙碌的身影永远留在了我的脑海中，我儿时的零花钱都送给了那个梳俩小辫子的赵姐。在那个物资和精神都匮乏的年代，那个小书店可是给全岛的官兵和老百姓提供了精神食粮。高尔基的三部曲、鲁迅的杂文选、各种小画书……充实了我的读书年代。如今的赵姐容颜已变，乡音未改，她的食品杂货店已经取代了精神食粮店。赵君姐（才知道大名）和我哥哥是高中同学，当年也是岛上的高才生。她拿出手机给我看今年八一建军节前后，老兵回岛来找她的小书店，和她叙旧留下的电话和照片，就和今天的我一样，真是"书缘千里来相会"啊。

我来到了小学旧址，这里现在只有靠北面的三排房子了，它们前后的间隔很大。那时部队子女的教育都依托当地公社，师部驻地是北村，那么北村小学首担其责。随军来的家属有点文化的也都到小学教学。我上学以来一直和"2"有缘，从一年级2班到小学、初中、高中一直都在2班。我站在昔日的校园里，琅琅的读书声、课间广播体操和同学们玩耍时的喧嚣声仿佛还回荡在耳旁。现在这个小学已经是北村村委会所在地，我们2班的教室在中间最南头，就是他们现在的村委会办公室。田书记说："这学校的房子都是部队建的，苏联军队房型，你看这外墙有多厚，我们岛上老百姓盖的房墙是24厘米厚，这个教室的墙有40厘米厚，可结实啦，冬天保温效果特别好。"我走进了曾经的教室，这里面还隔出了一间会计室，同学文英的小姨迎了出来，岁月的痕迹也爬上了她的脸庞，她再不是当年那个扎俩大辫子的小姨啦。我比画着教室，告诉田书记当年我们是怎样分排分座的，像冬天这中间地上还要安个铁炉子给同学们取暖，现在看这么小的教室，当年竟然坐下过四五十个同学！我在脑海里寻找有关昔日里那个扎着两个小辫、白白胖胖新婚不久的班主任葛老师的记忆，至今我家里保留的小学作文本上那篇《我和爸爸比童年》还有语文老师娟秀正规的红墨水批注呢，她是我的启蒙老师。我还在回忆那一双双充满了求知渴望的眼睛，找寻那个上课做小动作让老师的粉笔头击中小脑袋同学的座位在哪儿，仿佛看到了那个考试没考好被老师训哭过的同桌。教室外面的山墙上，昔日那个大大的黑板已经被铲除并粉刷成白墙了，记忆中那年冬天特别冷，男同学穿着军棉服、大头鞋，踮脚站在用书桌、长板凳摞起的高处写黑板报时，冻得直哆嗦，手都握不住粉笔。

在北村小学的我还看见了小学同学照亮，这个古铜色标准渔民脸庞的同学现在是村委会的委员。记得他以前上学时非常调皮，老师说他屁股上带刺，根本坐不住。现在的他心灵手巧，尤其是厨艺在岛上很有名气。那天晚上延杰同学宴请时，他竟然带来个大发面包子。据他说是一手举着包子一手扶着方向盘，开车直奔我们的饭店！好在离得近，包子递到我手里时还是热乎的。他说："这是只有东村人才会包的包子，海鲜馅非常好吃，赶快尝尝。"敬完一杯酒后，他又返回乡政府食堂帮厨去了。

初中、高中校园，承载了我少年时代更多的欢乐时光。从我上学开始，学龄儿童开始多了起来，到了初中，全公社和部队在几个岛里的孩子都集中过来。共有三个班，每个班有四五十个同学，房子扩建时也是我们学生从小西北口抬来石头建成的。校园里养猪，测量预报地震，刻蜡版，油印考试卷，办宣传报，打篮球，文艺演出，加入共青团；校园外开垦盐碱地，誓把大洼地变成大寨田，晒海带，捡石球，种地瓜勤工俭学。听说现在岛上学龄儿童很少，条件好点的渔家子女也都到长岛县城去读书了。现在这个初高中校园成了岛上的中心小学，由于国庆放假，我也无法进到里面，只能在大门外拍几张照了。

从早上开始我就迫切地寻找旧居，终于到了"西山十五户"了。那里也是苏式营房建筑，前后三排，每排五个门户，每户南面两个玻璃窗户，我家曾住在最后一排的中间。现在这里都出租给搞养殖的居民了。到了我家门前，原来绿颜色的门刷上了白油漆，门上有铁将军把门，在院子里修整渔具的一个高个男人可能看我扒窗推门焦急的样子，主动问我：给你开开门？我一听连忙说好，进了房间就开始拍照、录影。房间里没住人，只有一些破破烂烂的生活用具和一些养殖工具，这是我开始记事起住过的房子，应该在1969年年初，那时大姐在县城工作了，二姐刚当兵走了，只有哥哥爱国、三姐素环和我，家里五口人住这四五十平方米的房子，现在看非常拥挤。原来的锅灶已经拆除了，锅灶上方的墙上有一个几十厘米见方的小洞，是放油盐酱醋的地方。我记得小时候那上面有个装白糖的广口的玻璃瓶子，为了偷点糖吃，三姐把我抱到锅台上让我用勺子挖，结果晚上妈妈下班回来看到撒落在锅台上的白糖，毫不费力就揪出了我们俩，好一顿训斥，吓得我号啕大哭。看到那个大房间，我想起了我家至今还保留一张我扎着小辫、穿着大格格罩衣坐在床边，低头微笑的泛黄的照片，身后是一盖帘包好的饺子。小房间是哥哥和三姐的卧室，记得他们中午从来不睡午觉，爸爸就在那儿休息，我呢，就从妈妈的怀抱挣脱出来，坐在爸爸身边，缠着爸爸讲故事。爸爸打起了鼾声时，我会用小手扒拉扒拉他的眼，抠抠他的鼻孔，或是用背包带儿把他的脚捆一起，不让他去上班，而结果是等我醒来爸爸早就没影了。

待我结束了拍照来到了院子中，随行的延杰同学停好车也回来了。他问我："你不认识这个人吗？"只见那个给我开门的高个子男人在他身边憨厚地笑着。我一听这话，这才仔细打量起这个人。啊，德顺，小学同学！没想到我们会以这种方式见面！他也不会知道租的这房子是我曾经住过的房子啊！分别四十多年的同学竟在这里见面，太巧合了！他上学时也调皮得不得了。印象最深的，是他们经常结伴在我们女孩子上学的路上，埋伏偷袭，或扔出小石头或追赶着喊外号，吓得我们都躲着他们。可到了学校他们就装得啥事也没有，看见我们都不好意思说话。我们仨合影时摆出了"5"和"2"的手势，纪念我们曾经的五年级2班。这正是应验了那首改编的诗：瘦小离家胖了回，乡音未改肉成堆。儿童相见不相识，笑问胖子你是谁。诗名：衣紧还乡！

在大钦岛遇见的人或事都不是刻意的，这都是冥冥之中我应该见到的人吧！

4日下午我们看完东村的大顶望后，延杰的车出了故障，他当机立断开车到山下东村姐夫的修车点检修。在修车点附近我看到了一个熟悉的身影——家庆，金红同学的弟弟，也是我的初中同班同学。那时候姐弟俩在同一个班也是凤毛麟角的事情，金红比我们同龄孩子上学要晚两年，这都是家长的安排，所以她带弟弟一起上学直至高中毕业也不奇怪。金红上初中时在3班当班长，我在2班当班长。她吃苦耐劳像个大姐姐一样懂事，当我们课间或自由活动期间参加文艺队、体育队到处玩时，她往往是肩挑空水桶走了，过一会儿就把教室里的水缸灌满了水。记得第一批入团时，有她没有我，我气得回家哭，妈妈找人打听，原来金红够年龄了，而且吃苦能干，在同学中威信高。

在大钦岛的那些年是我一生最宝贵的青春时光，是最值得珍惜的黄金年华。我们部队家属的孩子和岛上的渔民孩子们打成一片，亲如兄弟姐妹。我们同喝那苦涩的饮用水，共享那快乐的童年时光。我们充满了朝气和活力，充满了对远大理想的期待，充满了对美好未来的憧憬和向往。在这三十多年里，我时刻没有忘记我们的启蒙老师，是他们培养教育了我们；在这三十多年里，我对同学们也是深深眷恋着的！我还深深怀念那些驾鹤西去的师长和英年早逝的同学。

那兵那鱼水情

到大礼堂看看，到大台阶上走走，到大操场转转，是每个大院里走出来的孩子进岛后必须做的事。

我们来到部队的大操场外围，过去没人站岗，现在有士兵在执勤。幸得高团长帮忙，他安排了一个班长带我们进去转转，班长说现在有纪律不让照相，只让照照大礼堂。我不无遗憾地答应："就不照相了，只怀旧吧。"这个熟悉的大操场，是承载着我们儿时欢乐的海洋，我们搬着小板凳、小马扎看过了多少部电影，跟着部队享受着先睹为快的快乐。那时每部电影放映完后，我便赶紧回家把歌词回忆出来，第二天上学再和同学们去对照，那时候的歌曲四二拍的居多，我们听久了也都能写出歌谱来。男同学热衷于记那些独特的台词，有一次，看完电影《决裂》，他们一看见我就不停地说那句"马尾巴的功能"，气得我直跺脚也堵不住那些调皮孩子的嘴。如今，那个当年和爸爸一块看样板戏电影《沙家浜》时，看到阿庆嫂提着茶壶走出来就非得要爸爸领回家去喝水的小姑娘——我，现在回来了！

这个大操场也是我们学校的体育运动比赛场地和拥军优属演出场地，从小就德智体全面发展的我，什么活动、什么项目也没落下。广播体操比赛、短长跑比赛，穿着那双"小白鞋"大汗淋漓、气喘吁吁的。在大操场南面的露天大舞台上，我们女同学身穿彩色的纸糊的裙子，头戴用纸壳子糊的新疆帽子，表演节目给部队官兵看，"亚克西，亚克西，我们都是亚克西。""库尔班大叔您上哪？"我们还用家长手工做的红缨枪，在这舞台上拼杀挥舞过。在那个至今看起来还很气派的大礼堂，现在叫军人俱乐部，我们看过了许多场各大军区文工团和省以上的地方春节拥军优属慰问团的精彩演出。原军人服务社和军人照相馆的旧址还在俱乐部的南边，那里也是我们小孩子最愿意去的地方。记得小时候，有一次妈妈去上班，临走给我5角钱让我跟邻居家一个叫"二怪"的小哥哥去买菜。等排队到他时菜卖完了，小哥哥就征求了我的意见帮我买了水果回来。妈妈下班回来没有菜下锅，气得训斥了我，我冤枉得大哭大闹，还是爸爸回来解围的。照相馆的朱大姐也是我同学炳山的姐姐，她精湛的技术让我们的家庭照、集体照和毕业照上的容颜都完美地表现出来，特别是那个手工绘制的彩色照片，让我们女同学都爱不释手，有段时间我还梦想长大后到照相馆工作呢，现在这里已经是执勤站岗的战士们的宿舍区了。

大操场路边的几块大型标牌上写着："时刻准备打仗。"据说部队在岛上其他地方也立了不少标牌："岛是我的家，党是我的妈，我听党的话，我爱我的家"，"苦中不言苦，苦中见精神，苦中作奉献，苦中有作为"。这些话不仅写在了标牌上，也写在了驻岛部队官兵的心里。这是早在部队进岛初期，就被老一辈守岛官兵口口相传的诗，它道出了老一辈军人的心声，反映了老一辈服从祖国需要，以岛为家、以苦为荣的情怀。这种精神伴随着每一名新兵从青涩的热血青年成长为一名成熟稳重的合格军人。这种精神也应当是社会主义核心价值观的一种体现。作为老海岛的后代，我敬佩父辈们对"老海岛精神"的践行和传承，也将铭记并学习老一辈那种难能可贵的爱国情怀和艰苦奋斗精神。

大台阶上方那片家属区现在已经建成团部办公大楼。1971年爸爸任部队第二医院的政委兼任后勤部副政委时，我们家就在这西边的电影队房后新盖的一套房子里住了一年多。现在旧居不在了，我只有抚摸着参天大树感慨时光的流逝。陪同的小班长刚刚20岁，他看到我激动的样子，不解地问道："将来我们老了也会像阿姨您这样吗？"我说："会的，会的，等你们和这个岛有了感情，也会和我一样来怀旧的。"

在北山脚下那个当年的师部办公区域，现在已经是个较大规模的招待所了。我还依稀记得，1969年爸爸任保卫科科长时，每逢周末或晚上他值班，我会时常来找他，在他办公室转一圈，玩一会儿。他办公室后面的空地上种了一些植物，他好像给我折过一两次玉米还是高粱的秆子，去掉外面的硬皮，把芯留给我啃，那是比蜜都甜的记忆啊。那时的办公区域的建筑也是苏式军队营房风格，听爸爸说撤团建师他们刚来时就有这些建筑，旁边山下那个往东村走的坑道，是姚司令来后才下令建成的。这个坑道冬暖夏凉，因为岛上施工或是训练时常会发生一些事故，有时战士的遗体要放在这个坑道的其中一个洞穴里几天，等候他的家人进岛安葬。我们小时候最怕走这个坑道，宁可从坑道上方的山上绕路走，也不敢走这儿。

从招待所的西边路口上去，原来那一排排独门独院的家属房现在还在使用，这是20世纪50年代建的营房，显得有些沧桑。我在几个同学的家门口拍了照片，马上上传到微信群里，还调皮地问同学们："我来找你们玩，可是你们都不在家，锁着门啊。"向西再向北，我来到了明华同学的家，这可是20世纪70年代我们守备区一号首长家啊。原来绛红色的石墙还在，只是现在长大了看哪儿都那么小，院墙不再那么高大了。原来一扇绿色的对开大门现在也漆上了红漆。大门虚掩着，院里的苏式八角房还在，空旷的院子里种满了各种各样的蔬菜，原来的两棵桃树和杏树已经没有了。小时候我经常来找明华玩，大我两岁的明英姐姐是我们的头儿。在这个院子里，我们爬树摘桃和杏，找个粗树干练单杠，抠树缝里的焦油玩，在阴凉的大树下抱着压缩饼干桶挑里面的糖豆吃，用好看的渔网线钩各种小书包和钢笔套……还记得一个夏日星期天的中午，我推开大门看到明华的爸爸——王司令员在用院子一个洗脸盆里晒好的水给明华洗头，那个慈祥的样子一下子拉近了我与他的距离，从此不再害怕见到他了。

来到海岛见到军人格外亲。我在团部见到了高建东团长，他介绍"虽然岛上的兵少了，但是保家卫国的责任依然在。现在部队除了训练、时刻准备打仗，更重要的是要保护岛上的老百姓的安全和国家财产的安全。像这个国庆节我们都是处于战斗准备状态，不放假不休息，岛上地方公安力量薄弱，我们还要担负他们的一些责任。各村村委会的工作我们也会协助，比如森林防火"。这个精干的团长也是个军人后代，他的岳父是 20 世纪 60 年代小浩村连队的副连长，他的大伯也在师部通信连当过连长，我电话打给父亲证实了他的大伯的姓名。他说他从岳父、大伯和你们父亲等老前辈那里知道了海岛的建设和发展历程，那个年代上万名官兵分散驻守在渤海深处的十八个大小岛屿和蓬莱海岸线上，日夜警惕地守卫在这里，构筑了一道坚固的海上钢铁长城。知道他们以前在海风肆虐、交通中断、淡水供应不上的情况下，曾经用海水蒸过馒头。"一盆淡水用几遍，亲人书信难见面，盐煮黄豆当主菜，海水蒸馍苦又咸"，曾经是岛上官兵生活的真实写照。从内陆各地到岛上探亲的官兵家属，每年都有因风浪不止滞留蓬莱，探亲假期又有限，而无奈地打个告别电话又返回的情况。就是在这样艰苦的环境条件下，驻岛官兵团结奋斗、励精图治，将海岛从最初的满目荒凉建设成为战备设施、生活条件比较完善的海防要塞和吸引游客观光的美丽岛屿，并用自己的坚守和无私奉献精神，凝结成了独具特色、内涵极其丰富的"老海岛精神"。许多长岛老兵都是这种精神的忠诚实践者，他们都视大钦岛为第二故乡。现在每年八一建军节或其他时间都会有不少的老兵、军人后代带家人、朋友来海岛看看，他们中的不少人都想在这儿聚一聚，再敬一个军礼，再唱一首军歌。而唱得最有激情、嘹亮的，常常是《战士的第二故乡》，"云雾满山飘，海水绕海礁。人都说咱岛儿小，远离大陆在前哨，风大浪又高……"，祝酒词则更简单明了："为了长岛，为了当兵的历史，干杯！"许多人将青春和生命中最好的时光都奉献给了祖国壮丽的海防事业，那岛、那山、那海曾连接着大家的喜怒哀乐，那团结紧张、严肃活泼、令行禁止、健康向上的军营生活曾铺就了许多人的成才之路，海岛情真是忘不了啊！电视连续剧《激情燃烧的岁月》《大校的女儿》，有许多外景都是在这些海岛上拍摄的。我急忙打断他的话语："作家王海鸰是我二姐素华的战友，她们同年入伍在南长山通信连待了几年。后来重新分配时我二姐进入要塞区司令部机要处当参谋，她去了要塞区第一医院任政治处宣传干事。"

金红说到军民鱼水情，也是非常激动。她说："部队的战士就像我们的孩子一样，人家年纪轻轻地离开家乡、离开父母来到海岛，我们一定要善解他们。逢年过节村委会都会收到老百姓送给战士们的当地特产。比如今年的端午节，我们南村每家每户拿出五个自己包的粽子和十个鸡蛋，有的人家拿来的更多，三百多户的慰问品集中后全部送到了战士们的手中。我们村会组织人去包鱼肉饺子给新入伍的战士们尝尝，还经常编排节目去慰问战士们。"

记得小时候爸妈和当地居民都特别熟悉，不管是房东还是邻居，只要有来我家玩或送鱼虾的，我家有啥能吃的都会给他们带走点，从不让他们空着篮子走。妈妈还会裁缝的手艺，除了每天到部队的家属红校（家属工厂）缝纫组去上班，在家的时间都用来给慕名来裁剪和缝制衣服的当地居民忙乎。我小时候过年的衣服都是妈妈直到年三十下午忙完他们的衣服后，才急忙给我做一件，那时候我唯恐没有新衣服过年啊。

团长让我带话给父亲："艰苦的环境是人生最好的大学，是产生高尚精神的摇篮，那个年代的那种精神、那股劲头，一直激励着我们的人生。我们一定会把海岛当家，把群众当亲人，把'老海岛精神'当成我们官兵的建功之本、创业之魂。"

时间过得太快啊，一天下来，唯有在部队医院住了几年的旧址没能进去看看。但它西边的粮所和西南边的船厂还在，我也去重游了。小西北口那儿也没时间去看了，留待下次再来吧……

次日早上6点，迎着初升的太阳，我离开了大钦岛。在船上，看着远去的码头，心里一阵酸楚。再见，大钦岛！小船、浮漂、渔网，"三角锥"还有海滩上那些忙碌的人，以及海边特有的海腥味儿……永远是我朝思暮想、挥之不去的乡愁。

大钦岛——在我蓝色的心海里，你永远是那朵欢乐的浪花！

父亲的海天壮歌

2020年4月23日是中国人民解放军海军成立71周年纪念日，窗外阳光明媚，海风习习。

中午就餐的时间，电视里正播放为海军庆生的节目。正月初八刚过完90周岁生日的父亲端坐在客厅电视机前，顾不上吃饭，正聚精会神地看央视新闻。

军人出身的父亲不仅当过陆军，也曾经穿过海军的军装。他在不同的年代身着海军装的照片，去年已被我收集到一起，做成了拼图。父亲穿海军军装照的照片格外好看，也难怪，父亲当海军时，正是风华正茂、英气逼人的年龄。

父亲的海军生涯要从青岛、烟台的海军炮校（今海军航空大学）成立之初开始，那可是七十年前的故事啦。

1950 年，朝鲜战争爆发，以美国为首的联合国军介入，美海军第七舰队同时驶进台湾海峡。万里海疆暴露在美、蒋的炮舰之下，新成立的中华人民共和国面临着严峻考验：成立才一年多的人民海军，此时仅有各类舰艇 134 艘，总吨位不足 5 万吨，而海军航空兵的组建还在酝酿中……

在海军舰艇和航空兵难以在短期内迅速发展壮大的情况下，中央军委审时度势，决定尽快加强海岸防御。为了培养急需的海岸炮兵人才，中央军委一声令下，第四野战军后勤二分部四大站，东北军区炮兵第六师师直及 34、35 榴弹炮团，西南军区特纵炮兵第十团——组建"海军海岸炮兵学校"。箭在弦上，已无退路。刚当兵一年多时间、穿陆军军装的父亲便随他所在的东北军区炮六师整体迁移，从辽宁省沈阳市出发，星夜兼程，辗转多地，于 1950 年 8 月 18 日之前抵达青岛。

8 月 24 日，海军海岸炮兵学校正式成立，这是海军航空大学的前身，是个师级编制单位。炮六师师长王效明任校长，父亲被编入了四大队十三中队，换上了海军军装。

学校成立伊始，教学人才、教学器材和各类教材极度匮乏。10 月开学时，只有炮六师教导队中六名原国民党炮兵专业人员担任教员。教材方面当时仅有少量的苏军教程，有的还与我军的实际装备不匹配。用于教学的设备器材短缺更是令人难以想象，一个大队四个中队 500 余名学员，共用 1 门从国民党部队缴获的 76.2 毫米火炮，还是"二战"时期美国制造的"老掉牙"的岸舰两用火炮。

学校没有望而却步，而是凭着强烈的忧患意识和坚定的必胜信心迎难而上。在教学人才方面，学校党委从机关参谋人员和懂得陆炮操作的干部中临时抽调 66 名同志，经过 19 天的强化集训走上了教学岗位，充实教员队伍。在教学器材方面，师生们一起发挥自己的聪明才智，用硬纸板和大萝卜巧妙连接，竟制造出不少实用模型。在教材建设方面，教员夜以继日地加班加点，硬是靠手抄笔描、秉灯刻撰，编印出一批急需的课本。

此时，教室还未建设好，父亲和战友就在树林里席地而坐，露天上课；没有食堂，就在树下就地野炊和野餐；没有宿舍楼，学员就挤在几个废弃的仓库里，睡在临时搭建的通铺上；没有礼堂，开大会就在土坪上临时搭台子，每逢队伍跑步入场，便会腾起漫天尘埃……就是在这样极其艰难的条件下，学校在开学 8 天后就将第一批 258 名结业学员送到海防一线，组建成了共和国第一个海岸炮兵营。

比大地更辽阔的是海洋，比海洋更辽阔的是天空。这一年，青岛炮校共培养出 6180 名炮兵专业人才，极大地缓解了我海疆被动挨打的不利局面。父亲在岸炮系主要学习如何掌握测距仪器，准确计算岸炮到目标的距离，这个技术含量比较高，学习了九个月后才毕业，并于 1951 年 5 月 13 日分到了海军长山列岛水上警备区，简称"海军长山水警区"，归山东省军区建制。当日父亲进入砣矶岛炮兵分队，负责渤海海岸线的防务。炮六师只有 10 余名战友随父亲一同进岛，其余战友被分到了全国的各个海岸线上。至此，"我爱这蓝色的海洋，祖国的海疆壮丽宽广。我爱海岸耸立的山峰，俯瞰着海面像哨兵一样。啊——海军战士红心向党，严阵以待紧握钢枪，我守卫在海防线上，保卫着祖国无上荣光……"这首激昂的旋律在父辈们的军营上空回荡。

1952 年，父亲所在部队海军长山列岛水上警备区改编，归海军青岛基地建制。无论建制如何变动，父亲他们守岛的责任依旧不变。

祖国为雄鹰提供了可以搏击苍穹、笑傲霹雳的蓝天，谁能经得起风雨的砥砺和洗礼？谁才能达到万里长空的高度？1951 年 3 月

2日，军委决定将"中国人民解放军海军海岸炮兵学校"改为"中国人民解放军海军炮兵学校"。1952年9月，海军炮兵学校从青岛迁址到烟台。1956年9月，父亲又作为拟培养的海军岸炮初中级指挥员，从渤海深处的砣矶岛来到了黄海之滨、芝罘湾畔的烟台海军炮兵学校学习（父辈们叫烟台炮校）。这所学校适应形势需求，大力培养海防一线的过硬人才，校长是孙亮平，政治委员是王大华。当时来学习培训的人员来自全国各海岸炮部队，学员分了五个区队，一到四区队是排级以上营级以下的干部，那时部队已经授衔，爸爸时任副政治指导员，授少尉军衔，爸爸在四区队，经过学员推荐，选举他为区队长。他说："写《父母爱情》的刘静，她父亲，你刘兆贵叔叔和你回庆斌哥哥的父亲回善芝当时都是炮校的中队长，属营级干部，他们是五区队的学员。"父亲这次学习的时间较长，出于特殊原因，原本是一年制的学习，直到一年半后才毕业，父亲又回到了长岛砣矶岛部队。

正是父亲在烟台炮校学习的时候，母亲才能来看看两年多没见的父亲。她带着我年幼的大姐从老家沈阳坐车到天津，从连云港坐船到青岛，从青岛坐车再到烟台，辗转多日后终于找到了父亲。大姐都不认得父亲了，让她叫声爸爸，她却不知道爸爸就是爹爹，还用家乡话说："俺有爹，俺没有爸。"逗得那些学员哈哈大笑。父亲说："那时新中国刚成立，国际形势动荡，部队时刻准备打仗，还在不断地改编，在海岛交通也不便，根本请不下假，真是有家也回不去啊。"母亲说："就是你爸爸太要强了，不愿意让家拖累着。我们来看他时，那些学员都不知道他已经成家。"

1960年年初，军委决定海军长山要塞区由海军改编为陆军，调归济南军区指挥，其编制由正师级上调为正军级，番号为"中国人民解放军长山要塞区"。辖属三个守备区，其中一个守备区在蓬莱实行海岸防御，两个守备区在岛上实行岛屿防御。1961年3月，大钦岛守备区建立，时任砣矶四团政治处保卫股助理员的父亲调到保卫科任干事，再一次穿上了"一颗红星头上戴，革命的红旗挂两边"的草绿色陆军军装，但守岛卫国的责任始终未变。

去年父亲想起了曾经在长岛砣矶岛二十七团一同共事过的战友——于墨林团长，"你同学于梅的爸爸、你于叔叔和我是青岛炮校第一期的同学，可惜老战友已经不在了。"是啊，像父亲这么大年纪的战友越来越少了，且像他记忆力这么好的也不多见了。记得十几年前，爸爸还经常早上跑步到北海沿去他的老学校——海航附近转转，他那是割舍不断的感情啊。近些年，因为要照顾生病的母亲，再加上自己的年龄大了，也有好多年没去学院转转了，但我会经常把路过航院时拍的照片拿给他看看。我以前曾对父亲说："您应该到现在的学院去要个文凭，不给你个本科，给个专科也行啊。"父亲说道："人老了，要那些还有意义吗？再说了，我算个啥啊？咱就是一个普通兵啊。"父亲质朴的语言像极了他的性格：一辈子踏实做事，低调做人。

中国人民解放军海军的历史上抹不去父亲这代时刻听从党的召唤，召之即来、来之能战、战之能胜、生机勃勃、斗志昂扬的创建者。沧海横流，方显英雄本色。他们用忠诚、信念、坚韧、奉献，血与汗、魂与魄向党和人民交出了一份满意的答卷，现已成了历史的见证。看着耄耋之年的父亲，想到像他这样能见证航院创办和发展历史的老人，如今恐怕也为数不多了，我为没能早早采访他而感到惋惜。但也为父亲的海军经历，曾经是学院的第一批学员感到自豪。烟台海军航空大学是名副其实的"海天骄子的摇篮"，今天我就作为一个编外记者把父亲这段珍贵的海军经历记录下来。

记得去年有一天，父亲把《烟台晚报》刊登的一篇文章递给我，让我了解一下现在中国海军五大兵种的划分。"无论海军还是陆军时期的长山要塞都采用岛岸互为依托的两种防御作战模式，所以从地位、作用来讲就是海防要塞。随着海军势力的壮大和高技术装备的发展，岛岸防御的地位和作用将随之下降，陆军的岛岸防御部队将随之缩（撤）编，海军陆战部队将随之加强，并赋予新的使命。"父亲心系国防，语重心长，留下了他对新时期部队发展的理解。

看今朝，经过老一辈和新一代海军将士的努力，我国已建成一支强大的海军。它像一柄海上利剑，劈波斩浪，戍守祖国海疆。像鸦片战争、甲午海战，帝国主义列强倚仗他们的船坚炮利打开我国国门，肆意掠夺，使我中华饱受屈辱的日子，一去不复返了！

人民海军七十一年，沧海横流，不畏惊涛骇浪；人民海军七十一年，守护和平，不断扬帆起航。祝福人民海军，永远生日快乐。

泛黄的入党志愿书

九旬的父亲有一个带拉链的蓝色小包，已经跟随他几十年了。

去年4月底他腿摔伤到5月初出院至今，为了方便照顾他，我把他从南卧安置到宽敞的客厅休息。

随着爸爸病情好转、稳定，有一天他让我去他原来休息的卧室，把床头柜里那个小蓝包拿来。我拿来小蓝包，他哆哆嗦嗦地拉开拉链，扒拉着里面的东西一一查看。我突发好奇之心，也凑到他的跟前，看看包里面到底装了什么好东西。

只见包里面有一沓现金，也不过几千元，倒是证件之类的不少，有房产证、户口本、老年证、老干部离休荣誉证、转业军人证明书、海军炮兵学校毕业证书、"守岛建岛无尚光荣"光荣证和小记事簿。这些证件我以前都看见过，其中部分证件我也都翻拍过照片，并保存在我的手机相册里，特别是去年国庆节前夕，爸爸获得了中共中央、国务院、中央军委颁发"庆祝中华人民共和国成立70周年"纪念章，我也以部分照片为据，为他编发过文章《父亲戎马一生的海岛生涯》。

突然，一个巴掌大小、纸张已经发黄的小本子吸引了我的注意，凑近一看，是1950年1月繁体字的"入党志愿书"。封面上有父亲青年时期的稚嫩笔迹和指纹。我急忙翻看这本已经毛了边的"入党志愿书"，那上面"誓词、个人简历、入党动机、介绍人意见、支部讨论意见、候补期表现情形"和签名、盖章等一应俱全。因我退休前的几年时间里，在单位机关党支部兼任过副书记，负责行里党员纳新工作，从入党积极分子考察、培训、谈话到转正等事宜，要亲力亲为，已经非常熟悉这套组织工作办理的程序。看到老父亲的这份入党志愿书，我非常感慨，应该说，这是中华人民共和国成立初期，我们党的组织工作刚开始步入正轨的一个范本，内容既详细又真实。中华人民共和国成立七十年来党的组织机构虽然已逐步健全，但现在的入党志愿书仍然保留着这本小册子里的全部内容，只不过是纸张变大了，已从B5到了A4，且都归档到单位的组织部门，个人已经不保存了。

1950年1月，中华人民共和国成立后不久，敌对势力和台湾国民党还在叫嚣反攻大陆，国际形势更是风起云涌、动荡不安，我们的军队时刻备战，编制也在不断变更中。父亲是一个从劳动人民家庭长大的苦孩子，到部队也不足一年，特别是他从刚入伍时的辽南军区警卫团，到炮兵六师三十四团侦通连也就五个月时间，但他怀着一颗热血之心，积极投身到解放全中国的革命热潮中，积极要求加入党组织，立下了为人民求解放、为人民服务到底、求全世界人类解放，跟党走，永不叛党的决心，做好了"抛头颅，洒热血"的思想准备。被批准为预备党员后，父亲又到了炮六师通信营一连任副班长，其间部队开展了轰轰烈烈的大生产运动，为的是自给自足，解决地方粮食供应不足。全营去了盘锦市田庄台镇种植水稻，在劳动中，父亲积极肯干，手被割破仍坚持劳动。班里有战友生病了，父亲劳动回来后，不辞辛苦，生活上精心照顾他们，精神上安慰和鼓励他们。预备期他思想端正，训练刻苦，努力学习文化，团结同志，立过功，受过嘉奖，经受住了党的考验，半年后按期转正，成为党的"七大"后，全国500万党员中的一员。

就在父亲转正的头一个月，中央军委一声令下，组建"海军海岸炮兵学校"。父亲便随他所在的东北军区炮六师整体迁移，于1950年8月18日之前抵达青岛，成为中华人民共和国人民海军炮校的第一批学员。

从炮校毕业后，他被分配到长山列岛，之后三十年，他把青春献给了国防事业。离休后，他时刻牢记党的宗旨，在国家几次大灾大难之时，积极捐款捐物，缴纳特殊党费，继续发挥了一名党员领导干部的先锋带头作用。

七十年了，这份入党申请书，从父亲预备期开始，无论父亲走到哪里，都带在身边，珍惜着。那是他的初心，那是他的命根子啊，而他那些立功奖状之类的证书却没有保存下来。如今父亲虽然年事已高，记不住许多事情了，但他仍然清楚地记得他的入党介绍人的姓名、他入党宣读的誓言。记得去年组织来给他颁发那枚"庆祝中华人民共和国成立70周年"的纪念章，当儿女们向他祝贺时，他激动地说："感谢党和人民！如果祖国需要，我将立即冲上战场！"看，面对荣誉，90岁的父亲，不忘初心，仍然豪情万丈！

我上小学时曾写过一篇作文《我和爸爸比童年》。记述了爸爸出生在旧社会，家庭出身是雇农，14岁时丧母，跟我爷爷下地干农活，16岁又去给地主家做工，生活过得很苦，直到后来他入伍离开家乡才吃上了饱饭的经历。而我生在新中国，长在红旗下，从小跟父母在军营长大，没有吃过苦、受过累，过着比蜜还甜的幸福生活。通过与父亲的童年对比，小小年纪的我，对新中国、对伟大领袖毛主席更加热爱，对中国共产党更加崇敬和拥护。

今天我也想和爸爸比青年、比入党这件事，我惊喜地发现我和爸爸入党的年龄都是 20 岁。20 岁正是风华正茂的年龄，记得当年组织找我谈的第一句话就是："欢迎你加入中国共产党，为这个组织注入了新鲜血液。"我和父亲都是不同时期给党组织注入新鲜血液的青年党员，虽然我入党时的环境和父辈那代老革命不同，但我不会忘记：正是在他这样老党员的引领下，我才步履坚定，向党积极靠拢。记得我刚参加工作时，不满 17 周岁，被分配到一个小岛，几年调不回来，那时父亲还在县财贸办公室任职，正好分管金融工作。我曾一度因为想家，受不了在孤岛的寂寞，给他寄去洋洋洒洒十几页的抱怨信，而他却坚定又深情地给我回复："你是革命军人的后代，在英雄辈出的年代长大，要时刻以军人的标准严格要求自己，要向英雄和革命先烈学习，不能辜负这个美好的时代。"正是听了父亲意味深长、寄予厚望的话语，从此我才安心工作，扎根海岛，做好金融服务工作，取得了一些成绩，并在党 62 岁生日那年，光荣地加入了中国共产党，成为当年全公社、全农行年龄最小的党员。那年是党的十二大胜利召开，全国共有党员 4000 万人。入党后，我每前进一步，都有父亲这位老党员的嘱咐，父亲的言行就是我的指路明灯，时刻提醒着我以党员的标准严格要求自己。我年轻时还有幸听过父亲在县委礼堂给全县党员干部上党课做的报告，没有说教，没有高谈阔论，只是一堂最贴心、最励志的党课，是一种润物细无声的感受。感谢父亲这位老党员几十年来给我的教诲，让我终身受益。

一份入党申请书，被父亲珍藏了七十年，非常不容易！他们一同走过了风风雨雨，穿越了岁月时空，见证了中国共产党带领全国人民从贫穷走到繁荣昌盛的新时代。它既是父亲的珍宝又是我家的传家宝，我会替父亲好好珍藏着，它似警钟，永远提醒我们不忘初心、砥砺前行！它更像一盏明灯，永远为我们指明前进的方向！

坐飞机的愿望

当我得知80多岁的爸爸还没坐过飞机，我很惊讶。

2010年五一期间，在济南工作的三姐和姐夫利用假期来烟台看望我父母，但在4月30日那天姐夫接到了上级的通知，让他利用假期到北京去参加他们农机系统的一个国家科研项目的草案拟订工作。于是姐夫在烟台只住了一宿，次日准备从烟台坐飞机直达北京。

五一上午11点钟，我要去机场送姐夫，从威海赶来烟台看望我父母的外甥女婿李峰自告奋勇当司机。

我们刚下楼走到院子里，爸爸从家里追了出来，说想一块到机场去。我还当他要去送姐夫呢，就不耐烦地对他说："你快别去了，三姐她们快做好饭了，你在家等着吃饭吧。"

爸爸说："我是想去看看飞机场，我从来没去过机场。"

我一听，乐了："啊，你没去过机场？坐过飞机没？"爸爸不好意思地笑了："没坐过真正的飞机。""啊？怎么回事？"我惊讶起来，"那快上车吧！"

车辆行驶期间爸爸说起了他的往事。20世纪70年代中期，在长山要塞区第二医院任职的爸爸到济南军分区参加一个团处级干部学习班。那个时代，"时刻准备打仗"的弦绷得紧紧的，政工干部进学习班也要学习军事作战课程。当上到"对空防御"一课时，班里的学员都说没见过飞机，这么上课太抽象了。于是学校经过缜密的协调安排，决定带他们这个中队的学员，到时任军区司令员杨得志的"作战指挥专机"上去进行现场教学。

学员们一听都很兴奋，心情愉悦起来了。有一天，几辆军用卡车载着他们这个中队到了当时位于济南市西郊的一个叫张庄村的军用机场。这个机场始建于1938年8月，是日军侵略中国时建的。学员们到了机场，得知机场占地有5000多亩，有两条跑道，其中那条沥青跑道，是国民党统治时期在日军泥土跑道的基础上修建的。在这条沥青跑道的西侧，是一条水泥混凝土跑道。这是1954年，咱们空军自己修建的，长2200米，宽60米。

杨司令员的飞机停在机场里，有哨兵把守着，学员们分批次井然有序地登机了。在短暂的宝贵时间里，他们站着认真听讲，然后轮流到飞机的驾驶员座位和杨司令员的座位上去坐了坐，体验了一次不飞行的坐飞机经历。

爸爸说："那是最受欢迎的一课，是学校史无前例也是唯一一次的现场教学，令我终生难忘啊。"

爸爸讲述的同时，我脑海里也思绪万千。爸爸从军三十余载，一直在沿海地区，那时国家经济不发达，军需费用也不宽裕，他们出去开会或者是每年到全国各地带新兵坐的最多的交通工具是轮船、汽车和火车，我还听他说过20世纪50年代初期"三反五反"运动时，部队里也要开展清查活动，他还跟当时的指导员携枪到贵州某个偏远的山区，去调查他们连队里一个从国民党军队起义过来的老兵，看看他家乡的地方组织对他家的了解和评价。

山东长岛到贵州那么远的路程，根本没有飞机可乘。他们辗转了多日才到达，等到了山区后，连车都没有。地方政府借调了马匹，他们是骑马走山路完成那次外调任务的。后来经济条件好了，爸爸也离休了，闲暇时，他就和妈妈照顾我的孩子。等孩子长大了，我妈妈身体又不好了，他为了不给儿女们添麻烦，也不请保姆，一人在家照顾我妈妈，哪儿也去不了。看到别人家的老人出去旅游，爸爸嘴里不说，心里肯定也有想法的。

"姥爷，机场到了。"

李峰停下车，开车门接姥爷下车。烟台的莱山机场过去是部队的专用机场，现在和地方划片共同使用。我到过许多城市，这儿的机场可以说是全国最小的机场了。由于巴掌大的地方又扩建了国际机场部分，所以国内这块显得更小了。

军用那边我们进不去，我只能带爸爸在民用这里四处转转看看。看机场大厅那么多的人，干什么的都有，令人目不暇接。我给爸爸介绍有关乘机的常识，爸爸感叹道："像我这样的老人要是来坐飞机，没有人陪伴恐怕是上不了飞机了。"

是啊，他们这代开国功勋，现在都老了，胜利果实还没有好好品尝呢，这好日子还在后边啊。这时三姐夫从包里拿出相机给我和爸爸照了几张合影，然后进了候机厅，爸爸不明白也跟着进，被我拉了回来，我告诉爸爸送人的只能在这里了，那里面是有票的人才能进的。这时恰巧有一架飞机进站，透过候机厅的几道玻璃窗，我拽着爸爸指着那架飞机让他快看，爸爸目不转睛看了一会儿，感慨道："看到真飞机了，可惜没戴老花镜来，看得不清楚啊。"

回来的路上，我告诉爸爸，烟台要在蓬莱潮水建新的机场了，再过几年我们就有自己的民用机场了，那个机场可是按国际标准来兴建的，等建好后我领您从那儿坐飞机去旅游。爸爸爽朗地笑了："好好好！"

时光荏苒，岁月如梭，一晃七年过去了，位于蓬莱潮水的烟台蓬莱国际机场自 2015 年开始运转，至今也有两年了，这是国家一类航空口岸，已经步入全国中大型机场的行列，机场跑道 3400 米长、45 米宽，航站楼达到了 8 万平方米。其间我也因开会或旅游，坐了好几趟飞机了，可是对爸爸的承诺早就扔到"爪哇国"去了。

最近又听说民航总局颁布了 70 岁以上的老人乘坐飞机，须持县级以上医院出具的适合乘坐飞机的证明。看看身边的爸爸，如今已快 90 岁了，别说乘飞机了，连去趟机场都走不动了。

带爸爸乘飞机的愿望成了我的遗憾，我错过了带他翱翔蓝天，领略祖国大好河山，飞向梦中世界的好时光。

此时此刻千般滋味涌上心头，人生就是这样：面对很多选择时，我们总是来不及思考，结果不是选择了放弃，就是选择了遗憾，总让爱跟随往事，印在心底，流过眼梢。

英雄的山

清明祭奠英魂，默默无语两行泪，济南英雄山的记忆仿佛如昨。

2016年，在秋风瑟瑟的10月下旬，我带领本行10余人参加全省农发行基层党务干部培训班，住进了离省行不远处的济南军区五所。

五所门前马路南面就是济南市英雄山公园，景区内的烈士陵园及济南战役纪念馆作为济南市著名的爱国主义教育基地，已成为人们缅怀烈士、进行革命传统教育的圣地。以前来省行开会，多次住在五所，也没抽时间进去一趟，这次党务培训班的主题和教育基地的内涵挺合拍的，而且培训时间较长，我一定要进去看看。

次日清晨6点起床，我一路小跑地来到了英雄山公园。

英雄山是一座历史悠久的名山，它东起玉函路，西至英雄山路，南含七里山，北到马鞍山，过去因距济南市中心4里路，俗称四里山。公园既有连绵起伏的山峦，又有开阔的平地广场，规划占地面积1平方公里，地理位置优越，是名副其实的城中山。据说1952年10月，毛泽东主席首次视察济南时，在山东军区司令员许世友的陪同下登上了英雄山。许世友介绍说："济南战役时牺牲的战士基本上埋葬于此，有不少烈士连姓名都没有留下。"毛泽东环视四周，青山苍翠中遍是烈士陵墓，感慨地说："真是青山处处埋忠骨啊！有这么多的英烈长眠在这里，四里山就成英雄山了！"由此，四里山有了一个更响亮的名字——英雄山。

踏上公园北门台阶，迎面矗立着一尊雕像。只见白色大理石底座上刻有繁体的"胜利"字样，底座上方是一名解放军战士高举着冲锋枪策马欢呼的镀金塑像，底座的背面刻有"济南市市中区人民政府于一九八九年十月一日建设、青岛园林雕塑工厂制作"的字样。此时公园里已经有不少来晨练的中老年市民，他们在这尊"胜利"的雕像前围成一圈踢毽子呢。看看曾经来过一次的公园，也只留下1988年5月借调省农行国际业务部工作时，和同事周日爬山过后聚餐的片刻记忆了，那时这里还很原生态。二十八年转瞬即逝，现在的英雄山今非昔比，经过改造和修建，已逐渐发展为具有齐鲁特色的红色旅游景区了。

看，雕像身后的远处山巅，"革命烈士纪念塔"巍然屹立着。在塔顶最上方的红色五角星的指引下，我循着山间的花岗石铺就的小路，拾级而上。周边的苍松翠柏经过昨天一天雨水的洗刷显得郁郁葱葱，山路很平缓，我到达山顶用了不到十分钟。山顶的视野顿时开阔起来，远处的天空尽头已经呈现朝霞映照蓝天——五彩绚丽的景色了，红的霞，蓝的天，那朵朵呈花絮状的白云，错落有致，煞是好看；近处，山峦茂密、树木高耸，绿的枝、黄的叶、红的枫，色彩斑斓。再揽林瞰市，只见素有泉城盛名的省会大都市高楼林立，经纬大道排列有序，城市上空不见了雾霾。省会济南在这晚秋时节迎来了清爽的一天。朝霞映照着"革命烈士纪念塔"，塔上毛泽东主席的书法，那么苍劲有力，七个烫金大字熠熠生辉，颇为壮观；塔顶那颗红色五角星，宛如烈士鲜血凝结，历经雨打风吹，依旧光彩夺目。此时此刻我的心头油然升腾起一股豪迈感，当年正是毛主席领导的中国共产党，率领大军在济南以大规模攻坚战和歼灭战的伟大胜利而震惊全国，拉开了"辽沈""淮海""平津"三大战役的序幕，谱写了人民解放战争战略决战的新篇章，在我军作战史上写下了光辉的一页。

顺着纪念塔南面的台阶下行，我走近了烈士们长眠的公墓。

在这个庄严又不失生机的陵园，过往的晨练行人没有驻足的，只有一位清洁工在用大扫帚清扫落叶。只见道路两旁一块块墓碑规格、形式整齐划一、有序地排列着，上面刻着烈士的名字和生卒年月日，有的名字已经模糊不清了。这一座座石碑历经沧桑，无声地记载着这些英雄为了济南、为了中华民族、为了新中国献出宝贵生命的事迹。当我双脚沉重地移步到南面的无名烈士陵园时，心中一下子涌起莫名的感动。陵园石碑上刻着的遒劲大字"英名未留，魂昭日月"让我肃然起敬，只见碑文上刻有："一九四八年九月十六日至二十四日，我华东人民解放军由十四万子弟兵组成攻城集团，以十八万人组成打援集团，历经八天八夜浴血激战，歼敌十万，强攻速胜，攻占下济南。此次胜利来之不易，我军 5101 名指战员血染泉城，为国捐躯。由于当时处于战争环境，许多烈士被散葬于市区各地，推土为墓，削木为碑。中华人民共和国成立后，济南市人民政府先后将 1491 名散葬烈士迁入此山，其中这 722 名烈士未能留下姓名，但是他们的英名与英魂终于融入了祖国的巍巍青山。如今立碑铭志，彪炳汗青。"望着这些"中华英雄儿女"的坟墓，我满含热泪，深深鞠了一个躬，表达了我对革命先烈的缅怀和敬仰。

我小时候听父亲讲述过济南战役的故事，他是中华人民共和国成立前在东北当兵，1950 年随陆军东北炮六师整体改编到海军青岛炮兵学校，才来到山东的。他虽然没参加过解放济南的战役，但周围就有许多从这场战火硝烟里走出来的战友。他曾经讲述过济南战役的故事："济南战役是在华东野战军代司令粟裕的统一指挥下发动的，许世友是当时山东兵团司令，参战的有现在改了番号的27 军、28 军和 31 军，我们胶东半岛的 26 军在泰安南准备打援助，结果国民党军没敢来。你那个同学的爸爸，还有咱家邻居叔叔，参加过济南战役，还有后勤、医院等支援保障部队及支前民工，虽然没有真枪实弹地上战场，但也都算参加了这次战役。他们都是真正的开国功勋，是活着的英雄。""打进济南府，活捉王耀武！"还让我记住他喊口号时声音高八度的样子，那么豪情万丈和慷慨激昂，他那是为身边的战友感到自豪啊。

继续向东沿台阶上行来到了烈士墓前，这里没有栏杆围挡，是开放式的，每个墓前面都有墓志铭，详细地记录着烈士的生平。其中有山东支部的创始人邓恩铭、王尽美烈士，还有山东早期负责人鲁伯峻、刘谦初，中国人民解放军山东军区政治部副主任黄祖炎等先烈。从南向西排列的第一位就是邓恩铭，他与毛泽东、王尽美同是中共一大的代表。九十五年前，他还是风华正茂的热血青年，用鲜血书写了与敌斗争史诗，用生命谱写了与敌斗争的胜利篇章。正是有无数像他这样的英雄百折不挠、前赴后继，用灵魂和血性支撑起民族的脊梁，才有了今天的中国。毛泽东与长眠在陵园中的刘谦初既是战友，又是亲家，后来刘谦初之女刘思齐为毛泽东的干女儿。在黄祖炎烈士墓碑前，我看到他1933年担任过毛泽东的秘书，毛泽东也曾经来此祭奠过他。

中华民族的近代史真是一部旧社会走向灭亡、新社会逐渐建立的历史，是一部既屈辱又抗争的历史。中学历史教科书的每一页都充满着血泪。在这各种力量并存，人民生活水深火热，仁人志士苦苦探索，一代代军民前赴后继中，不知道经历了多少坎坷与挫折才换来今天社会的进步、人民生活的殷实。各个时期的革命烈士都是时代的先锋、民族的脊梁、祖国的功臣，他们的精神光照千秋，永垂青史。

走走看看停停，清晨的宝贵时间转瞬即逝。次日清晨我又来到了英雄山公园，这次是要去看看那个"济南战役纪念馆"。

顺着公园西侧的路口，我选择了和昨天不一样的路线进园。走到写有"济南市社会组织创新园"标牌的路口，远远望见了东侧的纪念馆，只见一座圆形带两翼的褐色建筑物静静地伫立于山脚下，雄伟挺拔，气势磅礴。走近一看，建筑物上方有时任国防部部长迟浩田上将亲笔题写的"济南战役纪念馆"，字体苍劲有力，为纪念馆平添了一份光彩与神圣。纪念馆正面有一幅巨大的长方形展板，"光辉的历程 伟大的成就"，原来是纪念中国共产党九十五周年诞辰、中国共产党历史及成就的。展板制作得非常大气，左侧最上方位置及中心位置用红旗、党徽装饰着，各个版面上图文并茂，尤其是用那些翔实的老照片来展现历史的片段，非常直观、真实，也给身后的纪念馆增添了庄严的气氛。

　　纪念馆要到8点半才能开馆，我还要回去上课呢，不无遗憾地放弃了进馆参观的念头。昨晚我在网上搜集了纪念馆的有关信息，基本了解了里面的内容，得知当年因为济南战役具有重要的历史教育意义，为永久纪念这一伟大胜利，缅怀先烈，教育后人，1998年9月24日在济南解放五十周年之际，济南市委、市政府决定，山东省人民政府批准将济南革命烈士陵园烈士事迹陈列室扩建为济南战役纪念馆。经过三年多的精心设计、精心组织、精心施工，这座投资近4000万元、建筑面积近7000平方米的全景式纪念馆终于建成，并对外开放。目前在我国只有六个全景式纪念馆，这个全景式是将绘画、塑形、声、光等多种艺术表现形式融为一体的综合性现代艺术。济南战役是其中的经典之作，被国内外全景画专家称为"中国全景画中最为精彩的一幅""是现实主义创作的力作""不但真实而富有艺术感染力地表现了济南战役这场战争的宏伟壮丽的气势，表现了浴血奋战的英勇战士的革命精神，表现了震撼人心的战争场面，还画出了令人信服的老济南城的风貌、风情、风俗状态，在画面上重新恢复建造了这座历史文化名城，令人几乎可以在画中的都市漫行……"济南战役纪念馆成为人民缅怀革命先辈的重要载体，启迪后人不能忘记历史。

看时间尚早，我又一次来到了那些先烈的墓前，继续着昨天没有看完的墓志铭。

革命烈士陵园内松柏环抱、绿荫满园、安静庄严，从墓碑前再次走过，仿佛又接受了一次人生的洗礼。

烈士们长眠在英雄山下，带着永恒的希望走了，解读他们，只能通过一块块碑文。这里的一尊尊墓碑见证了历史的变迁，我们生活的每一寸土地都曾浸染过烈士们的鲜血，如今，历史没有忘记他们，人民也永远不会忘记他们！此时，我内心的震撼比任何时候都要强烈。那时候他们的朴素和平凡，他们直面生死的淡定和勇气，他们对胜利的渴望，对家人的承诺，就是必胜的信念！就是最崇高的信仰！长眠在此的烈士永远是我们民族的骄傲。

我环顾四周，冬季的山林已经没有可采撷的花儿了，只有几片红彤彤的枫叶被我捡来，默默地放在先烈的墓碑下。这凝聚着我无限情感的枫叶，犹如烈士们生前的灿烂。

走出烈士陵园，天空又飘起了细雨，渐行渐远的英雄山，留给我的是无尽的回忆……

女兵姐姐们

我微信朋友圈里那些兵姐姐又换头像了。一年一度的八一建军节又到了。

展示女兵头像的姐姐们，有着陆军军装的，有着海军军装的，她们个个青春靓丽，俊美中透着英姿。

那一张张不大的照片，每一张都是一个永恒的瞬间，每一张背后都有永驻心底的一段记忆。她们用照片记录当年风华正茂的灿烂时光，用那瞬间合成的影像诠释着对军旅生涯的深情厚爱。

她们的人生都是自军旅启程，劈波斩浪，扬帆远航。

我印象中最深的当数 20 世纪 70 年代长岛内长山要塞区军中活跃着的那群年轻的女兵。她们和我的父辈们一起，驻守在海岛，担负京津锁钥之重任，保卫着祖国的海防前哨。女兵队伍中有机要、通信兵，大多数是卫生兵，后来又有了文艺兵、体育兵。

军中"千里眼""顺风耳"。我二姐马素华当兵的那年春天，要塞区是首长机关所在地，是各驻岛部队中最高指挥部。首长、机关所有的上传下达主要是靠有线，也就是要通过"五一"总机来中转，它的作用就是部队的中枢神经。二姐入伍的通信连主要是负责要塞区"五一"总机的有线通信，当时有两个词来形容通信兵："千里眼""顺风耳"。那时部队的通信非常落后，除了岛与岛之间是海底电缆外，陆地基本都是明线（俗话讲的电线杆）。尽管女兵将来是在室内负责话务的，但新兵训练期间还有挖电缆沟、查线等任务。当进行明线检查时，她们经常会和男兵一样，在电线杆子上爬上爬下，遇到下雨或下雪天更是要反复查线，确保战备线路畅通。大负荷的任务或训练下，女兵们每天累得筋疲力尽，有的脚底磨出了水泡，有的肩膀磨出了血痂，不论是严寒还是酷暑，训练起来经常一身泥、一身汗，连每月"特殊情况"那几天也没有一个请假休息的。除了本职工作，她们还要面对队列训练、夜间紧急集合、长途越野拉练这些严格的军事训练科目，女兵们没少掉过眼泪、出过洋相。女兵们从小都在军营或革命干部家庭长大，想想父辈打江山都不怕流血牺牲，这点苦也算不了什么。那时她们常喊的口号是："一不怕苦，二不怕死。""苦不苦想想红军二万五，累不累想想革命老前辈。"她们不仅在工作中同男兵一样，在生活中也同男兵一样严格要求自己，从没用过香皂、化妆品这些属于女孩子的物品。新兵连训练结束后，有的女兵会被重新分配，留下的就成了"五一"总机话务员或到各个守备区通信连。

军中永不消逝的电波。1970年10月，内长山要塞区司令部在这批首招的女兵中挑选了两个机要员，我的二姐就是其中一个。那个年代，国内、国际形势动荡，北方边境局势扑朔迷离，东南亚更是烽火连天，因此，国内"时刻要准备打仗"的口号喊得震天响，我军海防前线战备的弦都绷得紧紧的。那时电信设施落后，军需装备物资匮乏，到济南军区取、送机密文件都要从长岛漂洋过海。从长岛到蓬莱的海路可以坐要塞船运大队的登陆艇，而蓬莱到济南的陆地只能用地方的交通工具了。二姐曾经只身携手枪带着警卫战士，包下火车上一间软卧车厢，到济南军区去取机密文件。想想那个胆量可不是一般女孩子能有的，有一年春夏之交的季节，她又执行任务到济南军区去，下了火车，济南的热浪扑面而来，还穿着岛上御寒衣服的她，只好找地方将绒衣绒裤脱掉，穿着肥大宽松的军装外套走在军区大院里，引起了许多人侧目观望。

军中百灵。20世纪70年代初期，当我还是一个"红领巾"时，要塞区直属队和所属的三个守备区、后勤部，相继组建了"毛泽东思想战士业余宣传队"，分别排练"革命样板戏"。我居住的海岛——大钦守备区宣传队排练《沙家浜》。宣传队的演职人员都是从守备区所属各个部队临时抽调的，女演员大部分是从我父亲任职的第二医院挑选的，周琳军、张秋心、张抗美、孙霞、王秋兰等，她们虽不是特招的文艺兵，但是凭着越是困难越向前的毅力，顺利完成了这出戏的排练。而后宣传队上海岛、下基层、进渔村，到各个部队巡演，到地方慰问演出，用激情澎湃的《沙家浜》丰富了我们海岛军民的文艺生活，为部队的军事文化建设注入一股新鲜清澈的活水，创新和发展了具有军旅特色的文化生活，将老海岛精神薪火相传，为守备区的精神文化家园增光添彩。据历史资料记载，她们在大半年时间里竟然演出了上百场。她们不愧是军营飞来的百灵鸟，唤醒了海岛荒凉寂寞的梦境，给战士们带来了温馨。

军中白衣天使。当时要塞区女兵聚集人数最多的是医院，要塞区驻地和大钦守备区驻地的两个部队医院，简称叫"第一医院""第二医院"。20世纪70年代初中期，父亲在第二医院工作多年，我耳闻目睹了他身边女兵的风采，她们吃苦耐劳，全心全意为病人服务。那时医院的保洁、护理也都是这些女兵亲自干，她们轮值大、小夜班，对军队和地方来的病人一视同仁，满腔热情地做好医护工作。她们在手术室也同男医生、护士一样救治危重病人。记得有一年部队施工办公室测试水雷，因操作失误，发生了严重爆炸事故。当军队大卡车拉来了六名血肉模糊的军人时，我和小伙伴们正好在医院大门前的操场上玩耍，我看见这些身体羸弱的女兵脚步匆匆，和男兵搬运危重伤员，身上的白大褂有血，手上也沾满了鲜血，场面异常残酷。那时驻岛部队搞国防建设施工，像这样的外伤病人真不少，但女兵们克服恐惧，不退缩，勇敢面对，救死扶伤，身上散发着大无畏的革命军人英雄气概！长大后听当时参与抢救的孙素梅姐姐说，她们同男军医们在手术室全力抢救伤员，三天两夜没休息。

编外女兵。当时要塞区辖属机构中，除了几个守备区，还有许多后勤部队，我三姐马素环初中毕业时因年龄小当不上兵，就到部队的化工厂参加工作。部队的企业，管理人员大多是军人，工厂的管理也都是军事化的。留宿职工早上都要出早操，作息时间也是按部队的统一标准。工厂的各项活动也是服从军队统一安排，每当部队开展体育活动时，高个子的三姐就会被选调与穿军装的女兵姐姐们一起集训，然后去济南军区打比赛。她多次参加过田径、排球、篮球队的活动，是女兵队伍中唯一一个不穿军装的高个子队员。部队搞有关宣传展览，有时也抽调她去当讲解员，穿上军装谁还知道她是个工人啊。经过部队这个大熔炉几年的淬炼，她多才多艺，和军中女兵一起比翼齐飞，茁壮成长。后来就读大学，她是文体部部长，在田径运动会上她投掷500克手榴弹远达72米，至今无人能破此纪录。她曾经高歌一首《塞北的雪》，拿下济南市职工文艺会演一等奖，是那些编外女兵中杰出代表之一。

年复一年，要塞区女兵们立足各自的岗位，思想上逐渐成熟，业务上逐渐精通，能胜任本职工作，先后入党提干。她们和父辈那代建岛、守岛的老军人一起，坚守在祖国海防前哨——长山列岛上，保卫着祖国的东大门，时时刻刻尽一个军人的责任，为人民军队、为共和国默默地奉献着自己的青春。她们用忠诚、信念、坚韧、奉献，用血与汗向党和人民交出了一份满意的答卷，现已成了历史的见证。即便是最终转业到地方去的姐姐们，也凭一技之长，退休后在民营医院兼职，继续从事医疗卫生工作，为人民服务。医院看重她们的就是当过兵，踏实本分，能吃苦。曾经的军旅生活锻造了她们的钢铁意志，培养了她们良好的人格品行，这也是一代代海防官兵共同的终生财富。

写完这篇文章，我的脑海里久久不能平静。半个多世纪以来，中国人民解放军内长山要塞区数十批几十万官兵先后在海岛服役，他们为了巩固海防，保卫首都，人人以岛为家，用自己的双手开山筑路、采石建房、打山洞、修工事，绿化荒山，与当地政府和百姓一起把昔日贫瘠、苍凉的长山岛建成了一座坚不可摧的海上长城。女兵就是他们中最靓丽的军营之花。

就让我们牢牢记住"女兵"这个群体吧！

同学曾经是海军

同学易双剑是我的发小，四十年前我们都随守岛保卫海防的父辈，在祖国的东大门——美丽的长山列岛内长山要塞大钦岛守备区上学、生活。高中毕业那年他入伍，复员后回到已转业在鞍山的父母老家，进入当地著名企业——鞍山钢铁公司。

在中国人民解放军海军成立七十周年前夕，易双剑从东北鞍山漂洋过海来到了胶东半岛烟台。

这真是一个巧合，易双剑曾经在东海舰队服役四年。在举国上下欢庆中国海军成立七十周年之际，他来烟台刚好能感受一下近在咫尺的青岛传递过来的庆祝气氛。但他说如果不是来烟台参加同学的女儿婚礼庆典，也会到昔日参军入伍之地参加战友聚会，因为他对这个部队感情太深了，对这个节日期盼太久了。

黄海游乐城位于风景优美的烟台市东海岸，面向浩瀚黄海，背倚秀丽玉岱山，左邻神奇崆峒岛，右揽秦皇养马岛。游乐城内金色沙滩映衬碧海蓝天，宽广无垠的海面上停泊着一艘舰艇。这是中国海军东海舰队已经退役的132"合肥号"导弹驱逐舰，2012年11月16日转交给在烟台的"海军航空工程学院"管理，如今学院已经更名为"海军航空大学"。它的到来为黄海之滨增添了一道亮丽的风景线，目前已挂牌"莱山区青少年爱国教育基地"，成为培养新型人才、强化海洋意识、拓展舰艇知识的新载体和展示海军形象、开展国防教育、推动军民共建的重要基地。

易双剑在我们几个同学陪同下，参观了这艘导弹驱逐舰，重温了他曾经在东海舰队生活的场景。

"合肥号"导弹驱逐舰，是我国东海舰队众多舰船中的一艘功勋舰，舷号132，排水量达3250吨，航速32节，由上海中华造船厂制造，是我国自行设计制造的第一艘导弹驱逐舰，服役时间是从1980年起。1980年5月它执行"580"任务，参加过护航，是"准备指挥舰"兼第1护卫群的指挥舰。护航编队成功执行了东风-5弹道导弹的发射试验监测、打捞回收和护航任务。那次由十八艘舰船进行的远航是新中国海军迄今为止最大规模的远洋军事行动，不仅标志着中国地对地战略导弹技术达到新的水平，也意味着中国海军从此逐渐走向远海。1985 年 11 月，它又随同编队舰艇，完成了人民海军组建三十六年来首次出访，迈出了中国海军军舰走向世界的第一步。近些年在演练中多次扮演"蓝军"，成为著名的"蓝军舰"。"合肥号"驱逐舰共服役三十二年，圆满完成了国家赋予的历史使命。

"合肥号"驱逐舰的大概情况是由随我们一起登舰参观的讲解员介绍的。但随着我们进入驱逐舰的重要部位，她的讲解略显苍白无力。她没有想到我们这帮人里还有懂舰艇的，易双剑在那边说边比画，她聆听得比我们都仔细，还不时地点头或是提问，我估计下一步她的业务技能一定会飞速进步。我一个女子，原本对机械等就不感兴趣，对长度达 132 米、宽度为 12.8 米的庞大舰艇，那些繁杂的部位看得眼花缭乱。但同去的几个男同学却异常兴奋，他们指指点点，还时不时地做几个动作，然后哈哈大笑起来。军人家庭出身的他们，许是耳濡目染的缘故，对能够打仗、掌握进攻或防御的器械有着天生的喜好。那个年代不少家庭的军人爸爸是携枪出入家中，吓得我们女孩子躲得远远的，却馋得那些皮小子摩拳擦掌。"老子英雄儿好汉"是我们那个年代军人家庭灌输给孩子进步的励志名言。

在高耸陡峭的船头部位，易双剑手扶护栏远望浩瀚无垠的大海，若有所思。我们同学也站立在他身旁，感受凭栏远望的惬意，习习海风吹散了我们的头发。只见蓝天上不时有飞机飞过留下的白烟，这应该是为即将在青岛召开海上阅兵式的例行巡逻吧。

我好奇地问起了易双剑入伍那段时间的情况，他说："1979 年我们高中毕业那年的年底，海军到我们长山要塞区招兵，几个适龄同学就应征入伍了。你们比我们小一岁，该考学的考学，该工作的工作去了。我和同学亚平搭伴来到青岛，坐上了长力船，长力是我国自力更生八大名船之一。经过一夜的行驶，天亮时我们到达了上海公平路码头，下了船，我和亚平被不同的单位接走，我坐上大解放汽车，到了吴淞口东海舰队第一训练团三大队十七中队，轮机专业。在训练团整整待了一年，那时候天天训练啊，好在我们是在海岛、在军营长大的孩子，当海军最合适不过了。新兵队列训练、打靶、游泳和水兵专业训练科目，我们小时候都会，来这儿也不用现学，但艰苦的训练可不是一般人能承受得了的。这一年的魔鬼训练，为我以后在猎潜艇上顺利完成各项工作，打下了坚实的基础。"

路过船上的"伙房"，同学们开始调侃易双剑的"伙夫"生涯。原来易双剑同学在猎潜艇当过"上士"，那是为战友们采购食品原材料的重要岗位。领导非常信任部队家庭出身的易双剑，经他之手采买的物资、食品，物清账实、分毫不差。我透过封闭的窗玻璃，隐约看到里面狭小的空间有两个大锅灶。易双剑说："这个艇上应该有三百多人，这个伙房的炊事员得一个班。我那时在艇上，伙房里加上我只有四个人，一个司务长是领导干部，炊事员就两个，要做近八十号人的饭菜，有时忙不过来我就打打下手。"这时我们陪同的男同学笑着说："双剑是削土豆出身的。当了几年兵啥也没学会，就会削土豆。""削土豆？"我不解地看着他们，他们说："你没看过电影《偷袭珍珠港》吗？那里面有个伙夫，一天到晚总是在伙房削土豆皮，那里有削不完的土豆。他既不会游泳，也捞不着打枪打炮，当了几年兵连伙房门都没出过，连大海都没见过。"双剑笑了，对我说："他们那是给我取乐呢。"又对他们说："伙夫怎么的？人家伙夫有一天，听到外面枪炮声声，出去一看，战友们都遭受日本军队的偷袭，伤亡惨重。人家马上投入了战斗，打击了敌人，为战友们报了仇。"我以前看过这个电影，依稀记得好像有这个镜头。是啊，这样的事，我们小时候在军营经常听父辈讲起：在抗日战争、朝鲜战争中，有多少像炊事员、卫生员这样的后方战士，在服务前线战友的工作中牺牲。当炊事员肩挑手提给战友们送饭时，遇到阵地出现险情，会抄起手中的"大马勺"或肩上的扁担与入侵之敌拼杀搏斗。当阵地上战友们有牺牲，阵地要失守之时，他们会拾起战友的枪继续战斗。"革命不分工种，你到了部队就是要服从组织分配，无论干什么都是为国防事业做贡献。"易双剑深有体会地说，"那时我们一天的伙食每人仅有1元8角7分，战士们正是长身体之时，采买食材时，用小钱办大事是我们领导经常嘱咐我的话。尽管当时条件差点，但我们猎潜艇和亚平他们地勤战友的伙食相比，还是够好的了，亚平他们后勤部队每天每人的伙食标准才8角3分。"我问易双剑："那时你们个人有津贴补助吗？"易双剑说："有啊，从第一年每月7元，到第四年的每月14元。可是这点钱买洗漱用品都不够，我妈妈每月还邮30元给我。"那个年代国家不富强，军队也不富裕啊。听说现在的战士津贴大大提高了，政府部门每年还会给其家庭定额补助，真是"一人当兵，全家光荣"。

看易双剑提起亚平，同行的男同学又开始逗易双剑了。"你和亚平的皮鞋官司到底谁赢了？"我也知道这个故事。那是易双剑分到普陀山七十二大队635猎潜艇上后，有一次到岸上出差办事，住在基地招待所时遇到了一同入伍的亚平，老同学一年不见格外亲切，他们说着分别一年多各自的情况。亚平告诉易双剑，他那天和易双剑在公平路码头分别后，又坐上登陆舰去了海军舟山基地岱山岛，天黑时到了船修所。等睡了一觉，天亮了，睁开眼睛一看窗外，一下子傻眼了，这是到了哪儿啊？这海水怎么焦黄焦黄的？易双剑说："咱海岛长大的孩子真是盼望能到陆地生活。"亚平对我说："这怎么出了岛又进了岛？可这个岛赶不上我们的大钦岛啊，咱那里的海水湛蓝湛蓝的。"亚平那时心情沮丧，心拔凉拔凉的。但人家亚平从小上学就当班长，思想觉悟高，说："咱父辈刚进大钦岛时，不也是条件很艰苦吗？父辈们硬是靠自己的双手，加强国防施工建设，建设海岛换新颜，咱怎么还比人家缺胳膊少腿？我就不服这个输。"后来亚平在船修所表现得非常优秀。易双剑说那时也没钱请请亚平,等亚平陪他上了趟普陀山回来,他就把自己平时舍不得穿,这次出差也带出来的军用皮鞋,送给了亚平。

后来他们复员二十多年以后,我们大钦岛同学聚会时,提起此事,亚平竟然忘记了。气得易双剑学着戏曲人物,跷着兰花指,对亚平说:"你这个挨千刀的,你这个忘恩负义的。"逗得同学们笑成一团。直到现在快四十年了,这场皮鞋的官司,他俩还在打,许是亚平故意说没收到易双剑的皮鞋,好给他们共度的军旅生涯留点"唇枪舌剑"的话料吧。易双剑对我说:"那时我们艇上的条件比亚平他们后勤好,我们都发皮鞋,他们只有布鞋、胶鞋之类。但我的皮鞋给了亚平之后,有时搞活动没有皮鞋怎么办啊?我就利用猎潜艇到温州时,下船到义乌花了 5 元钱买了一双三接头皮鞋。可是穿了没到三天,在一次集体活动的时候,一踢腿,一只鞋子的前头张开了大嘴,结果扒拉一看,这鞋竟是纸壳子糊弄的。"那个小商品城我们以前都听说过这样的事情,竟让易双剑同学体验了一把。

易双剑说:"那时候生活条件不好,我们的军裤又肥又大,最有意思的是还像你们女同志穿的裤子一样,是旁开门的。有的战友就偷偷到陆地找个裁缝铺,把军裤改个当时社会上流行的喇叭裤、筒裤,还有的战士把旁开门改到前开门。这些行为都是战友们青春期心血来潮时干的,等到了军纪仪表大检查时,可干瞪眼了。于是每年复员老兵的服装都成了抢手货,他们买下来就是为了应付检查时好穿上。""我们这些调皮的孩子,胆大还聪明。"他接着说道,"我们在训练团入伍训练三个月后,有一次周日休息,请假去了上海。在南京路上,高温下的我们三人热得受不了了,就把海军帽子脱下来,用手拿着。结果被检查军纪仪表作风、南京军区陆军纠察执勤的人员看见了,要记录我们的单位和名字。我们同行的一个战友,煞有介事地告诉他们:我们海军条例的第 56 条规定,在炎热的夏季,可以脱帽两个小时,再戴两个小时,以防中暑。那两个小兵就半信半疑地放我们走了。后来我们回去时，听说单位在排查周末所有请假外出人员，说有违纪行为。吓得我们死活不承认有外出违纪的行为，最后单位也不了了之。这肯定是那两个陆军兵回去说这个事，人家一查海军哪有这条规定？庆幸我们那天没报姓名，只笼统说是海军基地的，海军基地老大了，上哪儿去查清？要不然这个处分逃不掉的。"回忆往事，易双剑又恢复到幽默诙谐的状态了，我眼前闪现他小时候调皮捣蛋"猴精猴精"的样子。

　　船舱的右侧墙上有个宣传栏，里面是历任国家领导人和海军领导的题词和上艇检阅的珍贵留影。"为海军现代化而奋斗""乘风破浪天涯追逐凯歌高唱""祝海军将士为保卫祖国、捍卫世界和平的反霸斗争，做出光荣贡献"，谆谆教导，殷切的嘱托，寄托了老一辈党和国家领导人对人民海军的期望。这就像战士驰骋疆场前的战前动员，一代代热血男儿奋不顾身，勇往直前。看看身边这个开朗的东北汉子易双剑，就是一代代海军战士献身国防事业的典型代表。他经过四年的海军生活，从一个顽皮的少年成长为一名优秀的战士。尽管后来没有在部队得到提拔，但他复员后回到老家鞍山，进入了闻名全国的钢铁大厂后，勤奋努力，踏实肯干。在部队大院长大、军营里锻炼的经历和他一如既往的忠诚、善良、值得信赖的品德被大家认可，被选拔到鞍钢的保卫部门，任要职多年。多年来，他在地方获得过优秀保卫科长、先进武装部部长、鞍钢优秀共产党员、优秀管理先进工作者等荣誉称号。巧的是，鞍钢生产的钢铁有一大部分是军用的，其中用于制造舰艇的钢板质量要求是非常严格的。易双剑经常去那儿检查工作，每当他看到有成型出厂的军用钢铁产品，都会激动不已，他感到自己还能继续为海军、为祖国国防事业做贡献，非常荣幸。海军辉煌的七十年，既有我们父辈一代的披荆斩棘，又有易双剑这一代代后来人的前赴后继，他们都是中国的脊梁，撑起了今天富强的祖国和日益强大的海军。

　　船舱的左侧墙上贴着海军航空大学的宣传标语，校风——琴心剑胆、知行合一；校训——忠诚、勇敢、弘毅、奋进。烟台航空大学的前身是海岸炮兵学校，20世纪50年代，她在青岛成立之初，是以东北炮六师为主体创建的，第一任校长王效明就是炮六师的师长。那年我父亲跟随部队整体从沈阳迁移，是海岸炮兵学校的第一批学员。更为巧合的是，鞍山钢铁厂在中华人民共和国成立之初，收归到中国人民手中后，第一天开工之时，就是我父亲所在的炮六师进厂鸣放的礼炮，炮六师在解放东北的战役中是赫赫有名的部队。我以前写过一篇《父亲的海天壮歌》的文章，追寻了父亲投身国防事业的经历，展现了老一辈海军官兵时刻听从党的召唤，哪里需要去哪里的高尚风范。现在艇上这个校训想必也是父辈戎马一生的座右铭，他们真的去实践了，而且做得非常好，他们向党和人民交出了一份满意的答卷。看今朝，经过老一辈和新一代海军将士的努力，我国已建成一支强大的海军，有人民海军守护着祖国海疆的和平，人民能安心在自己的国土上幸福快乐地生活了，不再担心任何海上入侵之敌。那些饱受帝国列强长驱直入、肆意掠夺的屈辱历史，一去不复返了。

走下"合肥号"132驱逐舰，易双剑同学还在一步三回头，流露出依依不舍之情，他动情地说："谢谢同学们，我又来上了一堂深刻的爱国主义教育课，重温了自己在东海舰队时的快乐，这是你们送给我这个海军老兵最好的节日礼物！"

和军人合影照

这是一段 20 世纪 70 年代末的故事，发生在胶东半岛的黄县，如今叫龙口市的地方。

那一个个记忆的瞬间，那一幕幕温暖的故事，编织出人生的美丽诗篇。

1979 年的春天，黄县地方武装部召集了全县的基干民兵，从驻军请来教员进行军事培训，以提高他们的军事素养和作战能力，发挥解放军的助手和国家后备武装力量的作用。

请来的解放军教员们住进了黄县第二招待所。那时候文化生活匮乏，没有电视等娱乐休闲设施，战士们白天教民兵训练，晚饭后到熄灯前这段时间只能组织学习或收听广播来关心了解中越边境的战争状况，前方战友们在流血，战士们的心情格外压抑。战士们都是曾写过"血书"请求上前线的，他们早就做好了时刻奔赴战场的准备。

一个周末的晚上，正在休息的汤锦祥排长突然听到了锣鼓铿锵和京剧唱腔，那唱腔一板一眼，如行云流水般清脆，刹那间汤排长被这优美悦耳的声音所吸引，他急忙招呼身边的战友梅桂运、王立俊，顺着声音快步来到了招待所的大门口。

这个招待所的前身是"圣人庙"，即孔庙，多年来，此地的老百姓闲暇时间都会聚于此。1976 年后，戏剧舞台百花齐放，传统京剧得到了恢复。招待所附近的城关公社东北隅大队的京剧爱好者们聚集此地，在微弱的路灯下，吹拉弹唱，自娱自乐。

时年 13 岁，正上小学五年级的梁振财，是老百姓乐队里拉京胡者的小儿子，传统京剧《空城计》是他的拿手好戏，此刻他正全神贯注地演唱，根本没有注意到观众群里出现了几个当兵的。他演唱了几段京剧选段，观众席里叫好连天。曲终人散，小振财被父亲拉着手准备走，就被身后的喊声叫住了。原来汤排长被这个眉清目秀，有一股儿灵气，热爱国粹的少年吸引了，他想和这个英俊少年交个朋友。看到自己最崇拜的解放军叔叔来到了身边，而且还要和他交朋友，小振财激动得不知说什么好，愣在那里，还是父亲拽了拽他，替他答应了汤排长，礼拜天到招待所去找汤排长。

当晚小振财有些激动，翻来覆去没睡好觉。天刚亮，他蹦下了炕，连饭都顾不上吃，一路小跑来到了招待所。开始小振财躲在招待所对面的一户人家的门楼里，望眼欲穿地盯着大门口，直到战士们吃完早饭，陆陆续续进出了，他才蹑手蹑脚地往招待所门前走。毕竟昨晚天黑也没看清那几个叔叔长的啥模样，小振财怕找不到那几个叔叔，突然他灵机一动，唱两句京剧吧，这应该算是"对暗号"吧。果不其然，京剧刚飘出口儿，大门处跑出几个解放军叔叔，"来，来，小朋友快进来吧！"

小振财这个礼拜天过得是真痛快啊，他参观了战士们的大通铺宿舍，摸了摸叠得像豆腐块一样整整齐齐的被子和擦得锃光瓦亮的枪支，又给战士们演唱了他所会的京剧选段，最后连样板戏、电影里的插曲，也在解放军叔叔的掌声和鼓励下连续演唱。当英俊的小振财唱完电影《闪闪的红星》插曲《红星照我去战斗》后，一位战士喊道："瞧啊，他多像潘冬子啊！"大家一起鼓掌表示赞同，小振财羞涩地接受了解放军叔叔的赞誉，他暗暗发誓："不辜负解放军叔叔的表扬和鼓励，一定像潘冬子那样，做个毛主席的好孩子！"中午汤排长带他去吃了顿食堂大餐，一个出生在农村的孩子，第一次进食堂，第一次吃饭管够，小振财吃上了农家饭桌上不常见的白米饭和蒜薹炒肉，撑得小肚子滚瓜溜圆的。

接下来，每到礼拜天小振财都是招待所的常客，战士们的业余文化生活因他的到来而改变。战士们有的和小振财拉家常，了解当地的民俗风情；有的拜小振财为师，跟着吼上两嗓子。白天他们训练民兵时的干劲儿更足了，汤排长都没想到结识这么个小孩，还给队伍带来了生机，真是一举两得啊。

城东的绛水河边有个北教场，是汤排长带领战士们训练民兵的地方。小振财和战士们混熟了后，也会在下午放学后的第一时间赶到那里，看一会儿部队训练民兵时的光景，摸一摸能射击的半自动步枪，每次去汤排长都用欣赏的眼光看着他，用平等的态度倾听他的心声，用平和的口吻征询他的需求，用专业的技术给他讲射击的要领，带他打过一次靶子，送给小振财几发涂着黑头的教练弹，有时候小振财还跟着学走正步。那时农村还不富裕，原来小振财放学回家要经常去拔野菜来喂猪喂鸡，还要去拾柴草……现在一放学就跑去找解放军叔叔，这些活都不干了。汤排长知道后，也不批评小振财不帮妈妈干活，反而组织战士们利用休息的空当，到周边的小树林子帮小振财拾草、拔野菜。这个一把，那个一堆，每次小振财回家都会收获满满的。

不知不觉中夏天接替了春天，几个月来小振财与解放军叔叔的感情亦如季节变换般不断升温。他通过与解放军叔叔的互动，在自信中找到坚强，在体验中磨炼了意志，在历练中学会了担当。

又是一个周末，小振财早早来到了招待所，这次汤排长没有让他给战士们唱歌，而是叫来战友梅桂运、王立俊，一块领着小振财去了趟百货大楼，三人凑钱给小振财买了一套文具盒、几个本子和笔，装在一个崭新的绿帆布书包里，红丝线绣的"为人民服务"几个大字，在书包最外层格外醒目。这个书包是小振财入学以来梦寐以求的，因为那个年代周围大人们几乎都有这样式的书包，斜挎在肩上会很有"面儿"的。然后汤排长他们领着小振财去了县城唯一的国有照相馆，一张合影照片将他们的芳华定格在那个难忘的日子里。随后，汤排长他们一同去了小振财家中。

原来对越自卫反击战取得了阶段性的胜利，民兵训练也告一段落，汤排长他们要回部队啦！在小振财家，汤排长从迈进家门就被白墙上贴满的各种奖状吸引了，原来小振财在学校里也是品学兼优的好学生呢，既当班长又是少先队的大队长。汤排长向小振财的父母说明了要回部队的原因，再三夸奖小振财的父母把振财教育得这么好，还说："这个小孩可不是一般的小孩，既有才又懂事，你们一定要把他培养成国家栋梁之材啊。"又拉着小振财的手，鼓励他要好好学习天天向上，将来做个对社会有贡献的人。

小振财自打知道汤排长和那些兵叔叔要走了，心里就不是滋味，午饭和晚饭也没吃几口，晚上睡觉时他把三位叔叔送给他的文具放在枕头边上，搂进被窝里，抱在怀里，感受叔叔们的余温，回想这三个多月与叔叔们朝夕相处的点点滴滴，翻来覆去睡不着觉，泪水浸湿了枕巾……

"咚咚锵、咚咚锵……"次日清晨，天刚蒙蒙亮，给亲人解放军送行的群众已经在招待所门前夹道欢送了，那鼓敲得、那锣打得一声紧似一声。坐在县里专门来给子弟兵送行的汽车上，汤排长望着小振财家的方向，坐立不安，"这个孩子还没起床吗？他不来送我们了吗？"心中涌出了依依不舍的酸楚。"排长走吧！开车吧！""再等等，再等等啊！"汤排长嘴里念叨着，眼睛一直没有离开刚才的朝向。"看，那是不是梁振财？排长，他来了。"只见小振财身背"为人民服务"的绿书包，气喘吁吁地从远处跑来。一晚上没睡着，快天亮才睡着的小振财，唯恐赶不上解放军叔叔的车，一路跑步赶来。汤排长如释重负，跳下车一把抱紧跑到车前的小振财，对小振财说道："小朋友再见！"还没等小振财说话，汤排长又急忙跳回车上，"出发！"汽车驶离了人群，小振财挥舞着小手，泪水夺眶而出，"再见，汤叔叔！再见，解放军叔叔！"

汽车朝蓬莱方向驶去，汤排长他们属于驻扎在蓬莱栾家口内长山要塞区 54943 部队 81 分队的，小振财昨晚就已经把部队番号背得滚瓜烂熟，他不知道以后能否再见到汤排长和他的战友们。

2018 年八一建军节前夕，我从一位国有控股公司的老总那里听到了上面这样一个历时长久，但依然鲜活、依然感人、依然彰显价值的故事。

我最喜欢听这样的故事了，故事让我想起了父亲曾经驻守在海岛的部队、我曾经生活过的那个内长山要塞区部队大院以及战士们与老百姓军民鱼水情的场景。我最关心的是，这位老总——梁振财，这期间见没见到过这些解放军叔叔？故事还有没有续集？

上个周末，在烟台的黄海岸边，一个经常用于培训和接待军转干部的酒店，我与梁振财老总不期而遇。我拿出随身携带的笔记本，央求他把上面的故事再讲点，颇有"打破砂锅问到底"的架势。梁总禁不住我的再三请求，就把手机里他和三位解放军叔叔的合影老照片发给了我，也为这段军民鱼水情故事做了续篇。他说："汤排长走后陆陆续续和我通过几次信，每次信中他都关心鼓励我，我也每次向他如实汇报我的生活和学习情况。那年暑假，我经过努力考上了烟台艺校，家人希望我将来能在文艺方面有造诣。但是直到人家开学很长时间，我也没收到入学通知书，我都考上了，为什么没有录取我？不知哪个环节出了问题。爱好国粹，希望传承民族戏剧文化的梦想破碎了，使我幼小的心灵受到了沉重打击。但在汤排长的书信开导下，我最后也坦然承受了这个酸楚之痛。命运给我关上了一扇门，还会给我打开另外一扇窗，从那以后，我更加努力学习文化课，终于在 17 岁那年考取了山东省商业学校，后来毕业分配到烟台医药站工作。其实我家祖辈就是中医世家，因家境殷实，接受文化教育多一些，遗传基因中丰富的文艺细胞垂青于我父亲及两个伯父，他们都会拉京胡，尤其是父亲还曾经在专业的京剧团工作过，艺术造诣颇深。尽管我没有走上艺术这条道路，但文艺依然是我业余时间的最爱。我上学期间，汤排长转业回了老家江苏，我也因学业繁忙，一时中断了联系。"

非常庆幸自己能在成长的道路上遇到解放军叔叔，他们优良的品质影响了我的一生，使我在工作中、生活上时刻以他们为榜样，光明磊落、积极向上，吃苦耐劳、坚韧不拔，从不向困难低头。从1987年毕业到1999年我所在的国有医药单位改制，我不仅在医药行业里小有建树，顺利升职，而且在改制后，自费到中国艺术研究院进修，重新拾掇起我少年时代的文艺梦想，边成立自己的公司，边投身于新时代的国粹传承这一新的领域。生活条件好了，随着年龄的增加，我对亲人解放军的感情日益增强，我一直没忘寻找汤排长，这个影响过我人生的解放军叔叔。

2004年，我自北京回烟台的火车上，与同车厢一位在烟台石油公司工作的老乡聊天，得知他转业于长岛县的原内长山要塞部队，我就托他打听汤锦祥排长的下落，结果这个当过兵的人非常仗义，回去后就把我托付的事情办妥了。

2005年，我陪同中国艺术研究院的老师去南京参加一个画展，会议结束后，我按照托人打听来的地址，前往汤锦祥排长所在的宿迁市。在我少年时期给予我鼓励、给予我温暖的解放军叔叔，我终于和他重逢了。如今汤排长已经从宿迁市电业局工会主席岗位上退休了，也是爷爷辈的人啦。他今年八一建军节期间应老战友的邀请，会回来参加他们在蓬莱市举办的聚会活动。届时我会推掉所有的应酬，去陪陪他，也许还能见到梅桂运、王立俊两位叔叔，还有喜欢听我唱歌的那些叔叔，这可是近四十年的分别，接近半个世纪，我太期待了，我都等不及了。

"天行有常，人生有序。"岁月带给人年轻奔放，也带给人渐行渐远和衰老；岁月带给人稚嫩和激情，也带给人稳健和成熟。梁总和解放军叔叔的情缘延续了近四十年，他们每个人都留下了属于自己的回忆，或是温馨，或是感动，都紧紧地和自己的人生相伴相随。

今天我写下这段文字，就是留存美好，延长记忆的长度。时光可以流逝，红颜也会衰老，但是记忆不老，恩情长存。

走进83号大院

我的青少年时期是在部队大院里度过的。那是一个激情燃烧的岁月，在渤海海峡一个远离大陆的海岛上，那里留下了我人生中最真实、最快乐的时光。时至今日，离开大院已经四十年了，曾经的大院在几次军改中，废旧立新，渐渐变了模样儿，我儿时眼中的大院风采，已化作一些美好的回忆，永远铭刻在我的记忆中……

阳春三月，我去北京参加《金融文坛》杂志社主办的"香港著名财经女作家梁凤仪舞台剧《挚爱》全球巡演——北京站"活动后，抽时间拜访了从长山要塞走出来的几位军人，与他们相聚在83号大院。

复兴路83号位于海淀、丰台和石景山三区交界地，这个大院曾是中国人民解放军政治学院所在地，于20世纪50年代初建院，罗荣桓元帅兼任院长。1985年三大学院（军事、政治、后勤）合并组建国防大学后，该大院为国防大学二号院，担负基本二系和研究生院的教学任务。2000年年初撤销基本二系后，这里成为军队的生活区。但大院还是军事化管理，门口有士兵持枪把守。也许恰逢两会期间，门卫警戒都很严格，进入车辆要登记司机身份证和拜访的领导姓名。

和我一同赴83号大院拜访海岛军人的有《金融文坛》杂志社的范振斌、栾晓阳两位副总，还有和我一同被邀请的山东省信用联社王国政主任。

在大院门口，我们见到了居住在此的孙茂杰叔叔，还有在另外一个部队大院居住的李鹏青大哥。孙叔叔和李大哥早年就在我出生长大的海岛上当兵，和家父是一个守备师的战友，不过家父年龄大他们许多。那时我还小，印象中不曾记得他们，认识他们是近些年的事。他们近年多次回烟台进长岛，忙于筹建"长岛海防园"之事，我在烟台参与过接待他们的活动。可能是因为海岛情和军旅情的缘由，我虽然是小字辈，竟和他们一见如故，日常微信聊天在一个群里也经常"见面"，没有陌生感，如同"战友"一般。

停放好我们的车子，孙叔叔问我："黄国荣还没到，咱等会儿开饭，要不要到大院转转？"我高兴得连连点头："我就想说这句话来着，看看首都咱当兵人的大院、曾经军中的最高学府，我梦寐以求啊。我知道这个国防大学与我们胶东是有渊源的，前政委李文卿上将是烟台牟平人，想当年胶东军区司令员许世友驻军在他的老家。李文卿只是许司令员房东家邻居的一个贫苦农民的儿子，他经常给许世友打水、扫地，听许世友讲打仗的故事。许世友看他纯朴、善良，非常喜欢他，然后带他参了军，从此改变了他的一生。那年他去世时，我爱人当时还领着秘书长来到这里，代表家乡人民给他送行。"孙叔叔说："你知道的还不少呢，我们的老政委的确也住在这个大院，因为是胶东老乡，关系都非常好。老政委曾任许世友的秘书，而后到六十军（镇江），再到沈阳军区任副政委，到国防大学当政委是1990年之后，接李德生的班。他当国大政委后写了一篇纪念许世友的文章，其中说到许世友为啥选他当秘书，就是你说的这个版本。"孙叔叔笑着说完，然后一挥手："好吧，跟我来！"孙叔叔腰板笔直、步履矫健，哪像七旬的年龄，一看身材就知道有当兵的底子。他大步走在前面，带领我们向大院深处走去。

"小马，快跟上！"李鹏青大哥停下脚步，招呼在后面拍照的我。我一看掉了队，急忙小跑起来去追赶。李大哥从军四十五年，也是从基层的海岛部队，一路升任至北京，在军事科学院《军事学术》杂志社历任编辑、主编、副社长，军事科学出版社社长兼编审，军衔文职二级，专业技术四级，是中国军事科学学会会员、中国孙子兵法研究会会员、国家出版专家库成员。

沿途的道路整洁宽敞，树木高大参天，我跑到一棵大树旁比量了一下，一个人根本抱不过来。这些树木经历了多年的风雨，依然生机盎然蓬勃向上，足以见得这里有着悠久历史。部队大院是父辈和我们那代人心中最珍贵的记忆，大院里的风景永远是我心中最美的风景。我眼前仿佛看到昔日那一列列整齐的队伍，那些风华正茂的军人迈着整齐的步伐，铿锵有力地在这个绿意蓬勃的院落里行进。

来到军人俱乐部，站在广场上，看到了小时候在军营称之为"大礼堂"的建筑物，"听党指挥　能打胜仗　作风优良"十二个红色大字牌，矗立在建筑物顶端，紧随其后的是一列列迎风飘扬的旗帜，还有一排悬挂在房檐处的红色大灯笼。孙叔叔告诉我们："这个大礼堂是20世纪50年代初北京公主坟以西若干军队大院中比较上档次的大礼堂，那时党和国家及军队领导人经常来这里做报告和接见学员。同时学院的文化生活非常丰富，我们经常在这里面看演出、参加活动。""这个礼堂可比我们岛上那个大礼堂气派多了。"我羡慕地对孙叔叔说，脑海中拂过20世纪70年代海岛部队的"大礼堂"，那可是全岛军人和地方老百姓的文化活动中心，各项文艺演出、各种电影宣传片，有时在礼堂里，有时在操场上演出或放映，我们看得真过瘾啊。"是啊，过去学员住在这个大院里，要经常开会搞活动啊。再说海岛那个大礼堂是什么年代，都五十多年了，今非昔比了。"孙叔叔爽朗地笑了。

孙叔叔指了指大礼堂东侧的楼房，告诉我他家就在那里，下次有时间请我进家坐坐。孙叔叔的爱人也是我们海岛部队医院的一名资深卫生老兵，我父亲还在这个医院任过职。我答应孙叔叔有机会一定去看望阿姨。

此时夕阳西下，天色暗了下来，孙叔叔说来不及进大礼堂参观了，他陪我们一行在大礼堂前留影纪念后，又带领我们向大院的西南侧走去。

在一栋栋青砖琉璃瓦的楼房旁，孙叔叔告诉我们："自从学院搬出这个大院后，这些老建筑也空闲下来了，现在已列为北京市的重点文物保护单位了。"只见楼房前的树木高大茂密，已经越过四层多高的楼房，直耸云端。楼房的墙上爬满了树藤，冬季的树藤呈干枝状态，越发让这些旧居呈现沧桑状。

在一片茂盛的松柏丛中，竟矗立着一尊伟大领袖毛主席的雕塑。只见他老人家头戴军帽，身穿双排扣大衣，右臂呈招手状。哎呀，太熟悉的雕塑，我立马激动起来。小时候在海岛时，我们部队大操场上的毛主席雕像就和这个一模一样。孙叔叔说："当时我们大钦守备区后勤部有位叫陈荣泰的部长，他是东县人（如今威海所辖市区），就是作家冯德英笔下的《苦菜花》里面那个兵工厂负责人的原型。那时安装毛主席塑像还成立了一个指挥小组，他是总指挥，我战友，你熟悉的孙长兴叔叔也在那个小组里。毛主席塑像的基座是施工办公室组织力量灌注的，安装时抽调了一些战士，是军务科负责的。毛主席塑像共分四部分：头部、上半身、挥手的那只右臂、下半身（连着基座）。身后还有个圆洞，待内部螺丝固定后再封死。记得当时进洞固定时别人都胖，进不去，是你孙长兴叔叔钻进去的，他当时比较瘦。可惜后来塑像没有保留住，拆除时是施工办公室李传宝参谋组织的，当时还咨询了你孙长兴叔叔塑像结构的问题，然后在夜幕的掩盖下拆除的，后拉到了施工办公室仓库。"原来是这个样子啊，孙叔叔一席话解答了我心头积压多年的好奇。

"嘀嘀……"此时孙叔叔的手机打进来一个电话，孙叔叔一挥手说："黄国荣到了,我们撤吧!"

在大院门口的招待所,孙叔叔提前预订的一个餐厅包间里,我终于见到了未曾谋面的著名军旅作家黄国荣——一位在海岛军营成长起来的优秀文化军人。他自 1968 年入伍来到海岛,历任排长、文化干事(师、军级)、军文化处副处长、宣传处副处长、师政治部主任。1986 年调到解放军文艺出版社工作,任过编辑、发行经理、总编室主任、副社长等职,专业技术四级、军衔文职二级,专业技术职称编审。他已经发表出版文学作品 500 余万字,多部中篇小说分别获得过《解放军文艺》和《昆仑》优秀作品奖,总政第三、第五届全军文艺新作品二等奖,总政第十一届中国人民解放军文艺奖;长篇小说《兵谣》《乡谣》《碑》分获总政第二、第六、第十二届全军优秀文艺作品奖一等奖,其中《乡谣》入围第六届茅盾文学奖;14 集电视连续剧《兵谣》获飞天奖;32 集电视连续剧《沙场点兵》获金鹰奖、2006 年最佳收视率奖、"五个一工程奖"。他是中国作家协会会员,现任韬奋基金会副秘书长,他的大名已被收录十余种专家名人辞书中。今晚能把著名军旅作家黄国荣从百忙之中邀请过来,既是孙茂杰叔叔的面子大,又是黄大哥对我这个从海岛老家来的人很重视。20 世纪七八十年代他和我二姐、姐夫曾是战友,都在长山要塞区机关工作,住在一个大院里。

我们围桌而坐,开始了共叙军民鱼水情的晚宴。地方和军队双方阵容的人员相互介绍后,我拿出了献给海岛军人的礼物。

临来之前我们就做足了功课,由栾晓阳副总在杂志社的资料室找出几本曾发表过我和王国政主任的几篇散文作品的《金融文坛》杂志,这些写海岛、写胶东的散文作品,尽管不是我们写过的散文中最满意的作品,但能给曾经在海岛当过兵的军人们带来一丝丝家乡的印记;常务副总范振斌挥笔泼墨书写了几幅书法,他曾是我们金融界德高望重的行业领导,因自小喜墨练字,在中华诗词方面也颇有造诣,曾获得过多项全国书法、诗词大赛奖项,出版过多本书法专著。几年前退休后，受聘于《金融文坛》杂志社，还兼任中国金融文学艺术社社长。

我把范总的三幅书法作品分别赠送三位海岛军人，并介绍了范总作品的寓意。给孙茂杰叔叔的是"鹤舞九天"，仙鹤看来仙风道骨，为羽族之长，自古被称为"一品鸟"，寓意第一，仙鹤还是一个长寿之物，希望孙叔叔身体康健、益寿延年。给李鹏青大哥的是"烟云供养"，出处明代陈继儒《妮古录》卷三，烟云，指称山水景物；供养，供献神佛；道家谓"却食吞气"以祈长生，凭"烟云供养"可致长寿，后专指处身山水景物之间以养生。希望李大哥退休后的生活丰富多彩，健康快乐。给黄国荣大哥的是"耕云种月"，语出宋朝诗人管师复的"满坞白云耕不破，一潭明月钓无痕"。月下独钓，看云卷云舒，观月圆月缺，表达的就是一种闲适散淡、闲云野鹤般的生活情趣。希望他笔耕不辍的同时保重身体，多享受田园风光。

提起老一代军旅作家和那些脍炙人口的文学作品，大家可能和我一样如数家珍：高玉宝的《半夜鸡叫》、魏巍的《谁是最可爱的人》、李存葆的《高山下的花环》和石钟山的《激情燃烧的岁月》……可以说我们这代人的成长道路上，一直被红色文化的精神熏陶，优秀的军旅题材作品就是红色文化的重要组成部分。如今新一代的军旅作家中就有几名是从我们海岛部队走出来的，像《牵手》《大校的女儿》《新结婚时代》《中国式离婚》等优秀电视剧的编剧王海鸰，近几年连续热播的电视剧《父母爱情》的编剧刘静，前些年获过大奖的电视剧《兵谣》《沙场点兵》的编剧黄国荣。今晚黄国荣大哥还带来了他的新作《极地天使》送给我，我高兴地接过厚厚的小说，翻开扉页，他已经给我题好字了，还盖上了他的专用名章。看到他的题字还称我为战友，我高兴得乐出了声。他现在名气这么大，没有把我当小孩看待，把我也称为战友，着实让我感动。他递给我《极地天使》时，告诉我："这个故事是真实的，是我历时一年多，亲临山东潍县采访后写的。你都没听说过这个故事吧？相信大多数人也不知道这个故事，这是1942年日军在那设立的一座亚洲最大的敌国人民生活所，关押在华的欧美侨民。我谨以此书纪念中国反法西斯战争胜利六十周年。"听大哥说了这个题材后，我肃然起敬，忙回复他回去后好好看看此书。

王国政主任也曾在海岛当兵几年，那时他在师直特务连当文书，要经常去师部机关直工科，恰好李鹏青大哥也是直工科的干事。王国政主任告诉我："李鹏青大哥那时年轻有才，是我崇拜的老领导，是那个年代大钦守备区选送到南开大学深造过的为数不多的大学生之一。20世纪70年代中期他在南开大学中文系读书时开始发表作品，到20世纪80年代初，已有几十篇诗文见诸军内外报刊。然而，自20世纪80年代初期调入军事科学院后，他就从文学的道路上退了出来，而专心于军事理论研究和军事书刊编辑工作，曾多次组织全军性军事理论研究活动，在军队建设、军事训练、战役战术理论方面有一定研究，出版发表过《军事训练学》专著和数十篇论文。"我告诉王国政主任："李鹏青大哥对我的帮助也非常大，我经常请教他，他总是热心指导，不厌其烦。那个年代培养出来的军人，他们的素养好像与生俱来的，以助人为乐为荣，和我们老百姓真是心连心。"李大哥看我和王主任夸奖他，他笑着说："我青少年时的文学之心尚未泯灭，虽然现在写不了什么，却也一直关注着文学，不时地阅读一些好看的作品，特别是老战友、老朋友、老部下和军人后代的作品，因为能感受到几十年前的部队生活，也能随之进入那遥远却又难以忘却的要塞之情、海岛之梦。"李大哥始终认为军营生活最为火热，战友之情最为纯洁。他曾经为来京看望他的战友题过八个字："战友情深，海岛梦长"，表达了他爱海岛、爱战友，魂牵梦绕的总是在海岛、在连队的那些岁月。

席间我们还听到了军旅作家刘静创作《父母爱情》和她当年搞创作的一些艰辛的故事。黄大哥说："军人作家的创作环境不同于地方作家，我们在军艺工作期间，因为有明确规定：不得在上班时间写自己的文章，要时刻做好为军队、为基层官兵服务。这是条纪律，所以我们军旅作家的个人作品都是利用业余时间创作的，非常辛苦。刘静在军艺时曾经下到连队挂职，还要挤时间搞创作。"孙叔叔指了指我，告诉他们："刘静的父亲、素平的父亲和我都是大钦岛守备区的战友，她俩的父亲还曾经是校友，因为孩子们随他们生活在不同的岛屿里，所以没有来往。素平自从看了她的《父母爱情》电视剧后，几次和我说想见见这位学姐。这次素平来，我打电话约刘静出来聚一下，素平还准备了两张戏票，想约她看香港女作家梁凤仪的舞台剧，刘静却告诉我她感冒了，出不来。"孙叔叔接着说，"她感冒出不来，我听她声音像是真的。上次上海的长岛老兵朱剑锋来北京，也想见见这位曾经的团首长的女儿，刘静也是说感冒发烧出不来。这孩子身体怎么了？总是感冒？她爱人曾经是我的学员，对我很尊重。她父亲以前来北京，还和我一起吃饭聚聚呢，她不像是因为有了名气，连我这老叔叔叫都叫不动的人啊！"我忙和孙叔叔说："下次我再来，孙叔叔您还约她啊，我真的特别想见见我的学姐，这是我梦寐以求的心愿，我还要跟她讨教一下文学创作的经验和写作技巧呢。"（没想到，我从北京回来刚一个月，就惊悉刘静姐姐因病去世的噩耗。后来和孙叔叔说起这件事时，孙叔叔说："这孩子很要强，这也是搞创作累的。早知道她病重，我该带你去医院看看她，了却你的心愿。"是啊，我们哪儿想到她的身体出了状况。而此时此刻，我们已经天人相隔了，我想拜访军旅作家姐姐的愿望，看来已成终生遗憾了。）

那个夜晚在首都北京的部队大院，我们和曾经在长山要塞驻守海疆、保卫祖国东大门的几位解放军叔叔，把酒诉友情。听他们聊得最多的话题是在海岛上的生活，看得出这几位解放军叔叔魂牵梦绕的还是位于渤海深处的岛屿和站岗巡逻的岛礁，还有那时保家卫国结下的战友情、军民鱼水情。此次近距离拜访海岛老兵，让我有了更深的感悟。三位从海岛走出来的军人在部队从事的工作不同，但他们努力工作、成绩斐然的核心是相同的。这个核心就是在海岛部队历练出来的"艰苦奋斗"，它诠释的是以祖国为重，以奉献为本，不讲条件、不计名利、不懈奋斗的"老海岛"精神，也可以叫作"海岛魂"。"海岛魂"已根植于他们的身心，他们在海岛艰苦环境中磨炼了不屈不挠的意志，打下了坚实的基础，在众多的守岛军人中脱颖而出，进京发展，成就了如今的一番事业。

夜深了，走出 83 号大院，北京夜晚的灯火依然璀璨闪亮、美不胜收。阵阵凉意袭来，夜如凉水般寒冷，但宴会上传递的海岛情、战友情，让我内心感到了无比温暖。我们英雄的长山要塞，是锤炼军人最好的军中大学。

耄耋战友情

"老班长，您好啊！我真想念您啊！"

2019 年 4 月 20 日，手机微信视频那端的李云翔叔叔和这端我的父亲马贵仁"见面"啦！

这两位老兵，虽已英雄迟暮、相隔千里，却有铭记一生的经历：他们 20 世纪 50 年代初在长山列岛服役，结下了深厚的友谊。

战友情，缘于我的一篇文章

说起去年定居在河北石家庄市，已经 83 周岁的李叔叔打来的这个视频电话，还是缘于去年在中国人民解放军海军成立七十周年之际，我在《齐鲁晚报·齐鲁壹点号》网络平台刊发的《人民海军七十年——父亲的海军故事，从青岛的海军炮校开始》文章，一时间点击量二十多万人次，文后点赞的、留言的，认识的和不认识的朋友真不少。

有一天，我发现在文章后面留言的竟有自称是我父亲战友的李云翔叔叔。这个名字我曾经听父亲说过，我就给他留下父亲家里的座机号码，然后李叔叔又留下他的微信号，我一看赶快加上微信，准备替父亲做好与李叔叔的联络工作。

终于让父亲用我的手机与李叔叔视频见面啦！两位老战友拿着手机说得那个高兴啊，聊了有一个多小时。两个人的记忆力都超级棒，他们视频聊天时，你说一个名字，我说一个名字，从班里到排、连、营，几乎把战友的名字、情况都说了一遍。我在旁边用另一部手机录影，最后录得都没有空间了。看着他们时而高兴地哈哈大笑，时而又叹息不停，那份久别重逢的浓浓的战友情，让人动容！

当日父亲另外两个老战友，现居住苏州的何心南、南京的王春宝先后通过李叔叔的推介，微信取得联系，我急忙让父亲一一和他们视频"见了面"。已到耄耋之年的战友在分别六十三年后用微信视频这个方式"团聚"，多么激动人心啊！父辈们都感慨万分，我也为他们高兴，庆幸爸爸在有生之年，还有这么多老战友来往。这真是：

> 情缘佳作战友联
> 六十余载友情牵
> 美好回忆眸瞳涌
> 耄耋屏视久畅谈

通过父亲的介绍和与三位叔叔日常的微信交流，得知三位叔叔20世纪50年代初是以学生兵身份参军入伍，在部队上都担任过文化教员，他们的文字、文学功底都很深厚。特别是李云翔叔叔，入伍时年龄小，人又聪明，经过部队这所学校的锤炼，成长进步非常快。1957年复员到地方后他当过邮电学校的老师、著名国营制药厂的工程师，退休后笔耕不辍，经常写游记，写回忆文章。他和我父亲联系上后，看我在收集整理父亲的从军历史，就把自己存档的多篇回忆文章发给我，让我从侧面更多地了解一下父辈驻守海岛、献身国防事业的时代背景和感人故事。

　　翻看李叔叔的回忆文章，这位原长山要塞的海军老兵，谈起往事来思路清晰、如数家珍，每一篇都饱含着对部队的情、对战友的情，令我非常感动，我即萌生了帮他整理文章，让更多的人了解那个年代海岸炮兵工作和生活情况，我认为这是我们军人后代义不容辞的责任。李叔叔立马微信回复，这和他的想法不谋而合。于是我从李叔叔多篇回忆文章中摘取有关内容，整理了一篇长达万字的回忆文章《长山列岛有我们海军战士永不泯灭的军魂》，经李叔叔严格审核把关后，此文在2019年6月20日《齐鲁晚报·齐鲁壹点号》我的《海岛寻梦》专栏首发！至月末短短的十天时间，文章收获了345万多人次的阅读量，其《海岛寻梦》专栏在《齐鲁晚报·齐鲁壹点号》6月影响力排行榜上和《齐鲁晚报·齐鲁壹点号》6月热文榜中都位居第三名，《海岛寻梦》专栏首战告捷，一炮打响。尤其是文章开头我还加注了编者按，强调以发表文章的方式，来解读了我的父辈们以"海岛为家、艰苦为荣、祖国为重、奉献为本"为精神特质的"老海岛精神"。

老兵情，缘于早年的海岛

　　"辽阔的海洋，美丽的岛上，海岸炮兵在歌唱。大炮擦得亮，技术练得强，日夜守卫着祖国的海疆，我们用智慧和血汗战胜了荒岛。嗨！可爱的家园就在阵地上……"

　　这是20世纪50年代初，驻扎在长山列岛的海岸炮兵战士经常唱的一首歌，这首歌词既弘扬了海岸炮兵勤学苦练、英勇顽强的精神，又歌颂了战士们吃苦耐劳、流血流汗、建设国防事业的雄心壮志。

我父亲于 1951 年 5 月 13 日毕业分到了海军长山列岛水上警备区砣矶岛炮兵分队，负责渤海海岸线上的防务。

父亲所在的连队，紧邻砣矶岛的双顶山。砣矶岛在北纬 38 度以北，冬天经常刮北风，非常寒冷。渤海湾平均深度只有 30 多米，若连着刮几天大风，这里的海水就变成了浑汤。有一年冬天大风裹挟着大雪，把阵地交通沟都填平了，战士们要走一个多小时才到岗位，艰难程度可想而知。晚上气温更低，刮风时穿两件皮大衣也不觉得暖和（自己的一件，岗位配备一件）。

1953 年 3 月，海军海岸炮兵学校第二届毕业的部分学生兵，在长岛县城经过半年的集训，有 5 位分到我父亲所在的 39 连，他们是学测距的王春宝和沈履正，学观测的李云翔和孙建国，学通信的郭长孝。他们第二届学员毕业后，海军海岸炮兵学校就迁址到了烟台市，如今已经更名为"海军航空大学"。

"海风吹呀，海浪高，我们守在长山岛，守在长山岛。长山岛啊好地方，祖国胸前一串宝，一呀一串宝……"

五位炮校第二届毕业的叔叔和步校毕业分来的何心南叔叔，就是我父亲经常说的 6 位学生兵。这些学生兵在连队还有一项重要工作是给战友们补习文化课，给不识字的老兵们扫盲，大家称他们为"某某文教"。他们的到来为连队增添了学知识学文化的动力，给战友们增加了青春的欢乐，使战士们的业余文化生活更加丰富多彩。

有次空闲时间，李云翔叔叔坐在那里静静地看书，被时任测距班班长的父亲见到了，就对旁边的战友说："这小孩真老实，好学，不错。"当时李叔叔才 17 岁，听别的班班长表扬他，心里美滋滋的。父亲大他六岁，像兄长一样关心他，他对我父亲非常有好感。他在观察班当兵五年和父亲的测距班关系最好，有事没事就去找我父亲，聪明的他还无师自通学会了使用测距仪，能准确测出各山头到他们阵地的距离。

那段时间连队劈山平地建了一个篮球场，篮球场成了战士们的新宠，在这里可以练队列，更重要的是可以打球了。父亲和何心南叔叔都是大高个，是篮球队的主力，每个星期天如果不是战备日，他们总是有半天时间在球场上打比赛，个个生龙活虎的样子。何叔叔是中锋负责进攻得分，父亲是后卫负责"盖帽"，战友们围观助阵，球场可热闹了。

何叔叔是上海人，高中毕业参军入伍到了步兵学校。1952年5月毕业后分配到长岛县大钦岛东村海岸炮连，一年后来到父亲的39连，他比父亲小四岁。何叔叔是大城市的人，见多识广，不仅球打得好，性格也好。当时39连养了一条名叫"阿鲁"的狼狗，何叔叔最关心它，总记着喂它食物。阿鲁知恩图报，和何叔叔关系最好。它晚上哪儿也不去，会卧在何叔叔床前，当何叔叔晚上到弹药库站岗时它也紧随其后，给何叔叔做伴，帮何叔叔站岗，一有风吹草动，阿鲁马上叫起来……岸炮39连的水井在营房下面的沟里，水质好，只是辛苦了炊事班，要上下五六十度的山坡才能把水挑回来。炊事班班长姓李，体格很壮实，每次去挑水，都是左右肩上各挑一担水，看着真辛苦。何叔叔文笔好，便以此为主题写了一篇纪实性短篇小说《炊事员李树田》，投到海军部队当时最高级别的通俗刊物《海军战士》上，发表后在39连引起轰动。39连的井水甜，居住地村庄——后口村的人知道了，屡见老乡们不辞劳苦爬山来挑水，战士们看见后，能帮就帮忙挑一会儿，送一程，军民关系非常融洽。父亲说过，他们在这个村驻扎，尽管物资匮乏，但喝的水还是不错，听说别的岛的战士们都喝苦咸水和雨水，初来乍到的都会严重地水土不服。战士们正是长身体的时候，他们如果没有"一不怕苦，二不怕死"的革命精神，是克服不了这些困难的。

部队是个大熔炉、大学校，各级首长身先士卒传、帮、带，特别是班长等老战士以身作则做表率，教新兵们革命道理，教他们军事技术，更教他们如何当兵做人。他们为战友、为人民军队、为共和国默默地奉献着自己的一切，时时刻刻担负着一个老兵的责任。正因为父亲有了多年当班长的经历，所以和战士们最贴心、最知心。他曾经说过，在部队里别看班长职务不高，却是部队的重要"基石"，他要处处起模范带头作用，来不得半点马虎，是最辛苦的一个小"官"。这次李叔叔他们和父亲重逢，也证实了父亲说过的"一班之长"的重要性，要不然父亲带过那么多的兵，唯有这帮战士最记得老班长的情啊。李叔叔他们夸我的父亲是"值得无比尊重和信赖的老班长"。

父亲他们在海岛之初，虽然已是1949年以后，人民过上和平的日子，但因局势不稳，部队是天天备战，时刻准备打仗。岛上一小股隐蔽的敌特也不甘寂寞，不时有敌情出现。比如晚上突然打出信号弹，部队发现后立刻就拉队伍去搜山。战士们都将子弹上膛，呈扇面前进，但是几次都没有发现敌人的踪迹。还时有"打石头"现象，就是晚上敌对分子向哨兵扔石头，扰乱军心。当时长山列岛台属不少，战士们认为他们的嫌疑最大。

"我爱这蓝色的海洋，祖国的海疆壮丽宽广。我爱海岸耸立的山峰，俯瞰着海面像哨兵一样。海军战士红心向党，严阵以待紧握钢枪，我守卫在海防线上，保卫着祖国无上荣光。"这激昂的旋律总是在父辈们的军营上方回荡。

干部战士不让休假，不能回家，有的守岛老兵进岛后直到复员都没有机会出岛。李云翔叔叔却是幸运的，曾经到南长山司令部去过几次，最远的一次是到青岛基地文化部举办的手风琴训练班学习，回到连里教大家跳集体舞、唱歌，给大家演奏手风琴，丰富部队文化生活。王春宝叔叔在父亲的测距班是年龄最小的，小我父亲四岁，父亲对他这样的新兵关爱备至，像亲兄弟一样。当他闷闷不乐想家时，父亲开导他，和他谈心，用温馨知心的话语，抚平他思念的忧伤；当他劳动时，父亲关心他，叫他注意安全，量力而行；新兵要站岗放哨时，父亲让他提高警惕，告知守护海岛的重要性；寒冬夜站岗回来，父亲为他烘烤被雪水浸湿的军装。王叔叔曾经用微信给我留言："由于马班长的帮助教育，新兵们能很快融合进这个大家庭。在班长的帮助教育下，我也要求进步，申请入党，填过入党申请书，但还没等党支部讨论，突然班长找我谈话，说我要调动，到团部报到。当时我不愿意离开这个班，很想不通，连队这么多人为什么调我走？这时班长又做我的工作，开导我要服从组织分配，到哪里都是工作，一定要好好工作。我和老班长相处两年半的时间，我对老班长总是念念不忘，所以我说重逢太晚，若推前五年，身体允许，我一定会去看望老班长。"王春宝叔叔在海岛期间，几年回不去家，他母亲千里迢迢来看他。他母亲来后，可把父亲班里的战友们高兴坏了，他们年纪轻轻来到海岛，都想家想得厉害。王叔叔的母亲识文断字、心灵手巧，会和战士们聊天，会给战士们缝补衣裤。父亲14岁时没了妈妈，看到王叔叔的妈妈那么和蔼可亲，就仿佛自己家的老人来队里探亲，跑前跑后做好各种服务，深得老人的喜欢，更放心儿子在部队有这么个好战友陪伴。记得去年4月底，父亲与战友分别六十三年后，和王春宝叔叔打通了第一个微信视频电话，上来就激动地问王叔叔："你老母亲还好吧？我挺想念她的。"逗得我在他旁边都笑岔了气，"王叔叔都85周岁了，他老母亲要是活着真成神仙了。"事后，父亲不好意思地笑了，说："看见王春宝，好像回到了在海岛的年代，竟顺口说出了这句话。"

1956年4月开始军衔评定。因父亲代理排长期间，为人正派、忠厚，深得官兵们的信赖，大家一致同意授予他少尉军衔，任连队的副指导员。就在那年，岛上国防建设也如火如荼地开始了，挖各种跨度的坑道（步兵坑道和炮坑道跨度不同，团坑道和连坑道跨度不同），浇筑滩头碉堡，国防工程建设成了当时的主要任务，直到1957年大部分老兵复员还未完成全部的建设。1955年初李叔叔被借调到四团施工办公室，指导全团的坑道作业，后来他参加了39连的坑道工程，指导作业，不怕脏和累，辛勤工作，1956年底荣获连里唯一的"一级技术能手"荣誉。

岛上原来有38、39两个海岸炮连，装备都是美国制造76.2毫米口径的要塞炮。1954年开始成立了37连，装备了口径130毫米的大炮，大炮要隐藏需要建坑道，这是海军的重点工程，号称"112工程"，39连参加了此项工程。施工时要先挖主坑道，再挖四门炮的坑道，要将大炮蹲放在坑道口，在炮上面搭模板，三班倒，不分昼夜地浇筑混凝土。那时搅拌和浇筑混凝土全凭人工，没有机器，父亲带领战士们，人人争先恐后，磨泡、碰磕出血等是平常的事。父亲个子大，干活又舍得下力气，严重的腰椎病也是那时落下的。"112工程"完工后被评为模范工程，后来各部队来参观的人络绎不绝。39连阵地在双顶山余脉，37连阵地在双顶山下，它们射向都是朝东，二者相距200米左右，后者战斗力的形成就是前者解散的注脚，果然1957年初39连被解散了。

当时国防部要求39连所有的志愿兵复员，军令如山。李叔叔说战友们听闻此讯抱头痛哭，依依不舍。他们对军队有了感情，对海岛有了依恋，他们的初心是想一辈子站岗放哨、保家卫国啊！"铁打的军营，流水的兵。"李叔叔成了不得不走的最后一个离开部队的战士，于8月12日离开了砣矶岛。而我父亲任副指导员后，于1956年9月又作为拟培养的海军岸炮初中级指挥员，到烟台炮校参加为期一年半的进修，自走后没回连队，根本不知道连队发生的事情。李叔叔在烟台回老家的火车上朝着炮校的方位，心里默默地说："老班长，再见了！"

李叔叔的回忆文章中说过："从1952年到1957年我们在长山列岛的军旅生活，特别是在砣矶岛岸炮39连的那些日子叫我终生难忘，有时做梦的场景好像还在部队里。魂牵梦绕的第二故乡啊，六十多年来挥之不去。"这真是：

> 艰苦岁月海防线，
> 忆想往日似青年。
> 长山列岛献芳华，
> 战友情深义更绵。

1958 年 3 月我父亲进修结束回到海岛，因 39 连已经解散了，父亲被任命为 37 连副政治指导员。那时候海岛部队海军、陆军的编制经常转换，部队机构不断变化，父亲明白这是形势的需要，但事先一点儿心理准备也没有，他的 39 连战友们就再也看不见了。父亲黯然神伤，从此与原来 39 连的复员战友山水相隔、天各一方，杳无音信。1959 年 8 月父亲从 37 连调到四团团部，1961 年 3 月调到大钦守备区，1978 年 3 月他又调回砣矶岛 27 团，工作了一年半时间，其间 37 连的旧址还在，也有部队驻守，他还能经常下连队去看看。待转业分配地方时，他割舍不掉对部队、对海岛的感情，放弃了到大城市工作的机会，坚定地留在了还不富裕的长岛县。他真是比别的老兵多了一份幸运，能永远近距离守候和观望着他的部队、他的战友们，如今 90 周岁的高龄仍然健康地在第二故乡生活着。

续友情，未来情更长

如今随着国家的强盛，军队发展的现代化需要，长山要塞已经缩编了，老 39 连和 37 连那一砖一瓦建成的营房荒废了，当年战士们流血流汗（有的还献出了生命）建成的坑道已经废弃了。

六十多年过去了，当父辈已是暮年，更加留恋战友情谊，当年海岛的艰苦生活，不仅没有压垮他们，反而更加锤炼了他们的革命意志，离开部队后无论在什么岗位他们都是吃苦在前、享受在后，时刻保持一名军人的风范。尤其是长山岛的重要地理位置、党和人民赋予的光荣使命，让他们年轻时就形成了对党要敬仰、对人民要忠诚、对肩上责任要勇于担当的正确人生观、世界观和价值观。另外，海岛老百姓对军人的尊重和拥护，也让他们更加严格、自律，基于这些因素，父亲和他的长岛老兵们这份战友感情是纯净的，是高尚的，是终生珍视的精神宝藏，是值得我们后代歌颂和弘扬的！

幸运的是通过我的文章，这些长寿的战友还能通过微信视频见面。一年多来，我的手机里，每天父亲的老战友们都会给我发来信息，我也会把父亲的信息及时发送给他们。当父亲生病住院的时候，老战友们的问候和视频聊天，给了父亲比吃药都管用的精神力量，让老父亲振作精神，早日康复。他们通过我的微信也可以看到更多介绍海岛的视频、消息，那是他们魂牵梦绕的第二故乡，他们太喜欢了！

落叶知秋，情意如酒。蓦然回首，人依旧，情依旧。

李云翔、何心南、王春宝三位叔叔如今都在过着儿女满堂、子孙绕膝的幸福生活。李叔叔替老战友们代言：希望有生之年还能再回海岛看看，那里有我们海军战士永不泯灭的军魂。

有一天老父亲神色黯然地说："我现在虽然和老战友联系上了，但一个个年龄都大了，不知啥时又告别了，一想太难过了。"是啊，父亲说过的这6位学生兵中如今有3位已经驾鹤西去。年龄、疾病是人类抗拒不了的关口，衷心祝愿老父亲与他仍然健在的战友们忘记年龄、战胜疾病、挑战命运，开心过好每一天，永远幸福安康！

六十多年前，他们因为共同的革命理想走到一起，不畏艰苦、忍耐寂寞，每日坚守在海防最前线，与岸炮阵地和万顷波涛相伴，与艰苦环境为伍，为祖国的安宁和人民的幸福履行使命；六十多年后，他们因为一份珍贵的战友情，重逢在人民海军建军七十周年之际。这是迟到近七十年的"英雄会"，耄耋父亲和他的战友们当属幸运之星！

第二辑

父 母 爱 情

父母的爱情

2020 年 2 月 14 日这个特别的节日里，恰好是 91 岁妈妈的阳历生日。初五刚给她过完阴历生日，我和保姆姜姐给爸妈包了一顿饺子吃，连生日蛋糕也没地方买。已经卧床快五年的妈妈，衰老得已经很少和我们交流了，但那一天却清醒地和我们交流，说了很多话，还一个劲儿地喊："老头子、老头子，咋不来看看我啊？"

自从妈妈卧床，爸爸因为照顾她多年，累断了腰椎，做了骨水泥手术后，我请来了保姆姜姐伺候妈妈，爸爸就独居一室了。去年劳动节前夕爸爸摔伤大腿骨住院治疗回来后，为了方便照顾他，我把紧挨着妈妈卧室的大客厅重新布置，分别放置了爸爸和我们照顾他休息的床铺。此时此刻爸爸在客厅坐在轮椅上看电视剧《父母爱情》，听到妈妈的喊声，急得让我赶快推他过去看看老伴。当爸爸嘴里喊着老伴，拉起妈妈的手，十指紧扣时，眼泪顺着他的眼眶流出，我急忙用手机拍下了这感人至深的画面。墙壁上方悬挂着父母金婚的纪念照，距今又过去二十五年了。

今年春节山东电视台连轴播放电视剧《父母爱情》，尽管我们已经看过多遍，但还是愿意看。编剧刘静就是我爸爸战友刘兆贵的小女儿，1956 年在烟台海军炮校学习期间，爸爸和刘叔叔相知相识，而后在长山要塞大钦守备区成为战友。这部讲述父母爱情从海军海岸炮兵学校上学开始的电视剧，真的是父辈们真实生活的写照。

不过我父母与刘静姐姐编写的剧本中父母之间的爱情开头部分

不一样，我爸爸虽然是农村出身，但他上过学堂，相比江德福司令员有一定的文化基础。我妈妈没有安杰的出身和文化水平，倒挺像参谋长的妻子王秀娥，还有江司令员的妹妹江德华身上那股泼辣、直率的性格。但从妈妈进岛随军后就和电视剧演播的安杰进岛以后完完全全一个样了，妈妈们都成了随军家属，都在爸爸们的宠爱下生活。

我的爸爸宽宏、严厉、慈祥，从他那里我们做儿女的享受到了那份天下最无私的大爱！

我爸妈都是旧社会出生的人，也是少年时期失去亲娘的苦命孩子，爸爸为了赡养年老多病的祖父和一直未婚的二太爷，与妈妈少年时期成婚，两副稚嫩的臂膀共同承担赡养老人的责任。1949年后，报名参军，入伍来到辽南军区警卫团。抗美援朝时期他随所在的陆军炮六师改编到海军海岸炮兵学校，成为新中国人民海军炮校的第一批学员，毕业后从大城市到交通不便、人烟稀少的长山列岛，三十多年的戎马生涯中把青春献给了国防事业。改革开放之后他转业到地方，又工作了十余年。如今，美丽而富饶的省级海洋生态文明综合试验区的长山列岛，记载着他那一代老革命的奋斗创业史。我们子女对他感情的加深也是从他离休以后，因为他工作的时候，是一个非常忘我、比较投入的人，家庭琐事全扔给了妈妈。但是离休以后他马上转换了角色，与妈妈一起投入家庭，爱惜老伴、帮衬儿女、教育子孙，如果说妈妈是一把大伞，给子孙们撑起了一片能遮风避雨的天空，那么爸爸就是那把大伞的伞柄；如果说妈妈就像一个港湾，给远航在外的子孙们一个能回来栖息的地方，那么爸爸就是支撑港湾的堤坝。

我的妈妈和世上所有的妈妈一样，有慈爱的母性，我们做儿女的从她的身上得到的也是天下最无私的大爱！

爸爸在烟台炮校学习的时候，妈妈才能带着姐姐来看看两年多没有见过一面的爸爸。

以前妈妈还给我讲过她来烟台找爸爸的经历：“我拖儿带女千里迢迢来看他，从老家沈阳坐船到天津，从天津坐船到青岛，从青岛再到烟台，一路打听才找到他，我们也怕他在外多年，不要我们了。那时候交通不便，我识字也不多，都是靠着一路问人家。”

妈妈这九十一年来走过的历程真的不容易啊！1961年秋天部队批准可以随军了，她带着四个孩子从沈阳到爸爸工作的海防前哨长岛县大钦岛，到1979年离开部队，一直在家属红校的缝纫组工作，给指战员们缝补军装、被褥有上千件之多。后跟爸爸转业到了海岛县城，再后来到儿女们工作的城市定居，酸甜苦辣，百味俱全。昔日一个娇小羸弱的女子，到今天养育了五个子女，是坚强且自信的老人。妈妈78岁那年各种疾病接踵而至，到82岁时妈妈先后两次住院接受治疗，但她坚强地与疾病抗争，忍受着病痛的折磨，坚强地走过来了！她乐观地生活，对人生早已大彻大悟。她常说：“我现在活着就是为了你们，等哪天走了你们也不用想我，我能活到这个年纪就很知足了。”是呀，人到了这个年龄还在乎什么呢？她只在乎亲人了，只有亲情最重要。

还记得2010年的春节很特别，那年的大年初一就是2月14日，和情人节重合了。那天在街头看见抱着鲜花匆匆赶路的年轻人，传统节日和洋节凑在一起，让喜庆的气氛更加浓烈。早上我给父母去拜年时，说起这个情人节，妈妈感叹道：“俺是正月初五的生日，俺从来不过阳历生日。情人节是干吗的？”是啊，情人节是干吗的？这个洋人的节日与我们有何相干？出生在浪漫节日里的妈妈，却从来不知道这个节日，没有享受过什么花前月下，也从来没有谁给过她阳历生日的浪漫，对妈妈来说唯一能算上老情人的就是当时相依相伴六十多载的老伴吧。记得那天我的爸爸正戴着老花镜，佝偻着身躯在厨房热年夜饭剩下的饺子呢。

我爸爸对妈妈的感情，更是几天几夜也说不完。前些年各种疾病接踵向妈妈袭来，是他开导和鼓励妈妈勇敢地与疾病抗争；当妈妈干不动家务时，是他坚决打消了我们聘请保姆的想法，学会了做饭、洗衣等以前不常干的家务活，让儿女们腾出更多的精力干好工作；当妈妈身边一时也离不开人的时候，是他舍弃了多年的业余爱好，在家精心照料。可以说如果没有爸爸的相伴，妈妈也不会这么长寿。

今年中央电视台的春节晚会，邀请了电视剧《父母爱情》里的主要演员，又续演了一段节目，虽然感人肺腑，但事后我和大院里的几个姐姐议论一下，都说："刘静如果来编，绝不会编这样的结尾。我们父母那个年代的人，打死也不会说'我爱你'这三个字，他们的爱情都是渗透到骨子里的亲情了，再小资的妈妈也不会一辈子不依不饶地索要爸爸的这句话了，他们已经习惯了军人爸爸用实际行动对她们的爱了。"事后我问过爸爸能不能对妈妈说这三个字，爸爸话题一转："你们这些孩子，整天研究这个干什么？这部电视剧我看前半部分编得挺好，后半部分演他的那些孩子，怎么都那样啊？咱家没有这样的孩子，咱岛上整个部队也没有这样的孩子。"原来爸爸也不喜欢那个快言快语嘴上没门，对父母长辈没大没小，说话特冲，扯个嗓门儿咋咋呼呼，刻薄劲十足的江亚菲。爸爸这么大年纪了还能完整地看完这部电视剧，这应该是他看过为数不多的几部电视剧之一吧，他平时就爱看《新闻联播》《海峡两岸》和央视体育台，关心时事政治，足以见得他从《父母爱情》电视剧里找到了和妈妈在那个年代爱情的影子，他们是不会说"我爱你"，但爱得比谁都深，流淌在他们心田里的是那浓浓的亲情。我们也从来没见过他们的柔情蜜意，但看到了现在他们老了坐着轮椅手拉手相互关心、相濡以沫的爱情。

我衷心祝愿持有浪漫情人节身份证的妈妈生日快乐，长命百岁，永远是爸爸手中的宝。祝愿爸爸妈妈风雨人生携手并进，再享幸福过百年！

海岛老屋有"宝贝"

我家楼下有个古玩市场，每逢周末有人摆摊时，我都会下去。市场上什么都有卖的，有一天我发现有旧的缝纫机机头摆在那里售卖。看到它们，我一下子想起妈妈那台缝纫机和她年轻时坐在缝纫机前专注"跑机器"的样子。我急忙让长岛的外甥女海英去姥姥老屋拍了几张缝纫机照片发过来。

几张照片，是这个老物件的上、下、左、右四面。看着照片上缝纫机那斑驳的台面和深浅不一的色泽，我感慨万千。它铭刻着历史、时代的痕迹，承载着两代人美好的记忆，睹物念旧，亲情满满，让我倍感亲切温馨。

缝纫机在爸妈长岛老屋南侧东卧室的窗户下方放置着，是赫赫有名的国产"十大缝纫机品牌"之一的"飞人牌"，产地上海，据说是 20 世纪 50 年代初我国自主创立的品牌。这就是妈妈的"宝贝"，只比我小六岁，曾经在妈妈的巧手中，为我们兄弟姊妹、街坊邻居和海岛老房东们缝缝补补，为我们立下过从"一穷二白"向"丰衣足食"过渡的汗马功劳。

缝纫机是 20 世纪 60 年代末买回家的。妈妈因为家里孩子多，缝缝补补的手工劳作太辛苦，早就有买台缝纫机的愿望，无奈全家七口人，只有爸爸一个人有工资。好像每月爸爸发津贴 80 元，要拿出 30 元寄给老家的爷爷，余下的 50 元才是全家的生活费，根本没有余钱帮助妈妈实现这个愿望。直到大姐、二姐相继工作、当兵后，家里的经济条件好转了，她才实现了自己的愿望。

以前经常听妈妈说过那天买缝纫机的故事。那时爸爸外出带兵不在家，她通过在大钦东村供销社工作的大姐预定了缝纫机，到了该取货时，瘦小体弱的妈妈招呼了家里唯一的男子汉——年幼的哥哥，借了辆小推车，爬陡坡，走山路，特别是要走那条伸手不见五指、连接北村和东村的军用山洞，费了好大的力气才把缝纫机拉回来。记得妈妈说是 140 元买的，行文之际，我问过爸爸说是 100 多元买的，又微信问哥哥说是 160 元买的。其实我打听它的具体价格也没什么必要，我只是感叹 100 多元在那个年代可是一笔不菲的花销啊！五十多年走过来，当初这笔花销竟成就了妈妈半个世纪的裁缝手艺，这钱花得太值了。

缝纫机来到我家后，妈妈先是学着给我们姊妹们缝缝补补旧衣服，过年过节才能给每个孩子做件新衣服，慢慢地她练出了手，邻居家阿姨和孩子们也找她来做衣服。

妈妈这批军嫂自打 1961 年秋天进岛后，因为岛上吃商品粮的单位很少，都没有找到工作，无奈只好在家洗衣做饭，当"全职家属"。有的在房前屋后开点荒种上菜，也养鸡养鸭；有的为了挣点钱，就上山抓蝎子、捉土鳖、挖黄花菜，或扒虾、捡石子、抬沙子，参加公社或驻地村里的集体劳动。后来随军家属越来越多时，部队就想办法办家属工厂，起名叫"家属红校"。红校成立后，为了让家属有活儿干，部队想了许多办法，包括到岛外联系来料加工等。后来因海岛交通不便，加工好的产品难以按时交货，这项来料加工的活儿也坚持不下去了。家属红校只好因地制宜，做豆腐、腌咸菜、喂猪、开澡堂、服装加工等，做点为部队服务的事。

"把海岛当家乡，把群众当亲人！"这是妈妈那代进岛的军嫂扎根海岛的座右铭。她们那代军嫂不仅是一个文明守规矩的群体，是一个通情达理的群体，更是一个能够舍小家顾大家、勇于吃苦乐于奉献的群体。妈妈和那些阿姨，朴实得同当地老百姓没啥两样，平日里穿旧军装、解放鞋，舍不得花钱买这买那。妈妈养育了五个孩子，里里外外一把手，为的是让爸爸工作少分心。她远离家乡随军到岛上，为的是不再两地分居，让爸爸安心服役，让孩子们有个完整的家。

"家属红校"一成立，妈妈就因有缝纫特长，被安排到缝纫组，每天上班给部队做衣服、被褥，非常辛苦。一个月下来能挣30元工资，妈妈非常欣慰，能和爸爸一起挣工资补贴家用、孝敬老人了。妈妈业余时间在家也有不少的服装加工活儿要干，后来房东家的衣服也找她做，然后房东周围邻居也慕名前来。然而谁也想不到，妈妈虽然会做衣服，但她不识几个大字。听她说过，中华人民共和国成立后曾在老家"妇女识字班"学过一些字，后来因为孩子多、家务活重，就忘得差不多了。当给人裁剪衣服时，量过的那些尺寸，她都是靠记忆记在脑子里，然后再裁剪出来，竟然八九不离十，从来没有失手过。据妈妈说，她的父亲手就巧，因在老家有木匠的手艺，家庭生活相对于那些种地的农民要好许多。妈妈这是遗传了姥爷的巧手基因，再加上她的胆大心细，属于不用拜师、无师自通的"土裁缝"。妈妈还把经常来找她做衣服一些人的服装尺寸，用整张的牛皮纸当布料，提前裁剪下来，每次做这人的衣服时就不用再量尺寸了，找出"纸样子"比量着裁剪即可。她把这些牛皮纸叫着"衣服样子"，一卷一卷地放到柜子里，随用随拿。

妈妈对她的缝纫机看得可"金贵"了，不管每天忙到多晚都要认真清理台面，还经常给它上个机油保养一下。我就曾经玩过那个小油壶，很轻很薄的金属片制作的，鸡蛋大小，但她不让我玩，经常从我手中夺下来，把小油壶挂到缝纫机下面支架的铁腿上。因为缝纫机总是放在窗户下阳光照射的地方，她怕风吹雨淋和日晒，还用裁剪衣服剩余的旧布头，拼制了一个罩子，每天用完缝纫机后，就打开机器下方两侧的木板，把机头放进木头盒子里，再盖上罩子，一点儿也不嫌麻烦。后来我三姐钩过一条白丝线桌布，她也将桌布改为他用，搭到她的宝贝上面，给缝纫机披了彩，让居室增添了美色。再后来商店有卖专门盖电视、冰箱、缝纫机的罩子时，她也会买来用于装扮这个宝贝。她还不允许任何人将东西放在缝纫机上面，怕压坏了她的宝贝。现在想一想，那时缝纫机是家中唯一的大件，堪称固定资产也不为过，真的比电视、冰箱还早面世于我家，而且它不是娱乐消遣的奢侈品，是养家糊口的重要工具，的确"金贵"着呢。

在海岛晚上一般没有长夜灯，每到晚上固定的时间，部队的熄灯号一响，我们就进入睡觉状态，而妈妈却着急地去找煤油灯或蜡烛来照明，她要把剩余的活儿干完，她绝不会把当天的活儿拖到次日。日久天长，我经常会发现她的眼睛带血丝。记得妈妈可会整新词了，她总把做衣服说成"跑机器"或"跑缝纫机"，形象地把机针干活时的状态，用"跑"字形容出来。每年年关的时候我都要格外地乖巧懂事，唯恐没有新衣服过年。我小时候过年的衣服，都是妈妈直到年三十下午给别人做完衣服后，才急忙给我做一件。妈妈还挺新潮的，记得我邻居家一个上初中的孩子对穿衣戴帽挺"要好"的，社会上刚兴穿"紧腿裤"（又称鸡腿裤）时，他会把当时穿的肥大宽松的裤子用针线在内侧缝一下，这样就显得腿很修长了。他妈妈每次给他洗衣服，发现这个手工缝制的线段，就会气得一把拽下来，不让孩子"赶时髦"。孩子穿时就缝，妈妈洗时就拽，一对倔强的母子谁也说服不了谁，几个回合后，这位阿姨气得跑到我家跟我妈妈说这个事。我妈妈一听，不仅没同情这位阿姨，反而知道了孩子们对当前服装潮流的追求，还劝这位阿姨赶快回家把孩子的裤子拿来，她给"跑一下"，别再让孩子费事了。但我妈妈也不能完全按照那孩子手工缝制的那条线"跑下来"，她给折中一下，让裤子既不像原来那么肥大，又不能像"紧腿"那么瘦，她告诉邻居阿姨："得给孩子的档部留些空间，别勒坏了生殖器。"这是后来妈妈经常说的小故事，我记忆犹新。

20世纪80年代中期，我从基层营业所调回县农行，看见小伙伴们穿衣戴帽都"洋气"了许多，偷偷和小伙伴逛百货大楼买布料，到当时县城驻地乐园大队一个叫张克仁的大叔裁缝店里去做衣服。大叔的女儿亚楠经常在店里，她跟我们小伙伴很聊得来。她很漂亮，高挑的个头，再穿上她爸爸做的衣服，让我们羡慕不已。当我取回做好的衣服，偷偷穿上回家后，也不敢在妈妈面前"显摆"，怕妈妈说我去外面花钱做衣服。那天晚上我脱下外套去卫生间洗漱回来，看到妈妈在我的房间扒拉那件新衣服看。当我等着她的骂声时，她却指着衣服轻轻地对我说："张克仁如果把这个地方再凹进来一寸就更好了。"原来她也在研究最新的裁衣技术，这是"内行看门道"呢。

妈妈带着她的宝贝，跟我爸爸在长岛的多个岛屿上安过家，每到一处不久，就会有人慕名上门做衣服。妈妈最擅长做女装，因为在部队时爸爸们都有军装穿，用不着她做，都是部队家属和孩子们来找她做衣服。做的女装、童装多，久而久之，她就熟悉了这两款服装裁剪的套路，越来越得心应手了。好像听她念叨过："男装不好做，特别是凹那四个兜，做起来费劲。"是啊，那个年代，男装兴中山装，就连当兵人的上衣，如果是干部，还上下四个兜，地方男同志的衣服也效仿干部，穿四个兜的"干部服"呢。

妈妈会做女装和童装，也让我们姊妹得了大便宜，因为我们家女人、女孩多。想想我们和我们的孩子穿的衣服都是妈妈做的，省下多少人民币啊。尤其是孩子们穿着妈妈做的衣服，面料都是人造棉、棉布啊，既环保又舒适，虽然款式没那么洋气，但一点儿没影响孩子们快乐健康成长。我怀孕时，那个年代也没有孕妇装可买，好多孕妇都是穿旧军装，图省钱省事。有的孕妇即便不穿军装上衣，也会弄条肥大的军裤穿上。我家当兵的人多，新旧军装都有，但妈妈却买来布料，亲手给我缝制孕妇装，不想让我"优美"的身段淹没在肥大的军装潮里，后来我的这套孕妇装闲置时又借给邻居，邻居后来又借给同事，在外面转了好几年，成为好几个宝妈的美丽罩衣呢。我婆婆的衣服基本都是我妈妈做的，她俩相差一岁，妈妈一直引导着在农村生活的婆婆穿衣戴帽的喜好，只要妈妈想穿一件什么衣服，买布料时都是买双份，裁衣服时给我婆婆的大一码就行。每每我婆婆在老家穿上新衣，都会得到左邻右舍大妈、大婶们羡慕的目光，说我婆婆找了个好亲家，都夸我妈妈心灵手巧。尤其佩服我妈妈还会隔空目测，不用现量尺寸就能做出合体的衣服。去年我92岁的婆婆来我父母家时，我婆婆还拉着我已经卧床几年妈妈的手说："二十多年都穿你做的衣服啊，怎么感谢你啊！"感激和幸福之情溢于言表。

我知道妈妈给人家做了那么多年的衣服，都是义务的，没有收过人家的钱。有时还要搭上缝纫线、纽扣或拉链、挂钩之类的小物件。妈妈用过的装针头线脑的铁盒子，现在也带到了我家，里面那些服装配饰一应俱全。为了让做出来的衣服平整、熨帖，她用过的熨斗有好几款，最初那种先用炉火把铁块烧红，再把铁块放铁槽里的原始熨斗，还有老款不带温度调节的电熨斗。尽管她做衣服不收费用，但海岛人民热情、豪爽的为人处世风格，能让她白忙乎吗？每每家里有了鱼虾或是陆地上的土特产品，都会想着她。妈妈手巧，除了做衣服，她还会给人剪头发、指导人家织毛衣、串门帘、糊纸缸等，我家里总是有街坊邻居阿姨们驻足，陪她一起玩耍，让她天天快快乐乐的。俗话说得好："赠人玫瑰，手留余香。"这不90多岁了她还健在，就是性格好、心宽，用海岛话说："会噶乎人。"她助人为乐的品质不仅感染了周边许多人，而且当人们在称赞"老马大嫂或老王大姐是个好人，是个热心肠人"的同时，我作为她的"小棉袄"也会把这份耳濡目染的感动，化作自己人生的信念：多做好事，多为人民服务。

遗憾的是，妈妈这份心灵手巧的缝纫技能竟没有传给我们姐妹，三个姐姐是因为工作、参军，早早离开了家，没有机会。

自从二十多年前，妈妈和爸爸来到我居住的城市后，再加上新时代物质生活的富足,妈妈也不再辛苦劳作了,与之相伴多年的"飞人牌"缝纫机也静静地卧在长岛的老屋里。每次我回到长岛老屋时,总会感慨万千,因为那里是我曾经生活的地方,特别是一些家用老物件,虽然历经了岁月的沧桑,现在已经被灰尘覆盖,被时间褪色,但都有故事隐藏在其中,看起来还是那么亲切。

这款"飞人牌"老物件见证了那个年代海岛人民不太"丰衣足食"的旧时光,见证了一名把青春献给了子孙、献给了海岛的随军家属(妈妈)纯朴、勤劳的一生。如今92岁的妈妈,已经年迈衰老,和她说起缝纫机的话题也不能正常交流了,一些我不知道的有关缝纫、缝纫机的故事,想必还留在她内心深处。在妈妈有生的岁月里,愿这个老物件、她曾经的"宝贝",继续与我们守望和陪护她。

下军棋

我深深的怀旧情结,也是让我家楼下的古玩市场给熏陶出来的。一个女人不爱逛商场,却偏爱每周末到古玩市场溜达一圈,偏爱20世纪六七十年代,也就是我的童年时期,那些家家都有的旧物件,这也算独树一帜吧?

周末的古玩市场人山人海,我溜达到老拉面馆的东侧,在一位八旬大叔的摊位上看到了一个硬壳塑料小盒,上面写着"陆军棋"的字样,打开一看,里面有一张棋纸和五十个棋子,和我小时候下过的"军棋"是一样的。不过那时的军棋盒子可没有现在的高级,是薄薄的纸板小盒,用的时间久了,盒子四边就裂口了,那时没有胶带，都是用纸条粘上糨糊把裂口糊上。"军棋"改叫"陆军棋"，这也是近年来的称呼吧？这副"陆军棋"一看就是新的，根本不算"古玩"，更称不上"古董"，但它却让我想起了小时候和父亲经常"下军棋"，进行"博弈"的情景。

那时候岛里的文化娱乐活动很匮乏，回到家里，除了在外面和小伙伴们嬉笑打闹，最喜欢、最盼望的就是爸爸下班回家后，能和爸爸下两盘军棋了。下军棋是爸爸最喜欢教我的一项娱乐活动，还没听说别的家小伙伴的爸爸这么有耐心和他们一块玩棋的。通过下军棋，爸爸恰到好处地给我普及了部队里机构设置知识，让我懂得了军中职务的排序，还能对号入座地了解我们大钦守备区和长山要塞区以及蓬莱后勤部队，要塞第一、第二医院等军中机构的分级层次。尤其是知道了爸爸在军中的职务，明白了他上面有哪些领导能管着他，他还能领导哪些级别的干部战士。一个女娃娃能通过下军棋，对部队的机构设置明白个大致，也不枉父亲那一片精忠报国、坚守海防前哨的爱国爱军之心和爱岛之情啊。通过和爸爸下军棋，我的智力得到了开发，我也获得了人生最初的启迪。

那时我们大钦守备区是师级编制机构，最大的官是同学明华的爸爸，我经常去找明华玩，也能看见这位和蔼可亲的首长。但爸爸却叫他司令员。我百思不得其解，问爸爸为什么，爸爸说："我们守备部队就叫司令员，这是上面规定的。"于是我一头雾水、一知半解地假装明白了。

弄懂了军棋上的职务排序，接下来和爸爸下棋就能有板有眼地进行了。

军棋分两支队伍，用黑、红两色棋子加以区分。我喜欢红色的棋子，每次开局时都会抢先说："我要红棋！"如果几次惨败后，就会弃红换黑，觉得爸爸能赢，那么今天用黑色的棋子会运气好。我还喜欢在开局前洗棋子，往棋纸上放棋子时，默默记住自己这色棋子中几个重要棋子的位置，待开局后就忍不住先去翻开自己布下的棋，然后赶快把此棋子走到"行营"这个安全地带，知道这叫保护首长，保存实力，其实用现在的话说，这叫搞小动作。

小孩子终究是下不赢大人的，为了不再让输棋的小孩子抹鼻子擦眼泪，为了安抚小孩子那颗脆弱、要强的心，接下来有段时间，每回博弈时，爸爸总是先让我赢几盘棋，我也知道他是故意让我的。他要么先让我走三步后他再出手，要么在下棋的过程该杀的棋子不杀，该碰的棋子不碰，任由我的"官兵"对他的"官兵"为所欲为，横冲直撞。我的"炸弹"可以炸他的"司令员"，但他的"炸弹"要等我的大官棋子转移后，我再捡个小官棋子去主动碰他的炸弹，同归于尽，耗掉他的战斗力。每每我下棋耍赖皮时，他也好脾气地宠着我，笑眯眯地看我在棋子前耍小聪明，等我扛上"军旗"时又喊又叫，高呼"我赢啦！我赢啦！"时，他会笑得掰过我的额头亲一口，我却做出用手擦额头之状，嫌弃他会不会留下唾沫星子。

还有一种下军棋的方式是以"山界"为界，把各自颜色的棋子挑到一起，然后让棋子站立起来，与对方以背靠背的方式博弈，这种下棋方式就是主动出击。我跟爸爸学会了开局时一定要用自己家最小的棋子，去探视对方的棋子，一旦"牺牲"就明白了对方棋子的级别，为下一步如何消灭它做到心中有数。

幸福的童年和少年时代，那些和爸爸下军棋的经历，是亲和、礼让、欢快的人间温情，让我感受到老一代军人担当、守责、奉献的家国情怀，是我此后五十年来最难忘、最值得回忆的往事之一。

中午带着淘来的宝贝——"陆军棋"，我到了爸妈家。爸爸在看电视，护工姜姐在厨房蒸发面包子，我看午饭还得等一会儿，就把军棋和那个大叔赠送的几粒子弹壳，一股脑儿放到了爸爸身旁的小饭桌上。

我打开了军棋盒子，让爸爸看看我淘来的军棋。爸爸第一时间却捡起那几颗子弹壳，反复查看着，嘴里嘟囔着："这是步枪子弹，这是手枪子弹。"而我更感兴趣的是已经打开的军棋盒子。"爸爸，离吃饭还有一会儿，咱俩下盘军棋吧！"

我摆好了棋子，发现爸爸注意力还放在那几颗子弹壳上，我想，此时此刻爸爸肯定是触景生情，想起了那个战火纷飞的年代，想起了他戍守海岛三十年的军旅生涯，以他90周岁高龄的思维现状，不知还记不记得我小时候他教我下军棋？我几乎是从他手中夺下了那几颗子弹壳，想让他和我再下一盘军棋。

他手拿棋子好久也没找到棋盘上的摆放位置，我问他还会下吗。他摇摇头，又点点头，眼睛盯着手中的棋子看了好久。我突然发现爸爸可能真的不会下棋了！去年4月底爸爸摔伤大腿骨，做过一个外科接骨手术后，身体是每况愈下，又长期吃药治疗，已经影响了他的体能和智力。唉，父亲真的是老了，真的是对这个娱乐活动不感兴趣了！

我不死心，用小时候爸爸经常对我说过的话："我让你三步，你先走！"我戚戚然地看着年迈的父亲，泪水一下子涌上了眼窝，我现在没有了博弈的对手，我和父亲的这场博弈已经在五十年前决出了胜负，我们的这盘棋早已经下完了，不分上下，没有高低……

姜姐端来了大包子，说："别玩了，快吃饭吧，爸爸该饿了。"

将棋子一一放入盒子里，我想这副棋子我还是要保存好，它仍然是父亲百年之后给我的一个念想。我还想留着这副棋子，等我的外孙子长大，我要学着爸爸的样子，教他下军棋，让他像我一样通过这项娱乐活动，热爱上我们的军队，树立精忠报国的信念。

父爱如山，人生中有很多东西不可能永存，但父亲给我们的爱却永恒。五十年前我和父亲下棋时，父亲总是假装输给我，现在我终于明白了，他那是让我自以为很棒，给我自信成长的机会，让我保持对生活的热情，实属良苦用心！谢谢您，爸爸！您教我下棋的那份美好已深深地留在了我的记忆中。但愿我像父亲这么老的时候，记忆里还会留有曾经和父亲博弈的片段。

天竺葵

我在海岛军营出生，荒寂的海岛，礁寒岛瘦。岛上的水，苦且涩，但它却滋养着万物生灵，养育着守岛卫国的部队官兵和代代渔家百姓。

小岛远离大陆，文化、物资略显匮乏，一切"美丽"的东西都很珍贵。比如鲜花，那时随军家属进岛谁能带进一盆花，左邻右舍都会蜂拥而至，开开眼界。但再漂亮的花在岛上，也会患上"水土不服"的病症，越浇水越坏事，没几天就耷拉了脑袋。

记得一天傍晚，妈妈从刚搬来不久的邻居阿姨家，捧回来一个花枝。说是花枝但上面没有花，全是绿叶，碧绿的叶子，层层叠叠的，它的根部紧裹着一团湿土。妈妈找来以前种过花的土瓷花盆，把盆中的干泥土扒了一个坑，将捧回来的花枝栽了进去。她两手净是土，高声喊我舀一瓢水来，我遵令前往，在她指导下给这个花盆灌满了水，原本干燥的花盆因有充足的水注入，给新加入的花枝提供了湿润的环境，花枝越发显得翠绿无比了。

爸爸走过来观望了一会儿，对妈妈说："养这些花有什么用啊？也没看你养活过几盆。"是啊，妈妈喜欢花，她自嘲过："都说生闺女的人喜欢花，我就是因为喜欢花，生了四个闺女呢。"妈妈自1961年秋天从沈阳老家随军来到海岛，曾经养过多次花，但没有一盆正儿八经地成活下来。说实在的，这不怨妈妈，是海岛养花不容易成活。这次不仅是爸爸泼她冷水，就连我心里也是这么想的，但看她兴高采烈的样子，就没敢吱声。

妈妈是个急脾气的人，再加上那些年在部队家属红校天天上班，哪有时间打理花呢？但这次栽上这盆花后，倒是看见她挺耐心地经常给花松土。此花枝冬天不喜水，正好避免了海岛上的咸水浇多了反而对花不好。

等到我注意到放在窗台上的花枝已经开出红色的小花时，已经不知过了多少天。我凑近花盆嗅花的时候，竟然闻到了一股怪味，"哎呀，这是什么花啊？怎么还有臭味？"我大呼小叫，嫌弃地捂起了口鼻。妈妈在一旁笑了："这叫臭海棠花，臭才不招虫子，臭才泼实，臭才成活率高。"妈妈一连几个"臭"字，让我一下子明白了这盆叫"臭海棠"的花儿竟有这么多的优点。

自打花开以后，我看见妈妈在花盆跟前逗留的时间多了，随着这盆花越开越茂盛，我家窗台上又相继摆满了大小不一的花盆，妈妈在做花匠的工作呢，将这盆花新长出的枝一一折下来，种进那些空花盆里。

1974年夏季的一天，岛上刮台风，瓢泼大雨把刚放学回来的我困在家里，只有在家里写作业等候爸爸、妈妈下班回家。一阵电闪雷鸣后，暴风雨更加猛烈地倾泻下来。哐哐两声巨响，爸妈大屋窗台上的玻璃窗被大风吹开，两扇玻璃窗已经有了破损，窗户上的花盆也没了遮挡，被大风吹到了地上，花盆碎落一地。我人小，胆也不大，看到这个情景，急忙逃到我的小屋，躲避风雨去了。

妈妈下班回来时，台风已经小很多了，她进门看见地上一片凌乱，就高声喊叫我的名字，问我这是怎么回事。我吓得语无伦次，一副都是台风惹的祸、没有看护好她的花很愧疚的样子。妈妈小心翼翼把地上散落的花和花盆一一清理好，边清理边埋怨部队的家属房窗户不结实、插销不好使，埋怨我不给她好好看护花。直到爸爸下班回来，看见妈妈只忙乎花，不顾破碎的玻璃窗，说了她几句，妈妈才停止了抱怨。妈妈急忙和爸爸分工，她清理碎玻璃，爸爸去后勤部换玻璃。

待雨过天晴，妈妈的心情也跟着灿烂了起来。她对重新移栽的花更加上心了，在花盆前逗留的时间更多了。

臭海棠就这么泼实，无论风吹日晒，不管雨水、涩水，给点阳光就灿烂地生长。几年下来，我家窗台上的臭海棠已经成了气候，一眼望去，一盆挨着一盆，盆盆红花绿叶、生机勃勃的样子。谁看见家里养花就一个品种，而且连成一片的？唯独我们在海岛的家。窗台上的风景吸引了左邻右舍，来家里索要花枝的部队家属、驻地老百姓也多了起来，妈妈高兴地满足人家的需求，千叮咛万嘱咐地告诉人家回去怎么养活它。

有一天傍晚，妈妈站在窗台前摆弄她的花，边摆弄边自言自语地说道："花臭有花臭的好处，我们家的苍蝇、蚊子好像都不见了。"我在旁边听到了，仔细琢磨一下，还真是这么回事儿。又听见妈妈深叹了一口气，说道："你姥爷也喜欢花，他出去干活回来，给我和妹妹买过鲜花。"我知道妈妈这是想家了，她9岁时，姥姥因生小舅舅得"产后风"去世，姥爷为了五个孩子又续弦了一个后姥姥。后姥姥带了四个孩子过来，和姥爷家的三个没成年的孩子在一起生活，妈妈和弟弟、妹妹受尽了他们的欺负。听妈妈说过，有一次吃饭，姥爷外出干活还没有回来，后姥姥家的孩子们把着一锅稀饭，先捞出厚的，给她和妹妹、弟弟留下了半锅水，几乎看不见米粒，气得妈妈一下子掀翻了他们的饭桌，带着弟弟、妹妹跑到了他们的姥姥家。后来还是姥爷带着两个扎辫子的花头绳，含泪把他们又接回了家。姥爷会木匠手艺，经常外出做工，含辛茹苦养活这么一大家子人，真是不容易啊。为了生活，妈妈17岁就嫁到了爸爸家。爸爸当兵早，跟随部队从东北来到青岛组建海军炮校，1951年5月毕业后又来到了海岛，直到1961年秋天才将妈妈和我的四个姐姐哥哥接进岛。自打进岛后，妈妈就再也没有回过沈阳老家，其间，姥爷作古的消息还是爸爸这边的亲戚写信告诉她的。妈妈想姥爷哭泣的时候，总是记着姥爷带着花头绳去领她和弟弟妹妹回家的场景，一遍遍诉说，且诉且泣。

妈妈跟爸爸在海岛生活了十八年后，因爸爸转业举家搬迁来到了长岛县城，一同搬过来的也有她养育了多年的臭海棠花。当县城有了楼房，有了阳台，花有了足够的生长空间时，她还是沿袭了在海岛养花的习惯，爱把花盆摆在窗台上，这让来家玩耍的邻居阿姨们有了大饱眼福的机会。过了不久，她的臭海棠花又开始分枝，把它们送给了喜欢花的邻居们，于是在海岛上历经过风雨养大的花，又在县城各个家庭绽放开来。

今年7月18日那天周末，我在楼下的古玩市场溜达，一下子看见了熟悉的花！卖花的老人已经80岁了，他告诉我这是他自己养育的花，他闲来无事赚几个零花钱。我以前在单位工作时，曾经去过市里的多处花圃给单位采买花，也见过无数的卖花小店，但从来没有看见有卖这个臭海棠花的，可见这个品种的花儿已经稀少了，老人家里养的这个花应该是那个年代传承下来的。

一盆翠绿的花枝，上面有一簇绽放的红花和一簇刚刚萌发的花骨朵，在众多的花盆中那么耀眼。我俯身嗅了花叶，是那个久违的臭味，我拍了照片，想回家给老妈妈看看。待我转了一圈回来，脑海里仍然挥之不去这花的影儿，于是我决定买下这盆花，学妈妈年轻时的样子，养一盆她在海岛最喜欢的花。捧花走过楼下传达室时，几位正在聊天的退休大哥看到，我顺便请教他们这花的名字。其中刘斌大哥查出这盆花的学名天竺葵，那异味就是鱼腥草味。

我把天竺葵放在了客厅的北窗台上，进入了精心打理、时时关注的状态，我这是带着感情养花呢，我要重温妈妈在海岛养花时的幸福场景。

8月4日是我养这盆花的第17天，绿叶枝里又长出了一簇小红花，加上原来的两簇小花，整个花盆生机了许多。

两天后，第四簇小花又绽放了。我欣喜地观赏这盆花时，突然觉得"独乐乐，不如众乐乐"，应该去给爸妈汇报一下，让爸妈特别是最喜爱这个花的妈妈看看这花的景致。

妈妈 91 周岁了，生日是 2 月 14 日"情人节"，出生在浪漫节日里的人，性格也有多情浪漫的一面。因为年迈，她卧床多年，今年以来很少和我们交流了。当我把花盆端在她的床头，让她欣赏一下我养的花时，我只看到她眼睛里的亮光一闪，却没有得到她的只言片语。我又把花搬到了爸爸床前的小餐桌上，一问爸爸，他清清楚楚把什么花名、开什么颜色的花、我们家在海岛时妈妈养过几盆，都回答上来了。他的回答让我欣喜若狂，我养的花总算是有了知音回应。爸爸和妈妈相濡以沫七十五年，爸爸最懂妈妈，爸爸最知妈妈，爸爸对花的准确回答代表了妈妈的心声，曾经的海岛之花已深深铭刻在爸爸心底了。都说每一种花都有花语，"天竺葵"的花语竟为：幸福就在身边！陪伴就在身边！

老舍说过："人即便活到八九十岁，有母亲便可以多少有点孩子气。有母亲的人，心里是安定的。"这种安定，就是不管在外面有多累，回到家里看见母亲，心理上就有依靠。即便父母到了需要人照顾的程度，那种依赖感依旧存在。

我把盛开的天竺葵留在了爸妈家，它在海岛时见证了爸爸和妈妈戍边守岛、勤俭持家、风雨同舟、平淡是真的岁月欢歌。如今天竺葵继续陪伴相知、相爱、相守已到暮年的爸爸和妈妈，将他们"执子之手、与子偕老"的中国式父母爱情的温暖继续传递给我们。

海岛岁月增厚了我们生命的色彩，时光把妈妈在海岛养花的情怀记载。趁爸妈健在，我养了一盆妈妈在海岛最喜爱的花，让我重新回忆了曾经美好的少年时代。当看到花儿绽放美艳的样子，我得到了满满的幸福感。

给爸妈一起过生日

　　母亲十月怀胎，生下我们的那一天，就是我们的生日。生日是一个生命全过程的开始，见证了生命最初来到世间时哇哇的啼哭声。每个人对生日都有着一份特殊的情感，然后每年的此日，我们会设宴庆祝，这就是"过生日"，以此来庆祝生命的延续和兴旺，这是一种纪念仪式，史书记载这也是出于儒家的孝亲观念。

　　今天不说我们年轻人过生日，说说给爸妈过生日。在我们家给爸妈同一天过生日的传统已经坚持很多年了。

　　以前爸妈年轻时，我们子女尚小，既不懂事又没有能力张罗。而他们忙于工作、忙于生活，根本没有心思给自己过生日。偶尔赶上哪一年想起来自己的生日，会早上起来做一锅有荷包蛋的面条汤，老两口一人一碗，既简朴又实惠。改革开放以来，国家富强起来，家庭生活也富足了，关键是作为儿女的我们都长大了，也为人父母了，也体验了赋予孩子生命的经历。"儿的生日，妈的苦日"让我们有了反哺的动机，于是给爸妈过生日成了我家姊妹们每年都要策划、准备和付诸行动的大事。

　　我们习惯给爸妈过阴历生日，二老的阴历生日也非常有意思，年长爸爸一岁的妈妈的生日是正月初五，爸爸的生日是正月初八。从20世纪90年代开始，每年借着春节放假的机会，姊妹们会从各地齐聚于长岛县，一起在家给爸妈过生日。于是在初五那天，我们在给妈妈祝寿的时候也同时捎上了对爸爸的祝福，没有单独再给爸爸设宴祝贺。对此爸爸从来也不挑理，他知道他的生日没有妈妈那么应时应景，初八是刚过完春节已经上班的日子，儿女们哪能再请假回来，他还诙谐地说过：我100岁前不单独过生日，你们等我100岁的时候再给我过吧。

20世纪90年代末期，年迈的爸妈来到了我生活的城市定居，给爸妈主办生日宴会，就成了我每年责无旁贷的大事。过去父母在哪儿，哪儿就是我们子女的家，现在儿女在哪儿，哪儿就是父母的家。如今我的家就是父母晚年生活的港湾，我要借着给父母过生日之际，让我的哥哥姐姐们仍然和过去一样，齐聚于父母身旁，共享"爸妈在，家就在"的天伦之乐。

近年来随着爸妈年龄增加，外出不便，每年爸妈的生日宴已经从大酒店撤回家里了。记得2019年正月初五是妈妈90周岁的生日，我又按照惯例，主持操办爸妈的生日宴。哥哥提前预订了一个大蛋糕，我女儿拿蛋糕时顺便拿回两对数字蜡烛，我主厨做好了两大桌子美味佳肴。中午12点钟前，家人们从青岛、威海、长岛等地纷纷赶来，齐聚烟台爸妈家，为老人家祝寿。除了远在澳大利亚的三姐一家回不来外，老少二十四人，客厅已经围得水泄不通了。

当生日蛋糕上的两对数字蜡烛点燃时，《生日快乐》的乐曲响彻房间，我们齐声向慈祥的父母送上《生日快乐》的歌曲。席间姊妹们及我们的子女轮流发言，感谢老人家的养育之恩，并祝愿老人健康长寿。当有人说到动情之处时，大家都眼泪汪汪地感慨万千。今年这个生日，我们心里更多的祝福是给年迈的父母消灾祛病，祈求来年平安！

陪公婆"杏"福出游

杏花开了，铺满了三月的天。

2017年一个周六的上午，我和妯娌淑荣带着公公、婆婆开车赶往里口山村赏杏花。这里的杏花漫山遍野，在春光灿烂的日子里飘着清香。

里口山村坐落在牟平城东姜格庄镇西南面的一个小山沟里。这里每到春天和夏天都格外热闹。春天，当十里杏花争奇斗艳之时，郁郁芬芳醉了万家，花香吸引了众多的旅游观光者和摄影爱好者。夏天，在十里杏树硕果累累之际，果香吸引了众多的商家、小贩和摄影爱好者，大家各取所需，让这个深山里的小村庄车水马龙、人流如织。

我们开车直驱村庄，在接近村口的路旁，一位农民大叔在指挥排成长龙状的车辆停放到指定的位置。进村赏花的人太多了，车子进多了没地方停泊。我摇下车窗，告诉大叔："车上有两位九旬的老人。"大叔探头一望，嘴里念叨着"噢，老人啊"，就挥手示意我们的车子可以直行进村。

只见道路两旁来赏花游玩的人们，三三两两，悠闲地行进着。我们不停地鸣着喇叭，唯恐撞到他们。进了高高矗立的"十里杏花谷"树根状大牌坊后，错落有致的杏树夹道欢迎着我们。这个村子的杏树不仅栽满了路旁、山坡，连农户的房前屋后也都是，用现在一个时髦的说法叫"庭院经济"。听说像里口山村这么多的杏树在全省绝对是独一无二的。为什么这个村种这么多的杏树？据说古时候，村里来了个郎中，不仅医术高，而且心肠也善良。有的百姓治病付不起银子，他就用种杏树的方法来赊账。承诺：治好大病的百姓，你就回去种五棵杏树；治好小病的百姓，你就回去种两棵杏树，待来年结果的时候给我送点杏吃就行了。原来杏核里的杏仁是中药材之一，这种治病赊账再种杏树的方式延续了许多年。现在的村民靠祖辈留下的杏树继续致富，也都要感谢这位古时的郎中。

在村中北面一户"杏福人家"农家乐院外的杏树下，我们泊车驻足。90高龄的婆婆和87岁的公公，拄着拐杖，蹒跚下车，被我和淑荣搀扶着来到了杏树下。枝繁叶茂的杏树上，所有的枝头都挂满了白色的杏花，像是点点繁星，装饰着春天的裙摆。爸妈高兴地赏花，幸福的笑脸在杏花的衬托下格外精神，我急忙选好了位置给两位老人拍照，让这对风雨同舟、相濡以沫携手达七十一年的爸爸妈妈，把笑容定格在我的手机里，给因工作忙不能前来陪他们的两个儿子看。爸爸笑呵呵地对我说："你还记得吗？那次来摘杏子，我还能爬树呢。"

是啊，那是2013年6月的杏花谷采摘节，我和爱人陪父母来采摘。那时父母身体健硕，爸爸比我们年轻人都活跃，还爬上树摘大个的杏子，吓得我们围在树下伸手接他，唯恐他摔下来呢。那次回去我写了一篇游记《十里杏花谷》，刊登在本地的早报《今晨六点·十字街海平面》副刊上。这一晃五年过去了，老人都拄起了拐杖。爸妈真的老了，不能到处走动，把他们安顿在树下的石凳上休息，我和淑荣向房后的北山坡走去，我们这是给父母代眼，赏花观景，拍下美丽的照片回去向他们汇报。

山坡的杏林成片，那粉色的、白色的花瓣，仿佛是给春天打上了一层薄薄的粉底，装饰着春天这姣好的面容。我悄悄采摘一片花瓣儿，入口轻嚼，清香沁脾，摄人心魄。

近处的杏树下，那些带自拍杆的游客，选好了角度，摆好了姿势，露出了笑脸，幸福地陶醉在杏花丛中的样子，让我忍俊不禁。

一个身披白色长丝巾的女子，手扶着花枝，眼望着花蕊，背对着身后朋友的长焦镜头，婀娜多姿、风情万种的样子，与杏花浑然一体，仿佛花仙子下凡一般，飘落在花丛中。还有打着南方那种油纸小花伞的游客，有"小楼一夜听春雨，深巷明朝卖杏花"的意境。擦肩而过的这位穿着大红配翠绿民族风图案阔腿裤的女子，漫步在杏花林中，颇有"红裙妒杀杏花开"，好一个独具匠心的穿戴啊。

远处的杏树林里，一些穿马甲、身背摄像机的游客，或半蹲或匍匐，时而站立，时而疾步，将长焦镜头对过来、扫过去的，好像也悄悄对准过我们。村风纯美，人在画中，我们与美景共同入画，今天我们就是这个山村最美丽的赏花人了。

五年前在村西头那家看到那棵叫"金太阳"品种的杏树还在，细蕊嫩花，花朵依然灿烂，那耀眼的白，妩媚，胜过了风情万种的妖姬花。村中一棵百年老杏树前竖起了字牌，排队留影的孩子们嬉闹追逐着，春风拂过，阳光洒落下，虬枝上茂密的花朵像是挂满了沧桑，又像是一缕一缕的思念，"燕子不归春事晚，一汀烟雨杏花寒"，让我想起曾经的杏花满园……

十年前政府利用这里自然环境打造美丽的乡村，如今山青水绿谷深，花红街长村美，已经是一个养生的福地了。村里增加了不少的农家乐，北坡顶上的"杏未央咖啡屋"更是将休闲与浪漫完美地诠释了，"一杯咖啡，一种人生，请来这里品杏花村的浓诗"。我们听说下周清明小长假来赏花的人还会多，非常庆幸这次带爸妈出来，时机不错。我们约定等果实累累的时候，再带爸妈来赏景。

青山绿水里口山，诗情画意杏花谷。"借问酒家何处有，牧童遥指杏花村。"回去的路上，路边农户摆摊吆喝卖"山杏自酿酒"，"全家共享更'杏'福"的广告语亲切，朗朗上口。

"心中若有杏花缘，此处就是水云间。"质朴的村民，淳朴的山庄，又一次给我留下了深刻的印象。

在爸妈身边过年

听啊，年的脚步声越来越近了……

从 2018 年的腊月，我第一次赋闲在家，不用像在岗时，要经历年度总结、评比、经营绩效考核等程序繁杂的事项，一直工作到腊月三十才能放假回家。"无官一身轻"让已经荣退了两个月的我，可以轻松地静候佳节的到来！

已经过去的五十六个春节，少年、青年时代和爸爸妈妈在一起过的次数最多。少年时代盼过年，盼的是有新衣穿、有好吃的！青年时期盼过年，盼的是在爸妈家能和在外地工作回来休假的哥哥姐姐们欢聚一堂！成家后盼过年，盼的是夫妻二人带上孩子回双方的父母家团圆！儿时的幸福就是一件实物，长大之后幸福是一种状态。而现在我才发现，幸福既不是实物也不是状态，幸福是一种领悟！

有一种责任，叫过年值班。青年时期在工作岗位过的一次春节，最难忘。那是 20 世纪 80 年代初，我在长岛的大黑山农行营业所工作，元旦前所主任的家属病危，他休假几个月回蓬莱老家伺候爱人，照顾三个幼小的孩子。我刚当上营业所副主任不久，本来只分管室内的会计出纳工作，现在要主持营业所工作，赶上过年还要安排值班。当时营业所人少，除了一个本地人，其余都是外地人，且都是与我年龄相仿的小青年，我不留下值班，谁留下？于是那个春节，我心甘情愿留下值班。当营业终了，夜幕来临，本地会计下班回家了，我一个人要住进四周是石头砌成的、水泥加固的、不能生炉火、夜间全岛定点停电的冰冷的金库，我们习惯叫它库房。床边地上立着一把子弹上了膛的五六式步枪，看守着一个大保险柜，里面是服务于全岛工、农、商、学、兵的重要物资——人民币。因为害怕，经常会半睁着眼睛熬到天亮。年轻的我为了承担肩上的一份责任，从过小年开始直到正月初十，共坚守了十七天，守库、值班、办理各项金融服务业务，保障了整个海岛的经济安全运转。

有一种幸福，叫回家过年。曾经回家过春节的旅途奔波也历历在目。20 世纪 80 年代后期调到了市农行工作后，每年的春节，我会带着单位分的和自己采购的年货，坐公共汽车或搭乘便车从烟台赶往蓬莱，再从蓬莱搭乘小三轮或出租车到港口码头，然后乘军用登陆艇或民用客船进岛，这一趟下来需要大半天的时间。那时也没有买票对号入座之说，船上有座就坐下，没座就跑到乘务人员的休息室或站在甲板上，乘风破浪往长岛家中赶，往爸妈身边奔。有风无船时，还要在蓬莱借宿一晚，好在长岛政府在蓬莱港口附近有个简易的招待所，不用花住宿费。冬季的海风凛冽刺骨，即便无风，海面上也会涌起三尺浪。当船行海浪之上时，暗流涌动，人们在颠簸中会相继面露不适之态，恶心、犯困、呕吐，这种状态就是晕船。它像传染病似的，我也会屡屡中招。后来一个时期都不敢提船上、车上的汽油味，那种味道竟成了我晕船的条件反射。

最美的路莫过于回家的路，无论外面多精彩，回家团圆才最重要。前些年还能经常随爱人到他的老家过年，乡情民俗成了我的最爱，爱到街头看放鞭炮，爱到亲戚家串门，爱到山丘小河逛风景，爱吃农村的五谷杂粮。最爱干农家人过年的"营生"，贴门对子，蒸大枣饽饽，蒸发面包子，炸面鱼，炸麻花，炸肉，熏鲅鱼，熬猪蹄冻儿。如果赶上大年初二外甥登门看舅舅、初三闺女回娘家，这些民俗里特定的日子，我会踊跃上灶台，给上门的亲戚们做几道拿手好菜，然后坐到男亲戚的那一桌，陪他们喝上两杯……当我穿着婆婆做饭时用的大围裙，在灶台前后忙碌时，远看、近看都和农村的小媳妇没有什么两样，"忙"年忙得有滋有味。

近些年当父母年老，随我在烟台居住后，过年哪儿也不去了，但哥哥姐姐们还是要来看望父母的。"父母在哪儿，哪儿就是家。"这是老一辈公认的理儿。如今他们回来看父母，可不是前几年的每家三口、两口人了，随着年龄的增长，他们的第三代也都长大了，也加入了回来探亲的队伍。来的都是客，全凭手一双。我会亲力亲为，统筹安排好一大家子的饮食起居，小时候哥哥姐姐们对我的爱，现在有能力时加倍报答他们。

对自己的父母好，还要孝敬爱人的父母，这是我和爱人近年来恪守的规定。胶东地区有个传统习惯，春节时媳妇儿要跟随夫君到公婆家过年。我爱人及家人都通情达理，从不因为我要照顾父母没到他老家过年而"挑理"，反而是早早把家里的农副产品和春节自制的美食，悉数打捎给我。公婆和我父母都是高寿的人，我和爱人在春节时只能分头去照顾各自的父母，年后再相互交换看望对方的父母。随着私家车的普及，现在回趟老家看望公婆也越来越方便了。

记得去年照顾爸妈的保姆姐姐临时请假，要回老家给乔迁新居的儿子"温锅"，我接力照顾父母。收拾好卫生后，沏上一壶热茶，平日里繁杂浮躁的心绪，随着不断升腾的热气，竟消失在这清淡的茶香里。我给爸爸端上一杯热茶，陪他看会儿他日常最爱的电视节目。央视体育、央视新闻两个频道的节目在爸爸手握的电视遥控器上来回切换，爸爸每日要读书、看报、看电视新闻，关心政治局势和国际大事，尤其对美国及中国台湾地区的政治形势感兴趣。也难怪，在他成长的那个革命年代，部队"时刻准备打仗"的弦绷得紧紧的。

爸爸身上有个最大的优点，就是从不妄议党和政府，从不传播道听途说的"新闻"，骨子里都是对党和国家忠诚的正能量情怀。节前长岛老干部局来人看望他时，他握着人家的手，感谢的话语一说再说，好像自己给组织添麻烦了似的。

我陪爸爸看了一会儿电视，又到南屋妈妈的房间陪她聊了一会儿，看着已经卧床四年多、在电视音响下假寐的妈妈，我不禁心生感慨，泪眼模糊。昔日伶牙俐齿、心灵手巧的妈妈已经衰老得起不来床了，我再也吃不到她老人家亲手做的美味佳肴了。我把摆在她枕头边上的幼儿玩具、随身听，用湿巾一一擦拭一遍，这些能给长期卧床的妈妈带来一点儿乐趣的小玩具，是我专程在网上找寻后买来的，她闲来无事会敲击几下，俗话说的"老小孩、老小孩"就是指她这样的耄耋老人吧。

家里除了电视声响，一切都显得那么宁静、祥和，我仿佛又回到了三十多年前未出嫁时，在爸妈家过春节的那个年代。那时爸爸妈妈不老，我们都年轻，爸妈在哪儿，哪儿就是我们兄弟姐妹聚集的地方。爸妈居住的长岛县成了我们最思念的故乡，在那里我们会得到爸妈无微不至的关心和照顾，兄弟姐妹也会家长里短地交流一番。那里是我们的归宿，是回家过年的终点站。在爸妈老家，短暂的春节假期总是过得太快了，都偷偷地盼着，在假期快结束的那几天，能起大风，没有船，出不了岛，最终实现晚几天上班的愿望。靠一份亲情把我们兄弟姐妹聚集在父母身边，营造着温馨的春节氛围，如今已经成了生命中再无法触摸的怀念了。

去年腊月二十左右，我到装裱画的店里，拿回了金融界名画家苏留英老师特意为我父母赶制的一幅《富贵康寿图》。画面中牡丹遥对仙桃的场景非常温馨，一簇簇绽放的富贵牡丹，黄蕊吐香、满园芬芳；一对寓意长寿的大仙桃，被水墨渲染了底色，让彩墨点缀了精华。画框拿到爸妈家，正赶上哥哥来送新的一年父母的养老费和生日蛋糕票。他找到钉子和锤子，我选好位置，兄妹二人齐心协力，把苏老师的《富贵康寿图》悬挂在客厅墙东侧，与以前悬挂的红底的"寿"字遥相呼应。旁边看电视的爸爸笑眯眯地看着我们，他是不是想起了我们兄妹小时候一块玩耍的场景？我们现在为父母所做的一切，不就是孝道吗？孝道的精髓就是感恩啊，感恩父母赐予我们的一切。

今年腊月二十四，我忙完自家的玻璃清洁后，带清洁工去爸妈家擦玻璃。开窗怕冻着爸妈，我就提醒工人加快工作速度，并给卧床的妈妈加盖一条薄被，然后和保姆姐姐把需要彻底清扫的犄角旮旯清理一下，让年轻时候就爱清洁的爸妈，好好享受一个干干净净的春节。

今年因为爸爸摔伤住院治疗，现在还不能下地自理，这个春节我央求保姆姐姐留下过年，和我一起照顾父母。姐姐痛快地答应了，人家也是有妈妈有子女的人，答应留下来真是给足了我的面子。腊月二十八，我接待了姐姐的儿子和孙子，他们从老家莱阳过来，孝顺懂事的儿子知道妈妈春节不能回去和他们过年，就带他的儿子来看看奶奶，还给我和爸妈捎来了自家压榨的纯花生油和妻子用花生油炸好的两大袋子麻花。我也几乎倾家中所有，回赠了来看望她的孩子们，把小轿车后备厢装得满满的。我和爸爸还和往常一样，给了她孙子压岁红包。保姆姐姐来照顾我父母已经五年多了，尽管是有偿服务，但现在谁家能像我家自始至终不换保姆？保姆姐姐已经和父母相处得非常融洽了，不论是爸妈还是我，都离不开她了。俗话说：两好才能并一好。这也是我们相互尊重、相互理解、不断磨合的结果。我经常对保姆姐姐说："我对你的好，就是为了让你对我父母好。你好好照顾我父母，我会把你当成我的亲姊妹，我会感激你，一辈子都忘不了的。"我爸爸也对我说："你不缺姐姐，上面已经有三个姐姐了，但这个小姜人不错，也是我的闺女啦，这个就排老四吧。"可见姜姐已经得到了我们全家人的认可。

小叔子节前回老家，我把给公婆买的新衣和过年的美食让他先带走。他到家后，把九旬公婆在自家院子散步的视频发给我看，两位老人开朗、乐观，身心健康。新衣都试过，他们都很高兴，我因照顾自家父母回不去看他们的愧疚心情才慢慢释怀。

　　第二天上午我把给爸妈和保姆姐姐买的新衣服送过去，下午给爸妈洗澡，沐浴后穿上新衣，就到了金猪辞旧岁、金鼠迎新春之际。

　　刚才爱人通过微信发来了他上午回老家后，贴门对、挂灯笼、贴福字，和爸妈在一起吃午饭的照片，93岁的婆婆和90岁的公公，手举酒杯，健康幸福地微笑着。他还不忘去老宅的东头拍下了自己四十二年前栽下的一棵有着植物界活化石之谓的水杉树，健硕、挺拔，高耸云端，充满了旺盛的生命力，在胶东半岛的土地上巍然屹立。

　　庚子鼠年是我迎来的第五十七个春节，这个祥和如意的春节我还能和高寿父母在一起，这是我的"齐天洪福"。哥哥姐姐们要看管自己的孙子、外孙儿，不能来父母身边过节了。我尽管也到了含饴弄孙的年龄，但亲家超大度，把看护孙子的重任承担起来，这样我就有精力继续和保姆姐姐照顾年迈的父母，和父母热热闹闹地过年。我现在要加倍报答父母曾经对我的爱。

　　还要记得初五给妈妈过91周岁、给爸爸过90周岁的生日。前年我参加山东省老龄委举办的2018年山东"读敬老书、做敬老事、写敬老文"大型有奖征文活动，我的文章《给爸妈一起过生日》获得了优秀奖。获奖对我是个极大的鞭策，让我在爱老、敬老和尊老的道路上不忘初心，更加砥砺前行。

　　还要记得节后回老家，给爱人的父亲过生日。这三位老人都是正月里的生日，为这些长寿老人庆祝生日，是我们做儿女的一片孝心。

　　中华民族的传统节日，过的就是亲情，今年我还要在爸妈身边过一个亲情最浓的春节。

我陪父母到地老天荒

丁酉鸡年（2017）9月中旬，小叔子家的女儿出嫁，亲戚朋友都去他家里帮忙，有包饺子的，有贴喜字的，有招待鼓乐队的，各自分工，大家都为了同一个目标：让我那漂亮、温柔、可爱的小侄女婧婧幸福地出嫁。

我有幸被选中作为待新女婿进家后，端饺子给一对新人祝福的"礼仪长辈"。问起原因，不是我长得多漂亮，也不是我的职务有多高，就是我父母双全，福禄寿齐全，据说这会带给新人一生的幸福美满。

真是庆幸自己在奔向"花甲"的路上，生命中仍然有双亲陪伴，不仅自己的父母健在，而且爱人的父母也健在，这是上辈子修了多大的福啊，换来今生父母长寿相伴。每每想起来，都会情不自禁地咧嘴自乐一番，从心底涌出一片柔情蜜意。

四位老人按年龄大小，依次是婆婆、妈妈、爸爸和公公。

农历十月十二日刚给婆婆过完90岁生日，87岁的公公陪伴在她的身旁。两位从旧社会走过来的老人，年轻时都家境富裕，且都在私塾读书多年，知书达理。但是中年时期因为家庭成分，饱受了歧视。他们忍受屈辱、少言寡语，沉默应对社会给予的不公平待遇，拉扯六个儿女，艰难度过了最困难的年代。如今四世同堂，子孙绕膝，天伦之乐回馈于他们。婆婆在庆寿宴会上说得最多的话语是："今天能过上这么好的幸福生活，我真的是不敢想象啊！"

我89岁的妈妈年长爸爸一岁，他们也经历了旧社会的苦和难。

与公婆不同的是，因为父亲参军，母亲随军，他们自青年时代起，就沐浴在红色光芒下，没有阶级成分划分的羁绊。我们姊妹五人跟随父母在军营多年，生活安逸，幸福成长。

父亲一生戎马，在岗成绩斐然，离休后和母亲为我们儿女"当牛做马"。最难忘二十多年前，因为爱惜我，要照顾我那幼小的女儿，父亲和母亲一起离开了生活大半辈子的海岛，举家来到了我居住的城市，这一住就是二十年。如今，我的女儿都已经到了谈婚论嫁的年龄，他们却因为年老体弱，不能舟车劳顿，恐怕永远也回不去自己的家了。

今年夏天我回了趟海岛，临行前从父亲手中接过那个用细绳穿就的钥匙链儿，带着他的千叮咛万嘱咐，去老屋看了看。据说长岛要撤县改区了，要建成省文明示范旅游度假区，老屋周边已经被纳入了规划范围。我在家中最小，跟随父母生活时间最久，巡视老屋是我的分内事。因年久无人居住，家具陈旧，霉尘绕梁。昔日我们姊妹五人逢年过节，拖儿带女地从各自生活的城市，进岛回家与父母团聚的场景，在每一个房间、每一处角落都能浮现。我拿出手机把老屋的现状记录下来，准备回去给父母好好汇报一下。先拍老物件，再拍父母和我曾经用过的生活用具，还翻箱倒柜地把记忆中父母用过的东西一一展开翻拍。父亲戎马生涯的军用物品——雨衣、军装、军帽、绒衣绒裤、水杯、大头鞋……父亲的书、笔记本，我也逐一翻阅整理好。母亲曾经叮嘱锁在柜子和箱子里没有用过的被褥，我也悉数打包准备带回，尽管这些床上用品现在已经不能使用了，但这些承载着父母的过去，睹物能思旧情。

回长岛老屋，我还翻出了母亲60岁时给自己做的寿衣，沉稳不张扬的棕色系丝锦缎棉衣，已经二十九年了，依然柔软。这是她给自己做的最后一件佳衣。

在老屋，我还记起20世纪70年代初，父亲调到要塞第二医院不久，有一天母亲拿回30元的工资，高兴地带着我去供销社买了几样家庭生活用品。其中有一台"北极星"座钟，有一个小闹钟，有一个能让我臭美显摆的挂镜，"武装"了一下新居。如今小闹钟早就没了踪影，座钟和挂镜还高高摆放和悬挂在橱子里和墙壁上，座钟上那个长长的摆，停止的时间也无从考究了；镜子里的我，也早没了芳龄二八时的容颜。

因为还有一大段的职业生涯路要行进，不能全天候给父母尽孝，姐姐们又在外地和国外生活居住，三年前我给年老体弱的父母请来了二十四小时的陪护。在不出差的日子里，我每天早晚两趟，到同一个小区的父母家，给他们买养病的药品及生活日用品，有时替换回家过年休班的陪护，做一顿父母爱吃的饭菜。我也会给卧床的妈妈送一个老人随身听，让舒缓的音乐、优美的歌曲消解她的寂寞；给关心政治、喜欢读书看报的父亲订上几份报刊，把单位党员学习的书籍推荐给他，和他聊聊时事、谈谈心得，再时常采访一下他的军旅生涯，让他感到做长辈的责任和融入这个时代的幸福感。我加入金融作家协会后，每每写就的第一稿回忆文章，都会把字放大，然后打印出来，让老父亲过目提意见。我也秉承了老母亲心灵手巧的光荣传统，买来电动理发工具，不定时地给父母修剪头发、修剪指甲，让他们的生活更有质量。

父母在，我就心安；子女孝，父母颐养天年就不用愁。我陪父母到地老天荒。

杰出人物在我家

2019 年的国庆节，祖国七十华诞之日，人们用各种方式庆祝这个重大的节日。"我和我的祖国，一刻也不能分割，无论我走到哪里，都流出一首赞歌……"走到哪里都能听到这首脍炙人口的歌曲，全国人民喜气洋洋地沉浸在节日的氛围中。

国家大庆之时，我家也有两件喜事。一是老父亲终于戴上了那枚期盼已久的"庆祝中华人民共和国成立 70 周年"的纪念章，这是党和国家表彰为新中国的建立及繁荣昌盛的国家栋梁发的，纪念章分量极重，代表着至高的荣誉。二是我的三姐夫董佑福收获了一个奖杯，荣获了"中国农业机械化发展 60 周年杰出人物"的荣誉称号。两件喜事足以让"马家军"微信群里热闹一番。

8 月，我三姐马素环还在澳大利亚儿子家，听说父亲生病住院了，和姐夫一商量，马上让儿媳妇休年假替换他俩照顾孙女，他俩立即回到烟台，要给年老的父母尽孝心，伺候出院回来还没有痊愈的爸爸。

有一天三姐悄悄对我说姐夫得了个奖项。原来，今年的 4 月 29 日，落实习近平总书记"大力推进农业机械化、智能化"重要论述暨纪念毛泽东主席"农业的根本出路在于机械化"著名论断发表六十周年报告会在江苏大学隆重举行。会议表彰了在我国农业机械化六十年发展过程中做出重要贡献、产生重大影响、示范引领作用突出的 60 位杰出人物，三姐夫就是其中一位。姐夫由于在国外没有回国参加这次会议，奖杯和证书还存放在部里。我听三姐说后惊喜万分，在饭桌上向家里人公布了这一大喜讯，还说要好好写写姐夫呢。三姐夫听了直摆手，说："别、别、别写我，我现在退休了，那都是过去的事了。"

三姐夫的奖杯来之不易！全国海选这个奖项候选人时，他都退休快四年了，定居于澳大利亚的儿子家照看孙女呢，国内工作单位的人他已经多年不联系了，他为什么能得奖？全国农机战线那么多人，这杰出人物的桂冠为什么单单落在他的头上？

带着以上疑问，我问三姐夫，谦虚的三姐夫笑着说道："我工作这几十年就干一件事，用一句话来概括就是研究小麦、玉米的种植和收获怎么用农业机械来完成，经过我们这代人的努力奋斗，现在已经实现了机械化。"怀揣好奇之心，我只好上网去搜。现在网络这么发达，果不其然，一输入"董佑福"这三个字，有关他的信息就"跳"出来了。我仔细阅读，农机领域我还是第一次了解，看似简单，实则深奥。我只能把网上报道他获得这个奖项的消息和他的专业情况整理成我们能看懂的句子。

三姐夫出生于 1955 年，毕业于山东农业机械化学院，在校主修农机设计与制造专业。现在该学院早已更名为山东理工大学。大学毕业后姐夫放弃进京留在原农机部工作的好机会，回到家乡济南，在省农机管理局工作，从事农机技术推广、农机设计和农机技术政策研究等工作，他决心把学到的农机专业知识，贡献给山东省的农机化事业。

在农机这个领域，我们国家先后成立了中国农业机械学会、中国农业机械工业协会、中国农业工程学会、中国农业机械化协会和中国农业机械流通协会五大组织。在国家级的五大组织里，姐夫曾在中国农业机械化协会、中国农业机械学会、中国农业工程学会任历届理事。到了省级的五大组织中，他则是集多个职务于一身，曾是山东省农业工程学会副理事长兼秘书长、山东省农业机械学会副理事长、山东省农业机械流通协会副会长。由于大部分组织的正职都是由行政职务的领导兼任，三姐夫虽是副职，但具体工作都是他负责，肩上担子非常重。此外他还曾是山东理工大学兼职教授，青岛农业大学教授、硕士生导师。

三姐夫从 35 岁至 60 岁一直在正处级岗位，任山东省农机技术推广站站长、研究员，他还是山东省政府农业专家顾问团成员并兼任农机分团团长。由于和政府领导接触机会比较多，他积极对农业、农机工作建言献策。由于他为人诚实，工作认真负责，他的一些建议和指导意见，大部分被政府决策层采纳，为助推我省农业农村现代化的发展立下了汗马功劳。

三姐夫母校在 2007 年建校五十周年时采访过他，那时是这样写的：20 世纪 80 年代初期，山东省和全国一样，农机化发展处于初级阶段，水平还相当低，除了耕整地和小麦播种等采用机械作业外，其他农业生产环节基本上都是手工作业。看到农民面朝黄土背朝天的辛苦劳作场面，董佑福十分着急。怎样才能把学到的农机技术传播到农民手中，围绕这一问题，他从推广小麦割晒机开始，开始了农业机械化新技术新机具的示范推广。多少年来，他风里来雨里去，整天在田地里与农业机械打交道。在推广小麦收获机期间，他深入田间地头，与农民群众一起安装调试，现场示范指导农民操作，协调生产企业为农民维修机械，排除故障。连续多年的"三夏"他都是在麦田里度过的，经常和农民一起吃住在田间地头。1995 年，借鉴外省的经验，他提出了小麦联合收获机"西进东征"跨区作业，这一创举极大地提高了小麦联合收获机的利用率，带动了落后地区的发展，到 2002 年全省就基本实现了小麦联合收获机械化。董佑福同志 1990 年主持全省农机技术推广工作以来，不断创新农机技术推广工作思路，结合农业生产和农村经济发展的需要，大力推广农机化新技术、新机具，深入农村第一线，开展科技下乡活动，极大地促进了全省农机化新技术、新机具的推广应用。他还先后承担了国家和省科技攻关、科技支撑、科技跨越、科技转化等十余项重大科技推广计划。1996年与生产企业研制出了我省第一台悬挂式玉米联合收获机，多次获得省科技进步三等奖以上的奖项。他还牵头四个省、五家企业联合申报了国家"十一五"科技支撑计划，该项目将进一步完善我国现有玉米收获机械化技术，提升我国玉米联合收获机械化技术水平。他先后主持编著出版了《小麦联合收获机实用技术》《玉米联合收获机原理与应用》等书籍六部，他先后发表了《面向21世纪的山东农业机械化》等论文50余篇。他多次被山东省农机管理办公室评为先进工作者，2003年被农业部评为全国农业科技年活动先进工作者。

上面这段话也是我挑通俗易懂的句子摘录下来的，不足以反映三姐夫在农机战线上取得的成绩，只是起到"窥一斑而知全豹"的作用吧。

中秋节前夕，三姐夫起程回济南陪妈妈（省委党校原教员于宝珠）过节去了。其间恰好"庆祝中华人民共和国成立七十周年农机发展座谈会"在北京召开，三姐夫又受到邀请，因推辞不掉，只好应邀前往。这次会议上还有个小仪式，给他补发了那个"杰出人物"奖杯。

三姐夫载誉回到济南后，我几次要他手捧奖杯的合影，他只发来他87岁妈妈和我三姐手捧奖杯的照片，看来他已将获得的荣誉分享给了家人。发过照片后，他在微信上留言：感谢老妈妈教子有方，感谢夫人一路陪伴支持。

我不太了解三姐夫的工作性质，他留给我的印象就是位学者型干部，这次他获此殊荣后，我才知道三姐夫还是研究员。不过听三姐说过，他的研究员职称保持多年没升级了，每次他总是把晋级的指标让给别人。跟他搭过班子的副手，前后有七位被他培养、推荐后都提拔到正处级岗位。有多次出国考察的机会，他也都让给别人。在工作中虽然取得了突出的成绩，但他从不自满，仍然坚持勤奋学习、自我加压，不断提高业务能力。他长年坚持编写书籍和技术资料，出版书籍多部，技术资料专辑多篇已达百万字。他还获得过"山东省先进工作者"荣誉称号，享受省劳模的待遇。

看着三姐介绍三姐夫如数家珍的样子，我对三姐的钦佩之情也油然而生。"一个成功的男人身后一定会有一位好妻子。"这句话用在他们身上是再合适不过了。三姐和三姐夫是大学同学，姐夫是班长，三姐是学生会的文体委员，他们志同道合。为了支持姐夫的事业，三姐把教育儿子、伺候三姐夫家中老人、照顾姐夫家弟弟妹妹们的重担一肩挑。三姐夫的最大心愿也是他们在校时的共同愿望——为农机事业做出最大的贡献！姐夫就是这样带着三姐支持的动力一路前行的。另外三姐和三姐夫的孝顺在我们家也是出了名的，我们姊妹们的孩子都是我父母帮忙带大的，而三姐离家最远，都是自己克服困难，没有麻烦过父母。但父母年老生病住院时，却是她和三姐夫问候、牵挂得最多。有一年妈妈病重，她一年竟跑了七趟烟台照顾妈妈！她那是攒点班就跑来照顾妈妈，连忙碌的三姐夫也顾不上照顾了。那时候没有高铁、动车，都是普通的客车，来一趟就得在路上六七个小时。她纯朴善良的品质赢得了姊妹们的尊重，这与三姐夫的大力支持是分不开的。

"雄伟是山的梦，宽阔是海的梦，蔚蓝是天的梦，幸福是百姓的梦，鲜花是春天的梦，翱翔是雄鹰的梦……"祖国华诞之日，国家大庆，我家小庆，我们通过庆祝这两件喜事，更加热爱祖国、感恩祖国。祖国今天的强大，是我们千家万户的依托，是祖国用千丝万缕维系着我们每个家庭，呵护我们家人的岁月静好。

寻根到沈阳

2016 年中秋节前夕，我到吉林通化市参加完同学儿子的婚礼后，又一次踏上了去往父母出生地沈阳市辽中县的探亲之旅。

居住在沈阳铁西区今年刚刚退休的侄子俊丰一家人开车陪我前往辽中县。车外淅淅沥沥下着细雨，莫不是父母思乡的泪水在诉说？车里的我思绪已经回到了 2010 年的第一次寻亲之旅。

"我的老家在辽宁省辽中县，在旧社会，我的老家房无一间，地无一垄，一家人挣扎在死亡线上。爷爷给地主家扛活，奶奶给地主家当用人。" 20 世纪 70 年代我上小学时写的作文《我和爸爸比童年》的作文本至今还完好地保存着。小时候在海岛看到部队大院同学家经常来亲戚，而我家冷冷清清的，就会缠着爸爸和妈妈问老家的事情，对老家的一切充满了好奇和思念。听爸妈讲老家的人、讲老家的事就成了我少年时代最惬意的事情了。我的四位哥哥姐姐都是在老家出生的，只有我是在妈妈 1961 年随军后，在爸爸所在部队驻扎的海岛出生的。小时候哥哥姐姐经常会逗我玩，叫我"山东棒子"，为此我会不知趣地大叫大闹，以为受了歧视，觉得自己是家里多余的人。那时爸爸老家的亲戚不多，只有一个比爸爸大 16 岁的姑姑在老家照顾年迈的爷爷生活。妈妈的亲戚倒不少，但后来都离开了家乡，从此没有来往。这个大姑和她的一家人就成了我们对家乡的唯一牵挂。小时候我还会经常代父母给老家的亲人写信，用稚嫩的小手书写我们全家人对家乡亲人们的问候。逢年过节，我会跟着妈妈到邮局给爷爷和大姑寄生活费和海产品等等。

1972年，89岁的爷爷过世时正赶上美国总统尼克松访华，部队进入一级战备，爸爸作为守备区的保卫科科长也没请下假来，这成了爸爸多年来的心结。后来我们继续和大姑来往，但随着父亲工作的多次调动，渐渐地与老家中断了联系，但是那种对家乡的思念却深深地埋在了我的心底。

直到1997年夏天，姑姑的大孙子俊丰带单位的人来烟威旅游，找到了我们，我们算是和老家又续上了亲，但遗憾的是长辈都已经不在了。后来父母搬家，从长岛来到烟台，把俊丰的电话号码遗失了，从此我们和老家再度失去联系。每逢过年过节爸妈总会念叨："不知老家那些亲戚都啥样了！"2010年4月份我通过在鞍钢工作的同学，终于找到了沈阳的俊丰，这些断了线的珠子又重新串联起来。爸爸在接到俊丰和他弟弟俊富先后打来的电话后，坐立不安，心情久久不能平静。我知道这是父母年纪大了，那种对家乡的思念长时间压抑在心底后最本能的表现。能在父母有生之年，代他们回去看看，就成了我心中不断谋划的一个重要事情。

寻亲前我上网了解了辽中，对这片生育父母的东北大地寄予了无限的情感。

2010年十一国庆期间，借到鞍山参加部队大院孩子的同学聚会之际，我开始了第一次寻亲之旅。住在沈阳市的俊丰和俊富弟兄俩，是大姑家大儿子的两个孩子，那时他们年龄都在50开外了，可是叫起我来，一点儿也不含糊。"小姑，小姑……"那亲切的家乡话，让我激动不已。

那天到了辽中县城，看到车窗外的大街小巷整齐干净，对家乡的热爱油然而生。我忙拿出了相机在车窗边拍了起来，我要多拍几张带回去给父母看。大姑的二儿子、三儿子和大闺女、小闺女及家人住在这个县城，是我辽中寻亲必见的亲戚。二哥玉财那年71岁，已退休多年了。我记得小时候大姑在他家生活，我代父母经常给他写信，他在辽中县文教局工作，担任局长很多年。在他的家中，我仔细打量他的女儿娟子，昨晚听俊富他们说我和她有些相像，今天一看果然有点神似。临来前，爸爸就说过："姑舅亲辈辈亲，打断骨头连着筋。"我急忙拿出从烟台带来的几张家人照片给这些亲戚看，他们看到生活在烟台的亲人照片非常高兴。而此时我最想见到的就是爷爷和大姑的照片，因为奶奶在父亲少年时就去世了，那时是旧社会，肯定没有照片。四十七年来我无时无刻不在想爷爷和大姑，我从来就没当面叫过他们一声。可是二哥拿出的影集上面的照片都是近些年的，爷爷和大姑去世得早，老照片也没保存下来。在三哥玉金家里，三哥端来了一盘特意为我们煮好的秋玉米，当他用一根筷子从玉米的尾端插进来递给我时，我仿佛回到了小时候，爸爸也是用这样的方式给我烫手的玉米吃……在辽中一个乡镇生活的小哥玉银也赶过来了。他告诉我爷爷和大姑生前的一些故事，我一下子热泪泉涌，默默地听着那点点滴滴的往事。这时三哥从影集里找出了一张他母亲——我的大姑的照片，刚止住的泪水一下子又涌上了我的眼窝。这是大姑和几个人的合影，可能由于阳光的原因，照片上的大姑是眯缝着眼的。那个神态、那个长相就像我的爸爸一样，和我在心里千呼万唤的大姑一模一样。小时候妈妈给我讲老家的故事，她最感激的人就是大姑。因为在农村嫁出去的闺女是不用养老的，如果没有大姑照顾爷爷，妈妈也不会早早随军和爸爸团圆，凭妈妈当时的体格，又伺候老人，又要照顾我那四个哥哥姐姐，恐怕早吃不消了。所以大姑太伟大了，是妈妈最感激的人，也是我们最崇拜的人。在三哥的老相册里我找出一张爸爸年轻时的照片，这张照片我从来没有见过，他穿着海军白衣服，武装带连着腰带，头戴大檐帽，风华正茂，太英武了。爸爸是1950年夏天随在沈阳的东北炮六师转编到胶东的海军海岸炮兵学校，1951年5月毕业后分配到长岛水警区，驻守在砣矶岛上，正是风华正茂的年龄，我急忙拿出相机翻拍了下来。这时二哥喊我们到饭店去吃饭了，我急忙和这些哥哥嫂子合了影。一个山东过来的小妹妹，四十七年了，第一次幸福地坐在他们中间，我仿佛看见了对面爷爷、大姑、爸爸、妈妈在看着我们，我满脸都是笑容啊。

那天中午我辽中的亲戚能来的全都参加了这个宴请。他们把我让到了圆桌最里面的中间位置，男的在我右手边一字坐下，女的在我左手边一字排开。东北酒桌上的规矩没有我们胶东多，我坐在中心的位置上享受着客人的待遇，入乡随俗吧。二哥高举起一瓶茅台，刚才在他家时，他就说让我把这瓶1995年的酒捎回烟台给他老舅——我的爸爸喝。可是我的爸爸一辈子滴酒不沾，我已经谢绝了，让他留着。他非要带到酒店说给我喝，我当时也没时间和他推辞，只好恭敬不如从命了。坐下后，我掏出手机给爸爸打了个电话，向他汇报我现在在辽中。"谁说咱家没亲戚了？这不，一大屋子呢。"然后二哥、小哥分别和爸爸通了话，他们都很激动，说话的语调和我爸爸是一样一样的，声音也都特洪亮。难怪小哥玉银讲我的爷爷即他的姥爷生前可愿意唱戏呢，去世前唱得最多的就是当地的民间戏《王二姐嫁夫》。都说外甥像舅舅，我爸爸这三个外甥不仅容貌像，连不能喝酒这点也都像。我往右手边一望，哪个哥哥的面部都有像我爸爸的地方。二哥牙不整齐特像我爸爸，三哥嘴巴周围那胡茬儿尤像我爸爸，小哥那笔挺的大鼻子和爸爸如出一辙啊，连沈阳的俊丰——我大哥的儿子笑起来的那个眯眯眼也像极了他舅爷爷——我的爸爸。我呢，也真没把自己当外人，不时地高举着盛满茅台酒的杯子，和亲戚们一一碰杯。一桌子丰盛的家乡菜，我应接不暇了，什么都想吃，什么都说好，我爸妈在胶东生活快五十年了，至今做的饭菜还保留着家乡的风格，所以这顿饭我吃起来太可口了，特别是那盘蒸饺，我吃了十四个还意犹未尽，我的味觉也随着我的心情在绽放呢。热热闹闹、晕晕乎乎时，我提出到爸爸家去看看。我知道爸爸老家过去叫满都户公社胡家屯村，现在一个亲人也没有了，原来的房子也在妈妈随军后卖了，那时爷爷和二太爷就到牛心坨我大姑家去了。没有房子看，进不进村都行，我就问有爷爷的坟地吗，想去上上香。在牛心坨镇生活的小哥玉银说："你爷爷就是我姥爷，哪能没有坟呢？他和我母亲——你的大姑在一个山上呢。我们逢年过节经常去上坟，今年清明我们都去过。今年雨水太多，爷爷坟地前面那儿有条大水沟，不太好过去，今年指定是去不了了。有我们呢，你就放心吧。"小哥玉银让我回去转告我父亲，说："尽管那个年代不富裕，但是我姥爷晚年生活得非常幸福，我妈妈对他特别孝顺。我这几个哥哥对他也都好，大哥有时从沈阳骑自行车回来看姥爷，二哥在县教育局食堂买的饭舍不得吃，也都拿回来给姥爷吃，姥爷最后瘫了两年，但是精神非常好，喜欢唱戏，和我们处得都很好。你回去告诉我老舅，我们不是摆功，是让他知道，让他放心，他那时当兵回不来也是身不由己啊，我们都理解。"二哥说："想当年我们老家那十里八村的出去当兵的不少，但只有你爸爸一个人提干升职在部队多年，全村人没有不夸他的。老舅是我们一辈子值得骄傲的人。"饭后，我们到了生病的大姐玉珍家去看她。大姐一家住在县城西面平房区，据说是为了养牛方便，有楼房也闲着不住。在大姐家不宽敞的房间里，脑子有点迷糊的大姐拉我的手只是笑也没几句话，倒是大姐夫王树章这个离休老干部高兴地和我拉家常，他拿出了影集，上面竟有我爸爸年轻时候回来探亲和沈阳大哥玉学的合影，还有我们烟台家里人早些年的照片，这可能是我小时候写信捎来的照片，他都给保存完好。他还兴奋地说起，20世纪50年代初期他曾和我爸爸在一个部队，但他转业得早。这个姐夫也快80岁了，拿着离休金，却干着老农民养牛的活儿，自得其乐啊。转眼间临近傍晚，俊富说该回沈阳了，我拉着大姐的手仿佛看到了大姑的影子，泪水再一次流了下来，我哽咽着和亲人们一一告别。回来的车上二哥让俊丰将我留下的钱全部退回并转告我："老家人都过得非常好，不差钱，回去告诉我老舅让他放心，我们有机会一定会去胶东看望他。"从辽中回沈阳的路上，我不停地回忆着和亲戚团聚的一幕幕情景，后悔没有早点来寻亲，同时又庆幸能在父母有生之年，代他们回来看看。特别是知道爷爷入土有着落了，东北这片黑土地就有了我们深深的眷恋。在车上俊富还给我讲起了他爸爸，大哥玉学在世时经常给儿女们讲我爸爸的故事。我爸爸当兵时，回家探亲都从沈阳路过，和比他小5岁的外甥玉学非常合得来。有一年回来正赶上自然灾害，家家户户缺粮少食，爸爸听说玉学家孩子多吃不饱饭要出去拾大白菜帮子，就立马陪着玉学把拾好的白菜帮子抬回家；还有一年回来给玉学捎来了自己在部队不舍得穿的军用棉的、单的皮鞋两双，可是玉学大哥没舍得自己穿，就留到他大儿子俊丰能穿的时候拿出来，皮鞋的皮子都裂了花了，那时也不懂得擦鞋油保养着。

　　"小姑小姑，辽中到了，看我二叔、三叔在那儿呢。"随着俊丰的声音，我的思绪从五年前第一次来寻亲的往事中回到了如今。车外县城那个宽敞整洁的街道旁，瘦弱但精神饱满的二哥、三哥在迎接着我们，接下来这又是一个难忘的探亲之旅。

　　"爸爸妈妈，在你们仍然健在的今天，我又带着你们的思乡之情回来了，我就是你们的眼，我就是你们的腿，你们离开半个多世纪的家乡，我们魂牵梦萦的故乡——辽中，我来了！"

海岛军人央视展风采

　　电视剧《父母爱情》于2014年在中央电视台综艺频道首播后，几年来又在海外几十个国家、地区热播，该剧也因此获得第24届上海电视节"白玉兰奖""国际传播奖"等荣誉。

　　一篇由中国金融作协微信公众号首发的题为《九旬父母的爱情

在电视剧《父母爱情》里》的文章，受到央视《故事里的中国》第二季栏目组青睐，身为作者的我有幸被采访。

《故事里的中国》是中央电视台总台央视综合频道倾力打造的一档大型文化类节目。节目通过"戏剧＋影视＋综艺"的创新性表达，重现文艺经典，让经典"活"起来，在文化传承中"强基固本"，在守正创新中"培根铸魂"。几期节目播出后，社会反响非常热烈。

电视剧《父母爱情》是我父亲的战友刘兆贵的小女儿、大我两岁的学姐刘静在其中篇小说《父母爱情》的基础上，倾力打造的45集电视连续剧。她用静水流深的故事，以20世纪50年代到21世纪之初的沧桑巨变为时代背景，讲述了子女视角下的父母爱情，生动地展现了守岛军人的爱情和家庭生活故事，传递了中国式家庭父母坚守爱情、真诚宽容的美好品质。剧中江德福司令员就是我们的父辈——驻守长岛海防要塞那代军人中的一个典型代表。

《九旬父母的爱情在电视剧《父母爱情》里》是我2020年春节期间在家陪伴九旬父母，和他们第三次观看电视剧《父母爱情》，其间又赶上父母过生日，有感而发的文章。文章中，我讲述了父母七十五年来守岛建岛、勤俭持家、风雨同舟、"执子之手，与子偕老"的岁月欢歌。看似由两个不同传播渠道讲述的父母爱情故事，竟因为我父亲和刘静姐姐的父亲都是原中国人民解放军海军炮校的同学、内长山要塞区第一守备区的战友，接下来我父亲竟被节目组邀请，询问能否参加《故事里的中国》第二季《父母爱情》节目的录制。

因父母年老体弱已经不能舟车劳顿，错失这次参加央视拍摄专题节目的机会。中央电视台《故事里的中国》选择拍摄《父母爱情》这个题材，既是对老一代守岛军人的肯定、对新一代守岛军人的关怀，也是对"老海岛精神"的宣扬，表达了现阶段人民群众对子弟兵的一种尊崇之情，节目本身传递的正能量不言而喻。我父母虽然不能参加，但我还想配合电视台把这个节目做好，向全国人民展示父辈们守岛建岛几十年的军旅情怀。于是我积极向节目组大力推荐与我父母、刘兆贵叔叔和马国文阿姨一同在海岛生活多年，至今还双双健在的老兵夫妇们，他们是对海岛、对国家海防事业有着突出贡献的长辈，希望他们也能走进电视台，参加《父母爱情》节目的录制。央视节目组编导陈勇波不辞劳苦，先后赴蓬莱、长岛和青岛等地，到我推荐的老军人家走访调研，经过层层严格审查，最终有三对老兵夫妻被节目组选中。得知这一消息后，我高兴地流下了热泪。

金秋九月，艳阳高照，来自原内长山要塞的三位海岛老军人各自携家属，分别自威海、济南等地，齐聚北京，由我陪同参加中央电视台《故事里的中国》第二季《父母爱情》节目的录制。

参加节目录制人员中最年长的魏有志叔叔现年83周岁，威海军分区原司令员，大校军衔。自1961年6月从中国人民解放军洛阳步校毕业后，被分配到大钦守备区，在刚组建几个月的警卫排当排长。因他当过侦察兵，经过步校培养，军事技术比较全面。20世纪60年代，他带出的尖子排、尖子连先后在内长山要塞区和济南军区组织的大比武中夺冠，其中培养的尖子单兵张培合一分钟速射40发子弹全中目标，和海岛女民兵、神枪手刘延凤一起进京，向党和国家领导人汇报表演，受到了毛主席的亲切接见。20世纪70年代末，他身为团长，每年总是有一半的时间下到连队，抓军事训练。带出的尖子班、尖子连和司令部参谋业务，在军区组织的军事技术比赛中都取得过第一名的好成绩。魏叔叔先后在大钦守备区当过连长、营长、作训科长、团长和副司令员，在内长山要塞区当过副参谋长。尤其是他在两个儿子生病致残、家庭生活十分困难的情况下，仍勤勤恳恳、埋头苦干，安心守岛、建岛，在长岛部队工作长达二十五年。在内长山要塞区缩编时调任聊城军分区任司令员，在威海升格地市级时又被调到威海军分区任首任司令员，为新组建的威海军分区尽快打开局面做出了重要贡献，直到离职休养。

　　距离节目录制现场最近的孙茂杰叔叔，现年76周岁，国防大学原教授，大校军衔。他于1961年8月从家乡烟台芝罘区入伍到内长山要塞第一守备区大钦岛，经历了连续三年严格的军事训练，并以优异成绩脱颖而出。1964年参加了"大比武""大练兵"活动，他所在的步兵班被选拔为大钦守备区和要塞区"郭兴福式"单兵战术训练尖子班，参加了济南军区大比武，受到了时任军区司令员杨得志上将等军区首长的亲切接见。这一年他入了党，提了干，荣立了三等功，还获得了特等射手、投弹能手和"'郭兴福式'教练员"等光荣称号。1965年他被调往步兵连参加"夜老虎"和武装泅渡训练，圆满地完成了各类科目的教学任务，为新建的步兵连尽快形成战斗力做出了重要贡献。从1966年到1978年初，他一直在守备区和要塞区作训部门工作，任参谋和科长，为部队备战打仗出谋划策。孙叔叔在长岛军营历练了十八年后，被选调到全军最高军事学府从事教学工作，二十多年来，他在国防大学历任战役学教授、硕士研究生导师、学员队队长、基本系副主任等职，他主编的学术专著和参加编写的《若干战役想定》多次获得教学科研成果奖。

　　参加节目录制人员中职务最高的赵承凤叔叔现年76周岁，系中共山东省委原常委、山东省军区原政委，少将军衔。自1961年8月从家乡淄博市入伍后，从蓬莱到南长山岛，又到大钦岛，工作几经变迁，职务也不断提升，先后担任守备团、守备师政治（处）部主任、政委，再到1985年部队大整编后的内长山守备师第一任政委。在长岛部队工作二十九年里，他从岛外到岛里、从基层到机关，在师团各个不同的岗位上尽职尽责，为内长山要塞区的建设做出了重要贡献。自1990年2月起，他先后担任二十六集团军政治部主任、政委，山东省军区政委，仍然时时关注海岛的军人。他通过积累和研究，将多年的基层工作经验和军事理论有机结合，先后出版个人专著《新时期党委领导艺术浅谈》《新时期思想政治工作理论与实践》《党委领导艺术 80 题》，主编《齐鲁兵典》《齐鲁兵学》《百名将校论兵法》《孙子兵法在世界的传播与应用》等书，在军内外报刊发表思想政治工作论文、孙子兵法文化研究文章百余篇，享有"政工师""机关通""学者型将军"的美誉。

三位叔叔在内长山要塞大钦岛守备区期间，和我父亲、刘兆贵叔叔都是战友，虽然他们年龄相差不少，但在我们大院的孩子口中，只要是当兵的，不分老少，都叫叔叔。

三位叔叔的老伴，我们大院孩子口中的阿姨，也是我再熟悉不过的随军家属了。

魏叔叔的老伴刘炳凤阿姨今年 82 岁，是魏叔叔的同乡，一个村的街坊邻居，他们相濡以沫六十二年，恩爱如初。20 世纪 60 年代初期，刘阿姨带着两个儿子从沂蒙山老区进岛随军，在海岛的部队红校（家属工厂）工作，和我母亲、刘静姐姐的母亲都是工友。她们吃苦耐劳、勇于奉献，为部队做好后勤服务工作。后来刘阿姨和魏叔叔又有两个儿子，皆因年幼生病治疗，药物中毒致残，家庭负担加重。因魏叔叔工作忙，不能照顾他们，一家四个半大小子都是刘阿姨一手拉扯大。她泼辣、直率，是众多农村随军家属中的一个典型代表。

孙茂杰叔叔的夫人孙文波阿姨是青岛人，于 1965 年 7 月从青岛第十六中学考入当年的济南军区卫生学校，1967 年毕业分配到大钦岛驻军医院时才 18 岁，她是主动顶替一个听说要分到海岛，不愿意去的同学，从大城市来到了渤海湾的小岛上。她和孙叔叔是经战友介绍相识相恋后结婚的，是那个年代不多见的军人伉俪。孙阿姨在部队医院工作。医院管理十分严格，早出操，晚点名，白班、夜班轮值，与孙叔叔上下班时间很难同步，一有病号就要加班加点，还要抽空照看两个女儿，非常辛苦。但她作为一名军人，深知军人职责重大，不仅义无反顾地支持孙叔叔的工作，而且出色地完成了各项医务工作。1978 年她随孙叔叔调入国防大学门诊部，三十多年来一直在医护工作岗位上,任劳任怨,埋头苦干,获主管护师资格证书,在专业技术七级文职干部职务上退休。她和孙叔叔结婚五十年来,和睦恩爱。

赵承凤叔叔的夫人刘敏阿姨既是他的同乡,更是他妹妹的好同学。刘敏阿姨是淄博市城市户口,和赵叔叔认识时,是淄博市歌剧舞剧院的会计,国家干部身份。当年她不顾家庭、个人身份的差异,看中的就是赵叔叔气宇轩昂的军人气质。她太像《父母爱情》里的安杰老师了,为了这份来之不易的爱情,她放弃了大城市舒适的工作和环境,随军调进海岛,也改行进了当地的中国人民银行县支行工作。20世纪80年代初她随赵叔叔来到大钦守备区时,又到当地农业银行营业所工作,为海岛军民办理存取款业务。那些年,我刚好也在长岛县农行工作,分管全县各营业机构会计出纳业务,每次进岛检查指导工作,都能感受到刘敏阿姨的军嫂魅力。她待人热情大方,对工作精益求精,她经手的账务、现金分毫不差。当时基层食堂伙食条件不好,她就领我到她家吃饭。赵叔叔那时是师政治部主任,下班回家看到我在,给我倒茶,递花生、瓜子吃,待我像亲戚一样,热情款待。他们结婚五十一年,在海岛生活的时间最长,两个优秀的女儿都是在海岛出生、长大,然后出去上学、工作的。其中小女儿赵阳受父母军旅生活的熏陶,长大后毅然从军,后考取国防大学的研究生,毕业前夕还在我学姐刘静所在的解放军文艺出版社实习过,现在已是解放军报社文化部主任编辑,大校军衔。

我们一行人在北京四天,除去来往两天的时间,短短的两天时间,只经过一次排练就要正式录制节目了。而三对老兵夫妇,对节目组编排的台词一直在琢磨,提建议修改,他们认为能代表曾经在海岛服役的几十万战友来录制节目,在台上每说的一句话都是为了让节目有分量,更能充分展示海岛军人的魅力和不畏艰难、勇往直前的"老海岛精神"。节目组导演高峰,一位刚从东方卫视退休的资深名导，受聘到这个栏目，他和节目组另一位编导，也就是联系上我的 90 后陈勇波，经常废寝忘食，守在宾馆的大厅里，等候早饭后或晚饭后从餐厅出来的叔叔阿姨们，一次次沟通节目演播的各项事宜。曾经在部队纪律严明、雷厉风行的老军人们都被他们的敬业精神所感动。

9 月 16 日，位于河北省廊坊市大厂回族自治县的影视基地，《故事里的中国》第二季《父母爱情》节目正式录制了。

上午 10 点多钟，在二楼的服化间，一群年轻的化妆师、服装师为三对即将上场的老军人夫妇化妆、试穿上镜服装。简单的盒饭午餐过后，导演高峰为三对老军人夫妇进行最后的彩排。下午 1 点半多，我陪同他们进入摄影大厅，坐到嘉宾位置，静候主持人撒贝宁上台，等待节目正式录制。

接下来，本场节目《父母爱情》编剧刘静生前的同事、战友侯建飞，姐姐刘军在撒贝宁的访谈阶段依次上台亮相。侯建飞教授讲述刘静生前创作《父母爱情》的故事，刘军姐姐追忆《父母爱情》的原型——自己父母的爱情故事。原内长山要塞副司令员刘佐将军的儿子刘军、刘敬也登台讲述他们父母的爱情故事。台上所讲故事、投影仪里播放的画面，一一再现父辈在海岛艰苦的岁月和他们跨越时光的爱情往事，"你守着岛，我守着你"是父辈那代守岛军人夫妻深厚情感的真实写照。我侧目看到嘉宾席上三对老军人夫妇个个目不转睛、神情凝重。此时此刻我想他们一定是触景生情了，他们脑海中浮现的画面，更多的是在海岛上生活的那些往事吧。

访谈节目进行到第八个部分，整台节目即将接近尾声，主持人撒贝宁来到了三对长岛老军人夫妇的身边，此时节目组已连线了驻守在长岛的砣矶岛部队。在节目现场的大屏幕上呈现的是一位新时代的守岛军人和他的未婚妻正在码头举行一场婚礼。撒贝宁向婚礼现场的新郎和新娘、指战员们隆重介绍了他身边站立的三对老军人夫妇，说他们是曾经驻守长山列岛几十年的老兵夫妇，是《父母爱情》编剧刘静父母的老战友，是节目组为海岛这场婚礼特别邀请来的特殊证婚人。

三对老军人夫妇在节目现场，依次向远在大屏幕那端的一对新人介绍了自己的情况，然后以赵承凤叔叔为代表，向新人送上最美好祝福。

"我们这些老海岛人，非常荣幸为你们这一对新人见证婚礼。岛再小也是国土，立家先要国安。愿你们守好岛，也要建好家，谱写父母爱情新的篇章！"

赵叔叔不愧是从海岛军营中成长的优秀军人，这段台词，一气呵成、掷地有声，表达了老一辈海岛军人对新一代守岛军人的真挚祝福和殷切希望。

通过视频连线祝福新婚夫妇这种方式，会让年轻一代的长岛战友，用深情去抚摸老一辈守岛建岛战士艰苦奋斗的那一段段历史轨迹，用心灵去感悟老一辈守岛建岛战士默默奉献的激情。将神圣的守岛建岛接力棒，一棒棒传下去，让"海岛为家，艰苦为荣，祖国为重，奉献为本"的"老海岛精神"代代相传！

帷幕徐徐落下，"父母爱情"四个大字温情闪烁在录制大厅的上方，更留在了我和三对老军人夫妇的心中。

相信这期节目会让《父母爱情》这个故事再度发酵，会让更多的人认识到《父母爱情》不止于儿女情长，是激情岁月铸就长岛老兵无悔的人生故事，是一部守岛老兵承载着光荣和梦想的长岛岁月，它关乎使命、责任和奉献，还饱含着浓厚的家国之爱。

第三辑

峥嵘岁月

编织岁月

2018年5月下旬我到济南章丘，参加省金融文学创作中心的"述金融情怀·我的金融故事"征文颁奖活动。我在收获奖项的同时还得到了实物奖励——我的同事、金融"文化工匠"艺术社第一副社长刘彩虹的剪纸作品《狗年生肖》。

我手捧证书和剪纸作品，非常高兴。我的视线拂过会议室墙上悬挂着的大幅剪纸作品，那是彩虹姐姐带来为颁奖活动助兴并捐赠给《中国金融文化》杂志社的。我不仅赞叹彩虹姐姐在工作之余爱好剪纸，将传统文化发扬光大，加入了中国剪纸协会，更感叹飞速发展的社会，如今处处给人们提供施展才华的平台，彰显了彩虹姐姐身边的领导惜才如金、包容天下的气概，不由得想起了我第一次学编织的故事。

20世纪80年代初，人们的物质生活尚在温饱阶段，电视机、录音机尚未普及，我来到了一个海岛营业所参加工作。白天上班，晚上练习点钞、记账、打算盘等基本功，每天除了三餐和睡觉，其余时间基本都在营业室度过。冬天守着煤火炉子，任凭煤烟呛得鼻孔发黑；夏天开电风扇会吹走记账凭证，只能摇几下大蒲扇，任凭汗水流淌。那时住在所里的员工不多，我练基本功时也没有具体哪个人来管，我非常自觉，按照既定的目标，给自己加压。

有一天下班后，我打算盘有点累了，就跑到营业室东头的宿舍去拿苹果吃，推开门一看，同宿舍的师姐正坐在床上织毛衣。她飞针走线，神态温柔安逸，幸福感满满的样子，简直和上班时认真工作的她判若两人。听说师姐快要结婚了，这可能是在给心上人织毛衣吧？看着师姐的巧手挽过来捅过去，织的是非常好看的那种花纹，不一会儿就织了一大截，我心想：我就会织两下平针，毛衣啥的也不会织，这要是以后找了对象，该怎么办呢？"怎么不吃苹果了？"姐姐看我半天不说话，仰着脸看了看我。姐姐的话打断了我的"不正经心思"，我急忙张大嘴咬了一口苹果，红着脸跑回营业所了。

过了几天，师姐织的毛衣基本成形了，我在欣赏她的杰作后就萌发了想跟她学手工的念头。虽然我家里有个会裁缝手艺、心灵手巧的妈妈，我身上的毛衣、毛裤，都是出自她手，这些毛衣毛裤既有新的，又有拆了旧的再重新织的，数数也有好几件了，但我还是让师姐陪我到不远处的供销社买来了绿色的毛线，我要学着先给自己织一件毛衣。于是我的编织学艺生涯在我 18 岁那年的冬天开启了。

织毛衣需要计量和估算相结合，起头前要先量好自己的三围，再把针数估算好。万事开头难啊！我织了拆，拆了再织，终于在师姐手把手的帮助下，完成了毛衣起头的初始程序。

那时海岛用电有时间限制，晚上过了 9 点，回到宿舍要点上煤油玻璃罩灯。开始几天我织上了瘾，晚上在营业室打算盘时会心猿意马，总想早点回宿舍去织毛衣。

有一天晚上，天空飘起了雪花，寒冷的西北风一阵紧似一阵敲打着门窗。我在营业室练了一会儿基本功，就给自己放了假，早早回到了宿舍。宿舍没有火炉，像冰窖一样冷。我赶忙灌上了一个热水袋，扔到了被窝里，织起了毛衣。织了好半天，手也没暖和，一想营业室还有炉火未熄灭，于是穿上衣服又回到营业室。营业室的里屋是个库房，守库的两个男同事进出库房都要经过营业室。以前熄灯前我都在练基本功，"噼里啪啦"的算盘声或"噗噗"的点钞声会扰得他们紧闭库房门，直到熄灯我离开营业室，他们才出来锁门。这天还没到熄灯的点，他们没有听见我"制造"的声响，就开门出来看了一下，看我原来在织毛衣，就退回库房了。

次日上午，我看到外勤王叔来营业室把我的师傅吴姨叫走了，吴姨在营业所西头的那间外勤办公室待了一会儿，出来后脸色凝重，坐下后深深叹了一口气。吴姨是个脾气急、手脚麻利的老会计，为了带好我这个徒弟，她严格要求，给予厚爱。我也是个懂事的孩子，她怎么要求我就怎么干，我虚心好学，业务水平日渐提高。可今天，吴姨这是怎么了？倒水的动作都有点猛啊，喝水的声音更是有点急促。接下来，吴姨开始发小脾气了，我小心翼翼记好的账簿，递给她复核，一会儿就从对面摔了过来，啪的一声惊呆了我，"记错账了也不至于这样啊！她这是怎么了？"我心里犯着嘀咕。半上午她也没有露笑脸，我小心翼翼接待储户、处理账务，我不能再让师傅抓到什么破绽了。

终于熬到了下班时刻，营业室的会计、出纳都走了，我清理好办公桌上的账簿，起身准备到公社食堂打饭去。"哎，你等会儿走。"吴姨叫住了我，我瞪着疑惑的眼睛，不知她留我干什么。王叔从外勤办公室走了出来，和吴姨坐到了我办公桌的对面椅子上。"你年纪轻轻，不求上进，还织什么毛衣？"吴姨开门见山，直来直去朝我喊道。噢，原来是为这事啊？我一下子明白了，上午吴姨的那种表现，原来是王叔昨晚看见，今天告我的状了，这是联合起来给我开"批斗会"了。我心跳加快，脸红了。"我、我、我闲着没事……"我的话还没说完，吴姨就劈头盖脸地开始教育我："你闲着没事？你基本功都过关了吗？别以为你转正考试得了第一，你就了不起了！你小小年纪现在不好好用功，将来怎么能成为一名合格的银行会计！""我看师姐织的毛衣真好看，就想学学。"我声音柔弱、底气不足地辩解着。"你年纪轻轻跟一个快要结婚的人学织毛衣，你父母知道了能同意吗？他们送你到这里，是让你好好工作的！织毛衣？这是家庭妇女的'营生'，你知不知道？我得替你父母管着你！"王叔也"义愤填膺"地数落起我来。我本来还想和他们辩解，但他一提起我父母，我哇的一声哭了起来。我小小年纪离开父母来到这个荒凉的小岛，一年也捞不着回趟家，我真想爸爸、妈妈了，他们可是从来没有这样训过我。我越想越伤心，越伤心就越哭，眼泪止不住，我就趴在桌子上抽泣起来。"你不好好练基本功，却迷恋那些家庭妇女干的玩意儿，你这是不学好啊。""咱所小青年少，明年还指望你参加技术比赛，给我们所争光呢。"王叔和吴姨你一句我一句地讲道理。过了一会儿，看我哭得稀里哗啦，吴姨走到我身边，用力拍了拍我的肩膀："好了，好了，好好想想，是不是这个理？知错能改就是好同志。"我抬起了头，揉着红红的眼睛，心想，就织个毛衣，惹这么大的麻烦！但他们批评得也对，我刚刚转正，业务工作还没完全独立，织毛衣的确耽误我的学习。另外他们是我的师父，我不能不听他们的话，要不他们该去我父母那儿告状了。于是我朝他们不太情愿地点了点头，"我改！"柔弱的声音在我的喉咙处翻滚，我想王叔和吴姨已经听见了我从心里发出的声音，他们放心地交换了一下眼神，相继离开了营业室。

这天的午饭我没去吃，都这个点了，食堂也不会有饭了。另外我两个像红灯笼的肿眼泡，可不想让人看见。

晚上我回到了宿舍，告诉师姐，毛衣不织了。师姐认为我知难而退，说："就剩两只袖子了，不难织，我教你。"我也不敢说中午王叔和吴姨找我谈话的事，因为他们还提到她，就摇摇头执意地说："织够了，不想织了，以后再学吧！"师姐说："多可惜啊，胜利已经在望了。哎，要不你改个毛背心吧？""我不会改。"我声音有点高八度了，因为我答应师父，马上改，不再干这个手工活了，我想就此了结，快快回归正确的航线上来，做个像王叔和吴姨所希望那样的好孩子、好员工。

那件半成品的毛衣最后还是被师姐改成了背心。那年春节回家过年，妈妈看到了我的绿背心，问："谁给你织的？还挺好看的。"我都没敢说我学织毛衣那件事，语气淡淡地告诉妈妈："是师姐给织的。"尽管已经放弃了织毛衣的念头，但是女孩子天生爱美、爱女红，每当看到妈妈在织毛衣，我还是会悄悄走过去看看、问问，然后拿过来织两下子，但绝不恋战。

多年后，我有了女儿，我把这个绿背心拆了，把毛线重新洗净，让外甥女艳秋给我女儿织了件小毛衣。从此，心灵手巧的艳秋包揽了我们一家三口的毛线活儿，让我们每年总能穿上合体的毛衣和毛裤，它们给我们带来了温暖，抵御了无数个寒冷的冬季。直到20世纪90年代中后期，我们的物质生活富足起来，又轻又暖和的羊绒衫盛行起来，织的毛衣渐渐没了地位，并慢慢淡出了我的生活。

编织的成品在我国也统称为"女红"，"红亦工也"，《桃花扇·栖真》："庸线懒针，几曾作女红。"做女红是我国劳动妇女传承中国传统文化的具体体现。而我的女红生涯始于18岁的花季，也在这个花季结束。

如今满满的事业成就感，虽然弥补了我不会女红的尴尬，但是也留下了些许的遗憾。如果当初能有今天这么个好环境，如果师傅们能通情达理些，也许我现在的手艺活儿会像彩虹姐姐那样。

虽然织毛衣的时间短暂，但温暖的回忆足以让我回味一生。

腕上风情

女人手腕上的风情从古至今都没寂寞过。

听九旬妈妈以前讲过，她的父亲是十里八乡做木匠的巧手，只要挣点工钱回来，除了买粮买布，买油、盐、酱、醋，应对全家上下老小的衣食住行，余下点银两都会给他家的女孩子们打个小银手镯戴。女孩子天性爱美，小小手腕上叮叮作响的小饰品，陪伴着她们度过了美好的花季。

不知几何，女人手腕上的风光不见了，直到手表这一民族工业的振兴。手表不只是男人们的计时工具，也装饰女人们纤细的手腕。手表用来报时比用来装饰更能让人们接受，于是手表成了劳动人民必备的生活用品之一。

我的手腕上有过许多风情，记得小时候缠着爸爸非要戴他的手表，是他用墨水笔在我手腕上画了个小手表，哄我开心；我还偷偷戴过妈妈的手表，宽大的表链能将表撸到胳膊肘处。长大后有自己出差、旅游买的国产电子手表、金手链，有新疆姐姐给的硅化木手链，有从香港回来的姐姐买来的坤表，有自己去澳大利亚旅游买回来的手表，近些年兴起的和田玉、翡翠手镯和珍珠手链等也都买来戴过。这些不同时期的腕上饰品，既给我提供报时服务，还陪我度过了爱美的青葱岁月。然而，最让我难以忘怀的是我的第一块手表。

我的第一块手表，是我 16 岁参加工作时，妈妈在长岛县百货商店给我买的，当年它于我来说既有物质方面的满足，又有精神上面的享受。它的形状、功能我都了然于胸，它给我留下故事，我给它留下传奇；它见证了我的成长，我收藏了它的价值。

20 世纪 70 年代，能够拥有一块手表是许多人的奢望，普通家庭也只有到了孩子们参加工作、结婚这些特殊的日子，才舍得将牙缝中省下来的钱给孩子们买块手表。

1979 年 11 月，我高中毕业考上县人民银行接到银行录取通知书后，全家人都非常高兴，妈妈说要给我买块手表。那时兴戴"上海牌""东风牌"手表，但是"粥少僧多"，这都要凭券购买。大姐已经工作多年，刚好在县百货商店工作。有一天，她让妈妈领着我去她上班的商店，要帮我选购不需要用券就能买到的手表。在手表柜台，有两块进口手表并排摆放在玻璃隔板上。我脑子里对手表的印象都是那种圆圆的大表盘，这两块进口表却只有那种表的一半大小。这是进口的瑞士机械女表，银色表盘和表带（现在叫不锈钢），100元的标价，是当时盛行的国产手表价格的好几倍。我大姐说这是咱县里第一次卖进口表，大家还不识货呢，所以摆放许多日子也没人购买，虽然价格贵，但质量好，关键是不用券就能买。妈妈也嫌表贵，对大姐说："要不等等再给你妹买吧，价格挺贵啊！"我在一旁早就看好了这块表，就拽了拽妈妈的衣襟，我是妈妈的宝贝疙瘩，许多年来，比我年龄大很多的哥哥姐姐都在外地工作，是我一直陪伴在她左右，乖巧懂事，从不惹她生气。我知道她的秉性，了解她的脾气，越明目张胆地要她越不给买，我边拽她的衣襟边用哀求的眼光看着她。她狠不下心来说不给我买，就对我说："要不咱回家和你爸商量商量吧？"爸爸脾气超好，喜欢孩子，从来不打骂我们。妈妈回家和他一商量，他立马同意。次日，这款瑞士女表戴到了我的手腕上，也花光了爸爸转业时剩余的安家费。

那时身上穿的衣、戴的帽，都是巧手的妈妈做的，全身家当加起来也赶不上这块手表值钱。手表对我来说是何等地珍贵啊，我爱惜有加。我工作后要苦练银行业务的基本功，诸如百笔传票翻打、珠算、点钞都要计时训练，这块手表可帮了我的大忙。每次练习时，我会把表从手腕上摘下来，放在桌子上，看着手表给自己的训练计时。后来所里来了新员工，我也用自己的手表为她们大练基本功考核计时。

每当严寒的冬天来临时，我的手表从不离腕，晚上睡觉都戴着它。一旦摘下，再戴上，冰冷的不锈钢表盘和表链会刺激得我直打战。手表还给我带来一次笑话。有一天我休班，中午躺在宿舍床上看书学习，看着看着就睡着了，待醒来就习惯性看一看手表，"呀，5点多了"，吓得我立马跑到了院子里，今天该我值日生炉子了。"咦，天怎么这么亮呢？"我睡眼惺忪，心里犯着嘀咕。哎呀，我突然清醒了，我这是睡迷糊了，把下午5点当成了早上5点，忘了今天是我休班的日子。

20世纪80年代末期，我们几大国有银行顺应改革开放的需求，大力开办国际业务，我被市农行领导派往北京参加当时的北京金融学院举办的"银行国际业务英语强化班"，住在北京丰台区一个宾馆。有一天，我那已戴近十年的手表，无缘无故慢了几分钟。那时上课下课真的需要手表来提醒，手表出了问题，我焦虑万分。同宿舍里有位工商银行的大姐，她是北京部队大院的子女，当兵转业后留在了广东。这位叙大姐是个热心肠的人，看我不开心，就说等周末带我进城去修表店看看。于是那个周末我跟着她转乘了两次公交车，花一个多小时的时间来到了王府井大街，在那儿找了个修表的小亭子，把表递过去修理。在漫长的等待时间里大姐说她先回家看看父亲，我也趁此工夫进了百货大楼。待傍晚时分我们又在修表那儿集合，我付了35元的费用，拿回了修好的手表。

20世纪90年代初期，电子手表、黄金手链逐渐兴起，我这块瑞士手表的表蒙子也有了几道划痕，我用道听途说得到的办法，用牙膏反复擦拭，但划痕依旧。它已没有当初刚买时那么招我喜欢了，于是被我束之高阁了。

2006年我的工作岗位调整，我从二楼搬到了四楼，在收拾清理物品时，看到了这块手表。手表搁置多年也不走了，它是承载了历史、文化、艺术信息的商品，我突然想让它恢复以往的生机，于是拿着它来到了单位南侧的一个小修表店。修表师傅孙元华原来是烟台钟表研究所的，他身怀绝技，能让老钟表"起死回生"，是我们钟表名城的一个擅修老式机械钟表的内行人。"非从朝暮观时刻，要识光阴等箭梭"的条幅悬挂在他5平方米的小店墙上。他说钟表不仅仅是报时器，更是艺术品，看到拿旧表去找他的顾客，他会很高兴。当他打开我的手表后，果断地说道："你的表修过。"是啊，那年在北京王府井大街上修表的场景在我脑海里闪过。孙师傅说，"修表的配件不一定是原装进口的。"我一听，就从孙师傅手中要回了手表，我可不想再把手表机芯的件都换没了，反正我也不想再戴它了，再修也没有什么意义了，于是我打消了让手表"起死回生"的念头。

2018 年 6 月初我退休离岗之际，收拾办公室的几个橱柜，又翻出了这块瑞士手表。亲切怀旧之余，我上网搜了搜百度，了解到这块手表现在已经是瑞士的古董表了，品牌叫星纳斯，是瑞士的第二大城市日内瓦生产的全不锈钢材料机械表。它由十七颗人造红宝石连接机芯里面的零部件，并且带了一个"因家百禄"避震器，具有防磁防震功能。有"日内瓦"印记的手表才是瑞士手表行业的标杆，这个标记只印刻在日内瓦地区制作的钟表上，只有手工打造并自动上弦的机械机芯的钟表才能获此殊荣。"日内瓦"标记代表了最高级别的制表工艺。呵呵，在我 16 岁的芳华年龄，就拥有过这么高大上的品牌手表，冥冥之中，它许是我三十九年来在金融行业的征途上跋涉的咚咚战鼓吧，催我一路奋进，催我一路前行。

此时此刻我把与它的点滴美好故事付诸笔端，让我与它曾经的美好时光像电影一样再回放一下。字里行间的情意，已化作眉间唇角的笑意，晕染着这个夏季。

绿色小木箱

我们这个年龄段的人好像都有小木箱情结。小小木头箱子是父母在物资匮乏年代的一份心血，是当时家里的奢侈品。当它随我们远行时，小木箱里是父母满满的爱和叮嘱。庆幸我的小木箱至今还在，让我讲它的故事时，还会有照片提供佐证。

儿时生活在物资匮乏的年代，在海岛军营出生长大的我，从懂事的那一天开始，就知道家中的一切都是公家的财物。三抽桌、椅子、双人床、单人床等都有编号，登记在册，每年年底都有进家核对物品的军人，这些物品万万破坏不得，就连床上的棕榈垫也是公家发的，搬家时，只许卷铺盖走人，公家的财物要全部留下，所以每家的大人孩子都像保护国家财产似的精心使用这些家具。

20世纪70年代初期，深秋时节，三姐素环和同学结伴去大西北口海边赶小海，发现海面上漂来一段圆木，因年小体弱搬不动，就让同学回家时把哥哥叫来。两人脱下鞋袜，挽起裤管，不顾刺骨的海水，把这段圆木拖上来，然后扛回了家。

哥哥爱国当兵前夕，在家无事，跑到后勤木匠组去玩，遂萌发了学木匠手艺的想法，央求妈妈把家里储存的木料拿出一点儿，他要去拜师学艺。不久，哥哥的入伍通知书下来了，他的木工"杰作"也搬回了家，有四把小椅子、一只木头箱子。聪明的哥哥，学什么像什么，难怪妈妈最宠他，说他是我们姊妹五人里最聪明的一个孩子。

哥哥做的小椅子得到了我的青睐，我挑选了一把看着树木疤痕少的、油漆得锃亮的小椅子，做了个记号，"独占"了它。每每到大礼堂看露天电影，我都会高高地扛在肩上，有意炫耀它。特别是看电影时，累了我可以靠靠椅背，让腰轻松一下了，这让那些坐小马扎或小板凳的小伙伴望尘莫及。尽管妈妈总是说，"小孩子哪有腰"。木头箱子妈妈更喜欢，一家老少的衣服、被褥换季时，用它倒来倒去的，比过去放纸壳箱子里规整多了。

不久我们家从守备区机关搬到第二医院，这些属于自己家财产的东西也随同落户到了新家。哥哥入伍了，三姐也去了部队的化工厂，军营和军事化管理的军工企业，什么都不用带，所以才有后来我独享这只木头箱子的机会。

到了20世纪70年代中期的时候，岛上兴起请木匠进家打制家具之风，我们家也打制了几件。后因储存的木料不够，把打制大立柜的计划改成打制书橱了。那时妈妈总想跟驻地老百姓家里那样，用大立柜上半截储存食品之类的东西，记得海岛老百姓最流行的口头禅是在招待客人时，热情地给客人添酒夹菜，说："使劲儿吃啊，咱大柜里还有。"大柜仿佛就是一个取之不尽、用之不竭的魔柜，总是让我们小孩子浮想联翩。那么我们家没有大立柜就没有储存食品的地方了？不，妈妈有办法。她把这只放衣服被褥的木头箱子让木匠师傅改成了一个装食品的柜子，并区别于那些新打制的家具，刷上了一层绿油漆。现在想想妈妈那时候也挺有智慧的啊，那个年代的食品都是无公害的绿色食品，连箱子都是绿色的，可见绿色是我们人人心中喜爱的色彩。

年少的我对这次家里没有打制大立柜有着无比的遗憾，但妈妈拿出衣服箱子改成食品柜子的英明决定填补了我些许的遗憾。我开始关注这只绿色的食品箱子了。油漆味刚消失，妈妈就开始装点这只食品箱子了。她把买来的和外地当兵、工作的姐姐们经常捎回来的好东西，全部存放在这里。她把有锁鼻儿的上面转到正面，颠倒了一下箱子的位置方便存取食品。上面挂了把小锁，钥匙把控在她掌中，我想吃什么要看她的心情如何，好在我小时候比较听话，想吃什么，什么时候想要，她基本都满足我。每当她打开箱子给我拿东西时，我都会紧凑在她身边，踮起小脚，小眼睛都不够用的啦。桃酥、蛋糕、罐头、糖果，每一样都想要点，但总是吃不全，因为艰苦朴素、细水长流，是那个年代妈妈精打细算过日子的座右铭吧。那时爸爸妈妈经常逗我："如果我们分家，你要家里的哪样东西？"我总是毫不犹豫地一指这只绿箱子说："啥也不要，就要这个！"儿时关于吃的印象真是太深了，那时的我们不懂父母们酸甜苦辣过日子的苦衷，只是在过自己天真而快乐的时光。

"铁打的营盘，流水的兵。"这只绿箱子后来又跟随父母到过砣矶岛、县城。

20世纪70年代末期，我参加了银行工作，一个月后被分到了离家需要坐船去的小岛上，随行的行李就是这只绿色的小木箱。16周岁，不大不小的年龄，就早早工作了。那时社会、家庭经济条件都有了明显的改善，我们家也有了各种橱子、柜子和几只紫红色木头箱子。尤其是那几只紫红色箱子做工都比这只绿箱子好，但我对这只绿箱子情有独钟，非要带这个走。父母一看我这个老小也要参加工作离开他们了，身边没有孩子了，也不用再储备食品零食了，于是答应了我的要求。妈妈把食品箱子清理干净，郑重地把手中的钥匙交给了我。记得那个年代衣服少得可怜，自己身上穿一套，箱子里顶多还有一两套换洗的，而且都是姐姐们退下来的军衣军裤，空荡荡的箱子还没有以前装食品时琳琅满目。我当时心中还有放不下的考大学情结，为了填充绿箱子，于是高中课本、极少的辅导材料，喜爱的文学作品也都划拉进了这只绿箱子里。临行前，妈妈把一沓粮票和零钱，掖到箱子里的衣服里，叮嘱我馋了时记得给自己买点零嘴吃。

在营业所工作期间，我的绿箱子和女同事的紫红色木箱子，并排放在宿舍里那半人多高的木头架子上，各自上锁后，一红一绿，还挺般配的。箱子上面铺上一层厚塑料布，雪花膏、小圆镜、梳子和牙缸、牙刷摆放在上面，宛如一个梳妆台。日复一日，年复一年，小小的绿箱子，不急不躁，稳稳当当在那儿陪伴了我三年多的时间。

当镜子里昔日一个青涩的小姑娘出落成稳重成熟的大姑娘时，我也调回了县行，回到了父母身边。这才几年时间，绿箱子上的油漆也斑驳了，我嫌它不好看，当住进县行集体宿舍后，木头箱子被我"遗弃"，留在了父母家。

20世纪80年代末我又调到了市行，赶上过年过节回家看望父母，好像就没看见过这只绿箱子，偶尔想起来了也懒得去问父母，还寻思是不是早让父母给劈柴烧火用了。

前年夏天，我回了趟海岛，临行前从现在随我居住二十多年的父母手中，拿到了他们在长岛老屋的钥匙。妈妈叮嘱我说，老屋还有几件新被褥，看能不能拿回来用。我回去后，巡视老屋，因无人居住，家具陈旧，满地灰尘。我翻找到了妈妈说的新被褥，发现已经过时了，拿回来也没人愿意用了，还想看看父母家还有什么能拿回去用得上的东西，就翻到了南侧西卧室的单人床下，竟发现了这只绿木头箱子。这简直是太难忘了，瞬间我脑海里浮现了小时候这只绿箱子带给我的期盼和欢乐时光。我急忙从床下拖出满是灰尘的绿箱子查看，没有上锁，打开那个小门，里面竟是父亲戎马生涯用过的军用物品——雨衣、军装、军帽、绒衣绒裤、水杯、公文包、大头鞋，其中大头鞋还有三双呢，是不同年代军队配发的款式。父亲是个仔细人，他从军三十多年，对军队的感情至深，想必这些旧物品妈妈不让他放进日常生活用的大立柜和五斗橱里，他竟选择了用这只绿木头箱子来保存留念。天哪，一个小小的军用品博物馆，竟诞生在我这只小绿木头箱子里，那个瞬间我感动得热泪盈眶。破旧不起眼的绿箱子，现在给我亲爱的爸爸保管他的军用物品，同样有着浓厚军队情结的我，感到特别的自豪。父辈们守岛建岛倾注了毕生心血，没有享受高官厚禄，没有挣到家财万贯，只留下了这些靠艰苦朴素的优良传统节省下来的老物品。我的绿箱子啊，你可是"天降大任于斯人也"了。

去年长山要塞几位老兵叔叔准备进岛建纪念馆，我把这只绿箱子的故事说给他们听。他们也很感动，答应我将来开设纪念馆时，在展览室给我留出一隅，放置这些老物品、老家具，展示那个年代守岛军人的艰苦生活场景。如果这个愿景能实现，父母保留下来的老物品，意义将非同凡响。

还记得去年女儿出嫁时，按胶东当地的婚庆风俗，娘家要给女儿准备一只红箱子，箱底要放些钱，这是女儿带到婆家去的嫁妆之一。这也叫压箱钱，是讨"新人永远都有压箱底钱，到了婆家生活会永远富足"的彩头。朋友给推荐了一款雕龙刻凤的香樟木箱子，买回来一看，的确是漂亮，价格也不菲。那时就想，我那个年代的木头箱子，做工粗糙得很，连块整板都没有，都是些小块木头条子拼接成的，根本没有价值，也没有现在买只箱子的零头贵。这真是时代在发展，今非昔比了。

小小木头箱子承载了我们那代人的美好生活，那些泛陈的故事永驻于我们脑海之中。

小小收录机

我 19 岁时，拥有了一台"三洋"牌收录机，这可是那个年代的奢侈品，它不仅是我拥有的第二件价值不菲的固定资产（第一件是手表），更是我所在海岛上的第一件外国电子产品。我用它听广播、学外语、放歌曲，相依相伴了许多年，还发生了许多忍俊不禁的小故事呢，至今回味绵长。

20 世纪 80 年代初，人们的物质生活尚在温饱阶段，电视机、录音机尚未普及，我参加银行工作来到了一个只有 8 平方公里的海岛营业所，白天上班，晚上练点钞、记账、打算盘等基本功，业余生活单调、枯燥。不久，随着中国逐步实行对外开放，中央广播电台开设了英语教学节目 *Follow Me*（跟我学），掀起了全民学外语的高潮。

听说广播电台教英语了，我那压在心底对英语的喜好顷刻间迸发了。我上高中时，尽管连山东省中学英语课本第一册也没学完，但教英语的老师有一天课后找到我，说我口齿清楚，发音、领悟都不错，让我最好跟他多学点英语，将来高考时考个外语学院。我就和几个要好的女同学说了这事，结果她们异口同声地劝我别跟他学外语，言外之意，对这个老师不欣赏。我是随父母转学刚到这所学校不久，还因为当时的社会比较封闭，家庭和社会教育都是男女授受不亲，所以听了女同学们的话后，我压住内心对英语的喜爱，回复了那个英语老师："我不想学外语，我将来要考理科，当名科学家。"

英语没学成，科学家的梦想也抛之脑后，1979 年年末我参加工作来到了银行。如今学习英语的机会来到了，一个没有围墙的外语学院吸引了我，我想把喜好的英语拾掇起来，将来能为"四个现代化"做贡献。来小岛之时，父母给了一台小收音机，等我邮购了书籍回来，每天就用小收音机跟着中央广播电台学英语。因为信号不好，我学得很吃力。有一次在和三姐通信时，跟三姐抱怨过此事。三姐那时大学刚毕业，在省城济南工作，对知识的重要性理解得比我还要深刻，对我爱学习总是大力支持。到了年底，三姐的一封来信让我高兴得蹦了起来。三姐来信说："已托单位一个大哥去免税商店给你买收录机了，等着用它学外语吧！"

1982 年的春节，三姐和三姐夫回长岛县城看望父母，顺便给我带来了那台收录机。那是一台日本生产的"三洋牌"单卡带收录功能的机器，黑、银双颜色，长方形，有我背的军用绿书包那么大小。录音机上方有一个提把，小巧玲珑，随身携带非常方便，旁边还有根长长的天线，接收信号功能非常强。我把工作了两年多，每个月零存整取的钱都提前支取带了回来，三姐说什么也不要，还是妈妈在一旁劝三姐收下，说她刚结婚，以后花钱的地方多着呢。记得这个收录机三姐花了 380 元，我只给了 300 元，托关系的人情和余下的 80 元，最终还是三姐埋了单。

三姐给的收录机，还附带了两盒磁带。回到营业所后，晚上我用收录机听讲座，用随机附带的空白磁带录下每天的讲座内容，有时间再反复听。还有一盒随机磁带是有歌曲的，每天中午和晚上的吃饭点，我会从宿舍拿出收录机，放在院子里的石凳上，和同事们边吃饭边听歌。石凳子紧临南面公社卫生院宿舍的北窗，那些大夫和司药也会经常打开窗户，站在窗边，听会儿歌，聊会儿天。美妙的歌声还吸引来公社团委书记、农金员们，这些与我年龄相仿的小伙伴，对这台能放出音乐的小机器都感兴趣，我有了"子贵母荣"的感觉，心里乐开了花。

直到有一天上班的时候，公社组织宣传委员来所里了，站在柜台外面对我说："听说你有一台录音机，还有一盒歌曲磁带，我要带到公社去审查审查。"组宣委员孙大哥 30 多岁，他爱人和我大姐在县百货公司是工友，我平时在公社食堂买饭经常看见他，他笑眯眯的，挺爱开玩笑。这天对我说话时，面孔却是板着的。我不解其意，忙问孙组宣委员审查什么。他说，看看是不是"黄色歌曲"。我一听，吓蒙了，哪首是黄色的啊？边跑着上宿舍去拿那盒歌曲的磁带，边在脑海里快速回忆听过的歌。到了宿舍，我拿到磁带又看了一遍目录，不知其解。孙大哥拿到我递过去的磁带，又让我把收录机也拿给他，原来公社没有机器审查歌曲。

　　磁带没有了可以不听歌，但收录机不在了，英语学习好像不得劲了。听过一遍的英语讲座，要课后下来反复学习，否则根本记不住。我开始焦急等待孙大哥快快把收录机送回来。

　　一天，两天，几天过去了，一点儿动静也没有，去食堂打饭好像也看不见孙大哥的身影了。我就托团委书记去问，反馈的信息是：孙大哥去县里开会了，没回来。于是我更加望眼欲穿，万分焦虑，等待我的收录机和磁带归位。终于等到那一天了！团委书记帮我拿回了收录机和磁带，并转达孙大哥的一声"不好意思，谢谢"。原来，那段时间他们接到上级通知，清查黄色歌曲，据说因为改革开放，不仅带来了国际上先进的东西，也飞进了几只"苍蝇"，我的那盘磁带里有首《幸福不是毛毛雨》和准备清查的歌曲名单里的《毛毛雨》是不是一回事儿，要由他们公社审查确定。现在我的磁带安全回归了，我那颗悬着的心也放下了，庆幸自己的磁带里没有黄色歌曲。否则那些情绪颓废、低级下流的黄色歌曲，腐蚀人们心灵，对于我们建设社会主义"四个现代化"有害的"靡靡之音"，腐蚀到我可怎么办啊？我可是一个革命的青年，喜欢真善美的东西，对假恶丑的东西嗤之以鼻。

　　收录机磁带被审查事件之后，我仍然业余时间学英语，继续自己的爱好。直到有一天上午，柜台外面来了一位解放军叔叔。我自小在军队大院长大，对军人有天生的崇拜和喜爱。这位"叔叔"其实只大我几岁，是当地驻军的一个排长，因为他们连队的文书是我们银行的储蓄代办员，每月要来银行把代理战士们存取款的账务交接一下。文书和他是老乡，所以文书带他来过几次，我们都认识。现在他站在柜台外面，我还当他来交账呢，就站起来迎接他。可他手里没有任何东西，我不解地看着他，他支支吾吾地说："听说你有录音机，我想听一听。"我有录音机，他怎么知道了？他消息好灵通啊。我心里犯着嘀咕，急忙告诉他："我每天要学外语，不能给你啊。""我就在这儿听听，好吗？"他看着我说。"你现在听？"我不解地看着他。"我今天休息，没事。""行，只要不是拿走，就给你听一会儿。"我让公社审查磁带一事闹得还惊魂未定呢，可不能再让人拿走了。营业室只有我们办理业务的柜台和主任、外勤人员办公的小里间，天性豪爽仗义的我，不好意思拒绝这位解放军叔叔的请求，只好将他领到我的宿舍。那时我刚被任命营业所副主任，分管室内会计出纳工作，原来的两人宿舍住进了新员工，我搬到了里外是套间的、给来探亲的家属们准备的这个宿舍。我把磁带、收录机交给这位解放军叔叔，让他自己小点声音播放，别影响隔壁我们的办公人员，我就急忙回到营业室接待储户了。我忙完了一阵，一下子想起了宿舍里还有人呢，就借着出来上厕所，路过我的宿舍，悄悄进去看了一眼。只见他还在那悠闲地听歌曲，没好意思和他搭讪，我又悄悄退了出来。回到营业室，所主任王叔问我那个人还没走吗，我说是啊。王叔说这都多长时间了，他怎么还不走？我说是啊，他不走，我也不好意思赶他啊。王叔说他去赶。我说这好吗，王叔来不及回答我，一个箭步冲出了营业室。我一看，王叔这么冲动，已经拦不住了，就赶快使劲儿把我的头埋向桌面，让高高的柜台遮挡住我的脑袋，假装我不在营业室。一会儿工夫，王叔回来了，解放军叔叔被他"请"走了，我这才仰起了脑袋，挺起了胸膛，在小伙伴面前又恢复了刚才尴尬前的自信，我可不能让他们瞧不起我这个副主任，我与那位解放军叔叔啥事也没有！男女授受不亲的年代，我可不想惹上一身"臊"。中午下班我急忙回到宿舍，看到收录机静静"屹立"在我的三抽桌上，我按下放音键，优美舒缓的歌曲立刻绕梁不已。我拉开抽屉，看到我的学习笔记、日记和书刊好像没有被翻动的样子，心里一股不安的情绪才渐渐平定下来。

后来那位解放军叔叔又跟他的老乡、文书来过我们营业所几次，我们好像不曾有过接触的样子，见面后该点头点头，该客气让座、倒水什么的，我就客气地接待，借收录机听歌被赶走的尴尬事情，好像都不曾发生过。一年后，我离开海岛时，听说他也复员转业回了江南鱼米之乡。

后来随着经济条件的逐渐好转，我又有了"双卡收录机""山水音响"。我的第一台"三洋牌"收录机已记不得什么时候离开了我的视线，只记得结婚前放在父母长岛老屋的写字台上。《木匠进岛》那篇文章里也提到过它，每逢星期天，木匠的大女儿来家里玩，会一整天趴在它身边听歌曲，吃饭时都是我妈妈给她把饭菜送到写字台上，农村长大的孩子让这台小收录机给迷住了。那个时候已是 20 世纪 80 年代的末期了，所谓黄色歌曲审查时代也已经过去了。那时我不断购买轻音乐、摇滚乐和中外名人歌曲等内容的磁带，装满了父母老屋写字台的一个抽屉。小小收录机大显身手，发挥了它应有的作用，不断提高我和家人的审美能力。

尘封了快四十年的记忆，如今被怀旧的思绪撩拨出来，用一颗澄澈的心，感悟流年婉转，时光变迁。小小收录机在我的花季里停留过，温暖了想念，泛滥了眼泪；小小收录机在我的青春里走过，留下了那个年代的美好回忆。

扛枪值班的春节

"小孩小孩你别哭，过了腊八就是年。"听，年的脚步已经向我们走来了！在这欢快的脚步声中，回首自己曾经走过的路，岁月醇厚与绵长……

1983 年，还不满 20 周岁的我，在远离父母的海岛农行营业所度过了一个难忘的春节。

　　那是只有 6 个人的营业所，有银行和信用社两套账务，有现金库，是只有 8 平方公里的大黑山岛上唯一的金融机构。

　　"麻雀虽小，五脏俱全。"工作刚满三年的我，在所里任副主任，分管室内会计出纳工作。主持工作的外勤副主任王叔老家在远离海岛的蓬莱乡下，因妻子已经病入膏肓，他过了元旦就休假回去照顾家属了。他不在的时间，我主持所里的工作。

　　眼看快到春节了，该安排职工放假了。那时只有外勤王姨是本地人，我和其余三个小青年家都是外地的。腊月十九那天，出纳小祝和银行会计小吕开始休假。腊月二十三过小年那天，又安排了信用社会计小王休假。至此所里就剩下我和王姨了，看到和我年龄相仿的他们高高兴兴地回家和亲人团圆，我心里有一种说不出的滋味。我在家是"老小"，从小爸妈惯着，哥姐宠着，从没有春节离开他们在外过年，在外地工作和当兵的哥姐们也只有这个时候能回去过年，我每年就盼着春节能和他们团圆，可是我今年的确是回不去了。

　　王姨有两个年幼的儿子，家务负担比较重，年前这段时间也不跑外勤业务了，除了回家办办年货、打扫卫生，就给我做做复核。我既然做好了春节留守值班的打算，也就心无旁骛地坚守阵地了。我接管了两套账务和出纳现金业务，有时独自在柜台里办理储蓄和对公业务。那时候的柜台是又高又宽的水泥台子，上面还没有安装防护栏杆，来办业务的人多的时候，就从柜台东头排到柜台的西头，一行人看着柜台里面的我，自觉按先来后到的顺序办理业务。我又记账又打算盘，又点钱又付款，从容不迫。我在这个营业所三年了，和当地人相处得非常融洽。当柜台外有爱开玩笑的客户在高谈阔论时，柜台内外时常被引逗得笑声一片。

　　因为是冬天，营业所院子里的花儿都收敛了妆容，几棵小树也裸露着干净的枝丫。院子中间一条水泥铺就的人行道，东西贯穿，两旁的泥土上积着还没有融化的雪。院子南面是公社卫生院的一排宿舍房,他们所有的北窗户也都配合我们营业所安装了铁栏杆。院子西面的两扇大木门刷的深绿色油漆,非营业时间用一支粗铁棍子的锁扣串联在一起,高不可攀。在这个繁华落尽的时节,这绿色竟给整个院落装扮了一抹生机盎然的景色。每当营业时间,我拉开这两扇大门,迎接前来办业务的居民和企事业团体单位的会计们。到了营业终了,我先关上大门,再检查一遍院子,就回到营业室和库房,锁好各个房门的窗户。厕所在院子东南头,是旱厕,定期有驻地村庄的老百姓来挑走粪便。厕所晚上没有灯光时,要打着手电照亮。我一个人时晚上尽量少喝水,因为上厕所还是有点儿害怕。

那天晚上,我把行李从东面的宿舍区搬到了库房里,卷起了小祝他们在值班室床上的被褥,铺好了自己的行李。库房四周是水泥砌的石墙,在寒冷的冬季,阴森森的,透着凉气。库房太小,没有取暖设施,好在与营业室一门之隔,我就烧旺营业室的煤火炉子,好让那散发的热气传递给库房。那时海岛供电也有时间限制,到了晚上9点半就全岛拉闸。我会小心翼翼地用湿煤把炉火封好,这样次日早上不用重新生火,炉子就能快速地燃烧起来。进到库房锁好门窗,在被窝里放上暖水袋,再把那矗立在保险柜边上的枪柜打开,小心翼翼地把那把五六式步枪拿出来,通过缺口瞄一瞄准星,检查一下枪栓,然后把子弹推上膛。因为从小就在军营长大,也常看见曾任守备区保卫科长的爸爸持枪工作的场景,而且中学时还参加过射击训练,我把持步枪的动作能一气呵成。

把持着这支枪,我还想起了回家休假的王叔曾经走过一次火的"事故"。他还是外勤信贷员时,有天晚饭后没事就在库房里擦拭枪支,毛毛躁躁地忘了子弹在膛,就扳动了枪栓。砰的一声,一发子弹射入了南墙角。当时我们几个小青年吃完饭还坐在库房外面南墙下的石凳上聊天呢,听见枪声我们都立马站了起来,如果我们是站着聊天,说不定哪个就"中大彩"了。再看王叔,呆立了老半天。后来县行来人要处理他,是老主任替他讲情,最终"事故"变成了"事情"，否则县行对他、对所里的惩罚也不会轻的。再看那个又笨又重的大保险柜里放着服务于整个海岛工、农、商、学、兵的重要物质——人民币，这可是国家的财产，比我们的生命都重要啊！我虽然"身不在男儿列，心却比男儿烈"，"人在钱在"和"人在阵地在"的理念当时已经在我们那代人心里根深蒂固。

漫长的冬季夜晚，没有电灯睡不着，我就起来点上煤油灯看书。那时候高考制度已经恢复，中央广播电台开设了英语教学节目 *Follow Me*，掀起了全民学外语的高潮，我也像模像样地买来录音机和书籍跟着学习了一段时间。看了一会儿书，感觉屋子里的味道不对，我就打着手电筒，四处找寻。原来回老家的那个王副主任的床底下有几瓶东倒西歪的老白干酒瓶子，是它们散发出的气味——酒气熏天。他因为家属带着三个孩子在蓬莱农村生活，家里经济负担太重，最近家属又患上重病，他的精神压力骤然加大，饭不香寝不安的，得了一种叫神经性呕吐的胃病。听同事讲过他经常半夜睡不着，就爬起来捞起床下的酒瓶子来上一口。可我们那时都小，没有体会他的压力，都当故事来听了，现在明白了，他那是借着喝酒，麻醉自己的神经，他的压力太大了。可能因为他走得匆忙，床底下的空酒瓶子都没清理。我是个对气味非常敏感的人，找到气味来源后，就立马把这些酒瓶子清理出了库房。忙完回来后我还是睡不着，其实也是害怕，整个院子就我一个人，唯恐坏人知道银行只有一个小姑娘，都在寻找作案的时机。那个时候银行经常宣传一些保护国家财产牺牲的烈士和负伤的英雄，我也会深受鼓舞，暗暗发誓：一定向他们学习，当国家财产受到损失时，我也会奋不顾身，把生命置之度外。

煤油灯因为油快耗尽，火苗很快暗淡了下来，我和衣钻进了被窝，心想：但愿没有坏人来吧，害怕不害怕你也得一个人看库，别无他法，只能面对。后来我不知不觉睡到了天亮，还好没有做噩梦。

白天上班有王姨复核做伴还挺快乐的，除了办业务还练练基本功——百笔珠算连加、记账、百张钞票速点（那时上班时间不让看闲书）。有时公社招呼开会，就让王姨替我去开，可是下班后自己一个人还是有些寂寞。每次到门外不远处的公社食堂打饭，大师傅老李总会说："你爸妈真噶实（舍得）把你这么个小姑娘送到这个小岛上。"我都是一笑而过，心里并没有感到委屈，而是感到很自豪。那时南面卫生院春节值班的大夫比较多，他们打开北面窗户，我站在院子里，就能和他们聊一会儿天。冷院长、梁大夫、袁大夫、邢司药、王淑丽和赵忠强大夫这小两口都深深留在了我的记忆中，我从这些知识分子身上学到了许多做人做事的宝贵品质。

记得有一天夜半时分，我被一阵声响惊醒，原来库房南墙上的两扇窗户突然让大风给吹开了。海岛上天气变化无常，每当刮大风时，那个风声都像吹着哨子似的。院子里的树枝子哗啦啦地响，我蜷曲在被窝里吓得不敢起来，虽然有结实的铁栏杆挡着，但我怕一伸胳膊去拉窗，被潜伏在窗外墙根处的坏人抓住手。就这样过了好一阵子，寒冷的风不断地袭来，冻得我实在是躺不住了，只好硬着头皮起来，快速把窗户拉过来合拢，把插销插牢。我努力让急促跳动的心慢慢平静下来，哪有什么坏人啊，总是自己吓唬自己。

很快到了大年三十，营业终了，王姨领我到她家吃了顿饺子，她爱人张叔让我喝一杯，我以看库为由回绝了。和她家两个孩子嬉闹一阵后，我急忙回所了。那时制度不是那么严格，社会治安也比较稳定，暂时离开一会儿也没事。到了所里，我拿起电话通过公社的总机员转接，给家里打了电话。爸妈鼓励我好好工作，别想家，还说："没事别往家里挂电话，浪费公家的钱。"那个年代的父母都是这样"不近人情"。

冬天的夕阳热烈而短暂，面对它，最好的境界是静默。听不见海涛声，看不见节日的烟花直冲云天，过了点停电，电视也看不成了，在这寂静的年夜里，我只有捧一卷闲书蜷卧于床上，在文学天地里徜徉。

初一本来放假，早上我正赖在床上，忽听大门外叩门声是一声接着一声。原来客船上负责卖票的船员来了，急需 300 元零钱。我告诉他不营业，让他去供销社兑换，他说供销社还没开门营业，他们的船一会儿就要开了，很着急。看在乡亲的面子上，我只好出库拿钱给他兑换了。正办着时，又进来几个村民，我说今天不上班，他们说看我所里开门了就寻思上班，有的要取钱，有的要存钱，都挺着急。那时什么都讲究"为人民服务"，于是我又破例给他们办了储蓄业务。反正我也不出去玩，索性开门办业务吧。一天下来也真有不少的人来"凑热闹"，我过了个忙碌的春节。

一直到正月初十出纳小祝先回来了，两天后小王也回来了，过了十五小吕也回来了。和他们交接完现金和账务，我悄悄一个人来到了大海边，静静坐在岸边，随手捡起一块斑斓的卵石投入了海里。看着漂着涟漪、深邃浩瀚的大海，我仿佛要把这段时间的孤独、委屈都深埋到海底。遥望着远方爸妈居住的县城，我这才流下了一串思念的泪水。

那个春节，没有什么波澜，一个年轻的女孩为了一份责任独自守库、值班，办理各种金融服务业务，保障了整个海岛的经济运转。故事也很简单，可是这简单的故事情节中，有着生活的箴言与深意。

又过了几天，县行通知所主任开会，我才乘船回到县城，回到爸爸妈妈身边。

一个春节让我长大了许多。那年的春天我光荣参加了全烟台地区农行系统 1982 年度"双红"表彰大会，有幸被评为先进个人。也是那年的春天，我光荣地成为一名年轻的预备党员。

营业所门前那口井

还记得我第一次到井边打水是在 20 世纪 80 年代初。

我高中毕业正好赶上全国银行第一批招干，便考进了当时的县人民银行，培训了一个半月后就分到了一个离县城不远，但要坐船才能到达的小海岛上那里的营业所叫大黑山营业所。

我进所第一天便由老职工领着到食堂买饭票，到供销社买碗筷。正所谓民以食为天，"工欲善其事，必先利其器"。吃饭的问题解决了，喝水呢？民以食为天，食以水为先啊！开水要到公社食堂去打回来。洗脸洗衣服的凉水呢？需要到离我们营业所不远的那口水井那儿挑回来。

那时候虽然不是家家都通自来水，但每排家属房子前必有一个自来水管，拧开水龙头，方便又安全。打开水我很在行，打井水对我来说可是"大姑娘上轿——头一回"。

进所第二天的傍晚，我就跟着老职工——年长我几岁的华姐，拿着水桶和扁担去打井水了。水井建在公社食堂东墙外，水井周围用水泥围着，垒起了一个高出地面几十厘米的台面，登上台面还需要上几级石台阶。这块地方当地人都称之为井台。水井口很宽，有两个成年人伸臂合拢后那么大，但不是很深，华姐打水时只需把扁担竖起来，提溜一头的铁钩，用另一头的铁钩子挂上水桶的提把，就能伸到井水里。稍微弯一下腰用手晃荡一下扁担，桶就开始进水了，然后猛提扁担，一桶水就提上来啦，然后再打满另外那桶。别看华姐个子矮，但下过乡，接受过贫下中农再教育，干这个活真是

"老太太吃豆腐——不必担心"。看着华姐姐"一放、一摆、一提、一拔"的连贯打水动作，我目瞪口呆，感兴趣地跃跃欲试呢。华姐却说："慢慢来吧，你还小，等以后学会了再让你干吧！"我跟在她身后，看她连续挑了几担水回来，直到把营业所办公室的大水缸和我俩宿舍的小水缸都装满。

　　用了几天华姐打的井水，我开始不好意思了。我长这么大的个子，连桶水都打不上来吗？"不劳而获是资产阶级的生活作风，我一个共青团员绝不干坐享其成的事儿。"我开始瞅准机会想"单干"了。有一天傍晚，华姐约我到海边去溜达，我借口懒得动，支走了她。营业所本来人就少，下班后除了值班的也没人了，我拿起扁担和水桶就直奔井台。这个井也是公社所在地那个村——北庄老百姓中心区住户共同使用的水井，到了井台，正好没有人，我开始学着华姐的样子试着打水。站在井边我低头一看，井里的水一闪一闪的，我头皮一麻，怎么有了眩晕的感觉？我出生在海岛，在海岛上长大，上山下海、上房爬树是家常便饭啊，怎么现在看见水还发晕呢？我眨了眨眼睛，硬着头皮把水桶放了下去，想着华姐打水的动作，我成功地打到了第一桶水，可惜费九牛二虎之力提上来的这桶水，都洒在提拉上升的过程中了，落地后只剩下半桶了，我的军用大头鞋也湿了一只。我喘息了片刻，继续打第二桶水，然而这桶水就没有打第一桶那么走运了，水桶一下子脱了扁担钩，在水面上直打转转。好不容易用扁担钩把漂浮的水桶提把找回来，手忙脚乱的我又用劲过了头，把水桶晃脱了钩，水桶瞬间不见了。"水桶肯定是沉到了井底，那公家的财产不就丢失了吗？"想到这儿，我吓得直哆嗦，撒腿就往所里跑，把值班的外勤老王叔叔叫了出来。他看看井面上什么也没有，确定水桶已经沉底，就跑到了公社食堂北面一户人家，拿来了一个类似铁锚的家把什，用一大截绳子拴着它，一股脑儿全扔到了井里，然后使劲抖手中的绳子，最终把水桶给钩了上来。我目睹了他打捞水桶的整个过程，然后默默地把这担水挑了回来，感到很不好意思。但是这个经历却又打消了我的后顾之忧，因为我知道水桶掉进去也没关系，认识那家人了，以后水桶再沉底了，大不了再去借锚呗。

我16岁时胆量比现在都大，想想那股初生牛犊不怕虎的精神劲儿，成就了自己后来泼泼辣辣的性格。

去井台打水的活越干越熟练，想想在营业所一关就是一天，去井台也是一个不错的放松机会。我发现上班的时间，井台那儿打水的人少。有一天上班时间，柜台外面没有客户了，我到门后抄起了扁担提溜着水桶就直奔井台，挑满一缸水后，大汗淋漓、气喘吁吁地刚坐下，所主任从公社开会回来了。"谁上班时间出去挑水了？"声音异常严厉。我一头雾水，不知所措。原来主任不允许上班时间挑水，尤其是像我这样的新员工，上班有空闲的时间要练习基本功，什么点钞、记账、百笔传票翻打啊之类的。唉，我这是出力不讨好啊，以后我只能在下班的时候去排队打井水了。

我经常去井台，经常把水桶掉井里，一来二去，便认识了借给我铁锚家的人。他家的小儿子特别热情，只要在家就去帮我捞桶。我过意不去，总是多说几句好话谢谢他。他偶尔也来我们营业所站站，在柜台边上看着我们办业务。有一天，室内一个老会计悄悄和我说："以后你少搭理那家的孩子，瞧他那样儿，离他远点儿。"哦，男女授受不亲，老会计提醒我是对我好，尽管我那时还是个黄毛丫头，情窦未开，但大人说的话我是一定要听。以后去打水我尽量仔细点，坚决不掉水桶。我暗暗下了决心。

平淡的日子里，用水洗衣服、被套床单，用水浇浇花、浇浇树，万物生长都离不开水啊，井台成了我最爱去的地方，去多了再看水我也就不晕了。夏天打上来的水，有时直接顺嘴喝一口，真是清凉爽口，直达心口窝啊。到了冬天，我小心翼翼地迈着小碎步，唯恐雪滑掉到井里。春天农闲时分，看三三两两的人围坐在井台边上，聊天拉呱好不热闹。秋高气爽的时候，站在井边，平静的井水像一面大镜子，水中倒映着打水的小姑娘，扎着两条小辫，还有婴儿肥的小脸蛋。我偷偷捡来一块小石子，瞅见没啥人，便一下子丢进水里，泛起水花几朵，惬意极了。

那是 1981 年的秋天，营业所柜台外来了几个操着北京口音的人，是来查汇款到了没有的。原来他们是北京大学的老师和学生，是来我们这个岛上考古的。据说早在 1976 年就有人在我们营业所身后的北山脚下，小学校园的院墙外发现了一个较大的村庄遗址。后来陆陆续续来了许多考古专家实地考察，最后确定这是长岛形成时期最早、埋藏最丰富的古遗址，遗址面积 2 万多平方米。因其与西安半坡遗址属同一时期，被专家们称为"东半坡"。他们来查汇款的那年，北京大学考古系与烟台市博物馆和长岛博物馆要联合对其发掘了。

一听到"大学""考古"这些字眼，我就兴奋。上大学一直是我们那代人梦寐以求的，但是因为海岛师资匮乏，我们那个年代都是半工半农半学上了几年学，哪有几个人能考上大学啊。考古专业我也非常喜欢，神秘、刺激，挖掘宝藏，还能到处游玩。更没有想到我身处的小小海岛竟还有宝藏可供发掘。

几天后的一个上班时间，听外面排队办业务的储户说井台那儿有考古的人在洗刷砖头瓦块，说是挖到了什么宝贝，围了不少的人呢。我中午下班去食堂打饭路过井台，果然看见井台周边的水泥台子上摆放着一些砖头瓦块，已经洗刷得干干净净了。几个大学生模样的人在不时地吆喝来看热闹的小孩子："别动，离远点儿。"孩子们像蜻蜓一样，跑过来跑过去，越不让动，他们就越想动动。

第二天上午，一个皮肤晒得黝黑的、戴着高度近视镜的瘦高个子的中年人来找我们所主任了。过了一会儿，几个大学生模样的人抬着一筐砖头瓦块来到了我们营业所的院子里。原来这人是县博物馆的宋馆长，他看好了我们所这个环境，离井台又近，用水也方便。银行来的人也少，中午能关上大门，阻挡小孩子的捣乱，好晾晒一下出土的那些文物。

上班忙业务，下班看热闹，是我那段时间过得最充实了。原来在我眼里的那一筐筐砖头瓦块，经过那些大学生的介绍，我便也知道几种出土文物的区分了，像陶器类有鼎、鬲、罐、盆等，骨器类有镖、箭头、锥、针、鱼叉等，石器类有斧、锛、刀、磨棒、纺轮等，另外，还有贝壳、束发器等装饰品。有时看他们忙得不可开交，我会自告奋勇地上井台帮他们挑担水来。

转眼间冬天到了，考古工作队在遗址的旁边建好了他们工作和生活的简易房屋后，就不再来我们营业所。多少年以后，我听说在1981年至1987年的五次发掘中，发掘面积近4000平方米，是烟台市规模最大的一次考古发掘，取得了丰硕成果。共开探方与探沟105个，发现清理出古房基址104座、墓葬60余座、各种灰坑和窑穴等200余座，出土器物3000余件、各种动植物遗化石2000余件，其他支离文物数千件，从根本上揭开了古村落遗址神秘的面纱。

长岛有着悠久的历史和灿烂的古代文化。从旧石器晚期，人类就一直在这些美丽的岛屿上繁衍生息。这些文物记录了长岛的沧桑巨变，是长岛6500年历史的见证。北庄遗址作为胶东地区典型的史前聚落遗址，1996年被国务院公布为"第三批全国重点文物保护单位"，并在原址上建起了北庄遗址博物馆，成为中外学者进行文化学术交流和游客了解胶东古老文化的重要场所。

在营业所工作了2年多后，岛上经济条件好的单位或家庭，已经开始在自家院子里打水井了。其水井口不大，是封闭的，上面安上一种长柄的机器，名曰压水机，既安全又卫生，打水也省力了。我们所的机构性质也早从人民银行营业所变更为农业银行营业所和信用社，在上年末荣获了"烟台地区农村金融系统红旗先进单位"后，老主任杨宗文也荣升为县行行长了。他知道我们基层吃水不易，转过年来下拨了奖励金，批复了我们在院子里挖井安压水机的申请。我记得当时好像是花了 3000 元钱，我们终于结束了到水井那里打水挑水的日子。

记得新水井打好的那年秋天，烟台市行（过去叫烟台地区中心支行）的副行长于涵志，带领人事教育科刘郁波到我们所搞调研，那是我们小小的营业所多年来迎接的系统内最大的一位领导。晚餐前我们所主任花 6 块钱到海边买回来 10 斤爬虾，让我赶快洗干净，等着上锅煮给于行长一行人享用。于行长就站在我身边看我用压水机打水，他还亲自压了几下，用浓重的莱州腔和我唠家常："小闺宁是哪儿的家啊？"我答道："长岛的。"他说："长岛的，好啊，渔家姑娘。"嘿嘿，我哪是什么渔家姑娘啊！我心里默默地嘀咕着。他根本想象不到眼前这个小姑娘 16 岁就离开父母，在这个只有 8 平方公里的小海岛，启航了她人生事业的帆船，不仅算盘打得又快又准，点钞、记账也是把能手，生活自理能力也很棒。你还没看见她以前到井台打水的样子呢，那可是挑起水来能一路小跑呢。

难忘的深圳之行

最近，我所在地市的农业银行在《广播电视报》上刊登了"我与农行共成长"征文启事，看见后不由得激起了我的怀旧情愫。中国农业银行从 1980 年年初恢复成立至今已经快四十周年了，它是我的老东家，从它成立之初到 1996 年 10 月我为之工作了十六个多年头，收获颇丰，感触颇深。现谨以此文表达纪念之情。

我第一次到深圳的经历至今记忆犹新。

　　我是本市农行国际业务部的"创始人"之一，自1989年1月正式开办外汇业务以来，由于我市是沿海开放城市，居住的华侨、外商来合资、创办企业的特别多，外币储蓄业务得到了突飞猛进的发展。由于市人民银行不设外币库，而我们又是山东省农行系统第一批开办外汇业务的市分行，全市农行收储进来的外币只能暂时先存入当地的中国银行，这是个老牌的经营外汇的银行，已有百年的历史。但是他们给我们行开立的是外汇账户，如果现钞存入，要转换成现汇才能入账，这样每一次的存取，来回约有3%的损失，太不划算了。可我们省行暂时也解决不了这个外币集中的问题，我们行就这样且存且痛、且痛且存地运作了几年。到了1994年，连我市新成立的股份制银行光大分行吸收的外币也存放到我们农行，这时如何解决大量的外币集中问题便非常迫切地摆在了我们面前。为此，那年8月上旬，部里召开会议，最终研究决定接受系统内的深圳市农行国际业务部的"橄榄枝"，与他们建立合作关系，派人到他们那儿开一个外汇存款账户，今后凡收储的现钞都送到那儿，不再进行钞变汇等，减少变汇带来的损失。

　　因为我是部里分管会计和结算的领导，最后决定由我去签订协议，顺便把库里的现有外币带去，办公室派一人陪同前往。签协议不难，但外币运送非同儿戏。尽管此次任务艰巨，但年轻好胜的我对改革开放最前沿的都市向往已久了，再加之有办公室主任小于陪同，竟毫无胆怯之意，马上着手进行深圳之行的各项准备工作。

　　那年8月17日中午，我和小于怀揣着提前到边防大队办理的特区通行证，登上了飞往深圳的飞机。登机前的视频安检把我们装外币的手提密码箱内容亮了相，几个安检人员马上围拢过来，因怕同机旅客知道，我们悄悄拿出事先准备好的介绍信，递给安检人员解释清楚后，才顺利进入了候机厅。本次飞机要途经温州中转一次，待到了温州，得知飞机上所有乘客都要下来到候机厅去，飞机上不留人时，我心里暗暗着急起来。这么多的钱在空中真不怕，但在这地面上，进进出出的、人多眼杂的，可别有个闪失啊。我脑海里闪现着那些港台片里警匪枪战的镜头，一身冷汗。等到了候机厅，我和小于小心翼翼地共同守着这只箱子，我连上卫生间的念头都打消了。可是这时小于却坚持不住了，他要提着箱子到卫生间，我就是不同意，但剩我一个人看守箱子，小于也不放心。最后我们想了个折中的好办法，由我提着箱子随小于来到了男卫生间门口，我就在门口等着，这样离小于近点，万一有事，小于跑出来也来得及……总算熬到了再次登机的时间，我们这才把心放到了肚子里去。

傍晚时分，终于到深圳了，待我们下了飞机走出候机厅，就见深圳分行的接机人员举着牌子，身后是两名戴着头盔、穿着防弹衣、背着枪的保卫人员。我们和他们接上头后，就连人带箱子一同被"装"到了密封的运钞车上，然后向分行驶去。那时我还没有手机，有只BP机，但只能接收信息，到了深圳分行后立马用他们的座机给烟台部里报了个平安，他们心中的大石头也落了地。

晚餐时，深圳分行国际业务部的领导对我们不带任何武器，中途又转机送款的行为表示了钦佩。要知道，银行内部送款都叫押运，那是带武器的一种护送方式，而我们手无寸铁的押运充其量就是运送。现在大家看到在大街上跑的标有"武装押运"字样的汽车和上面那些荷枪实弹的安保，其实他们押运的款项并不见得比那次我们俩人运送的多。我记得当时美元、日元、英镑等外币现钞折成人民币得300多万元呢，这在当时不是个小数目啊。这也是我们市农行有史以来，款项在途时间最长的一次。

我们完成了任务，放松了心情，随后的两天时间适逢周末，深圳的同行带我们到市区几个著名的景点看了看。那是我第一次看到高耸入云的大厦、大街上色彩跳跃的巨幅电子屏幕和身着奇装异服的香港人……还到了珠海，看望了我的一个同行女朋友。在珠海的证券营业大厅我第一次见识了股民炒股的场面，在最大的免税商店第一次用人民币兑换外汇券购买了来自异国的各种商品，学会了第一句粤语"猛高嫩"（麻烦你的意思）……真是不虚此行啊！

待返回时又有了小插曲，那就是在返回途中遇上了强台风，飞机在温州转机时都没落下来，最后全体乘客又返回深圳，在机场宾馆住了一个晚上，直到第二天下午5点40分才回到了家。当时我庆幸这只是回来的途中，如果去时遇上这么个鬼天气，那还不让我吓破胆吗？

难忘的深圳之行，既有运送款项留下的较深的记忆，又有改革开放最前沿的都市带给我的视觉上的强烈冲击。

在我"试水"外币运送之后，我们部里的外币运送工作慢慢地走上了正轨，特别是市分行的领导对这块业务已经重视起来了，从那以后每次运送都安排市行保卫科一人陪同，安全性也大大提升了。现在每每想起那次深圳之行，我就会有一种自豪感。

手的故事

每个女人的手都有自己的特点，手是女人身世、性格和阅历的痕迹。每个女人的手都写满了故事。

我的手很大，掌阔指长，有青筋若隐若现，像极了爸爸的手，都说女儿随父亲，遗传的基因让我拥有了一双不太像女人的手；我的手又很软，让握到手的人感到很舒服，这又有些像妈妈的遗传。我的手虽然不外慧却内秀，有许多让我难忘的故事，着实让我喜欢得手舞"手"蹈。

这双手最早出现在影像里是我6个月大的时候，算是父母给我保存下婴幼儿时期唯一的一张照片吧。这是张在海岛军人照相馆照的手工彩色照片，妈妈说我那时刚会坐，但坐不稳，去照相时就用一根军用背包带，将腰那个部位捆在照相时要坐的小椅子背上，然后胸前穿上小白兜兜遮住这条带子。别看我人捆在椅子上，左、右手却是摆出了很好看的姿势，特别是右手，摆出的是开枪的姿势，很威风，不知这是不是当军人的爸爸给调教出来的。另一张儿童时期的照片是1969年年初我二姐要去当兵时，全家人照的纪念合影，我左手握拳，右手握着《毛主席语录》放置于胸口，站立在并肩坐着的父母中间，身后是四个同样姿势握着《毛主席语录》的哥哥和姐姐。可以说那个年代家家都照过这种手握语录的照片。

这双手，在学生时代吃了不少的苦。20世纪70年代那会儿我在海岛地方学校就读，那时的学生每天除了上几节文化课，就是去学工学农、勤工俭学（好处是没怎么花父母的钱，学费都是自己挣的）。我小小的手握过锹锄挖过大寨田，提过小筐拔过药材，拎过网兜捡过鹅卵石，拔过野菜喂养学校的猪，搬过石头给学校建教室，上山摘松球冬天生火炉……可怜的小手曾磨出过血泡，起过红疹，扎过绷带（那时没有创可贴，手破了就包上纱布，够难看的了）。难忘的是，有一年酷热的夏季，因晒海带手掌过敏起小疙瘩被老师特许休了两天假，于是我高兴地在家当起了小病号，享受爸妈给的公主般的待遇。但是因为这两天假，我在整个学期劳动未出满勤，未被评为"三好学生"。为此，我暗地里惩罚了自己——狠狠拍打了这双过敏的手，真是小资产阶级！最高兴的是放学后或礼拜天和小伙伴到海边去抓螃蟹、拾小鲍鱼、抠海蛎子、捡磨螺，回来自己煮着吃。如果磨螺捡多了吃不了，就把里面的肉挑出来，让妈妈给包三鲜饺子吃。最可怕的是冬天去赶小海，那时的冬天比现在冷，有时赶海回来一双小手冻得和胡萝卜一样，又红又肿，但是能用劳动果实给全家人打了牙祭还是挺惬意的。

这双手，在学生时代给自己挣足了面子。因为喜欢写作，有时去干农活的间隙就可以根据观察或灵感，随时写几篇小通讯报道，送到校广播员手中，被同学们羡慕的——走路都不好好看着道儿。为了展示自己的才艺，我还积极参加学校的文艺宣传队，演过表演唱、韵白小话剧，说过天津快板、数来宝，跳过"亚克西"、《沂蒙颂》，那时候没感觉自己的手有多么大，只记得它会跷兰花指，很柔软。还因为自己个子高、身体壮，会打几下篮球，成了学校篮球队的队员，虽然经常集训，逃避了许多干那些农活的日子，但是小孩子打起球来哪会保护自己呀，经常这根手指被队友抓破了，或那根指头抽筋了，真是苦乐参半啊。

到银行后，这双手也没清闲过。那时银行全部手工记账，手工点钱，手工开存单。为提高技能，我们新员工是白天晚上只要有时间就苦练基本功。干会计的要练打算盘、记账；干出纳的要练点钞，有单指单张，有多指多张，还要练卷硬币。我是什么都愿学，练点钞，手大抓钱牢靠不易掉；练记账，手里抓的传票多能节省不少时间。天时地利助我很快就参加了全烟台地区系统内技术比赛，最好的成绩是全区会计记账比赛第九名，尽管没有什么奖励，但也是我们那个小海岛支行有史以来最好的成绩了。单指、多指点钞我都会，单指单张曾达到过二级水平，最好成绩是一小时点 1.3 万张（现在对钱看得不是那么重，可能就是那时候经手的钱太多太多了，练烦了）。后来我升职了，不再亲自练功了，而是指导和督促后入行的员工大练基本功，还带他们到地区参加过几次比赛呢。

再后来到了政策性银行办公室任职，先后带过三个秘书，既要修改、把关材料，又要给党委会做会议记录，兼职党办主任、党委宣传部长和女工委主任时，要开展创建文明单位、创建党员活动室和巾帼建功文明示范岗等活动，于是这双记数字的手又开始在电脑上码文字了。上级行每年都要考核我们地市级分行上大报大刊的文稿数量，当本人或是和别人合作的文章登上大报大刊，看到自己名字的落款时，也感叹自己的手会妙笔生花了。

因为家有九旬高龄的爸爸妈妈，每天要抽时间跑到爸妈家，如今的手啊，要帮着请来的护工干一些力所能及的家务活儿。特别是他们患有一些老年病，也不方便经常上医院，于是赶鸭子上架逼自己学会了打针、化验血糖、量血压等医生、护士们干的活儿。曾在部队医院任过职的爸爸都夸我胆大心细、心灵手巧呢。

写到这儿，您看出来了吧，我的手大，是因为这些年的劳作修炼成的，如今我是借夸自己的手，顺便回忆一下过去的岁岁年年。开心的是我的记忆并没有让时间给风干了，回首往事还是那么欢快、欣慰和美好。

喜欢自己的手就是热爱自己的生命，以手为引子展示自己的生活，这也是最好的切入点！

植树节遐想

阳春三月，草长莺飞，和煦舒适，正是植树的好时节。可是我还宅在家里，电视里也看不见任何有关植树的画面了，那些植树的热闹场面只能从我们的记忆中寻找了。

20世纪70年代在海岛上学的时候，学校经常组织植树活动，每到植树节，学生们扛着镐、拿着锹、担着水桶早早到校集合后就出发了。浩浩荡荡的队伍来到荒山野岭，挖坑播种，干得热火朝天。有时和守岛部队在一个地方植树，他们喊着口号，唱着革命歌曲，生龙活虎的样子，也是一道亮丽的风景线。

参加工作后，每年在植树节前后去植树也成了常态化。20世纪 80 年代中期长岛的绿化已经搞得很好了，森林覆盖面积占比在全国都排在前列，据说已是 45%。听长辈们说，绿化这么好，不是大自然的馈赠，是长岛军民几代人为了促进国土绿化，达到爱林护林和扩大森林资源、改善生态环境的目的，呕心沥血、艰苦奋斗建设起来的。县委县政府从来没有居功自傲，每年仍然号召大量种树，绿化海岛，美化家园。记得那时每年分给单位的植树任务非常多，按上班人头算，每人每年要包种包活 20—30 棵树苗。长岛山地多，水资源匮乏，分配给单位植树的地方大多是寸草不生的荒山，栽种的树苗是耐干旱、耐瘠薄、抗病虫害、适合海岛特点的黑松苗，单位领到任务后就开始组织力量啃这些硬骨头了。

记忆最深的一次植树是 20 世纪 80 年代中后期，在长岛如今的旅游风景区——林海峰山森林公园里。

那年我们县农行分到任务后，采购了种树用的工具，各个科室组织了青壮年，用大头车拉着人和物就上了峰山。分配给我们行植树的地方在峰山南面朝阳的山坡上（今日的黄渤海分界线东侧），要求树坑要挖一米见方，才能种植树苗。我们站立在斜坡上，抢镐挥锨，投入了劳动。山上石多土少，有时我们一镐抢下去，碎石火花四溅，震得虎口都疼；有时干得累了想偷懒都没地方坐，也不敢回头往下瞅，山下是波光粼粼的大海。为了不影响行里的业务工作，植树那几天我们要早去早回，往往早上去得太早，太阳都没出来，山高特别招风，冻得我们直打哆嗦。等太阳出来了，好像太阳就在头顶上方，晒得能流油。那时小青年不管男女兴穿牛仔裤，从市场上买回来的二三十元的牛仔裤，粗糙、硬邦邦的，穿在身上一出汗很不舒服。但是，我们仗着年轻，靠着心齐，奋斗了几日，终于圆满地完成了县委县政府分配给我们行的任务。当看到那些小树苗喝饱了水，安静地站立在树坑里时，我们都惬意极了，一点儿怨言都没有，薄雾缭绕之际，南望蓬莱方向的丹崖，仿佛看到仙阁凌空，宛如奇妙无尽的海市蜃楼。

一棵树，一旦种上且成活，便开始经风沐雨，共担岁月，永远不再挪动脚步分毫。宋代文豪苏轼少年时代也爱种树，曾在读书的山坡上栽下数万株松树，并写下《戏作种松》一诗："我昔少年日，种松满东冈。初移一寸根，琐细如插秧。"此诗是他热爱植树，乐在其中的生动写照。

冬去春来，20世纪80年代末长岛已成为国家级自然保护区，我也离开长岛到了烟台工作。每到植树节，我都深深地怀念我们建设海岛、美化海岛、造福后代的植树造林的场景。

20世纪90年代末，我在现单位办公室任职时，有一年植树节市里给我们单位分配了植树任务。到了周六，我和分管行长带着各部室抽调的人员，开着三辆车就去了。好在任务少，植树的地方就在海边，树坑很好挖，一上午就鸣金收兵了。

如今每当路过烟台滨海路南头，在那片茂盛的银杏林，看到"文明林"三个苍劲有力的大字镌刻在黑色大理石上，我都会清晰地记起：那里有我为女儿认养的一棵树，女儿的名字闪耀在大理石背面那一大串认养人名字中。那是2002年3月植树节的前几天，我为单位申报市级文明单位时到市委宣传部送材料，正赶上他们和团市委在搞这个"文明林"的活动。我旁听后非常感兴趣，把自己对植树的喜爱化作了行动，二话没说，当场掏300元为女儿认养了一棵银杏树苗。等秋天小树苗亭亭玉立时，我带着上小学的女儿专程去看了看，女儿焦急地问我："妈妈，小树什么时候能长大啊？"我语重心长地告诉她："等你长大了，小树就会长大了。"那天女儿和小树并肩合影的照片被我珍藏到了相册里。一晃十多年又过去了，每当路过那里，我都会听到小树长个子的声音，"吱吱、吱吱吱"向上蹿，如同我女儿一样在茁壮地成长。2015年女儿留学归来参加工作之前，我又带她到那片银杏树林去，那片小树林已经今非昔比啦，成了大树林，每棵树的树干比碗口还粗。"文明林"见证了女儿的成长，见证了烟台这个海滨城市争创"全国文明城市"走过的历程。

前些年我带朋友、同事到长岛旅游，第一站都是先去国家森林公园峰山景区。站在观赏黄渤海分界线那个台阶上，我总是先环顾那周边的山景，只见青松茂密，绿树葱葱，山峦秀美，好一幅江山多娇之画面啊！想想这里有自己亲自栽下的黑松树，自豪感油然而生！

那时峰山上还有不少的风力发电机，"呼呼呼"的响声好不威风！据说长岛是中国的三大风场之一，年有效风能时间高达2300小时。这些发电机产生的电能不是直接为长岛服务，而是卖给国家电网，长岛用电再从电网买，是收支两条线管理。那时想想峰山真是了不起，"树大招风"还能给人类创造价值。

前年的国庆节期间，我再次进岛，漫步在峰山脚下新修建的绕海木质栈桥上，仰首远望，青山如黛，林海浩瀚，树木参天，万木峥嵘。岛上的朋友介绍说，现在长岛的林地在农用地中占比已达到81%，在全国名列榜首。我还听说林业生态修复与绿化工程是长岛县当年的重点项目之一，那些风力发电机已经拆除，所有风机场地及周边绿化工作在紧锣密鼓地进行着。原来，风力发电机"呼呼"的响声和周边秀美的山林很不搭调，已经影响了这里候鸟的迁徙，是破坏生态环境的罪魁祸首。长岛走了一段弯路，好在能早早认识到，及时拆除了所有的风机。经过长岛人民的共同奋斗，2018年年末长岛县成为全国第三批"绿水青山就是金山银山"实践创新基地，并入选2018年全国"幸福百县榜"榜单。

这些傲人的成绩无不归功于我们一代代守岛人。"种下一棵松，成就一片绿。栽下千顷苗，育成栋梁材！"或许种树人已经不再年少，或许种树人离开了生于斯、长于斯的家乡，甚至有的离开了这个世界，但从前种下的那棵树，却一直在原地慢慢见证这块土地上的春华秋实。植树造林，不仅有益当代，更会造福后人。

"前人栽树，后人乘凉"是我们生活的那个年代，人们建设海岛至高无上的境界。如今打造一个"原生态、深呼吸、慢生活"的生态宜居家园是长岛人民的千秋大业，仍需要我们一代代人的共同努力，植树造林绿化家园任重而道远。

学海无涯苦作舟

秋风起，落叶黄；百花陨落，群雁南飞。2017年10月下旬，我参加了单位组织的赴上海复旦大学"行校联合培训"活动，来到了久仰的名校。

复旦大学是我梦寐以求的高等学府之一。每每课上聆听名校巨匠精湛博学的讲座，我遐想自己回到了年方二八的年龄，在知识的海洋里遨游。每当课后徜徉在校区休闲之处，我感叹自己青春流逝且芳华之年无缘进大学，心中五味杂陈。

我在海岛出生长大，16岁高中毕业就参加了银行工作，没有上过正规的院校，工作之余参加过自学考试、函授考试、委培考试、中央党校考试、职称考试、外语考试、计算机考试、法律考试……概括起来可以这么说：已到了"知天命"这个年纪，前半生都与学习、考试为伍。早期的学习是爱好和兴趣使然，后期的学习不乏被职场提拔"要文凭、要职称"的困扰所累，但是无论何种目的的学习，凡事都认真对待的我，在读书的过程中也充分享受了徜徉书林、静读思悟的人生之乐。读书、学习不仅给自己储藏了知识，增强了文化底蕴，更使自己的心灵豁达从容。英国著名的科学家、哲学家罗杰·培根说过："读书补天然之不足。经验又补读书之不足。"《钢铁是怎样炼成的》的作者奥斯特洛夫斯基也说过：

"光阴给我们经验，读书给我们知识。"

脚步匆匆，岁月荏苒，再回首时，那些曾经与书朝夕相伴的岁月已渐渐远去。那时的读书之路虽然在远方，但也留在了心里。那是青春之路上高歌向前的壮丽诗篇，是有憧憬的年华里不忘的浪漫之旅。如今，只有凭借记忆寻觅流年划过的读书痕迹。

幸运的全国银行招干考试

1979 年的深秋，家父从部队转业留在了要塞区驻地的县城。不久，县里第一次组织招工考试，恰逢我应届高中毕业。那天，有城镇户口和军队家属的孩子们参加了这次考试，考场上我还见到大我们几岁，参军、下乡回来准备就业的"待业青年们"。

这是党的十一届三中全会后，我国开始实行改革开放，各行各业百废待兴之时，中国进入了一个伟大的变革时代。这年中国人民银行也组织全国分支机构"招干"，这在当时就业单位是国有的还是集体的攀比之风盛行的年代，无疑是个重大利好消息！周围的人开始想方设法到处打听进银行工作的门路，父亲那时转业被分在县财贸办公室任职，面对家人"近水楼台先得月"的劝说，告诫我们要规规矩矩，凭自己的本事"吃饭"。后来听说人家银行也有规定，实行考试录取政策，当时县人民银行有 13 个招干名额，他们通过县里的人事部门，最终从全县招工考试成绩好的青年里录取，自排行榜中第一名录到第十三名，公平公正、非常透明。我应验了家父那句"凭自己的本事吃饭"的忠告之语，在全县 200 多名考生中，位列第五名，有幸被录用，并于 11 月 15 日光荣地成为一名具有"国家干部"身份的中国人民银行长岛县支行的员工。

欣喜的职工文化过关考试

1980 年的元旦刚过，县人民银行集训结束后，我被分到了一个只有 8 平方公里的海岛上的营业所工作。

16 岁的年纪，刚出校门，在那个精神和物资都十分匮乏的年代，自己也没有什么爱好，唯有读书来充实自己的头脑，打发空闲的时间。随行的绿色油漆漆过的木头箱子里，除了简单的衣物，就是一大摞高考复习资料和我中学时代的学习笔记本。在工作之余，我还在做着一点也不现实的"美梦"：因为没有参加过高考，还在梦想着有机会能去考大学呢。

1982 年春天，县里响应国家的号召，加强对职工文化教育的培训，专门成立了职工教育办公室（简称为"职教办"），随即全县职工初中文化课教育培训拉开了帷幕。以当时的公社为单位，要求各单位在职的正式职工都要参加县里组织、地区出题的大型考试，与职工工资、待遇要挂钩了。8 月 3 日，我们所在地黑山公社有 17 个人参加了考试。我以数学、语文、化学三科共计 258 分的总成绩位列全县 1200 多名考生的第十名，而黑山公社三门全及格的只有我们农行营业所的 3 人（1980 年 10 月末，中国农业银行从中国人民银行分设出来，我们在基层的人员全部转到农行机构），可见当时我们那代年轻人的文化底子多么薄弱啊。10 月 23 日，县职教办召开会议，隆重表彰此次考试及格的职工，并对三门考试平均分在 85 分以上的职工进行了奖励。我平均分数是 86 分，理所当然也得到了奖品——一支钢笔。通过这次考试，我重温了学生阶段学过的文化知识，深刻认识了文化学习的重要性，暗暗发誓：学习是无止境的，为了实现四个现代化，我要在宝贵的年华中多学一些文化知识。

初战告捷的喜悦，让我热血沸腾，我洋洋洒洒写下对党的崇敬词句，向敬爱的党组织表了决心，郑重递交了第一份入党申请书。

艰辛的自学考试之路

1983 年的春天，我上调县行，在会计部门任职副股长、股长（后称科长），开启了频繁外出开会、检查和参加学习培训的快节奏生活。

"井底的青蛙"终于见到了更大的蓝天，我有幸和系统内更高层次的领导、同事们接触，深感自己文化层次的差距。

那年春天，农行系统的干部培训也纳入了高层次的管理范围，一大批优秀青年报考了系统内的电大。电大虽然不是全日制的院校，但选用的教材都是国内名校使用的教科书，而且这些名校的老师要通过电视讲授知识，是名校的真传，这个电大文凭含金量蛮高的。我们县行里给了一个名额，符合条件的都报了名，准备通过考试争到这个名额。我也跃跃欲试，但在和行长交谈的过程中，行长不同意我报名，说我分管的工作没人接。周围的同事也劝我放弃脱产上电大的念头，说等我毕业后回来，还不一定能干上现在的职务呢。"听人劝，有碗饭。"小小年纪的我，思想不成熟，左右摇摆了一下，就没了上电大的欲望，踏下心来继续工作吧。

1984 年春节刚过，海岛还异常寒冷，我忽然得到了一个好消息，全国高等教育自学考试开始了。随着经济建设步伐加快，社会需要大批专门人才，青年们学习的愿望十分强烈，现有的高等教育形式难以满足社会的需求，在邓小平同志提出的改革开放方针指引下，教育部着手组织研究建立了高等教育自学考试制度。没有课堂，没有教室，也没有老师，自学考试就是自己学习，每年参加国家统一组织的考试，还要分专业，每个专业 11—12 门单科，全部及格后换发国家自学考试教育委员会颁发的专科证，与正规院校一样，国家承认文凭。它以法律的形式规定了高等教育自学考试制度的性质以及它在我国高等教育基本制度中的重要地位。咦，这个学习方式挺适合我的，一个没有围墙的大学吸引了我。我兴奋地东跑西问，可惜没有和自己所从事专业相吻合的考试科目，最终我选择了攻读汉语言文学专业的课程。打小就爱好文学，我对文学那份痴迷的情愫从心底最柔软的地方迸发了出来。

我到县教育局买来了书籍，报名准备参加 4 月在烟台市的首次考试。学习过程中我又赶上4月初全市农行系统稽核员在烟台集训十天，集训后再分到各个县市区农行进行检查。市行领导照顾我的月末考试，把我分到了烟台市驻地的芝罘区支行检查小组。集训、检查忙得我分身乏术，我只好"见缝插针"挤时间复习。4月22日周末，检查组成员休息那天，我走进了自学考试的考场。这次只考了一门"文学理论"（后来该学科改名为"文学概论"），算是一个敲门砖，考好了会坚定自己走自学成才道路的信心。直到一个月后，我的考试成绩单下来了，及格了！我高兴得合不拢嘴，想想这两个月的时间，其中有一个月外出集训、检查，我能取得这一门单科合格证书，除了感谢教育局的老师、单位领导的支持，还发现自己身上的潜能很大，于是我对10月的第二轮考试又开始摩拳擦掌起来了。

当年的7月9日，我荣幸参加了"长岛县自修大学考试座谈会"，省教育厅来人了。在座谈会上，我们自修大学成员代表6人与来省教育厅的于厅长，山东师范大学的丁书记、吴主任，县教育局的孙局长等人亲切交流，我们汇报了自学的经过、考试的体会、对自学考试的要求。这些长辈边听边记，对我们的要求非常重视。最后于厅长亲切地说："一、自学考试是为了掌握知识，为'四化'服务。十二大提出的目标是我们努力的方向，其中文化知识的掌握不能缺少。自学的目的明确了，学习中遇到的困难也就能克服了。二、通过考试取得好成绩的要再接再厉，不及格的也学到了知识，还要努力。一门及格后，以后有时间还要加深学习。当然了，你们当务之急还是要主攻没考的学科。自学最大的要求是刻苦，雷锋同志尽管生命是短暂的，但他的钉子精神是可嘉的。另外，辅导材料不能太多，多了增加负担，教材要好好学，辅导材料要有选择。三、要处理好工作和学习的关系。工作时要提高效率，考试前半个来月要向单位领导提点建议，给予一定的复习时间。"这次座谈会上我才得知长岛县军民共有95人参加，4月的考试，

56 个人及格，拿到结业证的 73 个（有的人一次考 2 门），人员及格率为 58%，已经远远超出其他县、市、区了，所以省教育厅的这次座谈会才选到这里。这次的座谈会给了我莫大的鼓舞，坚定了我下一步的学习决心。

1986 年 3 月末，县总工会组织了全县职工读书活动评比，我以优异成绩被表彰。

自学的道路上不是一帆风顺的，几次考试后，汉语言文学专业的课程越来越难了，"古代汉语""外国文学""中国古代文学史"等科目，像一只只拦路虎出现在我面前，再加上业务工作繁忙，我畏缩不前了。此时，父母家邻居杨阿姨在县计委任职，她动员我转学科，跟他们计委组织的统计专业自学考试辅导班一起学习。这时我已经抛弃了兴趣爱好之初衷，一心一意想先拿到文凭再说，不顾自己干的是会计专业，欣然接受了杨姨的建议。把在汉语言文学专业考过的哲学、政治经济学等公共课单科合格证一并转到统计专业后，我开始攻读统计专业。

在计委牵头组织的统计专业自考辅导班里，我利用晚上的空闲时间，和县里一些小青年坐在借来的教室里学习。原来纯文学的学习思路一下子转换到与数字打交道上，难度非常大，特别是学习"高等数学"时，由于基础薄弱，连高中课本都没有认认真真学完，现在来学微积分、极限、导数，困难不言而喻。但是"初生牛犊不怕虎"这个经典语句送给那个时代、那个年龄的我，再合适不过了。我认真听讲，课后做题复习，憋着一股劲儿往前冲。但是，在随后参加的两次考试中，其他学科轻松而过，只有这个"高等数学"每次都只考 50 多分，而且分数一次比一次低。

我开始沮丧，对自学考试还能不能坚持下去开始动摇。此时此刻，我二姐夫的自学考试精神给了我激励。他时任驻岛某守备团的政治部主任，也与我同期参加了自学考试，他考的是党政干部管理专业，这对一个在"文革"时期的高中生来说，困难可想而知。但是他凭着一股军人勇往直前的韧性，把自学考场当成了战场，每次考试他都当成一次上战场，不打胜仗决不罢休。他学习最刻苦的场景是：自制了数张小卡片，把有关重点题都抄写在卡片上，业余时间回到家里，随时拿出背诵和记忆。客厅、卧室、卫生间的洗漱台上，到处都是卡片，刷个牙、洗把手的工夫也能瞅上两眼，背上两段。他每次参加考试都是报考3—4门，每次都要求自己确保两门及格，力争3门或4门通过，这次考不上的下次再复习就很容易通过。由于他苦学、善学，两年的时间完成了别人需要两年半时间才能取得的专科文凭。这在当时的海岛乃至整个烟台地区都出了名，县、市记者来采访过他，他的学习体会在当时的《烟台日报》上刊登过，激励了一大批像我一样在自学的道路上艰难跋涉的青年人。

二姐夫也帮我分析屡考不中的原因，一针见血地指出我还是学习不刻苦。他说："你参加'大学语文'考试，也没看你怎么复习就一下子考过，而我们那些人都是考了好几次才及格。你的成绩不是刻苦得到的，是你'吃老本，耍小聪明'得到的。你的'高等数学'两次不及格你就打退堂鼓了？让我说啊，你没有基础都学得这么好，应该再加把劲儿，争取下次考过它。"

二姐夫的话虽然在当时给了我巨大的动力，但是由于不久后我的工作调动，我的自学考试计划还是被搁浅下来。1988年初我上调到了市农行，不久就到了新成立的国际业务部搞筹建。开业前我马不停蹄地上北京、去天津、到济南，到处参加学习培训，调动时带来的那满满一箱子自考书籍，因为寄放在爱人单位所在的老市委大院的车库中，时间久了也被不知情者当废品处理掉了。当我出差回来得知这一消息后，眼前顿时浮现《红楼梦》中黛玉含泪焚稿时的情景，我对自考书籍的爱惜用黛玉在爱情绝望后焚稿时的唱词来表达，非常贴切。"我一生与诗书做了闺中伴，与笔墨结成骨肉亲。曾记得菊花赋诗夺魁首，海棠起社斗清新，一生心血结成字……多承你伴我月夕共花朝，几年来一同受煎熬，实指望与你并肩共欢笑。谁知道风雨无情草木凋，从今后你失群孤雁向谁靠……"打那时起，我的自考再没有拾掇起来。

给力的师范学院专科文凭

20 世纪 90 年代初，从金融专业毕业的专科、本科生多了起来，我所在的国际业务部几年的时间，呼啦啦进来了不少大学生，新鲜血液的加入给金融事业的发展增添了无穷的动力。像我这些 20 世纪 70 年代末至 80 年代初招干入行的一代人，虽然已经成为金融行业各个部门的主力军，但是文凭低也是我们前进路上的拦路虎。为此市行的领导审时度势，在 1994 年年初与当时的烟台师范学院（今日的鲁东大学）达成协议，举办一期经济管理专业的成人高等教育专科班，解决我们这批业务骨干的文凭问题。我经过报名审查批准，参加了入学考试，考上了这期专科班。两年后，我们取得了国家教委批准的、正规院校颁发的专科文凭。

此文凭的获得如虎添翼，随后有一大批同事相继走上了领导岗位。我也不例外，在农行系统部门中层领导的岗位上，知识助推我策马加鞭，勇往直前。

今日的鲁东大学早已跻身于全国知名大学的行列，是以文理工为主体、多学科协调发展的省重点建设高校。新的教学楼、学生宿舍楼拔地而起，校园环境幽雅。每每回忆起我在学校学习上课、考试的情景，尽管那时的条件不好，学习过程中吃了很多的苦，但我都会从心底涌上一股暖流，由衷感谢这所学校的老师，让我在这里取得了货真价实的文凭。

含金量不足的本科文凭

1996 年 10 月，金秋送爽时节，我随农行 30 多位领导和同事，一同来到了新分设的市农业发展银行。

这是我市唯一的国家政策性银行，对干部提拔任用起点高、条件严。来之前我在原农行报考了山东省干部函授本科班，已经学两年多了。到了新的单位后，不到半年时间里我先后到了两个部门任职，建章立制，调研检查，接待服务，每每忙完繁杂的事务后，我仍然坚持这个函授本科班的学习，直到 1997 年 6 月末拿到红通通的学业证书。

本科文凭取得了，心中多年期盼的愿望终于实现了。但是不久从省行传来消息，此文凭是当时省委干部教育工作领导小组、省委组织部和省人事厅、省教委及省高校工委联合山东师范大学举办的本科班的，虽然在省内承认相应学历，学员享受国民教育大学本科毕业生的同等待遇，但我们银行系统不承认。唉，花了学费，费了脑力和体力取得的文凭竟"含金量不足"，让我空欢喜一场。

凡事有利有弊，通过学习，我认识了承办我们这个文凭教育学习的市供销职工中等专业学校的郑副校长。当时他们学校有导游、酒店服务等专业的职专学生，女孩子们来自胶东各个县、市、区，个高貌美、纯朴善良，是中央各大部委招录服务员的首选。我们省行的培训中心有那么几年都是来烟台抢生源的，我时任市分行的办公室主任，这个抢生源的重任就落在了我的肩上。我代省行初选招聘过几次，都得到了郑副校长的大力支持。

完胜的中央党校本科文凭

不好用的本科文凭让我失落了好几年，直到 2003 年的春天，分管行长找到我，让我打听一下市委党校，说是参加中央党校的本科班函授学习，能承认学历，并让我组织行里中层干部中没有本科学历的一块报名参加。不久，我们几个人搭伴一同复习，参加了入学考试，并于 8 月被录取。

学校任命我为班长，并在级部设立的党支部里任组织委员。接下来两年的业余学习中，我除了自身刻苦学习外，还积极协调行里经常出差的同学交作业、上课和考试等事宜。那两年，正赶上我们农发行系统开展管理年活动，加上我又在办公室工作，行政、党务工作都非常繁忙，周日几乎捞不着休息。偶尔休息一天如果赶上党校上课，就得义不容辞去，因为上课的课时也计入各科结业成绩中，一点儿也不敢怠慢。记得有一天，天空飘着鹅毛大雪，我与同事们搭伴去上课，党校老校址那有个大坡，这种天气汽车根本开不上去，我们就步行前往。下课往家走时，我随男同事的步伐，一路小碎步跟着跑，结果有一个胖同事脚底一滑摔倒了，可能是受到惊吓，我也脚步踉跄，一个屁股蹲儿滚下坡来。我们趴在镜面似的马路上，顾不上疼痛，哈哈大笑起来。

交党校的毕业论文，也让我记忆犹新。首先是字数要达到两万字以上，我们在单位平时写报告或材料都是以千字左右的文章为主，即便是在系统里发表的理论文章也就三千字左右。但是经过了两年的函授学习，知识量增加了，论文写作也得正儿八经的像个样了，为此我以我们所在的行业——农业发展银行支持服务"三农"为切入点，查找了大量的参考资料，结合自己在工作中了解的情况，提交了《政策性金融如何为"三农"服务》的中心提纲，在指导老师的帮助下，写出了论文，顺利参加了论文答辩考试，并获得了优秀论文的分数。

在这届函授学习期间，正赶上市委党校举办函授教育二十周年庆祝活动，在活动中，我被学校授予优秀学员的荣誉称号。

那年岁末，我历经两年多的学习，终于获得了中央党校函授本科班学历证书，并被评为中共中央党校函授学院 2003 级本科班优秀学员。记得参加毕业庆典的那个周末，当我们这届学生和学校领导、老师在室外合影拍照留念时，刚才还艳丽明亮的天空竟飘起了鹅毛大雪。那朵朵雪花翩翩飞舞，撒落在我们的脸上和身上。"学向勤中得，萤窗万卷书。三冬今足用，谁笑腹空虚。"少年读书时的那份快乐，青年读书时的那个梦想，中年读书时的那种艰辛，一幕幕随着冬雪的飞舞从我的眼前飘过。我拭去脸上的雪水，还有激动兴奋的泪水，微笑地对着镜头，静静地聆听摄影师按动快门的声音和那飘雪的声音……不一会儿工夫，我和同学们好像出征的战士，披上了银色的铠甲。

"书山有路勤为径，学海无涯苦作舟"，读书、求学的道路漫长而艰辛，我，其实一直在路上，永不言停。

聆听时钟的声音

时间都去哪儿了？那奔跑于山间匆匆而过的白驹，那水上乘风破浪的船只，那去了又来了的春夏秋冬，时间从几乎家家都有的钟表指针中悄然流逝……

这周六朋友的工作室要开业，女友们在微信里商量买什么礼物给她祝贺一下。我思来想去，对，买一个钟表送给她的工作室，略表心意，祝她时来运转，开业大吉！

上午近10点，我来到了烟台北极星股份有限公司位于北马路的商场，已经有十多年没在这里驻足了，如今的商场明亮宽敞，钟表门类样样齐全，已经按类型分设了好几块区域，花色可谓琳琅满目，叹为观止。

"当当当……"高大、气派的落地钟区域，整点报时的钟声为我的到来嘹亮放歌，如钢琴奏鸣，空灵悠扬，绕梁不已。我仿佛站在了岁月的路口，放逐记忆，拾一片花瓣，嗅到了淡淡的芬芳。

1996年10月，我来到新成立的政策性银行，开业那天被行里收到的"贺礼"惊呆了！原来我们本地著名的"北极星"钟表公司出品的落地大木钟，深受港城人民的喜爱，几乎是各个单位的标配，单位赶上开业、乔迁都会有嘉宾赠送。端庄大气的木钟门上或用红色的漆喷绘，或用红色的纸张贴就，上面书写了祝福的话语，表达了送贺礼之人为朋友开业或乔迁衷（钟）心祝贺的心意，使祥和喜庆的开业或乔迁气氛更加浓郁。

那次我们行一下子收到了好几座漂亮的大木钟，我们按照行长的指令将其全部摆放在门厅处。每天上下班路过那里，看到钟摆们遥相呼应，整点报时的钟声此起彼伏，真是能起到"时不待我，催人奋进"的激励作用。后来我们行搬迁到新的办公楼，这些钟表也都分别摆放到各位行长办公室、营业室及大大小小的会议室了。我在办公室任职多年，其间恰逢股份制银行如雨后春笋般成立起来，我们身为政策性银行，被邀请参加开业庆典都是位列在首。为兄弟行开业送祝福义不容辞，每次我会按照行长指令提前来到钟表公司的商场，采购闻名中国、享誉世界的"北极星"牌落地木钟。那时落地钟的品种也不多，式样也不复杂，只需谈好价格，待开业的吉日，从公司提货，早早把落地钟送去，在隆重的开业仪式上一展它的"芳容"。我曾经还作为代表，去过某个银行开业的现场祝贺。当看到自己行里送来祝贺的落地钟气宇轩昂地摆放在众多的礼品之中，亲切感、自豪感油然而生。

那时的落地钟，一般都是摆放在单位里，偶尔有个别家庭也摆放这个，那前提条件必须是房屋面积足够大，客厅足够宽敞。落地大木钟的"贵妇"气场，着实为钟表公司和摆放的单位或家庭争足了面子。

如今的落地钟，样式繁多，木钟的价格也是依照木头的材质和机芯的质量来确定的，有黄檀木的、美国橡木的、紫檀木的等等。我看见商场内摆放的一款落地钟，价值是 40 多万元，它的机芯是德国制造的，钟摆后面有九个音柱，整点报时的钟声似八音盒的声音，清脆悦耳。我又看到了另外一款落地钟，选材是名贵的黄檀木，采用传统手工雕琢工艺，雕刻了"飞龙在天""凤凰炫舞"蕴含中国传统吉祥文化元素的纹饰，寓意吉祥如意、生机盎然、祥瑞和谐、福运连连；稳固的"牡丹花开"底座与"爱心之花"的钟冠相互对称，又表达了"花开富贵、称心如意"的美好祝福。纯手工擦生漆，色泽圆润而富有质感，经久不变，的确是一件集计时、装饰、收藏传承于一身的"贵族时钟"佳作。听说2015年中央军委举行上将军衔警衔授衔仪式时，八一大楼礼堂门口那两座2米多高的落地钟，就是北极星的特制产品。

"咦，这个区域的挂钟怎么有的没有声音呢？"在挂钟区域，一排排或圆或方、或有着新颖别致艺术造型的钟表悬挂在白色的墙壁上。1987年，烟台的北极星与央视首创，开辟了《新闻联播》前的五秒钟报时，那时我们每天晚上看《新闻联播》，都要享受北极星最后五秒报时的声音，"五、四、三、二、一"。"进入新世纪，科技发展日新月异，我们北极星的钟表也在改进和进步啊。您看这个挂钟既不是机械的也不是电子的，是光感的，只要有光，它会一直永不停息，为我们报时服务。我们北极星的特种钟表能为国家的重点工程锦上添花，能借网络技术上天入地，机场、高铁、轻轨、地铁和船舶上，处处可见北极星时间系统闪烁；社区街道、广场大厦和车站，时时可闻北极星塔钟的钟声。"商场王经理介绍说。

我看到那个形如船上铁锚样式的挂钟了，十几年前我搬新居时，客厅就摆了一个这样的挂钟，那是当时商场一位姓方的大姐给我推荐的，"干一行，热爱一行；了解一行，吆喝一行。"方大姐淳朴、敬业的精神留在了我的记忆之中。十几年过去了，她推荐给我的挂钟，还高悬在我家客厅的墙上，扬帆起航，分秒不差。

还记得那个年代许多家庭时兴挂上一只啄木鸟款式的挂钟，那个挂钟太有创意了，每到一个整点，高悬在墙上的木钟头顶的小门会打开，一只啄木鸟从里面旋转出场，它报时的憨态可掬的样子会让人忍俊不禁的。不过那时候晚上到朋友家串门，可不能坐久了，一听到啄木鸟的叫声，会立马中断热聊的话题，好似鸟儿在下达逐客令了，怕打扰人家，急急忙忙告辞，打道回府。

还记得 21 世纪初，我们行协办一个全国系统内的会议，会议结束时，我按照领导要求，到此商场采购纪念品。单纯送个钟表感觉没有什么特色，就选购了方大姐推荐的烟台"三宝"组合礼品——张裕白兰地、烟台三环锁、北极星怀表。三个代表烟台工业传承的小物件，集中在一个精致的礼盒里，馈赠给与会代表们，既新颖又别致，得到了代表们的一致好评。

经过王经理的介绍和推荐，我选好了送给朋友工作室的一块红木圆形挂钟，我希望这块"名表"能给她带来好运。

趁王经理去仓库拿货的时间，我步入了座钟区域。在"造国货精品，强民族品牌"广告语下方的橱柜上，我看到了类似我父母家早年座钟式样的一座老座钟。原来这是商场从民间老百姓手里收进来的老物件，将来要摆放到他们公司的博物馆里。岁月流逝，那些过去与人们朝夕相伴的传统器具正逐渐地退出历史舞台，蛰伏于记忆的深处。然而，如果我们有机会再次见到它们，一种既新奇又温暖的感觉便会油然而生。看到这座老座钟，我的思绪又回到了 20世纪 70 年代初期。

那时我刚上初中，一个周末，妈妈带我到驻地的供销社，用她在部队红校做工挣来的一个月工资，为我们刚随父亲搬迁到要塞第二医院的新家添置物品。其中就有一座"北极星"牌座钟，用红色油漆刷就的钟表木盒，一根长长的银色钟摆在时针的下方打着摆子，每到半点和整点都要"当"几声。后来它跟随我们又搬迁了几次家，成了我们家的"固定资产"。记得我刚参加工作时，每逢回家休假，都会带着算盘和传票、点钞纸，没事时就大练基本功。有一天下午，我在北屋橱子上练习百笔记账，这个座钟就在我的眼皮子底下"大摇大摆"，每到一个时辰，它都会"喊叫"，原本是利用它来计时的，现在却弄得我心烦意乱。于是我立即扒开它的钟门，毫不客气地摘下它的摆，让它休息一会儿，停止"骚扰"。过了一段时间，妈妈回家了，人一进屋就喊："几点了？我是不是该做饭了？"我被她的声音打断，抬头一望座钟，还是我摘下钟摆的那个点呢，我就没有吭声。妈妈看我没有动静，掀开门帘一看，钟怎么停了？细一问是我闹的"幺蛾子"，就气不打一处来，"那么多房间，非得上这个座钟跟前捣乱。"把我赶到别的房间了，这可是用妈妈的血汗钱买来的宝贝，她不让我乱动是有道理的。这款座钟是机械的，需要人工上弦，钟表盘子上有两个小洞洞，分别在"4"点位和"8"点位。每过十天半月的，妈妈会拿起放在钟摆下方钟表盒子里的钥匙，分别捅进这两个小洞里，顺时针扭动几下，给钟上弦，直到扭不动了为止。能让钟表"起死回生"，这个活儿有意思，我最爱干这个活儿了，经常趁妈妈不注意时，扭动几下，哪管人家需不需要"加油"呢。

时间是世界上价值最高的财富，那时每当我站在这座座钟前，我会深刻地思考自己的人生，也懂得了怎样利用时间，过好自己的每一天，不虚度人生的光阴。

去年的国庆假期，我回爸妈的长岛老屋怀旧，那座座钟还摆放在北屋橱子上，座钟上那根长长的摆，停顿的时间也无从考究了。房间的摆设也是二十多年前的样子，触景生情，我仿佛兀自穿过经年的栅栏，又见妈妈掀起门帘，"这是谁干的？""我向毛主席发誓，不是我干的。"一问一答，穿越时空，再现20世纪80年代初的场景。

在商场"传承经典　时光永恒"广告语下方的货架上，摆满了形态各异的座钟。瞧，这个巴掌大小的红木时钟，玲珑剔透、简洁大方。今年6月在青岛举办"上合峰会"时，组委会在北极星订制了两款会议专用座钟，这是其中一款样品。这款座钟就是摆在各国领导人会谈的黄河厅的圆桌桌面上，每人面前一个。为国家举办世界级的会议提供报时服务，是北极星钟表制造企业的荣耀。

斗转星移，沧桑更替。今天，北极星已经走过了 103 周年，它是民族制造业中的奇葩，是我国仅有的两个百年制造业企业之一（另一个是上海的江南造船厂）。烟台是中国钟表的发祥地，百年不衰，它从 1915 创立以来，创始人李东山先生就是以实业救国为目标，抵制日货，号召国人"请用国货"。看今朝，他的事业仍有后来人传承，一代又一代北极星人筚路蓝缕，敢为人先无私奉献，推动了中国迈向钟表强国之列。我前些年去过的北极星钟表文化博物馆，也有着厚重的文化历史。它于 2004 年落成在我市的城市客厅——滨海景区具有百年历史的近代建筑群里，是国内第一家以钟表文化为主题的博物馆，于 2013 年荣升为国家 AAA 级旅游景区。这里以中国计时仪器沿革、中国近现代钟表工业发展和世界钟表珍品陈列以及烟台钟表工业发展史为脉络，将钟表的文化内涵、科技含量、艺术价值通过一千余件实物陈列、现场演示、观众参与等形式阐释，表现出钟表的历史之重、文化之深、科技之妙、艺术之美，弘扬钟表与人类文明和社会发展的紧密关系，彰显中国人民的伟大智慧。"传承钟表文化有我烟台北极星"，烟台北极星钟表博物馆是当之无愧的爱国主义教育基地、科学普及课堂，是我市旅游观光的一张新名片，是世界各国钟表文化交流的平台。

"中国的钟表有颗星，她是烟台的北极星。"走出商场，我的思绪还沉浸在钟表这一古老的传统文化艺术之中。我只想让岁月不老，让时光停步；让心在和煦的阳光里起舞，把美好的记忆在心底留住。

华毓智慧谷就在那好山好水处

阳春四月，春风吹绿了胶东大地，唤醒了群山环抱的山村。

在一个春光明媚的上午，我们一行在好友董山的邀请下走进了栖霞市国路夼村。

远眺，峰峦叠翠，郁郁葱葱、枝繁叶茂的林木，似绿色玉带环绕着村庄；近看，万树繁花，五彩缤纷，桃花、梨花、樱花、连翘和各种不知名的山花，在村庄的宅屋边、路旁竞相怒放，争奇斗艳。

村北山上挺立着一株株伟岸挺拔的楸树，几乎每株树头上都筑有大大的鸟巢，鸟儿，环绕着树梢、鸟巢婉转鸣叫。鸟巢繁多是生态环境好，鸟儿与人类和睦相处的象征。

好一幅壮美迷人的山村风景画！

陶醉于秀丽景色中，因新冠疫情而宅家日久造成的压抑郁闷，顿时荡然无存，代之以心旷神怡。

国路夼村历经改革开放的浪潮，三十年来远近闻名，是镶嵌在胶东大地上的一颗璀璨明珠。董山慧眼识珠，以他精准独到的目光，选准国路夼，将华毓智慧谷在此安营扎寨。对他的聪明智慧，我们赞叹不已。

董山邀请我们来国路夼村，对他的华毓智慧谷项目进行观摩，听取他对企业愿景的规划，顺便采摘香椿，领略国路夼的锦绣山川。

我们跟随董山来到智慧谷园区，田地里一辆大型推土机正在作业，平整前几天刚铲除樱桃树后留下的凸凹不平的土地，红色的泥土与用碎石整齐堆砌的田埂相映成趣。几天后这里将建成"华毓智慧谷园区"工作人员办公区、休息区和园区接待室。一个开发山地，大面积种植中草药，助力青少年快乐成长，面向广大市民开展中医药文化科普的工程项目，拉开了帷幕。

董山出生在招远，现任山东华毓眼视光科技有限公司总经理，是烟台市政协委员、烟台大学兼职教授、民进烟台初中支部主任委员。多年来他深入学习中国传统文化经典，汲取精髓用于企业管理、文化建设、企业发展指导，带领各领域专家70余人组成的精英团队，始终以"满意源于良心与科技"的经营理念服务于社会，致力于眼视光技术研究与开发，专注青少年近视防控。公司在青岛、烟台、威海设多处门店进行验光配镜服务、塑形角膜接触镜及护理用液批发和老花镜、功能镜、光学仪器销售；开展青少年脑视觉训练，促进眼睛视力恢复或提高。先后与烟台毓璜顶医院等二十多家医院合作，取得良好的经济效益。在同行业中口碑极佳，2013年获得"文明诚信民营企业"这一殊荣。

董山指点着层层的山峦，给我们讲述他的创园思路和愿景。"我到这来投资创业，也是受小时候在乡村生活的启发。我们在农村长大，受青山绿水的熏陶和滋养，视力得到了很好的保护，快乐学习、快乐生活的场景历历在目。如今，特别是我在这个行业接触了太多的少年儿童，有的是先天的，大部分是由于从小用眼不注意，造成了眼部疾患。"他指点着远近高低不平、连绵的群山说："你们远望一下群山，这里充足的光线，有利于多巴胺分泌，有利于立体视觉发育，能防控近视眼的形成。这里离烟台路途不远，自驾车也就四十分钟的路程，城市里的居民，特别是准备要孩子的年轻夫妇和少年儿童们，周末都可以来这里体验乡村生活，放松身心，回归大自然。我想从源头上防止孩子们发生眼部疾患，也给市民打造一个充满乐趣的智慧园。"

　　来到村北的香椿采摘基地，抬头远眺，高耸的群山，层峦叠翠，天空中飘浮着的云雾似乎给它蒙上了一层若隐若现的轻纱。美丽的山庄尽收眼底，在群山掩映下静谧祥和。

　　董山介绍说，这个村因种植香椿，曾经在烟台地区非常有名气；后来由于农村劳动力的不足，再加上樱桃树种植业的兴起，香椿大棚被拆掉，大量的树木被砍伐，留下的香椿树也疏于管理，基本靠自生自灭；现在这片采摘园杂草丛生、荆棘密布，下一步我们要全面清杂，还香椿树一个洁净的环境。香椿的药用价值非常高，祖先们代代相传的宝贵食材，不能在我们这代人手中遗弃，我们要发扬光大下去。我们要再种植一些中草药，像金银花、玫瑰、菊花等，让青少年从小就识百草，懂保健，了解我国中医药的博大精深。我们还要将国学里的一些道理，比如"万物负阴而抱阳""产出与产能"等这些人生最重要的道理，通过一些活动项目让孩子们在寓教于乐中领悟和体会到。

　　听着董山的宏伟愿景，我们的嗅觉也被身旁香椿散发的芳香味道诱惑了，看着董山派遣的先头清杂部队，已经在我们站立的区域清理了一条小路，我们迫不及待地鱼贯而入，开始与香椿亲密接触了。

　　映入眼帘的香椿，是从原来香椿树下新发出的鲜嫩枝丫，而老树干上的香椿刚发芽，还没到采摘时机，它要等待着更暖的春风。那些香椿是那样鲜嫩，饱含着山情的叶芽，受充足的光合作用，叶子已经呈紫红色，在阳光的照耀下竟像红枫叶一般绚丽。

　　我第一次采摘香椿，高兴得像个顽皮的孩童，采摘了几把后，就拿着手机到处拍照，将这些形状迥异、颜色深浅不同的香椿枝芽，一股脑儿摄入我的相册。都说香椿味儿大，不招虫蝇等，可我看见田野里明明有蚂蚱在蹦跳，有蝴蝶在飞舞，听身边的工作人员说昨天还发现有野鸡呢。原来自然界动物、植物也能和睦相处，这给我们人类留下了深深的警示：保护生态环境，就是保护我们人类自己。同行的男孩小石头，让妈妈从车里找来一个口香糖圆塑料盒子，倒掉口香糖后，给几个小蚂蚱当了新居。我捡到了一个小小的鸟窝，蹲在地上仔细翻看，想象小鸟儿搭窝时的情景，感叹它们既聪明又勤劳。

午餐董山安排在国路夼山庄，村党支部书记常建富也来了。他西装革履、神采奕奕的样子，哪里能看得出是农村大叔！待他同我们一行人握手相识时，我故意躲在最后，轮到我时，我笑而不语，等待董山把我介绍给他后，看他什么反应。结果他的记忆力真是不错，他刚说和我面熟，我就迫不及待地紧握他的双手说："二十多年了，常书记啊我也记得您啊！"原来，我们市农业发展银行刚从农行分设出来的头几年，常书记想发展村里的经济，在栖霞农发行的引荐下，到我们市行跑项目资金。我当时作为办公室主任，和行长一同热情接待了他们。那时候的常书记就是我现在的年龄，改革开放的意识、为民办实事的意愿非常强烈。但终因我们政策性银行的贷款条件非常严格，村里申报的项目没有获批，常书记与我们行失之交臂。

虽然和常书记没有继续交往，但从此国路夼这个村名就深深印刻进我的脑海。有一年我还和同事、朋友携家人一同进村，在这个解放战争时期就有着革命传统的村庄，电影《喜盈门》拍摄基地，游玩、参观、采摘大樱桃呢。

今天再次见到常书记，感叹岁月如白驹过隙。大家就座后，通过常书记的只言片语，我也大体了解了这个村里的情况。国路夼村现有八百多户2000多村民，100名党员。党的十一届三中全会后，他们乘改革开放的东风，发扬艰苦奋斗、顽强拼搏、开拓进取的创业精神，因地制宜、励精图治、富民兴业，取得了建设社会主义新农村的丰硕成果。他们按照"山上林、山腰果、山下园"的发展理念，植树1万多亩90多万棵，全村的森林覆盖率达到了90%以上。引进先进的灌溉、滴灌、管灌技术，兴修各类水利设施四十多处。

铺设管道 150 多千米，建成 4700 亩节水工程，成为全省最早实现节水型灌溉的山区村。按照新农村建设"五化"要求，将全村 4.5公里的村路和 41 公里的山路全部进行了硬化。对流经村庄的主要河流进行了整治，修建了 5 座石拱桥、21 座石条桥、19 座蓄水河闸，使河水晶莹清澈，河道整洁美观，景色优美宜人。为了丰富群众精神文化生活，建成了文化广场、灯光球场和万册图书馆等各种文化设施，村容村貌，日新月异。国路夼村走过悠悠岁月的风雨历程，经济发展成效显著，全村兴办了 12 个村办企业，组建了山东三星集团公司，实施了 5 个千亩工程：无公害苹果 1100 亩、大樱桃 1200 亩、大枣 1200 亩、板栗 1000 亩、香椿 2000 亩。昔日贫困落后的国路夼村现已变成"山绿水清环境美、村富人和风气正"的社会主义新农村，先后荣获"全国造林绿化千佳村""全国山、水、林、田、路治理百佳村""全国节水工程模范村""国家级生态环保示范村""全国创建文明村镇工作先进村""山东省先进基层党组织"等四十多个荣誉称号。闻名遐迩的国路夼村成为诸多文学艺术工作者体验生活和创作的基地。《喜盈门》《山中，那十九座坟茔》《苦柳》《生命跑道》《当家人》等一批反映农村题材为主的影视作品，在这里拍摄完成。

"《当家人》里的村支部书记原型就是常书记。都说影视剧上的人物高于现实中的人物，我看电影还没有把常书记个人的光辉品质全部展现出来。"董山说道。常书记笑了笑，摆手说道："过奖、过奖啦。"原来董山与常书记合作前，对常书记进行了多方位的考察了解，甚至通过看电影里的人物表现，来了解现实中的常书记。席间常书记也悄悄对我说："我和董山谈合作有十一次之多，其中三次谈崩了，最终我们还是合作成功。我看这个年轻人的确是干事业的人，我挺欣赏他的，这么多年，来我村谈合作的大老板太多了，但我为什么不和他们合作？因为像董山这么有远见、能为民办点实事的人太少了。"

　　我虽然没看过影片《当家人》，但听常书记说，是我们烟台籍的衣洪波导演编剧、策划的。我高兴地告诉常书记："我认识衣导演，我们去年在北京，一起参加著名财经女作家梁凤仪《挚爱》舞台剧巡演的观摩和剧评会议。"衣导演才华横溢、平易近人，还熟悉我们金融界多名作家、编剧，特别是和《金融文坛》杂志社总编闫星华关系非常好。闫总因编剧《毛丰美》，将东北黑土地上一位村党支部书记毛丰美的生前事迹再现给观众，而获得了第十七届中国电影"华表奖"提名。衣洪波编剧、导演的《当家人》也是他深入国路夼村，把村支书常建富带领村民致富奔小康的真实故事呈现给观众的。此电影获得山东省第八届精神文明建设"精品工程"特别奖，是烟台市、山东省组织党员干部集体观摩学习的影片，被国家电影局列入电影频道节目中心官方网站经典影片。衣洪波导演与闫星华总编在创作上有着共识，他们用大手笔书写"小人物"，把最真实的基层党支部书记展现在我们面前。

　　董山看我和常书记聊得挺欢，深情地对大家说："常书记打下了这么好的底子，让国路夼村成为明星村，优化了我的投资环境，我很幸运。再过一段时间，等我的金银花大道、玫瑰大道……初见成效时，一定欢迎更多的大作家、大艺术家来此体验生活、感受生活，把我们智慧谷的故事讲给更多的人听。"

　　愉快轻松的田野风味午餐结束了，我们兵分几路，董山一行要出发去外地考察和采购花种子，我们带着新春采摘的头茬野生香椿返回烟台市里。大家依依不舍地和常书记挥手告别，常书记风趣地说："不想走，就留下吧，我们山庄有住的地方，在农村好好玩几天吧。"董山忙补充道："咱的智慧谷项目建成后，会有吃、住、行一条龙的服务，届时请大家来智慧谷住下，咱再和常书记把酒叙友情吧！"

　　在这个微风习习、暖风拂面的季节，正是栽花种草的好时节。董山带我们拥抱田野，拥抱和煦的春风，拥抱像常书记一样善良的村民，我们都陶醉在这仙境般的风景里。美丽的村庄，建设中的智慧谷，我们一定会再来欣赏你的美景！

去北京看梁凤仪演话剧

我坐在飞驰的动车上，动车向着北京跑，我心中崇拜的香港财经女作家梁凤仪要来演舞台剧了。

北京天桥艺术中心位于西城区南中轴路西侧、永定门以北。剧院有着顶尖的硬件设施，吸引了世界精品剧目来此演出，为首都人民呈现了无与伦比的舞台视听盛宴。

此次梁凤仪携《挚爱》演出剧组来北京演出，是为了庆祝香港中文大学成立五十五周年，梁凤仪兼策划、编剧和主演多重身份。该剧自去年 8 月在香港文化中心连演三场、温哥华演出后收到较好的社会反响后，环球巡演的第三站——北京天桥艺术中心张开了热情的双臂，迎来了该剧从台前到幕后的演职员。他们都是香港中大"原班"人马——校董会成员、教职员、历届校长、校友及在校的学生。

坐在金碧辉煌、流光溢彩的剧院，我看见了原国务院副总理刘延东、原香港特首梁振英，中国文联主席、中国作家协会主席铁凝也来观剧。适逢北京两会召开之际，领导们百忙之中莅临剧场，可见他们对梁凤仪的话剧给予了高度重视。我周围还有不少的金融界文学团体的领导和文友。金融在现代经济中的核心作用，也使得这个圈子里的文学作家们比其他领域的作家要活跃得多。尤其是一些金融名作家不仅在金融领域赫赫有名，在社会文学艺术等团体中也是名震八方。梁凤仪目前是《金融文坛》杂志社文学顾问，在这个充满正能量的专业性、艺术性较强的文学圈子，梁凤仪的魅力和影响力极其深远。此番亲临现场观摩梁凤仪顾问的作品，想必金融文学作家们和我一样虔诚有加吧。

明亮的灯光暗淡下来，正式演出开始了。

《挚爱》是以香港、香港中文大学为背景，讲述了女主人公南全碧与前男友英书航，两人的一段刻骨铭心的爱情故事和所处的那个年代惊心动魄的金融故事。该剧从头到尾充满了戏剧的矛盾和戏剧的冲突，把男女主人公的情感纠葛和人物的性格，用精练的台词和动作表现出来。尽管说的是粤语，但舞台两侧有中文大字幕，这让我们注意力更集中，感觉剧情的真实感更强烈，更接地气。这些演员不是科班出身，却表演得非常到位，观众看得都入戏了，毫不夸张地说，这是用言语无法形容的一场视觉盛宴。

该剧情时间跨度很长，从1955年到2003年，前些年用于铺垫剧情，借大屏幕显示、人物穿插表演等，一掠而过。重头戏从1977年秋开始，这个时间段，刚好是中国以经济建设为中心的改革开放重要阶段。其间亚洲金融风暴、香港回归、"非典"等一系列事件发生，这些都对香港产生前所未有的冲击和影响。编剧梁凤仪博士把这几件大事件对香港经济、金融等行业的影响从头到尾贯穿其中，有审时度势的切入点，有高屋建瓴的主题内容。剧中女主人公南全碧遭遇了凄惨的处境，但她为了追求美好的未来，自强不息，努力拼搏，把父母失去的家业又重新聚拢起来，给了九泉之下的父母一个完美的交代。她利用智慧设局复仇，将背叛她的前男友及家族靠不义骗来的财产全部夺回。但亮点却是她的复仇计划，只是用来教训了那个见异思迁、忘恩负义的前男友，并没有真正对他赶尽杀绝。南全碧代表的香港女人就是这么仗义，这么了不起，这是伟大的爱啊。这惊心动魄的后半部分剧情，我体会到了：能打败一个女人的，绝不是破裂的婚姻和生活中的不幸遭遇及逐年增长的年龄,而是自己的心态。南全碧把香港女人那种独立精神和奋斗意识表现得淋漓尽致,这也是《挚爱》最终要告诉人们的真谛。戏演到最后,剧中女主人公南全碧召开新闻发布会,在会上睿智回答记者提出的问题,然后和来道贺的众校长精彩地对话,并合唱中大的校歌《博文约礼歌》,使观众无不热泪盈眶。这既是她的人生升华,更是香港人对回归祖国后的一场深情的告白:"千秋家国梦,悠悠君子心。"香港人,尤其是香港中大人永不言倦的奋斗精神,实在是可嘉可赞。舞台剧《挚爱》对中国金融文学的贡献巨大,开创了中国金融文学多元化发展的先河!

我尤其佩服梁凤仪在舞台上的表现,台词、动作娴熟自然,表演有张力,有层次感,节奏感拿捏到位,充满了感染力。"凤凰来舞,仪表非凡。"她一头短发衬托着熠熠闪光的眼神,时尚大方的服饰是她沉淀的优雅和浪漫无拘的展现,特别是她有一副用好心态保养的身体,舞台上轻盈灵动感极佳,自然绽放属于这个年龄的美丽。如果不热爱生活与生命,没有内心的坚强和身上的阳刚气,舞台上的梁凤仪也不会有如此的状态。在经历了事业的巅峰之后,她身上那种扑面而来的气质和韵味,是在向我们诉说着只有永葆生活的热情,热爱生命,能在不断经历中沉淀积累,历经磨难的人生才是漂亮的人生。

台上精彩纷呈,台下的我思绪万千。2017年《金融文坛》杂志社的年度颁奖活动,邀请了香港著名财经小说作家梁凤仪博士,其先生,现任香港立法会议员的黄宜弘博士也一同出席。那年我也有获奖的文章,但因颁奖期间,恰逢家中耄耋父母需要照看,不能抽身前往接受梁凤仪博士的颁奖,心中焦虑万千,错过了当面讨教文学及人生教诲的好时机。但是会后不久我就收到了杂志社编辑部寄给我的《我们的故事之乱世佳人》这本梁凤仪博士的亲笔签名小说,我欣喜若狂,连夜通读,一下子便成了她的粉丝。记得我在微信朋友圈晒梁博士的小说时,父母家的邻居——我的微友于阿姨,告诉我她可喜欢看梁博士的小说啦。原来她是与梁博士同年龄段的人，在二十多年前，她还在上班工作期间，也是一名爱好文学的女青年。由此看来，梁博士的财经爱情小说在我们沿海城市也是颇具影响力的。我都后悔自己以前因工作太忙无暇阅读梁博士的书籍，在金融行业奋斗近四十年竟没有得到她睿智思想的真谛。

观摩《挚爱》剧中的一段戏，是女主人公欣赏一幅画了一只老虎的中国画片段，还让我想起了去年的一段亲身经历。

2018年11月上旬，我有幸参加了《金融文坛》杂志社的"金融书画走进基层"的活动，跟随杂志社领导率领的金融书画院的顾问、画家和书法家组成的小分队，到广东的河源、惠州等地，目睹了我国名画家挥毫泼墨为梁凤仪的爱人黄博士创作生肖图。名画家是上海戏剧学院的金家驹教授，现在兼任我们金融书画院的顾问。他创作了从人民大会堂的万里长城画作，到国外领导人收藏的作品，几十年来佳作不断、成绩斐然，在美术界有一定影响力和声望，他的作品具有东方文韵的儒雅和灵动美。当他精心勾勒，顺利完成给黄博士的作品后，我们都兴奋地围拢在他的巨幅画作周围欣赏。只见他画就的这只动物界的王者，蹲坐于山地之上，一双含威不露的大眼睛，回首注视着远方，闭口如智慧状。那种坐虎观山、胸有成竹之状态，其气势蕴含着：若开口必是呼啸状的"一夫当关，万夫莫开"的神勇之势。画作非常符合黄先生现在的身份，黄先生的属相画这般威猛高大，我联想丰富起来，仿佛看见这雄虎之旁有一侧卧的雌虎，足前伸，神态怡然自得。"心有猛虎，细嗅蔷薇。"夫妻相伴，刚柔结合，这正是作家梁凤仪与黄博士携手相惜、持久相伴的真实写照。引用她的小说《花魁劫》的名句："原来女人能有个自己喜欢的男人站在身边，是会矜贵百倍的。"非常荣幸的是这次梁凤仪作家生活中的"挚爱"——黄宜弘博士也来到演出现场，就坐在我的前排，让我近距离看见了这只"老虎"，的确是"虎背熊腰"高大健硕，根本不像年逾八旬的人。

"台上一分钟，台下十年功。"在每一份荣耀的背后，都有不为人知的辛勤；在每一场精彩绝伦的演出后，都有为此付出汗水和泪水的人们。这句话用在梁凤仪博士及她的演出团队身上，似乎还分量不足。她既不是专业戏曲演员，只会演绎"生、旦、净、末、丑"，也不是每天要重复地练习"唱、念、做、打"功，塑造舞台上既定的人物。她曾是政协委员，她现是人大代表，她是大学荣誉院士，她是……活跃在中国内地和香港的政治、经济、文化和艺术领域的作家、企业家和慈善家。她台上的一场戏，应该是台下几十年来付出的心血，这鲜红的心血亦是漫漫时光浓缩成的一首壮丽的青春之歌。

据说此次北京演出的票房收入将全部用于公益，还会用以资助考取香港中大的优秀内地学生，我更对梁凤仪钦佩了。年龄很大依然声名显赫的女人在文艺圈或文学界都不算新鲜事，但我们的文学顾问梁凤仪的耀眼之处却是在这两个领域，走她自己的平衡木，且目光执着、步履稳健。70岁的梁凤仪台上台下同样亮眼，在她的身上我们看到了一个智慧型女人正聪明地应对岁月的增长，用一颗少女般的文艺之心绽放属于这个年龄的美丽。

光彩的人生，缔造不老的金融女神，相信梁凤仪70岁以后的人生依然光彩万分，精彩无限。

诗情画意南粤行

从寒冷的胶东半岛烟台到温暖如春的南粤广州，只需三个半小时的飞行便转换成功。

二十多年后再次踏上这片神奇的土地，我心中满是感慨，改革开放中期在农行国际业务部工作，来过广州、深圳、珠海等地多次，学习、参观和业务交流是工作的缘由。这次再来却是因为文学，是来参加"金融书画文化下基层"活动，赴先前到来的画家、文友们的创作之邀。

又是近三个小时的车程，傍晚之时抵达《金融文坛》杂志社在河源市野趣沟风景区内的文学艺术创作基地。杂志社的领导、画家和文友们在位于林中楼阁的餐厅等候多时啦。客家人的散养鸡、竹筒米饭等山珍野味和我带的烟台红富士大苹果——南菜北果相映成趣。自酿的金樱子野生果酒口感甜美，有别于家乡的张裕解百纳葡萄酒。"干杯！"大口吃菜，大口喝酒，顿解旅途疲惫之态，微醺之时坐观光小缆车回房就寝。

当天晚上我与工行退休的名画家苏留英老师一见如故。去年我的文友王国政兄写过一篇文章《画家苏留英》，我看过印象颇深，那时我就羡慕国政兄认识的女画家那么有"档次"，悄悄地把女画家视为偶像。如今见到画家姐姐，我竟没有一丝陌生感，我们谈家庭、谈创作、谈人生，相谈甚欢，直到午夜。

这夜是我生平出差在外第二次和精英女性同寝室，巧合的是这两位受到我钦佩的女性，名字后面都有一个"英"字。第一次是在三十二年前，时任长岛县农行会计出纳科科长的我，年初到烟台市行开年度决算报表汇总审核会，住在市教育局招待所，同寝室早已住进了一位姓张名秀英的老师。那年她已经46岁，是头年中央成立讲师团，把她从中国社会科学院调过去的。是年她申请来到了我们烟台，为高中教育进行师资培训。我在烟台开会几日，每天晚上回到寝室都会看见她坐在写字台前伏案疾书，案头那高高的一摞教育方面的书籍与她齐眉，她不时地翻看书籍。休息时，她会亲切地与我交谈。得知我没有进过大学深造，还替我因在海岛生活没有得到较好的文化教育而惋惜，同时还高兴地告诉我这次同行者中有两位年轻的同事要到长岛去支教，以后海岛的文化教育会受到重视的。她鼓励我要从现在做起、从自己做起，努力学习文化知识，为四个现代化多做贡献。印象最深的是，有天晚上她带我到招待所五楼顶层，通过他们科学院赠送给烟台市教育局的天文望远镜，观看哈雷彗星。我还清晰地记得当我的眼睛贴近望远镜时，我仿佛与天空接近了许多，尽管那颗哈雷彗星模糊不清，还不如我们站在地面上仰望星星看得清晰，但这毕竟是七十六年才能出现一次的神奇景观，一般人不借助天文望远镜根本看不到，哈雷彗星的确是颗"明星"。记得看完"明星"回到寝室，张秀英老师笑着对我说："我们赶不上下次了，你还能赶上。"我也笑着对张老师道："但愿我能长寿。"那年我23岁，那天是1986年1月8日。

写张秀英老师这段虽是题外话，但今天来看，在此后的三十二年里，她的身影时刻在我脑海里闪现，不高的个子，白皙的肤色。她学识渊博、平易近人，那些中肯的话语也一直激励着我。啊，历史太长，长得让我年过半百还在怀想她的音容笑貌；时光太短，短得让我恍惚苏留英老师就是那个张秀英老师。我不禁问自己：这次我和苏留英老师相遇，莫不是在我退休后幸福再出发之际，又遇到了一个启迪人生的长者？借人之智，完善自己。学最好的别人，做最好的自己。

翠鸟鸣叫，缕缕阳光透过茂密的树叶倾洒在我们身上，橘香园、丹枫园、森林度假村、野趣沟里的晨景绚丽多彩。沿着迤逦山路，观赏着我们在北方看不见的树木，那些叫不上名字的花木，在微信"识花君"小程序里，立马被扫了出来，弄色木芙蓉、柠檬草、朱槿，真是开心极了。路上有只小黄狗，一路紧随我们，或快或慢，不离不弃。翠绿如镜面的湖里，有五只绿头野鸭远远望见我们，也排成纵队，沿河岸追逐到我们就餐的竹楼旁。竹楼脚下的鱼塘里，有五颜六色的大鲤鱼，个个膘肥体壮，摇头摆尾，聚拢到我们的脚下。这些小可爱啊，莫不是都想成为我们画家纸上的精灵、我们作家笔下的尤物？来自上海戏剧学院的金家驹教授已经用手机录影鱼儿多时了。现在有手机真是太方便了，画家写生也不一定是要坐个小马扎，在鱼塘边一坐一天的呆板模式了，手机录下视频随时打开观赏，更方便创作。金教授是上海人，画南方的"鲑鱼""鲇鱼"可谓一绝。他现在兼任金融书画院顾问，去年深秋他来参加胶东"送书画到基层"活动时，送给我一幅《年年有余》的国画作品，上面就是鲑鱼。苏留英老师蹲在池塘边把漂亮的绿头鸭摄入她的手机里。她的画路宽泛，她最钟情画国花牡丹，甚至每年都要去牡丹花开之地采风，捕捉大自然带来的灵感，丰富自己的牡丹花创作之神韵，此刻映入画家眼中的一切都会是她的创作之源。来自枣庄农行的褚衍兴老师也在湖旁近距离观赏，他的书法和竹画也是一绝，他目前是我们省金融书协副主席、金融书画院鲁南分院的院长。他年轻的时候还在广州军区当过五年电影放映员，他的书法和绘画技能离不开部队的培养。

吃过客家早饭后，画家们回房作画，我和文友到创作基地的风景区转转。在"观瀑亭"逗留欣赏多时，这里的负离子浓度每立方米高八万多个。我根据提示牌上的文字，深呼吸、唱歌、大笑、故意咳嗽，把几种方法交替进行了一遍，希望能把自己的"城市生活之肺"好好清洗一下。我还自编自导，让文友给我拍摄了观瀑布的小视频，然后顺着"响水瀑布"，在寻找"野汉石"的山路上，还认识了青橄榄、秋枫、棕竹等植物。

回到下榻房间的二楼会议室，地板上摆放着画家们已经画好的作品，据说一上午他们奋笔作画，没有休息，连口水也来不及喝。现在他们正围站在合作的一幅画前，金教授在做最后的挥笔染色。艺术家都有为人清雅、特立独行的作风，喜欢"独乐"，然而此时此刻我看到的却是他们融会贯通、浑然天成的"众乐"书画大作：苏老师的国画牡丹，脱俗入雅，富于柔情，洋溢着青春气息；金教授的国画翠鸟，具有东方文韵的儒雅和灵动美；褚老师的国画竹子，有画家在苍风中的清骨气节和谦虚的襟怀。

三位画家的多幅独立作品和第一次合作的这幅大作留在了风景秀丽的野趣沟风景区，它将丰富这里的旅游文化资源，让风景区迸发出无限的魅力。

午饭后又是近三个小时的车程，我们一行前往位于惠州巽寮湾——《金融文坛》杂志社的文学艺术创作基地。

夜晚在下榻酒店的露天阳台上，我和画家姐姐聊天赏夜景。这个海湾像一个大大的月牙，是粤东数百公里中海水最洁净的海湾之一。据说海滩上有着细软洁白的沙子，有"天赐白沙滩"之美誉。在我们下榻的酒店和海湾之间是一条贯穿南北的马路，车辆川流不息，月牙似的海湾灯火璀璨，我恍然有一种在老家长岛赏海景的感觉，亲切有加。

次日上午我和文友赴百里之外的西湖游玩，惠州西湖是免费开放的，从东大门进去沿湖边向西漫步，只见居民休闲、游客赏玩，三三两两的人群，偌大的公园，竟没有人满为患的那种场面。我们想坐游船，可人数不够，公园不卖票，于是我们游玩的重点放在了孤山区域。利用一代文豪苏东坡的影响力，倾情打造惠州西湖，真乃南方人聪明之举措。苏东坡在惠州曾经因实施了几大工程，解决了民生之困难，深得百姓拥戴，很好地诠释了"为官一任，造福一方"。这也是他携杭州美女王朝云分花拂柳、私语传情的地方。站在王朝云塑像前，思量着这个小苏东坡 26 岁的女子，知书达理，美丽温柔，无论苏东坡身处顺境还是逆境，始终相依相伴，不离不弃。是她把全部柔情给了心上人苏东坡，是她的柔情把苏东坡的才情诗意推到了顶峰，给后人留下了千古流芳的佳作。"江山也要文人捧"，这是郁达夫的名句，现在看，的确如此。苏东坡给这座城市留下了宝贵的精神遗产，这个西湖无处不泛着苏公的诗魂。如今漫步西湖，既饱览了湖光山色，又访古探胜，更是走在了历史与现实交汇的诗行上，足以丰盈我的内心世界。

　　西湖游玩还有一段惊悚的小插曲——柳宗元名作《捕蛇者说》的场景再现。临近正午时分，我们放弃还没有走完的西侧景观路程，准备自北门抄近路打道回府，见林荫路上垂枝依依，花朵艳丽，煞是好看，遂树下留影，花中俯瞰。"哎呀！"给我拍照的文友一声惊叫，我顺着他的目光看到我身后，一男子手里攥着一条蛇从湖边花木草丛走出来。"是眼镜蛇！"文友惊呼道。相距只有一米，在我惊诧之时，那男子已经把手中的蛇放入路边电动自行车车筐里的一个白布袋子里，手脚麻利地扎好袋口，又转身进入花木草丛中。"怎么公园里有蛇啊？你是公园的人吗？"我把那男子当作在这儿工作的公园工人了。"不是，我是专门捕蛇的。"后经细询问，男子的捕蛇技能是祖传的，捕蛇是为了做药材。此时男子用左右手分开花木枝条，边回答我，边低头找寻。"还有吗？吓死人了。""这是一对蛇，还有一条在附近。"听这男子一说，我急忙移步到宽阔地带。美丽的公园，湖水滋养的花草茂密，不仅是人类喜欢的地方，也是飞禽走兽钟情之处。怀揣忐忑之心，我们离开此处，不再逗留。回去的路上，我不再为捕蛇者的安全担忧，因为《捕蛇者说》文中"苛政猛于虎"的时代已经一去不复返了。如今百姓捕蛇做药材，是发展经济、充实家庭和服务社会，倒是我们游客该注意安全了，公园有隐患，旅游有风险。

　　下午在小会议室，画家们继续展纸吮墨。我除了倒茶续水，只能静静地观赏。静静地观赏，是一种态度，也是一种修养。我仿佛走进了一个圣洁璀璨的世界，不知不觉中被感染、被吸引。金家驹教授在创作一幅应他人之约的作品。那是去年年末，《金融文坛》杂志社举办年度颁奖活动，邀请了香港著名财经小说作家梁凤仪女士，其先生黄宜弘博士也一同出席。黄博士十分欣赏金教授的国画，金教授答应给其画幅生肖图。这个黄先生的生肖，真乃动物界的王者，描龙画凤还好说，这个生肖可是个大家伙啊！只见金教授思考片刻，挥毫泼墨，不一会儿工夫，一只虎的雏形跃然纸上。又过了一会儿，出彩的地方勾勒好了——一双"虎视眈眈"的大眼睛。只见它蹲于山地之上，回首注视着远方，闭口如智慧状。我想：这定是只雄虎！虽不是下山猛虎之状，但若开口必是呼啸状，符合黄先生现在的身份，黄先生一定会喜欢的。我仿佛看见这雄虎之旁有一侧卧的雌虎，足前伸，神态怡然自得。黄先生的属相画这般威猛高大，作家凤仪女士一定也会联想丰富的。那边苏老师的牡丹也画好了，三位画家再次联手创作几幅作品，她是画作的奠基开路者，那一簇簇牡丹花，有的含苞待放，有的迎风绽放，或红或粉或紫，黄蕊吐香，已是满园芬芳。褚老师忙完自己的书法和竹画，过来给苏老师的牡丹园添景助意。一块山石，静卧在牡丹园一角，既像花的恋人，又似花的守护神，深沉而稳重，威武而雄壮。金教授过来挥笔生韵了。几笔下去，一对黄鹂鸟、一双飞舞的彩蝶、几只勤劳的小蜜蜂，个个活灵活现，在山石上、在花丛中，卿卿我我，陶醉在牡丹园中。三位画家以水墨渲染底色，用彩墨点精华的组合方式创作的作品会花落谁家呢？听说《金融文坛》杂志社的年度评刊表彰会议下个月还在这里举行，画家们的画作要留下一部分颁奖，我就开始打自己的如意小算盘：以后一定要好好写文章，争取获奖，无论得到三位画家中哪一位的画，都将是我的荣幸。

短暂的三天过去了，我们回到了广州市，我要乘飞机回家乡，要和画家们告别了，他们要转换车辆，奔赴珠海、深圳等地，继续"金融书画文化下基层"的行程，我心生不舍。这时苏留英姐姐拿着一沓字画递到了我的手上，说他们昨天加班赶画了作品，今天每人送给我一幅，感谢我这几天陪伴他们，幸福快乐了每一天。姐姐还说："等我回京有时间了，再给你九旬的父母画幅作品，你带我转给他们，祝他们健康长寿啊。"

下雨啦，举着雨伞看着驶离的车辆，我双目盈泪。那一刻，我明白了一个道理——跟雨伞学做人：你不为别人遮风挡雨，谁会把你举在头上？跟这几位受人尊敬的画家老师学做事：学会付出，学会包容，学会担当，学会感恩，幸福之路一定就在脚下！

醉美野趣沟

"大雪"时节，我从素有"雪窝"之称的胶东半岛老家，来到了广东河源市。在河源机场大巴终点站，坐上了野趣沟风景区接站进山的面包车，又在蜿蜒崎岖的山路上奔波了二十多分钟，来到清秀丽雅的野趣沟。

野趣沟位于大桂山主峰北部源城辖区内的箩坑，总面积约5平方公里，是国家AAAA级旅游风景区，自然环境堪称一流。看这名字，就知道这是个原生态的山沟沟。不要小瞧这个山沟沟，这里可是东江水的必经之路，《东方之珠》大家都会唱吧，那句"小河弯弯向东流，流到香江去看一看"，歌词里的小河水就是从万绿湖流出来的。野趣沟与碧波万顷的万绿湖相邻，万绿湖是华南地区第一大湖，又叫新丰江水库，是深圳、珠海、香港人都不该忘记的水源地。

野趣沟的山，被古树野藤覆盖，形成独特的自然风景。文人墨客愿意来，是想找到一种原始的、初心的感觉；城市人愿意来，是想过几天有别于喧嚣都市的宁静清新的生活。我应邀参加《金融文坛》杂志社的年度评刊表彰活动来到此地，当属于前者，但如遵循内心之感，我更喜欢归类到后者。

下车的刹那，我被山里浓绿的树林和鲜艳的三角梅惊呆了，这完全是北方这个季节根本看不到的景色。居住在高坡处的"橘香园"里，登上二楼平台极目远眺，一片片林海蓊郁苍翠，绮丽逶迤的山峰连绵不断。目之所及的沟壑，雾霭袅袅，云蒸霞蔚，其景色清新独特悦目，美艳娇丽。

从"橘香园"到就餐之地，步行有二十多分钟的路程，途经风景秀丽的野鸭湖。我驻足观赏，忘记了前方还有客家美食的召唤。不知从哪里来的一群野鸭，羽毛是那么亮丽鲜艳，尤其是绿色的头冠，被当地人称为"绿头野鸭"。可惜这大自然的造化唯独给了雄性鸭子，就像孔雀一样，漂亮的羽毛不属于它们中的雌性。我们在公园看到的孔雀开屏，根本不是孔雀给我们展示它的美丽，而是雄性孔雀在向它心仪的雌孔雀示爱呢。或许是动物界没有人类那般复杂的审美观，面前的湖泊，就是它们成双成对地游来荡去、自由嬉戏、谈情说爱的世外桃源。我被它们灵活俊美的游姿吸引了，用手机不停地拍照。此时，我发现到此旅游的人们也站在湖边，对那些可爱的野鸭赞叹不已。湖里袅袅的水蒸气向众人扑面而来，热热的、润润的，唇鼻间有一种湿乎乎的山林清香味儿。野鸭游过的水面，山的影子、花的影子、树的影子、云的影子，众多的影子在碧水中晃动着，我宛如在奇大无比的镜子中，观看上苍安排的鲜活奇景。野鸭湖秀美风光让观光的人们兴奋异常，我和文友们也在湖边流连忘返，忘记了吃饭就餐。

"快走啊，吃完饭要登山看瀑布！"视线收回，思绪被喊声惊扰了，我恋恋不舍、一步三回头地向山坡南侧的餐厅走去。"快看啊，绿头野鸭追过来了！"早到的文友在餐厅旁的湖边兴奋地叫喊着。这个野鸭湖面积足够大，从北侧、东侧已经延伸到山坡南侧的餐厅前了。只见一支野鸭小分队——四只公鸭和一只母鸭，从东侧湖面排成菱形队形，以统一的摇摆频率，追随我们，摇摇摆摆地游过来了。中间那个是被宠着的"小公主"或"贵妃娘娘"吗？身着漂亮羽毛的公鸭在它的前、后、左、右，这是自然界生灵的怜香惜玉吗？太有爱了！这儿的野鸭子好像通人性呢，追赶我们莫不是来要口吃的？或是送给我们欣赏拍照？

　　饭后我和文友们乘观光车，来到半山坡的"观瀑亭"。这个方位的景区特点除了天然性，景区对奇特的自然景观——奇石、怪树、清潭等还进行了具有趣味性的资源整合。当我陶醉于路边的溪水，还有叫不出名的古树野藤的时候，突然听到了斑鸠欢快的叫声，我们不约而同地看向天空，只见郁郁葱葱的古树冠已经把天空遮掩得密不透风，根本见不到斑鸠的身影，只听到脚下欢乐的溪水那优美的声音与斑鸠一唱一和，形成天籁，令人如醉似痴。我们往山下走了 20 米的距离，猝然发现一条宽阔的水帘出现在面前，她没有黄果树瀑布的宽厚，比庐山瀑布还要清秀。然而她不同于任何名瀑的是：在茂密的古树野藤绿叶环抱中，她像一条银色的天河镶嵌在大山深处，那醉人耀眼的银光，为葱翠的山峰增添了迷人的奇观，让来到野趣沟的人，情不自禁产生一种腾云驾雾飘飘欲仙的感觉，真是赛过"飞流直下三千尺"的壮观。

　　欣赏了一番奇妙的瀑布，我们从山中小路往山下走，路边有些古树老藤相互缠绕在一起，形成蜘蛛网状，景区已经打上"情网"的标志了，真的是太贴切了。据说百年以上时光形成的自然现象，会有一些灵性。许多渴望婚姻长久的年轻人，为了观看"情网"，结伴来到此地。路边的泉水在峡谷中浅唱低吟，轻歌曼舞，形成细细的波纹，缓慢悠闲地徐徐而下，宛若为年轻人唱一首祝福白头偕老的情人之歌。偷瞄了一会儿情侣们在"情网"下山盟海誓后，我们沿着溪水继续前行。沿途多奇石，矗立在溪水的两侧，其状或立、或卧、或胖、或嶙峋。我不禁想起少年时曾经玩耍的河流与小溪，以及结交的心灵宛如溪水般纯洁的小伙伴们。

　　此时柔和凉爽的风微微吹来，随风而来的却是一股股清泉急促的响声，那声音似狂野奔放的吼声。我急忙侧耳找寻，看到古树中、溪水间竟然有一块"野汉石"，酷似男性的头部，它紧锁的额头和深邃的眉眼有着男子汉般的刚毅，好逼真啊。野趣沟里有个野汉子，这个意境确实让游客思绪纷纷。随着溪水声音的逐渐减弱，下行了一段路程后，发现在溪水中竟有一块"浪女石"。原来"野汉石"处那似怒吼般的流水声，是为了吸引下游的浪女哟。也难怪，在这寂静的深山老林中，只有野汉才能配浪女，如果没有清澈的溪水传达上游野汉的爱慕情怀，浪女在深山里亦不能称其为浪女，终究是浪不起来的。有了野汉和浪女两处景点，难不成还会有孩童？果不其然，走不多远，又看见一个裸身的顽皮男童雕像，正做撒尿状，挺努力地把胯下的"溪水"撒向几米外的远处。这简直就是驰名世界的"布鲁塞尔第一公民"雕像的模仿秀。人家那个小男孩撒尿，是浇灭已经点燃的市政厅地下火药库的导火索，挽救了全市人民的生命财产；眼前这个"小顽童"身处和平年代，其行为没有高尚使命的驱使，但这个诙谐夸张的身姿，愉悦了来此观光的游客的心情，也算是他间接为人民服务了。

正是因为在溪水中有了这许许多多的浪漫有趣的故事，溪水才仿佛有了生命，我听到了它快乐地唱着歌，往山下一路奔跑呢。

溪水旁边的岩石土堆旁，长满了郁郁葱葱的叶状植物。随行的文学大师梁凤仪博士的经纪人招惠霞经理告诉我，这是板蓝根。我一听，急忙摘下一片叶子放到鼻翼处嗅嗅，清新的味道沁人心脾。我想起十几年前让全国人民恐慌的"非典"阻击战，时任办公室主任的我跑遍了全市大大小小的医院和药店，为全行近百号员工采购板蓝根冲剂，预防病毒的侵袭。而全市板蓝根告急，医院、药店已没有存货了，没有"子弹"，还打得赢阻击战吗？最后只能根据省行通过局域网下发的中药名单，到药店买来了十余味中药，让食堂熬制了药汤给员工，才放下了悬着的心。原来这个在"非常时期"能安抚人们恐慌心理的灵丹妙药，是靠这个溪水滋润灌溉的。

哦，野趣沟的水！徜徉在它的身边，我竟然脸颊绯红，周身酥软，仿佛醉酒一般。这是昨夜连喝三大杯金樱子酒都不醉的胶东嫚儿吗？此时此刻我思绪万千，受家乡那辽阔海域的熏陶，我豪放洒脱，向来以"女汉子"自诩，如今来到秀美的野趣沟，竟然陶醉在这潺潺的溪水之中，被它"软化"了。地域、环境会造就其自身的特色，如想涵养性情，清和其心，调畅其气，多与洁清的事物相随，多享山水之灵气。孔圣人的"近山者仁，近水者智"说的就是这个道理。

飘飘然中我自编自导，让随行的文友给我拍下了观水、戏水、在小溪边奔跑的镜头，然后上传抖音和微信。小视频里的我，置身这宛若仙境的野花、野草、野溪中，妩媚、娇羞、活泼的天性竟显露无遗。这是野趣沟的功劳，这儿的水魔性太大了！

南方有阿丽

陈丽是我的发小，四十年前我们随守岛保卫海防的父辈，在祖国的东大门——美丽的长山列岛内长山要塞大钦岛守备区，一同生活了十五年。

陈丽在海岛随父母住在守备营方位，我随父母住在部队医院的大院，虽然不在一个大院居住，相距较远，但上学却一直在一个班。缘分就是这样，岛上整个守备师干部的子女加上驻岛老百姓的子女，同龄人那么多，我俩从小学到初中，自始至终都在2班。特别是上了初中后，我们都是班干部，我任班长，她任卫生委员，我们会经常手拉手一块开班委会，听从班主任的安排，发挥班干部的先锋模范带头作用。

这个守备区在1961年3月建立，我们的父亲从军十多年后够资格让家属随军了，我们的母亲才从各自的老家，辗转千里来到了部队和父亲团圆。我母亲来自沈阳辽中，陈丽母亲来自湖北宜昌，如果说我们的军人父亲来自五湖四海，那么我们的随军母亲就是来自四面八方。刚进岛时，部队百废待兴，连住房都满足不了，我们的妈妈们就住在当地老百姓家里，转过年等部队盖好了家属房，妈妈们才分别住到自己的家里，再然后就是迎接我们的降生。我们无不自豪地说：我们是听着部队的起床号声，在父辈们铿锵有力的"一二一、一二三四"的口号声中来到这个世界的"军人后代"。相同的成长背景，相同的生活经历，让我和阿丽及其他同学，在上学期间亲如手足，后跟随父母转业到异地还相互牵挂，思念如潮。

20世纪70年代末期，军队大裁减，陈丽跟父母转业回到了湖北老家，我随父母转业留在了长岛县城，从此我俩失去联系。直到二十年前阿丽带家人来烟台找到我，我们才续上久别的发小和同学情，那时我才知道陈丽一直在父母身边上学、工作、结婚生子。那次见面后不长时间，陈丽和爱人被在广州工作的小妹游说，双双从老家已经干得风生水起的单位办理调动手续，举家入住广州，在惜才爱才的经济发达都市，双双应聘上了经济效益好、个人收入不菲的单位。前些年又因我们的孩子同时期都在异国留学，我俩更有了共同的语言，经常用电话、QQ和微信联系，仿佛还和小时候一样，除了居住得远一点儿，但乡音不变，亲情如故。她叫我阿平，是地道的海岛音；我叫她阿丽，也绕起了舌尖。

上月初，我因参加《金融文坛》杂志社的"金融书画文化下基层"活动来到了广东省。在活动结束当天下午，我就急忙赶赴阿丽在广州市早已安排好的酒店入住，准备利用回程前的宝贵时间和发小好好叙叙旧。

远远望见了"影星宾馆"，阿丽知道我身上的"文艺细胞"多，就从她居住的海珠区众多宾馆酒店中，独选这一家。珠江电影制片厂在我们小时候喜欢看电影的年代，的确赫赫有名，能入住曾经接待过国内外近百位著名明星的酒店，我非常高兴。阿丽已在酒店等候多时，她也刚退休不久，上个月我们在威海一同参加了同学孩子的婚礼，久别重逢后的拥抱仪式这次就精简了。在宾馆大厅里，墙上的珠影制片厂的"工农兵"人物雕塑厂标下，墙壁凹凸处摆放的百花奖、金鸡奖铜像旁，我高兴地摆着姿势，任由阿丽拍照。连电梯里的大理石地面也是电影胶卷的图案，真是一个充满怀旧感的宾馆。阿丽帮我拍完照，把我的行李放入房间，然后开车带着我就出去玩了。

知我者，阿丽也。来到这个大都市，她没有领我逛商场、景点，而是直奔位于这个区的石基村，她说："你是金融作家，喜欢有文化的地方，今天我就领你看看广州千年海上丝绸之路的历史吧，相信你一定会喜欢的。"

历史上的广州以外贸名港而闻名世界，近代又以民主革命策源地而著称，现代又是中国改革开放的前沿阵地，两千年的传承更积淀了岭南文化的精华。黄埔村，原名"凤浦""凰洲"，村内的古港自宋代以后，长期在海外贸易中扮演重要角色，南宋时此地已经是船舶云集之地。清代"一口通商"期间，为我国唯一的对外贸易口岸，黄埔村遂发展为当时世界贸易中心地区之一，成为中国乃至世界历史上具有特殊意义的古村落。古港区域有四个功能区，我们顺着纪念展示区、古港公园区、栈道餐饮区、村头广场区等景观开始游览，所到之处，"市花"三角梅鲜艳怒放。树荫下村民们三五成群，或看孩童玩耍、闲聊，或摆地摊卖农副产品，一派安居乐业的祥和氛围。

在黄埔村里还保留着古民居，镬耳屋是岭南传统民居。镬是古代的一种大锅，镬耳屋的建筑风格是瓦顶建龙船脊，山墙筑镬耳顶，似官帽两耳，具有独占鳌头之意，也有冬暖夏凉的功能。看到有用海蛎子的壳装饰外墙的居屋，我和阿丽议论开了："这在我们小时候生活的大钦岛叫海蛎子，我们赶小海时用石头敲碎就把海蛎子肉往嘴里放，鲜美可口。我们没有南方人聪明，海蛎子的壳还能砌墙。"在村中茂盛的大榕树下，只见榕树上端树叶翠绿，中段那些多须的枝条如垂柳般茂盛。阿丽告诉我这个大榕树独木也能成林，原来那些垂枝等长到地上，再进入土中就会生根发芽。我耳边一下子响起了电影《海霞》插曲《渔家姑娘在海边》的歌词，"大海边哎沙滩上哎，风吹榕树沙沙响……"。原来这棵榕树枝条太多，风吹后枝条会碰撞，发出声音，竟被细心的作词家写进优美抒情的歌词里了。

看到不少居民家院子中，高高的铁丝上晾晒绿色的蔬菜，阿丽说："这里和东北人习惯差不多，喜欢干菜，不过东北人是用来储藏秋菜，过冬炖大菜的，这里的人是用来煲汤的。"在一家卖竹编制品的商铺，我们看到了各式各样的竹编小篓，我和阿丽都对小竹篮情有独钟。记得小时候家里都会有盛馒头、点心的小竹篓，妈妈将它盖上竹盖，挂得高高的，防止虫叮蚊咬和孩子们偷吃。海岛最早时是没有竹制品的，先是来自南方的军人不少，后是他们的家属随军后带来了小竹篮，再后来是当地军人服务社进货销售的。那个年代，到部队食堂打饭，手提小竹篮的孩子们都是我们羡慕的，感觉他们家的生活器皿都这么漂亮，那里面的东西也一定是丰富多彩的。

在黄埔村头，那些乡村的广式美食风味店铺一个挨着一个，什么姜撞奶、艇仔粥、酸甜泡菜、龟苓膏、奶婆碌鹅等乡村小吃，着实诱人。但午饭刚吃饱，我还是拒绝了阿丽的盛情邀请，对美食摇了摇头，只花了五元钱买了一瓶甘蔗汁，绿绿的颜色，清爽不腻口，那也是想看看我们北方少见的那个榨汁机怎么工作的。甘蔗也是淡绿色的模样，完全不同于我在北方见到的甘蔗，皮是褐色的。

站在黄埔古港边那个"瑞典歌德堡号重返广州纪念"的雕塑旁，除了远远望到停泊的模型船只，还能看到今年当地居民赛龙舟时用过的龙舟。听阿丽说，每年的北帝诞辰、洪圣诞、端午节、乞巧节，这里都会举办岭南水乡传统民俗活动。特别是端午节的赛龙舟活动，更是岭南水乡文化的生动体现。来参加赛龙舟的都是这个村里的亲戚们，他们从或近或远的地方过来参加划龙舟大赛，比赛结束后，下了龙舟登上岸边，就到亲戚家做客去了，酣畅淋漓的大餐后，再坐车回家。所以划龙舟比赛只是个引子，输赢没有人在乎，走亲访友才是最主要的，从这点看南方人是比北方人会生活。

一个下午的时间，阿丽和我流连的老屋深宅、民居府邸无数，这里曾住过不少的历史名人。漫步寻常巷陌，脚下的尘土湮没了曾经的辉煌骄傲；驻足观赏的河堤，不知靠泊过多少外国商船；目睹的街景，曾在世界上大放异彩。村内交错纵横的巷陌是历史的坐标，高大巍峨的牌坊和门墙是历史的背影。古港口、古祠堂、古庙宇、古街道等历史文化遗迹积淀了古村落数百年的文化。独具特色的岭南民俗，为黄埔村增添了浓郁的乡土文化色彩。我仿佛穿越时空，看到了曾经的粤海第一关，在广州千年前海上丝绸之路时的繁荣。通过黄埔古村港的变迁，我深深体会到中华传统文化的魅力。这个集展示、传播、娱乐、休闲于一身的文化公园型景区，已经成为一座城市历史的缩影。

从黄埔村回到我入住的宾馆附近，已经是万家灯火。阿丽的爱人赵哥下班后直接到了创立于 1880 年的广东老字号"陶陶居"餐厅订餐，为我设宴接风洗尘。早就听说广州的夜生活丰富，我和阿丽在前往"陶陶居"的人行路上，要左躲右闪对面过来的行人，行人多得就是人头攒动、摩肩接踵的感觉。"陶陶居"的美食打着"唯有美食与爱不可辜负"的旗号，让我在品尝美食的过程中与阿丽的发小情、同学情进一步得到了升华。

"来趟广州，去看看夜晚的'小蛮腰'吧？"饭后赵哥征求我的意见。"好呀，正求之不得呢。"于是，赵哥开车带我们来到了花城广场。

夜幕下漫步在花城广场，周边的高楼大厦高耸林立，休闲的市民、和我一样观光的游客接踵而至。在这个广场看广州塔——"小蛮腰"是最佳的位置。瞧啊，"小蛮腰"已经按捺不住，开始展现它迷人的身姿了！时而金黄，时而七彩，时而又是中国红，在夜幕的笼罩下，其身姿越发地妖娆。赵哥告诉我："这个600米高的塔，目前是中国的第一高塔，世界第二，仅次于东京的晴空塔，是国家4A级旅游景区，已成为广州市的标志。这些年来这周边兴建的体育场、竣工的大剧院、人来人往的博物馆和图书馆，还有一座座直插苍穹的高楼大厦，它尽收眼底。""咦，怎么来广告了？这四个走在全国前列是什么意思？"我看着"小蛮腰"在七彩灯光的映照中，中间部位出现了白色大字——牢记习近平总书记嘱托，努力实现四个走在全国前列，就问赵哥。赵哥说："'小蛮腰'是广州新电视塔，它的宣传效应也颇具影响力。这个广告内容是今年3月初的全国两会期间，习总书记高度评价我们广东是改革开放的排头兵、先行地、实验区，在我国改革开放和社会主义现代化建设大局中具有十分重要的地位和作用。他要求我们进一步解放思想、改革创新，真抓实干、奋发进取，以新的更大作为开创广东工作新局面，在构建推动经济高质量发展体制机制、建设现代化经济体系、形成全面开放新格局、营造共建共治共享社会治理格局上走在全国前列。""噢，原来如此。"我明白了"小蛮腰"上标语的意思，又问赵哥怎么记得那么熟。"习总书记的殷殷重托，是我们作为中国改革开放的前沿阵地应承担的光荣使命，我们公务员早就熟记于心。"赵哥一语中的。"习总书记上月底刚来过我们广州考察调研。"赵哥补充道。"你们这儿确实是厉害，我们北方真的要向你们好好学习了。"我向赵哥和阿丽伸出了大拇指。

次日清晨，阿丽早早带我到宾馆三楼"越点越靓"港式茶楼，说要赶在大爷大妈都来喝早茶前，让我好好品尝一下广东早茶。到了餐厅一看，还是让早起的大爷大妈占满了座位。好不容易找了个两人坐的位置，我们落座。"早起就喝茶？我可不习惯，我白天都不喝茶，现在更不想喝。"阿丽笑着对我说："这里不管你喝不喝茶，每人要交茶位费的。边喝茶边吃早点，你就入乡随俗吧。""你也经常喝早茶？""是啊，同事朋友会经常相约喝早茶的。"看着阿丽娴熟地冲茶、倒茶，我联想到她昨天领我出去玩时，会和当地人说地道的方言。我还想起，昨晚吃饭时我问过赵哥："您说说您眼中的阿丽是什么样子？"赵哥一点儿没思考，张嘴就来："军人家庭长大的孩子，热情、大气、正直、善良。"尽管我们几十年不在一起，但她这种品质是少年时代就有的优良品质，这个优良品质离不开父母言传身教和生活过的海岛淳朴的民风熏陶，还有自身良好的品行修养。昨日，改革开放的前沿城市广州吸引并接纳了她和赵哥这样的人才；今日，他们在为这个城市默默奉献的同时也融入了这个城市。这就叫双赢！

品尝过丰盛的早点，阿丽看还有点空闲，就带我来到了宾馆东南侧珠江电影集团的珠影星光城，说这儿的环境和情调是文青和小资喜欢的，让我进一步怀旧。

这里是珠江电影厂的老厂房，珠影的文化长廊建在厂区的右侧，自北向南矗立着一个长长的、高大的玻璃橱窗，"感光时代""异想天开""赛龙夺锦""电影人""所有梦想都开花"这五个部分记载了珠影自五十年来的发展变迁，也是中国电影历史的一个缩影。老式的电影拍摄器材、珠影厂出品的影视作品照片、珠影厂培养的明星大海报，看了都那么亲切。"电影人"部分记录了珠影历史上先后有几千名员工，他们艰苦奋斗，拍摄了数百部电影和电视剧，造就了无数个影视明星。站在橱窗前，我和阿丽都说仿佛回到了难忘的少年时代，想起了我们那时经常在晚上，到军人俱乐部的大操场上，坐着小板凳或小马扎子观看大银幕电影。这个电影制片厂出品的电影《大浪淘沙》《七十二家房客》等，都是我们爱看的电影。改革开放后看电视剧《情满珠江》，由此喜欢上左翎、巍子、王琳、普超英等青年优秀演员。阿丽说这个老厂区的夜晚也很热闹，对面那个"花样年华街区"有许多艺术、星味十足的店铺。

到了不得不离开广州、告别阿丽的时间了，阿丽坚持开车送我去机场，我却坚持坐地铁独行。最后两人折中了一下，由阿丽陪同没坐几次地铁的我，领略一下大都市的便利交通。两小无猜的发小在珠影厂的大院里，上演了一场难舍难分的情景剧。

换乘了一次地铁后，车厢里没那么拥挤了，我和阿丽玩起了手机自拍，把我俩的合影发到了同学微信群里，让跟随父母转业到天南地北的同学们，一同分享我俩相聚的幸福和喜悦。与发小的每一次相聚就是延续我们在海岛结下的友谊，每一次分离就是为了下一次更好的相聚，坚信那份深厚的友谊会历久弥新。

南方有阿丽，北方有相思。阿丽是发小，相思为同学。

第四辑

那 海 那 人

保姆朱大娘的一生

清明时节，我由衷地思念一个人——长岛大姐家的保姆朱大娘。

早就想写写朱大娘的一生，因为她曾在我们老马家起到举足轻重的作用。但是因为年代已久，我的记忆有些模糊，潦草起笔对她老人家是不公平的。恰逢前段时间长岛的景云大姐来烟台看望我妈妈，晚饭后，我们拉起了家常，自然而然就谈到她老人家。此时此刻我的记忆有了复苏，朱大娘的和蔼可亲的形象在我的脑海里重新鲜活了起来。

朱大娘不姓朱，姓尹，名光菊，是蓬莱南王人，5岁时没了父亲，7岁时没了母亲。母亲走后当年她就嫁给了大她20多岁的朱兆仁，当了童养媳，成年后跟随丈夫一路北行坐船来到了长岛，在当地一个财主家帮工干杂活。由于她是从岛外来的，见过世面，再加上她嘴甜，干起活来也勤快，深得财主一家的喜欢，财主家老太太还认她做干闺女了。1949年后，尽管她大字不认识几个，却因办事麻利、说话利索深得大队干部的赏识，担任村妇女干部长达十五年，是乡亲们公认的能耐人。在长岛的几十年里，大家都不记得她的名字，都随她老头子的姓氏叫她朱大娘。她一辈子也没给丈夫生下个一男半女，说在她18岁那年曾怀过孕，后来小产了，落下了病，就再也不能生育了。

20世纪70年代初，朱大爷驾鹤西去，她又嫁给了当地一林姓孤寡大爷，相依为命，直到我的大姐和她结缘。那时大姐素兰在县城百货公司上班，生下大女儿后，由于婆婆在牟平，妈妈在大钦岛随军，丈夫在县吕剧团经常外出巡演，无人照料她和孩子，朋友就介绍了朱大娘来她家当保姆。朱大娘在大姐低矮的公寓房里伺候完月子，说服了老伴林大爷，就带着大姐抱着婴儿住进了她在县城中心的三间大瓦房的家里，接纳了大姐一家，对她们宛如自己亲生的闺女和外孙。大姐的二女儿在两年后也诞生在朱大娘家里，朱大娘和林大爷继续照顾大姐一家，姐夫单位多次分房他们也不去申请，在朱大娘家一住就是十多年，大姐和朱大娘建立了亲如母女的深厚感情。

　　我只比大姐的女儿大七岁，在我儿时的记忆中，朱大娘挺厉害的，且"护犊子"。记得20世纪70年代中期，我到县城去参加全县少年篮球比赛或是文艺会演，当时条件挺苦，要到县中学的教室里（比赛都是在暑假或寒假进行）打地铺，铺那种有异味的麦秸草。我们几个部队大院长大的孩子一看这个样子，都纷纷投亲靠友，妈妈就让我找大姐。大姐上班忙，就把我交代给了朱大娘。朱大娘家不仅有前院，还有个宽敞的后院，院子里栽种了两棵茂盛的无花果树。大姐夫喜爱花草，空闲的地方摆满了坛坛罐罐的花卉。我有空闲时，就和俩外甥女玩，我们从前院跑到后院，又从后院玩到门厅，一时也不得闲。朱大娘边忙家务，边时不时地用目光追逐着我们，一旦我们有打闹跌倒的情况，她总是第一时间冲过来，先扶起倒地的外甥女，但嘴里净是埋怨我的话，意思是说我不该带她们打闹。饭桌上有好吃的，她也是第一时间夹到外甥女们的碗里。晚上睡觉时，她让我睡大姐屋里，说："你姐夫出差，你快陪陪你姐吧。"便把两个外甥女抱到她的炕上，左右身边各一个，搂着俩孩子。我人虽小，但自尊心很强，自我与外甥女玩，她说过我两次之后，我就很生气，回家后我向妈妈发誓再也不到她家去住了。后来随着年龄的增长，我对她的性格就了解了，认识到朱大娘是个快言快语、有口无心的善良老人，对与自己非亲非故的大姐一家无微不至地关心和照顾，亲生父母也不过如此吧。谁家能摊上这么个老人，真是谁家的福分。

1979 年我的父亲转业，他哪儿也不去，就申请到大姐所在的县城落户。那时朱大娘已和大姐一家生活了近十年，大姐和爸爸、妈妈团圆了，最高兴的还是朱大娘，因为她知道大姐再也不用在春节期间拖着大的抱着小的，冒着大风赶船进岛回娘家了，她的两个外孙女会 365 天，夜夜依着她睡觉了。

我爸妈是沈阳人，转业到地方后在长岛举目无亲，大姐家，确切地说是朱大娘家就成了他们经常走动的亲戚了。朱大娘心灵手巧，做的饭菜非常好吃，妈妈就常常利用到她家去看两个外孙女的时机，和她切磋厨艺。朱大娘也会时不时地做些好吃的让妈妈来尝，或带走给我和爸爸吃。我大姐好像也习惯了和朱大娘在一起的生活，从来也不到我妈家吃饭，有时来家坐会儿就急急忙忙要走，说是大娘还在家等着呢。这时我妈妈就会指着她的背影对我们说："看，你大姐对朱大娘比对我还亲啊。"呵呵，妈妈是"吃醋"了，不过大姐有两位母亲疼爱，真是太幸福了。

我参加工作后，曾在离家较远的一个海岛银行营业所工作几年，那时来往的客船只有一班，且隔日通航。因为怕当地公社食堂的伙食不好，妈妈就会隔三岔五给我捎好吃的东西。只要是想捎东西，妈妈就会去找大姐。大姐那时已从百货公司调到了副食品公司，在肉菜组当负责人，客船上大副什么的常去采购，大姐就会委托他们随船把妈妈准备的东西捎给我。每次要捎东西时，被朱大娘知道了，她都会参与给我捎东西之中，她不是让大姐给加上一斤果子（点心），就是蒸几个或菜或肉的大包子。记得我在营业所时养过的一只兔子，还吃过朱大娘捎来的包子呢。人都说兔子是食草动物，可是我的小白兔吃起朱大娘包的包子，和我一样狼吞虎咽的，最终被养得膘肥体壮。

朱大娘热情加好客的善良秉性，感染着周围的每一个人。她的家里成了乐园村大姑娘、小媳妇和老太婆们的活动中心，什么"四奶奶""鸡蛋奶奶""叶淑娟大姨"啊，都是我们耳熟能详的人物。朱大娘凭着一副好口才，还做起了说媒拉纤的工作。记得我们农行当时有个莱西籍的保卫老刘叔叔，因老伴病逝，在岛上独居。经过朱大娘的撮合，她的一个远房侄女和老刘叔叔缔结了姻缘。后来老刘叔叔的儿子从老家过来接班，这个大龄青年的婚姻大事又让朱大娘操心不少，直至新媳妇娶回家，朱大娘才松了口气。对外人好的朱大娘对我们家的人更是没有二话可说。在要塞当兵的二姐有孩子时，在没有找到保姆前，也是白天送来让朱大娘给照看着。朱大娘看孩子的确是高手，总能把孩子们伺候得白白胖胖。每当逢年过节的时候，她总是吩咐大姐把我们家从外地赶回来过年过节的兄弟姊妹们，叫去吃团圆饭，宛如我们家的长辈。每次煎炒烹炸后，呈现在我们面前的七个碟子八个碗，色香味俱全。我们兄嫂姐妹女婿们在厅房一桌，爸妈和朱大娘带那帮小的在炕上一桌，桌桌都在大快朵颐、欢歌笑语，像在自己的长辈家里一样。

大姐对她的好，也是有目共睹的。自从与朱大娘住在同一个屋檐下，每月发工资后，大姐就全额交给朱大娘。朱大娘就把钱放到她房间的抽屉里，不上锁，谁需要花钱谁自己去拿，家中所有开销由朱大娘掌控着。朱大娘喜爱吃油水大的食物，大姐就经常买大骨头回来。朱大娘炖出的大骨汤不亚于如今韩国料理店里的招牌菜——牛尾汤。几年过去，朱大娘家后花园东北角的猪骨堆成了小山丘，后来据景云大姐说，光用独轮小推车就拉出去了好几车。

1983年的春天我调回县城银行，上下班回家如走小路时必经过朱大娘家，我经常从敞开的大门外看到朱大娘那忙碌的身影。我大姐什么家务活也不会干，下班回来就知道看书或在后院摆弄大姐夫种的花草。朱大娘又哄孩子又做饭，洗衣扫地忙个不停。那时她家住的是民房，没有自来水，由于大姐夫经常带剧团在外演出，朱大娘就让大队里一户人家的儿子天天给挑水灌满大缸。人情都是她做主，她给打点。朱大娘把大姐养得白白胖胖，细皮嫩肉的，我都羡慕地和我妈妈说过她："我在家干的活都比大姐多，你看看我大姐，什么活也不干，大娘对她太好了。"

勤劳善良、知书达理，集千百年来劳动妇女各种美德于一身的老人家啊，为大姐家所做的一切，朱大娘自始至终无怨无悔。

随着年龄的增加，朱大娘开始担心自己的老年生活了。有一天，她找到了居住地乐园村的书记蔡大禹，请他试探地问大姐能否认她为干妈。过得好好的，突然来这一出，大姐不知所措了，急忙征求我父母的意见。我的父亲极力反对，他坚持说："这是封建迷信的事情，不认干亲就不能给朱大娘颐养晚年吗？给老人养老送终是天经地义的事情，但不要用这种方式，会给外人留下不好的印象啊。"是的，朱大娘也是有意通过认干亲这种方式把她居住的房产留给大姐，她已经把大姐当成自己的亲闺女了。仪式最终没有如期举行，大姐和朱大娘这么多年建立的感情已经没有任何物质东西掺杂其中。从这以后，大姐和老大娘心照不宣和睦共处，大姐更加懂事了，并开始学着做家务，开始承担肩上的责任了。

1988年初我离开了长岛，到市里的银行工作，和朱大娘见面的机会就少了。但是几年后我有了孩子，在把幼小的孩子送回妈妈家看养的那段时间里，我回去的次数就开始多了起来。我大姐因病早早离开了朱大娘，是姐夫和续大姐景云接过了大姐的接力棒，继续给朱大娘颐养晚年。景云大姐有了孩子后，朱大娘继续帮着看孩子，我妈妈也时不时地经常过来帮忙，大姐夫年迈的妈妈也从牟平乡下进岛在他们家住了一段时间。那一段时间，一个大家庭，三个老太太，每天和睦相处，有拉不完的家常话，中心人物还是朱大娘，家里的事还是她说了算。后来朱大娘也因年老体弱干不动家务了，大姐夫和景云大姐就带朱大娘离开了那个条件不太好的民房，住进了早就分到手但一直没入住的楼房。这套房子和我父母家相隔也不过百米，我妈妈和她家走动得更频繁了。我每次回家看孩子，也总是忘不了去看看朱大娘。她腿不利索了，天天坐在炕上看着电视，听着广播，国家大事了如指掌，精神气还是那么饱满。特别是我的爱人有时和我一同去看她，她总是喜欢和他谈国家大事，问他一些市委大院的事情，还时不时地嘱咐他要有眼力见儿啊，要听领导的话啊，要好好工作啊。我的爱人常对我说："这个大娘不一般啊，连字都不认得几个，脑子这么好使，大道理都是一套一套的。"

是啊，一个孤寡老人，一生曲折坎坷，但她却幸福快乐地融入这个年代，融入我们这个大家庭。她一点儿都不孤单，她一点儿也不孤陋寡闻！

20 世纪 80 年代末期，在长岛县委县政府的强力推荐下，朱大娘和大姐夫、景云大姐一家共同折桂烟台市"十佳文明家庭"的光荣称号！当时朱大娘因身体状况没有到市里来出席颁奖大会，随后在县里举行的表彰活动中，朱大娘拄着拐杖亲临会场领奖，当她高举奖杯欣然泪洒时，台下是一阵一阵经久不息的掌声。

1998 年 10 月的一天朱大娘驾鹤西去，享年 88 岁。

得知朱大娘仙去时，我正在济南的千佛山上。那时我受命带支行的行长到北京总行办事，回来路过济南的时候，随行的几人想到济南看看，我就带他们到千佛山上去转转。在山顶时，我接到了父母从烟台打来的电话。当得知朱大娘去世的消息，我恨不能插上翅膀飞到长岛去看她老人家最后一面。无奈朱大娘的殡葬时间不能拖延了，况且那时正赶上初冬时节，海面风大浪急，即使到了蓬莱码头也无船进岛，未能与老朱大娘告别成了我终生的遗憾。

朱大娘无病而终，生前景云大姐几次背着她到医院看门诊或住院治疗，最终她因器官老化，终止了生命。临终前她也没遭罪，生活得非常幸福，早饭仍然是鸡蛋和桃酥这"黄金搭档"的饮食老习惯，只不过比前些年的每顿两个鸡蛋四块桃酥少了一半。朱大娘被葬在岛上的鹰山山脚下，和她疼爱过的素兰大姐做伴去了，那里能看见她在乐园大街旁的老房子，看见她一手带大的三个孩子。现在外甥们都成家立业且有了下一代，提起她来，外孙们还知道管她叫"太姥"……

客船进岛

这已经是第 N 次了，岛里的同学发微信告诉我，给我准备了海鲜泡沫箱即日就随船发出，只需注意接听电话，在家静候即可。

那天是周四，上午同学又来电话说鲜鱼都准备好了，就是不凑巧啊，风大浪高的，船不能开了，明天再发吧，鲜鱼已经放冰柜了，变成了冻鱼，声音里透着些许的遗憾。次日上午 8 点，同学来电话说海鲜箱子终于发船上了，下午 3 点左右到烟台。

同学在遥远的海岛为发这箱海货忙乎了两天，我却毫不费力、坐享其成。周末晚上美味享尽之后，我在饭桌上给女儿讲起了我小时候在海岛生活的故事，特别是客船进出岛，我去码头接送船的故事，至今也忘不了。

20 世纪 70 年代，海岛海洋物产丰富，但蔬菜、肉类匮乏，守岛部队及家属子女的副食品供给主要靠后勤部的登陆艇，隔三岔五从陆地运进来，或者自己家开菜园子、养鸡养鸭。由于那个年代人口比较多，家中有哥哥、姐姐在岛外当兵、工作的，也都会隔一段时间，托人随船捎进来一些好吃的东西，再千方百计通知家人去码头接船拿东西。我家也不例外，"别忘了去接船啊，我让谁谁捎的东西"成了我最喜欢听的一句话。我在家是老小，尽情享受到了哥姐们的深情厚谊。那时候的船不像现在这么方便，军船有计划进出海岛，不会随意载人或捎东西。还有一艘半旧的民船，是我们海岛与外界相通的唯一重要工具，它承载着我们岛里千家万户所需要的一切物资，这艘民船，我们称之为"客船"。客船也是根据天气，隔三岔五进来一趟。到冬季的时候，遇到恶劣的天气，半月二十天不通船也是常见的事。客船进岛抵达的码头都是岛上部队修建的，供军民共同使用。码头成了是军民们等待惊喜、等待重逢、等待欢乐的初始地，也是军民们分别送行、泪洒衣襟的终结地。

我的青少年时期曾经在三个岛屿生活过。

大钦岛是长岛县城北面海域有军民居住的五个较大岛屿的其中之一，是"北五岛"位置居中的一个岛，当时有一个守备师在此驻扎，其他几个岛屿都是团级编制。客船来一趟要停靠这几个岛屿的码头，抵达此地的客下来、货下来，奔赴下几站的人上去、货上去。短暂的停靠码头时间，是岛上一天最开心、最快乐的时刻。谁家来人来客了，不论是老百姓家的，还是部队家属家的，这家就会组成小队伍到码头迎接；谁家捎来好东西了，这家也会安排闲人来接船。有时候码头上等待的人比船上的乘客都多，人们会提前赶到码头静候，望眼欲穿的人比比皆是。

那时客船没有准点到达的，不管耽误多晚，都会停靠这几个岛的码头，完成它来一趟的使命。军队的登陆艇停靠码头时会到码头一侧那个专门的位置，每当它给我们运来了各种蔬菜和水果、猪肉等食品之时，指定是我们小伙伴最高兴的日子了，我们家家都会美美地吃上几顿肉或饺子。当冬天运来白菜和萝卜时，我们小孩子也要去码头看着部队干部战士们卸船，然后也帮忙给搬运回来，再每家每户按提前预订的数量领分配。曾记得有一年冬天，船很晚才到码头，菜不卸下船就有被冻坏的可能，于是家家大人孩子齐出动，一直忙乎到伸手不见五指。

我经常跟着妈妈去接船，喜欢看船来船往、人来人往的热闹，用当地居民的话说，这叫"看光景"。曾看到从内陆或边远地区来岛的军人家属因为晕船在船上无法自主下船，被爱人背下了船，还有严重晕船的人，下了码头直接就送往医院的；曾看到那时进岛干活的民工，都身背行李卷，用网兜提着脸盆等洗漱用品。我上学那时个子高、身体壮，经常跟同学们到县城参加一些文体比赛，每次拿到奖项回到海岛时，码头上都有迎接的老师和同学，心里那个美啊，现在想想就是奥运健儿为国争光回来后的那种心情。

我还独自完成一次接船的任务呢。那天妈妈所在的部队家属红校缝纫组要加班赶制被褥，不让请假。爸爸出岛开会也不在家，妈妈说她上班路过我的班主任家，会替我请假。我只好听从妈妈的指令，硬着头皮去接船。我连跑带颠地来到码头，客船还没影儿，我躲在接船人的后面，望眼欲穿地等待客船的到来。"来了，来了。"从远处大海与蓝天的交汇处，客船常跑的航道线上，一个小黑影出现了，人群骚动起来了，人们开始慢慢将脚步朝前挪动。客船渐渐由小变大，不一会儿工夫，"突、突、突"，随着船上机器的轰鸣声，客船来到了眼前。此刻，只见船员们开始忙碌起来，抛锚、往码头上抛绳索稳定船只，放下扶梯，船上的人们开始有序地排队下船了。接船的大人们挡住了我的视线，我踮着脚仰望客船上的人儿，时不时蹦起来寻找老孙。老孙既是船上的警务人员又是勤杂人员。他经常和船友去我素兰大姐工作的县食品公司买菜、买肉。大姐和他们熟悉后，就经常让他给我们家捎东西。其实找老孙捎东西的人多了去了，老孙人缘挺好的，他会记住每人捎的东西是什么类型的，船到码头后，会一一递给来接船的人。我人小没体力往前挤，就排在众人身后，一步步往船舷上靠。等到我喊他时，他皱了皱眉头，可能在想怎么是个小孩来拿东西，就在船舷上俯身往下递我姐姐捎来的东西。那天是涨潮的时间，客船高高浮在水面上，离码头地面太高了，我根本接不到他递过来的东西，好在身边有大人看到这一情景，帮我接了过来。东西装在纸盒箱子里，捆得严严实实，我一会儿抱着，一会儿拎着，跌跌撞撞地往家赶。最后还是我们第二医院的军车看见了停下来，把我和箱子拉回了家。到家放下箱子我就往学校跑，那天下午课也没上好，心里总是在想：箱子里究竟装的什么好东西啊？

接船时的心情好得无法形容，送船的时候就感觉似别离。我是个心地柔软的小姑娘，每当家里的哥哥姐姐休完假要回去的时候，我都跟妈妈去码头送他们，看着妈妈千嘱咐万叮咛的样子，我也会泪眼婆娑地藏在妈妈身后，不让他们看到我这个样子。码头上上演离别悲伤的何止我一家？那些短暂相聚的军人与军嫂、战士与父母，都会在那分别的时刻将爱情、亲情宣泄一番。

还记得小时候有一次接船，因为突然起风，眼看要到了的客船无法停靠码头，客船就掉头驶出码头海区，从南村的唐王山南面开往我家所在地第二医院南面的那个海湾。我跟着码头上接船的人就开始往那边跑，到那儿后看到客船已经停靠在海湾里，正用小舢板一小船一小船地往岸边下人卸货。当时浪非常大，很危险，从小舢板下来的人和货物都被浪打湿了。

1978 年 3 月的春天，爸爸调到砣矶岛的二十七团，要塞后勤的一艘登陆艇来接我们家，当我们家的所有家当从三辆大卡车上装卸到船舱时，爸妈和我要登船离开了。这是爸爸从 1961 年年初，大钦守备区成立之日调进来，妈妈当年秋天携在老家出生的四个哥哥和姐姐随军，我在此出生、长大，生活了十五年的海岛，我们心里有多么留恋，有多么难舍啊。码头上是来给我们送行的人们，密密麻麻，有爸爸的战友和部下，有妈妈的好友、邻居和她刚进岛时住过的渔村房东和几个老百姓，有我一个班的女同学和其他班要好的女同学。我们流着泪挥手告别，船驶离码头，离岸边越来越远，对"老根据地"的怀念，对新生活环境的惆怅，一股脑儿都涌上了心头。我低头哽咽着，不敢再抬头看看码头上的同学们，那也是我初尝离别之情。

到了二十七团后，团部驻地离码头不像在大钦岛那么远了，这离县城也近了一些，大姐捎东西来的频率更多了。

有一次是个礼拜天，妈妈让我去码头接船，说和团部公务班的公务员张叔叔一块去。说是"张叔叔"，其实他也就比我大两岁，还没有我高。此"张叔叔"那年刚从济南哪个县入伍，18岁的年龄，满脸稚气，个子不高，胖墩墩的。因为在部队，爸妈们教育孩子们都要管他们周围的解放军叫叔叔，我也不例外，但我可叫不出口。妈妈说是让我跟着他去接船，倒不如说是我领着他，我接船可是"老手"了。在这个岛上接船，码头上等待的老百姓特别多，这儿的人嗓门儿都比较高，接船的时候人多货也多，乱嚷嚷的，不亚于一场赶大集。客船在这个码头停留的时间也长，我家的东西被顺利接到了，往回走可是不好办了，纸箱子太沉，一个人搬不动，只好两个人提着上面捆绑的绳子，我是真不好意思和那个小公务员并排走。我就让他去拦军车，让车捎我们回去，可是军车接船后不回团部要到后口那个连队去，我们也搭不上顺路车，无可奈何，我只好低着头，和他拽着箱子上的绳子，一路上都没和他搭腔，总算完成了这次尴尬的接船任务。

高中毕业参加工作后，我分到了大黑山岛。银行营业所人少不开灶，都到公社食堂吃饭。在那个食堂，早晚是咸菜、稀饭、馒头，中午是一个炖大菜，也没有多少营养的菜肴。这个时期，爸妈也转业到县城落户了，大姐不用给父母捎东西了，又和妈妈一起给我捎东西了。这个岛在县城的西北方向，离县城近，沿途只有两个码头需要停靠，客船也少，在码头等候的人也少，也听不见那么多的喧哗声了。跑北五岛客船的老孙叔叔也调到了这个线路的客船上，风吹日晒的脸庞越发紫红了，每当我去找他拿东西，他都会说："小闺女，记得明天早上把空纸盒和空塑料袋送过来啊，你大姐好再继续给你捎。"那时在县城的家里已安装了电话，公社有个总机也可以接转电话到我们营业所，但电话是公务电话，爸爸不允许妈妈因私事联系我。为此大姐每次捎来的东西里都附一封短信，把家里的情况说说，把这次捎来的东西是什么，都是谁做的或谁买的，告诉我，让我注意自己的身体，别惦记家里。我是边吃着好东西，边看家书，想家的念头早就烟消云散了。前几天我收拾办公室抽屉，翻出了我17岁那年大姐给我捎东西时写的短信，又让我重温了一下当年那个纸箱子里捎的东西，回味了一下妈妈的味道、家的味道。那时大姐身体还无恙，时隔不到一年大姐就英年早逝，此后也没有人再张罗给我捎东西了。

如今离开海岛已经三十多年了，居住地物产丰富的现状也不需要家里来回地捎东西了。但是岛里的同学还是惦记着我，有了新鲜的海鲜也会第一时间随船捎过来。上个月有一天，在县城居住的同学自己去钓鱼，回来就将收获的鲜鱼用物流快递当天给我捎了过来，那鱼新鲜得啊，简直就像刚从海里捞出来的一样，鱼鳞还泛着层层的亮光呢。去年公休假我随客船回到离别三十多年的大钦岛，如今客船多了，这艘是从蓬莱停泊，载客后直达大钦岛的，节省了沿途停靠多个岛码头的时间。待傍晚船到码头，我站在船舷边看到前来迎接我的同学的身影后，忽然感到这个码头好小啊，下面接船的人也好少啊。儿时来接船那个踮起小脚跟儿仰视这样的大船的情景仿佛就在眼前。看到来码头上接船的人不多，但车辆多了起来，我就发起感慨，来接我的同学说："岛上部队缩编了，家属也少了，村里老百姓家连上小学的孩子也都到条件好的县城去了，青壮年都外出就业、打工了，再说家家有电视什么的，谁还跑到这儿看热闹啊？"

两天后当我离开大钦岛的时候，船上的乘客大多是来旅游的，码头上也就几个渔家乐的老板过来送送行。待船驶离码头时，看着空旷的码头，看着远去的码头，我心里一阵阵酸楚，孩提时代的喧哗、孩提时代的场景，已经永远不复返了。

那时的客船、那时的码头成了我心底最柔软、最美好的缱绻，那份感情悠远蜿蜒，直抵内心。

我家的木匠

"木匠进岛了，现在在谁谁家里打家具呢，咱家也打几样吧。"20世纪70年代中期春天的一个傍晚，我在饭桌上听见妈妈和爸爸聊天。

那时候妈妈带我的哥哥姐姐们从老家沈阳随军进岛已经十多年了，住房也随父亲职位的变动搬了好几次，唯一不变的是一开始分配住房时部队配发的三抽桌、椅子、床等简易家具，这些都是登记在册的，每年年底部队后勤部都要派人挨家挨户地清点一次，每家的大人孩子像保护国家财产似的精心使用着。吃饭用的小圆桌和几把小板凳还是哥哥当兵前到后勤部的木工组，自带材料学着做的呢。进入20世纪70年代后，岛上人们的物质生活开始有了明显的提高，部队家属大院里有的家庭也已经开始置办家具了。妈妈这次提出的打家具也是在心里憋了很久，日思夜想后的主意，她知道爸爸不愿操心家里的任何事情。爸爸开始没答应，嫌麻烦，也不愿在单位带这个头。但最终还是由着妈妈的意愿，由妈妈出面联系打家具的有关事宜了。

敢想敢干的妈妈不几天就找了个"明白人"，来看了看院子里存放多年的木头，当告知能打家具时，妈妈就把在别人家刚干完活的木匠请到了家里，开始了我们家第一代家具的制作。

木匠张有通，时年30多岁，靠木匠手艺经老乡介绍进岛打家具，挣钱养活在蓬莱乡下农村的父母、老婆和三个年幼的孩子。木匠叔叔进了家门，爸爸、妈妈把我的卧室和家里的门厅当作了木匠生活和做工的场地，我则把行李搬到了爸妈在东屋的大炕上。

　　木匠开工那天，是先在院子的空地上把电锯支上割木头板，这个能把整块木头割成薄片的电锯是妈妈不知到何处借来的，其余的工具都是木匠随身自带来的。妈妈帮着木匠把那些常年堆放在角落的原木搬到了电锯旁边，原木搬离后地面上马上显露出隐藏在下面的小虫们，来我们家里看热闹的小孩子顿时热闹起来了。我也随这些小孩子用脚踹，胆大的小伙伴还敢用手抓，开心得不得了。当"嗞嗞"的电锯声袭来时，我们纷纷捂住耳朵，躲到了外围，只见锯末子飞扬，不一会儿刨花满地都是。这些木头可是来之不易，其中有哥哥、姐姐小时候到海边赶小海时捡到的。听三姐说过，有一年秋天，她到海边去赶小海，看到远处的海面上有一截原木在游弋，她不顾水深水凉，挽起裤管下到过膝深的海水里，把原木推了上来。原木太大太沉根本搬不回家，她就让小伙伴给看着，她跑回家叫上哥哥，然后来海边把原木搬回了家。木匠忙完了这套活儿，把木板搬到家里，妈妈则把刨花和锯末子用麻袋分别装好，留作当柴火。看到院子里又有柴火了，我高兴极了，因为短时期不用我去上山拾草了。

　　木匠日落而息，日出开始工作，自己边设计图纸边做工，由妈妈审阅图纸。有天晚上睡觉时，我听爸爸、妈妈为做大立柜还是做书柜争论不休。爸爸说家里没地方放书，应该打个书柜。妈妈说你们那些破书净占地方应该卖了，大立柜是主要的。我本来已经困得不行了，急忙钻出被窝，说："我要书柜，我要书柜，不许卖我的书。"后来还是我和爸爸赢了，妈妈同意做书柜了。

　　木匠在我家干活儿，妈妈会经常买来好酒好烟招待他，做饭时也会加一两个好菜。这个木匠酒量不大，但因常年出外做工，已经养成了顿顿喝酒的习惯。我记得他喝完酒后都会红脸，尤其他长了一对大瞪眼，红眼珠子的样子很好笑，然后接着干活，不大言语。木匠在我家有吃有喝的时候也会经常惦记老家的老婆孩子。那时我们海岛鱼虾多，又没有冷藏冰冻的地方，当地居民送来的海物吃不了就给晒干了，留待送人。自从木匠来了后，我家的干海物都会悉数给他打包邮走。

木匠做工时，会经常到院子里锯个木头条啊，刨个木头板啦，夏天时他会把铅笔别在一只耳朵上面，随时拿下来写写画画地做记号。他还有个墨斗，是用来画线的，我很好奇我那时在学校练毛笔字用的墨汁，被他借用后倒在他那个墨盒里怎么能在木板上画出一条笔直的线来？原来是上面有个通过墨盒染黑的白绳子，它的一端被木匠固定在木板的一头，染黑的白绳另一端用线轮给拉到木板的这一端，待笔直后，用手抖一下这个染黑的白绳，瞬间绳子的弹力就将上面的墨打在了木板上，然后用锯沿着这条笔直的黑线，把木头截成他需要的大小形状。这真是个技术活儿啊，我开始对他刮目相看了。冬天海岛气温低，他喜欢围一个毛线织的耳朵套子，用嘴巴连接支撑这个耳套，两只手时不时会抄在宽大的棉袄袖口里暖和暖和，滑稽的样子让我每每看到都会忍俊不禁。看到他棉衣单薄，爸爸拿出他的一套旧棉衣，他的棉衣每年都是特制的，军人最大号的"一号"服装他穿着都小。木匠个子不高，穿上身高是184厘米的爸爸的棉衣显得越发瘦小，这难不倒会裁缝手艺的妈妈，稍微改了一下，木匠就能穿了。爸爸还拿出一顶崭新的军用棉帽，因为哥哥姐姐们都当兵，老家人又远在东北沈阳，也没啥人要送的，就送给了木匠。木匠非常高兴，要知道在那个年代能得到一些军用的服装和帽子，可真是了不起的人物呢。

木匠做工时常常会有些邻居家的叔叔、阿姨来观看，对木匠叔叔的手艺活儿评头论足。然而他们不是来看热闹的，他们更想要定制家具，但家里上有老下有小的，的确没有地方请木匠上门。好心肠的妈妈只好答应他们，让他们把木头拉来，由木匠在我家继续做工，工钱、饭钱由他们各家出。听说木匠不走，我可不愿意了，我的卧室让他占领了还有没有头了，我在爸妈屋里也太不自由了，但后来都让妈妈用绿箱子里的好吃的给糊弄了过去。

　　木匠什么时候走的我已经记不住了，只记得他走后我们家重新布置了一次。新做好的五斗橱、书柜、碗柜和那个小矮柜子都放到了妈妈指定的地方，散发着顶鼻子气味的油漆味还没消失，妈妈就开始给它们填充内容了。书柜由我和爸爸负责，书柜的上两层放爸爸的书，下一层放我的书，最下面的两个抽屉，放我和爸爸经常玩的军棋、跳棋和扑克等。我会把小画书、小说和订的刊物分门别类归纳好，取纸写上编号，正儿八经地摆放到柜子里面。

　　木匠再次来我家是在转过年夏天的一个傍晚。我放学回来一下子看见木匠领着老婆孩子在我家呢，原来木匠早就进岛了，在别的地方做工，因为好久没回家了，老婆孩子想念他就进岛来看望他了。可他做工的人家没有地方接待老婆孩子，他就想到了我妈妈——老马大嫂，于是就带着老婆孩子来借住了。好客的父母赶快又把我撵到东屋的大炕上，让他们一家五口住到我的卧室里。那几个小孩从来没见过床，那时我们家床上的棕榈垫子也是部队统一配发的，非常有弹性，很舒服。那个大胖闺女领着妹妹在我屋里的大床和小床上可是扑腾开了，上蹿下跳，烦得我都不想搭理她们。那个年幼的小弟弟可爱多了，在木匠老婆的怀里静静地看着两个姐姐玩耍，我一伸手还让抱抱，一点儿也不认生。木匠老婆带来了一个大如脸盆的花生饼，妈妈用斧头给敲碎，装在一个广口的玻璃瓶里，这成了我的零食。花生饼尽管还有点石头沙子硌牙，但我还是每天当零食吃，有时带到学校给小伙伴们分一点儿。长大后才知道，那些硌牙的东西是因为农村小作坊榨花生油时根本都不清洗花生，所以脏东西什么的也清除不掉。

　　木匠给我家做的家具在 20 世纪 70 年代后期开始随父亲在部队、地方这些岗位上的变动，我们先后多次搬家的情况下，漂洋过海地在长岛的各个岛上跟随着我们，宛然是我们家的固定资产，堪称镇家之宝。

木匠走后的那些年里，他会时常给我们家邮寄花生米、地瓜干等农产品。我们家也会回敬他一些海米、鱼虾干等海产品，每次都是妈妈带我到邮局，由我填写包裹单子。木匠张有通已经成了我们家的"远房亲戚"之一了。

木匠家的大女儿初中毕业后来到了长岛县城的一个企业打工，她带着她父亲给的地址，终于找到了我们家。那是20世纪80年代中期，每逢周末休息日，她都会来我家待上一天，一点儿也不见生。我那时候已经工作，在单位里有宿舍，因忙于工作也只有在周末回家住住。每每到家就看见那个长大的大胖丫头在我的房间里，总是守着一堆零食，趴在写字台上，摆弄我的日本"三洋牌"双卡录音机，身后是她爸爸十年前定做的五斗橱。她大大咧咧的性格一点儿也不像当年那个有些木讷的木匠叔叔。我和她搭讪最多的话语是提醒她别摆弄坏了我的录音机，那可是陪伴我多年的宝贝啊。我常常问妈妈："那家伙什么时候能走啊？"善良的妈妈总是让我到另外一个房间待着，让我别和她斗嘴，也像当年对待木匠叔叔那样，热情地招待着她，给她包饺子吃、炖小鸡、煮海鲜，唯恐我的冷眼相待给她带来不安。

今年国庆假期，我回了趟长岛，来到了爸妈的老屋。爸妈来烟台随我居住也有二十多年了，无人居住的老屋明显苍凉、陈旧，那些旧物品记载着我们家的历史。木匠制作的家具还在每个房间里矗立着，紫红色的油漆已经掉落得斑斑驳驳了，已能看见原木的颜色。这是爸妈家的第一代家具，也是至今还保留着的唯一的家具。这些旧物件让我仿佛一下子回到了小时候和爸妈在海岛生活的那个年代。

瞧，那个五斗橱上面的抽屉已经变形，我好不容易才拉开，里面尽是些杂七杂八的物品。下面柜子里的衣物也有了发霉的味道。看，那个四层高的书柜也越发矮小了许多，我少年时代积攒的图书也寥寥无几了，因为我们姊妹们的下一代都是在这老屋里爸妈给看大的，我的藏书早就给他们瓜分了。但信手拈来《未来的战士》《闪闪的红星》等那个年代流行的儿童小说还在。爸爸的书籍倒是都保留着，那些军事的、政治的，当兵时的、到地方好几个单位的专业书籍，也没有人会惦记，它们随同爸爸的多个笔记本，依然满满占据着这个书柜。还有那个放在北屋门后的小柜子，已经成了妈妈的储物柜。曾经给邻居阿姨们剪头的工具，给周边邻居做衣服用的裁缝工具，和阿姨们打牌的扑克、麻将，还有用来记输赢的装在用纸糊就的小盒子里的杏仁核，都静静地躺在小柜子里面。我仿佛一下子回到二十几年前，看见妈妈和邻居阿姨们围坐在一起打"手把一"扑克那个开心快乐的场景了。餐厅里的那个碗柜子，上面的两扇门都关不严实了，里面碗啊碟子啊一摞一摞的，规格也不统一。那时没有到饭店吃饭的习惯，我们这个大家庭吃吃喝喝的都是妈妈一手料理的。那时我们姊妹都在外地工作，每逢假期我们会拖儿带女乘车、坐船往家里赶，爸爸妈妈碗橱里的七个碟子八个碗哪够用的啊，会不断地添置，那小富即足的生活曾经养育过我们家老老少少近二十口人。我在碗柜下面那个格子里还翻出了爸爸上班时单位奖励或发放的不锈钢暖瓶、压力暖水瓶，好几个呢，都是崭新的，外包装都没打开过。

从长岛回来，我把手机里的老家具照片给爸爸妈妈看，还和他们聊起了木匠张叔叔，爸爸说："他现在也是70多岁的老人了，四十多年过去了，不知你张叔叔还好不好！"于是我撰文写下这篇回忆文章，以纪念之。

干草垛

20世纪六七十年代，部队大院的军人和家属虽然吃军供商品粮，但在那个物资匮乏的年代，也和岛上渔家一样，家里要用大锅灶煮饭吃，每家每户都要储备煮饭烧火用的原材料。原材料有野草、树枝和落叶，就连自留地里结过果实的瓜蔓藤子也不放过，积攒多了就慢慢形成了一个干草垛。那个干草垛留给了我深深难忘的少年时代回忆。

在大钦岛时，我们在部队大院住的都是一排一排平房，房前仅有的一个小院子要种瓜果蔬菜，于是房顶就成了干草垛的最佳存放地点。

从我记事起就看见哥哥和姐姐放学后的主要任务不是上山就是下海。下海是以玩为主，顺便扎个猛子捞点海虹、磨螺，落大潮的时候，还能捡些海参、鲍鱼回来呢！这些东西着实为生活在那个不太富裕年代的家人打了牙祭。而上山就没那么好玩了，路远草少，要翻山越岭很是劳累，都是母亲催促好几遍才去的。

岛上的山多但都不高，岛上的老百姓不以种地为生，没有农作物的秸秆可供，所以山上的那些松树和槐树就成了我们军民共享的资源。岛上黑松树多，刮大风时树上松针被吹落，特别是冬天风多风大，树根周围一片金黄，是最好的"引火草"。部队大院的生活条件好于老百姓。岛上渔家不舍得花钱烧"咋子"（煤），尽着烧柴火，黑松松针不够划拉的，渔家的孩子就划拉地崖上的荒草，甚至费好大劲用镐把树根子（因招病被伐的树木）刨出来背回家。哥姐们上山就是去树底下划拉些松针回来，好给妈妈做饭烧火用。

我哥哥挺有办法的，和住在我们"西山十五户"的房后山上的通信连的战士们交往得挺好，就让他们帮着拾草，几个人分别用背包带捆一小捆干树枝子递给他，送回家就是一小垛。作为感谢，哥哥会把战士们的衣物拿回家，让会裁缝手艺的妈妈给缝缝补补。哈哈，哥哥就是聪明，这就是如今所说的借力啊。

在狂风暴雨过后的时段，哥哥姐姐们还能捡些风刮落的树枝回来。那些妈妈做饭用不了的柴草就堆积到房顶，用绳子揽起来，绑到烟囱旁，慢慢形成了一个小草垛。夏秋两季草垛是增高增大的形状，冬春两季草垛慢慢变小变矮。跨年度的陈柴草里，不时常会爬出来像"草鞋底"那样的虫子，小小的草垛竟成了我最初认知动物世界的启蒙场所。

到了我能上山拾草的时候，哥哥姐姐们都参军或工作离开海岛了，家里就剩下我和父母。吃饭的人口少了，房顶的草垛堆也就没原来的高大了。由于旧柴草放时间长了烧起火来烟大呛人，只能用新柴草，于是让草垛推陈出新，再让它慢慢变大，就成了我责无旁贷的任务了。

那时候，岛上封山护林，严禁乱砍滥伐，每年除了有几天的"开山日"才允许拾草，余下的时间会专门有人看山，想拾草的人们只能在山底下拾掇点乱草和落叶。到了"开山日"这几天，岛上比过年还热闹。天刚蒙蒙亮，渔家能干活的人就要带上镰刀、大网兜和绳子等家什上山。为了多拾点柴草回来，有的人家还要带上干粮，准备在山上大干一整天。渔家没有平房，就在房前屋后搭个草棚，棚顶苫上防雨的草帘子或废旧的油衣裳，上面放树枝，里边放"引火草"和松球。草垛，是那个年代岛上人家的标配，垛堆越高越大，就说明这家人勤劳能干。在部队像我这样的小孩仅靠搂草划拉树叶子根本解决不了全家一年的柴草问题，于是部队就会和地方提前联系，抽出一天的时间，用军用大卡车拉着解放军叔叔，到指定的山上砍回一大堆松树枝子，然后给每家每户分一堆。待松树枝子晒干后拖到房顶，捆扎起来后一个崭新的干草垛就伫立在每家每户最显眼的位置。

记得在家父调到部队医院的那几年，有一次我星期天没事也跟着大人们上山，好不容易爬到了军用大卡车上，竟看到了几个女兵，她们也全身绿军装，戴着白手套。那时候的女兵，干部子弟的多，哪干过这样的累活啊？但是到了山上后，她们也和那些男兵一样，有的挥刀砍树枝，有的捆好树枝往山下拖，然后再装到大卡车上。我想帮帮她们时，她们就笑着对我说："小孩快靠边，别碰着你啊。"那些红通通的脸庞和好听的普通话让我陶醉其中，我转来转去地跟在她们身后，只有拿着军用水壶给她们递水喝的任务了。后来那些晒干的松树枝子给我的印象特别深，它有松油，烧火有劲儿，在锅底下燃起来噼里啪啦跳着火星，不一会儿锅里的饭菜就飘出了沁人心脾的香味。当吃上香喷喷的饭菜时，上山拾草劳累的烦恼早就烟消云散了。

记得1978年3月，父亲从大钦岛守备区调到砣矶岛驻军那天，部队的专用登陆艇来接送我们一家，从我家运出的三卡车东西，仅柴草就装了满满两大车厢，颇有古时候"兵马未动，粮草先行"的架势，很是壮观。因为这些柴草，头两天爸妈还大吵了一架，因为妈妈打听到砣矶岛上居民多，山上柴草少，所以提前把房顶的柴草都捆扎好准备搬家时一同随行。父亲却觉得这样影响不好，可母亲头脑中那个"破家值万贯"的传统观念已经根深蒂固，"柴草也是我们家的重要部分，到了砣矶岛人生地不熟的没有柴草烧，你有给我们解决的办法吗？"父亲说服不了母亲，也就默默应允了妈妈，于是这堆柴草就随着我们一家漂洋过海驻扎在砣矶岛军营的房顶了。当这个干草垛越来越小的时候，我又开始了放学回来上山拾草的营生。

那时砣矶岛山高石头多，记得我有一次拾草回来，背着满满一网兜的柴草下山，脚下一滑，一下子单腿跪在了地上，让一块带棱角的石头给硌破了左腿膝盖，白生生的皮肉咧着大口子，鲜血流淌不止。同行的小伙伴们又帮着背草又搀扶着我，到了团里的卫生所缝了好几针，至今每每看到这条疤痕我都能想起那次上山拾草的场景。

跟随着父亲一次次调动和搬迁，随着生活的日益好转，进入20世纪80年代后期我家的干草垛也就没有了。

现在人们用液化气，用天然气，用电来做饭，有时还到外面下饭店或到超市和小市上买回来吃，不再过那种吃了上顿惦记下顿，整天"睁眼七件事，柴、米、油、盐、酱、醋、茶"的日子了。尤其是柴，它在睁眼七件事中的首要位置也销声匿迹了。再看看现在的孩子放学回来，幸福快乐地进行自己喜欢的活动，无忧无虑地生活着，还有谁知道我们那个年代的干草垛啊。

老纸缸

周末在我家楼下古玩市场看到一个东西，很兴奋。这是20世纪70年代我们胶东半岛家家户户几乎都有的纸缸，是专门用来盛粮食的。

仔细观察了这个纸缸里外糊的报纸，这应该是1979年以后的手工了。什么"中华人民共和国成立三十周年"、"春节"、党的三中全会公报，政治色彩很浓厚的报纸内容，很有年代的沧桑感！感谢它的主人收藏至今，让我想起了一段四十年前我妈妈糊纸缸的故事。

1976年至1977年，我在海岛的中学上初中，正赶上国家政治浪潮风起云涌的时候。学校要求我们学生每人每年必须订一份报纸，要关心国家大事，做无产阶级革命事业的接班人。作为班长的我遵班主任之嘱咐，天天收钱，记名单，督促同学们订报。当时报纸是每月3角，一年下来就得3元6角，这点钱对我们这些部队子女没什么，可是对那些当地渔村的孩子来说，跟父母要出这些钱来，可就费点儿劲了。通过同学们回家做工作，班里四五十个同学最后只剩下小浩村一个男同学没交了。那几天，他老是躲着我，我一跟他要钱，他不是撒丫跑了就是扎到男生的堆里，弄得我也不好意思追赶。这个同学是当时班里最调皮的一个男生，上课是经常迟到、早退，来了也不愿意学习，时常和同学或小伙伴们打架。印象中晒得黑紫色的圆脸蛋上经常伤痕累累，往往是旧的疤痕没好，新的伤痕又挂上了。

我跟他要了几次订报钱，他看躲不过了，就直接打起我的主意了。"班长你借俩钱给我吧！"那个嬉皮笑脸的样子我至今都记得。我一听——我钱罐里那几个钱还有老多没舍得去买的东西呢！给他那不是肉包子打狗——有去无回吗？但他就是不订报的话，我们班就完不成任务，学校规定的时间就交不上钱，那我们班主任多没有面子啊！班主任天天追问我订报的情况，我感觉班主任就像我们同学那时写忆苦思甜作文里的地主老财，成天向老百姓收租子一样烦人。那天回家想了一晚上，我心里有了主意！

我第二天到学校后找这个同学，结果这个小子却没来上课。急得我抓耳挠腮，下课后就让他一个村的同学去打听，原来他生病了。又过了几天，他终于出现在教室里，一听我又说订报的事，他又躲闪，我急忙上前截住了他，告诉他我可以帮他订，但前提是你自己得掏点钱，剩下的我再借给你。我逼着他拿钱，他翻遍了身上的几个口袋，一分也没有。我就让他回家跟父母要，明天务必带来，如果带不来，我就上你家去要。他看实在躲不过去了，次日从家带来了一把碎钱，有毛票，有钢镚儿，我一数才一块来钱，真没有办法啦，我这才很不情愿把自己的零花钱拿了出来，凑足了给他订报纸的钱，终于完成了学校布置的任务。

话说我订的报纸来后，我认真地阅读，抄写有关段落，像煞有介事地写读报日记，当报纸积攒了一段时间后就拿回家，用铁夹子夹好挂在自己房间的墙上。直到有一天回家，看到我的报纸让妈妈泡在水里，说准备糊纸缸，我伤心地哭泣了。零花钱给同学订报纸了，知道那个同学也不会还我的钱，就没敢告诉妈妈，实际上我这份报纸可算是高价买的啊，我都当宝贝一样地珍藏着，现在却泡在了水里，我的内心不再强大了。爸爸下班回来看到我伤心的样子，心疼闺女，就说妈妈不该动孩子的东西。妈妈也很委屈，说跟爸爸要几张过期的报纸，爸爸说是公家的东西不能随便拿回家。妈妈这是看别人家糊纸缸也想动手尝试一下，所以就打起了我那些报纸的主意了。

报纸是保不住了，我再哭也没有用了。现在我已经忘了妈妈后来是怎么哄好我的。接下来，妈妈糊纸缸的行动吸引了我，我非常好奇我的报纸怎么能变成个装粮食的缸。只记得妈妈把泡成碎纸的报纸和事先用白面粉打好的糨糊掺和在一起，找来个瓷坛子当模具，让它口朝下底朝上站立着，然后用这些和好的纸糊糊往那个瓷坛子上糊，先糊底再糊肚子，一层层向下糊，糊到离瓷坛子的口接近时，就打住收手。怕太阳底下晒裂了，就放在阴凉通风的地方晾晒，几天后趁这些糊糊没有干透，就从那个瓷坛子上慢慢褪下来，一个纸坛子就初具规模了。再晾晒几天，用新买来的牛皮纸把里外贴上一层，又光滑又顺眼，再把粮食装进去，纸坛子摇身一变就成了我们家的不动产啦。随后妈妈又糊了几个大小不一的纸坛子，不同的是，要先征求我的意见后，再用我的旧报纸。而我后来也学会剪报和摘抄了，把有用的、喜欢的留下来，把余下的给妈妈，双方都皆大欢喜。

由于报纸和糨糊糊的纸缸子容易生虫子，再加上现在又有了那么多装粮食的器皿，我家的纸缸子早就不复存在了。今天见到的这个纸缸子也是让我开了眼界，那身漂亮的花外套，那该是多巧手的人儿制作出来的啊。

一个旧物件，一段美好的回忆。

胶东面食香喷喷

我们胶东半岛素来有春节前蒸面食的习俗，在这辞旧迎新之际，家家发面、蒸面食取"发""挣"吉祥之意。一锅锅热气腾腾的、一个个具有象形图案的"年年有鱼""寿桃献瑞""如意吉祥"的大饽饽，寄托了胶东人民对物质富足、精神富有的美好追求。

但现在条件好了，满街都有卖的，许多家庭就不用亲自做了。这不，昨天朋友给送来了两箱饭店加工的面食，品种繁多，有大枣粘在外皮上的枣饽饽，有大黄米馅的，有豇豆馅的，有红糖馅的。样式也多，有圆形的，有饺子状的，有三角形的，有桃子、鱼、莲子、如意形状的，这后四样都是用那种木头刻制的模具完成的。其中还有一大袋是以生肖形状蒸制的十二个小动物，个个活灵活现的样子。我急忙联系快递小哥将一箱邮寄给远在南方的亲戚，以解思乡之情；另一箱放到北窗外露天地的阳台上，一直能吃到正月里。

现在的孩子对面食没什么兴趣，还是我们这代人对春节的面食感情很深。每逢春节，我尤其怀念 20 世纪六七十年代在海岛时那些渔家人做的大饽饽啊。

那时，当地人以打鱼为主，粮食作物种植得很少，基本口粮都是当地的粮管所按人均数量每月供给制分配。每月每人二十几斤的供量基本上以面粉为主，面粉也都是上年度的陈粮，国家粮库的粮食都是每年进新粮换出陈粮，名曰"战备粮"。小时候我家的面粉都是用来包饺子、做包子的，爸妈是沈阳人，喜欢吃大米，不常蒸馒头。每月到粮管所买粮的时候，妈妈总喜欢要粗粮，因为大米是归类到粗粮里的。但那时候每人每月只有 5 斤的粗粮，大米成了稀罕物，粮管所也无法协调。好在部队里有家庭条件好的，余下的粗粮就换给了我家，解决了我家子女多粮食不够吃和爸妈的饮食偏好。

每月到粮库去买一次粮，我陪妈妈去的次数最多，因为哥哥、姐姐都大我很多，早早都参军或参加工作离开了家。同学海波的妈妈在粮管所工作，每次去都看见阿姨穿的工作服、戴的帽子上面都是白花花的粉末。阿姨卖粮时都是把称好的面粉从一个铁皮围成的上面大、下面小的模具里，倒进我们自带的面袋里，砰的一声，粉末飞扬，我们的眼睛会不由自主地眯缝起来。现在每到圣诞节，我看到大白胡子的圣诞老人都会先想到过去卖粮人的满脸面屑。

我出生在海岛，从小喜欢吃面食，当妈妈不做馒头的时候，我都是表现积极地去部队食堂买馒头，宁肯排长队也要吃馒头。每到八一建军节时，买回的馒头都会比平时买的颜色白很多，听大人们说是"八五粉"，就百思不得其解："八一怎么不吃八一粉，还八五粉？"直到长大后才知道，"八五粉"是小麦粉磨过程中，面粉提取的精度，越白的面粉就越精，后有叫"精粉"的就是这个道理。

春节前，当地老百姓用面粉蒸饽饽（较大个的馒头）是腊月里忙年的重头戏。发好了面要让家里的男人来揉这个面，男人劲儿大，揉的面越硬越好，这样蒸出来的饽饽才密实，没有蜂窝眼儿，筋道、好吃。那时每家每户的子女都多，一般都用八印或是十印的大铁锅，十印的锅内直径是 80 厘米，在里面放上十个左右的生面坯，面坯个儿越大，越显示这家的生活好，富裕。灶底下的火也要用岛上种植最多的，用带松油、劲儿大的松树枝子来烧，当蒸好出锅的馎馎麦香四溢时，掰下一块就着鲜鱼、虾酱或咸鱼，甭提多美味了。大馎馎出锅时趁热在最上面的中心处点上一个红点，与日常做的馒头区分开，有了节日喜庆的面相。待凉透后用竹篮盛好挂到高处或放到厢房的空水缸里，过年走亲戚时当礼品用或做祭祖的贡品。当用小竹篮装上一两个大馎馎，上面用干净的龙佩（海岛方言，即毛巾）蒙上，走亲访友实属上乘。对方家如果条件好的会用蛋糕、桃酥来回礼，大部分的家庭还是用自家蒸的馎馎来回礼。几轮下来，可能最终自己家的馎馎又转了回来。我们部队家属一般没几家蒸馎馎，像我家以吃大米为主的更没有这个了，但我们会收到房东家送来的大馎馎。

部队食堂偶尔也会调剂食谱，那种用白面粉制作的、用油炸过的"小果"，也是我们大院孩子们的至爱。小果是用面皮切成菱形，当油炸过后每个中间会有一个凸出的空间，我们小孩子有时就叫它"气鼓"。每当捧个饭盆排队买回家，路上就被那金灿灿、香喷喷的"气鼓"给馋得不轻，头低着，在"气鼓"上抽动鼻翼使劲闻闻，但从不敢动口"先尝为快"，因为被爸妈教育过，都很听话。由于食堂做"小果"的次数少，偶尔做一次时本来家里这天不用买饭的，但听说食堂卖这个，我就会急急忙忙从大人手里接过饭盆和饭票往食堂奔，去得早了就能买到，去晚了就空手而回了。吃完小果，盆里剩下的渣渣也会倒在稀饭上面，搅和一下，吃下去，口齿生津，香死了。

当地老百姓除了在春节用面粉蒸制这些馎馎之类的面食，在每年农历的七月七、八月十五也会用面粉做出"巧果""月饼"之类具有特色的民俗风味面食。家家户户都有几个用木头刻制的用来制作巧果和月饼的模具，逢节使用，频率不高，有时邻居们也会相互借用。我家这些年搬家多次，唯一没有遗失的就是这些模具，非常珍贵。记得我三姐前些年要到澳大利亚去看孙女，想带几个模具过去，我就是不舍得把家里的给她两个，愣是跑遍了本地的几个市场找寻，最后还是在国庆节期间逛南山公园时，才发现一个农村老哥摆地摊在卖这些玩意儿，每个20到50元的价格不等，于是就给三姐买了几个。三姐也不负众望，漂洋过海到澳大利亚后给儿孙们展露制作胶东面食的手艺，使我们灿烂无比的中国民俗之瑰宝在外国的大地上得以发扬光大。去年"七夕"节期间，我一个早当上奶奶的好姊妹，跟我借模具要给孙女卡巧果，制作期间她发来微信照片给我看，小孙女也扎着围裙，乖巧伶俐地在她身边帮忙，这个姐姐告诉我："小孙女平时可调皮了，一点儿也不好带，可是我卡巧果时，她在边上也动手做，玩得可好了。真想天天做，让她能老老实实地待一会儿。"瞧，这也是我们胶东人做面食的好处啊——带孩子不累。其实我们小时候也想玩这些模具的，可是粮食那么金贵，家长才不舍得让我们参与呢。

再说说八月十五的月饼，回到那个物资匮乏的年代，海岛上老百姓家里做月饼，要上哪儿去买那些青红丝、核桃仁、芝麻啊，有的家发明了用炒熟的面粉拌上白糖当作馅子。这就和我们当地的"油炸花生米"的歇后语——自个炒自个（花生油炒花生米）一样，是自己包自己啊。我和妈妈在房东家就吃过这个"自己包自己"的所谓月饼，一咬里面的馅就往外掉渣渣，真没什么吃头，但那个年代能吃上这个就不错了。

话说我三姐每年从澳大利亚回来看爸妈时，不舍得儿孙们在外吃汉堡之类的洋快餐，于是她买面、发面、擀皮，提前一周给儿子家做了八九样面食，有饺子、馄饨、葱油饼、馒头、花卷、馅饼、糖包、发糕、炸麻花等，放了半个冰柜，说足够他们吃上半年的时间了。待儿孙们吃完这一冰柜的食品，又到了她再次起程的时候了。做这些品种繁多的面食手艺现在也只有像三姐和我们这帮五六十年代出生的人才会。

想想自己还真是很幸运，参加工作后一直都在农字口的银行转悠。最早我在农行时，在基层营业所工作，有幸与老农民打成一片。在麦收和秋收季节，走村访户，发放农业农户贷款，有时要参加助农劳动，割过麦子，收过玉米，真正体验了"汗滴禾下土，粒粒皆辛苦"，还为粮管所做金融服务业务，上门对账、核对库存。当那传送机把农民收获的麦子传送到高大整洁的粮仓里，心里洋溢着那种国富民强无以言表的幸福感。

以面食为主食，世世代代的胶东人把它传承了下来。有因出果，胶东人普遍长得人高马大，小伙子健硕，闺女高挑。但如今，说吃面食长脂肪，不利于健康，一些爱美之人就躲避拒之。但我可是吃着胶东的面食长大的，一顿不吃也不行。特别是外出赴宴，酒过三巡后，主人还在礼节性地问问："来盘饺子？""一人一碗面条吧？"我总会爽快地说："好啊！好啊！"呵呵，这真是名副其实的"无面不欢"啊。

就在此文编写之际，大钦岛上的同学发来了第一锅饽饽出锅的小视频，又来勾引我的馋虫了！延杰和宏岩两口子都是我的同学，他俩平时不住岛里，在烟台帮着带孙子，但春节必须回岛上，乡土乡情是他们永远也割舍不掉的亲情。他们回岛后，会按渔家的传统习惯，忙这个年，该扫灰时扫灰，该炸化鱼时炸化鱼，今天又开始蒸大饽饽，想把个春节过得既有仪式感又有喜庆感。他们勤劳纯朴，辛苦忙年，让祖祖辈辈的年俗得以传承下来，让我们这些从小在海岛和他们一块长大、长大后随父母到全国各地居住的、部队家属的孩子好生羡慕和感怀，我们已经回不去祖辈的家乡了，我们随参军的父亲四海为家了。

只见小视频里延杰请来了本家大嫂盘腿坐在炕头儿的面案旁边，宏岩站在炕边用小型压面机把已经发酵开的面坯从压面机里走几遍，再交给大嫂。大嫂用两只灵巧且有力的手，在面案上不停地揉啊揉，把一个个面坯揉得表皮光滑没有褶皱时，下面垫上玉米皮儿，依次放入厨房的大锅灶上。火头军是延杰，他准备好树柴，待锅里的面坯醒发十多分钟后，点火，拉开电闸，鼓风机吹动着灶膛里的火焰，岛上特有的松树、槐树枝条，有油性，越吹越旺性，硬硬的火苗承担着蒸熟大馍馍的重任。半个小时后，一大锅上下两层的大馍馍蒸熟了，停火再焖半个小时，大馍馍才完美亮相。宏岩趁热给大馍馍点上小红印儿，馍馍白白的面庞上顿时有了喜庆的面相。它们只待到楼上的八仙桌上，静静等待几日，就会迎来延杰和洪岩的儿子全家，那时，过大年的帷幕就该徐徐拉开啦。

说起岛里同学，又想起了 2018 年 8 月 15 日在大钦岛海域，一艘客货两用船只在靠泊码头时，受大风影响，被大风推进养殖区域，船舶推进器被海带缠住架子失去动力，一时间停航动弹不了。那是上午 9 点多钟出现的险情，随后海上救助工作开始了。因风大浪急，水下和海面的清障作业进展缓慢，船上 284 名船员和旅客的生命危在旦夕。到了晚上，岛上所有商店的物品已经全部搬空，船上旅客"饿、饿、饿……"喊声一片。俗话说得好："肚中有粮，遇事不慌。"这肚里没粮，再加上夜晚在茫茫的海上，在有险情漂浮的船只上，人们都看过"泰坦尼克号"的悲剧，恐惧的心情可想而知。同学唐金红的丈夫，南村党支部书记肖本仁大哥正和乡党委一帮人马在救助现场，他正忙着动员自己的亲侄子冒着生命危险，穿潜水衣下海清障。当他得知旅客吃不饱饭，快安抚不住，将会出现更大的险情时，就回家动员妻子金红和村里几家妇女，连夜蒸白面馍馍。按一人一个计算下来，肖书记让她们赶快蒸四百个。金红自告奋勇领下任务，要蒸两百个，余下几家承担那两百个的重任。金红平时干活就手脚麻利，这会儿更使出了浑身解数，用家里一个烧柴草的灶台、一个液化气灶，同时蒸发面馒头。那边烧着火，这边发着面；这边揉着面，那边烧上水。她大干了一个通宵，双眼熬得通红，连蒸了两百多个馍馍。其间肖书记安排村民，不时到这几家挨家收蒸好的馍馍，再趁热送到船上游客手中。救助工作有条不素地进行着，旅客们吃饱了，喝足了，安心在船上休息等候天亮。天亮后轮船终于恢复动力后驶入航道，并在专业救助船的护航下，安全抵达长岛港。

海岛人民没有震天动地的壮举，但他们心地善良、齐心协力，想旅客之安危，帮旅客之困难，用区区几百个饽饽暖了难民的心，成就了一段渤海湾上"海难不可怕，岛民齐相救"的佳话。由此可见，海岛的饽饽不仅是香喷喷的，更是救难的神器，功不可没啊！

写完文章，翻找大饽饽照片时，今天《烟台晚报》上一张照片和信息吸引了我，《100盒蓝白饽饽送给福利中心老人》，是一篇关于烟台著名面食制作企业——蓝白餐饮有限公司在春节来临之际献爱心的报道。由此可见，胶东大饽饽不仅是香喷喷的，更是送爱心的小天使，个个有情有义。

老口味月饼

光阴似箭，日月如梭，转瞬间又到了中秋佳节。

团圆是中秋节的主题。作为节日食品主角的月饼，是中国民俗文化的载体，它不但蕴含了中国人合家团圆、分享亲情、向往美好的人伦理想，而且月饼是一种美味的传统食品，既能表达人们对生活的美好祝愿和寄托，又能增加节日的气氛，在礼尚往来中传递着节日的祝福和问候，让人与人之间的联系更紧密。

尽管这些年来我吃过了不少种口味的月饼，像鱼翅月饼、鲍鱼月饼、蛋黄月饼、鲜肉月饼、椰蓉月饼、豆沙月饼等，但都赶不上老口味的月饼给我带来的味蕾感受：酥软不腻，香甜可口。苏东坡

"小饼如嚼月，中有酥与饴"的名句，我看像是给老口味月饼"量身定做"的。

我喜欢吃老式月饼，每年市委的机关食堂从七夕后就开始了一年一度老式月饼的制作，我都会提前预订一些，早点儿买回来给自己和家人尝，给朋友和亲戚尝。让他们提前品尝是怕到了过节的时候和其他的月饼扎堆时就没有了闲情逸致，就吃不出老口味来了。

机关食堂的月饼是很普通的五仁、八宝月饼，以前是 10 元一斤，现在已经涨到 12 元 5 角一斤了，但这也是月饼市场上最便宜的价格，一般人还买不到。好东西肯定是供不应求的，况且和我一样怀旧的还是大有人在。

近段时间我在家附近的市场上，已经看见好几个摊位卖"食堂月饼"的，每斤加价后到 15 元一斤。其实如果是正宗的，贵点也值得，就怕是假冒的。听说现在本市仿机关食堂做月饼的没有十家也有八九家，连机关食堂退休的老职工，手里也有这个配方，也会亲自操刀或当"顾问"做"食堂月饼"，然后再批发或零售，能赚不少钱呢。

"食堂月饼"的老口味，迎合了我等喜欢怀旧市民的心理，老式月饼的商机越做越大。今年机关食堂成立了"老大院食品有限责任公司"，出品的每袋月饼的包装虽然和往年都一样，但贴上了防伪二维码，以区别那些仿制"食堂月饼"的厂家和商家，是给自己验明正身呢。

记得前些年还在单位上班时，有一年临近中秋节，有朋友送来从栖霞县城捎来的老式月饼，这是藏家庄镇老供销社食品厂的主打产品，曾荣获 1990 年山东省供销社系统优良产品奖。尽管供销社早就改制了，但食品厂的老工人们却把这种口味的月饼加工方法传承了下来，改由小作坊生产，并在当地创出了"星阁"的品牌。一个简简单单的包装袋里有四块烤制焦黄的圆月饼，咬上一口皮儿硬邦邦的，没多少油水，而带青红丝和冰糖块的馅，却香甜地含在嘴里一下子就酥松了，那真是我小时候吃过的月饼的味道。

记得那年我在超市看到一款本地食品企业生产的老式月饼，标注是八宝、五仁的，我各买了一包回来，但馅里的油太多，尝了一口感觉太腻，就丢在了那里。花钱买了个教训：老式月饼不一定就是老口味！家里的月饼已经不少了，还到处去买什么老式月饼，女儿笑话我是个花钱大王。她对我的老式月饼一点儿也不感兴趣，我也对她爱吃威利发的巧克力月饼和QQ团圆饼，感到不可思议。好好的黑白两色巧克力非得你包着我或我裹着你，放到月饼盒里，美其名曰"花趣月饼"，然后去吊90后的胃口，这不是在卖商品而是在卖概念啊。还有什么QQ团圆饼，和我上网的QQ有什么联系吗？我不解地问女儿，她说："没联系，妈妈您玩QQ玩入迷了吗？这个QQ就是有弹性的意思。"噢，我品尝后明白了，QQ团圆饼就是酥皮月饼，南方人爱吃的那种。瞧，这就是时代发展了，食品理念也在变化，酥皮月饼不再是南方人的专利。行文之际，微信里看到威利发食品公司今年又创新了，推出了"法式乳酪酥皮月饼"，馅料是芝士茉莉酱、榛子巧克力酱，真心被企业推陈出新的精神所感动。像这样的食品公司本土还有不少家，它们为了传承中国民俗文化，顺应二十四节气，营造有节有礼的浓厚氛围，不断推出传统与创新融合的节令美食，旨在赢得市场份额，做美食行业的探路人和领航者。

老式月饼的老口味，强烈地激起了我怀旧的情愫，还让我想起了小时候在海岛上跟妈妈在家属红校食品厂亲手做月饼的往事。

20世纪70年代的海岛物资匮乏，中秋节的月饼是有钱也买不到的。渔村老百姓家都是自己动手做，我看见房东家做月饼，其实就是烙个白面饼，中间夹点馅什么的。比如有用红糖或白糖当馅的，有用炒熟的玉米面拌上白糖当馅的。部队大院的都是自带白面和馅料，到家属红校开办的食品厂去加工，只交点加工费。我随妈妈去过砣矶岛二十七团家属食品厂，加工过一次月饼，我看着妈妈在一位阿姨的指导下，用花生油调好面，把自带的青红丝、冰糖、芝麻、核桃仁等调理好，再包到面坯里，然后用模子印上图案，最后放到烤炉里烤熟。整个过程很简单，但对孩童的我来说，这个过程太漫长了，我眼巴巴地看着大人们在忙碌着，我想上前帮忙，妈妈却赶我去一边玩儿。我可不想这个时候去玩，我要一步也不离开妈妈，等待月饼出炉。后来妈妈形容我的馋相是：当月饼烤熟了，大人们掰一块尝尝就行了，而我没出食品厂就已经吃上两大块了。

　　馋人自有洪福，时隔四十多年，我又吃到了小时候五仁、八宝月饼的味道了。巧合的是今年的中秋佳节和国庆节相逢在一起，更幸福的是那年领我去做月饼的妈妈年过九旬还健在，今年的老式月饼她还能跟我一块品尝呢。

　　"忠于原味、崇尚自然"，愿我喜欢的老口味月饼一枝独秀，永远质量上乘、爽口怡人，年年相约、年年回味！

"肉滋啦"的回忆

　　进入己亥年的腊月，老家亲戚喂养了近一年的肥猪屠宰了，据说有400多斤。庆弟送来了一大块五花肉，红白相间，明显和我在超市买过的猪肉大不相同。

　　我将猪肉拿到了父母家，让保姆姜姐清洗，再分割成小块放入冰箱里，待以后随吃随取。清洗后的猪肉，放在案板上，随着姐姐的刀起刀落，那猪肉竟然还颤颤悠悠的。"肥肉不少呀，应该爒一爒，让肥肉变成猪大油。"我边看边跟姐姐念叨，也想起我小的时候妈妈爒完肥肉后，那些焦黄的油脂，俗称"肉滋啦"。而我们海岛方言常常把"肉"的卷舌音去掉，叫成"油"，把"啦"叫成"了"，称为"油滋了"。瞬间味蕾绽放，唇齿之间一下子有了唾液回应。

如今90多岁的妈妈生活已经不能自理，我想回味一下小时候吃过的美味，也只能自己动手了。

从姜姐手中接过刀，脑海里想着妈妈爆猪油的程序，先将肥肉切小块放入热锅里，少添点水，以防干锅，再大火把水烧热，然后小火慢慢把锅底水蒸发，于是肥肉里的大油开始慢慢地溢出。

等待肥猪肉慢慢熔化期间，我的思绪回到了20世纪的六七十年代。

那时我跟随戍边守岛的父母在渤海深处的大钦岛生活，岛上生活艰苦，驻岛部队和家属吃商品粮，由岛上唯一的军地两用的粮库供应。吃菜除了自家小院能种点，还得靠后勤部队的登陆艇不定期从陆地运进来补充一下，猪肉也是跟随给养船一块运进来。那时候没有冰箱，夏天从军人服务社买回来的猪肉，妈妈会赶快包包子、包饺子，犒劳一下家人，然后把余下的瘦肉先煮熟，上面撒上食盐腌制起来，再把肥肉爆出大油来，盛放在小瓷坛子里。即便到了冬天，肥的猪肉还是要先爆出来，因为那时食油也凭票，量也少，做菜要掺和猪油才够用。

加工猪大油这道工序，记得妈妈用家乡话说是"爆猪油"，我也曾听过同学的妈妈叫"炼猪油"，我觉得这是部队大院来自天南地北的妈妈们的方言，怎么叫都是一码事儿。只不过我不会写这个"爆"字，一直都认为是那个"靠"字。后来我好事查过字典，"爆"字是指用微火使鱼、肉等菜的汤汁变浓或耗干的一种烹饪方式，虽然和加工肥猪肉的程序刚好相反，猪油是越来越多，但烹饪中用这个"爆"字应该算是贴切。而同学妈妈说的炼猪油，我一下子联想到这个"炼"字，在20世纪50年代末期"大炼钢铁时代"可火了，直到20世纪70年代我上小学时，学校还提倡捡一些碎铁、废铜，去"大炼"钢铁，支援国家重点建设呢。感觉这个"炼"字用在烹饪上，特别是用在熔解肥猪肉上，似有一股子强悍之势，是不是有点小题大做了？

每当妈妈熥猪油时，我会经常帮她在灶台下烧火。岛上松树多，每年家里的柴草基本都用这个树的枝条，因它自带油性，着火后会发出"吱、吱、啪、啪"的响声。但熥猪油时如果用它会火太急，烧焦猪肉，于是家里储存的木头渣子也叫"锯末子""刨花"会派上用场，温暾暾的火苗，慢慢地燃烧。我在给妈妈当下手负责烧火等待的过程中，会频繁起身观望，好漫长的时间啊。待香味飘出，猪油熥出来后，喜欢吃肉的我每每等不到它们（肉滋啦）凉透，就抓几块吃起来，入口酥脆，越嚼越香。妈妈看着我的吃相，总是笑着说："真是个馋闺女！"只见她把猪肉的这些渣子——"肉滋啦"，趁热撒上盐，留待下次做菜或包包子、包饺子时再切碎使用。

正是因为经常吃妈妈做过的这些美食，再加上在海岛吃的鱼虾也多，小时候我长得很高、很健壮，班级女生排队时都在前几名，学校的篮球队、文艺宣传队里，都有我奔跑、跳跃的身影。

记得有一年夏天，学校放暑假我们学生都要去帮生产队晒海带，每天早起去晾海带，中午要去抽海带，晚上要去收海带。有一天中午妈妈做饭晚了，我还没等吃上饭，同学就来喊去抽海带。我就急忙拿了个馒头掰开，抓了一把"肉滋啦"，夹在掰开的馒头里，和同学边吃边向东海沿奔去。许是吞咽得太急，加上又跑又跳的，一下子噎住了，蹲在路边好一顿咳嗽，同学也帮着拍打后背，折腾了一会儿，我才喘上气来。起身后我看着手里剩下的馒头和"肉滋啦"，犹豫再三还是扔掉了。等赶到东海沿时，已经迟到了，让一贯遵纪守法的好学生——我，感到无地自容，默默地加入劳动的队伍中，边干活边怀念那些扔掉的"肉滋啦"，还是心生不舍呢。

　　到了 20 世纪 80 年代初，我参加工作离开爸妈，来到了一个更小的海岛——大黑山岛。银行营业所里的人少，不起灶，吃饭都到公社的食堂。大锅饭年代，食堂的油荤也很少，偶尔吃顿大白菜包子，也能看见里面有几小块"肉滋啦"。好在那时爸妈已转业来到了县城，家里的生活条件也好了起来。大姐在县副食品公司任肉菜组的组长，每逢客船上的人去买菜买肉时，大姐就赶快通知妈妈，给我准备东西，好让他们次日跑船时捎给我。妈妈知道我喜欢肉食、荤食，就和大姐家的保姆朱大娘一起包包子、饺子、炸麻花、面鱼，变着花样做一些好吃的捎给我，偶尔也会有一包"肉滋啦"，酥酥脆脆的夹杂其中。那些带着浓郁亲情的美食，陪我度过了在小岛三年多的艰苦时光，至今记忆犹新、回味绵长。

　　当那天我扎上妈妈用过的围裙，站在灶前，做这项几十年前我就耳濡目染过的烹饪工作时，不到半个小时，就顺利完成了熻肥肉的任务。现在用煤气灶太方便了，火苗可调大或调小，比过去烧柴火强百倍。只见锅里的猪油和肉渣分离得干干净净，亮锃锃的油，白中透着黄颜色的渣，你拥着我，我依着你，漂浮在油上。我像欣赏自己刚完成的一幅美术作品一样，用手机变换角度，拍、拍、拍，然后将照片上传至微信朋友圈，写下感想，和亲朋好友分享。

　　晚上临睡前我翻看微信，发现来此条信息围观的朋友真不少，各个年龄段的都有，整理归纳了一下，发现如下几个特点：一是怀旧型的，此留言大多是 20 世纪 50 年代以前的老年朋友；二是感慨型的，此留言是 20 世纪 60 年代左右的中年朋友；三是搞不明白型的，此留言是 20 世纪 80 年代以后的小朋友们。

　　怀旧型队伍中的于阿姨说："我孙子小时候最爱吃这个，这是家里能经常做给他吃的'零食'，20 世纪 80 年代初的孩子可没有现在这么多的零食啊。你看看现在恺恺长这么高的大个子，是不是与吃这个有关系呢？"孙叔叔说："20 世纪 60 年代部队食堂也有这个，炊事班把猪油熻好后，这些肉渣都当肉用来炖大白菜、萝卜。虽然营养没多少了，但味道还是比清炖大白菜好吃啊。"王大哥留言将他对"肉滋啦"名字的理解告诉我：肉滋啦有两层含义，一是熬油时刺啦刺啦地响，二是吃在嘴里也刺啦刺啦地脆响。

感慨型队伍中的吴大姐说："我们姊妹多，每当家里熀猪板油后，妈妈会把'肉滋啦'藏起来，我和弟弟妹妹们就开始琢磨怎么偷点吃了。为这，没少挨妈妈的骂。"王大姐说："妈妈把刚熀好的'肉滋啦'分两份，一份撒上白糖，一份撒上食盐。甜的给我们姐妹几个当零食，用于嘉奖我们好好学习天天向上。咸的给我们就着主食当菜肴，啃一口饼子就着一块'肉滋啦'，好香啊！'肉滋啦'的小渣渣倒进玉米面稀饭里，搅拌一下，'咕噜、咕噜'喝进肚，简直太美味了。"张大姐说："我年轻时在县肉联厂工作过，休班时捎一块板油回乡下家里，妈妈美得合不拢嘴，给弟弟妹妹们熀完油后，还能有一大碗'肉滋啦'，再把它剁碎了包白菜或萝卜丝的饺子或包子，待我走时再打包多拿几个回去。想想在那个物资匮乏的年代，这真是平常人家都没有的好生活啊。"洪舸妹妹留言："原来不只我好这口。大姐说的'肉滋啦'，咱们博山叫'脂渣'，是不是很形象？猪大油是一味中药，性凉味甘，有补益作用，但不能多吃。小时候掰热馒头抹猪油撒白糖，味道绝了，回忆满满啊。"

小区里给我治疗、推拿过肩颈的小邵留言道："这是什么东西啊？没见过。""啊，这都没见过？你们家没做过吗？"我随即追问她。她是个80后，老家不是我们胶东地区的，属于那个年代的贫困地区。想必是她早早离开老家出来上学、打工，不知道还有这个"美食"。而我的侄女和她同龄，前几年当青岛商家发现这个商机，故意用五花肉熀成"肉滋啦"销售时，侄女莹莹知道我喜欢这口，春节回来总会买几斤"油脂精品"捎给我，那时猪肉没有现在这么贵，也就十多元一斤的价格，而这个"油脂精品"却要上百元一斤的价钱，我瞠目结舌的同时美美地嚼上几块后，会反复嘱咐侄女别再买了，别浪费那个钱了。

　　曾几何时，有养生专家出来说这个猪大油还是少吃为妙，会增加老年人的血脂黏稠度，引发"三高"。同学卫平的爸妈就坚信专家的话，从来不买带白肉的猪肉，只青睐"红肉"。哪一次买回来的猪肉有一丁点白色的，他们也会用刀仔细剔除掉，这吃肉吃得真是小心翼翼的，什么猪下货，什么"肉滋啦"，早就不在他们的健康养生饮食食谱里了。现在两位老人都90多岁，保养得很好，还思路清晰，能自理能运动呢。

　　曾几何时，还是专家建议，吃点动物油也可以，补充一下吃植物油缺乏的微量元素好。其实这就跟我今年刚知道的"蛋白质粉"的内涵一样，前几个月，老父亲摔伤腿部做了手术后，大夫嘱咐我："还要喝点动物的蛋白质粉，有利于骨骼的恢复。买时一定看清蛋白质的成分啊，是动物的啊。"瞧，如把大夫的话套在"如何吃猪大油和'肉滋啦'这个问题"上也是一样，任何食物该吃就吃，少吃不能奢吃，有利于营养的全面吸收。就像那天我做好"肉滋啦"后，老父亲还美美地嚼了好几块，尽管他的牙已经七零八落了。

　　第二天，我和姜姐用"肉滋啦"和萝卜丝包了一次包子，馅里又掺和了一些长岛扇贝丁，我们陪已经90多岁的爸爸、妈妈，幸福地吃了一顿具有海岛特色的美食。

　　爸妈还健在，"肉滋啦"包子的味道还是那个老味道，我仿佛又回到了那个温馨甜蜜的旧时光。

槐花盛开

大钦岛一年一度的槐花盛开期到了，每年的阳历5月28日左右是她的盛花期。由于海岛冬天太冷，春脖子太长了，所以，大钦岛的槐花花期要比陆地上的推迟，一般相差一个月的时间。

同学明芝5月底的一个周末专程回了趟老家大钦岛，拍了不少花开的小视频。知道我对家乡的喜爱，昨晚一股脑儿把小视频都发给了我，这是槐花盛开给他带来的喜悦和美好，他转发时的愉悦心情不言而喻。

一遍遍看着小视频，素洁而娇丽的槐花，开得素雅而玲珑，视频中听到了鸟鸣，看到了蓝天晴空，我仿佛嗅到了槐花的香味，不由得想起了20世纪六七十年代在海岛生活那段无忧无虑的童年和少年时期。

槐花开放的时节，是海岛一年最美丽的季节。在蓝天、碧海、青山、红瓦房的背景中，不管是在老百姓家的房前屋后、村前村后，还是驻岛部队的营房和操场周围，或是在岛上那些高山脚下、山谷中，那一串串洁白的、灯笼式的、竞相开放的槐花，挂在一棵棵结结实实的槐树冠上，让密密匝匝的槐树林似厚厚的白雪飘落覆盖，银装素裹。远看那些槐花更似奔涌的浪花，从海边奔向山谷，又从山谷返回村落，把海岛装扮得俊美俏丽，真是一首赏心的绝句，悦目的画卷。

槐花开放的时节，正是海岛海带丰收的季节，我们学生都会放假，每天帮生产队晒海带。走在去海边晒海带的路上，总是会闻到香喷喷、甜丝丝的香气，这香气比任何一种花香还要清新、浓郁，能压住海边腥腥的鱼虾味儿。呼吸着这样的空气，小小的我就变得从容、淡定，浑身有力量，再苦再累的劳动也能幸福地参与，一种热爱家乡、热爱劳动的幸福情愫便油然而生。

妈妈跟老百姓家的房东大婶学会了包槐树花包子，兑上鲜鱼、鱼子、贝类、猪肉等，每到这个时节，隔三岔五就会包上一顿。中午我跟同学们要到海边去抽海带（把那些早上晒的海带翻个身），来不及吃午饭时，就手拿一个热气腾腾的槐花包子，边走边吃。我嗅着路边槐树花的香味，品着妈妈包的槐花包子，感觉槐花盛开的味道就是大钦岛的味道，是妈妈的味道，是妙不可言的味道。

岛上的槐树我们都叫它为刺槐，是野生树种，耐干旱，抗风暴，是父辈那代守岛军人建设海岛时大规模种植的树木，它们在贫瘠的土地上生根发芽、开花生香。在名贵的树种中找不到它的名字，在美丽的观赏树木中更不见它的踪影，它太普通了，但我海岛的家乡却喜欢它，离不开它。它带给了我们福祉，更与我们一起见证这个海岛美丽蜕变的历史足迹。

槐花期风和日丽，槐花期香气悠久。我想家乡的槐树花了。

海岛吕剧情

吕剧是中国八大地方戏曲剧种之一，流行于山东、安徽、东北等地，旋律质朴清新，唱词通俗易懂，唱腔具有浓郁的乡土气息和地方特色。

吕剧作为土生土长的地方剧种，自 20 世纪初开始登台亮相，到 20 世纪中叶达到鼎盛。不仅山东省有吕剧团三十八个，与山东毗邻的江苏省部分地区也有吕剧团。另外，新疆、辽宁、吉林、黑龙江等地也有。20 世纪 50 年代是山东吕剧的辉煌时期，那时名角荟萃，新戏迭出，与安徽的黄梅戏同台进京演出。随着新《婚姻法》的宣传，吕剧《李二嫂改嫁》唱红大江南北。好戏造就名角，名角为剧种争辉添彩，《天仙配》唱火了安徽的严凤英，《李二嫂改嫁》唱红了山东的郎咸芬。一时间，李二嫂成了许多青年人心中的偶像。

而我对吕剧的喜爱，始于 20 世纪 70 年代在海岛度过的那个少年时代。

大姐夫和长岛吕剧团

长岛——山东省唯一的海岛县，在 20 世纪 60 年代那个特殊环境下，也应景成立了吕剧团。1964 年 12 月由当时的烟台市吕剧团全班人马整体调入，据说这个剧团的成立是在董必武副主席的关怀下，应长岛驻军的要求而成立的。由此，长岛吕剧团成为中国吕剧史上记载的一支十分特殊的专业表演队伍。次年 1 月 15 日我的大姐夫以"支援"的名义从烟台地委的专区文工团调入，成为吕剧团的一员。

大姐夫孙盛渭的老家是烟台牟平姜格庄，1960 年中学毕业后考入烟台地委的专区文工团，1961 年 3 月参加该团排演的由广西壮族自治区歌舞团编排的歌舞剧《刘三姐》，赴青岛、威海、文登、荣成等地巡回演出，受到了广泛好评。1965 年 1 月他调到长岛吕剧团后，在乐队工作，任司鼓一职。当年 12 月只身一人被抽调到济南军区的前卫文工团，加入了宣传英雄王杰事迹的剧组——王杰剧组，和省吕剧团抽调的人员排练一组四十多分钟的小吕剧《去接王杰的枪》，他任乐队司鼓。次年 1 月 9 日，他们随团进京汇报演出，声誉斐然，在万人礼堂（如今的人民大会堂）受到了我们敬爱的周总理、朱德、邓小平、彭真、叶剑英、李先念等多位国家领导人的接见，至今那幅巨幅合影照片还保存完好。大姐夫说："遗憾的是就没见到毛主席和刘少奇副主席。"

大姐夫调来长岛吕剧团时，正值他青春少年、才华横溢之时，由于他懂业务，群众基础好，思想政治工作做得也很到位，20世纪70年代初期先是任副书记兼团长，1975年就成为剧团一把手——书记兼团长。在职期间他带领剧团始终坚持党的"二为"方向和"双百"方针，不断改革，锐意创新，把一个小剧团搞得红红火火，排演了许多传统的、现代的经典剧目，发展和弘扬了山东地方戏的精髓，丰富了海岛军民的精神文化生活，为长岛的政治、经济发展和社会主义精神文明建设做出了突出的贡献。剧团鼎盛时期人员有七十多人，培养和造就出许多的优秀专业人才，副高级职称人员有八人（受地区名额限制）。剧团创作演出的戏剧节目多次在省级以上大赛中获奖，其中上济南参加"山东省地方戏自编自演"调演，有两次获得演出一等奖，一次获得优秀乐队伴奏奖。获得演出一等奖的剧目是山东省戏剧实验室张鹏主任为长岛吕剧团"量身定制"创作的《海岛明珠》《魂归故里》。20世纪80年代末文化部召开各省文化厅负责人会议暨"全国专业艺术表演团体管理经验交流会"，文化部在全国上百个专业剧团中选出二十几个与会交流的剧团，长岛吕剧团为其一，大姐夫代表长岛吕剧团进京做典型汇报交流。

三中全会以后，县财政对剧团的经费制度改革了，实行了差额拨款，除了工资和劳保费用外，演出费用要靠他们开拓市场，"自己动手丰衣足食"去创收了。大姐夫说，那时候排演一场吕剧，投入的费用要1万元至2万元，可长岛地域太小了，指望在本地挣口饭吃，实在勉为其难啊，于是剧团把目光投向了岛外。由于吕剧的地方根基很深厚，老百姓喜闻乐见，还因为长岛吕剧团的名声斐然，岛外有不少地方发来了邀请函，大姐夫开始带队外出唱吕剧。

　　他们出省去得最多的地方是东北，因为那里的山东"银"（胶东方言：人）特别多，都非常喜欢家乡的传统戏。可以这么说：凡是有山东人的地方，都有吕剧的旋律在飞扬。他们出县去得最多的是省内当地没有吕剧团的县乡镇偏远的农村。听大姐夫说过他们剧团到农村去演出的热闹场面令人难以忘怀：剧团刚到村里，开始布置演出舞台，山村就欢腾起来了，村里的大喇叭筒无数遍地广播，邻里之间奔走相告传喜讯，呼儿唤女搬着小板凳、小马扎去占座位。那时有一句流传很广的俗话："听见坠琴响，饼子烀到门框上。"说的就是那些痴迷吕剧的正在做饭的农妇为看吕剧而忙中出错的故事。他们剧团下乡演出，一个场地不演上个三台五场的，休想撤台走人。全村男女老少，还有周围十里八村听到消息赶来的，开演前台下已坐满人，散戏后都久久不肯离去，不管是大雪飘飘还是寒风刺骨，都阻挡不住乡亲们看戏的热情。吕剧的旋律随着雪花飞扬，融落在人们心里，尤其是《王汉喜借年》中那让人耳熟能详的优美唱段："大雪飘飘，年除夕，奉母命，到俺岳父家里借年去……"引起多少人的情感共鸣。就连借着灯光忙针线的村妇口中，也常会吟出那"借灯光，我赶忙，飞针走线，做一双，新鞋儿，好给他穿……"。那个时代的胶东人，几乎人人都能哼上几句吕剧唱段，那个程度不亚于今天的流行歌曲。

　　20世纪90年代初，吕剧和其他剧种一样，又遇到了严峻的挑战。随着娱乐传媒的多样化，地方戏正在渐渐失去它往日的辉煌，长岛县吕剧团也开始了转型，剧团解散，一部分演职人员分流到县里新成立的"社会文化中心"。我的同学玉青分到了县博物馆当讲解员，大姐夫因为资历深的缘故吧，被任命到县文化局任纪检书记，离开了他钟爱一生的吕剧专业。但是那些随身多年的戏谱、将鼓板，他都爱惜如初，仔细地包装一下，收藏了起来，然后重新理清思路，投入新的工作岗位上去了。其间因"社会文化中心"的需要，大姐夫又两次临危受命于该单位，任主任兼党支部书记，直至

2004年退休。这个时期他接待了来自中央部委及各省市来岛参观学习的领导和同行无数。

吕剧团的拥军之路

那时长岛驻扎着一个庞大的部队机构——中国人民解放军内长山要塞区，军官士兵1万多人。在文化生活匮乏的20世纪六七十年代和80年代时期，吕剧团那些精心排练的剧目就有了展示的场合，那时逢周末和节日，到县剧场或是部队礼堂就能欣赏到这些娓娓动听的戏曲节目。

听姐夫说过，长岛县凡是有驻军的岛屿他们都上岛为军人演唱过，有时冒严寒，有时迎酷暑，乘风破浪，不畏艰辛。每到一地，他们总是和战士们打成一片，不是单纯地为了演戏而演出。基于海岛文化生活太单调，他们演出前都是先和战士们进行娱乐活动，沟通感情。一部分人准备演出前的舞台布置等工作，一部分人和战士们开展篮球等体育活动比赛。由于晚上演出前演员们都来不及吃饭，待演出结束后，所在部队都会准备丰盛的夜宵，犒劳演职人员。战士们将提前赶小海捡来的海产品和要塞后勤船运大队运来的蔬菜、瓜果、肉类等给养，七个碟子八个碗，一股脑儿地都给他们端上来，海中珍品——海参、大虾、鲍鱼管吃够。部队管后勤的领导还亲自陪同，他们对剧团来慰问演出的感激之情溢于言表，那份浓浓的情谊啊，是那个年代特殊的军民鱼水之情。

长岛吕剧团随着在部队演出次数的增加，身价提升了，待遇提高了，盛名享誉了胶东半岛。

要说长岛吕剧团最风光的时候就是每年接近年终的时候，被指派参加山东省新年、春节慰问团，跟随省、市和县三级地方、部队的领导到烟台地区或山东省部分地区有驻军的地方去演出，时间为1—2个月，所到之处都受到了官兵的热烈欢迎。剧团辛苦的付出，大家有目共睹，多次受到地方和部队的嘉奖表扬，先后被市委宣传部和文化局授予"海岛文艺轻骑兵"的荣誉称号，每年在县里都被授予"文明服务先进单位和集体"。

记得 20 世纪 70 年代初期、中期，家父在大钦岛驻军的时候，县吕剧团只要一来岛上慰问演出，大姐夫就会趁演出的空隙，带剧团里的一帮骨干到我家来看望我父母。寒暄过后，滴酒不沾的爸爸安排好妈妈给他们做几个菜后就到办公室去了，而姐夫一班人马则围坐在院子里的矮饭桌旁，大吃海鲜，小酌美酒，天南地北、海阔天空地神聊起来。他们喝到高兴之处就有人唱出两句，那亲切的山东方言，或如泣如诉，或欢快流畅，其间大姐夫就拿着筷子敲打桌子上的碗、碟伴奏，富有节奏的声音往往能把躲在不远处的我和小伙伴们吸引过来，我能感觉到这个时候是大姐夫一行人心情最好、最惬意的时候。

我那时在家是最小的，只比他和大姐的女儿大七岁，是一个害羞的小姑娘，等消除了距离感后，我马上会紧随大姐夫身后，跟着他们一行到演出地点去看剧团的汇报演出。那时部队礼堂站岗的战士特认真，除了当兵的人，部队家属和地方老百姓是不能轻易放进去的，而我却能享有特殊待遇，进出自由。进去后，我有时会在后台看演员们化装，有时会在侧幕里面看剧务换布景，最喜欢看的就是大姐夫右手上的小棒一敲鼓边，左手中的打板一迎合，整个乐队成员马上各司其职、齐奏过门，这时好戏就要上演了；当坠琴一响（吕剧特有的伴奏乐器），好角儿马上开始亮嗓儿了。

我真是充分享受了那个时代的"特权"，耳濡目染、耳熟能详后，也学会了许多的吕剧经典唱段，《李二嫂改嫁》《姊妹易嫁》《小姑贤》《拾玉镯》《桃李梅》《喝面叶儿》《借年》《逼婚记》《墙头记》等等。每每我在学校里和小伙伴们清唱几句，也是浓浓的调儿，自我感觉美美哒。剧团每年都会进新人，除了艺校毕业分配进来的，大姐夫他们还得从当地挑选。当时我们就读的地方学校有个同班女同学玉青，在六年级时被大姐夫的剧团录取，我们小伙伴们都非常羡慕。据说剧团挑选她的时候还专程见了她的父母，目测考察了一下，认为她父母到中年了身材还这么好，将来女儿的体形也不会出大格。她可能就是沾了天生丽质的光，托了父母好身材的基因遗传之福了。她后来在剧团的发展，我们通过她不同阶段的演出都有目共睹，青衣、花旦、老生都饰演过，很快就成了剧团里的骨干。如今年过半百、早已退休的她，每年都参加县里组织的拥军晚会，和剧团里的一些姐妹继续登台演出。每每我们同学聚会时，都会让她来上几段吕剧，她也大大方方地亮几嗓子给我们听听，慰藉一下同学们的怀旧之心。在我们身材日渐发福的同学堆里，她仍然一副少女时代的好身材，不愧是当年剧团考官慧眼识珠啊。说到剧团当年招考，至今还有我的女同学开玩笑地对我说："那时候也不会'走后门'，我也被学校选中去参加你姐夫剧团考试了，但最后也没录取，早知道让你跟姐夫求个情多好啊。""呵呵，我近水楼台都没先得月呢。"这都是笑话几句，可见我们小时候喜爱吕剧之心真的是非常美好。

也是巧合吧，20 世纪 70 年代末家父从部队转业来到长岛县城定居，县委分配的住宅楼竟和吕剧团的家属楼相邻，昔日那些只能在台上看见的公子、小姐、丫鬟等脸谱式人物，也会经常以素面朝天的样子出现在我的面前。早起的剧团人会吊嗓、练功，遇到有演出任务时剧团会披星戴月加班排练，个中甘苦也会听大姐家人提起过。有时路上也会经常遇见那些会武功的年轻男女演员，身着阔腿的黑裤子，裤脚处紧紧收拢着，迈着轻盈的四方步儿走路的样子，的确是小县城一道亮丽的风景线。

大姐夫的夕阳红仍与吕剧为伍

三十多年的吕剧生涯，大姐夫成为长岛县乃至烟台地区吕剧行业里一个颇有声望的业务拔尖人才，工资薪酬都享受到了文艺序列里的教授级别待遇。在得到至高无上荣誉的同时他也把最宝贵的青春献给了海岛，至今扎根海岛已五十多年了。

2014年夏天，因我父母年纪大了，需要人照顾了，在长岛居住的大姐和大姐夫来到了烟台父母家，一起照顾年迈的爸妈。一听到大姐夫在烟台居住了，大姐夫那些在烟台居住的昔日艺校同学、剧团同事在第一时间联系上了大姐夫，约吃饭、喝茶、听书看戏。

已到七十古来稀之龄的大姐夫，推辞不了，只好参加这些应酬。这期间有多个业余吕剧爱好团体也慕名找到他，请他出马指导。最终他通过实地考察，先后确定给三家进行辅导、排练。

其实近几年大姐夫在长岛也早就"出山"了，在长岛老干部活动中心组织的"夕阳红老年艺术团"里，重操老本行，专司他的乐队指挥一职。那些跟随他多年已经收藏起来的乐谱、将鼓板等，又重新发挥了作用。来烟台后，长岛那边缺了他也快停摆了，经常有人打电话问大姐夫什么时候回去，我用长岛方言逗大姐夫说他就是一个"香饽饽"了。

那段时间我下班后经常回父母家吃饭，看到大姐在灶台边忙碌着，大姐夫总是在他们的房间里忙碌，不是在修改谱子，就是在练习敲将鼓板。他拿着我给他在旧货市场淘来的吕剧乐谱，说上面差错太多了，他要一一修改后再手抄一遍给那些业余团体。他练习敲将鼓板的时候，我看见他都是挽起裤腿，露出一侧膝盖骨上方的地方，垫上块白毛巾在那上面敲打，腿上的那块皮肤是一层厚厚的茧子。大姐夫说他从年轻时就是这么练基本功的，天天如此，长年不断，他在剧团时都拿到国家二级专业证书了，因在海岛条件受限，他再也没去考更高级别的。我说大姐夫你如果再年轻几十年，现在凭自己的专业技能，在家带学生什么的，能挣不少钱。大姐夫笑着说："现在哪有家长让孩子学这个的，太辛苦了。"是啊，他的儿女们也没有一个继承他的专业特长，"这碗饭"也不是那么好吃的啊。

大姐夫一空闲就给我讲吕剧的一些故事，我知道了吕剧的渊源。吕剧是在山东琴书的基础上发展演变成为一个剧种的。大约是在 1900 年冬，山东广饶琴书艺人时殿元借鉴京剧艺术形式，第一次将琴书段子《王小赶脚》改为化装演出，引起轰动，这便是吕剧最初的表演形式。如此说来，吕剧这个地方剧种迄今已有百年历史了。关于吕剧的剧名，曾有若干说法。一种说法是：吕剧的开山剧目《王小赶脚》，剧中的主要道具是纸扎的毛驴，所以刚开始吕剧也称"驴剧"。另一种说法是：吕剧擅长表现男女爱情、家庭伦理，多与两口子有关，也称"侣戏"。再一种说法是：古代二十五户为一闾，而这种戏尤以表现邻里生活见长，所以也称"闾剧"。经过近半个世纪的继承发展，到中华人民共和国成立前夕，吕剧艺术虽然已经比较成熟，但仍然没有一个统一的剧名。20 世纪 50 年代初，在考虑为吕剧定名时，有人提议叫"鲁剧"，时任山东省文化厅副厅长的我国著名作家王统照先生认为欠妥，建议取我国古音乐十二律中"六吕"的"吕"字，同时，又谐"驴""闾"之音，称吕剧。这个提议得到认同。由于吕剧的题材多表现普通人的日常生活，加之唱腔多以下行腔为主，委婉缠绵，长于抒情，特别擅长表现女性的内心世界，所以无论是专业剧团还是业余剧组，无论是传统剧目还是现代题材，女性永远是吕剧的忠实观众。因此，在山东农村，吕剧又有一个不雅的绰号"拴老婆的橛子"。那些看戏的女人会随着剧情的发展，那熟悉的剧中人物，那亲切的山东方言，那娓娓道来的唱腔，时而拍巴掌，时而抹眼泪，真正是如痴如醉。不只是生于斯长于斯的山东人对吕剧情有独钟，就连伟人对吕剧也是偏爱有加。

　　山东人在外形上高大魁梧，山东大汉的称号几乎无人不知，无人不晓。提起山东人，人们便会想起景阳冈上打虎的武松，山东大汉的性格总体上也是以豪放直爽为主，缘何在这块充满阳刚之气的土地上，衍生出如此委婉缠绵、长于抒情的吕剧来？不知可否这样解释：一是阳刚的背后也需要阴柔，那委婉动听的吕剧唱腔，那生活味十足的故事情节，正是抚慰山东大汉心灵的声音；二是男人的一半是女人，女人喜欢的东西，尤其是戏曲，也会潜移默化地感染男人，吕剧拴住了女人，也就拴住了男人。于是，山东的男人们也在潜移默化中被柔情似水的吕剧所感化、所消融，不知不觉地喜欢上了吕剧。

大姐夫借用网上流传的一段话说："吕剧在山东人心中演绎的是一种激情，是一种故土之恋。只要有山东人在，只要有柔情在，吕剧就不会消亡。她就像深藏于山东大地的地下水，水位可以下降，但不会消失，待到雨水充沛时，她定会如泉喷涌，似江河浩荡。"

大姐夫在烟台待了三个多月，每周三次外出辅导、排练，那段时间他精神抖擞，焕发了艺术之春。但他从不在人家那儿蹭吃蹭喝，偶尔赶进度耽误了吃饭，他都是将就着吃两个外卖的包子垫垫饥，排练结束不管多晚都是坐公交车赶回来。我在父母家几次遇到上家里来请他出去会餐的朋友，他都是婉言谢绝。修身、自律、谦和，他一直秉承着那个革命年代出身的艺术家的优良传统。后来三个业余剧团将经他指导和排练的节目在烟台市有关场合表演、展示，都受到了有关组织部门和观众的好评。

随着微信的普及，古稀之年的姐夫也玩起了智能手机。近日，他将山东省齐鲁电视台《戏迷时间》频道前些年采访他们——长岛老年艺术团吕剧票社的电视节目《海岛上传来的吕剧乡音》专题片的链接转发给我。打开链接，我看到了几个熟悉的乐队成员、演员的身影，我脑海中一下子涌出了我在少年时代看她们演吕剧的那些片段，一招一式、一板一眼，字正腔圆、口齿伶俐，眉目传情、婀娜多姿的舞台形象已深入我心。这个视频中大姐夫还在打将鼓板，他还是乐队的指挥，他还在延续他一生钟爱的吕剧艺术。视频里有采访他的镜头，他的讲话还是那么有高度、有领导范儿，他说："这些吕剧票友都是自发组织起来的，他们不仅仅是爱好吕剧，自娱自乐，还能编排节目，深入海岛、渔村和部队演出，在海岛军民中很受欢迎，评价很高。他们对活跃长岛军民的文化生活，起了很大的作用。"

大姐夫把吕剧当成了他的事业去做，尽管没有传承给他的儿女们，但是，值得欣慰的是，他的大女儿海英现在任职于县文广新局，分管群众艺术、宣传工作。两代人为海岛的文化文艺事业尽职尽责的家庭，也是不多见的。我时常会通过海英的微信，看见他们组织开展文艺宣传活动、拥军优属活动的演出视频，吕剧表演或吕剧清唱仍然是这里面最受欢迎的节目之一。

社会终究在变革中前行，艺术观念也会在变革中更新，人们的生活方式还会在不断地改变，但是变革中一定蕴含着不变的价值观。

愿吕剧继续驻扎在我心房的一隅，永远温暖我那颗怀旧的心灵。

海岛老房东

我小时候在海岛居住时，当地有村民被我家称为"房东"，原以为是和我家走动频繁、关系比较近的居民，长大后才知道，我们家人曾经在他们家里住过，是当时部队统一安排的，是经过村里推荐、部队审查过的渔民家庭。

我们在海岛"房东"家居住时，与他们无钱财上任何瓜葛，他们就像父辈口中讲过的行军打仗、野营拉练时住过宿的村民；就像歌唱家马玉涛那首脍炙人口的《老房东查铺》歌曲里的纯朴村民。

虽然我们与海岛"房东"只交往过几年，但我们一辈子都不会忘记。能称得上"房东"的也不是一般的人家，他们像军民鱼水情的纽带，把我们紧紧联结在父辈为之坚守的海防前哨上。

我家与房东家的"交情"还得从 20 世纪六七十年代说起。

初来海岛　落户在房东家

1961 年 3 月，我父亲从位于长岛县的砣矶岛驻军四团调任新成立的大钦守备区保卫科。同年秋天，守备区下令：凡入伍十一年以上，且在连级以上任职七年以上的干部可以带家眷了。经审查批准，我母亲和四个姐姐、哥哥，从老家沈阳举家上岛，随军定居。由于岛上刚撤团建守备区，没有家属房，部队就联系了驻地村庄，安置随军家属们，妈妈和哥姐们就住进北村一户村民家里，按部队的统一称谓管那户村民叫"房东"。因岛上没有初中，大姐没有住下来就去了县城住校。

"房东"叫葛桂东，他家响应村里的号召，主动报名接待部队家属。经审批后，葛桂东将婚房腾出西侧那有个土炕的小屋，供妈妈和三个哥姐居住，自此"部队家属"也成了妈妈和姐姐、哥哥的代名词，这个称呼一直到现在当地老百姓还在用。

那个年代，国际国内形势严峻，部队为履行把长山列岛建设成海上长城，肩负起守卫首都北京，把守好海上东大门的神圣使命，全区部队几乎全部投入繁重的国防施工，还要不忘抓战备训练。爸爸在保卫科每天有大量的工作要做，家人的到来也只是把原来相隔千里的路程缩小到三里的距离，他还是住在部队的集体宿舍，只能在礼拜天抽出一点儿时间，来房东家看看寄住在此的爱人和孩子们，吃一顿便饭，唠一会儿家常话，再回去值班待命。爸爸后来说起家人住房东家的这段往事，认为那段时期虽然条件很艰苦，但他感觉最幸福了，与家人分居了十多年，现在他们来到了身边，让他了却了心中的牵挂，即使不能住一块儿，好歹也算是团圆了。

刚开始妈妈带三个孩子住下，人生地不熟，有诸多不习惯，特别是在老家时，听闻海岛人野蛮鲁莽。住进村民家后，更是吓得大门不出。妈妈对哥哥、姐姐管教得比在老家都严格，唯恐他们闯祸，惹恼村民。但爸爸以过来人的经验告诉妈妈："岛上老百姓不是你听到的那样，虽然长岛解放较晚，但老百姓拥护党，拥护新中国，那些残余势力已经彻底清扫干净了。咱们一定和房东好好相处，管教好孩子们，不要让孩子们闯祸，影响军民关系。一切慢慢来，住习惯就好了。"爸爸知道妈妈在老家管教孩子是出了名的严厉，其实妈妈就是因为他不在身边，怕孩子们闯祸，影响军属的荣誉。爸爸还用他亲身经历，给妈妈讲了 1951 年 5 月他从青岛海军炮校毕业分配到海岛，刚开始也是营房不够用，他和战友们先住在砣矶岛后口村老百姓家，直到营房建好。妈妈听了爸爸的话后，不再恐惧了，而是更小心翼翼地维护军民关系。我的姐姐和哥哥们也很争气，懂礼貌、爱劳动，在学校、在房东家都抢着干一些力所能及的活儿，很受老师和房东及邻居的喜欢。直到现在，我们钦岛中学的原教导主任田世忠老师，还经常和我在电话里聊起我的哥哥、姐姐上学时的表现，夸他们老实本分、能吃苦，学校的脏活累活都抢着干。

大量的家属进岛，部队的后勤建设也在快马加鞭进行中。第二年，爸爸终于分到两间宿舍，妈妈和哥姐们自此告别借住在房东家的日子，走进自己的家，投入爸爸温暖的怀抱。家，是妈妈和姐姐哥哥跋涉路上的终点站，似波涛汹涌大海里的港湾，宁静、温馨。有了家，妈妈才成为真正的军嫂，成为支撑家庭的重要支柱。此后在坚守海岛的岁月里，无论成功、喜悦或艰辛、困苦，在这个温馨的港湾里，爸爸妈妈对我们子女倾注了他们所有的爱。

1963 年 6 月我出生时，妈妈说我是踏着部队的起床号声，降临到这个大钦岛的。这一年随军进岛的家属，家家喜迎新生命的到来。到我上学时也是岛上适龄学生最多的年份，同年级学生，仅在北村上小学就有两个四五十号人的班级。初中时，在周围三个村子上学的孩子也集中过来，达到了三个班。本地民办老师不够用的，一些随军家属中有文化的人也充实到教师队伍中。像电视剧《父母爱情》里的妈妈安杰，原本从事医院药房的会计工作，进岛后也改行当上了老师。后来听社会上有人把 1963 年出生的人，归结成是困难时期过去后第一个出生率高峰的一代人。我骄傲地告诉他们，我们海岛部队这批孩子是爸爸妈妈团聚后幸福的结晶，是见证驻岛部队创业发展壮大的一代人。

和房东家的趣事

从我记事起，特别是到 20 世纪 70 年代初期，二姐、哥哥和三姐都参军入伍或到部队所属企业工作后，我就成了家中的"独女"。这时家父从守备区机关调任到要塞第二医院（院址也在大钦岛），搬家后我们家离房东家比原来近了一半的路程。家里子女就剩我了，相对条件也好了，妈妈不用再为了生计忙乎家务了，和房东家走动得就更勤了。每每这个时候，我就是妈妈的"跟屁虫"，经常来往在家属院、房东家的路上。

我们搬离房东家后，房东葛桂东大叔也迎娶了新娘。在我出生后不到四个月，他们家也迎来了大儿子，后来相继有了二儿子、三儿子、女儿，记得女儿叫"喜英"，代表了他们盼女儿到来的"喜迎"心情。可能是房东两口子年纪轻，再加上孩子小，没时间和我妈妈闲聊，房东西侧的住户——我小学同学葛金英家成了我妈妈经常驻足的地方，我们把这家也叫房东。金英父母叫葛丕茂、吴凤英，他们和房东葛桂东家是亲戚，葛桂东叫金英爸爸二伯。他们两家的院子中间墙壁上开着一个门，从不上锁，方便走动。金英家人特别善良，我妈妈住她家隔壁时，刚从内陆地区来到海岛，金英一家就给予了无微不至的帮助。我妈妈曾经对我说过："我拖儿带女来到这个小岛，人生地不熟的，你爸爸忙得也顾不上我们，多亏了桂东和丕茂那两家人啊，给了我们那么多的帮助，咱可不能忘了人家啊。"

金英家女人多，妈妈爱去玩，我也爱去耍，好像我们去了她家就更热闹了。以金英奶奶为首的葛家女人，里里外外总是闲不住，但最主要的"营生"就是忙着给生产队织渔网，挣几个工分。她们平时都是坐在炕上织，遇到织大扣渔网时除了奶奶，都得到地上织，以备织好的渔网能铺开。金英两个姐姐每天先到生产队去干活，回来简单洗漱后又赶紧上手帮忙，只要看到我妈妈来，两个姐姐都会腾出地方让妈妈上炕，她们在地下坐着织。最早我妈妈去玩也只是唠嗑，玩一会儿就走。等到后来她也学会了织渔网，在金英家待的时间就长了。我那时小，去金英家要么和金英玩，要么跟金英去找本村女同学玩。偶尔不出去时，也会学着织会儿渔网。织小扣渔网时经常会漏扣，如果漏扣了，下一行就没法织，金英的二姐玉珍就得负责给我收拾"残局"。收拾这个残局能影响玉珍姐织好几行网，看着她面露不悦之情，从小自尊心极强的我以后也不敢贸然添乱了。但女孩子天性喜欢这些手工活，手憋得痒痒时，看到她家织大网的时候我还会积极参战。终因手小，织网的撑子又太宽，拿着费点儿劲，玩一会儿行，不能善始善终。

在金英家玩，有时会遇到金英爸爸出海打鱼回来，带回一些海物（岛上把鱼、虾、蟹等海产品统称为海物），或者是她家亲戚串门送来海物。海物多的时候，妈妈和我临走时会带一些回家；少的时候，任凭金英家怎么给，妈妈都是拽过我撒腿就跑。她这个人一辈子要强，不会贪吃多占别人的一点儿好处，只要家里有点能拿出手的东西，她都会带来点，和房东家分享。那个年代岛上缺水，粮食、蔬菜都无法种植，驻地老百姓的生活还不算富裕，部队条件相对还算不错，有要塞后勤部队的登陆艇经常进岛补给。爸爸也经常嘱咐妈妈别拿老百姓的一针一线，这不仅是部队的纪律，更是部队家属要自觉遵守的规矩，那时《三大纪律八项注意》的歌曲，我们都倒背如流。

　　记得有一个礼拜天的下午，妈妈又带我过来玩，到快吃晚饭时，妈妈准备带我回家。此时金英家地上的大锅里正炖着八蛸，二姐玉珍在那烧火。那时金英大姐已经出嫁，到小钦岛公婆家居住了，家里的活儿二姐玉珍干得比较多。路过灶台时，八蛸炖熟后飘出的阵阵鲜美味儿，勾引着我肚子里的小馋虫，眼睛盯着那口大锅，磨磨蹭蹭迈不了步。金英妈妈看见了，就拽我和妈妈留下吃饭，我妈不同意，拽着我走，结果我成了她俩的拔河工具——绳子，胳膊被拽得生疼，"嗷"的一声，我忍不住哭了起来。这个哭还有一层意思，是因为馋锅里的八蛸，看妈妈不让我在这儿吃，冤的。最终，我还是让妈妈给拽回家了。不一会儿工夫，玉珍姐拐个小篓，送来一碗八蛸，怕我妈不要，她在我家院子里拿出碗往台阶上一放，拐着小篓就跑了，任凭我妈喊叫她也不回头。不用说，这碗八蛸基本都进了我的肚子里，这也是我吃过最香的一次酱焖八蛸，以后妈妈怎么做也没做出这个味儿来，岛上老百姓烹饪海物的技术就是高，陆地来的部队家属甘拜下风。待下次去她家玩时，玉珍姐姐留下的碗又让我妈装满大米还了回去。那时候，大米在海岛都是稀罕物，虽然是陈粮还归在粗粮类里，但只有部队和家属及吃商品粮的人群才能吃到，每人每月5斤的限量。在东北出生喜欢吃大米的妈妈，能把自己的最爱、省吃俭用的大米回敬房东，足以见得她的知恩图报之心。

　　记得那时晚上跟妈妈去房东家玩的时候多，每每走在漆黑的小路上，我就是妈妈的一个伴儿。那时也不舍得用手电筒，怕浪费电池，只有必要的时候才照一下，走在坑坑洼洼的土路上，总是深一脚浅一脚的，但时间长了，就是闭上眼睛也能摸到金英家了。在金英家玩耍的那些日子里，妈妈跟房东大婶学会了许多海岛人生活的营生，小到蒸饽饽、焖鱼、晒鱼虾干、卡果子，大到织渔网、上山拾草、下海赶洼（海岛方言，潮汐退后，捡拾海中小海物，也称赶小海）。房东大婶心灵手巧，硬是把不太富裕的日子过得有滋有味儿，妈妈受益匪浅啊。

有一年春节前几日，晚饭后我妈妈去帮房东家烧火蒸饽饽，没带我，我到点就躺下睡觉了。不知到了几点，她回家后把我叫醒，看见她手里用毛巾裹着一个大饽饽，让我趁热吃点。那大饽饽的香味引逗我赶快从被窝里坐起来，揉着惺忪的眼睛，抱着大饽饽就啃，几口下肚，又心满意足美美地接着睡觉去了。对面食的喜爱可能是因为我出生在海岛的缘故，父母和哥姐们都出生在东北，喜欢吃大米、高粱米，来到海岛后，妈妈尽管跟房东学会了蒸饽饽，但也不怎么做，因为部队有食堂，想吃馒头尽管去打饭就行。我记得她偶尔想做面食都是从房东家拿回一块"老面"，"老面"就是当时的"酵母"，酸溜溜的，能起到发面的作用。可能由于饮食习惯等原因，家人还戏言我是"山东棒子"，时不常地喊叫一下，意喻我和他们的不同之处。

那些年的八月十五，房东家做月饼，没有馅料，房东大婶就会用猪大油和白糖炒熟玉米面儿，再包进白面里当馅，咬一口都掉渣渣，但香喷喷的，别有风味，慰藉了那个年代我们咔唠唠（海岛方言，空肚子、急不可待的意思）的胃囊。

那些年海岛柴草奇缺，生火做饭是个难题。每年岛上的山林都封闭管理，只有秋后开山的那几日，允许驻军和老百姓上山砍柴拾草。这时我妈妈会带上镰刀、绳子和网兜子，跟房东家一块上山，他们熟悉地形，知道哪儿的山林草丛茂盛。忙乎一天半日的，玉珍姐再帮忙背回来送到我家。妈妈是个小个子，年轻时很瘦弱，干这些活肯定力不从心，都是房东家帮衬着完成。

我和金英都是北村小学宣传队的，有一次学校排演节目《紧握手中红缨枪》，需要道具红缨枪，这让我犯了愁，上哪儿去弄啊？看着金英扛着红缨枪排练时的"展扬"劲儿，我回家就哭鼻子掉眼泪跟妈妈要。妈妈去金英家打听，金英妈妈说："这好办，让俺大女婿再刻一把不就行了吗？"等演出时，我和金英扛着一模一样的红缨枪在舞台上挥过来舞过去的，还高唱着歌词儿："扛起红缨枪，浑身是力量。红缨迎风飘动，红小兵心儿激荡。枪尖闪闪发亮，红小兵意志坚强。我们从小热爱祖国，对侵略者仇恨满腔。我们从小保卫祖国，紧握手中红缨枪。"别提那个演出状态是多么好了。有的同学拿的红缨枪，枪头和枪身不是一体的，挥舞的时候甩掉了枪头，惹得台下传来阵阵笑声。我俩没有这个后顾之忧，舞得更来劲了。这把红缨枪可给我争足了面子，我喜爱它的程度不亚于那个年代的一件新衣服。后来它跟着我随父母调动、搬家多次，直至 20 世纪 70 年代末我参加工作离开家，再没人保护它，才被妈妈烧火当柴火用掉了。

给金英和我刻制红缨枪的大姐夫，那时在钦岛公社供销社工作，改革开放之初已是县里分管商贸工作的副县长了。后来我父亲转业到地方后，在长岛县纪律检查委员会工作时，和他都在县委县政府一个楼上办公，这个缘分真的很独特。

村里老百姓都是咱房东

妈妈不仅和金英家相处得好，亲如一家，和金英家的邻居们相处得也很好。

房东葛桂东家南邻就是我的小学班主任葛淑荣家，她姐姐和我二姐还是初中同学。她姐姐心灵手巧，用渔网线编织了小挎包，有一天半夜三更送到我家。那时我家还在守备区西山十五户那个地方住，房西侧院墙外是一片坟茔岗子，到了晚上阴森森的，吓得我们都不敢出门。爸爸出去带兵不在家，妈妈领我们一帮孩子早早关灯睡觉，这个姐姐来敲门也没人敢吭声。第二天早上妈妈开门看到台阶上的包包，一脸蒙相，但看是渔网线编织的，就猜到是老百姓家送来的，等上房东家一打听，果不其然，马上揭晓答案。葛老师给我当班主任时，我觉得她对我挺好的，用岛上同学的话说，挺偏向我的。其实我那时也是个懂事的学生，爱学习爱劳动，守纪律爱帮助同学，是班里的学习委员。葛老师教语文，我最爱上她的课，我至今保存一个作文本，上面有一篇我写的作文，题目是《我和爸爸比童年》。她用红色墨水批改，文后有她的评语，字迹娟秀。可能就是这篇作文和她的批注，带给我莫大的鼓励，也与我现在走上文学写作之路有很大的原因，我保留至今就是让这份鼓励永驻心间。

记得我上五年级时，她有几天没来学校，听说结婚去了。我们小孩子在学校也不敢打听，回家听妈妈说她嫁到小浩村了，对象是村里的会计。会计不是那些摇大橹、挽裤腿、面庞晒成紫红色的渔民，我听后很高兴，回到学校悄悄告诉了几个女同学。在当时，这基本是一个乡村女教师最好的归宿了。

记得那个年代，社会上女青年兴起穿的确良衬衣了，葛老师有文化、有气质，穿衣打扮肯定比村里那些妇女强得多。有一次，赶巧学校演节目，让我们借的确良衬衣，那种粉色的。我们在部队大院借不着，妈妈就去房东家借，玉珍姐的要给金英穿，没有别的法子，妈妈就上葛老师家借，葛老师痛痛快快地答应了。演出时粉色的确良衬衣外面还得穿件绿色毛衣背心，这个背心我自己有，妈妈给织的。演出后，我在学校把衬衣直接还给老师了，后来妈妈去房东家玩才知道，因我演出时出汗，绿背心掉色把老师的衬衣给染了几处，老师的妈妈费好大的劲儿才帮忙给洗干净。妈妈说了我几句，我偷偷抹了眼泪。后来一次演出又让穿浅绿色的确良衬衣，妈妈又硬着头皮去葛老师家借，吸取上次的经验教训，去还衣服时，妈妈在家认真给清洗了一遍，妈妈说："好借好还，再借不难。"葛老师接下干净的衬衣，笑了。她扎着一对小辫，白白的圆脸上慈眉善目，像极了邻家的姐姐。我们升初中时，她还在小学教学，后来听说因生孩子就回婆家离开了教师队伍。直到20世纪90年代末，我接到她一个电话，为女儿的事让我帮点忙，我们才续上二十多年不见的师生情谊，我还答应有机会进岛去看她，她告诉我等秋天收获大对虾时晒点虾干捎给我。虾干、海米、干海兔等海物是我们小时候的最爱。那个年代，海岛没有冷藏设备，吃不了的鱼虾都是晒干后慢慢吃，特别是冬天炉火旺盛时，在炉火旁边烤个鱼干、虾干的，简直是美味极了。二十年过去，葛老师还记得我们小时候的习惯爱好，不捎鲜的，要准备干货，真是难得！再后来，我们俩电话约定的事情却因为她的意外离世而不了了之，我那可亲可敬、终生难忘的小学班主任老师啊，我至今仍然无比怀念她！

上小学时每天要经过房东家北面的路口，村里一些调皮的男孩子会躲在某个角落，用小石头袭击我们女孩子，吓得我们嗷嗷叫。等到了学校，他们又装模作样，躲着我们远远的。我们向老师去告状，他们还不承认，也不会善罢甘休。待放学的时候，他们又鬼鬼祟祟跟着我们，不时扔两块石头给我们，一路"护送"着我们回家。

突然有一段时间，这些皮孩子在与我们女孩子追逐打闹时，竟开始有了针对性。如果皮孩子们堆里有我房东家的儿子，他们就会把他推到我们女孩子面前，然后有一个孩子大喊："什么最大？"然后众孩子回应："司令最大！"原来那时驻岛守备区部队最大首长不叫师长叫司令员，好像是我给房东儿子普及部队常识时说过的话，他又鹦鹉学舌去告诉村里的小伙伴，结果这句话就成了他们调笑他的话柄。"你们调笑他还把我给捎上，哼！"那个年代男女授受不亲，我们女孩子也不喜欢听那样的话，气得我回家和妈妈告状，我知道妈妈在村里很有人缘，她给不少人家做过衣服。妈妈也挺护孩子的，听我一说，不顾我爸爸的阻拦，就去村里找他们的妈妈，然后这些皮孩子就老实两天，等第三天又开始了对我们的追打。我终于知道妈妈也不是万能的妈妈，她毕竟是部队家属，不是本村的人，妈妈这个保护伞力量也有限。直到上了初中，换了学校，不用再走村里的大道，我们才摆脱了那些皮孩子的纠缠。那个时候村里有些男孩子调皮得简直是太招人恨了，电视剧《父母爱情》里就有部队孩子和老百姓孩子打架、骂嘴仗的片段，真的是这样啊。

我妈妈业余时间回家也有不少的服装活儿要干，她一忙乎起来，去房东家玩的时间就没有了，以前都是她叫我："走，咱上小玉珍家串门去。"现在她忙起来也听不见这声音了，我就憋不住了，总问她什么时候去玩。那时候，我父母的沈阳老家离我们海岛特别远，没有亲戚来往，我看邻居家的亲戚经常走动，就羡慕得要命，心里已经把房东一家当成我家的亲戚啦。我们总是上房东家玩，但他们从来不到我们家来玩，可能他们都忙着织渔网挣工分，再好像对我们的军人爸爸、部队大院有一种敬畏感吧。印象中只记得我小学班主任的妈妈来过我家，是个晚上，好像也是来找妈妈做衣服。我和妈妈正在吃饭，她坐下后，好奇地盯着我们的饭菜，问东问西的。那天晚上妈妈用土豆条、肉丝加面酱做的东北风味炒菜，她问是什么菜，妈妈说是萝卜，我刚想纠正，看见妈妈朝我眨巴眨巴眼，我就不吱声了。好在昏暗的灯光下，用面酱炒的菜黑乎乎的也看不清。等她回家时，我看妈妈拿了几个萝卜给她带走。事后我问妈妈为什么说谎，妈妈叹了一口气说："家里就这一个土豆了，你要说是土豆，你又不给人家土豆，好说咱抠了。"原来妈妈这是善良的谎言啊。长大后我曾经和妈妈说过这事，妈妈说早就不记得了，她只是说，那时岛里真缺菜啊，老百姓整天就是海物、鱼酱什么的，看着吃得挺好，天天吃谁不腻啊。

那时候岛上老百姓都以家里曾经住过部队家属而引以为豪，部队家属回老家带回来的特产他们也能分享到；部队上的一些好消息他们也是提前知道，像演什么电影啦，春节拥军慰问团什么时候进岛啦；特别是我们军人爸爸和当兵的哥哥姐姐穿过的军装、戴过的军帽等等，如有节余的也会赠送给他们。那些家里没住过部队家属的老百姓也会在适当的时机和部队家属拉上关系，特别是我们家在二院期间，医院的军医如果两口子都有工作，孩子没人照看，老百姓都会抢着帮忙，给照顾得无微不至，像这样的老百姓也会被有联系的部队家属称为"房东"。现在想想这种状况不仅是因为岛上封闭的环境使然，军人和家属都来自外地，相比较岛里的老百姓见多识广，老百姓喜欢和向往岛外生活，对他们就"感兴趣"，那个年代大张旗鼓地倡导"军爱民、民拥军，军民团结如一人""军队和老百姓咱们是一家人"。

意外重逢之喜悦

"铁打的营盘，流水的兵。"我15岁那年，爸爸又调到砣矶岛的二十七团。离开大钦岛的头天晚上妈妈带我去房东家告别，先去了几家经常走动的婶子家，最后在同学金英家多待了一会儿，妈妈和我流下了不舍的泪珠，房东大婶、玉珍姐姐出来送我们，送了一段又一段路程，直到走出了村口才依依不舍地告别！望着海岛天空上方的繁星，用马玉涛《老房东查铺》里的唱段来形容此时此景最合适不过了。"星儿闪闪缀夜空，月儿弯弯挂山顶。一盏盏红灯一颗颗心，处处都是军民情，军民情。"

20世纪70年代末，爸爸申请转业留在了长岛县城，我也参加工作被分配到了基层的农行黑山营业所，有时回家休假也时常听妈妈说起房东家的事，看来他们还相互牵挂，还有来往。还记得一次快过年时，我休假在家看到葛桂东大叔的外甥大勇哥（大名唐家金，退休前在长岛海监大队工作。葛桂东是他的大舅，唐秀芬既是他的舅妈，也是他的亲二姑。他小时候经常从南村过来上大舅家玩，认识了我们一家人）来家送了一些海物，妈妈留他吃饭再走，他婉言谢绝，急急忙忙跑出了家门。再后来随着我离开长岛然后把爸妈也接到了烟台，其间，房东家的大女儿美姐来看过我爸妈一次。美姐和爱人来烟台工作，已经定居数年，每逢回长岛看望她的父母，房东大叔大婶都念叨我家，于是她千方百计联系上我们，把她父母对我父母的问候带了过来。后来听说美姐当了奶奶，太忙，我们就再也没联系了。

在 2017 年温馨的 6 月，我和家住威海的二姐、济南的三姐结伴，回到大钦岛，踏上我们魂牵梦绕的海岛寻梦之旅。自离开海岛后，随着年龄逐渐增大，我们对大钦岛的思念越来越深。这里是父辈们奋斗过的地方，也是我出生、儿时成长的地方。岁月虽像流水一样逝去，但记忆中的美好却在我的心中永存。接下来走马观花的两日，处处是难忘的、美好的回忆。

因住在南村同学金红家，小时候熟悉的北村当天没过去看看。直到第二天上午，我带着思念之情，顺着码头往西的大道走进了北村。先是在我原来的小学校址，如今的村委会周围转着看了看，变化很大。11 点多钟，金红来电话，让我回去吃饭。当我离开村委，在大门处和村里会计、妇女主任等乡亲告别时，迎面走来一个女村民，我打眼一看，顺口喊出："玉珍姐！"待玉珍姐快走近我们时，我看到一张诧异的脸。我一步跨到她的面前，再一次大喊："玉珍姐！"她没有认出我，嘴里嘟囔着："谁呀？这是谁呀？""玉珍姐，我是素平，我是老平啊。"我拉起她的胳膊摇晃着，因她手里提着两大包塑料袋装的东西，没有给我得"手"的机会，我激动地反复介绍自己，还怕她记不起我的大名，连小名都脱口而出。她终于想起来了，脸上露出了笑容，喊着我的小名。岁月改变了玉珍姐的容颜，但她的笑容没变！我太熟悉了，这样的笑容，已经久违了四十年。当得知房东大婶已于前年仙逝时，我心里很难受。知道房东大叔还健在，已经在长岛县城儿子家居住，玉珍姐刚轮换完班伺候他老人家回来，我又欣慰起来。玉珍姐非得拉我去她家坐坐，我因下午要赶船回烟台，就谢绝了她的盛情邀请。

那次进岛还打听葛桂东大叔一家人了，没听到什么消息。前些天，我跟岛上同学顾延杰说起这事，延杰从顾家疃跑到田家疃，找到了葛桂东大叔家。大叔和大婶在家，延杰与我微信联系，让他们和我通了视频。视频中大婶一直抹着眼泪，我也热泪盈眶，他们也是 80 多岁的年龄了，他们一个劲儿打听我父母的身体状况，不停地说："老马大哥和大嫂真是好人啊。"还一遍遍地嘱咐我，"一定来岛子上玩啊，进家坐坐啊。"

离开大钦岛四十多年，蓦然回首，房东一家还在灯火阑珊处。这意外重逢的喜悦，让我每每想起来都激动不已。

难忘的少先队队日活动

各位朋友，你能想象一场像模像样的少先队队日活动的主角是由一帮出生在 20 世纪 60 年代初期、随父母在渤海前哨出生长大、现已鬓发渐白的来自全国各地的、分别已经近四十年的 70 年代的少先队队员吗？是的，毋庸置疑，我亲临其中。

每每回忆起 2017 年六一，在抚顺雷锋纪念馆度过的快乐少先队日，我都忍俊不禁，幸福地陶醉其中。

那年的六一前夕，我们这帮同学有 20 多人，从全国各地齐聚东北鞍山，由家居此地的双剑同学召集，集体到抚顺过一个红色旅游纪念日。

当我们一行人或乘飞机或乘船或坐高铁聚集到一起时，昔日年少就随父母转业分赴祖国各地的同学们相互叫着外号，叫着小名，紧紧地相拥，幸福地哭泣。感谢强大的互联网，感谢热心寻找大家的同学们，让一群发小离别多年后又相聚在一起。

晚餐进行到很晚，同学们还意犹未尽。但为了明天的活动，大家不得不回到各自的房间里去休息。想到明天就要到雷锋纪念馆参观，我根本睡不着，打开微信找到雷锋的图像刚发到同学群里，同学们就高喊着"向雷锋叔叔学习，做毛主席的好孩子！"纷纷入了群，顿时群里热闹起来。

雷锋对于我们来说，非常熟悉，几十年来，雷锋精神早已跨越了时代界限，成为一种宝贵的精神财富。我代同学们回忆了雷锋和为他题词的毛泽东主席，那是 1963 年 3 月 5 日，当时的《解放军报》发表了毛泽东同志的题词："向雷锋同志学习"。那年我们的同学既有襁褓中的婴孩，也有的还在娘的肚子里。虽然我们大多数同学出生时没赶上毛主席题词，但当年学雷锋的那股热潮，一直持续到我们上小学那些年。那些年的这个时间段都会隆重纪念雷锋的，当时人人手持一册《雷锋的故事》。大人给孩子讲，老师给同学们讲，学校还安排学雷锋讲雷锋的活动，还成就了不少当年的故事大王。

当时有一句话说得好："学雷锋见行动。"其实用现代的话来说，学雷锋就是用行动诠释助人为乐的精神。雷锋在我们小孩子的印象中就是总为别人干好事，而且不留名字。我记得小时候最盼下雨天了，因为总想学雷锋叔叔把雨衣让给没带雨具的同学。可是记忆中每次下雨都是快放学时，这时家里的大人会早早来到学校来送雨具，所以那几年因为年少，自己还需要父母看护，一件学雷锋送雨具的好事也没学成。另一种方式是学习雷锋，在这纪念日那几天，老师让同学们到各个村庄找孤寡老人（过去叫"五保"户），给他们家义务清扫、挑水、拾草等。有一年，我所在的部队医院学习小组学雷锋，准备到学校驻地的北村孤寡老人家去扫地，就找了个全村房子最破、穿得最旧的老人家里，干完了活回学校一汇报却被老师骂了一顿，原来我们找的这家是一个成分不好的老人家。

我还想起了当时学雷锋的组歌《雷锋，我们的战友》《学习雷锋好榜样》《接过雷锋的枪》。我灵机一动，何不明天到雷锋纪念馆搞个队日活动，唱首歌，表演个节目？要知道我们小时候上学时，这个班的文艺骨干可不少啊。在学校是毛泽东思想宣传队的成员的，今天也来了好几个。我把想法在群里一说，同学们纷纷说行，于是我在网上搜到了《学习雷锋好榜样》《接过雷锋的枪》《唱支山歌给党听》发到群里，让大家提前记记歌词，温习一下。

聊着聊着，时针就指向了午夜，看群里的同学已经不聊学雷锋的事了，开始跑题聊小时候岛上哪个村的男孩子最调皮的话题了，我开始睡意渐浓了……

次日早上，我被同学们的敲门声叫醒，住在隔壁房间的女同学卫平和姜艳过来了，卫平说："班长今天演什么节目啊？"我忙说："你这个文艺委员赶快招呼人过来排练节目吧，我们来个表演唱《接过雷锋的枪》。"于是早饭前这个空当，卫平喊来了胡峡、张华、海华，我们六个女同学在我们居住的二楼服务台前的小空地，开始排练表演唱的动作，彩霞、宋敏等几个女同学就在旁边打开手机开始伴唱。我们像小时候在学校宣传队里搞演出前排练那样，你出一个动作，我编一个动作，热热闹闹地开始了，直到楼下餐厅的男同学跑上来喊吃饭，我们的表演已经初具雏形了。

少先队员的队日活动有一样重要的东西，那就是红领巾。在饭桌上我和双剑同学商量上哪儿去买红领巾啊，双剑找到餐厅老板娘，老板娘出去转了一会儿回来，手里拿着一大把红领巾。没想到这个红色主题的旅游城市还是有备而来的。同学们高兴地接过红领巾，哎呀，不知是红领巾的规格太小，还是我们长大了，脖子都胖、粗了，红领巾系到我们的脖颈上竟是又短又细，找不到小时候那个棉布料红领巾的下垂感觉了。"有毛就不算秃"，不知是谁嚷嚷一句，同学们个个还是美得乐滋滋地戴上红领巾，有的女同学还像小时候那样，自己戴好了又去帮助别的同学了。

雷锋纪念馆是全国重点烈士纪念物保护单位，位于望花区雷锋路，这是雷锋生前所在部队驻地附近区域。雷锋纪念馆是全国爱国主义教育示范基地、全国青少年教育活动基地、全国学雷锋研究中心和全国 4A 级旅游景区。我们走下旅游车，还没到开馆的时间呢，但雷锋纪念馆大门前已经有不少人在排队准备入场了。我们像小时候那样将男女同学分开，站成两排纵队，准备进场了。

"学习雷锋好榜样，预备唱……"好像是哪个男同学的声音，他一起头，同学们马上进入了合唱的状态，"学习雷锋好榜样，忠于革命忠于党……"本来要进去再正儿八经开始的纪念活动，让事先没沟通好的这位同学抢了个先，不过这样边唱边进场不也是一个非常好的开场演出吗？我顺势而为带领同学们迈着整齐的步伐，高歌入了场。

这嘹亮的歌声惊醒了即将入馆的人们，人们纷纷侧目向我们看过来。"害羞？"学习雷锋就是一个大力宣传和弘扬的事情，红色旅游就要高调，我们不仅一点儿也不害羞，还巴不得吸引更多人的眼球呢。

嘹亮的歌曲回荡在纪念馆广场的上空，我们的队日活动开始了。

女同学放下随身的包包、阳伞，男同学留下两人看护东西，其余的围成一圈，我们的露天舞台背依着那个高高矗立的纪念塔，"向雷锋同志学习——毛泽东"这金光闪闪的毛氏行书，苍劲有力，熠熠生辉。只见钦丽同学雄赳赳、气昂昂地走上前来，报幕员的工作由她担任是再合适不过了。她的二姐曾经是工程兵文工团的独唱演员兼报幕员，姐姐的文艺天赋也会影响到妹妹的。随着《接过雷锋的枪》音乐的开始，我们6个女同学握紧双拳，摆出紧握钢枪的姿态，也迈着正步入场了。

我们都是军人的后代，当初我们的父辈有参加过解放长岛战争后留守的，有从海军部队调转进岛改编为陆军部队的，有从26军的78师抗美援朝战场上凯旋又进海岛的，他们中还有不少抗战时期入伍的老兵。我们在父辈的军营里，什么军事训练都见过，我们也曾经扛枪打靶过，所以表演的动作——"手握钢枪"还真像那么一回事。特别是我们女同学里面还有个现役军人呢，张华在军中职务也很高，她排头领队进场，那个阵势简直是——震了。彩霞、炳山等同学"引吭高歌"的伴唱也为我们的表演增添了激情。但是因为早上刚刚编排，有几处动作，有的同学忘记了或记错了。我们还会像小时候那样，下场后互相埋怨起来，你说我这不对，我说你应该那样。"不完美？"对，那咱就重新来一次，反正我们的节日我们做主。我们重新开头，再次演唱了这首歌。这一次的演出，基本完美，女同学们身上还是充满了文化、文艺的底蕴，这与 20 世纪 70 年代我们生活的那个海岛、生活过的那个部队大院，还有那个时代的文化精神生活带给我们的影响有关，已经潜移默化到骨子里了。男同学们录像、照相，给我们留下了许多宝贵的影像资料，特别是我们最后结束的那个造型动作，至今成了双剑每天进群问"早上好"的经典图片，真像是那个年代毛主席说的话："你们青年人就像早上八九点钟的太阳。"女同学个个脸上是灿烂无比的笑容，仿佛就处在那个青少年时期。

广场周围响起了热烈掌声，这时我们才发现我们的表演唱吸引了不少的游客驻足观看。我们就像小时候到部队给战士们慰问演出一样，既兴奋又自豪，我们对雷锋叔叔的敬仰、崇拜之情终于在四十多年后爆发了出来，可找到释放的机会了。

8 点，雷锋事迹陈列馆开门迎宾客了，我们鱼贯而入。高大的雷锋塑像下，我们同学集体、分别组合和单独留了影。雷锋 1940 年 12 月 18 日出生，1954 年加入中国少年先锋队，1962 年 8 月 15 日因公殉职，年仅 22 岁。作为一名普通的中国人民解放军战士，在他短暂的一生中却助人无数，他是全心全意为人民服务的楷模，是真正的共产主义战士，是我们一直崇拜的偶像。馆内藏有毛泽东、周恩来、刘少奇、朱德、邓小平、江泽民等党和国家领导人为雷锋题词的手迹，展现了党和国家领导人对学雷锋活动的关心和支持。有雷锋遗物、照片等文物 400 多件，真实生动地向人们再现了雷锋平凡伟大的一生（陈列内容按雷锋成长史编排，分"苦难的童年""上学读书""走上工作岗位""参军以后""永生的战士"五部分）。面对一件件展品、一幅幅图画、一张张照片，我们形象直观、系统、翔实地了解了雷锋平凡而伟大的模范事迹和由一个无依无靠的孤儿成长为共产主义战士的主要历程。我们无不为之动容，真正感受到了雷锋不朽的精神，体会了他于平凡之中的伟大，对老一辈革命家甘为共产主义奋斗终生的革命精神肃然起敬。

参观完陈列馆，在广场上我们看到了还在陆陆续续走进来的人们。只见一群活泼可爱的少先队员举着队旗向我们走来，在他们进馆前的短暂休息时间里，我们同学的队伍来到了他们队伍之中。我看到了一个身着白短袖Ｔ恤、天蓝色裤子，脚蹬白色旅游鞋，扎马尾辫的小姑娘，Ｔ恤的左臂上方有个醒目的"三道杠"红领巾大队长的标志。我接过小姑娘递给我的笔记本当照相的道具，红通通封皮的笔记本上，正面是毛主席的行书"向雷锋同志学习"，背面是"立志报国，雷锋伴我成长"。小姑娘也大大方方和我留下了合影，还招呼她的同学们和我的同学们合影，我从她的身上看到了自己小时候的影子，年轻真好啊！

我接过来他们的队旗——"跟着郭明义学雷锋爱心团队——辽阳县刘二堡镇河北小学"，站在我的同学们队伍前，呼啦啦一阵挥舞，同学们迅速排起一队，跟随我高举的少先队旗帜，摆出了冲锋向前、勇往直前的姿势。

时代在变化，精神永远不会变。每个时期，每个民族、每个国家都需要精神，"雷锋精神"之所以能够永存，是因为他有着十分鲜活又值得我们每个人学习的优秀品质。"雷锋精神"依然会激励着一代又一代人，让我们"把有限的生命投入无限的为人民服务之中去"这种雷锋精神永远传承下去吧！

长岛老家在梦中

我宅家的日子里，心情郁闷，但每每想起老家长岛，心中便会泛起一阵阵幸福的涟漪。那是被渗入生命里的光束搅动的，用家乡话说：还有一处亮场！

离开老家长岛已经整整三十二年了。

1988 年 1 月 25 日，时任长岛农行会计出纳科科长的我，忙完上年度的年终决算工作，调任烟台市农行会计科。记得那天离春节还有二十四天，时任长岛农行行长袁明男安排行里的面包车，还有几位同事一路兼程把我护送到烟台。当同事们把大包小卷的随行物品放下与我告别时，我初尝了别离的滋味，泪如泉涌！

好在家在长岛，父母和哥姐们还在岛上，尽管以后要漂洋过海去看他们，但我觉得离家的路——不远。

年轻的时候要工作、要奋斗，不远处的家也不能经常回去，只有节日假期才能回去看看。那时候假期不如现在的多，匆匆回去几天就得回来上班，好希望临走的那两天，有风无船，人不留客天留客嘛！

平常的日子里，长岛的亲人们一直与我保持着联系。爸爸来烟台开会，会到我简陋的公管房住处，陪我吃顿机关食堂打来的便饭；同事来烟台开会，会捎来长岛的海产品或妈妈亲手做的好吃的；哥姐偶尔会带孩子们来玩玩，逛逛南山公园……这些会让漂泊在外的我未曾孤独、想过家。

1990 年中，我休产假，大腹便便时回到了长岛。在长岛医院我生下了女儿，接生和助产士都是我熟悉的大夫姐姐们。在爸妈家坐月子休产假近五个月的时间，恰好爸爸刚办理离休手续，能在家帮着妈妈照顾我们娘俩。那段时间，同事好友、哥嫂姐姐还有爸妈的邻居阿姨们，天天都有来家里看望、玩耍的，遇到新生儿出现的小问题，有丰富育儿经验的大妈们七嘴八舌就能给参谋解决了。带女儿离开长岛时，我们已被家乡丰盛的特产、舒适的气候，滋养得"通肥大胖"，长岛是我们的"加油站"。

女儿两岁多时，我们夫妻带孩子回长岛过春节。节后上班时，为了事业，我们狠心把年幼的女儿留下，哥嫂和姐姐抱她去码头送我俩，她还不知所措地和我们挥手拜拜。我俩延续的生命留在了长岛，留在了父母身边，不舍又有何法？从此长岛几乎天天都在我的梦里，梦里都是亲人们的影子。

女儿在长岛上了幼儿园，花名册上的监护人填写了哥嫂的名字，女儿告诉别人她有两个妈妈，一度把我嫂子称为她的"外国妈妈"。长岛淳朴的民风，家人善良的胸怀，让幼年的女儿健康快乐地成长起来。那时每周只有一天休息时间，每逢不加班或不出差，我为了赶船进岛能早点看到孩子，经常不惜花巨款"打的"往蓬莱码头赶，单程都要 120 元，微薄的工资都"贡献"给交通行业了。进家不用敲门，门都是虚掩着的，经常会赶上女儿一人在家，坐在北屋的炕边，看橱柜上电视播放的节目。看我进来，女儿开始还很腼腆地不说不笑，一问姥爷姥姥呢，往往是姥爷到老干部活动场地打门球去了，姥姥上街买菜或上邻居家送什么东西了。在当时门不上锁、夜不闭户，可能只有长岛才有这么安全的居住环境吧！

女儿要上学前班了，为了下一步进一个好学校，我们把女儿接回到烟台。赶上我在市农行的新业务部门，忙得要命，无暇接送孩子，特别是孩子生病时，忙得我更是苦不堪言，只得用哭泣的方式成功地"骗"来了爸妈。爸妈说："来烟台照顾孩子行，但孩子放假时，我们得回长岛住住。"

从此，爸妈带着我女儿，每年和候鸟一样，定期迁徙，暑往寒来，长岛的家依然有炊烟飘荡。爸爸在工作岗位时，几次调整房子他都不要，和妈妈守着七八十平方米的旧房子一住就是下半辈子。周围的邻居换了好几茬，但爸妈一回长岛，闻风而至的老邻居们就会前来看望。爸爸都是去老干部活动中心看望他的老伙计们，妈妈的老朋友就比较多了，她心灵手巧、心地善良，回去后就忙乎给这个大姨裁件衣服，给那个大姨剪个头发。北屋炕帮子上永远都会有来玩、聊天的阿姨们。以前兴织毛衣时，妈妈永远是那个手把手教人家如何织花式毛衣或什么时候该分针织袖子的人。后来没有人爱穿她们织的毛衣时，她们会盘腿坐在热炕上打扑克牌玩"争上游"。家里永远是热热闹闹的，笑声不断。

那些年的春节，我们在外地的姐妹都会拖家带口往长岛赶。威海的二姐、济南的三姐要分别坐汽车、火车到烟台和我集合，我们再坐汽车、轮船进岛。有时天气不好，交通不便，一趟下来从上午出发到了爸妈家都是掌灯时分。无论等待多么辛苦，晕船吐得多么厉害，只要能回到爸妈身边过大年，再苦再累我们也无怨无悔。

忘了交代，爸妈家就在长岛县委南侧的居民楼，中间只隔一条马路，就是那个有宣传栏橱窗的院里。不知道从哪年开始，年初一的早上，县委县政府的团拜活动就在这条马路的十字路口上举行。各乡镇、渔村和大的企业，有序地排队过来参加团拜活动。县委县政府几大班子的领导背靠大楼，面朝大家，主要领导先讲几句拜年祝福的话，然后欢庆的序幕就此拉开。耍龙的、踩高跷的方队依次进场，一个大大的同心圆场地，刹那间彩旗飞扬，锣鼓喧天，载歌载舞，被誉为"小康县"的父老乡亲在这里会集成一片欢乐的海洋，好一幅国泰民安的幸福画卷……

我们姊妹在家一听见外面的锣鼓响了，带着孩子就往外冲。居住在城市，能看见这些久违的乡土风情怎能不激动呢？！小孩子骑在我们的肩上，半大孩子顺着人缝挤到了前面，女生站在马路牙子上踮起了脚，男生则不管不顾地爬上临街的小披厦子上，居高临下观望起来。

过年的美食更是让人目不暇接、垂涎欲滴，邻居大姨们听说我们回来了，南楼李大姨送来一盆生好的豆芽，西单元曲大姨送来一包蓬莱老家寄来的花生米，张老师送来自己卤的熟牛肉，东单元于大姨送来一碟自己熬的猪蹄冻，楼下王老师送来一盆自己炸好的黄花鱼，景云大姐送来排骨发面大包子，妈妈则把自己腌制的东北酸菜回敬给大姨们压盆底，她再给我们炒几个热菜，于是餐桌上各路美食荟萃，那叫一个丰盛，那叫一个鲜美，吃得那叫一个"得味"！

女儿上高中时，爸妈年龄大了，已经不能"迁徙"了，特别是2008年开始妈妈先后生病住院两次，爸爸不让我们请家政，放弃了多年的业余爱好，守在家里精心照顾妈妈。从此，长岛成了他们口中的家，梦里的岛。"儿女在哪儿，哪儿就是家。"我无可奈何给爸妈改了风俗。

每逢佳节还是倍思亲，近几年手机小视频流行起来，每逢大年初一长岛团拜的点儿，我们都会捧着手机静候，等待亲朋好友发出来的团拜场景，如同亲临现场，一起感受那份喜悦。特别是大姐的女儿海英——我的外甥女到当时的县文广新局任职后，恰好分管群众艺术、文化宣传这方面的工作，团拜现场演出活动都是她在指挥调度，看到她落落大方、运筹帷幄的样子，我总是感慨大姐夫终于有了接班人，且"青出于蓝而胜于蓝"。想当年大姐夫孙盛渭在长岛吕剧团任职时，长岛吕剧团盛名远扬，是全国剧团的一面旗帜，先后多次受过文化部和省委宣传部的表彰，曾被授予"海上乌兰牧骑"（文艺轻骑兵）的荣誉称号。中央电视台曾以"有这样一个剧团"为题，拍了一部专题片进行宣传，剧团先后有五个剧目搬上省台和中央电视台。长岛吕剧团为长岛军民文化生活的改善和提高做出了不可磨灭的贡献，大姐夫功不可没。如今大姐夫宝刀未老，

70多岁的人还活跃在长岛老干部活动中心的"夕阳红老年艺术团"里，重操老本行，专司乐队指挥一职。每年春节的团拜活动中会接受某个乡镇邀请，发挥自己的特长，威武地抡起手中的鼓槌指挥着乐队，奏响一曲曲海岛人民歌颂祖国、热爱家乡的进行曲……记得去年团拜结束后，大姐夫受风寒感冒住院，治疗了好长时间才出院。家人劝他以后再别出去"嘚瑟"了，岁数在这儿摆着呢，他也同意再不"出山"了。年前，继大姐电话告诉我："家里这两个文化人都忙死了，海英分管全县这块工作，每年的长岛军民春节联欢晚会都提前好几个月去准备。你大姐夫又答应人家了，好了伤疤忘了疼，那个犟啊，怎么说也不听，也不看看自己多少岁了，还能找出第二个人来吗？"继大姐这是心疼大姐夫，说归说，但还是一如既往地支持他。听说她又去买了一条厚绒裤，说去年大姐夫感冒是冻的，今年多穿点……往年春节团拜的视频画面中还能看见我高中几个女同学的面孔，她们载歌载舞，快乐幸福都挂在眉梢上，真心为她们点赞。

　　长岛县，2018年6月被山东省委省政府批准设立长岛海洋生态文明综合试验区，目前正在争创全国第一个海洋类国家公园，打造绿水青山海岛样板。无论怎么改，它还是我梦里的岛、口中的老家。去年清明节期间我进岛去看了爸妈的老房子，好在爸妈在烟台二十多年的时间里，这个房子我们不租不卖，家中所有的生活设施一如既往地分布在各个角落，还是20世纪80年代普通百姓家的场景。大到土炕、灶台，小到水缸、洗脸盆架子，还有20世纪70年代初期爸妈在部队时请人打制的全套家具，都原封不动地摆在那里。尽管被褥、家具上落满了灰尘，压在南屋写字台玻璃板下面的照片也脱色不少，但那还是一个家，一个充满温暖、让人留恋不舍的老屋。如果有拍那个年代影视剧的，老屋就是一幅回忆满满的场景地，不必再添任何一件道具。

　　看长岛春节团拜视频，曾经是我过大年最重要的内容之一。今年却因为防疫，整个长岛没有龙灯没有高跷，秧歌不扭船不摇，响应号召宅家不动，大街小巷静悄悄。

长岛真是一方净土，纯净得连病毒细菌都不敢造次。没有疫情的长岛，没有被病毒叨扰的老家人，却响应国家号召紧绷防疫这根弦，外甥女海英、海燕及家人们都忙碌在抗疫的最前线，连海英的女儿嘉惠——我们家的第四代长孙女，年前刚参加工作到了长岛电视台，现在也参加了这场保卫家乡的阻击战。保护这片净土，作为长岛的子孙后代，她们必须率先垂范，因为她们肩上有我们远方第一代、第二代亲人的嘱托和期盼！

梦中还惦记着长岛，还出现过春节回家团聚的片段。梦醒后也无数次想象过：我——一个海岛出生、海岛长大的长岛人，等真的老了，哪儿也去不了的时候，长岛爸妈的老屋就是我的栖息地。那时当春节团拜的锣鼓再响起来时，我定会拄着拐杖，小步快挪，也"冲"到大街上，融入那锣鼓喧天、彩旗飘扬的欢快场面，那该是一幅多么温馨的愿景啊！

史記論叢

二〇二四年太原《史记》研究学术研讨会暨中国史记研究会第二十一届年会论文集——《史记论丛》第二十集

主　编　张大可　向晋卫　陈曦

中国文史出版社

图书在版编目（CIP）数据

史记论丛．第 20 集/张大可，向晋卫，陈曦主编．
北京：中国文史出版社，2024.10. -- ISBN 978 - 7
- 5205 - 4883 - 0

Ⅰ. K204.2 - 53

中国国家版本馆 CIP 数据核字第 20249N05C2 号

责任编辑：王文运

出版发行：中国文史出版社

社　　址：北京市海淀区西八里庄路 69 号　邮编：100142
电　　话：010 - 81136606　81136602　81136603（发行部）
传　　真：010 - 81136655
印　　装：河北巴彩丰包装制品有限公司
经　　销：全国新华书店
开　　本：710mm×1000mm　1/16
字　　数：840 千字
印　　张：40.75
版　　次：2024 年 11 月北京第 1 版
印　　次：2024 年 11 月第 1 次印刷
定　　价：140.00 元

内容提要

　　本书为 2024 年太原《史记》研究学术研讨会暨中国史记研究会第二十一届年会论文集，收录论文 68 篇，分为 5 个栏目：其一，《史记》文本与注释研究，收录论文 16 篇；其二，《史记》思想文化研究，收录论文 23 篇；其三，《史记》民族文化研讨，收录论文 8 篇；其四，《史记》文学艺术研究，收录论文 10 篇；其五，史事研讨及其他，收录论文 11 篇。可喜的是，本书论文作者，半数为青年学者，这是弘扬"史记学"未来的希望。本书开篇论文《〈史记〉引〈尚书〉"平"字考》，就出于一名在读硕士之手。2025 年，即将迎来司马迁 2170 周年诞辰纪念学术研讨会，中国史记研究会将推出献礼之作《史记疏证》学术工程，本论文集发表该书序论《〈史记疏证〉编纂始末》，通告工程的完成。此为中国史记研究会团队攻关的"史记学"界碑工程，是我们这一代学人的骄傲。

目　　录

《史记》民族文化研讨

《史记》文学艺术研究

史事研讨及其他

《史记》文本与注释研究

《史记》引《尚书》"平"字考

* 本文作者赵思仪，陕西师范大学文学院硕士研究生。

《尚书》作为我国最早的一部历史文献，它记录了夏、商、周三代王室的典、谟、训、诰、誓、命，记载了我国进入文字记载的历史时期以来最早的三个王朝的重大事件。韩愈在《进学解》中写道："周诰、殷《盘》，诘屈聱牙。"《尚书》保留了夏、商、周三代不少的独特词汇现象和语法现象。班固在《汉书·司马迁传》中写道："故司马迁据《左氏》《国语》，采《世本》《战国策》，述楚汉春秋，接其后事，迄于天汉。"司马迁在写作《史记》时征引了不少前代的书籍，其中也引用了不少《尚书》的原文。《汉书·儒林传》记载："迁书载《尧典》《禹贡》《洪范》《微子》《金縢》诸篇，多古文说。"《史记正义·论音例》中也说道："太史变《尚书》文者，义理特美，或训意改其古涩。"他在征引《尚书》原文的过程中杂引今古经文，并将部分字词改为汉代通用易懂的语言。本文列举《史记》引《尚书》"平""便"二字的改易情况，分析《史记》引《尚书》时对这两个字及相关字的不同处理办法，并结合《史记》与《尚书》中相关字的使用情况，参考《史记》三家注及后世学者解说，从而考察"平""便"及相关词词义的演变，对"平""便"及相关词的演变脉络有更清晰的认识。

一、《史记》引《尚书》"平"字引用及改易情况与各家注解

（一）《史记》引《尚书》"平"字所处篇名、文句及改易情况

表1

《尚书》篇目	《尚书》文句	《史记》篇目	《史记》文句	"平"字是否改易	"平"字改为何字
《尧典》	九族既睦，平章百姓。	《五帝本纪》	九族既睦，便章百姓。	是	便
	平秩东作		便程东作	是	便
	平秩南为，敬致；日永星火，以正仲夏，厥民因，鸟兽希革。		便程南为，敬致；日永星火，以正中夏，其民因，鸟兽希革。	是	便
	实饯纳日，平秩西成。		敬道日入，便程西成。	是	便
	平在朔易		便在伏物	是	便
	帝曰："俞咨！禹，汝平水土，惟时懋哉！"		舜曰："嗟然！禹，汝平水土，维是勉哉！"	否	
《禹贡》	海岱及淮惟徐州：淮、沂其乂，蒙、羽其艺；大野既猪，东原底平。	《夏本纪》	海岱及淮维徐州：淮、沂其治，蒙、羽其蓺；大野既都，东原底平。	否	
	华阳黑水惟梁州：岷、嶓既艺，沱、潜既道；蔡蒙旅平，和夷底绩。		华阳黑水惟梁州：汶、嶓既蓺，沱、涔既道；蔡蒙旅平，和夷底绩。	否	
《洪范》	无偏无党，王道荡荡。无党无偏，王道平平；无反无侧，王道正直。	《宋微子世家》	毋偏毋党，王道荡荡。毋党毋偏，王道平平；毋反毋侧，王道正直。	否	
	六、三德：一曰正直，二曰刚克，三曰柔克。平康正直，彊弗友刚克，燮友柔克；沈潜刚克。高明柔克。		三德：一曰正直，二曰刚克，三曰柔克。平康正直，彊不友刚克，内友柔克；沈渐刚克，高明柔克。	否	
	岁月日时无易，百谷用成，乂用明；后民用章，家用平康……不宁。		岁月日时毋易，百谷用成，治用明，畯民用章，家用平康，……不宁。	否	
	无偏无党，王道荡荡。无党无偏，王道平平。	《张释之冯唐列传》	不偏不党，王道荡荡；不党不偏，王道便便。	是	便

如上表所示，《史记》引《尚书》"平"字共 12 见。《五帝本纪》引《尧典》"平"字共 6 见，其中 5 次改作"便"，1 次未改。《夏本纪》引《禹贡》"平"字共 2 见，均未改易。《宋微子世家》引《洪范》"平"字共 3 见，均未改易。《张释之冯唐列传》引《洪范》"平"字 1 见，改易，且此句"王道平平"在《宋微子世家》中未改易。

(二)《史记》三家注对"平"改为"便"的注解

《史记正义·论音例》提到了《五帝本纪》中的 5 处改易："《史》文与传诸书同者，刘氏并依旧本为音。至如太史公改《五帝本纪》'便章百姓''便程东作''便程南为''便程西成''便在伏物'，咸依见字读之。"① 对于将"平"改为"便"的现象，三家注多在"便章百姓"下做注：

> 【集解】徐广曰："下云'便程东作'，然则训平为便也。"骃案：尚书并作"平"字。孔安国曰"百姓，百官"。郑玄曰"百姓，群臣之父子兄弟"。
> 【索隐】古文尚书作"平"，此文盖读"平"为浦耕反。平既训便，因作"便章"。其今文作"辩章"。古"平"字亦作"便"，音婢缘反。便则训辩，遂为辩章。邹诞生本亦同也。②

在"便程东作"下，《集解》引孔传，将"平"解释为"平均次序"，与下"便程南为"同。《索隐》：《刘伯庄传》皆依古史作平秩音。然《尚书大传》曰"辩秩东作"，则是训秩为程，言便课其作者也。③《尚书》"平在朔易"《尚书大传》作"便在伏物"，与《史记》同。在《张释之冯唐列传》"王道便便"下有《集解》："徐广曰，一作'辨'"。

《索隐》与《集解》都认为司马迁训"平"为"便"。《索隐》指出古文《尚书》作"平"，今文《尚书》作"辩"。并引《尚书大传》，指出《尚书大传》中均有"平"作"辩"与"平"作"便"。后徐广《音义》有指出"便"一作"辨"的现象。但后世学者对《史记》三家注的说法有了不同的疑问，如"平""便"音不相同，意不相同，为何训"平"为"便"，司马迁所引《尚书》经文为今文还是古文，若引今文，作"辨"还是本作"便"，各家说法不一。

下列举《尚书》《史记》中相关字的使用情况，考辨《史记》三家注及后世学者解说，试图对《史记》引"平"的不同改易情况作出相对合理的解释，并窥探"平""便"及相关词的词义演变，对"平""便"及相关词的演变脉络有更清晰的认识。

---

① ［汉］孔安国传，［唐］孔颖达正义：《尚书正义》，上海：上海古籍出版社 2007 年版，第 15 页。
② ［汉］孔安国传，［唐］孔颖达正义：《尚书正义》，上海：上海古籍出版社 2007 年版，第 16 页。
③ ［汉］孔安国传，［唐］孔颖达正义：《尚书正义》，上海：上海古籍出版社 2007 年版，第 18 页。

二、《尚书》与《史记》中的"平""便"等字

（一）《尚书》中的"平""便""辨"和"辩"

"平""便"在《尚书》中使用频率相差较大，其中"平"共 17 见，"便"共 1 见，"辨"未见，"辩"2 见。具体情况使用如下：

1. "平"字的用法

①治理，共 7 见，其中"王道平平"在《史记》中两次被引，一次改为"便"，一次未改：

> 汝平水土（《尧典》）
> 地平天成（《大禹谟》）
> 东原厎平（《禹贡》）
> 蔡蒙旅平（《禹贡》）
> 王道平平（《洪范》）
> 统六师，平邦国。（《周官》）
> 禹平水土，主名山川。（《吕刑》）

除去《大禹谟》与《周官》两处伪古文尚不足征外，"平"意为"治理"在《尚书》中共 5 见。

②分辨、辨别，共 5 见，都将"平"改为"便"：

> 九族既睦，平章百姓。（《尧典》）
> 平秩东作（《尧典》）
> 平秩南为（《尧典》）
> 平秩西成（《尧典》）
> 平在朔易（《尧典》）

但这几处"平"的解释各家均有不同。钱宗武《尚书今古文全译》中将此 5 处都解释为"辨别"。《蔡传》"平秩东作""平秩南为""平秩西成""平在朔易"的"平"都解释为"平均"。《尚书校释译论》将其解释为"使"，认为"平""便"都有"使"的意思①。

③平安，共 3 见：

> 平康正直（《洪范》）
> 家用平康（《洪范》）
> 天寿平格（《君奭》）

对"天寿平格"的解释各家有所不同，《今古文尚书全译》采《尚书易解》之

---

① 顾颉刚、刘起釪：《尚书校释译论》，北京：中华书局 2005 年版，第 41 页。

说，认为"平格"指"平康"。《汉字源流字典》"平"字一条中载"天寿平格"中的"平"通"抨"，意为"使"①。

④公平仁厚，共1见：

> 昔君文武丕平，富不务咎，厎至齐信，用昭明于天下。（《康王之诰》）

⑤谥号，共1见：

> 平王锡晋文侯秬鬯、圭瓒，作《文侯之命》。

2. "便"字的用法

顺人之所欲，共1见：

> 慎简乃僚，无以巧言令色，便辟侧媚，其惟吉士。（《冏命》）

此处为伪古文经，不足征。

3. "辩"字的用法

①辩言：巧言，诡辩，共1见：

> 君罔以辩言乱旧政，臣罔以宠利居成功，邦其永孚于休。（《太甲下》）

②使，共1见：

> 勿辩乃司民湎于酒（《太甲下》）

此两见均为伪古文经，不足征。

由于《尚书》伪古文经不足以作为先秦语料进行分析，在真《尚书》经文中，"便""辨""辩"三字均未见。"平"字释义丰富。

(二)《史记》中的"平""便"

"平"在《史记》中使用频率较高，共1017见，"便"共150见，大体使用情况如下：

1. "平"字的方法

①《史记》中"平"用作侯国名、封号、地名、人名次数较多，此不细分，共812见。

②平定、平息、治理，共69见：

> 命禹："女平水土，维是勉之。"（《夏本纪》）
> 他时秦地不过千里，赖陛下神灵明圣，平定海内，放逐蛮夷，日月所照，莫不宾服。（《秦始皇本纪》）
> 武王已克殷纣，平天下，封功臣昆弟。（《管蔡世家》）

③公正、平允、平衡、服气，共36见：

---

① 谷衍奎编：《汉字源流字典》，北京：语文出版社 2008 年版，第 148 页。

端平法度，万物之纪。（《秦始皇本纪》）

君子于是语，于是道古，修身及家，平均天下：此古乐之发也。（《乐书》）

汤有所爱史鲁谒居，知汤不平，使人上蜚变告文奸事，事下汤，汤治论杀文，而汤心知谒居为之。（《酷吏列传》）

④讲和，共27见：

国亡太子，内空，王居外久，士皆罢敝，于是乃使厚币以与越平。（《吴太伯世家》）

定公十年春，及齐平。（《孔子世家》）

⑤安定、太平、和平、宁静26见：

周西伯政平，及断虞芮之讼，而诗人称西伯受命曰文王。（《齐太公世家》）

迎鲁申公，欲设明堂，令列侯就国，除关，以礼为服制，以兴太平。（《魏其武安侯列传》）

天下已平，亲属既寡；悼惠先壮，实镇东土。（《太史公自序》）

⑥平坦、平稳24见：

于是禹以为河所从来者高，水湍悍，难以行平地，数为败，乃厮二渠以引其河。（《河渠书》）

地四平，诸侯四通辐凑，无名山大川之限。（《张仪列传》）

⑦平时，平生13见：

平生所闻刘季诸珍怪，当贵，且卜筮之，莫如刘季最吉。（《高祖本纪》）

涉及左右生平数闻张耳、陈余贤，未尝见，见即大喜。（《张耳陈余列传》）

⑧"平旦""平明"连用，表示太阳露出地平面，清晨，共9见：

平明，汉军乃觉之，令骑将灌婴以五千骑追之。（《项羽本纪》）

平旦，李广乃归其大军。（《李将军列传》）

⑨通评，衡量判断，共1见：

是故先王之制礼乐也，非以极口腹耳目之欲也，将以教民平好恶而反人道之正也。（《乐书》）

《史记》中"平"的使用频率很高，且用法较《尚书》义项更加丰富，其中与《尚书》中用法相同的共四项，均有"治理""安定""公平"之意并都存在用作封号的现象。并且"平"的意义也有所发展，还组成双音节词，义项更加丰富。但"平"表示"辨别"的意思在《史记》中已完全不存在，且《史记》引《尚书》经文中的"平"字时，将表示"辨别"意义的"平"都改易为"便"。

2. "便"字的用法

①有利、方便、适宜，共 135 见：

> 复搏其士卒以与王遇，必不便于王矣。(《楚世家》)
> 蜀民及汉用事者多言其不便。(《司马相如列传》)

②通"辨"，分辨，共 5 见：

> 九族既睦，便章百姓。百姓昭明，合和万国。(《五帝本纪》)
> 敬道日出，便程东作。(《五帝本纪》)
> 便程南为，敬致。(《五帝本纪》)
> 敬道日入，便程西成。(《五帝本纪》)
> 便在伏物。(《五帝本纪》)

《史记全译》将"便程东作""便程南为""便程西成""便在伏物"的"便"与"程""在"一起译为"管理"，采"辨别，辨治"之意。

③时间副词，就，共 2 见：

> 少年欲立婴便为王，异军苍头特起。(《项羽本纪》)

④封号，共 1 见：

> 太史公读列封至便侯，曰：有以也夫！(《惠景闲侯者年表》)
> 司马长卿便略定西夷，邛、筰、冉、駹、斯榆之君皆请为内臣。(《司马相如列传》)

⑤不奉诏，自行处理，共 2 见：

> 梁日使使请太尉，太尉守便宜，不肯往。(《绛侯周勃世家》)
> 又使使恶条侯于上，上使人告条侯救梁，复守便宜不行。(《吴王濞列传》)

⑥安定、安全、安逸，共 3 见：

> 书曰"不偏不党，王道荡荡；不党不偏，王道便便"。(《张释之冯唐列传》)
> 是时汉使大农张成、故山州侯齿将屯，弗敢击，却就便处，皆坐畏懦诛。(《东越列传》)

⑦"便坐"连用，表示别坐他处，共 1 见：

> 子孙有过失，不谯让，为便坐，对案不食。(《万石张叔列传》)

⑧"便嬛"连用，表示轻盈美好，共 1 见：

> 靓庄刻饰，便嬛绰约。(《司马相如列传》)

《史记》中"便"有 8 种用法，只有在替换《尚书》"平"字时才解释为"辨别、辨治"，因此"便"本身并无辨别、辨治之意。

三、"平""便"替换原因

1.《尚书》古文本作"釆",因与"平"形似而讹。

查 CCL 语料库,今本《史记》与《尚书》中都已不再使用釆字。

《尚书校释译论》:"《白虎通·姓名篇》作'釆'(刻本或作平)"[①],此"平章百姓"作"釆章百姓"。

惠栋《九经古义》:说文:"釆,辨别也,读若辨。"古文作𥄕,与平相似。于部云:古文平作𥂗,孔氏袭古文,误以𥄕为平,训为平和,失之。辨与便同音,故史记又作便。[②]《说文引经考》《今文尚书经说考》及钱宗武《今文〈尚书〉词汇研究》皆持此说。此说法解释了"平"、"便"音本不相同却以"便"代替"平"的现象。

但段玉裁《集解》《索引》都认为《尚书》古文作"平",今文作"辨",此为司马迁引古文,并训"平"为"便"。

段玉裁从音韵的角度论证此说:《撰异》玉裁按:平辨虽一在古音十一部,一在古音十二部,而同入最近,是以《周易》清、真通用,洪范偏平合韵,《尚书》平辨皆训便(《召诰》平来一作辨来。《酒诰》勿辨乃司,民湎于酒。书序王俾荣伯作贿肃慎之命,俾一作辨)。此平章即辨章之理也,不必如惠所说。[③] 但段玉裁的说法只是为训"平"为"便"提供了语音上的证据,并不足以反对惠氏之说。

《史记》中"便"除去替代"平"字的 6 处有辨别的意思外,并无辨别的用法,可见"便"在当时并无辨别之意。《史记》中表示"辨别"都用"辨"或"辩"字。"平"属并纽耕部,便属并纽元部,但"便"本无"辨别"之意,二字只是音相近,意并不相通,解释为训"平"为"便"确有偏颇。

查釆、平的字形演变,二字古文确有相似之处亦讹:

"釆"的字形演变:

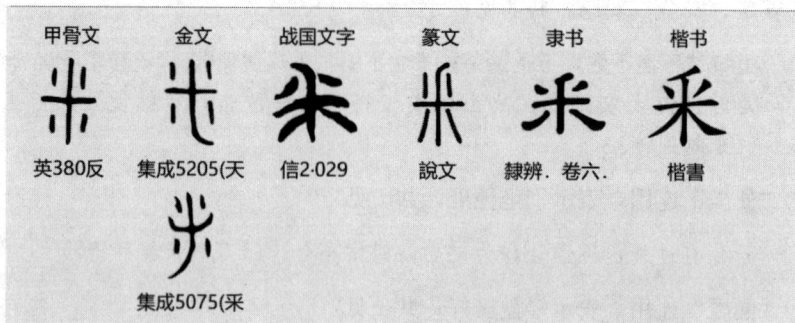

甲骨文	金文	战国文字	篆文	隶书	楷书
英380反	集成5205(天 集成5075(釆	信2·029	說文	隸辨.卷六.	楷書

① 顾颉刚、刘起釪:《尚书校释译论》,北京:中华书局 2005 年版,第 23 页。
② 古国顺:《〈史记〉述〈尚书〉研究》,台北:文史哲出版社 1985 年版,第 45 页。
③ 古国顺:《〈史记〉述〈尚书〉研究》,台北:文史哲出版社 1985 年版,第 45 页。

"平"的字形演变：

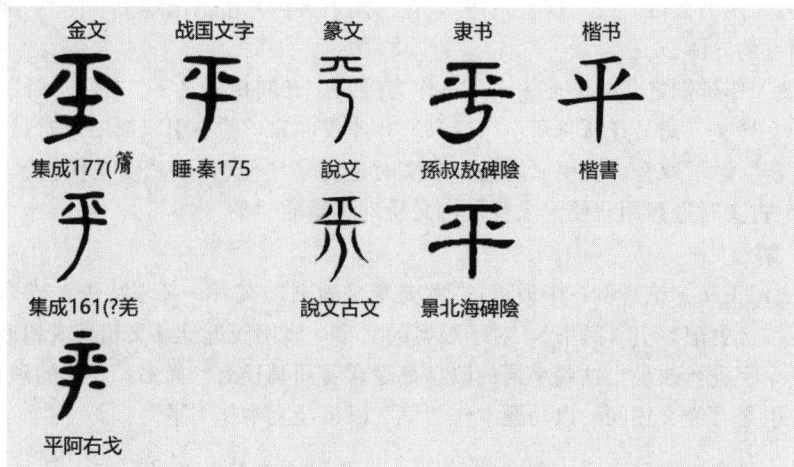

《尚书校释译论》："《魏三体石经》'天寿平格'之平作'采'。"① 查魏三体石经，"天寿平格"之平作"羕"，与《说文》所载"平"之古文同，并不作"采"，《尚书校释译论》误，此采、平易误之一证。

司马迁所见经文应已存在"平""采"的讹误。不管司马迁所见为"平"或"采"，经文本字都本应作"采"。也许因为形似而讹，"平"在一段时间内与"采"相通用，"平""采"二字难以区分，但都读作"采"，且意为"辨别"。

2. "平""便""辩""辨"的今古文关系

陈振孙《直斋书录解题》云："《尚书大传》四卷，凡八十有三篇，当是其徒欧阳、张生之徒杂记所闻，然亦未必当时本书也。印板刓缺，合更求善本。"《中兴书目》云："按郑康成《序》云，盖自伏生也。伏胜为秦博士，至孝文时年且百岁，张生、欧阳生从其学（一作张生、欧阳生从学焉）而授之。音声犹有讹误，先后犹有差舛，重以篆、隶之殊，不能无失。生终后，数子各论所闻，以己意弥缝其阙，别作《章句》。又特撰《大义》，因经属指，名之曰《传》。由以上目录可知，《尚书大传》在今文家传授与记载时已经有了音声、字体的讹误，出现了今文的异文。

《史记》"便在伏物"引《尚书》"平在朔易"，段玉裁《撰异》云：作朔易者，古文《尚书》，作伏物者，今文《尚书》也。皮氏《考证》云："其所以异者，大传乃伏生没后欧阳、张生各记所闻，盖亦如三家今文互有同异。"综上两家之说，无论是古文作"朔易"，今文作伏物，还是朔易、伏物都为今文异说，司马迁"便在伏物"必引《尚书》今文，却仍用"便"而不用"辨"。《索隐》：《尚书》作

---

① 顾颉刚、刘起釪：《尚书校释译论》，北京：中华书局 2005 年版，第 23 页。

"平在朔易"。今案：大传云"便在伏物"，太史公据之而书。^①　"便程东作"下《索隐》：《尚书大传》曰"辩秩东作"。在《尚书大传》中已出现了"便""辩"因音同而讹的异体。

"便"作辨别之意并不通用，只是作为经文中音同相训之字。"便""辩""辨"均为今文异文。司马迁所见所引《尚书》并非仅一家，他在引《尚书》时对"便""辩""辨"做了取舍。在引《尚书》今文时选择了"便"，如"便在伏物"，在引《尚书》古文时选择用"便"来替换古文易讹难懂的"平"。

3. 解经

《史记正义·论音例》中说道："太史变《尚书》文者，义理特美，或训意改其古涩"。《史记》引《尚书》，对于艰奥的文字，多用浅近且意义相当或相近通用的另一个字进行改易，这些字词的改易都隐含着司马迁对《尚书》经文的理解。

王引之《经义述闻》以马融本作"苹"以证经文本作"平"：

> 平章、平秩之平，训为辩治可也，必谓古文釆字之误则非，平秩之平，马融本作苹，曰："使也（见《释文》；《尔雅》曰抨使也，与苹同）。"《洛诰》平来以图，传训为遣使，则苹与平同。马本作苹，他本作平，犹春官车仆苹车之苹，故书作平也。其非误字可知。若是古文釆字，不得加艹作苹矣。平与辩便古音可通，平字音在耕部，辩便二字古音在真部。真耕二部之字，古音最相近。^②

但马融所处时代晚于司马迁，如前文所说，在司马迁之前已经出现了平、釆的讹误，所以马融本误采用讹字"平"，而作"苹"。且毛诗《采菽》"平平左右"，《左传》引作便蕃。《说文》："釆，辨别也。象兽指爪分别也。"^③ 在汉代已被"辨"取代，且经文中的"釆"因与"平"形似而讹，"釆"不再单用，只做偏旁，有"番""蹯"等字。因此，《诗经》应本作"釆釆左右"，现作"平平"为后世误写，此"釆"误作"平"之又一证。

《书集传》"平章百姓"下注解为"平，均也"。马融本作"苹"，将"平章""平秩"的"平"解释为"使"，而司马迁将"平"（或"釆"）改为"便"，解释为"辨别"。可以推测，司马迁所见《尚书》已有平、釆因讹误而混同的现象，司马迁在引《尚书》时对"平""釆"进行了区分。按司马迁对经文的理解，今本《尚书》"平章""平秩"的"平"都应解释为"辨别"因此改为"便"，与今文"辨"、"辩"相通。马融将"平章""平秩"的"平"都理解为"使"，故作"苹"。"平""釆"二字的讹误导致了对经文解说的不同，图如下。

---

① ［汉］司马迁撰，［宋］裴骃集解，［唐］司马贞索隐，［唐］张守节正义：《史记》，北京：中华书局1982年版，第19页。

② ［清］王引之：《经义述闻》，上海：上海古籍出版社2018年版，第82页。

③ ［汉］许慎：《说文解字》，北京：中华书局2013年版，第22页。

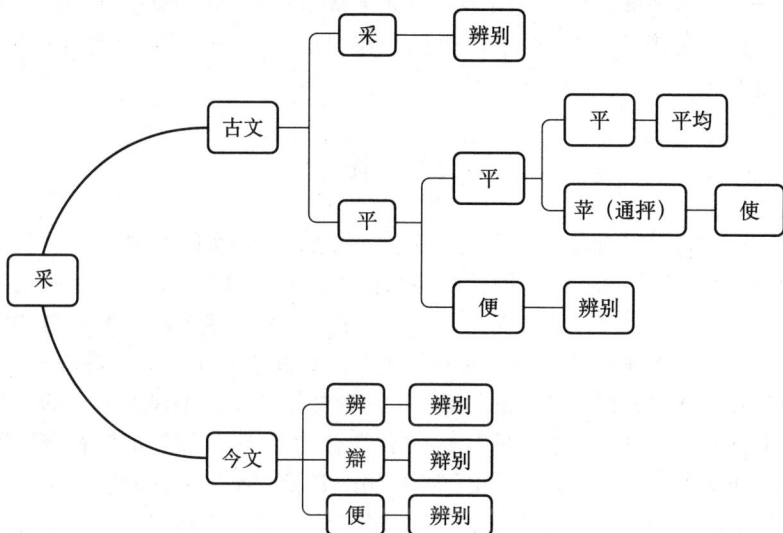

采 ┬ 古文 ┬ 采 — 辨别
　　　　　└ 平 ┬ 平 ┬ 平 — 平均
　　　　　　　 │ 　 └ 苹（通抨）— 使
　　　　　　　 └ 便 — 辨别
　　　└ 今文 ┬ 辨 — 辨别
　　　　　　　├ 辩 — 辩别
　　　　　　　└ 便 — 辨别

图 1

四、"王道平平"的两种引用现象及其原因

《史记》两引《尚书》同一文句而用字不同的现象并非仅"王道平平"一处。《五帝本纪》引《尧典》（今分为《舜典》，下皆作《尧典》）："遂类于上帝，禋于六宗，望于山川，辩于群神。"《封禅书》引《尧典》作"遂类于上帝，禋于六宗，望山川，遍群神"。《尧典》作"肆类于上帝，禋于六宗，望于山川，遍于群神。"《〈史记〉述〈尚书〉研究》指出封禅书与今文尚书多同，或后人所改也。①

《张释之冯唐列传》引作"不偏不党，王道荡荡；不党不偏，王道便便。"《宋微子世家》引作"毋偏毋党，王道荡荡。毋党毋偏，王道平平。"此两处不仅有"平""便"的差异，还有"毋""不"的不同。"无""毋"在西汉前期分工不明显，为古文所通用异文。《史记》引《书》，"无"表示禁止意义的副词，多易为本字"毋"。② 而"不"的用法则与"无""毋"稍异。《洪范》"彊弗友刚克，燮友柔克"《史记》引作"彊不友刚克，内友柔克"，今文为"内"，古文为"燮"，此《史记》引今文，且用"不"而不用"弗"。《张释之冯唐列传》引作"不偏不党，王道荡荡；不党不偏，王道便便。"或亦用今文。皮氏考证：鸿范"王道平平"，《史记·张释之冯唐列传》引作"王道便便"，平便，一声之转，史公所据今文尚书本必作便字，非训平为便，以训诂代经也。皮氏认为"王道便便"本依今文，此说是。

---

① 古国顺：《〈史记〉述〈尚书〉研究》，台北：文史哲出版社 1985 年版，第 105 页。
② 钱玉蓉：《〈史记〉引〈书〉同义语料研究》，扬州大学，2011 年，第 40 页。

　　至于《宋微子世家》"王道平平"为改易，是因司马迁所见《洪范》"王道平平"本应作"王道采采"，今本《史记》作"王道平平"，疑后世传写将"平""采"混同。

结　论

　　在《史记》引《尚书》"平"字的改易情况之中，实际上展示了"采"因与"平"形似而讹的消亡，"平"因讹误而承担了"采"的意义。司马迁所见的《尚书》"平""采"均存在，但分别并不明晰，多处"平"字实际应解释为"辨别"。司马迁作《史记》征引《尚书》时对"平"的意义进行了区分，将表示"辨别"的"平"用"便"替代。同时也保留了"采"的用法，只是保留下来的"采"在后代的传写过程中又误写为"平"了。"便"作为"辨""辩"的同音字而存在于今文《尚书》的异文中，并在《史记》中用来替换"平"字，但始终未独立拥有"辨别"的义项。"采"字因讹误消亡，"平""便"作为承载"辨别"之意的过渡字而存在，最终"辨别"之意还是在"辩""辨"二字上而被使用。至于"辨""辩"的义项区别在西汉并未完成。

《史记·夏本纪》引今文《尚书》篇目考

＊本文作者张芷菡，陕西师范大学文学院硕士研究生。

一、绪　论

（一）《史记》的文本来源

从文本层面而言，司马迁在编撰《史记》时会结合传主的特点对所掌握的史料进行裁减。司马迁有言："余所谓述故事，整齐其世传，非所谓作也。"① 太史公表示其撰写《史记》的目的是记述过往的历史事件，将那些已经发生过的故事以文字的形式记录下来，对世代相传的传记和史料进行整理，使之条理清晰、内容完整，而不是自己创作或编造历史。在对文本组合的过程中，司马迁综合各种史料，通过对不同文献材料的辨析和比较后，形成了自己对历史事件的独特见解，《史记》是司马迁对历史材料进行再创作的结果。司马迁在《三代世表》中写道："五帝、三代之记，尚矣。自殷以前诸侯不可得谱……于是以《五帝系谱》《尚书》集世纪皇帝以来迄共和为《世表》。"直接注明其在撰写《史记》的过程中引用了《尚书》中记载的有关尧、舜、禹的历史材料。

（二）今文《尚书》与《史记》的关系

《尚书》有今古文之分，今文《尚书》由秦末博士伏生口授传承而来。秦朝焚书坑儒后，他秘密将《尚书》藏于墙壁之中。汉初，伏生发掘出藏书，但其仅剩二十八篇，其中有数十篇在战乱中散失了。后来这部《尚书》用当时通行的隶书记录下来，形成今文《尚书》。西汉鲁恭王刘余在拆除孔子故宅墙壁时发现的另一部以"蝌蚪文"所写的古文《尚书》，其比今文《尚书》多出 16 篇，此为古文《尚书》。上述两种版本为司马迁创作《史记》时所见。

永嘉之乱后，古文《尚书》散佚。东晋初豫章内史梅赜所献的《尚书》包含了今文《尚书》33 篇与古文《尚书》25 篇。清代学者阎若璩在著作《尚书古文疏证》中，通过详细的考证和比对，确证了梅赜所献的古文《尚书》25 篇为晋人伪作。故在考证《夏本纪》引《尚书》时，不应将伪古文《尚书》诸篇包

---

① ［汉］司马迁：《史记》，北京：中华书局 1982 年版，第 3299—3300 页。

含在内。

(三)《夏本纪》引用今文《尚书》概况

《夏本纪》叙述了夏朝从禹到桀之间历代帝王的事迹，突出记载了大禹的才能和功绩，此外，《夏本纪》还记录了帝启崩后，依次由太康、仲康、相、少康、予、槐、芒、泄、不降、扃、廑、孔甲、皋、发、桀（履癸）即位的夏代帝王谱系。由于年代久远、记载缺失，《夏本纪》的文本材料主要来自今文《尚书》中的《禹贡》《皋陶谟》《甘誓》等篇目。

《夏本纪》对今文《尚书》引用情况可见下表：

表1　《夏本纪》引用今文《尚书》情况

序号	起始句	结尾句	引用今文《尚书》来源
一	"夏禹名曰文命"	"为人臣"	/
二	"当帝尧之时"	"而使续鲧之业"	《尧典》
三	"尧崩"	"女其往视尔事矣"	《舜典》
四	"禹为人敏给克勤"	"天下于是太平治"	《禹贡》
五	"皋陶作士以理民"	"于是天下皆宗禹之明度数声乐为山川神主"	《皋陶谟》
六	"帝舜荐禹于天为嗣"	"其母涂山氏之女也"	/
七	"有扈氏不服"	"天下咸朝"	《甘誓》
八	"夏后帝启崩"	"会稽者会计也"	/

从上表可知，《夏本纪》第二、三、四、五、七段有明确的引用来源，其中第四、五、七段几乎全录了《禹贡》《皋陶谟》《甘誓》，第二、三段则选用了《尧典》《舜典》等篇目的事迹作为史料来源。《夏本纪》引用今文《尚书》时，采用直录式引用、增补式引用、翻译式引用、摘要式引用四种方式，通过分析《夏本纪》与今文《尚书》的内容差异、结构差异和主旨差异，梳理司马迁对今文《尚书》的选用与改写，进而分析其创作《夏本纪》的底层行文逻辑。

二、《夏本纪》引今文《尚书》的方式

《禹贡》讲述了大禹治理洪水、划分九州的事迹，并记载了各地山川脉络、土壤等级、物产分布等情况。《皋陶谟》主要记载了舜、禹、皋陶等人在一次会议上的讨论内容，特别是皋陶关于治国方略的阐述。《甘誓》则记载了夏启讨伐有扈氏时的军前动员令。古国顺在《史记述尚书研究》一书中写道：《史记》引用今文《尚书》有移录原文、摘要剪裁、训诂文字、翻释文字、改写原文和增插注释

六种方式。钱宗武在《经书史学化的一个样本——兼论〈史记〉引〈书〉述史》①举出八种《史记》引述《尚书》的方法，《夏本纪》引用今文《尚书》各篇目时采用了如下几种方式：

（一）直录式引用

《夏本纪》中对于《禹贡》《皋陶谟》《甘誓》篇目的引用大多采取直录式引用，即直接抄录《尚书》原文。如：

> 厥贡盐绨，海物维错。岱畎丝、枲、铅、松、怪石，莱夷为牧。（《尚书·禹贡》）
>
> 厥贡盐绨，海物惟错。岱畎丝、枲、铅、松、怪石。莱夷作牧。（《史记·夏本纪》）

此句意为：他们进贡的物品有盐和细葛布，海里的产品应有尽有。泰山山谷中出产丝、麻、铅、松木和怪石，莱夷地区则适合放牧。上文中《夏本纪》以"作"代"为"属同义词指代。《尔雅·释言》："作、造，为也。"又《谷梁传·文公二年》："丁丑，作僖公主。"传云："作，为也。为僖公主也。"《夏本纪》直录式引用今文《尚书》，两者之间存在大量的异文，异文之间往往存在同义替换的关系。通过辑录直录式引用时，《夏本纪》与今文《尚书》之间的异文材料，可以清晰地观察出《夏本纪》对今文《尚书》的传承和改造情况，进而揭示出文献在传承过程中的变化轨迹。这部分将在本文第三章进行详细叙述。

（二）增补式引用

《夏本纪》在引用今文《尚书》原文时，广泛搜集并整合了其他篇目的文献资料，使得历史事件的发生背景、具体过程以及后续影响都得到了更为详尽的展现。司马迁还注重补充上下文意，以使历史事件在叙述中更加连贯和易于理解，使得行文更加明确、丰富和完整。

（1）增加历史资料

> 禹敷土，随山刊木，奠高山大川。（《尚书·禹贡》）
>
> 禹乃遂与益、后稷奉帝命，命诸侯百姓兴人徒以傅土，行山表木，定高山大川。……禹乃行相地宜所有以贡，及山川之便利。（《史记·夏本纪》）

《禹贡》首句为全篇内容的总括，言简意赅。《夏本纪》补充了"禹伤先人父鲧功之不成受诛……以均诸侯。"之语，兼采《孔子家语·五帝德》《论语·泰伯》讲述大禹治水的过程与功绩。进一步展现了大禹个人的坚韧不拔与继承父志的决心，治水工程不仅是为了防灾减灾，而且兼顾了农业生产和资源调配，促进了社

① 钱宗武：《经书史学化的一个样本——兼论〈史记〉引〈书〉述史》，《苏州大学学报（哲学社会科学版）》2017 年第 38 卷第 5 期，第 173—182 页。

会经济的发展。进而揭示了当时的社会政治背景，即通过治水来巩固统治，均衡诸侯势力。《夏本纪》对今文《尚书》的扩写，通过细腻的叙事和人物刻画，使历史场景跃然纸上。

（2）补充上下文意

> 禹锡玄圭，告厥成功。（《尚书·禹贡》）
> 于是帝锡禹玄圭，以告成功于天下。天下于是太平治。（《史记·夏本纪》）

《夏本纪》补足《禹贡》上下文意，使原本简短的记载变得生动而具体，展现了更为丰富的历史画面。说明帝舜赞扬禹治水的功绩，赐予大禹黑色的玉圭，以此向天下宣告治水大业的成功。从此以后，天下获得了太平的治理。"天下于是太平治"为太史公对这段历史的总结。深刻揭示了治水成功对于古代社会的重要意义。它不仅仅意味着自然灾害的消除，更象征着社会生产力的恢复、政治秩序的稳定以及人民生活的安宁。

（三）翻译式引用

《尚书》原文艰涩古奥，太史公在《夏本纪》中有意识地将古词翻译为浅近通俗之语，增强了文本的可读性。

> 予欲左右有民，汝翼。（《尚书·皋陶谟》）
> 予欲左右有民，女辅之。（《史记·夏本纪》）

此为帝舜对大禹的期望："我想让百姓安居乐业，你要辅佐我。"《夏本纪》以"辅"代"翼"，又加"之"字作动词后宾语。《国语·楚语上》："求贤良以翼之。"可为证。翼，辅也。

（四）摘要式引用

《夏本纪》引用今文《尚书》时，对原文中历史事件的核心内容进行提炼，或精简原文中的遣词用语，力求在保留历史事件核心内容的同时，以更加简短、明快的语言形式呈现史料内容。

（1）概括历史事件

《夏本纪》化用今文《尚书》的某一历史事件进行简明扼要的叙述，用以揭示主要叙事中的原因、过程或影响。

> 帝曰："咨！四岳，汤汤洪水方割，荡荡怀山襄陵，浩浩滔天。下民其咨，有能俾乂？"佥曰："於！鲧哉。"（《尚书·尧典》）
> 当帝尧之时，鸿水滔天，浩浩怀山襄陵，下民其忧。尧求能治水者，群臣四岳皆曰鲧可。……于是舜举鲧子禹，而使续鲧之业。（《史记·夏本纪》）

《夏本纪》将《尧典》中关于洪水灾害和治水活动的记载提炼出来作为大禹

治水的时代背景，不仅展示了这一历史事件的重要性，也通过对比和衔接，构建了从帝尧到舜再到禹的政权更迭和治水事业传承的完整历史脉络。这一历史事件不仅是中国古代治水史上的重要篇章，也是中华文明发展史上的一次重要转折，体现了古代先民勇于面对自然灾害、不屈不挠的奋斗精神和领袖人物在关键时刻的决策与担当。

（2）精简行文用语

精简行文用语的含义在于通过减少不必要的词汇、短语或句子，以及优化语言表达方式，来使文本更加简洁、明了和高效。

> 帝曰："来，禹！汝亦昌言。"（《尚书・皋陶谟》）
> 帝舜谓禹曰："女亦昌言。"（《史记・夏本纪》）

这样的改动增加了叙述的准确性，明确了对话的双方。更重要的是，从行文用语的角度来看，《史记》中的这句引文将原本的直接引语（即直接引用帝舜的原话）转变为了间接引语（即用叙述者的语言转述帝舜的话）。这种转变带来的效果是使对话更加简练，减少了原文的冗余感。

三、《夏本纪》与今文《尚书》的差异

（一）文本内容的差异

《夏本纪》直录式引用今文《尚书》时，所用语词有所更换，形成一组异文，但这些异文产生的原因不尽相同。司马迁撰写《史记》时引述今文《尚书》每遇艰奥文字，则用简易的同义字指代，有时也用音近字假借。《尚书》距今年代久远，其流传有今古文之分，《史记》移录《尚书》时，有时遵从今文，有时选用古文，故《夏本纪》与现存今文《尚书》有所差异。又《史记》经后人传抄误改，今之视为异文，其实际为同字。

（1）用同义字指代

同义字是指意义相同或相近的字，在表达某个概念或意义时，可以相互替代而基本不影响句子的原意。

> 彭蠡既猪，阳鸟攸居。（《尚书・禹贡》）
> 彭蠡既都，阳鸟所居。（《史记・夏本纪》）

彭蠡湖已经蓄积了水，鸿雁在其中聚居。《夏本纪》以"所"代"攸"为同义字指代。《尔雅・释言》："攸，所也。"《诗・大雅・皇矣》："攸馘安安。"《毛传》云："攸，所。《释言》文。"又《左传・昭公二十六年》："未有攸底。"《左传正义》有："底，至也。攸，所也。"为证。

> 禹拜昌言曰："俞。"（《尚书・皋陶谟》）
> 禹拜美言曰："然。"（《史记・夏本纪》）

禹听了（皋陶）的善言，恭敬地拜谢说："好。"《夏本纪》以"美"代"昌"为同义字指代，见《说文解字》："昌，美言也。"又以"然"代"俞"为同义字指代，盖为《史记》通用写法，见《尔雅·释言》："俞、畲，然也。"

（2）用音近字假借

音近字即一个字的发音与另一个字完全相同或极为相似，因此采用这个发音相同或相近的字来代替原本应该使用的字。

> 导菏泽，被孟猪。（《尚书·禹贡》）
> 道荷泽，被明都。（《史记·夏本纪》）

（夏禹）疏导菏泽，分流到明都泽。《夏本纪》以"道"代"导""明都"代"孟猪"为音近字假借。"道"本无"疏导"之含义。《法言·切韵》道为上声、导为去声，古音相通。《水经注疏》载段玉裁曰："明、盟、孟、诸，古音皆读如芒。""都""猪"古音通用，《礼记·檀弓》："洿其宫而猪焉。"郑玄注："猪，都也。南方谓都为猪。"可为证。故曰"明都""孟猪"古音相通，此处为音近字假借。

（3）今古文尚书之分

汉武帝时，有秦博士伏生所授《尚书》，用汉代通行隶书记录，称之为今文；另有景帝的二子河间献王和鲁共王有关，这部尚书用古籀文所写，称之为古文，古文《尚书》比今文《尚书》多出十六篇。太史公撰《史记》时，今古文《尚书》具有文字差异。

> 今予惟恭行天之罚。（《尚书·甘誓》）
> 今予维共行天之罚。（《史记·夏本纪》）

此句意为：现在我只是恭敬地执行上天的惩罚。《说文》段玉裁注"惟"字云："毛诗皆作维，论语皆作唯，古文尚书皆作惟，今文尚书皆作维。古文尚书作惟者，唐石经可证也；今文尚书作维者，汉石经残字可证也。"可见《史记》以"维"代"惟"是跟从了汉时今文《尚书》的写法。

（4）《史记》传抄错误

《史记》历经2000多年的传写刊刻、版本繁多，抄写者的笔误、理解偏差或故意篡改等原因，导致今本《史记》多有讹误和变异。

> 岛夷皮服，夹右碣石，入于河。（《尚书·禹贡》）
> 鸟夷皮服，夹右碣石，入于海。（《史记·夏本纪》）

夷人穿着皮衣，在碣石山右面（今河北昌黎县碣石山）会合，然后沿着黄河入中国。《禹贡》原作"岛"，史记"岛"作"鸟"为后人省写。《史记索引》云："郑玄曰鸟"可证。《史记》以"海"作"河"为传抄错误。《汉书·地理志》作"河"，《集解》引徐广云："海，一作河。"梁玉绳谓："海字误。"① 这个看法是合理的。

---

① [清]梁玉绳：《史记志疑》，北京：中华书局1981年版，第29页。

（二）文本结构差异

司马迁在《夏本纪》中对今文《尚书》的《禹贡》《皋陶谟》《甘誓》等篇目有选择地引用，其对《尚书》中的文本进行了解读、裁减和阐释，司马迁对今文《尚书》进行了再创造和再阐释的过程，使之更加符合自己的历史哲学和体系要求。

《尚书》是中国最早的政事史料汇编，分为《虞书》《夏书》《商书》《周书》四部分，主要记录了虞夏商周时期的重要历史事件和君王的言行。《尚书》中《尧典》《皋陶谟》《禹贡》《甘誓》各自有时间段落，但主要是按照历史发展的脉络进行大致的分类，而非严格的编年体或纪传体结构。司马迁重新排列了今文《尚书》篇章的顺序，形成了独特的行文结构，《夏本纪》将《禹贡》内容放置在《皋陶谟》之前，《禹贡》中关于大禹治水和九州地理的描述被完整地引入了《夏本纪》中，以突出大禹的功绩和夏朝初期的地理格局。

《尚书》的各篇之间虽然有一定的联系，但更多的是独立成篇，互不统属。而司马迁在《夏本纪》中，将《禹贡》《皋陶谟》《甘誓》合并到一篇进行讲述。司马迁注意到夏王朝是历史进程发生根本性改变的开端，从尧到舜再到禹，上一任国家领导者从贤能中选拔继承人，这一机制被禹传位给启打破，"家天下"格局初成。司马迁对今文《尚书》重新排列和整合不仅体现了司马迁的史学思想和编纂技艺，也使得《夏本纪》在内容上更加连贯和完整。

（三）文本主旨差异

与《尚书》中各篇自成一主旨、互不连属的特点不同，《夏本纪》在引用今文《尚书》的过程中，司马迁忠实地保留了《尚书》中的原始材料，还巧妙地融入了"太史公曰"，作为自己的理解和评价。同时，与《五帝本纪》和《殷本纪》等同样引用《尚书》内容的本纪相比，《夏本纪》在主旨和叙述重点上也富有特点，这反映了司马迁在编纂过程中对不同历史阶段和人物事件的独特理解和评价。司马迁将夏朝视为一个独立的朝代，并将其纳入"本纪"的朝代系列之中，与商、周、秦、汉等朝代并列。这一做法不仅体现了司马迁对夏朝历史地位的认可，而且展示了他对中国历史发展脉络的宏观把握和深刻理解。

司马迁通过整合和创作使得《夏本纪》形成了新的主旨。《太史公自序》："维禹之功，九州攸同，光唐虞际，德流苗裔；夏桀淫骄，乃放鸣条。作《夏本纪》第二。"道出了其作《夏本纪》的目的。以夏为本纪，是由于大禹划分九州，统一地域观念。这一功绩在唐尧、虞舜的时代就得到了称赞，他的德行又荫庇后世子孙。然而夏桀荒淫无度，骄奢放纵，最终被放逐到鸣条。大禹作为夏朝的开国君主，其最为人所称道的便是他治理洪水的伟大功绩，他勤勤恳恳，劳身焦思，节衣缩食，以身作则，带领人民共同奋斗。大禹因治水有功，得到了人民的广泛拥护，最终由他的儿子启继承了王位。这个主旨侧重于展现夏朝的历史地位、政治制度和重要人物的贡献。《夏本纪》在主旨的创新为后人理解夏朝历史和中国历史发展脉络提供了全面和深入的视角，不仅展现了司马迁卓越的文学才能，而且蕴藏着深刻的历史观念。

四、《夏本纪》的历史观

文本重构是指将原有的文本材料通过重新排列、组合、解释或转换形式等方式，以达到新的表达效果或目的。这种重构涉及对文本内容的深入理解、分析、提炼和再创造。司马迁作《夏本纪》引用今文《尚书》的文本，除了资料汇编上的文本差异，其对今文《尚书》文本结构、文本主旨的重构蕴含了他的历史观。梁启超肯定了司马迁对历史重构的做法："略以现存之几部古史观之，大抵为片段的杂记，或顺按年月纂录。其自出机杼，加以一番组织，先定全书规模，然后驾驭去取各种资料者，盖未之前有；有之，自迁书始。"① 通过比对梳理司马迁对虞夏时期历史材料的重构方向，探究其在《夏本纪》中渗透的历史观念。《夏本纪》系统地叙述了由夏禹到夏桀约 400 年间的历史，展示了由原始部落联盟向奴隶制社会过渡时期的政治、经济、军事、文化及人民生活等方面的概貌。司马迁所选所叙今文《尚书》中的历史事件，从统一地理划分、加强中央集权、革新政治制度三个方面体现出明显的大一统思想。

《夏本纪》中通过详细描述各州的山川、田土、贡赋等情况，展示了九州之间的相互联系和依存关系。大禹治水成功后，将天下划分为九州，即冀州、兖州、青州、徐州、扬州、荆州、豫州、梁州、雍州。这一划分不仅仅是基于当时对地理环境的科学认知，更是大禹及其后继者对于国家统一、地域整合的深刻理解和追求。九州之间，山川相连，水系相通，土地肥沃与贫瘠并存，物产丰富多样，各州之间通过贸易往来、文化交流，形成了紧密的经济联系与文化认同。九州的划分与治理，标志着中国古代统一地域观念的确立。在这一观念下，天下不再是分散割裂的诸多小国或部落，而是一个在中央政府统一领导下的整体。

《夏本纪》中加强中央集权的主要体现在行政区划与贡赋制度的建立，这些因素共同构成了夏朝时期中央集权不断加强的实践基础。大禹在设立九州的同时，也设立了州牧来管理各州。州牧作为中央政府的代表，负责监督各州的事务，确保中央政令的贯彻执行。这种制度设计体现了中央集权的思想，即中央政府通过设立地方官员来加强对地方的控制和管理，从而维护国家的统一和稳定，标志着家族权力的世袭化，为后来的政治制度变革奠定了基础。

司马迁在《夏本纪》中，将夏朝作为独立的一篇本纪来记述，这标志着朝代概念在中国历史记述中的确立。从《五帝本纪》中的禅让制，到大禹传位于其子启，开启了"父传子，家天下"的世袭君主制时代，这一过程在《夏本纪》中得

---

① 梁启超：《梁启超国学论著二种》，芜湖：安徽师范大学出版社 2014 年版。

到了详细的记述。司马迁认为这一变化展示了君主产生方式的根本性转变。大禹及其继任者通过巡狩和封禅等仪式活动，加强了对各地诸侯和部落的控制与联系。巡狩使天子能够亲自了解各地的情况，处理政务，封禅则通过祭祀天地来强化天子的权威和地位，使各地诸侯和部落更加服从中央的统治。启对有扈氏的战争等历史事件，都反映了世袭制度"家天下"格局的形成过程。

综上所述，《夏本纪》作为《史记》的重要篇章之一，其通过构建统一的地域观念、强调中央集权与革新政治制度等方面深刻地体现了大一统思想的内涵和价值。它不仅影响了后世的政治制度和统治思想，还促进了中华民族的文化认同和团结。在漫长的历史长河中，大一统思想始终是巩固政权统治、增强民族凝聚力的重要思想源泉，这一思想不仅在当时具有重要的历史意义，而且对后世产生了深远的影响。

《史记·酷吏列传·张汤传》
与《汉书·张汤传》异文探析

＊本文作者王安然，西安外事学院工作人员。

《史记》与《汉书》分别是中国历史上第一部纪传体通史和纪传体断代史，是中国传统史学中最具代表性的两部史书，后世治学研究也常常《史》《汉》并举。西汉 200 多年历史，《史》《汉》两书重叠部分百年有余，故《汉书》100 篇，有 61 篇与《史记》有内容上的重叠。重叠部分，《汉书》基本承袭《史记》旧文，同时进行了一定程度的增补、删改和移动。故而即使所记内容多有重叠，《史》《汉》两书依然各有其特点。本文即以《史记·酷吏列传·张汤传》① 和《汉书·张汤传》为例，整理两文中存在的异文，并通过这些异文探究司马迁与班固史学撰述异同及其原因。

一、《史记·张汤传》与《汉书·张汤传》异文整理

《史记·张汤传》与《汉书·张汤传》所载内容大体相当，但其中还是存在着大量的异文。这些异文涉及班固对《史记·张汤传》的增加、删减和改动。

（一）增加
班固在《史记·张汤传》的基础上进行了一定的增加，具体的情况如下所示。
（1）《史记》"杜人也"；②《汉书》"杜陵人也"。③
《集解》徐广曰："尔时未为陵。"杜为汉县名，县治在今陕西西安东南。后来汉宣帝筑陵墓于此，遂称"杜陵"。此处地名司马迁称"杜"，班固称"杜陵"，是受到历史变迁的影响。
（2）《史记》"然阳浮慕之"；《汉书》"然阳浮道与之"。
师古曰："阳以道义为交，非其中心，故云浮也。""阳浮"是表面顺从，故而"阳浮慕之"即表面上装出一副敬慕的样子；"阳浮道与之"则是表面上装出一副

---

①　方便起见，《史记·酷吏列传·张汤传》下文均称《史记·张汤传》。
②　［汉］司马迁：《史记》，北京：中华书局 2014 年版，第 3809 页。
③　［汉］班固：《汉书》，北京：中华书局 1964 年版，第 2637 页。

以道义相交的样子。《史记评林》杨慎曰："'阳浮慕之'好，班《史》增'道'字拙。"①

（3）《史记》"亭疑法"；《汉书》"平亭疑法"。

《集解》李奇曰："亭，平也。"《索隐》："亭，平也。使之平疑事也。"师古曰："亭，均也，调也。言平均疑法及为谳疑奏之。""亭疑法"意为平断有疑难的案件，"平亭"是研究斟酌，使得其平的意思。平、亭同义。

（4）《史记》"通宾客饮食"；《汉书》"交通宾客饮食"。

"通"，意为供应、供给；又疑"通"同"同"，意为自己的饮食与宾客相同。"交通"是往来、交往的意思。

（5）《史记》"其治狱所排大臣自为功"；《汉书》"其治狱所巧排大臣自以为功"。

"排大臣"意为排除其他大臣的不同意见，"自为功"意为使自己的意见定要获得实行。《史记评林》茅瓒曰："'所排大臣'谓时虽大臣决狱，亦为所排难也。《汉书》多'巧'字非。"

（6）《史记》"汤无尺寸功"；《汉书》"汤无尺寸之功"。

增加虚词"之"。

（7）《史记》"有棺无椁"；《汉书》"有棺而无椁"。

增加虚词"而"。

（二）删减

班固在《史记·张汤传》的基础上也进行了一定的删减，删减分为虚词和实词两种情况。

1. 删减虚词

（1）《史记》"其父为长安丞"；《汉书》"父为长安丞"。

（2）《史记》"其父见之，视其文辞如老狱吏"；《汉书》"父见之，视文辞如老狱吏"。

（3）《史记》"愚抵于此"；《汉书》"愚抵此"。

（4）《史记》"内行修也"；《汉书》"内行修"。

（5）《史记》"严助及伍被"；《汉书》"严助、伍被"。

（6）《史记》"于是上可论之"；《汉书》"上可论之"。

（7）《史记》"天下事皆决于汤"；《汉书》"天下事皆决汤"。

（8）《史记》"则自公卿以下"；《汉书》"自公卿以下"。

（9）《史记》"兵者凶器"；《汉书》"兵，凶器"。

（10）《史记》"及孝文帝欲事匈奴，北边萧然苦兵矣"；《汉书》"及文帝欲事匈奴，北边萧然苦兵"。

---

① ［明］凌稚隆：《史记评林》，吴兴凌氏刊本，卷一百二十二。下同。

（11）《史记》"若汤之治淮南、江都"；《汉书》"汤之治淮南、江都"。

（12）《史记》"汤之客田甲，虽贾人"；《汉书》"汤客田甲虽贾人"。

（13）《史记》"王朝，齐人也"；《汉书》"王朝，齐人"。

（14）《史记》"以故三长史合谋曰"；《汉书》"故三长史合谋曰"。

《汉书·张汤传》大量删去了《史记·张汤传》中"其""于""也""及""于是""则""者""矣""若""之""以"等虚词。

2. 删减实词

（1）《史记》"父死后，汤为长安吏，久之"；《汉书》"父死后，汤为长安吏"。

（2）《史记》"遍见汤贵人"；《汉书》"遍见贵人"。

（3）《史记》"调为茂陵尉"；《汉书》"调茂陵尉"。

（4）《史记》"刚暴强人也"；《汉书》"刚暴人也"。

"刚暴"意为刚猛暴戾，"强"意为健壮有力。删去意义相近的实词。

（5）《史记》"减宣亦奏谒居等事"；《汉书》"减宣亦奏谒居事"。

（6）《史记》"何多以对簿为"；《汉书》"何多以对为"。

"何多以对簿为"意为何必如此地反复申说。师古曰："言何用多对。"删去"簿"字，表达意思相近。

（7）《史记》"然谋陷汤罪者"；《汉书》"然谋陷汤者"。

（8）《史记》"被污恶言而死"；《汉书》"被恶言而死"。

师古曰："被，加也。""污"，肮脏、不干净；"恶"，不好。污、恶词义相近，删去意义相近的实词。

（9）《史记》"非此母不能生此子"；《汉书》"非此母不生此子"。

班固在不影响文意的前提下删减了一部分实词，主要包括意义相同或相近的字词，以及一些语法上可以省略的成分。

（三）改动

除了增加和删减之外，班固对《史记·张汤传》还进行了大量的改动工作，包括字词上的改动，语句上的改动，甚至是段落上的调整。

1. 字词

班固在字词上的改动是最多的，改动的字词主要包括同义替换、通假字、异体字等，现一一列举如下。

（1）《史记》"汤倾身为之"；《汉书》"汤倾身事之"。

《集解》韦昭曰："为之先后。"意即为之奔走打点。"事之"则是服侍、侍奉的意思。

（2）《史记》"汤应谢"；《汉书》"汤摧谢"。

"应谢"，认错，道歉。苏林曰："深自挫按也。"师古曰："若上有责，即摧折而谢也。"

（3）《史记》"闻即奏事"；《汉书》"间即奏事"。

《集解》徐广曰："诏，答闻也，如今制曰'闻'矣"。《史记评林》按："《汉书》'闻'作'间'，属下句读。师古云：'间谓非当朝奏者。'"

（4）《史记》"扬人之善蔽人之过如此"；《汉书》"扬人之善解人之过如此"。

"蔽"，隐藏，隐瞒。"解"，调和，处理。蔽与解二字在程度上是不同的，蔽较重，解较轻。

（5）《史记》"予监史深祸者"；《汉书》"予监吏深刻者"。

"深祸"，狠毒酷苛。"深刻"，严峻苛刻。二词同义。

（6）《史记》"上财察"；《汉书》"上裁察"。

"财"，古同"裁"，裁决。

（7）《史记》"而刻深吏多为爪牙用者"；《汉书》"而深刻吏多为爪牙用者"。

"刻深"，刻薄严酷。"深刻"，严峻苛刻。二词同义。

（8）《史记》"伍被本画反谋，而助亲幸出入禁闼爪牙臣"；《汉书》"伍被本造反谋，而助亲幸出入禁闼腹心之臣"。

"画"，设计，筹谋；"画反"即设计谋反。"造反"，反叛行为。"爪牙"，比喻卫士。"腹心"，比喻极亲近可深信的人。

（9）《史记》"皆仰给县官"；《汉书》"皆卬给县官"。

"卬"，古同"仰"，仰仗。

（10）《史记》"日晏"；《汉书》"日旰"。

"晏"，晚。师古曰："旰，晚也。论事既多，至于日晚。"

（11）《史记》"景帝往来两宫间"；《汉书》"景帝往来东宫间"。

师古曰："谓谮谋于太后也。""两宫"，指未央宫与长乐宫，未央宫处于当时长安城的西侧，为皇帝所居；长乐宫处于当时长安城的东侧，为太后所居。

（12）《史记》"今自陛下举兵击匈奴"；《汉书》"今自陛下兴兵击匈奴"。

"举兵""兴兵"都是调动军队打仗的意思。

（13）《史记》"由此观之"；《汉书》"由是观之"。

"此""是"都是这的意思。

（14）《史记》"居一障间"；《汉书》"居一鄣间"。

《正义》："障谓塞上要险之处别筑城，置吏士守之，以扞寇盗也。"师古曰："鄣谓塞上要险之处，别筑为城，因置吏士而为鄣蔽以扞寇也。""障"是边境上的塞堡，"鄣"是"障"的异体字。

（15）《史记》"群臣震慑"；《汉书》"群臣震詟"。

师古曰："震，动也。詟，失气也。""震慑"，震惊恐惧。"震詟"，震惊畏惧。二词同义。

（16）《史记》"尝与汤有郤"；《汉书》"故尝与汤有隙"。

"郤"，同"隙"，怨隙，矛盾。

（17）《史记》"知汤不平，使人上蜚变告文奸事"；《汉书》"知汤弗平，使人上飞变告文奸事"。

"不""弗"同义。师古曰："飞变犹言急变也。""蜚变"，凭空而至的告发文状。"蜚"，古同"飞"。

（18）《史记》"变事纵迹安起"；《汉书》"变事从迹安起"。

师古曰："从读曰踪。""纵迹"，来龙去脉。"纵"，同"踪"。

（19）《史记》"汤详惊曰"；《汉书》"汤阳惊曰"。

"详"，古同"佯"，假装。"阳"，古同"佯"，假装。

（20）《史记》"汤自往视疾"；《汉书》"汤自往视病"。

"疾"与"病"均是生病的意思，却有轻重程度上的不同。"疾"是小病，"病"是重病。

（21）《史记》"常凌折之"；《汉书》"常陵折之"。

"凌折"，欺凌折辱。"陵"，古同"凌"，侵犯，欺辱。

（22）《史记》"无他业"；《汉书》"无它赢"。

师古曰："赢，余也。""业"，财产，产业。"赢"，有余利，获利。

（23）《史记》"乃尽案诛三长史"；《汉书》"乃尽按诛三长史"。

"案诛"，查明罪行而处以死刑。"案"，同"按"。

2. 语句

班固对语句的改动，主要体现在精简词句上，改动后往往使得语句更加的简短、凝练。

（1）《史记》"还而鼠盗肉，其父怒，笞汤"；《汉书》"还，鼠盗肉，父怒，笞汤"。

（2）《史记》"时荐言之天子，补御史，使案事"；《汉书》"荐补侍御史"。

（3）《史记》"于是上以为能，稍迁至太中大夫"；《汉书》"上以为能，迁太中大夫"。

（4）《史记》"已而赵禹迁为中尉，徙为少府，而张汤为廷尉，两人交欢，而兄事禹"；《汉书》"已而禹至少府，汤为廷尉，两人交欢，兄事禹"。

（5）《史记》"汤为人多诈，舞智以御人"；《汉书》"而汤舞知以御人"。

（6）《史记》"于是汤益尊任，迁为御史大夫"；《汉书》"繇是益尊任，迁御史大夫"。

（7）《史记》"于是丞上指"；《汉书》"汤承上指"。

（8）《史记》"天子至自视病"；《汉书》"上自至舍视"。

（9）《史记》"匈奴来请和亲，群臣议上前"；《汉书》"匈奴求和亲，群臣议前"。

（10）《史记》"于是上遣山乘鄣"；《汉书》"乃遣山乘鄣"。

（11）《史记》"始汤为小吏时，与钱通，及汤为大吏，甲所以责汤行义过失，亦有烈士风"；《汉书》"始汤为小吏，与钱通，及为大吏，而甲所以责汤行义，有烈士之风"。

（12）《史记》"贾人辄先知之"；《汉书》"贾人辄知"。

（13）《史记》"天子果以汤怀诈面欺"；《汉书》"上以汤怀诈面欺"。

（14）《史记》"稍迁其子安世"；《汉书》"复稍进其子安世"。

3. 段落

在段落上，《史记·张汤传》与《汉书·张汤传》主要有如下三处大的差异。

（1）在《史记·张汤传》中，有一段关于赵禹的描写。由于《史记》中张汤被列入《酷吏列传》，属于合传，而《汉书》为张汤单独立传，所以《汉书·张汤传》中不见这段描写赵禹的文字，只是在文中概括性地留下了一句"禹志在奉公孤立"，而其余的内容均保留于《汉书·酷吏传》中。

《史记》："禹为人廉倨。为吏以来，舍毋食客。公卿相造请禹，禹终不报谢，务在绝知友宾客之请，孤立行一意而已。见文法辄取，亦不覆案，求官属阴罪。"

《汉书》："禹志在奉公孤立。"

（2）在《史记·张汤传》中，还有一段关于朱买臣的描写。由于《汉书》也为朱买臣立了传，故而这段文字也不见于《汉书·张汤传》中，而是放在了他自己的传记《汉书·严朱吾丘主父徐严终王贾传》中。而在《汉书·张汤传》中则同样以一句话概括该段，并注明"语在其传"。

《史记》："始，长史朱买臣，会稽人也。读《春秋》。庄助使人言买臣，买臣以《楚辞》与助俱幸，侍中，为太中大夫，用事；而汤乃为小吏，跪伏使买臣等前。已而汤为廷尉，治淮南狱，排挤庄助，买臣固心望。及汤为御史大夫，买臣以会稽守为主爵都尉，列于九卿。数年，坐法废，守长史，见汤，汤坐床上，丞史遇买臣，弗为礼。买臣楚士，深怨，常欲死之。"

《汉书》："始，长史朱买臣素怨汤，语在其传。"

（3）《史记·张汤传》是一篇合传，涉及十多位酷吏，每个人的描写篇幅有限，且记载基本都仅限于当事人，不涉及后世子孙。而《汉书·张汤传》作为一篇独传，不仅记载了张汤的生平事迹，还增加了大量其后世子孙的生平事迹与世系传承。这也是班固对《史记·张汤传》的一种增加和补充。

综上所述，《史记·张汤传》与《汉书·张汤传》之间存在着一定的差异，这种差异主要体现在班固对《史记·张汤传》的增加、删减和改动中。探究这些差异产生的原因，既有助于了解《史记》与《汉书》，也有助于探究司马迁与班固。

二、《史记·张汤传》与《汉书·张汤传》异文形成的原因

《史记·张汤传》与《汉书·张汤传》异文形成的原因，主要体现在《史》《汉》两书不同的语言风格以及司马迁与班固对待张汤不同的态度上。

（一）语言风格不同

从上述异文来看，《史记》和《汉书》在语言风格上有明显差异。

司马迁善用虚词，在《史记·张汤传》中大量运用了"其""于""也""及""则""者""矣""若""之""以"等虚词，让文章显得舒缓悠扬。如"及孝文帝

欲事匈奴，北边萧然苦兵矣"一句，一个"矣"字，流露出司马迁本人对于这件事情的看法，给人以惋惜、悲悯之感；又如"若汤之治淮南、江都"一句，一个"若"字，使上下文更加流畅、连贯。

此外，《史记》长短句交错，行文跌宕起伏，也是其显著的特点。如"还而鼠盗肉，其父怒，笞汤"一句，读来十分顺畅连贯，朗朗上口；又如"时荐言之天子，补御史，使案事"一句，长短交错，自然流畅。这些特点造就了《史记》语言的通俗平易，行文的疏放跌宕。

基于《史记》的上述语言特色，班固在《汉书·司马迁传》中评价道："然自刘向、扬雄博极群书，皆称迁有良史之材，服其善序事理，辨而不华，质而不俚，其文直，其事核，不虚美，不隐恶，故谓之实录。"

班固在语言运用方面则与司马迁截然不同。

首先，司马迁多用今字，班固喜用古字。如，表达同样的含义，《史记》作"皆仰给县官"，《汉书》作"皆卬给县官"；又如，《史记》作"常凌折之"，《汉书》作"常陵折之"。均是改今字为古字。班固好用古字，故而使得《汉书》典雅有致。

其次，班固大量删减《史记》中的文字。班固对《史记》的删减分别体现在虚词与实词上。第一，删去《史记》中的虚词。如，《史记》"其父见之，视其文辞如老狱吏"，《汉书》作"父见之，视文辞如老狱吏"，删去两个"其"字。又如，《史记》"汤之客田甲，虽贾人"，《汉书》作"汤客田甲虽贾人"，删去一个"之"字。虽然只是删去个别的虚词，但是文章语句的气势、韵律均是大相径庭。第二，删去《史记》中的部分实词。如，《史记》"调为茂陵尉"，《汉书》作"调茂陵尉"，两句含义相同，删去"为"字，使语言更加简洁精练。又如，《史记》"刚暴强人也"，《汉书》作"刚暴人也"，"刚暴"与"强"意义相近，班固删去意义相同或相近的实词，使《汉书》用语精练。

最后，班固对《史记》的语句进行一定程度的改动，使得《汉书》的语言更加简短、凝练。如，《史记》"于是上以为能，稍迁至太中大夫"，《汉书》作"上以为能，迁太中大夫"，精简语句。又如，《史记》"已而赵禹迁为中尉，徙为少府，而张汤为廷尉，两人交欢，而兄事禹"，《汉书》作"已而禹至少府，汤为廷尉，两人交欢，兄事禹"，班固将赵禹先迁为廷尉，后徙为少府的过程省去，同时删去部分虚词和实词，语言简练。

《汉书》语言的总体特征是典雅含蓄，所以范晔在《后汉书·班固传》中评价道："固之序事，不激诡，不抑抗，赡而不秽，详而有体。"①

（二）态度不同

如前所述，《史记·张汤传》与《汉书·张汤传》首先在性质上就是不同的。

---

① ［南朝宋］范晔：《后汉书》，北京：中华书局1965年版，第1386页。

《史记·酷吏列传》是一篇合传，司马迁在著录《史记》时关注到酷吏这一类人物，择其要者数十人，合而为传。所以《史记·酷吏列传》中涉及侯封、晁错、郅都、宁成、周阳由、赵禹、张汤、义纵、王温舒、尹齐、杨仆、减宣、杜周等一干人物，其中张汤所占篇幅最大，所耗笔墨最多，是司马迁重点刻画的对象。班固作《汉书》时，承袭《史记》旧例，依旧保留《酷吏传》。当然，东汉时期的班固有机会在司马迁《酷吏列传》的基础上对后来的酷吏进行增补，他增补了田广明、田延年、严延年、尹赏等酷吏。但奇怪的是，班固偏偏将《史记·酷吏列传》中最重要的张汤和杜周拿出《酷吏传》，为他们另立别传。当然，班固也给出了他的理由，他在《汉书·酷吏传》中说道："赞曰：自郅都以下皆以酷烈为声，然都抗直，引是非，争大体。张汤以知阿邑人主，与俱上下，时辩当否，国家赖其便。赵禹据法守正。杜周从谀，以少言为重。张汤死后，罔密事丛，浸以耗废，九卿奉职，救过不给，何暇论绳墨之外乎！自是以至哀、平，酷吏众多，然莫足数，此其知名见纪者也。其廉者足以为仪表，其污者方略教道，一切禁奸，亦质有文武焉。虽酷，称其位矣。汤、周子孙贵盛，故别传。"班固以"子孙贵盛"的原因将张汤、杜周从《酷吏传》中拿出，把他们及其子嗣的行状合传，写成《汉书·张汤传》与《汉书·杜周传》。

其次，《史记·张汤传》与《汉书·张汤传》在性质上的不同必然也导致了它们在取材上的不同。司马迁与班固对张汤本人生平大略的描写并无二致，但班固在此基础上补充了大量的有关张汤子嗣的史料。张汤的儿子张安世在汉昭帝时拜右将军、光禄勋，受封富平侯；汉宣帝即位后，累迁大司马、卫将军、录尚书事，集军政大权于一身。此后张氏一门七侯，确实可以称得上是"子孙贵盛"，左思在其《咏史》诗中也说："金张藉旧业，七叶珥汉貂。"[①] 在这种情况下，班固搜集张安世、张贺、张延寿等张汤后嗣史料，广泛取材，精心布局，编纂成《汉书·张汤传》，是很有必要的。历代论述《史》《汉》异同的学者也多从这个角度出发，说明班固的无奈与疑惑。比如清代的王鸣盛就在《十七史商榷》中写道："公孙弘以儒者致位宰相，封侯，乃与主父偃同传。张汤、杜周皆三公也，乃入《酷吏传》，子长恶此三人特甚，故其位置如此。……至于张、杜两人，在子长轻薄之则可，岂料其子孙名臣相继，富贵煊赫，自不便复入《酷吏》，故班氏不得已而升入列传。夫两人皆残刻小人，致位三公亦过矣，其后复大昌，诚不可解。班氏求其故而不得，故于《汤传·赞》，则以'汤虽酷烈，及身蒙咎'为解，见其余殃不当又及子孙。"[②] 班固如此处理张汤、杜周，故然有其后代"名臣相继，富贵煊赫"的原因，但细揣《史》《汉》字句，亦可见司马迁、班固在对待张汤态度上的不同。

最后，态度不同。对于张汤，司马迁基本持否定态度，这一点从"张汤死而

---

① 王运熙等：《汉魏六朝诗鉴赏辞典》，上海：上海辞书出版社 1992 年版，第 398 页。

② ［清］王鸣盛：《十七史商榷》，卷六。

民不思"（《史记·平准书》）就可以看出。清代姚苎田也说道："古人取人必视其所为，张汤之所与者皆非端士也。始因赵兼定交，继为宁成掾属，又为田蚡长史，终与赵禹交欢。天性既优于深刻，燕集俱极其倾邪，宜其为酷吏中之首恶也。"① 但是，班固《汉书》中的张汤，地位显然是有所提高的。《汉书·张汤传》："赞曰：冯商称张汤之先与留侯同祖，而司马迁不言，故阙焉。汉兴以来，侯者百数，保国持宠，未有若富平者也。汤虽酷烈，及身蒙咎，其推贤扬善，固宜有后。安世履道，满而不溢。贺之阴德，亦有助云。"同样的事迹，司马迁认为"张汤死而民不思"，班固却认为"推贤扬善"，这是有明显差异的。

我们再来看《史记·张汤传》与《汉书·张汤传》的异文。《史记》"扬人之善蔽人之过如此"；《汉书》作"扬人之善解人之过如此"。"蔽"与"解"二字在程度上是不同的，"蔽"较重，"解"较轻。"蔽"字重点在隐瞒、包庇，而"解"字重点在化解、调和。将"蔽"改为"解"，张汤原本欺上瞒下的形象立刻便多了几分仁慈与宽厚。又如，《史记》"汤为人多诈，舞智以御人"；《汉书》作"而汤舞知以御人"。《汉书》直接删去了司马迁对张汤"为人多诈"的评价。通过上述两个例子，我们亦可以得知司马迁与班固在对待张汤态度上的不同。

针对司马迁与班固对待张汤的态度不同，历来学者有不同的见解。《史记评林》杨慎曰："太史公谓'张、禹死而民不思'，一语至矣。班固乃称其'推贤有后'，力雪其酷吏之名，异乎太史公之直笔矣。"杨慎肯定了司马迁"不虚美，不隐恶"的实录精神，对班固"力雪其酷吏之名"的行为予以批判。又《史记评林》柯维骐曰："《汉书·酷吏传》多采太史公，独张汤、杜周特别为传。昔人谓汤之后有安世，周之后有延年。太史公之意欲以教人臣之忠，班氏之意欲以教人子之孝也。"柯维骐从家族延续的角度，认为班固为张汤另立别传的原因正是"子孙贵盛"。

当然，司马迁与班固本人的经历及思想同样是影响其态度的重要因素。司马迁著述《史记》的过程，可谓是一波三折，历经磨难。尤其是经过李陵之祸，司马迁深刻感受到了君主专制制度的无理与矛盾，故而在《史记》的编纂中毫不隐晦地直书帝王之恶，微言讥刺，以抒发愤恨之情。因此，他得到了班固"不虚美，不隐恶，故谓之实录"的评价。同时，他的思想又是富于人民性的，和统治阶级的支配思想对立，所以班固也批评他："其是非颇缪于圣人，论大道则先黄老而后六经，序游侠则退处士而进奸雄，述货殖则崇势利而羞贱贫，此其所蔽也。"正是受到这些影响，司马迁在刻画张汤的时候毫不隐晦地写出了他的严峻苛刻、欺上瞒下和谄媚逢迎，更是以"张汤死而民不思"直接地表达了自己的厌恶。而相较于司马迁著史过程的坎坷磨难，班固则显得相当平顺。永平五年，班固因私作国史下狱，其弟班超为其上书陈情，后来班固反而因祸得福，受到了明帝的赏识，被封为兰台令史。永平七年，明帝复命班固在兰台编纂《汉书》，从此《汉

---

① 韩兆琦译注：《史记》，北京：中华书局 2010 年版，第 7227 页。

书》由私纂变为官修。加之明帝在班固面前指出司马迁"微文刺讥，贬损当世，非谊士也"，而司马相如"颂述功德，言封禅事，忠臣效也"。这些均对班固著录《汉书》影响颇深，故而班固有明显的尊汉立场，在编纂《汉书》之时，也有意对西汉的统治者进行一定程度的回护。于是在班固的笔下，张汤成了一位"推贤扬善"的酷吏，而他的儿子张安世在后世声名显赫就成了其"推贤扬善"的佐证。[①]

结　语

《汉书·张汤传》从《史记·酷吏列传·张汤传》中析出，但两文中存在着不少的异文。

班固在沿用司马迁旧文的基础上，也对它做了大量的增加、删减和改动。这些异文产生的原因主要是《史》《汉》两书不同的语言风格以及司马迁与班固对待张汤不同的态度。在语言风格方面，司马迁善用虚词，《史记》长短句交错，行文跌宕起伏；而班固喜用古字，《汉书》的语言简短凝练，典雅有致。在态度上，司马迁对张汤基本持否定态度；而班固《汉书》中的张汤，地位有所提高。同时，《史记·酷吏列传·张汤传》与《汉书·张汤传》的不同也在一定程度上反映了司马迁与班固在史书编纂上的差异，司马迁与班固不同的社会背景和生活阅历催生了两人不同的价值观念和著史态度。

---

① 王安宁：《从"为人多诈"到"推贤扬善"——〈史〉〈汉〉张汤"历史形象"变化辨析》论文，2014 年。

重要日本准汉籍引用《史记》的文本特征略述

＊本文作者张国良，陕西师范大学文学院硕士研究生。

一、引　言

自武帝时期司马迁纂成《史记》，后世史家皆依其例、仿其言、遵其训以成所著，贡献之宏大、影响之深远自不必赘言。其波及范围远绍海外，在东亚文化圈占据重要地位。其中尤以日本为重。《史记》传入历史之久、接受程度之深、尊崇推举之高可谓独树一帜。《史记》自经由第一批遣唐使带回日本后①对日本的影响深入到了社会各阶层、各方面。圣德太子最先重视《史记》，其后风气形成而泽被今。《史记》的名称最早见于日本文献《大宝律令》，此书颁布于文武天皇大宝元年，即中国唐长安元年（701），《史记》在此书中被列入大学课程之一。《日本国见在书目录》作为日本现存最早的汉籍书目，也是目前所知最早明确记载《史记》在日本的文献证据。此书②中《史记》被载入正史家，共6种139卷，分别是：

《史记》80卷，汉中书令司马迁，宋南中郎外兵参军裴骃集解

《史记音》3卷，梁轻车录事参军邹诞生撰

《史记音义》20卷，大中大夫刘伯庄撰

《史记索引》30卷，唐朝散大史司马贞撰

《史记新论》5卷，强蒙撰

《太史公史记问》1卷

《史记》不仅在日本古代宫廷教育中发挥了重要作用，在以汉学教育为主的日本古代学校中也通常被作为必读课本。如室町时代的足利学校便在校规中明确规定以四书、六经、《史记》、《文选》等极具代表性的传统汉籍为课本。另外江户时期编纂的《大日本史》明显沿用《史记》体例，有本纪73卷、列传170卷、志

---

① 覃启勋：《关于〈史记〉东传日本的时间起点》，《文史杂志》1989年第6期。

② 孙猛：《日本国见在书目录详考》，上海：上海古籍出版社2015年版，第537—547页。

126 卷、表 28 卷等篇章。此外江户末期的《日本外史》全书共 22 卷也明显效仿《史记》"世家"之法。诸般种种皆可说明《史记》在古代日本社会中举足轻重的文化地位。然则《史记》文本情况颇为复杂，在汉魏六朝之际以写本传世的《史记》已发生多次文本变化，后又经历了散注入篇、定本刊刻等诸多巨变，发展到刻本时代其原本文貌已渺然难寻。相较于中国传世写本与敦煌写本的《史记》文本，日本早期文献中征引的《史记》文本同样具有不容忽视的文献校勘价值。现选唐宋之交日本学者所著《弘决外典抄》《倭名类聚抄》和《秘府略》三部颇具代表的准汉籍，考察其引用《史记》的文本情况与征引特征，总述日本汉籍引《史记》之优弊，以备诸学参看。

　　《倭名类聚抄》（或称《和名类聚抄》《和名抄》《倭名抄》等名），是日本现存最早以倭名命名的百科全书，由平安时代著名汉学家源顺创作完成于承平年间（931—937），在日本流传广泛、影响深远。现存 10 卷本和 20 卷本两大版本系统，各有写本、刻本通行于世，其原本问题学界历来聚讼纷纭，认为 10 卷本为原文之论断源出江户末期学者狩谷棭斋，目前是主流观点。源顺虽在其序言中仅明言参引《辨色立成》《杨氏汉语抄》《日本纪私记》等日本书目，然其引用书目八成以上为中国古籍，据林忠鹏①考证此书共引文献达 360 多种，然其所引文献来源是古籍原文抑或是类书条目尚未可知。赖清末杨守敬访书于东洋而回国重刊后此书方才被国内学者注意，近年来对其版本和引书等内容的专书研究成果频出，更说明此书具备相当丰富的文献学价值。此书 10 卷本与 20 卷本两大版本系统差别颇大，其中情况之复杂难以一二言概括，此方面相关问题屈会芹②已经进行过详细的系列研究，各本卷数差异、文字不同实难兼顾。今选定元和三年（1617）那波道圆校订刊刻活字本（简称那波本，下同）为据辑录其所引《史记》文本，此本共 20 卷，10 册，一册两卷。据翁振山③统计，20 卷本《倭名类聚抄》共征引《史记》9 条，然其数不确，那波本明言"《史记》云"者共 9 处不误，然其误引《汉书》一条尚未有论，故当为 8 条。

　　《弘决外典抄》系具平亲王写成于正历二年（991），是为注解之注解，旨在为唐朝僧人湛然注释隋朝天台宗实际创始人智颉的《摩诃止观》所著的《止观辅行传弘决》进行详细说解。据冯利华④考证，此书共征引中国古代文献 200 余种，囊括了经、史、子、集四部诸书及其注释之书，其中佚书数量所占比例颇大，凭此书零星引文，虽然不能充分了解这些佚书的具体情况，但是也可略窥其旧貌，推知众多早已散佚的古代珍贵典籍的文本情况。晚清时期开始国内学者就已关注到此书，但研究者寥寥，杨守敬在其《日本访书志》中对宝永丁亥（1707）刻本《弘决外典钞》作过叙录，并指出该书所引古书的文献资料价值很高，余嘉锡、

　　①　林忠鹏：《〈倭名类聚抄〉与中国典籍》，《重庆师院学报（哲学社会科学版）》2000 年第 2 期。
　　②　屈会芹：《古写本〈倭名类聚抄〉研究》，浙江师范大学 2018 年。
　　③　翁振山：《二十卷本〈倭名类聚抄〉研究》，广西大学 2011 年。
　　④　冯利华、陈婵婧：《影印宝永丁亥刻本〈弘决外典钞〉考述》，《古籍研究》2019 年第 1 期。

周祖谟等学者则是对其部分内容有过研究。日本学者河野贵美子所著《〈弘决外典钞〉所引汉籍考——具平亲王的学问及周边的汉籍》① 《具平亲王〈弘决外典钞〉の方法》② 以及《关于北京大学图书馆藏余嘉锡校〈弘决外典钞〉》③ 等文章对该书做了系统性研究。日本内阁文库收藏宝永丁亥（1707）刻本《弘决外典钞》（简称宝永本，下同）共 4 卷，两册线装。其引文与今本文字多有出入，刻本在不影响识读的情况下一仍其旧，若是因文字讹误、增衍及脱漏而识读不畅，则在书眉上加以指明。具平亲王的注文为小字双行夹注，注文的内容分为注音、释义、辨正文字的正俗或体、补充史实、指出典故来源出处等 5 个方面。全书 62000 多字，共引用文献 200 种，冯利华、陈婵婧统计全书共征引《史记》31 条。今据丁亥本辑考其所引《史记》文本，实则其数有误。此本明确言"《史记》云"三字共 30 处，另有言及"《史记》"书名一处，然并非引文。30 处明言引用中一条为《史记正义》之文窜入，一条所引与《史记》无据，或有换称之嫌，兼其略引过甚，不当定为《史记》原文所出；一条曰"又云"二字，虽名为一条，实非同出一篇，因别为一条，故当为 30 条。

《秘府略》是淳和天皇时期滋野贞主奉敕主持编纂的大型汉籍类书，于弘仁十四年（823）始编，原书共 1000 卷，流传到今散佚将尽，唯第 684 卷"百谷部"和第 686 卷"布帛部"二卷残卷存世。被罗振玉影印入《吉石庵丛书》后此书方进入国内学者的研究视野。据唐雯④统计，仅此二残卷引书便多达 128 种，诗文 30 篇，且多为唐前古籍，不见于今的佚书有 60 种，可谓文献辑佚、校勘的宝库。同时唐雯提出《秘府略》可能较完整地保存了已失传的重要类书《修文殿御览》的部分内容，可借此进一步了解《修文殿御览》的面貌与《太平御览》的编撰情况。而这一观点的提出也为我们提供了一种了解唐前《史记》文本面貌的可能性。日本内阁文库藏亨和四年（1804）写本《秘府略》（简称亨和本，下同）一册两卷，其中征引古籍文献具体条目尚无人统计。今以亨和本为据，共辑得《史记》引文 11 条。因其抄本字迹杂乱，抄写质量较差，个别文本明显讹误之处以日本国立国会图书馆藏 1929 年古典保存会影印本（简称国会本，下同）校之。

二、引文辑录

今从《倭名类聚抄》《弘决外典抄》《秘府略》各辑得其书所言《史记》引文

---

① 河野贵美子、葛继勇：《〈弘决外典钞〉所引汉籍考——具平亲王的学问及周边的汉籍》，《甘肃社会科学》2008 年第 5 期。

② 河野贵美子：《具平亲王〈弘决外典钞〉の方法》，《海を渡る天台文化》2008 年版，第 49—80 页。

③ 河野贵美子：《关于北京大学图书馆藏余嘉锡校〈弘决外典钞〉》，《域外汉籍研究集刊》2011 年第 7 期。

④ 唐雯：《日本汉文古类书〈秘府略〉文献价值研究》，《古籍研究》2005 年第 2 期。

31条、9条、11条。以中华书局点校本二十四史修订本《史记》（简称修订本）①
校其文本内容及来源。又根据其引文与修订本文本差别情况将三部典籍所言引
《史记》共51条引文分为文本完全相同、文本差异明显两类，具体辑考如下：

（一）文本完全相同

1.01.②.《史记》云："暴风雷雨。"

按：此条不足称句，四字为词，《五帝本纪第一》与《鲁周公世家第三》俱
存，据修订本，"雨"字为衍文。

1.03.《史记》云："纵理。"

按：此条不足称句，二字一词，引自《绛侯周勃世家第二十七》。

1.06.《史记》云："土偶人、木偶人。"

按：此条不足称句，引文两词。"土偶人"一词仅见于《孟尝君列传第十五》；
"木偶人"一词两见于《孟尝君列传第十五》与《田叔列传第四十四》，前者"偶"
作"禺"，《史记索隐》曰："音偶，又音寓。谓以土木为之偶，类于人也。"

1.08.《史记》云："持案进食。"

按：此条不足称句，为节引之词，四字，引自《田叔列传第四十四》。

2.01.《史记》云："魁下六星，两两相比者，名曰三台。"

按：此条引自《天官书第五》。修订本"台"作"能"。《史记集解》引苏林
曰："能音台。"《索隐》曰："魁下六星，两两相比，曰三台。"盖"能""台"二
字音同通用。

2.11.《史记》云："禹为姒姓。"

按：此条引自《夏本纪第二》。

2.13.《史记》云："威王云'吾臣有檀子者，使守南城，则楚人不敢为寇东
取，泗上十二诸侯皆来朝。吾臣有盼子者，使守高唐，则赵人不敢东渔于河。吾
吏有黔夫者，使守徐州，则燕人祭北门，赵人祭西门，徙而从者七千余家。吾臣
有种首者，使备盗贼，则道不拾遗。'"

按：此条引自《田敬仲完世家第十六》。

2.17.《史记》云："廉颇者，赵之良将也。以勇气闻于诸侯。"

按：此条引自《廉颇蔺相如列传第二十一》。

2.18.《史记》云："李牧，赵之北边良将也。"

按：此条引自《廉颇蔺相如列传第二十一》。

2.29.《史记》云："黄帝者姓公孙，名曰轩辕。"

按：此条引自《五帝本纪第一》。

---

① ［汉］司马迁撰，［南朝宋］裴骃集解，［唐］司马贞索隐，［唐］张守节正义，赵生群等点校：
《史记》，北京：中华书局2014年版。

② 将这三部典籍中的《史记》引文按书别类，同一典籍内部则据其引文所在卷数先后为序，以
1.01—1.19、2.01—2.08、3.01—3.11三组序列为其代号。

2.31.《史记》云："白起善用兵，事秦昭王。与赵将贾偃战，沈其卒二万人于河中。"

按：此条引自《白起王翦列传第十三》。

3.09.《史记》曰："范睢，字叔。说秦昭王曰：'秦韩之地形，相错如绣。秦之有韩也，譬如木有蠹也，人有心腹之病也。'"

按：此条引自《范睢蔡泽列传第十九》。

（二）文本略有差异

1.02.《史记》云："长安中有相工田文者，相工俗云相人相音，丙丞相、韦丞相、魏丞相微贱时会于客字，田文曰'此君皆丞相也'，其后三人竟为丞相也。"

按：此条引自《张丞相列传第三十六》。修订本"相工"前有"善"字；无"相工俗云相人相音"；"字"作"家"；无"言"字；无"今"字；修订本无"三"字；无"更相代"三字。

1.05.《史记》云："司马相如着犊鼻裈。"

按：此条引自《司马相如列传第五十七》。修订本"相如"前无"司马"二字。

1.07.《史记》云："人为刀俎，我为鱼肉。"

按：此条引自《项羽本纪第七》。修订本作"如今人方为刀俎，我为鱼肉，何辞为"。

1.09.《史记》云："廉颇强饭斗酒，食肉十斤。"

按：此条引自《廉颇蔺相如列传第二十一》。修订本作"廉颇为之一饭斗米，肉十斤"。

2.03.《史记》云："殷纣好酒淫乐，嬖于妇人。以酒为池，县肉为林，使男女倮相逐其闲，为长夜之饮。周武王于是遂率诸侯伐纣。纣亦发兵距之牧野。为天子，殷民大说，是为周国也。"

按：此条引自《殷本纪第三》。修订本无"殷纣"二字；"为天子"句与"殷民大说"句互倒；"殷民大说"句前有"于是周武王"五字；无"是为周国也"一句。

2.04.《史记》云："大戎弑幽王，于是诸侯共立幽王太子宜臼，是为平王。平王东迁于雒邑，辟戎寇。"

按：此条引自《周本纪第四》。修订本"犬戎"前有"与缯""西夷"四字；"诸侯"后有"乃即申侯而"五字；"幽王"前有"故"字；"东迁"前有"平王"二字。

2.05.《史记》云："帝纣为长夜之饮，百姓怨望诸侯有叛者也。"

按：此条引自《殷本纪第三》。修订本"为"前无"帝纣"二字；"望"后有"而"字。

2.06.《史记》云："周文王囚羑里，演八卦为六十四卦。"

按：此条引自《周本纪第四》。修订本作"其囚羑里，盖益易之八卦为六十四卦"。

2.07.《史记》云："孔子生鲁昌平乡陬邑，其先宋人也，名丘，字仲尼，姓孔氏。长九尺有六寸。孔子去鲁凡十四岁而反乎鲁，鲁不能用孔子，孔子亦不求仕。孔子之时，周室微而礼乐废，诗书缺。追迹三代之礼，序书传，上纪唐虞之际，下至秦缪，编次其事。故书传、礼记自孔氏。古者诗三千余篇，及至孔子，去其重，取可施于礼义，上采契后稷，中述殷周之盛，至幽厉之缺，皆弦歌之，以求合韶武雅颂之音。礼乐自此可得而述，以备王道，成六艺。孔子晚而喜易，序易彖、系、象、说卦、文言。子曰："弗乎弗乎，君子病没世而名不称焉。吾道不行矣，吾何以自见于后世哉？"乃因史记作《春秋》，以绳当世，贬损之义。春秋之义行，则天下乱臣贼子惧焉。"

按：此条引自《孔子世家第十七》。修订本"名丘"前有"生而首上圩顶，故因"等字；"长九尺"前无"孔子"二字；无"鲁不能用孔子，孔子亦不求仕"二句；"皆弦歌之"前有"三百五篇孔子"六字；"象"前无"易"字；"以绳当世"前有"推此类"三字。

2.08.《史记》云："老子，楚苦县厉乡曲仁里人，姓李，名耳，字泊阳，谥曰老聃，周守藏室之史也。孔子适周，问礼于老子。老子修道德，其学以自隐无名而为务也。"

按：此条引自《老子韩非列传第三》。修订本"李"后有"氏"字；"字"后作"聃"；无"谥曰老聃"一句；"问礼"前无"将"字；"为务"前有"而"字。

2.09.《史记》云："严子，蒙人也，名周。周尝为蒙漆园吏。其学无所不窥，然其要归于老子之言。"

按：此条引自《老子韩非列传第三》。修订本"要"后有"本"字。

2.10.《史记》云："夏禹，名曰文命。尧之时，鸿水滔天，浩浩怀山襄陵。舜命禹平水土，荐禹于天，为嗣。孔甲时，天降龙二，有雌雄。"

按：此条引自《夏本纪第二》。修订本"尧之时"前无"当帝"二字；无"舜命禹平水土"一句；"荐禹于天"前有"帝舜"二字；无"孔甲时"三字；"有雌雄"后有"孔甲不能食"一句。

2.12.《史记》云："夏桀不务德而武伤百姓，百姓弗堪。诸侯皆归汤，汤遂率兵以伐夏桀，桀走鸣条。汤乃践天子位，代夏朝天下。是为殷汤也。"

按：此条引自《夏本纪第二》。修订本"桀"前无"夏"字；无"是为殷汤也"句。

2.14.《史记》云："屈原，名平，事楚怀王。上官大夫与之同列，争宠而心害其能，因谗之，王怒而疏屈平。于是怀石遂自投汨罗以死。"

按：此条引自《屈原贾生列传第二十四》。"事楚怀王"修订本作"为楚怀王左徒"；"因谗之"后有"曰：'王使屈平为令，众莫不知，每一令出，平伐其功，（曰）以为'非我莫能为'也。'"句。

2.15.《史记》云："王翦者，少而好兵，事秦始皇。翦击荆王，始皇自送灞上。既至关，使使请善田者五辈。或曰'将军之乞贷，亦已甚矣'。王翦曰'不然。秦王怚而不信人。空秦国甲士而专委于我，不多请田宅为子孙业以自坚，顾令秦王坐而疑我邪？'终虏荆王，平荆地为郡县。"

按：此条引自《白起王翦列传第十三》。修订本无"翦击荆王"句；"自送"后有"至"字；无"既至关"句；"秦王"前有"夫"字；"空"前有"今"字；"不多"前有"我"字；"虏荆王"前无"终"字而后有"负刍"二字；"平荆地"前有"竟"字。

2.16.《史记》云："吴起，好用兵。为魏文侯将，卒有病疽者，起为吮之。卒母闻而哭之。人曰："子卒也，而将军自吮其疽，何哭为？"母曰："非然也。往年吴公吮其父，其父战不旋踵，遂死于敌。吴公今又吮其子，妾不知其死所矣。是以哭之。"

按：此条引自《孙子吴起列传第五》。"为魏文侯将"修订本作"起之为将"。

2.19.《史记》云："张良，字子房，尝游下邳圯上，有一老父，堕其履，顾谓良曰："孺子，下取履！"良惊，欲殴之。为其老，强忍，下取履。父曰："孺子可教矣。"良夜未半往，出一编书，曰："读此则为王者师。"旦日视其书，乃太公兵法也。汉高祖常用其策。"

按：此条引自《留侯世家第二十五》。修订本无"字子房"句，《史记索隐》引《汉书》有"字子房"三字；"尝"后有"闲从容步"四字；"堕其履"前有"直"字而后有"圯下"二字；无"惊"字，作"鄂然"；无"良夜未半往"句；"王者师"后有"矣"字；无"汉高祖常用其策"句。

2.20. 又云："高祖曰："夫运筹策帷帐之中，决胜于千里之外，吾不如子房。"

按：此条引自《高祖本纪第八》。修订本"高祖曰"后有"公知其一，未知其二"两句。

2.21.《史记》云："樊哙以为舍人，从汉高祖。项羽欲攻沛公。之往谢，项庄拔剑舞坐中，欲击沛公，哙在营外，闻事急，乃持铁楯，直撞入，立帐下。瞋目而视，眦皆血出也。是日樊哙、沛公几殆矣。"

按：此条引自《樊郦滕灌列传第三十五》。修订本无"樊哙以为舍人，从汉高祖"二句，作"高祖为沛公，以哙为舍人"；"欲攻"前无"项羽"；无"之往谢"句；"项庄"前有"令"字；"哙在营外"前有"樊"字；"直撞入"前有"哙"字；无"瞋目而视，眦皆血出也"，《集解》引徐广曰"一本作'立帷下，瞋目而视，眦皆血出'"；无"是日"，"樊哙"前有"薇"字而后有"犇入营谯让项羽"等字；"沛公"后无"几殆矣"，作"事几殆"。

2.22.《史记》云："伊尹欲奸汤而无由，乃为有莘氏媵臣，负鼎俎，以滋味说汤，致于王道也。"

按：此条引自《殷本纪第三》。修订本"伊尹"作"阿衡"。

2.23.《史记》云："吕尚盖尝穷困，年老矣，以渔钓奸周西伯。西伯将出猎之，曰"所获非龙非螭，非虎非罴；所获霸王之辅"。于是西伯猎，果遇太公于渭之阳，与语大说，曰："自吾先君太公曰'当有圣人适周，周以兴'。子真是邪？吾太公望子久矣。"故号之曰"太公望"，载与归，立为师。"

按：此条引自《齐太公世家第二》。修订本"猎"后有"卜"字；"西伯猎"前有"于是周"三字；"归"前有"俱"字。

2.24.《史记》云："子夏商，字子夏。孔子既没，居西河教授，为魏文侯师也。"

按：此条引自《仲尼弟子列传第七》。修订本"子夏商"作"卜商"。

2.25.《史记》云："扁鹊姓秦氏，名越人。从长桑君受其禁方，尽洞见五藏，以诊脉为名耳。周人爱老人，即为耳目痹医；秦人爱小儿，即为小儿医也。"

按：此条引自《扁鹊仓公列传第四十五》。修订本无"从长桑君受其禁方"句，作"舍客长桑君过，扁鹊独奇之，常谨遇之。长桑君亦知扁鹊非常人也。出入十余年，乃呼扁鹊私坐，闲与语曰：'我有禁方，年老，欲传与公，公毋泄。'扁鹊曰：'敬诺。'乃出其怀中药予扁鹊：'饮是以上池之水，三十日当知物矣。'乃悉取其禁方书尽与扁鹊。"无"尽洞见五藏"句，作"尽见五藏症结"；"周人""秦人"前俱有"闻"字。

2.26.《史记》云："殷武丁梦得圣人，名曰说。以梦视群臣百吏，皆非也。于是乃使百工营求之野，得说于傅巖中。是时说为胥靡，筑于傅巖。见武丁，武丁曰是也。得而与之语，果圣人，举以为相，殷国大治。遂以傅姓之，号曰傅说。武丁是为高宗也。"

按：此条引自《殷本纪第三》。修订本"武丁"前有"殷"字；"梦"后有"所见"二字；"巖"作"险"；"见"后有"于"字；"姓之"前有"险"字；无"武丁是为高宗也"句，作"立其庙为高宗"。

2.28.《史记》云："吴太伯、仲雍、季历皆周太王之子，而王季历之兄也。季历贤，而有圣子昌，太王欲立季历以及昌，于是太伯、仲雍二人乃犇荆蛮，文身断发，示不可用，以避季历。季历果立。"

按：此条引自《吴太伯世家第一》。修订本"仲雍"前有"太伯弟"三字而后无"季历"二字。

2.30.《史记》云："张良所见下邳圯上老父，出一编书，曰："读此则为王者师。"后十三年见我济比，谷城山下黄石则我矣。后从高帝过济北，果见谷城山下黄石，取而畚（宝）祠。张良死，并葬黄石冢。每上冢伏腊祠之，是曰黄石公也。"

按：此条引自《留侯世家第二十五》。修订本无"张良所见下邳圯上老父"句；"王者师"后有"矣"字；"十三年"前有"后"字而后有"孺子"二字，"比"作"北"；"从高帝"前有"十三年"三字；"宝"作"葆"；"张良死"作"留侯死"；无"是曰黄石公也"句。

3.01.《史记·封禅书》曰："管仲说桓公曰：'古之封禅，鄗上黍，所以为盛。'"

按：此条引自《封禅书第六》。修订本无"管仲说桓公"五字。

3.02.《史记》曰："伯夷、叔齐闻西伯善养老，往归焉。武王东伐纣，叩马谏，左右欲兵之。太公曰：'此义人也。'扶而去之。武王平殷乱，天下宗周，伯夷、叔齐耻之，义不食周粟，饿死。"

按：此条引自《伯夷列传第一》。修订本"伯夷、叔齐"前有"于是"二字；"往归焉"前有"盍"字；"东伐纣"前无"武王"二字；"叩马谏"作"伯夷、叔齐叩马而谏曰"；"平"前有"已"字；"饿死"作"及饿且死"。

3.03. 又曰："宣西任氏之先，为督道仓吏。秦之败，豪桀皆争取金玉，而任氏独窖仓粟。楚汉相距荣阳也，民不得耕种，米至不万，而豪桀金玉尽归任氏，任氏以此起富。"

按：此条引自《货殖列传第六十九》。修订本"西"作"曲"，国会本亦作"曲"，"西"当为讹误；"客"作"窖"，国会本亦作"窖"，"客"当为讹误；"米至不万"作"米石至万"，国会本作"米至石万"。

3.04. 又曰："汉兴七十余年之间，国家无事，非遇水旱之灾，民则人给家足，都鄙廪庾皆满，而府库余财。京师之钱累巨万，贯朽而不可校。太仓之案陈陈相因，充溢露积于外，至腐败不可食也。"

按：此条引自《平准书第八》。修订本"府库余"后有"货"字，引文阙且空，疑为抄本字迹磨灭，国会本不阙；"案"作"粟"，国会本亦作"粟"，"案"当为讹误。

3.05. 又曰："文帝经，淮南王通死。民歌曰：'一升粟尚可舂，一尺帛尚可缝，兄弟两人不能兼容。'"

按：此条引自《淮南衡山列传第五十八》。修订本无"文帝经，淮南王通死"二句；"民歌曰"句作"民有作歌歌淮南厉王曰：'一尺布，尚可缝；一斗粟，尚可舂。兄弟二人不能兼容'。"

3.06. 又曰："大将军青遂至寘颜山赵信城，得匈奴积粟食军。军留一日而还，悉烧其城余粟以归。"

按：此条引自《卫将军骠骑列传第五十一》。修订本"遂至"前无"大将军青"四字。

3.07. 又《汲黯传》曰："何内失火，上使黯往视之。还报曰：'河南人式矣，子相食。臣谨癸河南仓粟以振贫民。'上贤而择之。"

按：此条引自《汲郑列传第六十》。修订本"何内"作"河内"，国会本亦作"河内"，"何"当为讹误；无"河南人式矣"句，"子相食"前有"或父"二字，国会本此句作"河南人或父子相食"；"癸"作"发"，国会本亦作"发"，"癸"当为讹误；"择"作"释"，国会本亦作"释"，"择"当为讹误。

3.08.《史记》管仲曰："古之封禅，北里之禾，所以为咸。"

按：此条引自《封禅书第六》。修订本"咸"作"盛"，国会本亦作"盛"，"咸"当为讹误。

3.10. 又曰："文帝衣绨衣，所幸慎夫人，令衣不得曳地，帐不得文绣，以示敦朴，为天下先。治霜陵皆以风器，不得以金银铜锡为饰。"

按：此条引自《孝文本纪第十》，修订本"文帝"作"上"；"帐"前有"帏"字；"风"作"瓦"，"风"当为讹误。

3.11.《史记》曰："楚庄王者，所受鸟以绣置。"

按：此条引自《滑稽列传第六十六》，修订本作"楚庄王之时，有所爱马，衣以文绣"，"鸟"盖"马"之讹误。

另有三条引文不当定为引自《史记》亦辑考如下：

1.04.《史记》云："绝亢而死。"

按：此条当为误笔，引文四字为词，语出《汉书・张耳陈余传第二》，《史记》无如此言之例。

2.02.《史记》云："识用日神。"

按：此条四字《史记》中无有所载，盖语换字移之为说也，"日神"或曰"日主"，则此条或出《史记・封禅书第六》欤？修订本作："八神：一曰天主，祠天齐。天齐渊水，居临菑南郊山下者。二曰地主，祠泰山梁父。盖天好阴，祠之必于高山之下，小山之上，命曰"畤"；地贵阳，祭之必于泽中圜丘云。三曰兵主，祠蚩尤。蚩尤在东平陆监乡，齐之西境也。四曰阴主，祠三山。五曰阳主，祠之罘。六曰月主，祠之莱山。皆在齐北，并勃海。七曰日主，祠成山。成山斗入海，最居齐东北隅，以迎日出云。八曰四时主，祠琅邪。"

2.27.《史记》云："始皇名腊，夏曰'嘉平'，殷曰'清祀'，周曰'大蜡'，鉏架反。自汉后为腊，以至于今。"

按：此条不见于《史记》。《秦纪第五》有"十二年，初腊"句，《正义》有"腊，卢盍反，十二月腊日也。秦惠文王始效中国为之，故云初腊。猎禽兽以岁终祭先祖，因立此日也"之言，又引《风俗通》云："礼传云'夏曰嘉平，殷曰清祀，周曰蜡，汉改曰腊'。礼曰'天子大蜡八，伊耆氏始为蜡'。蜡者，索也。岁十二月合聚万物而索飨之。"

三、引文析论

虽然仅辑考《倭名类聚抄》《弘决外典抄》《秘府略》三部典籍，但是三部典籍所辑共 49 条引文的文本面貌颇为复杂，将其与修订本《史记》对校后可得文本完全相同者 12 条，文本差异明显者 37 条，说明日本学者在引用《史记》的过程中其引文文本呈现出的集体性特征颇为明显。这种特征或是由文本的来源与接受情况影响形成，或是受其共有的文化与教育背景影响形成，共同反映出古代日本汉学者在引用《史记》时的思维模式，具体表现为以下两大方面的特征：

（一）记史忘言，文无定法

1. 记史忘言

上述三部日本典籍在引用《史记》的过程中都表现出强烈的转述口吻，大都并非寻章摘句，而是以第三人称的笔触对所要引用的《史记》片段进行二次加工。但这并不意味其引文完全脱离原始文本，反而是节引、略引、意引等手法并用，在行文过程中并不拘泥于原文辞章，在尽量保证引文原貌的前提下着重提炼典型人物的关键言语和核心事件，致力于使引文趋向简练，具有极大的灵活性与主观性。如 2.19 条所引《留侯世家》中张良一则，原文共 312 字，引文仅 102字，虽然在引用时进行了大幅删削，然叙事完整，且保留了"老夫"这一关键人物的关键言语。再如 2.24 条所引《扁鹊仓公列传》中扁鹊一则，相较原文，引文的删削量高达 75%，但附于其后的评价之言这等关键语句却尽数保留。

2. 文无定法

部分引文在文本面貌上虽无巨变，但其在引用过程中句序调整、虚词删增、称谓改易等情况也屡见不鲜，如 1.05 条"相如"改称全名，2.06 条将"其"改换成明确的"周文王"，3.06 条增"大将军青"这一主人公称谓，3.10 条将"上"改成"文帝"，其余诸如"之""乎""者""也""矣"等虚词之变易不胜枚举，真正做到了文无定法，引用自然流畅。

这一大特征也恰是《史记》文本魅力的极大体现，正因其记史叙事兼具文学与史学价值，在历史长卷中塑造了众多典型人物、记叙了诸多经典事件，这才使得隐藏在其文本结构之下的史实本身得以脱离文本辞章成为学者引用的主要依据，从而形成其记史忘言、文无定法的一大特征。

（二）离篇摘句，随引随注

1. 离篇摘句

鉴于所辑考的日本准汉籍类型特殊，故其引文不足称句而节引某词为训或所引之文并非同出一篇的情况不足为怪，表现出对《史记》文本系统的检索和系联引用。前者如 1.01、1.03、1.06 等条，所引均不堪为句，或是二字为词，或是三字、四字为词，且在《史记》诸篇中均有使用，则此类情况并非专引某篇之词，而是概引言之。后者如 2.19、2.20 等条，引文虽是一处所引，如"《史记》云"这等引用标志也只一用，虽有"又云"等一处同引两条之字样，然则所序之事密切相关，则当视为一条所引，但其引文确非同出一篇，盖因其所引事件相关、人物相同或辞章相近等故而纠合数篇之言为一训也。再如 2.19 条所引《留侯世家》中张良一则，《史记》并无张良字子房之记载，此条记载语出《汉书》，后被《史记索隐》收录。

2. 随引随注

此外，日本学者在引用《史记》时不仅对引文进行加工创作，且有随引随注的体例特点，如 1.14 条在所引《屈原贾生列传》中屈原一则后紧附《史记集解》所引应劭之注一条，对引文进行二次说解。再如 3.04 条直接在引文中夹入《史记集解》所引韦昭和如淳两条注文，对引文中某词进行及时说解。这种体例一方面展现出其在引用汉籍过程中的审慎和详细，另一方面或许也说明作者在征引《史记》时所依据的文本并非《史记》或相关类书，而是《史记集解》，这个问题尚有待后学者继续研究。

综观三部典籍所引《史记》的文本面貌，赞笔有之、讹误有之、再创有之、错漏亦有之，其引用《史记》文本之运笔范式及思维模式自有其特征。其引文不拘于原文字眼、不限于篇章藩篱，存关键之语、有典要之事，叙事逻辑清晰、引文语言简练。然亦有弊病，在引文中存在史实讹误、语言错漏、表述模糊等问题，如 1.02 条所引《张丞相列传》一则中"韦丞相、魏丞相、邴丞相"三人顺序不同于原文，2.27 条所引《吴太伯世家》中吴太伯一则误将"吴太伯，太伯弟仲雍，皆周太王之子，而王季历之兄也"一句引作"吴太伯、仲雍、季历皆周太王之子，而王季历之兄也"，虽尽增二字而前句不误，然于后句实为谬言。如上所言则其不当之处亦不可略过不谈，在对其进行分析评价时需综合优劣、权衡长短，不因瑕废玉，亦不侧目观之，在把握其引文特征的基础上客观分析、审慎考校，以求发挥其应有作用。

四、结 语

三部日本典籍所言共征引《史记》文本 50 条，去误增漏，实有 49 条，其中文本差异程度各有不同，一半文本略有差异，另五之有一差异较大，这些文本面貌的差异情况共同揭示出日本学者在利用《史记》时所共同的思维特征。

《史记》历经两千年岁月洗礼，历久弥新，更显其本色风流。不仅在中国泽被至于今日，且蜚声海外，在日、韩及东南亚等国家亦拥有举足轻重的地位和深远持久的影响。作为与中国一衣带水的东洋之地，日本在对《史记》的引入、学习、接受、传播、研究等方面都有不少成果，且因其特有的文化背景在文本面貌以及流传历史等方面对于中国本土的《史记》学研究有相当的补充意义。上述三部典籍作为日本古代准汉籍的代表在引用以《史记》为代表的中国古代典籍方面所呈现出的文化渊源、碰撞与交流十分具有研究意义。其中所引中国典籍之丰富有目共睹，本文抛砖引玉浅论《史记》引文之例，以此为端接续发力必可发掘出更多中华传统优秀文化对于东亚文化圈的影响范例。

《史记·本纪》三家注校读记

＊本文作者孙利政，泰州学院人文学院讲师。

中华书局点校修订本《史记》是目前《史记》最精善和通行的文本之一。该本参校众本，复核三家注引文，充分运用本校、他校，谨慎使用理校，卷后附有校勘记，合计订正讹误或存异文 3500 余条，厥功甚伟。然校勘如扫落叶，遗漏亦在所难免，今就《史记》本纪部分 15 条三家注文字提出讨论，商榷疑义。每条原文及按考征引《史记》附相应册数和页码，以便按核。

1. 覆表水、副投河

《夏本纪》"弱水至于合黎"《正义》引《括地志》："合黎，一名羌谷水，一名鲜水，一名覆表水，今名副投河，亦名张掖河，南自吐谷浑界流入甘州张掖县。"（1/88）

岑仲勉《突厥集史·编年》："余按《隋书》三、大业五年，'吐谷浑主率众保覆袁川'，此'覆表'即'覆袁'之讹。'表''袁'字似，每每转误，如'袁纥'之误'表纥'是也。"①

按：岑说是。隋炀帝征吐谷浑，至覆袁川之事，《隋书》《北史》多次记载，均作"覆袁"。《太平寰宇记·陇右道三·甘州（废）》载："合黎水，一名羌谷，鲜水，一名覆袁水，今名副授河，亦名张掖河，南自吐谷浑界流入。"② 据此"表"当为"袁"之形讹。

又按：副投河，前引《寰宇记》作"副授河"，疑皆为"副援河"形误。宋毛晃《禹贡指南》载："张掖河，亦名副援河。"③ 宋程大昌《禹贡论》亦载："合黎，水名也。亦名副援河，亦名张掖河。"④ "副援"与"覆袁"当皆音译文字。

2. 治于亳之殷地商家自此徙而改号曰殷亳

《殷本纪》"乃遂涉河南，治亳"《集解》："郑玄曰：'治于亳之殷地，商家自此徙，而改号曰殷亳。'皇甫谧曰：'今偃师是也。'"（1/132）

吴新江、赵生群《〈史记〉标点刍议（一）》："郑玄所谓'殷亳'，疑亦当作'亳殷'。"⑤

---

① 岑仲勉：《突厥集史》卷 1，北京：中华书局 2004 年版，第 41 页。

② 乐史：《太平寰宇记》卷 152，北京：中华书局 2007 年版，第 2942 页。

③ 毛晃：《禹贡指南》卷 3，《武英殿聚珍版丛书》本。

④ 程大昌：《禹贡论》下，宋淳熙刻本。

⑤ 吴新江、赵生群：《〈史记〉标点刍议（一）》，《文史》2015 年第 3 辑，第 277—278 页。

按：盘庚迁都亳，从此商改号为"殷"，并非"殷亳"或"亳殷"。《水经·谷水注》："阳渠水又东，径亳殷南，昔盘庚所迁，改商曰殷，自此始也。"① 《尚书·盘庚上》"盘庚迁于殷"孔疏引郑玄注作"商家自徙而号曰殷"②，无"亳"字。辛德勇《〈史记〉新本校勘·殷本纪》指出皇甫谧"今偃师是也"乃是注"亳"字，故"亳"字当在引号外，即标点为："郑玄曰：'治于亳之殷地，商家自此徙，而改号曰殷。'亳，皇甫谧曰：'今偃师是也。'"③ 然未见《集解》中有"被释字某某曰"的注释体例，辛说与《集解》体例不合。今检唐钞本《殷本纪》残卷作"治于亳殷之地，商家自徙此，而改号曰殷"，亦无"亳"字。知诸本《集解》衍"亳"字，"此徙"二字误倒，"亳之殷地"乃"亳殷之地"误倒。

3. 封埋藏也

《秦本纪》"封殽中尸"《正义》引杜预注："封，埋藏也。"（1/247）

按：埋藏也，当作"埋藏之"。《左传·文公三年》"封殽尸而还"杜预注："埋藏之。"④"之"指"殽中尸"，代词，不当作语气词。《集解》引贾逵注"封，识之"（1/247），亦作"之"不作"也"。

4. 名则

《秦本纪》"立异母弟，是为昭襄王"《索隐》："名则，一名稷。"（1/264）

按：则，当作"侧"。《樗里子甘茂列传》"其弟立，为昭王"《索隐》："《赵系家》昭王名稷。《系本》云名侧也。"（7/2810）《赵世家》："赵王使代相赵固迎公子稷于燕，送归，立为秦王，是为昭王。"（6/2175）则《索隐》称秦昭王"名稷"据《赵世家》无疑。据《樗里子甘茂列传》《索隐》，《秦本纪》《索隐》称其"名则"当据《世本》，此"则"当为"侧"之坏字。

5. 自昭仪以下秩至百石

《秦本纪》"尊唐八子为唐太后"《正义》："晋灼云：'除皇后，自昭仪以下，秩至百石，凡十四等。'《汉书·外戚传》云：'八子视千石，比中更。'"（1/274）

按：《正义》"秩至"二字误倒。《汉书·外戚传上》"元帝加昭仪之号，凡十四等云"颜师古注："除皇后，自昭仪以下至秩百石，十四等。"⑤ 颜注当本晋灼注。《汉书·外戚传上》载："昭仪位视丞相，爵比诸侯王。倢伃视上卿，比列侯。婕娥视中二千石，比关内侯。俗华视真二千石，比大上造。美人视二千石，比少上造。八子视千石，比中更。充依视千石，比左更。七子视八百石，比右庶长。良人视八百石，比左庶长。长使视六百石，比五大夫。少使视四百石，比公乘。

---

① 郦道元注，杨守敬、熊会贞疏：《水经注疏》卷16，南京：江苏古籍出版社1999年版，第1439页。

② 孔颖达：《尚书正义》卷9，阮元校刻《十三经注疏》本。

③ 辛德勇：《〈史记〉新本校勘》，南宁：广西师范大学出版社2017年版，第425页。

④ 孔颖达：《春秋左传正义》卷18，阮元校刻《十三经注疏》本，台北：艺文印书馆2007年版，第305页。

⑤ 班固撰，颜师古注：《汉书》卷97上，北京：中华书局1962年版，第3936页。

五官视三百石。顺常视二百石。无涓、共和、娱灵、保林、良使、夜者皆视百石。"① 细绎文义，述自"昭仪"至"无涓、共和、娱灵、保林、良使、夜者"凡十四等，最下无涓等即秩"百石"，故晋灼注云"自昭仪以下至秩百石"，《正义》"秩至百石"似是实非。

6. 徙清门里

《秦始皇本纪》"金人十二，重各千石"《正义》引《关中记》："董卓坏铜人，余二枚，徙清门里。"（1/309）

按：清门，疑当作"清明门"。《三辅黄图·朝宫》："天下大乱，卓身灭，抑有以也。余二人，魏明帝欲徙诣洛阳清明门里。"② 清明门为长安城门，《三辅黄图·都城十二门》："长安城东出第二门曰清明门。"③

7. 至董卓而铜人毁也

《秦始皇本纪》"金人十二，重各千石"《正义》引《英雄记》："昔大人见临洮而铜人铸，至董卓而铜人毁也。"（1/309）

按：至，疑为"生"之形讹。《三国志·魏书·董卓传》裴松之注引《英雄记》载："昔大人见临洮而铜人铸，临洮生卓而铜人毁。"④《三辅黄图·朝宫》引《英雄记》同⑤。董卓为陇西临洮人，作"生"是。

8. 下邳泗水县也

《项羽本纪》"军下邳"《正义》："下邳，泗水县也。"（1/384）

按："泗水县"之"水"疑为"州"字形讹。下邳县汉属东海郡，唐属河南道泗州。泗水县汉为鲁国卞县，唐属河南道兖州，《高祖本纪》"都下邳"《正义》："音被悲反。泗州下邳县是，楚王韩信之都。"（2/479）《货殖列传》"徐、僮、取虑"《正义》："僮、取虑二县并在下邳，今泗州。"（10/3965）又《傅靳蒯成列传》"下邳"《正义》"下邳，泗水县"（8/3283），"水"亦"州"之讹字。

9. 汉高二年

《项羽本纪》"都废丘"《正义》引《括地志》："犬丘故城一名废丘，故城在雍州始平县东南十里。《地理志》云汉高二年，引水灌废丘，章邯自杀，更废丘曰槐里。"（1/404）

按：汉高二年，当作"汉高三年"。废丘改名槐里在汉高祖三年。《汉书·地理志上》"右扶风"条载："槐里，周曰犬丘，懿王都之。秦更名废丘。高祖三年更名。"⑥ 此即《括地志》所据。《秦本纪》"非子居犬丘"（1/228）《正义》载《括地志》《绛侯周勃世家》"围章邯废丘"（6/2512）《索隐》并引《汉志》云：

① 班固撰，颜师古注：《汉书》卷97上，第3935页。
② 佚名撰，何清谷校释：《三辅黄图校释》卷1，北京：中华书局2012年版，第48页。
③ 佚名撰，何清谷校释：《三辅黄图校释》卷1，北京：中华书局2012年版，第75页。
④ 陈寿撰，裴松之注：《三国志》卷6，北京：中华书局1959年版，第217页。
⑤ 佚名撰，何清谷校释：《三辅黄图校释》卷1，北京：中华书局2012年版，第48页。
⑥ 班固撰，颜师古注：《汉书》卷28上，第1546页。

"高祖三年更名槐里。"则《正义》之"二年"当为"三年"之形误。

10. 卫有司马食其

《项羽本纪》"审食其"《索隐》："食音异。按：郦、审、赵三人同名，其音合并同，以六国时卫有司马食其，并慕其名。"(1/411)

按：卫，当作"魏"。《战国策·魏策四》"客谓司马食其"鲍彪注："魏人。"[①] 此章载客游说司马食其从支持合纵转向支持连横，文中皆称"魏"。且据《六国年表》，六国即指魏、韩、赵、楚、燕、齐，《索隐》同 (2/835)。《秦始皇本纪》"于是六国之士"《索隐》："六国者，韩、魏、赵、燕、齐、楚是也。与秦为七国，亦谓之七雄。又六国与宋、卫、中山为九国。其三国盖微，又前亡。"(1/353)《陈涉世家》"九国之师"《索隐》："九国者，谓六国之外，更有宋、卫、中山。"(6/2380) 则《索隐》所称"六国"亦有"魏"而无"卫"，此"卫"为"魏"之音误明甚。

11. 赵高为二世杀十七兄而立今王

《高祖本纪》"秦二世元年秋"《索隐》："《善文》称隐士云'赵高为二世杀十七兄而立今王'，则二世是第十八子也。"(2/445)

按："赵高为二世杀十七兄而立今王"一句疑有误。《陈涉世家》"吾闻二世少子也"《索隐》："姚氏按：隐士遗章邯书云'李斯为二世废十七兄而立今王'，则二世是始皇第十八子也。"(6/2367) 又《李斯列传》"少子胡亥爱，请从，上许之。余子莫从"《集解》："辩士隐姓名，遗秦将章邯书曰'李斯为秦王死，废十七兄而立今王'也。然则二世是秦始皇第十八子。此书在《善文》中。"(8/3092) 彼作"赵高"，此二文作"李斯"，当有一误。《李斯列传》云"于是群臣诸公子有罪，辄下（赵）高，令鞠治之。杀大臣蒙毅等，公子十二人僇死咸阳市，十公主矺死于杜"(8/3097)，与《善文》（杜预编，早佚）所引"十七兄"亦不合。窃疑传闻各异，疑《善文》本作"李斯"，"赵高"乃后人误改。《李斯列传》《集解》"李斯为秦王死"云云于史无征，"秦王死"三字疑亦"秦二世"之误。

12. 类无复有活而噍食者也

《高祖本纪》"项羽尝攻襄城，襄城无遗类"《集解》引如淳曰："类无复有活而噍食者也。青州俗言无子遗为无噍类。"(2/453—454)

按：类无复有活而噍食者也，日本宫内厅藏旧钞本《高祖本纪》无"类"字，疑是。《汉书·高帝纪上》"尝攻襄城，襄城无噍类"颜师古引如淳注亦无"类"字。"无复有活而噍食者也"释"无遗类"三字，"类"字疑衍。

13. 或曰祭鼎乎

《孝武本纪》"天子使使验问巫锦得鼎无奸诈，乃以礼祠，迎鼎至甘泉，从行，上荐之。至中山，晏温，有黄云盖焉。有麃过，上自射之，因以祭云"《集解》引徐广注："上言从行荐之，或曰祭鼎乎。"(2/592)

---

① 何建章注译：《战国策注译》卷 25，北京：中华书局 1990 年版，第 930 页。

《札记》："《封禅书》《集解》作'或者祭鼎也'。"①

按：或曰祭鼎乎，乎，殿本作"也"，盖据《封禅书》徐广注改。窃疑"曰"为"者"之坏字，"乎"较"也"义长。"或者"表可能性，徐广注多有此例。即徐广据上文"从行，上荐之"而揣测是用麃祭鼎吧？"或曰"表异说，义隔。

14. 故汉高祖十二年封三十三年反

《孝景本纪》"（孝景）三年……吴王濞、楚王戊、赵王遂、胶西王卬、济南王辟光、菑川王贤、胶东王雄渠反"《正义》："（吴王濞）高祖兄仲子，故汉高祖十二年封，三十三年反。《年表》云'都吴'，其实在江都也。"(2/561)

按："故汉高祖十二年封三十三年反"句有误。其一，本句"胶西王卬"《正义》"高祖孙，齐悼惠王子，故平昌侯，十年反，都密州高密县"，"济南王辟光"《正义》"高祖孙，齐悼惠王子，故枌侯，立十一年反"，"菑川王贤"《正义》"高祖孙，齐悼惠王子，故武城侯，立十一年反，都剧"，"胶东王雄渠"《正义》"高祖孙，齐悼惠王子，故白石侯，立十一年反，都即墨"，以文例推之，则《正义》当云"高祖兄仲子，故沛侯，高祖十二年封，三十三年反"。《史记·高祖本纪》载："（高祖十二年十月）拜沛侯刘濞为吴王。"(2/490)又《汉兴以来诸侯王年表》高祖十二年"十月辛丑，初王濞元年。濞，高祖兄仲子，故沛侯"(3/978)，《荆燕世家》"（高祖）十二年，立沛侯刘濞为吴王，王故荆地"(6/2421)。疑《正义》或本《年表》，或先脱"侯"字，后人遂以"沛"为"汉"之误字而妄改。

其二，吴王濞及其他六王之反均在汉景帝三年（前154），史有明文，距高祖十二年（前195）凡四十二年，《汉书·诸侯王表》明谓"高祖十二年十月辛丑，王濞以故代王子沛立，四十二年，孝景三年，反，诛"，《史记·吴王濞列传》"七国之发也，吴王悉其士卒，下令国中曰'寡人年六十二'"徐广注亦云："吴王封吴四十二年矣。"(9/3422)则此"三十三年"当是"四十二年"之误。

15. 十年反

《孝景本纪》"（孝景）三年……吴王濞、楚王戊、赵王遂、胶西王卬、济南王辟光、菑川王贤、胶东王雄渠反"《正义》："（胶西王卬）高祖孙，齐悼惠王子，故平昌侯，十年反，都密州高密县。"(2/561)

按："十年反"疑有脱文。依前后文例（参"故汉高祖十二年封三十三年反"条），"十年反"上当有"立"字。且胶西王受封在汉文帝十六年（前164），至汉景帝三年（前154）凡十一年，《齐悼惠王世家》载："胶西王卬，齐悼惠王子，以昌平侯文帝十六年为胶西王。十一年，与吴楚反。"(6/2440)《汉书·诸侯王表》胶西："四月丙寅，王卬以悼惠王子平昌侯立，十一年反，诛。"② 则《正义》"十年反"当为"立十一年反"五字脱误。

---

① 张文虎：《校刊史记集解索隐正义札记》卷1，北京：中华书局1977年版，第113页。

② 班固：《汉书》卷14，第402页。

《史记》疑义辨正十则

＊本文作者陶长军、王海青。陶长军，咸阳师范学院文学与传播学院讲师；王海青，长安大学水利与环境学院研究生。

文章对《史记》中有争议或被人们长期误解的十个常用词语予以辨正，以期为人们正确理解《史记》提供参考。三家注、《史记会注考证》《史记笺证》是古今最为重要的三个《史记》注本，故于每条下必详明这三个注本的注解情况，兼及其他注本及考证。为方便阅读，摘录《史记》原文中被释词语均以下划线标出，所引语料中需强调的字词，均下加着重号。

一、忽焉

《伯夷列传》：登彼西山兮，采其薇矣。以暴易暴兮，不知其非矣。神农、虞、夏忽焉没兮，我安适归矣？于嗟徂兮，命之衰矣！(7/2583)①

《史记索隐》：言羲、农、虞、夏敦朴禅让之道，超忽久矣，终没矣。（7/2585）

《史记会注考证》：中井积德曰：忽焉，谓没之速也。愚按：忽，如"奄忽"之"忽"。(5/2729)②

《史记笺证》：忽焉，言其消失之快。(7/3717—3718)③

《全译全注史记》：忽焉，很快的样子。(2/2032)④

【案】《索隐》把"忽焉""没兮"视作并列结构是正确的，但把"忽"解释为"超忽"（即久远），则与本句所要表达的对神农、虞、夏的消逝满怀伤感的情感基调不合。后三家则认为"忽焉"作"没兮"的状语，用来形容神农、虞、夏消逝得快，这显然也是与从神农至夏代是一段相当漫长的历史时期的事实不相符合的。

我们认为这里的"忽焉""没兮"为同义连文，"忽"即"没"也，"焉"即"兮"也。"忽焉""没兮"均为灭没之义，两词叠用，是为了抒发强烈的感伤之

---

① 引文所据底本为中华书局 2014 年修订点校本《史记》，括号中数字 7/2583 表示第 7 册 2583 页，下同。

② 泷川资言：《史记会注考证》，上海古籍出版社 2016 年版，括号中数字表示册数和页码，下同。

③ 韩兆琦：《史记笺证》，江西人民出版社 2004 年版。

④ 吴树平：《全译全注史记》，天津古籍出版社 1995 年版。

情。"忽"有灭没义。《大戴礼记·武王践阼》："黄帝、颛顼之道存乎？意亦忽不可得见与？"俞樾《群经平议·大戴礼记一》："樾谨按：《尔雅·释诂》：'忽、灭，尽也。'是'忽'与'灭'同义。故《诗·皇矣篇》'是绝是忽'，毛传曰：'忽，灭也。''忽不可得见'，言灭没不可得见，非忽然之谓。"① "焉"有"兮"义。《老子》十五章："豫焉若冬涉川，犹兮若畏四邻。""焉"与"兮"互文，"焉"即"兮"也。综上，"神农、虞、夏忽焉没兮，我安适归矣？"意谓神农、虞、夏皆已灭没不见了，我又能去哪里呢？"忽焉""没兮"同义叠用，其句法与司马相如《封禅文》"轩辕之前，遐哉邈乎"之"遐哉""邈乎"叠用相同。

二、与

　　《孙子吴起列传》：于是阖庐知孙子能用兵，卒以为将。西破强楚，入郢，北威齐晋，显名诸侯，孙子与有力焉。（7/2632）

三家注、《史记会注考证》无释。

《史记笺证》：与有力，在其中起了作用。（7/3800）

《史记注译》：与有力焉，他参加进去出了力。与，参与。（3/1636）②

【案】两家解释皆未安。"与"当为"举"字之假借，义同"皆"。句意谓吴国西破楚，北威齐晋，扬名诸侯，孙武皆有功劳。"与"上古属余纽鱼部，"举"上古属见纽鱼部，可同部通假。《周易·无妄》："《象》曰：'天下雷行，物与无妄。'"王弼注："与，辞也，犹皆也。天下雷行，物皆不可以妄也。"③《墨子·天志中》："故天下之君子与谓之不祥者。"毕沅注："与同举。"④《荀子·正论》："将以为有益于人，则与无益于人也。"杨倞注："与，读为预。本谓有益于人，反预于无益人之论也。"⑤王念孙驳之云："杨说甚迂。余谓'与'读为'举'。说见《经义述闻·礼运》。举，皆也。言其说皆无益于人也。"⑥又有异文可资参证：《楚辞·七谏》："举世皆然兮，余将谁告？"王逸注："举，一作与。"⑦此皆"与""举"古通假之证。

三、信

　　《仲尼弟子列传》：孔子使开仕，对曰："吾斯之未能信。"孔子说。（7/2688）

① 俞樾：《群经平议》，《春在堂全书》（第1册），南京：凤凰出版社2010年版，第287页。
② 王利器：《史记注译》，西安：三秦出版社1988年版。
③ 王弼注，孔颖达正义：《周易正义》，北京：北京大学出版社2000年版，第136页。
④ 吴毓江：《墨子校注》，北京：中华书局2006年版，第305页。
⑤ 杨倞注：《荀子》，上海：上海古籍出版社2010年版，第215页。
⑥ 王念孙：《读书杂志·读荀子杂志第六》，上海：上海古籍出版社2014年版，第1836页。
⑦ 洪兴祖：《楚辞补注》，北京：中华书局1983年版，第237页。

《史记集解》：孔安国曰：未能信者，未能究习。（7/2688）

《史记会注考证》无释。

《史记笺证》：斯之未能信，对干此事没有信心。（7/3909）

《史记注译》：吾斯之未能信，即吾未能信斯。宾语"斯"前置。（3/1672）

【案】诚如《史记注译》所言，"吾斯之未能信"为宾语前置句，正常语序应为"吾未能信斯"。《史记笺证》把"信斯"之"信"解释为"信心"，句子显然不通。《集解》释作"究习"，乃是随文释义，不具普遍性。我们认为此"信"字应当训"明"。"吾未能信斯"，即"吾未能明斯"，意谓吾于仕进之道没弄明白。"信"释作"明"，古训常见。《玉篇・言部》："信，明也。"① 《左传・昭公二十五年》："载书曰：'勠力壹心，好恶同之。信罪之有无，缱绻从公，无通外内。'"杜预注："信，明也。"② 《左传・定公元年》："生弗能事，死又恶之，以自信也。"孔颖达正义："信，明也。以自明己之不臣也。"③ 《左传・定公八年》："王孙贾趋进曰：'盟以信礼也。'"杜预注："信，犹明也。"④ 又《吕氏春秋・孟秋纪第七・禁塞》："下称五伯名士之谋以信其事。"高诱注："信，明也。"⑤ 此皆"信"古有"明"义之证。

四、贪

《张仪列传》：夫秦之所以重楚者，以其有齐也。今闭关绝约于齐，则楚孤。秦奚贪夫孤国，而与之商、于之地六百里？（7/2780）

三家注无释。

《史记会注考证》：《楚世家》《秦策》"贪"作"重"，义长。（6/2957）

《史记笺证》：泷川曰："《楚世家》《秦策》'贪'作'重'，义长。"意即秦国为什么要厚待一个孤立无援的楚国呢？重：厚，厚待。（7/4057）

《史记全本新注》：秦怎么会去看重一个孤立的国家，给它商于六百里地呢？贪：亲爱，看重。（3/1407）⑥

《史记斠证》：《通鉴》"贪"字同，"贪""重"义近。（4/2240）⑦

【案】"贪"无"亲爱""看重""厚待"等义，用"贪"的本字解释此句无法讲通，"贪"应当是"钦"的假借字，"钦"有"敬重"义。"贪"上古属透纽侵部，"钦"属溪纽侵部，具备同部通假的条件，古训中亦有两字通假之例。《管

① 顾野王：《大广益会玉篇》，北京：中华书局 2019 年版，第 290 页。
② 杜预：《春秋经传集解》，上海：上海古籍出版社 1997 年版，第 1528 页。
③ 杜预注，孔颖达正义：《春秋左传正义》，北京：北京大学出版社 2000 年版，第 1768 页。
④ 杜预：《春秋经传集解》，上海：上海古籍出版社 1997 年版，第 1660 页。
⑤ 许维遹：《吕氏春秋集释》，北京：中华书局 2009 年版，第 166 页。
⑥ 张大可：《史记全本新注》，西安：三秦出版社 1990 年版。
⑦ 王叔岷：《史记斠证》，北京：中华书局 2007 年版。

子·大匡》："管仲再拜稽首而起曰:'今日君成霸,臣贪承命,趋立于相位。'"戴望《管子校正》引陈奂云:"'贪'读为'钦',假借字也。'贪承命',言钦承君命也。《大雅·皇矣篇》'无然歆羡',毛传曰'无是贪羡',谓'歆'为'贪'之假借字。古'歆''钦''贪'声同。'钦'之为'贪',犹'贪'之为'歆'矣。"①"秦奚贪夫孤国"即"秦奚钦夫孤国",意谓秦怎会敬重一个孤立的楚国呢?如是方与《楚世家》《战国策》相合。

五、过

《魏公子列传》:嬴乃夷门抱关者也,而公子亲枉车骑,自迎嬴于众人广坐之中,不宜有所过,今公子故过之。(7/2890—2891)

三家注、《史记会注考证》无释。

《史记笺证》:过,过分,指超出常格的礼数。(7/4280)

《史记注译》:不宜有所过,不应当去访问别人。另一种解释是,不宜对我有太过分的表示。下句的"故过之"是"诚然是太过分了"的意思。"过"作"过分"解。(3/1824)

《史记全本新注》:过,过分,此指超出常规的礼数。(3/1470)

《史记选》:不宜有所过,不当有过分的礼节。(202)②

【案】诸家解释皆未安。"过"应释作拜访,即《诗经·召南·江有汜》"之子归,不我过"之"过",亦即孟浩然名诗《过故人庄》之"过"。"而公子亲枉车骑,自迎嬴于众人广坐之中,不宜有所过,今公子故过之",此承本《传》上文"公子于是乃置酒大会宾客。坐定,公子从车骑,虚左,自迎夷门侯生"一事而言,意谓公子(于置酒大会宾客之际)本不应当拜访客人,而公子却来"过"己也。下文"臣所过屠者朱亥"之"过",义亦同此。

六、以

《魏公子列传》:赵王埽除自迎,执主人之礼,引公子就西阶。公子侧行辞让,从东阶上。自言罪过,以负于魏,无功于赵。(7/2894)

三家注、《史记会注考证》《史记笺证》皆无释。

《史记注译》:以,因为。负,违背,辜负。(3/1827)

《史记选》:以负于魏,无功于赵,即罪过的理由。以,因为。负,违背。此两语为概况的叙述,不是公子自己口头所说的话。(206)

【案】"以负于魏"即"有负于魏",与"无功于赵"对言,"以"乃"有"字

---

① 戴望:《管子校正》,诸子集成本,北京:中华书局 2006 年版,第 113 页。

② 王伯祥《史记选》,北京:人民文学出版社 1982 年版。

之假借。"以"上古属余纽之部，"有"属匣纽之部，两字读音相近，古常借"以"为"有"。《尚书·洪范》："月之从星，则以风雨"，《论衡·感虚篇》引作"月之从星，则有风雨"。《战国策·楚策四》："今楚国虽小，绝长续短，犹以数千里，岂特百里哉？"谓犹有数千里。本书《孟子荀卿列传》："自天子至于庶人，好利之獘何以异哉！"又《报任安书》："假令仆伏法受诛，若九牛亡一毛，与蝼蚁何以异？""何以异"，即何有异。《太史公自序》："不流世俗，不争势利，上下无所凝滞，人莫之害，以道之用。作《滑稽列传》。""以道之用"，即有道之用。以上"以"字皆为"有"字的假借字。

两家把"负"释作动词"违背"，亦未安。"负"即《汉书·郦食其传》"项王有背约之名，杀义帝之负"的"负"，是名词，义为"罪责；过失"①。"（公子）自言罪过，以负于魏，无功于赵"，意谓公子说自己对魏国有罪，对赵国无功，自己是有罪的人。"有负于魏，无功于赵"，正是公子"自言罪过"的具体内容，《史记选》说"此两语为概况的叙述，不是公子自己口头所说的话"，未得。

七、不起疾/不起病

《春申君列传》：楚顷襄王病，太子不得归。而楚太子与秦相应侯善，于是黄歇乃说应侯曰："相国诚善楚太子乎？"应侯曰："然。"歇曰："今楚王恐不起疾，秦不如归其太子。太子得立，其事秦必重而德相国无穷，是亲与国而得储万乘也。"（7/2906）

三家注无释。

《史记会注考证》：枫山、三条本"王"下有"病"字。《通鉴》作"楚王疾恐不起。"（6/3109）

《史记笺证》：恐不起疾，句子不顺，《通鉴》改之为"疾恐不起"，是。（7/4311）

《史记斠证》：疾字当在王字下，《通鉴》是。《长短经》注亦作"今楚王疾恐不起。"枫、三本王下有病字，则起下不当有疾字。（4/2390）

【案】文本不误，各家之说皆非。古书中有"起病""不起病"的说法。《晏子春秋·内篇谏上·景公爱嬖妾第九》："晏子起病而见公。"张纯一引苏舆注云："起病，病愈也。"② 本书《晋世家》："十三年，晋惠公病，内有数子。太子圉曰：'吾母家在梁，梁今秦灭之，我外轻于秦而内无援于国。君即不起病，大夫轻更立他公子。'乃谋与其妻俱亡归。"③ "不起病"与"起病"意思相反，初始意思是

---

① 见罗竹风主编：《汉语大词典》（全 23 册），上海：上海辞书出版社 2011 年版，第 10 卷第 62 页。

② 张纯一：《晏子春秋校注》，诸子集成本，北京：中华书局 2006 年版，第 13 页。

③ 此句中华书局原点校本标点为"君即不起，病大夫轻，更立他公子"，误。修订本标点为"君即不起病，大夫轻更立他公子"，诚是。

疾病因救治无效而死亡，后发展为死的委婉说法。用例还有：

（1）有天地大变，天下大过，黄帝使侍中持节乘四白马，赐上尊十斛，养牛一头，策告殃咎。使者去，半道，丞相上病。使者还，未白事，尚书以丞相不起病闻。"（汉·卫宏《汉官旧仪》卷上）

（2）里中子航海遭寇死，君立曰："吾旧也，雠必复。"间关瘴区，获寇抵罪。暑归发疮，却医，遂不起病，年四十五。（宋·黄仲元《四如集》卷4《薛君立墓志铭》）

（3）礼成而退，体中觉疲勚，犹力于朝。谒告才数日，遂不起病。不登三事，远图弗究，岂命也夫！（宋·慕容彦逢《摘文堂集》附录《慕容彦逢墓志铭》）

"不起疾"义同"不起病"，"不起疾"在宋代以后文献中的使用要比"不起病"普遍得多，如：

（4）干道庚寅之岁新，零陵守贾君访予于休沐舍，泣且言曰："森之弟仲山不幸不起疾，念其没且无闻，以尝获从游，敬请志。"（宋·张栻《南轩集》卷41《贾仲山墓志铭》）

（5）（吴）公忽以微恙伏枕，数日间竟不起疾，时年四十八。（宋·曹勋《松隐集》卷35《大宁郡王吴公墓铭》）

（6）既而郑公终于郡斋，久之元思亦不起疾，朋友敛之而欲遂葬焉。（宋·王柏《鲁斋集》卷12《跋陈郑答问目》）

（7）前死六日，犹归宁如常时。至明日以疾告，后五日以不起疾告，居士与黄宜人皆不堪期其苦，以其盛壮之甚而亡之暴也。（宋·曹彦约《昌谷集》卷15《次女如璧葬记》）

（8）熹私门祸故，老妇竟不起疾，悲悼不可为怀。（宋·朱熹《晦庵集》卷34《答吕伯恭》）

（9）春来吊丧问疾，略无少暇。前月末间，元履又不起疾，交游凋落，可为伤叹。（宋·朱熹《晦庵集》卷39《答许顺之》）

（10）延祐四年夏五月十有六日，召诸子戒以修身，无坠先业，遂不起疾，享年七十。（元·同恕《榘菴集》卷7《阴阳提举焦君墓志铭》）

（11）维至元二十八年某月朔日，萧某告于秀才雷生孝述之灵。呜呼！我方抱中殇之悲，而重闻孝述不起疾。呜呼！何以为情乎！（元·萧𣂏《勤斋集》卷4《祭雷孝述文》）

（12）（孺人）壬申得微疾，五月二十三日遂不起疾。（明·顾清《东江家藏集》卷31《钱母濮孺人墓志铭》）

综上，"不起疾""不起病"乃古人常用语，《史记笺证》谓"恐不起疾，句子不顺"，《史记斠证》谓"疾字当在王字下"，应依《通鉴》作"楚王疾恐不起"，皆为臆说。

八、见

《乐毅列传》：臣窃观先王之举也，<u>见</u>有高世主之心，故假节于魏，以身得察于燕。(7/2949)

《史记正义》：乐毅见燕昭王有自高尊世上人主之心，故假魏节使燕。(7/2949)

《史记会注考证》：李笠曰："既云'窃观'，不应复出'见'字也，'也'下'见'字衍。"中井积德曰："高世主，谓志气超逾世主也，非自高。"(6/3161)

《史记笺证》：见有高世主之心，"见"字疑衍。(7/4406)

《史记注译》：上句有"窃观"，这里不应再用"见"字。(3/1875)

《史记斠证》："也"下"见"字，盖涉《正义》"见燕昭王"而衍。(4/2437)

【案】"见"未必为衍文。各家泥于"见"字之常用义，认为与"观"字重复，遂疑为衍文，不可取。"见"有"知"义。《淮南子·修务训》："今使六子者易事，而明弗能见者何？"高诱注："见，犹知也，言人各有所不通。"① 《大戴礼记·诰志》："夫民见其礼，则上下援，援则乐，乐斯毋忧。"王聘珍注："见，犹知也。"② 引文"臣窃观先王之举也，见有高世主之心"，意谓我私下观察先王的行事，知道他有高出当世其他诸侯的宏志。先"观"而后"知"，正是人们认识事物的一般规律，何必非要说成是衍文呢？

九、免

《乐毅列传》：夫<u>免</u>身立功，以明先王之迹，臣之上计也。离毁辱之诽谤，堕先王之名，臣之所大恐也。(7/2951)

三家注无释。

《史记会注考证》：枫、三本"免"作"勉"。(6/3163)

《史记笺证》：免身立功，既能使自身不受灾祸，又能为燕国建立大功。(7/4410)

《史记注译》：免身，使自身不受灾祸。免，使动用法。(3/1877)

《全译全注史记》：免身，使自身免受灾祸。(3/2352)

《史记全本新注》：免身立功，保全生命，建立功业。(3/1515)

【案】各家注解皆未安，"免"应为"勉"字之假借。"迹"者，行也③，即指上文"先王过举，厕之宾客之中，立之群臣之上，不谋父兄，以为亚卿"之行事。

---

① 何宁：《淮南子集释》，北京：中华书局 1998 年版，第 1342 页。

② 王聘珍：《大戴礼记解诂》，北京：中华书局 1983 年版，第 180 页。

③ 见罗竹风主编：《汉语大词典》（全 23 册），上海：上海辞书出版社 2011 年版，第 10 卷 801 页。

"勉身立功，以明先王之迹"，意为勉励自己建立功业，证明先王的（知人善任）之行，故云"臣之上计也"。若仅求一己之免受灾祸，岂可谓之"上计"邪？"免"通"勉"，古书常见。《庄子·逍遥游》："此虽免乎行，犹有所待者也。"刘文典《庄子补正》云："唐写本'免'作'勉'。"① 又《达生篇》："夫欲免为形者，莫如弃世"，《文选·江淹〈杂体诗三十首·嵇中散〉》李善注引作"欲勉为形者，莫如弃世。"② 《荀子·王制篇》："使百吏免尽，而众庶不偷，冢宰之事也。"王念孙《读荀子杂志·荀子补遗》云："'免尽'当为'尽免'，'免'与'勉'同。尽勉，皆勉也。'勉'与'偷'对文。"③ 《吕氏春秋·士容论第六·辨土》："免耕杀匿，使农事得。"许维遹《集释》云："王念孙曰：'免读为勉，匿读为慝。'孙诒让曰：'当读为'勉耕杀慝'。免、勉，匿、慝，声类竝同。'"④ 《汉书·薛宣传》："二人视事数月，而两县皆治。宣因移书劳免之。"王先谦《补注》："免、勉通借。官本作'勉'。"⑤ 《南齐书·刘祥传》："祥曰：'不能杀袁、刘，安得免寒士'"，即勉寒士。此皆"免""勉"通假之证。《考证》云："枫、三本'免'作'勉'"，当是后人依意而改。

十、明

《李斯列传》：是以太山不让土壤，故能成其大；河海不择细流，故能就其深；王者不却众庶，故能明其德。（8/3089—3090）

三家注、《史记会注考证》无释。
《史记笺证》：明其德，光大他的德业。（8/4644）
《史记注译》：明，显示，表现。（3/1970）
【案】两家解释皆未安。"成其大""就其深""明其德"结构相同，"成""就""明"互文，"明其德"即"成其德""就其德"。《尔雅·释诂》："明，成也。"邵晋涵《正义》："明者，《随》九四云：'有孚在道，以明。'《象》曰：'有孚在道，明功也。'王弼注：'能干其事，而成其功也。'是'明'为'成'也。"⑥ 《尚书·皋陶谟上》："允迪厥德，谟明弼谐。"孙星衍《尚书今古文注疏》："明者，《释诂》云：'成也。'言信由其德，则谋成而辅和矣。"⑦ 《墨子·天志上》："然则何以知天之爱天下之百姓？以其兼而明之。何以知其兼而有之？以其兼而有之。"高亨《墨子新笺》："亨按：《尔雅·释诂》：'明，成也。'此处'明'字当训为成，言上

① 刘文典：《庄子补正》（刘文典全集本），合肥：安徽大学出版社2013年版，第2册第25页。
② 李善注：《文选》，上海：上海古籍出版社1986年版，第1458页。
③ 王念孙：《读书杂志·读荀子杂志》，上海：上海古籍出版社2014年版，第1942—1943页。
④ 许维遹：《吕氏春秋集释》，北京：中华书局2009年版，第695页。
⑤ 王先谦：《汉书补注》，上海：上海古籍出版社2012年版，第5154页。
⑥ 邵晋涵：《尔雅正义》，北京：中华书局2017年版，第118页。
⑦ 孙星衍：《尚书今古文注疏》，北京：中华书局2004年版，第77页。

天对于百姓皆使之长成与成就也。"① 《大戴礼记·主言》："道者所以明德也，德者所以尊道也，是故非德不尊，非道不明。"王聘珍《解诂》："《尔雅》曰：'明，成也。'"② 又《国语·周语下》："守终纯固，道正事信，明令德矣。"王引之《经义述闻·国语上》云："明，成也，言守终纯固，道正事信，则善德已成，非但明于善德而已也。……《史记·李斯传》曰：'大山不让土壤，故能成其大；河海不择细流，故能就其深；王者不却众庶，故能明其德。'是'明'与'成''就'同义。又下文说钟律云'和平则久，久固则纯，纯明则终'，亦谓纯成则终也。故古谓乐一终为一成。"③ 王引之之说诚是，为此处"明"当训"成"之明证。

---

① 高亨：《诸子新笺·墨子新笺》，北京：清华大学出版社 2004 年版，第 32 页。

② 王聘珍：《大戴礼记解诂》，北京：中华书局 1983 年版，第 2 页。

③ 王引之：《经义述闻》，上海：上海古籍出版社 2016 年版，第 1182—1183 页。

张文虎《校刊史记集解索隐正义札记》指瑕[*]

＊本文作者李月辰，西安外国语大学中文学院讲师。

清末张文虎所撰的《校刊史记集解索隐正义札记》（以下简称"札记"。）共五卷，是金陵书局本《史记》单行的校勘札记。《札记》各卷摘取所校原文，其下即说明所用各种版本的异文及去取理由，眉目清晰，表述简明。此次校刊所用有常熟毛晋刻集解本、毛刻单行本索隐、明震泽王延喆翻宋合刻集解索隐正义本、旧刻本（上海郁氏藏本）、明丰城游明刻本、明金台汪谅刻本、明吴兴凌稚隆刻本、南宋本（集宋残本之三。）、南宋建安蔡梦弼刻本、元中统本、明南雍本、明秦藩刻本、钱塘汪小米舍人远孙校宋本、海宁吴子撰春照校柯本、乾隆四年经史馆校刊本以及三种集宋残本，共十七种版本。^②

由于张文虎、唐仁寿二人参校众本，择善而从，不主一体，金陵书局本《史记》遂成为清代后期最完善的《史记》版本。1958 年，中华书局点校排印《史记》，即以此本为底本。为使读者了解点校排印本中所作的改动及理由，中华书局又将单行本的《札记》整理出版。《札记》虽被后世学者视为清代最完善的《史记》校勘记，是《史记》校勘的巅峰之作，但也存在着一些不足，就像张文虎在日记中所说："古本书难校，而莫难于《史记》。搜罗旧本，博采群书，采诸家辩论，而平心折衷之，勿持意见，勿惑妄言，集数贤之精力，集十年之功，博访通人，救正有道，然后勒为一编，或于史公可告无罪。然而欲彻底通晓，毫无疑滞，亦不能也。今也旋校旋写，旋写旋刊，区区以两人之力，而出之以急救。予老而衰，端甫又多病，如此虽二三前辈恐亦不能任也。"^③ 校勘《史记》需要广搜古本，博采众家，判定是非，本就是一项艰难的工程，而张文虎年老，唐仁寿多病，仅以两人之力仓促付梓，《札记》中存在讹误是在所难免的。张文虎在《札记》刻印之后也发现了一些问题，他说："连日复阅《史记》诸卷，《索隐》颇与单本不合，盖多后人改窜。今亦不能尽从单本，且书已刊成，势难一一剜改，去其太甚者而已。"^④

近年来学者虽然在研究过程中对《札记》引用颇多，但对它进行专门性研究

---

① 本文于 2021 年 5 月发表于《北京大学中国古文献研究中心集刊》第二十二辑。
② ［清］张文虎：《校刊史记集解索隐正义札记》卷一，北京：中华书局 1977 年版，第 1 页。
③ ［清］张文虎著，陈大康整理：《张文虎日记》，上海：上海书店 2001 年版，第 106 页。
④ ［清］张文虎著，陈大康整理：《张文虎日记》，上海：上海书店 2001 年版，第 173 页。

的专著或论文却寥寥无几，仅有的一些主要是研究中华书局点校本《史记》与它的关系以及对它的采择、① 研究它的价值与在《史记》校勘史中的地位、② 论述张文虎校勘《史记》的经过与方法，③ 或是在提到金陵书局本《史记》时偶有涉及，④ 并无学者对其存在的一些问题进行修正。《史记评林》是明代湖州乌程人凌稚隆编纂刻印的一部辑评本《史记》。由于它所汇辑的评语十分全面，并且底本选择考究，校勘也十分精审，所以古今学者常把它当作《史记》的一种版本，称之为"评林本""凌本"或"湖本"，金陵书局的校勘工作也以评林本作为参校本之一。我们以《史记评林》与《札记》中的相关校勘记进行对照，发现《札记》中存在一些讹误。

一、因《史记评林》版本问题而出现的讹误

《史记评林》在明清两代以及域外的日本都曾大规模刻印，因此它自身的版本情况也比较复杂。已知的明清刻本有万历二年至四年凌氏自刻本、明熊氏种德堂刻李光缙增补本、明万历熊氏宏远堂刻李光缙增补本、明古林积庆堂本、清养翮书斋刻本、清耕云读月之室刻本、清古吴怀德堂刻本、清致和堂本、清天章书局石印本等约十种。据日本学者水泽利忠统计，从 1636 年至 1883 年，和刻本《史记评林》有十四种之多。⑤ 熊氏种德堂刻李光缙增补本（以下简称"增补本"。）是除万历二年至四年凌氏自刻（以下简称"自刻本"。）之外流传较广、影响较大的一个版本。这个版本下栏中的内容，即《史记》正文及三家注部分是覆刻自刻本而成的，也就是说，仅从下栏来看，增补本与自刻本十分相像，行格是完全一样的。但实际上，增补本虽未改动自刻本的行格，但对正文及三家注中的某些字进行了更改。也就是说，即使不考虑所收评语的数量，仅就《史记评林》的下栏来说，增补本与自刻本也存在着差异，不能把它们当作同一个版本来使用。《札记·五帝本纪第一》前列出了张文虎此次校勘所用的参校本，其中用的评林本为"明吴兴凌稚隆刻本有《集解》《索隐》《正义》，云以宋本与汪本字字详对，有不合者又以他善本参之。"⑥ 在这个叙述中，作者并未指明所用的版本是"熊氏种德堂重刻本"或"李光缙增补本"，所以此处的评林本应理解为自刻本。然而，《札记》中涉及评林本的校勘记，却有一些与自刻本不符，与增补本相符

---

① 王华宝：《〈史记〉校勘研究——以中华书局校点本为中心》，南京师范大学博士学位论文，2004 年。

② 安平秋、张兴吉：《〈史记〉校勘史述论》，《文献》2009 年第 2 期，第 77—89 页。

③ 邓文锋：《张文虎与金陵书局本〈史记〉》，《中国编辑》2003 年第 4 期，第 76—79 页。

④ 赵生群：《〈史记〉相关重要问题和新版〈史记〉修订情况》，《文史哲》2017 年第 4 期，第 102—114 页。

⑤ ［日］水泽利忠：《史记正义の研究》，日本汲古书院 1995 年版，第 35 页。

⑥ ［清］张文虎：《校刊史记集解索隐正义札记》卷一，第 1 页。

的条目，列举如下：

1. 《札记·五帝本纪第一》：

> 五刑，《正义》言得轻重之中正也。凌脱"言"，王、柯脱"得"，依《书传》补。①

自刻本作："五刑有服《正义》曰：'孔安国云："服，从也，言轻重之中正也。"'"② 增补本作："五刑有服《正义》曰：'孔安国云："服，从也，得轻重之中正也。"'"《正义》中的"言得轻重"，自刻本脱"得"，而增补本脱"言"。③

2. 《札记·夏本纪第二》：

> 瀍涧，《索隐》晋亭。官本"晋"，各本"潜"。凌刊本刓作"晋"，与《汉志》合。④

自刻本作："伊洛瀍涧既入于河《索隐》曰：'伊水出弘农卢氏县东，洛水出弘农上洛县冢领山，瀍水出河南谷城县潜亭北，涧水出弘农新安县东，皆入于河。'"⑤ 增补本作："伊洛瀍涧既入于河《索隐》曰：'伊水出弘农卢氏县东，洛水出弘农上洛县冢领山，瀍水出河南谷城县晋亭北，涧水出弘农新安县东，皆入于河。'"⑥ "晋亭"之"晋"，自刻本作"潜"，而增补本作"晋"。

3. 《札记·夏本纪第二》：

> 《正义》底柱山。王、柯脱"柱"，凌脱"山"，今补。⑦

自刻本作："砥柱、析城至于王屋《正义》曰：'《括地志》云："底山，俗名三门山，硖石县东北五十里黄河之中。"'"⑧ 增补本作："砥柱、析城至于王屋《正义》曰：'《括地志》云："底柱，俗名三门山，硖石县东北五十里黄河之中。"'"⑨《正义》中的"底柱山"，自刻本脱"柱"，而增补本脱"山"。

4. 《札记·殷本纪第三》：

> 巫贤。凌误"咸"。⑩

① ［清］张文虎：《校刊史记集解索隐正义札记》卷一《五帝本纪第一》，第12页。
② ［明］凌稚隆辑校：《史记评林》卷一《五帝本纪第一》，万历二年至四年凌氏刻本，哈佛大学汉和图书馆藏。
③ ［明］凌稚隆辑校，李光缙增补：《史记评林》卷一《五帝本纪第一》，天津：天津古籍出版社1998年版，第一册，第69页。
④ ［清］张文虎：《校刊史记集解索隐正义札记》卷一《夏本纪第二》，第18页。
⑤ ［明］凌稚隆辑校：《史记评林》卷二《夏本纪第二》。
⑥ ［明］凌稚隆辑校，李光缙增补：《史记评林》卷二《夏本纪第二》，第一册，第102页。
⑦ ［清］张文虎：《校刊史记集解索隐正义札记》卷一《夏本纪第二》，第20页。
⑧ ［明］凌稚隆辑校：《史记评林》卷二《夏本纪第二》。
⑨ ［明］凌稚隆辑校，李光缙增补：《史记评林》卷二《夏本纪第二》，第一册，第110页。
⑩ ［清］张文虎：《校刊史记集解索隐正义札记》卷一《殷本纪第三》，第30页。

自刻本作："帝祖乙立，殷复兴。巫贤任职。"① 增补本作："帝祖乙立，殷复兴。巫咸任职。"② 自刻本并无讹误，而增补本"贤"误作"咸"。

5.《札记・秦始皇本纪第六》：

> 宜安，《正义》常山。凌本"山"，各本误"州"。③

自刻本作："取宜安《正义》：'《括地志》云："宜安故城在常州槀城县西南二十五里也。"'"④ 增补本作："取宜安《正义》：'《括地志》云："宜安故城在常山槀城县西南二十五里也。"'"⑤ "常山"之"山"，自刻本讹为"州"，而增补本不讹。

6.《札记・楚世家第十》：

> 巴姬。凌本"巴"讹"已"。⑥

自刻本作："而阴与巴姬。"⑦ 增补本作："而阴与已姬。"⑧ 增补本"巴"讹"已"，而自刻本不讹。

7.《札记・留侯世家第二十五》：

> 谋桡。凌本"挠"，下同。⑨

自刻本作："郦食其谋桡楚权。"⑩ "客有为我计桡楚权者。"⑪ "六国立者复桡而从之又韦昭云'今无强楚者，言六国立必复屈桡从楚'。是二说意同也。"⑫ 增补本作："郦食其谋挠楚权。"⑬ "客有为我计挠楚权者。"⑭ "六国立者复挠而从之又韦昭云'今无强楚者，言六国立必复屈挠从楚'。是二说意同也。"⑮ 以上几处自刻本均作"桡"，而增补本均作"挠"。

8.《札记・孙子吴起列传第五》：

> 敌国。《集解》杨子。北宋、中统、游、凌本并作"杨"。⑯

自刻本作："尽为敌国也《扬子法言》曰：'美哉言乎！使起之用兵每若斯，

① ［明］凌稚隆辑校：《史记评林》卷三《殷本纪第三》。
② ［明］凌稚隆辑校，李光缙增补：《史记评林》卷三《殷本纪第三》，第一册，第157页。
③ ［清］张文虎：《校刊史记集解索隐正义札记》卷一《秦始皇本纪第六》，第69页。
④ ［明］凌稚隆辑校：《史记评林》卷六《秦始皇本纪第六》。
⑤ ［明］凌稚隆辑校，李光缙增补：《史记评林》卷六《秦始皇本纪第六》，第一册，第353页。
⑥ ［清］张文虎：《校刊史记集解索隐正义札记》卷四《楚世家第十》，第407页。
⑦ ［明］凌稚隆辑校：《史记评林》四○《楚世家第十》。
⑧ ［明］凌稚隆辑校，李光缙增补：《史记评林》四○《楚世家第十》，第四册，第151页。
⑨ ［清］张文虎：《校刊史记集解索隐正义札记》卷四《留侯世家第二十五》，第472页。
⑩ ［明］凌稚隆辑校：《史记评林》卷五五《留侯世家第二十五》。
⑪ ［明］凌稚隆辑校：《史记评林》卷五五《留侯世家第二十五》。
⑫ ［明］凌稚隆辑校：《史记评林》卷五五《留侯世家第二十五》。
⑬ ［明］凌稚隆辑校，李光缙增补：《史记评林》卷五五《留侯世家第二十五》，第四册，第668页。
⑭ ［明］凌稚隆辑校，李光缙增补：《史记评林》卷五五《留侯世家第二十五》，第四册，第669页。
⑮ ［明］凌稚隆辑校，李光缙增补：《史记评林》卷五五《留侯世家第二十五》，第四册，第672页。
⑯ ［清］张文虎：《校刊史记集解索隐正义札记》卷五《孙子吴起列传第五》，第499页。

则太公何以加诸！'"① 增补本作："尽为敌国也《杨子法言》曰：'美哉言乎！使起之用兵每若斯，则太公何以加诸！'"② "杨子"之"杨"，自刻本作"扬"，而增补本作"杨"。

9.《札记·日者列传第六十七》：

《集解》墨子。凌本误题"索隐"。③

自刻本作："《墨子》曰："墨子北之齐，遇日者。"④ 增补本作："《索隐》曰："墨子北之齐，遇日者。"⑤ 自刻本误题"墨子"，而增补本误题"索隐"。

以上各例，《札记》所谓"凌本做某"，皆与增补本相符，而与自刻本不符。这或许可以说明张文虎在本次校勘中所用的评林本《史记》并非自刻本，而是增补本。此外，另有一个现象可以说明这一点。上海图书馆所藏索书号为750261—86的一版《史记评林》，在检索系统中著录为"熊氏种德堂，明万历，李光缙增补，唐仁寿、张文虎校"，其中有一手批字条，上有墨笔行书：

攻魏卷、《集解》："《地理志》河南有卷县。"《正义》卷音丘袁反。《括地志》云："故卷城在郑州原武县西北七里，即衡雍也。"蔡阳、长社，取之。《集解》："《地理志》颍川有长社县。"《正义》："《括地志》云：'蔡阳，今豫州上蔡水之阳，古城在豫州北七十里。长社故城在许州长社县西一里。皆魏邑也。'"

照此排匀写样。

这张字条的内容是《秦本纪》中的，但被错误地粘贴在了《周本纪》中。"照此排匀写样"一句说明这张字条应该在书籍印刷之前写给写样工人，提示工人按照字条所写进行排版写样。这张字条中的"丘"字为避讳而缺笔，少了倒数第二画。金陵书局本《史记》本段内容与字条完全一致，"丘"字也少了倒数第二画。由此可见，字条应该是写给金陵书局本《史记》的排版写样工人，让他们按照字条所写内容写样上版。这就更加说明这套熊氏种德堂刻李光缙增补本的《史记评林》正是在张文虎点校金陵书局本《史记》时所用来参校的评林本《史记》。

二、因错校而产生的讹误

1.《札记·秦本纪第五》：

弦高，《集解》人名。中统、毛本无此注，凌本在上节《正义》下，疑校

---

① ［明］凌稚隆辑校：《史记评林》卷六五《孙子吴起列传第五》。
② ［明］凌稚隆辑校，李光缙增补：《史记评林》卷六五《孙子吴起列传第五》，第五册，第11页。
③ ［清］张文虎：《校刊史记集解索隐正义札记》卷五《日者列传第六十七》，第725页。
④ ［明］凌稚隆辑校：《史记评林》卷一二七《日者列传第六十七》。
⑤ ［明］凌稚隆辑校，李光缙增补：《史记评林》卷一二七《日者列传第六十七》，第六册，第821页。

者旁注误入。①

自刻本与增补本均作：“郑贩卖贾人弦高《正义》卖，麦卦反。贾音古。《左传》作“商人”也。《集解》人姓名。”② 不在上节《正义》下。

2.《札记·项羽本纪第七》：

> 三户，《正义》善谶。王、凌讹为“识”。③

自刻本与增补本均作：“楚虽三户，亡秦必楚也《正义》曰：‘……后项羽果度三户津破章邯军，降章邯，秦遂亡。是南公之善谶。’”④“谶”字不讹。

3.《札记·高祖本纪第八》：

> 纵观，《正义》包恺。凌本“恺”，王、柯讹“慢”。⑤

自刻本与增补本均作：“纵观秦皇帝《正义》：‘包慢云：“上音馆，下音官。恣意，故纵观也。”’”⑥“包恺”之“恺”讹为“慢”。

4.《札记·孝武本纪第十二》：

> 满坛。王、柯、毛多“旁”字，宋本、旧刻、凌本并无。⑦

自刻本与增补本均作：“其祠列火满坛旁，坛旁烹炊具。”⑧ “满坛”后衍“旁”字。

> 竹宫。凌、毛“竹”讹“行”。⑨

中华书局修订本《史记》正文作：“朝朝日，夕夕月，〔一〕则揖。”此段后注：“〔一〕［集解］应劭曰：‘天子春朝日，秋夕月，拜日东门之外，朝日以朝，夕月以夕。’瓒曰：‘汉仪郊泰一时，皇帝平旦出竹宫，东向揖日，其夕西向揖月。便用郊日，不用春秋也。’”⑩ 而自刻本与增补本均作：“朝朝日，夕夕月，则

① ［清］张文虎：《校刊史记集解索隐正义札记》卷一《秦本纪第五》，第58页。

② ［明］凌稚隆辑校：《史记评林》卷五《秦本纪第五》；［明］凌稚隆辑校，李光缙增补《史记评林》卷五《秦本纪第五》，第一册，第292页。

③ ［清］张文虎：《校刊史记集解索隐正义札记》卷一《项羽本纪第七》，第81页。

④ ［明］凌稚隆辑校：《史记评林》卷七《项羽本纪第七》；［明］凌稚隆辑校，李光缙增补：《史记评林》卷七《项羽本纪第七》，第二册，第10页。

⑤ ［清］张文虎：《校刊史记集解索隐正义札记》卷一《高祖本纪第八》，第88页。

⑥ ［明］凌稚隆辑校：《史记评林》卷八《高祖本纪第八》；［明］凌稚隆辑校，李光缙增补：《史记评林》卷八《高祖本纪第八》，第二册，第79页。

⑦ ［清］张文虎：《校刊史记集解索隐正义札记》卷一《孝武本纪第十二》，第114页。

⑧ ［明］凌稚隆辑校：《史记评林》卷一二《孝武本纪第十二》；［明］凌稚隆辑校、李光缙增补《史记评林》卷一二《孝武本纪第十二》，第二册，第267页。

⑨ ［清］张文虎：《校刊史记集解索隐正义札记》卷一二《孝武本纪第十二》，第114页。

⑩ ［汉］司马迁撰，［宋］裴骃集解，［唐］司马贞索隐，［唐］张守节正义：《史记》卷一二《孝武本纪第十二》，北京：中华书局2013年版，第597页。

揖。"① "夕夕月"后无《集解》，亦无"竹宫"二字。

5.《札记·齐太公世家第二》：

> 謹闑。《索隐》闑在东平刚县北。与《左传注》合。凌脱"北"字。各本误作"东南"。②

自刻本与增补本均作："取謹、闑杜预曰：'闑在东平刚县北。'"③ 不脱"北"字。

6.《札记·匈奴列传第五十》：

> 如鸟。凌本"乌"。④

自刻本与增补本均作："故其见敌则逐利，如鸟之集。"⑤

三、因漏校而产生的讹误

《札记·十二诸侯年表第二》：

> 曹伯阳三请待公孙强。凌、毛本"请待"上有"止之"二字。中统、游、王、柯本"请"字错在"公孙"下。毛本"公孙"下衍"立"字。⑥

自刻本与增补本"曹伯阳三"一格均作："国人有庆众君子立社宫，谋亡曹，振铎止之，请待公孙请强，许之。"⑦《札记》仅指出"请待"上有"止之"二字，未说明"公孙"下衍一"请"字。

安平秋先生说："清代最有名的《史记》校勘著作，或者说校勘记，是张文虎的《校刊史记集解索隐正义札记》。……这是《史记》校勘的巅峰之作。"⑧ 这个评价无疑是恰当的。《札记》中的讹误，乃是白璧微瑕，难掩其光。本文所举诸例，仅为讨论方便，并非有意驳斥前贤，读者其谅之。

---

① ［明］凌稚隆辑校：《史记评林》卷一二《孝武本纪第十二》；［明］凌稚隆辑校，李光缙增补《史记评林》卷一二《孝武本纪第十二》，第二册，第 266 页。

② ［清］张文虎：《校刊史记集解索隐正义札记》卷四《齐太公世家第二》，第 379 页。

③ ［明］凌稚隆辑校：《史记评林》卷三二《齐太公世家第二》；［明］凌稚隆辑校，李光缙增补《史记评林》卷三二《齐太公世家第二》，第三册，第 785 页。

④ ［清］张文虎：《校刊史记集解索隐正义札记》卷五《匈奴列传第五十》，第 651 页。

⑤ ［明］凌稚隆辑校：《史记评林》卷一一〇《匈奴列传第五十》；［明］凌稚隆辑校，李光缙增补《史记评林》卷一一〇《匈奴列传第五十》，第六册，第 302 页。

⑥ ［清］张文虎：《校刊史记集解索隐正义札记》卷二《十二诸侯年表第二》，第 138 页。

⑦ ［明］凌稚隆辑校：《史记评林》卷一四《十二诸侯年表第二》；［明］凌稚隆辑校，李光缙增补《史记评林》卷一四《十二诸侯年表第二》，第二册，第 444 页。

⑧ 安平秋、张兴吉：《〈史记〉校勘史述论》，《文献》2009 年第 2 期，第 85 页。

汲古阁单行本《史记索隐》的流传与保存

＊本文作者王璐、李云飞。王璐，西安电子科技大学人文学院讲师；李云飞，咸阳师范学院文学与传播学院讲师。

毛晋汲古阁单行本《史记索隐》自问世以来，以其使《史记索隐》单行时之面貌重现于世，颇受重视，不少藏书家与藏书机构都购之藏之。

一、汲古阁《史记索隐》在公私书目中的著录情况

通过考察汲古阁本《史记索隐》刻印后的各类公私书目，发现有 17 种私家目录著录明确标明为汲古阁本的《史记索隐》（详见表格 1，其中书名后不加符号者即为此），另有 7 种书目著录虽未标明其版本，却极有可能亦是汲古阁本的《史记索隐》（详见表格 1，其中书名后有符号者即为此）。

表格 1　私家目录著录汲古阁本《史记索隐》者一览表

书目名称	书目作者	著录内容
《三鱼堂书目》	陆陇其（1630—1692）	《史记索隐》三十卷。二本。毛晋刻，唐司马贞撰。
《拜经楼书目》▲	吴骞（1733—1813）	《史记索隐》三十卷。二本。
《唅香仙馆书目》▲	马瀛（1765—1830）	《史记索隐》三十卷，（唐）司马贞撰。一本。
《孙氏祠堂书目内编》	孙星衍（1753—1818）	《史记索隐》三十卷，（唐）司马贞撰。明毛晋单刊本。
《振绮堂书目》▲	汪宪（1721—1766）	《史记索隐》。二册。
《郑堂读书记》	周中孚（1767—1831）	《史记索隐》三十卷。汲古阁刊本。（提要略）
《稽瑞楼书目》	陈揆（1780—1825）	《史记索隐》三十卷。钱求赤校本。一册。
《张石洲所藏书籍总目》▲	张穆（1805—1849）	《史记索隐》。一套。
《宋元旧本书经眼录》	莫友芝（1811—1871）	《史记索隐》。汲古阁仿宋刊单行本。

续表

书目名称	书目作者	著录内容
《邵亭行箧书目》▲	莫友芝（1811—1871）	《史记索隐》。四册。
《藏园订补邵亭知见传本书目》	莫友芝（1811—1871）傅增湘（1872—1949）	《史记索隐》三十卷，（唐）司马贞撰。○汲古阁单行本。[补]○明崇祯毛氏汲古阁刊本，十四行二十七字。
《持静斋书目》	丁日昌（1823—1882）	《史记索隐》三十卷。汲古阁毛氏覆刊宋单行本。唐司马贞撰。
《旧山楼书目》	赵宗建（1827—1900）	《史记索隐》。汲古本。二本。
《书目答问》	张之洞（1837—1909）	单行本《史记索隐》三十卷。汲古阁本。
《邻苏园藏书目录》▲	杨守敬（1839—1915）	《史记索隐》四本。
《海源阁书目》	杨保彝（1852—1910）	明汲古阁本《史记索隐》三十卷。三册。
《八千卷楼书目》	丁立中（1866—1920）	《史记索隐》三十卷，（唐）司马贞撰。汲古阁本。
《带经堂书目》	陈树杓（1842—?）	《史记索隐》三十卷。卢抱经先生手校本。
《海日楼藏书目》	沈曾植（1851—1922）	《史记索隐》三十卷，（唐）司马贞撰。汲古阁本。六本。
《观古堂藏书目》	叶德辉（1864—1927）	《史记索隐》三十卷，（唐）司马贞撰。明毛晋汲古阁刻本。
《藏园群书经眼录》	傅增湘（1872—1949）	《史记索隐》三十卷，（唐）司马贞撰。汲古阁本。有旧人校。
《善本书所见录》	罗振常（1875—1942）	《史记索隐》三十卷。汲古阁刻。
《弢园藏书志》★	王韬（1828—1897）	《史记索隐》二十二卷，裴骃撰。
《蜗寄庐藏书目录》	孙家淮（1879—1945）	《史记索隐》三十卷，（汉）司马迁撰，（唐）司马贞索引。明刻本。十八册。存二十七卷：卷一至卷二十七。

　　而有 6 种公修目录著录有明确标明为汲古阁本的《史记索隐》。

表格 2　官修目录著录汲古阁本《史记索隐》者一览表

书目名称	著录内容
《涵芬楼藏书善本目录》	《史记索隐》。汲古阁刻本。
《江苏省立国学图书馆图书总目》	《史记索隐》三十卷。同上，（唐）河内司马贞。汲古阁刊本。

续表

书目名称	著录内容
《江南图书馆书目》	《史记索隐》，（唐）司马贞撰。汲古阁本。一本。
《陆氏守先阁捐助书目》	单行本《史记索隐》三十卷，（唐）司马贞撰。汲古阁刻。
《湖北省立图书馆图书馆目录》	《史记索隐》三十卷三册，（唐）司马贞撰。汲古阁本。
《福建省图书馆善本书目第一辑》	《史记索隐》三十卷，（唐）司马贞撰。明崇祯汲古阁刻本。四册。

除此之外，民国以来，不少书店都会印发鬻卖书目以方便爱书者尤其是在外地的爱书人士求购，这其中也多有汲古阁本《史记索隐》的身影。

表格3　民国以来鬻卖书目著录汲古阁本《史记索隐》者一览表

书目名称	著录内容
《中国书店书目》（1926）	《史记索隐》三十卷。汲古阁原刻。二本。六元。
《中国书店新旧目》（1928）	《史记索隐》三十卷。汲古阁原刻。二本。六元。
《萃文书局书目》（无）	《史记索隐》三十卷。汲古阁刊初印。二本。二元。
《受古书店旧书目录》（1928）	《史记索隐》三十卷《五代史补》五卷。汲古阁刊。四本。八元。
《受古书店旧书目录》（1930）	《史记索隐》三十卷附《五代史补》《缺文》各一卷。汲古阁刊本。四本。五元。
《受古书店旧书目录》（1931）	《史记索隐》三十卷附《五代史补》《缺文》各一卷。汲古阁刻本。四本。五元。
《蟫隐庐旧本书目》（1930）	《史记索隐》三十卷，唐司马贞撰。汲古阁刊本。白纸印。四册。四元。 又坿《五代史补》《五代缺文》各一卷。汲古阁刊本。四册。六元。
《三友堂书目》（北京，1934）	《史记索隐》三十卷，唐司马贞撰。汲古阁刊。竹纸二本。二元五角。
《二酉书店书目》（上海，1936）	《史记索隐》三十卷。汲古阁原本。二本。八元。
《文芸阁书目》（1937）	《史记索隐》三十卷。汲古阁刊。竹纸四册。五元。
《东来阁书目》（1937）	《史记索隐》三十卷，唐司马贞撰。汲古阁刊。初印。竹纸六册。十六元。

从以上民国以来各书店对于所售卖的汲古阁单行本《史记索隐》的著录情况看，有三点信息值得注意。

其一，汲古阁本《史记索隐》或不止刷印过一次。上述《萃文书局书目》称其为"汲古阁刊初印"，《东来阁书目》称其是"初印"，可以印证当时或有后印本，因而才特意强调"初印"。而这个后印本究竟是毛晋先后刷印过，还是后来书版易主后被他人刷印过，尚不得而知。

其二，汲古阁本《史记索隐》在当时以单独行世与附《五代史补》《五代缺文》行世两种类型。这一点从三种《受古书店旧书目录》及《蟫隐庐旧本书目》中的著录可以看出。尤其是后者，对于附与不附《五代史补》《五代缺文》这两种类型的《史记索隐》，都在售卖。

其三，汲古阁本《史记索隐》的印刷用纸有竹纸与白纸两种。上述《蟫隐庐旧本书目》所著录的《史记索隐》即为"白纸印"就，而《三友堂书目》《文芸阁书目》《东来阁书目》中所著录的《史记索隐》则皆为"竹纸"印就。其中《东来阁书目》中还注明其为"初印"，如果《东来阁书目》所言确实，那么，也就是说汲古阁《史记索隐》最初可能就是由竹纸刷印而成的。《蟫隐庐旧本书目》中的"白纸印"本，只称说为"汲古阁刊"，却未明确是否为汲古阁初次刷印，那么这个所谓的"白纸印"本，或许就是后印本也未可知。而就本人所见过的汲古阁刊《史记索隐》而言，确有竹纸与白纸之分。其中上海图书馆所藏一种，复旦大学图书馆所藏一种，即为白纸所印。

二、汲古阁《史记索隐》现今保存情况考

而时至今日，据全国古籍普查登记基本数据库现今的登记情况，全国有 20 个单位保存有毛晋汲古阁单行本《史记索隐》，并且其中有 10 个单位有不止一个副本。由于此项普查工作尚未完善，因此还有许多藏有此部单行本《史记索隐》的单位并未在数据库中予以展现。据张兴吉《史记版本存世目录》及王勇《明毛晋刻〈史记索隐〉研究》一文中的增补，还有清华大学图书馆、中国人民大学图书馆、中国科学院图书馆、中国社会科学院文学研究所、吉林大学图书馆、东北师范大学图书馆、吉林市图书馆、吉林白求恩医科大学图书馆、杭州大学图书馆、上海图书馆、南京图书馆、安徽省图书馆、江西省图书馆、河南省图书馆、湖北省图书馆、华中师范学院图书馆、湖南溆浦图书馆、湖南省博物馆、广东省梅州市图书馆、中山大学图书馆、广东省哲学社会科学研究所图书馆、四川省秀山县图书馆、台湾中研院图书馆等二十三个单位收藏有此汲古阁单行本《史记索隐》，不可不谓之多矣。

表格 4　全国古籍普查登记基本数据库中汲古阁本《史记索隐》留存情况一览表

图书馆名称	著录内容
1. 国家图书馆	《史记索隐》三十卷，（汉）司马迁撰，（唐）司马贞索隐。明末毛氏汲古阁刻本。一册。
	《史记索隐》三十卷，（汉）司马迁撰，（唐）司马贞索隐。明末毛氏汲古阁刻本。二册。

续表

图书馆名称	著录内容
1. 国家图书馆	《史记索隐》三十卷，（唐）司马贞撰。明末毛氏汲古阁刻本。一册。
	《史记索隐》三十卷，（唐）司马贞撰。明末常熟毛氏汲古阁刻本。三册。
	《史记索隐》三十卷，（唐）司马贞撰。明末常熟毛氏汲古阁刻本。二册。
	《史记索隐》三十卷，（唐）司马贞撰。明末虞山毛晋汲古阁刻本。三册。
	《史记索隐》三十卷，（唐）司马贞撰。《五代史补》五卷，（宋）陶岳撰。《五代史阙文》一卷，（宋）王禹偁撰。明末虞山毛晋汲古阁刻本。二册。
	《史记索隐》三十卷，（唐）司马贞撰。明末常熟毛氏汲古阁刻本。二册。
	《史记索隐》三十卷，（唐）司马贞撰。明末常熟毛氏汲古阁刻本。三册。
	《史记索隐》三十卷，（唐）司马贞撰。《五代史补》五卷（宋）陶岳撰。明末虞山毛晋汲古阁刻本。四册。
2. 北京师范大学图书馆	《史记索隐》三十卷，（唐）司马贞撰。明末毛氏汲古阁刻本。二册。
	《史记索隐》三十卷，（唐）司马贞撰。明末毛氏汲古阁刻本。四册。
	《史记索隐》三十卷，（唐）司马贞撰。明末毛氏汲古阁刻本。二册。
3. 天津图书馆	《史记索隐》三十卷，（唐）司马贞撰。明末毛氏汲古阁刻本。四册。十四行二十七字白口左右双边。
	《史记索隐》三十卷，（唐）司马贞撰。明末毛氏汲古阁刻本。四册。十四行二十七字白口左右双边。
	《史记索隐》三十卷，（唐）司马贞撰。明毛氏汲古阁刻本。二册。十四行字不等白口左右双边。
4. 南开大学图书馆	《史记索隐》三十卷，（唐）司马贞撰。明末毛氏汲古阁刻本。三册。十四行二十七字小字双行四十字白口左右双边单鱼尾。
5. 辽宁省图书馆	《史记索隐》三十卷，（唐）司马贞撰。明末常熟毛晋汲古阁刻本。三册。
	《史记索隐》三十卷，（唐）司马贞撰。明常熟毛晋汲古阁刻本。四册。
	《史记索隐》三十卷，（唐）司马贞撰。明末常熟毛晋汲古阁刻本。二册。

续表

图书馆名称	著录内容
6. 黑龙江省图书馆	《史记索隐》三十卷，（唐）司马贞撰。明末毛氏汲古阁刻本。二册。
7. 复旦大学图书馆	《史记索隐》三十卷，（唐）司马贞撰。明末虞山毛氏汲古阁刻本。二册。
	《史记索隐》三十卷，（唐）司马贞撰。明末虞山毛氏汲古阁刻本。三册。
	《史记索隐》三十卷，（唐）司马贞撰。明末虞山毛氏汲古阁刻本。二册。
8. 盐城市图书馆	《史记索隐》三十卷，（唐）司马贞撰。明末毛氏汲古阁刻本。二册。
9. 苏州大学图书馆	《史记索隐》三十卷，（唐）司马贞撰。明汲古阁刻本。二册。
	《史记索隐》三十卷，（唐）司马贞撰。明末毛氏汲古阁刻本。二册。
10. 宁波市天一阁博物馆	《史记索隐》三十卷，（唐）司马贞撰。明末毛氏汲古阁刻本。三册。
11. 福建省图书馆	《史记索隐》三十卷，（唐）司马贞撰。明末毛氏汲古阁刻本。四册。
	《史记索隐》三十卷，（唐）司马贞撰。明崇祯毛氏汲古阁刻本。一册。
12. 河南大学图书馆	《史记索隐》三十卷，（唐）司马贞撰。明毛氏汲古阁刻本。二册。
13. 湖南图书馆	《史记索隐》三十卷，（唐）司马贞撰。明汲古阁刻本。二册。
14. 暨南大学图书馆	《史记索隐》三十卷，（唐）司马贞撰。明末毛氏汲古阁刻本。二册。存二十三卷（一至二十三）。
	《史记索隐》三十卷，（唐）司马贞撰。明末毛氏汲古阁刻本。二册。
	《史记索隐》三十卷，（汉）司马迁（唐）司马贞撰。明末毛氏汲古阁刻本。二册。
15. 广西壮族自治区图书馆	《史记索隐》三十卷，（唐）司马贞撰。明末毛氏汲古阁刻本。一册。十四行二十七字小字双行四十字白口左右双边。
16. 重庆图书馆	《史记索隐》三十卷，（唐）司马贞撰。明末汲古阁刻本。二册。《史记索隐》三十卷，（唐）司马贞撰。明末虞山毛氏汲古阁刻本。一册。
17. 重庆市秀山县图书馆	《史记索隐》三十卷，（唐）司马贞撰。明末清初毛氏汲古阁刻本。三册。

续表

图书馆名称	著录内容
18. 重庆大学图书馆	《史记索隐》三十卷，（唐）司马贞撰。《五代史补》五卷，（宋）陶岳撰。《五代史阙文》一卷，（宋）王禹偁撰。明末清初毛氏汲古阁刻本。二册。
19. 陕西省图书馆	《史记索隐》三十卷，（唐）司马贞撰。明末毛氏汲古阁刻本。四册。十四行二十七字小字双行四十字白口左右双边。
20. 青海省图书馆	《史记索隐》三十卷，（唐）司马贞撰。明毛氏汲古阁刻本。四册。

三、《史记索隐》的海外流布

毛晋单行本《史记索隐》在海外也多有流布。如日本文久元年，田中氏创办了"近代日本售价汉籍专业书店"① ——文求堂。文求堂的主人田中氏一直致力于汉籍的收购，而毛晋汲古阁单行本《史记索隐》，则频见于田中庆太郎所编《文求堂书目》中。

表格 5　《文求堂书目》著录汲古阁本《史记索隐》者一览表

书目名称	著录内容
《文求堂新古唐本书目（日本明治四十二年（1909）9 月）》	宋本校正《史记索隐》三十卷。汲古阁元刊本。一帙四本。八圆。
《文求堂唐本书目（日本明治四十四年（1911）11 月）》	《史记索隐》三十卷。汲古阁本。一帙四本。七圆。
《文求堂本目录首附铜仙传（日本大正四年（1915）4 月著录）》	《史记索隐》三十卷。汲古阁本。一帙四本。五圆。
《文求堂新收书目（第 10 号）》	《史记索隐》三十卷附《五代史》。补五卷。毛晋校刊本。一帙四本。八〇〇日元。
《文求堂新收书目（第 12 号）》	《史记索隐》。

除此之外，《日藏汉籍善本书录》详细著录"《史记索隐》三十卷"在日本的留存情况，称为"内阁文库京都大学关西大学综合图书馆内藤文库藏本"，并解释说："内阁文库藏此同一刊本二部。一部原系红叶山文库旧藏，共四册；一部原系丰后佐伯藩主毛利高标旧藏，共二册。京都大学藏此同一刊本二部。一部系人文科学研究所东洋学文献中心藏本，此本后附（宋）陶岳《五代史补》及（宋）王禹偁《五代史阙文》，共四册；一部系文学部藏本，共二册。关西大学藏本，原系内藤湖南旧藏，卷中有'湖南秘籍''炳卿审定善本'等印记，共四册"。② 而

---

① 陈富康：《民国文学史料考论》，广州：花城出版社 2014 年版，第 37—39 页。
② 《日藏汉籍善本书录》，史部纪传类，上册，第 331 页。

《美国国会图书馆藏中国善本书录》亦著录有"《史记索隐》三十卷，（唐）司马贞撰。汲古阁刻本"。

四、汲古阁《史记索隐》的影印与校点

2010 年，北京出版社影印《四库提要著录丛书》所收入的《史记索隐》三十卷，依据的底本为中国国家图书馆藏王国维校并跋汲古阁刻本。此本为缩版影印，将原书两版拼为一页，上、下各一版。清人卢文弨曾说过："毛氏本行密字小。"因此此部经过缩版影印的汲古阁本《史记索隐》，就显得行更密而字更小，文字颇欠清晰。除此之外，这个影印本还存在着诸多问题。

其一，此影印本竟然缺了卷首《史记集解序》，且内文亦多有残损漫漶之字。如卷八第一页后半面五、六、七行的下部和八、九行的中部漫漶十余字。卷十九第四页后半面三行的首二字残损。卷二十第四页后半面末行中的"汉书"下漫漶一字。卷三十第二页后半面五行中的"如何"下漫漶二字，第五页后半面四行中的"万石谨孝"下残损五字。如此等等，尚有多处。另外，卷二十八第五页前半面十行和十一行中的半行被油墨覆盖，文字已难辨识。

其二，此本的版面有个别不可解之处。如卷二十四："李将军列传第四十九""卫将军骠骑列传第五十一""平津侯主父列传第五十一"。其中，"卫将军骠骑列传第五十一"中的"一"字，显然为衍文。但是，"平津侯主父列传第五十一"中的"十"和"一"之间有半个字的距离，既与全书无论大字抑或小字的字距都很匀称颇为不侔，而与"卫将军骠骑列传第五十一"中的"十一"二字距离匀称亦有不同。这似乎是虽发现有脱文而加以补刻，却没发现有衍文而未予剜除所致。又如卷三十第九页的下一面第二行大字："号曰小司马史记然前朝颜师古止注汉史今并谓之颜氏汉书贞"。案全书凡大字满行都是二十七个字，唯独此行为二十六个字。谛视此行末三字"汉书贞"，明显地比其他大字要小许多，再与前后行相同位置的文字比较，这三个字占了四个字的空间，但字体与全书却完全一致。这显然是因为原来的四个字中有衍讹，于是剜去重刻。那么，是否能由这一现象来说明汲古阁本有过重印，有过挖改补刻从而就可以视之为后印本，则尚难遽断。

《史记正义》辨正六札

＊本文作者蒋羽飞，泰州学院人文学院本科生。

中华书局点校本《史记》修订工作历经八年，汇校诸本，无论在校勘还是标点上都取得了极大的成绩，是当前《史记》整理本的最佳模范。然校勘如扫落叶，随扫随生，今对《史记》三家注之一的张守节《史记正义》六条文字提出讨论，以求正于方家。

1.《秦始皇本纪》"十九年，王翦、羌瘣尽定取赵地东阳，得赵王"《正义》："赵幽缪王迁八年，秦取赵地至平阳。平阳在贝州历亭县界。迁王于房陵。"

《史记会注考证》："据《正义》，'东阳'当作'平阳'。"

按：《考证》发"东阳""平阳"之疑甚是，而指史文"东阳"为"平阳"字误则非。《正义》两"平阳"俱"东阳"字误。《秦始皇本纪》上文明言："十三年，桓齮攻赵平阳。"《正义》："平阳故城在相州临漳县西二十五里。"平阳属相州，属贝州者乃东阳。《赵世家》"王再之卫东阳"《正义》："《括地志》云：'东阳故城在贝州历亭县界。'按：东阳先属卫，今属赵。河历贝州南，东北流，过河南岸即魏地也。故言'王再之卫东阳伐魏氏'也。"《游侠列传》"东阳田君孺"《正义》："其东阳盖贝州历亭县者，为近齐故也。"是赵幽缪王迁二年，桓齮击平阳，杀赵扈辄；八年平东阳，俘赵王。

2.《天官书》"三家分晋"《正义》："周安王二十六年，魏武侯、韩文侯、赵敬侯共灭晋静而三分其地。"

按：韩文侯，当作"韩哀侯"。三家分晋在周安王二十六年（前376），即晋静公二年、韩哀侯元年、赵敬侯十一年，《史记·六国年表》魏、韩、赵格中记"灭晋""分晋国"事。又《韩世家》载："十年，（韩）文侯卒，子哀侯立。哀侯元年，与赵、魏分晋国。"《晋世家》载："（晋）静公二年，魏武侯、韩哀侯、赵敬侯灭晋后而三分其地。"韩哀侯父文侯卒于周安王二十五年（前377）。则《正义》"韩文侯"为"韩哀侯"之误记明甚。

3.《河渠书》"西门豹引漳水溉邺"《正义》引《括地志》："漳水一名浊漳水，源出潞州长子县西力黄山。"

按：力黄山，疑当作"刀黄山"或"刁黄山"（"刁"即"刀"之分化字）。《太平寰宇记·河东道·长子县》载："漳水，一名浊漳，源出县界，以涉县有清漳之称，故此称'浊'。其源出刁黄山①。又按《冀州图》云：'刁黄山，在县西六十里。亦名发瓮山，漳水出焉。即壶关三老上书明戾太子冤者，死于此而冢存。'"②《读史方舆纪要·山西·发鸠山》载："刁黄山，亦在县西五十里。亦曰刁黄岭。刁一作'雕'。唐会昌三年刘稹以泽潞叛，使其将李佐尧守刁黄岭以拒官军。大顺初河东将李存孝擒孙揆于长子西，追击余众于刁黄岭，尽杀之，即此。"③ 是《正义》"力"字误。

4.《留侯世家》"夫关中左殽函"《正义》："殽，二殽山也，在洛州永宁县西北二十八里。函谷关在陕州桃林县西南十二里。"

张文虎《校刊史记集解索隐正义札记》："各本'二'讹'三'，今正。"④

按：检诸本《正义》皆作"三殽山"，金陵本作"二殽山"乃张氏校改。考《秦始皇本纪》"殽函之固自若也"《集解》引韦昭注："殽谓二殽。函，函谷关也。"《陈涉世家》"秦孝公据殽函之固"《集解》引韦昭注同。《汉书·陈胜传》"秦孝公据殽函之固"颜师古注："殽谓殽山，今陕县东二殽是也。函谓函谷，今桃林县南洪溜涧是也。"《左传·僖公三十三年》载"蹇叔哭师"故事云："殽有二陵焉：其南陵，夏后皋之墓也；其北陵，文王之所辟风雨也。"此"二殽"命名源于其地有南北二陵，杜预注、孔颖达疏亦数称其为"二殽""两殽"，张氏之校改当据此。

然考《秦本纪》"汝军即败，必于殽阸矣"《正义》："《春秋》云鲁僖公三十三年，晋人及姜戎败秦师于殽。《括地志》云：'三殽山又名嵚岑山，在洛州永宁县西北二十里，即古之殽道也。'"又《樗里子甘茂列传》"今王倍数险"《正义》："谓函谷及三崤、五谷。"又同篇"殽塞"《正义》："三殽在洛州永宁县西北。"《正义》多次注释"殽"字均称"三殽"，显非均"二殽"形误所致。考"三殽"当指石崤（西崤）、千崤（东崤）和土崤之合称，"二崤"之称则因"二陵"而来。要之《正义》原文作"三殽"无疑，《札记》误校。

5.《吴太伯世家》"楚昭王乃得以九月复入郢，而封夫概于堂溪，为堂溪氏"《正义》引《括地志》："豫州吴房县在州西北九十里。应劭云'吴王阖闾弟夫概奔楚，封之于堂溪氏。本房子国，以封吴，故曰'吴房'。"

修订本《校勘记》："封之于堂溪氏，疑当作'封之于堂溪因以为氏'。按：《后汉书》卷六四《延笃传》'少从颍川唐溪典受《左氏传》'李贤《注》：'《风俗通》曰："吴夫槩王奔楚，封堂溪，因以为氏。"'"

按：《伍子胥列传》"封夫概于堂溪，为堂溪氏"《集解》引应劭曰："夫概奔

---

① 点校本校勘记云："刁黄山，'刁'，底本作'刀'，库本同，据万本及《嘉庆重修一统志》卷一四二潞安府引本书改。"

② 乐史撰，王文楚等点校：《太平寰宇记》，卷45，北京：中华书局2007年版，第939页。

③ 顾祖禹撰，贺次君、施和金点校：《读史方舆纪要》，卷42，北京：中华书局2005年版，第1961页。

④ 张文虎：《校刊史记集解索隐正义札记》，卷4，北京：中华书局1977年版，第473页。

楚，封于堂溪，本房子国，以封吴，故曰吴房。"《正义》所引应劭云云当与《集解》同源，《集解》无"氏"字。又《项羽本纪》"封杨武为吴防侯"《正义》引《括地志》："吴房县本汉旧县。孟康云吴王阖庐弟夫概奔楚，楚封于此，为堂溪氏，本房子国，以封吴，故曰吴房。"《汉书·地理志》汝南郡"吴房"颜师古引孟康注同。据此疑《正义》"堂溪"下"氏"字或涉史文"为堂溪氏"而衍，或文有脱误，当作"封之于堂溪，为堂溪氏"，未可遽定脱"因以为"三字。

6.《司马相如列传》"于是乎崇山龍嵷，崔巍嵯峨"《正义》："龍，力孔反。嵷，子孔反。崔，在回反。巍，五回反。郭云：'皆峻貌。'"

按："峻"上，疑脱"高"字。"郭"指"郭璞"。《汉书·司马相如传》"于是乎崇山矗矗，龍嵷崔巍"颜师古引郭璞曰："皆高峻貌也。龍音笼。嵷音才总反。崔音摧。巍音五回反。"《文选·子虚赋》"于是乎崇山矗矗，龍嵷崔巍"郭璞注："皆高峻貌也。龍，力孔切。嵷音总。"① 又"九峻巇薛"郭璞曰："巇、薛，高峻貌也。"②《史记》下文"崴磈嵔瘣"《正义》："崴，于鬼反。磈，鱼鬼反。嵔，乌罪反。瘣，胡罪反。皆高峻貌。"亦可证此当作"高峻貌"。

① 萧统编，李善注：《文选》卷8，北京：中华书局1977年版，第124页。
② 萧统编，李善注：《文选》卷8，北京：中华书局1977年版，第124页。

《史记集解》对《史记》引《尚书》考举例十九字

*本文作者王语嫣，陕西师范大学中国古典文献学研究生。

《尚书》，作为中国最早的一部历史文献，是唯一保存下来的证明夏、商、周三个王朝的存在、发展的典籍，保存了当时丰富的地理、文学、物产等多方面的材料，对后世证明夏、商、周王朝的存在有重要价值。流传过程中，《尚书》多经磨难，其版本和内容不断改变。尽管围绕《尚书》产生种种疑问和争端，但它仍是我们了解夏、商、周三代重要的史料。

《史记》白文本早已亡佚，今传最早的《史记》版本是《史记集解》，所以它对于《史记》具有极高的价值。《史记集解》，作者是南宋裴骃，其父裴松之，作《三国志注》，多种形式注解《三国志》，开创了注史新例，对后世了解三国历史具有重要的价值，同时为《三国演义》的成书奠定了基础。裴骃《史记集解》是继其父裴松之《三国志注》之后又一部史籍注释著作，既对其父注解史书多引典籍有所继承，又是对"集解"体例的一次成功运用。《史记集解序》：

> 考较此书，文句不同，有多有少，莫辩其实，而世之惑者，定彼从此，是非相贸，真伪舛杂。故中散大夫东莞徐广研核众本，为作《音义》，具列异同，兼述训解，粗有所发明，而殊恨省略。聊以愚管，增演徐氏，采经传百家并先儒之说，豫是有益，悉皆钞内。删其游辞，取其要实，或义在可疑，则数家兼列。《汉书音义》称臣瓒者，莫知氏姓，今直云"瓒曰"。又都无姓名者，但云《汉书音义》，时见微意，有所神补。譬嘒星之继朝阳，飞尘之集华岳，以徐为本，号曰《集解》，未详则阙，弗敢臆说。

读其序言，知裴骃所见《史记》文本已发生讹变，徐广校审各本，作《史记音义》，列所见各本并加以解释。裴骃读其书，审定不足，增加诸子百家之说进行解释，后对徐广《音义》存在的不足和疑问一一审核，作《集解》一书。

《史记集解》兼采诸家，经史子集各类文献都有参考。《秦本纪》一文中，《集解》引《周礼》、《晏子春秋》、《穆天子传》、《地理志》、班固《汉书》、《汉书注》、郭璞《尔雅注》、《帝王世纪》、《左传贾服注》、《左传正义》、《皇览》、《风俗通义》、《晋地记》、韦昭《汉书音义》、孟康《汉书音义》、《史记音义》等十六部书。窥一斑而知全豹，可见其引书之丰富。其中以《史记音义》为主，同时兼采其他相关书籍为《史记》作注，增其异文，释其字意。裴骃作《集解》主要征引各家注文，作为"集解"，而不为表达自己对《史记》之看法。《集解》中"骃案"仅有 242 条，其余均为各注家对《史记》的注解。

西汉司马迁寻访古迹，走遍名山大川，博览群书，寻找相关史料，为作《史记》准备。《集解》针对《史记》广采典籍的特点，采先贤对原典的注解成果间接注解《史记》，同时将《史记》对原典的引用与原典进行对比。《尚书》是《史记》的重要参考史料，其多引《尚书》经文，后世学者在为《史记》作注过程中，也多次将《史记》所引《尚书》与他们可见的《尚书》版本进行对比阅读，以期更好地为《史记》作注。

本文整理出《集解》征引提及《尚书》经传 19 处，与阮元校刻《十三经注疏·尚书正义》（以下简称"阮刻"）进行对比，考察司马迁参考、《集解》中所载录的《尚书》文本情况，如下：

1.《五帝本纪》："九族既睦，便章百姓。"①【集解】徐广曰："下云'便程东作'，然则训'平'为'便'也。"骃案："《尚书》并作'平'字。"孔安国曰："百姓，百官。"郑玄曰："百姓，羣臣之父子兄弟。"（P16）

按：《集解》列徐广、孔安国、郑玄对此句相关字词的解释。裴骃增加"按语"，指出《尚书》与《史记》文字的不同。

《书·尧典》："九族既睦，平章百姓。"②

今文《尚书》"平"作"便"，司马迁同。《集解》引徐广注"便"为"平"。后裴骃增加"按语"作"平"字。"平"字字形在《尚书》流传过程中多有不同。《尚书大传》明以后亡佚，清人陈寿祺辑佚注解，"辩章百姓"与"辨章百姓"俱列。"辩章百姓"据《诗·采菽》："平平左右"，毛传："平平，辩治也。""辨章百姓"据《癸辛杂识前集》引《尚书大传》。综上"平""便""辩""辨"指同一义。郑玄注："辨，别。"四字皆可释为"别，辨别"之义。考《魏三体石经》"天寿平格"之"平"作"采"。"采"古文作"𥝢"，与"平"字字形相近，疑后世讹为一字。《说文》③："采，辨别也。""平"有"辨别"义。段注："'便'古与'平''辨'通用。""采""便""辩""辨"四字古音④在"并纽"，声近义通。"平章"虽字形不同，义皆为"辨别彰明"。

2.《五帝本纪》："分命羲仲，居郁夷，曰旸谷。"【集解】《尚书》作"嵎夷"。孔安国曰："东表之地称嵎夷。日出于旸谷。羲仲，治东方之官。"（P21）

按：《集解》列"郁夷"二字《尚书》字形不同，并列孔安国对"嵎夷""旸

① 文中所引《史记集解》皆出自点校本《二十四史》修订本《史记》，北京：中华书局 2019 年版。在每条之后括号内注明页码，以便检核。

② 文中所据、所引今本《尚书》经文皆出自清阮元校刻《十三经注疏·尚书正义》，北京：中华书局 1980 年版。

③ ［汉］许慎：《说文解字》，北京：中华书局 2013 年版。文中所引《说文》皆据此。

④ 郭锡良：《汉语古音手册》，北京：商务印书馆 2010 年版。文中所引古音皆据此。

谷”“羲仲”的解释。

《书·尧典》：“分命羲仲，宅嵎夷，曰旸谷。”

“宅”，《史记》作“居”。《古文尚书》作“宅”，今文《尚书》作“度”。“居”，《说文》：“蹲也。”本无“居住”义。《方言》：“度，居也。东济海岱之间或曰度。”“度”与“居”义通，“度”与“宅”通用，所以“居”可与“宅”互通，有“居住”之义。“嵎夷”，《史记》作“郁夷”，《经典释文》[①] 作“禺铱”，《说文·土部》作“堣夷”。字形不同，读音相近，指九种东夷之族所居之地。

3.《五帝本纪》：“舜让于德不怿。”【集解】徐广曰：“音亦。今文《尚书》作‘不怡’。怡，怿也。”

按：《集解》列徐广音注。

《书·舜典》：“舜让于德弗嗣。”

“弗嗣”，《史记》作“不怡”，徐广注“今文《尚书》作‘不怡’。”古文《尚书》作“弗嗣”，汉代今文《尚书》作“不台”，晋代作“不怡”。“不”“弗”二字为否定副词，表示否定意义。《说文》：“台，说也。”段注：“今之‘怡悦’字。”《说文》新附字：“怿，说也。”“台”“怡”“怿”声同意通。徐广注文据汉代今文《尚书》，司马迁用声同义通字。

4.《五帝本纪》：“舜曰：‘弃，黎民始饥，汝后稷播时百谷。’”【集解】徐广曰：“今文《尚书》作‘祖饥’。祖，始也。”（P37）

按：《集解》列徐广注。

《书·舜典》：“帝曰：‘弃，黎民阻饥，汝后稷播时百谷。’”

《尚书》“舜”作“帝”，指舜帝。阮本“始饥”作“阻饥”。王鸣盛《尚书后案》以为古“祖”字“阻”字皆与“且”通。《说文》：“且，荐也。”本指祭祖礼器，用于摆放祭祀之肉。后引申为“祖先”之“祖”。《尔雅·释诂》[②]：“祖，始也。”“阻”与“且”“祖”声近则义通，皆可训为“始”义。司马迁使用训诂字。

5.《五帝本纪》：“以夔为典乐，教稺子。”【集解】案：“《尚书》作‘胄子’，‘稺’‘胄’声相近。”（P37）

按：此条列《尚书》异文。

《书·舜典》：“夔，命汝典乐，教胄子。”

《史记》引此句进行节省。“夔”引作“夒”。《说文》收“夒”而未收“夔”，“⺈”与“⺊”形近致讹。“夒”当为正字，指舜时期，掌管乐舞的官员。“胄子”，《史记》作“稺子”，“胄”“稺”二字为定纽，即“声相近”。古文《尚书》作“胄子”，今文《尚书》作“育子”，王引之《经义述闻·尚书》：“育子，稺子也。”《说文》：“稺，幼禾也。”《尔雅·释言》：“幼、鞠，稺也。”《说文》：“育，养子使

① 吴承仕撰，张力伟点校：《经典释文叙录疏证（附经籍旧音二种）》，北京：中华书局 2008 年版。文中所引《经典释文》皆据此。

② 王其和、吴庆峰、张金霞点校，[清] 郝懿行撰《尔雅义疏》，北京：中华书局 2017 年版。文中所引《尔雅》皆据此。

作善也。"段注"毓""育"同字。《广雅》："毓，稺也。""育""稺"二字义通。《史记》用训诂字。"育"与"胄"二字古音同属定纽萧部，古音相同字义相通。

6.《夏本纪》："禹乃遂与益、后稷奉帝命，命诸侯百姓兴人徒以傅土，行山表木。"【集解】《尚书》"傅"字作"敷"。马融曰："敷，分也。"（P51）

按：此条列《尚书》异文和马融注。

《书·禹贡》："禹敷土。"

《尚书》仅"禹敷土"三字，《史记》增其前后文，"敷"作"傅"。今文《尚书》作"傅"，古文《尚书》作"敷"。《说文》："尃，布也。"敦煌唐写本作"勇"，薛季宣本作"尃"，《唐石经》作"敷"。

"勇""尃"同，"敷""傅"与"勇""尃"声近义通，是古今字，可通用。

7.《夏本纪》："定高山大川。"【集解】马融曰："定其差秩祀礼所视也。"骃案：《尚书大传》曰"高山大川，五岳、四渎之属"。（P52）

按：此条列马融注语和裴骃案语，案语为《尚书大传》注文。

《书·禹贡》："奠高山大川。"

"奠"，《史记》作"定"，今文《尚书》作"定"，伪《古文尚书》作"奠"。孔安国："奠，定也。"司马迁用训诂字。

8.《夏本纪》："予欲闻六律、五声、八音，来始滑，以出入五言，女听。"【集解】《尚书》"滑"字作"曶"，音忽。郑玄曰："曶者，臣见君所秉，书思对命者也。君亦有焉，以出内政教于五官。"（P79）

按：此条注《尚书》异文和郑玄注文。

《书·益稷》："予欲闻六律、五声、八音，在治忽，以出纳五言，汝听。"

"治"，《史记》作"始"，"忽"《史记》作"滑"，《集解》作"曶"。据郑玄释义，疑本指"□"字。《说文》："□，籀文曶，一曰佩也。"为臣子见国君所拿之物，后讹作"忽"。"纳"，《史记》作"入"，古文《尚书》作"纳""内"，今文《尚书》作"入"。陆德明："纳如字，又音内"。"纳""内"音同义通。"入""内"古音同属泥纽，都有"采纳"之义，音同义通。"汝"，《史记》作"女"。"女"古字，"汝"今字，义同。

9.《夏本纪》："予即辟，女匡拂予。女无面谀，退而谤予。敬四辅臣。"【集解】《尚书大传》曰："古者天子必有四邻，前曰疑，后曰丞，左曰辅，右曰弼。"（P80）

按：此条注《尚书大传》释"四邻"。

《书·益稷》："钦四邻。"

据所引《尚书大传》释文，可知此句与《尚书》中"钦四邻"同。《尔雅·释诂》"钦，敬也"，司马迁用训诂字。《书·皋陶谟》："臣哉邻哉，邻哉臣哉！"《史记》作"臣哉臣哉"，郑玄注："臣哉汝当为我邻哉，邻哉汝当为我臣哉！反复言此，欲其志心入禹。"《说文》："臣，牵也，事君也。"段注："见遂人职，按引伸为凡亲密之称。"臣子作为人职，事君亲近，辅弼君主，"臣"与"邻"义相辅相成，互为补充，司马迁用"臣"代"邻"，指天子的四种臣子。

10.《殷本纪》："有众率怠不和，曰'是日何时丧？予与女皆亡'！夏德若兹，今朕必往。"【集解】《尚书大传》曰："桀云'天之有日，犹吾之有民，日有亡哉，日亡吾亦亡矣'。"（P99）

按：此条注《尚书大传》注文。

《书·汤誓》："有众率怠弗协，曰：'时日曷丧？予及汝皆亡！'夏德若兹，今朕必往。"

"弗协"，《史记》作"不和"。《尔雅·释诂》："协，和也。"《史记》用训诂字。"不""弗"二字为否定副词，表示否定意义。"汝"，《史记》作"女"。"女"古字，"汝"今字，义同。"时日曷丧"，《史记》作"是日何时丧"，《说文》"曷，何也"，《史记》用训诂字。

11.《殷本纪》："尔尚及予一人，致天之罚，予其大理女。"【集解】《尚书》"理"字作"赉"。郑玄曰："赉，赐也。"（P99）

按：此条注《尚书》异文及郑玄注。

《书·汤誓》："尔尚辅予一人，致天之罚，予其大赉汝。"

古文《尚书》作"辅""赉"，今文作"及""理"，《史记》与今文同。《说文》："赉，赐也。"《尔雅义疏》："'赉'通作'来'。"又"厘、来古同声，故'来'又通'厘'。"又"理、厘、来并音同字通"，故"理"有"赉"义。

12.《周本纪》："帝舜曰："弃，黎民始饥。"【集解】徐广曰："今文《尚书》云'祖饥'，故此作'始饥'。祖，始也。"（P113）

按："舜"前增"帝"字，表明"舜"的身份，其余诸字见上文第4条。

13.《周本纪》："周公受禾东土，鲁天子之命。"【集解】徐广曰："《尚书》序云'旅天子之命'。"（P132）

按：此条引徐广注文。

《书·微子之命》："周公既得命禾，旅天子之命。"

"旅"，《史记》作"鲁"，《尚书故》："'鲁'为假字。""旅""鲁"同属于来纽模部，二字声同借用。

14.《周本纪》："既绌殷命，袭淮夷，归在丰，作《周官》。"【集解】孔安国曰："言周家设官分职用人之法。"古文《尚书》序："《周官》，书篇名。"（P134）

按：本条注孔安国注及《周官》注。

《书·周官》："成王既黜殷命，灭淮夷，还归在丰，作《周官》。"

"灭"，《史记》作"袭"，增"还"字。"袭"义为袭击、攻打，"灭"指灭亡，两字指对淮夷用兵，"袭"表过程，"灭"表结果。

15.《齐太公世家》："东至海，西至河，南至穆陵，北至无棣。楚贡包茅不入，王祭不具，是以来责。【集解】贾逵曰："包茅，菁茅包匦之也，以供祭祀。"杜预曰："《尚书》'包匦菁茅'，茅之为异未审。"（P1481）

按：此条列贾逵、杜预注文。

《书・禹贡》："包匦菁茅。"与杜预注同。

16.《鲁周公世家》："故高宗飨国五十五年。"【集解】《尚书》云"五十九年"。（P1520）

按：此条列《尚书》与《史记》异处。

《书・无逸》："肆高宗之享国五十有九年。"

今文《尚书》作"享国百年"，古文《尚书》作"享国五十九年"，司马迁作"五十九年"，"享国百年"于理不合，《汉书・五行志》作"致百年之寿"合理。"五十九"与"五十五"小异，可知"享国五十余年"是合理的。

17.《鲁周公世家》："于是伯禽率师伐之于肸，作肸誓。"【集解】徐广曰："肸，一作'鲜'，一作'狝'。"骃案：《尚书》作"柴"。孔安国曰"鲁东郊之地名也"。（P1524）

按：此条列徐广、孔安国注，并列裴骃案语，注异文。

阮本作"费誓"，《史记》作"肸誓"，裴骃注为"柴誓"。《费誓》是鲁国国君率领军队攻打淮夷、徐戎的誓师词。费，此处指季氏封地。"柴"，较早用来指地名，后假借"费"字。《尚书校释译论・费释》[①]："西汉三家今文本及东汉马郑古文本皆作《柴誓》。伪孔本传至唐代始改作《费誓》。"

18.《宋微子世家》："乃命卜筮，曰雨，曰济，曰涕，曰雾，曰克，曰贞，曰悔。"【集解】《尚书》作"圛"。（P1616）

按：此条列《尚书》异文。

《书・洪范》："乃命卜筮，曰雨，曰霁，曰蒙，曰驿，曰克，曰贞，曰悔。"

汉代今文《尚书》作"济"，古文作"霁"，《尔雅・释天》："济谓之霁"，二者同义互用。阮本作"驿"，《史记》作"涕"，《集解》列作"圛"。今文《尚书》作"涕"，古文《尚书》作"圛"，包卫改字为"驿"。《史记》用今文《尚书》。"蒙"，《史记》作"雾"。西汉今文《尚书》作"霿"，即"雺"，后或作"雾"。《说文》有"霿"字，籀文作"雺"，徐铉曰："今俗作'雾'。"《索隐》："雾音蒙，然'蒙'与'雾'亦通。"

19.《大宛列传》："太史公曰：《禹本纪》言'河出昆仑。昆仑其高二千五百余里，日月所相避隐为光明也。其上有醴泉、瑶池'。今自张骞使大夏之后也，穷河源，恶睹本纪所谓昆仑者乎？【集解】邓展曰："汉以穷河源，于何见昆仑乎？《尚书》曰'道河积石'，是为河源出于积石，积石在金城河关，不言出于昆仑也。"（P3179）

按：《集解》列邓展引《尚书》注《史记》文。

《书・禹贡》："道河积石。"

此条无异文。

将以上19条《尚书》经注分类：

---

① 顾颉刚、刘起釪著：《尚书校释译论》，北京：中华书局2005年版。

	异文	释文	裴骃按语
五帝时期	5	5	1
夏、殷时期	3	6	1
周（西周和东周）	4	7	1
其他	0	1	0

　　第 4 条与第 12 条所引《尚书》虽为 1 条，但所出现的时代不同，故计作 2 处。

　　《尚书》主要是尧舜禹至春秋战国时期文献汇编，司马迁在编写《史记》过程中，先秦文献多参考《尚书》；又因《尚书》包含关于地理的内容，所以《大宛列传》中，引用《禹贡》来解释当地地理状况。

　　小结：司马迁编订《史记》，多处参考《尚书》，其内容并非对《尚书》的直接抄录，而是根据需要进行修改，适当增字、减字，使得行文流畅。例如：第 4 条与第 12 条，同引《尚书》中舜的言论，在第 12 条"舜"前增加"帝"字。此外，他参考的《尚书》多为今文《尚书》，用字也有修改，多使用训诂字。如"钦四邻"，司马迁作"敬四邻"。

　　裴骃作《集解》，整合各家释文，涉及《尚书》的部分将各家解释和所列异文置于书中，19 处涉及《尚书》的解释中，裴骃仅三处添加了按语，两条为异文，一条为《尚书大传》的注，与序文中"未详则阙，弗敢臆说"相合。

《史记》三家注志疑

＊本文作者仇野，泰州学院人文学院本科生。

中华书局点校修订本《史记》以同治年间金陵书局《史记集解索隐正义》合刻本为底本，参校众本，复核三家注引文，并于每卷之后附有校勘记，大大提高了《史记》的点校质量。然校书如扫落叶，旋扫旋生，修订本《史记》三家注也难以毕其功于一役，仍有进一步提升的空间。今以中华书局 2014 年版《史记》（修订本）为底本，对三家注的十条内容提出讨论，每条原文及按考征引《史记》附相应册数和页码，以便按核。

1. 《秦本纪》："庄公立四十四年，卒，太子襄公代立。襄公元年，以女弟缪嬴为丰王妻。襄公二年（正义《括地志》云："故汧城在陇州汧源县东南三里。《帝王世纪》云秦襄公二年徙都汧，即此城。"），戎围犬丘，世父击之，为戎人所虏。岁余，复归世父。七年春，周幽王用褒姒废太子，立褒姒子为适，数欺诸侯，诸侯叛之。西戎犬戎与申侯伐周，杀幽王郦山下。而秦襄公将兵救周，战甚力，有功。周避犬戎难，东徙雒邑，襄公以兵送周平王。平王封襄公为诸侯，赐之岐以西之地。曰："戎无道，侵夺我岐、丰之地，秦能攻逐戎，即有其地。"与誓，封爵之。襄公于是始国，与诸侯通使聘享之礼，乃用骝驹、黄牛、羝羊各三，祠上帝西畤。十二年，伐戎而至岐，卒。生文公。

文公元年，居西垂宫。三年，文公以兵七百人东猎。四年，至汧渭之会。曰："昔周邑我先秦嬴于此，后卒获为诸侯。"乃卜居之，占曰吉（正义《括地志》云："郿县故城在岐州郿县东北十五里。毛苌云郿，地名也。秦文公东猎汧渭之会，卜居之，乃营邑焉，即此城也。"），即营邑之。十年，初为鄜畤，用三牢。"（1/229—231）

按：上文主要记述了秦襄公及其子秦文公两代君主的生平事迹。然"襄公二年"下《正义》却令人感到费解。细绎《正义》引《括地志》之文，显是注释"汧"这一地名，本篇"汧"首次见于"（周）孝王召使主马于汧渭之间"，彼处有《正义》："汧音牵。言于二水之间，在陇州以东。"其次即见于上引秦文公四年"至汧渭之会"。《正义》仅"《帝王世纪》云秦襄公二年徙都汧"一句可与史文"襄公二年"有所照应，然《正义》所引皇甫谧《帝王世纪》"秦襄公二年"五字疑有讹误。请看《封禅书》中一段文字：

自周克殷后十四世，世益衰，礼乐废，诸侯恣行，而幽王为犬戎所败，周东徙雒邑。秦襄公攻戎救周，始列为诸侯。秦襄公既侯，居西垂，自以为主少皞之神，作西畤，祠白帝，其牲用骝驹黄牛羝羊各一云。其后十六年，秦文公东猎汧渭之间，卜居之而吉（索隐按：《地理志》汧水出汧县西北入渭。皇甫谧云"文公徙都汧"者也。正义《括地志》云："郿县故城在岐州郿县东北十五里，即此城也。"）。文公梦黄蛇自天下属地，其口止于鄜衍。文公问史敦，敦曰："此上帝之征，君其祠之。"于是作鄜畤，用三牲郊祭白帝焉。(4/1634—1635)

二文所记史实大体相近，而《封禅书》"秦文公东猎汧渭之间，卜居之而吉"《索隐》引皇甫谧《帝王世纪》云"文公徙都汧"，与《正义》所引"秦襄公二年徙都汧"显有抵牾。我认为"文公"当系《帝王世纪》原文，《正义》"襄公"当属误记。考《秦本纪》《封禅书》均明文记载秦文公卜居"汧渭"之间，而秦襄公却无相关记载。从《索隐》"皇甫谧云'文公徙都汧'者也"来看，可见皇甫谧之说也与《史记》完全一致，并无异辞。《秦本纪》记秦襄公立十二年卒，秦文公徙都汧在四年，与《封禅书》"其后十六年"云云也正吻合。则《正义》"二年"也是"四年"的误记。

比勘二文，《正义》在秦文公卜居下均对"汧渭"之间，即"郿"地进行注释。由于史文并非直接出现"郿"字，《封禅书》《正义》所引《括地志》文有节略，略显突兀，而《秦本纪》《正义》则文义明了。据《封禅书》注，我认为《秦本纪》《正义》本在后文"乃卜居之，占曰吉"下。

2.《高祖本纪》"鸿沟而东者为楚"《索隐》引应劭云："（鸿沟）在荥阳东南三十里。"(2/476)

《校勘记》："三十里，耿本、黄本、彭本、柯本、凌本、殿本作'二十里'。"(2/499)

按：三十里，当从诸本作"二十里"。《汉书·高帝纪上》"割鸿沟以西为汉"应劭注："在荥阳东南二十里。"《史记·项羽本纪》"割鸿沟以西者为汉"《正义》引应劭注同 (1/419)。

3.《天官书》"其后秦遂以兵灭六王，并中国，外攘四夷，死人如乱麻，因以张楚并起，三十年之闲兵相骀藉，不可胜数"《正义》："谓从秦始皇十六年起兵灭韩，至汉高祖五年灭项羽，则三十六年矣。"(4/1606)

按：三十六年，当作"三十年"。秦始皇十六年（前231）受韩南阳地至汉高祖五年（前202）灭项羽正三十年，与史文合。《正义》即释史文"三十年"，"六"字盖涉上文"秦始皇十六年"而衍。

4.《老子韩非列传》"悲廉直不容于邪枉之臣，观往者得失之变"《正义》："韩非见王安不用忠良，今国消弱，故观往古有国之君，则得失之变异，而作《韩子》二十卷。"(7/2613)

按："今国消弱"之"今"，黄本、彭本、凌本、殿本作"令"，义长。金陵本作"今"，疑为"令"之误刻。

5.《孟子荀卿列传》"楚有尸子、长卢"《集解》："刘向《别录》曰：'楚有尸子，疑谓其在蜀。今按尸子书，晋人也，名佼，秦相卫鞅客也。卫鞅商君谋事画计，立法理民，未尝不与佼规之也。商君被刑，佼恐并诛，乃亡逃入蜀。自为造此二十篇书，凡六万余言。卒，因葬蜀。'"（7/2854）

按：规之也，景祐本、绍兴本、耿本、黄本、彭本、凌本、殿本作"规也"，当系原文。金陵本所据为汲古阁《十七史》本《史记集解》，有"之"字，代指前文"谋事画计，立法理民"云云。《后汉书·宦者列传》"尸子曰"李贤注："尸子，晋人也，名佼，秦相卫鞅客也。鞅谋计，未尝不与佼规。商君被刑，恐并诛，乃亡逃入蜀，作书二十篇。"李贤注亦当源自《别录》。此文义即商鞅立法治民均与尸子一起谋划。古人省文，略"之"不书。汲古阁本径增"之"字以足其义，要非《集解》原文，可据诸本削之。

6.《廉颇蔺相如列传》"拔武遂、方城"《正义》："方城，幽州固安县南十里。"（8/2967）

按：十里，疑当作"十七里"。《赵世家》"拔武遂、方城"《正义》引《括地志》："方城故①在幽州固安县南十七里。"（6/2203）

7.《魏豹彭越列传》"乃使曹咎守成皋"《正义》："河南府汜水是。"（8/3145）

按："汜水"下疑脱"县"字。依《正义》文例，"汜水"下当有"县"字，否则易生歧义。本书《正义》释"成（城）皋"、释"虢"皆以汜水县当之，依例当补"县"字。

8.《吴王濞列传》"卒践更，辄与平贾"《正义》："践更，若今唱更、行更者也，言民自著卒。更有三品：有卒更，有践更，有过更。古者正卒无常人，皆当迭为之，是为卒更。贫者欲顾更钱者，次直者出钱顾之，月二千，是为践更。天下人皆直戍边三月，亦各为更，律所谓繇戍也。虽丞相子亦在戍边之调，不可人人自行三月戍，又行者出钱三百入官，官给戍者，是为过更。此汉初因秦法而行之，后改为谪，乃戍边一岁。"（9/3418—3419）

《校勘记》："又行者，《汉书》卷七《昭帝纪》颜师古《注》引作'不行者'，《后汉书》卷二《明帝纪》、卷五《安帝纪》李贤《注》引《汉书音义》略同，疑此误。"

按：《汉书·昭帝纪》"三年以前逋更赋未入者，皆勿收"颜注引如淳曰："更有三品，有卒更，有践更，有过更。古者正卒无常人，皆当迭为之，一月一更，是谓卒更也。贫者欲得顾更钱者，次直者出钱顾之，月二千，是谓践更也。天下人皆直戍边三日，亦名为更，律所谓繇戍也。虽丞相子亦在戍边之调。不可人人自行三日戍，又行者当自戍三日，不可往便还，因便住一岁一更。诸不行者，出钱三百入官，官以给戍者，是谓过更也。律说，卒践更者，居也，居更县中五月

───────────

① 《校勘记》："方城故在幽州固安县南十七里，《通鉴》卷六《秦纪》一始皇帝三年胡三省《注》引《括地志》'故'下有'城'字，疑是。"（6/2216）

乃更也。后从尉律，卒践更一月，休十一月也。《食货志》曰：'月为更卒，已复为正，一岁屯戍，一岁力役，三十倍于古。'此汉初因秦法而行之也。后遂改易，有谪乃戍边一岁耳。"又《后汉书·明帝纪》"亦复是岁更赋"李贤注引《前书音义》曰："更有三品：有卒更，有践更。古正卒无常，人皆当迭为之。一月一更，是为卒更。贫者欲得雇更钱，次直者出钱雇之，月二千，是为践更，有过更。古者天下人皆当戍边三日，亦名为更。不可人人自行三日戍，当行者不可往即还，因住一岁，次直者出钱三百雇之，谓之过更。"《安帝纪》"过更"李贤注引《前书音义》曰："天下人皆戍边三日。不可人人自行，行者自戍三日，不可往便还，因便住一岁。诸不行者，出钱三百入官，官以给戍者。言过其本更之日，故曰过更。"《正义》之文不出颜师古所引如淳注，是当源于如淳注。细绎《校勘记》，似以《正义》"又"为"不"字形误，然则二者并不构成异文关系。据如淳注，窃疑《正义》涉下"行者"二字而文有讹脱，即《正义》"又"下当补"行者当自戍三日不可往便还因便住一岁一更诸不"二十一字。

9.《司马相如列传》"蛫胡毂蛫"《索隐》："郭璞曰：'毂似鼦而大，腰以后黄，一名黄腰，食猕猴。毂，白狐子也。'"（9/3676）

按：鼦，黄本、彭本、凌本、殿本作"鼬"，是。《汉书·司马相如传上》"獑胡毂蛫"颜师古引郭璞曰："毂似鼬而大，要以后黄，一名黄要，食弥猴。"《文选·上林赋》"獑胡毂蛫"李善注引郭璞注同[1]。鼦鼠别名夷由，俗称大飞鼠，《尔雅·释鸟》："鼦鼠，夷由。"郭璞注："状如小狐，似蝙蝠，肉翅，翅尾、项胁毛紫赤色，背上苍艾色，腹下黄，喙颔杂白，脚短，爪长，尾三尺许，飞且乳，亦谓之飞生。"鼬俗称黄鼠狼，《说文解字》："鼬，如鼠赤黄而大，食鼠者。"[2]《尔雅·释兽》"鼬鼠"郭璞注："今鼬似鼦，赤黄色，大尾，啖鼠。"则"鼦"当为"鼬"字形讹。

10.《司马相如列传》"是以业隆于褓褓而崇冠于二后"《集解》引《汉书音义》："褓褓谓成王也。二后谓文、武也。周公负成王致太平，功德冠于文武者，道成法易故也。"（9/3714）

按：道成法易故也，《汉书·司马相如传下》"是以业隆于褓保而崇冠乎二后"颜师古引孟康注作"遵成法易故也"，疑是。《汉书·外戚传上》"自古受命帝王及继体守文之君"颜注："守文，言遵成法，不用武功也。"《集解》"道（导）"盖"遵"字形讹。

---

① 郭璞注：《尔雅》卷下，北京：中华书局 2020 年版，第 222 页。
② 许慎：《说文解字》，北京：中华书局 2020 年版，第 321 页。

史学视域下的《诗经》文本特征

——以《史记》三家注为例

＊本文作者张莹，鞍山师范学院教师。

《诗经》自结集以来一直担负着政治和教化功能。先秦时期，赋《诗》、教《诗》、引《诗》，将《诗》当作政治外交场合必不可少的工具和贵族传习的教材。孔子认为："诗，可以兴，可以观，可以群，可以怨。迩之事父，远之事君。多识于鸟兽草木之名。"（《论语·阳货》）即是指此功能。到了汉代，《毛诗大序》说："上以风化下，下以风刺上，主文而谲谏，言之者无罪，闻之者足以戒。"汉儒在先秦用《诗》的基础上又发展出了《诗》可以为谏的政治功能。这是经学视域下的《诗经》。

《尚书·尧典》提出："诗言志"，《毛诗大序》阐释为："诗者，志之所之也，在心为志，发言为诗。情动于中而形于言，言之不足，故嗟叹之，嗟叹之不足，故永歌之，永歌之不足，不知手之舞之、足之蹈之也。"道出了《诗》是作者情感的抒发，情不能自已时甚至会手舞足蹈。到了南朝，刘勰《宗经》篇说："《诗》主言志，诂训同《书》，摛风裁兴，藻辞谲喻，温柔在诵，故最附深衷矣。"[1] "摛风裁兴，藻辞谲喻"强调了《诗经》辞藻华美，"兴""喻"等艺术手法巧妙运用的特点。"最附深衷"则更突出了其抒情的本质。刘勰完全是将《诗经》当作美文的典范，这是文学视域下的《诗经》。

《诗经》的研究，通常被置于经学与文学两大维度下，在二者之间，史学的视域往往被忽视。近代学者闻一多在《歌与诗》中说："志与诗原来是一个字。志有三个意义：一记忆，二记录，三怀抱，这三个意义正代表诗的发展途径上三个主要阶段。"[2] 他认为诗在早期即有记录的意义，从这个意义上说诗与史是同源的。不但诗与史有着密不可分的关系，经与史的关系同样密切。援史解经有着悠久的历史，孟子的"知人论世"实际就是要求对诗歌创作的时代、历史背景、作者生平等进行综合考察，以此来追求诗歌的"本义"。王阳明说："以事言曰史，以道言曰经。事即道，道即事。"（《传习录·卷三》）点明了经学、史学之间的关系。可见，史学的视域不可忽视。因此本文选择以《史记》三家注引《诗》为例，

---

① ［南朝］刘勰著，范文澜注：《文心雕龙》，北京：人民文学出版社 2017 年版，第 22 页。
② 闻一多：《闻一多全集》（第 1 册），上海：三联书店 1982 年版，第 185 页。

探讨南北朝和唐代史学视域下,《诗经》所展现的文本特征。

一、引《诗》文献的类型及功用

三家注引《诗》,大部分源自《毛诗》及其经学阐释,兼有少量的《韩诗》。虽然司马迁习《鲁诗》,但随着三家诗的没落,在为《史记》做注的过程中,三家注并未涉及《鲁诗》,也无《齐诗》。

《毛诗》及其经学阐释是指《毛诗》诗文、《毛诗序》、《毛传》、《郑笺》及唐孔颖达的《毛诗正义》。南朝裴骃作《史记集解》时,所面对的《毛诗》及其经学阐释是前四个部分。司马贞作《史记索隐》、张守节作《史记正义》时,《毛诗》及其经学阐释还要加上孔颖达的《毛诗正义》。三家注对《毛诗》及其经学阐释的各部分均有涉及。引《毛诗》,如《殷本纪》载:"契长而佐禹治水有功。帝舜乃命契曰:'百姓不亲,五品不训,汝为司徒而敬敷五教,五教在宽。'封于商,赐姓子氏。"《索隐》注:"尧封契于商,即《诗·商颂》云'有娀方将,帝立子生商'是也。"引《毛诗序》,如《鲁周公世家》载:"东土以集,周公归报成王,乃为诗贻王,命之曰《鸱鸮》。"《集解》注:"《毛诗序》曰:'成王未知周公之志,公乃为诗以遗王,名之曰《鸱鸮》。'"引《毛传》,如《李斯列传》载:"泰山之高百仞,而跛牂牧其上。"《集解》注:"《诗》云:'牂羊坟首。'《毛传》曰:'牝曰牂。'"引《郑笺》,如《外戚世家》载:"周之兴也以姜原及大任",《索隐》注:"郑玄笺《诗》云:'姜姓,嫄名,履大人迹而生后稷。'"引《毛诗正义》,如《周本纪》载:"明年,伐犬戎。"《史记正义》注:"又《毛诗疏》云'犬戎昆夷'是也。"

《韩诗》主要引自《韩诗外传》和《韩诗章句》。如《夏本纪》载:"贡维土五色",《史记正义》注:"《韩诗外传》云:'天子社广五丈,东方青,南方赤,西方白,北方黑,上冒以黄土。将封诸侯,各取方土,苴以白茅,以为社也。'"[①] 再如《周本纪》载:"其母有邰氏女,曰姜原。"《集解》曰:"《韩诗章句》曰:'姜,姓。原,字。'或曰姜原,谥号也。"

综而观之,三家注引《诗》主要归于以下功用:

(一)佐证、补充历史事实。周裕锴指出:"诗歌文本借助历史典籍的证据而弄清它产生的背景,这叫'以史证诗';历史典籍凭借诗歌文本的证据而修补它的舛陋,这叫'以诗补史之阙'或简称'以诗证史'。"[②] "以诗补史之阙"或"以诗证史"这一阐释观念虽然确立得较晚,但这种意识却古已有之,从《史记》三家注中就可窥得一斑。如《周本纪》载:"民皆歌乐之,颂其德。"《索隐》注:

① [汉]司马迁撰,[宋]裴骃集解,[唐]司马贞索隐,[唐]张守节正义:《史记》,北京:中华书局 2019 年版,第 52 页。

② 周裕锴:《中国古代阐释学研究》,上海:上海人民出版社 2003 年版,第 379—380 页。

"即《诗·颂》云'后稷之孙，实维太王，居岐之阳，实始翦商'是也。"《周本纪》载："帝舜曰：'弃，黎民始饥。'尔后稷播时百谷。封弃于邰，号曰后稷，别姓姬氏。"《索隐》注："即诗《生民》曰'有邰家室'是也。"以上两例是以《诗》佐证历史。三家注不但用《诗》佐证历史，还会引《诗》补充历史。如《周本纪》载："诗人道西伯，盖受命之年称王而断虞芮之讼。"《史记正义》注："二国相让后……又《毛诗》云：'文王九十七而终，终时受命九年，则受命之元年，年八十九也。'"《史记正义》内容引自孔颖达《毛诗正义》，用来补充说明文王受命之年的年岁。

（二）丰富、评价历史人物。三家注除引《诗》佐证、补充历史之外，还用《诗》来丰富和评价历史人物。丰富历史人物形象的例子如《秦本纪》载："周宣王即位，乃以秦仲为大夫，诛西戎。西戎杀秦仲。秦仲立二十三年，死于戎。"《集解》注："《毛诗序》曰：'秦仲始大，有车马礼乐侍御之好也。'"《集解》所引出自《秦风·车邻》，《车邻序》曰："《车邻》，美秦仲也。秦仲始大，有车马礼乐侍御之好焉。"《毛诗正义》曰："言秦仲始大者，秦自非子以来，世为附庸，其国仍小。至今秦仲而国土大矣。由国始大，而得有此车马礼乐，故言'始大'以冠之。"引文寥寥几句，将秦仲的形象补充得更为丰富。再如《殷本纪》载："汤乃兴师率诸侯……（汤曰）'女不从誓言，予则孥僇女，无有攸赦。'以告令师，作汤誓。于是汤曰'吾甚武'，号曰武王。"《集解》注："《诗》云：'武王载斾，有虔秉钺。'《毛传》曰：'武王，汤也。'"《集解》所引出自《商颂·长发》，《集解》引《诗》更加突出了商汤载旌旗出征的赫赫威仪。三家注不仅引《诗》来补充丰富历史人物，还以《诗》来评判历史人物的道德风貌，如《五帝本纪》载："尧曰：'鲧负命毁族，不可。'"《史记正义》注："鲧性很戾，违负教命，毁败善类，不可用也。《诗》云'贪人败类'也。"《正义》所引出自《大雅·桑柔》，是刺厉王之诗，这里用以评判鲧的人物品行。

（三）释地理、名物。如《五帝本纪》载："尧立七十年得舜，二十年而老，令舜摄行天子之政，荐之于天。尧辟位凡二十八年而崩。"《集解》注："皇甫谧曰：'榖林即城阳。尧都平阳，于《诗》为唐国。'"《集解》将《唐风》与历史中的地理位置对应了起来。再如《夏本纪》载："漆、沮既从"，《正义》注："《诗》云古公去邠度漆、沮，即此二水。"历史中的地理方位与《诗》中地理名称的对应，更增强了《诗经》文本的史学特质。另外三家注还引《诗》用作名物训诂，如《夏本纪》载："其篚织贝"，《集解》注："郑玄曰：'贝，锦名也。'《诗》云'成是贝锦'。"

二、史学视域下的《诗经》文本特征

综观三家注引《诗》的特点及功用，可以发现史学视域下的《诗经》文本展现了诸多不同于经学视角和文学视角的特征。或者说在史学视域下，《诗经》某些方面的文本特征得到了强化，这对我们研究诗、史、经之间的互动关系是极富启发性的。

（一）《诗经》的史学性质。三家注视《诗经》文本为真实的历史记录，诗歌创作是诗人基于现实政治善恶的反映。三家注通过引用《诗经》及其经学阐释中的历史人物、历史地名、历史事件等，强化了《诗经》的史学性质，使《诗经》具有史料价值。当《诗经》具有了史料价值，诗人依事言理才显得更具说服力。章学诚曾指出："古人未尝离事而言理。"（《文史通义·易教上》）说明了经是要以历史事实为依托的。换言之，《诗经》史学性质的强化，使《诗经》经学精神的发挥有了历史依托。《周本纪》载："懿王之时，王室遂衰，诗人作刺。"《索隐》注："懿王自镐徙都犬丘，一曰废丘，今槐里是也。时王室衰，始作诗也。"《周本纪》和《索隐》阐明了两个道理：一是王室衰微，《诗》是对当时历史的记录，是诗人对现实政治的反映；二是作《诗》的目的是"刺"，是对现实政治的讽刺和批判。《周本纪》又载："故天子听政，使公卿至于列士献诗。"《正义》注："上诗风刺。"这种观念承汉儒的"美刺"解《诗》观而来，因《诗经》史学性质的强化，更彰显了其现实主义创作精神，《诗经》经世致用的功能也更加突出。另外有学者认为作为儒家经典之一的《诗经》阐释体系包含了三个层次："《诗经》语言、历史事迹、经学义理。这三个阐释层次，需要在阐释过程中分别作文本建构：《诗经》文本、历史文本、经学文本。《诗经》文本即《诗经》语言文字本体，历史文本是《诗经》文本所映射的历史故实，经学文本是历史文本所蕴含的经学义理。"① 这一看法很有见地，历史文本的建构是《诗经》由《诗》到经的津梁。《诗经》历史文本的建构是多方面积淀的结果。其中《毛诗序》起到了至关重要的作用。其次，史学家的引用也发挥了重要的作用。总之，《诗经》除了经学、文学之外，还有史学的属性。唯有充分认识到这一属性，方能对《诗经》形成更为全面且深入的认知。

（二）经与史互为表里。经学与文学的视域下的《毛诗》及其经学阐释试图将《诗经》文本与历史事实一一对应，有时甚至牵强附会。其实在史学视域下，经与史同样密不可分。裴骃《史记集解序》中说："采经传百家并先儒之说，豫是有益，悉皆抄内。"司马贞《史记索隐序》说《史记》："又其属稿，先据左氏《国语》《系本》《战国策》《楚汉春秋》及诸子百家之书，而后贯穿经传，驰骋古今，错综隐括，各使成一国一家之事。"说明了不仅经学视域下经义要以历史为依托，史学视域下也是寓经于史的。因此，不能简单地将《毛诗》及其经学阐释中与历史对应的内容一概否定，而是应以更全面的视角去观照。三家注通过引《诗》将历史人物、历史事件、历史地名、历史名物与《诗》文本对应，客观上是引《诗》释史，实质上也是将历史要素注入了《诗经》，在无意间完成了一次历史文本的

---

① 齐元涛、凌丽君：《援史解经：诗经学的阐释传统》，《北京师范大学学报》，2023 年第 6 期，第 79—85 页。

建构，为援史解《诗》提供了文本依据。苏洵曾说："经不得史无以证其褒贬，史不得经无以酌其轻重。"（《嘉祐集卷九・史论上》）道出了经与史相辅相成的关系。前文提到三家注会引《诗》来对历史事件或历史人物做出评价。这是史以经"酌其轻重"的代表。当我们了解到这一特质时，才能够更加清晰地认识到《诗经》文本、历史、经学三者之间的互动关系。

（三）《诗经》的辞书性质。唐代注家经常将《诗经》当作百科全书式的工具进行征引，这使《诗经》的辞书性质得以凸显。这一点不仅在三家注中有所体现，颜师古的《汉书注》和李善的《文选注》都体现了这一特点。这一特点的渊源可以追溯到孔子的"多识于鸟兽草木之名"，司马迁也曾说："《诗》记山川、溪谷、禽兽、草木、牝牡、雌雄，故长于风。"说明《诗经》的辞书性质古已有之，三家注的征引延续了诗学传统。如《周本纪》载："公刘卒，子庆节立，国于豳。"《正义》注："《括地志》云：'豳州新平县即汉漆县，《诗》豳国，公刘所邑之地也。'"再如《夏本纪》载："齿、革、羽、旄"，《正义》注："故《尚书》云：'右秉白旄'，《诗》云：'建旐设旄'，皆此牛也。'"同样作为《史书》的注释，与颜师古《汉书注》的不同之处在于三家注引《诗经》释地理、名物在其引《诗》功用中占据了极大的比重，释字义则占比较少。换言之，三家注更重视《诗经》中地理、名物对历史的阐释作用。钱穆《论语新解》中说："诗尚比兴，多就眼前事物，比类而相通，感发而兴起。故学于诗，对天地间鸟兽草木之名能多熟识，此小言之。若大言之，则俯仰之间，万物一体，鸢飞鱼跃，道无不在，可以渐跻于化境，岂止多识其名而已。"[①] 钱穆先生此语启发我们不可忽略《诗经》的辞书性质。

综上所述，史学视域下，《诗经》呈现出了与传统视角不同的特质。我们必须对《诗经》的多重文本属性有一个全面深入的理解，才能对其进行更为全面、深入的考察和探讨。

---

① 钱穆撰：论语新解，上海：生活・读书・新知三联书店 2002 年版，第 451—452 页。

苏轼的《史记》读法研究

＊本文作者马雪妍，陕西师范大学文学院硕士研究生。

笔者偶读《撝怀斋诗话》，见书中所载："后山云：'陶渊明之诗，切于事情，但不文耳。'余尝思其不文之故，迄不得解。想与子瞻不好《史记》，永叔不爱杜诗，同一疑案矣。"[①] 尤其对"子瞻不好《史记》"这一疑案，产生了兴趣。然而历史上关于苏轼对《史记》的态度评述，众说纷纭，莫衷一是。探讨这一问题，需先明确苏轼如何阅读《史记》，如何理解文本。因此，本文聚焦苏轼的《史记》阅读，推测其初读本情况，梳理苏轼切入《史记》文本的三重视角，归纳后世影响并以此案为重点，再作讨论。

一、苏轼的《史记》初读本推测

阅读是围绕具体的文本展开的，而文本的客观载体是书籍。考虑到对于阅读者而言，对于文本的第一印象至关重要，所以我们研究苏轼的《史记》阅读，有必要考察他的读本情况，尤其是初读本。

首先，就苏轼的家庭背景来看，幼时家中当藏《史记》。据苏轼诗中描写的童年生活环境"门前万竿竹，堂上四库书"[②]，以及弟弟苏辙在《藏书室记》中的回忆"先君平居不治生业，有田一廛，无衣食之忧，有书数千卷，手辑而校之，以遗子孙"[③]，可以想见，苏宅藏书甚富。那么这数千卷的藏书中是否包含《史记》呢？笔者进一步考察其父苏洵的求学履历，27 岁决定闭门读书，自此发愤科举。所以家中藏书应以科举用书为主，史书也当在其列。且他曾作《史论》三篇，文成后，又在上书欧阳修时特别强调新作。文中对司马迁之文风、结构以及具体的篇目详作分析，可知其熟读《史记》，故家中当有其藏本。

其次，结合苏轼的生活经历可知，他对《史记》的阅读不止一遍，不止一本，但早期读本应无三家注。童年时，"公（苏轼）生十年，而先君宦学四方。太夫人

---

① 蒋著超：《撝怀斋诗话》，王培军、庄际虹校辑《校辑民权素诗话廿一种》，南京：凤凰出版社 2016 年版，第 74 页。

② 苏轼著，曾枣庄、舒大刚主编：《苏东坡全集·诗集》卷一五《答任师中家汉公》，北京：中华书局 2021 年版，第 1 册，第 282 页。

③ 苏辙著，曾枣庄、马德富校点：《栾城集·第三集》卷一〇《藏书室记》，上海：上海古籍出版社 2009 年版，下册，第 1565 页。

亲授以书，闻古今成败，辄能语其要。"① 父亲外出游学期间，苏轼与弟弟的学习由母亲教导，那么母子三人了解古今之事，必然离不开史书，最近而易得的便是父亲书房的本子。科举高中后，他踏入仕宦生涯，一生辗转多地，父子三人当年的读本在何处已无法判断了。但苏轼的《史记》阅读并没有因此停止。被贬黄州期间，他与陈季常多有往来，还曾在信中写道："欲借《易》家文字及《史记》索隐、正义。"② 晚年谪居海南岛的他亦是"诸史满前……日与小儿编排整齐之，以须异日归之左右也"③。值得一提的是，他向陈季常借书特意提到索隐、正义，既是补手头读本之缺，亦是补童年读本之缺。这从他对《史记》中宰我"与田常作乱"一事的态度可见端倪。唐代司马贞《史记索隐》中早已指明，此事为太史公误书。但苏轼对司马迁的记载颇有怀疑且深为诟病，不仅对《索隐》的指正只字未提，疑虑多年，而且与儿子苏迈详细考证后声称宰予的冤屈与孔子之蒙诟"自兹一洗"，是"古今之大快也"。据此推测他少年时读《史记》并未涉及《索隐》《正义》。

最后，基于当前的《史记》版本研究推测，苏轼早年的《史记》读本可能为蜀地刻本。这一判断基于以下几点思考：第一，"《史记》最初刊刻始于北宋太宗淳化五年（994）"④，此后，《史记》在北宋时期又经历了三次校刊：宋真宗景德元年（1004）、宋仁宗景祐二年（1035）、宋仁宗嘉祐年间（1056—1063）。它们均为正文与注文合刻的《史记集解》本，但发行数量有限，能接触到这批正版官方刻书的人也有限，且蜀地偏远，不可能在当地普及开来。贫寒士子仍以抄书为主，比如苏轼回忆："余犹及见老儒先生，自言其少时欲求《史记》《汉书》而不可得；幸而得之，皆手自书，日夜诵读，唯恐不及。"⑤ 第二，蜀地刻书事业由来已久，自中唐时雕印日历、韵书、佛经到唐末书肆聚集，所印之书既有"阴阳杂记、占梦相宅、九宫五纬之流，又有字书小学"⑥，种类驳杂，再到五代时期后蜀宰相毋昭裔出私财百万，印九经、《文选》、《初学记》、《白氏六帖》，当地书籍种类日益丰富且刻印技术日臻成熟。尤其是 965 年宋朝平蜀，曾一并收走了毋家的书版，又在获得宋太祖的肯定后被归还。这意味着毋氏一族的刻书事业在北宋并未断绝。且宋人王应麟的《玉海》中提到毋家在"太宗朝又摹印司马班范诸史"⑦，可

① 《栾城集·后集》卷二二《亡兄子瞻端明墓志铭》，下册，第 1410—1423 页。

② 《苏东坡全集·文集》卷五四《与陈季常（六）》，第 4 册，第 1946 页。

③ 《苏东坡全集·文集》卷六一《与郑靖老（一）》，第 4 册，第 2039 页。

④ 张玉春：《〈史记〉版本研究》，北京：商务印书馆 2001 年版，第 106 页。

⑤ 《苏东坡全集·文集》卷一二〇《李氏山房藏书记》，第 6 册，第 2870 页。

⑥ 刘少泉：《唐宋蜀刻版本述略》，《四川大学学报（哲学社会科学版）》1989 年第 4 期。

⑦ 关于毋氏刻《史记》的时间，存在两种说法：宋代王应麟、明代吴琉在书中记为"太宗朝"；明代张燧、焦竑，清代叶昌炽、周广业等人则记为"景德中"。"太宗朝（976—997）"与"景德中（1004—1007）"，时间相近，均在北宋初期。（参考王应麟辑《玉海》卷四十三，清嘉庆十一年江宁藩署刻本，第 19a 叶；吴琉辑《三才广志》卷六百三十九，明抄本，第 16a 叶；张燧《千百年眼》卷九，明万历刻本，第 6b 叶；焦竑《焦氏笔乘》续集卷三，粤雅堂丛书本，第 27b 叶；叶昌炽《藏书纪事诗》卷一，灵鹣阁丛书本，第 1a 叶；周广业《循陔纂闻》卷一，清钞本，第 31a 叶）

见毋氏在北宋初年已经在蜀地开始了《史记》刊刻，且极可能是对官方发行的
《史记集解》的翻刻。第三，眉山苏氏家族置书科考始宋仁宗天圣二年（1024）中
进士的苏涣（1000—1062），苏洵（1009—1066）之兄，苏轼（1037—1101）的伯
父。在北宋国初，蜀中学者多不愿出仕，但苏轼的祖父苏序"独教其子涣受学，
所以成就之者皆备"。苏家属于当地大户，经济富足，且苏序并不好读书，所以
为支持儿子科举，定然购置大量书籍。苏涣早年学习时，"其勤至手书司马氏
《史记》、班氏《汉书》"①，从表述来看，手书只是方法，并非目的。苏家的经济
情况是可以支撑买书的开支的，且从时间来看，1024 年以前毋昭裔的刻史进程已
经启动；地理位置上，眉山距离成都不过 200 里，综合考虑，有可能买到当地的
史记刻本。

　　根据前文推断，苏轼幼时当读其父苏洵书房的《史记》读本。那么苏洵的这
个本子可能有三种来源：兄长苏涣当年的读本、幼时父亲苏序为他购置的新书或
者成年后自己购买的本子。其中，最早不过苏涣之书，越往后，市场上《史记》
刻本数量只多不少，写本渐废。考虑到以毋家的财力和实力，当是蜀地最早刊刻
《史记》的；在已经有官方校勘的情况下，从质量和效率方面来看，他们最有可
能是对其直接摹写刻印的，也就是说，当地通行的版本当是翻版中央的《史记集
解》。所以笔者推测，苏轼幼年初读的本子很可能是蜀地翻刻的《史记集解》本。

二、苏轼阅读《史记》的三重视角

　　前文我们提到，从眉山少年到儋州老翁，苏轼都有读史的习惯。通过对《苏
东坡全集》中与《史记》相关联的内容的梳理，笔者认为苏轼的《史记》阅读呈
现以下三重视角：

（一）普通读者视角

　　此处的普通读者指的是不被身份、固有观念等影响，且没有功利意图的阅读
者。在这一视角里，苏轼的《史记》阅读更像是趣味游戏，是在与文本的深入互
动中展开的，从而实现对司马迁之文，尤其是列传部分的吸收、品鉴与解读。具
体体现在：嬉笑怒骂的沉浸体验、深入浅出的总结批注、费解之处的勾连阐释。

1. 嬉笑怒骂的沉浸体验

　　指苏轼在阅读中有着丰富的情绪投入。譬如他读到"汉武帝讳巫蛊之事，疾
如仇仇。盖夫妇、君臣、父子之间，嗷嗷然不聊生矣。然《史记·封禅书》云：
'丁夫人、洛阳虞初等，以方祠诅匈奴、大宛。'已且为巫蛊之魁，何以责其下？
此最可笑云。"② 笑汉武帝最忌讳巫蛊之术又曾在西征之前用巫术诅敌军。又如，

---

① 《栾城集》卷二五《伯父墓表》，上册，第 518 页。
② 《苏东坡全集·仇池笔记》卷上《巫蛊》，第 8 册，第 4075 页。

他读到孟尝君的经历时无奈感慨:"孟尝君所宾礼者至于狗盗,皆以客礼食之,其取士亦陋矣。然微此二人,几不脱于死。当是时,虽道德礼义之士,无所用之。然道德礼义之士,当救之于未危,亦无用此士也。"① 再如,他读到有关范蠡的记载时,感叹:"呜呼,春秋以来,用舍进退未有如蠡之全者,而不足于此,吾以是累叹而深悲焉。"② 在这些只言片语的点评中,活现了《史记》文本带给苏轼的情绪触动。

2. 深入浅出的总结批注

意在强调苏轼在阅读中常常结合生活经验,解读文本,语浅而意深。他以儿童换牙期乳牙脱落方式为喻,总结秦将王翦的用兵智慧和作战谋略,写道:"善用兵者,破敌国,当如小儿毁齿,以渐摇撼,而后取之,虽小痛而能堪也。若不以渐,一拔而得齿,则取齿适足以杀儿。王翦以六十万人取荆,此一拔取齿之道也。秦亦惫矣,二世而败,坐此也夫。"③ 从小儿毁齿到王翦用兵,由此进一步指出王翦灭楚之一历史事件的关键意义。此外他还结合现实生活中富庶人家的子孙不幸落败也不卖田宅的现象评点周之东迁是败而卖宅的反例:"今夫富民之家,所以遗其子孙者,田宅而已。不幸而有败,至于乞假以生可也,然终不可议田宅。今平王举文、武、成、康之业而大弃之,此一败而粥田宅者也。"④ 可见,他的批注是在深入思考后采用生动浅近的形式表达而出的。

3. 费解之处的勾连阐释

即不脱离文本,对其内在合理性的逻辑推理。尤其是苏轼联系前后文,对书中所载人物的行为动机以及司马迁为文之用心处予以揭露和阐发。譬如他读《田单列传》,尤其是公元前279年的即墨之战,齐将田单以火牛阵打败燕军的"名场面"。苏轼综合前文叙笔的细节记载,对于想出这一奇招的主人公——田单的行为动机进行解释:"田单使人食必祭,以致乌鸢。又设为神师。皆近儿戏,无益于事。盖先以疑似置齐人心中,则夜见火牛龙文,足以骇动取一时之胜。此其本意也。"⑤ 又如,他读《万石张公列传》,以"不情"为关键回顾前文,指出直不移的行为虚伪至极,由此对此篇的赞语进行补充解释:"太史公窥见之,故其赞曰:'塞侯微巧,周文处诎,君子讥之,为其近于佞也。'不疑蒙垢以求名,周文秽迹以求利。均以为佞。佞之为言智也。太史公之论,后世莫晓者。吾是以疏解之。"⑥ 主动为费解之处阐发揭露,可见苏轼在解读文本的同时亦深思每篇的赞语部分,理解传主,亦理解太史公。

由此可见,苏轼以普通读者的视角逐字细读文本,时而被牵动喜怒哀乐,沉

---

① 《苏东坡全集·文集》卷一一六《孟尝君宾礼狗盗》,第5册,第2770页。
② 《苏东坡全集·东坡志林》卷五《论子胥种蠡》,第8册,第3970页。
③ 《苏东坡全集·文集》卷一一六《王翦用兵》,第5册,第2772页。
④ 《苏东坡全集·东坡志林》卷五《周东迁失计》,第8册,第3967页。
⑤ 《苏东坡全集·文集》卷一一六《田单火牛》,第5册,第2771页。
⑥ 《苏东坡全集·文集》卷一一七《直不疑买金偿亡》,第5册,第2780页。

浸于司马迁笔下的世界；时而暂停总结，联系生活经验深入浅出，标注重点；时而对于费解之处回溯文本寻找线索，仿佛探险解谜般勾连阐释，扫清障碍。

（二）学者视角

这一视角下，读者苏轼面对文本的态度更为冷静、客观，伴随着更为缜密的审视姿态与更为宏阔的思维视域，不局限于文本自身。体现在：

1. 对历史真实的质疑与考证

不同于第一重视角仅仅与文本对话，苏轼的《史记》阅读在全面理解文本的前提下，能够跳出司马迁笔下的历史世界，实事求是，以辩证眼光审视之。他意识到了史书记载的历史真实性需要读者再判断的问题，在读《司马穰苴列传》时，详细对比《左传》《战国策》的记载，对《史记》提出质疑。他发现，司马穰苴的事迹，《左传》不载，《战国策》载其被齐闵王杀之，与《史记》所载"齐景公时人"存在时间上的错位。综合判断后，苏轼认为是《史记》之误，他提出："太史公取《战国策》作《史记》，当以《战国策》为信。凡《史记》所书大事，而《左氏》无有者，皆可疑。如程婴、杵臼之类是也。穰苴之事不可诬，抑不在春秋之世，当更徐考之。"① 体现了他严谨、实事求是的学术态度。不仅如此，他还纠正司马迁记载之误，为宰予翻案。宰予是孔门四科中言语科之首，但也是孔子批评最狠的学生。《仲尼弟子列传》中记载了他在齐国做大夫期间与田常同谋作乱，结果被灭族，孔子引以为耻。读此，苏轼疑惑不已，无法理解"吾先师之门乃有叛臣焉""天下通祀者容叛臣其间，岂非千载不蠲之惑也耶？"② 他与儿子苏迈"考阅旧书，究其所因"，以时代较近的李斯的谏文"田常为简公臣，布惠施德，下得百姓，上得群臣，阴取齐国，杀宰予于庭"为依据，指出宰我作为田常的反对者而被杀，非其同谋。由此为宰予翻案。不同于《索隐》考证《左传》之文，指出孔子的弟子宰予，字子我，齐简公的宠臣阚止，字子我，两人同字，是太史公误判了，苏轼就此桩冤案提供了新材料、新视角、新思路，亦有见地。揭示"太史公固陋承疑，使宰我负冤千载"，足见苏轼的《史记》阅读是伴随着对于历史真实性的怀疑与考证进行的。

2. 对史公之论的批驳与研究

在理解了司马迁的立场观点和用意之后，太史公的文字转而成为苏轼眼中的研究对象：对不赞同处，自抒己见，立论撰文，试图与其跨时空论辩；于认可之处，进一步发掘拓展。

苏轼对司马迁的言论多有否定。司马迁作《史记》，欲究天人之际，通古今之变，成一家之言，这也是苏轼阅读《史记》的重点之一。读者视角下，他字字留心，解史公之言，阐释其意，似是太史公的贴心知己；但是学者视角下，在已

① 《苏东坡全集·文集》卷一一六《司马穰苴》，第 5 册，第 2770 页。
② 《苏东坡全集·文集》卷一一六《宰我不叛》，第 5 册，第 2769 页。

知其言何意后，他审慎思考，深入研究，不轻易认同。就具体观点不满时，他罗列"太史公曰"与"苏子曰"，在行文上与司马迁跨时空对谈，在驳论中立以己论。如他读秦统一六国的历史，总结其成功的关键在"巧"，且在顺序上，尤其是巧于取齐。颇有才能的齐襄王在位时，秦伐齐；齐王建不才，他在位时，秦却不讨伐，原因何在？苏轼引太史公曰"君王后事秦谨，故不被兵"，并对此提出质疑："夫秦欲并天下耳，岂以谨故置齐也哉！……齐、秦不两立，秦未尝须臾忘齐也，而四十余年不加兵者，岂其情乎？"① 不过是借与齐交好，避免他与别国联盟，由此顺利解三晋之交，灭楚、燕罢了。又如他写道："太史公论《诗》，以为'《国风》好色而不淫，《小雅》怨诽而不乱。'以余观之，是特识变风、变雅耳，乌睹《诗》之正乎？"② 反驳太史公对诗经的认知仅仅局限于周衰之际的作品，并未得其全貌。抛开对于二人观点孰是孰非的探究，仅仅将其放在苏轼一生的《史记》阅读这一坐标体系来看，苏轼显然没有接受司马迁的诗观，在阅读时有主观独立的思考与判断。

　　除了上述细节性的批驳，他也提出了总结性的论断。《东坡志林》中便收录了一则题为《司马迁二大罪》的文章，明指其过失。文中"苏子曰：此皆战国之游士邪说诡论，而司马迁暗于大道，取以为史。吾尝以为迁有大罪二，其先黄老后六经，退处士进奸雄，盖其小小者耳。所谓大罪二，则论商鞅、桑弘羊之功也。自汉以来，学者耻言商鞅、桑弘羊，而世主独甘心焉，皆阳讳其名，而阴用其实，甚者则名实皆宗之庶几其成功，此司马迁之罪也。"③ 苏轼总览全书，尤其不满于司马迁以黄老之学先于儒家六经，推扬游侠，甚至肯定商鞅、桑弘羊变法之功。结合前文来看，苏轼对司马迁的不满不仅仅限于此两点，但尤其强调此二大罪，是在儒家正统的立场上看到了它们分别在学术发展史与政治发展史上产生的严重负面影响，故言语犀利，且态度鲜明地予以批评。这些观点也散见于苏轼其他的评论文章，如他论游侠之弊，认为他们"皆奸民蠹国者，民何以支而国何以堪乎？"④ 谈及黄老申韩之说，直斥"邪说之移人。虽豪杰之士有不免者，况众人乎！自汉以来，道术不出于孔氏，而乱天下者多矣"⑤ "庄、老之后，其祸为申、韩。由三代之衰至于今，凡所以乱圣人之道者，其弊固已多矣，而未知其所终，奈何其不为之所也"⑥；谈商鞅变法，"壮其勇而有决"，但"秦之所以富强者，孝公务本穑之效，非鞅流血刻骨之功"⑦ ……可见，二大罪的提出，是苏轼对阅读《史记》时产生的零碎的否定认知的提炼与综合，也是他对太史公之作最为不满

———————————

① 《苏东坡全集·东坡志林》卷五《秦拙取楚》，第 8 册，第 3968 页。
② 《苏东坡全集·文集》卷八三《王定国诗集叙》，第 5 册，第 2360 页。
③ 《苏东坡全集·东坡志林》卷五《司马迁二大罪》，第 8 册，第 3973 页。
④ 《苏东坡全集·东坡志林》卷五《六一居士集叙》，第 8 册，第 3975 页。
⑤ 《苏东坡全集·文集》卷八三《游士失职之祸》，第 5 册，第 2358 页。
⑥ 《苏东坡全集·文集》卷一〇一《韩非论》，第 5 册，第 2582 页。
⑦ 《苏东坡全集·文集》卷一〇四《论商鞅》，第 5 册，第 2621 页。

的集中体现。

　　但不可否认，苏轼也曾明确肯定司马迁的考证之功，意识到"太史公多见先秦古书，故其言时有可考，以正自汉以来儒者之失"①，且在阅读时往往在太史公提供的文献基础上展开立论探究。如读《五帝本纪》中关于舜的部分时，他结合屈原的说法、《左传》的记载，对于"舜归而言于帝，请流共工于幽陵，以变北狄；放驩兜于崇山，以变南蛮；迁三苗于三危，以变西戎；殛鲧于羽山，以变东夷"② 这条史料进一步挖掘，提出了新的观点：尧不诛四凶。汉以来学者大都认为"四凶"，即共工、驩兜、三苗、鲧，是四个无德小人，且屏退"四凶"是舜的功绩之一，而非尧，甚至对尧加以批评。但苏轼推翻了前人观点，认为如果此四者均为穷奸极恶之徒，何以变四夷之俗？大奸在朝而不除，尧何以成尧帝？尧对于四凶的处理并非诛杀，也没有彻底废弃，而是把他们迁去远方做了各地的首领，可谓新解。又如，读《周本纪》太史公赞语处对周东迁时间的辨析后，苏轼进一步指出："周之失计，未有如东迁之缪者也。"③ 又列举了盘庚迁殷、古公迁岐、卫文公东迁、齐国迁都临淄、魏惠王迁大梁、楚昭王、顷襄王、考烈王迁都，以及东汉董卓迁长安，南唐李景迁都豫章等古今诸多史事，从正反两方面说明周王朝"终以不振，则东迁之过也。"再如苏轼作《荀卿论》，开头直言"尝读《孔子世家》，观其言语文章，循循莫不有规矩，不敢放言高论，言必称先王，然后知圣人忧天下之深也。"④ 以司马迁的记载为依据展开论述。可以说，苏轼是站在太史公的肩膀上继续对历史的评述与研究的。

　　值得一提的是，苏轼还从史公文字中窥见不同时代社会风气对个体文字书写的影响。他写道："西汉风俗谄媚，不为流俗所移，惟汲长孺耳。司马迁至伉简。然作《卫青传》，不名青，但谓之大将军；贾谊何等人也，而云爱幸于河南太守吴公。此等语甚可鄙，而迁不知，习俗使然也。"⑤ 可以想见，苏轼在阅读时，不断调动个人学识，不仅仅停留在普通读者欲知其然的阐释，更将司马迁的文本与苏轼所了解的历史的、社会的、文化的各范畴见闻相联系，生发出对其所以然的探讨。

　　所以说，学者视角下苏轼的《史记》阅读不局限于文本内部，也不满足于理解文意。对于书中记载的历史事件，他对其真实性提出怀疑，并以严谨的态度详细考证；对于司马迁的言论，他辩证分析，既有强烈的批驳与否定，也有认可与拓展。

（三）作者视角

　　苏轼在阅读中，也会有意识地将《史记》视作素材本、灵感库，并运用于作

---

① 《苏东坡全集·文集》卷一一六《尧不诛四凶》，第 5 册，第 2767 页。
② 司马迁：《史记》卷一《五帝本纪》，北京：中华书局 1982 年版，第 28 页。
③ 《苏东坡全集·东坡志林》卷五《周东迁失计》，第 8 册，第 3966 页。
④ 《苏东坡全集·文集》卷一〇一《荀卿论》，第 5 册，第 2580 页。
⑤ 《苏东坡全集·文集》卷一一六《西汉风俗谄媚》，第 5 册，第 2775 页。

品之中。体现在对《史记》字句的引用、行文的模仿和对语言的吸收。

1. 对《史记》字句的引用

苏轼活用《史记》文本，在政论文章中多有引用。据苏轼本人自述："轼少年时，读书作文，专为应举而已。既及进士第，贪得不已，又举制策，其实何所有。而其科号为直言极谏，故每纷然诵说古今，考论是非，以应其名耳。"① 他认为自己早年的学习和阅读是应试背景下功利性的行为，是为了创作更优秀的策论文章而研读经史。这也影响到了他的《史记》阅读：面对文本时有意积累素材，甄别筛选，归纳总结，从而在写作中如鱼得水，灵活运用。

一方面，在苏轼那些"志于得而已"的应试作品中，常常会出现《史记》的身影：如嘉祐二年正月，苏轼参加省试，对春秋义时作《问小雅周之衰》，直接引用季札、文中子以及太史公三人谈及《小雅》的言论，逐一分析，论证"《小雅》者，兼乎周之盛衰者也"这一中心论点。又如，治平三年二月四日，苏轼作《学士院试〈春秋〉定天下之邪正论》，以"夫《春秋》者，礼之见于事业者也"为中心论点，结尾落脚到"故太史公曰：'《春秋》者，礼义之大宗也。'"重述了《太史公自序》中司马迁的观点，强调君、臣、父、子知《春秋》的重要性；再如，苏轼作《形势不如德论》，开头写其选题缘由："太史公以为形势虽强，要以仁义为本。儒者之言兵，未尝不以藉其口矣。请拾其遗说而备论之。"② 考场之上，能够快速调动史学积累，可见其准备之充分。

另一方面，在苏轼登上政治舞台后的发声之作中，也有提及《史记》：如他在《策略二》中谈论"二虏之忧未去"的背景下，如何"治天下"的问题，结合自己的阅读体验，举勾践灭吴一事加以分析，写道："臣尝读《吴越世家》，观勾践困于会稽之上，而行成于吴……然卒以灭吴，则为国之患，果不在费也。彼其内外不相忧，是以能有所立。"③ 他强调越国送给吴国的礼物虽厚但有节度，派遣的劳役虽然辛苦但有时间限制，如此，国家"财不匮""本不摇"，勾践才得以施展志向。以史为鉴，突出有效治理的重要性。又如，元祐六年三月，他上奏《乞相度开石门河状》，筹划开凿石门运河。以《史记》所载起笔："右臣谨按《史记》秦始皇三十七年，东游至钱塘……独畏浙江水波恶，不敢径渡，以此知钱塘江天下之险，无出其右者。"④ 再如，元丰元年作《庄子祠堂记》，"谨按《史记》"引述书中的记载，并加以分析，用"此知庄子之粗"予以否定，进而生发议论。在这些主题严肃的议论文章中，苏轼能够在合适的位置与《史记》的特定内容相联系，足见其读书之用心。

所以说，不同于读者视角专注于《史记》讲了什么，学者视角围绕《史记》文本展开研究，在"专为应举"的目的驱动下，《史记》被动成了苏轼眼中可以为

---

① 《苏东坡全集·文集》卷四五《答李端书》，第4册，第1824页。
② 《苏东坡全集·文集》卷九七《形势不如德论》，第5册，第2543页。
③ 《苏东坡全集·文集》卷一〇九《策略二》，第5册，第2675页。
④ 《苏东坡全集·文集》卷二九《乞相度开石门河状》，第3册，第1528页。

己所用，为写作服务的素材库；那些从《史记》中总结提炼或者是直接摘引的内容，成了苏轼创作时引经据典的底气，也是他诵说古今时拿来可用的论据。

2. 对《史记》行文的模仿

苏轼模仿《史记》行文，在文学创作中受其启发。司马迁开创了纪传体，作七十列传，为人作传；苏东坡另辟蹊径，以史为文，为物作传，创作了一系列类似寓言的传记作品。

一方面，这些作品从命名到布局，均体现了仿拟《史记》特点。比如，《杜处士传》写的是杜仲（一味中药）；《万石君罗文传》写的是一方砚台；《江瑶柱传》写的是干贝；《叶嘉传》写的是茶叶；《温陶君传》写的是馒头；《黄甘陆吉传》写的是柑子、橘子。作品中的杜仲、罗文、江瑶柱、叶嘉、黄甘、陆吉等在历史上并无其人，所载事迹也是作者根据其习性特点杜撰而成的。苏轼在文中不直接点破所写之物，而是将其拟人化，作为一个具体的人物来写，有独传，也有合传。

另一方面，这些文章故事性强，叙事为主，且结尾处以"苏东坡曰"，甚至"太史公曰""赞曰"等方式议论，与《史记》体例如出一辙。譬如《江瑶柱传》结尾处为："太史公曰：里谚有云：'果蓏失地则不荣，鱼龙失水则不神。'物固且然，人亦有之。嗟乎瑶柱，诚美士乎！方其为席上之珍，风味蔼然，虽龙肝凤髓，有不及者。一旦出非其时而丧其真，众人且掩鼻而过之，士大夫有识者，亦为品藻而置之下。士之出处不可不慎也，悲夫！"① 这些文字并非太史公之言，而是苏轼借太史公之名，展开自己的论述。以木不能离土地，鱼龙不能离开土壤的谚语为引，进而阐述人亦是如此；联系前文，传主江瑶柱没有守祖先训诫，不懂得藏拙，在不擅长的官场奔波，日渐被嫌恶，由此强调读书人进退不可不慎重。可见，这些以文为戏的作品，有着明显的仿照《史记》的痕迹。换言之，《史记》阅读为苏轼的文学创作提供了灵感来源。

由此反推，苏轼在阅读中定然对其写作方式颇有研究。这种对于如何为文的留意，显然是带入了创作者的视角，涉及了对太史公如何处理材料，如何生发议论，如何布局文章的思考，故而在游戏笔墨时受到启发，以史传文体作诙谐寓言，让虚拟的真实也即艺术真实超越了历史的真实，完成了传体文学的改革创新。

3. 对《史记》语言的吸收

苏轼吸收《史记》语言，在文字表达上深受影响。关于这一点，前人已多有提及，可做参考。

一方面，苏轼在具体词句上得其"形似"。譬如宋代周密关注到了苏轼在遣词造句上对于《史记》的承袭，指出："东坡《赤壁赋》多用《史记》语，如'杯盘狼藉''归而谋诸妇'，皆《滑稽传》；'正襟危坐'，《日者传》；'举网得鱼'，

---

① 《苏东坡全集·文集》卷一四三《江瑶柱传》，第6册，第3159页。

《龟策传》。开户视之，不见其处，则如《神女赋》，所谓以文为戏者。"① 刘清泉
先生关注到了苏轼诗歌用典上对《史记》的承袭，指出"统计在苏轼作品中化用
《史记》典故等的数据，涉及'太史公'47 项、'司马迁'52 项、'《史记》'606
项。"② 化书中字句为己所用，足见苏轼对《史记》语料的熟悉。

　　另一方面，苏轼也在文笔风格上得其"神似"。以宋人罗大经对苏轼《赤壁
赋》与司马迁《伯夷列传》的关系探讨为例，他指出："太史公《伯夷传》、苏东
坡《赤壁赋》，文章绝唱也，其机轴略同。《伯夷传》以'求仁得仁，又何怨'之
语设问，谓夫子称其不怨，而《采薇》之诗犹若未免怨，何也？盖天道无亲，常
与善人，而达观古今，操行不轨者多富乐，公正发愤者每遇祸，是以不免于怨
也。虽然，富贵何足求，节操为可尚，其重在此，其轻在彼。况君子疾没世而名
不称，伯夷、颜子得夫子而名益彰，则所得亦已多矣，又何怨之有？《赤壁赋》因
客吹箫而有怨慕之声，以此漫问，谓举酒相属，凌万顷之茫然，可谓至乐，而箫
声乃若哀怨，何也？盖此乃周郎破曹公之地，以曹公之雄豪，亦终归于安在？况
吾与子寄蜉蝣于天地，哀吾生之须臾，宜其托遗响而悲也。虽然，自其变者而观
之，虽天地曾不能一瞬，自其不变者而观之，则物与我皆无尽也，又何必羡长江
而哀吾生哉！江风山月，用之无尽，此天下之至乐。于是洗盏更酌，而向之感慨
风休冰释矣。东坡步骤太史公者也。"③ 看似强调文章思路一致，但不同于前文苏
轼有意仿拟《史记》体例为物作传，此处实则道出了司马迁文学成就对苏轼影响
之深，已然渗透在了苏轼的文字之中，达到了出神入化了无痕的境地。这离不开
苏轼对《史记》语言的品鉴与体悟。

　　由此，无论是苏轼作品中对《史记》语句的直接引用，还是不着痕迹的神似
之笔，均体现了苏轼在阅读中对于《史记》语言的深度吸收，自外而内，由浅入
深，并在创作实践中化为己用。

　　综上，苏轼的《史记》阅读在普通读者、学者和作者三重视角下展开：以普
通读者视角细读文本，疏通文意且投入丰富的情绪体验；以学者视角审视作品，
对史料真实性提出质疑并考证，对太史公的文字辩证对待，有否定批驳，也有认
可与研究；以作者视角收集素材，研读其行文、语言，以服务于诗文创作。这三
重视角交织勾连，架构起了苏轼眼中《史记》文本的多维面貌，丰富其阅读体验。

三、后世影响及"苏轼不好史记"的再讨论

　　苏轼的《史记》阅读在后世引起关注，产生了一定影响。除了前文提到的宋
代周密、罗大经等人对于苏轼作品与《史记》文本的关系探讨外，学者们还涉及

---

　　① 周密撰，孔凡礼点校：《浩然斋雅谈》（与叶寘撰，孔凡礼点校《爱日斋丛抄》；陈世崇撰，孔
凡礼点校《随隐漫录》合刊），北京：中华书局 2010 年版，第 14 页。

　　② 刘清泉：《苏轼不好〈史记〉考察》，《中国苏轼研究》2016 年第 2 期。

　　③ 罗大经撰，王瑞来点校：《鹤林玉露》，北京：中华书局 1983 年版，第 106 页。

到了以下几点：

一是对苏轼《史记》评论正确与否的讨论。譬如对于苏轼提出的"尧不诛四凶"这一观点，清人王士禛明确肯定，在《殛鲧辩》一文开篇写道："东坡谓《史记》舜请流共工于幽陵以变北狄殛鲧于羽山以变东夷云云……盖四族之诛皆非诛死但迁之远方为要荒之君长尔，此论极当"①；周炳中持否定意见，提出："苏子瞻据《史记》以变北狄云云，谓四族之诛皆非，诛死亦不废绝，但迁之远方，为要荒之君长。此说亦非。按《春秋传》言舜臣尧，流四凶族，是四罪之刑皆流也。《禹贡》要服二百里蔡，荒服二百里流，盖以要荒之边鄙为流放罪人之地，正《传》所谓投诸四裔，以御魑魅者，岂使之为君长哉！"② 两种截然不同的论断并存。又如，就苏轼的《范增论》一文，乾隆皇帝读后写道："引陈平之事，轼将信之乎？抑不信之而漫举以申己说乎？"③ 认为苏轼"为两可之说于其间"；王先谦则在文中直斥其非，提出"余读《史记》反复秦楚之际而知苏氏之论范增谬也"；④ 再如，张士元作《晁错论》一文，结尾处强调"后之人毋以班固之说与苏轼之论为断，则错之是非见矣"；⑤ 在《读史杂论》中提到"苏子瞻直谓《史记》所载之事凡《左传》所无者皆不可信，岂笃论乎？"⑥ 等等，这些均反映了后世学者对于苏轼的《史记》评论的关注与思考。

二是对苏轼有关《史记》的作品的有意仿续。苏轼曾作数篇历史人物专论，如前文提到的《范增论》《晁错论》《周公论》《荀卿论》《韩非论》以及《管仲论》《秦始皇帝论》等。对于这些依史而发的议论，清代学者焦循"十二三岁时，读三苏文，即解为论序。见东坡文范增、晁错诸论，思拟而效之。苦于不诸史事，乃阅《汉书》《三国志》，递及南北史、《唐书》、《五代史记》"⑦，试图模仿而不得，受此激励，发奋读史。不仅如此，苏轼曾因《史记》而作《安期生》《秧马歌》等诗。尤其是《安期生》，更是他读太史公之文后有感而发："予每读此，未尝不废书而叹，嗟乎，仙者非斯人而谁为之。故意战国之士，如鲁连、虞卿，皆得道者欤？"⑧ 故而以慨叹作诗。晚清名臣张佩纶读此诗后，围绕《史记》进一步考察安期生的生平学术，并作诗《和东坡安期生》一首，引言处写道："坡公以史迁纪安期生干楚亡去事，慨叹作诗。余考《史记·乐毅传》，太史公曰：'乐巨公学黄帝、老子，其本师号曰河上丈人，不知其所出。'河上丈人传安期生，安期生教毛翕公，毛翕公教乐瑕公，乐瑕公教乐臣公，乐臣公教盖公，盖公教于齐高密、胶西，

---

① 王士禛：《带经堂集》卷八一，清康熙五十年（1711）程哲七略书堂刻本，第5b叶。

② 周炳中：《四书典故辨正》卷一七，清嘉庆刻本，第7b—8a叶。

③ 王杰等纂：《钦定石渠宝笈续编》卷二，清乾隆末年内府朱格钞嘉庆增补本，第15b叶。

④ 王先谦撰，梅季点校：《王先谦诗文集》，长沙：岳麓书社2008年版，第53页。

⑤ 张士元：《嘉树山房集》卷一，清嘉庆二十四年（1819）刻本，第10a叶。

⑥ 《嘉树山房集》卷三，第6b叶。

⑦ 闵尔昌编：《焦理堂先生年谱》，民国十六年（1927）江都闵氏刻本，第3a叶。

⑧ 《苏东坡全集·诗集》卷四一《安期生》，第2册，第735页。

为曹相国师。时方士假安期以惑孝武，而迁辄着安期生平学术，散见于乐毅、田横各传。乌乎，微矣！坡诗作于儋耳，余亦读书徒所，偶次其韵，以补坡所未及云。"① 可以视作苏轼作品的后世遗响。

三是关于"苏轼不好《史记》"这桩疑案的探讨。此说法源于陈师道在《后山诗话》所载："欧阳永叔不好杜诗，苏子瞻不好司马《史记》，余每与黄鲁直怪叹，以为异事。"② 后来，部分学者沿袭此论展开阐释与解读，尤其是对苏轼不喜《史记》的原因探究。南宋袁文提出"岂亦性情之癖耶"③，认为是苏轼个人性情的体现。明代学者江以达为张时彻《芝园集》作序时，据陈师道之说批评欧阳修和苏轼二人的做法太过偏执："夫欧苏不杜与迁类，即欲类之而不能也甚明。乃各负其是而不相通，此其偏有以抵之"④，是古之文人"狃于用长而抵于触类"的代表。同时，明代学者们还对苏轼不好《史记》的缘由产生了多种猜测：徐孚远猜想与文本风貌有关，在《〈史记测义〉序例》一文中提出："余尝观苏子瞻、黄山谷之论，皆称《汉书》，不称《史记》，岂以班文藻赡，有过迁《史》也哉！"⑤ 何良俊从人物关系出发，认为苏轼可能受到了欧阳修的影响："相传谓欧阳公不喜《史记》，此理之不可晓者。观苏子瞻与黄山谷亦只称班固书，不常道着《史记》。盖子瞻出欧公之门，而山谷则苏公之友也。"⑥ 王世贞就何良俊的观点补充："岂亦习气相承耶？"⑦ 无论是据此对苏轼本人展开评价，还是对其"不好"的原因猜想，这些言论均以认可陈师道之说为前提。

但是，也有学者提出质疑，否认苏轼不好《史记》。以明代学者王世贞的观点为例，他认为："东坡何尝不喜《史记》也？子长史笔，高视千古，稍知文墨蹊径者，莫不醉心，况东坡乎？观其记李氏山房曰：'余犹见老儒先生，自言少时欲求《史记》不可得，幸而得之，亲手自抄，日夜诵读，惟恐不及。'夫既称老儒先生爱慕《史记》矣，宁有不自好邪？又观其海上与友人书曰：'到此抄得《汉书》一部，若再抄得《唐书》，便是贫儿暴富也。'夫汉书、唐书，皆宪章《史记》者也，犹抄录庆幸如此，况于《史记》，宁不自好邪？且荆公尝称坡公表忠观碑似《史记·诸侯王年表》，既法其体为文矣，非潜心领略，能若是哉？"⑧ 连用四个反问句，气势逼人，为苏轼翻案。后来，清代学者尤侗也发问反驳："子瞻作表忠观

① 张佩纶：《涧于集》卷三，民国十五年（1926）张氏涧于草堂刻本，第6b—7a叶。

② 陈师道：《后山诗话》，何文焕辑《历代诗话》，北京：中华书局1981年版，第303页。

③ 袁文：《瓮牖闲评》卷五，《影印文渊阁四库全书》，台北：台湾商务印书馆1986年版，第852册，第450页。

④ 张时彻：《芝园定集》"序言"，明嘉靖刻本，第3a叶。

⑤ 徐孚远著，姚光辑录：《徐闇公先生遗文》，民国十五年（1926）金山姚氏怀旧楼刻本，第4a叶。

⑥ 何良俊撰，李剑雄校点：《四友斋丛说》，上海：上海古籍出版社2012年版，第35页。

⑦ 王世贞编：《苏长公外纪》卷一二，明万历二十三年（1595）璩氏燕石斋刻本，第2b叶。

⑧ 《苏长公外纪》卷六，第12a叶。

碑，荆公叹赏良久，曰：'此三王世家体也。'世有不好其文而学其体者乎?"① 且补充了苏轼曾言"江瑶柱似荔枝，杜诗似《史记》"，认为这句话"不但为太史公增价，并为工部雪冤矣"，以此抨击"苏轼不好《史记》"② 之说。

可见，苏轼对于《史记》的态度在历史上存在争议。近代以来，相关的讨论亦未曾断绝，蒋箸超在其《撼怀斋诗话》中认为"岂好恶与人殊哉，盖别有所见耳"，属人之常情；詹锳在《文心雕龙义证》中谈及苏子瞻不好《史记》，予以肯定："诚知所取舍也。"亦有专论文章，如杨胜宽《关于苏轼对司马迁的评价问题》、余祖坤《论苏轼的〈史记〉研究》、刘清泉《苏轼不好〈史记〉考察》等等，均涉及对这一问题的探讨。

关于这桩疑案，在前人的阐述之外，联系前文的分析，笔者认为：

苏轼确实对于《史记》存在不满，但整体上熟读深思，不狂热也不讨厌。这一判断与苏轼的《史记》阅读情况有关。前文我们提到他以多维视角切入文本，打开了《史记》作为历史故事书，学术研究对象以及写作素材库等多种面貌，涉及了对文本的阅读、研究以及运用多个环节，足见其阅读角度、广度与深度，不可不谓熟读深思；需要承认的是，他确实没有对《史记》提出强烈的称赞之语，反而以学者眼光对文本颇有警惕，对书中记载的真实性以及太史公的言论批驳、怀疑，阐其不满，算不得狂热爱好；但是苏轼的《史记》研究集中在对列传部分的阅读，且影响到了他创作的体式、内容、语言等等，可见并不讨厌。

需要补充的是，苏轼对于《史记》的不满可能与初印象有关。具体而言，一是受读本的影响：根据前文对苏轼的《史记》初读本的推测，他读到的《史记》可能是蜀地翻刻官方整理的《史记集解》本，非三家注本，可参看的内容有限，所以在"宰我不叛"等问题上反应激烈；二是功利心的影响：早期能接触到的注文不多，以自我解读为主，而苏轼又"专为务举"而读，所以兴致不高；三是父亲苏洵的影响：一方面，苏轼与弟弟幼时的教育除了韵律之学外，几乎由父母亲授。在苏轼 12 岁祖父去世后，苏洵不再外出，在家专心教子读书。所以父亲的观点是少年苏轼解读《史记》的重要参考。另一方面，苏洵曾经在《史论》中分析司马迁之功过，明确指责司马迁"喜杂说，不顾道所可否；固贵谀伪，贱死义……而乃裂取六经、传、记，杂于其间，以破碎汩乱其体……此迁之失也。"③ 苏辙自述其作《古史》的缘由时也提及司马迁"不务推本《诗》《书》《春秋》，而以世俗杂说乱之"④，与父亲的观点重合。苏辙如此，可以想见，苏轼对《史记》之失也有耳闻，在阅读中受到苏洵的辩证观念的影响，存疑指弊。

---

① 尤侗撰，李肇翔、李复波整理：《艮斋杂说》卷八，北京：中华书局 1992 年版，第 160 页。

② 《艮斋杂说》卷八，第 160 页。

③ 苏洵著，曾枣庄、金城礼笺注：《嘉祐集笺注》卷九《史论》，上海：上海古籍出版社 1993 年版，第 237 页。

④ 《栾城集·后集》卷一二《颍滨遗老传上》，下册，第 1284 页。

结　语

综上，关于苏轼的《史记》阅读，就读本情况而言，我们推测苏轼的初读本可能为蜀地翻刻《史记集解》本；从具体方法来看，他运用了三重视角解读文本，体现为：普通读者视角下，以嬉笑怒骂的沉浸体验、深入浅出的总结批注和对费解之处的勾连阐释细读文本，疏通其意；在学者视角下，以较冷静的态度、更广阔的视域辩证思考，展开对历史真实的质疑与考证，以及对太史公之论的批驳与研究；在作者视角下，苏轼将《史记》与个人创作相联系，阅读时积累素材与提取灵感，在创作中活用其文本，模仿其行文，吸收其语言。三重视角交织，既架构起了其文本阐释的话语空间，也是苏轼接受《史记》的主要路径。从后世影响来看，苏轼的《史记》评论、相关创作以及他对于《史记》的态度引起了广泛的讨论。此外，重新探讨"苏轼不好《史记》"这桩疑案，以前文为据，我们认为他熟读深思，对于《史记》有不满，但整体并不极端；且补充其不满之缘由当受幼年初读印象的影响，与读本情况、功利心态以及苏洵的教育有关。

《吴诗集览》征引《史记》析论

＊本文作者刘可、赵望秦。刘可，宁夏师范大学文学院中国古典文献学专业研究生；赵望秦，陕西师范大学文学院教授。

一、绪　论

《史记》作为我国历史散文的杰出代表，对后世散文、诗歌和戏剧等各个体裁的文学创作都产生了深远的影响。就诗歌来说，上起东汉的班固，下迄清代。历朝历代都不乏诗人从《史记》中汲取创作的材料和经验，而这些诗人中尤为值得注意的当属明末清初的诗人吴伟业。

（一）吴伟业其诗与其注

吴伟业（1609 年 6 月 21 日—1672 年 1 月 23 日），字骏公，号梅村，别署鹿樵生、灌隐主人、大云道人，江苏太仓人。与钱谦益、龚鼎孳并称为"江左三大家"。吴伟业的诗在当时产生了巨大的影响，尤其在歌行上取得的成就最为世人瞩目，号之曰"梅村体"。《四库全书总目》评价梅村之诗："格律本乎四杰，而情韵为深。叙述类乎香山，而风华为胜。"① 这里所谓的"叙述类乎香山"，恰当地指出了吴伟业的"梅村体"与白居易的长篇叙事诗的继承关系，而"风华为胜"则又道出了"梅村体"在白居易的基础上所获得的发展。那么，此发展具体的内涵是什么呢？王国维的《人间词话》曾对白居易和吴伟业进行过一次对比评价，可以回答这个问题："以《长恨歌》之壮采，而所隶之事，只'小玉''双成'四字，才有余也。梅村歌行，则非隶事不办。白、吴优劣，即于此见。"② 此处，所说白居易与吴梅村孰优孰劣姑且不论，但王国维指出吴伟业与白居易的一个区别在于梅村诗大量运用典故，此论确是的评。

吴伟业变白居易之自然洗炼为绮丽含蓄，这也为梅村诗集的注释造成了一定的困难，程穆衡就曾指出注释吴梅村之诗有四点困难：

> 注诗之难，先哲言之备矣，而余以为莫难于注梅村先生之诗。何则？先

---

① ［清］永瑢等撰：《四库全书总目》，北京：中华书局1965年版，第1520页。
② 王国维著，彭玉平疏证：《人间词话疏证》卷中，北京：中华书局2011年版，第208页。

生当故明末造，实切盱衡，慨苍鹰之枋国，致青犊之弥天，乃至鳌坠三山，龙飞九服。事关两姓之间，语以微文为主，而复雅擅丽才，炉锤今古，组织风云，指事则情遥，征辞则境隐，自非心会微指，无以罄诸语言。其所为难，斯其一也。昭代鼎兴，十夫民献，信史未颁，实梦野乘，非旁搜凿齿之编，亲接茂先之论，茫如俯海，昧比面墙，几何不使一代丹青混彼淄渑，千年碧血荡为墟莽也乎？其所为难二也。且夫北都有普天括发之悲，南朝亦千古伤心之地，侯王既陵庙丘墟，朋旧尽星霜凋替，而乃援古貌今，移形即景，作者实怆不言之神，读者当按难寻之迹，其所为难三也。况言乎入洛，非觊崇荣，溯彼留周，最关萧瑟，情源秀逸，自难已于兼综；思业高奇，或偶形诸短咏。既抑扬之非体，又新故之罕兼，乃荒朝不见于令伯之文，则十空当会诸所南之史。其所为难，抑又四也。①

但即便如此，梅村诗仍然以其高超的艺术水平，引起了注家的极大兴趣。梅村集印行之后不久，便有数位学者为之作注，比较著名的有钱陆灿、程穆衡、靳荣藩和吴翌凤四家。其中，靳荣藩的《吴诗集览》尤为值得注意。

（二）靳荣藩《吴诗集览》及其与史记的联系

靳荣藩（1726—1784），字价人（一作介人）②，号绿溪，山西黎城人。乾隆戊辰（1748）进士。著有《吴诗集览》（以下正文中简称《集览》）二十卷③，《补注》二十卷，《谈薮》两卷。靳荣藩在《吴诗集览序》中说明了自己作《集览》的原委，他将吴伟业与王士禛并举，称二人"卓然众家之表"④，为清诗"登峰造极者"⑤。并认为惠栋《渔洋山人精华录训纂》为"渔洋毛郑"。而当时吴诗尚缺乏注者，这使得读者"读之不能终篇"，给阅读造成了一定的障碍。因此，靳氏便作《集览》若干卷，希望可以对读者阅读吴伟业诗有一定的帮助。

《集览》有题注、句注和尾注。其特点在于广征博引，句梳字栉，务求以意逆志，还原吴伟业诗中的真实内涵。就其所征引的文献类别说，靳氏尤为重视史部文献。而在史部文献中，《史记》又极为靳氏所重视，对于《吴诗集览》中征引《史记》情况的研究，不仅有助于深入考察吴伟业诗的内涵，亦对《史记》于后世

---

① ［清］吴伟业撰，程穆衡原笺，杨学沆补注：《吴梅村诗集笺注》上册，北京：中华书局 2020年版，诗笺原序第1—2页。

② 按：靳荣藩的名与字出自《诗经·大雅·板》："价人维藩，大师维垣。大邦维屏，大宗维翰。"价，同"介"。故其字"价人"与"介人"都有可能。见程俊英、蒋见元著：《诗经注析》，二雅，北京：中华书局 1991年版，第847页。

③ 每卷分上下，其中卷一上至卷七下为五七言古诗，卷八上至卷十八下为五七言律绝，卷十九上至卷二十下为词。

④ ［清］吴伟业撰，靳荣藩注：《吴诗集览》序，哈佛大学汉和图书馆藏清乾隆四十年凌云亭刻后印本。

⑤ ［清］吴伟业撰，靳荣藩注：《吴诗集览》序，哈佛大学汉和图书馆藏清乾隆四十年凌云亭刻后印本。

文学和史学影响研究功莫大焉。

二、《吴诗集览》征引《史记》量化分析

（一）征引《史记》的总次数分析

通过检索爱如生中国基本古籍库所收录的哈佛大学汉和图书馆藏，清乾隆四十年凌云亭刻后印本《吴诗集览》得知，该本中涉及"史记"二字的词条高达884条，"两汉书"之总和为1393条，其中《汉书》819条，《后汉书》574条，"三国志"仅为130条。而论者认为《集览》取材较为狭窄，官方色彩浓厚，① 靳荣藩本人也在《集览》凡例中说："恭录《御撰资治通鉴纲目三编》及颁行《明史》详为注释，期仰副谕旨于万一。他如野史、小说家言概从芟削。"② 对于涉及当时史事及人物的部分，多引《明史》，而检索"明史"二字，不过372条。③

史书	《史记》	《汉书》	《后汉书》	《三国志》	《晋书》	《南史》	《北史》	《明史》
征引条次（条）	884	819	574	130	564	300	124	372

《吴诗集览》各大正史征引次数（以"爱如生中国基本古籍库"检索为依据）

可见，在史部诸种重要文献中，《史记》的引用量大于其他各类史书，数量上为史部之冠。足见靳氏在笺注吴诗时，对于《史记》的重视。而《集览》大量征引《史记》有其一定的内在原因，俱可归纳为一个客观实际因素，两个主体因素。

从客观因素上说，清代"史记学"研究的发展，是《集览》大量征引《史记》的现实基础。"清代《史记》研究主要以乾嘉学派为代表的考据派和以桐城派等为代表的文章艺术派两大家，其他知名文人、学者、史学家对《史记》都有相关评论文章，研究盛况空前。"④ 因此，清代取得了《史记》研究的历史性积淀，并取得了集大成期的发展。

清代统治者在入主北京后，对于汉族文士采取高压的文化政策，大兴文字狱，以此来震慑文人，从而希图获得统治的稳定。在这样的环境下，文人士子人人自危，不敢谈论时事。这虽阻碍了思想的进步，但从另一个维度，却促进了学术的发展。如靳荣藩就曾在《绿溪语》自序中称乾隆朝"经学昌明，化理清平"⑤，虽

---

① 朱泽宝：《论清人对于吴梅村"诗史"的理解——以〈吴诗集览〉为中心》，《长治学院学报》2015年第1期。

② ［清］吴伟业撰，靳荣藩注：《吴诗集览》凡例，哈佛大学汉和图书馆藏清乾隆四十年凌云亭刻后印本。

③ 本文所论对象，仅及《集览》二十卷，不涉及《补注》与《谈薮》。

④ 蔡丹：《古代诗人接受〈史记〉论稿》，陕西师范大学博士学位论文，2012年。

⑤ ［清］靳荣藩著，周山仁点校：《绿溪语》序，《山右丛书初编》二，上海：上海古籍出版社2014年版，第149页。

然此语不免"颂圣"之嫌，但"经学昌明"之语还是客观指出了当时学术的繁盛。文人士子们从明末时期的关心国事、讽议朝政的积极入世心态转变为钻入故纸堆中，与古人为邻的消极避世心态，从而促进了文字、音韵和训诂等"小学"的发展，学术思想由"主意"转为"主智"，由"冥证"转为"实验"。梁启超称之为"对于宋明理学一大反动"。① 在此学风的影响下，《史记》的研究也以考证为主，在注释、校勘、考证等方面都取得了极大的成就。②

无论是吴伟业的诗歌创作还是靳荣藩的诗歌注释，都是以此现实情况为依据的。要讨论《集览》大量征引《史记》的原因，必须以上述客观因素为前提，然后才可从注者和作者两个主体的维度上讨论其深层原因。即上文所谓的"两个主体因素"。应当说明的是，在靳荣藩为吴诗作注时，吴诗援引《史记》中的典故这个事实具有客观性，但吴伟业在创作时，对所掌握的材料进行剪裁，这个过程又具有吴伟业的主观选择性。因此，作者这个维度是主观性与客观性的统一。而《集览》的完成，是注者与作者两个合力的结果。因此既不能将作者这一因素归纳为客观因素，又不称之为主观因素，故而论述时将注者与作者称为"主体因素"。

从主体因素之一的注者层面来说，靳荣藩本人于史学上用力颇深，他"持身俭素，仕不怠学"③，博览史学，曾著《绿溪语》二卷。此书是靳氏阅读史书的笔记，内容上涉及历代史书的人名、地名或语句的考证，而开篇所论便是《史记》，其所论多中肯綮。这说明靳氏对于《史记》用力颇深，因此，他才能在《集览》中大量征引《史记》来注诗解诗。

而从另一个主体因素的作者层面来说，吴伟业也在前述客观实际的影响下，对《史记》有着深层次的接受。

首先，吴伟业对《史记》的文本非常熟悉，《太仓州志》称他"幼有异质，笃好《史》《汉》"④。顾湄所作的《行状》中则说"先生独好'三史'"。⑤ 吴伟业集中有《伍胥复仇论》《古文汇钞序》《编年考序》⑥ 等文章，或因《史记》而立其论，或援《史记》以证其说，对《史记》中所载之人事皆如数家珍、信手拈来。由此可见吴伟业对于《史记》文本之熟悉程度。

其次，当时的政治环境使其不得不隐晦其词，如前引程穆衡所言："事关两姓之间，语以微文为主，而复雅擅丽才，炉锤今古，组织风云，指事则情遥，征

---

① 梁启超：《清代学术概论》，北京：人民出版社 2008 年版，第 6 页。
② 蔡丹：《古代诗人接受〈史记〉论稿》，陕西师范大学博士学位论文，2012 年。
③ ［清］朱珪撰：《知足斋集》文集卷三，《大名府知府靳君墓志铭》，清嘉庆九年阮元刻增修本。
④ ［民国］《太仓州志》卷二十，民国九年刻本。
⑤ ［清］吴伟业撰，靳荣藩注：《吴诗集览》行状，哈佛大学汉和图书馆藏清乾隆四十年凌云亭刻后印本。按：所谓的"三史"，在魏晋、南北朝时期称《史记》《汉书》《东观汉记》为三史。唐以后，《东观汉记》失传，以范晔《后汉书》与《史记》《汉书》合称三史。见郑天挺、谭其骧编：《中国历史大辞典》，上海：上海辞书出版社 2000 年版，第 63 页。
⑥ ［清］吴伟业撰：《梅村家藏稿》，清光绪三十四年至民国十四年武进董氏刻诵芬室丛刊本。

辞则境隐"① 云云，又如赵翼所论："梅村身阅兴亡，时事多所忌讳，其作诗命题，不敢显言。"② 都说明了当时高压的政治环境使得吴伟业在诗中不敢直陈时事，因而他有意地隐约其辞，达到"借古人酒杯，浇自己块垒"的效果。而《史记》中丰富的人物描写，对于诗人来说，则是一个可供发掘的宝藏，因此，吴伟业多借《史记》来描写时事、表露心迹。如《清凉山赞佛诗》四首，程穆衡注曰："为皇贵妃董氏咏。"③ 其二写道："小臣助长号，赐衣或一袭。"《集览》注引《史记·外戚世家》："侍御左右皆伏地泣，助皇后悲哀。"④ 据史料载："壬寅，皇贵妃董鄂氏薨。是日，传谕亲王以下，满汉四品官员以上，并公主、王妃、命妇等俱于景运门内外，齐集哭临，辍朝五日。"⑤ 可知，此处乃是借《史记》典故写董鄂妃去世后的荣宠。又其四写道："汉皇好神仙，妻子思脱屣。"⑥ 《集览》注引《史记·孝武纪》："天子曰：'吾诚得如黄帝，吾视去妻子如脱躧耳'"⑦。据史料载，顺治皇帝曾问玉林禅师："上古惟释迦如来舍王宫而成正觉，达摩亦舍国位而成禅祖，朕欲效之，何如？"⑧ 可知，此处乃是借《史记》典故暗喻顺治皇帝好佛。此两例皆因诗的题材涉及时事，不便言明，故而借《史记》之人事，含蓄地表达诗意，援古貌今，以收获"言之者无罪，闻之者足戒"的效果。

　　吴伟业身处明清易代之际，明亡前，曾受到崇祯帝的赏识。崇祯四年（1631），吴伟业参加殿试，崇祯帝手批其卷"正大博雅，足式诡靡"⑨ 八字。因此，吴伟业对于崇祯帝一直怀着知遇之恩。甲申之变，李自成起义军攻入北京，崇祯帝自缢殉国。吴伟业欲"攀髯而去"，以身殉主，后经其母劝解。⑩ 而清朝入关后，欲归老乡里不果，最终不得已出仕清朝。他以此为人生之污点，抱悔终

　　① ［清］吴伟业撰，程穆衡原笺，杨学沆补注：《吴梅村诗集笺注》上册，北京：中华书局 2020 年版，诗笺原序第 1 页。

　　② ［清］赵翼著，马亚中、杨年丰批注：《瓯北诗话》卷九，南京：凤凰出版社 2009 年版，第 118 页。

　　③ ［清］吴伟业撰，程穆衡原笺，杨学沆补注：《吴梅村诗集笺注》下册，北京：中华书局 2020 年版，第 632 页。

　　④ ［清］吴伟业撰，靳荣藩注：《吴诗集览》卷三上，哈佛大学汉和图书馆藏清乾隆四十年凌云亭刻后印本。

　　⑤ 《清实录》第三册，《世祖实录》，北京：中华书局 1985 年影印本，第 1076 页。

　　⑥ ［清］吴伟业撰，程穆衡原笺，杨学沆补注：《吴梅村诗集笺注》下册，北京：中华书局 2020 年版，诗笺原序第 637 页。

　　⑦ ［清］吴伟业撰，靳荣藩注：《吴诗集览》卷三上，哈佛大学汉和图书馆藏清乾隆四十年凌云亭刻后印本。

　　⑧ 邓小军：《〈敕住善果旅庵月和尚奏对录〉：有关顺治出家的重要原始文献》，《云南大学学报（社会科学版）》，2019 年第 3 期。

　　⑨ ［清］吴伟业撰，程穆衡原笺，杨学沆补注：《吴梅村诗集笺注》下册，北京：中华书局 2020 年版，第 833 页。

　　⑩ （明崇祯十七年）三月，流寇陷京师，庄烈帝崩于万寿山。先生居里，闻信，号痛欲自缢，为家人所觉。朱太淑人抱持泣曰："儿死其如老人何！"乃已。见 ［清］吴伟业撰，程穆衡原笺，杨学沆补注：《吴梅村诗集笺注》下册，北京：中华书局 2020 年版，第 846 页。

生。吴伟业诗中经常表达这种复杂的心理。如"误尽平生是一官，弃家容易变名难"（《自叹》）、"他年跌深岩，白云养寂寞"（《赠愿云师》）、"神仙与酒色，皆足供蝉蜕""忽接山中书，又责以宜退。卿言诚复佳，我命有所制。总未涉世深，止知乞身易""虽称茂陵病，终乏鸱夷智"（《送何省斋》）、"抱石沉，焚山死"（《退谷歌》）等诗句，莫不是借《史记》之典委曲表达作者自己不能舍生全节或不能归老林泉的复杂心理。

正是由于《史记》丰富的人物及叙事与吴伟业的生平经历和心理特征的吻合，使得吴伟业常常借《史记》的典故来委曲地反映时事或表明心迹，而作为作者的吴伟业与《史记》的渊源，是比作为注者的靳荣藩与《史记》的渊源更根本的因素，它在一定程度上决定了《集览》对《史记》的大量征引。

（二）《吴诗集览》征引《史记》纪传频次分析

上述在各种史书之间有征引的频次差异，而尤以《史记》频次为最高。除此之外，在《史记》的内部各纪传书表之间，也有频次高低的差异。在对其进行分析前，需将《集览》征引《史记》时的外在特点作简要说明，以便下文叙述。

《集览》在征引《史记》时，对于《史记》的具体篇名不甚考究，其所称之纪传书表，多有不符合《史记》原书之处。如对于"本纪"和"列传"，在征引时均作"某某纪"或"某某传"。除此之外，对于《集览》征引《史记》篇目时的特点，还可以作以下总结。

1. 有一篇两名者，如"武帝纪"又引作"孝武纪"；"鲁仲连传"又引作"鲁连传"。

2. 有合传分引者，如将《范雎蔡泽列传》引作"范雎传"与"蔡泽传"；《袁盎晁错列传》引作"袁盎传"与"晁错传"；《屈原贾生列传》引作"屈原传"与"贾生传"。

3. 有不用《史记》原篇名，而另立他名者，如将《魏公子列传》引作"信陵君传"。

4. 若在一处多次征引《史记》，初次会在具体篇目前标明"史记"二字，而以下再征引，或可能省略"史记"二字，径直称"某某纪""某某传"或"某某世家"。

鉴于此特点，本文在进行论述时，除了引用《集览》原文时，遵照《集览》所引篇名，而在他处需提及篇名者，则悉遵《史记》原篇名。

在将具体引用情况归纳分析后，发现"列传""本纪"与"世家"的引用数量较多，而"书"与"表"的引用数量则较少。如上表所见，在《集览》中引用量前十的篇目中，均为"列传""本纪"或"世家"。而"十表"中，征引了《十二诸侯年表》《六国年表》《秦楚之际月表》《高祖功臣侯者年表》《惠景间侯者年表》及《建元已来王子侯者年表》六篇，而各篇引用次数不过一两次；至于"八书"，从征引范围上来说，比"十表"要广，除了《律书》未涉及外，其余七篇均被征引，且征引次数也比"十表"要高。但征引次数最高的《平准书》，也不过才12次，远不及"列传""本纪"及"世家"的征引频率。这是由这些篇目的内容所决定的。前三者多为人物的传记，因而有丰富的故事性与鲜明的形象性，而"书"与"表"则相应地表现为客观性和抽象性。而故事性与形象性是诗人在选择"诗料"时，所首要考虑的因素。故而诗人在选取素材时，采前三者多，采后二者寡。上表所列征引频率较高的篇目，莫不符合了故事性与形象性突出的特点。

例如表中所列，《项羽本纪》正是由于其曲折的故事性和鲜明的形象性，才高居引用频率的榜首。有学者认为，吴伟业"常为晚年自己的仕清失节而痛苦，他在史记诗中多选择《史记》中那些具有丰功伟绩，但却结局凄惨的悲剧英雄作为吟咏对象"①。而项羽则堪称最符合此标准者之一。因此，吴伟业诗集中多有关于项羽之作。《下相怀古》（五古）、《下相怀古》（七绝）、《项王庙》、《虞兮》等诗，或赞赏项羽非凡的气概，或慨叹项羽悲壮的结局，都流露出作者对于项羽的同情之感，可见作者对于项羽倾注感情之多。故而《项羽本纪》才能在《集览》中，以压倒性的优势稳居引用频率的榜首。

三、《吴诗集览》征引《史记》的功能分类

《集览》征引《史记》，按其功能可分为三类，即释名物、明出处和通诗意。而这三者又分属于语典与事典两个大的范畴之下。具体来说，释名物和明出处属于语典的范畴，而通诗意属于事典的范畴。

关于典故的运用，刘勰曾在《文心雕龙·事类》中说："然则明理引乎成辞，征义举乎人事，乃圣贤之鸿谟，经籍之通矩也。"② 这里所谓的"成辞"大致就相当于语典，"人事"则约略相当于事典，以下分别从这两个范畴，说明《集览》征引《史记》的情况。

（一）语典
《史记》的语典在《集览》中具体有释名物和明出处两种功能。

1. 释名物
《集览》除了征引《史记》本书外，还经常在《史记》原引文下进一步引《史记索隐》《史记正义》等书，用于解释一些名物，这里所谓的"名物"包括但不限于鸟兽、草木、地名、人名、官职、字音、字义等方面。如卷九上《项王庙》："垓下骓难逝，江东剑不成。"《项羽纪》："项王军壁垓下，自为诗曰：'时不利兮骓不逝'"。《史记正义》："垓下，在亳州真源县东十里。"③ 又如卷九下《送詹司

---

① 蔡丹：《古代诗人接受〈史记〉论稿》，陕西师范大学博士学位论文，2012年。

② ［南朝梁］刘勰著：《文心雕龙》，《事类第三十八》，北京：中华书局2012年版，第427页。

③ ［清］吴伟业撰，靳荣藩注：《吴诗集览》卷九上，哈佛大学汉和图书馆藏清乾隆四十年凌云亭刻后印本。

理之官济南》下引《史记·循吏传》："李离者，晋文公之理也。"《正义》曰："理，狱官也。"① 又如卷十下《蠹简》："秦灰招鼠盗，鲁壁窜鰡生。"《史记·留侯世家》："沛公曰：'鰡生教我距关，无内诸侯'"。《索隐》曰："鰡，谓小鱼也。"②

《集览》之所以能够征引《史记》及各家注解的一个客观条件在于《史记索隐》《史记正义》等注解的丰富资料性。有学者总结，《史记索隐》具有"重考辨，详注音"③的特点，而《史记正义》则具有"精于音义，详考地理"④的特点。《集览》正是立足于这样的前提之上，大量引用《史记》及其各家注解来训释吴伟业诗中的地名人名、字音字义。而对于专有名词的训释，无疑对理解诗意起着重要的作用。郑樵曾说："古人之言所以难明者，非为书之理意难明也，实为书之事物难明也。"⑤ 理解书之"事物"是理解书之"理意"的先决条件。站在此理论的前提下来看待《集览》大量征引《史记索隐》《史记正义》来训释名物这一事实，便可看出靳荣藩注吴诗的独到之处，益可见《史记》及其各类注解的宝贵文献价值。

2. 明出处

除了征引《史记》释名物外，在语典的范畴下，《集览》征引《史记》还有"明出处"的作用。所谓的"明出处"，就是一字一词，必定"沿波讨源"，找到文献典籍之所载。黄庭坚曾评价杜甫、韩愈说："老杜作诗，退之作文，无一字无来处，盖后人读书少，故谓韩、杜自作此语耳。"⑥ 此语一出，便被后世诗家奉若圭臬。甚至达到"六经字所无，不敢入诗篇"⑦的地步。凡作诗，每一字一词必须见于典籍所载，以求诗之雅驯。

因此，靳荣藩在给吴诗作注的时候，大量征引《史记》，竭力为诗中所用的词汇追溯到出处。如卷十三下《怀古兼吊侯朝宗》："河洛风烟万里昏，百年心事向夷门。"注引《史记·封禅书》："三代之君，皆在河洛之间。"⑧ 又如卷十七上《偶成》（其十一）："计吏恣睢卿相，布衣笑骂侯王。"注引《史记·礼书》："暴慢恣睢。"⑨ 又如卷十八下《题冒辟疆名姬董白小像并引》："奔进流离，缠绵疾苦。"

---

① ［清］吴伟业撰，靳荣藩注：《吴诗集览》卷九下，哈佛大学汉和图书馆藏清乾隆四十年凌云亭刻后印本。

② ［清］吴伟业撰，靳荣藩注：《吴诗集览》卷十下，哈佛大学汉和图书馆藏清乾隆四十年凌云亭刻后印本。

③ 杨优强：《唐代注释学研究》，东北师范大学硕士学位论文，2020 年。

④ 杨优强：《唐代注释学研究》，东北师范大学硕士学位论文，2020 年。

⑤ ［清］纪昀等纂：《四库全书》，上海：上海古籍出版社 1978 年版，第 310 页。

⑥ ［宋］黄庭坚撰，刘琳等点校：《黄庭坚全集》正集卷第十八，北京：中华书局 2021 年版，第 425 页。

⑦ ［清］黄遵宪撰：《人境庐诗草》卷一，北京：朝华出版社 2018 年版，第 54 页。

⑧ ［清］吴伟业撰，靳荣藩注：《吴诗集览》卷十三下，哈佛大学汉和图书馆藏清乾隆四十年凌云亭刻后印本。

⑨ ［清］吴伟业撰，靳荣藩注：《吴诗集览》卷十七上，哈佛大学汉和图书馆藏清乾隆四十年凌云亭刻后印本。

注曰："疾苦，出《史记·萧相国世家》。"①

而这得益于《史记》中丰富的、具有表现力的词汇。有学者曾评价《史记》："语料丰富，词汇量大，在汉语史上有非常重要的地位。"② 诚如此言，《史记》以写人物为中心，为了准确传神地表现人物，便需用到丰富的词汇，而这些词汇直到吴伟业、靳荣藩所生活的那个时代，仍被运用于诗歌创作中，可见《史记》语言强大的生命力。这也是靳荣藩大量征引《史记》用以"明出处"的一个重要基础性条件。

"明出处"与"释名物"虽然都属于语典的范畴，但二者也存在区别。首先，"释名物"时，侧重于对名词的解释，且所注释之名词，一般与诗的理解相关，若不进行训释，可能会对诗的理解造成障碍；而"明出处"时，所注释的词汇，可能与诗的理解相关，也可能与诗的理解不相关。且注者在注释时，不对所注名词进行意义上的解释，仅仅指出其出自何处，载于何书。如上文所举之例中的"河洛""疾苦"等词语，若不对其进行注释，亦不影响对于全诗的理解。对其进行注释的意义在于，使读者了解到诗中之词汇"无一字无来处"，提升诗歌作品的内涵性。需要说明的是，这种内涵性，可能并非出自作者的本意，而是注者所赋予的，从这个意义上来说，注者也是诗歌创作的参与者，他参与了作品的诠释，丰富了作品的内涵。

（二）事典

《集览》除了对语典进行注释以"释名物""明出处"之外，还对涉及《史记》的事典进行注释以"通诗意"。

赵翼曾说："古事已成典故，则一典已自有一意，作者借彼之意，写我之情，自然倍觉深厚，此后代诗人不得不用书卷也。"③ 以古人之事，写今人之情，是我国古代诗歌创作时候经常使用的一种手法，在诗中引用古事，就是所谓的用"事典"。受到这种传统的影响，以及社会现实原因的束缚，吴伟业诗也大量使用"事典"——尤其是出自《史记》的事典来委曲地表达自己的情感，或者用来传神地刻画诗中的人物，这就是黄侃先生所说的"文之为用，自喻喻人"。④ 而"自喻"，即以事典来委曲表达自己的感情，这种情况，在前文已有论述，兹不赘言。此处着重论述后者。

吴伟业诗好用《史记》典故来刻画人物，通过将《史记》与吴诗对比，可以发现二者在塑造人物形象上的内在联系性。靳荣藩曾在《集览》中引用陆云士之

---

① ［清］吴伟业撰，靳荣藩注：《吴诗集览》卷十八下，哈佛大学汉和图书馆藏清乾隆四十年凌云亭刻后印本。

② 管锡华：《〈史记〉单音词研究》序言，成都：巴蜀书社 2000 年版，序言第 1 页。

③ ［清］赵翼著，马亚中、杨年丰批注：《瓯北诗话》卷九，南京：凤凰出版社 2009 年版，第140 页。

④ 黄侃：《文心雕龙札记》，《事类三十八》，北京：中国人民大学出版社 2012 年版，第 172 页。

语评价吴伟业的《雁门尚书行》："以龙门之笔，行之韵语，洵诗史也。"① 这句话精准地道出了吴伟业诗对于《史记》写人艺术的吸收继承。《史记》以人物为中心，通过给人物写传记的方式著史。而其人物的选择，上至帝王将相，下至闾巷细民，表现出广大的覆盖面。而吴伟业诗，尤其是其歌行，亦多以人物为中心，注重对人物形象的刻画。其《圆圆曲》《永和宫词》《雁门尚书行》《临淮老妓行》《听女道士卞玉京弹琴歌》《琵琶行》《楚两生行》等歌行，都刻画了不同阶层的各种人物形象。在人物的选择上，吴伟业吸收了《史记》人物覆盖面广的特点，正是由于这一内在联系性，使得吴伟业在进行创作的时候，多借《史记》中的事典来帮助其人物的塑造。

因此，靳荣藩在注释的时候，多征引《史记》以疏通吴诗中的"事典"，从而达到"通诗意"的目的。如卷四下《洛阳行》："国恩自是优如意。"注引《史记·外戚世家》："戚夫人有宠，其子如意几代太子者数矣。"② 此处引戚夫人有宠于汉高祖，而高祖欲废太子刘盈而改立戚夫人之子刘如意的典故，来写郑贵妃有宠于万历皇帝，而万历帝亦因此专宠郑贵妃之子朱常洵。又如卷五下《萧史青门曲》："正值官家从代来。"注引《史记·文帝纪》："孝文帝从代来。"按：此以汉文之由代王为天子，比庄烈之以信王即帝位也。③ 用汉文帝以代王即位，代指崇祯帝以藩王入继大统。又如卷七上《赠陆生》："陆生得名三十年，布衣好客囊无钱。"注引《史记·孟尝君传》："冯驩闻孟尝君好客。"④ 借孟尝君好客以喻陆庆曾好客。

吴伟业诗通常能用《史记》中的事典准确贴切地刻画所描写的人物。而靳荣藩则"以意逆志"，征引《史记》疏通诗意，这对理解诗歌有着非常重要的作用，靳荣藩亦足以称得上是梅村之功臣了。

四、《集览》征引《史记》的体裁及风格上的差异性

（一）体裁上的差异性

《集览》对《史记》接受程度，在其内部也体现出不平衡性与差异性。总体来说，古体诗对于《史记》的关注度与征引度更高。而近体诗与词则相对较低。

在《集览》中一共 155 首古体，而征引《史记》的就达到 121 首，占据了相当高的比重。这主要是由于古体诗篇幅较长，一般会在诗中铺排辞藻，且多以叙

---

① ［清］吴伟业撰，靳荣藩注：《吴诗集览》卷六上，哈佛大学汉和图书馆藏清乾隆四十年凌云亭刻后印本。

② ［清］吴伟业撰，靳荣藩注：《吴诗集览》卷四下，哈佛大学汉和图书馆藏清乾隆四十年凌云亭刻后印本。

③ ［清］吴伟业撰，靳荣藩注：《吴诗集览》卷五下，哈佛大学汉和图书馆藏清乾隆四十年凌云亭刻后印本。

④ ［清］吴伟业撰，靳荣藩注：《吴诗集览》卷七上，哈佛大学汉和图书馆藏清乾隆四十年凌云亭刻后印本。

事为主要的表达手段，因此需要更多的"诗料"以完成作品，进而导致了古体诗在吸收《史记》时"容量"较大，最终使得《集览》在古体诗部分对《史记》的关注度与征引度更高。因此，在五七言古体诗部分，一首诗动辄十几处甚至于 20 余处征引《史记》，如《临江参军》一诗征引《史记》17 次；《送何省斋》征引《史记》18 次；而《哭志衍》竟高达 21 次，在近体诗和词中，是绝对没有这样的征引体量的。

虽然在近体诗和词的总体量上无法同古体诗相比，但在某些局部，亦有背离此规律的情况。如五言律诗《家园次罢官吴兴有感》（其三）一诗中，短短 28 字，竟六次征引《史记》，几乎全诗皆从《史记》所出，可谓是对上述规律的一种背离。但此种情况极为罕见，从宏观上来说，仍然是古体诗对于《史记》的关注度和征引度高于近体诗和词。

（二）风格上的差异性

不仅在古体、近体与词等不同体裁之间存在着差异性，在同一体裁的不同风格之间也存在着差异性。

我国古代有着丰富的关于文学划分的理论，分类方法有繁分法与简分法。所谓的简分法"是将风格分为'刚'和'柔'两类，也有'虚'与'实'、'奇'与'正'等二分法，但以刚柔两字分类影响最大，并且源远流长。"① 而作品风格"刚"与"柔"，也正是《集览》征引《史记》多与寡的分野。《史记》记录了从黄帝时代到汉武帝时代 3000 年间的政治、战争、王朝兴替，叙事则波澜壮阔、跌宕起伏；写人则或传奇，或悲壮，或义烈。因而，以二分法衡诸《史记》，则其更带有"刚"的风格倾向。在《集览》中，凡是与《史记》"刚"的风格倾向趋于一致的作品，一般征引《史记》较多，反之则较少。

以诗的"刚"与"柔"言之，两种风格吴伟业诗兼而有之。吴伟业有类诗从李商隐、韩偓而来，专写艳情。《无题四首》《琴河感旧四首》《西泠闺咏四首》《戏赠十首》等均属此类。赵翼曾评价此类诗说："梅村诗本从'香奁体'入手，故一涉儿女闺房之事，辄千娇百媚，妖冶动人。"② 可知此类诗带有明显的"柔"的风格倾向。与《史记》"刚"的风格倾向背道而驰，如隔胡越。因此，在上述二十余首诗中，除了《琴河感旧四首》前的小序中征引了《史记》一处，竟无一字一句再用到《史记》之典，因而亦再无一处征引《史记》。

以词而言，对于词的风格划分，最为通行的就是"豪放"与"婉约"的二分法，其实，所谓的"豪放"与"婉约"是"刚"与"柔"二分法在词这一文体上的具体化，"豪放"即是"刚"，"婉约"即是"柔"。在《集览》中，卷十九上至

---

① 童庆炳编：《文学理论教程》（第四版），北京：高等教育出版社 2008 年版，第 289 页。

② ［清］赵翼著，马亚中、杨年丰批注：《瓯北诗话》卷九，南京：凤凰出版社 2009 年版，第 119 页。

卷二十下为词，其中卷十九上下为小令、中调，风格上偏"柔"；卷二十上下为长调，风格上偏"刚"。

吴伟业词中，征引《史记》的多与寡，在"刚"与"柔"两种风格上的差异性非常显豁，这主要是由词的文体特征决定的。在词的发展初期，就带有明显的"柔"的特征，因此，在进行创作的时候，也需选择与其匹配的材料进行剪裁运用。如缪钺先生所论："宋代词人多用李长吉、李商隐、温庭筠诗，盖长吉、温、李之诗，秾丽精美，运化于词中恰合也。六朝人隽句，用于词中，乃有时嫌稍重。"[①] 此论精当地道出了词体特征与其素材选择的关系。因此，在《集览》卷十九上的小令、中调中，竟无一处征引《史记》，而卷十九下的小令中，征引《史记》也不过才4处。绝大部分对于《史记》的征引都集中在卷二十上下的以"刚"为主要风格的长调中。

在词的风格由"柔"逐步发展出"刚"的过程中，苏辛二人是两大重要关揵。如缪钺先生所论："辛弃疾镕铸之力最大，其词中，《论》《孟》《左传》《庄子》《离骚》《史》《汉》《世说》《文选》、李杜诗，拉杂运用。"[②] 辛弃疾是大量熔铸经史入词的先行者。而论者认为吴伟业是"稼轩风"的继承者："（明末清初）试图恢复'稼轩风'的当首推吴伟业，邹祗谟说：'词至稼轩，经史百家，行间笔下，驱斥如走。近则娄东（吴伟业）善用南北史，江左风流，唯有安石，词家妙境，重见桃源矣'。"[③] 吴伟业在对辛弃疾的继承下，以经史入词，而尤重《史记》。在其"稼轩风"的长调中，《史记》之典迭出，故而《集览》对于《史记》的征引次数也明显多于前两卷的小令、中调，常常一词中数次征引《史记》。如卷二十上《满江红·读史》一首词便四次征引《史记》，卷二十下《木兰花慢·过济南》亦四次征引《史记》，《满江红·送张编修督学河南》三次征引《史记》，《贺新郎·病中有感》两次征引《史记》。此外，一词中征引一次《史记》者更是不胜枚举。由此，可见吴伟业词的《史记》征引明显集中于具有"刚"的风格特征的词作中。

结　语

《史记》作为我国史学与文学的一座高峰，对于后世各类文学都产生了深远的影响，吴伟业便是深受《史记》影响的作者之一。通过对《吴诗集览》的梳理分析可发现，《史记》在其征引的各大史部文献中频率最高，而在《史记》内部，则以《项羽本纪》《司马相如列传》《高祖本纪》等篇目引用最高。《史记》在《吴诗集览》中的功能可分为"释名物""明出处"和"通诗意"三种。此外，在不同

---

① 缪钺：《诗词散论》，《论词》，西安：陕西师范大学出版社2008年版，第48页。
② 缪钺：《诗词散论》，《论词》，西安：陕西师范大学出版社2008年版，第48页。
③ 陈水云：《唐宋词在明末清初的传播与接受》，北京：中国社会科学出版社2010年版，第251页。

的体裁和风格下,《吴诗集览》对于《史记》的关注度和征引度也存在差异性。总之,通过对《吴诗集览》征引《史记》的分析,一方面可以看出《吴诗集览》在吴伟业诗传播和理解上所做出的重要贡献;另一方面,更加可以看出《史记》对于后世文学的深远影响,益可见《史记》作为一部史学巨著和文学巨著所蕴含的丰富内涵与价值。

读《史记会注考证》所载崔述论说札记

——以《孔子世家》为中心的考察

＊本文作者余明达、宫云维。余明达，浙江工商大学中国古典文献学硕士研究生；宫云维，浙江工商大学教授、硕士生导师。

日本汉学家泷川资言（1865—1946）编撰的《史记会注考证》于1934年刊行于世。《史记会注考证》是继三家注之后，对《史记》研究成果最重要的总结和梳理，集《史记》问世2000年以来注家、学者研究之大成。泷川资言收集了明、清两代金陵书局本与在日本流传的宋以前的《史记》版本，又据日本学者的校勘成果，进行全面校勘。在此基础上，搜罗中日120余种典籍，将历代注释整理后加上自身的研究成果，以"考证"的形式，与经订补后的三家注，合刻于《史记》正文之下，成就此书。

崔述（1740—1816），字武承，号东壁，直隶大名府（今河北大名）人。作为乾嘉时代的学者，崔述毕生致力于上古史的研究。他采用以经证史的原则，对所见古书古事进行了较为系统的辨伪考信。崔述的所有著述以及后人研究崔氏的主要论著均已收入顾颉刚先生所编订的《崔东壁遗书》。但由于种种原因，崔述具有疑古特色的考据学并不为当时乾嘉诸老所重视，故其《洙泗考信录》等书在清代中后期学术史上并没有产生较大的波澜。但其学术在20世纪20年代被"古史辨派"的代表人物顾颉刚、胡适等人所倚重，故崔氏之学复张，疑古思潮名噪一时。如钱穆先生所云，"迄于近代，盛推清儒考据，而东壁《遗书》几于一时人手一编[1]"。梁启超也称赞崔述之学及其《考信录》："此书虽非为辨伪而作，但他对于先秦的书，除《诗》《书》《易》《论语》外，几乎都怀疑，连《论语》也有一部分不相信。他的勇气真可佩服[2]。"但长期以来，当代学界对古史辨派的缺点有所放大，更遑论对其师法对象崔述及其著述文本的细致清理与研究。

据水泽利忠的《史记会注考证校补》，泷川《史记会注考证》中所引崔述的著述主要是《补上古唐虞夏商丰镐洙泗考信录》和《孟子事实录》两书。《史记会注考证》的《孔子世家》篇辑录了大量崔述《洙泗考信录》中考订孔子生平事迹相关的论述，体现日本学界对于崔述在考史辨史方面研究成果的重视。本文为笔

---

① 钱穆：《读崔述洙泗考信录》，《综合月刊》1974年第11期，第124页。

② 梁启超：《中国近三百年学术史》，北京：东方出版社1996年版，第314页。

者研读《史记会注考证·孔子世家》时的读书札记，选列"叔梁纥""孔子设教授徒""夹谷之会"等条进行考辨，旨在对《史记会注考证》所引崔述论说孔子的相关历史事实加以梳理。

一、叔梁纥考

在《史记会注考证·孔子世家》"防叔生伯夏，伯夏生叔梁纥"正文下有泷川引述崔述的考证，曰：

> 崔述曰：邹，鲁邑。叔其字，纥其名。犹曰卫叔封申叔时也。《史记》作"叔梁纥"，《左传》近古。又曰：邹叔以前，见于《春秋传》者，仅弗父何、正考父、孔父嘉三世。见于《史记》"世家"，仅防、夏二世。此外《家语·本姓解》所记，皆不见于传记。《史记》之言，余犹不敢尽信，况《史记》所不言者乎？且孔父为华督所杀，其子避祸奔鲁，可也。防叔其曾孙也，其世当宋襄、成间，于时华氏稍衰，初无构乱之事，防叔安得避华氏之祸而奔鲁乎？《家语》一书，本后人所伪撰，其文皆采之于他书，而增损改易以饰之。如《相鲁篇》采之《春秋传》《史记》，《辨物篇》采之于《春秋传》《国语》，《哀公问政》《儒行》两篇采之于《戴记·曲礼》，《子贡》《子夏》《公西赤问》等篇，采之于《戴记》《春秋传》，以至《庄》、《列》、《说苑》、谶纬之书无不采，未有一篇无所本者。然取所采之书，与《家语》比而观之，则其所增损改易者，文必冗弱，辞必浅陋，远不如其本书，甚或失其本来之旨。其为剿袭，显而可按。而世不察，以为孔氏遗书，亦已惑矣。《汉书·艺文志》云《孔子家语》二十七卷。师古曰"非今所有《家语》"，则是孔氏先世之书已亡，而此书出于后人所撰，显然可见。且《家语》在汉已显于世，列于《七略》。以康成之博学，岂容不见，而待肃之据之以驳己耶？此必毁郑氏之学者伪撰此书，以为己证。其序文浅语夸，亦未必果出于肃。就令果出于肃，肃之学识亦不足为定论也。[①]

按：此条直接引用崔述《洙泗考信录》中之言，不加按语。关于孔子的父亲是否为叔梁纥，崔述通过梳理《史记》《春秋》《孔子家语》等重要典籍，认为《史记》对孔子父亲的记载是不够准确的，防叔之时并不应该因为华氏之乱而奔鲁。而崔述当时所见《孔子家语》一书则更属驳杂，其文本具有多处史源，是因之诸种典籍增损改易而来的，因此"失其本来之旨"。之后崔述进一步申发了当时《孔子家语》作为伪书是事实的观点，认为《史记》对叔梁纥以及孔子世系的叙述也当有不足之处，具体而言，当以《左传》中孔家世系的记载为正。

---

① ［日］泷川资言：《史记会注考证》，上海：上海古籍出版社 2015 年版，第 2404 页。

二、孔子设教授徒考

关于孔丘开始设教授徒的具体时间，找不到相关的史料，自古以来基本上阙如。最早给孔丘生平编年的宋代胡籽《孔子编年》以及清代江永的《乡党图考》均未涉及此事，就连崔述《洙泗考信录》也未明言孔丘究竟何时开始讲授之业。《史记会注考证》引崔述《洙泗考信录》所云，"要之，自为司寇以后，其年乃略可考；自是以前，位尚卑，望尚轻，弟子时亦尚寡，其事多出于后日所追记，其有无尚无可取证，况其年耶！"① 明代陈镐撰写的《阙里志》明言孔丘设教授徒在22 岁。陈镐《阙里志·年谱》："孔子年二十二，始设教于阙里，冉耕、颜路之徒，往而教焉。"② 但《阙里志》所言何据不详。杨义《论语还原》谓孔丘二十三岁"始教于阙里"。杨义以孔子生年为襄公二十一年，所以杨义与陈镐的意见是基本一致的。杨义写道："本年楚商阳追吴师、明年楚灵王自杀及郑国子产争承、后年晋国叔向断案之时事，孔子皆有评论。孔子年二十三始设教于阙里之说当有所据，他对历史人物事件的一些评议，当是始有弟子以后才能记录下来，或者竟是他中后期与二三子的对话，身后才被追忆。"

因此我们可以推测，孔丘在昭公二十年（孔丘 30 岁）之前，就已经开始设教授徒了，因为这一年在宋国发生了大夫齐豹作乱的事件，齐豹设伏刺杀卫灵公弟公孟，公孟与他的骖乘宗鲁同时被杀。《左传》昭公二十年对此事有如下记载：

> 琴张闻宗鲁死，将往吊之，仲尼曰，齐豹之盗，而孟絷之贼，女何吊焉，君子不食奸，不受乱，不为利疚于回，不以回待人，不盖不义，不犯非礼。③

杜预的《集解》曰："琴张，孔子弟子，字子张，名牢。"如果杜预所言可信，那么这就说明昭公二十年孔丘至少已有弟子琴张。钱穆早年撰《孔子传略》，后又作《孔子传》，并编《孔子年表》。在《孔子传》中，钱穆据此认为："孔子年过三十，殆即退出仕途，在家授徒设教。"

于是便有疑问，孔丘是否在 30 岁之前就已经"授徒设教"了呢？笔者认为是完全有可能的。以孔子的弟子子路为例，《史记·仲尼弟子列传》曰：

> 子路性鄙，好勇力，志伉直，冠雄鸡，佩猳豚，陵暴孔子。孔子设礼稍诱子路，子路后儒服委质，因门人请为弟子。④

假设孔子 30 岁才开始设教授徒，并且马上招收了子路，并且发生子路"陵暴

---

① ［明］陈镐：《阙里志》，北京师范大学图书馆藏明万历三十七年刻蓝印本。

② ［日］泷川资言：《史记会注考证》，上海：上海古籍出版社 2015 年版，第 2411 页。

③ ［清］阮元：《十三经注疏》，北京：中华书局 1980 年版，第 2891 页。

④ ［汉］司马迁：《史记》点校本二十四史修订本第六册，北京：中华书局 2014 年版，第 2324 页。

孔子"之事，那么子路此时应该至少 21 岁了。一个已经年逾弱冠的成年人，"冠雄鸡，佩豭豚，陵暴孔子"，此人大概是不可以教的。所以，合理的推断是，子路此时应该不到 20 岁，或者只是十六七岁的懵懂少年，而此时孔丘只有二十五六岁。

根据《左传》记载，孔丘在 27 岁的时候，郯国国君郯子访问鲁国，孔丘不但面见郯子，并且与之深入交谈请益。郯子自称是少皞氏后裔，与鲁国颇有往来，且有婚姻关系。郯国国君曾在襄公七年访问鲁国，此次是该国国君第二次来访。鲁昭公与郯子飨宴，叔孙婼相礼，席间叔孙婼询问郯子：少皞氏用鸟来命名官名，这是为什么？郯子回答说："少皞氏是我的祖先，这件事我了解，可以谈一谈。"于是郯子就高谈阔论了一番。

于是在《左传》昭公十七年，就记载了孔子的反应：仲尼闻之，见于郯子而学之。既而告人曰："吾闻之'天子失官，学在四夷'，犹信。"[1] 关于《左传》记载的这段文字，可以略作三点说明：

其一，身为平民的孔丘是听谁所说的？他想去见郯国国君，为何就能够见得到？竹添光鸿在《左氏会笺》中就提到了一种解释，认为此时孔丘已经结束委吏乘田，开始"为贫而仕"，在鲁国朝廷"初仕"为官，故能得见郯子，他说："孔子初仕之年，虽无明据，然郯子之朝，孔子二十七，为贫而仕，亦其时也。且能自通于国君，则非庶人可知。孔子之为委吏乘田，盖前此矣。"[2] 问题在于，孔丘在结束委吏乘田之后，到定公年间入仕以前，并无"初仕"的史书记载，竹添光鸿给出孔丘见郯子的理由明显不成立。笔者的推断是，因为孔丘与季孙如意曾有过主从之缘，或许与孟孙貜、叔孙婼也有交往，他们中的某人向孔子通报了郯子来访的信息，并且介绍孔子面见郯子。

其二，孔丘为何听说郯子，就急切地想见知子当面请教？有一种合理的解释是，孔丘此时已在考虑设教授业，故而求知若渴，不放过任何学习的机会。

其三，孔丘感叹"天子失官，学在四夷"与孔子设教授徒有何关系？从前周天子设置的各种官职，其任职者皆学有所成，掌握着通用学术和专业知识。春秋中晚期王室式微，国学多废，官守阙职，学者流寓民间，学术散落四野。这种情况在孔丘之前已经相当严重，故有"天子失官，学在四夷"之说。孔丘经过与郯子交谈而深受启发与感悟，联想周、鲁俱衰，官学荒废，典章缺坏，周礼文化散落四夷和民间，亟待重新发现、整理、保存，以免斯文坠落，根脉无存，自己应该有所作为，以挽救礼乐崩坏的颓势。于是，孔丘决定亲自开启一种设教授徒的新事业。综上所述，笔者认为孔丘在 27 岁左右开始设教授徒，可能性是最大的。

---

① ［清］阮元：《十三经注疏》，北京：中华书局 1980 年版，第 2734 页。

② ［日］竹添光鸿：《左氏会笺》，成都：巴蜀书社 2008 年版，第 879 页。

三、夹谷之会考

鲁定公年间，整个中原诸侯国之间的邦际关系发生了重大的结构性变化，晋国霸主地位受到齐国、郑国、卫国以及宋国等原来盟国的正面挑战，彼此之间已经发生了激烈的战事冲突。鲁国是双方争取的对象，处境相当尴尬。但转机发生在定公八年，鲁国内部最大的"从晋派"阳货出奔晋国，鲁国与齐国、郑国、卫国两方面都迎来了调整关系的契机。而齐鲁两国此前已经达成了和平。《春秋》定公十年的经文曰："十年春，王三月，乃齐平。"杜预《集解》曰："平前八年再侵齐之事。"① 即双方已对两年前的战事达成了和解。夹谷之会就是要在此基础上建立新的同盟关系。库勒纳等人的《日讲春秋解义》说："平侵齐之怨也！时诸侯惟鲁从晋，至是亦叛，列国无盟主矣。"② 孔子正是在这样的邦际关系大背景下，以鲁定公傧相的身份参加了夹谷之会，目的是要发展两国的盟友关系。

司马迁在《孔子世家》中有关夹谷之会的大段描写，主要取材于《左传》以及《穀梁传》资料加以附会而成。其文如下：

> 定公十年春，及齐平。夏，齐大夫黎鉏言于景公曰："鲁用孔丘，其势危齐。"乃使使告鲁为好会，会于夹谷。鲁定公且以乘车好往。孔子摄相事，曰："臣闻有文事者必有武备，有武事者必有文备。古者诸侯出疆，必具官以从。请具左右司马。"定公曰："诺。"具左右司马。会齐侯夹谷，为坛位，土阶三等，以会遇之礼相见，揖让而登。献酬之礼毕，齐有司趋而进曰："请奏四方之乐。"景公曰："诺。"于是旍旄羽被矛戟剑拨鼓噪而至。孔子趋而进，历阶而登，不尽一等，举袂而言曰："吾两君为好会，夷狄之乐何为于此！请命有司！"有司却之，不去，则左右视晏子与景公。景公心怍，麾而去之。有顷，齐有司趋而进曰："请奏宫中之乐。"景公曰："诺。"优倡侏儒为戏而前。孔子趋而进，历阶而登，不尽一等，曰："匹夫而营惑诸侯者罪当诛！请命有司！"有司加法焉，手足异处。景公惧而动，知义不若，归而大恐，告其群臣曰："鲁以君子之道辅其君，而子独以夷狄之道教寡人，使得罪于鲁君，为之奈何？"有司进对曰："君子有过则谢以质，小人有过则谢以文。君若悼之，则谢以质。"于是齐侯乃归所侵鲁之郓、汶阳、龟阴之田以谢过。

《左传》定公十年记"夹谷之会"事：

> 夏，公会齐侯于祝其，实夹谷，孔丘相，犁弥言于齐侯曰："孔丘知礼而

---

① ［清］阮元：《十三经注疏》，北京：中华书局1980年版，第2814页。

② ［清］爱新觉罗·玄烨钦定、［清］库勒纳、［清］李光地：《日讲春秋解义》，北京：华龄出版社2013年版，第987页。

无勇，若使莱人以兵劫鲁侯，必得志焉。"齐侯从之，孔丘以公退，曰："士兵之，两君合好，而裔夷之俘，以兵乱之，非齐君所以命诸侯也，裔不谋夏，夷不乱华，俘不干盟，兵不逼好，于神为不祥，于德为愆义，于人为失礼，君必不然。"齐侯闻之，遽辟之。

《穀梁传》定公十年记"夹谷之会"事：

> 夹谷之会，孔子相焉。两君就坛，两相相揖。齐人鼓噪而起，欲以执鲁君。孔子历阶而上，不尽一等，而视归乎齐侯，曰："两君合好，夷狄之民何为来？"为命司马止之。齐侯逡巡而谢曰："寡人之过也。"退而属其二三大夫曰："夫人率其君与之行古人之道，二三子独率我而入夷狄之俗，何为？"罢会，齐人使优施舞于鲁君之幕下。孔子曰："笑君者罪当死！"使司马行法焉，首足异门而出。齐人来归郓、欢、龟、阴之田者，盖为此也。因是以见虽有文事，必在武备，孔子于夹谷之会见之矣。

据此，笔者对"夹谷之会"事细析如下：

其一，根据司马迁《史记》说，齐大夫黎鉏认为"鲁用孔丘，其势危齐"，于是派人与鲁国修好。这是无视夹谷之会的结盟目的，刻意抬高孔子的不实之词。

其二，史迁据《左传》"夏，公会齐侯于祝其，实夹谷。孔丘相"，又称"孔子摄相事"，且孔子谓定公"有文事者必有武备"云云，读史者遂误以为孔子做了鲁国的相国。崔述《洙泗考信录》曰："《传》所谓相者，谓相礼也，非相国也。"① 至于"文事""武备"之论亦非孔子所言，实乃《穀梁传》作者的评论之语。

其三，史迁说鲁定公原打算"以乘车好往"，在孔子建议之下才"具左右司马"，显得孔子有勇有谋，其实是罔顾史实之言。事实上，春秋盟会各国都是携带兵车的，唯有当年齐桓公曾不用兵车，所以才得到孔子"九合诸侯，不以兵车"的称赞。崔述《洙泗考信录》曰："况此时齐、鲁新和，猜疑未释，定公必无以乘车往之理。"② 崔述还指出，检阅《左传》未见鲁国设有"左右司马"之官。

其四，文中"请奏四方之乐"一节，以"旍旄羽袚矛戟剑拨鼓噪而至"描述夷人奏乐鼓噪的情节，这是将《左传》"使莱人以兵劫鲁侯"与《穀梁传》"齐人鼓噪而起，欲以执鲁君"的记叙合而言之，但存在明显误读。泷川资言称此为"史公夸张失实"。崔述也认为"颇不雅驯"。据考，莱在今山东莱芜一带，宣公七年和九年齐国曾有伐莱之举。犁弥所说的"莱人"，其实就是被齐人征服的当地土人，属于东部夷人。莱人生性豪爽鲁莽，做事不计后果，利用他们来制造意外事件，不至于在各国诸侯中留下口实。孔子见到莱人蠢蠢欲动，便义正词严地指

---

① ［清］崔述撰著，顾颉刚编订：《崔东壁遗书上》，上海：上海古籍出版社 2018 年版，第 274 页。

② ［清］崔述撰著，顾颉刚编订：《崔东壁遗书上》，上海：上海古籍出版社 2018 年版，第 288 页。

斥齐人，齐景公马上就接受了批评，双方并没有动武。

其五，史迁文中出现了晏子，事实上《春秋》三传中皆无晏婴参与夹谷之会的记载。崔述认为"晏子自昭末年至此，已十八年不见经传，安得复存；如其果存，又奚容不谏乎"。这是颇有道理的。

其六，最为荒诞不经的是，孔子居然当众诛杀了"为戏"两君面前的优倡侏儒。

综上所述，据前文所引《春秋》三传之文，笔者认为《左传》的记载应当更加符合"夹谷之会"的事实。《左传》具体阐述了这次盟会齐鲁双方的政治交易。其中值得关注的点在于：首先，齐鲁两国战事连年，双方都已疲倦，两国都希望握手言和、休养生息；尤其是在晋国日渐失德的情况下，两国也都有意借此调整外交国策。其次，对于齐鲁两国而言，夹谷盟会的主要问题并不在于要不要结盟，而在于以何种条件结盟。齐国的诉求是鲁国加入"反晋联盟"，具体要求是在今后齐国对晋作战时，鲁国必须派出"甲车三百乘"以参与战事，这属于春秋时期盟国的应有义务，并不算苛刻的条件；鲁国则要求齐国归还原本属于鲁国的土地"郓、欢、龟阴之田"，这也在情理之中。事实上，鲁国并没有履行"甲车三百乘"的条款，而是在后来齐国对晋的战争中一直处于旁观者的地位。最后，经过夹谷之会，双方国君看起来对盟会表示满意，齐景公意犹未尽，想要在夹谷野外设宴款待鲁君。鲁定公觉得盛情难却，准备答应。孔子生怕在荒郊野外逗留时间太长，容易节外生枝，便根据周礼有关两国国君飨宴的规矩，以"牺象不出门，嘉乐不野合"为理由，拒绝了飨宴之礼。

习见中求是反正

——袁传璋先生《论裴骃"〈史记集解〉八十卷"系合本子注本》读后

＊本文作者任刚，延安大学西安创新学院文教学院教授。

1959 年中华书局点校本《史记》的编辑部"出版说明"说："现存《史记》旧注有三家……三家注原先都各自单行，跟《史记》卷数不相合。《隋书·经籍志》和《唐书·经籍志》著录《史记集解》八十卷，《新唐书·艺文志》著录《史记索隐》《史记正义》各三十卷。单刻的八十卷本《史记集解》早已失传，现在有把《集解》散列在正文下的《史记集解》一百三十卷。"这段话包含如下三个方面的信息：第一，"三家注原先都各自单行"；第二，《隋书·经籍志》和《唐书·经籍志》都著录了"《史记集解》八十卷"；第三，原八十卷单刻本《史记集解》早已失传，现在看到的《史记集解》一百三十卷本是后人把《集解》散列在《史记》正文之下的。第三层意思对第一层意思有一定的补充说明，结合第三层意思，第一层的"各自单行"，即可理解为《集解》也如《索隐》《正义》一样，最初是以脱离《史记》原书标字施注的方式行于世的。2013 年中华书局修订本《史记》修订组的"修订前言"也持此观点。由于中华书局点校本《史记》的标准读本地位，影响巨大，以上观点被海内外学界广泛征引，几成定论。虽也有少数学者对此提出质疑，但惜未作出翔实考证。《文学遗产》2022 年第 1 期卷首刊发了袁传璋先生的新作《论裴骃"〈史记集解〉八十卷"系合本子注本》一文，为质疑者提供了强有力的证据①。文章最大的创新是论证出《史记集解》的注书形态为依附《史记》本书随文施注，合本文、子注为一体的"合本子注"，同时，在论证主题的过程中，凝练了诸多的相关学术信息和值得学习参考的研究方法，亮点纷呈。只是受制于刊物篇幅，许多问题不便展开，作者随文用脚注做了简要的补充说明。文章积累有年，涉及面深广，多见人所未见，发人所未发，给读者启发颇丰。在此，我仅从如下几个方面谈一下自己的读后感受。

---

① 《文学遗产》2022 年第 1 期，第 4—14 页。

一、积累有年，颇多创获

　　袁先生对今本《史记》版本源流的关注和考察很早就开始了，形成比较系统、成熟的观点在20世纪90年代初。20世纪80年代，袁先生申请并获批了安徽省哲学社会科学研究基金项目"今本《史记》版本源流、叙事断限及主旨变迁考略"，该项目于1993年结项。《论裴骃"〈史记集解〉八十卷"系合本子注本》的原型即为该项目结题报告中的第三节，可见其积淀颇为深厚。此处仅从两个方面说：一是证明了裴骃《史记集解》的注书体式为"合本子注"，一是用文字清点与数据分析论证支撑之。

　　"合本子注"是陈寅恪先生针对六朝僧徒研究佛典同本异译而编为合本形式时概括出的一种佛经注释体式。袁先生根据汉籍经史注本的形态，借用了这一概念，用以描述汉魏六朝时期汉籍经史注释的一种重要体式。袁先生从经籍史的角度，梳理了汉魏六朝注经，由前汉的标字"子注"（即所录经典文字书作大字，其下附着双行小字的施注方式）经、注各自单行的不便讲诵，经过马融开其端、郑玄促其成，形成了一种新的集经、注于一体的极便讲诵的写本合本子注体式的自然趋势。这种新注方式继承了传统施注中以双行小字出注的方式，而变列文施注为随文施注。这个过程就是由《汉书·艺文志》中著录的相关经典注本，如"《毛诗故训传》三十卷"等①，到《论语集解》《春秋左氏经传集解》《三国志注》等的过程，而裴骃集解《史记》正处在这个自然趋势的形成点上。裴骃《集解》之名及相应施注方法，明显有模仿何晏、杜预"集解"经史之处。《史记集解·序》："采经传百家并先儒之说，豫是有益，悉皆抄内。删其游辞，取其要实，或义在可疑，则数家兼列。……时见微意，有所裨补。譬嘒星之继朝阳，飞尘之集华岳。以徐为本，号曰《集解》。未详则阙，弗敢臆说。"何晏《论语集解·序》："集诸家之善，记其姓名；有不安者，颇为改易。"② 杜预《春秋左氏经传集解·序》："分经之年，与传之年相附，比其义类，各随而解之。"裴松之《三国志注》虽不名"集解"，但实际上也是"集解"。以上所列诸作，都透露出合本子注的信息。比照之下，裴骃因袭之迹显然。袁先生所谓的汉籍"合本子注"，即"经史正文书作大字，是为本；注解用小字双行夹注于所注正文字句之下，是为子。子随根本，合全书本文与子注为一体，即合本子注。"参照上列诸作以及六朝《集解》写本、敦煌《集解》抄本等实物，已经可以说裴骃《史记集解》是合本子注了；但袁先生还有自己更有力的新支撑点。

　　关于裴骃的《史记集解》施注方式是随文施注，在学界亦有人提起，较早的有王念孙，《史记杂志》第六《索隐本异文》："《史记》则《索隐》《正义》本系单

---

　①　班固：《汉书·艺文志》，北京：中华书局1962年版，第1708页。

　②　何晏：《论语集解·序》，《十三经注疏》下册，北京：中华书局1980年版，第2456页。

行，其附见于本书者，但有《集解》一书。"① 张玉春《〈史记〉版本研究》：
"……（《四库总目提要》）此谓毛氏将八十卷'析为一百三十卷'，不确，现藏日
本石山寺的六朝抄本《张丞相列传》卷末题'张丞相列传第卅六'，空三字题
'《史记》九十六'，《郦生陆贾列传》卷首与卷末均有'郦生陆贾列传第卅七'，空
三字题'《史记》九十七'，两卷的书写形式与宋刻本无大异，均小题在上，大题
在下。以此可知六朝时《集解》文即分散于一百三十卷之下。后世《史记》注本，
大多采取标字列注的形式，不与《史记》正文相比附，如《索隐》《正义》。学界
以《集解》为八十卷，与《史记》百三十卷不同，遂以为《集解》亦是标字列注。
考以六朝本，《集解》其始即与《史记》正文相附而行。《集解》作于南朝宋元嘉
元年（429）以后，与其父裴松之所注《三国志》同一体例。今所见六朝最晚不晚
于隋以前，在此期间，未曾有对裴注作改动的可能。"② 王华宝《百衲本史记·前
言》："刘宋时裴骃撰《史记集解》，注文附《史记》正文以行，世称《史记集解》
本。"③ 袁先生认为《史记集解》是合本子注的重要支撑，就是以中华书局 1982
年第二版《史记》点校本为标本，对《史记》本文与《史记集解》《史记索隐》
《史记正义》的字数，予以逐篇、逐行、逐字的全盘清点，并进行数据分析。这
样，袁先生就于上述旁证、实物支撑之外，自己又提供了新的支撑点。

　　《汉书·艺文志》《隋书·经籍志》《唐书·经籍志》《新唐书·艺文志》著录
的司马迁《史记》，均为一百三十篇（卷），裴骃集解的《史记》怎么成了八十卷？
对此学界也有一些研究。如张玉春教授在已有研究的基础上，以日本滋贺县石山
寺所藏的《史记》六朝《集解》写本之《张丞相列传》《郦生陆贾列传》残卷为
证，解释司马迁《史记》一百三十篇（卷）如何变成裴骃《集解》的八十卷。
《〈史记〉版本研究》："《集解》题为八十卷，并非离析《史记》百三十卷，而是以
《史记》正文及注文文字的多寡，以数篇为一卷。《集解》注文前后繁简不一，如
王鸣盛所说：'裴注上半部颇有可观，其下半部则简略，甚至连数纸不注一字。'
裴骃以各篇文字多寡，将百三十卷合为八十卷，而各卷内仍依《史记》原卷次，
也就是现在所看到的六朝抄本的形式。如日本石山寺旧藏《史记集解》中《张丞
相列传第卅六》《郦生陆贾列传第卅七》连续为一卷，亦可证裴骃作《集解》之
后，根据各篇的容量，将一百三十篇分为八十卷。至于如何将一百三十篇划分为
八十卷，现已无从得知。"其论证有一定的说服力，但总感时代久远，证据浩渺
若虚，杂有推断的成分，不能信实。而根本原因主要是罗振玉、贺次君先生判断
此二残卷抄本为六朝写本的证据若一线游丝，有些飘忽，猜测居多，学界对此的
看法也不尽一致。袁先生从字数统计和数据分析，对此做了解释，为《集解》依
附原文而行以及为何成为八十卷，提供了切实的证据。

---

　　① 　王念孙：《读书杂志》，江苏古籍出版社以王氏家刻本为底本影印，1985 年版，第 171—172
页。

　　② 　张玉春：《〈史记〉版本研究》，北京：商务印书馆 2001 年版，第 15—16 页。

　　③ 　《史记》，广陵书社影印上海涵芬楼南宋黄善夫刻本，第 1 册，2011 年 3 月第 1 版，第 3 页。

袁先生分为两个层次论述：首先论证周、秦、两汉学者称篇、卷的普遍情况及其区别：篇，以竹简书之，以韦索或丝线编连。篇不论长短；但凡文意完足，首尾相应即可为一篇。卷，以缣帛书之，于卷尾缀以转轴，以便舒卷。卷的容量一般大于篇。一部书由数卷构成，篇长的一篇可为一卷，篇短的数篇合成一卷。这是周秦两汉书分篇、卷的一般情况。魏晋时期纸张取代竹简，卷子取代简编以后，这种情况也没有多大变化。

接着，袁先生就考察相关注文条数及其字数。通过字数统计与数据分析，最后得出：《史记集解》总注文（6 974 条）、总字数（115 873，每卷平均 1 448 字），与单行之《史记索隐》（三十卷，注文 7 059 条，175 814 字，每卷平均约 5 861 字）《史记正义》（三十卷，注文 5 315 条，157 152 字，每卷平均约 5 238 字）差别较大。字数明显多的《索隐》《正义》是三十卷，字数明显少的《集解》却是八十卷。如果认定《史记集解》也如《索隐》《正义》一样，列文施注，显然有违常情，五十卷的差距就无法解释。不仅如此，袁先生通过对《集解》本身字数情况的分析，认为，《集解》每卷平均的 1 448 字，以现存六朝和唐初《史记》卷子本每行大率十五字至十八字计算，尚不足百行，难以成卷；而且这还只是从平均数而言。如果结合《集解》总体施注特点和具体篇卷的字数实际，那《集解》就不可能脱离《史记》原文施注而单行。只能是依原文施注，并将原来相邻的短篇数篇合为一卷。这就是《集解》变成八十卷的缘故，也是注文少的《集解》，比注文多的《索隐》《正义》多出五十卷的原因。

因为所据标本有权威性，所用方法又是用文字统计与数据分析说话，所以得出的结论有不容置疑的科学性，因而更令人信实。这样的数据分析，也从一个侧面证明日本滋贺县石山寺所藏的《史记》六朝残卷、唐代诸《集解》写本等实物，显示了裴骃《集解》施注的真实面貌。在学界，通过对《史记》本书与三家注的文字通盘清点与数据分析，从而得出结论，证实《集解》为依附《史记》文本的合本子注本，袁先生是第一位，而且也是唯一的一位。

二、关于《史记》版本源流的信息

如上所说，袁先生对今本《史记》版本源流的关注和考察很早，20 世纪 90 年代就取得成果。之后不断有相关论著发表出版：论文如《〈史记会注考证新增正义的来源和真伪〉辩证——程金造〈史记〉三家注研究平议之三》①《程金造之〈史记正义佚存〉"伪托说"平议》等②。相关专著有《宋人著作五种征引〈史记正义〉佚文考索》、《袁传璋史记研究论丛》、点校日本泷川资言著小泽贤二录文的《唐张守节史记正义佚存》等，这些都可视为此文的前期储备，此文可视为这

---

① 《河南大学学报》2000 年第 2 期。
② 《台大历史学报》2000 年第 25 期。

些成果精华的集中展示。

我们今天研读的《史记》文本，是南朝裴骃的《史记集解》本。《史记集解》的底本又是什么本子呢？学界对此似乎没有多少关注和言说。袁先生从裴骃《史记集解·序》"以徐为本，号曰《集解》"出发，以为徐广作《史记音义》必有一个根据当时所能看到的大量《史记》写本，自己整理出来一个定本，《史记音义》即以此为基础成书。这个定本就是这里所说的"以徐为本"之本，《集解》也以此为底本而成书；而非或据《史记正义》所谓"徐广《音义》辨诸家异同，故以徐为本也"一句，就认为"以徐为本"即以《音义》为本。我们以为，以今所见《史记》流传情况看，袁先生的理解是站得住脚的。裴骃《集解》既是以一种《史记》白文本为基础成书的，那么，从《史记集解》引用徐广《史记音义》一千多条不同版本异文的情况看，这里"以徐为本"就应该是徐广整理的那个作成《史记音义》的底本，而不是《史记音义》，否则这些异文就无从谈起。因此，论者对这条《正义》的理解可能有误。如此，我们今天所看到的《史记》版本基本的、主要的渊源就比较明晰了：司马迁手书的两套《史记》白文，在流传广布中，产生了大量的写本。之后有一个徐广根据众多的《史记》写本整理出来、为撰写《史记音义》的白文本，这也就是裴骃据此集解《史记》的底本。裴骃集解的《史记》八十卷本，结束了《史记》有本无注，或有注无本的局面，而成为《史记》的第一个注本。这个注本广泛流行，此即后世习称的《史记集解》（其实是一种误称，因为从来无此种著录）。随着《史记》白文本一百三十卷的消失（大概是宋朝），裴骃的《集解》八十卷本就成为《史记》流传的主要版本，（以上都是写本、抄本系列）。这个版本也就是典籍记载的北宋淳化五年（994）官方组织学者根据众多《集解》的抄本、写本而成的官刻"三史"（《史记》《汉书》《后汉书》）中《史记》底本，只是将八十卷集解《史记》本又恢复为原来的一百三十卷，这是《史记》刻本的祖本。之后就是比较流行的"十行本""十二行本""十四行本"，此即学界所说《史记》版本中的《史记集解》系列。再之后就是仍旧以《史记集解》为基础的《史记》"二家注"（以《集解》为基础，加入《索隐》的合注）"三家注"（以《集解》为基础，加入《索隐》《正义》的合注）系列。以后的线索就是比较清楚了。《史记》版本的流传是比较复杂的，搞清楚很不容易；以上的简述显然不能概括其全貌，但基本的、主要的线索应该还是可以成立的。袁先生对裴骃《集解》的底本为徐广《史记音义》据以成书的白文本、《集解》流传方式等基本面貌的清晰论证，这也是本文的一个亮点。这样提纲挈领，对于普及《史记》版本知识，使读者明白所读之书为何书，无疑是很有益处的。

三、关于《史记集解》的误称、误传的源流

今天《史记集解》的称呼是约定俗成的，实际上这是一种误称。我们只要简单地翻阅一下相关典籍就会发现，《隋书·经籍志》《唐书·经籍志》《新唐

书·艺文志》《宋史·艺文志》都没有这样一种称呼。准确的记载是"《史记》八十卷，裴骃集解"。从准确性来看，与其说《史记集解》，不如说《集解史记》。但在《史记》三家注最为流行的情况下，人们在称呼《史记索隐》《史记正义》时，不知不觉中就把本名叫作"《史记》裴骃集解"的书，也就顺口说成《史记集解》，但实际上三书是性质不同的书，相关著录的方式也不一样，后面会有说明。

《史记集解》的误传是指《隋书·经籍志》《唐书·经籍志》《宋史·艺文志》都没有"《史记集解》八十卷"这样的著录，也没有《史记集解》列文施注的说法。但是，二三百年来人们信实有这样的著录和说法。袁先生对此进行了追本溯源的清理。

袁先生指出，中华书局1959年9月初版点校本《史记》的《出版说明》之"三家注原先都各自单行……《隋书·经籍志》和《唐书·经籍志》著录《史记集解》八十卷"的观点，源自张元济先生的《百衲本二十四史·史记》（南宋黄善夫三家注合刻本）的《跋》语："（三家注）其始皆别自单行，与《史记》卷数不相合。隋、唐《志》，《集解》八十卷；《新唐志》，《索隐》《正义》各三十卷。今《集解》有单刻本，然已散入与正文相附。"① 这里"（三家注）其始皆别自单行"（这种说法所指不明，从上下文意，容易让人理解成《集解》施注与《索隐》《正义》一样，是脱离原文、列文施注而行于世）"隋、唐《志》，《集解》八十卷"的说法，就为1959年中华书局点校本所继承。张元济的说法又源于清乾嘉大家，如卢文弨、钱大昕、邵晋涵等。卢文弨《史记索隐·校本序》："赵宋时始合《集解》《正义》俱系之《史记》正文下，遂致有割截牵并之失。"② 言外之意甚明，即《集解》是脱离正文施注的。钱大昕《十驾斋养新录》"《史记》宋元本"说更清楚："《史记》之《集解》《索隐》《正义》皆各自为书，不与本书比附。"③ 邵晋涵是四库馆臣，为《四库全书》之《史记集解》《史记正义》提要的撰写者，也持同样的观点。其所撰"《史记集解》一百三十卷，江苏巡抚采进本"提要："（裴骃）乃采九经、诸史并《汉书音义》及众书之目，别撰此书。……原本八十卷，隋唐《志》著录并同。"④ 《南江书录》："裴骃《集解》、司马贞《索隐》、张守节《正义》，其初各为一书，后人并附分注，以便检览。"⑤ "并附分注"意谓把《集解》《索隐》《正义》之注，分别附着在《史记》文本的相应文句中。此说对《索隐》《正义》是可以的，但对《集解》就不可以。清儒的这些认识，影响至巨，对张元

① 张元济：《史记·跋》，第30册。广陵书社影印上海涵芬楼影印南宋黄善夫刻本，2011年3月第1版，2013年第3次印刷。
② 卢文弨：《抱经堂文集》卷四，清乾隆嘉庆间刻本，第三叶A。
③ 钱大昕著，陈文和、孙显军校点：《十驾斋养新录》卷一三，南京：江苏古籍出版社，第271页。此处所引钱大昕原文《史记》下"之《集解》"三字，是袁先生所补。
④ 永瑢等：《四库全书总目》卷四五，北京：中华书局1965年版，上册，第398页。
⑤ 邵晋涵《南江书录·文集第三》卷首"史记"条，贵池刘世珩校刊《聚学轩丛书》第五集第七种，光绪二十九年（1903）初刻本，第一叶B。"后人并附分注"，意谓三家注最初各为一书，是后人把三家注融入《史记》之中。这与三家注刻印、流传的情况不符。

济的影响可想而知；虽有如王念孙这样有影响的学者曾有过不同的声音，也被其遮盖，因其对此并无任何考证可引起学界关注。对《集解》与《史记》关系的严重误解，由清儒首开其端，中经张元济的接力，延及当下，陈陈相因，一误再误，形成定式，遂使今本三家注《史记》的源头隐晦不明。直至袁先生从研读隋、唐"经籍志""艺文志"切入，并解析《集解序》《索隐序》《索隐后序》关于"集解"与《史记》本文合体的言说，方诊断出乾嘉诸老、张元济先生下及《史记》点校者与修订者在《集解》与《史记》本书相不相附问题上出错的症结。

四、文献功底深厚

袁先生在研读文献目录中表现出的深厚的古典学问的功底和能力，也非常令人感佩。比如袁先生重读《集解序》《索隐序》《索隐后序》表现出来的细致和妥帖，既有说服力，又有启发性，引人深思。下面我们以袁先生对《隋书》《旧唐书》《新唐书》《宋史》相关著录的解析为例予以说明。

《隋书·经籍志二》著录四种《史记》著作：《史记》一百三十卷《目录》一卷，汉中书令司马迁撰。《史记》八十卷，宋南中郎外兵参军裴骃注。《史记音义》十二卷，宋中散大夫徐野民撰。《史记音》三卷，梁轻车录事参军邹诞生撰。（魏征等《隋书》卷三三《经籍二》，中华书局 1973 年版，第 4 册，第 953 页）

首先，《隋书·经籍志二》既没有"史记集解"这一称名，更没有"集解八十卷"这样的说法。今天习称的《史记集解》当时名叫《史记》，小字"宋南中郎外兵参军裴骃注"则是对本书版本状态的双行夹注说明语。完全的信息如上所引。其次，《隋书·经籍志二》相关载录可以分为两类，一类是以《史记》称名著录的，一类是以《史记××》称名著录的。以《史记》称名著录的是《史记》（此时"太史公书"已经称为《史记》）本书：这又可分为两种，一种是司马迁撰的白文《史记》，一种是裴骃根据徐广整理的本子作集注的注本《史记》。古人图书著录，都是看到实物而以所见实物书名著录（书名是由其内容决定）。这也就暗含了裴骃注的书是在一个八十卷的《史记》文本里施注的信息，否则的话裴骃注的《史记》就不会叫《史记》，而可能叫成《史记××》。所以"《史记》八十卷宋南中郎外兵参军裴骃注"的著录里面隐含了古人以为不必要说明，我们今天却需要搞清楚的信息。

我们再看新、旧《唐书》的相关著录就更清楚了。

《旧唐书·经籍志上》"乙部史录·正史类"：《史记》一百三十卷司马迁作。又八十卷裴骃集解。又一百三十卷许子儒注。《史记音义》十二卷徐广撰。《史记音义》三卷邹诞生撰。又三十卷刘伯庄撰。（刘昫等《旧唐书》卷六四《经籍上》，中华书局 1975 年版，第 6 册，第 1987—1988 页）

《旧唐书·经籍志上》前两个"又"字为"《史记》"之略，"又八十卷裴骃集解"即"《史记》八十卷裴骃集解"，小字"裴骃集解"是对该书版本状态双行夹注解释语。以《史记》称名著录的三种中，两种和《隋书·经籍志二》一样，另一部是许子儒注的一百三十卷《史记》。《旧唐书·经籍志上》也没有"史记集解"这一称呼，也没有"《集解》八十卷"的说法。此其一。其二，《旧唐书·经籍志上》对所著录的《史记》书的分类与《隋书·经籍志二》类似，即以《史记》命名者和以《史记音义》命名者。其命名之因当与《隋书·经籍志二》类似。

《新唐书·艺文志二》"乙部史录·正史类"：司马迁《史记》一百三十卷。裴骃集解《史记》八十卷。徐广《史记音义》十三卷。邹诞生《史记音》三卷。（欧阳修、宋祁等《新唐书》卷五八《艺文二》，中华书局 1975 年版，第 5 册，第 1453 页）又三十卷刘伯庄撰。……陈伯宣注《史记》一百三十卷贞元中上……司马贞《史记索隐》三十卷开元润州别驾。……张守节《史记正义》三十卷。（《新唐书》卷五八《艺文二》，中华书局 1975 年版，第 5 册，第 1457 页）

《新唐书》著录的数量虽有变化，但和上面《隋书》《旧唐书》著录体例一样，对《史记》的著录也分别称为《史记》和《史记××》两类，其根据也当同前。这里也没有"《史记集解》""《集解》八十卷"的说法。以《史记》命名的分类与《隋书》《旧唐书》也大致一样，分为白文《史记》和施注《史记》两类。

《宋史·艺文志二》"正史类"相关著录更有启发性：

司马迁《史记》一百三十卷裴骃等集注。又《史记》一百三十卷陈伯宣注。班固《汉书》一百卷颜师古注。范晔《后汉书》九十卷章怀太子李贤注。（脱脱等《宋史》卷二〇三《艺文二》，中华书局 1977 年版，第 15 册，第 5085 页）张守节《史记正义》三十卷。司马贞《史记索隐》三十卷。（脱脱等《宋史》卷二〇三《艺文二》，中华书局 1977 年版，第 15 册，第 5086 页）

这里的"司马迁《史记》一百三十卷裴骃等集注"就是上述《新唐书·艺文志》的"裴骃集解《史记》八十卷"，是白文本《史记》亡佚以后，宋人把原八十卷的裴骃集解本《史记》析分为一百三十卷（说明详见《文学遗产》所刊袁文《论裴骃"〈史记集解〉八十卷"系合本子注本》第 9 页）。《宋史·艺文志二》著录方式和上述诸书的著录方式一样。值得注意的是，颜师古注的《汉书》和章怀太子注的《后汉书》现在可以看到，是在原文本里施注的。这就有力地印证了上述《隋书》《旧唐书》《新唐书》相关著录的体例，即以原书命名的注本是附着在原书里面的。这就是说，上列《隋书》《旧唐书》《新唐书》所著录的"《史记》八十卷宋南中郎外兵参军裴骃注""又八十卷裴骃集解""裴骃集解《史记》八十卷"，裴骃的注也是附着在《史记》原书里的。这就是上述《隋书》《旧唐书》《新唐书》著录的裴骃"集解"《史记》暗含信息。

实际上在《史记》出版史上从无以"史记集解"称名的书。"史记集解"的称呼，大概是宋以后受《史记索隐》《史记正义》影响而约定俗成的误称。

这样精细的目录解读在袁先生论著里常见，对流行观点的质疑解惑也常常因此而生。本文中，袁先生对《隋书》《旧唐书》《新唐书》《宋史》相关著录的解读，为后面的论证打下了坚实的基础，使得后面一系列论证更浑然一体，也更加有力。于是《史记集解》为"合本子注"的结论得以成立。

从西汉刘向父子《七略》开始，我国就有悠久的文献著录传统，"艺文志""经籍志"等目录文献历代不绝。这些目录文献表面看起来就是简单的书名排列，但实际上，里面常常含包着一些重要信息。由于种种原因，这些信息今天往往不容易读出。如何能在这些简单的目录中读出文献真面目，就成了一个关键的问题。王鸣盛《十七史商榷》："目录之学，学中第一紧要事，必从此问途，方能得其门而入。然此事非苦学精究，质之良师，未易明也。"① 这段话非常值得琢磨。目录学是研究学问的第一等事，是学问之门，"非苦学精究，质之良师"难得明白。这方面最能体现学者的学术功底和学术能力。功底深厚、能力强的学者往往于常见的文献中，见人所未见，思人所未思。

袁先生是"当今研究《史记》的杰出代表人物，他治学功力坚实而深厚，学风朴实而纯正，长于发现问题，论述多有创新，而且为人正直厚道，颇有大家风范。"② 袁先生以教书育人为业，自然是年轻学者之良师，《论裴骃"〈史记集解〉八十卷"系合本子注本》可以看作一次难得的研读目录文献的生动课堂。

① 王鸣盛：《十七史商榷》，上海：上海书店出版社 2005 年 12 月版，第 1 页。
② 安平秋：《宋人著作五种征引〈史记正义〉佚文考索·序》，北京：中华书局 2016 年版，第 3 页。

《史记》思想文化研究

《史记疏证》编纂始末

＊本文作者张大可，中央社会主义学院教授，中国史记研究会会长，《史记疏证》主创、主编。

【编者按】由张大可教授主创、主编的大型学术工程《史记疏证》，从1983 年孕育到 1991 年启动，再到 2023 年完成并定稿，前后历经 41 年。中国史记研究会成立后，此书被列为学会集体攻关的项目和高校古籍整理委员会立项项目，参编学者 39 人，是当代《史记》研究黄金时代的标志，跨世纪的里程碑工程。该书将由商务印书馆于 2025 年推出，为纪念司马迁诞辰 2170 周年国际学术研讨会献礼。本文是张大可教授以中国史记研究会会长名义为该书作的序言，备述创作的艰苦历程。

《史记疏证》工程是一项全新的古籍整理形式。"融古今研究成果于一编，聚海内志同时贤于一堂"，群策群力汇总一部国学经典的研究成果，铸造时代的辉煌，是本书编纂的最高宗旨。工程萌芽于 1983 年，蕴酿研讨于 1985 年，正式启动于 1991 年，完成于 2023 年，凝聚 21 所高等院校、1 个行政单位，共 22 个单位 39 位学者历经 41 年的协作努力得以完成，是一部集史料性、学术性、工具性与阅读性于一体的学术论著，也是一套综合型的经典解读丛书。从古籍整理角度看，是一种新型的古籍整理，熔宏观研究与微观研究于一炉。宏观研究，指发掘《史记》的思想内涵，表述方式为论文、论著和问题研讨；微观研究，指传统的注、说解读，着重《史记》的字面意义与文本考察。《史记疏证》将两者内容熔于一炉，这就是本文所说的全新样式古籍整理，是一种开拓创新的方式，仅此一项就具有时代的界碑价值。

　　《史记疏证》全书凡 34 个分册，2000 多万字，分为上、下两编。上编"史记集注"，是对《史记》全书 130 篇的解读，共 20 个分册；下编"史记总论"，是对《史记》思想内涵的专题论述和工具检索，共 14 个分册，全书总计 34 个分册。全书的总体结构及其内容，详见"《史记疏证》凡例"，兹从略。《史记疏证》借中国史记研究会这一平台组织海内时贤协作，参编的 39 位学者皆为中国史记研究会成员，成果由商务印书馆这一高端出版平台出版。

　　本文有三层意义：其一，编纂缘起，载述《史记》是一部人人必读的国学根柢书，必须发扬光大，是原始的动力；其二，编纂升华，载述一场学术讲座引发了编纂升华的活力；其三，编纂历程，载述"疏证"体例的形成及参编同人之贡献，群策群力，产生了《史记疏证》。依次展开如下。

编纂缘起

　　司马迁是我国古代最有创造天才的历史家、文学家和思想家，三者集于一身。他有着崇高的人格、坚强的毅力和卓越的史才，以"究天人之际，通古今之变，成一家之言"为文化理想和历史使命，写出了一部具有世界史性质的中国古代通史，即纪传体《史记》。这是一部体系完整、规模宏大、气势磅礴、识见超群的历史巨著，蕴含着深邃的思想和历史哲学，闪耀着民族精神的光辉，是伟大中华人格的凝聚，爱国主义的思想源泉。鲁迅评价为："史家之绝唱，无韵之《离骚》。"这一评价为举世所公认。但《史记》远不只是在史学、文学这两座艺术天堂达到了巅峰，作为"成一家之言"的《史记》，司马迁最高的理想是追步孔子，立圣人之言，为人伦立则，为后王立法，即《史记》是一部人伦道德教科书，一部治国大典，是人人必读的《春秋》。也用两句话概括，就是"国学之根柢，治国之宝典"。也就是说，全面评价《史记》应有四句话：史家之绝唱，无韵之《离骚》；国学之根柢，治国之宝典。浓缩为一句话：《史记》是一部中国人人必读的国学根柢书。若把五千年悠久中华文化比作一棵参天大树，《史记》就是这棵参天大树之根之柢，即中华文化的根本源头。

　　如此巨著，自西汉问世 2000 多年来，有不可胜记的中外学者和社会大众阅读和研究。在中国历代注释解读《史记》的著作层出不穷，方式多种多样，如音义、注释、集解、索隐、正义、评林、考评、辨惑、志疑、探源、校勘，等等，形成对《史记》深入研究和不断开拓的学术体系，即"史记学"。唐代学人的成就奠定了《史记》在史学史和文学史上的地位，特别是《史记》三家注问世，是"史记学"确立的一座界碑。

　　知识、学术无国界。每一个民族文化的经典，都是全人类的文化遗产。《史记》也早已走向世界，全本《史记》在朝鲜、日本流传一千四五百年，其后传播于东南亚。《史记》在近代远播西方，被翻译为俄、英、德、法、波兰等文。美国学者完成了全译本《史记》。研究、承传《史记》在东邻日本得到弘扬光大，日本

"天皇"之名就来自《史记·秦始皇本纪》,日本"史记学"的成就可与中国"史记学"成就比肩。日本学者泷川资言在 20 世纪 30 年代推出的《史记会注考证》,是继唐代"三家注"以来的又一座界碑。

中国近代思想家梁启超在 20 世纪初倡导新史学之际,十分推崇《史记》,他提出《史记》应进入高等院校课堂的卓识。笔者于 1961 年就读北京大学中文系古文献专业,从那时起就十分雅爱《史记》。1973 年调入兰州大学历史系任教《中国历史文选》课,历经十年的积淀,编定了《中国历史文选》单元制高校教材,奠定了从事文献整理的基本功。当年笔者是一位中年教师,精力旺盛,在 80 年代又赶上了改革开放新时代,1981 年至 1990 年,在兰州大学开设了 10 年《史记》专修课,实践梁启超先生指向的愿望。在高等院校开设《史记》专修课,笔者当属最先的食螃蟹者或之一。开设《史记》专修课是深入《史记》研究的原动力,这是笔者的亲力亲为和切身体会。

1979 年,笔者为开设《史记》专修课,准备了两本讲义:一本为《史记文献研究》,内容为"史记通论",分述了概论性的 8 个专题,20 年后于 1999 年在民族出版社出版;一本是选文《史记选讲》原文 42 篇,五体皆备,供学员阅读和课堂选讲。《史记》专修课为一个学期,每周两次课堂教学,共四学时,一个学期 18 周,共 72 学时,除通论教学外,课文只能讲 10 至 15 篇,大部分选文为学员自学。选文的注释整理是在 10 年教学中逐步完成和完善的。这本选文讲义,更是 40 年后,于 2022 年以《史记讲义》之名才在线装书局出版。为何这里要提起这段往事,因为两本讲义是笔者深入《史记》研究的基础和出发点。笔者对《史记》的宏观研究,出发点就是对"史记文献研究"的教学,制定了要完成的论文、论著的设计;笔者对《史记》的微观研究,出发点就是对《史记》选文的教学,制定了要完成《史记全本注译》的设计。原始设计,只是一个粗线条的轮廓,能否实现,怎么实现,一步一步向前推进。笔者从开设《史记》专修课之日起,就立下以《史记》研究与教学为核心的古文献研究,兼及秦汉三国史,作为终身的事业。在 20 世纪 80 年代 10 年中,笔者于 1985 年出版了《史记研究》论文专集,甘肃人民出版社出版;1986 年出版了《史记论赞辑释》,陕西人民出版社出版;1990 年出版了《史记全本新注》,三秦出版社出版。10 年间颇有斩获。1987 至 1988 年穿插出版了《三国史研究》论文集,甘肃人民出版社出版,启动了《三国史》的创作。主攻方向是《史记》研究。以后继续出版的《司马迁评传》《史记精言妙语》《史记二十讲》,以及《史记》文本整理,即《史记全本新注》升级版"史记全本注译"以《史记通解》之名于 2015 年在商务印书馆出版。以上论著,基本实现了个人发愿弘扬《史记》的计划,笔者最初的本志即如此。个人的其他《史记》论著,如《史记史话》《史记导读》《司马迁生年研究》,以及即将推出的《史记学论稿》《史记疑案研究》等近 20 个专题,是形势需要新增的课题,不在初始规划的项目中,当然《史记疏证》也不在规划中。现今《史记疏证》工程完成,回顾历程,没有上述的对《史记》研究的个人规划,绝对不会有笔者主持的《史记疏证》问世，可以肯定的恰恰是有了个人《史记》研究的规划，培养了执着精神，在条件成熟之时，必然转化，更确切地说是必然升华出《史记疏证》项目。可以认定，笔者的《史记》教学与个人的《史记》研究规划及其成果应为《史记疏证》的编纂缘起，也就是这一工程的前期准备。

编纂升华

　　笔者的《史记》研究，对文本的解读项目，从原拟的出版《史记全本注译》，只积淀研究者个人的体悟，由研究者个人的单打独斗来完成，升华为"融古今研究成果于一编，聚海内志同时贤于一堂"的协作攻关项目《史记疏证》，由一场学术讲座引发出的活力，细说如下。

　　20世纪80年代，笔者当年在兰州大学开设《史记》专修课的同时，还主持计划举办100场学术讲座的工作。现今全国各高等院校举办学术讲座已是家常便饭，但在改革开放以前却是罕有的事。20世纪60年代，笔者就读于北京大学时，北大每周星期日上午，在大礼堂举办学术讲座，由校内外学者主讲，大门敞开，全校师生自由出入听讲，百花齐放，称"星期日讲座"。郭沫若、何其芳、吴祖缃、老舍、青年作家浩然都来讲过，笔者经常听讲，很受教益。在笔者印象中，北京高校只有北大举办"星期日讲座"，可以说是一花独放。笔者在开设《史记》专修课的同时，把举办学术讲座的建议向兰州大学提出，得到校、系两级领导的支持，历史系还委派了两名中年教师与笔者组成工作小组，共同主持100场学术讲座，邀请校内外各学科的专家学者在兰大作专题学术讲座。改革开放头几年，内地高校一批又一批的文史哲各学科带头人，不断的带一两个研究生到敦煌参观，国外学者也不断有人到敦煌参观，他们路过兰州，尽力请到兰大来作学术专题讲座，戏称留下"买路钱"。随着改革开放的不断深入，全国各学科的学会成立，高校间的来往加深，各高校各系举办学术讲座渐成了风气，兰州大学的一百场学术讲座走了半程，大约举办了四五十场，到1986年完成使命停办了。在20世纪80年代初的那几年，举办学术讲座犹如一股春风的吹拂，意外地在不经易间激发了活力，也深化了笔者对《史记》研究的活力。1980年笔者加入了中国历史文献研究会，每年外出参加学术年会，广泛地与各高校同人接触。当时整个学术界春意盎然，各学科的研究迅猛发展，老年学者焕发出青春，中年、青年学者奋勇向前，热情高涨，新的期刊不断涌现，被誉为科学春天的来临。《史记》研究的发展尤为迅猛。1983年笔者撰写《三十年来史记研究述评》，30年时段，指1950年至1982年，共33年。据笔者不完全的统计，学报、期刊发表的《史记》论文，1950年至1979年，30年间仅270篇，而在科学春天来临的1980年至1982年，三年间发表的《史记》论文就达311篇，三年超过了30年的总和，而1983年一年已达134篇，以后还逐年递增，呈现加速度式的发展。全国多所高校开设了《史记》专修课，学会提供了学者之间的交流平台，每个人的研究不再是一个人关门的单打独斗，而是走向社会大舞台，眼界顿然宽广。笔者朦胧意识到当代《史记》研究即将迎来一个黄金时代，适逢其会，这是我们这一代人的幸运，笔者亲历奋斗，更是我们这一代人的骄傲。笔者也在不经意间审视个人的《史记》研究计划，逐渐萌生凝聚同人协作攻关，更上一层楼的意识。其实，这就是《史记疏证》工程在不经意间的孕育。要不要迎接这一新生子的降临，冥冥之中在等待某一个特殊条件的助成。这根导火索在 1983 年出现了。

1983 年，日本东京大学藤枝晃教授到敦煌参观，路过兰州，被兰州大学、西北师大两校邀请作"敦煌学在日本"的学术专题报告。藤枝晃先生是一位年逾七旬的老先生，神情和蔼而庄重，是一位很有修养的学者。他用中文演讲，流利而亲切，演讲是成功的。但他在结尾时说了三句不得体的话，他说："孔子在中国，儒学在日本；司马迁在中国，史记学在日本；敦煌在中国，敦煌学在日本。"2013 年，南京师范大学赵生群教授主持的中华点校本《史记》修订本出版，召开学术研讨会，笔者受邀参加，重逢了西北师大赵逵夫教授，提起当年藤枝晃先生讲学的事，赵逵夫教授说，藤枝晃先生在西北师大也作了同题演讲，也说了这三句不中听的话。当年兰大有个学生提出要写批判文章，笔者对这位学生说，你除了上纲上线，还能说点什么呢？老先生过于自信，他已形成了固化的观念，不一定是挑衅，而是一种叫板、炫耀。但藤枝晃先生在自信与炫耀中也无意透露出无奈，因为孔子在中国，司马迁在中国，敦煌在中国，也就是老师在中国，学生在日本。老师发力，岂是学生所能望其项背的？关键是中国学术界要奋起直追，弥补我们 100 多年来战乱在学术界中造成的缺失，历史重任落在我们这一代人的肩上，更是在你们一代的肩上。这时笔者已下定决心，要在完成了个人规划的《史记全本注译》后，继续努力，凝聚学术界同人学者协作攻关超越日本成绩的某种"史记集注"为国学争光，不负司马迁在中国。故而笔者听了藤枝晃先生的三句话后的反应不是愤慨，而是沉思，思考如何奋起直追，这才是自信。这位要写批判的兰大学生点头称是。从此，这位学生也发愤致力于"史记学"研究，20 年后成长为教授，也加盟了《史记疏证》的工作。10 年后当笔者已启动《史记疏证》的时候，在中国历史研究会的年会上与武汉大学覃启勋教授交谈，他也十分赞同，并邀覃先生加盟，覃先生答应了，后来因工作忙退出了。覃先生留学日本，他便是研究《史记》在日本的著名学者，专论书名《史记与日本文化》，1989 年由武汉大学出版社出版。

再来细品藤枝晃先生的三句话，他把司马迁与史记学、孔子与儒学，以及敦煌与敦煌学三者并提，笔者认为这确实是一个卓识，超越了中国学术界。司马迁自成一家之言，是要与孔子并列的另一家圣人之言，鲜明地载入《太史公自序》中，但并未引起中国学术界的重视。藤枝晃先生的三句话引发了笔者重读《太史公自序》与《报任安书》，重新思考如何评价司马迁和《史记》，对鲁迅先生的评价，顿然发现，鲁迅先生的话写在《汉文学史纲要》中，是从文学、史学角度评价《史记》所达到的艺术高峰，而《太史公自序》司马迁的自我定位，看重的是

"成一家之言"的思想价值，恰如郭沫若五律诗所说："功业追尼父，千秋太史公。"于是如同本文前面所说，全面评价《史记》应有四句话，重复一遍："史家之绝唱，无韵之《离骚》；国学之根柢，治国之宝典。"西北师大历史系赵吉惠先生是搞哲学史的，年龄比我稍长，算是同龄人，我们俩关系密切，1980年是由赵先生介绍笔者加入中国历史文献研究会的。我们俩碰到一起，总要讨论一些跨学科的问题。笔者和他讨论如何评价司马迁和《史记》，他十分赞同笔者的四句话，而且毫不犹豫地说，要从思想层面评价司马迁。笔者又与他谈及藤枝晃先生的三句话，他稍加思考后发挥说："中国母亲河黄河，一线牵了两大圣人。黄河西有梁山，东有泰山。梁山脚下诞生了西圣司马迁，泰山脚下诞生了东圣孔子。"我也十分赞同赵吉惠先生的东圣、西圣之说。1985年笔者与韩城市司马迁学会副会长张天恩共同策划了全国首届司马迁学术研讨会，特邀赵吉惠先生与会发表东圣孔子、西圣司马迁的发言。2015年韩城市司马迁广场落成，要树立一座纪念碑，重达37吨的巨大碑石就是从泰山脚下采来的。司马迁祠向全国征集碑文，最后落到笔者肩上，笔者邀请擅长骈体文的友人李永明一起撰写碑文，正式以文字记载将司马迁与孔子并列，碑文题称《史圣颂》，人世间常有音韵天成的事件发生。司马迁生于公元前145年丙申，六十甲子轮转三十六轮之后的2015丙申年，《史圣颂》碑矗立，竟然这么巧，冥冥中像有一种天意。广场已在几年前落成，采购巨石，征集碑文，拖了几年时间，这才使得《史圣颂》碑恰在2015丙申年落成，又恰好是司马迁生年六十甲子的三十六轮后的第一年。

　　总上，藤枝晃先生的三句话提升了笔者对司马迁的认识，激发了笔者的创作活力，发誓要突破个人的局限，创造条件凝聚海内同人协作攻关，构建中国的"史记学"界碑。"融古今研究成果于一编，聚海内志同时贤于一堂"的大方向确立，《史记疏证》的题目与框架还未形成，将在行进途中来构建。笔者的思维方式，一旦确立了目标，一定是终身的一个追求，不到黄河心不死，于是踏上了《史记疏证》的漫漫征程。笔者重新规划了《史记》研究的目标，继续完成了原有的个人计划，同时思考协作攻关的计划，两个计划同时推进，把个人计划看作是前期准备，所以把《史记疏证》工程称为编纂升华。

编纂历程

　　《史记疏证》全书完成，历经了三个阶段，从1983年孕育算起到2023年完成，前后经历了41年。前文叙述了第一阶段"编纂缘起"，从1983年至1992年是10年准备期；第二阶段"编纂升华"，从1991年至2006年是工程启动的前期，摸索"史记疏证"内容体制长达14年。2004年出版阶段性成果《史记研究集成》14卷，奠定了"史记总论"的基础。第三阶段"编纂历程"，重心叙述2006年正式定名《史记疏证》。2008年在国家高等院校古委会立项到2017年完成交付出版社，又历经5年审稿，到2023年，笔者又同时完善修订，泰国格乐大学加盟合作，因此《史记疏证》完成定稿在 2023 年。历经从 1983 年至 2023 年，共 41 年。这里专题回顾"编纂历程"应包括三个阶段的全过程共 41 年。对前文已经叙述的两个阶段不是重述，而是补入相关内容。下面对《史记疏证》编纂历程的三个阶段，再分说于次。

　　第一阶段，1983 年至 1992 年的 10 年为《史记疏证》工程的准备期，也可称为孕育期。日本学者泷川资言在 20 世纪 30 年代推出的《史记会注考证》，是一部集大成之作，也是日本近现代"史记学"的一部代表作，这当是藤枝晃先生叫板中国学术界的实力依据。当笔者下定决心作出回应，要凝聚海内志同时贤集体协作，拿出拳头产品的决定，如何实现这是一个难题。因为当年笔者仅是一个中年教师，既无经济实力，又无学术号召权威，如何创造条件提上议事日程。1985 年9 月中国历史文献研究会在南京召开第六届年会，主题纪念司马迁诞辰 2130 周年学术研讨会，笔者在当年的 4 月已出版《史记研究》论文集，产生了一定的影响，笔者在年会中间的一个晚上邀请当时几位风华正茂的中年学者以朋友聚会聊天的形式议论一个话题，商讨学术界如何协作攻关，组织界碑工程。其时，社会科学院吴树平主持的《史记全注全译》、中华书局编审张烈主持署名王利器主编的《史记注译》、仓修良主持的《史记辞典》正在进行，均为集体协作，这是当时的学术背景。参与座谈的学者有北京师范大学的杨燕起先生、已从西北师大调入陕西师大的赵吉惠先生、社会科学院历史所的施丁先生、韩城市司马迁学会副会长张天恩先生等人，青年才俊有浙江师大俞樟华先生、南京师大赵生群先生。还邀请了杭州大学仓修良先生，他打了个照面因事离开了。在聊天中，笔者提出的课题是包括"史记会校会注会评"内容的"史记集注"，赵吉惠提出编纂一本有别于通用辞典的《史记大辞书》，词条如同《廿二史札记》一样的学术性论著。与会学者相约，各自完成手中的计划，打下坚实的基础，数年后甚至十年后条件成熟再议。这次座谈会的收获有二：一是大家一致赞同中国学术界要齐心协力拿出史记学的拳头产品，有协作的愿望；二是加强交流，组织举办全国《史记》专题学术研讨会创造条件。当即委托张天恩先生回到韩城市向市委汇报，借司马迁诞辰2130 周年的契机，在韩城司马迁故里于 11 月举办首届全国《史记》学术研讨会。从 1986 年起，由北京师范大学中文系主任韩兆琦教授组织全国《史记》学术研讨会，并筹备成立中国史记研究会。韩先生成立了史记联络组为联系各高校学术交流的平台，截至 1998 年，史记联络组共举办了 5 次全国《史记》学术研讨会，韩先生付出了巨大的心劳，但成立中国史记研究会未能如愿。

　　1991 年，韩兆琦先生在北京师大组织了第三次全国《史记》学术研讨会，笔者将《史记》集注工程提上议事日程。1985 年在南京聚会的几位中年学者已是各自异军突起，主攻方向也不在《史记》上，此次的与会者主要是后起刚步入中年的学者，有南京师大赵生群先生，陕师大张新科先生、徐兴海先生，浙江师大俞樟华先生，内蒙古师大阎崇东先生等。与笔者同龄稍长的有北京师大杨燕起先生、内蒙古师大可永雪先生、河北师大王明信先生。用什么书题，与会的湖北辞书社编审李尔纲建议用"史记研究集成",便于容纳宏观研究与微观研究两个方面的成果,也考虑了赵吉惠先生《史记大辞书》的建议,列学术性辞条。讨论结果,暂定名为《史记研究集成》展开工作,成立一个学术小组来联络,全书工程先不作集体攻关启动,而由主持人笔者先依据大家讨论的意见深入考虑全书内容结构和条目样稿,然后召开一次专题研讨会正式启动。会后由笔者与俞樟华两人拟定大纲,写出样稿。到了 1994 年,经过两年的努力,基本完成了论文索引的工作,制定了编写大纲,完成了 20 万字的样稿。"集成"工程大体框架为上、下两编,上编"史记集注",下编"史记总论"。1991 年笔者从兰州大学调入北京外国语大学中文系任教兼副系主任,于是正式启动《史记疏证》的工程于 1994 年在北京外国语大学召开,因当时的名称仍为《史记研究集成》,故会议称为《史记研究集成》课题学术研讨会,成立工作联络的编委会。参会学者有安徽师大袁传璋先生、浙江师大俞樟华先生、河北师大王明信先生、内蒙古师大可永雪先生、北京师范大学杨燕起先生等人。陕西师大张新科先生、南京师大赵生群先生、渭南师院梁建邦、马雅琴先生因事未赴会,寄来参与的信函。同时也得到北京师范大学韩兆琦先生、吉林师范学院(今名北华大学)宋嗣廉先生的支持。《史记疏证》这一学术工程就这样正式启动了。但追本溯源,工程启动可以认定为是 1992 年。

以上就是《史记疏证》第一阶段的准备工作,其中还包括了笔者组织学术团队协作攻关的试验。1985 年,笔者个人编写的《中国历史文选》讲义,升格为协作攻关高等院校教材。1985 年联络志同者,1986 年在重庆师院召开了单元制《中国历史文选》定稿会,有 35 所高校加盟,1987 年在甘肃人民出版社出版,称 35 院校本。1998 年在陕西教育出版社出版修订本,扩大为 45 所高校,称 45 院校本。2007 年在商务印书馆出版第三版,被教育部评为"十一五"规划教材,2008 年又被教育部授予精品教材奖。群策群力的协作攻关收到了良好的效果。笔者当年提出的《中国历史文选》,其实是为组织《史记疏证》打基础,故此特别写出,表述笔者对《史记疏证》工程的重视与心路历程。

第二阶段,1991 年至 2005 年的 15 年,以《史记研究集成》名称首先完成《史记疏证》下编"史记总论"的工程。笔者在组织《史记疏证》工程的同时,考虑这一工程完成以后的出版问题,一二百万元的投资如何解决。由于笔者 1991 年初调离了兰州大学,实际脱离了高等院校的工作环境,在新的工作岗位无法申报课题。所以笔者考虑《史记疏证》这一大型古籍整理学术工程完成后的出版,怎样立足于个人创造条件,而最核心的条件是筹集巨额出版基金。迫于无奈,《史记疏证》工程分为两步走,第一步的阶段成果是出版阐释《史记》思想内涵的论文论著"集成",称为"史记总论"奠定基础,比较容易完成和出版。

其实这一步,作为阶段成果的《史记研究集成》完成了出版也颇不容易。为了稳妥起见,又分三个步骤完成。第一步结集论文作提要。笔者与几位志同学者先选出千余篇论文做题要,分为"史记史学研究""史记文学研究""司马迁思想研究"以及"史记研究史及史记研究家""史记论著提要与论文索引""史记地名索引汇释表"等6种分头落实。

第二步，结集各位参编学者个人规划的论著，代表了该学者的最高水平，也是当代学者具有代表性的前沿学者。这两步同时展开，在2000年基本完成。第三步，笔者筹集30万至50万元出版基金，到2003年亦到位。2004年与华文出版社签约出版，实现了在2005年于韩城召开的国际学术研讨会纪念司马迁诞辰2150周年献礼的计划，也是《史记疏证》工程第二阶段完成第一步"史记总论"的标志。

《史记研究集成》14卷，全书约800万字。到2015年扩展为20卷，更名为《史记论著集成》，全书1200万字；与笔者升华《史记全本注译》，更名为《史记通解》9册，全书450万字；再加上《史记论丛专辑》6册，全书350万字；总计2000余万字，为当年在陕西渭南师院举办的纪念司马迁诞辰2160周年国际学术研讨会献礼。原计划《史记疏证》赶在2015年出版。2012年笔者参加中国传记文学学会在韩城举办的司马迁专题学术研讨会，取道渭南师院看望该院参编《史记疏证》的学者。时任渭南师院院长丁德科教授，执情接待笔者，邀请中国史记研究会2015年的年会在渭南师院召开。丁院长当即特聘笔者为渭南师院三年客座教授，策划纪念盛会的献礼成果。扩展《史记研究集成》14卷为20卷，更名《史记论著集成》容纳渭南师院学者的六卷成果。早在2022年笔者的《史记全本注译》完成，书稿投在陕西人民出版社压了10年未出版，2012年达成退稿协议，转到商务印书馆。丁德科教授擅长语言学，笔者请丁教授审读，联名以《史记通解》书名出版。在丁德科院长的大力支持下，2015年的纪念司马迁诞辰2160周年国际学术研讨会隆重召开，参会学者达140余人，出版了上述作品，《史记疏证》则延迟出版，以保证质量。由此笔者与丁德科教授结缘。

第三阶段，2006年《史记疏证》上编"史记集注"全面启动，到2023年的16年，完成上编"史记集注"，并合成下编《史记总论》为《史记疏证》，将于2025年推出，为纪念司马迁诞辰2170周年国际学术研讨会献礼。至此，《史记疏证》工程完成并出版，1983年至2023年，历经三个创作阶段共41年，凝聚39位学者的辛劳，一代大典的产生，实属不易。2023年，商务印书馆完成编审工作，2024年已进入了第二次校对，2025年推出可期，是值得庆贺的一件学术盛事。

《史记疏证》工程的"集注"工程为何延迟到2006年才全面启动？笔者认为出版条件已经具备，才扩大团队，全面启动。所谓条件成熟有三。其一，产品是否有市场。2004年14卷本《史记研究集成》出版，发行2000套，两年间出版社3/4销出，40余万元的投资基本回笼，大大增强了笔者启动《史记疏证》工程的信心。其二，笔者在整个工作进程之中，差不多从1983年起就在摸索疏证内容与构成框架。一是怎样"融古今研究成果于一编，聚海内志同时贤于一堂"；二是用什么形式熔宏观研究与微观研究于一炉；三是集注的文献资料，以历代注释成果为主，还是以今人今注成果为主，三大疑问笔者经过近20年的摸索，几经反转，直到2024年《史记研究集成》的出版才定型，这就是《凡例》的生成，书名最后才定为《史记疏证》。其三，这是最关键的条件，2006 年，笔者积储了 100 多万元专项出版资金，有了底气。当时笔者个人的"集注"工作在 1992 年启动《史记研究集成》之时起就一直不停地摸索开展。1992 年，笔者同时重启了《史记全本注译》，与《史记疏证·集注》均纳入了《中国六大史学名著整理》中，两者穿插进行。2002 年，《史记全本注译》完成，定型了"全新样式古籍整理"，也施用了《史记疏证·集注》，当 2004 年出版了《史记研究集成》之后，加紧了"集注"步伐工作，到 2006 年时已完成了《史记》全书 130 篇"集注"的 1/3，为 40 余篇。2000 万字的《史记疏证》笔者个人完成过半，因为 40 余年从未中断。"集注"工程的全书"导论""语译""点评"在 2006 年时也以由笔者全部完成。

2008 年，中国史记研究会以《史记疏证》为题正式向高校古籍整理委员会申报课题获准，拨付 10 万元启动资金。《史记》130 篇，除十表、八书外，还有 60 余篇未作"集注"，于是在当年的年会上全面铺开，团队扩大到 40 余人，参编学者每人一篇到四篇不等，设定在 2015 年出版，商务印书馆列入了出版计划。到 2013 年完成了 80%，于是在笔者单位中央社会主义学院召开了定稿会，实质是一个协调会。部分学者的"集注"稿不符规范，不愿修改者即自动退出，由新加入团队的志同学者承担，为了保证质量，不赶在 2015 年出版，延期到 2017 年《史记疏证》基本完成，书稿交商务印书馆，由时任商务印书馆文津公司总编丁波亲自审读。2019 年，商务印书馆申报了国家出版基金，在评审的专家团队中有一位重要成员是笔者在北大的同门师兄，高笔者一级的古文献专业毕业，他利用自己任职古委会以及在评审组专家团队中的特殊地位，阻止了这一申报课题的讨论，又拖延了几年的出版。这些都不重要了，笔者提到这一插曲，旨在说明，《史记疏证》工程，为什么拖了几十年，有多种因素影响工作的进程，笔者作为主持人和主编、主创必须想到各种细节，某一个环节断裂都将功亏一篑。100 多万元出版资金的筹措，在最后环节起了作用，否则笔者无颜以对多年以来不离不弃的合作者。

中国史记研究会为《史记疏证》工作团队塔建了一个学术交流平台，更是凝聚团队的纽带。《史记疏证》以中国史记研究会名义推出是名副其实的。中国史记研究会成立于 2001 年，也是笔者发起和组织的，成立大会在无锡江南大学召开，在成立大会上宣布的学会宗旨，主要有三大功能，一是一年一度的年会学术研究为海内外学者以及青年爱好者提供一个交流平台，每年出一本年会论文集《史记论丛》为参会学者论文的发表平台；二是成立一个学术委员会组织协作项目，最大课题就是《史记疏证》；三是做好《史记》的普及工作，也有三个方面。一是学会有多位知名学者在各种电视平台宣讲《史记》，主要有中国史记研究会名誉会长韩兆琦教授做客北京电视台主讲"《史记》新读"；学会顾问王立群教授做客中央电视台《百家讲坛》宣讲《史记》多个专题达 5 年之久；笔者做客中国国际广播电台对"海外孔子学堂"作系列讲座；二是推广在高教课堂开设《史记》专修课，由是组织编写了《史记教程》专修课教材；三是组织出版大众读物，出版《史记故事丛书》《史记人物新传》等，各项工作开展的有声有色。笔者抓住中国史记研究会召开年会的三个年会关节点，发挥司马迁故里人民的热情举办隆重的国际学术研讨会纪念司马迁，推出阶段性成果献礼。2005 年纪念司马迁诞辰 2150 周年，年会由学会与韩城市人民政府共同主办，参会学者达170 人；2015 年纪念司马迁诞辰 2160 周年，年会由学会与陕西渭南师院共同主办，参会学者 140 余人；2025 年纪念司马迁诞辰 2170 周年，年会仍将在司马迁故里举办，《史记疏证》首发，盛况可以想见。这三个年会节点的成功举办，也并非一帆风顺，其中曲折不必细说，但若无事先规划，就不知道机会的到来，有了规划，没有机会可以创造机会。早在 1983 年，笔者应人文杂志之约撰写《三十年来史记述评》一文中就提出："成立一个《史记》研究中心，组织全国力量，通盘考虑，改善研究条件，培养专精队伍，有计划地开展工作，分工合作，是十分必要的，也是有条件的。我们希望作为司马迁故里的陕西对《史记》研究应予以特殊的重视，并作出积极的贡献，以推进《史记》研究尽快出现一个新局面。"

笔者深信随着科学春天的来临，司马迁和《史记》定会走进寻常百姓家，司马迁故里陕西人民，特别是韩城市及所属的渭南地区人民一定会热情高涨。三个节点年会的成功举办，证实了笔者的预想，也推动了《史记疏证》工程的开展。

成立中国史记研究会，聚海内志同时贤于一堂。参与《史记疏证》工程的当代学者前后 50 余人，"史记集注"的长编工作看似简单，实际操作还是有一定的难度，前后有 20 余位参编学者未能掌握要领，自动退出。坚持始终完成《史记疏证》工程的国内学者 34 人，2021 年泰国格乐大学有 5 位学者加盟，现有团队共39 位学者。在《史记疏证》的冲刺阶段，中国史记研究会迎来格乐大学的合作，共同加强宣传，推进《史记疏证》在泰国、东盟和世界的传播，弘扬司马迁精神与"史记学"走向世界。参编《史记疏证》的 39 位当代学者的"史记学"研究成果，处于前沿阵地。《史记疏证》可以代表我们这一代人给"史记学"树立的里程碑。向 39 位团队成员致敬！感谢每一位团队成员付出的辛劳！

结束语

本篇序论《〈史记疏证〉编纂始末》的主旨，是原原本本围绕"熔古今研究成果于一编，聚海内志同时贤于一堂"是怎样从意向到实现的一个过程。它给我们提供了两个有益的启迪，写出来与大家分享。一个是，一部像模像样的文献论著是时代的产物，即客观条件；再一个是，主持人即主创作者必须有适应时代变化的能力和奋斗一生的执着精神，即主观条件。一部经典著作的产生，必然是主客观条件的交叉、结合才能产生的。所以笔者评价《史记》的产生，首先讲时代的呼唤，接着讲作者司马迁才、学、识、德的修养。评价者亲身经历的感悟，必然投射在被评者的身上。反过来评价者从被评者身上感悟的东西滋养评价者的身心，从而提高修养。《史记疏证》前后 41 年的经历，是否如此，留给读者去品评吧！

2024 年 1 月 25 日

做司马迁的知音

——张大可与《史记》

本文作者丁波，研究出版社总编辑、编审。陕西师范大学人文科学高等研究院研究员。

司马迁写《史记》，自言"藏之名山，副在京师，俟后世圣人君子"，又说"非好学深思，心知其意，固难为浅见寡闻道也"。由此可见，想成为司马迁的知音着实不易。但张大可偏偏是一个迎难而上的人。

考入北大

张大可自幼就有一股不服输的劲儿。

张大可，1940年12月出生在四川省长寿县（现重庆市长寿区）。婴儿时，坠地伤了头盖骨，险些丧命。6岁入私塾识字，后随父读书。他10岁时，父亲去世，家里生活困难，无力供他上新式学校。当地云集小学的校长徐国钧是张大可读私塾时的老师，很赏识张大可，专门找到张大可的母亲，动员张大可入学。母亲狠下心，就算砸锅卖铁也要供长子去读书。

背负着一家人期望的张大可，越过初小，直接读了高小。从他家里到云集小学有近8公里的路程，中间还要翻一座山丘，爬200余级陡坡，单程就要走两个小时。每天清晨，他喝两碗菜粥就去上学，中午饿肚子，等到放学再爬坡翻山回到家里，备尝艰辛。作为家里唯一的壮劳力，张大可每天下午回家吃完饭，还要到村外挑一缸水。等水挑满了，天也就快黑了。家里买不起油灯，他只能借着傍晚落日的余晖抓紧读书。两年小学，张大可就是这样读下来的。

边劳动边自学，张大可终于在1954年考上长寿一中，后又进入江北一中读高中。在江北一中，虽然有助学金，但张大可的生活费仍然有缺口。为了减轻家庭负担，他时而给学校食堂担煤炭，时而帮镇上工厂送硫酸罐，仍然是边劳动边学习。

1960年暑假，张大可在镇上赶集，偶然邂逅了一位大学生，胸前别着省内一所大学的校徽，张大可主动上去搭讪，想了解下那所大学的情况，可是对方很冷漠，张大可不服输的劲儿瞬间爆发，心里想"有什么了不起？等着，明年我也别一枚'北京大学'的校徽给你看。"1961年，张大可参加高考，凭着周密的规划和还算不错的底子，如愿考入北京大学中文系古典文献专业。

"硬读"《史记》

张大可入学后，时任中华书局总编辑金灿然来到北京大学，与古典文献专业新生座谈，还带来了新出版的点校本《史记》。《史记》是古典文献专业的必读书，张大可果断购买了一套。

《史记》首篇是《五帝本纪》，张大可初读，感到诘屈聱牙，对内容却不甚了了，反复重读，几番下来，还是不得要领，不得不将其置之一边。过了一阵，他又心痒难耐，重新拿来阅读。这次直接跳过《夏本纪》《殷本纪》《周本纪》《秦本纪》，直接读《秦始皇本纪》《项羽本纪》，终于有了一些阅读的快感，从此以后，张大可专门挑《史记》中故事性强的列传去读，今天翻这一册，明天翻那一册，跳来跳去读，先易后难，读不懂的先放一边，逐渐就开始欣赏着阅读《史记》了。随着理解的深入，张大可又改变了阅读方法，不再按《史记》本纪、世家、列传的顺序读，而是按时间和相关史事人物分组阅读，如春秋时期，按春秋五霸集中五组相关篇目来读，战国四公子列传为一组来读，重要史事如长平之战、秦灭六国、楚汉相争，集中相关篇目，带着问题读。若干篇目反复读几次，兴趣日益浓厚。

张大可仔细计算了课余时间，零散的课余时间加上星期日，再加上寒暑假，一年365天有240天可以用来读《史记》。《史记》130篇，两天读一篇，他一年就能精读一遍。心里有了底，张大可规划了一年半到两年通读《史记》的计划，每周用三分之二的时间精读《史记》一篇到两篇，三分之一的时间读相关参考书。计划制定了，张大可课以日程，天天抱着《史记》读，招来同学们"司马大可"善意的取笑。

为了读懂《史记》，在反复阅读《史记》原文的同时，张大可找来了崔适《史记探源》、王国维《太史公行年考》、余嘉锡《太史公书亡篇考》、郑鹤声《司马迁年谱》、李长之《司马迁之人格与风格》等著作，以及报刊上的一些相关文章，了解了一些《史记》研究中存在较大争议的问题，虽然此时的张大可还未完全读懂《史记》，但对前辈学者关于《史记》研究的一些成果也有了自己的认识，同时下定决心，要集中一段时间对《史记》断限、亡书等问题进行系统梳理。1962年年初至1963年夏这一年半的时间里，《史记》130篇，张大可通读了其中的115篇，只剩下《礼书》《乐书》《律书》《历书》《天官书》和"十表"未读。虽然其中一些精彩的纪传，读了不止一遍，但张大可不甘心只是把《史记》当成小说去读，他要用史学的眼光分析《史记》，那"十表"就是绕不过的硬骨头。

1963年暑假，张大可没有离开北大校园一天，宿舍、食堂、图书馆三点一线，集中时间全力以赴投入"《史记》攻坚战"。首先，他利用两周时间，解析《史记》十表。

张大可发现，要读懂《史记》的表，首先要拆解表，于是他用最笨的办法破解十表的结构。以《六国年表》为例，周、秦、魏、韩、赵、楚、燕、齐从左至右分八行，从下至上依年代分列，会盟征伐，兴衰成败，大事尽列其中。张大可把《六国年表》的内容从表格中打开，一条一条排比，改表为长卷叙事，把表中的内容展开成一条一条的资料，各国的王位继承、相互征伐、外交公演，改为叙述记事，既不连贯，杂乱无序，还有许多遗漏，不成体系。而用表，就可以把同一时段各国纷繁的会盟征伐、兴衰成败的大事有条不紊地展现在同一平面的一页纸上，一目了然。改竖排列表为横排列表，十表的本质清晰呈现：一个用表格展现的历史发展时空坐标。用了两周时间，张大可按此法改造了《三代世表》《十二诸侯年表》《六国年表》《秦楚之际月表》，他发现，《史记》十表蝉联相接，展开的是三千年的时空坐标，提纲挈领网络历史，摘取历史大事，划分历史阶段，展现天下大势，是《史记》的骨架和大纲。20 年后，张大可借鉴司马迁作表方法研究《史记》，每写一篇专题论文，必先作表，然后行文，写作效率大大提升，有的"表"直接融入了论文中，他的成名代表作《史记研究》一书中集中保留了 20余篇"表"，成为一道独特的风景线。

研究《史记》，张大可下的第二个"笨功夫"是统计《史记》字数，这是研究《史记》流传过程中续补、窜附问题的基础。司马迁在《太史公自序》中说他的"太史公书""凡百三十篇，五十二万六千五百字"（526500），后世流传的《史记》各种版本字数与司马迁自报字数多有出入。张大可统计的是中华书局标点本《史记》的字数，当时没有电子文本统计字数，他只能用手工，以三个字为一组，数到 100 就是 300 字，用铅笔在点校本旁边标记"1"，再数 100，标记"2"，依此类推，数完一篇将总字数记于篇末。用了两周，张大可最终统计出标点本《史记》是 555660 个字。综合崔适、余嘉锡等学者对《史记》亡篇及续补窜附的研究，张大可对统计出来的字数进行了分析，对《史记》亡书及续补窜附有了自己的思考。虽然当时还无力写作学术论文，但他把思考的疑点都记录了下来。

1963 年暑假的一个半月中，在解析《史记》十表、统计《史记》字数之外，张大可还尝试撰写了一篇论文《也谈司马迁的生年》。张大可回忆，之所以写这篇文章，是为了支持郭沫若在 1955 年发起的"司马迁生年论战"。他当时并未料到，自己会深度参与后面几次论战，并成为论战中的主角。

司马迁的生年，司马贞《史记索隐》主汉武帝建元六年（前 135），张守节《史记正义》主汉景帝中元五年（前 145）。张守节与司马贞同是唐玄宗时人，两人的记载存在十年之差。近代以来，王国维撰文力证司马迁生于公元前 145 年，在学界产生重要影响。1955 年 10 月，时任中国科学院院长的郭沫若发表《〈太史公行年考〉有问题》，对王国维的"公元前 145 年说"进行反驳，力主"公元前135 年说"。怀着强烈的研究欲，张大可认真阅读了王国维和郭沫若的文章。对他这个大三学生来说，王国维的文章艰深难懂，而郭沫若的文章则相对易读，他不自觉成为郭沫若的拥趸，照葫芦画瓢，撰写了一篇考证文章《也谈司马迁生年》，声援郭沫若。遗憾的是，这篇文章的底稿后来遗失了，更谈不上发表了。20 世纪80 年代，张大可有了一定的学术积累，再次参与司马迁生年的研讨，改从王国维的"公元前 145 年说"。张大可曾感慨，幸亏文章遗失未发表，若公开发表了，他将不得不学梁启超，以今日之张大可反对昨日之张大可。

研究《史记》

　　1968 年大学毕业时，张大可感到前路迷茫，把大学时期购置的所有书籍都当作废纸卖掉了，只留了一部《史记》，一直带在身边，时时阅读。他先是被分配到甘肃省文化局，几经周折，1973 年被调到兰州大学历史系任教。张大可倍加珍惜这个来之不易的机会，教学科研同步快跑。

　　功夫不负有心人，1979 年，张大可迎来了他的春天。那时，张大可已近不惑之年，虽熟读《史记》，却无一篇科研成果，这成为评定职称时的短板。他不服输的劲儿又上来了，决心搞一场"攻坚战"，发表几篇重量级的论文。他从自己最熟悉的《史记》入手，以秦汉时期历史人物评价为突破口，制定了一个写作提纲，白天到图书馆翻阅资料，写札记；晚上在家翻《史记》《汉书》，做卡片。动手写论文时，张大可先提出若干问题，然后给出答案，一题一个条目，他戏称之为"零件"。积累了约 10 万字的条目后，他开始动手将这些"零件"组装成机器。方法得当，自然事半功倍，张大可的处女作《论文景之治》发表在《历史研究》1979 年第 7 期。三个月后，《试论昭宣中兴》发表在《光明日报》1979 年 10 月 2日"史学版"。这两篇文章在学界都产生了影响。张大可一位在云南从事水电建设的远方堂兄，看到了《光明日报》的文章，过年时专门回老家向张大可表示祝贺。

　　1981 年，张大可在兰州大学历史系率先开设了《史记》选讲课。开设新课，第一步是编写讲义，张大可在北京大学上学期间"硬读"《史记》所积累的各种札记，以及对《史记》字数调查的数据，在编写讲义时派上了用场，大学时代想解决但没有能力解决的题目则成为他攻关的对象。张大可计划一边课堂讲授一边研究，在教学中完善讲义，最终形成了多篇论文和多部书稿。

　　1981 年至 1990 年的十年，是张大可学术生涯的黄金十年。十年中，他撰写了《史记研究》《史记论赞辑释》《史记文献研究》《史记全本新注》等一系列学术论著，考论相结合，开拓了《史记》研究的新领域。他形象地将这十年的研究工作比喻为"把多种学术作物套种在时间的耕地上"。

疏证《史记》

　　1985 年，中国历史文献研究会在南京召开年会，张大可与部分参会学者办了一个小型座谈会，提出在条件成熟时当代学者要通力合作，完成一部集大成的

《史记》集注工程，得到与会者积极响应。1992年，在北京师范大学召开的《史记》研讨会上，张大可重提《史记》集注工程，与会学者商议先组织队伍，整理资料，编纂《史记研究集成》，为《史记》集注做准备。1994年，张大可发起组织了《史记研究集成》编委会，经过十年努力，2002年，张大可主编的《史记研究集成》（全14卷）出版，此书着重阐释《史记》的思想内涵。2001年，中国史记研究会成立，张大可任常务副会长，《史记》集注工程被确定为中国史记研究会的集体攻关项目，正式确定书名为《史记疏证》。经过几年准备，2006年，在中国史记研究会第五届年会上，张大可提交了《五帝本纪疏证》样稿，与项目参与者详细讨论了凡例等工作细则，确定了项目的工作方针："融古今研究成果于一编，聚海内志同时贤于一堂。"《史记疏证》分为题评、分段疏解《史记》原文及三家注、集注、白话翻译、集评、附录等内容，力求将2000多年来《史记》点校整理、研究成果汇集于一书。

2006年，完成《五帝本纪疏证》样稿时，张大可已经66岁了，他承担了《史记》百三十篇中50％以上篇目的写作任务，作为主编还承担着全书的审稿工作，全书规划近2000万字，张大可工作之繁重可想而知。虽然有中国史记研究会秘书处的配合，但秘书处成员都是高校教授，科研任务重，分身无术，可以给他提供的援助也不多。有的项目参与者劝张大可放弃，靠他这个"光杆司令"无法完成这样庞大的工程。张大可年老志未灭，他给大家鼓气说，《史记疏证》是我们这一代学人的追求，我数十年思之念之，从未想过放弃。项目团队中我年龄最大，身体尚可，我自信可以工作到85岁，正好是2025年——司马迁2170周年诞辰，算起来还有20年，我每日拿出12个小时，全年不休，我们一定能完成《史记疏证》，这是我们这个时代的《史记》研究者必须完成的历史任务！

张大可是一个不服输的人，一个说到做到的人，也是一个善于规划的人。《史记疏证》是一个集体项目，项目组成员工作进度不一，张大可居中协调，自己写稿、催稿、审稿、改稿，和出版社编辑沟通，解决编辑提出的问题，有条不紊。因不通电脑，张大可全凭手写。因长期握笔进行高强度写作，他右手食指严重变形，异于常人，见之者无不唏嘘。张大可的老伴马瑞端喜欢旅游，她希望张大可知老服老，趁着身体还好，能与她一起周游海内外，但张大可忙于《史记疏证》，屡屡推却。十多年里，日复一日，张大可重复着在老伴看来单调乏味的学术苦行僧工作，乐此不疲。2023年，《史记疏证》终于定稿交付出版社，马瑞端终于看到了希望，笑问张大可："老张，你是否可以歇歇了？"张大可笑答："快了，到2025年司马迁2170周年诞辰，我卸任中国史记研究会会长，我就彻底休息。"

转战"六大史学名著"

张大可肯定无法履行对老伴的承诺。《史记疏证》只是他规划的"六大史学名著"工程中的一种，他心心念念的"六大史学名著"工程没有完成，他如何能停下来呢？

"六大史学名著"是指《左传》《史记》《汉书》《后汉书》《三国志》《资治通鉴》这六部典籍。20世纪20年代，曾有学者给历史系本科生开列了《左传》《史记》《汉书》《后汉书》《三国志》《资治通鉴》这六部书作为必读书目。20世纪50年代出版的高校历史系教学参考书《中国史学名著选》，也是这六部史籍的选本。张大可认为，这六部史籍可以称为"六大史学名著"。在他看来，只有既记述历史事实又阐释历史过程的典籍，才是史学著作，仅记载历史事实的典籍实质上是文献典籍或资料汇编。刘知己在《史通》中主张历史要做到纯客观实录，不能有作者的思考，批评《史记》中的"太史公曰"为画蛇添足。而在张大可看来，正是因为有"太史公曰"，《史记》才称得上是史学著作。司马迁撰写《史记》的目的是"成一家之言"，"一家之言"就是司马迁对历史的思考。孔子作《春秋》，以一字褒贬使乱臣贼子惧，这就是孔子的一家之言。左丘明以史实解释《春秋》，《左传》是中国史学的萌芽。《左传》中的"君子曰"，启迪司马迁创作"太史公曰"。《史记》效《春秋》，不仅创立"太史公曰"，还"寓论断于序事之中"。《汉书》《后汉书》《三国志》以及《资治通鉴》均效仿《史记》，这四部书均有各自的"一家之言"，作者的史论贯穿全书。因此，《左传》《史记》《汉书》《后汉书》《三国志》《资治通鉴》这六部书称得上是史学名著。

"六大史学名著"是中国传统史学中的经典，如何让经典"好读"？张大可希望通过"六大史学名著"工程解决这个问题，他把这个工程定义为"全新样式古籍整理"。就体例而言，这个工程包括六个方面：1. 导读，全面评介典籍全书内容、创作主旨及价值、作者事迹等内容；2. 篇前"题解"或"大事提要"。解读一篇之要旨或提示一卷之大事梗概；3. 简注，即用白话文注说文本字、词、句的字面意义；4. 语译，文言文翻译成白话文；5. 段意，置于篇中划分的结构段的注文之后，提示要点；6. 点评，置于篇后，或点评历史人物，或介绍历史大事，或进行文学鉴赏。就样式而言，针对不同层次的读者，这个工程设计了四种样式：1. 白话本。逐句"语译"，是新式古籍整理最基本的普及样式。2. 文白对照本。在白话本上加入原典文本对照。3. 新注本。有注无译的整理本。4. 注译本。合新注本与白话本为一体。上述四种样式的解读，均包含"导读""题解""段意""点评"等内容，在张大可看来，这就是"全新样式古籍整理"的亮点与特点。

张大可是个实干家，他的"全新样式古籍整理"是在《史记疏证》工程中总结出来的经验。在《史记疏证》有序推进的过程中，他就有计划地推出了四种《史记》整理本（《史记》白话本、《史记》文白对照本、《史记新注》、《史记全注全译》）和四种《资治通鉴》整理本（《资治通鉴》白话本、《资治通鉴》文白对照本、《资治通鉴新注》、《资治通鉴全注全译》）。张大可除独立完成《史记》《资治通鉴》整理之外，还作为"六大史学名著"丛书的主编，统筹《左传》《汉书》《后汉书》《三国志》四部名著的整理工作，如此繁重的工作对年富力强的中青年学者来说都是苦差事，年过八旬的张大可却甘之如饴。近年来，除了必要的学术活动，他足不出户，全身心投入六大史学名著的整理工作中。

　　大学时代"硬读"《史记》的经历，磨炼了张大可的意志，也让他清楚地知道，史学名著有门槛，历史系的大学生都不易读得懂，普通读者更是望而生畏。如何让史学名著"好读"，让年轻人能读得懂史学名著、爱上史学名著？这是张大可一直思考、努力实践的课题。司马迁将《史记》"藏之名山，副在京师"，等待后世知音与他产生共鸣，而张大可不仅自己要做司马迁的知音，还要让更多的人读得懂司马迁、读得懂六大史学名著。在张大可看来，这是他们这辈学人必须完成的学术使命。

试论张良与《黄石公三略》的思想关联

＊本文作者陈曦，国防大学军事文化学院教授。

　　《黄石公三略》又名《三略》《黄石公记》《黄石公三略记》等，与《孙子兵法》《吴子》《司马法》《尉缭子》《六韬》《李卫公问对》合称"武经七书"。该书名称中的黄石公，其事迹最早见于汉初"三杰"之首①张良的传记——《史记·留侯世家》。据司马迁记载，秦末时黄石公曾在下邳将《太公兵法》授给张良。而关于这部《太公兵法》与《黄石公三略》的关系，迄今为止存有两种截然不同的观点。一种认为《太公兵法》即《黄石公三略》，如三国时期李康在其《运命论》一文，说"张良受黄石之符，诵《三略》之说"；魏徵等编纂的《隋书·经籍志》，称《黄石公三略》为"下邳神人"黄石公所作；何清谷说《三略》的作者"很可能就是授书张良的圯上老人"②。遗憾的是这些见解均于史无据，纯属推测。另一种观点则认为《黄石公三略》与《太公兵法》之间不能画等号，它既非黄石公所著，也非张良所受的兵书；指出该书作者为了扩大兵书的传播力而伪托黄石公，并在理论建构时借鉴了张良的业绩。如许保林说《黄石公三略》是"精通兵法、熟悉张良事迹、拥护汉宗室的隐士所为"③，宫玉振则进一步说该书"很大程度上是对张良事迹及谋略的总结与理论概括"④，"作者必然是一位对张良的事迹与思想都很有研究的哲人"⑤。笔者在认同许保林、宫玉振上述观点的同时，也注意到他们对张良的谋略思想与《黄石公三略》之间的深刻关联仅是点到为止，未展开论说；而学界对此问题亦少有专文论及，故特撰此文，从以下三点切入以求补证。

一、"务揽英雄之心"

　　《黄石公三略》一开篇便拈出了全书的一个重要题旨："夫主将之法，务揽英

---

　　①　在大汉帝国的开国功臣中，张良、萧何、韩信的功勋最为辉煌，并称汉初"三杰"；张良为"三杰"之首。汉高祖刘邦说："夫运筹策帷帐之中，决胜于千里之外，吾不如子房。镇国家，抚百姓，给馈饷，不绝粮道，吾不如萧何。连百万之军，战必胜，攻必取，吾不如韩信。此三者，皆人杰也，吾能用之，此吾所以取天下也。"（《史记·高祖本纪》）

　　②　何清谷：《黄石公三略考辨》，《秦文化论丛》，1999年。

　　③　许保林：《黄石公三略浅说》，北京：解放军出版社1986年版，第17—18页。

　　④　宫玉振：《白话三略》之前言，北京：时事出版社1997年版，第7页。

　　⑤　宫玉振：《白话三略》之前言，北京：时事出版社1997年版，第8页。

雄之心。"所谓"主将",明人黄献臣的解释是"兼人君、将帅言"(《武经开宗》之《三略开宗》),而"英雄"则指文武才干出众者,如清人朱墉所谓"文迈于人曰武,武超庸众曰雄,皆士林中之杰出者"(《武经讲义全汇合参》卷之七)。在《黄石公三略》的作者看来,"英雄者,国之干""罗其英雄,则敌国穷",因此君主、将帅首先要处理好的一个关乎国家兴衰成败的重大问题,便是如何善待英雄,让天下英雄心悦诚服地为其所用。该书作者认为只要贯彻落实好"崇礼""重禄"两大原则,便能如愿以偿地让英雄人物前来舍命效力。他在书中一再强调:"礼崇则智士至,禄重则义士轻死""夫用人之道,尊以爵,赡以财,则自来;接以礼,励以义,则士死之""故礼者,士之所归;赏者,士之所死。招其所归,示其所死,则所求者至"。而张良在辅佐刘邦取天下、安天下的过程中,便有诸多印证上述两大原则的思想谋略,以下择要列举两则。

其一,建议刘邦厚赏韩信、彭越,从而有效推动了他们积极投入灭楚之战。关于灭楚之战,司马迁揭示道:"然卒破楚者,此三人力也。"(《史记·留侯世家》)[1]"此三人"指的是韩信、彭越、黥布。刘邦正是凭借此三人之力,才最终在垓下之战打败项羽的。然而需要了解的是,在楚汉战争进入决战阶段期间,韩信、彭越曾一度消极怠战,未能如约会兵于固陵。刘邦当时已封韩信为齐王、彭越为梁王,但他只是给予头衔,而未明确封国疆界。刘邦请教张良:"诸侯不从约,为之奈何?"(《史记·项羽本纪》)张良答道:"信、越未有分地,其不至固宜。"(同上)他建议刘邦将睢阳以北至谷城封给韩越,将陈县以东直到大海封给韩信。刘邦说:"善!"得到厚赏后的韩、彭二人,皆派使者报曰:"请今进兵。"(同上)遂与黥布等在垓下合围项羽,一举灭楚。

其二,建议吕雉、刘盈礼遇商山四皓,从而有力稳固了刘盈的太子之位。张良"尝学礼淮阳",深谙儒家以礼待人之道。刘邦晚年一度想废掉吕后所生的太子刘盈,改立戚夫人所生的赵王如意。吕雉非常害怕,恳求张良出谋划策。张良建议邀请商山四皓前来辅佐太子。此四人乃海内名士,因讨厌刘邦对士人的傲慢无礼而逃入深山。张良说如果能"无爱金玉璧帛",同时让太子写一封言辞谦恭的邀请函,充分表达敬仰之意,他们应该能够前来。吕后按此操作,四人果至。刘邦后来在太子身边见此四人,"乃大惊,曰:'吾求公数岁,公辟逃我,今公何自从吾儿游乎?'四人皆曰:'陛下轻士善骂,臣等义不受辱,故恐而亡匿。窃闻太子为人仁孝,恭敬爱士,天下莫不延颈欲为太子死者,故臣等来耳。'"刘邦意识到太子有此辅佐,"羽翼已成,难动矣"。司马迁说:"(刘邦)竟不易太子者,留侯本招此四人之力也。"如果说上述张良的前一个谋略主要体现的是"重禄"原则,那么这一谋略主要体现的则是"崇礼"原则,均为《黄石公三略》倡导的"务擘英雄之心",提供了鲜活生动的历史佐证。

---

① 以下引文若出自《史记·留侯世家》,则不再注明。

二、"能柔能刚"

西汉初期黄老道家之学盛行，而《黄石公三略》则在思想体系上"具有汉初黄老道家的显著特点"①，书中张扬了一种颇具黄老道家色彩的治国用兵之道，即"能柔能刚，其国弥光。能弱能强，其国弥彰。而在将此理论运用于军事斗争实践方面，身为"帝者师"的张良为后人贡献了诸多精彩案例，很好诠释了"能柔能刚"的精髓要义。

首先是"能柔"。《老子》曰："天下莫柔弱于水，而攻坚强者，莫之能胜，以其无以易之。弱之胜强，柔之胜刚"（第七十八章）。《黄石公三略》延续了《老子》的"贵柔"思想，主张"柔能制刚，弱能制强""柔有所设""弱有所用"。张良十分擅长运用这种"贵柔"思想，详情见以下两例。

一是指导刘邦在鸿门宴前认清"柔弱"地位，一再示弱，从而逃离危境。刘邦领兵率先入关后，曾盲目信从"距关无内诸侯，秦地可尽王"的建议，表现出"倍（背）项羽"的姿态。此举自然惹怒项羽，欲发兵破之。张良闻讯，紧急夜见刘邦，问道："沛公自度能却项羽乎？"刘邦闻言"默然"，思考"良久"，承认道："固不能也。"在张良指导下，他当晚即与项伯"结宾婚，令项伯具言沛公不敢倍（倍）项羽"，紧接着次日清晨便赶到鸿门拜会项羽，低声下气地称"不自意能先入关破秦"（《史记·项羽本纪》），还说完全是因为小人挑拨才"令将军与臣有郤"（同上）。一番"示弱"举措，消解了项羽的怒气与杀意，刘邦得以从鸿门宴上生还。

二是指导刘邦烧绝栈道，做出弱军孤旅偏安一隅、无意东出争夺天下的假象。张良在褒中送别刘邦就国汉中时，指导他把走过的褒斜栈道烧了，"示天下无还心，以固项王意"。张良后来还在彭城趁机对项羽说："汉王烧绝栈道，无还心矣。"又把齐王田荣起兵倒项的檄文送给了项羽。于是项羽彻底放松了对刘邦的警惕，"从此无西忧汉心，而发兵击齐"，刘邦因此得以乘隙回取三秦。明人陵稚隆高度评价张良这一谋略道："汉之所以王，楚之所以亡，在此一着。"（《史记评林》卷五十五）

其次是"能刚"。"刚"与"柔"相反，"柔"之道如上述张良计谋所示，更多指的是在示弱、隐忍中保存自我、积蓄力量，以求后发制人；而"刚"之道则主要指的是一种刚烈强硬、主动出击的斗争策略，以求先发制人。《黄石公三略》既不同于《老子》的一味强调"贵柔"，也不同于战国黄老学派军事思想的"一概否定先发制人、主动进攻的必要性"②，而是主张"柔有所设，刚有所施，弱有所用，强有所加，兼此四者而制其宜"。而张良便做到了既"能柔"又"能刚"，并

① 许保林：《黄石公三略浅说》，北京：解放军出版社1986年版，第10页。
② 参读黄朴民：《战国黄老学派及其军事思想》，《管子学刊》1994年第4期。

不因"贵柔"而弃"刚"。

如刘邦用张良、陈平之计,与项羽订立鸿沟之约,约定"割鸿沟以西者为汉,鸿沟而东者为楚"(《史记·项羽本纪》)。项羽信诺,"已约,乃引兵解而东归"。张良等认为"此天亡楚之时也,不如因其机而遂取之"(同上)。于是刘邦出其不意地撕毁条约,回军击伐项羽,穷追猛打,直至其彻底败亡。又如张良早年"及韩灭,不爱万金之资,为韩报仇强秦,天下振动"。文天祥在《正气歌》中特别提到"在秦张良椎",咏唱了张良反抗暴秦、不惧牺牲的浩然正气。苏轼在其名篇《留侯论》中认为张良椎秦而未能做到"有所忍也",但这只是他的一家之言而已。笔者则以为张良的这一堪与荆轲刺秦并称的英雄壮举,正好说明了张良的当强则强、当柔则柔,有力印证了《黄石公三略》所揄扬的"能柔能刚"的思想主张。

三、"全功保身"

《史记·淮阴侯列传》记述韩信遭刘邦擒拿,悲愤地呼喊道:"果若人言,'狡兔死,良狗亨;高鸟尽,良弓藏;敌国破,谋臣亡。'天下已定,我固当亨!"如何使韩信之类的历史悲剧不再重演?《黄石公三略》提供了解决方案。《中略》部分引述了"高鸟尽,良弓藏;敌国破,谋臣亡"四句,但却对"谋臣亡"中的"亡"字,给予了有别于常规理解的另一番阐释:"亡者,非丧其身也,谓夺其威,废其权也。封之于朝,极人臣之位,以显其功。中州善国,以富其家,美色珍玩,以说其心。"这是从帝王角度出发提供的解决方案。北宋赵匡胤的"杯酒释兵权",堪称成功实践这种理论的经典案例。此外,《黄石公三略》还能站在臣子立场给出破解之道,认为他们若想"全功保身",则需做到两点:一是不可"无德","无德则无以事君";二是不可"威多","威多则身蹶"。而张良人格高洁,居功不傲,避祸远害,进退自如,为《黄石公三略》所倡导的"全功保身"策略提供了最佳样板。

张良少私寡欲、不慕财宝爵位。他曾"悉以家财客刺秦王",为报国仇而散尽家财;还曾将刘邦赐给自己的"良金百溢、珠二斗"全部献给项伯,"项王亦因令良厚遗项伯",利用项伯疏通关系,使项羽答应将汉中地给刘邦;他还婉谢了刘邦"自择齐三万户"的封赏。须知,"'自择齐三万户',在当时大封功臣之中是绝无仅有的,食邑最多的平阳侯曹参一万六百户,更何况是让张良自己选择天下最富庶的齐地为食邑"①。张良没有接受如此厚封,谦逊地对刘邦说:"陛下用臣计,幸而时中,臣愿封留足矣,不敢当三万户。"他不求官位,甘居汉初功臣第62 位,并向刘邦表示"愿弃人间事,欲从赤松子游"。阮芝生说:"张良不仅智慧

---

① 张大可、徐日辉:《张良萧何韩信评传》,南京:南京出版社 2002 年版,第 284 页。

高超，而且人格高洁；这才是他之所以能高标一世、传颂千载的真正原因"①。诚哉斯言！

刘邦建立大汉帝国后，曾得意洋洋地向其父亲炫耀道："始大人常以臣无赖，不能治产业，不如仲力。今某之业所就孰与仲多？"（《史记·高祖本纪》）他完全视天下为一家私产，极力守护帝王的专制权力，岂能容忍功臣的威高势大？韩信依恃在手重兵，要挟刘邦给其王位土地，虽能一时如愿，但却植入了日后惨遭灭族的祸根；萧何曾全权镇守关中，为免除刘邦猜忌，遣子孙亲属"能胜兵者悉诣军所"（《史记·萧相国世家》），赴前线充当人质，刘邦果然"大悦"（同上）。但即便如此谨慎，他后来仍被刘邦借故下狱。张良长期追随刘邦，对刘邦的自私阴刻心理有深刻洞察，他的看淡名利，甚至毅然退隐而"学辟谷，道引轻"，何尝不是为了规避《黄石公三略》所谓"威多则身蹶"的厄运？司马光说得好："夫功名之际，人臣之所难处。如高帝所称者，三杰而已。淮阴诛夷，萧何系狱，非以履盛满而不止耶！故子房托于神仙，遗弃人间，等功名于外物，置荣利而不顾，所谓明哲保身者，子房有焉。"（《资治通鉴》卷十一）

张良未尝亲著兵书，他的兵学造诣实乃凝聚于其异彩纷呈的军事斗争实践；而《黄石公三略》的作者则基于对张良业绩的深入研究，从中提炼、升华出了颇具黄老道家意味的军政理论。不了解张良，则无以准确把握《黄石公三略》的核心题旨；不了解《黄石公三略》，则很难恰切把握张良谋略的精妙华章。两者互为映照、彼此说明，形成了一种深刻的思想关联。

---

① 阮芝生：《史记的读法》，石家庄：花山文艺出版社 2022 年版，第 530 页。

董仲舒与司马迁

＊本文作者刘国民，中国社会科学院大学文学院教授，珠海科技学院文学院特聘教授。

一、董仲舒与司马迁的遭际

董仲舒，广川人，生年不详，大致推定为前194—前180年间，即惠帝、高后时期。景帝时（前156—前141），他40多岁，学成有名，以学问广博和深入而为汉廷博士，踏上仕途。但景帝不好儒者，诸博士具官待问，未有进者。因此，仲舒以读书、著书、授徒为业。他继承了孔子以来私人教授学生的优良传统。《史记·儒林列传》："孝景时为博士。下帷讲诵，弟子传以久次相受业，或莫见其面，盖三年董仲舒不观于舍园，其精如此。进退容止，非礼不行，学士皆师尊之。"董仲舒的弟子众多，他教授先来的弟子，然后由先来的弟子再教授后来的弟子，按次序传授学业。仲舒志在读书、著书，发愤忘食，乐以忘忧，而不知老之将至。弟子很少看到他在舍园中闲步。仲舒重视学问修养，也重视道德养成，知行合一，内有仁义之质，外有礼仪之文，文质彬彬。因此，学士皆师尊之。要之，终景帝世，仲舒学已大成，以治《春秋》学闻名于世，且行为严肃方正，是一位著名的儒者。

董仲舒参加了建元元年（前140）、元光五年（前130）两次对策；他做过江都王相、中大夫，在仕途上有一定的经验和成绩；但他是一位善于论道的儒者，于实际的政治事务不太热心，治事也不太熟练，也不擅长官场的应酬和周旋，故官位不显，政绩不著。

建元四年（前137），董仲舒出为江都相。① 江都王非是武帝的庶兄，江都是吴王刘濞的故地。仲舒从读书、著书、教学的生活中走向治国理政的仕途，儒家谓"学而优则仕"，这是仲舒人生的一次变化。江都相是二千石，比博士六百石高，但一方面远离朝政，另一方面是诸侯王的小相，不能算是知遇；但武帝起用儒臣管理实际的政治事务，也算是对儒臣的信任和重用。

建元五年（前136），武帝立《五经》博士，确立了《五经》在政治和学术上

---

① 《汉书·百官公卿表》载，建元四年，江都相郑当时为右内史，董仲舒出为江都相。

的权威地位。董仲舒时任江都相。

元光元年（前134），"及窦太后崩，武安侯田蚡为丞相，黜黄老、刑名百家之言，延文学儒者数百人，而公孙弘以《春秋》白衣为天子三公，封以平津侯"（《儒林列传》）。公孙弘参加了这次对策。他的策文，太常以为最下，而武帝擢为第一。董仲舒时在江都任上，没有参加这次对策。

仲舒在江都相上前后有五六年，小国诸侯相，虽可治事，也是琐碎小事。他为官自然是清闲的，大部分时间还是读书治学。

元光三年（前132），仲舒回到朝廷，不久废为中大夫。

元光五年（前130），武帝举贤良文学之士。董仲舒参加此次对策，策文即是《天人三策》，而公孙弘时为左内史，没有参加此次对策。

元光五年的对策，董仲舒承武帝"灾异之变，何缘而起"，建立了天命灾异谴告警惧的理论，这使武帝又敬又畏。在那个时代，人对天命灾异是半信半疑，武帝不能否定他的灾异之说，这助长了董仲舒言灾异的热情。对策之后，他居家著《灾异之记》。

元朔一、二年之间（前128—前127），仲舒因《灾异之记》而下狱，当死，后赦免，这是武帝对他的惩罚和警惧。

元朔四、五年间（前125—前124），董仲舒出为胶西王相，这主要是公孙弘因嫉恨而陷害仲舒。

元狩一、二年间（前122—前121），年暮体衰的董仲舒"恐久获罪，疾免居家"（《儒林列传》），结束了坎坷不遇的仕途生涯。

仲舒年老，家徙茂陵，子孙皆以学至大官。他大约卒于太初年间（前104—前101），活到80多岁，可谓"仁者寿"。

司马迁，字子长，名迁，夏阳人（今陕西韩城），生于前145年（景帝中元五年）。从下至上曰迁。《诗经·伐木》："出自幽谷，迁于乔木。"从幽谷迁于乔木，即迁。

《史记·太史公自序》：

> 迁生龙门，耕牧河山之阳。年十岁则诵古文。二十而南游江、淮，上会稽，探禹穴，窥九疑，浮于沅、湘；北涉汶、泗，讲业齐、鲁之都，观孔子之遗风，乡射邹、峄；厄困蕃、薛、彭城，过梁、楚以归。于是迁仕为郎中，奉使西征巴、蜀以南，南略邛、笮、昆明，还报命。

司马迁简要地叙述其早年的经历。他的少年时代是在故乡夏阳度过的。黄河之水从龙门山的峡谷之间奔涌而出，气势磅礴，一泻千里，地势风光壮阔而神奇。李白《将进酒》："君不见，黄河之水天上来，奔流到海不复回。"这有助于培养他气壮与好奇的个性。

建元五年（前136），他10岁，来到长安，学习古文。古文，即秦及六国的文字，与今文隶书不同。古文难读，《左传》《尚书》等以古文写成。学人或认为，司马迁从师于大儒孔安国学习古文《尚书》，《儒林列传》云"孔氏有古文《尚书》，而安国以今文读之，因以起其家"，《尚书》的语言"佶屈聱牙"（韩愈语），这为司马迁打下深厚的古文功底。

元朔三年（前126），司马迁20岁，在父亲的安排下，到全国各地游历考察，前后时间有六七年。他饱览祖国的壮丽山河，访寻历史人物的遗迹，广泛地收集历史资料，深入地调查、体察民生疾苦。这对于他史识、史德的培养有重要的作用。他更为了解和同情下层民众的生产生活及其艰难苦痛。清人顾炎武说："秦楚之际，兵所出入之途，曲折变化，唯太史公序之如指掌。"（《日知录》26卷）这为他写作秦楚汉之际英雄人物的传记打下基础。

元狩四年（前119），司马迁回到长安，入仕做了郎中。郎中是皇帝的侍从人员。当时是大汉最兴盛的时期，武帝正当壮年，故巡行、祭祀之类的活动尤多。司马迁随从武帝到过许多地方。

元鼎六年（前111），司马迁奉命出使西南夷，对西南各地作了一次大的游历和考察。

元封元年（前110），武帝封禅泰山，这是汉家的伟大盛事。自古受命帝王，何尝不封禅？盖有无其应而用事者矣，未有睹其符瑞见而不臻（至）乎泰山者也。在泰山上筑土为坛以祭天，报天之功，故曰封；在泰山下小山梁父除地以祭，报地之德，故曰禅。当时，武帝和群臣皆热衷于封禅的大事，以为是千年之一遇。他的父亲司马谈随从武帝封禅，至洛阳而病重，司马迁匆匆地西南赶回到洛阳。封禅是汉家的大事，其条件有二：一是易姓为王；二是太平盛世。封禅之目的，在形式上是报答天地诸神的功德，在实质上是表明自己的王朝是受命于天，因而皇权具有神圣性和合理性，同时颂扬盛世的豪迈和风流。作为主管天文星历的太史令，司马谈自然要陪侍天子封禅且承奉重要的职责。他到洛阳时因病停留下来，悲愤交集："今天子接千岁之统，封泰山，而余不得从行，是命也夫，命也夫！"学人多认为司马迁不赞成武帝的封禅之事，以为它是浮夸和虚妄。但司马谈对汉家的封禅盛事给予肯定和赞颂，因不能参加封禅盛事而抱恨去世。

司马谈临死之际，谆谆教诲司马迁："且夫孝始于事亲，中于事君，终于立身。扬名于后世，以显父母，此孝之大者。"孝始于侍奉自己的父母，此亦是小孝；中于事君，以得君行道，治国平天下，这亦是中孝；最终立身，即立德、立功、立言，以扬名于后世，自己的父母也因此而得到尊显，这是对父母最大的孝。司马谈勉励司马迁通过立言以立身扬名，立言即效法周公和孔子。他嘱咐司马迁一定要著作史记，以完成司马氏家族的历史使命。司马迁聆听父亲的遗言，俯首流涕曰："小子不敏，请悉论先人所次旧闻，弗敢阙。"这是司马迁作史的重要原因之一，即继承家族的传统、接受父亲的遗命。

元封三年（前108），司马迁为太史令。

太初元年（前104），汉家改历，用太初历，以正月为岁首（秦历以十月为岁首）。司马迁42岁，开始著作《史记》。

　　天汉二年（前99），李陵兵败投降，司马迁为之辩护而下狱；天汉三年的春天，他自请宫刑。他在《报任少卿书》中沉痛地叙述其受宫刑的奇耻大辱，这不仅是形体上的残缺，也是精神人格上的残缺不全："诟莫大于宫刑。刑余之人，无所比数，所从来远矣""夫中材之人，事有关于宦竖，莫不伤气，而况于慷慨之士乎""最下腐刑，极矣""每念斯耻，汗未尝不发背沾衣也"（《汉书·司马迁传》）。

　　天汉四年（前97），司马迁任中书令。他忍辱负重，发愤著作《史记》。《汉书·司马迁传》曰："迁既被刑之后，为中书令，尊宠任职。"中书令，掌诏诰答表，皆机密之事，出入奏事，秩千石，由宦官任职。

　　征和二年（前91），《史记》完成，写作《报任少卿书》。这是千古奇文，痛定思痛，悲歌慷慨。其感慨啸歌，大有燕赵烈士之风；忧愁幽思，则又直与《离骚》对垒。这距司马迁遭李陵之祸已有八年。在短暂的人生中，八年的时光不算太短。人们可能早已淡忘了八年前的那场灾难，但司马迁的痛苦和耻辱仍是那么深重，长歌当哭，须是在痛定思痛之后。他要向世人表白：他为李陵辩护是正当合理的，他所受"诬上""沮贰师"的罪名是不当的，他之所以忍辱求生，是为了完成《史记》的著述。明人孙执升说："史迁一腔抑郁，发之《史记》；作《史记》一腔抑郁，发之此书。识得此书，便识得一部《史记》。盖一生心事，尽泄于此也。纵横排宕，真是绝代大文章。"（《评注昭明文选》引）[①]

　　征和三年（前90）后，司马迁的事迹湮灭无闻。他的卒年，不得而知，《汉书》没有记载，大概卒于前86年。公元前87年，武帝去世。司马迁的一生与武帝相始终。杜甫《梦李白》曰："千秋万岁名，寂寞身后事。"从唐代以后，司马迁的声名越来越大，"虽与日月争光可也"。但是，司马迁在生前备受耻辱，名声扫地；无声无息地死了，没有人知道他何时死去，也没有人记载其家族的兴衰，只知他有一个女儿；在他死后数百年间，《史记》并未见重，他的声名不显，是如此的寂寞、萧条！

二、董仲舒与司马迁的关系

　　司马迁出生时，董仲舒约40岁，为景帝博士。建元五年，司马迁10岁，来到长安，从师学习古文。时仲舒为江都王相，远离长安，一直到元光三年回到朝廷。这五年时间，正是司马迁少年求学的黄金时段，他未能从师于仲舒学习。从元光四年至元朔三年，有五六年的时间，董仲舒与司马迁皆在长安。在这期间，司马迁正好学深思，有机会或拜董仲舒为师学习；或作为晚生，而求教于董仲舒。元朔四五年，董仲舒出为胶西王相。元朔三年，司马迁离开长安，到全国各地游历考察。二人相分。元狩四年（前119），司马迁时年27岁，回到长安，入仕做了郎中。仲舒时年约65岁，已致仕，居家于茂陵。在此后的时间里，二人皆

---

①　参见韩兆琦：《史记选注集评》，南宁：广西师范大学出版社1995年版，第613页。

在长安。司马迁立志作《史记》，或请教于仲舒。《史记·刺客列传》：

> 太史公曰：世言荆轲，其称太子丹之命，"天雨粟，马生角"也，太过。又言荆轲伤秦王，皆非也。始公孙季功、董生与夏无且游，具知其事，为余道之如是。

董生，即董仲舒。从这段传文来看，司马迁对"公孙季功"是称姓称字，对"董仲舒"是称姓称生，更为敬重。"生"是一种尊称，但未必是弟子对其师的称呼。《儒林列传》还有"韩生""伏生""张生""欧阳生"等。由此可知，司马迁受到董仲舒的教诲。但他可能不是作为私学的弟子而受到董仲舒之亲炙。

《太史公自序》：

> 上大夫壶遂曰："昔孔子何为而作《春秋》哉？"太史公曰："余闻董生曰：'周道衰废，孔子为鲁司寇，诸侯害之，大夫雍之。孔子知言之不用，道之不行也，是非二百四十二年之中，以为天下仪表，贬天子，退诸侯，讨大夫，以达王事而已矣。'……"

司马迁尊称董仲舒为"董生"，并引用了仲舒的原话。司马迁著《史记》，是继承孔子作《春秋》的事业。董仲舒是治《春秋》学的大师，司马迁当然要求教于董仲舒。笔者认为，司马迁虽未在元光五年至元朔三年间作为弟子亲受教于董仲舒，但在元狩四年后，他因为著《史记》而拜见、求教于董仲舒，时间断断续续或有数年之长。《太史公自序》自述作《儒林列传》之大旨："自孔子卒，京师莫崇庠序，唯建元、元狩之间，文辞粲如也。作《儒林列传》第六十一。"《儒林列传》即有仲舒的传记。

《儒林列传》是汉初儒者的合传，共有大儒申公、辕固生、韩生、伏生、徐生、田何、董仲舒等传记。仲舒传记的分量较大，传文简要叙述了仲舒的经历、仲舒的品行、仲舒的学问、仲舒的弟子，较其他儒者的叙述更为完备。在传记中，司马迁把董仲舒与公孙弘加以比较，认为公孙弘治《春秋》不如董仲舒，且仲舒廉直而公孙弘从谀；并说公孙弘嫉恨董仲舒而阳善阴恶地陷害仲舒。这是需要勇气的，因为公孙弘是西汉第一位封侯拜相的儒者，元朔年间官至御史大夫、丞相，是武帝的宠臣。传记对仲舒的评价甚高。仲舒两事骄王，尤其是阴贼的胶西王，皆能善终，传记曰"胶西王素闻董仲舒有行，亦善待之"。传记认为董仲舒是一位醇儒，知行合一，"至卒，终不治产业，以修学著书为事"。这也表明司马迁在董仲舒致仕居家后，仍不断地求教。学人或谓传记"于是董仲舒竟不敢复言灾异"，言语不逊，并非学生说老师之言。这正证明我们的观点，司马迁并非董仲舒的亲炙或受业弟子，而是在成人后屡次地求教于董仲舒。另外，如果司马迁确实曾亲炙于董仲舒，就应该在《史记》中有所记录。

吴汝煜在《史记与公羊学》一文中列举了司马迁师承董仲舒的三条理由。首先，从时间和地点上来说，司马迁完全能从董仲舒受学。董仲舒晚年移家于茂陵，正好与司马谈同居一地，时司马迁十六七岁，是受学的理想年龄。其次，司马迁于当时公羊学者中，最推崇董仲舒。《十二诸侯年表序》"上大夫董仲舒推《春秋》义，颇著文焉"。《儒林列传》"汉兴至于五世之间，唯董仲舒名为明于《春秋》，其传公羊氏也。"再次，董仲舒对于孔子作《春秋》动机的解释，直接启发了司马迁，成为他著《史记》的指导思想之一。① 吴汝煜将《太史公自序》中答壶遂之语，与《春秋繁露》中《俞序》《盟会要》《玉杯》《王道》《重政》《灭国上》《楚庄王》等篇章中的言论逐一对照，认为这正是司马迁从董仲舒受学的印记。不过吴文也指出司马迁与董仲舒的差异，认为司马迁没有全盘接受《春秋》公羊学。笔者认为，司马迁接受了董仲舒关于公羊春秋学的重要思想，并不表明他是仲舒的受业弟子，但他求教于仲舒是肯定的。正因为他非受业弟子，不受到家法、师法的束缚，故在《史记》中兼采《左传》《公羊传》。司马迁是一位宏博之士，对诸家思想予以理性的反思和批判，不主一家。他尊孔子，"又其是非颇谬于圣人"。因此，他与仲舒关于春秋学思想的差异，首先表明他是一位宏博之士，其次表明他并非仲舒的受业弟子。司马迁著作《史记》主要是史家的事业，也有经学的批判。相对于《公羊传》，他更重视《左传》之历史史实的叙述。他不是一位公羊学的学者，但采纳了公羊学的一些重要思想。

司马迁受业于董仲舒之说的根据是《太史公自序》"余闻董生曰：'周道衰废，孔子为鲁司寇，诸侯害之，大夫壅之。孔子知言之不用，道之不行也，是非二百四十二年之中，以为天下仪表，贬天子，退诸侯，讨大夫，以达王事而已矣。'……"《史记集解》引服虔曰"仲舒也"。《太史公自序》所引董生之言与董仲舒《春秋繁露》之文相对照，可见出服虔之注是正确的。但仅凭此就认定司马迁师承董仲舒，不能令人信服，因为引用董生之言并不意味着司马迁受业于董仲舒。

学人或认为，"余闻董生曰"未必是司马迁"接闻于"董生；"余闻"或"臣闻"是古人上书、对话、论辩、书信或著文中的套语，多用于引经据典，阐发议论；"闻"，当然可以理解为"接闻"，但在更多情况下，读到某种古籍，间接听到圣贤遗训或名言至理，都可以称之为"闻"；因此，将"闻"理解为"接闻于董生"，即司马迁从师于董仲舒，而为仲舒的及门弟子，这是一种极其狭隘的理解。② 笔者认为，《太史公自序》"余闻董生曰"、《刺客列传》"始公孙季功、董生与夏无且游，具知其事，为余道之如是"，皆表明司马迁亲自聆听仲舒的教诲，但只是求教于仲舒，而非受业于仲舒。学人认为"闻"未必是"接闻"确有道理，但"接闻"未必是受业。董仲舒是当世治《春秋》的大儒，司马迁是青年才俊，立志要继承《春秋》的事业而著作《史记》，肯定会受到当时显学公羊学的重要影响，因而不可能不拜见而问学于仲舒。

《史记》之《太史公自序》《儒林列传》，《汉书》之《司马迁传》《儒林传》皆不载司马迁受业于董仲舒之事，即表明司马迁并非仲舒的受业弟子。《太史公自

---

① 吴汝煜：《史记论稿》，南京：江苏教育出版社 1986 年版，第 4—6 页。
② 陈桐生：《司马迁师承董仲舒说质疑》，《山西师大学报》1994 年第 4 期。

序》《儒林列传》出于可马迁之手，是研究司马迁生平的第一手资料。司马迁矢志以《史记》上继《春秋》，春秋公羊学在汉武帝时期最称显学，而董仲舒治春秋公羊学为当时天下第一。如果司马迁真的是董仲舒的及门弟子，那么他会记载此事；班固作《汉书·司马迁传》，无所顾忌，自然不会漏载此事，因为司马迁、班固皆重视学术的传授渊源。

学人或认为，关于司马谈与董仲舒同居茂陵而有机会受业的说法是站不住脚的。《汉书·武帝纪》载，武帝时期共有三次徙民茂陵之事：第一次在建元二年（前 139），"初置茂陵邑"；第二次在元朔三年（前 126），"又徙郡国豪杰及赀三百万以上于茂陵"；第三次在太始元年（前 96），"徙郡国吏民豪杰于茂陵、云陵"。董仲舒是哪一次移居茂陵的呢？《汉书·董仲舒传》"年老，以寿终于家。家徙茂陵，子及孙皆以学至大官"，细绎语意，徙居茂陵之事是发生在董仲舒寿终之后，而由仲舒的子孙完成的。董仲舒的卒年，大约在元封四年（前 107）以后，太初元年（前 104 年）之前。据此推测，董氏徙居茂陵大概是在第三次，即太始元年，其时董仲舒已死近十年。因此，司马谈与董仲舒同居茂陵且受业之说便不攻自破了。① 笔者认为，辨析此事，意义不大；茂陵，离长安不远，司马迁是否受业于仲舒，不在于同居一地。

学人或认为，如果将《史记》《汉书》对照，就可以发现《史记》对董仲舒的评价并不高。《儒林列传》"公孙弘治《春秋》不如董仲舒"，公孙弘本传与《儒林列传》对公孙弘希世用事、曲学阿世、外宽内深的品行，颇多批评，但司马迁毕竟为他写下《平津侯主父列传》。公孙弘在历史上无大建树，他之封侯拜相主要是一种象征意义，即《儒林列传》所谓"而公孙弘以《春秋》白衣为天子三公，封以平津侯。天下之学士靡然乡风矣"。司马迁单独为公孙弘作传，正是为了突出其以经学取士的象征意义。对董仲舒这位汉代最大的思想家，司马迁列入《儒林列传》，与申生、辕固生、韩生、伏生、高堂生、胡毋生、江生、田生等经师并列。这表明在司马迁眼里，仲舒不过是一位经师而已。元光五年（前 130），董仲舒上著名的《天人三策》，对此关系到汉家政治、思想、文化、学术的大事，司马迁在《儒林列传》中只字不提。这说明司马迁对董仲舒在汉代的重要学术地位缺乏充分的认识。仔细品味《儒林列传》，可看出司马迁对董仲舒颇有微辞。《儒林列传》"汉兴至于五世之间，唯董仲舒名为明于《春秋》，其传公羊氏也"，司马迁仅以公羊为《春秋》别派，不以《春秋》即公羊。《儒林列传》载董仲舒著《灾异之记》刺讥时政，弟子吕步舒不知其师书，以为下愚，"于是下董仲舒吏，当死，诏赦之。于是董仲舒竟不敢复言灾异。"传中又载董仲舒为江都易王和胶西王二位骄王相，"董仲舒恐久获罪，疾免居家"，这里多少寓有一些讥讽董仲舒弃道保身的意味，董仲舒的言行与孔孟倡导"舍生取义""杀身成仁"的人格不符。如果司马迁受业于董仲舒，弟子当为老师隐讳。班固对董仲舒的评价比司马迁高得

---

① 陈桐生：《司马迁师承董仲舒说质疑》，《山西师大学报》1994 年第 4 期。

多。笔者认为，以上的看法，确有道理。司马迁未提及董仲舒《天人三策》，主要是因为他特喜欢抒情言志的文章。例如司马迁在《屈原贾生列传》中只载录贾谊抒情言志的作品《吊屈原赋》《鹏鸟赋》，也未提及其《治安策》或《陈政事疏》。《天人三策》《治安策》，乃是西汉奏疏文的双璧，班固《汉书》全文载录，因为班固主要是一位史学家，而司马迁是"史有文心"。班固对司马迁的评价很高，主要是站在后人的角度，认为董仲舒是"群儒首"，而不免厚古人；司马迁对当世董仲舒的评价不高，是因为他身处于局中，而不免薄今人。

综之，司马迁未受业于仲舒，而成为仲舒的弟子，但他曾数次当面请教过仲舒；其时间在从元光四年至元朔三年或元狩四年至太初元年。

三、司马迁《史记》与公羊学

司马迁是我国历史上伟大的史学家、文学家和思想家。《太史公自序》：

> 太史公曰："先人有言：'自周公卒五百岁而有孔子。孔子卒后至于今五百岁，有能绍明世，正《易传》，继《春秋》，本《诗》《书》《礼》《乐》之际？'"意在斯乎！意在斯乎！小子何敢让焉！

"小子何敢让焉！"司马迁自许甚高，当仁不让。他著《史记》，是继承孔子作《春秋》的事业。孔子为何作《春秋》呢？对此问题的回答，司马迁引录了董仲舒的原话。董仲舒是汉初中期春秋公羊学的大师。公羊学是当时的显学，朝廷立为博士。董仲舒的公羊学思想，不仅在学理上精深，且与现实的社会政治相结合而成为朝廷决策的经典根据。在武帝时期，《春秋》"三传"，唯《公羊传》立于学官，成为朝廷的官学，且与利禄相结合，而为士人积极地学习、研究和传承。《儒林列传》："而公孙弘以《春秋》白衣为天子三公，封以平津侯。天下之学士靡然向风矣。"司马迁虽非仲舒的及门弟子，但多次请教仲舒，故引录仲舒的原话作为权威根据，以说明孔子作《春秋》的原因、目的、方法，并解释《春秋》的性质、功用等，从而成为自我著作《史记》的楷模。

《太史公自序》：

> 上大夫壶遂曰："昔孔子何为而作《春秋》哉？"太史公曰："余闻董生曰：'周道衰废，孔子为鲁司寇，诸侯害之，大夫雍之。孔子知言之不用，道之不行也，是非二百四十二年之中，以为天下仪表，贬天子，退诸侯，讨大夫，以达王事而已矣。'子曰：'我欲载之空言，不如见之于行事之深切著明也。'夫《春秋》，上明三王之道，下辨人事之纪，别嫌疑，明是非，定犹豫，善善恶恶，贤贤贱不肖，存亡国，继绝世，补弊起废，王道之大者也。《易》著天地阴阳四时五行，故长于变；《礼》经纪人伦，故长于行；《书》记先王之事，故长于政；《诗》记山川溪谷禽兽草木牝牡雌雄，故长于风；《乐》乐所以立，故长于和；《春秋》辨是非，故长于治人。是故《礼》以节人，《乐》

以发和，《书》以道事，《诗》以达意，《易》以道化，《春秋》以道义。拨乱世反之正，莫近于《春秋》。《春秋》文成数万，其指数千。万物之散聚皆在《春秋》。《春秋》之中，弑君三十六，亡国五十二，诸侯奔走不得保其社稷者不可胜数。察其所以，皆失其本已。故《易》曰'失之毫厘，差之千里。'故曰'臣弑君，子弑父，非一旦一夕之故也，其渐久矣'。故有国者不可以不知《春秋》，前有谗而弗见，后有贼而不知。为人臣者不可以不知《春秋》，守经事而不知其宜，遭变事而不知其权。为人君父而不通于《春秋》之义者，必蒙首恶之名。为人臣子而不通于《春秋》之义者，必陷篡弑之诛，死罪之名。其实皆以为善，为之不知其义，被之空言而不敢辞。夫不通礼义之旨，至于君不君，臣不臣，父不父，子不子。夫君不君则犯，臣不臣则诛，父不父则无道，子不子则不孝。此四行者，天下之大过也。以天下之大过予之，则受而弗敢辞。故《春秋》者，礼义之大宗也。夫礼禁未然之前，法施已然之后；法之所为用者易见，而礼之所为禁者难知。"

上文依据中华书局的标点本。仲舒的原话："周道衰废，孔子为鲁司寇，诸侯害之，大夫雍之。孔子知言之不用，道之不行也，是非二百四十二年之中，以为天下仪表，贬天子，退诸侯，讨大夫，以达王事而已矣。"此后的文字是司马迁的发挥。学人或认为，董仲舒的原话是从"周道衰废"一直到"而礼之所为禁者难知"，中华书局的标点本有误。我们认为，此后的文字如果是司马迁的发挥，则表明他对公羊学的思想有深入而贯通地把握。第一，孔子是处于周之衰世而作《春秋》，即《春秋》是衰世之造。第二，《春秋》的基本精神，是"贬天子，退诸侯，讨大夫"，即对政治权势的理性批判精神。第三，《春秋》是"其义"与"其事"的结合，即"上明三王之道，下辨人事之纪"；《春秋》记载了242年的历史，并予以是非褒贬。第四，《春秋》具有拨乱反正的重大作用。第五，《春秋》是礼义之大宗。要之，司马迁突出《春秋》是礼义之大宗，具有强烈的政治性、道德性、批判性，具有拨乱反正的重大作用。这正是公羊学家的一般观点。

《史记·十二诸侯年表序》：

> 是以孔子明王道，干七十余君，莫能用，故西观周室，论史记旧闻，兴于鲁而次《春秋》，上记隐，下至哀之获麟，约其辞文，去其烦重，以制义法，王道备，人事浃。七十子之徒口受其传指，为有所刺讥褒讳挹损之文辞不可以书见也。

司马迁认为，孔子作《春秋》，首先是制义法、备王道，其次是人事浃。在其义与其事的结合中，他突出其义。司马迁还特别指出《春秋》具有微言大义，即《春秋》有贬损当权者之意，故以口授的形式传承，以逃避当权者的打击。这是公羊学家的基本观点。

《史记·孔子世家》：

> 子曰："弗乎弗乎，君子病没世而名不称焉。吾道不行矣，吾何以自见

于后世哉?"乃因史记作《春秋》，上至隐公，下讫哀公十四年，十二公。据鲁，亲周，故殷，运之三代。约其文辞而指博。故吴楚之君自称王，而春秋贬之曰"子"；践土之会实召周天子，而《春秋》讳之曰"天王狩于河阳"：推此类以绳当世。贬损之义，后有王者举而开之。《春秋》之义行，则天下乱臣贼子惧焉。

司马迁突出《春秋》其义，"约其文辞而指博"，即《春秋》有微言大义，例如《春秋》的尊王之义；"《春秋》之义行，则天下乱臣贼子惧焉"，即《春秋》有拨乱反正的重大意义。

《孔子世家》：

> 孔子在位听讼，文辞有可与人共者，弗独有也。至于为《春秋》，笔则笔，削则削，子夏之徒不能赞一辞。弟子受《春秋》，孔子曰："后世知丘者以《春秋》，而罪丘者亦以《春秋》。"

孔子对《鲁春秋》予以笔削而成《春秋》，寄寓了大义，为后世王者所效法；《春秋》是天子之事，后世会因为孔子是素位而行天子的褒贬之权以罪之。

综之，司马迁在论《春秋》时，继承和发挥公羊学家的基本观点，突出《春秋》是一部讲论微言大义的著作，是一部讲论政治、道德的经书，具有强烈的批判性，而对《春秋》之史的性质虽也指出，而并未强调。

四、《史记》与"微言大义"的书法

公羊学家认为，《春秋》是孔子所作，具有微言大义。微言大义，是《春秋》书写方式的基本特征。微言大义实是言意之辨，即讨论微言与大义的分别和联系。微言，不仅指言辞简约，也指言辞有嫌疑矛盾之处；大义，即圣人之意。微言与大义具有曲折幽深的关系，一方面微言与大义有重大的间距，另一方面微言曲折深婉地指向大义。因此，解释者要据"微言"，推见至隐，以把握大义。司马迁著作《史记》，深得微言大义的书法。

《史记·司马相如列传》：

> 太史公曰：《春秋》推见至隐，《易》本隐之以显，《大雅》言王公大人而德逮黎庶，《小雅讥》小己之得失，其流及上。所以言虽外殊，其合德一也。相如虽多虚辞滥说，然其要归引之节俭，此与诗之风谏何异。

《春秋》记事简要，但多有微言，且意义深微，故《春秋》表面上是见（现），实是隐，这是从显推究隐。例如《春秋》僖公二十八年"天王狩于河阳"。记事简明，但实际上，此事的真实情况不是周天子自狩河阳，而是晋文公召周天子到河阳参加称霸的诸侯盟会。《孔子世家》："践土之会，实召周天子，而《春秋》讳之曰'天王狩于河阳'。"《春秋》讳此事的深层意义是尊周天子而退诸侯。再如《春秋》桓公元年"郑伯以璧假许田"。表面的意义清楚明白，即郑伯以璧借鲁之许田，但实是郑伯以璧易（交换）许田，《春秋》不用"易"而用"假"（借），蕴含了"诸侯不得专地"的尊王之义。

讳文，即董仲舒所谓"《春秋》之书事时，诡其实以有避也。其书人时，易其名以有讳也"（《玉英》），是微言中的微言，更为曲折幽深而难以解释。《公羊传》定公元年："定、哀多微辞。主人习其读而问其传，则未知己之有罪焉尔。"定公、哀公两朝是所见世，恩义深厚且近于威权，故孔子修《春秋》，在叙述定公、哀公两朝的事情时多用微辞，故主人读《春秋》及其相关的解诂时，因不知微言，故不能明白孔子的贬损之意。董仲舒认为，"讳"与掩盖事实真相不同，在记事中已暗示其与事实真相不合，从而启发解释者推见至隐，以把握事实的真相及其蕴含的深刻意义，这是"讳而不隐"。《楚庄王》："义不讪上，智不危身。故远者以义讳，近者以智畏。畏与义兼，则世逾近而言逾谨矣。此定、哀之所以微其辞。以故用则天下平，不用则安其身，《春秋》之道也。"①

司马迁在书写汉代的历史时，不能不有所忌讳，故时有微言的书法曲折隐讳地表现其复杂深刻的大义。《史记·匈奴列传》：

> 太史公曰：孔氏著《春秋》，隐、桓之间则彰，至定、哀之际则微，为其切当世之文而罔褒，忌讳之辞也。世俗之言匈奴者，患其徼一时之权，而务谄纳其说，以便偏指，不参彼己；将率席中国广大，气奋，人主因以决策，是以建功不深。尧虽贤，兴事业不成，得禹而九州宁。且欲兴圣统，唯在择任将相哉！唯在择任将相哉！

"罔褒"，即不显褒贬，是忌讳当代权势者的缘故。这段议论文字，表面上是批评将相，相是辅助武帝的重臣，却希求一时的权宠，务谄媚人主以迎合武帝片面的想法，不参究匈奴与汉朝的实际情况；将凭借中国的广大，逞一时之气，而多伐匈奴，以坏齐民；实际上是暗中批评武帝不明，不能任用贤明的将相。重言"唯在择任将相哉"，即微言，隐讳地批评武帝不能择任将相。徐复观说："以上凡八十二字，在婉曲抑扬的笔调中，把问题完全透露出来了，此即微言的范例。"②

《史记·秦楚之际月表序》：

> 昔虞、夏之兴，积善累功数十年，德洽百姓，摄行政事，考之于天，然后在位。汤、武之王，乃由契、后稷修仁行义十余世，不期而会孟津八百诸侯，犹以为未可，其后乃放弑。秦起襄公，彰于文、缪、献、孝之后，稍以蚕食六国，百有余载，至始皇乃能并冠带之伦。以德若彼，用力如此，盖一统若斯之难也。……然王迹之兴，起于闾巷，合从讨伐，轶于三代，向秦之

---

① 苏舆：《春秋繁露义证》，北京：中华书局2015年版，第12—13页。以下凡引该书，只注篇名，不注页码。

② 徐复观：《两汉思想史》（第三卷），上海：华东师范大学出版社2001年版，第251—252页。

禁，适足以资贤者为驱除难耳。故愤发其所为天下雄，安在无土不王。此乃传之所谓大圣乎？岂非天哉，岂非天哉！非大圣孰能当此受命而帝者乎？

表面上看，"岂非天哉，岂非天哉！非大圣孰能当此受命而帝者乎"，是对刘邦受天命为帝的褒赞。实际上，汉得天下，既未像夏、商、周积善累德十余世，又未像秦用力数世，故汉没有得天下之理。这只能归结到不可理喻的"天"上面。"大圣"，即超过圣人之圣，是不能以理性加以理解的。这正是怀疑刘邦得天下的合理性，此即"微言"所在。

在楚汉相争中，韩信是一个"得之即得天下"的统帅。他为刘邦取得天下立下了汗马之功，但他终以"谋叛"的罪名而被诛杀。司马迁《淮阴侯列传》用"微言"的书法暗示了韩信被冤杀的悲剧命运。

其一，韩信幽于长安，与陈豨密议谋反。"陈豨拜为巨鹿守，辞于淮阴侯。淮阴侯携其手，避左右与之步于庭，仰天叹曰：'子可与言乎？欲与子有言也。'豨曰：'唯将军令之。'"韩信与陈豨避人携手之语，谁人知之？这种记录的矛盾，即所谓"微言"，暗示了所记之事与事实真相不符。

其二，韩信平定三齐后，威震天下。这时，项羽使武涉劝诱韩信背汉助楚，全文240余字，《史记》详细载入。齐国辩士蒯通劝韩信自建三分之业，全文1100字，《史记》详载之。这两段文字竟占了《淮阴侯列传》的四分之一。这是"微言"，表明司马迁深辨韩信谋反的冤屈。清人赵翼说："全载蒯通语，正以见淮阴之心乎为汉，虽以通之说喻百端，终确然不变，而他日之诬以反而族之者之冤痛，不可言也。"（《陔余丛考》卷五）

其三，司马迁评论韩信说："假令韩信学道谦让，不伐己功，不矜其能，则庶几哉，于汉家勋可以比周、召、太公之徒，后世血食矣。不务出此，而天下已集，乃谋叛逆，夷灭宗族，不亦宜乎！""天下已集，乃谋叛逆"，即"微言"。韩信在威震天下时不谋反，在"天下已集"时谋反，不可信。清人李慈铭曰："'天下已集，乃谋叛逆'，此史公微文。谓淮阴之愚，必不至此也。"（《越缦堂读书记》）"微文"，即"微言"，即嫌疑矛盾之言，隐含着真相和深意。清人李笠曰："天下已集，岂可为逆于其必不可为叛之时？而夷其宗族，岂有心肝人所宜出哉！读此数语，韩信心迹，刘季、吕雉手段昭然若揭矣。"（《史记订补》）[1] 韩信是聪明人，不可能在天下已集时谋叛逆。因此，韩信之谋反被诛，实出于吕后的构陷。

梁玉绳《史记志疑》：

> 信之死冤矣，前贤皆极辩其无反状，大抵出于告变者之诬词，及吕后与相国文致耳。史公依汉廷狱案，叙入传中，而其冤自见。一饭千金，弗忘漂母；解衣推食，宁负高皇？不听涉、通于拥兵王齐之日，必不妄动于淮阴家居之时；不思结连布、越大国之王，必不轻约边远无能之将。宾客多，与称

---

[1]　以上引文参见韩兆琦《史记选注集评》，南宁：广西师范大学出版社1995年版，第436页。

病之人何涉？左右避，则携手之语谁闻？上谒入贺，谋逆者未必坦率如斯；家臣徒奴，善将者亦复部署有几？是知高祖畏恶其能，非一朝一夕，胎祸于蹑足附耳，露疑于夺符袭军，故擒缚不已，族诛始快。从豨军来见信死且怜且喜，亦谅其无辜受戮者为可怜也。①

梁氏列举了数条理由，表白韩信之冤。徐复观说，司马迁在《淮阴侯列传》中以"微言"的书法暗示韩信被冤杀的悲剧命运。②

《史记》"太史公曰"多用微言大义的书法，《史记·屈原贾生列传》：

> 太史公曰：余读《离骚》《天问》《招魂》《哀郢》，悲其志。适长沙，观屈原所自沈渊，未尝不垂涕，想见其为人。及见贾生吊之，又怪屈原以彼其材，游诸侯，何国不容，而自令若是。读《鵩鸟赋》，同死生，轻去就，又爽然自失矣。

其论赞的意义丰蕴、含蓄、曲折，深得《春秋》微言大义之旨：读《离骚》等作品而悲屈原忠贞爱国之志，进而伤痛其不幸的命运，然又责怪他为何不离开楚国，后在庄子的同生死中淡化、虚空了人生的得失恩怨。明人凌稚隆《史记评林》征引赵恒之言曰："读其词而悲之；见所自沉渊，又悲之；及观贾生吊之之文，又怪以彼其材，游诸侯，何国不容，而自令若是，又悲之；及读《鵩鸟赋》，则其意广也，所以爽然自失其悲也。"③

关于《史记》运用《春秋》"微言"的书法，学人多有论述。近人高步瀛说："太史公造汉武专制之世，法网严密，故论及汉君臣之事，意所不足，不敢昌言之者，往往以诙诡出之。"（《文章源流》）④ 韩兆琦说："再加上他的《史记》中有相当一部分涉及当代的史实，而他又处于汉武帝晚年那个忌讳很多、法网严密的时代，因而在写法上也不得不格外地做一些讲究。……构成了《史记》中许多特殊的书法。……所谓特殊书法，是说它不像一般书法那样一目了然，毫无争议，它是用了一种奇特的，一种委婉含蓄的，甚至有些看来是近于离奇荒诞的方法来写人叙事的。作者有褒贬、有是非，但不易看清楚，稍不经心，甚至可以得出完全相反的结论。"⑤ 徐复观说，《史记》多用微言侧笔，暴露人与事的真实。⑥

① 参见韩兆琦：《史记选注集评》，南宁：广西师范大学出版社 1995 年版，第 437—438 页。
② 徐复观：《两汉思想史》（第三卷），上海：华东师范大学出版社 2001 年版，第 247—248 页。
③ 参见韩兆琦：《史记选注集评》，南宁：广西师范大学出版社 1995 年版，第 333 页。
④ 参见韩兆琦：《史记通论》，南宁：广西师范大学出版社 1996 年版，第 59 页。
⑤ 韩兆琦：《史记通论》，南宁：广西师范大学出版社 1996 年版，第 78 页。
⑥ 徐复观：《两汉思想史》（第三卷），上海：华东师范大学出版社 2001 年版，第 251 页。

简论司马迁的史学精神

＊本文作者陈永邺、田志勇。陈永邺，云南红河学院民族研究院副教授；田志勇，云南红河学院人文学院教授。

《史记》不仅记录了帝王将相的壮举，更独具匠心地关注社会的底层人物。司马迁的历史叙述方式深刻体现他对于平民生活的关心与对权力者的批判，展现了一种全面且深入的历史理解。

一、司马迁的历史研究方法和历史观念

（一）司马迁广泛运用历史类比的方法，通过对不同历史时期的事件和人物的对比，揭示了历史发展的规律，深入地反映出他的历史观和哲学思想。

在《史记·秦始皇本纪》中，司马迁将秦始皇与春秋战国时期的诸侯王进行比较，揭示了集权与法治在帝国长期稳定中的作用：

> 古之五帝三王，知教不同，法度不明，假威鬼神，以欺远方，实不称名，故不久长。其身未殁，诸侯倍叛，法令不行。今皇帝并一海内，以为郡县，天下和平。

在《史记·项羽本纪》中，通过对比项羽和刘邦的命运，展示了权力、人性和命运如何交织在一起：

> 范增数目项王，举所佩玉玦以示之者三，项王默然不应……沛公曰：今者出，未辞也，为之奈何？樊哙曰：大行不顾细谨，大礼不辞小让。如今人方为刀俎，我为鱼肉，何辞为。于是遂去。乃令张良留谢。

可见，司马迁强调因循守旧可能导致失败，而适时的改革和创新是成功的关键。

值得一提的是，司马迁在记述历史时经常使用"春秋笔法"，这是一种通过对历史事件的记述来表达赞扬或贬谪的方法。例如，在描述晚期周王朝的衰败时，他列举了周王室的弱点和过失：

> 周室衰，诸侯并兴，是以《国语》《左氏》所传语言甚富，诗礼多缺文者。

可以说，与之前兴盛时期形成鲜明对比，司马迁展示了历史兴衰更替的规律。在《史记·廉颇蔺相如列传》中，描述了两位将军的忠诚和智谋：

> 臣闻忠信为邦本，礼义为邦纲，纲举目张，本固枝荣。今臣受赵氏厚恩，宁能以苟合之誉，为辱先王之法乎？

司马迁借此传达出儒家"忠孝仁义礼智信"的价值观，强调了个人品德在治国理政中的重要作用。可以说，司马迁的这些历史类比不仅丰富了《史记》的叙述层次，而且使之成为后世历史学研究的宝贵借鉴，为后人提供了深刻的历史洞见，展示了历史的复杂性和多样性。而且，这种史学研究方法和思想还被后世学者所继承，逐渐形成现代历史学的研究范式。①

（二）从政治、社会、经济等多个角度，司马迁的史学方法体现了一种多维度的历史解读，他不仅仅在记叙历史，更是深入探讨事件的深层次原因。②

在《史记·秦始皇本纪》中，司马迁不仅记录下秦始皇统一六国的历史事实，还分析了秦始皇中央集权的政治制度，如何通过法律和行政措施得到强化：

> 始皇帝初并天下，地方万里，户口数千万，内外戚踠，郡县尉监，官吏数十万人。始皇恐后世乱政，不如法令，作《法经》三章，以为万世法。

这段记述表明秦始皇明确了通过统一法律（《法经》三章）来确保国家治理的效能和统一性，并试图通过法律的严格执行和标准化来维护帝国的长期稳定。司马迁进一步指出，秦始皇通过强化中央集权，削减地方诸侯的权力，统一度量衡，"车同轨、书同文、行同伦"，加强了中央对地方的控制力度，推动了社会经济的整合。司马迁通过这些叙述不仅记录了历史事实，更提供了对政治制度如何影响国家和社会长期发展的深刻见解。

在《史记·货殖列传》中，司马迁详细记述了古代商人及其经济活动的历史，通过这些叙述展示了经济利益如何影响社会结构和政治局势。他指出，随着商人阶层的兴起和财富的积累，这些经济力量逐渐转化为政治影响力，从而对社会的上层结构和政治决策产生了显著的影响。其中提到"自商与夏，民始贵利，而天下治也"。表明从早期的商和夏朝开始，人们就开始重视经济利益，这种利益的追求对国家的治理和稳定产生了积极的作用。司马迁进一步阐释了财富如何成为社会地位和政治权力的一种手段，商人通过其经济实力来影响政策和法律的制定，这种现象在战国时期尤为明显。可以说，司马迁不仅记录了经济活动的历史事实，还深入分析了经济与政治、社会之间的相互作用，揭示了经济发展如何引导社会变革，并讨论了这种变化对历史进程的长远影响。这些内容充分展示了司马迁在《史记》中对经济和政治关系的深刻见解。

《史记·平准书》是司马迁较为详细地记述汉朝时期经济政策的篇章，尤其

---

① 郑先兴：《论司马迁的史学思想》，《南阳师范学院学报》2015 年第 2 期。
② 陈其泰：《多维历史视野与"立体式"著史》，《史学集刊》2016 年第 3 期。

是西汉朝廷对货币和物价的控制情况。司马迁在《史记》中分析了这些政策在试图解决经济不平衡问题时的努力，他这样写道：

> 汉兴，接秦之弊，丈夫从军旅，老弱转粮饷，作业剧而财匮，自天子不能具钧驷，而将相或乘牛车。于是为秦钱重难用，诸侯多私铸以相贸易。及孝文即位，本秦制，铸钱令行天下，一以钱二十四铢，重为四铢，令行如一。又为黄金五铢以相贸易，治平之，制度然也。

司马迁的叙述展示了政府如何通过直接干预来控制经济，尤其是货币和物价的控制，以保证市场的稳定和国家财政的安全。通过这样的叙述，司马迁不仅仅记录了历史事实，还提供了对政策背后社会经济原因的深刻见解。

在《史记·孔子世家》中，司马迁详细记述了孔子的生平及其教育思想，并深刻分析了孔子如何从道德和文化的角度影响了后世的政治和社会理念：

> 孔子者，鲁之昭公子也。少孤，好学，以礼自修。居鲁久之，道德兴，学者多，君子悦服。孔子行为之美，仁义之端，动必称典故，言必称古者，君子之道洋洋乎盛，以俭以德，而获众矣。其季，鲁桓、景公踵门而望，游学者盈路，鲁人有不豫者，未尝不学礼乐而愈。孔子之学盛于鲁，故自鲁之道也。

司马迁强调，孔子通过恪守礼仪与道德，教育和提升了社会的道德水平，强化了国家治理的根基。孔子不仅仅教授知识，更通过礼乐教化，推动了政治和社会的道德进步，使得儒家思想最终成了中国社会的道德和文化基础。这段叙述也揭示了孔子教育思想对后世的深远影响，特别是其对个人品德的强调以及这种品德如何转化为整个社会乃至国家的治理基石。孔子的思想影响深远，成为后世君子的行为典范，进而影响了整个汉文化圈的政治与社会结构。[①]

总之，司马迁不仅是对历史简单记载，还对历史事件进行深入分析，它提供了一个多维度的视角，对后世的历史编纂和理论分析产生了深远影响。

（三）司马迁的"述而不作"原则强调了历史叙述的客观性和事实的真实性。这一原则体现了他对历史人物和历史事件的态度，就是要尽量避免个人偏见，要尽量通过历史事实还原历史真相本身。

在《史记·孔子世家》中，司马迁对孔子的态度尽管有情感上的尊崇之情，但对其事迹的叙述确实尽量保持了客观和理性的分析。对孔子的生平和思想的相关描述，突出了他的教育理念和政治观点：

> 孔子者，鲁国人也，以文学为业。初为鲁司寇，行修政之事。以仁义教民，不用刑而民服。其后游说诸侯。天下学士多从游焉。

这段叙述简要陈述了孔子的职业生涯和他的教育及政治活动，特别是他作为

---

① 杨丁友：《司马迁构建完整性历史方法浅论》，《学术界》2008年第1期。

教育家和思想家的角色，以及他在不使用刑罚的情况下如何通过教育和道德来治理民众。司马迁在记述孔子的生平和教育理念时，没有明显的个人情感色彩，而是尽可能地客观呈现孔子的教育和政治实践。这种客观的叙述方式使得孔子的教育和政治理念得以清晰地传达，同时也体现了孔子思想对后世的深远影响。[①] 通过这样的记述，读者可以更加全面和深入地理解孔子作为儒家思想代表人物的历史地位及其思想的社会价值。

在《史记·商鞅列传》中，司马迁详细记述了商鞅的改革以及这些改革带来的影响，包括改革的残酷性和所引发的社会动荡：

> 商鞅变法，刑罚严厉，以强秦国。废井田，开阡陌，更赋税，修法令。诸侯宾客多诣秦，秦民大喜，然犹多怨者。商鞅行法，初坐法者，或至数十人。有一父子俱坐，相与辩谁当死。商鞅曰："斩父子二人。"及法行，人畏服。后市令有诽谤法者，商鞅又斩之，秦国大治。

司马迁强调，商鞅的改革是通过严厉的刑罚和法律的彻底执行来实施的，其结果不仅加强了国家的集中统治力量，还通过激烈的手段推行新政，引起了广泛的社会动荡和不满。司马迁在这段记述中，通过细致的事件描述，展示了他对于历史事件深层次的理解，同时也没有掩饰改革的残酷性和引发的社会后果。这样的记述方式使得读者能够看到商鞅改革不仅是政策上的革新，还涉及了深层次的社会结构和文化价值观的冲突。

在《史记·秦始皇本纪》中，司马迁详细地叙述了秦始皇统一六国的过程以及统一后如何实施中央集权制度。其中不仅详细记录了秦始皇的政治策略和治国方法，也没有回避其政策带来的暴政及其对人民的负面影响：

> "始皇帝既兼诸侯，天下一统。徙陈豨之属五百余户于朔方，咸阳诸生逐所在。匈奴未灭，无以家万乘，秦弗克终。及始皇帝即位，拜为上将军，使将军樊於期、蒙恬北逐匈奴，筑长城而守之。始皇帝初并天下，诸生多言古事，上极知其非，李斯为谏大夫，曰：'臣闻君明则臣不谀，君暗则臣不犯。今上并天下，内治外攘，力能有余，臣请令有司奏之。'于是遂以咸阳为郡或曰道。""始皇不薄今日，躬耕于南阳，曰：'德薄位尊，非所以治国也。'"

这段记录展示了秦始皇如何通过强力政策统一六国，建立中央集权，并通过修筑长城来抵御外敌。同时，司马迁也提到了始皇帝对学者的打压（焚书坑儒），表明其政策虽有效率但也带来了对社会的压制和文化的损失。司马迁的记述既肯定了始皇帝的伟大成就，也未掩饰其政策对人民造成的伤害，为后世提供了一个相对全面地评价历史人物及历史事件的参考范本。

在《史记·项羽本纪》中，司马迁描述了项羽和刘邦的决斗及其结果，以极

---

① 邓莹：《〈史记·孔子世家〉研究》，广西：广西师范大学，2008 年。

具史诗性的笔触描绘了两位领导者的特质和命运：

> "项羽乃大怒，曰：'天下英雄，唯使君与樊哙耳！'乃亲自率军与汉军战于垓下。项王军破走。曰：'力拔山兮气盖世。时不利兮骓不逝。骓不逝兮可奈何！虞兮虞兮奈若何！'""汉王见亡秦卒多归项羽，欲引兵距之。张良谏曰：'不可。今兵少，彼众，未可与争锋。'汉王曰：'彼众我寡，战则必败，坐受制也太丑。今虽死亦军之长，为天下笑耳，为将安能无决死战邪！'乃纵兵与战。战不利，军人多走。"

司马迁在这些描述中，展示了项羽的英勇无畏和刘邦的机智谋略，没有明显偏袒任何一方。通过对两位领袖在决定性时刻的战略选择和个性的叙述，司马迁不仅记录了历史进程，而且深刻地揭示了个人特质与命运之间的关系，体现了司马迁作为史学家的客观性和深邃的历史洞察力。①

由此可见，司马迁坚持"述而不作"的原则，尽量从一个相对客观和中立的立场出发，通过翔实记录和平衡叙述来揭示历史人物和历史事件的真相。这种方法不仅增强了历史叙述的真实性，也为后来的历史学家提供了一个研究历史的典范态度。

（四）司马迁通过人物传记的方式，不仅详细记录了历史人物的生平事迹，深入描绘了他们的性格和行为，而且通过人物命运反映社会状况和历史的进程。

在《史记·屈原贾生列传》中，司马迁对屈原事迹的记述深刻反映了封建士大夫的道德和忠诚困境：

> 屈原既放，游于江潭之间，作《离骚》《九章》《天问》《招魂》之属，以自怨悲，志在勤王。屈原以楚国多难，常欲立谋以自矢其君，而楚王好佞人之言，不用忠贤，故屈原疾之。

司马迁通过屈原的生平和作品，描绘了一个忧国忧民的贤臣形象，深刻揭示了屈原如何在楚国内部政治斗争中坚守自己的道德立场，最终因不被理解而选择投江自尽。司马迁的记述不仅赞赏了屈原的忠诚和才华，同时也批判了当时楚国政治环境的腐败和对忠贤的排斥，展现了屈原在道德和忠诚上的困境。这种描写体现了司马迁对屈原深刻的同情以及对封建政治弊病的批判态度。

在《史记·商鞅列传》中，司马迁叙述了商鞅的变法和它对秦国的影响：

> 商鞅见秦孝公，曰："臣闻之，昔者帝舜南巡狩，至于苍梧，登罗盘之山，亲天下曰：'有能继吾志者，使南面听政，帝曰：'嘻，予有闲邪！虽然，予有患焉，予欲亲而无方。'"舜视南方曰："嗟四岳！有能允执厥中者，以庸方有治乱？"四岳对曰："莫若虞。"舜："虞何以治？"岳曰："慎终追远，民德归厚矣。"

---

① 杜泽逊：《司马迁是怎样"整齐其世传"的》，《读书》2015 年第 12 期。

在这段记述中，商鞅用古代帝王舜的故事来阐述变法的重要性和合理性，显示出他的政治智慧和勇气。他倡导的变法措施，如取消井田制，实行郡县制，奖励军功，严格的法律制度等，极大地增强了秦国的中央集权和国力。

在《史记·项羽本纪》中，司马迁对项羽的英勇与自负进行了生动地描绘，并将其置放于秦末民变的广阔历史背景之中：

> 项籍者，下相人也……初起时，项籍年少力壮，好用剑，多力，躁勇，轻财贵义，壮节爱士，士亦愿为之死。……项羽乃谓诸将曰："吾闻古之善为战者，必神武以摄其众。"乃乘大白马，左援黄金矛，右秉白羽扇。项羽身长八尺，姿质雄伟，盖有关、魏之风。

这段文字较为准确地捕捉了项羽的性格特质和其在军事上的风采。司马迁借此强调了项羽如何在秦末混乱的政治与社会背景下成为一名显赫的军事领袖。他的英勇与冒险精神，以及对高尚道德的追求和坚持，使他得到了广泛的认可，这也体现了当时广大民众对秦朝暴政的普遍不满和对英雄出现的期待。此外，司马迁也没有忽视项羽的自负特点，这成为他失败的原因之一。①

总之，这些传记不仅记录了人物的生平和事件，更深层次地揭示了各个历史时期的社会矛盾、政治斗争和文化变迁，展现了司马迁如何通过个体的故事来反映更广泛的历史进程。这些对这些历史人物命运的描述与他们所处的社会历史背景紧密相连，形成了对历史深刻的反思和批判。

（五）司马迁提出了历史循环论的观点，他认为历史是一个循环往复的过程，这一观点贯穿在"本纪""表"和"志"的撰述中。

在《史记·五帝本纪》中，司马迁详细记述了五帝的治国事迹和他们如何建立与维护统治秩序，如何通过治理和政策影响中国早期的社会秩序及其对历史周期循环的见解：

> 帝舜为人温和恭俭，少孤力行，好学不倦。帝禹说："舜，天之历数在尔躬。允执其中。天降下民，咨尔以为帝。保右命尔，无替尔作。惟顺天之意，勿违五行之正。"舜顺天时，天下治。尧之时，野无遗贼，天下之人至老死不相夺。于是帝舜乃命禹、益、后稷以三苗民洪水滔天为政，以教化天下。

通过这段记述，司马迁不仅展示了舜帝如何继承并发扬尧帝的政治理念，应用于具体的治理之中，如大禹治水的故事，体现了君王的贤德与天命相结合的治国方式，这些叙述也体现了历史的循环性和"治乱更迭"为历史常态的观念。这一观点穿透了司马迁对历史的深刻理解和思考，显示了历史的周期性及不断更替的国运。②

在《史记·秦始皇本纪》中，司马迁叙述了秦始皇如何实施集权政治和法家

---

① 高希中：《司马迁历史人物评价理念试析》，《南方文物》2018 年第 4 期。
② 叶庆兵：《〈史记·五帝本纪〉系列人物神化史化考论》，山东大学，2017 年。

思想，以及他统一六国之后如何施行极权统治：

> 始皇帝既平天下，兼并诸侯，内收其文，外驱其武，垂拱而治。法令出一家，而天下之民，择善而从。于是废黜百家，独尊儒术，焚书坑儒，以绝学术之道。皇帝以天下为家，刻石立法，自号曰皇帝，至于帝后嗣，无有二主，制命天下，号令四海。

这段文字展示了秦始皇如何运用法家的理念，通过集中权力和严格的法律控制来统一和治理天下。司马迁在此展现了秦始皇的统治手段，包括推行法家的政策，统一法律，以及通过焚书坑儒来压制其他思想流派，表明秦始皇力求通过极端措施确保国家的统一和秩序。这些行为最终导致了秦朝的短暂和暴政，也体现了专制与民间社会的历史循环反复。

在《史记·货殖列传》中，司马迁详细地记述了古代商人的经济活动和经济政策对社会发展的影响，展示了中国古代经济的发展和周期性变化：

> 故古之王公将相，贵戚显宦者，皆以资财为先。尧舜禹汤文武，周公、召公，诸侯归政，则先农桑，谷帛饶治，饥馑不至，民以殷实。周室既衰，列国分争，贤人隐者众，而财利之家用事。秦孝公始大修商贾，而百姓富，国以强大。孝公既没，商贾稍废。穆公又复修之，而天下畔者皆至。是以列国不敢不务商贾，以富其国家。由此观之，天下治乱贵贱之相袭也，由富国也。

这段话通过概述历代帝王重视经济活动的重要性，并特别指出秦孝公时代如何大力推广商业，说明了经济政策对于国家强盛的重要作用。同时，这也反映了在政治动荡时期，商人和经济活动的兴衰与国家的兴衰密切相关，揭示了经济循环的周期，表明经济的繁荣与衰退往往伴随着相应的社会和政治变化。①

总之，通过这些记述，司马迁不仅忠诚记录了历史，更通过对这些历史事实的编排和解读，展示了历史发展的周期性和规律性，即所谓"历史循环论"的观点。事实上，《史记》中的"十表"包括了各种历史时期的年表和君王表，这些"表"将历史事件按年代系统化，为帮助我们理解不同时期的历史周期和政治、经济的循环规律提供了材料。这种宏观的历史叙事观使得《史记》不仅是一部历史记录，也成为对历史运行规律的哲学反思。

二、司马迁表达自己政治理念的方式

（一）司马迁通过对历史人物的详细叙述，展示了他对王道政治、仁政和德治的倡导。

在《史记·孔子世家》中，司马迁详细记述了孔子的教育和道德思想，强调

---

① 吕宁：《司马迁的历史循环论与变化发展观》，《华章》2012 年第 35 期。

了孔子如何通过教育和道德的传播影响了中国的政治和社会结构：

> 孔子者，鲁之防也，姓孔氏。其先祖若夏后氏之苗裔者，曰宋元公，生季随。季随生无骇，无骇生晋商，晋商生太丘，太丘生古乐常，古乐常生古公亶父。古公亶父生孟皮，孟皮生仲由，仲由生伯鱼，伯鱼生孔丘。孔丘少孤，好学，行修己，以教人。志在为君，作《春秋》，定礼乐，讲《诗》《书》，作《易》传。尝游诸侯，莫用。还鲁，欲以正礼乐之职，不得。卒，年七十有三。

通过记述孔子的家谱、学识、教育事业及其理想和挫折，司马迁表达了对孔子推广道德和教化的尊重。孔子的教育理念，尤其是关于仁和礼的教导，被司马迁认为是治国平天下的基石。司马迁的评价，不仅仅是对一个历史人物的生平记述，更是对其思想和道德教育贡献的认可。

在《史记·秦始皇本纪》中，司马迁讨论了秦始皇的统治方式及其对法家思想的极端应用，特别提到了他的一些暴政行为，如焚书坑儒等。这些内容反映了他对秦始皇专制统治的看法：

> "始皇初并天下，诸子弟多欲尽诛诸公子，恐后乱。于是使人案问诸公子宫人少府，与太监有私者，悉诛之。子婴恐祸及，亡走。始皇乃发诸侯世子弟及豪杰子弟，自关中以东至海，三万人，皆阮之咸阳。""始皇既并天下，居心诛暴秦，天下战士见秦有事即归，百姓弃其家而亡者数十万家，至长城而守之。始皇独以其力攻取，虏其君长以归，及长城之外皆服。""始皇之时，焚书坑儒，用法极严。为法者必以秦法为用，秦法严，狱讼具繁。"

在这些记述中，司马迁展示了秦始皇的统治是如何通过严苛的法律和残酷的政策来维护其专制权力的，同时这也暗示了对这种统治方式的批评态度。通过记录这些极端的行为，司马迁表达了对秦始皇统治方法的批判和对其政策后果的深刻见解。

在《史记·项羽本纪》中，司马迁对项羽的描述确实强调了项羽的英勇与暴力，以及这些特质如何导致了他的失败：

> "项羽，性刚而勇猛，任侠好斗，喜怒无常，屡使楚汉之争多有失策。""项王虽勇，然不能用人，每与人有争，辄欲杀之，亲信疑臣之计，使羽翼日削，终至于垓下之围，被迫自刎乌江。"

这些叙述展示了项羽英勇但过于暴力和专断的性格是他失败的重要原因，通过这样的描述，司马迁暗示领导者除了需要武力，更应具备德治和仁政的品质，来维护统治的稳定和持久，反映了司马迁对历史人物复杂性的思考。①

在《史记·孝文本纪》中，司马迁记载了汉文帝刘恒的治国事迹：

---

① 唐梦：《论〈史记·项羽本纪〉的戏剧性书写》，长春理工大学，2021 年。

　　孝文皇帝临天下，通关梁，不异远方。除诽谤，去肉刑，赏赐长老，收恤孤独，以育群生。减嗜欲，不受献，不私其利也。罪人不帑，不诛无罪。除宫刑，出美人，重绝人之世。朕既不敏，不能识。此皆上古之所不及，而孝文皇帝亲行之。

　　这段话展示了汉文帝的治国理念和采取的政策，说明文帝怎样通过减轻民众负担和推行务实的政策来恢复和发展汉朝的经济与社会，使得汉朝进入了一个政治清明、国力日渐增强的黄金时期，这也为司马迁大力称道："汉兴，至孝文四十有余载，德至盛也，廪廪乡改正服、封禅矣，谦让未成于今。呜呼，岂不仁哉！"

　　总之，通过对这些人物的记述，司马迁不仅记录了历史事实，还加入了自己的政治观点，既批评了那些残暴的统治者，也高度赞扬实行仁政的君主。这种历史叙述的方式，使得《史记》不仅成为一部历史著作，也是对政治政策的反思。

　　（二）司马迁对不同时期历史现象的叙述，表达了他对中央集权政治制度的支持，他赞同这种维持国家统一和防止分裂的有效策略。①

　　在《史记·吕不韦列传》中，司马迁记述了吕不韦的政治生涯及其对秦始皇统治的影响：

　　"吕不韦者，阳翟人也，以客卖货贩游于诸侯。秦襄公时，乃从赵客将佗游，得入秦，以奇货马四匹献襄公。襄公大说之，曰：'先生岂能与寡人谋以割地而事赵乎？'因留佗，弗使反赵。秦赵战，秦败赵师，割河内地，与襄公。襄公封吕不韦为列侯。""吕不韦相秦昭襄王，昭襄王死，国人立赢政为王，是为始皇帝。吕不韦相之，尊赢政之母赵姬，秦国大治。然而吕不韦因私通赵姬，韦亦因此得志，纵横诸侯。"

　　这段文字展示了吕不韦如何利用其资源和智慧帮助秦国巩固权力，促进国家统一。然而，吕不韦的私欲也逐渐显露，最终导致他的失势。司马迁通过这一传记揭示了中央集权对国家统一的重要性，以及个人野心对政治稳定可能带来的破坏。

　　在《史记·秦始皇本纪》中，司马迁强调了秦始皇如何通过强化中央集权来实现中国的统一，这包括废除封建分封制度并实行郡县制：

　　"始皇初并天下，地分为郡县，更名元年曰'始皇元年'。皇帝曰：'朕躬自游走，以观四方形势，广土众民，兼诸侯，为关中之国。以法度，度秩禄，量地而税之，以供军旅之用。'""始皇帝初立，天下三十六郡。法令一，车同轨，书同文，度量衡同。"

　　这些改革措施终结了战国时期的长期混战，实现了中国历史上的第一次大一

<hr />

①　杨青、许富宏：《论〈史记〉的政治史性质》，《广西社会科学》2008年第1期。

统。司马迁虽然对秦始皇的一些暴政行为例如焚书坑儒等提出了批评，但他对秦始皇统一六国的历史成就也给予了高度的肯定和评价。这反映了司马迁对秦始皇政治功绩的复杂看法，既认为秦始皇的统治手段过于严酷，但也肯定了统一对中国历史产生的深远影响。

在《史记·高祖本纪》中，司马迁叙述了刘邦如何继承并发扬了秦朝的中央集权制度：

> 高祖兴，诸侯并起，乃与诸将约法三章：杀人者死，伤人及盗抵罪，余一切以往不论。天下已定，高祖曰："法令犹未定也。"乃召法家，更定律令，颁行天下。

这段文字说明刘邦如何在建立汉朝后，对秦朝原有的法制进行了继承和修改，并重新制定法律，以巩固中央集权的统治。这体现了他继承秦朝制度的决心，并通过法律的方式加以完善和发展，进一步巩固了中央集权的政治架构。

在《史记·货殖列传》中，司马迁通过详细描述不同时期的经济实践和政策，揭示了经济政策对于国家的重要性以及经济活动对于维持中央集权制度的支持：

> 夫富国者，首务本末，广畜积也。积多则财用饶，民力役不乏，国用不匮，故能广地有余力以待敌国之难。然后可以观天下之务，而任四海之贤，垂拱而治，四海自宾。

这段话说明一个国家若要富强，必须注意经济的基础建设，广泛积累财富和资源，这样才能在有难时有足够的应对之力，从而稳固国家，维持中央集权的治理。司马迁通过这些叙述，强调了经济基础对国家治理特别是中央集权制度的重要性，说明有效的经济措施对于国家的维系和发展是必不可少的。①

总之，司马迁虽然批评过度专制集权的弊端，但也坚信中央集权是维护国家统一和社会进步的有效策略。通过编纂《史记》，他传达了对大一统的理解和支持。

（三）司马迁深受儒家思想的影响，他特别强调德政法治、重民尚贤的政治理念。

在《史记·管晏列传》中，司马迁概述了管仲和晏婴如何辅佐齐国国君进行政治改革，并强调了他们的政策如何反映了儒家的"重民"思想和"用贤"的原则：

> "管仲辅齐桓公，开九鄽，修田畴，课农桑，通商旅，务财用，以富国家，均敛赋。""晏婴为齐相，继续管仲之政，抚民生，兴教化，齐国由此大治。"

---

① 汪高鑫：《两汉正史民族史撰述与统一多民族国家的巩固》，《求是学刊》2012 年第 2 期。

这段记述表明，管仲的政策主要集中在发展农业、通商和均衡税赋上。晏婴继承并发扬了这些政策，进一步抚养民生和兴起教化。这些措施体现了重视民生的管理原则和通过用贤来实现国家治理的儒家思想，即政治的核心应是增进民众的福祉和确保政府由有能力的人执掌。这种描述也反映了司马迁对于提升国家长远利益的战略视角。

在《史记·孔子世家》中，司马迁强调了孔子的政治理念，认同孔子的"仁政"和"尚贤"的教导：

> 孔子曰："以德治国，以礼行之，以仁爱人，尽信事亲。""孔子以为治国必求贤才，教民以德，务本抑末。"

司马迁通过这些记述，表达了对孔子政治思想的认同和赞扬，即强调道德和贤能在政治领导中的重要性。这些原则反映了孔子对于理想政治秩序的设想，即通过道德和教化达到和谐治理的状态。

在《史记·刘敬叔孙通列传》中，司马迁详细记述了刘敬和叔孙通这两位重要臣僚如何在汉初帮助刘邦和汉文帝进行政治改革：

> "刘敬，字子政，为高祖上书言天下之要事，高祖见而说之，乃拜为郎中令。刘敬引荐叔孙通，通好学不倦，敬请以儒学教授诸子弟。""叔孙通，字子通，少孔子之道，以儒术干世，为汉初重臣。推行儒家教育，宣传仁义礼智，深得汉文帝重用，被授予太常，主持礼乐之职，教化天下。"

这段记述表达了司马迁对刘敬和叔孙通通过儒家思想进行政治教育，以及如何通过道德和仁政来安定和治理国家的高度评价。他们的努力在加强中央集权和统一思想文化方面起到了关键作用，符合孔子提倡的"以德治国"的政治理念，司马迁高度赞赏这种以儒家道德为核心的治国方式。①

总之，司马迁不仅记录了真实的历史，还传达了自己对政治的主张——儒家的德政与法家的法治并用的思想。司马迁还特别强调重视民生、选贤举能的重要性，这些观念对现代国家治理仍然不乏重要的借鉴意义。

（四）司马迁对社会不公和腐败问题进行了深刻的批评，表达了对社会正义的渴望。这种政治态度体现在他对历史人物的描述中，尤其是在对一些腐败行为的批评中。

在《史记·酷吏列传》中，司马迁批评了滥用职权、残酷压迫百姓的官员。他通过张汤和赵高的例子，详细描绘了这些官吏如何在法律的掩护下行非法之事：

> 张汤、赵高皆以刑名，枉法徇私，残害忠良，陷害无辜，使秦法更为严

---

① 黄秀坤、赵耀：《"实录"精神下的贤人政治——论司马迁开明的政治思想》，《前沿》2010年第10期。

酷。张汤之严，至于细微；赵高之诡，用法如神。常以私意断人生死，利用其位以谋取私利，秦民畏之如虎，谓之酷吏。

这段叙述也凸显了这些官员如何利用其职权谋取私人利益，严重破坏法治精神，并带来社会伤害。通过这些故事，司马迁强调正直与公正在治国理念中的重要性。

在《史记·货殖列传》中，司马迁对那些过度追求财富和利益的官员和商人进行了批评。他详细描述了这些人如何通过职权或商业手段来累积巨额财富，从而揭露了社会中的贪婪和腐败现象：

> "故商贾之利，百倍而不废，乃与财均。朝夕居处，险于行伍。一旦大富，不亦难乎!""长吏贪于货殖，则织帛菽粟之属至矣，百姓苦之。"

司马迁指出，通过不正当手段追求利益的行为不仅破坏了社会的道德和公平，还是导致国家混乱和衰败的根源。他强调，这种行为对社会的伤害是深远和严重的，反映了对社会公正和道德准则的高度重视，提供了对未来世代的警示。[①]

在《史记·刺客列传》中，司马迁讲述了刺客的故事，这些刺客通过刺杀暴君或腐败官员来抗议不公和寻求社会正义。这些故事不仅展示了刺客个人的英勇行为，而且反映了司马迁对于维护正义和公正的支持：

> 刺客者，穷困潦倒之士，有志而无路者也。闻诸侯多暴虐无道，人民呼苦，而刺客便起于草莽之中，以身许国，以死报仇。其行刺有成功，亦有失败，然其心赤诚，志在正道。

这段叙述捕捉了刺客们的悲壮情怀和其行动的动机——他们面对的是政治和社会的不公，选择的是一条极端而危险的道路来表达抗议和寻求变革。

在《史记·陈涉世家》中，司马迁详细地记录了农民起义领袖陈涉从他的起义到最终失败的故事：

> 陈涉者，下邳人也。为人骁勇好斗，尝私闻兵书，读尉缭子，又好治生。常悲苍生之艰难，思与其党郭隗共起兵。于是涉以其父殁去就隗。道见豚蓐食，驱获以卖。遇大雨，不可前，具烹豚蓐而食之。甚美。涉曰："豚蓐食肉，犹为甚美，而况人乎?"其后陈涉与其徒起义，声言"诸侯已起兵矣，以诛暴秦"。虽然之初，是谓得民心。彼既以王父带械诸侯，上罔天子，下欺百姓，民皆怨秦苛政而愿疾苦死，陈涉乘之以起。涉初兵未战，即以王父带地自立为王，贪于利禄，及至军败而死，亦由其贪心过度。

这段文字表达了司马迁对陈涉起义的看法，既展示了陈涉起义的初衷是出于对百姓苦难的同情和希望改变不公的政治状况，也批评陈涉后来的过度贪婪。通过这种叙述，司马迁不仅记录了历史事件，还对公平正义和恢复社会秩序表达出

---

① 高希中：《司马迁历史人物评价理念试析》，《南方文物》2018 年第 4 期。

深刻的见解。由此可见，司马迁不只是在记载历史，他还通过批评不公和腐败，以及赞扬那些为正义行动的人，来表达对更公正社会秩序的期望。这些观点贯穿于《史记》通篇，反映出司马迁深刻的历史洞察力和道德关怀。同时，司马迁也把自己的政治理念编织进了对历史人物和事件的评价中，体现出他杰出的史识，对后世产生了深远的影响。

综上所述，司马迁的史学精神通过《史记》的编撰，展示了其独特的历史研究方法和深刻的历史理念。他运用历史类比的方法，试图揭示历史发展的规律，强调改革与创新的重要性，并同时展示历史的复杂性和多样性。司马迁的"述而不作"原则体现了他在历史叙述中的客观性和对历史事实的尊重。通过对历史人物的传记，他不仅记录了人物的生平事迹，更借此深层次地反映社会状况和历史进程。司马迁提出的历史循环论观点和他对社会正义的渴望，为后世历史学研究提供了宝贵的借鉴。司马迁的史学精神在《史记》中得到了充分体现，也成为中国历史学界研究的重要基石。

《史记》中长江流域人物精神遗产

＊本文作者刘德奉，重庆市文化和旅游研究院原院长。

《史记》是我国第一部纪传体史书，记载了上起传说中的炎帝，下至汉武帝太初年间3000多年的历史。所涉人物众多，而我不曾细究，也难以细究。此文仅从大略角度，宏观角度，有影响力的角度，且选择长江流域人物进行简要叙述。

《史记》与别的史书不同，既然是纪传体，故本以人物为主，且对人物有着力叙述，这是纪传体史书本身的特点。但是，记载的历史有3000多年。3000多年来，有无数人物需要载入史册，当是煌煌巨著所不能承担者，何况只有50多万字的《史记》？也正因为如此，《史记》所选人物，自是对历史有巨大贡献者，而这些人物也是要筛之又筛，选之又选，或者合传，或者文中略述。即便如此，要将《史记》中所涉人物细加研究，哪怕做一些统计，都是一件难事。但是，如果从130篇文章的篇目上着手，则较为容易。故此，我也便弃难从易，仅从篇章题目所及人物，略加论述，以达笔者之目的。

再则，笔者近年着重于关注长江文化，故又着力于关心《史记》中关于长江文化的内容，人物却是反映这一内容的重要组成部分，择其长江流域中人物而加以简述，是为此文之要。

从《史记》篇目上看，十二纪中，有6篇直接涉及长江流域人物，即卷六至卷十二，占十二纪的一半。三十世家中，有十五世家直接涉及长江流域人物，叙述人物28位，其中《楚世家》未计入，应占总量一半以上。七十列传中，直接涉及人物的有54篇，余者为地域性、类别性列传。在54篇人物列传中，涉及长江流域人物的有16篇列传，占总量的三分之一，直述人物18位。

从上述长江流域人物比例可以看出，纪和世家中人物比例较高，这也与司马迁略远详近的写作原则有关，加之，司马迁为汉时人，对汉有特殊情感，再加上司马迁本是汉史官有职责所系，故对汉兴以来事迹、人物记载约多。而列传中长江流域人物比例较少，是因为在3000多年的历史长河中，秦以前的政治、军事、文化重心并非在长江流域，黄河流域是中华文化的主体，长江流域人物自然偏少，这是历史的客观。虽然如此，其历史贡献、精神遗产，仍不可低估。

一

《史记》中长江流域人物，总体上讲并非占绝对比例，从人物的权威性、影响力、贡献度看，也非占绝对优势，但仍为中华民族做出了重大贡献，仍是中华民族发展的重要推动者，仍在政治、军事、文化领域具有重要地位。

从政治角度讲，如楚霸王、汉高祖、吕太后、孝文帝、孝景帝、孝武帝、吴太伯、管仲、楚庄王、勾践、陈涉、楚、齐悼惠王、萧何、曹参、张良、周勃、梁孝王、伍子胥、春申君等，他们在所处时代，发挥了重要作用，使国家和社会得到发展，使乱治得到安宁，使分裂得到一统，为中华民族留下了重要的政治遗产，为历史发展提供了重要的政治智慧，是中国历史上重要的政治人物。

在这些政治人物中，首推者当是汉朝的开创者刘邦，在《史记》长江流域人物中排列第一的也是他。刘邦推翻了秦朝，建立了汉朝，融合了华夏族等多个民族，形成了大汉民族。特别是在汉朝建立和发展中，采用黄老无为之术，使民得以休整，社会得以安宁，历史得以演进。与此同时的项羽，虽然未能建立新的朝代，但同刘邦等时代人物一起，推翻了暴秦，更新了朝代，对历史的推动有不可磨灭之功。这两位政治人物不仅在秦汉时期具有伟大性，在中国历史上亦是伟大者。

其次，是朝代中兴者的推动者。主要是指在相对和平时期，以政治家的战略和思维治理和促进社会发展，如孝文帝刘恒、孝景帝刘启、孝武帝刘陵等，正如司马迁在《史记·文帝本纪》中对孝文帝所赞："汉兴，至孝文四十有余载，德至盛也。"孝景帝时虽有内乱，但很快平定。孝武帝虽"尤敬鬼神之死"（《史记·孝武帝本纪》）。但社会安稳，所以，出现了历史上不多的"文景之治"的良好发展时期。吕太后虽然称制一时，造成吕氏内乱，但社会安定。

再次，是诸侯国的发展者。在历史上的政体运行中，曾经存在过分封制，这种分封制的实行，在数千年的历史长河中，诸侯之争而封地虽有拓展，但相对固定，对后来的区域性文化形成发挥了重要作用，如长江流域的巴蜀文化、荆楚文化、吴越文化等。在这些封地中，从历史角度看，做出巨大贡献的侯王者亦不在少数。如吴太伯对吴国的建立，楚庄王对楚国的中兴，勾践对越国的发展等。

又次，是国家治理和发展的股肱者。他们主要是大臣、能臣、良臣，在历史上留下了可歌可泣的伟绩和美好的政声。如长江下游安徽人管仲，春秋时齐国大臣，辅佐齐桓公成为春秋时代第一个霸主，如萧何、曹参、张良，汉初宰相，协助建立并强大汉朝，特别是在保持制度的连续性上为后人树立了典范，"萧规曹随"就是一个广泛流传的故事。

从军事角度讲，有春申君、项羽、韩信、黥布、樊哙、季布等，虽然数量并不算多，但却有一定的代表性。春申君，既是楚国将军，又是楚国名相，为楚国的强盛和发展做出了贡献，且有文武双全之才能。春申君黄歇与齐国的孟尝君田文、魏国的信陵君魏无忌，赵国的平原君赵胜，史称"战国四公子"。项羽是一位具有政治谋略的军事家，是中国军事思想兵形势、兵权谋、兵阴阳、兵技巧，即"兵形势"的代表人物，是中国历史上最强悍的武将之一，有"羽之神勇，千古无二"之史评。韩信的军事功绩为汉朝的建立发挥了重要作用，韩信将兵，多多益善，这是典型的赞誉，故又可从中看出，韩信将军重在战略而非战术。他率军出陈仓、定三秦、擒魏、破代、灭赵、降燕、伐齐、垓下歼楚军项羽，常胜而无败绩。他是中国军事思想"谋战"类的代表人物。同时韩信还是军事理论家，与张良一起整理兵书，著有兵法。黥布、樊哙、季布都是猛将，尤其樊哙鸿门闯帐，既保护刘邦安危，为汉朝建立立下大功，又显示猛将风范。

当然，更应大书特书的是文化贡献者。老子、屈原、司马相如等，《史记》长江流域人物中虽然只此三人最具代表，然已是中国文化史上最为重要的人物。老子是中国道家文化的创始人，其思想与儒家文化一起，成为中华民族的主体思想，其后所衍生出的道教是中国本土的唯一宗教。其由庄子所延伸出的文学成为长江流域文学的风格之本。屈原，是中国历史上最伟大的爱国诗人，对民歌的运用、对浪漫主义诗歌、对骚体诗创立等，都发挥了重要作用。司马相如，是赋体文学的创立者，汉赋文学的代表，为汉代以赋体为主体的文学发展做出了突出贡献。

<h1 style="text-align:center">二</h1>

《史记》中这些长江流域人物，为中国社会的发展做出了贡献，其精神为滋养人民发挥了积极作用，也正因为如此，受到了历代人民的尊重，并留下了美好的传说故事，形成了有价值的文化传承。

如项羽所设的鸿门宴，其故事就启示人们，不怀好意、不安好心。其垓下之战所留下的四面楚歌，标志着遇事困难重重。其霸王别姬，预示着生死别离。作壁上观，表示出置身事外。锦衣夜行，有如富贵不回故乡，谁知道呢？沐猴而冠，韩生讽刺项羽，而项羽将其烹杀。如刘邦的斩白蛇起义，进入咸阳后约法三章，楚河汉界的设立，尊陆贾"马上得天下，能马上治天下吗"的反思，"夫运筹帷幄之中，决胜千里之外，吾不如子房；镇国家，抚百姓，给馈饷，不绝粮道，吾不如萧何；连百万之军，战必胜，攻必取，吾不如韩信，此三者，皆人之杰，吾能用之，此吾所以取天下也。(《史记·高祖本纪》)的博大胸怀和用人大智。如吕雉作为历史上第一位女皇称制，需有内乱，然达到"政不出户，天下晏然"的故事。如汉文帝刘恒、汉景帝刘启创造的"文景之治"的汉代盛况，汉武帝刘彻所创造的汉武盛世，都是历史的重大进步。对于萧何来讲，有"成也萧何，败也萧何"的俗语，以及萧何月下追韩信的识人用人故事。对于曹参来讲，"萧规曹随"就是对他的最佳评说，以保持制度的连续性，对于后来的管理者启示重大。张良留下的孺子可教的故事，启示人们要有气度胸怀，要有良好道德人格。周勃的"汗流浃背"，让贤故事，韩信回馈漂母、胯下之辱的故事等，广泛流传。韩信还留下许多成语，这是文化的经典，如战无不胜、国士无双、一饭千金、多多益善、十面埋伏、背水一战、拔旗易帜、置之死地而后生、明修栈道暗度陈仓、兵仙神帅、解衣推食、居常鞅鞅、功高震主、独当一面、匹夫之勇、妇人之仁、推陈出新、问路斩樵等。季布虽只是汉时将军，然一诺千金的品格赢得时代和后人敬重。上面这些内容，也只是相关于政治人物、军事人物的一些文化遗产。还有关于文化人物的，略述于下。

老子留给我们最重要的是思想，但仍有不少励智故事，如老子降生、聪颖少年、入周求学、孔子问礼、青牛吼峪、函谷著书、点化杨子等。其后继者庄子的故事也有许多，濠梁之辩、濮水垂钓、鸱得腐鼠、材与非材、庄周梦蝶、鼓盆而歌、庄子陪葬等，《庄子》一书中的故事更是丰富而奇异，启人智慧。当然，关于屈原的故事就更多了，特别是所衍生出来的端午节故事，更为广大人民群众所熟知，并以划龙舟、吃粽子的习俗形式保留和传承至今。不仅如此，还流布到周边国家，中国和韩国将其申报为人类非物质文化遗产代表作名录。司马相如广为流传的故事也有琴挑文君、文君买酒、红拂绿绮，还有以其命名的名琴绿绮等。

三

上面这些传说故事，可资借鉴，亦可启迪。学习历史，正是为了促进历史发展。对历史人物、历史故事的评说，也是认识历史、运用历史经验和知识发展社会的一个方面。而每一评说，既体现了评说者的历史观，也体现了时代的价值观，其评说的过程，也是其影响历史进步的过程，体现时代价值的过程，展示历史生命的过程。对于前人来讲这是一种遗产得以弘扬，对于时人来讲正是文化得到丰富和发展。

对于上述这些人物，历史上的评说者甚多，然每个评说者又因其身份不同、评价对象认知不同，故也有不同评价，今将政治类评价选取政治家的，军事类评价选取军事家的，文学类评价选取文学家的，如此者相对客观、相对准确，或更有学习和借鉴价值。

项羽是一个褒贬皆有的人物，司马迁在《史记·项羽本纪》就说"然羽非有尺寸，乘势起陇亩之中，三年，遂将五诸侯灭秦，分裂天下，而封王侯，政由羽出，号为'霸王'，位虽不终，近古以来未尝有也。"同时也批评道："自矜功伐，奋其私智，而不师古，谓霸王之业，欲以力征经营天下，五年，卒亡其国，身死东城，尚不觉寤，而不自责，过矣。乃引'天亡我，非用兵之罪也'，岂不谬哉!"在《太史公自序》中还说"诛婴怀背，天下非亡"。朱元璋则批评说："项羽南面称孤，仁义不施，而自矜功伐。"（《明史·孔克仁传》）

成功者自是成功，对刘邦的评价则赞许的多，且评价甚高。司马迁在《太史公自序》中说"子羽暴虐，汉行功德，愤发蜀汉，还定三秦；诛籍业帝，天下帷宁，改制易服。"《史记·高祖本纪》中也赞曰："承敝易变，使人不倦，得天统矣。"英国史学家约瑟·汤因比说："人类历史上最有远见，对后世影响最大的两位政治人物，一位是开创罗马帝国的恺撒，另一位便是创建大汉文明的汉高祖刘邦。恺撒未能目睹罗马帝国的建立以及文明的兴起，便不幸遇刺身亡，而刘邦却亲手缔造了一个昌盛的时期，并以极富远见的领导才能，为人类历史开创了新纪元！"（《展望 21 世纪——汤恩比和池田大作对话录》）

创业难，守业亦难。刘恒在汉文帝位上，大兴仁德之政，国家发展，史评多予肯定。司马迁《史记·孝文帝本纪》赞曰："汉兴，至孝文四十有余载，德至盛也。"班固在《汉书·文帝纪》中也评其："专务以德化民，是以海内殷富，兴于礼义，断狱数百，几致刑措。呜呼，仁哉！"司马贞在《史记索隐·孝文本纪述赞》中说："霸陵如故，千年颂声。"

对于吴太伯这位吴国的开国君主，也多加赞许，司马迁在《史记·吴太伯世家》中引孔子语说："太伯可谓至德矣，三以天下让，民无得而称焉。"杨慎曰："《尚书》首《尧典》《舜典》，《春秋》首隐公，世家首太伯，列传首伯夷，贵让也"（《史记题评》），亦评其德之高。

管仲作为战国时的齐相，史评亦嘉，司马迁在《史记·管晏列传》中评曰："管仲既任政相齐，以区区之齐在海滨，通货积财，富国强兵，与俗同好恶。"同时还评："其为政也，善因祸而福，转败而为功。贵轻重，慎权衡。"

越王勾践是位历史上优秀的人物，其评价也甚高。墨子有言："昔者文王出走而正天下，桓公去国而霸诸侯，越王勾践遇吴王之丑，而尚摄中国之贤君。三子之能达名成功于天下也，皆于其国抑而大丑也。太上无败，其次败而有以成，此之谓用民。"（《墨子·亲士》）司马迁在《史记·越王勾践世家》赞曰："苦身焦思，终灭强吴，北观兵中国，以尊国宝，号称霸王，勾践可不谓贤哉！盖有禹之遗烈焉。"范蠡作为勾践的相臣，知其政，更知其人，评曰："飞鸟尽，良弓藏；狡兔死，走狗烹；越王为人长颈鸟喙，可与共患难，不可与共乐。"（《史记·越王勾践世家》）成为后之政治者执政之殷鉴。

萧何的政声亦好，历代评价多予嘉奖。司马迁在《史记·萧相国世家》中称："位冠群臣，声施后世。"刘邦也予以其甚高评价，称为汉初三杰。曹操说"萧何、曹参，县吏也，韩信、陈平负污辱之名，有见笑之耻，卒能成就王业，声著千载"（《举贤勿拘品行令》）司马昭有评曰："昔萧何、张良、霍光，咸有匡佐之功。"（《晋书·帝纪第二·景帝》）

对韩信的评价多且异，有褒者，亦有贬者。司马迁的评价却相对客观："楚人迫我京索，而信拔于魏赵，定燕齐，使汉三分天下有其二，以灭项籍。"（《太史公自序》）同时还评曰："假令韩信学道谦让，不伐己功，不矜其能，则庶几哉。不务出此，而天下已集，乃谋叛逆，夷灭宗族，不亦宜乎！"（《史记·淮阴侯列传》）司马光也客观地评价道："信以市井之志利其身，而以士君子之心望于人，不亦难哉！（《资治通鉴·汉纪四》）苏轼则大加赞赏："抱王霸之大略，蓄英雄之壮图，志轻六合，气盖万夫，故忍耻胯下。"（《淮阴侯庙碑》）何去非云："言兵无若孙武，用兵无若韩信、曹公。"（《何博士备论》）洪迈云："汉高祖用韩信为大将，而三以诈临之……夫以豁达大度开基之主，所以乃如是，信之终于谋逆，盖有以启之矣。（《容斋随笔·卷十四·汉祖三诈》）王夫之说："能任也，则不能让，

所谓豪杰之士也，韩信、马援是已。"（《读通鉴论·卷二十三肃宗》）

上面这些评价，主要是针对政治、军事的，下面摘录几则关于文化人物的史评。

老子因是中国历史上的大哲学家，故而世界性的、历史性的评价甚多。世界性的如德国哲学家黑格尔对老子的思想在《历史哲学》中多有议论。马克斯·韦伯有著作《儒教与道教》，虽然不完全是研究儒教和道教的专著，但对老子进行了有分量的论述。美国哲学家威尔·杜兰在《东方的遗产》中说："老子是孔子前最伟大的哲学家……《道德经》……最重要的乃是它所蕴含的思想。在思想史中，它的确可以称得上是最迷人的一部奇书。或许，除了《道德经》外，我们将要焚毁所有的书籍。而在《道德经》中寻得智慧的摘要。"德国哲学家尼采评价："《道德经》像一个永不枯竭的井泉，满载宝藏，放下汲桶，唾手可得。"中国历代的评价太多，总是围绕其哲学贡献、其道家思想而论，此不摘录，否则千纸也难录其言。

庄子虽无专章列传，仅在《史记·老子韩非列传》中有记，然庄子是长江流域之大哲学家、大文学家，是老子思想的继承者，史上评价者甚多，也专录数则于此。司马迁在《史记·老子韩非列传》中说："其学无所不窥，然其要本归于老子之言。"《宋史·苏轼传》载有："既而读《庄子》，汉曰：'吾昔有见，口未能言，今见是书，得吾心矣。'"即描述苏轼年轻时读到《庄子》的一种心情。后人研究苏轼文学，亦多认为受庄子影响甚大。今人郭沫若在《庄子与鲁迅》一文中说道："秦汉以来的一部中国文学史差不多大半是在他的影响之下发展。"在同一文中还说道："以思想家兼及文章家的人，在中国古代哲人中实在是绝无仅有。"李泽厚说得更深刻："中国文人的外表是儒家，但内心永远是庄子。"

屈原与老子、庄子一样，是中国历史上重要的文化人物，史评者亦是甚多、甚高，特别是后世尤其近代以来，研究屈原及其作品者多，都予以高度评价。汉代辑其作品为《楚辞》，有楚辞之诗体之说，有最早的大诗人之说，有最伟大的爱国诗人之说，有中国浪漫主义文学的奠基人之说，等等。司马迁《史记·屈原贾生列传》曰："其文约，其辞微，其志洁，其行廉……"刘安称《离骚》兼有《国风》《尔雅》之长，具有"浮游尘埃之外"的人格风范，可"与日月争光"。鲁迅在《汉文学史纲要》中说："较之于《诗》，则其言甚长，其思甚幻，其文甚丽，其旨甚明，凭心而言，不遵矩度……其影响于后来之文章，乃甚或在三百篇以上。"

对司马相如的评价以其赋文为主，班固、刘勰称其为"辞宗"，林文轩、王应麟、王世贞称之为"赋圣"，鲁迅在《汉文学史纲要》中，把司马相如、司马迁列为同篇叙述，开章便给予高度评价："武帝文人，赋莫若司马相如，文莫若司马迁。"

四

《史记》中长江流域人物对中华民族的发展、中国历史的进程、中国人文的积淀发挥了重要作用，历代人民传承着他们的精神，用传说、故事、文章、诗歌、戏曲、小说、绘画等形式予以张扬，让人民不忘先贤、致敬历史，让人民传承受教、滋养性情，让人民更加奋发有为创造新的历史。在这些众多文学艺术形态中，此文仅选取诗歌作为品评的载体。一是因为从古至今，历朝历代都有诗歌这一文体，更能体现史评的连续性；二是因为语言生动而精练，便于广泛接受和传播；三是因为各类作者，尤其是政治、军事、文化类人物都有吟咏能力和水平；四是因为独特，这是中国传统文学的瑰宝。

历史上关于上述人物的歌咏是很多的，有的咏其人，有的歌其事，有的唱其人文环境，今择能表达其代表性特点的诗，录之于后。

项羽是英雄，从这一角度赞美者多，而首推是宋人李清照的《绝句》："生当作人杰，死亦为鬼雄。至今思项羽，不肯过江东。"还有唐杜牧《题乌江亭》："胜败兵家事不期，包羞忍耻是男儿。江东子弟多才俊，卷土重来未可知。"王安石是宋时宰相，从政治的角度似乎对项羽有些惋惜，《叠题乌江亭》是这么说的："百战疲劳壮士哀，中原一败势难回。江东子弟今虽在，肯与君王卷土来？"不过，最能表达项羽品性的还是他自己的《垓下歌》："力拔山兮气盖世。时不利兮骓不逝。骓不逝兮可奈何！虞兮虞兮奈若何！"

对于刘邦来讲，几乎全都是赞许的诗词。如唐代诗人李商隐的《题汉祖庙》："乘运应须宅八荒，男儿安在恋池隍。君王自起新丰后，项羽何曾在故乡。"诗言刘邦以天下为家，终成霸业。唐代诗人于季子选取了刘邦的重大事件，予以歌咏，亦有价值，诗为《咏汉高祖》："百战方夷项，三章且代秦。功归萧相国，气尽戚夫人。"作为诗人，对任何事物的认识都是站在作者自身的角度，或者说都有些隔。但如果是自己书写自己，那自然是心性一致、文词一致，特别是作为政治家，气度自然高远，他人之诗是不可替代的。刘邦的《大风歌》就最能体现他的理想和胸怀，其诗云："大风起兮云飞扬，威加海内兮归故乡，安得猛士兮守四方。"另一首《鸿鹄歌》也是一样的大气豪放，诗云："鸿鹄高飞，一举千里。羽翮已就，横绝四海。横绝四海，当可奈何？虽有缯缴，尚安所施？"

吴国的第一位国君，吴泰（太）伯，以德名史，宋代诗人范仲淹就有《泰伯祠》诗赞："至德本无名，宣尼以此评。能将天下让，知有圣人生。南国奔方远，西山道始亨。英灵岂不在，千古碧江横。"唐代诗人李白有《乌栖曲》："姑苏台上乌栖时，吴王宫里醉西施。吴歌楚舞欢未毕，青山欲衔半边日。银箭金壶漏水多，起看秋月坠江波。东方渐高奈乐何！"诗不仅叙写了吴国的繁荣社会，还涉及流传久远的夫差、西施等人物。

越王勾践也是历代诗人赞咏的对象。唐诗人李白就有《越中览古》"越王勾践破吴归，义士还家尽锦衣。宫女如花满春殿，只今惟有鹧鸪飞。"清人蒲松龄写有一副自勉联："有志者，事竟成，破釜沉舟，百二秦关终属楚；苦心人，天不负，卧薪尝胆，三千越甲可吞吴。"（卜林西、王亚丽编《古今对联故事集》）语言生动、内涵丰富。清代诗人张裕利有《咏史》诗，叹其历史悲剧："功名富贵尽危机，烹狗藏弓剧可悲。范蠡浮家子胥死，可怜吴越两鸱夷！"清末康有为在《秋登越王台》诗中亦有"临睨飞云横八表，岂无倚剑叹雄才！"的赞叹。伍子胥为楚相国，于楚贡献突出，历史声誉嘉许者多，有唐代诗人罗隐《青山庙》诗云："市箫声咽迹崎岖，雪耻酬恩此丈夫。霸主两亡时亦异，不知魂魄更无归。"

唐代诗人李商隐有一首诗《萧何》，是赞叹萧何爱惜人才的好诗："本为留侯慕赤松，汉庭方识紫芝翁。萧何只解追韩信，岂得虚当第一功？"宋代诗人张耒有《萧何》诗，咏其萧何与刘邦的关系，诗云："萧公俯仰系安危，功业君王心独知。犹道邵平能缓颊，君臣从古固多疑。"

曹参是接任萧何的汉相，有萧规曹随的典故，然此典亦可二解，一解为政策的连续性，二解为不思进取的按部就班，按《史记·曹相国世家》所记，是第二解者多。而宋代政治家诗人王安石却有另解，其诗《曹参》中云："束发河山百战功，白头富贵亦成空。华堂不著新歌舞，却要区区一老翁。"诗以反映曹参的生活为主，当然这一境况在《史记》中亦有载录。

王安石亦可因职事的关系，常用政治家眼光视人，如对汉张良，亦评价如此，且甚高。有《张良》诗云："……倾家为主合壮士，博浪沙中击秦帝。……固陵解鞍聊出口，捕取项羽如婴儿。……洛阳贾谊才能薄，扰扰空令绛灌疑。"当然，还是明代诗人张蔡概括得更为全面准确，体现了张良的大智大谋大略，《咏张良》诗是这样说的"群策谁摅逐鹿奇，几年帷幄帝王师。功成便觉还山好，不待弓藏鸟尽时。"

上面这些内容是关于政治家、军事家的歌咏，下面择选一些关于文人的歌咏。

南朝文学家庾信，有《至老子庙应诏》诗，诗虽然主要写了庙周的环境，但头两名对老子的哲学贡献给予了高度评价，诗云："虚无推驭辨，寥廓本乘蜺。"宋人张良臣也有《老子像》诗，写其人："函谷关头紫气浓，独教关尹喜相逢。如何道德五千字，不载周家藏室中。"

历代咏庄子的诗也不少，唐代诗人白居易就有两首《读〈庄子〉》诗，其一云："庄生齐物同归一，我道同中有不同。遂性逍遥虽一致，鸾凰终校胜蛇虫。"诗充分道出了庄子作品的特性。其二云："去国辞家谪异方，中心自怪少忧伤。为寻庄子知归处，认得无何是本乡。"此诗又从人的角度进行了歌咏，而此人又与其思想、其作品一样，有不可寻迹处。

屈原应是历史上吟咏最多的对象，因为其人、其事迹、作其品、其所产生的端午民俗等，已经深入人心、广布民间，且年年让人相见。故其诗作如山，若有收集，当是巨册。此处仅选择两首于后，以飨读者。唐代诗人李白有《江上令》："木兰之枻沙棠舟，玉箫金管坐两头。美酒樽中置千斛，载妓随波任去留。仙人有待乘黄鹤，海客无心随白鸥。屈平辞赋悬日月，楚王台榭空山丘。兴酣落笔摇五岳，诗成笑傲凌沧洲。功名富贵若长在，汉水亦应西北流。"尤其是"屈平辞赋悬日月"成为经典，多被后人广为引用。唐代诗人韩愈《湘中》亦有云："猿愁鱼踊水翻波，自古流传是汨罗。蘋藻满盘无处奠，空闻渔父扣舷歌。"对屈原的汨罗投江深表怀念。唐代诗人刘禹锡的《沉江》："沅江五月平堤流，邑人相将浮彩舟。灵均何年歌已矣，哀谣振楫从此起。"对因屈原所产生的端午划龙舟给予歌颂。宋代政治家诗人司马光的《屈原》对其人、其作品也有高度评价："白玉徒为洁，幽兰未谓芳。穷羞事令尹，疏不忘怀王。冤骨消寒渚，忠魂失旧乡。空余楚辞在，犹与日争光。"宋代诗人陆游是位爱国诗人，自然也是从爱国的角度予以歌颂，有《屈平庙》："委命仇雠事可知，章华荆棘国人悲。恨公无寿如金石，不见秦婴系颈时。"唐代诗僧文秀有《端午诗》，言语直白，感情充盈，其诗云："节分端午自谁言，万古传闻为屈原。堪笑楚江空渺渺，不能洗得直臣冤。"

关于司马相如的诗，也可摘录三首以道人、物、事，道人的如北魏常景《司马相如》："长卿有艳才，直致不群性。郁若春烟举，皎如秋月映。游梁虽好仁，仕汉常称病。清贞非我事，穷达委天命。"道物的，如唐人岑参诗《司马相如琴台》："相如琴台古，人去台亦空。台上寒萧条，至今多悲风。荒台汉时月，色与旧时同。"道其爱情故事的，如唐诗人卢仝《卓女怨》："姜本怀春女，春愁不自任。迷魂随凤客，娇思入琴心。托援交情重，当垆酌意深。谁家有夫婿，作赋得黄金。"

五

不忘历史，本身就是为了创造新的历史。不忘古人，本身就是为了滋养今人。《史记》中人物包括长江流域人物及其精神，代有评价、代有研究、代有纪念、代有传承。历史从未割断，文脉正在延续。今人，仍清醒地认识到历史是重要的遗产，未来只有在继承中创造，所以今人有的进行深入研究，形成丰厚的学术成果，如对项羽，江苏成立了项羽文化研究会，有曹秀明、岳庆平主编的《项羽研究》学术专著，网络上可查 6000 多篇相关论文。中国史记研究会开展《史记》研究 20 多年来，多有专题讨论，并有《项羽专题研究》文集。对老子及其作品的研究则更多，《道德经》的各种研究本、注释本、今译本、解读本层出不穷，应有尽有。如张松辉的《老子研究》专著，秦新成、刘升元的《老子传》及其多种版本，网上可见研究文章达 5500 余篇。对于屈原的研究更是不可胜数，国家有屈原研究会，宜昌有研究院，梁启超、郭沫若等有研究著作。同时，对其作品的研究如《楚辞》也不少。总体上讲，对于这些历史人物的研究，当代人十分重视，各地都有研究机构，都在开展研究工作，都有丰富的研究成果，以发挥其当代价值。

对于这些人物，有的还形成了文艺作品，各种传记、小说、传说故事集、影视作品、戏曲作品、动画作品、美术作品、文创产品等，只要是现代手段能够表达的都会尽情使用，并且在网络上向国内外广泛传播。如描写项羽与虞姬的"霸王别姬"成为各种影视、戏曲、小说表现的经典主题。描写屈原的影视、戏曲、小说也非常多，还有《屈原》动画电影等。关于司马相如的文创产品也深受消费者欢迎。

　　当然，更为重要的是将这些人物的出生地、重要活动地、主要纪念地等建筑物大加修缮、拓展空间、丰富内涵、广泛宣传，成为重要的旅游目的地。特别是在当今文化和旅游融合发展时期，各地重视历史文化开发和利用，名气大的、知名度高的，作为重要载体整体开发。如项羽故里、霸王祠、刘邦故里、鸿门宴、韩信故里、老子故里、屈原祠、西施故里等。内容单一的，不便整体表现的，便融入文化和旅游项目积极展示，如庄子文化景区、相如故城、吴王夫差广场、春申广场、琴台故径、文君公园等。其目的是延传精神。

《史记》的科学观

＊本文作者杨波，中国劳动关系学院副教授，中国史记研究会常务理事、副秘书长。

科学分为自然科学和社会科学。在延绵 5000 年的中华文明中，科学思想无处不在。《史记》作为二十四史之首，是一部百科全书的著作，"其文直，其事核，不虚美、不隐恶"的实录精神闪烁着科学的光辉，其中《历书》《天官书》《扁鹊仓公列传》等篇章充分体现了《史记》的科学观。《历书》是按一定历法排列年、月、日、节气，并提供有关数据的书，反映了自然界的时间更替和气象变化的客观规律。《天官书》讲天体的区域和运行的规律，同时通过天体星象的变化来预见农业、军事、政治等生产生活的诸多方面。《扁鹊仓公列传》记载了扁鹊发明的望、闻、问、切四诊法，以及医学门类中内科、外科、儿科、妇科、五官科等分科，总结了春秋至西汉时期的医学理论。上述《史记》篇章都体现了科学思想。

一、《历书》中的科学思想

《史记·历书》讲述了历法产生和发展的历史，记录了司马迁对古代历法的研究和观点。尤其值得注意的是，其中保留了一部古历法，即《历术甲子篇》。

天文历法属于自然科学和人文科学的交叉学科，历法是古人运用天文学知识，指导农业生产的科学工具，它反映了自然界的时间更替和气象变化的客观规律，对农业生产和人民日常生活具有重要的指导意义。

从很早开始，我国的先民就开始制定历法，用阴历计算地球绕太阳一圈的时间，用阳历和节气来指导农业生产，形成了独特的阴阳合历系统。阴历年和阳历年长度不等，因此古人发明了一套复杂精密的闰月制度。在战国时期，人们制定了四分历。之所以叫这个名字，是因为该历法把一年的长度定位三百六十五又四分之一天，四分历在十九年中加入四个闰月，使阴历年和阳历年时间相等。该历法具有较高的科学性。它把一年定为 365.25 天，而当今实际测算的一个太阳年长度为 365.2421 天，差距很微小，在短期内不会产生误差。但是，这个微小的差别从战国到汉朝逐渐累积为一天的时间差，这种误差的积累即使在今天也无法完全避免，因此我们不应苛责古人，而应意识到当时历法已经十分精细。

汉武帝继文景之治登上皇位，以自己的雄才大略，内外经营，励精图治，使西汉王朝进入政治稳定、国力强盛、经济繁荣、文化发达的全盛时期，因此他力图解决迁延日久的历法失准问题，重新使月食发生在冬至日，修正误差。而修订历法的时机也已成熟。汉武帝元封七年十一月的甲子日，正好是旧历法中朔日（发生月食的日子，一月之始）和冬至日同一天的时刻，是适合当旧历结束，新历开始的日期。汉武帝于是下诏改历，"以正月为岁首，而色尚黄，官名更印章以五字，因为太初元年。"① 史称元封改制。司马迁作为太史令，领导了修订历法的初步工作，"消余分，改岁首"，修正了自然天象与历法月份间的偏差，这是对历法的科学修订。

然而，此后汉武帝又确立了邓平历作为正式的历法，此时司马迁已经年迈，没有继续参与改历事务，这导致了汉代历法失去了科学性的准绳。邓平在制定历法的时候就把音乐上的十二律和十二个月牵强附会，"以律起历"。他说"律容一龠，积八十一寸，则一日之分也"，制成"八十一分历"，该历对四分历进行人为主观地简化，邓平认为四分历把一个月长度定为"$29\frac{499}{940}$"过于烦琐，就把它简化为一月 $29\frac{43}{81}$ 日，这样月数的分母就有 81，可以和乐律牵强附会了。然而，这种简化导致太初历历法精度下降。相比于四分历每过 307 年会差一日，八十一分历每过 292 年就会差一日，因此汉代后来实行的是不科学的历法。司马迁这次修订历法没能保持历法的科学性，是一大遗憾，但他在《史记·历书》中保留下了珍贵的古代历书《历术甲子篇》，却是比汉代八十一分历更加精确的四分历，由此可以看出司马迁尊重科学的思想。

《史记·历书》的前半部分是我国最早的历法通史。司马迁借此阐发了圣王应改正朔、易服色的正统观，虽然带有封建色彩，但无害其整体的科学性。而后半部分的《历术甲子篇》则是传世文献中最早的完整的历法书。它反映了战国秦汉时期制定历法的最高准确度，是难得的科学史文献。

二、《天官书》中的科学精神的体现

《史记·天官书》是古代较早专篇记录天文星象、天体运行规律的文献，其内容大体分为七部分，前两部分为着重记述的部分。第一部分为经星，从中宫、东宫、南宫、西宫、北宫来记述三垣二十八宿等恒星；第二部分为五纬（五星），记述岁星、荧惑、填星、太白、辰星，也就是木、火、土、金、水五大行星；第三部分为二曜（日、月），以月为主；第四部分为异星；第五部分为望气；第六部分为候岁；第七部分是总论，历述"自初生民以来"各个历史时期的天官、天文现象，以及相应的占验。

《史记·天官书》是古代较早专篇记录天文星象、天体运行规律的文献。同时，通过天体星象的变化来预见农业、军事、政治等生产生活的诸多方面。

---

① ［汉］司马迁，［宋］裴骃集解，［唐］司马贞索隐，［唐］张守节正义：《史记》第二册，北京：中华书局 1982 年版，第 483 页。

《史记·天官书》与《汉书·天文志》（以下简称"《天文志》"）有较为显著的差异。《天文志》是讲天人感应，天上和地上是一样的，天是人格化的，可以统治地上的一切，是封建社会统治者借以愚弄人民的工具。通过《天官书》与《天文志》的对比，我们可以看到《天官书》的科学精神更彻底，更一以贯之。当然，《天文志》中也闪烁着许多科学的思想，在此就不一一赘述了。

就人事而言，在《天官书》"日变修德"一段中，明确提出："国君强大，有德者昌；弱小，饰诈者亡。太上修德，其次修政，其次修禳，正下无之。"司马迁强调统治者在"天变"面前修德、修政的重要作用。而把修禳放在了后面，充分体现了在"日变"面前的科学精神。

就规律而言，《天官书》中着重阐述了："夫天运，三十岁一小变，百年中变，五百载大变；三大变一纪，三纪而大备：此其大数也。为国者必贵三五。"指明了古今之变的大致轮廓。"为国者必贵三五"，特别强调了三十年和五百年的重要性。顺应历史大势，天下俊士应时而动，群策群力，三十年一小步，一百年一中步，五百年一大步，共同迈向人类新一轮的辉煌！

总的来说，汉代的天文学领域的认知主要体现在《天官书》和《天文志》当中，两书在撰写体系上大体相近，对于时间、节气、星占的看法也较为接近，将天文星象与行事的吉凶预兆相连，更接近于星占学。比如对日记述了日晕、日虹与日食，但主要偏重于占卜，对黑子、光斑等没有记载。主要认为星象与治国者和他们的道德有密切的关系，体现了古代天文学的社会政治与道德象征属性。但是《天文志》的天人感应思想更为浓重，认为两者的关系如同影子与形体一样直接对应，具有更多的谶纬迷信成分。

表1 《史记·天官书》与《汉书·天文志》的比较

	《史记·天官书》	《汉书·天文志》	异同
结构	分为经星、五纬（五星）、二曜（日、月）、异星、望气、候岁、总论七个部分	分为经星、五纬（五星）、二曜（日、月）、异星、望气、候岁、总论七个部分	同
关于二曜（日、月）	"月行中道"，以月为主	"日有中道，月有九行"，以日为主	异
五星次序	岁星、荧惑、填星、太白、辰星	岁星、荧惑、太白、辰星、填星	异
异星位置	二曜之后	二曜之前	异
金星的占卜功能	金星与兵事相连，"用兵象太白"	进一步记述金星与战争的关系，用史实来证明；同时将金星与"义""言"相连，起到匡正言行的作用	同中有异

续表

	《史记·天官书》	《汉书·天文志》	异同
星宿/天干地支与地域对应	将二十八宿的变化与兖州、豫州、幽州、扬州等各相应的区域的运势相连	保留了二十八宿与各区域的对应；将天干地支与具体的行政区域对应，如甲乙丙丁对应齐、东夷、楚、南夷等	同中有异
节气占卜	节气用特定的方式占卜，如用辰星出现时间占卜一年对应区域的收成	节气占卜从农业延伸至政治，将君王治政宽严与太阳运行速度相连，"君行疾则日行疾"	同中有异
天人感应论	认为天文现象有相应的占验，将天象与社会现象相连	认为天文现象有相应的占验，并提出"政失于此，则变见于彼"作为全篇主旨，天人感应思想浓厚	同中有异

三、《扁鹊仓公列传》中的医学思想

医学属于科学的范畴，司马迁《史记·扁鹊仓公列传》第一次为医者立传，详细记载了中国古代著名的医学家扁鹊和仓公（淳于意）的医术和治病经验，对春秋至汉初民间医药科学发展史进行了总结。

2012 年 7 月至 2013 年 8 月，成都文物考古研究所和荆州文物保护中心组成考古队，对位于成都金牛区天回镇（老官山）、成都地铁三号线建设工地的一处西汉时期墓地进行了抢救性考古发掘。该墓葬内发现 920 支医学竹简和 50 枚木牍，统称"老官山汉墓医简"或天回医简，共约 2 万字，这是国内考古中发现的最大规模的医学文献。其中涉医简牍分为 9 部医书，专家对这批简牍内容进行了初步解读，认为 9 部医书中的部分医书极可能是失传了的中医扁鹊学派经典书籍。理由是，《敝昔医论》中的"敝昔"，与"扁鹊"同音通假，指的就是扁鹊。扁鹊是医方祖师，开创了中医切脉诊断的先河。此次发现的医简中，《敝昔医论》《经脉书》《脉数》《五色脉诊》等都属于扁鹊学派的经典医论。

根据史料记载，黄帝时代有一位扁鹊，此后相隔数百年又出现了几位同名医者，并且全国各地都有扁鹊的墓葬。学者们普遍认同扁鹊是古代良医的代表。《扁鹊仓公列传》将医学史上的扁鹊归属于春秋战国时的秦越人，其医术传承自春秋时的长桑君。其高尚品德和精湛医术在此文中得到了生动的描绘，其医学贡献远远不止于治病救人，更在于他对医学真理的追求和对迷信的抵制。

首先，扁鹊在医学方面的杰出成就让人叹为观止。文章中提到他涵盖了内科、妇科、五官科、小儿科等多个领域，而且以望、闻、问、切四种手段创立了四诊方法，这不仅展现了他对医学知识的全面掌握，更彰显了他在实践中对医学方法的创新。他以针灸为主成功治愈虢国太子的"尸厥"更是为后人留下了医学传承的经典案例。

其次，扁鹊坚持追求真理和抵制迷信，有医者仁心的职业操守。在春秋时代，医术与巫术并行，但扁鹊却抵制了巫术，反对迷信和鬼神。他将经络知识与临床经验相结合，创立了四诊方法，这种执着于学术真理性的态度在当时是非常难能可贵的。他为后来医者们树立了正确的医学观念，使医学始终保持着科学、实用的方向。

西汉初年，仓公淳于意发扬光大扁鹊的医术，整理历史文献和经验，记录了25个病例，包括疽、气鬲、涌疝、气疝、热病、难产等23种病名，涉及临床各科。从诊断过程可以看出，仓公对于脉学尤其精通，大部分病例都主要通过诊脉确诊，其中不少都是完全根据切脉就能探求病因，判断生死，而且皆一一应验如神。

仓公在应诏回答汉文帝询问时叙述了自己学医、行医的经过，业务专长、师承、诊疗效果、病例等，史称"诊籍"（即诊病的簿记），共计25个病案。他所答诏的病案格式一般均涉及病人的姓名、年龄、性别、职业、籍里、病状、病名、诊断、病因、治疗、疗效、预后等，从中反映了仓公的医疗学术思想与医案记录上的创造性贡献。仓公在"诊籍"中不仅记录了自己的成功病例，也承认有诊断错误的时候，其实事求是的科学态度，是难能可贵的。

《史记》中的很多篇章都体现了科学思想，以上列举的只是其中的一部分。《史记》列传中记载的老子、庄子、孔子、孟子、荀子、商鞅、韩非子等人的学说属于社会科学的范畴。《孔子世家》《仲尼弟子列传》中体现了孔子"有教无类"的教育思想，君子六艺教育、品格教育，以及其倡导的孔颜之乐、仁义礼智信、安贫乐道思想，都是对当代很有借鉴意义的教育学思想。如孔子与弟子陈蔡被困，断粮七日，从者皆病。在困厄之中，孔子不畏艰难，坦然面对，继续讲诵，弦歌不废。而孔子的弟子们却深感困惑，如子路和子贡认为："夫子之道至大，故天下莫能容夫子。"唯有颜回认为孔子学说不为所用乃是"有国者之丑"。孔子对颜回的观点表示欣慰，并分别指出了子路和子贡的问题并加以循循善诱、谆谆教诲。这体现了孔子因材施教的科学教育方法。

另外，《史记》中记载了许多军事家和经典战役，其中也体现了司马迁的军事科学思想。《史记》130篇，载有战争内容的篇目多达82篇，字数10余万言，约占1/4的篇幅。这些篇目记载擅长兵略战阵的帝王将相60余人，记述古代战争500余次、春秋战国及秦楚之际的大战役50余次。可以鲜明地看出《史记》是一部有史有论的、最系统而完备的战争史。其中展现的军事科学思想历经2000余年仍然对后人有许多启迪作用。

《史记》作为一部通史著作，涉及古代社会生活和思想认识的方方面面，尤其涉及不少科学技术方面的史实。除了前文提及的内容以外，关于天文、数学、农事、中医养生、纺织、车辆、机械、地质演变、栈道修造、河渠治理等诸多方面，有很多事件和史实的记录，都是科学技术史上的重要史料。从中也可以看出中国古代科学思想传统，看出古人对于人与自然的关系，人如何发明技术和制作工具改造自然，如何向大自然学习的科学思想和实用传统。《史记》中的科学观念与技术进步密不可分，二者相互促进和影响。科学观念的进步推动了技术的发展，而技术的进步又为科学观念的深化提供了实践基础。科学观念的进步主要体现在对自然界规律的认识上，而技术进步则是通过实践和应用来改善人们的生活和生产条件。古人通过对自然界的观察和实践，逐渐形成了科学观念，并将其应用于各个领域的技术创新之中。这种科学观念与技术进步的结合，为古代中国社会的进步和发展提供了强大动力。

　　《史记》通过对古代中国社会各个领域的详细记载，展示了古代中国人对科学观念和技术进步的重视和探索。这些内容不仅丰富了我们对古代中国社会的了解，也为我们研究古代科学和技术的发展提供了重要参考。作为中国传统文化的爱好者和传播者，我们将继续深入研究《史记》中的科学观念与技术进步，更好地理解和传承中国传统文化的宝贵遗产。

微言侧笔："东南有天子气"预言的书写与意义

＊本文作者曹阳，西安财经大学文学院讲师。

"东南有天子气"预示着代秦的新政权将从东南方向崛起，宣示了汉代秦得天命的正统性。预言出自《史记·高祖本纪》：

> 秦始皇帝常曰"东南有天子气"，于是因东游以厌之。高祖即自疑，亡匿，隐于芒、砀山泽岩石之间。吕后与人俱求，常得之。高祖怪问之。吕后曰："季所居上常有云气，故从往常得季。"高祖心喜。沛中子弟或闻之，多欲附者矣。

汉高祖认为秦始皇帝口中的"东南有天子气"指涉的正是居于"东南"方向的自己，于是"亡匿，隐于芒、砀山泽岩石之间"。吕后携人去寻找，总是能找到他，并称"季所居上常有云气"。吕后所谓的"云气"正与"天子气"相对应，天子即谓刘邦。《史记会注考证》引徐孚远曰："高祖隐处，岂不阴语吕后耶？隐而求，求而怪，皆所以动众也"①，称这一事件是汉高祖夫妇基于政治目的故意而为。

一、"东南"与秦始皇的五次巡游

预言中涉及一个特殊的方位——"东南"，预言认为取代秦朝得天下的王者来自东南方向。汉高祖刘邦正是沛县丰邑中阳里人，在秦朝版图的东南部。除了暗指汉高祖的发迹处之外，"东南有天子气"中的"东南"很容易与秦始皇"于是因东游以厌之"中的"东游"相联系。

秦始皇统一六国后共有过五次出巡。第一次出巡发生于秦始皇二十七年，"始皇巡陇西、北地，出鸡头山，过回中"。《史记正义》载："《括地志》云：'回中宫在岐州雍县西四十里。'言始皇欲西巡陇西之北，从咸阳向西北出宁州，西南行至成州，出鸡头山，东还，过岐州回中宫。"② 秦始皇此次巡行是往西北方

---

① ［日］泷川资言：《史记会注考证》卷八，上海：上海古籍出版社 2015 年版，第 485—486 页。
② ［汉］司马迁：《史记》卷六，北京：中华书局 1982 年版，第 241 页。

向。关于秦始皇此次巡游的目的，李开元、鹤间幸和、樋口隆康等人认为是为了
"向先王宗庙报告统一天下的大业完成"①。杨建虹、殷英、稻叶一郎、桐本东太
等人则认为与防卫匈奴的边防有关。②

　　第二次出巡发生于二十八年。"始皇东行郡县，上邹峄山。""乃遂上泰山，立
石，封，祠祀。""于是乃并勃海以东，过黄、腄，穷成山，登之罘，立石颂秦德焉
而去。南登琅邪，大乐之，留三月。……作琅邪台，立石刻，颂秦德，明得意。"
"始皇还，过彭城……乃西南渡淮水，之衡山、南郡。浮江，至湘山祠。……上自
南郡由武关归。"秦始皇此次巡行是往东北方向。秦始皇此次巡游中所作《泰山
刻石》《琅邪台刻石》，重点宣扬了秦初并天下后在法度方面所作的努力，如"上
农除末""器械一量，同书文字""并一海内，以为郡县"等。可以说，此次巡游
是以宣扬帝德、安抚天下为目的。

　　第三次出巡发生于二十九年。"始皇东游。至阳武博浪沙中，为盗所惊。求
弗得，乃令天下大索十日。""登之罘，刻石。""旋，遂之琅邪，道上党入。"秦始
皇此次巡行亦是往东北方向。秦始皇此次巡游之初便被盗所惊，结合《留侯世
家》中"秦皇帝东游，良与客狙击秦皇帝博浪沙中"的叙述，可见，秦虽然已经
统一天下，但是六国的旧势力仍然企图复仇并颠覆秦的统治。这次出巡受惊，秦
始皇不得不再直面这一问题。而这一点也体现在了此次巡游所立之罘石刻上，
"六国回辟，贪戾无厌，虐杀不已。皇帝哀众，遂发讨师，奋扬武德"，"圣法初
兴，清理疆内，外诛暴强。武威旁畅，振动四极，禽灭六王。阐并天下，灾害绝
息，永偃戎兵"。刻石内容重点强调了秦征伐六国的合理性与秦统一天下后想要
"永偃戎兵"的政治蓝图。此次巡游目的应旨在宣威示强，威慑六国残余势力。

　　第四次出巡发生于三十二年，"始皇之碣石"，"始皇巡北边，从上郡入"。秦
始皇此次巡行还是往东北方向。此时距离秦统一天下已有七年，秦始皇在《碣石
刻石》刻文中仍强调秦"诛戮无道"的正义性，并宣称秦"德并诸侯"，然而事实
上秦此时还要"堕坏城郭，决通川防，夷去险阻"来进一步保障政权的稳定性，
这一举动也正说明了其统治仍面临着潜在的六国旧势力威胁。此外，此次巡游秦
始皇还专程去了北部边境进行巡视。可以说，此次巡游除了防止六国残余势力崛
起之外，其目的还在于巩固边防。

　　第五次出巡发生于三十七年。"三十七年十月癸丑，始皇出游。""十一月，行
至云梦，望祀虞舜于九疑山。浮江下，观籍柯，渡海渚。过丹阳，至钱唐。临浙
江，水波恶，乃西百二十里从狭中渡。上会稽，祭大禹，望于南海，而立石刻颂
秦德。""还过吴，从江乘渡。并海上，北至琅邪。""自琅邪北至荣成山。""至平
原津而病。""七月丙寅，始皇崩于沙丘平台。""行从直道至咸阳，发丧。"始皇此

　　①　李开元：《秦始皇第一次巡游到西县告庙祭祖说——兼及秦统一后的庙制改革》，《秦汉研究》
2016 年第 10 辑，第 10 页。
　　②　参见杨建虹、殷英：《秦始皇六次巡游刍议》，《云南师范大学学报》1998 年第 6 期。

次巡行是往东南方向，至钜鹿郡沙丘而崩，后遗体被运回咸阳。

《高祖本纪》称："秦始皇帝常曰'东南有天子气'，于是因东游以厌之。"秦始皇统一六国后共有过四次"东游"，前三次均向东北方向进发，只有最后一次是往东南方向，可知，镇压东南天子之气的"东游"指的是秦始皇的最后一次东巡。

二、"东游以厌之"还是"变气易命"？

关于秦始皇"东游"的目的，《高祖本纪》称其是因"东南有天子气"，"于是因东游以厌之"。《说文解字》云："厌，笮也。"徐锴曰："笮，镇也，压也，一曰伏也。"按此，秦始皇东游是为了镇压东南方向的天子气。《高祖本纪》载："吕后曰：'季所居上常有云气。'"《项羽本纪》载范增说项羽语云："沛公居山东时，贪于财货，好美姬。今入关，财物无所取，妇女无所幸，此其志不在小。吾令人望其气，皆为龙虎，成五采，此天子气也。急击勿失。"吕后称汉高祖"所居上常有云气"，范增则描述了云气之形状色彩，并称其为"天子气"。据《史记》所载，东南方的天子气应指汉高祖刘邦居处上方的云气。

这一预言中涉及了两种神秘的学问。其一是"望气"术，"东南有天子气"便是通过"望气"得出的一种结论。"望气"是根据云气形状、色彩及其变化来附会人事，预言吉凶的一种占候术，为古代史职人员、方士所掌握。"'望气'起源较早，西周特设灵台来望气。到汉魏晋南北朝时，'望气'作为行事、决策的重要依据不仅在政治、军事、社会事务上被广泛运用，而且还被用于吉凶的占卜。"[①]《史记》中便有关于"望气"的记载，《秦始皇本纪》载侯生与卢生议论秦始皇称"然候星气者至三百人，皆良士，畏忌讳谀，不敢端言其过"。《天官书》云："凡望云气，仰而望之，三四百里；平望，在桑榆上，千余二千里；登高而望之，下属地者三千里。云气有兽居上者，胜。……王朔所候，决于日旁。日旁云气，人主象。皆如其形以占。……"，其中对"望气"的方式、发展、气的形状、色彩及其代表的意义等进行了记载。《封禅书》载文帝时期，"赵人新垣平以望气见上，言'长安东北有神气，成五采，若人冠冕焉。或曰东北神明之舍，西方神明之墓也。天瑞下，宜立祠上帝，以合符应'。于是作渭阳五帝庙，同宇，帝一殿，面各五门，各如其帝色。祠所用及仪亦如雍五畤"。新垣平以"望气"见汉文帝，汉文帝在其说法的影响下建渭阳五帝庙。《封禅书》还记载了武帝时期于汾阴获鼎后，迎鼎至中山时所见云气，"有黄白云降盖，若兽为符"，作为回应，"有鹰过，上自射之，因以祭云"。又记载"入海求蓬莱者，言蓬莱不远，而不能至者，殆不见其气。上乃遣望气佐候其气云。"《淮南衡山列传》载衡山王"与奚慈、张广昌谋，求能为兵法候星气者，日夜从容王密谋反事。"可见在秦汉时期，"望气"是非常

---

① 洪卫中：《汉魏晋南北朝"望气"浅论》，《甘肃社会科学》2011 年第 2 期，第 122 页。

受统治者重视的。

其二是"厌胜"术，"于是因东游以厌之"便是对"厌胜"术的应用。"厌胜"源于原始巫术，指使用法术、诅咒等手段来压制人、神、怪等物达到"厌而胜之"的目的。汉时的统治者们便曾使用过"厌胜"术，《史记·高祖本纪》载"萧丞相营作未央宫，立东阙、北阙"，《索隐》云："东阙名苍龙，北阙名玄武，无西南二阙者，盖萧何以厌胜之法故不立"。司马贞认为萧何营作宫殿时便运用了"厌胜"术。《汉书·宣帝纪》载："巫蛊事连岁不决。至后元二年，武帝疾，往来长杨、五柞宫，望气者言长安狱中有天子气，上遣使者分条中都官狱系者，轻重皆杀之。"汉武帝将狱中之人都杀掉即是对狱中"天子气"之"厌"。

而关于秦始皇东游以"厌"东南天子气之事，后世的文献中有一些更为细致的记载。

《搜神记》卷二十七："秦始皇东巡，望气者云：'五百年后，江东有天子气。'始皇至，令囚徒十万人掘污其地，凿审山为硖，北迤六十里，至天星河止。表以恶名，故改之曰由拳县，言囚倦也。"[1]

《宋书·符瑞志》云："始皇东巡，济江。望气者云：'五百年后，江东有天子气出于吴，而金陵之地，有王者之势。'于是始皇乃改金陵曰秣陵，凿北山以绝其势。至吴，又令囚徒十余万人掘污其地，表以恶名，故曰囚卷县。"[2]

《水经·沔水注》载郦道元云："《吴记》曰：谷中有城，故由卷县治也。即吴之柴辟亭，故就李乡、檇李之地，始皇恶其势王，令囚徒十余万人污其土表，以污恶名，改曰囚卷。亦曰由卷也。"[3]

《水经·浪水注》引裴渊《广州记》："城北有尉佗墓，墓后有大冈，谓之马鞍冈。秦时占气者言：南方有天子气。始皇发民，凿破此冈，地中出血。"[4]

《艺文类聚》卷六引《地理志》："秦望气者云：'东南有天子气。'使赭衣徒凿云阳县北冈，改名'曲阿'。"[5]

《太平御览》卷四十一引《金陵地记》云："秦始皇时，望气者云，金陵有天子气。乃东巡，埋金玉杂宝于钟山，仍断其地，更名曰秣陵。"

《太平御览》卷四十九引《南越志》云："始皇朝，望气者云，南海有五色气，遂发卒千人凿之，以断山之冈阜，谓之凿龙。今所凿之处，形如马鞍，故名焉。"

① [晋]干宝撰，李剑国辑校：《搜神记辑校》卷二十七，北京：中华书局2019年版，第434页。

② [梁]沈约：《宋书》卷二十七，北京：中华书局1974年版，第780页。

③ [北魏]郦道元著，陈桥驿校证：《水经注校证》卷二十九，北京：中华书局2007年版，第688页。

④ [北魏]郦道元著，陈桥驿校证：《水经注校证》卷三十七，北京：中华书局2007年版，第873页。

⑤ [唐]欧阳询编：《艺文类聚》卷六，上海：上海古籍出版社1982年版，第104页。

《太平御览》卷五十六曰:"董览《吴地记》曰:曲阿,秦时名云阳。太史云东南有天子气,在云阳之间,故凿北冈令曲而阿,因名曲阿。"

《太平御览》卷六十六引刘桢《京口记》曰:"龙目湖,秦王东游观地势,云此地有天子气。使赭衣徒凿湖中长冈使断,因改为丹徒。"

《太平御览》卷七百三十引《胡综别传》云:"时有掘得铜匣,长二尺七寸,以琉璃为盖,布云母于其上。开之得白玉如意,所执处皆刻螭虎文、蝇蝉等形。时人莫识者,太常以问综。综答曰:'昔始皇东游,以金陵有天子气,乃改名,掘凿江湖,平诸山阜,处处辄埋宝物以当王气。事见于《秦记》。'"

这些材料称秦始皇为厌东南的天子气采取了断地绝势、更改地名、筑台镇压等措施。《史记》中亦有与上述材料相似的记载。如《秦始皇本纪》中记载二十八年时秦始皇"浮江,至湘山祠。逢大风,几不得渡。上问博士曰:'湘君神?'博士对曰:'闻之,尧女,舜之妻,而葬此。'于是始皇大怒,使刑徒三千人皆伐湘山树,赭其山。"《蒙恬列传》载:"蒙恬喟然太息曰:'我何罪于天,无过而死乎?'良久,徐曰:'恬罪固当死矣。起临洮属之辽东,城堑万余里,此其中不能无绝地脉哉?此乃恬之罪也。'乃吞药自杀。"联系到司马迁对秦始皇使刑徒伐湘山树,赭其山以及蒙恬归罪于地脉之叹的记载,对于上述材料的真实性我们便更不能轻易予以否定。从这些后世文献中我们也可以看出在秦始皇时期可能为改变运势确实进行过一些方术活动。

与"东游以厌之"不同的是,《赵正书》中称秦始皇这次东游的目的在于"变气易命",整理者赵化成注释为"改变气数与天命"。《赵正书》载:

昔者,秦王赵正出游天下,还至柏人而病,病笃,喟然流涕长太息,谓左右曰:"天命不可变欤?吾未尝病如此,悲□……"……而告之曰:"吾自视天命,年五十岁而死。吾行年十四而立,立卅七岁矣。吾当以今岁死,而不知其月日,故出游天下,欲以变气易命,不可欤?今病笃,几死矣。其亟日夜输趋,至白泉之置,毋须后者。其谨微密之,毋令群臣知病。"[1]

关于"变气"之"气",周秦汉通过对文献记载的梳理与分析后提出"北大简整理者释'气'为'气数',实为一种笼统的说法。其具体而言则可能有两种解释,一为身处环境周遭的自然之气,二为个人体内之气,两者实不冲突,皆为可感而不可见之气"[2]。关于"气"之"变",战国时期的文献中便有关于其的记载,《庄子·至乐》云:"杂乎芒芴之间,变而有气,气变而有形,形变而有生。"《管子·心术》有"一气能变曰精",均谈及了"气"的变化。而在西汉时期,文献中

---

[1] 北京大学出土文献研究所编:《北京大学藏西汉竹书(叁下)》,上海:上海古籍出版社2015年版,第189页。

[2] 周秦汉:《〈赵正书〉载秦始皇帝出游"变气易命"的思想史分析》,《出土文献研究》2020年第十九辑,第265页。

已经有了关于"变气"的专门记载。《黄帝内经·素问》中有《移精变气论》云："黄帝问曰：'余闻古之治病，惟其移精变气，可祝由而已。今世治病，毒药治其内，针石治其外，或愈或不愈，何也？'岐伯对曰：'往古人居禽兽之间，动作以避寒，阴居以避暑，内无眷暮之累，外无伸宦之形，此恬淡之世，邪不能深入也。故毒药不能治其内，针石不能治其外，故可移精祝由而已。'"清人孙诒让《周礼正义·春官宗伯》注及"春招弭，以除疾病"时谈及了祝由之术与"移精变气"间的关系，其引惠士奇语曰："古者巫彭初作医，故有祝由之术，移精变气以治病。春官大祝、小祝、男巫、女巫，皆传其术焉。大祝言甸读祷代受眚灾，小祝将事侯禳求远罪疾，男巫祀衎旁招弭宁疾病，女巫岁时衅浴祓除不祥。"① 从中可知，"变气"是用以治病的，具体事项由巫祝来实施。《黄帝内经》被公认为最终成型于西汉时期，《赵正书》亦被认为是西汉早中期的文献，二者的创作时间相距较近，其对"变气"意义与功用的认识应是最为接近的。而将"变气"用以治病的功能置于《赵正书》中，也与秦始皇称"天命不可变欤？吾未尝病如此""今病笃，几死矣"的上下文文意非常契合。在《赵正书》中，秦始皇称"天命不可变欤"，"而告之曰：'吾自视天命，年五十岁而死。吾行年十四而立，立卅七岁矣。吾当以今岁死，而不知其月日，故出游天下，欲以变气易命，不可欤？'"② 屡次将"天命"与自己的死亡时间相联系，秦始皇欲"易"之"命"应为与其年寿相关之天命。按《赵正书》中的说法，秦始皇"东游"是为了延长寿命，改变其所言的"年五十岁而死"之天命。

三、司马迁对秦始皇"东游"目的的书写

《高祖本纪》中称秦始皇"东游"是为了"厌"东南出现的"天子气"，《赵正书》中则称秦始皇"东游"是为了"变气易命"，这两种不同说法是对秦始皇东南巡行动机的两种不同阐释。然而，《赵正书》中所谓的"变气易命"之说也存在于《史记》之中。《封禅书》载：

> 自威、宣、燕昭使人入海求蓬莱、方丈、瀛洲。此三神山者，其傅在勃海中，去人不远；患且至，则船风引而去。盖尝有至者，诸仙人及不死之药皆在焉。其物禽兽尽白，而黄金银为宫阙。未至，望之如云；及到，三神山反居水下。临之，风辄引去，终莫能至云。世主莫不甘心焉。及至秦始皇并天下，至海上，则方士言之不可胜数。始皇自以为至海上而恐不及矣，使人乃赍童男女入海求之。船交海中，皆以风为解，曰未能至，望见之焉。其明年，始皇复游海上，至琅邪，过恒山，从上党归。后三年，游碣石，考入海

① ［清］孙诒让：《周礼正义》卷五十，北京：中华书局 2015 年版，第 2493 页。
② 北京大学出土文献研究所编：《北京大学藏西汉竹书（叁下）》，上海：上海古籍出版社 2015 年版，第 189 页。

方士，从上郡归。后五年，始皇南至湘山，遂登会稽，并海上，冀遇海中三神山之奇药。不得，还至沙丘崩。

《封禅书》中载秦始皇"南至湘山，遂登会稽"，此次巡游便是秦始皇的第五次巡游，即预言所谓"东游"。《封禅书》还称秦始皇此次出行目的是"冀遇海中三神山之奇药"，"海中三神山之奇药"即"蓬莱、方丈、瀛洲"三神山中的"不死之药"。秦始皇期望能寻到三神山中的"不死之药"自然是为了延年益寿，这也正是其"东游"的目的。又《李斯列传》载：

> 于是乃相与谋，诈为受始皇诏丞相，立子胡亥为太子。更为书赐长子扶苏曰："朕巡天下，祷祠名山诸神以延寿命。今扶苏与将军蒙恬将师数十万以屯边，十有余年矣，不能进而前，士卒多耗，无尺寸之功，乃反数上书直言诽谤我所为，以不得罢归为太子，日夜怨望。扶苏为人子不孝，其赐剑以自裁！将军恬与扶苏居外，不匡正，宜知其谋。为人臣不忠，其赐死，以兵属裨将王离。"封其书以皇帝玺，遣胡亥客奉书赐扶苏于上郡。

赵高、李斯借秦始皇之名作伪书赐公子扶苏称"朕巡天下，祷祠名山诸神以延寿命"，斥责扶苏"反数上书直言诽谤我所为""以不得罢归为太子，日夜怨望"属"为人子不孝"，因此"赐剑以自裁"。赵高、李斯给扶苏所加之罪找出的缘由道出了秦始皇"东游"之目的，即"延寿命"。无论是《封禅书》中的"冀遇海中三神山之奇药"，还是《李斯列传》中的"祷祠名山诸神以延寿命"，其本质与《赵正书》中的"变气易命"是相同的，即秦始皇"东游"的目的是为了"延寿命"。

如此看来，《史记》中关于秦始皇"东游"的目的是存有两种说法的，这两种说法显然是矛盾的。那么，司马迁更倾向于哪一种说法呢？我们从司马迁的材料编排中可以窥见玄机。"秦始皇帝常曰'东南有天子气'，于是因东游以厌之"，这一记载出自《高祖本纪》，下文又称"高祖即自疑，亡匿，隐于芒、砀山泽岩石之间。吕后与人俱求，常得之。高祖怪问之。吕后曰：'季所居上常有云气，故从往常得季。'高祖心喜"。"东南有天子气"显然是为了说明汉高祖刘邦有"天子气"。"东南有天子气"属《高祖本纪》所载第六件有关汉高祖的神异之事。郭嵩焘《史记札记》云："案'始皇帝常曰'，是追叙从前事。始皇二十八年东行郡县，高祖是时为泗水亭长，无因以东南天子气自承。至是聚徒亡命，又得诸怪征，乃追索始皇帝语而自疑也。"[1]刘邦将东南之"天子气"归附于自身，又借秦始皇"东游"之"厌"以提高自身的政治地位，刘邦俨然成了可以与秦始皇比肩，且接秦之天命的天选之子，这一预言有着宣明汉承秦之正统性的政治功用。

司马迁于《高祖本纪》《封禅书》《李斯列传》中对秦始皇东游目的的不同书写属"微言侧笔"之法的运用。徐复观曰："所谓微言，即《自序》所谓'诗书隐

---

① ［清］郭嵩焘：《史记札记》，长沙：岳麓书社2012年版，第44页。

约者'的隐约之言，与彰明较著之言相反"，"一般的微言，多出以含蓄蕴藉之笔；然亦有本于痛愤之情，出以激昂之笔的，依然是史公的微言"①，"侧笔则是轶出于主文之外所穿插的小故事，所以侧笔系对主文而言。史公则常用这种侧笔，以暴露人与事的真实，乃至假此以拆主文的台，使主文成为带有滑稽意味的表现"②。司马迁于《李斯列传》中假赵高、李斯借秦始皇之名所作伪书称"朕巡天下，祷祠名山诸神以延寿命"，这一侧笔暴露了秦始皇东游的真实目的，拆了《高祖本纪》中"东南有天子气"，"于是因东游以厌之"的台。相形之下，"高祖即自疑，亡匿，隐于芒、砀山泽岩石之间"，"吕后曰：'季所居上常有云气，故从往常得季'"，"高祖心喜"等描写便显得无比滑稽。张高评说："司马迁既私淑孔子，而以《史记》比拟《春秋》，纂修当代史事既然多'忌讳之词'，欲突破困境以修史，自然会参考'推见至隐'的《春秋》书法，采用隐约其辞的'微言'，旁敲警醒的'侧笔'。盖隐之所在，往往是历史真相之所在，亦即历史解释之关键所在，于是史家将消息相殊，相反却相成的史料前后并置，彼此激射，历史真相遂呼之欲出。""'侧笔'，是为了回避政治忌讳，不得已采行的一种书法史法，反常合道是它的笔法特色，揭示真相则是它的使命。""这种微言侧笔之手法，最大特色是'踢倒当场傀儡，劈开立地乾坤'，由于似是而非，似非而是，所以读者很能从矛盾的辩证中发现真理，从翻叠的机趣中领悟真相；从弦外之音了解司马迁忠于实录的苦心孤诣。"③ 司马迁将关于秦始皇"东游"目的的两种说法均置于《史记》之中，为回避政治忌讳而故布疑阵，两两相照之下，其义自现。

此外，《淮南衡山列传》中载录了一则预言，与"东南有天子气"预言极为类似，亦宣称出自"东南"方向的汉高祖是受天命继秦之人，即"圣人当起东南间"。《淮南衡山列传》载伍被劝谏淮南王之辞曰："夫百年之秦，近世之吴楚，亦足以喻国家之存亡矣。臣不敢避子胥之诛，愿大王毋为吴王之听。昔秦绝圣人之道，杀术士，燔《诗》《书》，弃礼义，尚诈力，任刑罚，转负海之粟致之西河。……秦皇帝可其万五千人。于是百姓离心瓦解，欲为乱者十家而七。客谓高皇帝曰："时可矣。"高皇帝曰："待之，圣人当起东南间。"不一年，陈胜吴广发矣。高皇始于丰沛，一倡天下不期而响应者不可胜数也。此所谓蹈瑕候间，因秦之亡而动者也。百姓愿之，若旱之望雨，故起于行陈之中而立为天子，功高三王，德传无穷。"淮南王意图谋反，伍被认为此期天下安定，并非起兵的时机，借汉高祖静候良机最终成功取秦的事例来对其进行劝导。事例中征引汉高祖之语称"圣人当起东南间"，其中所谓"圣人"在伍被之语中有具体的对应，即"始于丰沛，一倡天下不期而响应者不可胜数也""起于行陈之中而立为天子，功高三王，德传无穷"之人（汉高祖）。这一预言亦是为了神化刘邦，宣扬汉承秦统的合法性。

---

① 徐复观：《两汉思想史》第 3 册，上海：华东师范大学出版社 2001 年版，第 251—252 页。
② 徐复观：《两汉思想史》第 3 册，上海：华东师范大学出版社 2001 年版，第 252 页。
③ 张高评：《春秋书法与左传学史》，上海：上海古籍出版社 2005 年版，第 78—80 页。

　　较为一致的是,《史记》所载录的三则汉受天命预言,发出时间均在陈胜起义之前。《高祖本纪》载"高祖以亭长为县送徒郦山……妪曰:'吾,白帝子也,化为蛇,当道,今为赤帝子斩之,故哭。'……秦始皇帝常曰'东南有天子气',于是因东游以厌之。……秦二世元年秋,陈胜等起蕲,至陈而王,号为'张楚'。诸郡县皆多杀其长吏以应陈涉。"《淮南衡山列传》中伍被称"高皇帝曰:'待之,圣人当起东南间。'不一年,陈胜吴广发矣。"这些叙述表明,虽然"初作难,发于陈涉;虐戾灭秦,自项氏",但是在陈涉起义之前,汉高祖便已经承受天命,这也是其"拨乱诛暴,平定海内,卒践帝祚"的原因。这三则预言从制作上显示出了较强的政治目的,司马迁将其载入《史记》,客观上使其在秦史预言叙事中起到了承秦启汉的叙事功用。

《史记》中所见先秦天官传承

＊本文作者宋昕翌、王嘉炜。宋昕翌，山西大学历史文化学院博士研究生；王嘉炜，中央民族大学中国少数民族语言文学学院教师。

司马迁受司马氏一族世承天官之学的影响，在《史记》中对秦汉之前的天文知识进行了系统整理，追溯至上古时代，爬梳出中国历史上第一份天文学家名单，以巫史传承为核心建构起完整的天官星占传承体系，对后世的历史书写影响极大。

马克思主义理论认为："必须研究自然科学各个部门的顺序的发展。首先是天文学——游牧民族和农业民族为了定季节，就已经绝对需要它。"[1] 受社会发展的影响，我国古代天文学科的产生和发展都比较早，古人在长期观测天象并进行记录的过程中，逐渐将相对稳定的天文实测结果与"地理""人事"联系起来，前者把天象与"地"相关联，以天文来指导历法、疆域、测绘等重要的生产生活实践；后者则把天象应用到了"人事"之中，认为天体的运作是"天"的谕示，天文变化与祸福直接对应，可以借以预测时事之变化。在这样的文化环境下，君主自然非常重视天象的观测，正如《天官书》中所述：

> 太史公曰：自初生民以来，世主曷尝不历日月星辰？及至五家、三代，绍而明之，内冠带，外夷狄，分中国为十有二州，仰则观象于天，俯则法类于地。天则有日月，地则有阴阳。天有五星，地有五行。天则有列宿，地则有州域。三光者，阴阳之精，气本在地，而圣人统理之。

而天文学作为一门"观测的学科"，其要求从业者有相当的文化水平，不仅要掌握一定程度的数学和测绘知识对天象进行观测、记录、分类，也要对社会、历史、政治情况有深入的认知，以便完成对天象的释读。这需要长时间的投入大量人力、财力，进行长时间、大规模的研究与传承，非一代一姓能独自完成。[2] 史传黄帝时代已有灵台雏形，夏、商两代已有太史令；及至周代，制度已初具规模，工作性质分工范围有主管天文、望气、漏刻、卜筮，等等。主管天文的太史

---

① 马克思、恩格斯：《马克思恩格斯全集》第 20 卷，《科学历史摘要》，北京：人民出版社 1971 年版，第 523 页。

② 参见林佩蓉：《史家的天官传统——〈史记〉中的天官星占传承》，台湾中兴大学历史学研究所硕士学位论文，2014 年，第 14 页。

令跻身于卿相大夫之列，官阶品级不可谓不高，职务亦相当繁重。及至秦汉，事业相继，风气相承，设太史令以掌天时历法，天文机构功能日趋完善，正式出现专业天文官员。[①] 司马迁正是在这样的时代背景下，借助司马氏周代以来指掌太史之家学渊源，完成了对西汉之前天文知识的概括总结，追溯了以天官星占传承为核心的学术脉络，并在此基础上发展出了自己成体系、学术化的新天文系统。

一、"天官"释义

若要梳理史记中所建构的天官星占传承，就必须先搞清楚何谓"天官"，也即司马迁自己所述"传天数者"的定义。搜检先秦古籍，"天官"一词出现相对频繁，意义不尽相同，但大体上可以归纳为三种，[②] 叙列如下：其一，指天上的星辰或星座，也可以引申为天体运行之规律，《尉缭子》中有"刑以伐之，德以守之，非所谓天官、时日、阴阳、向背也。黄帝者，人事而已矣……天官时日不若人事也。"[③] 一说。其二，指器官。因为器官天然生成，不可替代，故称"天官"，正如《荀子》中所述："耳、目、鼻、口、形能各有接而不相能也，夫是之谓天官。"[④] 其三，天官是某一类具体官职的代称。《周礼》六官中，首为天官，是负责执掌邦治的高级官员："惟王建国，辨方正位，体国经野，设官分职，以为民极。乃立天官冢宰，使帅其属而掌邦治，以佐王均邦国。"[⑤]《礼记》中同样有天官为官职的记载："天子建天官，先六大，曰大宰、大宗、大史、大祝、大士、大卜，典司六典。"[⑥] 郑玄解释为："典，法也。此盖殷时制也，周则大宰为天官。"[⑦] 认为天官在殷时就已经设立，周时则由大宰行职权。此时的天官之所以权责如此之大，是因为统治者重建了沟通天地的规则，垄断了与天沟通的权力，故而掌握通天职能的他们就成了毫无疑问的统治阶级：

> 及少昊之衰也，九黎乱德，民神杂糅，不可方物。夫人作享，家为巫史，无有要质……颛顼受之，乃命南正重司天以属神，命火正黎司地以属民，使

---

① 陈晓中、张淑莉：《中国古代天文机构与天文教育》，北京：中国科学技术出版社2013年版，第1页。

② 关于先秦籍典中"天官"之释义，很多前辈学者都有论述总结，如伊世同先生将其归纳为天神、官职、星座三种；赵继宁教授则认为器官、官职两种是主要释义，与天文星象的直接联系要到汉初才出现，本文综而采之。参见伊世同：《〈史记·天官书〉星象——天人合一的幻想基准》，《株洲工学院学报》2000年第5期；赵继宁：《〈史记·天官书〉考释》，武汉大学文学院博士学位论文，2010年；林佩蓉：《史家的天官传统——〈史记〉中的天官星占传承》。

③《中国军事史》编写组：《武经七书注译》，北京：解放军出版社1986年版，第144页。

④ 王先谦撰，沈啸寰、王星贤点校：《荀子集解》卷11《天论》，北京：中华书局1988年版。

⑤ 孙诒让撰，王文锦、陈玉霞点校：《周礼正义》卷1《天官冢宰》，北京：中华书局1987年版，第15页。

⑥ 郑玄注，孔颖达等正义：《礼记正义》，卷4《曲礼下》，北京：中华书局1987年版。

⑦《礼记正义》卷4《曲礼下》。

复旧常，无相侵渎，是谓绝地天通。其后，三苗复九黎之德，尧复育重黎之后，不忘旧者，使复典之。以至于夏、商，故重、黎氏世叙天地，而别其分主者也。①

而到了汉武帝时期，随着政治实践和思想文化的进一步发展，"天官"之意蕴内涵也逐步确定了下来，司马迁在《太守公自序》中这样描述天官之定义：

> 昔在颛顼，命南正重以司天，北正黎以司地。唐虞之际，绍重黎之后，使复典之，至于夏商，故重黎氏世序天地。其在周，程伯休甫其后也。当周宣王时，失其守而为司马氏。司马氏世典周史……太史公学天官于唐都，受易于杨何，习道论于黄子……太史公既掌天官，不治民。有子曰迁……而子迁适使反，见父于河洛之间。太史公执迁手而泣曰，余先周室之太史也。自上世尝显功名于虞夏，典天官事。后世中衰，绝于予乎？汝复为太史，则续吾祖矣。

这里出现的"天官"一词，有两种含义，司马迁父司马谈向唐都所学"天官"，明显是一种"学问"，结合《天官书》中"夫自汉之为天数者，星则唐都，气则王朔，占岁则魏鲜"之叙述来看，应该就是指关于天文星象的专门学科。后文中"典天官事""既掌天官，不治民"，则又将"天官"视为一种官职。综合先秦籍典中的条目和司马迁的叙述，此时的"天官"无疑已经成了专业执掌天文、星占、历法等事官员的代称，可以引申出天文知识系统的相关意涵。司马迁在作《天官书》制定新天文系统时，结合当时盛行的"天人合一"思想，在此释义的基础上继续发散延伸，将日月星辰与人间的君臣尊卑联系起来，以人间事务命名星辰，为星辰构建了与人间相似的等级秩序，故而天官也可以指代星辰，恰如《史记索隐》中述："天文有五官。官者，星官也。星座有尊卑，若人之官曹列位，故曰天官。"后明人柯维骐将其总结为："古者掌天文之官谓之天官，而后世名其业亦曰天官。"②恰如其分。

综上所述，司马迁所谓"天官"之定义，较之先秦时期已经发生了较大的转变，这一方面是因为三代之时称天而治，天事人事相为表里的政治文化背景已经发生了一定程度的转变，官员的职务分工进一步明确和精细化，沟通天人的职责不再被王族所垄断，故而负责监控和解读星象的职官权责也在逐步削减。另一方面也是因为生产力发展，科学技术尤其是数学大发展，促使天象观测和记录的方法取得了极大的进步，对于前代的星象记录也可以进行更细致的解读，从而加速了成体系的天文学科雏形的出现。

---

①　韦昭注，徐元诰集解：《国语集解》卷18《楚语下》，北京：中华书局2002年版，第514—516页。

②　凌稚隆辑校：《史记评林》卷27《天官书》，哈佛大学图书馆藏万历吴兴凌氏自刊本。

二、从重黎到巫咸：以氏族关系为纽带的天官传承

司马氏一族，上承三代重黎世序天地之志，并世典周史，及至汉代，司马谈为太史，向唐都学天官，体现出明确的天学知识的传承。受家学和汉武帝时期官方天文体系之影响，司马迁系统性地整理了前代的天文材料，最终爬梳出了一条明确的天官传承世系：

> 昔之传天数者：高辛之前，重、黎；于唐虞，羲和；有夏，昆吾；殷商，巫咸；周室，史佚、苌弘；于宋，子韦；郑则裨灶；在齐，甘公；楚，唐昧；赵，尹皋；魏，石申。

江晓原教授在《天学真原》一书中对司马迁叙列的这些人物进行了细致的考察，将其归纳为两类，前半部分是有传说性质的"传天数者"，乃上古时代专司交通天地人神的巫觋；后组的八人，则是所谓的"天体政治学家"，史籍中有确切记载，因而较为真实，他们或为著名的专业星占学家：子韦、甘公、石申，或为擅长星占的政治要人：裨灶、苌弘，甚至是专业的天学官员：史佚。[①] 下文试搜检史料，整理前半部分相关人物，在讨论其何以为进入天官序列的同时，对西周之前天文知识的传递进行简要探索。

（一）重、黎

重、黎在先秦史料中被提及相对频繁，且往往与"司天地""绝地通天"等事件相联系：

> 上帝监民，罔有馨香德，刑发闻惟腥。皇帝哀矜庶戮之不辜，报虐以威，遏绝苗民，无世在下。乃命重、黎，绝地天通，罔有降格。群后之逮在下，明明棐常，鳏寡无盖。[②]
>
> 及少昊之衰也，九黎乱德，民神杂糅，不可方物。夫人作享，家为巫史，无有要质……颛顼受之，乃命南正重司天以属神，命火正黎司地以属民，使复旧常，无相侵渎，是谓绝地天通。[③]

在史籍记述中，重、黎分别被任命为南正司天和火正司地，负责沟通民众与上帝，这事实上是通过复杂的职官体系和政治性的职权确立，使巫的职责专业化，不再允许百姓通过民间的巫觋直接与神沟通，从而使王们断绝了天人的交

---

①　参见江晓原：《天学真原》，南京：译林出版社 2011 年版，第 57—81 页。

②　孔安国传，孔颖达等疏：《尚书正义》卷 19《吕刑》，北京：北京大学出版社 1999 年版，第 535—539 页。

③　《国语集解》卷 18《楚语下》，第 514—516 页。

通，将与天沟通的途径垄断了下来。① 而作为专业性的沟通天人的官员，必然掌握记录和释读天象的能力，正如《山海经》中的描述："帝令重献上天，令黎卭下地……以行日月星辰之行次。"②

而在明确了重黎的职责后，司马迁还在《史记·楚世家》中进一步解释了天文作为一种专业化的知识是如何被传承的：

> 楚之先祖出自帝颛顼高阳。高阳者，黄帝之孙，昌意之子也。高阳生称，称生卷章，卷章生重黎。重黎为帝喾高辛居火正，甚有功，能光融天下，帝喾命曰祝融。共工氏作乱，帝喾使重黎诛之而不尽。帝乃以庚寅日诛重黎，而以其弟吴回为重黎后，复居火正，为祝融。

结合"唐虞之际，绍重黎之后，使复典之，至于夏商，故重黎氏世序天地"一条来看，重黎实际上并不是个人，而是两个拥有一定天文观测技术的氏族，通过职官体系的承续，天文知识得以在氏族内部被稳定地传承，最终达成"世序天地"之结果。

（二）羲和

羲和的身份具有浓厚的神话色彩，故而自古以来便争议颇大，③ 但司马迁既然能够将其列在"传天数者"的范畴里，并被《汉书》等材料承袭，说明至少在武帝时期，其作为天文官员的身份是得到了普遍性的认同的，④ 如《尚书·尧典》中就有羲和任职和履职的记述：

> 乃命羲和，钦若昊天，历象日月星辰，敬授人时……帝曰：咨！汝羲暨和。朞三百有六旬有六日，以闰月定四时，成岁。允厘百工，庶绩咸熙。
> 羲和湎淫，废时乱日，胤往征之，作《胤征》……惟仲康肇位四海，胤侯命掌六师，羲和废厥职，酒荒于厥邑，胤侯承王命徂征。⑤

司马迁在《夏本纪》中也有"帝中康时，羲和湎淫，废时乱日。胤往征之，

---

① 参见杨向奎：《中国古代社会与古代思想研究》，上海：上海人民出版社 1962 年版，第 164 页；另见李零：《中国方术续考》，北京：中华书局 2006 年版，第 5 页。

② 袁珂校注：《山海经校注》卷 11《大荒西经》，上海：上海古籍出版社 1980 年版，第 402 页。

③ 翻检史籍，有指一人；二人：羲、和/羲和、常羲；四人：羲仲、羲叔、和仲、和叔，等诸多说法。

④ 《汉书》中有"二月，置羲和官，秩二千石；外史、闾师，秩六百石。班教化，禁淫祀，放郑声。"一条，又有"阴阳家者流，盖出羲和之官，敬顺昊天，历象日月星辰，敬授民时，此其所长也。"的说法，说明"羲和"已经成为官职代称，且历史职权较为明确，可为佐证。见《汉书》卷 12《平帝纪》，北京：中华书局 1964 年版，第 351 页；卷 30《艺文志》，第 1734 页。

⑤ 《尚书正义》卷 7《胤征》，第 180—181 页。另，关于《胤征》成书年代与内容是否可信的问题，本文参考李学勤：《对古书的反思》，《简帛佚籍与学术史》，江西教育出版社，2001 年；徐刚：《古文源流考》，北京：北京大学出版社 2008 年版；宗静航：《尚书·胤征的成书年代》，《徐州师范大学学报》2010 年第 1 期。

作《胤征》"等文字。从上述诸条目不难看出，羲和明确的担任过天文官员，且实际负责较为重要的历时工作，甚至还有因为工作失误而被惩处的经历，故而将其列为"传天数者"是比较合理的。

司马迁还明确了重黎与羲和的关系，认为羲和是重黎的后裔："尧复遂重黎之后，不忘旧者，使复典之，而立羲和之官。明时正度，则阴阳调，风雨节，茂气至，民无夭疫。"此说被后人广泛沿袭，至孔颖达时，已有"羲是重之子孙，和是黎之子孙，能不忘祖之旧业，故以重黎言之"① 的说法。以氏族关系为纽带的联系无疑有助于支撑天文知识的传承体系，但在《史记》前的籍典中并无佐证，是否可信，仍待新出材料证明。我们能够确定的是，羲和应该是和重黎性质接近的部落代称，这两个部族因为掌握一定的天文知识受到尧的重用，但当夏仲康时，或应不敬本职荒于淫逸，或应势力强大威胁到夏的统治，故遭到夏的征伐。②

（三）昆吾

昆吾相较于前叙二者，虽频繁见于先秦典籍之中，但多为人名、国名、地名，并不见有执掌天文相关职权的记录，如《左传》中得见三条：

> 昭公十二年……王曰，昔我皇祖伯父昆吾旧许是宅，今郑人贪赖其田，而不我与。我若求之，其与我乎。③

> 十八年春，王二月乙卯，周毛得杀毛伯过而代之，苌弘曰，毛得必亡，是昆吾稔之日也，侈故之以，而毛得以济侈于王都，不亡何待。④

> 哀公十七年……卫侯梦于北宫，见人登昆吾之观，被发北面而噪曰，登此昆吾之虚，绵绵生之瓜。余为浑良夫，叫天无辜。⑤

《国语・郑语》中载昆吾为祝融之后：

> 祝融亦能昭显天地之光明，以生柔嘉材者也，其后八姓于周未有侯伯，佐制物于前代者，昆吾为夏伯矣……己姓昆吾、苏、顾、温、董。⑥

另外，《诗经》中也有昆吾相关之记述：

> 韦、顾既伐，昆吾、夏桀。⑦

从以上诸条目中，我们已可明晰昆吾之世系，其为颛顼祝融之后，国名同为昆吾，夏代时为具有军事防卫作用之方国，实力较强，后于商汤灭夏时被攻灭，

---

① 《尚书正义》卷 19《吕刑》，第 540 页。
② 参见汤洪、黄关蓉：《屈辞"羲和"文化再解读》，《四川师范大学学报》2014 年第 4 期。
③ 杨伯峻编著：《春秋左传注》，《昭公十二年》，北京：中华书局 1990 年版，第 1339—1340 页。
④ 《左传・昭公十八年》，第 1394 页。
⑤ 《左传・哀公十七年》，第 1709 页。
⑥ 《国语集解》卷 16《郑语》，第 466—467 页。
⑦ 王先谦、吴格点校：《诗三家义集疏》，北京：中华书局 1987 年版，第 1114 页。

现代学者已经结合考古材料证明其位于今新郑市境内。① 但除了其为重黎之后外，并不能找到与天文体系的相关点。司马迁《楚世家》虽更详细地记载了昆吾的世系，但也没有与重黎、羲和一样明确地提出其执掌天官职权的记录，故我们只能推测昆吾是通过氏族内传递的"家学"获得了有关的天文知识，又因知识技能得掌天官职权，而这可能正是司马迁所希望看到的基于氏族关系的解读。

（四）巫咸

巫咸在古书中的记载也较为多见，虽然时代靠后，但指代却并不明确，甚至有些混乱。其中可查记录最早见于《归藏》：

> 昔黄帝与炎神争涿鹿之野，将战，筮于巫咸，曰果哉而有咎。②

《周礼》中也有巫咸的相关记载：

> 筮人掌三易。以辨九筮之名……一曰巫更，二曰巫咸……以辨吉凶。凡国之大事，先筮而后卜。③

又《尚书》云：

> 伊陟相太戊，亳有祥桑谷共生于朝。伊陟赞于巫咸，作咸乂四篇。④

> 君奭！我闻在昔成汤既受命……在太戊，时则有若伊陟、臣扈，格于上帝，巫咸乂王家。⑤

除此之外，《世本》还有"巫咸作筮""巫咸作铜鼓"⑥ 等说，这些记载的时间跨度极大，身份指代也不尽相同，基本不可能是同一个人，乃至使宋衷有"巫咸不知何时人"一说。丁山先生在将甲骨卜辞与文献对证后，推测巫咸应当是巫师之代称，"咸"为官名，与周官"司巫"同一性质，⑦ 这与司马迁的记述相呼应：

> 至帝太戊，有桑谷生于廷，一暮大拱，惧。伊陟曰，妖不胜德，太戊修德，桑谷死。伊陟赞巫咸，巫咸之兴自此始。⑧

巫本身即有沟通天地之功能，《山海经》中载包括巫咸在内的灵山十巫可以

---

① 参见张国硕：《望京楼夏代城址与昆吾之居》，《苏州大学学报》2012 年第 1 期；《夏代晚期韦、顾、昆吾等方国地望研究》，《中国历史地理论丛》2015 年第 2 辑。

② 见李昉等：《太平御览》卷 79《黄帝轩辕氏》，四部丛刊三编影宋本；另见王家台秦简《归藏》原文，转引自王辉：《王家台秦简〈归藏〉校释》，《江汉考古》2003 年第 1 期。

③ 《周礼正义》卷 48《筮人》，第 1964 页。

④ 《尚书正义》卷 8《咸有一德》，第 219 页。

⑤ 《尚书正义》卷 16《君奭》，第 441 页。

⑥ 宋衷注：《世本》，台北"国家图书馆"藏十卷本稿本，后文同。

⑦ 丁山：《中国古代宗教与神话考》，上海：上海文艺出版社 1988 年版，第 185—187 页。

⑧ 《史记》卷 28《封禅书》，第 1356 页。

"从此升降，百药爰在"实际上表达的就是这个意思，而上述史料中也有巫咸为官方提供专业数术阐释的例证，故而被视作"传天数者"也是理所应当。① 另《史记》虽未记载，但当代学者结合考古资料考证，推断巫咸与颛顼一族关系密切，可能也是重黎之后。② 若此说能得新证成立，则司马迁所述西周以前的天官传承，重黎—羲和—昆吾—巫咸，就有了明确的以氏族关系为核心的强联系，更为稳定可信。因为上古时代知识弥足珍贵，而传播途径又较为闭塞，故很多专业知识只能通过口耳相传的方式在小范围内进行较为稳定的传播，天文知识与政治关系密切，象征着极强的文化权力，自然更可能被限定在世袭这些知识与技术的家族内部，进行家学式的传承。

三、星占与政治预言：西周与春秋战国时期的天官与天文活动

上文笔者以巫咸为界，考察了司马迁所叙述的传说时代的"传天数者"，发现其大多为介于传说与信史之间的笼统指代，且多具有巫觋之属性，我们虽不能考证史实，但至少可以确定，在汉武帝时，他们已经被公认为是具有天文知识与技能的人物。司马迁以氏族关系为纽带将他们串联起来，形成了一套逻辑自洽的天官世系，对后世历史书写影响深远。而在巫咸之后的八人，则大多是指向明确，且在史籍中有确切记载可证的个体星占学家，③ 现将其事迹叙列如下，在阐述其内在联系的同时，观察从西周到战国时期星占与政治的相互作用。

（一）史佚、苌弘

被司马迁并列为周世传天数者的二人，均为有迹可考的周代官员。其中史佚生活的年代较为靠前，《左传》《国语》等书中虽不见其具体职责，但记载了很多他的言论：

> 且史佚有言曰：无始祸，无怙乱，无重怒。（僖十五年）
>
> 史佚有言曰：兄弟致美，救乏，贺善，吊灾；祭敬，丧哀，情虽不同，毋绝其爱亲之道也。（文十五年）
>
> 《史佚之志》有之曰：非我族类，其心必异。（成四年）
>
> 史佚有言曰：非羁何忌？（昭元年）
>
> 昔史佚有言曰：动莫若敬，居莫若俭，德莫若让，事莫若咨。④

---

① 林佩蓉：《史家的天官传统——〈史记〉中的天官星占传承》，第 34 页。
② 参见刘玉堂、曾浪：《巫咸源流新证》，《江汉论坛》2018 年第 8 期。
③ 所谓星占，指的是以星象为观测对象，根据分野、星官与应期等知识理论，具体分析星象运行变化中的异常状态，进而占测相关天道吉凶或人事灾异的学问。详见黄一农：《星占、事应与伪造天象——以"荧惑守心"为例》，《自然科学史研究》1991 年第 2 期。
④ 《国语集解》卷 3《周语下》，第 102—103 页。

遍观以上诸条目，均为对史佚政治格言的援引，虽然微言大义，但并无涉及天文知识相关，而司马迁自己的记载中，史佚的形象也多为精明能干之重臣，与天官关系不大，仅有一条可为证据："师尚父牵牲，史佚策祝，以告神讨纣之罪"，[①] 正如上文所述，与天沟通正是天官的重要责任。现代学者兼考简牍铭文等材料，基本确定史佚为周初太史，[②] 而按照周礼记载，太史的职能包括王室文书起草、记载军国大事、编史、管理星占、历法、祭祀等，其中多项都为天官职责：

> 大史，掌建邦之六典以逆邦国之治……正岁年以序事，颁之于官府及都鄙，颁告朔于邦国。闰月，诏王居门，终月，大祭祀，与执事卜日。戒及宿之日，与群执事读礼书而协事……[③]

综上所述，史佚被列为巫咸以后首位传天数者自然也是应有之义，而古书中对于相关记载的缺乏，或因史佚之政治格言特别有名，遂掩其旁的行事，而使其人特以格言名世。[④]

苌弘主要活动于周景、敬两王时，与史佚不同，苌弘的相关记载明显体现出与星占的强相关性，如《左传》中三条：

> 景王问于苌弘曰：今兹诸侯何实吉，何实凶？对曰：蔡凶。此蔡侯般弑其君之岁也……岁及大梁，蔡复，楚凶。天之道也。（昭十一年）

> 春王二月乙卯，周毛得杀毛伯过而代之。苌弘曰：毛得必亡。是昆吾稔之日也。侈故之以，而毛得以济侈于王都，不亡何待？（昭十八年）

> 苌弘谓刘文公曰……周之亡也，其三川震。今西王之大臣亦震，天弃之矣，东王必大克。（昭二十三年）

《史记·封禅书》中也有类似条目：

> 是时苌弘以方事周灵王。诸侯莫朝周，周力少，苌弘乃明鬼神事，设射《狸首》。《狸首》者，诸侯之不来者，依物怪，欲以致诸侯。诸侯不从，而晋人执杀苌弘。周人之言方怪者自苌弘。

从以上记载不难看出，苌弘长于星占、方怪之术，且热衷于依靠自己的知识技能参与和影响政治实践，广泛地进行政治预言与巫术活动，是典型的"传天数者"。然与史佚相比，苌弘的形象上要负面得多，最终因为政治斗争而招致杀身之祸。《淮南子》对苌弘有非常精辟的评价，"昔者苌弘，周室之执数者也。天地之气，日月之行，风雨之变，律历之数，无所不通，然而不能自知，车裂而

---

① 《史记》卷32《齐太公世家》，第1480页。
② 虽然对于一些和史佚有争议的官名尚处于讨论之中，但史佚为太史已经为当前学界之公认，参见陈梦家：《殷虚卜辞综述》，北京：中华书局，1988年；祝总斌：《史佚非作册逸、尹逸考》，《文史》2009年第1辑；张怀通：《〈世俘〉错简续证》，《中国史研究》2013年第1期。
③ 《周礼正义》卷51《大史》，第2079页。
④ 江晓原：《天学真原》，南京：译林出版社2011年版，第59页。

死……故苌弘知天道而不知人事。"①

(二) 子韦、裨灶

子韦为宋国司星，是专业的天文官员，因"荧惑守心"之典故而被广为传颂，《吕氏春秋》有详细记载：

> 宋景公之时，荧惑在心，公惧，召子韦而问焉，曰：荧惑在心，何也？子韦曰：荧惑者，天罚也；心者，宋之分野也。祸当于君。虽然，可移于宰相。公曰：宰相，所与治国家也，而移死焉，不祥。子韦曰：可移于民。公曰：民死，寡人将谁为君乎？宁独死。子韦曰：可移于岁。公曰：岁害则民饥，民饥必死，为人君而杀其民以自活也，其谁以我为君乎？是寡人之命固尽已，子无复言矣。子韦还走，北面载拜曰：臣敢贺君！天之处高而听卑，君有至德之言三，天必三赏君。今昔荧惑其徙三舍，君延年二十一岁。公曰：子何以知之？对曰：有三善言必有三赏，荧惑必三徙舍，舍行七星，星一徙当七年，三七二十一，臣故曰君延年二十一岁矣。臣请伏于陛下以伺候之，荧惑不徙，臣请死。公曰：可。是夕，荧惑果徙三舍。②

依现代人视角观之，此事当然为虚构无疑，火星一夜之间移动"三舍"之距离就是不可能出现之事，更遑论将星象与人的寿命相挂钩了。有趣的是，司马迁在记载此事时，对其不合理之处进行了一定的删节改造：

> 三十七年，楚惠王灭陈。荧惑守心。心，宋之分野也。景公忧之。司星子韦曰，可移于相。景公曰，相，吾之股肱。曰，可移于民。景公曰，君者待民。曰，可移于岁。景公曰，岁饥民困，吾谁为君。子韦曰，天高听卑。君有君人之言三，荧惑宜有动，于是候之，果徙三度。③

比照前文，宋景公和子韦的对话大意未变，但明显不合理的如"君延年二十一岁"等部分都被删去，火星移动的距离也由"徙三舍"变为"徙三度"，甚至连表述时间范围的"是夕"都被删去，整个故事的合理性大大增强。这一方面可以证明司马迁受过完善的天文培训，对星象知识比较了解，另一方面也体现出其心目中"传天数者"应当具备一定的政治属性。

裨灶则专以星占闻名，在《左传》涉及的 25 例星占书写中，仅其一人就涉及5 例，是载录次数最多之人，其特别擅长据星体运动来预言立论，如昭公十年，对"晋君将于七月戊子死"的预言：

> 春王正月，有星出于婺女。郑裨灶言于子产曰：七月戊子，晋君将死。今兹岁在颛顼之虚，姜氏任氏实守其地，居其维首，而有妖星焉，告邑姜

① 何宁撰：《淮南子集释》，北京：中华书局 1998 年版，第 958—960 页。
② 张双棣等注译：《吕氏春秋译注》，北京：北京大学出版社 2011 年版，第 274 页。
③ 《史记》卷 38《宋微子世家》，第 1631 页。

也，邑姜，晋之姚也，天以七纪。戊子，逢公以登，星斯于是乎出。吾是以
讥之（昭十年）

昭公十七年，还因为预言火灾与子产发生了争论。

> 冬，有星孛于大辰，西及汉……郑神灶言于子产曰，宋、卫、陈、郑将
> 同日火，若我用瓘斚玉瓒，郑必不火。子产弗与……夏五月，火始昏见……
> 壬午，大甚。宋、卫、陈、郑皆火……神灶曰，不用吾言，郑又将火。郑人
> 请用之，子产不可。子大叔曰，宝，以保民也。若有火，国几亡。可以救亡，
> 子何爱焉？子产曰，天道远，人道迩，非所及也，何以知之？灶焉知天道？
> 是亦多言矣，岂不或信？遂不与，亦不复火。（昭十八年）

这是《左传》中首次体现执政大夫与巫史言说的博弈，以及对天道话语权的
争夺的事件。① 子产与神灶的核心分歧不在于是否相信星占预言，而在是否应该
通过祭神的方法免除灾祸，本质上是政治权力的争夺，是春秋末期卿大夫阶层与
巫史阶层争夺天象解释权的体现。这似乎也恰恰解释了《左传》中同样进行星占
政治预言的梓慎、叔兴、文伯、卜偃等人为何没有被纳入天官传承的序列之中。

（三）甘公、唐眜、尹皋、石申

本节叙列之四人，基本都频繁活动于战国年代，且相关著述在汉武帝时期都
有所保留，成为司马迁作《天官书》的重要参考，"而皋、唐、甘、石因时务论其
书传，故其占验凌杂米盐"甚至有人认为《天官书》就是抄袭自甘、石二人之著
述，② 足见其地位。然而此四人却罕见于史籍，尤其是唐眜、尹皋，几乎没有事
迹流传，班固作《艺文志》整理天文数术学家时，甚至将此二人剔除出传承世
系，"春秋时鲁有梓慎，郑有神灶，晋有卜偃，宋有子韦，六国时楚有甘公，魏有
石申夫，汉有唐都"③。而即便是司马迁自己，也只记录了一则甘公有关之事迹：

> 张耳败走，念诸侯无可归者，曰，汉王与我有旧故，而项羽又彊，立我，
> 我欲之楚。甘公曰，汉王之入关，五星聚东井。东井者，秦分也。先至必霸。
> 楚虽彊，后必属汉。故耳走汉……张耳谒汉王，汉王厚遇之。④

这是典型的星占学家依靠自己的专业技能影响政治走向的叙述，完美符合司
马迁认为乱世更需要天官的理论，"争于攻取，兵革更起，城邑数屠，因以饥馑
疾疫焦苦，臣主共忧患，其察机详候星气尤急"⑤。故而我们也可以推测与之并列

---

① 余丹：《〈左传〉星占的知识体系与话语权力博弈》，《北京社会科学》2022 年第 2 期。
② 关于《甘石星经》的成书、内容以及其与《天官书》之关系，学界已经讨论颇多，故不赘述，
可参见王兴文：《关于〈甘石星经〉的研究和讨论》，《社会科学战线》2004 年第 4 期；赵继宁：《〈史
记·天官书〉作者取材考》，《古籍整理学刊》2013 年第 2 期。
③ 《汉书》卷 30《艺文志》，第 1765—1775 页。
④ 《史记》卷 89《张耳陈馀列传》，第 2581 页。
⑤ 《史记》卷 27《天官书》，第 1344 页。

的其余三人应该也是同类人物，在战国乱世中依靠解读天象之技能，充分发挥自己的影响力和号召力，为自己和效忠者夺取利益。

四、余论：司马迁天官世系的主要考量因素

在上文完成对司马迁所作天官世系，也即"昔之传天数者"名单的简单考述后，我们不难发现，司马迁在叙列天官世系时，有意识地挑选了"传天数"之人物，并强化他们之间的联系，其核心就是巫史传承。通天是政治思想的理论基础，王者身边有一群负责观天的官员。这类职官（或是王者）早期多具有巫者的身份，如重、黎、羲、和、巫咸等有神话色彩的人物，传说他们能够通天达地，负责观象、授时、祭祀等"传天数"之事，发展到后来，成为所谓"天官"，天官之职事乃史官的基本传统，他们一方面是古代重要的文化知识保存者，使用文字记言书事，掌握官家学问在手中；一方面同时履行司天祭祖的职责服务王室，并兼羲和之官，执行天文相关活动的事务（天官事自周后或由司马氏世典）。[①] 这也正是江晓原所总结的——古代的星占学家，正是由上古通天巫觋演变而来。

而除了巫史传承外，氏族性的知识传承方式和星占的政治属性也是司马迁所关注的因素。在巫咸及以上的天官生活之年代，传说与历史混杂，且文献记载的指向也模糊不清，虽然可以通过传说神话的辨析或多或少地确定履行天官职责的个人或群体，但天文知识的传承脉络却无法确定，那作为叙列传承的《天官书》自然也就不尽可信。故司马迁必定爬梳史料，整理家学，在繁杂的记载中抓住了氏族关系这一核心，并在此基础上进行了合理推导，确定了以氏族关系为核心的学术传承体系。而在巫咸之后，随着天文机构的专业化，天官的职权逐步稳定，其作为职官的政治属性超过了作为巫的文化属性，加之星占学的蓬勃发展，致使天官与现实政治的联系被进一步强化，执政大夫与巫史开始争夺天道话语权，在这种情况下，受秦汉时期天人学说等思想的影响，政治性就成了司马迁关注的核心，他从当代天官的职能出发，确定了西周与春秋战国时期的"传天数"人选，这也解释了班固《汉书》与《天官书》所列天官名单之区别。

---

① 林佩蓉：《史家的天官传统——〈史记〉中的天官星占传承》，第51页。

试论《史记·天官书》与星空中华夷秩序的构建

＊本文作者王宵宵，山西大学历史文化学院博士研究生。

《史记·天官书》是《史记》八书之一，是司马迁搜集、总结西汉前天文现象及观点而创设的，全文共 7000 多字。该书首先按照中宫、东宫、南宫、西宫、北宫的顺序描绘了星象[①]，即恒星星象。其次描述日、月、五行运行的情况以及所对应占词。最后是赞论。尽管《史记·天官书》所载内容晦涩难懂，但仍有不少学者对其进行研究。这些研究大致可以分为三个方面：第一，将《史记·天官书》与其他天文史料进行对比。如谢励斌《〈吕氏春秋〉天文史料与〈史记·天官书〉比较探析》《〈史记·天官书〉与〈汉书·天文志〉之堪比》等。第二，以《天官书》为视角探讨其中蕴含的思想，这类研究最多。如：赵继宁《由〈史记·天官书〉看上古社会的星占学思想》《由〈史记·天官书〉看上古社会政治、军事思想》《史记·天官书〉与上古社会的宗教信仰》，刘韶军《〈史记·天官书〉的天人观与历史观》等。第三，对《天官书》天文现象的研究，如郭红锋《司马迁〈天官书〉及星区划分》、赵继宁《〈史记·天官书〉云气占考释》等。学界目前已对《天官书》进行了较为丰富的研究，但仍有进一步研究的价值和空间。

一、《史记·天官书》的创立

（一）释"天官"

《史记》之后的正史记载天象多设《天文志》《天象志》，而《史记》则以"天官"命名。"天官"一词又极易使人首先想到官职，从而认为《天官书》是关于官职的记载，因此有必要对"天官"一词做出解释。"天官"大体上有三种含义：

第一，天神。"按中国传承的礼制等级体系而言，天位最高、最美，天管地，天也管地上的人；故，天官泛指天上诸神。"道教将天、地、水奉为三神，天官就是其中之一。在道教的体系之中，"天官名为上元，一品赐福天官，紫微大

---

① 对于此处应作"宫"还是"官"的讨论，详见赵继宁：《〈史记·天官书〉考释》，武汉大学博士论文，2010 年。

帝……天官由清黄白三气结成，总主诸天帝王。每逢正月事物日，即下人间，校定人之罪福，故称'天官赐福'。"①

第二，地上的官职名。《周礼》载："惟王建国，辩方正位，体国经野，设官分职，以为民极。乃立天官冢宰使帅其属而掌邦治，以佐王均邦国。"② 周设立天官冢宰、地官司徒、春官宗伯、夏官司马、秋官司寇、冬官考工记六官。天官是六个官职之一，它的主要作用就是辅佐周天子治理邦国，同时也是百官之长。周显然是根据天地四时的变化设置的官职名称，这六官及下属的官员已经可以掌管天地之间的一切事务。就天官而言，其下设 63 职，分管不同的事物，其中一部分官员则掌管祭祀。"国之大事，在祀与戎。"祭祀是十分重要的政治活动，这一活动也是天和人沟通的一种方式。按周时的规定，地位越高，祭祀的对象也越多，即周天子才享有最高的祭祀权。（大宰）"以八则治都鄙：一曰祭祀，以驭其神。"③ 天官之下的大宰制定八种制度管理都鄙，第一个就是对王城外公卿、王室子弟祭祀的规定。这一规定就确保周天子在祭祀中享有最高的地位。

第三，天上的星官。《索隐》载："天文有五官。官者，星官也。星座有尊卑，若人之官曹列位，故曰天官。"④ 天文星象本是一种自然现象，这种现象变化与中国古代民众的生产与生活紧密关联。《尚书·尧典》载："乃命羲、和，钦若昊天，历象日月星辰，敬授民时。"⑤ 尧时，先民就已经通过观察星象来授时。星象也被纳入先民对天人关系的思考之中。先秦时期，巫起到沟通天人的媒介作用，星象也是一个十分重要的沟通手段。战国时，零碎的星占知识被综合起来，置于天人感应思想和阴阳五行的观念中，逐渐成为一个较为完整的体系。⑥ 星象与人间事物一一对应，其变化预示着所对应的人间事物的变化。

（二）主要内容

《史记·天官书》的第一部分按照中、东、南、西、北的顺序描述了恒星的状态和占词。中宫的地位最为重要，而中宫又以天极星为核心。"中宫天极星，其一明者，太一常居也；旁三星三公，或曰子属。后句四星，末大星正妃，余三星后官之属也。环之匡衡十二星，藩臣。皆曰紫宫。"天极星最为明亮，是天帝太一居住的地方。旁边的三颗星分别代表三公或者皇子。后面的四颗星中最亮的代表正妃，其他三星是妃嫔。环绕着天极星的十二星即是藩臣。总称紫宫，也就是说

---

① 蒋忠来：《像虔：中国古雕塑艺术精选》，中国美术学院出版社 2021 年版，第 88 页。

② 《周礼正义》卷一《天官冢宰》，《十三经注疏》（清嘉庆刊本），北京：中华书局，第 1373—1375 页。

③ 《周礼注疏》卷二《大宰》，《十三经注疏》（清嘉庆刊本），第 1391 页。

④ ［汉］司马迁：《史记》卷二八《天官书》，北京：中华书局 1982 年版，第 1289 页。

⑤ 《尚书正义》卷二《尧典》，《十三经注疏》（清嘉庆刊本），第 251 页。

⑥ 胡鸿：《星空中的华夷秩序——两汉至南北朝时期有关华夷的星占言说》，《文史》2014 年第 1 期。

中宫即紫宫，两者是相同的。不难看出，司马迁在《天官书》的开头就建立了以"天极星"为核心的中宫秩序。

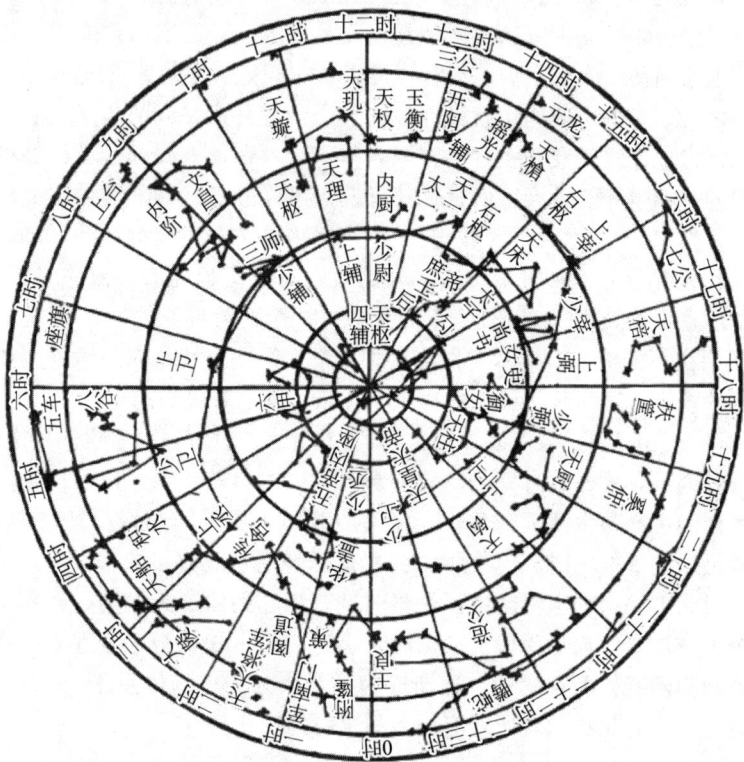

根据《史记》记载绘制的中宫星图①

　　东宫、南宫、西宫、北宫的星象的功能基本是围绕着中宫展开的。如东宫"心为明堂，大星天王，前后星子属。不欲直，直则天王失计。"这几颗的位置变化预示着天王的决策是否有误。"左角，李；右角，将。大角者，天王帝廷……亢为疏庙，主疾。""尾为九子，曰君臣"这些星象都与中宫的运作密切相关。南宫、西宫、北宫也是如此。需要特别指出的是，这四宫之中都有一处代表天王的住所或者庙堂。东宫"房为府，曰天驷"，南宫"其内五星，五帝坐"。西宫"五潢，五帝车舍"。北宫"南斗为庙"。这四宫又与四季相对应，应为天帝巡行的四季行宫。

　　恒星星象之后是日月、五星（岁星、荧惑、填星、太白、辰星）运行的情况及其占词。"查日、月之行以揆岁星顺逆。曰东方木，主春，日甲乙。义失者，罚出岁星。"这里非常明确地说明国君丧失正义，岁星会有所反映。岁星的变化与国运息息相关。每一年岁星的位置、变化是不同的，所预示的内容也随之变化。

---

① 郭红锋：《司马迁〈天官书〉及星区划分》，《军事文摘》2024 年第 10 期。

在摄提格岁，也就是寅年，"岁阴在左行在寅，岁星右转居丑。正月，与斗、牵牛晨出东方，名曰监德。色苍苍有光。其失次，有应见柳。岁早，水；晚，旱。"单阏岁（卯年）、执徐岁（辰年）、大荒骆岁（巳年）、敦牂岁（午年）、叶洽岁（未年）、涒滩岁（申年）、作鄂岁（酉年）、阉茂岁（戌年）、大渊献岁（亥年）、困敦岁（子年）、赤奋若岁（丑年）都有不同的预示。岁占之后，司马迁记载云气占，即通过观察云气来预示地面将要发生的事情。"察刚气以处荧惑……礼失，罚出荧惑，荧惑失行是也。"观察云气主要是为了判断荧惑的情况。

再接下来的内容即是二十八分野，不同的星宿对应地面的州。"角、亢、氐，兖州。房、心，豫州。尾、箕，幽州。斗，江、湖。牵牛、婺女，扬州。虚、危，青州。营室至东壁，并州。奎、娄、胃，徐州。昴、毕，冀州。紫筋、参，益州。东井、舆鬼，雍州。柳、七星、张，三河。翼、轸，荆州。七星为员官，辰星庙，蛮夷星也。"在五官的构建中有"昴"为胡星，这里又有"七星"为蛮夷星。之后介绍日晕、日食、月食的情况以及其他星象代表的内容。最后是云气占、风气占的方法。

最后一部分为论赞，主要分为三个部分。第一部分从"太史公曰"起至"然后天人之际续备"止。司马迁记述五帝到战国的占星历史，列举了 14 位重要的星占家，这其中就包括《甘石星经》的作者，甘公、石申。第二部分自"太史公推古天变"至"皆以为占"。这一部分记载了从春秋到汉初的具有重大意义的特殊星象，这些星象都与战乱、灾异、国家兴亡有关。除此之外，介绍汉代的三位星占家。第三部分"余观史记"至"则天官备矣"。司马迁观察到五大行星都有逆行的情况，恒星和行星的运行之间存在联系。特别强调"修德"是应对星变的方式。

（三）目的、主旨

司马迁创作《史记·天官书》的目的和主旨集中体现在该书的"太史公曰"之中。第一，与司马迁著《史记》的意图是一致的。"究天人之际"是司马迁著史的最高目标。"为国者必贵三五，上下各千岁，然后议案人之际续备。"考察从五帝、三代直到汉初星象及预示的情况，才能使得对天人关系的思考完备。对星象的观察实际上是对天人关系思考的一部分。天和人之间存在着联系，一旦发生大事，天象必然会发生变化。第二，整理过去的诸多星象，以便观察。"近世十二诸侯七国相王，言从衡者继踵，而皋、唐、甘、石因时务论其书传，故其占验凌杂米盐。"司马迁对于皋、唐、甘、石关于近世的星象是不满意的，认为这些占卜国土细小散乱。他意识到这一问题之后，在自己的创作之中必然尽力规避此种现象。其在《天官书》中也说明他记载了明显的星象变化和星占结果，至于"委曲小变，不可胜道"。第三，告诫君主居安思危。"虽有明天子，必视荧惑所在。"即使有圣明的天子，也要注意荧惑位置的变化。因为"荧惑为孛，外则理兵，内则理政。"荧惑的光芒四散，这就预示对外要注重军队建设，对内则要理好政务。通过观察荧惑变化，即使调整政策，不能因为有"明天子"就不在意荧惑的预兆。第四，强调"修德"在面对星象预兆时的重要性。"凡天变，过度乃占。国君强大，有德者昌；弱小，饰诈者亡。太上修德，其次修政，其次修救，其次修禳，正下无之。""修德"是最好的应对星变的措施。第五，对研究天文历法之人的告诫。"为天数者，必通三五。终始古今，深观时变，察其精粗，则天官备也。"这些细小的意图归结起来实际上就是司马迁对天人关系的思考，天象和人事一一对应，只有掌握这些内容才能做出补救。

二、胡、蛮夷在星空中的位置

《天官书》构建了星空社会，并与地上的所有事务一一对应，君主、后妃、诸侯、大臣、庙堂、州郡等都能在星空中找到对应的位置，夷狄也没有被排除在外。

昴宿。西宫中"昴曰髦头，胡星也，为白衣会。"参考西宫的星图可以看出，昴宿即使是在西宫中仍处于偏北的位置。昴宿和毕宿之间为天街，是日月五星的通道。其北面为阴国，南面为阳国。为什么单单"昴"代表胡星？《正义》解释说："昴七星为髦头，胡星，亦为狱事。"髦头又是什么，为什么会代指胡星？髦头又作旄头。《汉书·艺文志》就写作"昴曰旄头"，《汉官仪》载："旧选羽林为旄头，披发先驱。"① 旄头是羽林的一员，这一制度继承了秦。《宋书》中也有关于旄头是什么讨论。"晋武尝问侍臣：'旄头何义？'彭推对曰'秦国有奇怪，触山截水，无不崩溃，唯畏旄头，故虎士服之，则秦制也 。'张华曰：'有是言而事不经。臣谓壮士之怒，发踊冲冠，义取于此。'挚虞《决疑》无所是非也。徐爰曰：'彭、张之说，各言意义，无所承据。案天文毕昴之中谓之天街，故车驾以毕罕前引，毕方昴圆，因其象。《星经》，昴一名旄头，故使执之者冠皮毛之冠也。'"② 彭推、张华、徐爰各有说法，这意味着晋武帝时"旄头"是什么就已经出现争论。从徐爰的描述中可以看出仪仗中的旄头应该是戴着毛皮帽的武士形象。但这也并不代表旄头的最初含义。彭推的解释来自一个传说，秦文公时梓树化为一头牛，秦文公骑乘时坠地，因之发髻散开成披发之态，牛害怕而入水。所以秦设置旄头骑。这里的旄头指的是披头散发的武士。这应该是旄头更早期的意思。"披发左衽"是华夏族心中固有的夷狄形象，由来已久，春秋时披头和戎狄已经被联系起来。"昴"为髦头，髦头即旄头，旄头是指披散头发的武士。披发的形象为夷狄所有。这也就解释了为什么将"昴"视作胡星。《天官书》对于"昴为胡星"的强调，使昴宿在星空中的华夷位置中占据重要地位。③

---

① ［南朝宋］《后汉书》卷一下《光武帝纪下》李贤注引《汉官仪》，北京：中华书局1965年版，第79页。

② ［梁］沈约：《宋书》卷一八《礼志五》，北京：中华书局1974年版，第500页。

③ 以上内容参见胡鸿：《星空中的华夷秩序——两汉至南北朝时期有关华夷的星占言说》，《文史》2014年第1期。

毕宿，宿和昴宿一样位于西宫之中。"毕曰罕车，为边兵，主弋猎。"单从这句话来看毕宿似乎与夷没有关系，然而《正义》曰："毕八星，曰罕车，为边兵，主弋猎。其大星曰天高，一曰边将，主四夷之尉也。星明大，天下安，远夷入贡；失色，边乱。毕动，兵起；月宿则多雨。"这里明确说明了毕宿中有名叫天高的大星，代表四夷之尉。其明亮那么天下太平，否则，边境将会有战争发生。毕宿和昴宿之间还存在一条十分重要的分界线。"昴、毕闲为天街。其阴，阴国；阳，阳国。"《正义》载："天街二星，在毕、昴间，主国界也。街南为华夏之国，街北为夷狄之国。"昴宿和毕宿之间的天街二星是华夏和夷狄的分界线，这样的划分也符合我们对夷狄方位的固有印象。

七星。昴宿之外，又有"七星为员官，辰星庙也，蛮夷星也。"七星是朱鸟的喉咙，是辰星的庙堂，是象征蛮夷的星宿。七星和柳宿、张宿的分野为三河（河南郡、河内郡、河东郡）。七星属于南宫，其代表蛮夷。昴属于西宫，代表胡。昴和七星的位置与胡和蛮夷的位置相应。《天官书》中还有一些关于七星的占词。"作鄂岁：岁阴在酉，星居午。八月与柳、七星、张晨出，曰长王。作作有芒。国其昌，熟谷。其失次，有应见危。有旱而昌，有女丧，民疾。"酉年，岁星在午的位置上。七月，岁星和柳宿、七星、张宿在早晨一起出现在东方，这时的岁星被称作长王。光芒灼灼，国家昌盛，否则将有灾祸。

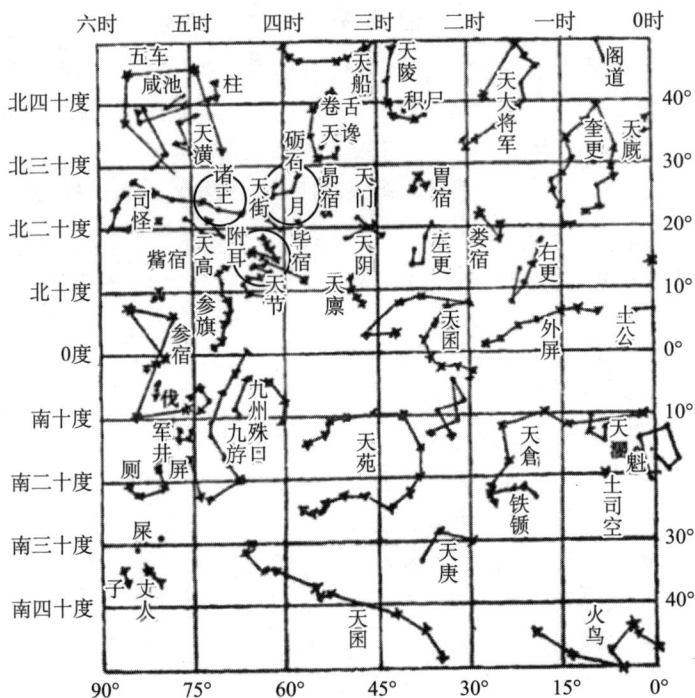

根据《史记》记载绘制的西宫星图

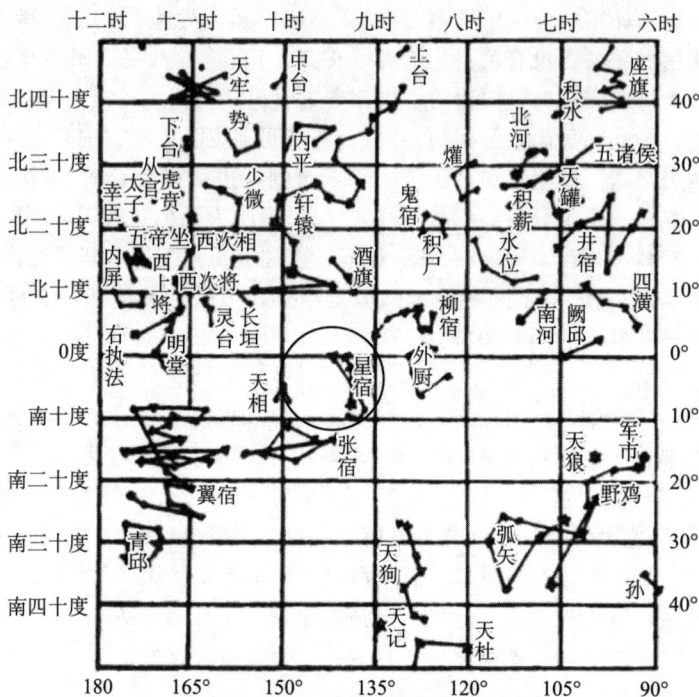

根据《史记》记载绘制的南宫星图

辰星。辰星并不是直接代表少数民族的星宿，有异动的情况之下才代表夷狄。"太白主中国，而胡、胡、貉数侵掠，独占辰星，辰星出入躁疾，常主夷狄：其大经也。"辰星为五星之一，其位置需要观察其与太阳交会的情况来确定。辰星又名兔星、小正、天欃、安周星、细爽、能星、钩星。关于辰星的占词较多：

"刑失者，罚出辰星。"

"五星皆从辰星而聚于一舍，其所舍之国可以法致天下。辰星不出，太白为客。"

"辰星来抵太白，太白不去，将死。"

"兔五色，青圜忧；白圜丧；赤圜中不平；黑圜吉。赤角犯我城；黄角地之争；白角号泣之声。其出东方，行四舍四十八日，其数二十日，而反入于东方；其出西方，行四舍四十八日，其数二十日，而反入于西方。其一候之营室、角、毕、箕、柳。出房、心间，地动。辰星之色：春，青黄；夏，赤白；秋，青白，而岁熟；冬，黄而不明。即变其色，其时不昌。春不见，大风，秋则不实。夏不见，有六十日之旱，月蚀。秋不见，有兵，春则不生。冬不见，阴雨六十日，有流邑，夏则不长。"

"七星为员官，辰星庙，蛮夷星也。"

"月蚀岁星，其宿地，饥若亡。荧惑也乱，填星也下犯上，太白也疆国以战败，辰星也女乱。"

辰星作为与地面五行对应的五星之一，其占词代表的内容十分丰富，刑罚、战争、农业生产、夷狄等等。

招摇，汉征讨大宛时，"星茀招摇"《索隐》载："招摇一星，次北斗杓端，主胡兵也。"《天官书》明确记载了招摇的位置，"（北斗）杓端有两星：一内为矛，招摇；一外为盾，天锋。"北斗又属于中宫，招摇也在中宫之中。

这些与胡、夷狄的星象，一般具有多种含义。昴宿，"昴七星为髦头，胡星，亦为狱事。明，天下狱讼平；暗为刑罚滥。六星明与大星等，大水且至，其兵大起；摇动若跳跃者，胡兵大起；一星不见，皆兵之忧也。"[①] 昴宿也代表刑狱和胡兵。毕宿"毕曰罕车，为边兵，主弋猎。"七星在星象中代表朱鸟的脖子"为员官，主急事"。《正义》也说明："七星为颈，一名天都，主衣裳文绣，主急事。义明为吉，暗为凶；金、火守之，国兵大起。"辰星代表的内容更多，如刑罚、战争、农业生产、夷狄等。从这些含义中可以看出，只有"昴宿"才是代表胡的星宿，"七星"是代表蛮夷的星宿。其他与之相关的星宿大多代表边兵，是一种占词，只要边地发生边兵时才能出现异常。这些能预示边地胡兵的星宿位置是分散开来的，中宫之中并没有胡星，但却有预示"胡兵"的招摇。

三、结　语

司马迁创作史记的主旨是"究天人之际，通古今之变，成一家之言"。《天官书》集中反映了司马迁对"天人之际"的思考。早在远古时期，中国人就已经开始将人事附会到天象之中。春秋时晋国的王良、商代的大臣傅说在星空中都有其位置。在占星说未成体系之前，这种附会应局限于部分星宿，还没有构成完整的人类社会。司马迁在整合前人的基础上，构建了一个完整的天上人间。人间有什么，天上也有相应的星宿，人间有异动，星象会给予预示，人间事物所在的位置、等级也会在星象上体现。《史记·天官书》建立了一个完整的以"中宫"为核心的星空社会。司马迁所构建的星空社会必然是大一统的社会。这与当时的社会背景有关，汉武帝时汉朝实力强悍，处于大一统的状态之中，那么相应的星空社会也必然是大一统的。同时，还应与对大一统的追求有关，早在春秋战国时期，大一统已经成为有识之士的共同奋斗目标。司马迁也应受到影响。

在这一大一统的星空社会中，夷狄拥有自己的位置，并没有被排除在外。大一统的体系之下，诸如匈奴的少数民族政权应为中原王朝的附属国，其位置也应在远离中枢的地带。"内诸夏而外夷狄"，这一观念深入人心。因此他们只能处于边缘位置，那么相应的星宿也不例外。昴宿和七星分别在西宫和南宫中，其位置确实距中宫较远。尽管司马迁给予夷狄在星空中的位置，但仍旧担心夷狄对中原王朝的冲击，因此有关"胡兵"的星象要多于代表夷狄和胡的星象。这也应当与

---

① 《史记》卷二八《天官书》，第 1305 页。

汉与匈奴之间的战争有关。汉初,汉高祖即被匈奴围困在白登山,经过斡旋才被释放。刘邦死后,匈奴又书信给吕后,具有挑衅意味。汉武帝时,又与匈奴进行大规模的交战。这一幕幕应在司马迁的脑海里留下深刻印象。大一统的观念不允许将夷狄排除在外,但同时又要警惕夷狄带给中原王朝的冲击,这一冲击很有可能会破坏大一统的局面。因此,在司马迁构建的星空社会中,夷狄有其自身应有的位置。与此同时,又有诸如辰星、招摇等星负责预警胡兵。

这样的星空社会是由华夏族创造的,同时也是构建华夷秩序的一种方式。"通过华夷之辨、礼乐制度甚至天文占星等等建构起的华夷秩序,与其说是一种现实的族群关系,不如说是描述华夏理想中的自我与他者秩序的符号系统。这个符号秩序萌生于周代,到战国而逐渐丰富,最后定型于两汉。"① 两汉时期华夏与夷狄的位置关系已经形成固有的观念,即核心和边缘,但华夏和夷狄也始终同处于一个社会之中。地面上的汉朝是大一统的帝国,星空也是大一统的星空。天上地下同时构成一致的华夷秩序,这一秩序也一直被沿用。"历代的帝王……追求大一统局面,并随天象大一统而进一步宏大,人间帝王的大一统思想也更广阔。"② 即使是少数民族政权入主中原,也没有放弃此秩序,而是利用它改变自己在华夷秩序中的劣势,构建具有新的解释的大一统华夷秩序。

---

① 胡鸿:《星空中的华夷秩序——两汉至南北朝时期有关华夷的星占言说》,《文史》2014 年第 1 期。

② 吴象枢:《从〈史记·天官书〉解读司马迁的思想》,《常州工学院学报》(社科版) 2005 年第 4 期。

灵异思维解构下《史记》中的异象文化

* 本文作者李小成，西安外事学院中文系教授。

人类在探知未知世界的活动中，对于自然与社会中存在的诸多现象总有许多问题难以作出正确的解释，于是乎就把它归为一种超自然、非理性、神秘的体验。在"万物皆有灵"的远古时期，人们认为有一种非物质的世界，它是不可见的、难以触摸的而又可以操纵一切的精神存在，即就是异象，在异象的基础上产生了灵异思维。正像列维·布留尔《原始思维》所说的："原始人感知的实在既是自然的，又是超自然的，神灵无处不在，而且自然和超自然这两个世界是相互沟通、神秘感应的，这就是原始思维中的互渗律。我们社会的迷信的人，常常还有信教的人，都相信两个实在体系，两个实在世界：一个是可见、可触、信服于一些必然的运行定律的实在体系；另一个是不可见、不可触的、精神的实在体系……然而，原始人的思维看不见这两个彼此关联的，或多或少相渗透的不同的世界。在他们看来，只存在一个世界，如同任何作用一样，任何实在都是神秘的，因而任何知觉也是神秘的。"① 在崇信鬼神的中国，神秘文化中的异象及灵异思维一直传播到今天我们生活的诸多方面。西方人从科学的角度研究灵异，从心理学的视角观照这种思维方式。

《史记》中蕴含着深厚的文化内涵。它不仅具有卓越的历史意义、美学价值和深邃的哲学思考，同时也蕴含着灵异思维下神秘的异象文化。历代学者对《史记》的研究涵盖了哲学、史学、文学、民俗学、文献学、经济学、伦理学以及自然科学等多个领域进行了全面而深入的探究。但在《史记》中还记载了许多异象，包括天道、灾变、梦象等，这些反常规现象既不寻常又神秘莫测，被称为异象。它们不仅反映了当时的社会现实，也反映了古代历史学家们对历史的认识水平。但相对于《左传》《国语》的异象研究，《史记》的异象研究目前尚处在初级阶段，可挖掘的空间相对较大。异象是中国古代文化中一个重要的组成部分，它们被认为是神灵的昭示，可以预示未来的发展趋势。

近年来，异象研究已成为国内外学者广泛关注的焦点问题，研究的内容也越来越丰富，多在投资经济方面，甚至有个别人提出"异象学"理论。但是把异象用之于文学研究方面者不多，且人们主要从文献资料、历史记载、文化传统等方

---

① ［法］列维·布留尔：《原始思维》，丁由译，北京：商务印书馆 1981 年版，第 61 页。

面研究，着重探讨异象的内涵、形式、功能等方面。霍晨昕所著《异象之神秘文化》和《异象之异度空间》①，人们无法按捺对神秘现象的好奇心，面对这些匪夷所思之事，有人相信是超自然力量使然，也有人认为它们其实存在于异时空，无法用科学加以解释。还有些异象研究是非常具体的现象记载。例如：刘啸虎、张煊威《论西汉元凤三年正月诸异象的出现与昭帝政局》② 认为"西汉昭帝元凤三年（前78）正月，泰山、昌邑与上林苑等地异象层出迭现，其背后应存在人为鼓噪的因素"。也有从应用心理学的观点出发，如王希佳在《神圣的治愈：奥古斯丁宗教"异象"神秘体验的意义治疗浅析》③ 分析了异象在信仰上的意义及对心灵"治愈"作用。宗教体验是心理学治愈的一种良方，宗教体验与心灵历程、个人成长之间的种种互动，不断丰富着人类的精神世界。由此可见，学者对异象从宗教学、神话学等方面来研究还是比较新颖的。就专书中的异象作研究有周倩平的博士论文《〈左传〉异象研究》（2014 年南开大学），对《左传》中的天文、星占、灾异、妖异、梦象、鬼神诸方面作较为全面的考查。而本文旨在梳理、归纳《史记》中异象，拓宽《史记》研究的范围，扩大研究《史记》的学术视野，但学力所限，未必如愿。

一

在《史记》中记载了大量既神秘又客观的反常现象，其中包括鬼魂、梦象、天象、地震、水灾以及云气变化等，这些记录数量众多，且详尽全面。从古至今，人们对《史记》中所存在的异象褒贬不一。有人认为《史记》中的异象主要是为了对统治者发出警示，如廖善敬在《〈史记〉中的巫卜与异象研究》说："《史记》所载众多的巫卜、神异之事，大部分是跟德治分不开的。帝太戊在上天降下灾异警示之后，修身修德，结果他继续享有尊位。夏桀、商纣王、秦王朝，他们在覆灭之也前都出现过许多巫卜、神异之事，上天早就对君主不施行德治而降下警告，因他们不重视，而最终使国家走向灭亡。而如果统治者施行德治，那么上天也会降下示意来褒奖，武帝封禅前后的各种天象和神异之事，就是最好的例证。"④ 当然，这些现象并非仅限于上层统治阶层之间，而是在各个社会阶层之间都产生了相应的反映。从《史记·货殖列传》中可以看到，当时社会上的大多数人对天道并没有清楚的认识，他们只是相信天有不测风云和自然灾害。因此，尽管司马迁承认人类历史的发展受到天命的控制和天有意志的影响，但他也坚信，一个国家的道德治理和个人品德的高低将直接影响到人类的命运。因此，在他的政治理想中，既强调儒家的德政，又要求人们要注重道德教化和社会风尚的正

---

① 霍晨昕所著的这两部书，均由北京联合出版公司 2015 年出版。
② 《秦汉研究》2022 年第 2 辑。
③ 《宗教心理学》2022 年第 6 辑。
④ 廖善敬：《〈史记〉中的巫卜与异象研究》，广西民族大学硕士论文，2013 年。

气，以维护社会稳定与和谐。司马迁继承了《春秋》《左传》的德治思想，主张将天象、祥瑞、灾异等神意天命与德治巧妙地融合起来，构建了一个"天人合一"的理论框架，旨在探究天人之际，贯通古今之变，从而成一家之言。

在灵异思维下的异象记录涵盖范围存在差异，学者们的研究重点也各不相同。我们认为，不管是何种社会，自然与人事及各种事物之间都存在着一定的联系，它们之间既相互区别又相互影响。因此，《史记》中那些充满神秘色彩的范例，很难把它们归为一个统一的名称，人们多是以"鬼神""巫术""因果关系""方术""灾异"等术语而相混淆。然而，这些概念的分类和命名基于不同的依据，因此需要对所包含的对象进行进一步的澄清和再定义，以明确研究的范围，这一步骤是至关重要的。在春秋时期，尽管人文理性思想开始萌芽发展，然而仍然弥漫着浓郁的神巫文化氛围，人们对天帝、鬼神的信仰广泛而深刻。而现代人所面对的神秘灵异活动和鬼神妖异的传说等，则是春秋社会文化真实的现象，司马迁在《史记》中所保留的这些内容，它所呈现的是当时社会状况的真实映射。考虑到古代巫史时期所蕴含的神秘文化传统，史官逐渐脱离了巫官身份，将其职业素养和知识构成视为记录异象的重要组成部分。《史记》中所记载的异象涵盖了从天文到地理的广泛范围，不仅包括国家大事，也包括了人民的生活状况，甚至还包括了走兽、飞鸟、草、木、虫等各种形态的生物，对这些进行分类归纳是十分有必要的。

孙英刚在《神文时代：谶纬、术数与中古政治研究》一文中说："异象是不同寻常的景象，其中包括自然异象与人文异象，如天文气象、兽异羽孽、山川变易、历法音律等。用中国中古传统的语言来说，就是祥瑞和灾异。"① 在此处所指的"异"，指的是那些与众不同、异乎寻常、与众不同的事物。"象"意为现象、表象。"异常"的意义就是事物或事件具有某种反常之处或者表现出某种奇异的性质。因此，此处所指的"异象"可以概括为一种超越日常生活和人类基本经验的常态、常识和常情，即是非常规的现象。根据"异象"的特性和内涵，可将其大致归为自然和人事两大类。自然界的异象指的是由自然界不可思议的力量引起的异常现象，如冬之雷震，水之倒灌。在《史记》中，对于自然天灾的记载主要集中于汉代，这是因为受到了董仲舒"天人感应"思想的深刻影响。根据天人感应的思想，上苍所拥有的至高无上的权威，主宰着人类世间的一切，而人间的帝王则是上天派遣来统辖人民的，因此他们的言行举止和政治得失都深深地受到天命的制约，各种自然灾害的发生，都被视为上天对人间帝王的警示或褒奖。人事、动物界的异象指的是由人为活动而引发的异象，可以分为三小类：人之异形异貌、动物异象和梦象。其中人的异形异貌指的是人样貌上的不一样；动物异象包含现实动物和想象动物；梦象包含占梦、神灵等，这些异象在《史记》中都有细节不同的描写。

---

① 孙英刚：《神文时代：谶纬、术数与中古政治研究》，《世界宗教研究》2014年第6期。

二

　　梦是什么？它是灵与肉之间的难解之谜，是普遍而神秘的。庄子在《齐物论》两次讲到梦，最典型的是"庄周梦蝶"，其文曰："昔者庄周梦为蝴蝶，栩栩然蝴蝶也。自喻适志与！不知周也。俄然觉，则蘧蘧然周也。不知周之梦为蝴蝶与？蝴蝶之梦为周与？周与蝴蝶则必有分矣。此之谓物化。"① 这个梦境很美，它是讲人生的梦与觉两种状态。两汉以后占梦之书渐多，《汉书·艺文志》术数略杂占就著录了两本占梦书："《黄帝长柳占梦》十一卷，《甘德长柳占梦》二十卷。"② 《隋书·经籍志》五行类载有西汉京房《占梦书》三卷。③ 《史记》中有诸多具体而神秘的梦异象记录，但人们对司马迁神秘色彩的梦象叙述持不同意见：一是认为《史记》中记载的象并不是为了增强作品的传奇性和独特性；二是给人以某种暗示，为下一步行动找到合适的理由。正如《〈史记〉中的巫卜与异象研究》文中所说："梦异，是在春秋战国时期发展起来的，梦兆作为中国古代沟通天人的途径，被看成是天命向人类暗示的手段之一。古代史官的职责之一，就是为君主占梦并揭示神意。"④ 在万物皆有灵的时代主流意识下，梦就是灵魂经常出入的地方，史官解梦之亦属职掌之一，属于心理分析，作为史官的司马迁在《史记》中为历史人物载梦、解梦亦为当然，这些梦的异象也各不相同。

　　首先，关于梦异象的类型。在《史记》中梦的记录十分详细，可根据不同类别对其进行简单的分类。大概可以分为两类：圣人或贵人出生前的梦象和发动战争前的梦象。这两类梦象都有一定的暗示意义，它隐约地指导人们的实际行为。就像《后汉书·班固传》注所言："孔子母徵在梦感生，故曰玄圣。"⑤ 人们要显示孔子的伟大，就异化他。《高祖本纪》写汉高祖出生也是一样的，当时他母亲做了一个梦，"高祖，沛丰邑中阳人也，姓刘氏，字季。父曰太公，母曰刘媪。其先刘媪常息大泽之坡，梦与神遇"。其意为高祖之母在野外休息之时，梦到自己和神相遇，因此产下了高祖。诸如此类的例子还有很多，例如《外戚世家》中："长公主日誉王夫人男之美，景帝亦贤之，又有曩者所梦日符，计未有所定。王夫人知帝望栗姬，因怒未解，阴使人趣大臣立栗姬为皇后。"长公主对王夫人的儿子赞不绝口，景帝则视其为才华横溢之人，同时也预示着他的母亲曾经在梦中所怀持的美好愿景。《卫康叔世家》中写道："九年，襄公卒。初，襄公有贱妾，幸之，有身，梦有人谓曰：我康叔也，令若子必有卫，名而子曰'元'。妾怪之，

---

①　[清] 郭庆藩撰，王孝鱼点校：《庄子集释》，北京：中华书局1961年版，第112页。

②　[汉] 班固撰，[唐] 颜师古注：《汉书》（第6册），北京：中华书局1962年版，第1772页。

③　[唐] 魏徵等撰：《隋书》（第4册），北京：中华书局1973年版，第1037页。

④　廖善敬：《〈史记〉中的巫卜与异象研究》。

⑤　见 [清] 赵在翰辑：《七纬·春秋纬·春秋演孔图》，北京：中华书局2012年版，第387页。又见《文献通考·学校考》。

问孔成子。成子曰：'康叔者，卫祖也。'及生子，男也，以告襄公。襄公曰：'天所置也。'名之曰元。襄公夫人无子，于是乃立元为嗣，是为灵公。"大致意思是，襄公因梦而立元为嗣。以上三则所述皆为帝王诞生时的梦中景象，可见这些梦中所呈现的政治意图极为强烈，或许暗示着君主或诸侯能够获得贤臣的协助，从而实现国家的繁荣昌盛；或许是在示意君主或诸侯顺从上天的旨意而降生。

其次，梦异象形成的原因。心理学家对梦形成原因的解释大概将梦分为以下两类：分别是忧虑之梦和期待之梦。忧虑之梦指的是每当发生生命攸关和国家兴亡的大事时，人们对未来所发生的不确定的事情所产生的担忧之类的情绪。《秦始皇本纪》中道："二世梦白虎啮其左骖马，杀之，心不乐，怪问占梦。卜曰：'泾水为祟'。二世乃斋于望夷宫。"一天晚上，秦二世做了一个奇怪的梦，梦见一只白色的老虎咬死了他车驾左边的那匹马。秦二世醒后就感到奇怪，就问占卜之人。占卜者说是泾水之神在作祟，建议斋戒后祭祀泾水之神。后来秦二世在宫中斋戒，祭祀了水神，但是厄运还是如期而至。人之常言"日有所思，夜有所梦"。期待之梦指的是在期待和渴望的心理条件下产生的梦境。从某种程度上来说，梦是人类愿望的反应和呈现。如《殷本纪》所言"武丁夜梦得圣人，名曰说。以梦所见视群臣百姓，皆非也。于是乃使百工营求之野，得说于傅险中。是时，说为胥靡，筑于傅险，见于武丁，武丁曰是也。得而与之语，果圣人。举以为相，殷国大治"。这里是说：帝武丁即位后，想使商朝重新兴盛，但没有找到合适的辅佐大臣。因此三年不谈政事，政事全由冢宰代为决定。武丁帝夜里做梦得到了一位圣人，名叫"说"。他照梦中所见的形象来察看各位大臣和官吏，没有一个像的。于是派百官到郊野寻求，最后在傅岩找到了说。说被引见给了武丁帝，武丁帝一见就说："就是此人。"与之谈，果真是圣人，便提拔他为宰相，其后，说把国家治理得非常好。正是因为武丁极度渴望获得一个人才，来帮他治理国家，因此才会做这样的梦，此即所思得所梦也，梦与现实有某种暗合的一致性。

<h1 style="text-align:center">三</h1>

天文异象作为科学与未知的天象在《史记》中记述较多，尤其是以《天官书》为代表，虽然《天官书》所述主要是科学，但也有大量的星占和阴阳云气之占的神秘文化。早在先秦的农耕社会时期，人们敬畏天，天象自然与人类社会生活不得不息息相关，因农耕使得人们不得不关心每天天气的变化，而异常的天象则是一种自然灾害，它们的产生与危害又具有明显的地域特征。这些异象在现代科学的视角下得以解释，但在春秋时期由于生产力发展水平和人们的认知能力的限制，因此这种现象带有浓郁的巫术文化色彩，导致人们对其解释时常常带有神秘主义和宗教色彩。另外，在春秋时期还出现了一些关于自然灾难的传说，如"天鼓雷""日食"等，它们反映了古人对于自然灾害的恐惧与关注。当时，人们普遍认为这些异象是上天向统治者发出的警示信号，因此，专门观察、记录、研

究、传承机构及人员都十分重视此类现象。

"天文"一词最早出现在《周易·系辞上》："仰以观于天文，俯则察于地理。"意为观察天地运行之法则，来认识时令节气的变化。伏羲通过大话天地之理，而及于对社会伦理道德的关注，让人的行为符合文明礼仪。《尚书·尧典》曰："乃命羲和，钦若昊天，历象日月星辰，敬授民时。分命羲仲，宅嵎夷，曰旸谷。寅宾出日，平秩东作。日中，星鸟，以殷仲春。厥民析，鸟兽孳尾。申命羲叔，宅南交，曰明都。平秩南讹，敬致。日永，星火，以正仲夏。厥民因，鸟兽希革。分命和仲，宅西，曰昧谷。寅饯纳日，平秩西成。宵中，星虚，以殷仲秋。厥民夷，鸟兽毛毨。申命和叔，宅朔方，曰幽都。平在朔易。日短，星昴，以正仲冬。厥民隩，鸟兽氄毛。帝曰：'咨！汝羲暨和。期三百有六旬有六日，以闰月定四时，成岁。允厘百工，庶绩咸熙。'"《虞书》开篇即言天文，并有专任管理天文星象的司天之官。汉高诱注《淮南子·天文训》曰："文者象也。天先垂文象，日月五星及彗孛，皆谓以遣告一人。故曰天文，因以题篇。"① 这里的"天文"就是指天之天象文采，也就是天之现象，而天空中出现的现象可分两类，第一类与日月星辰有关，称为星象；第二类在地球大气层中出现，称为云气或气象。在我国历史上，天文学其实就是学习星象与气象这两门学问。以下所论多属星象类，或部分象云气、风象之类则属气象之现象。

中国古代天文学始于农事，脱胎于天人勾连的实际（天人合一）②，进而发展为天人感应的思想体系，它是集星占、术数诸要素于一身，包含着强烈的人文情怀与非科学性质，可以说是最早出现的科学与宗教。我国是一个拥有丰富的天文地理资料的国家，从远古时期到现在一直延续着古老而又神秘的历法。在人类自身历史的漫长岁月中，对天文的观测和重视就已经成了一种不可或缺的现象。远在原始先民时期，人们已经开始用观测星象的方法指导农事生活，垄断专业知识者史官也正在继承并学习天文星象学。后来周之灵台就是观测天象的高台，即今之天文台。《诗·大雅·灵台》篇有言："经始灵台，经之营之，庶民攻之，不日成之。"周文王时丰邑的灵台遗迹，即在今之西安市丰河西畔。

《史记·天官书》是先秦以来天文学成就的系统而全面的整理汇编，其中也有大量的日月食异象。从古代"天文"这一概念来看，中国古代天文学应包括两个组成部分：一是有关日月星辰即星象方面的研究，二是地球大气层中出现的气象现象及其表现出来的形式与特点。公元前 1211 年 5 月 21 日，居住在今河南安阳的先民们正在劳作之时，忽然发现明亮的太阳光色黯淡起来，一轮明日像被什

---

① 何宁撰：《淮南子集释》（新编诸子集成），北京：中华书局 1998 年版，第 165 页。
② "天人合一"思想，不管儒、道怎么发挥，说是中华民族五千年来的思想核心与精神实质，这都没错，但它的根源是农耕社会人与天的勾连，人与外在自然地紧密联系，现在还不是说"农民种地是靠天吃饭"吗？也有人会说"天人合一"思想来自西周的《诗·大雅·生民》篇，也有人说来自《周易》，依我看"天人合一"观念源自夏商，只是没有文字可以证实，现在发现的甲骨文只是一小部分。

么咬去一个缺口。人们惊恐万状，不知所措，好在不大工夫，缺口又自己长好了。当时人们把这一情景刻在一块甲骨上，为人类历史留下最早的一次可靠的日食记录。根据文献记载推算，最早的日食记录还要早得多。《尚书・胤征》篇记载夏代的一次月食，当在公元前 2000 年前后。甲骨文辞和《春秋》中都有关于日食、月食的记载，可见当时人们对这种自然现象已经开始自觉地关注。我国从公元 3 世纪开始的日食记录和从公元 5 世纪开始的月食记录材料十分丰富，观测从未中断，直至近代。据《史记》所述，尽管司马迁曾查阅过大量有关黄帝时的文献，其中也有年代记载，但这些记录的清晰度和一致性并不尽如人意。确定月食和日食的早期历史年代有非常重要的意义。

《天官书》作为中国第一部天文学百科全书，它全面系统地总结了西汉之前天文学及其有关学术。在灵异思维的无意识影响下，司马迁也记录诸多日月五星即星占知识。赵继宁在《史记・天官书》考释一文中写道："在所有星占术中，司马迁特别强调日食、月食之占"日月晕适，云风，此天之客气，其发见亦有大运。然其与政事俯仰，最近天人之符。此五者天之感动。为天数者，必通三五。"① 所谓"日月晕适"，就是日晕，月晕，日月食，外加云气、风气这五大现象，司马迁认为这些与国家政事联系最紧密，乃沟通天人关系之符应。根据《天官书》中记载"故月蚀，常也；日蚀，为不臧也"。是说月食是常见的，而日食不常见，如果出现日食就会出现灾祸。"日蚀，国君；月蚀，将相当之。"意为日蚀则应在国君，月蚀则应在将军。从《史记》中看到日食不仅与国君相关，凡是关系到国家命运的大事、人物都有日食的记录。例如，吕太后见日食而言："己丑，日食，昼晦。太后恶之，心不乐，乃谓左右：'此为我也。'"可见反常的日食出现，总是让人不悦。《秦始皇本纪》记载了秦之将亡的异常天象："三十六年，荧惑守心。有坠星下东郡，至地为石，黔首或刻石曰'始皇帝死而地分'。始皇闻之，遣御史逐问，莫服，尽取石旁居人诛之，因燔销其石。始皇不乐，使博士作《仙真人歌》。"《春秋纬》言"荧惑守心，海内哭"。② 陨石自天而降极为罕见，以星占言之，此为凶相，故始皇恶之。第二年，始皇帝崩。司马迁记载的这些自然界的反常现象，用以映射人事社会的败象。

《孝文本纪》中有日食和月食接连出现的记载，如："三年丁酉十月晦，日有食之。十二月望，日又食。上曰：'朕闻之，天生蒸民，为之置君以养治之。人主不德，布政不均，则天示之以菑，以诫不治。乃十一月晦，日有食之，适见于天，菑孰大焉！朕获保宗庙，以微眇之身托于兆民君王之上，天下治乱，在朕一人，唯二三执政犹吾股肱也。朕下不能理育群生，上以累三光之明，其不德大矣。令至，其悉思朕之过失，及知见思之所不及，匄以告朕。及举贤良方正能直言极谏

① 赵继宁：《史记・天官书考释》，武汉大学博士论文，2010 年。
② ［清］赵在翰辑，钟肇鹏、萧文郁点校：《七纬》（下）春秋纬，北京：中华书局 2012 年版，第 461 页。

者，以匡朕之不逮。因各饬其任职，务省繇费以便民。朕既不能远德，故悯然念外人之有非。是以设备未息。'""又食"指的是月食。《集解》曰："一本作月食，然史书不记月食。"其后一段时期关于日食和月食的记载数不胜数，很大原因是受董仲舒"君权神授"思想的影响。一旦新帝继位或者王朝更迭，为了表明自己皇权的正义性，大都会杜撰一些特殊天象。

《史记》中彗星的异象出现次数比较多。对于天象的预测，古人不仅关注日月食、岁星、二十八星宿，还特别留意那些突然出现在天空中的神秘天体。由于科学与认知的限制，他们将这些统称为"灾星"或者"妖星"，而彗星就是所谓"妖星"中的一种。《史记》中对彗星的记载甚多，不同的彗星出现在不同的时间也代表了不同的意义，有时候彗星是"幸运星"，有时候彗星是"灾星"。《魏世家》中记载了"十年，伐取赵皮牢。彗星见。十二年，星昼坠，有声。十四年，与赵会鄗。十五年，鲁、卫、宋、郑君来朝。十六年与秦孝公会（社）[杜]平。侵宋黄池，宋复取之"。这里说，惠王十年魏军攻占赵国皮牢，彗星来了。十二年之时，陨星在白天掉了下来，发出了响声。惠王十四年魏王和赵侯在鄗邑见面。十五年，鲁、卫、宋、郑诸君来朝魏惠王。十六年魏惠王会秦孝公于杜平。侵占宋国黄池被宋国抢回。据文大意可推断出，此处的彗星是"幸运星"。《越王勾践世家》中记载了"庄生间时入见楚王，言'某星宿某，此则害于楚'"。庄先生找了一个机会去见楚王说："现在某颗星星正处在某个位置，这种现象对楚国不利。"由此可见，此处的彗星是"灾星"。《史记》中出现的诸多关于彗星的记载，其彗星在不同时间充当的身份也有所不同，有时是"幸运星"，有时是"灾星"，对于其身份没有一个很明显的界定，从某种程度上来说，对彗星身份的界定是由统治者决定的，它表示了统治者的一种暗示或者期望。

云气异象。云气属于天文学名词，它是古代望气术的观测对象，包括各种形状、色彩异常的云及各种非星非云的发光物。纬书《春秋元命苞》云："阴阳之气聚为云气，立为虹蜺，离为倍璚，分为抱珥。"①《天官书》主要讲云气占，从异样的云彩来判断吉凶祸福："凡望气者，仰而望之，三四百里；平望，在桑榆上，千余二千里；登高而望之，下属地者三千里。云气有兽居上者，胜。……若烟非烟，若云非云，郁郁纷纷，萧索轮困，是谓卿云。卿云，喜气也。若雾非雾，衣冠而不濡，见则其域被甲而趋。"《史记》其他篇章亦有不少与云气相关的记载，如《高祖本纪》记到刘邦刚起事时一段奇异经历："高祖即自疑，亡匿，隐于芒砀山泽岩石之间。吕后与人俱求，常得之。高祖怪问之。吕后曰：'季所居上常有云气，故从往常得季。'高祖心喜。"这是说刘邦在斩蛇之后，隐身于芒砀山泽岩石之间，大家找不到他，不知藏身何处。但他的妻子吕后能找到。刘邦就很奇怪，

---

① [清]马国翰：《玉函山房辑佚书》（第3册），经编纬书类，《春秋元命苞》，广陵书社2005年版，第2213页。又见[清]赵在翰辑，钟肇鹏、萧文郁点校：《七纬》（下）春秋纬，北京：中华书局2012年版，第410页。

问吕后。吕后说了一句令刘邦非常高兴的话："你藏身的地方，上面有云气，看到了云气我就看到了你。"此言为沛中子弟所闻，附会刘邦，加入刘邦的反秦行列，视刘邦为天子。

四

《史记》中所载，自然的地震、气象等天灾人祸异象常常带来严重的社会危害，不仅对人民的生命和财产造成巨大损失，而且对某一时代的政治和军事发展产生了深远的影响，因此这些异象是不可或缺的历史资料。因此，研究《史记》中有关灾异方面的内容具有非常大的现实意义和学术价值。中华大地幅员辽阔，几乎囊括了各类地形地貌，而且其气候变化多端，错综复杂，从古至今都是一个自然灾害频繁发生的国家，在历代典籍史书上对于各类自然灾害也是不断地有记载。邓拓先生的研究表明，"自公元前十八世纪至今，历经三千多个世纪的漫长岁月，几乎没有一年能够避免灾难的发生，也没有一年能够避免饥荒的发生。西欧学者，甚有称我国为'灾荒之国度'者，诚非过言。"[①] 中国古代人民因自然灾害频发且破坏力大，在与自然灾害作斗争过程中积累了大量经验，而敬畏自然亦促使"天人合一"这一有机宇宙观全面展开，这些自然灾害的异象在《史记》中得到了直接的反映。

自然灾害类异象。《史记》中记载较多的地质类异象有地震、山崩等。由于人们看到地震、山崩及其他灾害所造成的严重破坏程度，所以很早就开始对这种现象进行记载与观测，历代典籍记载有3000余次危害严重的地震发生，而且往往把日食、星象变化、地发雷声、动物、天气异常等作为地震发生的先兆，同时也对地震、山崩发生的原因进行过大量的探究。《周本纪》中所记载了我国历史上第一次重大地震。"幽王二年，西周三川皆震。伯阳甫曰：'周将亡矣。夫天地之气，不失其序；若过其序，民乱之也。阳伏而不能出，阴迫而不能蒸，于是有地震。今三川实震，是阳失其所而填阴也。阳失而在阴，原必塞；原塞，国必亡。夫水土演而民用也。土无所演，民乏财用，不亡何待！昔伊、洛竭而夏亡，河竭而商亡。今周德若二代之季矣，其川原又塞，塞必竭。夫国必依山川，山崩川竭，亡国之征也。川竭必山崩。若国亡不过十年，数之纪也。天之所弃，不过其纪。'是岁也，三川竭，岐山崩"。这说明天之异象显示了周幽王之坏政与自然地震密不可分，所以周幽王二年，泾水、渭水、洛水之地都发生了地震。就在这一年，泾水、洛水、渭水的水流枯竭，岐山崩塌。周幽王十一年，幽王被杀而使西周灭亡，于是幽王之子被迫东迁洛邑建立东周。《孝景本纪》中也记载了诸多和地震相关的事例，如："中元年……地动。衡山、原都雨雹，大者尺八寸。""五月丙戌，地动，其蚤食时复动。上庸地动二十二日，坏城垣。""后二年正月，地一日

---

① 邓拓：《中国救荒史》，武汉：武汉大学出版社2012年版，第121页。

三动。"等等。由于孝景帝在位期间对百姓暴虐，不施仁政，因此该期间发生了多次地震。由此可以看出，司马迁在撰《史记》中无不渗透着"天人合一""天人感应"的理念。

天象类异象。这类异象即是气象，是指天空中发生的各种自然现象，包括风、云、雨、雪、霜、露、虹、晕、闪电、打雷等。气象学作为一门研究大气层内各层大气运动规律、对流层内天气现象以及地面旱涝冷暖分布的学科，被广泛地称为气象学。天气变化对人类每天的生产生活有着重要影响，云朵、雾气、雨水、雪花、冰雹、雷电、台风、寒潮，这些都是人们经常见到的天气现象，但有的时候会出现一些反常的现象。如《孝景本纪》就记载："秋，衡山雨雹，大者五寸，深者二尺。荧惑逆行，守北辰。月出北辰间。岁星逆行天廷中。"意为：金秋时节，衡山地区下冰雹，雹最大者可达 5 寸径，最深处可达 2 尺。火星反向运行，到达北极星所在的星空，月亮从北极星星空穿过，木星逆向运行于太微垣地区。"中元四年三月，置德阳宫。大蝗。秋，赦徒作阳陵者"。意为在中元四年三月，兴建了德阳宫。在修造期间，朝廷派人去检查工程进展情况，大规模的蝗灾肆虐而至，皇帝命令把罪恶累累的犯人全部放出来。在秋季，对那些因修建阳陵而被判有罪的犯人进行了特赦。"后元三年十月，日月皆（食）赤五日。十二月晦。日如紫。五星逆行守太微。月贯天廷中"。在后元三年的十月，连续五个日夜，太阳和月亮呈现出绚烂的红色光芒。十二月最后一天。雷声响彻．太阳呈紫色。在太微垣区域，五颗巨大的行星以倒转的方式运行，形成一个圆形的环，月亮从太微垣星区穿过。这些都是与气候相关的异常天象。

五

《史记》中还有一类是写动物的异常、人的行为相貌的异常。动物的异常表现和人的异行、异貌等现象，这些也是神秘文化的范畴。春秋时期，巫文化和自然宗教氛围浓厚，这些异象被广泛视为"天道"演变的象征，预示着吉凶祸福，它是对人类的警醒和警示，因此备受注目。商朝的甲骨卜辞就是神巫占卜的记录，《〈左传〉异象研究》一文写道，"《左传》对这些现象的记载，是因为对这些动物和人的异象的重视是当时社会上存在的真实情况，立足春秋时期的文化语境，才能发现《左传》记录这些动物、人物异象时将之与社会人事的吉凶祸福相联系背后的文化意义，以及当时人们将原本属于动物、人物正常的生理变化解释出妖异神秘意味时背后的宗教文化心理以及政治目的等"[①]。因此，立足于历史而研究这类异象时，也要深刻地思考其所处的社会环境以及作者想要传达的政治目的。

观相知命谓之相面。虽然人之相貌各异，但有的则与众人有很大不同，此谓人之异象。在中国古代，人们早已认识到人的外貌、性格和命运之间存在着密不

---

① 周倩平：《〈左传〉异象研究》，天津：南开大学 2014 年版，第 120 页。

可分的联系。东汉王充《论衡》卷三"骨相篇"开首即云："人曰命难知，命甚易知，知之何用？用之骨体。人命禀于天，则有表候于体。察表候以知命。"① 人的外貌不仅是其性情和一生命运的反映，更是其吉凶预兆的显现。这种看法是不全面的，因为它只注重于人的外表形态，而忽视了人内在精神气质及其他因素。在古代，对于人才的辨识和选拔，非常注重对人物外貌、体形、声音、气色和气度等多个方面的考察。因此，相人和相面的术数得到了广泛的发展，并有不少相人理论和著作得以传承，甚至还有相马的《相马经》。在另一方面的传奇故事里，帝王、祖先、英雄的相貌往往被刻画得与众不同，以此来增加其神秘感以及"君命天授"合法性，如女娲氏、伏羲氏等人被刻画为人首蛇身，古代其他帝王、贤者往往具有超凡脱俗的相貌。这些奇异的外貌不仅能反映出历史上某些特殊事件或人物的面貌，而且还可以从一个侧面说明一些特定时代人们所追求的生活方式。由于对人的外貌和行为的高度重视，这些独特的外貌特征具有福泽。所以在《史记》里记载着不少把人物言行举止作为预知命运祸福的事例，还记载了不少人物奇异的相貌与行为现象。此外，在一些作品中也经常出现类似于《山海经》等书所记载的人物怪异容貌。《史记》里这些人物异形异貌，不但具有鬼神妖异之色，其叙事也简明曲折，使其文学趣味性得到了极大的提升，成为当时社会文化中不可或缺的重要素材。《高祖本纪》中记载了"高祖为人，龙准而龙颜，美须髯，左股有七十二黑子。"高祖其人高鼻梁，额头高高隆起，鬓角和胡须很漂亮，左边大腿有七十二颗黑痣。历代先贤对于痣的诠释皆无边际，朱元璋足下七颗痣，乃指足踏七星，可治理天下太平；慈禧太后的双脚上皆有痣迹，被视为皇后的生命之源。因此，高祖左腿上的黑痣，被视为帝王所独有的非凡之物，彰显着其非凡的气质和非凡的才华。《秦始皇本纪》载："秦王为人，蜂准，长目，挚鸟膺，豺声，少恩而虎狼心，居约易出人下，得志亦轻食人。"秦王，鼻梁高耸，眼睛细长，胸膛猛禽般锐利，嗓音如豺狼般凶猛，内心深恶痛绝，如同猛虎狼般脆弱，即便身处贫困之中，也容易虚心谦卑，但一旦得志，却也容易被人吞噬。《项羽本纪》亦载："籍长八尺余，力能扛鼎，才气过人，虽吴中子弟皆已惮籍矣。"和"吾闻之周生曰：舜目盖重瞳子，又闻项羽亦重瞳子。"项羽的身材高大威猛，超过八尺，1.85 米的身高，在如今已经达到了中上水平。在 2000 年前，他绝对是一只鹤立鸡群的存在，这是他的身高优势。此外，项羽的力气惊人，能够举起大鼎，而且他的才华出众，吴中的后生都对他十分敬畏。项羽的另一非常特殊的特点是"重瞳子"，用通俗的话说就是长着两只眼珠，即一只眼睛里有两个瞳仁。在历史上长着两只瞳子的还有仓颉、虞舜、姬重耳等，古人认为此乃帝王之相。今人显然知道两只瞳子不能出现，也只是古人神话中的事。《史记》中记载的关于人物类的异象数不胜数，上面几则关于人物异貌的记载，很好地体现了古人所认为的一个人的容貌和命运息息相关，同时这也大大增加了《史记》阅读的文学

---

① 《百子全书》第 6 册，杭州：浙江人民出版社 2013 年版，第 188 页。

趣味性。

禽兽飞鸟类异象。在《史记》中，记载了许多关于动物异象，其中包括一些常见的动物如猪、蛇、麋鹿、雄鸡和牲畜等。《史记》中的这些动物不仅具有一定的科学价值和艺术魅力，还与古人的精神追求及当时的社会风俗密切相关，它们的形象也反映了人们对宇宙自然、生命起源的看法。在《史记》中，我们可以看到一些现代人认为不可能发生在动物身上的事件，然而这些神秘的动物被记载在史书中，值得我们深入探究的是，这些事物所蕴含的历史文化渊源，以及它们在政治和社会层面上所具有的深远意义。《史记》所记载的动物异象，多为普通动物所特有的现象。《殷本纪》载："殷契，母曰简狄，有娀氏之女，为帝喾次妃。三人行浴，见玄鸟堕其卵，简狄取吞之，因孕生契。"这是一个关于帝王出生的记载，写到简狄看见玄鸟（燕子）掉下一个蛋，自己捡起吃了之后，怀孕而生契。这样将契的出生神话化了。鸟亦为商之图腾，这样记载的目的我们不难想象，是为了增加帝王出生的神秘性，从而证明自己是天选之子，是上天派来统治人间的代理人，说明自己政权的合理性，从而达到稳定人心、巩固统治的目的。《孝文本纪》亦载："十五年，黄龙见成纪，天子乃复召鲁公孙臣，以为博士，申明土德事。于是上乃下诏曰：有异物之神见于成纪，无害于民，岁以有年。"这里则是写看见了黄龙，暗示着今年将会有一个好收成，黄龙在古代意味着祥云笼罩，福瑞降临，看见黄龙将会发生好事。写黄龙实则是一种暗示，暗示孝文帝治国得当。《滑稽列传》亦言："建章宫后阁重栎中有物出焉，其状似麋。以闻，武帝往临视之。问左右群臣习事通经术者，莫能知。诏东方朔视之。朔曰：'臣知之，原赐美酒粱饭大飨臣，臣乃言。'诏曰：'可。'已又曰：'某所有公田鱼池蒲苇数顷，陛下以赐臣，臣朔乃言。'诏曰：'可。'"于是朔乃肯言，曰：'所谓驺牙者也。远方当来归义，而驺牙先见。其齿前后若一，齐等无牙，故谓之驺牙。'其后一岁所，匈奴混邪王果将十万众来降汉。乃复赐东方生钱财甚多。"此一麋之异象的出现，预示着"远方当来归义"，自是吉祥之兆，此亦为匈奴归降制造神秘的氛围。《史记》中对动物异象的记载很多，在解读这些异象时，我们要结合时代背景，多数异象的出现都有一定的政治意图，它是神秘文化的体现。

异象是以灵异思维为主导而记录的超出常规的各种现象，它是一种有选择、有目的、功利性极强的记述。司马迁也是为了凸显某一事件或人物而有所选择地把这些异象写进《史记》的，不是随意为之。当然，异象有时又是自然界与人事社会中一种真实客观而又少见的现象，也不是为史者的虚构或夸大，对《史记》中记载的异象不仅要客观看待，还应分析异象发生的原因，并结合司马迁所处的时代进行综合分析。《史记》所载众多的巫卜、神异之事，大部分是跟德治分不开的。同时，司马迁批判吸收了董仲舒的"天人感应"理论，又继承了先秦《春秋》《左传》的德治思想，认为天和人的思维是一致的，人和自然是不可分的，并且将这些思想都巧妙地结合在一起，形成了一套自己独有的思想见解。

宋人对李广的评价

——以《史记·李将军列传》为中心

＊本文作者王涛，山西大学历史文化学院硕士研究生。

李广是汉代著名的将领，长期担任边郡太守一职，立下赫赫战功，司马迁在《史记·李将军列传》中在肯定其功绩的同时，也因其始终不封侯而蒙上了一层千古英雄的面纱，成为流传千古，令后人意难平的人物。关于其形象的争议在这个朝代争论不休，宋代亦不例外，关于其与匈奴作战的勇猛方面给予了充分肯定，在军纪、私德等方面多有所偏见。

一、《史记》中李广形象阐释

李广，陇西成纪人也，先祖李信秦时任将军，世代相传射箭之术，于文帝十四年以良家子弟从军，开始了他一生的军旅生涯，在平定七国之乱时屡立战功，因功升任中郎将，景帝时改任骑郎将，后调任边境任各郡太守，威名远扬，匈奴轻易不敢来犯，然在多次出击匈奴时无功而返或全军覆没，在当时引为数奇，后因随大将军出征匈奴迷失道路，难以面对刀笔之吏的侮辱而自刎。

（一）屡立功勋，威名远扬

李广家族时代为将，精于骑射，上溯秦时将领李信，曾"逐得燕太子丹者"，初次从军，便出击匈奴，升为汉中郎，随皇帝出行，参与冲锋陷阵、抵御敌人及格杀猛兽，文帝赞叹道：若是生于高祖一朝，封万户侯理所当然。景帝即位后，适逢吴楚七国叛乱，李广随太尉周亚夫迎战吴楚叛军，昌邑城下一举夺得敌人军旗，七国之乱被平定后李广任上谷太守，多次与匈奴作战，后转任上郡、陇西、北地、雁门、代郡、云中等太守，以奋勇作战而扬名边境。《史记·李将军列传》载："典属国公孙昆邪为上泣曰'李广才气，天下无双，自负其能，数与虏战，恐亡之。"可见李广在边郡的威名之盛。

李广任上郡太守时，天子派一名宦官随李广学习，抗击匈奴，然宦官率几十骑在外驰骋时，遇匈奴射雕者，所部几近全军覆没，宦官也被射伤，李广闻听此事，率领100多名骑兵前去追击，亲自射杀两人并活捉其中一人，在归途中，遇到数千匈奴大军，未免被看破虚实，李广令大军前出距匈奴二里处，下马解鞍，并射杀一名监护士兵的骑白马的将领，第二天率军平安回到大军营中。

李广为官廉洁，所得赏赐多分与部下，与士兵同饮食，位至二千石，擅长射箭，很少有人能比得上，并以此为乐，遇到缺粮断水，多以士兵为先，对士兵宽厚不苛刻，家无余财《史记·李将军列传》载"广廉，得赏赐辄分其麾下，饮食与士共之。终广之身，为二千石四十余年，家无余财，终不言家产事。广为人长，猿臂，其善射亦天性也，虽其子孙他人学者，莫能及广。广讷口少言，与人居则画地为军陈，射阔狭以饮。专以射为戏，竟死。广之将兵，乏绝之处，见水，士卒不尽饮，广不近水，士卒不尽食，广不尝食。宽缓不苛，士以此爱乐为用。其射，见敌急，非在数十步之内，度不中不发，发即应弦而倒。用此，其将兵数困辱，其射猛兽亦为所伤云。"被任命为将军时，在由雁门出击匈奴途中不幸被俘，广以假死使匈奴骑兵放松戒备，趁机夺得马匹脱逃，可谓有勇有谋。

（二）出击匈奴，功过相当

李广作为司马迁笔下着墨较多的角色，颇为司马迁寄予深厚情感，其一生大多在边关度过，多次参与对匈奴作战，其本身骑射技艺颇为了得，出征匈奴途中却并无太大功绩，或无功而返，或全军覆没，引为数奇。

历经汉初几十年的休养生息，武帝时国力强盛，对匈奴作战的条件已经成熟，发动了多次对匈奴作战，李广作为守边将领，多所参与，为打击匈奴势力，汉朝用马邑城引诱单于，李广时任骁骑将军，受到护军将军韩安国统领，该计谋不幸被单于识破，大军无功而返，四年后，李广改任为将军，由雁门出击匈奴，由于寡不敌众，李广兵败被俘，后虽逃脱，却也被削职为民。数年后，边患严重，李广被任为右北平太守，匈奴避其威名，数年不敢入侵右北平之地。元朔六年（前123），李广担任后将军，跟随大将军卫青从定襄征伐匈奴，李广以郎中令之职率四千骑兵从右北平出发，与博望侯张骞所率领的一万骑兵共同征讨匈奴，途中被匈奴左贤王的四万骑兵包围，李广派其子李敢及数十骑兵突击匈奴兵阵，布成圆形兵阵迎敌，匈奴进攻猛烈，军队死伤颇多，张骞率军赶到才得以解围，此役，李广功过相抵，没有封赏。

元狩四年，李广再次随大将军卫青出征匈奴，在获知单于所居之地后，卫青率领精兵前去追逐，令李广与右将军队伍合并，在行军途中，由于没有向导，迷失道路，落在大将军之后，延误战机，单于逃脱追捕，大军无功而返，李广不忍对刀笔吏的侮辱，于是拔刀自杀。《史记·李将军列传》言：至莫府，广谓其麾下曰："广结发与匈奴大小七十余战，今幸从大将军出接单于兵，而大将军又徙广部行回远，而又迷失道，岂非天哉！且广年六十余矣，终不能复对刀笔之吏。"遂引刀自刭。李广生平多次与匈奴战斗，历任八郡太守，一生为汉室征战，真可谓可惜。

（三）李广难封原因探析

在司马迁的笔下，李广是一位能征善战、足智多谋的将领，在戍守边境过程中，称得上是威名远扬，随文帝出行，一路格挡猛兽，被文帝叹曰："惜乎，子不遇时！如令子当高帝时，万户侯岂足道哉""左右以为广名将也"，但是就是一样一位杰出将领，在汉武帝反击匈奴过程中，多人因此加官晋爵，不乏李广部下，然李广却数次无功而返，最后因失途，这是多种因素作用的结果

1. 治军不用纪律。关于李广的治军，《史记》中有相关记载："及出击胡，而广行无部伍行陈，就善水草屯，舍止，人人自便，不击刀斗以自卫，莫府省约文书籍事，然亦远斥候，未尝遇害。程不识正部曲行伍营陈，击刀斗，士吏治军簿至明，军不得休息，然亦未尝遇害。"司马迁将李广与程不识宋代何去非的结论是，李广治军不用纪律："以广之能而遂至于此者，由其治军不用纪律，此所以勋烈、爵赏皆所不与，而又继之以死也。"姚振文通过分析，论述李广与程不识二人不同的治军风格，代表了中国古代将帅治军的两种思路，一个靠人情，一个靠制度，最后，司马光得出的结论是："故曰'兵事以严终'，为将者，亦严而已矣。然则效程不识，虽无功，犹不败；效李广，鲜不覆亡哉！"他从侧面也揭示了"李广难封"的深刻渊源。①

2. 为官不谙政治。李广历经文、景、武三朝，正处于汉朝国力增强阶段。李广长期担任边郡太守，对于汉廷复杂的斗争缺少洞察力和鉴别力。平叛吴楚七国之乱，虽然李广在昌邑一战中功不可没，但作为朝廷将领却私下接受了梁王的军印，触犯了汉律中"舍天子而仕诸侯"的大忌，最终只能是功过相抵。其次，李广气量狭小，在赎为庶人闲居期间，一次外出饮酒，返回途中遭喝醉酒的霸陵尉呵斥，在任右北平太守后便将其调至军中斩杀。李广斩杀霸陵县尉、诱杀降羌士卒所呈现出的偏执性格，一直被后人所诟病。②

3. 作战方式未及时更新。历经多年对匈奴战争，卫青、霍去病由于没有太多的军事实践，身居内地，二人没有受到对匈奴作战传统战术的困扰，得以开创全新的对匈奴冲锋战术，即尽量避免与匈奴远距离骑射，把步兵的正面冲锋战术应用到骑兵作战上，通过近距离肉搏来抵消匈奴的远距离骑射，在之后的应用中起到了很好的作用，对匈奴形成了战术上的优势，而李广自身骑射技术高超，面对匈奴不落下风，然而大多数汉军将士缺乏这种本领，面对匈奴远程游射，部下损失大半，这种个人英雄色彩在应用于大规模军队作战时，并不能起到太大的作用，因此几次全军覆没也没有太出乎意料，相较于匈奴机动灵活的骑兵射术，汉军也有着军事装备、军事技术和综合国力等方面的优势，而李广不甘忍受军事组织和纪律的约束，没有及时革新自己的战术。③

---

① 姚振文：《李广缘何难封？——〈何博士备论〉之〈李广论〉论析》，《孙子研究》2023 年第 6 期，第 18—25 页。

② 高义卓：《李广治军风格与作战指挥刍议——兼论"李广难封"》，《军事历史》2023 年第 1 期，第 69—74 页。

③ 李硕：《南北战争三百年：中国 4—6 世纪的军事与政权》，《博览群书》2018 年第 5 期，第 15 页。

综上所述，本人认为李广不封侯的主要原因在其本人，汉初实行休养生息的政策，李广空有一身本领，难以大展抱负，到武帝时，国力强盛，受制于自身的种种条件制约，诚然也包含当时特定的历史条件所在，没有得偿所愿，成了一位英雄和悲剧式的人物。但正是李广这种自身的传奇性和悲剧性，充分丰富了对李广个人形象的描述，这篇列传中史学与文学因素辩证统一，相得益彰，完美地诠释了《史记》"史家之绝唱，无韵之离骚"。①

二、宋人著述中的李广形象

司马迁在撰述李广传记的时候，描述了一个勇猛而又悲情的将军形象，带有一种同情的基调，在作者司马迁的笔下，李广是一位箭术高超、爱兵如子、英勇善战的将军形象，但整篇传记也时刻透露着一种荒凉的基调，一边是在汉朝边境威名赫赫、声名远扬，另一边却颇有些郁郁不得志，官位不过秩比两千石，颇有英雄不得志、壮志难酬之感，更因其终岁不封侯而为后世史学家扼腕叹息。

在《李将军列传》里，司马迁将李广一生写得脍炙人口，塑造了一位汉代的传奇式的英雄，从总的方面来说，这样的记载是真实可信的，一方面对李广的才能和品行进行热情赞扬，另一方面对其遭遇亦愤愤不平，这种情感也对后世文人研究产生了深远影响，得到了更多的认可。后人对李广寄予同情，主要受司马迁感情的左右，强调客观因素多于重视主观因素。② 宋人在追述这一段历史的同时，在认可司马迁的态度，对李广表现无限景仰之情的时候，也对李广的一些事件，另辟蹊径，提出了一些新时代的观点，很有探究之必要。

从汉末至隋，关于李广的研究一直处于一种消沉状态，到了唐代，关于李广的描述颇见诸纸端，唐代文人们以李广为题材进行广泛创作，特别在追述其作战勇猛方面，可谓受到一定吹捧。他们提取了李广身上最鲜明的本质特征，进行高度凝练概括，撮取李广及其事迹中最符合自己心理诉求和创作需要的部分保留下来，致使李广的形象最终形成我们今天所看到的完美、理想、毫无瑕疵的模样。李广形象至唐朝开始丰满、立体，最终臻于完美，李广就此被定型，其形象呈现出固定化、理想化与完美化的特点。③

（一）威武之风，备受推崇

进入宋代，为了防止武人夺取政权，同时优待文人士大夫，成为贯穿宋朝始终的国策，崇文抑武之风贯彻整个社会，演化成一种社会意识，武将备受轻视，尚武之风在宋代逐渐衰落。但由于宋与周边少数民族政权争端不断，逢战事不利

---

① 陈潇：《〈史记·李将军列传〉研究》，中国传媒大学硕士学位论文，2009 年，第 15—22 页。
② 颜吾芟：《从〈史记·李将军列传〉看"李广难封"》，《洛阳师范学院学报》2002 年第 4 期，第 80 页。
③ 杨韫菲：《宋代文学中的李广形象研究》，重庆大学硕士学位论文，2019 年，第 41—52 页。

的时候，宋人便对古代御边名将起了推崇之心，在史籍中对于李广的勇武也是屡见不鲜。

如："自梁、晋已降，昏君弱主，失控驭之方，朝廷小有机宜，裨将列校，皆得预御坐而参议，其姑息武臣乃如此。朕君临四海，以至公御下，不唯此辈，假使李广复生，亦无姑息之理也。"① 太宗与寇准在谈论到任用将帅时，太宗对将帅的期望不在其完备，而是考量他的能力来因材施用，并认为梁晋以来，形成主弱将强的局面，对于武臣太过姑息，而太宗对待臣下大公无私，不仅仅对将领，即使是李广在世，也不会纵然，可见太宗本人对李广的推崇之高，在其心目中占据了很高的位置，但同时宋代推行的"崇文抑武"，也使帝王选拔将帅时多了一层考虑。宋将领右武大夫，忠州防御使知泗州李成，以天寒无衣而求援于朝廷，在得到支援后，即上表自陈："恨无李广之无双，愿效颜回之不贰。"② 在当时武将中，颇以李广为榜样，希望具有李广一样的本领，能够为国家效劳，没有贰心，这一表态也得到当时在南宋位居高位的吕颐浩的认可。

北宋著名史学家刘攽，曾参与过《资治通鉴》的编纂，他的著作由后人结集汇编成《彭城集》，里面载："李将军英毅果鸷、谦让不入，可谓名将矣。然而功不至封侯者，非其人之智失也。又非时人之胜己也。幸也不幸有命也已矣。"③ 认为李广功劳没有达到封侯，不是个人智慧的缺失，也不是当时的人超过自己，而是命运使然，世界上的君子全道极美却功名不显，有太多值得记述的，李将军用杀降来证明为何不能封侯，不过是自己自我安慰罢了。充分表露了刘攽对李广个人能力的认可，就是李广本身太过优秀，有违天道，因此功名不显。

北宋初期著名学者李觏在《直讲李先生文集》中："国之所以为国，能择将也；将之所以为将，能养士也。"后引用李广与士卒饮食与共的例子"李广与士卒共饮食，而爱乐为用。"④ 由此引用李广与士卒共饮食而爱乐为用，借以指出李广通过饮食与共，而得到士卒的拥戴，达到了收其心的目的，充分称赞了李广的用兵之道，用于心力，而收于将卒一体。蔡戡在《定斋集・文帝论》中认为"知人不能用，用人不能尽其才，自昔人主之通患也。贾谊、李广皆天下奇士，生逢文帝，非不遇时，然卒不至大用，迨今为憾，愚尝求其故，帝之于谊，自以为不及于广。亦曰：令当高祖世，万户侯，何足道哉！盖帝非不知其才，特不尽用其才耳。非不能尽用，不敢尽用耳甚矣。"⑤ 并以贾谊、李广为例，指出二人皆天下奇士，虽生于文帝之世，然而不得大用，认为是文帝不敢尽用，也让我们关于文帝对于人才的应用提供了一个新的层面考虑，李广虽有才能，遇到文帝亦深以为憾。这也与文景时期，与民休养生息、积蓄国力、不轻启战端有关，李广虽智勇

① 李焘：《续资治通鉴长编》卷37，北京：中华书局1979年版，第815页。
② 李心传：《建炎以来系年要录》卷28，上海：上海古籍出版社2008年版，第429页。
③ 刘攽撰：《彭城集》卷40，逯铭昕点校，济南：齐鲁书社2018年版，第675页。
④ 李觏撰：《李觏集》卷17，王国轩点校，北京：中华书局2011年版，第168页。
⑤ 蔡戡：《定斋集》卷12，文渊阁四库全书本，第245页。

双全，可以开疆拓土，却不符合当时文帝的治国执政理念，容易把汉初和平的政治局面扭向战争的边缘，文帝深谙其秉性，故而知李广才能而有意不用，为汉初赢得数十年相对和平的局面。

南宋文人周南对以往用兵观点提出不同的看法：料敌制胜，当观策略，然而李广简易，指其行军没有严格的阵势和队列，驻扎之地选择水草丰茂的地方，晚上对打更自卫管理不严等，因而士卒喜欢为他效劳，从而得出结论岂长于拊循者，未必可用于战阵，拙于韬略者，未尝不长于深入耶，形容用兵不拘一格，用兵之道，切忌因循守旧，侧面体现对李广用兵的认可。① 杨万里在《文帝曷不用颇牧论》一文中，直指汉文帝追思古之颇牧，却舍今之颇牧，北方有匈奴之患，一味地慎终追远，面对李广，知其有能，却发出广生不逢时，即生于高帝时，可得万户侯，却不知用，士患在不遇主，然李广受知于文帝，却遭推诿：不遇主耶，真可悲可叹！由此发出一番感慨："有李广则舍之，于今焉，无颇牧则思之，于古焉。"② 在肯定李广个人能力的同时，认为李广为今之廉颇、李牧，但李广在文帝朝不得志，没有得到重用，与当时汉初经济残破，亟需进行休养生息有关，一味地诉诸武力，很可能会打破汉初欣欣向荣的局面，很有生不逢时之感触。

南宋孝宗是一位有志于北伐的君主，然几次出征均以失败结束，隆兴年间，南宋无力北伐，金朝也无力北伐，孝宗的雄心也日渐衰退，双方议和，为迫使南宋接受和议，金朝再度发动大规模的进攻，魏胜即战死于此时。《齐东野语》卷八诗词祖述 载：隆兴间，魏胜战死淮阴，孝宗追惜之。③ 一日谕近臣："人才须用而后见，使魏胜不因边衅，何以见其才。如李广在文帝时，是以不用，使生高帝时，必将大有功矣。"既表达了对魏胜战死的惋惜，又以李广与文帝的故事为例，揭露了李广在南宋君臣心目中的地位，也透露出对人才的追求。④

（二）行事之风，褒贬不一

宋人在追述李广的功绩的同时，也对与李广有关的一些事件提出了不一样的看法。宋代以武立国，兵权对皇位的威胁在开国之初就得到广泛重视，通过采取一系列措施收归兵权，及提高文人士大夫地位，纸面上论兵的风气愈演愈烈，对李广的研究不再局限于本身，延伸到与周围的将领和帝王身上，当然对李广的认知也凸显宋代文人的特色。

1. 诛霸陵尉事件。李广诛霸陵尉在《史记·李将军列传》里是一个较大的历

---

① 周南：《山房集》卷 6，文渊阁四库全书本，第 134 页。

② 杨万里撰，北京大学《儒藏》编纂与研究中心编，吕东超点校：《诚斋集》卷 90，北京：北京大学出版社 2024 年版，第 1232 页。

③ 周密：《齐东野语》卷 8，北京：中华书局 1983 年版，第 150 页。

④ 何忠礼：《试论南宋孝宗朝初年与金人的和战——兼论对张浚和史浩的评价》，《浙江学刊》1998 年第 6 期，第 105 页。

史事件，李广由于出击匈奴，部队损失过多，本应被斩首，后用钱得以赎买，削职为民，赋闲在家，在一次外出饮酒返回期间，路过霸陵亭，遭到霸陵尉的呵斥，并被扣留，停宿在霸陵亭下。不久后，匈奴犯边，杀死了辽西太守，并打败了韩将军，天子召见李广，任他为右北平太守，李广请求派霸陵尉和他一起去，到了军中就杀掉他。这一事件在后世争论很大。

宋人在研究该事件的事情，有直接阐明自己的看法。宋人许颉认为"李广诛霸陵尉，薄于德矣！"① 此外，也有宋人从人情地位方面认为是霸陵尉自身的问题。《秋崖集》所载："李广杀霸陵尉，固是武夫悍将之为，然今将军尚不得夜行何故也之语，亦人情所不能堪也。不惟此也。故将军而一亭候得呵辱之。则下陵上替将无以为国矣。故虽不以法杀一尉，而武帝报之曰："报忿除害，朕之所图于将军也。"② 则认为是霸陵尉自身的错误，他呵斥李广的行为有违人情，即使是故将军，未来也有可能为国出征，怎么能接受一位霸陵尉的呵辱。作者并以此事来劝谏朋友。也有宋代的一些学者，从此事件后，由李广联引到汉武帝，试图揣摩汉武帝背后的用意及性格。如唐庚《三国杂事》引以此事，李广在诛杀霸陵尉后，上书自劾，武帝并没有问罪于他，反而宽慰于李广，特指君主用人不拘一格。李广通过及时请罪的方式赢得汉武帝的原谅，此事也用来印证汉代的法令厌恶欺瞒。③ 洪迈《汉法恶诞谩》，李广以私忿杀霸陵尉，上书自陈谢罪，武帝并没有责罚他，且对他的行为表示肯定，虽然李广私杀霸陵尉在先，但他一番话陈述了真实情况，汉武帝将他赦免不加以追究，目的是开辟臣下不能欺君的道路而采取的策略。④ 此事南宋学者洪迈在后文汉武帝喜杀人者中认为是武帝天性刚戾的缘故，都具有一定的说服性。

2. 治军不用法。李广之治军历来颇受人瞩目，因其随意、不拘一格的指挥风格而引人争议，一方面，这种用兵风格，使士兵乐为之用，而广率军并未因此而遇害。另一方面，这种爱兵如子的领军方式于后继者多有不便，或造成军纪涣散。

宋初，契丹在宋边境北方造成了极大的威胁，在选将问题上朝野争议不断，右司谏梁颢即提到："臣尝读前史，汉李广屯兵于边，行无部伍行阵，就善水草，人人自便，不击刁斗以自卫，远于斥堠，未尝遇害，而广终为名将，匈奴畏威，士卒乐用。"⑤ 认为御边重在选将，选择边臣中可用的，对于将领要择其能者，而没有固定的标准，最终予以重任。

此外，也有学者提出不同的看法。《历代名贤确论》："温公曰：易曰：师出以律否臧凶治众，而不用法，无不凶也。"⑥ 即治军没有严格的军纪就会处于危险的

---

① 许颉：《彦周诗话》，文渊阁四库全书，第 2 页。
② 方岳：《秋崖集》卷 27，文渊阁四库全书本，第 696 页。
③ 唐庚：《三国杂事》，北京：中华书局 1985 年版，第 5 页。
④ 洪迈撰：《容斋随笔》卷 9，孔凡礼点校，北京：中华书局 2015 年版，第 92 页。
⑤ 李焘：《续资治通鉴长编》卷 45，北京：中华书局 1979 年版，第 1185 页。
⑥ 佚名：《历代名贤确论》卷 44，文渊阁四库全书本，第 708 页。

境地，李广为将，士卒可以自由行动，这得益于李广本身的本领，自身威名在外，匈奴不敢来犯，然而接替他的将领就很难领导这样一支军队，人人喜欢跟随李广，遇到别的将领或有不服，会带来隐患。因此，治兵须严，效仿程不识虽然很难取得功劳，然不会有大的伤亡，效仿李广很少有不全军覆没的，李广数次出征匈奴，几次全军覆没，虽是双方军队数量悬殊，与军纪亦有一定之联系。北宋武学博士何去非所撰《何博士备论·李广传》里认为治国不依靠法制，国家会走向灭亡，军队没有严格的纪律就会打败仗，即使士兵不乐于遵守，仍要严格督促，李广征战 40 余载，大小战斗 70 多次，当时汉武帝对有功之人赏赐十分丰厚，达百人之多，李广的部下也有很多被封侯，而李广总因败仗被责罚，最终自刎身死，作者何去非认为归根结底，便是由于李广统率军队纪律不严明，以致不能得到爵赏。① 与他同有此论的还有洪迈、唐庚等人，这样的一种主流军事思想影响，都认为李广在带兵方面存在很大的问题，具有浓厚的宋人论兵特色，没有实地的领兵作战经验，不明白对敌之情境之复杂，仅从书本中悄然以其相对严密逻辑性而具有一定合理性而言，颇为有失公允，李广固然存在与主流军事思想相背离的军事策略，但李广能随机应变、临敌面色不改、凝聚士气、反应迅速，这也是他所具备的优势，不应被忽略。

3. 杀降未封侯。自古以来，杀降是一种不祥的象征，通常面对战俘都采取"不杀降"的策略，在这点上，李广却没有久经沙场的政治成熟，李广在担任陇西太守时，适值羌人谋反，李广诱骗他们投降，并采用欺诈的手段在同一天把 800 多人都杀掉了。这也成为李广一直悔恨的事情，也成了一生中的污点，并将自己不能封侯的原因归之于这方面，与此同时，星象家王朔也认为，杀死已投降的人是使人受祸最大的事情。

为了避免重蹈五代覆辙，稳定宋初政局，宣扬皇帝仁德，北宋初便对杀降制订严格的法律②，宋代帝王也多次颁布相应诏令，并对违反者进行严厉惩处，因此，宋人在这方面也有相同的观点。《廉吏传》西汉李广里面"多杀故不侯，与士卒共故，保其身"形容李广爱兵如子，赏赐多分与部下，家无余财，由于杀伤较重，而不能封侯，与士卒共故保其身。③ 施子美《施氏七书讲义》载"乃若白起坑秦卒，李广杀已降，勇者固如是乎，故曰'祸莫大于杀已降'"。认为李广杀降既不是勇者，亦不是智者的做法，没有比杀降更大的祸患了，"降者勿杀，服而舍之乎"。④ 对投降的人不杀掉，就要把他放回去吗？智者贵在能知始知终，能随机应变，这种轻易杀掉投降之人，容易落人把柄，给自己带来祸患。然而刘攽在《书李广传后》一文中则认为李广追咎自己杀降者使自己不能封侯，不过是自责罢了，这也说明李广是一位性格笃厚的君子，反而正是李广本身的过于优秀有违

---

① 何去非撰：《何博士备论译注》，汞安南译注，北京：军事科学出版社 1989 年版，第 32 页。
② 杨计国：《北宋杀降现象研究》，《河南工业大学学报》2017 年第 6 期，第 13 页。
③ 张仲裁译注：《廉吏传》，北京：中华书局 2020 年版，第 37 页。
④ 施子美：《施氏七书讲义》卷 17，日本文久刻本，第 188 页。

于上天。①

4. 时运不济。关于李广不能封侯之情况，无论是当时人，抑或是后人，大多归因于李广命运使然，汉文帝认为李广没有赶上高祖的时代，不然万户侯何足道哉！而到了武帝时期，对匈奴作战的众多将领都封了侯，也包括李广的一些部下，而李广尽管对匈奴作战多年，历任八郡太守，多次参与大的战役，然数次寡不敌众而惨遭全军覆没，为时人扼腕叹息。

李季可《松窗百说·李广》"汉文帝叹李广不逢高祖时。万户侯不足道。及武帝征匈奴，广常在其中，而卒不侯以死。事固不可知，然至今以为不幸，当时亦言其数奇。"指出武帝出征匈奴，李广经常参与，却不可以封侯，如今也认为是一件不幸的事，当时也认为很奇怪。②《容斋随笔·汉文失材》里面也描述道，武帝时，李广五次担任将军出击匈奴，没有建立尺寸功勋，历仕三朝而不被赏识，这是他的命运使然③。南宋士大夫洪迈认为，李广有足以封侯的本领，但是李广本身的运气没有相应具备。刘攽《彭城集·书李广传后》也持有同样的看法，认为李广本身形象已经很完美了，这与上天有所相违，祸福相伴，在功名上有缺失难以避免，究其不幸的根源便是时运不济，更将李广的自责形容为笃厚的君子。

总而言之，进入宋代以来，看待问题更加理智、客观，当然不可避免存在一定片面性，如对李广杀霸陵尉之事出现了批判之声，有褒有贬，更有甚者跳脱此事之外，从用将、帝王的角度来进行认知，而不是一味地粉饰美化。更是对李广缺陷方面予以阐述，这也在一定程度上使得李广个人形象更为丰满、充实，也为我们对李广的认识产生更多的思考。

---

① 刘攽著，逯铭昕注：《彭城集》卷40，济南：齐鲁书社2018年版，第675页。
② 李季可撰，赵国维整理：《松窗百说》（全宋笔记），郑州：大象出版社2013年版，第5页。
③ 洪迈撰，孔凡礼点校：《容斋随笔》卷9，北京：中华书局2015年版，第88页。

司马迁的"义"观念与历史叙述

＊本文作者杜雪，山西大学历史文化学院硕士研究生。

长期以来，学界对司马迁思想的研究，注意力主要放在对其天人思想、经济思想、民族思想、人文思想等方面的研究，却鲜有学者注意司马迁的尚义思想。目前，只有少部分学者对司马迁"义"思想进行了研究，如李亚信、郭征在著作《汉字中国·义》中对中国古代"义"思想进行了系统的梳理。其中，对司马迁的尚义思想以及他的义利观进行了论述，认为司马迁不仅局限于对"义"的宣扬，而且还对"义"进行了反思。[1] 魏耕原认为司马迁对以仁义为本的先秦儒家更为亲和而向往，《史记》的尚义精神是源于对孟子思想的承传。[2] 韦晖则通过对《史记》中"义"的个案进行分析，认为"义"是司马迁思想中的一个重要方面，主要传承于儒家"义"思想，也有司马迁作为一代良史的独特思考。[3] 还有一些学者对司马迁"义"思想的一部分进行了研究，比如，司马迁的侠义思想，田蔚认为司马迁的侠义已然超越了儒家的仁义，而游侠是这种精神的承担者和践行者。[4] 在义利观方面，学界基本认为司马迁主张义利并重的思想，如王福利认为司马迁尚义重利，在义利发生冲突时，司马迁还表现出重大功利轻小义、小耻和重大义轻小利、私利的思想。[5] 这些学者虽然关注到了司马迁视野中的"义"，但是没有对司马迁的"义"思想进行系统的论证。总体来看，学界对司马迁的"义"思想研究较少，已有的一些研究也主要针对司马迁的侠义思想、义利观以及《史记》中的一些个案分析，缺乏对司马迁"义"思想的整体研究，以及司马迁尚义思想与《史记》历史叙述的关系的研究。

据学者李振宏统计，《史记》中"义"字出现了 593 次，除去一些地名、人名外，具有价值判断的"义"字有 355 处，出现的频次大于"仁""忠"等汉代常见的词语，足以可见司马迁对"义"的重视。[6] 司马迁认为"义"具有不可估量、崇高的内在价值，是评判是非的主要准则。在进行历史叙述时，司马迁将自己尚

[1] 李亚信、郭征：《汉字中国·义》，北京：华夏出版社 2020 年版，第 34—36 页。

[2] 魏耕原：《〈史记〉尚义精神论——兼论司马迁对孟子思想的继承》，《渭南师范学院学报》2015 年第 7 期。

[3] 韦晖：《〈史记〉"义"论》，《作家》2009 年第 8 期。

[4] 田蔚：《〈史记·游侠列传〉的侠情特质论》，《华南师范大学学报（社会科学版）》2014 年第 5 期。

[5] 王福利：《司马迁的义利观》，《徐州师范学院学报（社会科学版）》1996 年第 3 期。

[6] 李振宏：《两汉社会观念研究——一种基于数据统计的考察》，《史学月刊》2014 年第 1 期。

"义"的价值观寄喻于历史人物和历史事件中，彰显"高洁大义"，以此创作的不只是《史记》，更是他内心尚"义"的旗帜。

一、司马迁"义"观念的思想渊源

"义"字殷商时期已出现，最早用于祭祀活动，后逐渐衍生出威仪、美善等意味，春秋以后发展成为社会核心观念之一。桓占伟认为，春秋战国时期"义"不仅有了亲亲尊尊的精神内核，还有公、正、善、节、分等具体观念内涵，并逐渐下移到最广泛的社会层面，是一个引起诸子群体性关注的核心观念。① 诸子百家都标榜自己是道德之学，对"义"的传统内核或肯定或否定，或偏重或并重，或保持或革新，形成了截然不同的思想成果。这些思想成果竞相绽放，相互影响，共生并存，组成了春秋战国时期"义"观念发展史上的华丽乐章。

儒家学派创始人孔子在不同领域对"义"赋有不同的内涵，在修己方面，孔子主张"义以为上"，把"义"视为行事准则；在政治生活方面，孔子以遵行周礼，心系天下，忠于职守，勇于献身为义；在义利关系上，孔子主张"见利思义"，以义制利，以通过正当途径获取利益为义。孟子则是将"仁""义"二字合并，把"义"提升到与"仁"并立的地位，对"义"的阐述涉及义的来源、义所处的位置、实现义的方式等方面。孟子之"义"已经从与君子相关的道德品质中逐渐脱离出来，与社会实践生活如君义、君臣之义具有更加紧密的联系。在义利关系上，孟子重义轻利，当梁惠王问："不远千里而来，亦将有以利吾国乎？"孟子直截了当地回答道："王何必曰利？亦有仁义而已矣。"② 荀子将礼义并用作为治国的必要手段，"礼义者，治之始也；君子者，礼义之始也。"③ 在义利关系上，荀子指出，"义"与"利"对于每一个人而言都是很重要的，利是义的目的，义是利的手段和规定性，"以义制事，则知所利矣"。总体而言，儒家在义利问题上都主张"义"具有优先地位。

其他学派对"义"观念也提出相应的论述。法家主张"以法为义"，强调"公义"，反对"私义"。在义利观方面贵利贱义，"利以生义，以利为义，以法制利"，法家认为人性好利自私，难以用仁义道德进行引导，强调以法制利。墨家是诸子百家中最重"义"的一个学派。墨子提出"万事莫贵于义"，认为义是最大的善，是社会上人与人之间没有差别的相互关爱，并将其贵义思想化为实际的行动，形成了"重诺守信""去私为公""惟义所行"的侠义精神。对于义利之辨的问题，在墨子看来，二者是相统一的关系，任何符合义的原则的行为，都必然带来相应的利益。因此，墨子直接主张"义，利也"，而且指出一般人们所说的不义之事，

---

① 桓占伟：《百家争鸣中的共鸣——以战国诸子"义"思想为中心的考察》，《史学月刊》2014年第6期。

② 杨伯峻、杨逢彬注译：《孟子》，长沙：岳麓书院2000年版，第211页。

③ 王先谦撰，沈啸寰、王星贤点校：《荀子集解》，北京：中华书局1988年版，第163页。

都伴随着对他人利益的损害。道家则主张义利俱轻，否定人们对于义利的追求，强调对于义利的超越。

西汉前期距战国未远，属于后战国时代①。这一时期，黄老思想在思想层面上占据主导地位，同时，诸子百家思想得到了复兴和融合，不同学派之间的思想交流和融合达到了新的高度。其中，"义"观念也得到复兴，并在汉代社会发挥着作用。李振宏在《两汉社会观念研究》中提道："在汉代的政治观念中，'义'的确有至高无上的核心地位。"汉武帝的诏书和东方朔的言论中都曾提到"本仁祖义"，即帝王所以昌盛，最根本的指导思想是以仁为本，以义为根基。② 正是在国家指导思想上确定了"义"的地位，"义"在汉代才有了推广、普及和发展，成为具有高度普遍性的观念。

受时代背景与诸子百家的影响，司马迁也特别崇"义"、尚"义"。对于司马迁"义"思想承继何派，学界基本都认为承继儒家。但是，司马迁有些思想如侠义、义利并重思想已超出了儒家义思想的范畴。笔者认为，司马迁在主要继承儒家以"仁义"为核心的义思想的基础上，同时汇融了墨家的侠义、义利并重的思想，并剔除它们之中不合时宜的成分，汇聚成司马迁独特的"义"观念，并将他的"义"观念融入对《史记》的历史叙述中去。

二、司马迁"义"观念的内涵

司马迁之"义"具有多重内涵，涉及不同层面。"义"不仅是个人道德的准则，更是国家治理和社会稳定的基础。另外，司马迁在义利方面也提出了自己的思考。

(一) 个人道德的准则

"义"是一个很宽泛的道德概念，又是道德范畴的主体和核心，它常常是人们评判一件事情或评价一个人时使用频率最高的一个词。司马迁在《史记》中对各种历史人物的刻画和道德评价常常围绕着"义"与"不义"来展开，无论是上层贵族还是普通百姓，无论是忠臣良将还是刺客游侠，只要他们坚守道义、践行"义"的理念，都会得到司马迁的肯定和赞扬。如荆轲、豫让等，他们为了报答知遇之恩，不惜牺牲自己的生命去完成刺杀任务。如朱家、郭解等，他们虽身处社会底层，但敢于坚持自我、对抗强权。反之，做出不义之举的人士即使贵为统治阶层也会遭到司马迁的揭露和批评。例如他记录了秦始皇的暴政、汉高祖刘邦在楚汉战争中的某些不义之举等。可以说"义"是司马迁表现人物以及对人物进行道德评价的一个核心。

---

① 参见李开元：《汉帝国的建立与刘邦集团》，北京：生活·读书·新知三联书店 2000 年版。
② 李振宏：《两汉社会观念研究——一种基于数据统计的考察》，《史学月刊》2014 年第 1 期。

如司马迁对季札仁义的盛赞，他将《吴太伯世家》排在《史记》世家的第一篇，很有可能是吴有季札的缘故。季札是吴王寿梦的第四个儿子，因为"季札贤"，"寿梦欲立之"，而季札却先后谦让达五次之多，这在弑君篡位频繁发生的春秋战国时代是难能可贵的风格。更为特别的是，季札曾出使受聘于鲁，鲁国使他观周乐。传中用了多达 625 字记录他观乐的情况，这对于惜墨如金的司马迁而言实在少见。观乐过程中，季札分别用"美哉"等 10 次讲话表达他对周乐的感受，可见其深得周乐的精髓，他其实就成了周朝贤德文化的化身。季札出使过齐、郑、晋等国，其德行扬播于诸侯。可以说季札是《史记》中一个完美贤士的代表。太史公赞曰："延陵季子之仁心，慕义无穷，见微而知清浊。呜呼，又何其闳览博物君子也！"

司马迁不仅将"义"作为塑造和评价人物的一个准则，而且还将"义"作为自己坚守与践行的信仰。他自己因李陵事件而触怒了汉武帝，被以"沮贰师"与"诬上"的罪名判处死刑。按照汉朝的法律，有两种办法可免去死刑，一是交钱，二是接受宫刑。司马迁家境贫穷，无法凑齐巨额钱财，只得接受宫刑。在这种奇耻大辱面前，司马迁痛不欲生，但反复思量后忍辱活下。他在《报任安书》中说："勇者不必死节，怯夫慕义，何处不勉焉……所以隐忍苟活，函粪土之中而不辞者，恨私心有所不尽，鄙没世而文采不表于后也。"明确地表达了自己对生死荣辱的深刻思考和对于完成《史记》这一使命的坚定信念。

（二）治国理念的基石

"义"最初作为殷商宜祭的一种重要程序，逐渐衍生出亲亲尊尊的精神内核。西周时期，"义"发展成为西周宗法政治的基本准则。"其仪不忒，正是四国"，"仪刑文王，万邦作孚"，"仪式刑文王之典，日靖四方"。[①]《诗经》里的描述表明了"义"协和四国万邦，对西周社会共同体的形成具有举足轻重的影响，说明西周时期"义"已经开始在政治层面发挥出准则作用。春秋战国以来，诸侯争霸，"义"观念逐渐下移至社会底层，但并不意味着"义"观念在政治层面完全失落，而且还逐渐发展成为诸子百家共同认可的一种治国理念。随着秦汉的大一统，华夏族群共同的文化认同感使得"义"这一传统宗法观念在政治层面逐渐复兴。如西汉礼学家戴圣在《礼记·郊特牲》中言："礼之所尊，尊其义也。失其义，陈其数，祝史之事也。故其数可陈也，其义难知也。知其义而敬守之，天子之所以治天下也。"[②]"义"是礼的思想内涵，弄懂礼之中所蕴含的"义"并坚守它，天子才可以治理天下。从本质上讲，天子是靠"义"治天下，而不是靠"礼"治天下。

在这种观念的影响下，司马迁运用他的史笔和文笔创造了一系列具有仁义精

---

①　参见阮元：《十三经注疏·毛诗正义》，北京：中华书局 1980 年版，第 385、505、588 页。需要指出的是，这几处出现的"仪"字，均作"义"字解，是西周的宗法政治准则。

②　孙希旦：《礼记集解》，北京：中华书局 1989 年版，第 706 页。

神的光辉形象，他认为礼义、仁义等是安社稷、平天下的根本途径。如《秦楚之际月表》："昔虞、夏之兴，积善累功数十年；德洽百姓，摄行政事，考之于天下，然后在位。汤、武之王，乃由契、后稷修仁行义十余世。不期而会孟津八百诸侯，犹以为未可。"司马迁认为，仁义之施，不仅可以安天下，而且更是一个国家昌盛强大、威慑四海的根本。其在《汉兴以来诸侯王年表》最后云："臣迁谨记高祖以来至太初诸侯，谱其下益损之时，令后世得览。形势虽强，要之以仁义为本。"司马迁告诫汉武帝，现今朝廷虽然强盛，但仍要以仁义作为国家的根本。还在《高祖功臣侯者年表》中记载了唐尧、虞舜时期所封的侯伯，"尚书有唐虞之侯伯，历三代千有余载，自全以蕃卫天子，岂非笃于仁义，奉上法哉？"他们经历夏、商、周三代千余年，仍然保全着自己的地位，并且作为屏藩保卫着天子，主要是因为他们坚守仁义，遵奉君主法令。

（三）社会观念的核心

殷商时期，"义"从最初的祭祀程序逐渐衍生出亲亲尊尊的意味，西周时期发展成为宗法观念中的核心。春秋战国时期，伴随着周王室的没落，"义"观念维系天下的整体功能弱化了。但是"义"作为宗法观念的核心，随着宗法的持续下沉而下移，进一步向社会层面扩展其影响力，在不同的社会群体中发展出新的形式与内涵，衍生出忠义、侠义的意味，社会上也掀起了崇义、尚义之风。司马迁受这种社会风气的影响，加之本人性格带有侠气，好奇尚义，又曾博览群书，游历各地，对人情世故、社会百态有着比较深刻的认识，又将这种崇义的社会观念融入《史记》的创作当中。

司马迁在《史记》中将"义"作为人与人之间关系维系的纽带，他赞扬那些为了"义"牺牲自己的利益甚至献出生命的人。"义"观念下移首先在士阶层中得到普遍认可，《逸周书·程典解》云："士大夫不杂于工商，士之子不知义，不可以长幼。"可见，"义"在士群体中具有举足轻重的观念地位。战国秦相范雎对蔡泽曰"君子以义死难，视死如归生而死不如死以荣。士固有杀身以成名，唯义之所在，虽死无所恨。何为不可哉。"说明春秋战国时期，士人群体所推崇的就是以"义"立身处世，以成就"义"为人生的终极价值。除了士阶层外，"义"作为社会价值观念还辐射到普通民众的身上。比如游侠，他们虽然没有高贵的出身，但是他们坚持信义至上，有着救难济困，舍生忘死的侠义精神。这类人也被司马迁写入《史记》当中去，为他们列传，使他们如古老而苍劲的精神之歌，长久地回荡于生命世界。司马迁称赞游侠："救人于厄，振人不赡，仁者有乎；不既信，不背言，义者有取焉。"他认为，游侠救人之危难，济人之贫困，既不失信用，又不违背诺言，可谓是有仁有义。司马迁笔下的游侠之"义"已然超越了儒家的"仁义"。其实在《游侠列传》开篇，司马迁就已经大胆地质疑甚至消解了儒家"仁义"观念所依靠的背景。

> 鄙人有言曰"何知仁义，已飨其利者为有德。"故伯夷丑周，饿死首阳

山，而文武不以其故贬王；跖、蹻暴戾，其徒诵义无穷。由此观之"窃钩者诛，窃国者侯，侯之门仁义存"，非虚言也。

司马迁借用"鄙人有言"和庄子之言来挑战传统的道德价值判断。被党徒诵义的偷盗者被杀头，窃取政权封侯之人反而被夸仁义，所谓"仁义"，在司马迁看来是"久孤于世"。朱家、郭解之徒被传统儒家道德所排斥，但司马迁却认为他们"虽时扞当世之文罔，然其私义廉絜退让"，有值得称赞的地方。"布衣之徒，设取予然诺，千里诵义，为死不顾世，此亦有所长，非苟而已也。故士穷窘而得委命，此岂非人之所谓贤豪间者邪？"侠义使处于弱势地位的社会大众产生了强烈的心理震撼，引发了他们真切的感情共鸣。侠义观念的盛行，并非人人都要行侠仗义，而是表现在社会普遍对侠义精神产生向往和仰慕，这种仰慕成为一时之风尚，在战国社会中普遍通行。《史记》中也频频出现"慕义""诵义""高义""归义"这类的说法，反映了当时人们对"义"的向往与追求。

（四）义利维度的思辨

义利之辨发端于先秦时期，是自古以来的一个重要思想问题。早在《国语》里就有先人对义利提出自己的见解。《国语·周语中》周襄王十三年记载周大夫富辰所说："夫义所以生利也，祥所以事神也，仁所以保民也。不义则利不阜，不祥则福不降，不仁则民不至。"《国语·晋语一》中也记载了晋献公时大夫丕郑说："民之有君，以治义也。义以生利，利以丰民。"孔子对前人的观点进行了系统的总结："唯器与名，不可以假人，君之所司也。名以出信，信以守器，器以致礼，礼以行义。义以生利，利以平民，政之大节也。"[1] 提出了行义可生利、利即在义中的观点。由此可见，孔子并不排斥利，他也主张实现大富大贵，"富而可求也，虽执鞭之士，吾亦为之"，但是获得富贵的方法一定要符合道义，"不义而富且贵，于我如浮云"，孔子主张以义制利，见利思义，在义与利的抉择中，孔子更倾向于义。而孟子的义利观不同于孔子，他提出"上下交征利而国危矣""王何必曰利，亦有仁义而已矣"，主张重义轻利，反对以利害义。荀子则认为"义与利者，人之所两有也"，两者是不可二分的，"以义制事，则知所利矣"。总之，儒家的义利观都有重视道义、轻视利益的先义后利的思想倾向。墨子的义利观与儒家不同，主张贵义重利，义利统一，认为"义，利也"，义就是利天下。道家主张义利俱轻，即去掉人们的好义、好利之心，一切都遵循至高无上的"道"。法家的义利观则是"利以生义，以利为义，以法制利"，法家认为人性好利自私，难以用仁义道德进行引导，强调以法制利。

汉兴以来，经济高度发展，百姓向往富贵，追求财富。在此背景下，司马迁吸收了前贤思想的精华，提出了义利并重的观点。司马迁是十分重利的。他肯定求富逐利是人之情性，是人之最大欲望；他宣扬人人奔富厚，追求富利；他赞扬

---

① 郭沂：《孔子集语校注》，北京：中华书局2017年版，第3页。

巨富，为之作传，欲令后世得以观择；他主张采取放任政策，反对与民争利。正如管仲所言："仓廪实而知礼节，衣食足而知荣辱。"司马迁也认为"礼生于有而废于无"。对个人来讲，只有满足了物质需求才能更好地行"义"，"君子富，好行其德；小人富，以适其力；渊深而鱼生之，山深而兽往之，人富而仁义附焉"。在纷纷扬扬的人类社会中，太史公认为"洋洋美德乎！宰制万物，役使群众，岂人力也哉？"乃"缘人情而制礼，依人性而作仪"。由此他全面地肯定了人们赖以生存的客观条件是"礼""义"等道德规范产生、存在与发展的物质基础。同时，他认为"义"固然以"利"为基础，但作为人类理性的升华，它又具有超功利的一面。"利"的追求始终必须符合"义"的要求，处于"义"的制约之下。"仁以爱之，义以正之，如此则民治行矣"，也就是说，"义"开拓并规范了人类社会发展的正确方向。"人道经纬万端，……诱进以仁义，束缚以刑罚"，因此对"利"的追求必须做到"不害于政，不妨百姓，取与以时而息财富"。

司马迁十分反对片面的重"利"轻"义"思想，如在《孟子荀卿列传》中，他谈道："余读《孟子》书，至梁惠王问'何以利吾国'，未尝不废书而叹也。曰：嗟乎，利诚乱之始也！夫子罕言利者，常防其原也。故曰'放于利而行，多怨'，自天子至于庶人，好利之弊何以异哉！"他认为不论是统治者还是普通百姓，如果仅注重私利的追求，而不以仁义加以约束，仅以"利"作价值取向的基本原则，必然引致功利意识的过度膨胀，使人们的价值追求走向歧途，最终导致社会的动荡、国家的混乱。同样，司马迁也十分藐视那些坐守贫困，空谈仁义之徒，讽刺他们"无岩处奇士之行，而长贫贱，好语仁义，亦足羞也！"他认为经济的发展、社会的进步都直接或间接地受到物质利益需求的推动，利益意识的过分压抑常常弱化社会的激活力量。

三、司马迁对"义"的历史叙述

历史叙述是指历史学家按照如实叙述的原则，写作历史著作的过程。无论是秉笔直书的原则，还是对史料的选择与甄别，历史叙述都是一项历史学家主观参与的实践活动。历史叙述中存在着历史学家个人的情感，反映了历史学家对历史人物的赞扬与批判，蕴含了历史学家个人的价值判断原则。[①] 在《史记》的叙述过程中，司马迁通过对历史特别是对人物倾注的褒贬爱憎之情，使其尚"义"的价值观得到了充分的体现，并对"义"进行了反思。

（一）人物塑造中的义行彰显

可永雪说："《史记》，都是从一篇一篇的人物传记开始。"[②]《史记》是一部以

---

① 盛亚军：《历史叙述中历史学家的主观性与个人情感研究》，《皖西学院学报》2014 年第 6 期。

② 可永雪：《〈史记〉人物论》，北京：中国社会科学出版社 2022 年版，第 2 页。

人为核心的纪传体，上有帝王将相，下有平民百姓，乃至于游侠、刺客、商人等等，这些人物塑造常常围绕"义"与"不义"来展开。《史记》很多篇目中都提到"义"，甚至以"义"为该篇目的创作主旨。威廉·德雷在《历史哲学》中提出："任何历史学家都不可能把他所知道的一切研究对象统统塞入他的叙述。在需要选择时，一般历史学家告诉我们的是他认为有意义或重要的东西，其中就蕴含着某种价值标准。"① 而司马迁在创作《史记》时就有意识地选择了一些重情重义的英雄人物，彰显"高洁大义"之旗。

1. 为项羽立本纪

在《史记》问世之后，很多人对《项羽本纪》提出批评，认为项羽并没有建立朝代，也不算是一个真正的帝王，不应该将其写入本纪。但司马迁将其收录于本纪，主要是史公对英雄的惺惺相惜，对项羽义薄云天的真性情的倾慕。"项氏世世将家，有名于楚"，项羽从小的生活环境培养了他诚实守义和知恩图报的品质。项羽夺取天下之后，凡有恩于项氏家族的人一律得以重用。在鸿门宴释刘邦也是其重义的一种表现。宴席中项羽始终没有下定决心杀刘邦，主要原因是项羽的本性是个重情重义的大丈夫，不会玩弄这种不仁不义的阴谋来战胜对手。而且怀王曾与诸侯约定，"先破秦入咸阳者王之"，尽管消灭秦军主力的是项羽，但毕竟是刘邦先入咸阳，项羽攻打刘邦已经背离了自己的信义，如今刘邦前来谢罪，俯首称臣，若此时杀掉刘邦，更有违自己的良心。项羽的义，还表现在他对不义之人的痛恨上，如曹无伤、宋义。曹无伤是刘邦手下的叛徒，他向项羽告密只是为自己留条后路，"欲求以封"。而在项羽眼中，曹无伤不过是一个不仁不义的卑鄙小人，根本就没有保护的必要，正好借刘邦之手除掉他。项羽斩宋义也是因为宋义不仁不义。在巨鹿之战前，怀王命宋义为上将军，项羽为次将，救赵。行至安阳，宋义停留四十六日不前进，饮酒作乐，还给自己的儿子封了官。项羽劝之不听，反而想自己坐山观虎斗。时"天寒大雨，士卒冻饥"，项羽怒斥宋义曰："今不恤士卒而徇其私，非社稷之臣"，于是便杀了宋义父子。楚汉战争最后项羽兵败不肯渡江也是因他太重情义，当年八千子弟与他一同渡江抗秦，如今却无一人生还，他无颜面对江东的父老乡亲，所以他宁可自刎也不过江。司马迁赞曰："三年，遂将五诸侯灭秦，分裂天下，而封王侯，政由羽出，号为'霸王'，位虽不终，近古以来未尝有也。"为了不使项羽诛灭暴秦这样的大义之举埋没于胜者为王败者为寇的历史大势中，司马迁为项王立本纪，将项羽诛暴的义行揭示出来。

2. 作伯夷列传第一

司马迁《太史公自序》中就明确表示自己立传的标准："扶义俶傥，不令己失时，立功名于天下者，做七十列传。"这些传主有学者、文人、刺客、游侠等，他们的共同之处是尚义。司马迁将《伯夷列传》列为列传第一篇尤能体现这一

① ［美］威廉·德雷：《历史哲学》，王炜、尚新建译，北京：生活·读书·新知三联书店 1988年版，第 54 页。

点。伯夷、叔齐是孤竹君的两个儿子，父亲想要立叔齐为国君，父亲死后，叔齐要把君位让给伯夷，伯夷不肯违背父亲遗命便逃走了，叔齐也不肯继承君位逃走了，国人只好拥立孤竹君的次子。伯夷、叔齐想要去投奔西伯昌，结果到了那里西伯昌已经死了，他的儿子武王追尊西伯昌为文王，并把他的木制灵牌载在兵车上，向东方进兵去讨伐殷纣。伯夷、叔齐勒住武王的马缰，谏净曰："父死不葬，爰及干戈，可谓孝乎？以臣弑君，可谓仁乎？"武王身边的随从人员要杀掉他们，太公吕尚说："此义人也"，便让他们离去了。等到武王平定了商纣的暴乱，天下都归顺了周朝，可是伯夷、叔齐却认为这是耻辱的事情，他们坚持仁义，不吃周朝的粮食，最终饿死在首阳山。日本学者村尾元融说："太史公欲求节义最高者为列传首，以激叔世浇漓之风，并明己述作之旨，而由、光之伦，已非经义所说，则疑无其人，未如伯夷经圣人表章，事实确然，此传之所以作也。《自序》云：'末世争利，维彼奔义；让国饿死，天下称之。作伯夷列传第一。'即其义也。"①伯夷叔齐为守"义"而死，"义"之盛名广传于世，司马迁列一"义士"于列传之首，主要目的是为了"彰义"。

3. 为刺客游侠列传

《史记》突破为尊者传之成例，将刺客、游侠这种社会底层的人物写入传记。春秋战国是诸侯纷争、社会动乱的时代，各统治者及贵族之间为了权力之争，雇用刺客屡见不鲜，许多出身寒微的武士也渴望出人头地，扬名天下，两相遇合的现实助长了行刺之风的盛行。司马迁感佩刺客重义轻生，"士为知己者死"的道德信条和人格魅力，为他们树碑立传。《刺客列传》中，豫让是较有传奇色彩的一个，他曾获智伯的礼遇，智伯被赵襄子所杀，豫让为报知遇之恩立下誓言："士为知己者死，女为说己者容。今智伯知我，我必为报仇而死。"他先后乔装刑人、自毁其容两次行刺襄子失败告终，最后伏剑自杀。有感于他的忠诚，襄子叹曰："彼义人也……且智伯亡无后，而其臣欲为报仇，此天下之贤人也。"豫让为一个无后之人去报仇，毫无所求，纯粹是出于赤诚之心！除豫让外，春秋战国时期见载于史书的刺客不少，但是被载入《刺客列传》的刺客仅五人，其他著名的刺客如要离、鉏麑等都未被司马迁收入《刺客列传》中。要离刺杀庆忌的悲壮程度一点也不逊色于其他几位刺客，为什么司马迁不将他收进《刺客列传》呢？最重要的原因是要离不仁不义，丧失人伦之爱。据《吴越春秋》描述，要离身材"细小无力，迎风则偃，负风则仆"，而他要刺杀的庆忌武艺超群，"筋骨果劲，万人莫当"，吴王对要离能否刺杀庆忌感到怀疑。于是要离提出智取的方式，"臣诈以负罪出奔，愿王戮臣妻子，焚之吴市，飞扬其灰，购臣千金与百里之邑，庆忌必信臣矣。"②他不惜让吴王杀其妻，并且"焚之吴市，飞扬其灰"，造成他与吴王有不共戴天之仇，以此换取庆忌的信任，这样他才有机会接近庆忌，完成刺杀

① ［日］泷川资言：《史记会注考证》，北京：文学古籍刊行社 1954 年版，第 3230 页。

② ［汉］赵晔：《吴越春秋校注》，张觉校注，长沙：岳麓书社 2006 年版，第 67 页。

的重任。要离之所以这样做，是因为在他看来，一个忠义之臣，"安其妻子之乐，不尽事君之义，非忠也；怀家室之爱而不除君之患者，非义也"。① 在君患与妻命之间，他只能舍妻命来除君患，他认为这是一个忠义之臣的必然选择。最终，要离找到机会，趁庆忌毫无防备之时将利剑刺向他胸部。要离虽然成功了，但是他以牺牲妻子生命为君除害的做法使他丧失了起码的人伦之爱，成了一个不仁不义之人，最后他自己深感愧疚而伏剑自杀。这样的不义之人司马迁不仅没有写入《游侠列传》，也没有将他收录在《史记》的其他片段。

《游侠列传》一开始就明确表达出游侠于以往历史记述中被缺漏的憾恨"古布衣之下，靡得而闻已"，"自秦以前，匹夫之侠，湮灭不见，余甚恨之"。不仅如此，游侠在现实语境中还遭到误解和不公正的待遇，"世俗不察其意，而猥以朱家、郭解等令与豪暴之徒同类而共笑之。"因此，司马迁要为游侠"正名"。他突破了世俗的偏狭，对侠客们予以了客观中肯的评价："其言必信，其行必果，已诺必诚。"本传中司马迁以"义"来写侠士们的溢美之词还不在少数，如"而布衣之徒，设取予然诺，千里诵义，为死不顾世"。侠的出现给冰冷的现实送来了温暖，在一定程度上解脱了无所逃于天地间的痛切苦难，拯救了天道不公时的人心倾颓，给世间带来了正义和公平的希望。《太史公自序》云："（侠客）救人于厄，振人不赡，仁者有乎：不既信，不倍言，义者有取焉。"司马迁以独到的眼光发现下层人士的闪光点，而《游侠列传》也成为中国史书上的空谷绝响，后代史家没有再写出类似的游侠传了。

（二）历史叙述中的情感熔铸

历史学的求真原则，要求历史学家如实地记录历史。但在记录过程中，历史学家也有个人情感，历史学家的主观性和个人情感会通过历史叙述来表述。金圣叹就曾感叹司马迁的《史记》是司马迁个人情感的表达："夫修史者，国家之事也；下笔者，文人之事也。国家之事，止于叙事而止，文非其所务也。若文人之事，固当不止叙事而已，必且心以为经，手以为纬，踌躇变化，务撰而成绝世奇文焉。……马迁之书，是马迁之文也，马迁书中所叙之事，则马迁之文之料也。"②

司马迁将他的情感灌注于《史记》的叙述中去。比如他自身的不幸遭遇以及他这种对道义追求与他所处时代的冲突，使他更加向往互相信任理解、讲情重义的人际关系，所以他大力张扬知己、知遇行为的可贵。司马迁这样的情感意识使他对于历史上那些重情重义却结局悲惨的人物，如项羽、屈原、李广等有着天然的认同感与同情心，司马迁从中看到了自己的影子，同病相怜之感油然而生，这使得他在他们传记叙述中自然地渗透了强烈的感情色彩，倾诉着他鲜明的爱憎。

---

① ［汉］赵晔：《吴越春秋校注》，张觉校注，长沙：岳麓书社 2006 年版，第 67 页。

② 金圣叹：《金圣叹评点才子全集（第 3 卷）》，北京：光明日报出版社 1997 年版，第 526 页。

在叙述刺客、游侠的事迹时，司马迁就倾注了自己满腔的情感，寄予了自己美好的愿望，他幻想着在自己身边也出现这样侠肝义胆的勇士，拯救自己于灾难痛苦中。而在《史记》中，最能体现司马迁情感寄托的是《李将军列传》。李广身为守边名将，屡立功勋，但至死都没能封侯。李广最后面对失期当斩之罪，一人勇而担之，更为免受刀笔吏之辱，拔刀自刎，这份义气是司马迁所看重的。如果说司马迁为伯夷叔齐等列传是为了彰显他们自身所合之义，树立高标大旗，那么为李将军列传则是司马迁以个人情感熔铸到李将军身上，同为身世乖乖，同为慕节而权贵不识，同为守义而世人不知，司马迁将自己的一腔悲情化为文字寄托于李将军身上，为李将军鸣不平，为时世丧失公正公平之"义"鸣不平，更为自身欲效高义而不为人知、为世所诬鸣不平。司马迁借李广这样的人物，将世人不解之"义"放诸纸上，揭露时代悲哀。另一方面，司马迁也欲借助笔下的人物，唤醒沉睡在世人心头的"义"，恢复时代尚"义"的价值观。

历史学家的个人情感是其价值观的生动表现，无论是喜爱、憎恨，还是惋惜、崇拜之情，历史学家在进行历史叙述时必然有属于自己的价值评判标准。纵观《史记》，司马迁将自己尚"义"的价值观寄喻于众多鲜活的历史人物身上。比如，司马迁对生死大义的取舍。舍生取义是古往今来志士面临重大抉择时的选择，而司马迁在面对这种取予时，毅然选择隐忍苟活，因为他肩负着叙写评判历史的使命。所以他"就极刑而无愠色"，在他看来，这种舍死取辱，未尝不是为了"扶义"的行为。他在《报任安书》中提到，"仆闻之：修身者智之府也，爱施者仁之端也，取予者义之符也，耻辱者勇之决也，立名者行之极也"。他舍死求义，发愤抒写《史记》，"虽万被戮，岂有悔哉"！从司马迁的悲惨遭遇中，我们不难看出，实现生命价值，追求生命价值的最大化，是他的终极理想。司马迁的这种价值取向在其对历史人物的评价中也有体现。他在《伍子胥列传》中说："向令伍子胥从奢俱死，何异蝼蚁？弃小义，雪大耻，名垂于后世，悲夫！方子胥于江上，道上乞食，志岂须臾忘郢耶？故隐忍就功名，非烈丈夫孰能至此哉！"伍子胥当初如不能忍受见死不救的骂名而随其兄白白送死，在司马迁看来不过是"小义"而已。对伍子胥"隐忍就功名"最后雪耻的行为，司马迁称其为"烈丈夫"！

（三）司马迁对"义"的反思

难能可贵的是，司马迁并没有仅仅停留在对义的宣扬上。一方面，他对尚义之人的生命归宿和意义进行了反思。在《伯夷列传》中，他写道：

> 或曰："天道无亲，常与善人。"若伯夷、叔齐，可谓善人者非邪？积仁絜行如此而饿死！且七十子之徒，仲尼独荐颜渊为好学。然回也屡空，糟糠不厌，而卒蚤夭。天之报施善人，其何如哉？盗蹠日杀不辜，肝人之肉，暴戾恣睢，聚党数千人横行天下，竟以寿终。是遵何德哉？此其尤大彰明较著者也。若至近世，操行不轨，专犯忌讳，而终身逸乐，富厚累世不绝。或择地而蹈之，时然后出言，行不由径，非公正不发愤，而遇祸灾者，不可胜数

也。余甚惑焉，傥所谓天道，是邪非邪?"

司马迁对伯夷、叔齐等行仁修义却不得善终，而盗跖残酷无道却延年益寿的社会现实提出愤怒控诉，对所谓天道提出大胆怀疑，为"行仁修义"者鸣不平。这就大大丰富了义的内涵，引起人们更多的思考。

另一方面，司马迁也分析了世俗之人所谓的"义"。其在《游侠列传》中说："鄙人有言曰:'何知仁义，已飨其利者为有德。'故伯夷丑周，饿死首阳山，而文武不以其故贬王。跖、蹻暴戾，其徒诵义无穷。由此观之，'窃钩者诛，窃国者侯，侯之门，仁义存'，非虚言也。"对自己有利便是"义"，无利则反之，这是世俗之人眼中的"义"。司马迁通过叔孙通的传记对此进行了形象地诠释，叔孙通是一位"儒士"，他率领弟子们投奔刘邦。众弟子因得不到他的推荐，颇为不满，私下骂道:"事先生数岁，幸得从降汉，今不能进臣等，专言大猾，何也?"战事平息后，叔孙通带领众弟子为刘邦制礼，刘邦尝到甜头，说道:"吾乃今日知为皇帝之贵也"，重赏叔孙通。叔孙通趁机推荐众弟子，并把所得赏赐分给众人，结果众弟子高兴地说:"叔孙生诚圣人也，知当世之要务。"叔孙通善于见风使舵，有阿谀奉承的一面，有悖于儒家的精神。司马迁在传中借他人之口多次对其进行讽刺。如秦之诸生批驳说"先生何言之谀也";汉之鲁生说"公所事者且十主，皆面谀得以亲贵"。在论赞中，司马迁言:"叔孙通希世度务，制礼进退，与时变化，卒为汉家儒宗。'大直若诎，道固委蛇'，盖谓是乎?"司马迁委婉地讽刺了叔孙通。虽然众人对叔孙通颇为不满，但叔孙通却被其弟子奉为"圣人"。这正应了"何知仁义，已飨其利者为有德"这句话。司马迁通过对世态人情的描摹有力地揭露、讽刺了世俗之人的"义"。

从个人小义到国家大义，从士林之义到游侠之义，从庙堂之高到江湖之远，司马迁用他那如椽之笔描绘了一系列义人、义事，将"义"的思想贯穿于《史记》的历史叙述中。而他自己也将"义"作为人生准则和行为规范，其在遭遇李陵之祸后忍辱负重，以刑余之躯而不负先父嘱托，完成了《史记》这样的空前巨著。千百年来，人们称赞他，人们看重《史记》，和这最有生命力的熠熠闪光的"义"思想精华不无关系，其所呈现出来的"扶义倜傥"的精神面貌，也为中华民族精神的形成起到了不可估量的育化作用。

文本与情境视域下的司马迁游侠观

＊本文作者樊焱，山西大学历史文化学院硕士研究生。

《史记》由司马迁所著，是我国第一部纪传体通史，位列"前四史"及"二十四史"之首，兼具史学及文学价值。而《史记·游侠列传》由于游侠群体的独特性及为游侠立传的稀缺性历来备受研究。新中国成立以来，关于游侠身份、游侠精神、文学和社会之侠等问题的研究层出不穷，成果颇丰。然而，《史记》游侠研究如今也面临着"老生常谈"和"边缘化"的双重困境，对原始材料的阅读整理不够充分，学术观点渐趋同质化。① 笔者试图在本文基于《史记·游侠列传》文本及司马迁所处的社会情境对司马迁的游侠观进行探究，并在与韩非、班固游侠观的比较研究中更好地把握司马迁的游侠观。

一、司马迁笔下的"游侠"

司马迁对"游侠"的描写主要集中于《史记·游侠列传》这一文本当中，要想探究司马迁的游侠观，需先基于《史记·游侠列传》文本进行分析，认清在司马迁笔下究竟何为"游侠"。

司马迁在《史记·游侠列传》中，在此，司马迁主要提到了"布衣之侠""卿相之侠"与"暴豪之侠"这三类"侠"，并分别对其做出不同的评价。"布衣之侠"是司马迁重点描写并极力称赞的，也是司马迁所认为的"游侠"，比如朱家、田仲、王公、剧孟、郭解等；"卿相之侠"虽然名声显赫，堪称贤者，但却是由于身为君主亲属、凭借封国财富、依靠卿相地位而扬名天下的，比如延陵、孟尝、春申、平原、信陵等，司马迁提到他们并非为了称赞，而是为了衬托既无财又无势的"布衣之侠"；而"暴豪之侠"拉帮结派、相互勾结、仗势欺人、贪图享乐，为"游侠"所不耻，被司马迁大力批判，同时，司马迁也十分痛心于世人把朱家、郭解等真正的"游侠"与"暴豪之侠"混为一谈。

着眼于《史记·游侠列传》文本，笔者认为，司马迁提到不同类型的"侠"并不是为了给"侠"分类，而是为了厘清"游侠"的概念，界定"游侠"的范围。"因王者亲属，藉于有土卿相之富厚，招天下贤者，显名诸侯"的"卿相之侠"不

---

① 苏静：《新中国成立以来〈史记〉游侠研究综述》，《重庆文理学院学报（社会科学版）》2018年第 1 期。

是"游侠"，"朋党宗强比周，设财役贫，豪暴侵凌孤弱，恣欲自快"的"暴豪之侠"不是"游侠"，只有"虽时扞当世之文罔，然其私义廉洁退让，有足称者"的"布衣之侠"才是司马迁心中真正的"游侠"。由此，我们便知晓了何为"游侠"，何为司马迁笔下及眼中真正的"游侠"，即"布衣之侠"。

司马迁在《史记·游侠列传》中提到朱家、田仲、王公、剧孟、郭解等"游侠"，着重描写了朱家、剧孟、郭解三位"游侠"，详细刻画了郭解这一位"游侠"，在详略得当的行文安排中，不仅朱家、剧孟的事迹及郭解的一生映入眼帘，"游侠"为何也跃然纸上。

1. 朱家

司马迁在《史记·游侠列传》中对朱家的描写如下：

> 鲁朱家者，与高祖同时。鲁人皆以儒教，而朱家用侠闻。所藏活豪士以百数，其余庸人不可胜言。然终不伐其能，歆其德，诸所尝施，唯恐见之。振人不赡，先从贫贱始。家无余财，衣不完采，食不重味，乘不过軥牛。专趋人之急，甚己之私。既阴脱季布将军之厄，及布尊贵，终身不见也。自关以东，莫不延颈愿交焉。

由此可知，朱家是鲁国人，和汉高祖刘邦处于同一时代，即汉初之人。在崇尚儒家的鲁国，朱家偏以侠而闻名。他藏匿豪杰助其避难，对普通人伸出援手。但他从不夸耀自己，唯恐再次见到被他帮助过的人，面对他们的感谢与夸赞。虽然家中贫困潦倒，衣食住行样样不行，但他仍然一心救助别人，不顾个人私利，专解他人燃眉之急。虽然曾经帮助季布脱险，但当季布尊贵时，他不愿与其相见，承其好处。自函谷关以东，人们莫不想要与朱家交游。

尽管着墨不多，但朱家的形象已然清晰可见：其一，罔顾法律藏匿豪杰，知法犯法；其二，济危救困，周穷救急；其三，贫困潦倒，生活清苦；其四，谦虚低调，深藏名誉。而这不仅是朱家个人的形象，也是司马迁眼中"游侠"的形象。

2. 郭解

郭解是轵县人，个头矮小，精明强悍，不好饮酒。郭解小的时候残忍狠毒，愤慨不快，亲手所杀之人甚多。他不顾自身安危替朋友报仇，藏匿亡命之徒，犯法抢劫，私铸钱币，挖盗坟墓，不法行为数不胜数。但却恰逢天助，经常在危急情况下脱身或遇赦。等到郭解年长了，便检点自己，做出改变，以德报怨，厚施薄望，救振他人后不矜其功。但他仍然残忍狠毒，会因小事而突然发作。在少、长的对比描写之下，郭解的形象更加真实。

除此之外，司马迁还在《史记·游侠列传》中记载了有关郭解的三件事情。其一，处理外甥被杀之事。郭解姐姐的儿子仗着郭解的名势与他人一起喝酒，且在别人喝不了的时候强行灌酒，最终被人拔刀刺死。郭解的姐姐知道后怒道："以翁伯之义，人杀吾子，贼不得。"并将儿子的尸体丢在路上不下葬，以此羞辱郭解。郭解通过凶手所述了解了真实情况，对凶手说："公杀之固当，吾儿不直。"

然后放走了凶手，归罪于外甥，并将其埋葬。其二，宽宥他人傲慢之事。郭解名声渐增，在出入时人们都为他让路，唯独有一人坐在路中间傲慢地盯着他。门客见此想要杀了这个人，但郭解却说："居邑屋至不见敬，是吾德不修也，彼何罪!"并在暗中嘱托尉史免除其劳役。此人知晓后负荆请罪。其三，调解江湖纷争之事。洛阳有一对仇家，当地贤人豪杰从中调解无数次都不奏效，门客便将此情况告诉郭解。于是，郭解在夜间与这对仇家相见，双方出于对郭解的尊重，看在郭解的面子上勉强听从劝告，打算和解。郭解却对这对仇家说："吾闻雒阳诸公在此间，多不听者。今子幸而听解，解奈何乃从他县夺人邑中贤大夫权乎!"郭解不想被人知道此事，趁夜离开，并再次叮嘱："且无用，待我去，令雒阳豪居其间，乃听之。"这三件事情虽然都很小，但也很具体，在体现出郭解特质的同时，也使郭解的形象更加生动立体。

与朱家相比，郭解更加不遵法纪，作奸犯科，但又能改过自新，重新做人，以德报怨，厚施薄望，爱憎分明，通情讲义，形象更鲜明，名气也更大。司马迁都说："吾视郭解，状貌不及中人，言语不足采者。然天下无贤与不肖，知与不知，皆慕其声，言侠者皆引以为名。"显然是将郭解当作了"游侠"的典范。

朱家、郭解之例一略一详，但都较为完整全面，他们既有各自的特质，也存在一些共性，而这些共性便是"游侠"的群体性特质，是我们了解"游侠"为何的关键。依托《史记·游侠列传》文本，笔者认为，司马迁笔下及眼中的"游侠"就是不顾法纪、济危救困、有情有义、谦虚低调、深藏名誉之人，他们可能有不同的出身与经历，但却有相同的特质与追求。

二、"游侠"溯源

韩云波在《侠的文化内涵与文化模式》中总结了前人关于什么是侠的七种解释，并认为，所谓"侠"，并不是单纯的社会身份或社会行为，毋宁说是一种社会关系态度。而"游"表现的是既不依附于朝廷也不依附于宗法，而依附于私人的社会关系特征。一面是个体地位的独立性，一面是社会地位的依附性，共同形成侠介于官民之间的实际社会地位。[①]

往前追溯，"游侠"实源于"士"，据刘泽华的粗略统计，在战国文献中，以"士"为中心组成的称谓和专用名词有百余种。根据士的特点、社会地位等情况，"士"大体可分成三大部分：第一部分是武士，包括国家的武装力量、侠士、"力士"；第二部分是文士，包括道德型、智能型、技能型；第三部分是低级官吏，包括司法官的属吏、基层临民的官吏、泛称的各种属吏；此外还有一些难于归类的。[②] 由此可见，士阶层在当时成分复杂，其行迹遍及社会的各个角落，在社会

---

① 韩云波：《侠的文化内涵与文化模式》，《西南师范大学学报（哲学社会科学版）》1994年第2期。
② 刘泽华：《战国时期的"士"》，《历史研究》1987年第4期。

中最活跃。而"游侠"即属于武士中的侠士，具有见义勇为，为知己者死的特点。

（一）从等级到阶层

"士"的最基本含义是成年男子，并由于一个近似于社会分层化的过程，它逐渐衍化出了氏族正式男性成员之称、统治部族成员之称、封建贵族阶级之称、受命居职之贵族官员之称，以及贵族官员的最低等级之称等内涵。①

在春秋以前，"士"是一个等级，《礼记·王制》载："王者之制禄爵：公、侯、伯、子、男，凡五等。诸侯之上大夫卿、下大夫、上士、中士、下士，凡五等。"② 且其具有相对稳定性，"士者，大抵皆有职之人"③。

到了春秋战国时期，"士"发生了变化，"这种变化的一个最重要的方面是起于当时社会阶级的流动，即上层贵族的下降和下层庶民的上升。由于士阶层适处于贵族与庶人之间，是上下流动的汇合之所，士的人数遂不免随之大增"④，"士"虽然仍有等级之意，但逐渐转变为社会上的一个阶层，成为"士阶层"。而这一变动也"把士的社会身份正式地确定在'民'的范畴之内"，"由于贵族分子不断地下降为士，特别是庶民阶级大量地上升为士，士阶层扩大了，性质也起了变化"，"士已从固定的封建关系中游离了出来而进入了一种'士无定主'的状态"⑤。

与此同时，"社稷无常奉，君臣无常位"⑥ 司空见惯，各国急需招揽人才、富国强兵，一时之间，争士、养士之风盛行。如秦孝公颁布求贤令，欲复秦穆公霸业，"昔我缪公自岐雍之间，修德行武，东平晋乱，以河为界，西霸戎翟，广地千里，天子致伯，诸侯毕贺，为后世开业，甚光美。会往者厉、躁、简公、出子之不宁，国家内忧，未遑外事，三晋攻夺我先君河西地，诸侯卑秦，丑莫大焉。献公即位，镇抚边境，徙治栎阳，且欲东伐，复缪公之故地，修缪公之政令。寡人思念先君之意，常痛于心。宾客群臣能出奇计强秦者，吾且尊官，与之分土。"⑦ 如此一来，不断扩大的士阶层便凭借自己的才能为人所识、为人所用。

（二）由定而游，文武分野

随着春秋战国之际社会的剧烈变动、社会阶级的频繁流动以及士阶层的不断

　　① 阎步克：《士大夫政治演生史稿》，北京：北京大学出版社 1996 年版，第 30 页。
　　② 《礼记》卷 11《王制》，《十三经注疏》整理委员会整理：《十三经注疏·礼记正义》，北京：北京大学出版社 1999 年版，第 330 页。
　　③ ［清］顾炎武著，黄汝成集释，栾保群、吕宗力校点：《日知录集释》卷 7《士何事》，上海：上海古籍出版社 2006 年版，第 440 页。
　　④ 余英时：《士与中国文化》，上海：上海人民出版社 2013 年版，第 10 页。
　　⑤ 余英时：《士与中国文化》，上海：上海人民出版社 2013 年版，第 15 页。
　　⑥ 《左传》卷 53《昭公三十二年》，《十三经注疏》整理委员会整理：《十三经注疏·春秋左传正义》，北京：北京大学出版社 1999 年版，第 1528 页。
　　⑦ ［汉］司马迁：《史记》卷 5《秦本纪》，北京：中华书局 1959 年版，第 202 页。

扩大，大量的"士"逐渐从固定职位上游离出来，走向社会的各个角落，并根据自身的长处及需求不断分化，从文武兼修的全能型人才成为或文或武的专业型人才。

顾炎武在《日知录·士何事》中言："春秋以后，游士日多。《齐语》言桓公为游士八十人奉以车马衣裘，多其资币，使周游四方，以号召天下之贤士。而战国之君遂以士为轻重，文者为儒，武者为侠。呜呼！游士兴而先王之法坏矣！"[①]既点明了春秋之后"士"之由定而游，也道出了战国以来"士"之文武分野，而"侠"便源于"武者"。顾颉刚在《武士与文士之蜕化》中道："古代文、武兼包之士至是分歧为二，惮用力者归儒，好用力者为侠，所业既专，则文者益文，武者益武，各作极端之表现耳。"[②]说明了"士"从文武兼包逐渐转化为文武分途，而"侠"即"好用力者""武者"。吕思勉在《秦汉史》中说："盖当封建全盛，井田未坏之时，所谓士者，咸为其上所豢养，民则各安耕凿，故鲜浮游无食之人。及封建、井田之制稍坏，诸侯大夫，亡国败家相随属，又或淫侈不恤士，士遂流离失职，而民之有才智觊为士者顾益多。于是好文者为游士，尚武者为游侠。"[③]既阐明了"士"由定而游的过程，也说出了"士"文武分野的状况，"游侠"即源于"士"文武分野之后的"尚武者"。由此可见，"士"在春秋以后一方面由定而游，另一方面也文武分野，既向社会释放了大规模的群体性力量，也为社会提供了大量的专业型人才。

然而，游离于社会秩序之外的"士"总归是一股巨大的离心力量，为统治者所忌。荀悦在《汉纪》中载：

> 世有三游，德之贼也：一曰游侠，二曰游说，三曰游行。立气势，作威福，结私交以立强于世者，谓之游侠；饰辩辞，设诈谋，驰逐于天下以要时势者，谓之游说；色取仁以合时好，连党类，立虚誉以为权利者，谓之游行。此三者，乱之所由生也；伤道害德，败法惑世，先王之所惧也。国有四民，各修其业；不由四民之业者，谓之奸民。奸民不生，王道乃成。
> 凡此三游之作，生于季世，周、秦之末尤甚焉。[④]

余英时对此进行解析："荀悦论三游之'游'已不强调其背井离乡之原始义，而特指其不安本业之引申义"，"从'游'字的引申义言，大一统的政府之不能容忍游士、游侠过度活动也是完全可以理解的。从社会秩序中游离出去的自由分子无论如何总是一股离心的力量，这和代表'法律与秩序'的政治权威多少是处在

---

① [清]顾炎武著，黄汝成集释，栾保群、吕宗力校点：《日知录集释》卷7《士何事》，上海：上海古籍出版社2006年版，第440页。

② 顾颉刚：《武士与文士之蜕化》，《史林杂识初编》，北京：中华书局1963年版，第89页。

③ 吕思勉：《秦汉史》，上海：上海古籍出版社1983年版，第517页。

④ [宋]司马光编著，[元]胡三省音注，"标点资治通鉴小组"校点：《资治通鉴》卷18《汉纪十》，北京：中华书局1956年版，第607页。

相对立的位置。"① 诚然，统治阶级需要"游侠"这类人才，春秋战国之际各国急需富国强兵之时更是急于招揽人才、争相养士，但"游侠"毕竟游离于外，甚至罔顾法律，大一统的政府又怎能容忍。这也许在无形中注定了"游侠"最后的结局。

笔者认为，在春秋战国时期社会剧烈变动的背景之下，"士"发生了巨大变化，其不仅从一个等级成了一个阶层，也从定到游，文武分野。而"游侠"就脱胎于"士"文武分途之后的"武士"。"游侠"之"侠"是经由"士"之分化而形成的专业型人才，而"游侠"之"游"的特质使其天然地站在了统治阶级的对立面，可以被利用，但绝不能放任。追溯"游侠"来源不仅可以帮助我们看清"游侠"与生俱来的两面性，也能够帮助我们更深刻地理解司马迁的游侠观。

三、游侠观探析

司马迁的游侠观主要体现于其所作的《史记・游侠列传》文本当中，通过分析《史记・游侠列传》文本，我们能够获悉司马迁的游侠观。同时，司马迁也受其所处社会情境的影响，了解当时的社会情境有助于我们理解司马迁的游侠观。此外，与韩非、班固基于《韩非子》《汉书》所表达的游侠观进行比较研究也有助于我们更好地把握司马迁的游侠观。

（一）司马迁的游侠观

司马迁在《太史公自序》中写明了作《游侠列传》的缘由，"救人于厄，振人不赡，仁者有乎；不既信，不倍言，义者有取焉。作游侠列传第六十四"，并在《游侠列传》开篇亮明了对游侠的看法，"今游侠，其行虽不轨于正义，然其言必信，其行必果，已诺必诚，不爱其躯，赴士之厄困，既已存亡死生矣，而不矜其能，羞伐其德，盖亦有足多者焉"，"虽时捍当世之文罔，然其私义廉洁退让，有足称者。名不虚立，士不虚附"。这几句话都鲜明地表达了司马迁的游侠观。显然，司马迁一方面清楚地知道游侠"其行不轨于正义"，"时捍当世之文罔"；另一方面也称赞游侠之"言必信，行必果"，"救人于厄，振人不赡"，"不矜其能，羞伐其德"等等。而司马迁将称赞游侠之语置于转折之后，说明其更看重游侠身上为人所道的品质，认为他们因行侠仗义而违法犯禁情有可原。

陈苏镇在《〈春秋〉与"汉道"》中指出："司马迁去汉初未远，还曾见过郭解。他对游侠的理解与同情，大概代表了汉初民间社会对这一阶层的通常看

---

① 余英时：《士与中国文化》，上海：上海人民出版社 2013 年版，第 53 页。

法。"① 不可否认，司马迁是汉武帝时期之人，处于当时的社会情境之中，其游侠观必然受到当时社会风气的影响。可以说，司马迁的游侠观并不是司马迁一个人的游侠观，而是当时民间社会普遍的游侠观。

自春秋战国之际游侠从"士"脱胎而出之后，游侠渐多，侠风渐行。战国末年，游侠已盛，影响极大，秦还曾颁布法律抑制游侠，但秦朝毕竟短命而亡，未对游侠造成实质性打击，游侠未散，侠风未消。当秦汉之际战乱再起时，游侠便伺机而动，再次活跃起来，"在社会上以强力手段执行官府朝廷以外的江湖社会秩序的使命"，"在一定程度上起到了社会平衡的作用"②。而汉朝建立之后，由于汉高祖刘邦自身及其统治集团多侠气，所以对游侠很宽容，文景时期又行黄老之治，任由游侠发展，养客之风也再次兴盛，到汉武帝时期，游侠之发展达到高潮。然而，经由时间累积与自由发展的游侠不仅成分及社会关系更加复杂，行为也愈加嚣张，对国家的威胁已经越来越大，朝廷不得不对其进行抑制与打击，司马迁在《史记·游侠列传》中着重描写的游侠郭解最终就落得个被族诛的结局。

不过，在司马迁眼中，那些"朋党宗强比周，设财役贫，豪暴侵凌孤弱，恣欲自快"③的"暴豪之侠"才应该是被诛杀的对象，而像郭解这样因行侠仗义而违法犯禁的游侠是可以被理解的。也正因如此，司马迁并未将"暴豪之侠"视为真正的游侠，只有如郭解这般的"布衣之侠"才算是真正的游侠，他们虽然罔顾法律，但却济危救困，周穷救急，有情有义，是民间社会中一股温情的存在。可以说，一方面，"游侠是汉初自由风气的产物，游侠心理则是在专制政治下对自由的追怀"；另一方面，"游侠风气是对社会风气的一种纠补，游侠心理代表着对人际关系中道义的呼唤"④。

（二）韩非、班固的游侠观

韩非在《韩非子》中对游侠的描述是目前有关游侠的最早记载，也被司马迁在《史记·游侠列传》开篇引用；而班固在《汉书》中作《游侠传》，成为正史中除《史记》外为游侠立传的另一典范。分析这两个文本不仅有助于我们了解韩非及班固的游侠观，也有助于我们在比较研究中更好地把握司马迁的游侠观。

1. 韩非的游侠观

有关游侠的记载最早见于《韩非子》，《八说》篇载："弃官宠交谓之有侠"，"有侠者，官职旷也"，"此八者，匹夫之私誉，人主之大败也。反此八者，匹夫之私毁，人主之公利也。人主不察社稷之利害，而用匹夫之私毁，索国之无危乱，

---

① 陈苏镇：《〈春秋〉与"汉道"：两汉政治与政治文化研究》，北京：中华书局 2011 年版，第104 页。

② 韩云波：《〈史记〉与西汉前期游侠》，《西南师范大学学报（哲学社会科学版）》1996 年第 3 期。

③ ［汉］司马迁：《史记》卷 124《游侠列传》，北京：中华书局 1959 年版，第 3183 页。

④ 韩云波：《〈史记〉与西汉前期游侠》，《西南师范大学学报（哲学社会科学版）》1996 年第 3 期。

不可得矣。"① 在此篇中，韩非认为侠者是弃官职而重私交的人，他们讲侠义、有私誉，但却会损害君主的公利，于国家社稷不利。《五蠹》篇载："儒以文乱法，侠以武犯禁，而人主兼礼之，此所以乱也。夫离法者罪，而诸先生以文学取；犯禁者诛，而群侠以私剑养。故法之所非，君之所取；吏之所诛，上之所养也。法趣上下四相反也，而无所定，虽有十黄帝不能治也。故行仁义者非所誉，誉之则害功；工文学者非所用，用之则乱法。"② 在此篇中，韩非将儒、侠对举，旨在阐明儒、侠妨碍耕战、破坏法治之举对君主治国的危害，并认为君主礼待好用武力、违犯禁令的游侠是国家混乱的根源，应该依照法律对违法犯禁的游侠加以处罚。《显学》篇载："立节参民，执操不侵，怨言过于耳，必随之以剑，世主必从而礼之，以为自好之士。夫斩首之劳不赏，而家斗之勇尊显，而索民之疾战距敌而无私斗，不可得也。国平则养儒侠，难至则用介士，所养者非所用，所用者非所养，此所以乱也。"③ 在此篇中，韩非认为游侠重视名节，有仇必报，被君主礼待，但这会祸乱国家。

综合这几条史料来看，韩非深刻地洞察了游侠的两面性：一方面，游侠重私交、讲侠义、有私誉，被君主以礼相待；另一方面，游侠不从官职、不事耕战、不尊法令，妨碍富国强兵，损害君主利益。但是，韩非站在维护统治的立场上，自然不希望游侠被君主礼待从而危害国家社稷，而是希望打击游侠的不法行为，实现以法治国。

2. 班固的游侠观

班固在《汉书》中为游侠作传，并说明作传缘由，即"开国承家，有法有制，家不藏甲，国不专杀。矧乃齐民，作威作惠，如台不匡，礼法是谓！述游侠传第六十二"，成为二十四史中除了《史记》外为游侠立传的另一典范。

《汉书·游侠传》载：

> 周室既微，礼乐征伐自诸侯出。桓文之后，大夫世权，陪臣执命。陵夷至于战国，合从连衡，力政争强。由是列国公子，魏有信陵，赵有平原，齐有孟尝，楚有春申，皆藉王公之势，竞为游侠，鸡鸣狗盗，无不宾礼。而赵相虞卿弃国捐君，以周穷交魏齐之厄；信陵无忌窃符矫命，戮将专师，以赴平原之急：皆以取重诸侯，显名天下。搤腕而游谈者，以四豪为称首。于是背公死党之议成，守职奉上之义废矣。

> 及至汉兴，禁网疏阔，未之匡改也。是故代相陈豨从车千乘，而吴濞、淮南皆招宾客以千数。外戚大臣魏其、武安之属竞逐于京师，布衣游侠剧

① （清）王先慎撰，钟哲点校：《韩非子集解》卷18《八说》，北京：中华书局2013年版，第462页。
② （清）王先慎撰，钟哲点校：《韩非子集解》卷19《五蠹》，北京：中华书局2013年版，第490—491页。
③ （清）王先慎撰，钟哲点校：《韩非子集解》卷19《显学》，北京：中华书局2013年版，第502页。

孟、郭解之徒驰骛于闾阎，权行州域，力折公侯。众庶荣其名迹，凯而慕之。虽其陷于刑辟，自与杀身成名，若季路、仇牧，死而不悔也。故曾子曰："上失其道，民散久矣。"非明王在上，视之以好恶，齐之以礼法，民曷由知禁而反正乎！

　　况于郭解之伦，以匹夫之细，窃杀生之权，其罪已不容于诛矣。观其温良泛爱，赈穷周急，谦退不伐，亦皆有绝异之姿。惜乎不入于道德，苟放纵于末流，杀身亡宗，非不幸也！①

在此，班固总结了游侠的基本状况，并认为"卿相之侠""布衣之侠"都属于"游侠"，虽有仁义之举，但皆不合礼法。而对于司马迁在《史记·游侠列传》中重点描写并极力称赞的郭解，班固虽然也承认其"温良泛爱，赈穷周急，谦退不伐"，"有绝异之姿"，但主要还是认为郭解身为匹夫百姓，不顾国家法律及道德伦理，恣意妄为，犯上作乱，罪不容诛。显然，"班固作书时秉持着尊奉正统，崇信仁义的封建正统史观。以'尊汉'为宗旨，在体例上突出西汉王朝的地位，成王败寇的褒贬态度成为传统看法"②。因此，与司马迁称赞游侠道义并理解其因行侠仗义而违法犯禁不同，班固更强调游侠不合礼法、威胁统治的一面，对游侠整体上持贬低排斥的态度。

事实上，不论是司马迁还是韩非、班固，他们都看清了游侠的两面性，既承认其行侠仗义，也清楚其违法犯禁。然而，司马迁与韩非、班固处于不同的社会情境之中，他们的游侠观必然不尽相同。韩非提倡以法治国，站在维护统治的立场上，他必然主张打击游侠。班固处于儒家伦常已经定型的东汉前期，游侠道义自然比不过儒家礼法，何况游侠还罔顾法律、威胁统治，注定要被打击。司马迁则处于汉武帝时期，一方面，虽然官方罢黜百家，独尊儒术，确立了儒家的正统地位，但儒家思想在当时并未占据主流，对时人的影响还不深刻，游侠之举还没有那么不合礼法；另一方面，游侠发展至顶峰，虽然朝廷已经开始打击游侠，但整个社会上仍然弥漫着侠风，人们普遍能够理解游侠因行侠仗义而违法犯禁，也希望自己有机会在危急时刻被救助。所以，韩非、班固主要强调游侠之违法犯禁、威胁统治，主张打击游侠；司马迁则敢于称赞游侠之道义，并对此群体抱有深刻的理解与同情。

四、结　论

基于《史记·游侠列传》文本进行分析，司马迁心中真正的"游侠"是"虽时扞当世之文罔，然其私义廉洁退让，有足称者"的"布衣之侠"，他们不顾法纪、济危救困、周穷救急、有情有义、谦虚低调、深藏名誉，可能有不同的出身

---

① ［汉］班固：《汉书》卷 92《游侠传》，北京：中华书局 1962 年版，第 3699 页。
② 冯帆：《新时期〈汉书〉游侠研究》，《重庆文理学院学报（社会科学版）》2017 年第 3 期。

与经历，但却有相同的特质与追求，是民间社会的一抹温情。

追溯"游侠"来源，"游侠"脱胎于"士"文武分途之后的"武士"。在春秋战国时期社会剧烈变动的背景之下，"士"不仅从一个等级成了一个阶层，也从定到游，文武分野。由此而来的"游侠"之"侠"是经由"士"之分化而形成的专业型人才，而"游"的特质则使其天然地站在了统治阶级的对立面，统治越稳固，打击越强烈。

了解司马迁所处的社会情境并与韩非、班固进行比较研究，"游侠"之两面性固然清晰可见，但不同的社会情境导致了不同的游侠观。韩非身为法家代表提倡以法治国，站在维护统治的立场上，必然主张打击游侠。班固处于儒家伦常已经定型的东汉前期，儒家礼法自然大于游侠道义，游侠罔顾法律、威胁统治罪不容诛，注定要被打击。司马迁则处于汉武帝时期，儒家思想并未占据主流，影响不深，且游侠发展至顶峰，虽已被打击，但侠风仍浓，人们普遍能够理解游侠因行侠仗义而违法犯禁。因此，韩非、班固主要强调游侠之违法犯禁、威胁统治，主张打击游侠；司马迁则敢于称赞游侠之道义，并对此群体抱有深刻的理解与同情。

王明珂在《反思史学与史学反思》中提到"将种种历史文本当作古人在特定社会情境下创作的社会历史记忆"，"社会情境与历史记忆文本有其对应关系"①等研究方法。《史记·游侠列传》这一文本便是经由司马迁在特定的社会情境下进行历史书写而逐渐形成的社会历史记忆，经由文本分析，我们可以重新建构对"史实"的了解，而由此所获知的史实不只是文本表面所陈述的人物与事件，更重要的是由文本选择、描述与建构中探索其背后所隐藏的社会与个人情境。② 司马迁处于汉武帝时期，被当时特定的社会情境形塑，其所作的《史记·游侠列传》之文本选择、描述与建构带有深深的社会情境烙印，我们不能只局限于分析司马迁笔下描写的人物与事件，更要深入当时特定的社会情境与司马迁自身的个人情境进行探究，由此才能更透彻地理解司马迁的游侠观。本文受此研究方法启发，基于《史记·游侠列传》文本及司马迁所处的社会情境进行探析，并将司马迁之游侠观与韩非、班固之游侠观进行比较研究，以期更全面地把握司马迁之游侠观。

---

① 王明珂：《反思史学与史学反思》，上海：上海人民出版社 2016 年版，第 12 页。
② 王明珂：《历史事实、历史记忆与历史心性》，《历史研究》2001 年第 5 期。

谋国与谋身

——姜子牙与范增之比较研究

＊本文作者罗享、康清莲。罗享，四川外国语大学中国语言文化学院硕士研究生；康清莲，四川外国语大学中国语言文化学院教授、硕士生导师。

一、引　言

《史记》是西汉著名史学家司马迁穷其一生留下来的一座文化宝库。它不仅是史学中的"绝唱"，更是文学上的一曲无韵《离骚》。作为我国古代传记文学中承前启后的一部作品，《史记》塑造了众多形象丰满的人物，所呈现出的人物画廊也给人留下了深刻的印象。而其中的"谋士"群体是《史记》中不能忽视的一个重要人物群体。他们既是战争的策划者，又是风云变幻的历史的见证者，更是历史的开创者。作为一群独特的人物，他们始终伴随君主活跃在历史的舞台上，姜子牙和范增就是如此。他们同为谋士又都有着相似的经历，据《史记评林》三十二卷载：东方朔云："客难曰太公体行仁义，七十有二，乃设用于文武。"孔丛子云："勤身苦志，八十而遇文王，举全数也。"《楚辞》云；"太公九十显荣。"（《史记评林》卷三十二）姜子牙迟暮之年出山，先后辅佐文王和武王伐纣；范增也同样 70 岁出仕，《史记·项羽本纪》载："居鄛人范增，年七十，素居家，好奇计，往说项梁"，先后辅佐项梁和项羽伐秦。但两人结局却截然不同，姜子牙"封国于齐"，范增"疽发背而死"，两人的命运何其不同。本文试图从姜子牙与范增两人各自的人生经历出发，通过对比分析探究造成他们命运不同的原因，以期给现代人一定的启示。

二、姜子牙的人生经历

先秦典籍中有不少关于姜子牙事迹的记载，但其记述之事多有出入，而有关其称谓的说法就更是混乱。据《史记·齐太公世家》载："太公望吕尚者，东海上人。其先祖尝为四岳，佐禹平水土甚有功。虞、夏之际封于吕，或封于申，姓姜氏。夏、商之时，申、吕或封枝庶子孙，或为庶人，尚其后苗裔也。本姓姜氏，从其封姓，故曰吕尚。"而《史记索隐》又记："谯周曰：'姓姜，名牙。炎帝之裔，伯夷之后，掌四岳有功，封之于吕，子孙从其封姓，尚其后也。'按：后文王得之渭滨，云'吾先君太公望子久矣。'故号太公望。盖牙是字，尚是其名，后武王号为'师尚父'，则尚父官名。"大致可以肯定姜子牙姓姜，名尚或牙，号太公望，而"子牙"或是后世给予的尊称。又因其祖先曾是尧舜时期的"四岳"之一，又因治水有功被封于吕地，故又被称为吕尚。姜子牙作为诸侯之后本应该地位显赫，可在夏、商时期，申、吕这两个地方的土地又被重新划分，有的旁支子孙得到分封，没有再分到土地的后代就沦为平民，而姜子牙恰恰属于后者的后代。社会阶层的跌落也就导致生活状态的下滑，《史记·齐太公世家》就用"吕尚盖尝穷困"来描述姜子牙窘迫的生活，《史记索隐》更是以"谯周曰：'吕望尝屠牛于朝歌，卖饮于孟津。'"这样生动形象的事件来描述姜子牙的庶人生活。而历史的机遇恰恰使一介布衣的姜子牙帮助文、武二王讨伐商纣，谋定天下。

（一）尚与文王遇

司马迁在《史记·齐太公世家》中叙述姜子牙的第一件事情就是与文王相遇。而与文王相遇的过程，则又有三种记载。

第一种记载是姜子牙"以渔钓奸周西伯"，也就是借用钓鱼的机会求见周西伯。说有一次文王在将要出外狩猎前占卜了一卦，其卦辞说："所获非龙非彲，非虎非罴，所获霸王之辅"，即文王此次出猎所得猎物非龙非螭，非虎非熊；所'获猎'到的是能辅佐文王成就霸王之业的贤臣。于是乎在文王打猎时，果真于渭河北岸遇到了太公。文王与太公交谈后大喜，对其说："自吾先君太公曰'当有圣人适周，周以兴'。子真是邪？吾太公望子久矣。"之后二人便一同乘车归去，而姜子牙也被文王尊为军师。

第二种记载说姜子牙是"太公博闻"，能上知天文，下知地理，中晓人和，懂奇门，晓八卦。又说他"尝事纣"，只因为纣王无道而"去之"。之后其四处游说诸侯，然未得知遇之君，最终西行归附于文王。

第三种记载则将姜子牙塑造为一位隐居东海之滨的处士。"姜尚处士，隐滨海。"而与文王相遇则是因为周文王被纣王囚禁于羑里时，文王之臣散宜生、闳夭二人素来就知道姜子牙，而为救文王，二人便请姜子牙出山相。面对两人相请，姜子牙也借着："吾闻西伯贤，又善养老"的理由"盍往焉"。姜子牙三人为救文王，于是"求美女奇物，献之于纣"，文王因此得以被释放，返回周国，姜子牙也就此效力于周。

《楚辞章句》中载："吕望鼓刀在列肆，文王亲往问之，吕望对曰：'下屠屠牛，上屠屠国。'文王喜，载与俱归也。"说姜子牙当年为商朝首都朝歌的一位杀牛屠夫，有一天其正在店里卖肉，姬昌去请教国事。姜尚言道："下屠屠牛，上屠屠国。"而姬昌听闻后，大喜，"载与俱归也"。

诚如太史公所说，"言吕尚所以事周虽异，然要之为文、武师。"虽然姜子牙归周的传说有很多种，但无论哪一种相遇方式最终都是殊途同归——成为文王、武王的师辅之臣，并且帮助文、武二王成就大业。

（二）阴谋修德　以倾商政

文王立姜子牙为国师之后"与吕尚阴谋修德，以倾商政"，《史记评林》引苏子古史曰："三代之得天下其所以异于后世者，惟不求而得之耳。世之论伊尹太公多以阴谋奇计归之，其说乃与汉陈平魏贾诩无异乎？……太公盖善用兵，老而不衰，与文王治岐而《司马兵法》出焉，要之，皆仁人，岂诡诈倾人以自立者哉！"（《史记评林》卷三十二）面对极虐的纣王，文王希望姜子牙能"公尚助予忧民"，帮助其为民解忧。而姜子牙却告诉文王"天道无殃，不可先倡；人道无灾，不可先谋。"现在的商纣其田虽"草茅胜谷"，其民虽"众曲胜直"，其吏虽"暴虐残贼，败法乱刑"并且"上不觉"，已经是尽显亡国之象，但由于"鸷鸟将击，卑飞敛翼；猛兽将搏，弭耳俯伏；圣人将动，必有愚色。"理应潜藏锋芒，静待时机。而文王也听从姜子牙"因其所喜，以顺其志"，"尊之以名"，"塞之以道"，"养其乱臣以迷之，进美女淫声以惑之，遗良犬马以劳之，时与大势以诱之"的建议，一方面，不仅"文王率殷之叛国以事纣"，率叛商纣的诸侯朝觐纣王，而且还"求有莘氏美女，骊戎之文马，有熊九驷，他奇怪物"献给纣王，并自毁名声，在国都"为玉门，筑灵台"，大兴土木，广纳美女，整日"撞钟击鼓"宴饮观舞，假作一副享乐腐化的样子迷惑纣王。而纣王知道这些事情之后果然对文王放松警惕，以至于说出"西伯改过易行，吾无忧矣！"而另一方面，文王继续韬光养晦，先是以洛西之地献给商纣王，请求废去炮烙之刑。纣王同意了文王的请求，并赐其"弓矢斧钺"。这就使得文王不仅争取到天下人心，而且还获得了纣王赐予的征伐诸侯之权。这也为其乘机壮大自己的政治、经济、军事力量创造了条件。而除了对外收揽人心、树立形象外，文王对内也推行善政，改善民生，最终使得"周西伯政平"。在姜子牙的辅佐下，文王扩大了在诸侯中的影响力，以至于后来"诸侯皆来决平"。

据《史记·周本纪》记载："虞、芮之人有狱不能决，乃如周。入界，耕者皆让畔，民俗皆让长。虞、芮之人未见西伯，皆惭，相谓曰：'吾所争，周人所耻，何往为，只取辱耳。'遂还，俱让而去"。虞、芮两国发生领土纠纷，"久而不平"，于是两国国君"相与朝周"。可当虞、芮两国国君刚进入周国地界，就见"耕者让畔，行者让路"，虞、芮国君见此情景，还没见姬昌和姜尚的面，就"皆惭"，回国而去，并把有争议的土地划为缓冲地。这则记载说明了两件事情：一是在姜子牙的辅佐下周国政通人和，民心安稳，内部团结；二是虞、芮两国赴周国裁决争端的行为，代表着政治上对周国的归顺，也说明周国已经开始取代商朝成为一些小国的实际宗主国。

与此同时，文王也按照姜子牙的计划，乘纣王征伐东夷，无暇顾及周国的时候，利用纣王赋予的"专征伐"之权，以支持殷商为借口，发动了一系列剪除异己、扩张势力的军事进攻，旨在清除那些效忠商而反对周的诸国。先"伐崇、密须、犬夷",解除东进的后顾之忧;后"伐邘""败耆(黎)国","打通了穿越太行山最重要的通道",在这之后又"大作丰邑",并"自岐下而徙都丰"。至此"天下三分,其二归周者",而这"多太公之计谋"。周在扫清完进军商都朝歌障碍的同时,也揭开了其问鼎中原的序幕。

(三)武王伐纣　天下更始

公元前 1056 年周文王姬昌逝世,周武王姬发继位。在其继位后任命姜子牙为太师,尊为"尚父",任命周公旦为宰相,并任命召公和毕公等人为辅政大臣,"以修文王业"。经过多年的经营发展,武王和姜子牙想继续文王的"伐纣"事业,于是率师东征,一直到达盟津,举行了历史上有名的"盟津观兵"。这其实是一次以检验诸侯伐纣态度与检查军队作战准备为目的的军事演习。姜子牙"左杖黄钺,右把白旄",代表武王发号施令东进。等到了盟津之后主动率军前来会盟的诸侯竟有八百家之多,并且他们都表示愿意参加伐纣战争,接受武王指挥。之后武王以时机未到为理由,与众诸侯会完盟后又率领军队回国。

在盟津观兵后二年,"纣杀王子比干,囚箕子",武王与姜子牙便以此为契机召集诸侯开始了伐纣之路。可伐纣之师行到汜水牛头山时,忽然"风甚雷疾,鼓旗毁折",甚至连武王的骖乘都"惶震而死"。一时流言四起,都认为这是出师不利的征兆,而周公旦烧龟甲、数蓍草,占卜得出:"今时逆太岁,龟灼言凶,卜筮不吉,星变为灾,请还师。"更是使"群公尽惧",认为应该尊重天意,暂缓进攻,武王也为此犹豫不决。而这时唯有姜子牙力排众议"强之劝武王",他告诉武王,如今的纣王杀害比干,囚禁箕子,任用飞廉,致使朝政大乱、民不聊生,"伐之有何不可",况且用来占卜的龟甲和蓍草只是朽骨枯草,"安可知乎!"姜子牙说着,便"焚龟折蓍,援枹而鼓",烧掉龟壳和折断蓍草,然后自己敲响了战鼓,身先士卒地"率众先涉河"。武王最终接受了姜子牙的劝告,以"讨逆"为名,联合其他诸侯一起继续攻打商纣。纣王也发兵七十万抵抗武王。二人在商郊的牧野展开了决战。但"纣师虽众,皆无战之心,心欲武王亟入。纣师皆倒兵以战,以开武王。武王驰之,纣兵皆崩畔纣"。最终纣王"入登鹿台,衣其宝玉衣,赴火而死"。

至此,姜子牙辅佐文、武王"平商而王天下",使得周朝代替商朝成了新的天下共主,而姜子牙也因"师尚父谋居多"被武王封于齐,成为齐国的始祖。

三、范增的人生经历

关于范增,《史记》没有为他专门列传,其事迹主要见于《史记·项羽本纪》中。而对于他的生平介绍,司马迁也只用了"居鄛人范增,年七十,素居家,好奇计"短短四句来描述。虽然《史记·项羽本纪》云:"亚父者,范增也。"记载了范增为项羽"亚父"的这一事实,但并未明确说明项羽为何称其为"亚父"。裴骃的《史记集解》记载"如淳曰:'亚,次也。尊敬之次父,犹管仲称仲父。'"则为项羽为何尊范增为"亚父"提供了一种解释，认为这是项羽对范增的一种尊敬。而尊敬的原因就在于范增出山后先辅佐项羽叔父项梁，在项梁战死后又辅佐项羽。唐代司马贞也同意这一说法，"项羽得范增，号曰亚父，言尊之亚于父，犹管仲，齐谓仲父"。由此可见，"亚父"范增是项羽集团中的一个重要人物，而范增对项氏也是忠心耿耿，从参加反秦起义到与刘邦争霸，都在替项氏集团谋定天下。与姜子牙一样，70岁出山的范增这一生充满了传奇色彩。

（一）七十出山 说梁立楚

范增出山后做的第一件事，就是说服项梁等人扶持楚王的后裔。《史记·项羽本纪》载：

> 范增往说项梁曰："陈胜败固当。夫秦灭六国，楚最无罪。自怀王入秦不反，楚人怜之至今，故楚南公曰'楚虽三户，亡秦必楚'也。今陈胜首事，不立楚后而自立，其势不长。今君起江东，楚蜂（起）〔午〕之将皆争附君者，以君世世楚将，为能复立楚之后也。"

作为楚人的范增，一直以"灭秦复楚"为志向，所以他很清楚"楚王"旗号的号召力。他认为陈涉、吴广二人的起义最开始之所以能够一呼百应，其原因就在于他们以"张楚"为旗号，而其失败的原因就在于起事之后的"不立楚后而自立"，缺少了"人心所向"，固当败。所以范增由此来劝说项梁，如今要起兵反秦，以"楚王"为旗号，是最好的选择。而项梁也采纳了范增的建议，"乃求楚怀王孙心民间，立以为楚怀王"。而这一做法也"从民所望"，在师出有名的同时，也名正言顺地以此号召天下子民共同抗秦，之后不管是项梁、宋义，还是刘邦，都聚集在"楚怀王"的旗帜下，一起灭秦。可以说，范增"说梁立楚"的计策是亡秦路上最关键的一步。

之后在范增的辅佐下，项梁以"楚王"为旗帜，率领军队先"大破秦军于东阿"，后"至雕丘，大破秦军，斩李由。"在亡秦的路上高歌猛进，这也使得项梁"益轻秦，有骄色"。而后项梁因不听宋义的劝告，骄傲轻敌，被秦军大败定陶而亡。项羽则继承项梁的军队继续亡秦之路。

（二）鸿门之宴 设局杀刘邦

定陶一战，项梁因轻敌战败而亡后，楚怀王为巩固自己的地位对将领进行了重新的调整，"王召宋义与计事而大说之，因置以为上将军；项羽为鲁公，为次将，范增为末将"，他任命自己的亲信宋义为上将，项羽为次将，范增为末将。不久，项羽以宋义"不恤士卒而徇其私，非社稷之臣"的理由斩杀了宋义，并在诸将的拥护下做了代理上将军，而楚王在得知此事后便任命项羽为上将军。因为此事，项羽"威震楚国，名闻诸侯"。之后的巨鹿之战，项羽更是大破四十万秦军，使其"由是始为诸侯上将军，诸侯皆属焉"，成了反秦联盟的实际领袖。而在这纷乱的形势和众多的军事集团中，范增非常敏锐地觉察出只有刘邦是项羽的劲敌和心腹大患，特别是在刘邦入主咸阳后认为"沛公居山东时，贪于财货，好美姬。今入关，财物无所取，妇女无所幸，此其志不在小。吾令人望其气，皆为龙虎，成五采，此天子气也"，并劝项羽急击勿失，由此引出鸿门设宴，计杀刘邦。

在鸿门宴的整个斗争过程中，范增始终审时度势、出谋划策，欲置刘邦于死地，但由于受到内部与外部的牵扯，使他的目的始终无法达到。首先是宴会前一天，白天范增还在和项羽商量怎么杀刘邦，当晚就因项伯为报张良私恩，"乃夜驰之沛公军，私见张良，具告以事"，泄露了军机。等其回到军中之后，又说服项羽放弃暗杀计划，而项羽也在不与范增商量的前提下就直接许诺同意了项伯的请求。其次是当日宴会上，项羽面对刘邦"臣与将军戮力而攻秦，将军战河北，臣战河南，然不自意能先入关破秦，得复见将军于此。今者有小人之言，令将军与臣有郤"的假意屈从，忘乎所以，洋洋自得，竟脱口"此沛公左司马曹无伤言之；不然，籍何以至此。"将曹无伤告密之事全盘托出，全然忘记了"击沛公"一事，可见项羽的怒气全消，并有与刘邦和解的意思，以至于宴席中"范增数目项王，举所佩玉玦以示之者三，项王默然不应"。但范增知道，如果刘邦不死，项羽难以得天下，于是他悄悄叫来项庄，命他"入前为寿，寿毕，请以剑舞，因击沛公于坐，杀之"，一时间宴会上刀光剑影，充满杀机，而此时项伯"亦拔剑舞，常以身翼蔽沛公"，一攻一守，使得项庄无法下手。加上樊哙的突然闯入，打乱了刺杀刘邦的布局。最终刘邦以"如厕"为由成功逃走，范增计划失败，无奈感慨"竖子不足与谋。夺项王天下者，必沛公也，吾属今为之虏矣。"

（三）参与分封 远放刘邦

虽然在鸿门宴上，范增和项羽的意见出现了分歧，但他依然为项羽出谋划策，忠心耿耿。项羽"欲自王"，范增就建议项羽以分封诸侯的方式称王，这样既满足了各路将领的愿望，达到收买人心的效果，又为自己称王提供了一个合乎情理的理由。

于是项羽以"义帝虽无功，故当分其地而王之"的理由先立楚怀王为义帝，后又"乃分天下，立诸将为侯王"。可是，当项羽在分封刘邦时，既不敢违背"先入关者王之"的约言，又害怕封其关中之后出现"沛公之有天下"的情况，就接受了范增的意见，以"巴、蜀亦关中地也"为借口，命刘邦为汉王，远封汉中、四川等地。并将关中之地分为三块，封给秦朝的降将以抗拒刘邦。

（四）惨遭反间 客死异乡

分封刘邦到蜀地后的三年里，项羽时不时就率领军队侵夺汉军的甬道，导致刘邦粮道断绝，被困荥阳，危在旦夕。于是刘邦主动求和，提出"割荥阳以西为汉"，项羽本想答应刘邦的请求，可范增认为，这是杀掉刘邦的好机会，应该一鼓作气，击败汉军，直取刘邦，所以劝谏项羽："汉易与耳，今释弗取，后必悔之。"于是项羽就和范增加紧围攻荥阳。而刘邦对此十分担忧，于是采用了陈平所献的离间计，通过不同方式对待项羽所派的使者，以此来离间项羽与范增二人。《史记·项羽本纪》载："项王使者来，为太牢具，举欲进之。见使者，佯惊愕曰：'吾以为亚父使者，乃反项王使者。'更持去，以恶食食项王使者。使者归报项王，项王乃疑范增与汉有私。"在项羽使者来见刘邦时，刘邦准备了隆重的宴席，在大鱼大肉与美女歌舞助兴之下，使者席间说出代项羽向刘邦军队表示感谢的话来。而陈平听到是项羽的使者后说：我还以为是范增的使者，没想到你们是项王的使者。说完，他就命人把珍馐与美女撤下换成粗陋的食物。使者回去之后就把这件事向项羽作了禀报，项羽怒火中烧，认定范增和刘邦有勾结，再也不信任他，并"稍夺之权"，削减范增的权力。范增知道此事后大怒，对项羽说："天下事大定矣，君王自为之。愿赐骸骨归卒伍。"而项羽也同意了范增回乡的请求，只可惜"行未至彭城，疽发背而死"。

四、二人命运不同的原因

范增与姜子牙同为谋士，虽然在谋国的手段上相差不大，但在实施之时却大相径庭，而谋身的层面更是差异巨大，加之二人所辅之主有云泥之别，这也是导致二人最后结局迥然不同的原因。

（一）谋士能力的不同

作为谋士不仅要能为自己的君主出谋划策，更要在其犯错时进行恰当的规劝。对文、武二王而言，姜子牙不仅是一个有着运筹帷幄、谋划天下的作用的人，更是能够在关键时刻或关键性的问题上对文、武二王因势利导，加以劝谏的人。如：在文王被纣王防备的时候，姜子牙不仅让文王携叛商纣的诸侯朝觐纣王，还劝文王自毁名声，以迷惑纣王；又如姜子牙建议文王以割洛西之地，换取天下民心等，这些都对后来武王伐纣的胜利起了关键作用。此外，姜子牙还是一个能够在文、武二王犯错时，及时发现并极力规劝，使其得以及时改正的人。如：在牛头山，面对狂风雷电的恶劣天气，军鼓震裂，军旗折断的不祥征兆时，武王萌生退意，姜子牙却力劝武王认为"伐之有何不可"，并身先士卒地渡河伐纣。这既表现了姜子牙远见卓识，还表现出他敢于谏诤的勇气。而范增，虽然在立怀王、杀刘邦、封汉地、攻荥阳等事情上，有远见、有策略，但在项羽坑降卒、屠咸阳、杀子婴、烧宫室、弃关中、杀义帝等事件上，面对项羽的所作所为，正像洪迈所说，"增皆亲见之"而"未尝闻一言"。可见两人在劝谏的能力上是有差距的。除此之外，在谋略的水平上范增似乎也稍逊姜子牙一筹。清朝王鸣盛就认为范增劝项梁立"楚王"的旗号，是一个谬计，"范增谬计，既误项氏，亦误怀王"，使得项羽在受制于楚王同时也让楚王成了项羽称霸天下的一个障碍，以至于项羽后来不得不杀楚王，又给了刘邦灭掉项羽的理由。《史记评林》也记载：

"增劝项氏第一事惟立楚怀王，心不知项世楚将，怀王立，则项当终其身为驱驰，增谓羽能堪之乎？必不能堪，将置怀王于何地？卒之羽弑怀王，而汉之灭羽，因始终以怀王为说是。"（《史记评林》卷七）对于立楚怀王一事是否恰当，这里不多做辨析，只能说作为谋士的范增在"立楚王"这一计谋上并不能做到谋无遗策，也恰恰说明其能力上的不足。而这种能力的不足又同时与君主之间的信任有关。刘邦就曾说："项羽有一范增而不能用，此其所以为我擒也。"而曹魏名臣蒋济亦言："项羽若听范增之策，则平步取天下也。"

（二）君臣之间的信任不同

从君臣之间相互信任的角度来说，尽管姜子牙和范增被自己的君主奉为"尚父"与"亚父"，但姜子牙却是得到了文、武二王充分的信任，而范增与项羽的关系则还未能达到亲密无间、不可挑拨的程度。如当文王急迫地询问姜子牙是否有"助予忧民"的计策时，姜子牙并没有直接回答，而是以"天道无殃，不可先倡；人道无灾，不可先谋"劝告文王目前只能委屈隐忍、韬光养晦、小心行事，而文王也非常信任姜子牙，并接受了他的计谋。相反，项羽与范增看似非常信任，其实是貌合神离。在项羽主张要"旦日飨士卒，为击破沛公军"时，范增也力主"急击勿失"，两人看似都主张消灭刘邦，但其出发点并不一样。项羽是知道"沛公欲王关中，使子婴为相，珍宝尽有之"之后，一怒之下的决定，而当愤怒的原因被项伯和刘邦二人的花言巧语化解之后，这个决定也就不复存在了。范增则是在冷静地分析刘邦的种种表现后，认识到刘邦是项羽夺天下最大的劲敌，才提出必须趁其弱小之时斩草除根，以免养虎为患。之后鸿门宴刺杀的失败，一定程度上也归咎于项羽宴会前一晚对计划的临时改变。而改变之后并未与范增商量的做法，也充分体现了项羽的刚愎自用，一意孤行，同时也可看出范增与项羽君臣二人之间的不信任。虽然项羽的很多军事行动，都会询问范增的意见。但是，每次到了具体行动时，项羽就忽视他们之前的商议，自作主张单独行动。北上灭秦时，项羽杀上将宋义，没有和范增商量，"项羽晨朝上将军宋义，即其帐中斩宋义头，出令军中曰：'宋义与齐谋反楚，楚王阴令羽诛之'"；坑杀秦国士兵时，没有和范增商量，"项羽乃召黥布、蒲将军计曰：'秦吏卒尚众，其心不服，至关中不听，事必危，不如击杀之，而独与章邯、长史欣、都尉翳入秦。'于是楚军夜击坑秦卒二十余万人新安城南。"项羽的这种刚愎自用，是他和范增隔阂的开始，也是他对范增的不信任。以至于再后来，围困荥阳时，项羽轻易的就中了陈平"欺三尺童，未可保其必信者"的离间计，而范增也并未做出任何解释就"愿赐骸骨归卒伍"，则更说明范增与项羽之间早已充满嫌隙及不信任。可见，在君臣之间，姜子牙比范增更能获得自己君主的信任。而这又与两人的性格密不可分。

（三）自身性格的不同

姜子牙和范增一个能知己知主，性格从容谦卑；一个不能知己知主，性格急躁自大。姜子牙虽为"尚父",但他明白自己只是一介谋臣,所以在献策或劝谏时总是尊重并顾及君王面子,使其能够欣然接受自己的主张,就像云顺风而行、水顺流而下一般自然顺畅。如想让文王韬光养晦、养精蓄锐却不直言,而是以"鸷鸟将击,卑飞敛翼;猛兽将搏,弭耳俯伏;圣人将动,必有愚色"委婉规劝;在伐纣路上,面临出师不利的征兆和武王犹豫不决时,姜子牙又据理力争,以"今纣刳比干,囚箕子,以飞廉为政,伐之有何不可?枯草朽骨,安可知乎!"为由,让武王继续伐纣,其言辞也只是一个谋士对君主的合理劝谏,并没有作为"尚父"的命令口吻。而范增则不然,他始终以"亚父"的身份自恃,又仗着自己年高才卓,常以长辈的身份对待项羽。在劝告项羽攻打刘邦时说"急击勿失";在鸿门宴刺杀刘邦失败后又妄自尊大,出言不逊地说出"竖子不足与谋";在中陈平离间计后,也不能按住火气,面对项羽的怀疑直接暴跳如雷,也不想着进行辩解,就留下"天下大事定矣,君王自为之"一句话后,轻率地甩袖而去,这些都可以看出范增急躁而自大的性格。而这种"恃才傲物"的性格与项羽"刚愎自用"的性格相遇,也是导致范增最后"行未至彭城,疽发背而死"悲惨结局的原因之一。

五、结　语

综上所述,通过对姜子牙与范增的人生经历、君臣之间的关系以及人物性格对比可以发现,即使是在谋国能力上不相上下的谋士,由于在其谋身的能力上各有不同,造成命运的天壤之别,而且这种不同似乎成了无法避免也无法改变的宿命。也正是这样,才使得谋士这一群体在历史的画廊里真实而又充满魅力。这样的比较,可以对今后类似谋士群体的分析研究提供借鉴,也会使读者在性格决定命运等方面产生源源不断的人生思考。

由"廉士"到"忠臣"

——《史记·伯夷列传》"谏伐饿死"与传统隐逸文化的诠释

＊本文作者陈永成，四川外国语大学古代文学专业硕士研究生。

作为早期隐逸文化的代表，伯夷叔齐事迹的流传肇始于先秦各类子书，而最终定型于《史记·伯夷列传》。从情节上看，《伯夷列传》最大亮点在于新增了不见于先秦子书的"谏伐饿死"一事，并将《采薇歌》附于其后，成为太史公全篇质疑天命、赞扬清节的重要切入点。但叩谏这一汲汲于"以臣弑君"的行为与清廉之形象特别是前面"让国而逃"的情节颇有些抵牾，正如朱子所提出的质疑：

> 夷齐让国而逃、谏伐而饿，此二事还相关否？或谓先已让国，则后来自是不合更食周粟。若尔，则当时自不必归周，亦不待见牧野之事又谏不从而后去也。且若前日已曾如彼，即今日更不得如此，此与时中之义，不知又如何？凡此鄙意，皆所未安，幸乞垂教。（《晦庵先生朱文公文集卷第三十一·与张敬夫》）

朱熹敏锐地察觉到了新增"谏伐饿死"情节后，《伯夷列传》中夷齐形象产生了不可调和的内在矛盾，可谓慧眼独具。这种矛盾可以简单归结为让国的"廉"与叩谏的"忠"之间的不相兼容。因此迫使后世读者不得不对"谏伐饿死"情节的内在意蕴进行重新阐发与解读。自太史公《伯夷列传》问世后，对"谏伐饿死"情节的接受呈现出两条迥然不同的阐释路径：一条是延续先秦子书中对夷齐的赞扬，将夷齐劝谏武王无果后，不仕周朝且隐居采薇而死的行为阐释为一种"廉士"的品格，从而与前文让国的"廉"保持某种一致性。另一条则着眼于夷齐所处商周"易代之际"的历史背景，从而强调夷齐扣谏不听，隐居而死的行为是一种偏心于前朝与看重君臣之义的忠臣之举。相较于"廉士说"，后起的"忠臣说"经唐宋士人广泛讨论并后来居上，逐渐成为"谏伐饿死"情节意蕴的权威阐释。夷齐是千古隐士的代表，通过梳理其形象由"廉士"到"忠臣"的转变过程，也可以管窥传统隐逸文化如何在政治话语与士人心态等多元因素影响下获得全新的意蕴阐释的可能。

一、"廉士说"：形象定型与阐释困境

在梳理"廉士说"之前，我们需要厘清的是，"廉"的内涵在先秦两汉时期存在二义。据《孟子·万章下》：

> 伯夷，目不视恶色，耳不听恶声。非其君不事，非其民不使。治则进，乱则退。横政之所出，横民之所止，不忍居也。思与乡人处，如以朝衣朝冠坐于涂炭也。当纣之时，居北海之滨，以待天下之清也。故闻伯夷之风者，顽夫廉，懦夫有立志。

对"顽夫廉"一语，东汉赵岐的注释是"顽贪之夫更思廉洁"（《孟子章句》），而朱熹则云"顽者，无知觉。廉者，有分辨。"（《四书章句集注》）赵岐将"顽"释作"贪顽"，"廉洁"在此作为"贪利"的对立面而存在；朱熹则将"廉"视为一种精神上的操守，按《广雅·释诂一》："顽，愚也。"与此对应，"廉士"则并非愚不知耻，而是一种懂得分辨的智慧，出处得宜并有所持守。从《孟子》原文看，"非其君不事，非其民不使。治则进，乱则退"，正是一种高度自觉"有分辨"的士人品格，朱熹说更近孟子原义。

作为具有"'不能自言'的'幽约怨悱'之美"的名篇（叶嘉莹《神龙见首不见尾——谈〈史记·伯夷列传〉的章法与词之若隐若现的美感特质》，《中国韵文学刊》2009 年），《史记·伯夷列传》存在两层相互对立的价值书写。在政治层面，表现为仁义与廉让的对立。武王伐纣所代表的"仁义"顺天应人，然而终是以暴力夺取政权并且享有前朝之利的行为，故不免"以暴易暴"之讥，正如太史公在他篇所述："鄙人有言曰：'何知仁义，已飨其利者为有德。'故伯夷丑周，饿死首阳山。"（《游侠列传》）本传中伯夷对这种"仁义"采取的不合作态度，正是太史公对借仁义为名而谋利者的一种微词。在个人层面则表现为天命与清节的对立。太史公质疑天命的正义性，但并没有因此否定为善的价值，所谓"举世混浊，清士乃见"，正如伯夷所为，清节出于一种高度自觉的抉择，并不因外在褒贬而有所改变。

可以看到，在这两组相互对立的价值中，仁义与天命，同是古代政治文化的主流形态，"廉（清）"在此皆作为主流的对立面被提出并予以肯定，其本质是一种不合作，是一种隐隐与主流文化抵抗的"异质"因子。这种不随政治与时人为俯仰的"廉"，正是司马迁立此传乃至为七十传作总序的初衷所在。这种意旨还可以在太史公的他篇中得到印证：

> 武王以仁义伐纣而王，伯夷饿不食周粟；卫灵公问陈，而孔子不答；梁惠王谋欲攻赵，孟轲称大王去邠。此岂有意阿世俗苟合而已哉！持方枘欲内圜凿，其能入乎？（《孟子荀卿列传》）

此处反抗武王仁义的"廉"，若解释为忠于一家一姓，自然不免有买椟还珠

之讥，即使解释为廉洁不贪（赵岐说），也未为通解，《太史公自序》云"末世争利，维彼奔义；让国饿死，天下称之。作伯夷列传第一。"据《释名》："义者，宜也，裁制事物使合宜也。"可以说，太史公对夷齐"义"的赞扬，正与《孟子》"有分辨"而出处合宜的"廉"精神相通。与"让国饿死"相比，夷齐"谏伐饿死"的情节在更强烈的冲突对立中展现了这种可贵的"廉士"品格，因此得到后人更多的关注与讨论。

当然，训"廉"为"不贪"，也代不乏人。其较早可见《战国策》："廉如伯夷，不取素餐，污武王之义而不臣焉，辞孤竹之君，饿而死于首阳之山。"（《人有恶苏秦于燕王者》）此处的廉加入了"不取素餐"这一颇具物质性的内涵，已与"有分辨"的精神追求有些貌合神离。在汉代，将夷齐的廉与"贪"对比论述者并不鲜见，前文引东汉赵岐注即典型例子，此外，如贾谊《鹏鸟赋》云"贤圣逆曳兮，方正倒植。世谓伯夷贪兮，谓盗跖廉。"王充《论衡·书虚》：

> 夫季子耻吴之乱，吴欲共立以为主，终不肯受，去之延陵，终身不还，廉让之行，终始若一。许由让天下，不嫌贪封侯；伯夷委国饥死，不嫌贪刀钩。廉让之行，大可以况小，小难以况大，季子能让吴位，何嫌贪地遗金？

虽则夷齐不与政权合作而隐居首阳，本身即包含了辞谢周朝封爵赏禄的物质性成分，然而对爵禄的"不贪"只能算是夷齐"有分辨"的表象行为之一却并非其终极的精神追求，二者的几希处是不可不分辨的。或者可以说，在"廉"的内涵上，先秦两汉读者产生了物质行为与精神追求两种不同的解读方式，其背后体现的是对仕途行为的规训与对士人品格的期待二者之间的张力。但无法否认的是，"廉"作为夷齐最显著的品行，在先秦两汉被广泛承认并书写着：

> 今御史大夫禹洁白廉正，经术通明，有伯夷、史鱼之风，海内莫不闻知。（《汉书·杨胡朱梅云传》）
> 伯夷叔齐，贞廉之师；以德防患，忧祸不存。（《焦氏易林》）

但是，"谏伐饿死"的行为毕竟骇人耳目，如王充所云"清廉之行，人所不能为也"（《论衡·非韩》），后世难以效仿，并且这种廉举时刻与儒家所推崇的"仁义"价值对立冲突，因此，其"廉士说"在后世不可避免地迎来阐释的困境。据《后汉书》：

> 永建中，公卿多荐（黄）琼者，于是与会稽贺纯、广汉杨厚俱公车征。琼至纶氏，称疾不进。有司劾不敬，诏下县以礼慰遣，遂不得已。先是征聘处士多不称望，李固素慕于琼，乃以书逆遗之曰："闻已度伊、洛，近在万岁亭，岂即事有渐，将顺王命乎？盖君子谓伯夷隘，柳下惠不恭，故传曰'不夷不惠，可否之闲'。盖圣贤居身之所珍也。诚遂欲枕山栖谷，拟迹巢、由，斯则可矣；若当辅政济民，今其时也。自生民以来，善政少而乱俗多，必待尧舜之君，此为志士终无时矣。"（《左周黄列传》）

　　李固为了让处士黄琼出仕,引夷齐为反例,并重申孟子"伯夷隘,柳下惠不恭。隘与不恭,君子不由也。"(《公孙丑上》)的说辞,在此,隐居的伯夷成了广大士子"辅政济民"理想的反面。

　　这种反对的声音在曹魏以后逐渐增多。王粲《吊夷齐文》"知养老之可归,忘除暴之为仁。洁己躬以骋志,愍圣哲之大伦。"在该吊文中,夷齐饿死被视为"不同于大道"的狭隘之举。与此相比,同时期的靡元所作《吊夷齐文》则批驳更厉,"首阳谁山,而子匿之,彼薇谁菜,而子食之,行周之林,读周之书,弹周之琴,饮周之水,食周之芩,而谤周之主,谓周之淫,是诵周之文,听圣之音,居圣之世,而异圣之心,嗟乎二子,何痛之深!"(《艺文类聚》卷三十七·人部二十一·隐逸下),唐代李德裕对夷齐采薇而死的清廉表示不理解,甚至直言"夷齐之行,实误后人!"(《夷齐论》)

　　这种批驳的声音还伴随着夷齐故事情节的增生,南朝梁刘峻《辨命论》"夷叔毙淑媛之言,子舆困臧仓之诉。"(萧统《文选·卷五十四》)李善注引:"《古史考》曰:伯夷、叔齐者,殷之末世孤竹君之二子也。隐于首阳山,采薇而食之。野有妇人谓之曰:子义不食周粟,此亦周之草木也。于是饿死。"野妇人故事的出现,正是对夷齐"谏伐饿死"之举合理性的质疑。故事以调谑的方式解构了夷齐的清廉品格,夷齐的被迫饿死宣示了这种清廉的不可效法。可以说,这种极端而近于"隘"的清廉行为,已逐渐不为后世士子所理解,在他们看来,入仕济民往往比穷处隐居以独善其身更具吸引力。

　　综上可见,兴起于先秦的"廉士说",经《史记·伯夷列传》的书写而逐渐具象并定型。然而这种说法在汉魏以来逐渐迎来了阐释的困境,人们急需寻找一种新的价值体系以确保夷齐存在的合理性,于是,滥觞于后汉的"忠臣说"在唐宋激烈讨论后逐渐获得士人认可。

二、"忠臣说":从史实讨论到伦理体认

　　正如前节所述,将"谏伐饿死"视为忠臣之举,本非太史公《伯夷列传》一篇奥旨所在。"忠"在早期并不作为夷齐品行被颂扬,有时恰恰相反。在《孟子》的描述中,伯夷一则"非其君不事……当纣之时,居北海之滨,以待天下之清也"(《公孙丑上》),一则"伯夷辟纣,居北海之滨,闻文王作,兴曰:盍归乎来! 吾闻西伯善养老者"(《离娄上》),敢于弃暗投明,是个坚定的"拥周反商派",根本谈不上"忠商"。《韩非子》更是从君臣角度出发,批驳夷齐"不畏重诛,不利重赏,不可以罚禁也,不可以赏使也"的清廉品格无法被统治者所利用,从而判定其为"无益之臣"。(《奸劫弑臣第十四》)汉初董仲舒对此有更明确的描写:

　　　　至于殷纣,逆天暴物,杀戮贤知,残贼百姓。伯夷、太公皆当世贤者,
　　隐处而不为臣。守职之人皆奔走逃亡,入于河海。天下耗乱,万民不安,故

天下去殷而从周。（《汉书·董仲舒传》）

所谓"隐处而不为臣"，自然是不为商臣。另一个更有力的证据是，在后世的举例论证中，夷齐往往是作为"廉"的代名词且与他人的"忠"分开论述：

> 王子比干杀身以作其忠，伯夷叔齐杀身以成其廉，此三子者，皆天下之通士也，岂不爱其身哉？以为夫义之不立，名之不著是士之耻也，故杀身以遂其行。（《说苑·立节》）

> 子以夫知者为无不知乎？则王子比干何为剖心而死？以谏者为必听耶？伍子胥何为抉目于吴东门？子以廉者为必用乎？伯夷、叔齐何为饿死于首阳山之下？子以忠者为必用乎？则鲍庄何为而肉枯？（《说苑·杂言》）

这种论述模式甚至延续到唐代，据《贞观政要》卷三《择官第七》：

> 况从仕者怀君之荣，食君之禄，率之以义，将何往而不至哉？臣以为与之为孝，则可使同乎曾参、子骞矣；与之为忠，则可使同乎龙逢、比干矣；与之为信，则可使同乎尾生、展禽矣；与之为廉，则可使同乎伯夷、叔齐矣。

《伯夷列传》"谏伐饿死"情节的增入，虽意在体现"廉士"之风，然而其易代之际的历史背景，以及"以臣弑君，可谓仁乎？"的叩谏内容，都难免让后代读者有郢书燕说之念，穿凿附会，在所难免，"忠臣"之说，于是渐兴。而对夷齐"忠"的接受与阐释，大致可分三种类型，梳理如下：

第一类简单将夷齐的叩谏解释为对商王朝乃至对纣王的忠诚。今所见最早记载为《后汉书·虞傅盖臧列传》。中平四年（187），时值黄巾起义，傅燮面对西凉叛军压境，选择毅然战死，并引伯夷故事作为榜样：

> 盖"圣达节，次守节"。且殷纣之暴，伯夷不食周粟而死，仲尼称其贤。今朝廷不甚殷纣，吾德亦岂绝伯夷？世乱不能养浩然之志，食禄又欲避其难乎？吾行何之，必死于此。

易代之际的相似背景，使士人更加关注夷齐在政治上的角色定位，几乎与此同时，蔡邕作《伯夷叔齐碑》，亦云"昔佐殷姬，忠孝彰兮，委国捐爵，谏国亡兮"，"忠"被刻上了伯夷祠的碑上，逐渐为士人接受。但这种粗暴的阐释的弊处是显而易见的，将夷齐视为忠于一朝一姓之臣子，不仅与"有分辨"的廉士形象相去甚远，更重要的是，其所忠之纣王本是暴君，在主流政治话语中，这种说法必然被摒弃。

另一类阐释则试图从史源出发，怀疑《伯夷列传》中"谏伐饿死"情节的真实性，从而试图掩盖"忠臣说"背后逻辑的不融洽。宋欧阳修的《泰誓论》通过取证"六经之明文"的《尚书》，质疑后起的《史记·伯夷列传》：

> 司马迁作《周本纪》，虽曰武王即位九年祭于文王之墓，然后治兵于孟津，至作《伯夷列传》，则又载父死不葬之说，皆不可为信。是以吾无取焉，取信于《书》可矣。

　　与此相对，黄庭坚则将焦点放在《伯夷列传》的史料来源上，认为其事取自《庄子》，谬悠之说本不足凭信：

　　　　至于谏武王不用，去而饿死，则予疑之。阳夏谢景平曰："二子之事，凡孔子、孟子之所不言，可无信也。其初盖出周周，空无事实。其后司马迁作史记列传，韩愈作颂，事传三人，而空言成实。若三家之学，皆有罪于圣人者也。徒以文章擅天下，学者又弗深考，顾从而信之。"以予观谢氏之论，可谓笃信好学者矣，然可为智者道也。（《伯夷叔齐庙记》）

　　王安石在《伯夷论》中以不兼容的两个概念点出了夷齐"谏伐饿死"的困境："天下之道二，仁与不仁也。纣之为君，不仁也；武王之为君，仁也。伯夷固不事不仁之纣以待仁，而后出武王之仁焉，又不事之，则伯夷何处乎？"并且以孔孟之说为据，反驳《伯夷列传》的真实性：

　　　　故孔、孟皆以伯夷遭纣之恶，不念以怨，不忍事之，以求其仁，饿而避，不自降辱，以待天下之清，而号为圣人耳。然则司马迁以为武王伐纣，伯夷叩马而谏，天下宗周，而耻之，义不食周粟，而为《采薇》之歌。韩子因之，亦为之颂，以为微二子，乱臣贼子接迹于后世，是大不然也。（《伯夷论》）

　　善做翻案文章的王安石试图以情理推论，证明伯夷与武王不存在交集，从而改写"谏伐饿死"的情节以消解伯夷"忠"的困境：

　　　　盖二老所谓天下之大老，行年八十余，而春秋固已高矣。自海滨而趋文王之都，计亦数千里之远，文王之兴，以至武王之世，岁亦不下十数，岂伯夷欲归西伯而志不遂，乃死于北海邪？抑来而死于道路邪？抑其至文王之都而不足以及武王之世而死邪？

　　这种质疑《伯夷列传》史料的真实性的风气，在明清仍颇有后继者，其代表如王直《夷齐十辨》、崔述《丰镐考信录》卷八《伯夷叔齐·辟封与扣马理无两是》、梁玉绳《史记志疑》等，与宋人相比，清人批驳更厉，梁玉绳甚至直言"《伯夷传》所载俱非也！"不难看出，除了史学上求真的追求外，学者们力斥"谏伐饿死"的真实性，还有伦理上的考量，承认"谏伐饿死"，则不可避免地要论证夷齐忠商的合理性这一棘手问题，如此看来，最简单的手段，莫过于辨伪并略而不谈。

　　如果说，第一类阐释将"忠臣"身份坐实的逻辑有失简单，第二类欲借否定史事以避免讨论的手段则难免有些粗暴。更多的学者则倾向于将"夷齐忠臣"与"武王伐纣"二事并列叙述，在此类论述中，夷齐的"忠"已从忠于一朝一姓的具体历史语境中剥离出来，成了一种放诸百代而皆准的伦理体认。

　　从夷齐阐释史上看，韩愈的《伯夷论》具有集大成的性质。一方面，其使用大量篇幅颂扬"士之特立独行，适于义而已。不顾人之是非，皆豪杰之士，信道笃而自知明者也"的夷齐品行，其精神直接太史公"奔义"与孟子"廉士"说；

另一方面，却在文末笔锋一转，以"虽然，微二子，乱臣贼子接迹于后世矣"一语陡然收束，伯夷之行能为乱臣贼子惧，其自然有"忠"的品格为人效仿，然而韩愈并不具体讨论伯夷忠的历史语境，从而避免了末世暴君对"忠臣"品格的损害。其关注点放在了"后世"，忠只作为一种抽象的伦理价值被放大，并成为后世为臣之道的标准，这不失为一种折中的阐释方法。韩愈作为儒家及古文运动的代表人物，其思想观念影响于有宋一代极其深远，宋代对夷齐"忠"的讨论，可谓肇始于昌黎此文。

宋人一方面延续韩愈对"忠"的伦理体认，另一方面更热衷于将"武王伐纣"加入这一伦理议题的论述中，使二者非但不矛盾反而相辅相成，兹举四例如下，以见此种说法之盛行：

> 苏子曰：武王以大义伐商，而伯夷叔齐亦以义非之，二者不得两立。而孔子与之，何哉？夫文武之王，非其求而得之也，天下从之，虽欲免而不得。纣之存亡不复为损益矣。文王之置之，知天命之不可先也。武王之伐之，知天命之不可后也。然汤以克夏为惭，而孔子谓武未尽善，则伯夷之义岂可废哉！（苏辙《古史·卷二十四·伯夷列传第一》）

> 《易》称"汤武革命，应乎天而顺乎人。"孔子曰："伯夷、叔齐求仁而得仁，又何怨？"二者意殊志庞，盖言汤武，所以惧后世之为人君者；称夷齐，所以戒后世之为人臣者，道悖而同归，虽万世，无弊焉。（刘恕《资治通鉴外纪卷三》）

> 武王之于纣，不得不伐；夷、齐之于武王，不得不谏。非武王无以裁乱于一时，非夷、齐无以救乱于万世。予故曰：夷、齐贤而武王不非也。（范浚《香溪集·卷九·夷齐谏武王论》）

> 天下不可一日无君也，一日无君者，固武王之忧，亦夷齐之忧也。武王忧一日之无君，而夷齐忧后日之无君，忧不同而君一也。（吕祖谦《历代圣君论·武王》）

作为臣子的武王讨伐君王，本是纲常之"变"，然而合乎仁义且顺应天命，足为后世为君者警醒；夷齐对君臣之义的坚守，则属于纲常之"常"，即使现世有暴君残害百姓，但后代百世"君仁臣忠"的伦理纲常仍要存在并强调的，以此为切入点，夷齐对武王的叩谏之语，已并非针对一朝一姓而发，实是对君臣纲常伦理的一次强调，在某种程度上与武王共同完成了君臣伦理的理论建设。

可以看出，从具体的史实讨论到纲常伦理的价值体认，"忠"的阐释困境逐渐被破除，夷齐也完成了从"廉士"到"忠臣"的身份转变并迅速得到官方乃至民间的广泛承认，这可在以下两则材料中清楚看出：

> 饿死留君臣之义，伯夷叔齐；资财敌王公之富，陶朱倚顿。（《幼学琼林·卷三》）

> 武王伐纣，伯夷与弟叔齐扣马陈君臣之义以谏。左右欲兵之，太公曰：

义人也。扶而去之。及武王平殷，夷齐义不食周粟，去隐于首阳山，采薇而食，遂饿而死。（《五伦书·卷之三十三·臣道·忠义上·商伯夷》）

明代官方所编的伦理著作将伯夷置于臣道"忠义"一条的首位，作为启蒙读物的《幼学琼林》也试图在局促的对偶文字中将伯夷的品行浓缩成"君臣之义"，先秦两汉伯夷那种充满异质元素的"廉士"形象在此缺位了。

通过梳理"忠臣说"的三种类型不难发现，由山林隐士一跃而为庙堂忠臣，这是一场颇有意味的转变，或者可以说，这是伦理思想与政治话语对异质文化的一次"招安"，且这种"招安"并非孤例。为说明此点，我们不妨将夷齐这一经典个例放在传统隐逸文化背景中审视，或许能更清楚地看出这种转变的演进轨迹。

三、由"廉士"到"忠臣"：传统隐逸文化的一种阐释

通过考察不难发现，由"廉士"到"忠臣"的演进轨迹也或隐或显地体现在正史的隐逸传记中。据正史中最早为隐士作传的《后汉书·逸民列传》所称：

> 易称"遯之时义大矣哉"。又曰："不事王侯，高尚其事。"是以尧称则天，不屈颍阳之高；武尽美矣，终全孤竹之洁。自兹以降，风流弥繁，长往之轨未殊，而感致之数匪一。或隐居以求其志，或回避以全其道，或静己以镇其躁，或去危以图其安，或垢俗以动其概，或疵物以激其清。然观其甘心畎亩之中，憔悴江海之上，岂必亲鱼鸟乐林草哉，亦云性分所至而已。

"高尚其事"，随"性分所至"而隐居，不因政治而变更其节，正是早期隐逸文化的鲜明特性，其与《孟子》赞扬夷齐的"廉"，太史公的"奔义"一脉相承，长期以来都是正史对隐逸文化书写的权威阐释。《新唐书·隐逸列传》曾将隐士分为三类。三类隐士虽有境界高低之别，但细究其核心意蕴仍与"清廉"品行是血脉相通的。

唐末五代与宋元易代之际，国家多故，忠臣或隐而不仕，欧阳修将《新五代史·一行列传》作为五代隐士的传记，曾发出如此感慨：

> 呜呼，五代之乱极矣，《传》所谓"天地闭，贤人隐"之时欤！当此之时，臣弑其君，子弑其父，而搢绅之士安其禄而立其朝，充然无复廉耻之色者皆是也。吾以谓自古忠臣义士多出于乱世，而怪当时可道者何少也，岂果无其人哉？

同样在此传中，欧阳修增加了"苟利于君，以忠获罪，而何必自明，有至死而不言者，此古之义士也，吾得一人焉，曰程福赟"一则，则已隐隐将"忠"纳入隐逸文化书写之中了。与此相比，宋元之际不屈外族，怀忠而隐的士人更占多数，《新元史·隐逸列传》即明确将隐士分为"廉"与"忠"二类，并将谢翱、郑思肖等忠义之士列入其传中：

《易·蛊》之上九曰："不事王侯，高尚其事。"后汉严子陵、魏管幼安，其人也。孔子称为逸民者七人，能考论者，伯夷、叔齐、柳下惠而已。三子者，岂与山林遁也之士，同其志事诸哉。自斯以降，列于隐逸者，其人有二：惓惓故国，不仕新朝，自附于夷、齐者也；穷居伏处，修天爵而有人爵，合于蛊上九之义者也。

宋之亡也，士大夫多以节概相高。谢皋羽、郑所南，其尤著者，所谓不降、不辱者与！

夷齐在此作为"惓惓故国，不仕新朝"的忠臣代表，已经与穷居伏处的隐士分开论述。同样将前朝逸民"忠臣"归入隐逸传记中的还有《清史稿·遗逸列传》：

太史公《伯夷列传》，忧愤悲叹，百世下犹想见其人。伯夷、叔齐扣马而谏，既不能行其志，不得已乃遁西山，歌《采薇》，痛心疾首，岂果自甘饿死哉？

清初，代明平贼，顺天应人，得天下之正，古未有也。天命既定，遗臣逸士犹不惜九死一生以图再造，及事不成，虽浮海入山，而回天之志终不少衰。迄于国亡已数十年，呼号奔走，逐坠日以终其身，至老死不变，何其壮欤！今为遗逸传，凡明末遗臣如李清等，逸士如李孔昭等，分著于篇，虽寥寥数十人，皆大节凛然，足风后世者也。

需要注意的是，《新元史》与《清史稿》已是近人著作，因此从正史的隐逸文化书写上看，其由"廉"到"忠"的观念转变似乎大大晚于夷齐，然而在更广阔的隐逸文化叙事中，由"廉"到"忠"从未停止，除夷齐外，大隐士陶渊明即鲜明的例子。廉节自持的陶渊明在沈约《宋书》中首次被冠以忠于前朝的标签："自高祖王业渐隆，不复肯仕。所著文章，皆题其年月，义熙以前，则书晋氏年号，自永初以来，唯云甲子而已。"两宋以来"耻事二姓"说更是风行一时，正如顾农先生所说"当我们回顾陶渊明研究史的时候，同样会痛感其传统中也有脱离诗人本意而外加给陶渊明本人及其作品的一种迷信，这就是所谓'忠愤'说。"（顾农《陶渊明"忠愤"说及其扩大化影响》，《中原文化研究》2018年）这与夷齐的演进轨迹又何其相似——易代之际的隐逸文化书写中，"忠诚"的品格逐渐取得与"清廉"品格同台竞技的地位，甚至将这种"忠诚"的隐士品格上溯、重构乃至订立传统，这看来并非孤例，而是传统隐逸文化诠释中的一股潜流，其背后，是政治话语、伦理观念乃至士人心态对隐逸文化的一次交互规训。

四、余 论

可以说，夷齐作为早期隐逸文化的代表，且身处易代之际，其移"廉"作"忠"自有其必然性。"忠臣说"虽与太史公作《伯夷列传》的奥旨相去甚远，但这种似是而非的意蕴阐释却在唐宋后深入人心，并无形中赋予了隐逸意蕴新的接受群体。南宋孤忠文天祥曾模拟夷齐作《和夷齐西山歌》以寄寓家国之痛，与此相应，《宋史·文天祥传》也将其拟于夷齐：

> 商之衰，周有代德，盟津之师不期而会者八百国。伯夷、叔齐以两男子欲扣马而止之，三尺童子知其不可。他日，孔子贤之，则曰："求仁而得仁。"宋至德祐亡矣，文天祥往来兵间，初欲以口舌存之，事既无成，奉两屏王崎岖岭海，以图兴复，兵败身执。我世祖皇帝以天地有容之量，既壮其节，又惜其才，留之数年，如虎兕在柙，百计驯之，终不可得。观其从容伏质，就死如归，是其所欲有甚于生者，可不谓之"仁"哉！

从未有高尚隐逸之意的文天祥，因为忠节不屈，成为夷齐的易代知己。此外，经历靖康之难的画家李唐曾作《采薇图》以明忠节，明清两代遗民也好以夷齐故事相励，这是个颇有意味的现象。在君臣之义无所逃于天地之间的传统政治氛围中，"忠"自然比"廉"更获士人及大众认可。因此可以说，通过由"廉士"到"忠臣"的转变，传统隐逸文化也获得了更广阔受众群体与多元的诠释空间。

《左传》《史记》所述晋文公君臣集团的"义"与"不义"

＊本文作者李梦宇，国防大学军事文化学院硕士研究生。

《左传》和《史记》悉心书写"重耳逆袭"历史事件时，不仅为晋文公立"春秋霸主之像"，也为其麾下"贤臣群像"描摹，因为《左传》作者和司马迁都看到"称霸"是由晋文公君臣集团协作完成。该集团以晋文公为领导核心，以"羁绁之仆"的（《左传·僖公二十四年》）狐偃、狐毛、赵衰、贾佗、颠颉、魏犨、胥臣、介子推和"社稷之守"（《左传·僖公二十四年》）的郤縠、郤溱、栾枝、原轸、寺人披、竖头须等人为其"腹心""股肱"（《左传·昭公十三年》）。晋文公君臣集团在谋图霸业的征程中尽展谋略才华也尽露心机手段，显现出"义"与"不义"的复杂样貌。"义"在《左传》和《史记》中常与"信""德""仁"密切关联，如"君能制命为义，臣能承命为信，信载义而行之为利。"（《左传·宣公十五年》）"导我以仁义，防我以德惠。"（《史记·晋世家》）多指道义、正义，是评价人物品行是否高尚正派的准则，本文将基于《左传》和《史记》谈晋文公君臣集团的"义"与"不义"。

一、晋文公君臣集团"义"的体现

记述晋文公君臣集团流亡、图霸时，《左传》提到"礼"8次、"信"7次、"义"4次，"德"6次，《史记》提到"礼"14次、"信"1次、"义"1次、"德"4次。且在谈到"利"时，《左传》明确指出"德、义，利之本也"（《左传·僖公二十七年》），《史记》也认为先轸"军事胜为右"的良言只能取得"一时之利"，狐偃规劝晋文公守"信"才能成就"万世之功"（《史记·晋世家》）。晋文公君臣集团之"义"具体表现为：

（一）安民"攘夷"。因"民生厚而德正"（《左传·成公十六年》）"人视水见形，视民知治不"（《史记·殷本纪》），"安民""息民"是《左传》《史记》中明君贤臣彰显"义"的重要举措。迫于内忧外患的紧张局势，晋文公一回国即位便教百姓作战，但他没有急功近利，而是"文公修政，施惠百姓"（《史记·晋世家》），让百姓休养生息两年。又采纳狐偃的谏言，做到"出定襄王，入务利民"（《左传·僖公二十七年》）教民知义，"伐原以示之信"，"大蒐以示之礼"（《左传·僖公二十七年》），实现"民怀生矣""明征其辞""民听不惑"（《左传·僖公二十七年》）。这使得晋文公在城濮大战前因百姓有"原田每每，舍其旧而新是谋"（《左传·僖公二十八年》）开疆拓土的雄心而坚定，更因他们"少长有礼"（《左传·僖公二十八年》）的表现而胜券在握，就连对手楚成王也说晋文公"能用其民"（《史记·晋世家》），势不可挡。此外，晋文公称霸担起了捍卫周王室及其所代表的中原正统文化的重任。齐桓公去世后齐国霸权式微，宋襄公图霸惨败，狄人入侵周王室，"荆蛮"势力不断北扩"汉阳诸姬，楚实尽之"（《左传·僖公二十八年》），中原文化已经到了死生存亡之际，晋文公君臣集团为"攘夷"备战，"作三军"（《左传·僖公二十七年》）在城濮之战中力抗强楚，"作三行以御狄"（《左传·僖公二十八年》）"作五军以御狄"（《左传·僖公三十一年》）。童书业盛赞"城濮一战，楚军败绩，南夷的势力退出了中原，北狄的势力也渐渐衰微下去，于是华夏国家和文化的生命才能维持，这不能不说是晋文公的大功"①！

（二）救患报施。王子带率狄作乱使周天子"蒙尘于外"（《左传·僖公二十四年》），晋国收到周王室告难后"右师围温，左师逆王"（《左传·僖公二十五年》），快速出兵救患，践行"继文之业，而信宣于诸侯"（《左传·僖公二十五年》）的"义举"。流亡在外时，重耳受到了宋国、楚国、秦国的礼遇，曹国臣子僖负羁也对其有馈饭置璧的尊重，晋文公君臣当权后都心怀感恩以报之。宋国初次告急，先轸最先敲定要"报施、救患"（《左传·僖公二十七年》），虽再次告急时"文公欲救，则攻楚，为楚尝有德，不欲伐也；欲释宋，宋又尝有德于晋：患之"（《史记·晋世家》），但晋文公君臣仍积极为"释宋谋势"（《史记·晋世家》）。晋楚大战难以避免的情况下，晋文公君臣信守承诺"微楚之惠，不及此；退三舍辟之，所以报也"（《左传·僖公二十八年》）。面对楚国臣子令尹子玉的无礼挑衅，晋文公仍派栾枝以谦卑姿态应战"寡君闻命矣。楚君之惠，未之敢忘，是以在此。为大夫退，其敢当君乎？"（《左传·僖公二十八年》）多次强调牢记、回报楚国的恩惠。即使对曹共公恨之入骨，仍"令军毋入僖负羁宗家以报德"（《史记·晋世家》），魏犨、颠颉火烧僖负羁之家后晋文公不惜斩杀"从亡功臣"颠颉为恩人报仇。

（三）选贤任能。晋文公君臣以德为重，不拘一格举用人才。晋文公在被庐阅兵、新建三军，赵衰举荐郤縠为中军将，因其"说礼、乐而敦《诗》《书》"（《左传·僖公二十七年》）有义有德，赵衰更是将卿位让于栾枝、先轸，狐偃也将上军将让于兄长狐毛。郤縠去世后，晋文公将原轸连拔三级由下军佐直跃中军将，也因他"上德也"（《左传·僖公二十八年》）。胥臣以"敬，德之聚也。能敬必有德。德以治民，君请用之"（《左传·僖公三十三年》）为由举荐仇人之子郤缺，晋文公不计郤缺父亲郤芮当年谋害之罪，爱惜其德行欣然任命为下军大夫。相比狐偃、赵衰这样的"腹心"之臣，身居高位的郤縠、原轸并没有"从亡之

---

① 童书业：《春秋史》，上海：上海古籍出版社 2021 年版，第 195 页。

功"，但他们确有治军大才。从城濮之战的胜利来看，正是晋文公的胸怀远略、赵衰、狐偃的高风亮节，共同成就了称霸大业的最强"班底"。

二、晋文公君臣集团"不义"的表现

虽然晋文公君臣集团之"义"在《左传》《史记》的记述中显而易见，但细节处"不义"自显：

（一）弃礼背信、野心勃勃。晋文公君臣是为求霸而尊王，并不是尊"以蕃屏周"（《左传·昭公九年》）之礼。周襄王派使臣到晋国告急，秦国已经出兵至黄河边上，晋文公还未有行动，狐偃直言："求霸莫如入王尊周。周晋同姓，晋不先入王，后秦入之，毋以令于天下。方今尊王，晋之资也。"（《史记·晋世家》）看到救周王室之患是称霸于诸侯的跳板才"辞秦师而下"（《左传·僖公二十五年》）。对周天子的态度看不到君臣之礼，只有野心勃勃。平定王子带之乱后，晋文公竟要求以天子之礼下葬，虽未得逞但得"阳樊、温、原、攒茅之田，晋于是始启南阳。"（《左传·僖公二十五年》）随后立即围困不臣服的阳樊、原邑，将周王室的土地、民众强势划入晋国版图。城濮之战定霸后"挟天子以令诸侯"，温之会"晋侯召王，以诸侯见，且使王狩"（《左传·僖公二十八年》）。公然背弃践土之盟"皆奖王室，无相害也"（《左传·僖公二十八年》）的信义，囚禁、毒害卫成公，"晋侯使医衍鸩卫侯。甯俞货医，使薄其鸩，不死。公为之请，纳玉于王与晋侯，皆十穀。王许之。秋，乃释卫侯。"（《左传·僖公三十年》）鲁僖公为救卫成公要向晋文公行和周天子同样份额的贿赂才达到目的，俨然不把周天子放在眼里，将跋扈和野心摆在明处。

（二）贪功逐利、道貌岸然。晋文公君臣集团表面是为救宋国被围之患苦心谋划，实则精心布局以谋求定霸大战。认清"报施、救患，取威、定霸，于是乎在矣"（《左传·僖公二十七年》）的冠冕堂皇后，《史记》直接记载"报施定霸，于今在矣"（《史记·晋世家》），全然不提"救患"的大义。晋文公、狐偃、先轸步步为营：先伐曹、卫，再将齐、秦拖入战场，最后与楚决战，先轸直接不谈信义："不如私许复曹、卫以诱之，执宛春以怒楚，既战而后图之"。（《左传·僖公二十八年》）他们的道貌岸然不仅体现在对外征战上，更体现在君臣集团内部对功劳、利益的追逐上。狐偃忧心与公子重耳"引戈欲杀咎犯"（《史记·晋世家》）的流亡之仇，在成大事前夕突然请辞，挟功逼迫晋文公起誓："若反国，所不与子犯共者，河伯视之！"（《史记·晋世家》）并在从亡之臣中受最重的奖赏。赵衰"让贤"，实则获利良多："文公妻赵衰"（《左传·僖公二十四年》）"赵衰为原大夫"（《左传·僖公二十四年》）"秋，晋蒐于清原，作五军以御狄。赵衰为卿"（《左传·僖公三十一年》）。魏犨、颠颉不满封赏，迁怒报复对晋文公有恩的曹国僖负羁一族，结果有利用价值的魏犨幸免于难，同样处境的颠颉却成了晋文公树立严明军纪的刀下亡魂。君子介子推早早看穿君臣"下冒其罪，上赏其奸，上下相蒙"(《史记·晋世家》)的丑态隐退,而令人心寒的是"介之推不言禄,禄亦弗及"(《左传·僖公二十四年》)。

(三)恃强凌弱、暴虐阴狠。报恩以谋利为前提几经权衡,报仇却处心积虑、手段毒辣。狐偃制定首伐曹、卫的战略方针,多因晋文公在曹、卫两国受辱最甚,报复卫国:直取曾"饥而从野人乞食,野人盛土器中进之。重耳怒"(《史记·晋世家》)的五鹿,逼迫卫国赶走国君,致使卫成公经历兄弟相残、君臣纠讼后身陷囹圄、险遭毒杀,一国之君尊严扫地、性命堪忧。报复曹国:围城掘坟、震慑曹人,"合诸侯而灭兄弟,非礼也。与卫偕命,而不与偕复,非信也。同罪异罚,非刑也。"(《左传·僖公二十八年》)对其复国之事装聋作哑,鲁僖公三十一年曹国仍难逃被瓜分的厄运。但晋文公君臣集团报复的对象仅限于势弱的小国,郑、鲁两国均"亲楚",也都在城濮之战向晋投诚,郑国曾派子人九求和、郑文公还与晋文公在衡雍结盟,鲁国只因害怕"杀子丛以说焉"(《左传·僖公二十八年》)。但郑国被处心积虑地报复,鲁僖公二十九年晋寻旧盟、谋伐郑,"三十年春,晋人侵郑,以观其可攻与否"(《左传·僖公三十年》),随即晋秦联军围困郑国,逼迫叔瞻自杀后仍不足,"必得郑君而甘心焉"(《史记·晋世家》)。鲁国引楚国作乱,不仅没被晋国报复还占得"取济西田,分曹地也"(《左传·僖公三十一年》)的利益。狐偃请求报复临阵倒戈的秦国,晋文公又假借"因人之力而敝之,不仁"(《左传·僖公三十年》)的感恩之心怏怏罢兵,究其缘由还是欺软怕硬,只敢恃强凌弱。

三、《左传》《史记》异同比较

对晋文公君臣集团"义"与"不义"的记述,《左传》和《史记》的相同之处在于两者均能做到秉笔直书。对君主,不以"义"小而忽略,也不以"不义"大而避讳,如对"令军毋入僖负羁宗家以报德"(《史记·晋世家》)之"义","介子推不言禄,禄亦弗及"(《左传·僖公二十四年》)的"不义",均坚持"书法不隐"。对臣子,不以官位高低、身份贵贱论论品行。高官如先轸认为"以军事胜为右","礼""信""德"都是他谋求作战胜利的手段。"先轸曰:'子与之! 定人之谓礼,楚一言而定三国,我一言而亡之。我则无礼,何以战乎? 不许楚言,是弃宋也。救而弃之,谓诸侯何? 楚有三施,我有三怨,怨仇已多,将何以战? 不如私许复曹、卫以携之,执宛春以怒楚,既战而后图之。'"(《左传·僖公二十八年》)小臣面对君主强权不卑不亢、机智勇敢,既敢为自己谋前程,也敢为国家担道义。如寺人披敢自比管仲进谏、壶叔敢为权益争取"君三行赏,赏不及臣,敢请罪"(《史记·晋世家》)。竖头须斥责晋文公"国君而仇匹夫,惧者甚众矣"(《左传·僖公二十四年》)。竖侯孺敢向晋文公的卜筮官行贿,将晋文公与齐桓公做比,以"非礼""非信""非刑"迫使晋文公复封曹国。

不同之处在于:

　　（一）《左传》几乎等额呈现"义"与"不义"，是《左传》作者"崇霸"意识与"遵礼"思想矛盾交织的结果。《左传》中晋文公君臣集团之"义"主要有三：救周天子、宋国之患，报宋国、楚国、曹国僖负羁礼遇之恩，安定百姓教其知义、知信、知礼；其"不义"也主要有三：不尊周天子，忘记封赏介子推，阴狠报复卫国和曹国。《左传》作者强调"周礼，所以本也"（《左传·闵公元年》），认为尊礼是立国之根本，所以并不"讳言"晋文公君臣集团背弃"庸勋、亲亲、昵近、尊贤"四德（《左传·僖公二十四年》）的"不义"。但因尊崇其称霸之力，用"天启""天置""天赐""天建""天兴""得天""天子降心以逆公"解构最大的"不义"——不尊"礼乐征伐自天子出"，并且《左传》作者将城濮之战中晋国君臣集团战略战术上的未雨绸缪、出奇制胜、军纪严明用"德、礼、信、义"美容。他们对宋国、秦国、卫国、曹国表现出的"义"与"不义"各色举止符合："亲有礼，因重固，间携贰，覆昏乱，霸王之器也"（《左传·闵公元年》）。

　　（二）《史记》为"不义"找补，体现司马迁对"困境逆袭者"的褒扬。复卫封曹过程中晋文公阴狠报复的"不义"在《左传》《公羊传》《谷梁传》中都有记述，《史记》却未曾体现。《左传》《国语》所记晋文公避不见竖头须之事在《史记》中也未曾体现。忘记封赏介子推和召周天子狩猎两件最大的"不义"之事，司马迁都为其找补，阐明一个可被谅解的理由：忘记封赏介子推因"未尽行赏，周襄王以弟带难出居郑地，来告急晋。晋初定，欲发兵，恐他乱起，是以赏从亡未至隐者介子推"（《史记·晋世家》）。召周天子狩猎是因为"冬，晋侯召诸侯于温，欲率之朝周。力未能，恐其有畔者，乃使人言周襄王狩于河阳"（《史记·晋世家》）。司马迁对历经磨难的晋文公君臣抱有极大的同情，"太史公曰：晋文公，古所谓明君也，亡居外十九年，至困约，及即位而行赏，尚忘介子推，况骄主乎……故君道之御其臣下，固不易哉！"（《史记·晋世家》）深切体会到了他们的流亡之苦、受辱之恨、夺位之难、图霸之艰、维稳之困，所以为成就霸业的"困境逆袭者"们树立光明的形象，并用明君贤臣事迹激励、警醒后世君臣。

"李广难封" 并非 "李广无功"

——《李将军列传》中李广对汉王朝的战略意义

＊本文作者牛润耕，陕西师范大学古典文献学硕士研究生。

作为西汉武帝年间的著名将领，李广在历史的长河中是一个充满矛盾的悲情形象。这一形象的树立，很大一部分原因是来自司马迁在史记中为他所做的《李将军列传》。在这部千古名篇中，司马迁肯定李广的英勇作战，也遗憾他的无缘封侯，欣赏赞美之情溢于言表。然而在后世，却不断有人对司马迁的评价提出反对意见，认为李广的才能不过尔尔，本就不堪大用。至于未能封侯，更是咎由自取。

一、李广是非争议简说

（一）李广治军之争

身为领军作战的将领，首先引起争议的就是李广治军的方式。《李将军列传》中记载，李广治军的方式是"广行无部伍行阵，就善水草屯，舍止，人人自便，不击刁斗以自卫"。并且"莫府省约文书籍事，然亦远斥候"。在行军过程中不设行伍军阵，扎营驻寨时也不对士兵进行约束，没有夜间打更巡逻的哨兵，府中公文簿册也都从简，只是远派斥候，探查敌情。

作为对比，司马迁同时还记载了另一将领程不识的治军方式"正部曲行伍营陈，击刁斗，士吏治军簿至明，军不得休息，然亦未尝遇害"。并且引用程不识对李广的评价"李广军极简易，然虏卒犯之，无以禁也；而其士卒亦佚乐，咸乐为之死。我军虽烦扰，然虏亦不得犯我。"可见李广的用兵方式是不拘小节，爱兵如子，以宽厚治军，以此赢得士卒们的爱戴和忠诚，能够发挥出最大的战斗力。

对于这种用兵方式，司马光即发表了尖锐批评"效不识，虽无功犹不败。效李广鲜不覆亡"①，认为李广是不可学的。何去非《何博士备论》认为"广每至于败衄废罪，无尺寸之功以取封爵，卒以失律自裁，以当幕府之责。当时、后世之士，莫不共惜其材，而深哀其不偶也。窃尝究之，以广之能而遂至于此者，由其

---

① 司马光：《资治通鉴》卷17《汉纪·武帝元光元年》，北京：中华书局2011年版，第578页。

治军不用纪律，此所以勋烈、爵赏皆所不与。而又继之以死也。"① 直接将李广无缘封侯，结局凄凉的原因归结于治军方式上的缺陷，也正因此导致一生无功，胜少负多。

明末王夫之提出了不同的看法。《读通鉴论》中他比较了司马迁与司马光两人的不同观点，"太史公言：'匈奴畏李广之略，士卒亦乐从广而苦程不识。'司马温公则曰'效不识，虽无功犹不败；效李广鲜不覆亡。'二者皆偏一论也。""束伍严整，斥候详密，将众之道也；刁斗不警，文书省约，将寡之道也。""将众以简易，则指臂不相使而易溃。将寡以严谨，则拘牵自困而取败。"② 指出李广是以举重若轻的简约方式统御大军，避免了尾大不掉的冗杂弊病。

林剑鸣先生根据李广在战场上的实际表现反驳了治军不严的观点。元狩二年李广与左贤王之战中，李广仅以四千人对抗左贤王十倍于己的人马，竟然能够做到"杀虏亦过当"，如若没有严谨的治军风格，如何能够做到？③ 安子毓先生根据兰彻斯特平方律进行了计算，在古代战争中，尤其是贴身拼杀的肉搏战里，军队的实力与本身数量的平方成正比。左贤王的军队十倍于汉军，在汉匈双方士兵单个战斗力相差不大的情况下，则双方军队实力差距达到了百倍之大。然而事实上李广做到了"杀虏亦过当"，由此可见李广指挥水平之高超，其士兵战力之惊人，这显然与平日里的严格训练和严明军纪是分不开的。

（二）李广军功之争

《李将军列传》中，李广曾无奈慨叹"自汉击匈奴，而广未尝不在其中，而诸部校尉以下，才能不及中人，然以击胡军功取侯者数十人。而广不为后人，然无尺寸之功以得封邑者，何也？岂吾相不当侯邪？且固命也？"此时的李广已然预感到自己恐怕没有机会立下封侯之功。但他却不明白，自己富有才智，又征战一生，如何到了这等凄凉晚景？于是只能不无愤懑地归结于天意。

李广的疑问不仅困扰他自己，也让其后几千年来的后人们议论不休。司马迁本人对李广的遭遇显然是同情的，整部《李将军列传》都在惋惜李广的命途多舛，并且隐隐指责当时的统治者及权贵们排挤打击李广的不公。韩兆琦在《史记笺证》中指出"李广及其整个家族悲剧的创造者，乃汉代皇帝与其宠幸，文中指示甚明"。④ 姚苎田在李广自尽一段也评论道"青不必有害广之意，而史公写得隐隐约约，使人不能释然，要是恶青之深耳"。⑤ 将太史公的隐约不满揭露出来。

故此，李广的命运悲剧，在很长一段时间里都被看作是时运不济和权贵排挤相结合的结果。古代的学者基本都承此说，如洪迈《容斋随笔九》细数李广一

---

① 何去非：《何博士备论》，北京：解放军出版社 1990 年版，第 56 页。
② 王夫之：《读通鉴论》，北京：中华书局 2020 年版，第 223 页。
③ 林剑鸣：《秦汉史》，北京：上海人民出版社 2003 年版，第 176 页。
④ 韩兆琦：《史记笺证》，南昌：江西人民出版社 2004 年版，第 5456 页。
⑤ 姚苎田：《史记菁华录》，北京：中华书局 2010 年版，第 129 页。

生，文帝时受赏识，景帝时平吴楚之乱却因收梁王印而不赏，武帝年间五击匈奴却无功，"三朝不遇，命也夫！"① 朱翌《猗觉寮杂记》中将元狩四年阻止李广做前锋的卫青斥为"人奴"。这些都是古时学者继承太史公之志，为李广义愤不平。

然而随着时间推移，尤其是近代以来，越来越多的学者认为，李广未能封侯，乃是其个人能力不足所导致的军功不足。由此延伸，矛头直指司马迁，质疑他凭个人的情感好恶臧否人物的著史行为是否有失公允。

王夫之在这个问题上的评价尤其尖刻："广未有功，则曰'数奇'，无可如何而姑为之辞尔。东出而迷道，广之为将可知矣。"② 所谓数奇云云，在王夫之看来不过是司马迁为李广开脱而强加辩解，从元狩四年出击匈奴时的迷失道路一事，可见李广为将，并无实际才能。因此难以斩获战功，以致不能封侯，都是理所当然。

（三）李广个人之争

司马迁爱李广极深，因此在《李将军列传》中，花费大量笔墨细致详写了李广的英勇机智和高超武艺。尤其是一个"射"字，射匈奴射雕人，射草中之石，夺马射箭逃生，无不写得活灵活现，入木三分。牛运震指出，整篇《李将军列传》，"一篇精神在射法一事"。③ 至于李广的为人，太史公赞中引用"桃李不言下自成蹊"的谚语，突出李广虽"口不能道辞"，却在世人心中留下高大形象，无论士卒还是平民百姓都爱戴有加。

同样是对于李广死后哀荣备至的情景，王夫之却有与司马迁截然不同的看法。太史公记载，李广自杀之后，"百姓闻之，知与不知，无老壮皆为垂涕"。以此可谓哀荣备至。王夫之则认为此句正是"广之好名市惠以动人"的证据，讥讽这是李广沽名钓誉的结果："广之得此誉也，家无余财也，与士大夫相与而善为慷慨之谈也。"④

在姚小鸥先生看来，由于李广生在一个世代骑射的家庭之中，这使得他拥有极其强烈的荣誉感，并且表现为"过分强烈的功名欲望和险隘的自尊心"。⑤ 对于功名的过度渴望促使他在七国之乱后收下了梁王的印信；过度的自尊则使他公报私仇杀掉了霸陵尉。这两件事分别使他在景帝武帝两位统治者心中留下了不好的印象，于是景帝不赏；武帝虽没有追究，但姚先生推测其心中"难道就没有丝毫芥蒂吗？"因此在他看来，性格也是李广命运悲剧的重要原因。

---

① 洪迈：《容斋随笔》，北京：中华书局 2021 年版，第 377 页。
② 王夫之：《读通鉴论》，北京：中华书局 2020 年版，第 260 页。
③ 牛运震：《史记评注》，西安：三秦出版社 2011 年版，第 275 页。
④ 王夫之：《读通鉴论》，北京：中华书局 2020 年版，第 261 页。
⑤ 姚小鸥：《什么是李广难封的真正原因——兼与高以敏先生商榷》，《东北师范大学学报》1991 年第 1 期。

二、李广用兵风格刍议

　　通过前文介绍的围绕着李广身上是是非非展开的诸多讨论，可以看出李广的一生充满着矛盾与谜团，而这些矛盾的核心问题就在于"无功"二字。千年来的讨论都围绕着李广为何"无功"而展开。

　　即使是对李广憧憬无限的司马迁，在他的笔下也只能极言李广的勇武，却没有记载李广有什么值得称道的功绩，可见李广一生确实是未能立下足以封侯之功。但这究竟是李广个人能力的不足，还是有更深层次的原因，值得探索。

　　首先对李广的人生轨迹做一梳理。文帝十四年（前166）开始以良家子身份从军；景帝元年至景帝二年（前156—前155）就任陇西都尉，骑郎将；景帝三年从周亚夫军平吴楚之乱，后徙上谷太守；景帝三年至武帝建元元年（前154—前140）陆续就任上郡、陇西、北地、雁门、代郡、云中太守；建元元年至元光五年（前140—前130）任未央卫尉；赋闲家居三年之后，自元朔二年至元朔六年（前127—前123）任右北平太守；元朔六年至元狩四年为郎中令；于元狩四年（前119）汉匈漠北之战中迷失道路，悲愤自杀。

　　从李广的人生履历中可以看到，在总计40余年的军事生涯中，从景帝三年至武帝建元元年，有23年都在边疆担任守将。加上他本就是陇西人士，家中世代受射，漫长的边疆驻守生涯与从小的耳濡目染势必会对他的用兵风格形成强烈的影响。那就是以防守为主的军事策略，以及适应边疆环境的治军方式。

（一）长于防守的军事天赋

　　纵观李广的军事生涯，可以发现一个规律：在防御性的战争中李广总能有令人赞叹的精彩表现。

　　所谓的防守并不只是坚壁清野，闭城不战。针对与匈奴的作战，晁错在《言兵事疏》中曾提出过汉与匈奴相比的五长三短，其中汉军的优势在于："若夫平原易地，轻车突骑，则匈奴之众易挠乱也；劲弩长戟，射疏及远，则匈奴之弓弗能格也；坚甲利刃，长短相杂，游弩往来，什伍俱前，则匈奴之兵弗能当也；材官驺发，矢道同的，则匈奴之革笥木荐弗能支也；下马地斗，剑戟相接，去就相薄，则匈奴之足弗能给也；此中国之长技也。"结合晁错的分析可以看出，李广所擅长的射术，正是汉军抗击匈奴的重要手段，也无怪太史公在李广的第一次作战表现中就着重点出他"善骑射"。

　　李广第一次崭露头角是在孝文帝十四年的萧关之战。武国卿、慕中岳所著《中国战争史》中记载，此次战役汉军"以赶走匈奴为其基本作战目的"。[1] 匈奴单于率十四万大军，进占朝那和萧关，一路南下，向东急进，兵锋直指雍地（今

---

① 武国卿、慕中岳：《中国战争史》第一卷，北京：人民出版社2017年版，第618页。

陕西凤翔）和甘泉（今陕西淳化），可以说已经从西面和北面威胁到了都城长安。在这种情况下，汉王朝起兵十万，驻扎在长安近郊，拱卫都城。单于见汉军已至，遂撤军出塞；汉军也只进军到萧关，匈奴出关以后就不再追赶。由此可见，发生在文帝十四年的汉匈平凉战役是完全的匈奴进攻，汉朝防守的防御性战争。李广在此战中崭露头角，所依靠的也是防守方面的才能。

作为佐证，此战之后李广"为汉中郎"，"中郎"即是皇帝的侍卫；在此期间"有所冲陷折关及格猛兽"。韩兆琦先生将"折"解释为"折冲，打退敌人的进攻"，"关"解释为"抵挡"①。在皇帝身边从行，虽不太可能如战场上一般抵御敌军冲击，但这段记载仍突出的是李广的"守"，文帝任命李广担当此职，或许也是发掘到了他这方面天赋的原因。

《李将军列传》中详细记载的第二场战斗，也是姚小鸥先生所言的李广"前半生唯一一个以功取侯的机会"②，就是从周亚夫平吴楚之乱，参与昌邑之战。昌邑之战是一场耗时三个月的多方混战，昌邑为梁国重镇，梁国是吴楚之乱中效忠汉廷，抵抗吴楚联军的重要力量。昌邑之战以昌邑城为中心，在荥阳、下邑等地也都发生了激烈战斗，这些战役或攻或守，形势不一。《李将军列传》所载，李广立功是"显功名昌邑下"，那么所参与的应该是昌邑城主战场的战斗。《史记·绛侯世家》描述这场战争："太尉引兵东北走昌邑，深壁而守……景帝使使诏救梁。太尉不奉诏，坚壁不出……吴兵乏粮，数欲挑战，终不出。"周亚夫不惜违抗景帝诏令而坚壁清野，可见这又是一次以防守为作战方针的战役。这场战役中李广具体立下的是什么功劳，史书上没有明确记载，但由此推测，李广战功应当也是在防守中所获。

昌邑之战后，"徙为上谷太守"，从此李广开始了漫长的镇守边疆生涯。在军事生涯的这个阶段，李广将他长于防守的天赋发挥得淋漓尽致。李广"转为边郡太守，徙上郡，尝为陇西，北地，雁门，代郡，云中太守，皆以力战为名"。在任上谷太守时，匈奴"日以合战"，韩兆琦先生解释为"匈奴找着李广交战"③，可见李广并非主动出击，而是面对匈奴的主动发难进行防守。

在驻边期间，李广指挥的主要优势在于利用关隘塞口进行作战。汉承秦制，边郡在设立时就承担了守卫边疆的职责。都城长安北部的北地、上郡、朔方、五原、云中等郡，东部幽州方向的代郡、上谷、右北平、辽东五郡都属此列，建设有大量的要塞，关隘，烽燧，亭障。其中北地，上郡，云中，代郡，上谷，右北平等郡都曾由李广镇守。对于李广的守边退敌，司马迁虽没有详细描写，但从"匈奴畏李广之略""皆以力战为名""号曰'汉之飞将军'，避之数岁"等语句，可证实李广的功绩与威风。

---

①　韩兆琦：《史记笺证》，南昌：江西人民出版社 2004 年版，第 5422 页。
②　姚小鸥：《什么是李广难封的真正原因——兼与高以敏先生商榷》，《东北师范大学学报》1991年第 1 期。
③　韩兆琦：《史记笺证》，南昌：江西人民出版社 2004 年版，第 5423 页。

　　李广的军事才能，连汉匈双方的最高统治者都给予了充分肯定。匈奴方面，单于"素闻广贤，令曰'得李广必生致之。'"汉方面，在辽西太守被杀后，紧急征召已是庶人的李广为右北平太守。李广上任后，公报私仇斩杀了曾侮辱自己的霸陵尉。武帝听说后不仅不责怪，反而降书称赞"报忿除害，捐残去杀，朕之所图与将军也"。这也是李广守边时期功绩斐然的佐证。

　　李广军事生涯中还有两个可以互为映照的例子，就是生涯前期汉景帝中元六年与匈奴射雕人的遭遇，以及生涯晚期汉武帝元狩二年的右北平之战。这两场战斗有着相似的特征：都是在没有准备的情况下猝然遇敌的遭遇战；都是敌我兵力差距极其悬殊的劣势作战；都依赖李广的指挥才没有让军队崩溃。这两场战斗的初衷虽然都是进攻，但战场局势瞬息万变，在实际作战时，其实已经演变成了汉军防守，匈奴进攻的防御战：中元六年的遭遇中，通过精妙的心理博弈阻止了匈奴的进攻；元狩二年的战斗中四千兵力被四万匈奴包围，只能守住阵脚避免被冲垮。这两次战斗中李广都展现了极为高超的指挥艺术，即以静制动，攻心为上。中元六年的遭遇战，在兵力绝对劣势的情况下，李广选择主动向匈奴示弱，诱敌来击，反而使得匈奴疑神疑鬼，不敢进攻。元狩二年的战役里，在箭矢已然用尽的困境中，李广命士卒拉满弓弦而不发，以此威慑敌军；亲自射杀匈奴裨将，挫败他们的锐气，终于等到援军的到来。

　　有如此精彩的战役指挥，是否也可以说"广之为将可知矣"呢？长期以来的履历和具体战况的表现，二者结合足以说明，李广是一名军事天赋超群，军事才能优秀，长于防守的将领，无愧于"飞将军"之名。

　　提起"飞将军"的称号，许多人首先想到的就是唐人王昌龄《出塞》中的："但使龙城飞将在，不教胡马度阴山。"王昌龄于 724 年出玉门，727 年回中原隐居京兆府蓝田县，则此《出塞》诗应作于 724—727 年之间。公元 726 年，吐蕃进攻甘州（今甘肃张掖），727 年进占瓜州（今甘肃安西北）[①]，正在当年李广所镇守的陇西之地附近。王昌龄感时怀古，留下诗作。结合当时战事，"不教胡马度阴山"之句，似也是着重肯定李广防守之能，称赞李广的镇边之功。

　　然而，当汉朝强大起来，对匈奴的战略从战略防御转向战略进攻后，李广的优势就无从发挥了。主动出击，就要深入大漠，不能再倚靠要塞烽燧来消耗对手；战略进攻，就要消灭匈奴的有生力量，不能再仅止于阻止敌军的战略意图。李广在前半生所擅长的战术完全失去了用武之地，但苦于一生无功的他又渴望着与自己一生宿敌匈奴决一死战的机会，终于在急迫的心情下，在元狩四年的征战中迷失道路，留下千古遗恨。

（二）适应边疆的治军风格

　　司马迁在《匈奴列传》中介绍匈奴人的民风是："宽则随畜，因射猎禽兽为

---

　　①　武国卿、慕中岳：《中国战争史》第四卷，北京：人民出版社 2017 年版，第 317 页。

生业；急则人习战功以侵伐，其天性也。"《货殖列传》中又以种邑、代县等地区为代表，简述北部边疆地区的民风："种、代，石北也，地边胡，数被寇。人民矜懻忮，好气，任侠为奸，不事农商。然迫近北夷，师旅亟往，中国委输时有奇羡。其民羯羠不均，自全晋之时固已患其慓悍，而武灵王益厉之，其谣俗犹有赵之风也。"北境的民风特点就是剽悍凶狠，尚武而不事农商，这一点上与匈奴的宽则随畜，急则习战何其相似。又或许是两者生存环境本就相近，加上多年以来摩擦交往甚多，因此潜移默化之间也在互相学习。总之，边疆地区，存在着悠久的军武传统，士卒的单兵作战能力较强。与此同时，与匈奴交战的主要战场集中在我国西北部地区，其地理特点是多草原、荒漠、戈壁。

李广与程不识"以边太守将军屯"出击匈奴的时间，《史记》中虽没有明确记载，但可知是武帝登基之后，马邑之谋之前，即前141年至前133年之间。这段时间汉王朝在与匈奴的相处中，仍处在战略防御，联姻求和的阶段。《资治通鉴》记载，汉武帝建元六年（前135），即马邑之谋的前一年，匈奴提出"和亲"，武帝仍然选择接受。① 可见，李广与程不识的这次出击，并不是一次具有实质上战略意义的大举进攻，在武国卿、慕中岳所编的《中国战争史》等文献中也不见对此次战役的记载。据此推测，恐怕李程两军很难得到非常完善的后方补给，主要依赖军队在扎营驻寨的同时就地保障。这样一来就可以明白，李广采取的"善水草屯，舍止，人人自便"的治军策略，是为了适应西北边疆恶劣的自然条件，不得不在水草丰厚的地方安营扎寨，"人人自便"来缓解补给压力。

也正是由于李广与程不识的此次出击并非战略性进攻，因此比起摧城拔寨，更重要的是威慑匈奴，消灭敌军有生力量。为了贯彻这一战略方针，就需要军队有足够的机动性和适应性，在抓住战机时迅速出动，碰到敌军主力时灵活规避，以游击为主要作战方式。"不击刀斗以自卫，莫府省约文书籍事，然亦远斥候"的治军策略正是由此而生。"不击刀斗"是因为士卒个人战斗力较强，且不是大兵团作战；省略幕府文书是为了最大程度保证军队的机动性，在需要迅速奔袭或转移时不会为烦琐的文书所累；"远斥候"则是野外作战最重要的安全保障，以机动性强的轻骑探查敌军情况，能够时刻掌握最新的战场动向，以最快速度做出抉择。

同时这种治军方式还有一重好处，就是缓解军队的压力。在恶劣的自然环境与瞬息万变的战场之中，孤军深入敌境，对于军队的心理素质是巨大的考验。这种情况下能够为士卒"减负"也是名将的才能体现，可以更长时间保持军队的战斗力和士气。

但同时，毋庸讳言的是，这种统兵风格也有巨大的隐患，就是极其依赖士卒的个人战斗力以及将领的个人素质。在小规模机动作战中，将领也必须身先士卒，冲锋在最前线，与敌人血肉相搏。这对于擅长骑射的李广来说并非难事，因此在《李将军列传》中，可以看到许多"广身自射彼三人者，杀其二人，生得一

---

① 司马光：《资治通鉴》第二册，北京：中华书局2011年版，第581页。

人"，"广行取胡儿弓，射杀追骑，以故得脱"，"度不中不发，发即应弦而倒"，"广身自以大黄射其裨将，杀数人"这样李广英勇无敌的描写，但同时也有"生得广"，"虎腾伤广"，"其将兵数困辱，其射猛兽亦为所伤云"这样不光彩的记录。

诚如姚苎田所言："其一生数奇，亦才气累之矣"①，弓马娴熟的高超武艺，让李广屡屡绝处逢生的同时，也让他过分仰仗个人之勇，陷入受伤甚至被俘的险境。公孙昆邪说他"自负其能"，当非空穴来风。

三、李广命运与时代背景

经过上面的分析，李广毫无疑问是一名拥有着杰出军事才能的优秀将领。但既然如此，为何同时代里"才能不及中人"的都有数十人封侯，偏偏李广却与之无缘呢？

（一）封侯标准下的无功

首先需要清楚一个问题，就是封侯的标准。西汉时期封侯有三种情况：王子侯，外戚恩泽侯，功臣侯。前两者闻名可知，属于血缘关系或者特别宠幸的恩赏，不在讨论之列。而第三种功臣侯必须要有军功才能封赏。根据《史记》及《汉书》统计，武帝年间，共封侯79人，其中投降者44人。其余35人中，9人是因逮捕造反者，2人是父亲战死而荫恩，真正凭军功封侯的仅有24人。除卫青、霍去病、李广利三人之外，有12人因斩杀捕获敌军王以上重要人物而封侯，有1人因斩杀敌将而封侯，2人因斩敌千级以上而封侯，3人做出巨大贡献而封侯，1人因捕阏氏而封侯。

其中，斩敌千级的封侯还有一项条件，就是自身伤亡不能过大，否则不能视之为胜利，也就不能论功行赏。李广在元狩二年的右北平之战中虽然也击杀敌军四千人，但汉军几乎全军覆没，因而不符合条件，未能行赏。

由此，我们可以得出汉武帝封侯的四条标准：一、捕斩敌军王、相、将军、阏氏等；二、斩敌千级以上且自身伤亡不多；三、在战斗中为夺取胜利作出重大贡献的；四、父亲在战斗中作出重大贡献而死，儿子可以获封侯。

纵观此四条规则，不难发现，武帝时期的封侯标准都是在主动出击的进攻性作战中更容易实现；也可以说在武帝时期，封侯就是鼓励将士勇猛作战的诱惑。然而对于经历过文景时期，已经形成了以防守为主的作战风格的李广而言，这种标准显然是苛刻而不公的。

（二）战略方针下的牺牲

尽管如此，作为经验丰富的老将，在汉朝国力提升转守为攻之后，难道连从

---

① 姚苎田：《史记菁华录》，北京：中华书局2010年版，第133页。

军之功都不能获得吗？接下来我们再尝试分析武帝时期对匈奴的战略，以及李广在其中扮演的角色。

元光元年，马邑之谋，汉军全军无功，，未发生实质性战斗。元光六年，汉军兵分四路发动关市战役。李广第一次真正意义上出击匈奴，却因人数远劣于匈奴而落败。此次战役，根据安子毓先生分析，是一次刺探匈奴虚实的试探性进攻。[①]因为四路军队人数大抵相当，并无战略重心，却又显然不足以消灭匈奴有生力量。既然是试探，势必就没有十足把握。李广碰到匈奴主力而败，亦是试探的代价。

元朔二年，卫青和李息出击匈奴，大胜，夺取河南地，设置朔方郡。但同时却又"弃上谷之什辟县造阳地以予胡"。这个"予"字表达得非常清楚，这是汉军主动选择的战略性放弃，为的就是集中更多力量在河南地。《中国军事通史》中描述此时的局势为："当匈奴军逞威于西汉东北边境时，他（汉武帝）不为局部的失利所牵制，毅然采取避实就虚的战略，奇袭防御空虚的河南地，从而牢牢把握了战争的主动权。"[②] 从此，汉军确定了对匈奴作战的大方针，就是以西部为重心，牺牲甚至放弃东部。

前文所述元朔元年辽西太守被杀之战就是重西轻东大战略下东部战场被牺牲的例子。《史记·匈奴列传》记载：其明年秋，匈奴二万骑入汉，杀辽西太守，略二千余人。胡又入败渔阳太守军千余人，围汉将军安国，安国时千余骑亦且尽，会燕救至，匈奴乃去。匈奴又入雁门，杀略千余人。"韩安国本有望登上相位，经此一战被武帝斥责，次年呕血而死。

韩安国死后，李广任右北平太守，匈奴"避之数岁，不敢入右北平"，暂时稳定住了局势，这也是李广在防守上建功的又一例证。然而匈奴不敢入侵，自然就没有斩将夺魁的机会，这份功劳也不被统治者所重视。所谓善战者无赫赫之功，或许正是指此。

元狩二年，汉朝发动河西第二次战役。这次战役，重西轻东的战略体现得更加明显。霍去病率四万精骑出河西，进祁连山；李广与张骞共率一万四千人，进攻匈奴左贤王。此次作战，显然是以霍去病军为主力，力求歼灭匈奴；而李广部仅仅作为牵制，防止左贤王增援河西。而左贤王的兵力如何呢？《李将军列传》的描述是十倍于李广军，即四万人。实际上还不止如此。两年后元狩四年，霍去病击左贤王时，仅斩首就七万余级，双方实力差距可见一斑。即便如此，李广依然做到了杀虏过当，完成了牵制左贤王的任务，帮助霍去病在河西大破匈奴。这难道不是李广之功吗？难道李广不是出色完成了自己的战略任务吗？结果却是"军功自如，无赏"，未免对于李广太不公平了。

---

① 安子毓：《"李广难封"背后的汉廷对匈奴战略》，《湖南社会科学》2020 年第 3 期。

② 陈梧桐、李德龙、刘曙光：《中国战争通史》第五册，北京：军事科学出版社 1998 年版，第219 页。

李广最后一次出征，元狩四年漠北之战，终于也因为武帝的不信任，卫青的私心，以及自己的迷失道路，而无功告终。匈奴入侵时，武帝主动起用已是庶人的李广，拜为右北平太守；主动出击匈奴时，武帝却不理会李广的请缨，暗中告诫卫青不可用他。从一方面讲，这是武帝洞察到李广擅守的天分，但另一方面讲，作为最高统治者，以"数奇"为由暗中厚此薄彼，岂不是太有失公允了吗？

（三）渴望建功下的心态

虽然李广在防守方面天赋异禀，并且多年以来威震边陲，出色地完成了自己的任务。但通读《李将军列传》，无论是早年与匈奴"日以合战"，还是晚年"自以精兵走之"，都不难看出李广有着极强的进攻欲望，就连赋闲隐居蓝田的时候也要出猎，守右北平时也要亲自射虎。可见，李广虽然擅长防守，但他内心真正渴望的仍是进攻。

形成李广喜好进攻的性格，其原因是多方面的。首先，从家族渊源来讲，李广家先祖是名将李信，又世代受射，从小就耳濡目染尚武的风气。在战场上，李广也时时表现出依赖个人勇武的作战方式。而一味地利用要塞烽燧，居高临下，在城中打击关外的匈奴，显然不足以发挥李广的骑射优势。因此他更喜爱主动进攻，引兵出塞的奔袭作战。

其次是李广家族世居陇西，处在汉匈相交的边界，长年以来受到匈奴侵扰。因此对于匈奴积怨已久，必欲除之而后快。李广虽然"口不能道辞"，并不是滔滔善辩之人，但内心情感却丰富细腻。从他斩杀霸陵卫一事就可看出，李广的个性是"以直报怨"，不肯姑息。对他轻慢的霸陵卫尚且如此，面对国仇家恨积累数十年的匈奴，李广当然更要主动进攻。

最后是对于建功立业的渴望。李广很清楚，身处在西汉王朝这套极度鼓励进攻的军功体系之中，仅凭防守是不足以让自己拜将封侯的，多年以来辛苦付出很有可能得不到后世的正确评价。为此，当武帝一转之前文景时期对匈奴温和的态度，开始主动进攻的时候，李广就积极参与其中。然而事与愿违，正如前文所分析的，汉王朝从来没有真正将李广作为战略的中心，而往往是为卫青、霍去病等人的军事行动做牵制。这就使得每每出征，李广或是无功而还，或是大败亏输。越是如此，越是让李广心中焦躁不安，使他的建功之心变得迫切激进。以至于最终酿成大错。

军事风格善于防守，但却偏好激进进攻的作战方式，这种性格与才能上的割裂，不能不说是李广悲剧的又一个原因。

（四）历史背景下的评价

经过前文的分析与阐述，笔者认为，李广在军事上有卓越的实力，也有明显的短板；受到了不公的对待，也犯下过严重的失误。那么，对于这样一个复杂的历史人物，司马迁为何表露出了极为明显的情感偏向，对他无限憧憬赞扬呢？

　　前人对此的研究，一般认为有四个原因。首先是司马迁与李广同为才气纵横却又不受武帝重用的失意之人，能够体会到李广的苦闷与无奈，因此给李广作传实际上是借他人酒杯浇自己块垒；其次是司马迁并不赞成主动出击匈奴的战略，认为此举劳民伤财，只是武帝自己的好大喜功；再次是司马迁对卫青、霍去病等当时宠臣深有成见，在《卫将军骠骑列传》中对二人也颇有微词，故而对受到他们排挤的李广甚为同情；最后是司马迁与李广之孙李陵交好，又曾见过李广本人，因此在情感上比较亲近。

　　在分析了李广的功过后，笔者认为还有一个重要原因。司马迁生于前145年，即汉景帝中元五年。此时汉匈之间的关系，仍处于匈奴强盛，频频侵扰；汉朝韬晦，结亲求和的阶段。因此可以说，司马迁经历了汉匈双方实力对比逐渐扭转的过程，也亲历过汉朝还未足够强大之前被匈奴欺压的年代。那个时候，李广正任边境守将，担任着汉王朝的屏障。

　　当汉朝养精蓄锐，有足够精锐的铁骑，足够丰沛的粮饷，可以深入大漠，扫荡单于的时候，卫青们建功立业，斩将夺魁；霍去病们封狼居胥，姑衍祭天，后世的史学家文学家们也都为他们精彩的战役而倾倒。但是谁帮助汉朝争取到了休养生息，发展壮大的时间？是谁抵御住匈奴的侵略，让边境百姓免于流离失所？是谁以寡敌众牵制匈奴，让骠骑将军无后顾之忧地深入敌后？正是李广、韩安国、程不识等一大批镇守边疆的将士。他们或因国力所限没有主动出击的战功，或因命运捉弄没有拜将封侯的荣耀，在后世他们的名字完全为卫青、霍去病的光芒所掩盖。但在当时，在真正经历过这一时代的人心中，他们得到了应有的评价。

　　因此司马迁做《李将军列传》，称赞李广的无双才气。"彼其忠实心诚信于士大夫也"，不仅是司马迁，生活在那个时代的士大夫都明白李广的意义。不仅是士大夫，李广"及死之日，天下知与不知，皆为尽哀"。哀荣如此，李广虽未有封侯的功名，但受他保护的无数人民已经给了他最公正的评价。

结　语

　　李广的人生悲剧是时代决定，也是汉王朝不合理的军功赏罚制度决定。历史上对李广的批评也多集中在他出击匈奴时的失败，却忽视了他打阻击战抵挡匈奴的意义。而司马迁作为时代的亲历者，正确地肯定了李广的作用，正是太史公作为良史的慧眼独具之所在。

谋士蒯通人物形象

＊本文作者吴承越，陕西师范大学中国古典文献学专业硕士研究生。

　　蒯通原名蒯彻，范阳（今河北省定兴县固城镇）人，一说齐人。是秦末汉初时期著名的纵横家、谋士。《史记》《汉书》为避汉武帝刘彻讳，将"彻"改为"通"。

　　谋士在中国古代属于一个十分独特的群体。谋士以高超辩才出众，长于在政治、军事和外交方面折冲樽俎，进行游说活动。他们乐于为统治者出谋划策，实现自我价值。谋士们普遍通晓古今成败，洞察当前局势，富有远见卓识。他们善于揣摩被游说者的心理，以陈述利害得失搭配绝妙辞令撼动被游说者的心灵。蒯通作为一位谋士，有着深邃的政治远见和高超的思辨能力，善于陈说利害，富有才华却难觅伯乐，起初向范阳令自荐，先后在项羽、韩信手下做事，遭到刘邦捉拿后，无罪释放，又成为相国曹参的宾客。除了拥有过人智慧和超群口才，蒯通还对战国时期谋士辩士们的论辩才华曾有系统阐述，一共81篇，名为《隽永》。《汉书·艺文志》纵横家有《蒯子》五篇，今佚。清人牟庭还曾经提出蒯通是《战国策》作者的主张。清代点评家姚苎田在《史记菁华录》中对蒯通不吝赞美之辞："文在鲁连之上，品居王蠋之前，非战国倾危者所能及也。"[①] 鲁仲连高洁傲岸、才华横溢，王蠋忠心耿耿、坚守节操，在姚苎田眼里，蒯通还能力压二人，其才能德行于此可见。

一、两面游说避免灾祸

　　《史记·张耳陈馀列传》最先记载蒯通。秦末大乱，陈胜、吴广揭竿而起，先后攻克下大泽乡、蕲县、铚、酂、苦柘、谯等地，各郡县苦秦苛政已久的人也纷纷响应起义。陈胜在陈县（今河南淮阳）称王之后，任命吴广为代理王，与周文统领大军西征荥阳。大梁人张耳、陈馀求见陈胜，出谋划策，提出向北攻占赵地。陈胜又任命旧友陈县人武臣为将军，张耳、陈馀为左、右校尉，拨给的军队只有区区3000人，向北进军去攻占原赵国的领地。武臣率部渡过黄河，进入赵地，前往诸县鼓动豪杰，得到响应，沿途收编士卒，迅速扩充军队到数万人。这是陈胜起义之后反秦斗争在赵地迅猛发展的结果。借着胜利进军的势头，武臣自

---

① 姚苎田：《史记菁华录》，北京：中华书局2010年版，第94页。

号为武信君，接连攻取赵地十余城，但包括范阳在内的多个县据城坚守不降。武臣决定引兵向东北进攻范阳。① 大军压境，范阳县令生死存亡之际，蒯通出场。

> 范阳人蒯通说范阳令曰："窃闻公之将死，故吊。虽然，贺公得通而生。"范阳令曰："何以吊之？"对曰："秦法重，足下为范阳令十年矣，杀人之父，孤人之子，断人之足，黥人之首，不可胜数。然而慈父孝子莫敢倳刃公之腹中者，畏秦法耳。今天下大乱，秦法不施，然则慈父孝子且倳刃公之腹中以成其名，此臣之所以吊公也。今诸侯畔秦矣，武信君兵且至，而君坚守范阳，少年皆争杀君，下武信君。君急遣臣见武信君，可转祸为福，在今矣。"（《史记·张耳陈馀列传》）

"凡说之难：在知所说之心，可以吾说当之"②，韩非子在《说难》一文中讲到游说之难，关键就难在揣摩对方的心理。谋士要知己知彼，清楚自己的能力所及，明白君主的软肋和诉求，才能动之以情，达到自己的目的。蒯通本为布衣，甫一登场就先吊范阳令死又为其贺生，以最耸人听闻的语言充分调动起县令的好奇心听他继续说下去。《汉书》将《史记》"窃闻公之将死"改作"窃悯公之将死"——蒯通见范阳令，意在说服他放弃抵抗，主动投降，其游说之辞必然婉转，迅速表明自己是为县令着想，来此帮他排忧解难，走出困境。蒯通不愧是机智善辩、舌灿莲花的辩士，先"摆事实"道出范阳县令做官时的所作所为，说明官民矛盾颇深，后"讲道理"提出一旦矛盾激化，百姓趁乱起事和武信君里应外合，他的处境势必危如累卵，最后建议县令派自己拜谒武信君解决问题。闻听蒯通有"转祸为福"的良策，自然言听计从，将蒯通派往武臣处：

> 范阳令乃使蒯通见武信君曰："足下必将战胜然后略地，攻得然后下城，臣窃以为过矣。诚听臣之计，可不攻而降城，不战而略地，传檄而千里定，可乎？"武信君曰："何谓也？"蒯通曰："今范阳令宜整顿其士卒以守战者也，怯而畏死，贪而重富贵，故欲先天下降，畏君以为秦所置吏，诛杀如前十城也。然今范阳少年亦方杀其令，自以城距君。君何不赍臣侯印，拜范阳令，范阳令则以城下君，少年亦不敢杀其令。令范阳令乘朱轮华毂，使驱驰燕、赵郊。燕、赵郊见之，皆曰此范阳令，先下者也，即喜矣，燕、赵城可毋战而降也。此臣之所谓传檄而千里定者也。"武信君从其计，因使蒯通赐范阳令侯印。赵地闻之，不战以城下者三十余城。（《史记·张耳陈馀列传》）

蒯通为使家乡免遭战争蹂躏，充分发挥自己纵横家的才能，先游说范阳令徐公向武臣的起义军投诚，又劝说武臣对范阳令以礼相待。武臣正在筹划攻克范阳的手段，听到蒯通有不攻便能降城，不战便能略地的妙计也是欣然恭听。不战而屈人之兵，传檄而定千里，乃用兵之上策。趋利避害是人的共性。告之以害，能

---

① 赵国华：《秦汉之际的赵国》，《邯郸学院学报》2014 年第 3 期。
② 韩非子著，高华平、王齐洲、张三夕译注：《韩非子》，北京：中华书局 2007 年版，第 58 页。

警醒、征服对方，使其听取意见。经过从中周旋，以封侯为条件换取范阳县令归附，轻易地占领了范阳。赵地诸县长吏听说此事，相继归附的有30多座城池，武臣随即进驻邯郸。

纵横家的主要政治活动就是游说合纵"以利合曰从，以威势相胁曰横"①，两面陈说利益。此处蒯通凭借对武臣和范阳令徐公心理活动的洞察，游走其间，说词透彻巧妙，既让范阳县令保全姓名得到荣华富贵，又让赵王不出兵而获30城，更重要的是，使广大百姓少遭战争涂炭，壮大了反秦起义军的队伍和声威，在客观上为反秦战争做出了积极贡献，真正做到了"转危为安，运亡为存"②。蒯通不但显示了超群的才华，还从中实现了自己的政治主张，表现出一个既懂得出谋划策，又懂得明哲保身的谋士形象。钟惺说："蒯通说范阳令与武信君，两路擒纵，虽是战国人伎俩，然交得其利，而交无所害，不是一味空言祸人。"③

《汉书》承《史记》该段书写蒯通。班固将蒯通游说范阳令、武臣一事集中在《蒯伍江息夫传》，情节与《史记》大体相类，但是笔锋微调。第一，《汉书》叙事语言有改笔补笔。其一是删。《史记》中，范阳令"杀人之父，孤人之子，断人之足，黥人之首，不可胜数④"前有"秦法重"的前提，说明范阳令是迫于秦法严苛，不得已才伤化虐民。《汉书》删去"秦法重"三字，暗暗表明没有秦法的胁迫，范阳令上述举措则出于自愿，其形象也由此变为一个倚官仗势、任用职权、荼毒百姓的酷吏。第二，《汉书》将《史记》中对话性内容改为人物独白。《史记》蒯通说服范阳令之后，直接面见武臣进行第二阶段的游说。但在《汉书》中，蒯通仍处于与范阳令对话的语境中，蒯通将预备游说武臣的话语和预测的情节走向先行向范阳令全盘托出。由此，《史记》献计范阳令和游说武臣两件实时发生的事，《汉书》将后一件改为预叙的形式，在蒯通劝服范阳令的一场对话中叙述完毕。从历史叙事的角度来说，这样写能够先简要交代史实，让读者有一个大致的了解与把握；从文学叙事的角度看，这种叙事时间提前的叙事方式，避免了叙事的单调化，预设了情节的发展走向，使得情节前后呼应，文章的结构更为严谨。

由文本可以看出司马迁笔下的蒯通尚带有浓浓的战国策士遗风，是一位能言善辩的权变之士。他擅长虚拟事件，给自己的游说对象提供两种选择，并定向两个截然相反的结局，侧面促使统治者听从执行自己的建议。与《史记》不同，《汉书》在书写蒯通时强调了他的智慧，锐化了他的计谋，使之拥有更大诱惑力，但同时通过突出范阳令的负面形象，给蒯通增加一重危险色彩，蒯通成为深不可测的奇士，难以掌控的辩士，为虎傅翼的谋士，他"一说而丧三俊"，正是孔子心中值得口诛笔伐的"利口之覆邦家"⑤之人。

---

① 刘向集录，姚宏、鲍彪等注：《战国策》，上海：上海古籍出版社2015年版，上册，第45页。
② 《战国策》附录《刘向书录》，下册，第725页。
③ 施之勉：《汉书集释》，三民书局2003年版，第4825页。
④ 司马迁：《史记》卷八十九《张耳陈馀列传》，北京：中华书局1959年版，第五册，第2575页。
⑤ 班固撰，颜师古注：《汉书》，北京：中华书局1962年版，第2189页。

二、三番五次极力劝谏

　　在班固《汉书》中，蒯通的事迹与西汉时期伍被、江充、息夫躬的事迹放在一起，合传为《蒯伍江息夫传》。公元前207年十月，刘邦率领十万大军浩浩荡荡攻入咸阳，末代君主秦王子婴向刘邦彻底投降，宣告了秦朝的寿终正寝。后来西楚霸王项羽、汉王刘邦两大集团为争夺政权开始了大规模的楚汉战争。《汉书》记载了起初蒯通与隐士安其生两人一起依附于项羽。"安其生尝干项羽，羽不能用其策。而项羽欲封此两人，两人卒不肯受。"这说明，蒯通与安其生愿以自己的智慧才华辅佐项羽成为楚汉之战的胜利者。但之后二人大概发现项羽刚愎自用，难听进计策，所以即使项羽用官职留住这两人也未果。

　　《淮阴侯列传》里，蒯通谋士作用体现于游说韩信的以下三个事件中：劝攻齐、劝三分天下和阻赴汉王之约。正如赵翼所说"不知蒯通本非必应立传之人，载其语于《淮阴传》，则淮阴之心迹见，而通之为辩士亦附见，史迁所以不更立《蒯通传》，正以明淮阴之心，兼省却无限笔墨。"[①] 蒯通首次登场是作为韩信的谋士身份劝说他攻齐：

　　　　信引兵东，未渡平原，闻汉王使郦食其已说下齐，韩信欲止。范阳辩士蒯通说信曰："将军受诏击齐，而汉独发间使下齐，宁有诏止将军乎？何以得毋行也！且郦生一士，伏轼掉三寸之舌，下齐七十余城，将军将数万众，岁余乃下赵五十余，为将数岁，反不如一竖儒之功乎？"于是信然之，从其计，遂渡河。齐已听郦生，即留纵酒，罢备汉守御。信因袭齐历下军，遂至临菑。齐王田广以郦生卖己，乃烹之，而走高密，使使之楚请救。韩信已定临菑，遂东追广至高密西。楚亦使龙且将，号称二十万，救齐。（《史记·淮阴侯列传》）

　　前203年九月，当韩信率汉军虏魏王，破赵军，降燕王，占领黄河以北的广大地域时，蒯通投到韩信帐下，成为他的谋士之一。同年十月，韩信督军进攻齐国，半路上得知齐国已经被郦食其说降的消息。韩信于是决定停止进兵。如齐国能主动归降刘邦，那么也没有必要再牺牲双方将士的生命来一决胜负了，但蒯通却站出来力主以武力平齐。苏洵对游说劝谏的策略方法做了精辟的总结："说之术可为谏法者五，理谕之，势禁之，利诱之，激怒之，隐讽之之谓也"[②]。苏洵这样解释"激怒之"："苏秦以牛后羞韩，而惠王按剑太息……此激而怒之也。激而励之，或激而怒之……主虽儒必立，立则勇"。蒯通一句"将军将数万众，岁余乃下赵五十余，为将数岁，反不如一竖儒之功乎？"意在刺激到韩信的痛点，游说也因此水到渠成了。韩信本就不甘心郦食其和自己争抢奖赏，蒯通的一席话更加坚定了韩信以武力攻占齐国，他日邀功的决心。于是乘齐王与郦食其置酒高会、疏于防范之机，挥兵奇袭

<hr />

① 赵翼撰，曹光甫校点：《陔余丛考》，上海：上海古籍出版社2011年版，上册，第80页。

② 姚鼐纂集，胡士明、李祚唐标校：《古文辞类纂》，上海：上海古籍出版社2016年版，第38页。

齐军渡过黄河，一战取历下、陷临淄，再战潍水，打垮 20 万齐楚联军，占领了齐国全境。蒯通的建议使郦食其惨遭烹杀，却成就了韩信的赫赫战功，同时也显示了他不顾礼仪道德，抛弃忠诚正直，唯利是图、唯功是视的价值观和残忍无情、惨无人道的品性。[①]

在韩信平定齐地所有城邑后，韩信成了能与刘、项比肩的另一势力，大致形成三足鼎立局面。高祖刘邦大骂韩信没有一心辅佐自己居然还想要封王，但又在张良、陈平的建议下，假意立他为正式的王来笼络韩信。善于审时度势如蒯通，在看到天下胜负的关键在于韩信后想出奇计打动他：

> 武涉已去，齐人蒯通知天下权在韩信，欲为奇策而感动之，以相人说韩信曰："仆尝受相人之术。"韩信曰："先生相人何如？"对曰："贵贱在于骨法，忧喜在于容色，成败在于决断，以此参之，万不失一。"韩信曰："善。先生相寡人何如？"对曰："原少间。"信曰："左右去矣。"通曰："相君之面，不过封侯，又危不安。相君之背，贵乃不可言。"韩信曰："何谓也？"蒯通曰："天下初发难也，俊雄豪桀建号壹呼，天下之士云合雾集，鱼鳞襍遝，熛至风起。当此之时，忧在亡秦而已。今楚汉分争，使天下无罪之人肝胆涂地，父子暴骸骨于中野，不可胜数。楚人起彭城，转斗逐北，至于荥阳，乘利席卷，威震天下。然兵困于京、索之间，迫西山而不能进者，三年于此矣。汉王将数十万之众，距巩、雒，阻山河之险，一日数战，无尺寸之功，折北不救，败荥阳，伤成皋，遂走宛、叶之间，此所谓智勇俱困者也。夫锐气挫于险塞，而粮食竭于内府，百姓罢极怨望，容容无所倚。以臣料之，其势非天下之贤圣固不能息天下之祸。当今两主之命县于足下。足下为汉则汉胜，与楚则楚胜。臣原披腹心，输肝胆，效愚计，恐足下不能用也。诚能听臣之计，莫若两利而俱存之，参分天下，鼎足而居，其势莫敢先动。夫以足下之贤圣，有甲兵之众，据彊齐，从燕、赵，出空虚之地而制其后，因民之欲，西向为百姓请命，则天下风走而响应矣，孰敢不听！割大弱彊，以立诸侯，诸侯已立，天下服听而归德于齐。案齐之故，有胶、泗之地，怀诸侯以德，深拱揖让，则天下之君王相率而朝于齐矣。盖闻"天与弗取，反受其咎；时至不行，反受其殃。原足下孰虑之。"（《史记·淮阴侯列传》）

蒯通以曾经学过看相技艺，为其探求贵贱吉凶的借口接近韩信，实际并不一定真会相人。蒯氏一是使用骨法、气色等古代相术的重要术语，为自己的劝谏之语营造一个合理化的"天定"借口；二是"人主亦有逆鳞"，为了不冒犯君主招致不必要的麻烦，蒯通选择用一种委婉的方式进行劝谏。蒯通先相面后相背，"背"即"反"，蒯通貌似相背，实际劝反。当韩信再提出疑问时蒯通就只字不提相人之事，直接道出心中所想"诚能听臣之计，莫若两利而俱存之，参分天下，鼎足而居，其

---

① 孟祥才：《辩士蒯通简论》，《山东大学学报》2005 年第 2 期。

势莫敢先动。"力劝韩信居安思危,反汉自立,希望韩信也割据一方,争夺天下。

《史记》该段强调战争使"无罪之人",即无辜卷入战争的平民百姓惨遭杀戮,父子老小暴尸荒野。《汉书》只是笼统带过,战争使"人"肝脑涂地,流离失所,百姓的惨状减弱,且不复《史记》的生动形象和感染力。后文《史记》所言"百姓罢极怨望,容容无所倚",整句着眼都在百姓。而《汉书》改为"百姓罢极,无所归命",百姓疲惫不堪是因为没有君主可归依,立足点回到"命",也就是最高统治者,由此,百姓的悲惨处境成为汉朝建立的铺垫。且《汉书》又删"怨望"二字,擦除百姓对刘、项长期战争的埋怨责备。如此可见,《史记》站在百姓立场,强调乱世百姓的苦楚;而《汉书》站在上层统治者立场,更倾向于强调帝王拯救百姓于水火的急不可待。

> 韩信曰:"汉王遇我甚厚,载我以其车,衣我以其衣,食我以其食。吾闻之,乘人之车者载人之患,衣人之衣者怀人之忧,食人之食者死人之事,吾岂可以向利倍义乎!"蒯生曰:"足下自以为善汉王,欲建万世之业,臣窃以为误矣。始常山王、成安君为布衣时,相与为刎颈之交,后争张黡、陈泽之事,二人相怨。常山王背项王,奉项婴头而窜,逃归于汉王。汉王借兵而东下,杀成安君泜水之南,头足异处,卒为天下笑。此二人相与,天下至驩也。然而卒相禽者,何也?患生于多欲而人心难测也。今足下欲行忠信以交于汉王,必不能固于二君之相与也,而事多大于张黡、陈泽。故臣以为足下必汉王之不危己,亦误矣。大夫种、范蠡存亡越,霸勾践,立功成名而身死亡。野兽已尽而猎狗烹。夫以交友言之,则不如张耳之与成安君者也;以忠信言之,则不过大夫种、范蠡之于勾践也。此二人者,足以观矣。原足下深虑之。且臣闻勇略震主者身危,而功盖天下者不赏。臣请言大王功略:足下涉西河,虏魏王,禽夏说,引兵下井陉,诛成安君,徇赵,胁燕,定齐,南摧楚人之兵二十万,东杀龙且,西向以报,此所谓功无二于天下,而略不世出者也。今足下戴震主之威,挟不赏之功,归楚,楚人不信;归汉,汉人震恐:足下欲持是安归乎?夫势在人臣之位而有震主之威,名高天下,窃为足下危之。"韩信谢曰:"先生且休矣,吾将念之。"(《史记·淮阴侯列传》)

蒯通采用了"分析形势—陈说利害"的模式,从功高震主角度来提醒韩信,规劝韩信居安思危。《史记》有"实录"之称,此处所记蒯通游说韩信之言,"涉西河""虏魏王""胁燕""定齐"语言铿锵,气势逼人;又"南摧""东杀""西乡以报",以纵横恣肆、铺张扬厉的文字道出韩信功绩。但是韩信感念于汉王刘邦对自己的恩遇、信任,加之他所建立的功业令他认为汉王最终不会下此毒手。面对手下谋士鞭辟入里的分析,韩信也没有听从蒯通的建议,这是臣子对于自己主君的一种忠诚。过了几天,蒯通再次劝说韩信要把握时机:

> 后数日,蒯通复说曰:"夫听者事之候也,计者事之机也,听过计失而能久安者,鲜矣。听不失一二者,不可乱以言;计不失本末者,不可纷以辞。夫

随厮养之役者，失万乘之权；守儋石之禄者，阙卿相之位。故知者决之断也，疑者事之害也，审豪氂之小计，遗天下之大数，智诚知之，决弗敢行者，百事之祸也。故曰'猛虎之犹豫，不若蜂虿之致螫；骐骥之局躅，不如驽马之安步；孟贲之狐疑，不如庸夫之必至也；虽有舜禹之智，吟而不言，不如瘖聋之指麾也'。此言贵能行之。夫功者难成而易败，时者难得而易失也。时乎时，不再来。原足下详察之。"韩信犹豫不忍倍汉，又自以为功多，汉终不夺我齐，遂谢蒯通。蒯通说不听，已佯狂为巫。(《史记·淮阴侯列传》)

蒯通极力劝说韩信做事要抓主要方面、关键之处，不能念念不忘小恩小惠。其后"夫随厮养之役者，失万乘之权；守儋石之禄者，阙卿相之位"，继续谈要分清主次，不能因小失大。再后就是说要赶快行动，不能犹豫不定、久拖不决。而韩信依然坚守主君，不听蒯通的劝说。蒯通几次规劝韩信自立为王未果后，已预见韩信将要以失败告终，而自己在无力改变的情况下或许还会受到牵累，于是"佯狂"离去保命。

蒯通反复劝说韩信背叛汉朝，用了如此之大的篇幅写韩信对汉王的感激、忠贞和信任，一方面是表现谋士能够预见并善于把握存亡之机，为君主建言献策，不忍看到他被杀的后果；另一方面是在替韩信表明心迹，与下文写韩信谋反形成一个强烈对比，以此说明以谋反背汉的罪名斩杀韩信是多么的荒谬。反映了蒯通洞察世事的本领，具有政治远见。在其位谋其职，陈述利害力劝韩信自立为王。

西汉建立后，韩信先是遭受突然袭击被解兵权，徙为楚王，又因被诬告谋反，被贬为淮阴侯。之后韩信中吕后计被杀时长叹一声"吾悔不用蒯通之计，乃为儿女子所诈，岂非天哉！"临终遗言最能表达韩信的真实心理。司马迁特地让韩信在被斩之前这样说，目的是暗示韩信从未想过谋反，暗暗为其"翻案"。《史记·田儋列传》结尾处"甚矣蒯通之谋，乱齐骄淮阴，其卒亡此两人"。表达了太史公对于此类以利为先、不讲道义谋士的鄙弃。虽然司马迁对于蒯通深恶痛绝，但韩信的遗言还侧面道出谋士蒯通的高明之处，博古通今的他早早劝谏韩信提防兔死狗烹的结局，并献计让韩信借助已有的势力谋反，可叹韩信一介武夫不通政治谋略，最后身死妇人之手。

三、能说会道赢得赦免

高祖已从豨军来，至，见信死，且喜且怜之，问："信死亦何言？"吕后曰："信言恨不用蒯通计。"高祖曰："是齐辩士也。"乃诏齐捕蒯通。蒯通至，上曰："若教淮阴侯反乎？"对曰："然，臣固教之。竖子不用臣之策，故令自夷于此。如彼竖子用臣之计，陛下安得而夷之乎！"上怒曰："亨之。"通曰："嗟乎，冤哉亨也！"上曰："若教韩信反，何冤？"对曰："秦之纲绝而维弛，山东大扰，异姓并起，英俊乌集。秦失其鹿，天下共逐之，于是高材疾足者先得焉。跖之狗吠尧，尧非不仁，狗固吠非其主。当是时，臣唯独知韩信，非知陛下也。且天下锐精持锋欲为陛下所为者甚众，顾力不能耳。又可尽亨之邪？”高帝曰："置之。"乃释通之罪。（《史记·淮阴侯列传》）

巧舌如簧的蒯通运用自己机智善辩的能力终于躲过一劫，这其中包含四个步骤：第一，在高祖质问他时直接承认是自己谋划的计策。韩信死后他被逮捕，这时任何狡辩都是徒劳无功，只会徒增刘邦的愤怒，反倒不如爽快承认，还能留下气节高尚的名声。蒯通随后又痛骂韩信"竖子"暗暗与其划清界限，表明自己只是纵横捭阖、出谋划策之士，主要目的是实现自己政治理想，并非多么忠诚于淮阴侯。第二，大谈当下时局。蒯通分析了秦末纲绝维弛、豪杰蜂起的天下大势，为之后替自己脱罪营造了时代背景理由。第三，比喻谋士们各为其主。蒯通以盗跖的狗对着尧帝狂吠做比，委婉讽喻汉高祖，表明自己的行为只是在其位尽其职，不愿为韩信赴汤镬。"跖之狗吠尧"的譬喻可谓精妙绝伦，将蒯通、韩信、刘邦三人之关系做出清晰的定位，又把对韩信的贬低、对高祖的褒扬寓于其中。于不动声色中，达到了逢迎讨好汉高祖刘邦、增加自己脱罪筹码的目的，真正意义上做到了"比兴之旨，讽喻之义，固行人之所肆也。纵横者流，推而衍之，是以能委折而入情，微婉而善讽也"①。第四，指出法不责众。蒯通为高祖指出，无数人手持兵器跃跃欲试，都想争夺天下，你能对他们都施以"烹"的酷刑吗？道理浅显易懂，反问句语气强烈，将刘邦驳斥得哑口无言。"天下锐精持锋欲为陛下所为者甚众，顾力不能耳"一句，可谓深妙②，蒯通给刘邦提供了不能杀自己的理由，言语里还隐藏着民贵君轻的思想，是无形中对汉王的教化。高祖一听到蒯通姓名即知道他是齐国辩士，说明蒯氏纵横早已名声在外，得知蒯通献计后非但不杀他反而慷慨地赦免他，由此可见刘邦从心底里也很欣赏有智谋之人。

《说苑·善说》云："昔子产修其辞，而赵武致其敬；王孙满明其言，而楚庄以惭；苏秦行其说，而六国以安；蒯通陈说，而身得以全。夫辞者乃所以尊君、重身、安国、全性者也。故辞不可不修而说不可不善"③。一番论证环环相扣，蒯通凭着三寸不烂之舌得以保全自己。

《汉书》相较《史记》还多记载了蒯通脱罪后的去向。齐相国曹参懂得礼贤下士，招兵买马吸收人才，延请蒯通做自己的宾客。经人建议，蒯通以闭门守寡的妇人比喻隐迹山林的东郭先生、梁石君二位齐处士，通过让相国亲口说出"取不嫁者"，明白应将深山里的贤能之人以礼请来为自己所用。最后曹参欣然接受蒯通的提议，请二位复出入世，并尊为上宾。蒯通在各国间游走，极尽揣摩已有多年，深切懂得"物有相感，事有适可"的道理，所以选择了简短且形象的例子，综合比喻和类比推理的劝谏策略，终于成功达到劝说目的。为主君进贤退佞本身就是宾客应

---

① 章学诚撰，叶瑛校注：《文史通义校注》卷一，北京：中华书局 2014 年版，第 58 页。
② 孙立洲：《〈史记〉人物"说"的艺术》，《江苏广播电视大学学报》2012 年第 3 期。
③ 刘向撰，向宗鲁校证：《说苑校证》，北京：中华书局 1987 年版，第 266 页。

尽的义务，这段精彩劝谏体现了蒯通尽心尽力做好分内职责，也鲜明生动地展示了其精妙的游说技巧。

《汉书》单列蒯通传记，其生平轨迹得以完善。这段记述中，蒯通形象从口若悬河的辩士，变为曹参的侍从之臣。大一统的政治气候下，在各方势力中辗转的策士最终转变成为帝国系统中的一颗螺丝钉，逐渐成为政治社会的稳定因子。《汉书》此笔有意彰显大一统政治的成功，与班固舍弃其父班彪续作《史记》的做法，改通史为断代史目的相同，"是一种'宣汉'历史意识的体现"①。

四、结　语

历史上对于蒯通的评价褒贬兼有。林西仲称赞蒯通用相术作为起引，比武涉更高一着。茅坤对其作出批判"武涉之说，为楚也，而蒯通何为哉？其言甚工，假令韩信听之，而欲鼎分天下，海内矢石之斗何日而已乎？大略通特倾危之士，徒以口舌纵横当世耳，非深识者。"② 认为其只凭耍嘴皮子混迹世间，没有深谋远虑。

谋士蒯通充分继承了战国时期纵横家说辞铺张扬厉，气势恣肆磅礴，智谋胆识过人的遗风。从个人资质角度看，蒯通对时势有独到的分析和思想，希望打动人君，通过君主将自己的政治理想实现，从而取得仕途之路。从游说技巧来看，论辩需要深度的共情，高妙的技巧，委婉的表达，以达到谋士和君主的共识。蒯通能够准确把握君主的内心活动，熟练掌握比喻、理喻、激怒、隐讽等多种游说策略，对症下药找切入口打动统治者。虽然蒯通主观上完全从自己的利益出发，两面陈说利益，只为实现人生价值；但客观上他作为百姓拯救了家乡，作为谋士建言献策、屡出奇招，作为宾客知人善任，为我们展现出一个博古通今、机智善辩、富有谋略的纵横家形象。蒯通在不同时代的不同经典中形象不断嬗递，是书写者受制于各自时代和自身因素的必然。无论是有意还是无意"误读"，他们都对史料进行了二次叙述。通过阅读《史记》《汉书》两部典籍的蒯通书写，可以发现相关文本在细节上存在变化和差异，从而使蒯通形象呈现出权变之士、利口之覆邦家者的嬗递。对此进行分析可以管窥不同书写体例、书写立场、书写旨趣对《史》《汉》人物书写的影响。

---

① 汪高鑫：《中国史学思想通史：秦汉卷》，合肥：黄山书社 2002 年版，第 396 页。
② 茅坤编纂，王晓红整理：《史记抄》，北京：商务印书馆 2013 年版，第 384 页。

汉代大一统背景下的历史建构：《史记·五帝本纪》编纂管窥

＊本文作者李小宇、赵保胜。李小宇，宝鸡文理学院文学与新闻传播学院研究生；赵保胜，宝鸡文理学院文学与新闻传播学院讲师、硕士生导师。

《五帝本纪》是《史记》的第一篇，倾注着司马迁的心血，他带着究天人、通古今的作史期待，在如何选择与剪裁史料上有他自己的考量和思想，也离不开独特的历史语境，由此出发对《五帝本纪》的编纂进行探析，具有一定的研究价值。围绕着《五帝本纪》这一问题，前人已做过一些研究，张新科、王晓玲主要从大一统、仁德与祥瑞、天下为公与禅让等角度考察《五帝本纪》的文化建构，所论颇有深度[1]，孙庆伟分别从黄帝、颛顼、尧、舜等四位帝王的记述中抽绎出《五帝本纪》所反映的政治一统和文化一统[2]。聚焦于《五帝本纪》编纂时如何选材与剪裁史料的有张筠《从〈史记·五帝本纪〉看司马迁的神话观和历史观》、李霖《从〈五帝本纪〉取裁看太史公之述作》，前者重视探析其高超的实录精神[3]，而后者重在窥探其作史思想与主张[4]，但都缺少对司马迁背后时代语境的考察。综观对司马迁《五帝本纪》的研究，从微观事件及时代背景方面考察司马迁《五帝本纪》编纂时的材料取舍及增益，借以认识司马迁历史建构的，尚不多见。基于此，本文在前人的基础上作进一步探索。

一、《史记·五帝本纪》对《尚书》中尧舜故事的改写

《尚书》作为我国现存最早的历史资料，也是汉代官方确认的儒家经典，司马迁作史本着"厥协六经异传，整齐百家杂语"[5] 的宗旨，在对尧舜禅让故事的编纂

---

① 张新科、王晓玲：《〈史记·五帝本纪〉与西汉文化的建构》，《求是学刊》2011 年第 4 期，第 110—115 页。

② 孙庆伟：《〈史记·五帝本纪〉反映的政治一统与文化一统》，《历史研究》2023 年第 4 期，第 8—19 页。

③ 张筠：《从〈史记·五帝本纪〉看司马迁的神话观和历史观》，《中华文化论坛》2019 年第 3 期，第 46—54 页。

④ 李霖：《从〈五帝本纪〉取裁看太史公之述作》，《文史》2020 年第 1 期，第 87—100 页。

⑤ 司马迁：《史记》卷一百三十《太史公自序》，北京：中华书局 1959 年版，第 3319—3320 页。

上并没有完全依照《尚书·尧典》中的记载，故而尧舜故事在《五帝本纪》中呈现出不同的面貌，这种不同主要体现在两个方面。

首先是《史记·五帝本纪》的尧、舜有共同的祖先黄帝，尧是黄帝的第四代孙，舜是黄帝的第八代孙，《五帝本纪》中云："自黄帝至舜、禹，皆同姓而异其国号，以章明德。"而《尧典》中并没有把尧、舜写成同源同族，也没有对尧、舜的身份作特别说明。《五帝本纪》对《尚书》中尧舜故事改写的另一方面是在尧舜禅让过程中增加了天命思想的内容，其中最突出的是增加了舜在继位前进行的一场戏剧性内容，他通过辟让帝位于丹朱，结果诸侯百姓都归顺他而看出了自己继位的"天意"，于是便顺理成章地继承天下了。

为什么《五帝本纪》相比《尧典》有这样的变化？如果从史源上来看，引起尧舜同出一源这一变化的最直接原因是司马迁依照《五帝德》与《帝系姓》的框架叙述五帝之间的联系。司马迁具有明确的建构五帝体系的意图，他在《五帝本纪》篇末曾明言："学者多称五帝，尚矣。然《尚书》独载尧以来；而百家言黄帝，其文不雅驯，荐绅先生难言之。孔子所传宰予问《五帝德》及《帝系姓》，儒者或不传。"司马迁不满足于《尚书》自尧开始讲起的历史，试图把历史提前至黄帝，建立一个由黄帝开始的五帝体系。然而司马迁这样做也面临缺乏权威文献支撑的问题。《五帝德》与《帝系姓》"儒者或不传"说明当时的有一部分儒者并不认为二者是可以信服的文本，关于此，《史记索隐》注曰："以二者皆非圣经，故汉时儒者以为皆非正经，故多不传学也。"另外，因为百家讲述黄帝的言辞不雅逊，也不能全部作为史料采用。而司马迁在《太史公自序》中亦称："于是卒述陶唐以来，至于麟止，自黄帝始。"尧舜是儒家标榜的圣人，司马迁叙述陶唐以来带有鲜明的儒家立场，这无可厚非，但又特意"自黄帝始"，显然具有非常明显的褒扬黄帝、以黄帝作为历史起点的意图，有关黄帝的史料并不充分，则只能根据"雅驯"的原则选择《五帝德》《帝系姓》作为蓝本。于是经典中所确立以尧舜为起点的历史在司马迁的《史记》中被提前至黄帝；《尚书》中没有宗族关系的尧、舜也被追溯到一个共同的祖先——黄帝。

司马迁或许也意识到，建构一个以黄帝为源头的五帝体系还需要更加充分的依据，他采用了两个方法，一方面通过实地考察，另一方面从历史文献中寻找依据："余尝西至空桐，北过涿鹿，东渐于海，南浮江淮矣，至长老皆各往往称黄帝、尧、舜之处，风教固殊焉，总之不离古文者近是。予观《春秋》《国语》，其发明《五帝德》《帝系姓》章矣，顾弟弗深考，其所表见皆不虚。"通过实地考察与文献互证的办法，《五帝德》《帝系姓》中关于五帝的记述成了司马迁可以编进史书中的信史。

在舜的禅让故事中所加入的具有天命思想的记述，则全部来自《孟子》。与《五帝德》和《帝系姓》相似，《孟子》当中所记述的舜接受禅让的故事也并非可靠事实。在经典支撑和史料不足的情况下，为什么司马迁颇费心思地在尧舜禅让中增加天命思想的内涵？又特意要以黄帝为首的五帝作为历史起点？这就须从司马迁所处的历史时代说起。

司马迁处在汉武帝大一统盛世时期，而身处其中的人无法脱离他所处的时空环境，司马迁希望自己作史能够"究天人之际，通古今之变，成一家之言"，这背后或多或少也有一个时代和他个人的思想内容。这里涉及历史中思想与事实之间的纠缠与拉扯，正如柯林伍德所认为的历史是外在性和内在性的统一，历史不只是一系列的外在事件，在事件的背后包含着人的思想状态，因而"一切历史都是思想的历史"①。我们不管司马迁编纂史记的史料可靠性如何，至少在司马迁作史之时的史料选择有时代和个人的合理性，通过对司马迁所处时期的复杂历史场域进行剥离，也许可以对以上问题作出合理的解释。

二、大一统背景下的汉代改制与司马迁的作史意图

自战国时起，社会出现了从分裂向融合统一的趋势，直到秦朝建立，中央集权的大一统国家才真正实现，与此同时，建立一个皇帝权力、政治制度与社会管理等一整套合理的人间秩序，成为摆在当时人面前的一个迫切需要。作为第一个封建王朝，秦朝做了一系列举措构建一个新的秩序，包括改正朔、易服色、置郡县、统一文字等，但是经验不足的秦朝没能完成维持第一个大一统国家稳定的任务，仍很快地灭亡了。

短命的秦朝给汉人以警惕，汉人不得不重新思考王朝兴衰之规律以及一个朝代得以存在的终极依据，汉初陆贾就曾与刘邦发生过"居马上得之，宁可以马上治之乎?"的争论，刘邦最终被他说服，于是他便作《新语》十二篇总结秦亡汉兴的经验和历史上治乱的缘故。文帝时的贾谊也曾进言"定制度、兴礼乐"以适应新的社会情况，改变秦以来的弊病。《汉书·礼乐志》记载："至文帝时，贾谊以为:'汉承秦之败俗，废礼义，捐廉耻……汉兴至今二十余年，宜定制度，兴礼乐，然后诸侯轨道，百姓素朴，狱讼衰息。'"可见，汉代接续秦朝进行其没有来得及完成的革新，试图通过新的制度、礼仪来巩固一统国家，维护社会稳定，适应新的变局。

值得注意的是，汉初以来虽以变秦为主调，希望革除秦朝暴政带来的社会问题，但有一点却是继承了秦朝的，那就是可以确立国家政治权威的改正朔、易服色及封禅。这背后的理论依据是秦汉时期兴起的阴阳五行学说，尤其是源于战国时邹衍创立的五德终始说。按照顾颉刚先生的说法，邹衍的学说发源于战国帝制运动的时代，所谓帝制运动也就是当时的诸侯都想称王。在这一背景下产生的五德终始说可以"说明如何才可有真命天子出来，真命天子的根据是些什么""使得时君知道，如果要做成天子，定要在五德中得到符应，才可确实表示其受有天命。"② 可见，

① 余英时:《余英时文集·第一卷·史学、史家与时代》，南宁:广西师范大学出版社 2004 年版，第 121 页。

② 顾颉刚:《古史辨自序》，北京:商务印书馆 2011 年版，第 462、466 页。

五德终始说是确保天子权威合理性的理论依据。秦朝是第一个把五德终始说运用到政治上，从而为刚刚建立的政权寻求存在的正当性，上文已说，秦始皇在确立政权之初曾进行过"改正朔，易服色"的措施，《史记·始皇本纪》记载："始皇推终始五德之传，以为周得火德，秦代周德，从所不胜。方今水德之始，改年始，朝贺皆自十月朔。衣服旄旌节旗皆上黑……"，《史记·始皇本纪》还记载了许多秦始皇的封禅活动，这同样具有高扬皇帝权威与巩固大一统国家的作用。

　　到了汉代，更始改历的观念仍持续地悬在汉人的心头，文帝时贾谊就曾主张改制："谊以为汉兴二十余年，天下和洽，宜当改正朔，易服色制度，定官名，兴礼乐。乃草具其仪法，色上黄，数用五，为官名悉更，奏之。"公孙臣也上书主张汉应该是土德，宜改正朔，服色上黄。丞相张苍的意见则与他们两位不同，他认为汉代是水德之时，把秦作为闰余而以汉作为正统，与之相对的符应是"河决金堤"，服色仍"尚黑如故"。可以看到，在文帝之时，"改正朔、易服色"之事已经成为一股潮流弥漫在整个朝堂，他们的目的也都是为了从宇宙论上为汉家天子君临天下找到合理性依据。只不过由于种种原因，这件事没能在文帝之时得以实现，当时有个叫新垣平的人编造异象之事骗取皇帝的信任，使文帝知道后自此"怠于改正服鬼神之事"。

　　一直到汉武帝之时，改正之事才由讨论阶段逐步走向现实，当时一些官员都希望汉武帝能够举行封禅和改正度，据《汉书·郊祀志》记载：

　　　武帝初即位，尤敬鬼神之祀。汉兴已六十余岁矣，天下艾安，缙绅之属皆望天子封禅改正度也，而上乡儒术，招贤良。赵绾、王臧等以文学为公卿，欲议古立明堂城南，以朝诸侯，草巡狩封禅改历服色事未就。窦太后不好儒术，使人微伺赵绾等奸利事，按绾、臧，绾、臧自杀，诸所兴为皆废。

　　武帝即位之初就在一帮官员的建议下准备改正朔之事，可惜受到了偏爱黄老的窦太后的阻挠而未施行。在窦太后驾崩后，武帝于元丰七年重新商议改正朔的计划，《汉书·律历志》云："至武帝元丰七年，汉兴百二岁矣，大中大夫公孙卿、壶遂、太史令司马迁等言'历纪坏废，宜改正朔'"，这次改历没有了窦太后的阻挠，公孙卿、司马迁带领着民间一些有才能的治历者，终于制定出新的历法，于是这项象征国家政治权威的活动终于在汉武帝元丰七年完成了。《史记·封禅书》云："夏，汉改历，以正月为岁首。而色尚黄。官名更印章以五字。为太初元年。"

　　从秦到汉，改历一直是延续不断的主题，它对于构建一个大一统王朝意义非凡。武帝元丰七年预备改正朔时，大博士儿宽等诸儒就曾说："帝王必改正朔，易服色，所以明受命于天也。""改正朔，易服色"对于一个政权来说具有获得上天认可的特殊内涵。司马迁是当时的太史令，负责国家的历法是他的本职工作，作为核心成员参与到汉武帝改制中的司马迁对改制的重要性和功绩心知肚明。太初改制从某种程度上也成为司马迁写作《史记》的一个刺激因子。他在《太史公自序》中明言自己作《史记》的缘由："汉兴以来，至明天子，获福瑞，建封禅，改正朔，易服色，受命于穆清，泽流罔极，海外殊俗，重译款塞，请来献见者，不可胜道。"司马迁说这些汉家功业是为了表明自己"明圣盛德不载，罪莫大焉"的作史意图，从另一方面看他把"获福瑞，建封禅，改正朔，易服色"等代表汉家功业的事情放在第一位，足以见在他心目中改历、封禅等事是多么重要。从时间上说，司马迁写作《史记》始于太初元年，正是汉武帝完成改历大事之际，不难理解他的作史意图是要称颂这一圣王盛德，甚至说汉武帝的"改正朔"之功，刺激了司马迁为宣扬其功德而作史也是极有可能的。

汉代改正朔由最初的讨论阶段到汉武帝时期正式实行，是在大一统的背景之下展开的，伴随着政治大一统的是思想界的融合与统一。战国到秦汉以来诸子百家之学在互相批评与对话中逐渐吸收不同学派的思想获得新生，至秦始皇第一个封建一统王朝的建立，学术思想更为关键的转变是为了适应大一统的历史趋势不得不与现实政治结合，以维护皇权的至高无上和国家统一。

春秋战国时期，思想学术还较为自由，士人们可以凭借自己掌握的知识获得诸侯王的尊重，成为诸侯王的师与友。但新建立的秦王朝不允许士人们的学说威胁到国家权威的至高无上，余英时在《士与中国文化》中从先秦稷下先生与秦博士身份性质的转变来观察先秦到秦汉的学术变化："博士与稷下先生确有制度史上的渊源，但以政治功能而论，二者却大不相同：稷下先生'不治''不宦'，俨然与君主为师友；博士则已正式成为臣僚，不复能恃'道'与帝王的'势'抗礼了。"① 士人既已经成为君王之臣，其学说就不得不服从国家的意识形态，满足国家的政治需求，学术逐渐具有与政治紧密结合的实用特性，汉代儒学向儒术的转化也在这一背景中产生。"在那个皇权逐渐膨胀的时代，一种思想学说的命运兴衰，并不仅仅靠它本身思路的合理性，而往往要靠信奉这种思想学说的人的宣传策略、这种思想学说转化为国家意识形态的可能，以及若干偶然的但也是决定性人物的偏向与嗜好。"② 前述汉初陆贾、贾谊向君主建议治国之方略政策，实际上也是儒学试图成为国家意识形态的一个努力。叔孙通与公孙弘也都采取了一种圆滑的态度在政坛上获得一定的地位③。汉初黄老之学的兴盛是出于国家休养生息、维护社会稳定的需要，汉武帝确立独尊儒术也是为了巩固统一，这些都足以说明思想学兴衰与国家利益密切相关。从这个意义上说，邹衍的五德终始说在秦汉时期采用在政治上，即在于这种学说的实用性，符合君主高扬皇权的需要和政治一统的需要。从秦到汉的改制运动也在一帮屈于时势的方士和儒生的极力鼓动下逐渐实现的。

由此再来看司马迁"明圣盛德不载"的意识，对汉武帝改制之功的大加弘扬，

① 余英时：《士与中国文化》，上海：上海人民出版社 1987 年版，第 110 页。
② 葛兆光：《中国思想史》，上海：复旦大学出版社 2004 年版，第 256、257 页。
③ 葛兆光：《中国思想史》认为叔孙通与公孙弘代表了汉代儒学向儒术的转变，他们二人的处事非常圆滑。叔孙通"先用假话哄骗过秦二世，又反过来以穿楚制短衣来取悦汉高祖。"公孙弘"善于说一些模棱的建议'使人主自择，不肯面折庭争'""习文法吏事，缘饰以儒术"，这策略使他们获得人主的喜欢，在政坛上站稳了脚跟。

除了他作为一个史学家的责任感驱动之外，更核心的是在汉代大一统的背景之下，司马迁作为汉王朝的太史令，其作史的意图与部分的历史记述必须符合汉王朝的利益，带上一定国家意识形态。

三、改历背后的天命思想与《五帝本纪》的尧舜书写

改历原本只是确立精确的历法，以授民时，《尚书·尧典》中记载："（尧）乃命羲、和，钦若昊天，历象日月星辰，敬授人时。"[①] 自从与五德终始说一相结合，就具有了确立天子权威的政治内涵，五德终始说自创立之初就可以为诸侯称王提供理论依据，这样的学说切中封建大一统王朝的利益，所以能够被秦始皇采用："自齐威宣之时，邹子之徒论著终始五德之运，及秦帝而齐人奏之，故始皇采用之。"[②] 秦朝利用五德终始说确立自己所属的五行之德为水德，服色制度皆以水德之黑为准，经过这一系列的操作，不仅使秦朝在制度上规范在统一的标准之下，同时为自己的王朝获得宇宙论上的依据，附属于五德终始说之下的"改正朔、易服色"也增加了一种政治上的内涵，具有了国家获得天命认可的意味。

等到了汉代以改历来确定天子权威的思想就更为明显，太初改历之前就有兒宽等博士说改制是彰显"天子受命于天"的一种方式，董仲舒《三代改制质文》对此有更详细的解释："何以谓之'王正月'？曰：王者必受命而后王，王者必改正朔，易服色，制礼乐，一统于天下，所以明易姓非继人，通以己受之于天也。王者受命而王，制此月以应变，故作科以奉天地，故谓之王'王正月'也。"[③] 可见改历背后的天命思想是存在于汉人的头脑里的普遍认知，而作为核心成员参与到汉武帝改历事业中的司马迁，不会没有这样的观念。

可以说改历背后的理论依据是五德终始说，而其思想依据是天命思想，邹衍的五德终始说本身就与天命观有紧密的联系，他"吸收了孔孟天命观思想中君权神授、前兆迷信等思想，为新兴帝王的出现找到了必要的前提条件"[④]。《尚书》中天命思想就已经出现，到汉代时，在董仲舒的天人感应理论的阐发下，君权神授的思想达到极致。司马迁处在汉代大一统的环境中，又有着一代史官立不朽之言的责任意识，维护汉代国家的一统显然是他作史的题中应有之义。他在《报任安书》中明确自己"欲以究天人之际，通古今之变，成一家之言"的期望，"天人之际"包含着天与人之间多层次的内涵，帝王受命于天的思想就是其中之一，这

---

① 皮锡瑞撰，盛冬铃、陈抗点校：《今文尚书考证》卷一，北京：中华书局1989年版，第14—17页。

② 司马迁：《史记》卷二十八《封禅书》，北京：中华书局1959年版，第1368页。

③ 苏舆撰，钟哲点校：《春秋繁露义证》卷七《三代改质制文》，北京：中华书局1992年版，第182页。

④ 李华：《论邹衍的五德终始说与儒家学说的关系》，《北京联合大学学报》2023年第2期，第78—85页。

代表着天命思想也是司马迁欲在史书中彰显的主题之一，在这一前提下，难怪他要对汉武帝改历与封禅之功大加赞扬。

　　回到司马迁的身份与他作史记的历史场域中，再来看他的《五帝本纪》书写，会对其中的一些问题有新的发现。将《五帝本纪》和《尚书·尧典》对比，发现《五帝本纪》中在叙述尧舜禅让时特意加上了带有天命思想的内容，即尧观察舜是否被天认可，以及舜在继位前辟让丹朱的故事：

表1　《尚书·尧典》与《史记·五帝本纪》尧舜禅让对照表

事件	《尚书·尧典》	《史记·五帝本纪》
尧让位于舜、舜摄行天子之政	帝曰：格汝舜，询事考言乃言底可绩，三载，汝陟帝位。舜让于德弗嗣。正月上日，受终于文祖。	尧以为圣，召舜曰："汝谋事至而言可绩，三年矣。汝登帝位。"舜让于德不怿，正月上日，舜受终于文祖。文祖者，尧大祖也。
	无	于是帝尧老，命舜摄行天子之政，以观天命。
	在璇玑玉衡，以齐七政。肆类于上帝，禋于六宗，望于山川，遍于神。……眚灾肆赦，怙终贼刑。钦哉，钦哉！惟刑之恤哉！	舜乃在璇玑玉衡，以齐七政。肆类于上帝，禋于六宗，望于山川，辩于群神。……眚灾过，赦，怙终贼，刑。钦哉，钦哉，惟刑之静哉！
尧去世后舜继位	无	尧立七十年得舜，二十年而老，令舜摄行天子之政，荐之于天。
	二十有八载，帝乃殂落。百姓如丧考妣。三载，四海遏密八音。月正元日，舜格于文祖……	尧辟位凡二十八年而崩。百姓悲哀，如丧父母。三年，四方莫举乐，以思尧。
	无	尧知子丹朱之不肖，不足授天下，于是乃权授舜。授舜，则天下得其利而丹朱病；授丹朱，则天下病而丹朱得其利。尧曰："终不以天下之病而利一人"，而卒授舜以天下。
	无	尧崩，三年之丧舜让辟丹朱于南河之南。诸侯朝觐者不之丹朱而之舜，狱讼者不之丹朱而之舜，讴歌者不讴歌丹朱而讴歌舜。舜曰："天也"，夫而后之中国践天子位焉，是为帝舜。

　　由此表可以看出，《史记·五帝本纪》对《尚书·尧典》所增益的内容均反映了君主若要获得天下，则必须得到天之认可，尧对舜"以观天命"及"荐之于

天"都是在观察舜是否能获得天的允许，舜辟让丹朱而获得百姓的追随也被归结为天意。在禅让的问题上，接受帝位者需要在位者向天举荐的这一做法，同样地被司马迁运用到舜、禹禅让的过程："帝舜荐禹于天，为嗣。十七年而帝舜崩。三年丧毕，禹辞辟舜之子商均于阳城。天下诸侯皆去商均而朝禹。禹于是遂即天子位……"

《五帝本纪》中关于禅让故事所增益的内容实际上来自《孟子·万章》，万章问孟子尧是否把天下授予舜，孟子的回答是"否，天子不能以天下与人"①，而是"天与之"。同样地，万章还问孟子禹将天下传给自己的儿子启是否是道德的衰败，孟子仍然反驳：

> 万章问曰：人有言：至于禹而德衰，不传于贤而传于子。有诸？
>
> 孟子曰：否，不然也。天与贤，则与贤；天与子，则与子。昔者舜荐禹于天，十有七年，舜崩，三年之丧毕，禹避舜之子于阳城，天下之民从之，若尧崩之后不从尧之子而从舜也。②

孟子把启继承天下归结于天，当时百姓诸侯都归顺于启是天授意的，而非人力所为。无论是禅让还是血缘继承，孟子都把它归结为上天的旨意，这就削弱了禅让制本来的意义。禅让说实际起源于墨家的尚贤："墨子的虞夏、商、周三代圣王的禅让显然是一种神话式的理想建构，是为了宣扬自己尚贤思想的论说。"③顾颉刚先生在《禅让传说起于墨家考》中也有同样的看法，他认为孔子时就有尚贤思想，但孔子的尚贤观念并不彻底，仍然认为天命不可夺，臣子不能反君；战国时，尚贤观念成为主流，墨家提出最彻底的尚贤主张，禅让就是墨家为了宣传尚贤而造出来的，而孟子站在孔子儒家立场自然不认同这种彻底的尚贤观念，但无法抵抗社会上尚贤的潮流，于是只能编造了尧舜和舜禹禅让是都是上天授予的故事④。

由此可见，孟子对于尧舜禅让故事的讲述是为了宣扬自己学说而编造的，属于不实之说，洪迈即在《容斋随笔》中指出："孟子之书……唯记舜事多误……若司马迁《史记》、刘向《列女传》所载，盖相承而不察耳。"⑤ 以司马迁对史料的审慎态度，不会对此毫无觉察，却仍然将孟子关于尧舜、舜禹及禹益禅让的说法全然引入《史记》中，可见天授王权是司马迁在"究天人之际"的指导思想下于《史记》中着力书写的一个主题。

孟子时期还是通过舜个人的贤德所引起的百姓反应中看出上天的意旨，而在

---

① 杨伯峻：《孟子译注》卷九《万章章句上》，北京：中华书局 2010 年版，第 202 页。

② 杨伯峻：《孟子译注》卷九《万章章句上》，北京：中华书局 2010 年版，第 204 页。

③ 吴玉萍、孙凤娟：《尚贤与禅让：历史还是神话——四重证据法下的禅让传说新考》，《陕西师范大学学报》2016 年第 5 期，第 18—26 页。

④ 详见顾颉刚：《古史辨·第七册》，上海：上海古籍出版社 1982 年版，第 103、104 页。

⑤ 洪迈撰，夏祖尧、周洪武点校：《容斋随笔》，长沙：岳麓书社 2006 年版，第 366 页。

司马迁的时代，被附加了阴阳五行神秘意味的符应、改历与封禅成了获得天的认可的标志，但无论怎么说这两者的本质都是天命思想。《孟子》中舜在接受帝位时辟让尧之子丹朱的内容，被司马迁移入尧舜禅让的故事中，客观上为天命思想找到了历史的支撑。不管司马迁是有意还是无意为其寻找历史的支撑，他接受了孟子之言已然说明在他的心中存在着帝王受命于天的思想，而这种思想恰恰是笼罩在秦汉之间非常重要的一个主题。从另一个角度来说，孟子的叙述改变了禅让的性质，为血缘继承找到了正当依据，这也符合封建王朝的利益，它可以为汉王朝的永续提供理论依据，因而被司马迁移入史记的叙述中也有其合理性。

汉武帝时期虽然确立了独尊儒术的策略，但儒家学说自诞生时其建立的体系就缺乏宇宙论上的支撑，就致力于建构君权的合理性问题上还是更多借助于阴阳五行等神秘学说去解决，因而汉代延续秦利用五德终始说去寻找一个大一统国家的政治权威，太初改历就是利用这样一种神秘学说建构政治一统的大事件。毋庸讳言，改历背后的理论依据是五德终始说以及君权神授的天命思想，除此之外改历还需要历史的依据，而黄帝就是在五德终始说形成过程及汉人改制活动中塑造起来的先人圣王。

四、黄帝在太初改历中的地位与《五帝本纪》黄帝书写

太初改历与司马迁写作《史记》这两件事处于微妙的历史场域之中，他们处在相互胶着的时空环境下，太初改历的一些痕迹也被带入《史记》中，有些是明显的，而有些则不甚明显。《五帝本纪》对黄帝的一些记述和形象塑造与改制有紧密的联系，这是非常明显的，另一方面，司马迁以黄帝作为历史开端的做法也与之有隐微的联系，需要细致剖析才可以还原这一复杂的现象。

《史记·五帝本纪》对黄帝事迹的描述主要根据《五帝德》，对比《大戴礼记·五帝德》相关内容，发现司马迁对黄帝记述增加的内容主要有两个方面，其一是对黄帝与炎帝大战的来龙去脉作了更细致的讲述，其二是黄帝征战四方具体所到之处，以及关于他封禅、获宝鼎、名字由来的叙述。而第二点最能体现黄帝在汉代托古改制中的地位。

《五帝本纪》讲述黄帝事迹的最后有一句解释了黄帝名称的由来："有土德之瑞，故号黄帝"，这句话并不见于《五帝德》，可见是司马自己所增益的内容，黄帝为何叫黄帝，司马迁之前的典籍未见有记载，意味着司马迁的解释并没有文献上的依据。与司马迁同时又稍早的董仲舒《春秋繁露·三代改制质文》对黄帝名称解释道："周人之王，轩辕直（宜）首天黄（之）号，故曰黄帝云。"此处强调黄帝之"黄"为首天之色，与《五帝本纪》中的解释完全不同。司马迁早年师学于董仲舒，受董仲舒春秋公羊学的影响颇深，在没有历史文献支撑的情况下，借鉴董仲舒之言是理所当然且极为可能的，但司马迁并没有这样做，反而自作主张地解释为黄帝有"土德之瑞"。《史记》的写作时间恰为太初元年，正是改制成功

之时，对黄帝的解释显然具有非常明显的改制意识形态。武汉帝的改制就是以五德终始说为依据，以黄帝为土德，夏代为木德，商代为金德，周代为火德，秦代为水德，至此五德完成了一个轮回，汉代灭秦则又从土德开始了。黄帝作为先王先祖不仅是改制的依据，同时也与汉代具有一样的五行之德和服色，怎么能不重要呢？对于要宣扬汉武帝改制之功的司马迁不会不明白黄帝的重要性。这样，关于黄帝名称这一带有五德终始说意味的解释就这样进入正史中，可以看作是改制背景下的一些观念的渗入，当然也带有司马迁为改制之理论依据正名的意味。在司马迁之后，班固也有对黄帝名称的解释，他在《白虎通德论·号》中云："黄者，中和之色，自然之性，万世不易。黄帝始作制度，得其中和，万世长存。故称黄帝也。"班固显然没有接受《五帝本纪》中的解释，可见司马迁的"一家之言"具有鲜明的时代色彩。

另一个与改制有关的叙述是黄帝"获宝鼎，迎日推策"，这句话也不见于《五帝德》，根据《史记·孝武本纪》的记载，当时公孙卿为了汉武帝封禅之事，特意杜撰了黄帝获宝鼎登仙之事，

> 齐人公孙卿曰：今年得宝鼎，其冬辛巳朔旦冬至，与黄帝时等。卿有札书曰："黄帝得宝鼎宛（侯）〔朐〕，问于鬼臾区。区对曰：'（黄）帝得宝鼎神策，是岁己酉朔旦冬至，得天之纪，终而复始。'于是黄帝迎日推策，后率二十岁得朔旦冬至，凡二十推，三百八十年。黄帝仙登于天。"

公孙卿先是杜撰了黄帝获得宝鼎而迎日推策，然后制定了属于他的历法，得以到泰山封禅，并且最终成仙的故事。他又接着编造了"汉兴当复黄帝之时"的谎言，而汉代得到了黄帝时的宝鼎，意味着可以拥有和黄帝同样的历法，同样封禅档次，并且最终能够像黄帝一样成仙，这对于好大喜功的汉武帝来说恰合他的心意。公孙卿杜撰黄帝得宝鼎及迎日推策的事情，是为了取悦汉武帝，为其得以到泰山封禅制造正当理由。司马迁将黄帝获宝鼎迎日推策的这件事记录到《史记》当中，很有可能就是受到了公孙卿话语的影响。这样一来，在《史记·五帝本纪》中，黄帝的形象就更加复杂了，增加了汉武帝时期黄帝在改制中的形象。如此就不难理解《五帝本纪》中还增添了黄帝封禅的内容：

> 官名皆以云命，为云师。置左右大监，监于万国。万国和，而鬼神山川封禅与为多焉。

然而司马迁并不赞同汉武帝求仙长生的做法，对武帝身边的那些方士也比较反感，可以看到他对黄帝的记述已经力求摒弃一些奇异怪诞之语。他虽以《五帝德》为主要史料依据，但对《五帝德》所载的黄帝"乘龙戾云"之说并未采用，以上所述公孙卿所言黄帝登仙之故事，司马迁自然知道，却因此类说法多出自方士之口，依然未采用，而是尽可能保留黄帝作为人间帝王的一面。然而托古黄帝的意识形态，在司马迁的《五帝本纪》中仍得以体现，黄帝获宝鼎，迎日推策还有他封禅的内容都属于公孙卿的杜撰，却没有被司马迁排除在雅言之外，反而被

写到《史记》当中，梁玉绳对《五帝本纪》记载此句甚是不满："此言封禅山川，获宝鼎神策，乃秦、汉方士语，具载封禅书中，盖以嗤其妄，而纪独信之，岂得谓'择言尤雅者著于篇'乎？"①司马迁这样做很大程度上是由于他虽然不认同汉武帝求仙长生之事，但是他对于汉武帝通过改制与封神而确立一个大一统的国家是非常认同的。故而对于那些神异的事情不予记载，但是如果涉及封禅、改制之事，司马迁是不敢马虎的，故而可以看出司马迁塑造的黄帝具有鲜明的政治目的。黄帝的形象经过汉武帝的托古，已经成为汉王朝所尊奉的圣王，成为确立其一统权威的历史依据，故而这样的黄帝形象出现在《五帝本纪》当中实属理所应当。

更能体现出这一点的是司马迁本身也为汉武帝的改制寻找历史依据，而最终的方式仍然是托古于黄帝，《史记·历书》云：

> 王者易姓受命，必慎初始，改正朔，易服色，推本天元，顺承厥意。太史公曰：神农以前尚矣。盖黄帝考定星历，建立五行，起消息，正闰余，于是有天地神祇物类之官，是谓五官。

司马迁认为王者受命的一系列的"慎初始，改正朔，易服色"的行动有长久的历史渊源，是从神农之前就开始的。更为重要的是司马迁还把"考定新历，建立五行"这样一个传统追溯至黄帝，也就是为帝王"慎初始"的行为找到历史依据。

总而言之，黄帝在汉武帝改历与封禅中扮演着重要的角色，无论是改历还是封禅，其最终的源头都能追溯至黄帝。《五帝本纪》对黄帝的记述中，司马迁所增益的内容具有一定的改制意识形态，这是非常明显的。

更进一步说，黄帝既然在整个改制过程中充当先代圣王的典范，而改制对汉家大一统政治权威之建立非常重要，也就不难理解司马迁要把历史起点追溯至黄帝，这与太初改制具有隐微关系。即便经学中《尚书》对历史断代至尧，也抵挡不住浩浩荡荡的改制运动所带来的冲击与思想变化，经过汉武帝的改制，对黄帝的崇拜获得官方的认可，黄帝理所当然地进入历史，并把黄帝作为先祖圣王，确立一个以黄帝为共同祖先的谱系。

汉代以黄帝作为托古对象有长远的传统和历史条件，首先就是先秦至秦汉间的黄帝崇拜潮流，司马迁所谓的"百家言黄帝"即是这股潮流的体现，当时的学者们不仅以黄帝事迹宣扬自己的学说思想，还托古黄帝做了许多书，《汉书·艺文志》中记载了许多战国至秦汉间托古黄帝的作品，涉猎道家、阴阳家、小说家、天文家、五行家、医家、神仙家等诸类。汉初崇尚黄老之学也为汉武帝时期托古黄帝提供了便利的条件，它和先秦以来的"百家言黄帝"都是黄帝在汉代改制中确立其崇高地位的土壤。有先秦以来黄帝崇拜的背景，再经由汉武帝托古改

---

①　梁玉绳撰，贺次君点校：《史记志疑》，北京：中华书局1984年版，第5页。

制对黄帝地位确认这一事件的刺激，司马迁以黄帝为历史的开端是特定历史情境下的一种合理选择，从这个角度说，柯林伍德"一切历史都是思想的历史"是极有道理的，司马迁的《史记》也是汉代的一部思想史。

五、结　语

《五帝本纪》是史记的第一篇作品，司马迁非常重视且下了颇多心血，《太史公自序》中说："维昔黄帝，法天则地，四圣遵序，各成法度；唐尧逊位，虞舜不台；厥美帝功，万世载之。作五帝本纪第一。"黄帝与尧、舜是司马迁着力塑造的帝王典范，其目的是服务汉代大一统王朝。司马迁处在汉武帝北定匈奴大业完成、思想上确立独尊儒术、改制封禅如火如荼进行中的时期，政治上的一统促使着司马迁接续汉初以来通过总结历史经验来维护国家统一的主题。于是儒家经典《尚书》中的尧舜故事被改写，而这种改写实际上顺应了国家统一和民族统一的潮流，具有积极的历史意义。

司马迁在尧、舜禅让故事中增加了天命思想，天命思想与封禅、改历一样，实际上都具有确立君主最高权威的作用，也为尧舜由族外禅让转变为族内禅让提供合理性依据，在客观上又成为汉家天下之永续的合理依据。《五帝本纪》中尧、舜同出于黄帝，实际上改变了禅让制的性质，禅让本是让天下于贤者，实际上是对血缘继承的一种悖反，司马迁笔下的尧、舜同出一族，禅让就成了表面，本质仍是血缘继承。而这样的改变恰恰是封建王朝学需要的，自禹以后，天子之位变成了血缘继承，孟子对此的解释是禹之子启的继位也是天的授意，秦汉作为封建大一统王朝，皇位的继承仍是以血缘为基础，天命思想不仅确保了君权的正当性，也成了血缘继承合理性的依据。

战国到秦汉正是民族从分裂到统一的时期，顾颉刚《古史辨自序》中指明了这一时期的融合趋势："自从春秋以来，大国攻灭小国多了，疆界日益大，民族日益并合，种族观念渐淡而一统观念渐强，于是许多民族的始祖传说亦渐渐归到一条线上，有了先后君臣的关系，《尧典》《五帝德》《世本》诸书就因此出来。"[①]顾先生的本意是打破古史中民族出于一元的观念，而反过来说，恰恰是这种历史建构顺应了民族融合的潮流，为构建大一统的国家提供了历史依据。先秦到秦汉的黄帝形象是复杂的，《五帝本纪》对复杂的黄帝形象进行整合，也顺应了民族融合、国家统一的需要："为专制集权的封建制度树立起膜拜的象征，为华夏各族擎起集合的旗帜，在客观上顺应了历史的发展。"[②]

司马迁以黄帝为首构建的五帝体系实际上把民族横的系统改成了纵的系统，这具有维系民心，确立民族共同体意识的强大政治作用。而司马迁将黄帝追溯为

---

①　顾颉刚：《古史辨自序》，北京：商务印书馆2011年版，第12页。
②　李凭：《黄帝历史形象的塑造》，《中国社会科学》2012年第3期。

先祖的做法也成为一种传统垂续后世，后世一旦到了民族危机严峻，或者需要统一团结的历史发展阶段，常常从司马迁所开通的先路上再次出发，把黄帝塑造成一个全民族认同的祖先或偶像，进而凝聚民族共识，维护统一的国家。魏晋南北朝时，北齐拓跋氏为入主中原的少数民族，如何争取华夏族群的认同，确保其政权的合理性，成为北齐政权面临的重要问题，而北齐做出的选择是将拓跋氏也纳入黄帝谱系。《魏书》中记载："昔黄帝有子二十五人，或内列诸华，或外分荒服，昌意少子，受封北土，国有大鲜卑山，因以为号……黄帝以土德王，北俗谓土为托，谓后为跋，故以为氏。"① 19、20 世纪之交，在严峻的民族危机之下，黄帝再次从人们的记忆中涌起，并被塑造为民族始祖，成为近代民族国家形成过程中凝聚民族共识的一个符号，直到今天，黄帝仍然是印刻在人们心中的人文始祖，是民族团结的一个重要力量。

从学术史上说，司马迁对尧舜故事的改写是一种经典的再度阐发，这种阐发既有司马迁个人的观念，也有时代内涵和现实政治诉求的渗入。司马迁欲竭力书写的盛德王功本质上反映了学术思想与国家利益紧密联系的特征，从这个意义上说，司马迁对尧舜故事的改写也为战国秦汉诸子之学向经学的转变提供了一个侧面例证。

---

① 魏收：《魏书》卷一《序纪》，北京：中华书局 1974 年版，第 1 页。

论驺衍在《史记·孟子荀卿列传》中的定位

＊本文作者蒲婧怡，西北师范大学文学院博士研究生。

　　《孟子荀卿列传》是《史记》诸子合传中结构较为复杂的一篇。传中所列战国诸子十六人，体现了战国诸子著书立说的繁盛场面，是一篇战国中后期的学术史传。《孟子荀卿列传》结构复杂的一个重要原因就是篇中人物叙事篇幅占比不同。《孟子荀卿列传》篇题虽是孟荀，然其所述孟子事、荀子事仅百余字，对没有出现在篇题中的驺衍则有多达 500 余字的叙述，远超孟荀二人，亦是本传中司马迁所用笔墨最多的人物。本文将结合前人研究成果，从列传结构入手，分析传中的主附人物；并通过文本内容，结合驺衍思想对司马迁的影响，分析司马迁对驺衍的情感与定位，进一步对《史记·孟子荀卿列传》重点叙述驺衍的问题进行深入探究。

一、从《孟子荀卿列传》的结构看驺衍与本传之关系

　　从《孟子荀卿列传》的整体结构来看，全篇共 1500 余字，是《史记》列传中较为短小精悍的一篇。重点论述了孟子、驺衍、淳于髡、荀子四人的事迹，也提及了驺忌、慎到、环渊、接子、田骈、驺奭、公孙龙、李悝、尸子、长卢、吁子、墨翟 12 人，基本以时间先后为顺序依次进行介绍。传统观点认为，作为篇题人物的孟子和荀卿应是本传的两位传主，需在传中占有主要地位。然传中对驺衍的论述最为详细，多达 500 余字，不仅详细论述了驺衍的学术观点，还叙述了驺衍游走列国的事迹，这都是作为篇题的孟、荀二人所未有的。宋代以来的学者针对这种附属人物较传主占比较多的写法分别做出了不同的解释。

　　宋人叶适站在尊孟的立场上，对司马迁这种写法做出了批判，认为司马迁对驺衍的描写过多："以孟子、荀卿冠之诸子，虽于大体不差，而有可憾者，知不言利之为是，而未知所以不言之意，且于驺衍分数终为多耳。"① 陈仁子认为是司马迁所处的西汉初期尚未尊崇孟子，才对驺衍、淳于髡等人有大量描写："汉初不知尊孟子。夫孟子接孔氏之正传，仁义七篇，杲杲行世，岂可与诸子同科？迁也

　　① ［宋］叶适：《习学记言序目》，中华书局 1977 年版，第 285 页。

以孟、荀同传已不伦矣，而更以驺子、淳于髡等出处实之，何卑孟邪？"① 黄震则认为司马迁通过叙述驺衍迂怪之说，衬托出孟荀二人的品德，是一种文章笔法："太史公之传孟子，首举不言利之对，叹息以先之，然后为之传。而传自受业子思之外复无他语，惟详述一时富国强兵之流，与驺衍迂怪不可究诘，以取重当时之说，形孟子之守道不变，与仲尼菜色陈、蔡者同科。奇哉迁之文！卓哉迁之识欤！盖传申韩于老、庄之后者，所以讥老庄；而传淳于髡诸子于孟、荀之间者，所以长孟、荀也。"②

明代学者由于复古运动的影响，开始重视《史记》文章的审美价值和艺术风格，评论家大都延续了黄震的这种说法，认为这是司马迁有意为之，为突出文章之宾主"借客形主"的写法，用详写驺衍的手法衬托出作为传主的孟、荀二人的重要地位。明人焦竑批判了陈仁子认为司马迁不尊崇孟荀说法，指出陈氏没有明白司马迁在文中以驺衍衬托孟荀的用意："陈仁子曰：'汉初不知尊孟子……何卑孟邪？'按史法，有牵连得书者，有借客形主者，太史公叹孟子所如不合，而驺子、淳于髡之流，棼棼焉尊礼于世，正以见瑉玞轻售，而璞玉不剖，汗血空良，而驽马竞逐，其寄慨深矣。仁子反见谓为卑孟，是不知文章宾主也。"③ 钟惺认为，对孟子、驺衍叙述上的详略使得文章错落有致："《孟荀传》自为起止，忽忽落落，伸缩藏露，寻之无端。首略叙孟子，即及三驺、淳于髡诸子，全不及孟子一字，若忘却本题者，而于叙三驺、淳于髡诸子处，长短简烦不必如一。只觉其妙，而学之无处下手，只是一诞字。"④

清人依旧以孟荀二人为中心，从文章角度入手分析，将详写驺衍之举定义为衬托孟荀形象及丰富文章层次的笔法。吴见思认为，司马迁这种详略错落的写法使得文章错落有致："孟子事只略写、虚写，反于中间出商君、吴起、孙子、田忌之徒，亦偶然借为感慨耳。孰知借以引三驺子哉！乃驺子之后，又有淳于、慎到、尸子、长卢、吁子、田骈之徒，前后参错掩映，文情之妙也。……其间有虚者实者略者，如层波叠焰，从空而来，何处使人捉搦？"⑤ 徐与乔曰："《孟荀传》错叙一数子，叙孟、荀偏少，诸子偏多。……谓诸子之阴以利于当世而遇，孟子独不遇，故盛称诸子，却是反形孟子。……盖宾主参互变化出没之妙，至此篇极矣。"⑥ 方苞如云："盖太史公一笔环写，宾主夹之，左右映带。"⑦ 李景星曰："（《孟子荀卿列传》）文法以拉杂胜，与《伯夷列传》略同，但彼以虚写，此以实衬；又与《仲尼弟子列传》略同，但彼用正锋，此用奇笔。其于诸子之中，独推

① ［宋］陈仁子：《文选补遗》，上海古籍出版社 1993 年版，第 434 页。

② ［宋］黄震：《黄氏日抄》，大象出版社 2019 年版，第 193 页。

③ ［明］焦竑：《焦氏笔乘·陈仁子不知文章宾主》，上海古籍出版社 1986 年版，第 46 页。

④ ［明］葛鼎、金蟠：《史记汇评》，明崇祯十六年刊本。

⑤ ［清］吴见思：《史记论文》，上海古籍出版社 2008 年版，第 45 页。

⑥ ［清］徐与乔：《经史辨体》，清康熙间刻本。

⑦ ［清］方苞如：《集虚斋学古文·孟子荀卿列传解》，清乾隆刻本。

'孟荀'；其于'孟荀'之中又归重孟子。"①

　　总的来看，历代学者对《孟子荀卿列传》的讨论，基本都围绕司马迁对孟荀二人的塑造来说，驺衍在其中只起到了衬托孟荀形象、丰富文章层次的作用。明清学者的观点较之宋人有了一定的进步，不再局限于批判司马迁是否在体例上尊崇孟、荀，而是从文章本身的角度出发，分析司马迁为推崇孟荀品德在文章结构上所用的手法。然这种"借客形主"的观点，并不能很好地解释司马迁运用大量篇幅叙写驺衍一事。若司马迁有意贬低驺衍以衬孟荀，却详细叙述驺衍的思想生平，并在体量上远超孟、荀二人，从逻辑上来说是不合理的。要正确认识驺衍在《孟子荀卿列传》中的作用，我们需要抛开前人以孟荀为中心的观点，重新分析《孟子荀卿列传》的结构。

　　纵观《史记》的各篇列传，这种以人名为篇题的多人合传，重点记述的往往是篇题中的人物。以司马迁为诸子所立列传为例，《管晏列传》《老子韩非列传》《孙子吴起列传》《鲁仲连邹阳列传》《屈原贾生列传》等，皆是篇题人物为主，其他人物略写的结构，与《孟子荀卿列传》不同。清人刘咸炘认为，《孟子荀卿列传》是一篇战国时期诸子的综述，不应受到篇题的局限，将孟、荀二人定义为传主："战国诸子讲学著书，始盛于稷下诸人，亦惟稷下为成聚，余皆其流裔。此篇即综述此，而冠之以孟，终之以荀。……此皆由不知《史》之一篇乃书一事，篇中诸人，无主附之分。篇题举其著者，亦非区别主附。后人乃以命题作文法规之耳。"② 我们同意刘氏这种无主附之分的观点，对比《孟子荀卿列传》与其他诸子列传，可以发现其行文逻辑与《仲尼弟子列传》更为相似——这两篇诸子列传，区别于其他单人、双人的列传形式，是以人物属性进行归类的合传。《仲尼弟子列传》以孔门弟子为类，对孔子的 70 余位弟子分别进行了有详有略的叙写；而《孟子荀卿列传》看题目虽似是孟、荀子二人的合传，实际上则是一篇以战国末期诸子为行文对象的多人合传。当代杨昊鸥③、徐建委④等也持此观点。在以人物属性为划分的多人合传中被司马迁加以重点叙述的人物，或文献资料丰富，或社会影响巨大，不存在前人所谓"主附之分""借客形主"等情况。《仲尼弟子列传》中，子贡是所占篇幅最多的人物，一方面因子贡作为孔子较为著名的弟子，在司马迁时留有更多文献可靠；另一方面则是因为司马迁对子贡的个人情感，他在《货殖列传》中非常肯定子贡的历史地位及其影响，认为子贡在传播孔子学说的过程中做出了巨大贡献："子贡结驷连骑，束帛之币以聘享诸侯，所至，国君无不分庭与之抗礼。夫使孔子名布扬于天下者，子贡先后之也。此所谓得势而益

① ［清］李景星：《史记评议》，上海：上海古籍出版社 2008 年版，第 164—165 页。

② ［清］刘咸炘：《太史公书知意》，北京：商务印书馆 2018 年版，第 118 页。

③ 杨昊鸥：《〈史记·孟子荀卿列传〉文体、书法疑义研究》，《暨南学报（哲学社会科学版）》2013 年第 10 期。

④ 徐建委：《因书立传：〈史记〉先秦诸子列传的立意与取材》，《陕西师范大学学报（哲学社会科学版）》2021 年第 1 期。

彰者乎?"同样,邹衍作为《孟子荀卿列传》中着墨最多的人物,亦是司马迁有意为之。我们将在下面的部分中做出详细分析。

二、从《孟子荀卿列传》的文本内容看司马迁对驺衍之情感

司马迁对驺衍的评价和情感,要从《孟子荀卿列传》的具体内容进行分析。传中对驺衍的记述可以分为两部分:第一部分阐述了驺衍的著述、学说;第二部分记述了驺衍的行迹、经历和司马迁个人的议论。根据《汉书·艺文志》的分类,驺衍当为阴阳家之属,《汉志》云:"《邹子》四十九篇。《邹子终始》五十六篇。"注云:"名衍,齐人,为燕昭王师,居稷下,号谈天衍。"《孟子荀卿列传》中,驺衍是唯一一位被详细介绍学术思想的人物,司马迁对驺衍思想的叙述从人道出发,深入其思想的推演过程,最终落实在驺衍的"五德终始"说。

首先,司马迁对驺衍的思想学说进行了客观的介绍。《孟子荀卿列传》云:"驺衍睹有国者益淫侈,不能尚德,若大雅整之于身,施及黎庶矣。"阐述驺衍的学术动机是由于驺衍目睹当时社会骄奢淫逸的现状,统治者不尊崇德治,更无论将德行推及于民。可见驺衍的学术思想是基于对民生的担忧和对社会状况的不满。后又论述了驺衍通过阴阳之变化,由小及大进行推理的论证方法:"乃深观阴阳消息而作怪迂之变,《终始》《大圣》之篇十余万言。其语闳大不经,必先验小物,推而大之,至于无垠。先序今以上至黄帝,学者所共术,大并世盛衰,因载其禨祥度制,推而远之,至天地未生,窈冥不可考而原也。先列中国名山大川,通谷禽兽,水土所殖,物类所珍,因而推之,及海外人之所不能睹。"金开诚认为,这一段分别从验小物以推大、由近今推上古、由近方推远方三个角度叙述了驺衍的推理方法。① 又从地理空间的角度论述:"以为儒者所谓中国者,于天下乃八十一分居其一分耳。中国名曰赤县神州。赤县神州内自有九州,禹之序九州是也,不得为州数。中国外如赤县神州者九,乃所谓九州也。于是有裨海环之,人民禽兽莫能相通者,如一区中者,乃为一州。如此者九,乃有大瀛海环其外,天地之际焉。其术皆此类也。然要其归,必止乎仁义节俭,君臣上下六亲之施,始也滥耳。王公大人初见其术,惧然顾化,其后不能行之。"又云:"故齐人颂曰:'谈天衍'。"《集解》引刘向《别录》:"驺衍之所言五德终始,天地广大,故曰'谈天'。"中井积德曰:"衍之术一味迂阔,荡荡茫茫,如谈天也。'谈天'亦是比喻,非以其书言天事而称也。"② 后世学者批判驺衍的学说是"闳大不经"的"怪迂之变",主要是因为驺衍这一套以小推大、以近推远的论证逻辑和漫无边际的想象。这些说法看似宏大,论及天地边际,古今之变,及世间的各类品物,然最后的落脚点仍是归结于仁义节俭,希望统治者能为自己的学说理论所吸引,并推

---

① 金开诚:《司马迁所见书考》,上海:上海人民出版社1963年版,第262页。
② [日]泷川资言:《史记会注考证》,上海:上海古籍出版社2015年版,第3045页。

行于君臣上下与六亲之间。钱大昕评价："衍之说，虽始泛滥，而要归于仁义节俭耳。《司马相如传》云：'相如虽多虚滥说，然其要归引于节俭'语义正相类。"① 《史记孟子荀卿列传讲记》云："此文以孟荀为主，仁义为线索。孟子荀卿主仁义者也，邹衍则始滥而终仁义。"② 这一段的驺衍思想的文献来源，应与上文所言《终始》《大圣》二篇相关，出于《汉书·艺文志》中所录驺衍之著述。司马迁应是依据驺衍著述之内容以客观的角度对其核心要义进行介绍，未含有明显的褒贬色彩。

其二是邹衍的行迹和司马迁对驺衍的评价。《孟子荀卿列传》云："是以驺子重于齐。适梁，惠王郊迎，执宾主之礼。适赵，平原君侧行撇席。如燕，昭王拥彗先驱，请列弟子之座而受业，筑碣石宫，身亲往师之。作主运。"关于驺衍具体的行迹、时间和生卒年限，学界历来都有讨论。胡适③、钱穆④等人都对驺衍在《孟子荀卿列传》中的行年提出了质疑，当代孙开泰更有《邹衍事迹考辨》⑤对驺衍的生平事件进行了详细的年份考证。但无论驺衍具体生活、活跃于什么时代，都不难看出司马迁在这里写作的目的是为了体现驺衍无论到了梁、赵、燕国，都得到了国君的极高礼遇，燕昭公更是直接拜其为师，突出驺衍在当时的社会地位之高。此外，驺衍的行迹还遍布于《史记》多个篇目中。《燕召公世家》："于是昭王为隗改筑宫而师事之。乐毅自魏往，邹衍自齐往，剧辛自赵往，士争趋燕。"《魏世家》："惠王数被于军旅，卑礼厚币以招贤者。邹衍、淳于髡、孟轲皆至梁。"《平原君虞卿列传》："公孙龙善为坚白之辩，及邹衍过赵言至道，乃黜公孙龙。"这些事迹虽在年份上有待考证，但体现了两个问题。其一是驺衍当时在多个国家传播自己的学说，且都得到了较好的待遇；其二是这些时间虽在时间顺序上前后矛盾，但这应是司马迁所见文献或所选文献之内容。说明驺衍与乐毅、孟轲、公孙龙等人的名气相当，以至文献将他们归在同一事件当中。由此可见驺衍在战国末期不仅十分活跃，且其学说思想也得到了普遍的接受和认可。

驺衍行迹的后半部分是司马迁的一段对比论述，因而让前代学者多认为是司马迁在以驺衍衬托孟子的德行："其游诸侯见尊礼如此，岂与仲尼菜色陈蔡，孟轲困於齐梁同乎哉！故武王以仁义伐纣而王，伯夷饿不食周粟；卫灵公问陈，而孔子不答；梁惠王谋欲攻赵，孟轲称大王去邠。此岂有意阿世俗苟合而已哉！持方枘而内圆凿，其能入乎？或曰，伊尹负鼎而勉汤以王，百里奚饭牛车下而缪公用霸，作先合，然后引之大道。驺衍其言虽不轨，傥亦有牛鼎之意乎？"这里运用驺衍在各国受到的极高礼遇，对比孔子困于陈蔡、孟子困于齐良之事。认为孟子如同不食周粟的伯夷，不愿意苟合于世俗，正如方枘不入圆凿，因而不为统治者

---

① ［清］钱大昕：《廿二史考异》卷五·南京：凤凰出版社 2016 年版，第 79 页。

② 杨燕起等：《历代名家评史记》，北京：北京师范大学出版社 1986 年版，第 592 页。

③ 胡适：《中国哲学史大纲》，北京：中华书局，第 268—270 页。

④ 钱穆：《先秦诸子系年》，北京：商务印书馆 2015 年版，第 509—512 页。

⑤ 孙开泰：《邹衍事迹考辨》，《管子学刊》1989 年第 3 期。

所接受。《索隐》云："仲尼、孟子法先王之道，行仁义之化，且菜色困穷；而邹衍执诡怪，荧惑诸侯，其见重礼如此，可谓长太息哉！"司马迁在这里确实肯定了孟子的品质，但他并未对邹衍做出全盘否定，更没有认为邹衍的学说是为了苟合于是而"荧惑诸侯"。在论述邹衍时，司马迁将伊尹勉商汤，百里奚劝秦穆公之事与邹衍类比。《正义佚文》云："太史公见邹衍之说怪迂诡辩而合时君，疑衍若伊尹、百里奚先作牛、鼎之意。"① 伊尹、百里奚都是为当朝君主做出重大贡献的历史名臣，司马迁将邹衍与这二人做类比，显然不是为了对邹衍进行贬低和批判。若司马迁有意将邹衍塑造为一个负面形象，大可不加"或曰"后的内容。司马迁虽不推崇邹衍的德行，但认可了其传播学说、劝谏君主的方法。由上文亦可看出，邹衍通过自身以小推大的推论方法，将自己的声名远播于各国之间，甚至对后世也造成了深远的影响。孟子、邹衍作为整篇列传上半部分出现的重点人物，司马迁在末尾进行了总结。在这一段中，司马迁并没有以邹衍衬托孟子，而是分别对孟子和邹衍的处境做出了较为客观的评价，既肯定了孟子不苟合于世俗的高尚品质，也肯定了邹衍对君主的劝谏方法。

三、从《孟子荀卿列传》所述思想看司马迁对邹衍思想的批判继承

司马迁之所以对邹衍的学说进行了详细的叙写，是因为他本身也受到了邹衍学说的影响。司马迁在《太史公自序》中说明了自己的家学渊源："司马氏世典周史……太史公学天官于唐都，受易于杨何，习道论于黄子。"司马谈受到了天官和易等学说的影响，因而在《论六家要旨》中，较之此前的《荀子·非十二子》《淮南子·要略训》等，不仅增加了阴阳家，甚至将"深观阴阳消息"的阴阳家放在首位："尝窃观阴阳之术，大祥而众忌讳，使人拘而多所畏；然其序四时之大顺，不可失也。……夫阴阳四时、八位、十二度、二十四节各有教令，顺之者昌，逆之者不死则亡，未必然也，故曰'使人拘而多畏'。夫春生夏长，秋收冬藏，此天道之大经也，弗顺则无以为天下纲纪，故曰'四时之大顺，不可失也'。"司马谈虽指出阴阳家过于重视吉凶祸福，针对四时物候都制定了相关禁忌，使人有所畏惧。但他将阴阳家的思想放在了"天道"的层面上，肯定了自然界运行的规律，认为应当顺应四时之变，以此为准才能制定天下之纲纪，故将阴阳家列为诸子之首。司马迁继承了司马谈的思想，对阴阳家的思想进行了批判继承。

司马迁对阴阳家思想的继承主要体现在两个层面：五德终始和星象历法。"五德终始"是邹衍学说的重要理论，他将阴阳学说与、五行学说相结合，"从天地剖判以来到当世，用了五德转移之说，说明当代的符应及共为治之宜。"② 《孟

① 张衍田辑校：《史记正义佚文辑校·孟子荀卿列传》，北京：中华书局 2021 年版，第 266 页。
② 顾颉刚：《古史辨·五德终始说下的政治和历史》，上海：上海古籍出版社 1982 年版，第 408 页。

子荀卿列传》中："乃深观阴阳消息""称引天地剖判以来，五德转移，治各有宜，而符应若兹。"便是"五德终始"说的核心。《文选》李善注引《七略》曰："邹子有《终始五德》，言土德从所不胜，木德继之，金德次之，火德次之，水德次之。"① 金开诚认为："此以五德终始之原则，推及古代历史亦应循环转移，亦不外其推理方法之一例。"②《秦始皇本纪》对此说也有更为详细的描写："始皇推终始五德之传，以为周得火德，秦代周德，从所不胜。方今水德之始，改年始，朝贺皆自十月朔。衣服旄旌节旗皆上黑。……更名河曰德水，以为水德之始。刚毅戾深，事皆决于法，刻削毋仁恩和义，然后合五德之数。"《索隐》引《汉书・郊祀志》云："齐人邹子之徒论著终始五德之运，始皇采用。"关于秦始皇使用驺衍学说之事，《史记・封禅书》亦有记载："自齐威、宣之时，邹子之徒论著终始五德之运，及秦帝而齐人奏之，故始皇采用之。……驺衍以阴阳主运显于诸侯，而燕齐海上之方士传其术不能通，然则怪迂阿谀苟合之徒自此兴，不可胜数也。"司马迁认为，驺衍学说之所以演变为怪迂之谈，是因为燕齐的方士并没有领悟其要义，仅假托驺衍之名，行阿谀之事。司马迁将修仙求道的神仙方士与驺衍分而论之，否定了方士的仙怪之谈，继承了驺衍本身五德之运说。《史记》载汉文帝时，鲁人公孙臣上书建议根据五德改正朔服色一事。《孝文本纪》："鲁人公孙臣上书陈终始传五德事，言方今土德时，土德应黄龙见，当改正朔服色制度。天子下其事与丞相议。丞相推以为今水德，始明正十月上黑事，以为其言非是，请罢之。"《张丞相列传》："推五德之运，以为汉当水德之时，尚黑如故。""鲁人公孙臣上书言汉土德时，其符有黄龙当见，诏下其议张苍，张苍以为非是，罢之。"司马迁鲜少在文中插入评价，却针对张苍运用秦颛顼历制定汉为水德一事进行了批判："张苍文学律历，为汉名相，而绌贾生、公孙臣等言正朔服色事而不遵，明用秦之颛顼历，何哉？"可见司马迁肯定了公孙臣的观点，认为汉应为土德。《始皇本纪》载秦为水德，《集解》引如淳曰："今其书有《五德终始》。五德各以所胜为行。秦谓周为火德，灭火者水，故自谓水德。"火能胜水，故秦能代周。以此类推，汉代秦德，土能胜水，汉为土德方能顺应五德对应五行之盛衰。而在历代之德五行属性的支配下，服色制度也应有所对应，因而土德所对应的应是"黄龙"的黄色。司马迁在评价中将律历与正朔服色相结合，可见其对五德学说的了解之深刻。另一方面，司马迁对驺衍"五德终始"的学说记载贯穿了战国、秦和西汉，可见驺衍学说广泛的社会影响，到了司马迁所处的汉代，已然成了当时哲学立论的重要依据。

司马迁所继承驺衍的思想还有关于历法的部分。司马迁虽然没有明确指出驺衍学说与天文历法之间的关系，但在其《历书》的记载中可见一斑。《历书》云：

---

① 高步瀛：《文选李注义疏．京都下・左太冲魏都赋一首・魏都赋》，北京：中华书局 1985 年版，第 1412 页。

② 《司马迁所见书考》，上海：上海人民出版社 1963 年版，第 262 页。

"先王之正时也，履端於始，举正於中，归邪於终。履端於始，序则不愆；举正於中，民则不惑；归邪於终，事则不悖。其后战国并争，在于强国禽敌，救急解纷而已，岂遑念斯哉！是时独有邹衍，明於五德之传，散消息之分，以显诸侯。"司马迁将历法制定之事与邹衍传播五德终始、阴阳消长的学说相并列，可以看出二者之间的关系密切。此外，上文所引鲁人公孙臣上书之事，司马迁在《历书》中也有言及。金德建认为，司马迁在《历书》中的叙述，说明邹衍五德终始说中有一部分是属于星象历法之说的内容，强调这种星象历法的专门学术是构成邹衍学说的重要部分，也是邹衍学说在先秦诸子中卓然成为阴阳家的重要特色之一。金德建指出："重视阴阳家的地位是司马谈、司马迁父子论述诸子百家思想的时候所特别具有的一种观念。大概因为司马迁本人原是做太史令，星历的学问也是他世代典守的职司，他们向来对于阴阳家的学说就是擅长熟习的，所以会特别推崇阴阳家。"①

　　邹衍的学说不仅止于对星象历法之学的精通，还将其落脚点归于人事，目的依旧是为国家政治服务。吕思勉云："邹子之学，非徒穷理，其意亦欲以致治也。"② 司马迁在推崇邹衍的同时，将这种学说进一步与人事结合，达到了"究天人之际"的境界。张大可指出："司马迁将邹衍的阴阳家学说写入《孟子·荀卿列传》中，因为邹衍的'五德终始'为汉儒春秋公羊学家所吸收，董仲舒讲天人感应就渊源阴阳家极深。"③ 司马迁师承董仲舒，在天人关系的看法上亦对其学说有所继承。司马迁在《太史公自序》中就提出自己"究天人之际"的著书目的，"上下各千岁，然后天人之际续备"。《天官书》就是司马迁天人感应思想的集中体现。司马迁将天空中的星象与现实政治相结合，认为星宿的出现，星宿的排列样式，都是对人事有着吉凶祸福的预兆；星宿还对应君臣、将相、诸侯等，他们之间位置关系的变化也对应了这些人物的不同关系。这种从天道到人道关系的递进，也正是司马迁肯定邹衍学说的原因。《孟子荀卿列传》中所述邹衍传播学说的方法，即是："作先合，然后引之大道。邹衍其言虽不轨，傥亦有牛鼎之意乎？"邹衍的学说包含天地山川，融贯古今；天文星象，阴阳五行之变皆蕴含其中。在"有国者益淫侈，不能尚德"的战国晚期，邹衍先用其宏大之说，"谈天"之论吸引统治者，后又归于仁义节俭，正是与伊尹、百里奚相仿的"务于事"之人。

　　综上所述，司马迁将邹衍作为《孟子荀卿列传》中叙写最详细、所占篇幅最多的人物的原因有三：其一，从《孟子荀卿列传》的文本结构来看，《孟子荀卿列传》作为一篇战国时期诸子的群像列传，邹衍与孟子荀卿并不存在绝对的传主和附庸关系，重述邹衍的原因也并非司马迁在文法上使用"以客形主"的方法，而是因为其身份重要，影响广泛；其二，从司马迁的个人情感上来看，司马迁总体

　　① 《司马迁所见书考》，上海：上海人民出版社 1963 年版，第 264 页。
　　② 吕思勉：《先秦学术概论》，北京：中国大百科全书出版社 1985 年版，第 143 页。
　　③ 张大可、俞樟华：《司马迁一家言》，西安：陕西人民教育出版社 1995 年版，第 261 页。

对驺衍持肯定态度。司马迁对驺衍的评价十分客观，他在记述驺衍思想的构成及推演方法的同时，以伊尹、百里奚类比驺衍，肯定了驺衍对君主劝谏的方法。另一方面，司马迁也批判了驺衍学说的迂阔不轨之处与神仙方士假托驺衍之名的迂怪之说；最后，从司马迁对驺衍学说的继承上来看，司马迁受到了驺衍重要思想的影响。驺衍的五德终始说在西汉社会的影响广泛，《史记》中也有多处内容记载运用了这一学说。作为阴阳家的驺衍所精通的星象历法之说，与司马迁的家学传承也密切相关。而邹衍的学说最后落脚于人事，也符合司马迁"究天人之际"的著述观念。

范增的未来预测与死亡原因

＊本文作者薛从军、祝兆源。薛从军，安徽省和县第一中学特级教师，马鞍山市文史馆馆员；祝兆源，安徽省和县文化研究会会长。

历阳侯范增的未来预测，最具有借鉴意义。什么是"未来学"？未来学是研究未来的综合学科，又称未来预测、未来研究。德国社会学家弗勒希特海姆1943年在美国首创，50年代后迅速发展。狭义的未来学是探讨几十年后未来社会发展前景。广义的未来学还包括预测研究。2000多年前当然没有这一个学科，但有这样的人能预测未来社会的状况，例如蹇叔、范增、诸葛亮等便是这样的杰出人才。本文对范增的未来预测及死亡原因作一探究。

一、未来预测

未来预测是一个古老话题。例如人们根据星云状况预测水旱发生时间，指导人们抗灾救灾与耕种。还有一些人通过观察星辰位置的变化与某种自然现象的联系，对未来进行预测，这就是占星术。古代预测未来的智者，不乏其人。例如《左传·僖公三十二、三十三年》记载一件事，可以看出，蹇叔未来预测十分灵验：

> 杞子自郑使告于秦曰："郑人使我掌其北门之管，若潜师以未，国可得也。"穆公访诸蹇叔。蹇叔曰："劳师以袭运，非所闻也。师劳力竭，远主备之，无乃不可乎？师之所为，郑必知之，勤而无所，必有悖心。且行千里，其谁不知？"公辞焉。召孟明、西乞、白乙，使出师于东门之外。蹇叔哭之，曰："孟子！吾见师之出，而不见其入也！"公使谓之曰："尔何知！中寿，尔墓之木拱矣！"蹇叔之子与师，哭而送之曰："晋人御师必于殽，殽有二陵焉，其南陵夏后皋之墓也，其北陵文王之所辟风雨也。必死是间，余收尔骨焉。"秦师遂东。①

蹇叔立足现实状态，据理分析，力劝穆公，而穆公一意孤行。不出蹇叔预测，秦军果然在偷袭郑国的途中遭到了晋军的伏击，"夏四月辛巳，败秦师于

---

① 左丘明：《春秋左转》，呼和浩特：内蒙古文化出版社2007年版，第154页。

肴"①。

塞叔是智者，范增也是智者。司马迁在《项羽本纪》毫不夸张说他"好奇计"。其实，"范增无疑也是楚遗民中之贵族"。② 范增是项燕手下的大将③，这样说，范增的政治素质很好。他能预测未来情况主要有两方面：一是预言反秦联军立楚怀王号令天下，一定能灭亡秦朝；二是预言刘邦必然夺项羽天下。这两个预测都获得验证。

（一）第一个预测，立怀王号令天下亡秦

范增具有敏锐的观察力和深刻的洞察力，根据当时政治态势和军事斗争，提出这一决策，得到诸侯军赞同与支持。

1. 留心时政，注意时势的变化与发展

他虽然"素居家"，但却留心时政。他向项梁建议的一段话，正说明他居家关心时政，并有所思考：

> 陈胜败固当。夫秦灭六国，楚最无罪。自怀王入秦不反，楚人怜之至今，故楚南公曰"楚虽三户，亡秦必楚"也。今陈胜首事，不立楚后而自立，其势不长。今君起江东，楚蜂午之将皆争附君者，以君世世楚将，为能复立楚之后也。

这里至少有三点重要信息：一是知道陈涉号张楚，反秦已经失败了。陈涉为什么失败？不立楚后而自立。二是知道楚南公预言"亡秦必楚"。楚南公应该是当时具有远见的隐者，他预见秦一定会被楚灭亡。三是了解项氏家族在反秦的军队里有很高的威信，"皆争附君者"。所以建议"复立楚之后"。

2. 考察六国被灭的情况，选定立楚国后代作为反秦的号召

范增认为"夫秦灭国，楚最无罪。自怀王入秦不反，楚人怜之至今"。这段楚国历史大致如下：

楚怀王十七年（前312），楚、秦间的大战，秦大胜，攻占楚汉中，设汉中郡。楚怀王十八年（前311），秦又攻楚，占取召陵，楚无力还击。楚怀王三十年（前299），楚怀王被骗去秦国，客死咸阳。所谓"自怀王入秦不反，楚人怜之至今"是也。楚顷襄王时代，秦国多次伐楚，占领西陵、巫、黔中等地，公元前278年攻入楚都郢城，楚迁都于陈，成功收复被攻陷的十五座城池。前263年，楚考烈王继位，任用春申君为令尹，国一度复兴。前241年，春申君组织的最后一次合纵，败于秦军。楚迁都至寿春。前238年，楚考烈王死后，春申君被门客李园杀害，楚国一蹶不振。秦王嬴政亲政后，遣王翦统军六十万，于前223年大败楚军，俘虏楚君负刍。项燕阵亡，其扶持的熊启也很快被俘杀，楚国灭亡。

---

① 左丘明：《春秋左转传》，呼和浩特：内蒙古文化出版社2007年版，第156页。

② 李全华：《史记疑案》，长沙：湖南大学出版社2010年版，第175页。

③ 周孝坚：《亚父之庐》，《浙江档案》2001年第9期。

楚怀王客死秦国，楚君负刍被俘，大将项燕战死，楚国灭亡，这是国仇家恨。"楚虽三户，亡秦必楚"，这是楚民谣，所谓"哀痛激烈，比松柏之歌尤甚"，反映了楚民仇秦心理。反秦之战时，已有两个楚王了。元代方回说："秦二世元年七月，陈涉起蕲入陈，自立为楚王。秦二年十二月为其御庄贾所杀，以降秦王。凡六月。其年正月，秦嘉立景驹为楚王，四月，项梁击杀景驹秦嘉。王凡四月。"（钦定四库全书《续古今考》卷四）从立楚王来看，楚王在反秦诸侯中具有一定威信。陈胜，不是楚王之后，而且是自立；景驹虽属楚三大姓氏，但也不是楚王后代，故不久长。所以，范增提出立楚王之后号令天下是有政治基础的，所谓"从民望"也。

项梁采纳立楚怀王孙心来号令天下的建议。果然，刘项等诸侯一致认可这个号令，于是各路诸侯军特别是刘项联军共同亡秦。宋代罗大经说："增始劝项梁立义帝，诸侯以此服从。"（钦定四库全书《鹤林玉露》卷九）当然，在灭秦方面，项羽功劳最大。如司马迁所说：项羽"三年，遂将五诸侯灭秦，分裂天下，而封王侯，政由羽出，号为'霸王'，位虽不终，近古以来未尝有也。"可见范增预测是准确的。

（二）第二个预测，预测夺项羽的天下必是刘邦

历史果然如此。我们不能不佩服他的先见之明。范增是如何预测刘邦必然夺项羽天下？看范增在鸿门宴上如何说：

> 范增说项羽曰："沛公居山东时，贪于财货，好美姬。今入关，财物无所取，妇女无所幸，此其志不在小。吾令人望其气，皆为龙虎，成五彩，此天子气也。急击勿失！"

> 范增数目项王，举所佩玉玦以示之者三，项王默然不应。范增起，出，召项庄，谓曰："君王为人不忍。若入前为寿，寿毕，请以剑舞，因击沛公于坐，杀之。不者，若属皆且为所虏！"

> 项王则受璧，置之坐上。亚父受玉斗，置之地，拔剑撞而破之，曰："唉！竖子不足与谋！夺项王天下者必沛公也。吾属今为之虏矣！"

这时项羽已经取得了战胜秦军主力的战果，向函谷关挺进。但刘邦令大将把守函谷关，不让诸侯入关，称王于关中。范增认定刘邦必然夺刘邦天下，其理由主要是：

1. 对刘邦的考察，细致入微，切中要害

一是采取前后对比，认清刘邦的嘴脸。沛公居山东时"贪于财货，好美姬"，"入秦宫，宫室帷帐狗马重宝妇女以千数，意欲留居之"，"樊哙谏沛公出舍，沛公不听"。张良分析利弊，劝"听樊哙言"，沛公这才还军霸上。可见沛公本是无赖好色者，而现在"财物无所取，妇女无所幸"，一反过去，其貌大变，故说"其志不在小"。杨士奇《历代名臣奏议》卷三："汉高祖入关中，财物无所取，妇女无所幸，范增知其必有天下。"

二是观气色，考察舆论。"令人望其气，皆为龙虎，成五彩，此天子气也。"范增不仅考察刘邦的气色，而且结合刘邦平时散布的舆论，认识其野心，欲为天子。《高祖本纪》写下刘邦天子气的舆论：

> 父曰太公，母曰刘媪。其先刘媪尝息大泽之陂，梦与神遇。是时雷电晦冥，太公往视，则见蛟龙于其上。已而有身，遂产高祖。

> （高祖）为泗水亭长，廷中吏无所不狎侮，好酒及色。常从王媪、武负贳酒，醉卧，武负、王媪见其上常有龙，怪之。

> 高祖常繇咸阳，纵观，观秦皇帝，喟然太息曰："嗟乎，大丈夫当如此也！"

> 老父曰："乡者夫人婴儿皆似君，君相贵不可言。"高祖乃谢曰："诚如父言，不敢忘德。"及高祖贵，遂不知老父处。

> 高祖被酒，夜径泽中，令一人行前。行前者还报曰："前有大蛇当径，愿还。"高祖醉，曰："壮士行，何畏！"乃前，拔剑击斩蛇。蛇遂分为两，径开。行数里，醉，因卧。后人来至蛇所，有一老妪夜哭。人问何哭，妪曰："人杀吾子，故哭之。"人曰："妪子何为见杀？"妪曰："吾，白帝子也，化为蛇，当道，今为赤帝子斩之，故哭。"

> 秦始皇帝常曰"东南有天子气"，于是因东游以厌之。高祖即自疑，亡匿，隐于芒砀山泽岩石之间。吕后与人俱求，常得之。高祖怪问之。吕后曰："季所居上常有云气，故从往常得季。"高祖心喜。沛中子弟或闻之，多欲附者矣。

当然这是刘邦发迹时的舆论，后来参加反秦联军时应该逐渐传开了，乃至于楚怀王也有所耳闻。范增是对时政特别敏感之人，应该有所闻。所谓"见蛟龙于其上"，"常有龙"，"大丈夫当如此也"，"君相贵不可言""为赤帝子斩之""季所居上常有云气"，这些舆论是刘邦及其追随者编造出来的，其集中一点就是刘邦将来为天子。这样的例子在《陈涉世家》中也有：

> 乃行卜。卜者知其指意，曰："足下事皆成，有功。然足下卜之鬼乎！"陈胜、吴广喜，念鬼，曰："此教我先威众耳。"乃丹书帛曰："陈胜王"，置人所罾鱼腹中。卒买鱼烹食，得鱼腹中书，固以怪之矣。又间令吴广之次所旁丛祠中，夜篝火，狐鸣呼曰："大楚兴，陈胜王！"卒皆夜惊恐。旦日，卒中往往语，皆指目陈胜。

当时情况如此这样做，的确能获得多人的拥护。因为如此，"沛中子弟或闻之，多欲附者矣"。范增由此推断刘邦必欲王。这是范增对刘邦的考察。

2. 对项羽考察，逐步认识项羽的个性特点

范增对项羽作考察，是从项梁时逐渐认识项羽。《项羽本纪》：

　　秦始皇帝游会稽，渡浙江，梁与籍俱观。籍曰："彼可取而代也。"梁掩
其口，曰："毋妄言，族矣。"梁以此奇籍。籍长八尺余，力能扛鼎，才气过
人，虽吴中子弟皆已惮籍矣。

　　范增知道项羽也欲王，项梁战死后，项羽破釜沉舟、背水一战，打败章邯部
队，灭秦功劳最大，在诸侯中有很高的声望。但是项羽有一个克服不了的特点：
"为人不忍。"在鸿门宴上范增多次暗示项羽要下决心除掉刘邦，但是项羽置之不
理，这就是"为人不忍"。刘邦集团里人也说"项羽仁而爱人"（王陵语），"项王
为人，恭敬爱人，士之廉节好礼者多归之"（陈平语）。项羽志向是做诸侯的霸主，
而非天子。宋黄震《古今纪要》卷二："项羽救赵入关，楚汉雌雄已决，但欲伯天
下，念虑未尝到一统天下之事，既灭咸阳而都彭城，既复彭城而割荥阳，既分鸿
沟而东归救赵，羽皆自谓按甲休兵之时，不知汉王必欲得天下而后已。"项羽不
屑于诡道，这就注定在刘项竞争中，项羽是失败者。这一点范增是看到了，故感
叹道"夺项王天下者必沛公也"。戴名世说："彼范增者，项氏骨鲠之臣也。其劝
羽杀沛公，羽不听，则羽之过也。"[①]杨慎说："惟鸿门之不争，故垓下莫能与
之争。"[②]

3. 对比分析刘项一系列状况与心理特点，认定刘邦必夺项王天下

　　范增当然知道刘邦无赖，顽钝无耻，小人；也深知项羽讲信义，重道德，君
子。但是在"兵者诡道"的战争时代，君子常常败于小人。刘项此后的战争也证
明了这一点。

　　　四月，兵罢戏下，诸侯各就国。汉王之国，项王使卒三万人从，楚与诸
　　侯之慕从者数万人，从杜南入蚀中。去辄烧绝栈道，以备诸侯盗兵袭之，亦
　　示项羽无东意。
　　　八月，汉王用韩信之计，从故道还，袭雍王章邯。邯迎击汉陈仓，雍兵
　　败，还走；止战好畤，又复败，走废丘。汉王遂定雍地。
　　　二年，汉王东略地，塞王欣、翟王翳、河南王申阳皆降。

　　"项王使卒三万人从，楚与诸侯之慕者数万人"，这是项王向汉王示好，而汉
王"去辄烧绝栈道"，"示项羽无东意"，这是诡道；"八月，汉王用韩信之计，从
故道还，袭雍王章邯"，最不讲信义应是汉王。王鸣盛在《十七史商榷》一书中认
为"汉惟利是视"：

　　　汉始终惟利是视，顽钝无耻，其言曰："吾与项羽俱北面受命怀王，约
　　为兄弟。"羽少汉王十五岁，如其言，则汉王为兄，项王弟矣。鸿门之会，自
　　知力弱，将为羽所灭，即亲赴军门谢罪，其言至卑屈，让项王上坐，己乃居
　　范增之下为末坐，纵反间以去范增，用随何以下黥布，有急则使纪信代死，

---

①　《戴名世集》卷十四。
②　李伯钦主编：《汇评精注史记》，北京：联合出版社 2018 年版，第 69 页。

不顾子女，推堕车下，鸿沟既划，旋即背之，屡败穷蹙不以为辱，失信废义不以为丑也。若以沛公居项羽之地，在鸿门必取人杯酒之间，在垓下必渡乌江而王江东矣。

王鸣盛分析比较到位。刘项做法恰恰相反，他认为刘邦"惟利是视，顽钝无耻"。"天下既定，置酒未央宫，奉玉卮，为太上皇寿，曰：'始大人常以臣亡赖，不能治产业，不如仲力。今某之业所就，孰与仲多？'其言之鄙至此。"[①] 王鸣盛揭示刘邦一系列不讲信义、不道德之事。

但是项羽多次打败了汉王，直到围困汉王于荥阳之时，汉王利用陈平离间计，疏远了项羽君臣，才侥幸逃走。刘邦利用义帝之死号令天下诸侯讨伐项羽，列举项羽十大罪状，用封王侯、许土地促使诸侯亡楚，垓下一战，使项羽逃至乌江自刎。项羽自刎结局，范增是能料到但看不到了。

4. 结局如范增所料。乌江快战，显现项羽悲壮的人生道德和汉兵的丑陋形态

> 乃令骑皆下马步行，持短兵接战。独籍所杀汉军数百人。项王身亦被十余创。顾见汉骑司马吕马童，曰："若非吾故人乎？"马童面之，指王翳曰："此项王也。"项王乃曰："吾闻汉购我头千金，邑万户，吾为若德。"乃自刎而死。王翳取其头，余骑相蹂践争项王，相杀者数十人。最其后，郎中骑杨喜，骑司马吕马童，郎中吕胜、杨武各得其一体。五人共会其体，皆是。故分其地为五：封吕马童为中水侯，封王翳为杜衍侯，封杨喜为赤泉侯，封杨武为吴防侯，封吕胜为涅阳侯。

项羽不肯过江东和自刎之时显现两种道德高尚。一是羞愧之心："籍与江东子弟八千人渡江而西，今无一人还，纵江东父兄怜而王我，我何面目见之？纵彼不言，籍独不愧于心乎？""独不愧于心"，说明有羞愧之心。另一是感恩之心：感谢乌江亭长，说："吾知公长者。吾骑此马五岁，所当无敌，尝一日行千里，不忍杀之，以赐公。"感谢故人吕马童，说"吾闻汉购我头千金，邑万户，吾为若德。"乃自刎而死。相比较，汉军尽显丑态："王翳取其头，余骑相蹂践争项王，相杀者数十人。最其后，郎中骑杨喜，骑司马吕马童，郎中吕胜、杨武各得其一体。五人共会其体，皆是。"可见都是无耻之徒。

项羽输了江山，赢了道德；刘邦赢了江山，输了道德。这当然是范增预测到的事，因为如此，才会预测"夺项王天下者必沛公也"。

范增的预测基于对政治形势的详细了解和准确的判断，对对立双方的前后变化和政治动因作精准的分析，对集团的领导者性格、品性，做出清楚的辨析和合理的逻辑演绎，这才能对未来政治态势做出准确的预测。他的预测可以与诸葛亮《隆中对》的未来预测相比肩。不同的是，范增的预测是一种悲观的预测，虽然后来范增曾经不断努力企图避免出现这一局面，但终因多种原因还是避免不了。

---

① 王鸣盛：《十七史商榷》，上海：上海古籍出版社 2016 年版，第 24 页。

正如梁玉绳所言："增去羽亡，不去羽亦亡。"① 诸葛亮的《隆中对》既是对未来的预测，又是战略的规划。范增辅助的是项羽，项羽基本不采用他的意见；故项羽集团一步步走向失败。而诸葛亮辅助的是刘备，刘备基本上采纳诸葛亮的意见，故刘备集团一步步走向胜利，实现了魏蜀吴鼎足的局面。范增与诸葛亮的共同点的都是对现实的政治形势有清醒而准确的判断，所以才能对未来作出令人信服的预测。这些方面值得后人深入的研究和借鉴。

二、范增死亡的原因

范增必欲致刘邦死而后快，因为想成就项羽天下。刘邦也欲致项羽、范增死而后快，因为想为天子。刘邦说"项羽有一范增而不能用"，其实是刘邦设法使项羽不能用范增。项羽、范增是其劲敌。欲亡项羽，必先亡范增；范增不亡，项羽不会亡。这可能是刘邦集团的共同认识。在刘邦集团看来，亡范增计划可以分三步走，一是拉拢项伯等项氏人员，为其服务，好做内应。二是采取离间计，破坏君臣关系，使范增离走。三是设法害死范增，确保范增不能再回项羽身边。

（一）拉拢项伯，作为刘邦派往楚军的间谍。这是亡范增的第一步

刘邦在鸿门宴中化险为夷，平安回来，得益于项伯。因为项伯与刘邦约为婚姻，项伯自然义不容辞地保护刘邦。张良这一招十分厉害，项伯成为刘邦阵营里人了，不知不觉成为项羽内部的间谍。邵泰衢《史记疑问》卷上："夜驰夜去，军事严且密也，私良会沛，漏师，负重罪也。"但项羽不但不治罪，反而听项伯之言，放弃攻打刘邦的军事行为。鸿门宴上，范增要杀刘邦，项伯舍命保护刘邦。范增、项伯二人对刘邦的态度截然相反，项羽又被叔父项伯左右，这为以后陈平行离间计埋下了伏笔。在许多场合，项伯为刘邦讲话，劝说项羽不要烹刘邦太公："天下事未可知，且为天下者不顾家，虽杀之，无益，只益祸耳。"项王听从项伯意见。项伯接受刘邦的贿赂，暗中帮忙，"汉元年正月，沛公为汉王，王巴蜀。汉王赐良金百溢，珠二斗，良具以献项伯。汉王亦因令良厚遗项伯，使请汉中地。项王乃许之，遂得汉中地。"《史记·高祖功臣侯者年表第六》云："汉王与项羽有隙于鸿门，项伯缠解难，以破羽缠皆有功，封射阳侯。"汪越《读史记十表》卷六："其中有射阳侯缠，即项羽季父项伯，以鸿门解难，破羽降汉，得侯。""破羽"二字切中要害。

项伯虽然在项羽阵营，其心却在刘邦。不能低估项伯在项羽阵营里的破坏作用。明高拱说："而始终卖羽，使失天下者无如项伯。项伯尤当斩也。故曰高帝非为大义，乃利心行计者也。"（钦定四库全书《本语》卷四）清姜宸英说："功臣侯

① 梁玉绳：《史记志疑》，北京：中华书局1981年版，第1503页。

年表，射阳侯刘缠即项伯也，卖重瞳而得侯，甘心改姓而不愧，此名教之贼也。"
（钦定四库全书《湛园札记》卷一）其实，项伯在败项羽事，已为学者共识。清王
懋竑说得透彻："盖使项王失天下者，项伯也"，"羽非项氏不任事，其受陈平金以
间疏羽君臣者，必项氏也。羽死而项氏侯者四人，此皆与伯同心为汉者。羽东城
之败，项氏无一人与之俱，亦无一人为之死，且偭首事汉受封爵焉。羽之亡皆项
伯为之也。"（钦定四库全书《白田杂著》卷四）看来，历史已经记载了项伯的可
鄙可恶之处。

（二）用贿赂离间计破坏楚君臣关系，这是亡范增第二步

如何才能实现这一目标呢？在刘邦看来，陈平是最合理的人选。因为陈平原
来在项羽身边为都尉，对项羽军营情况了如指掌。同时，刘邦也深知陈平是小
人，什么阴谋都可以使用。陈平，王鸣盛《十七史商榷》判断比较准确：

> 陈平，小人也。汉得天下皆韩信功，一旦有告反者，间左蜚语，略无证
> 据，平不以此时弥缝其隙，乃倡伪游云梦之邪说，使韩信无故见黜。其后为
> 吕后所杀，直平杀之耳。迨高祖命即军中斩樊哙，而平械之归。哙，吕氏党
> 也，故平活之，其揣时附势如此。且平六出奇计，而其解白登之围，持图画
> 美人以遗阏氏，计甚庸鄙，又何奇焉？[1]

王鸣盛指出，陷害韩信的人就是陈平，是小人。鸿门宴时，陈平在项羽帐下
任都尉，对项羽军营情况十分熟悉。汉王二年三月离开楚营投汉。《汉书·高帝
纪》："（二年）三月，汉王自临晋渡河，魏王豹降，将兵从，下河内，虏殷王卬，
置河内郡，至修武，陈平亡楚来降。汉王与语，说之。使参乘，监诸将。"陈平一
席话，正中刘邦下怀。所谓"说之"，非常高兴，立即给予陈平高权："监诸将。"
小人终于得势。

汉王被项羽围困荥阳而不能逃走，其形势十分紧张：

> 汉军荥阳，筑甬道属之河，以取敖仓粟。汉之三年，项王数侵夺汉甬
> 道，汉王食乏，恐，请和，割荥阳以西为汉。项王欲听之。历阳侯范增曰：
> "汉易与耳，今释弗取，后必悔之。"项王乃与范增急围荥阳。
>
> 楚急攻，绝汉甬道，围汉王于荥阳城。久之，汉王患之，请割荥阳以西
> 以和。项王不听。汉王谓陈平曰："天下纷纷，何时定乎？"陈平曰："项王为
> 人，恭敬爱人，士之廉节好礼者多归之。至于行功爵邑，重之，士亦以此不
> 附。今大王慢而少礼，士廉节者不来；然大王能饶人以爵邑，士之顽钝嗜利
> 无耻者亦多归汉。诚各去其两短，袭其两长，天下指麾则定矣。然大王恣侮
> 人，不能得廉节之士。顾楚有可乱者，彼项王骨鲠之臣亚父、钟离眜、龙且、
> 周殷之属，不过数人耳。大王诚能出捐数万斤金，行反间，间其君臣，以疑

---

① 王鸣盛：《十七史商榷》，上海：上海古籍出版社 2016 年版，第 44 页。

其心，项王为人意忌信谗，必内相诛。汉因举兵而攻之，破楚必矣。"汉王以
为然，乃出黄金四万斤，与陈平，恣所为，不问其出入。

陈平一席话，道出陈平对楚营及项羽的深刻了解。所以汉王出黄金四万斤与
陈平，恣所为，不问其出入。实际上让陈平组建一个间谍、贿赂的队伍，针对项
羽阵营的高级将领，广散钱财，广造舆论，瓦解敌营。他本是楚营里人，所以他
能列举项羽一系列骨鲠之臣；但项伯不在其中。同时，楚营自有他的故交好友，
还有在其部下的士兵。他在楚营散布舆论，是十分方便并有一定影响。这里一定
与项伯等四人（被汉封侯赐姓刘的四位）勾结，共同制造舆论，败坏范增名誉。
通过贿赂、收买，离间项羽与高级将领的关系。于是"陈平既多以金纵反间于楚
军，宣言诸将钟离眜等为项王将，功多矣，然而终不得裂地而王，欲与汉为一，
以灭项氏而分王其地。项羽果意不信钟离眜等""项羽果意不信钟离眜等"，其中
一定有项伯作用。散布流言蜚语，重伤不仅是钟离眜等将领，而且重伤范增。这
其中项伯也一定发挥了作用。这是陈平离间计策的前奏曲，就是舆论败坏范增等
人。仅靠流言蜚语还不能使项羽怀疑范增，还必须加紧一步：

使使至汉。汉王为太牢具，举进。见楚使，即详惊曰："吾以为亚父使，
乃项王使！"复持去，更以恶草具进楚使。楚使归，具以报项王。项王果大疑
亚父。亚父欲急攻下荥阳城，项王不信，不肯听。亚父闻项王疑之，乃怒曰：
"天下事大定矣，君王自为之！原请骸骨归！"未至彭城，疽发背而死。陈平
乃夜出女子二千人荥阳城东门，楚因击之，陈平乃与汉王从城西门夜出去。
遂入关，收散兵复东。

楚使者所见，只不过是刘邦们早已排演好的一出戏剧而已。因为军营里有关
于亚父等人的流言蜚语，加之使者至汉所见情景，就更坚定了项羽对范增的怀
疑。范增不被信任，自然就离开楚营。范增一走，荥阳之围也随之解开，夜出东
门2000女子以迷惑项羽部队，这些女子也随之被楚军击杀。陈平与汉王从西门夜
出，离去。此计只能瞒项羽之一时，如果范增在，刘邦等人绝不能逃走。韩愈对
汉高祖这样评论：

昔汉高祖出黄金四万斤与陈平，恣其所为，不问出入，令谋项羽。平用
金间楚，数年之间，汉得天下。论者皆言汉高祖深达于利，能以金四万斤，
致得天下。以此观之，自古以来，未有不信其言，而能有大功者，亦未有不
费少财，而能收大利者也。①

韩愈充分肯定了这个反间贿赂计在瓦解项羽阵营、夺天下的重大作用。王阳
明鄙其行为："陈平受金，贪夫也，而称谋臣。"②

其实，陈平之计最拙。稍有政治眼光就能识破：既然范增勾结刘邦，为何范

---

① 韩愈：《韩愈集》卷三十九（表状二）《论捕贼行赏表》。
② 王阳明：《王阳明集》卷九（别录一　奏疏一）《陈言边务疏（弘治十二年）》。

增还要急攻荥阳，而不建议与刘邦和谈？既然勾结刘邦，刘邦又为何轻易泄露这个秘密？项羽为何不将使者所见问问范增，看看范增如何回答。项羽可能征求项伯意见，项伯一定说范增值得怀疑。其实，陈平的计策实施，应该比《史记》记载要复杂得多，《史记》只是概要记载而已。乾隆皇帝在丁亥秋月对这段史实御笔批道："陈平此计，乃欺三尺童，未可保其必信者，史乃以为奇，而世传之可发一笑。"（钦定四库全书《评鉴阐要》卷一）

（三）设法害死范增，这是亡范增的第三步。为掩盖其罪孽，故造舆论说其病死

范增离开项羽，并不表示他不再回到项羽军营。只有范增死，才能永远不能回到项羽身边。一者，项羽会后悔、觉悟，发现上当，请回范增；二者，范增也会揣摩出敌人阴谋，主动回到军营。这种情况，刘邦集团必然料定。为防止意外，为确保范增死亡，刘邦集团必然派人死盯范增一举一动，设法致死范增。当然这必须秘密进行。范增离开项羽行走在路上如何下手，陈平一定作了安排。

范增离走，从荥阳至彭城，不过数日车程，未至彭城，竟"疽发背而死"。有学者质疑："皮肉性恶性肿瘤，再恶也不至于几天就死人。""范增之死，必非病死。""项羽、范增一时忿怒，中计，逾时，即悔，项王必召范增，范增必回。阴谋家陈平必预计到此，既预计到，则必有后续行动。""必陈平使间谍下毒所致。"[1] 这个推断是合理的。陈平说："我多阴谋，是道家之所禁。吾世即废，亦已矣，终不能复起。以吾多阴祸也。"陈平自觉亏心事做多了，必有报应。可以说，范增离走、死亡，是陈平亡楚阴谋的重要一环。政治家、阴谋家所实施的计策或阴谋，常常假以他说而掩盖其丑陋与卑鄙。范增是刘邦的死敌，所谓"有一范增而不能用"，其实际是刘邦集团采取阴谋诡计，使项羽不能用。"疽发背而死"，这只是刘氏集团的说法，用此说法掩盖其罪恶。试想，离间项羽与范增，并且在范增离开之后将其杀死或毒死，传出去是十分卑劣和可恶的，故假以疽发背而死，以混淆视听，以保大汉王的"圣洁"。宋代黄震说："陈丞相世家，陈平智有余，信矣。惜皆流于小人之术耳。"（钦定四库全书《黄氏日抄》卷四十六）可见，范增极大的可能是陈平毒杀死的。

范增是楚汉相争的牺牲品，是历史人物悲剧之一。亡楚，必须先亡楚之谋臣；谋臣亡，其政治策略就不能实施，所谓"上兵伐谋"是也。刘项成败，这是重要原因之一。不可不借鉴。汉高祖说："项羽有一范增而不能用，此其所以为我擒也。"唐代罗隐说："是故项羽不用范增，是舍马而徒行。"（钦定四库全书《两同书》卷下）这也可见范增在项羽军中的重要作用。苏轼说："增，高帝之所畏也。增不去，项羽不亡。呜呼！增亦人杰也哉！"[2]

---

[1] 李全华：《史记疑案》，长沙：湖南大学出版社 2010 年版，第 179—180 页。

[2] 《古文辞类纂》卷四《苏子瞻志林·范增》。

结　论

　　范增具有远见卓识的政治眼光，掌握并能正确分析政治走向，对未来预测的正确性所隐含的方法、推理等，为政治家提供了参考与借鉴。刘邦在政治军事的较量时，采用反间、贿赂计，分化与瓦解对手，使范增离走、死亡，所谓"上兵伐谋"是也，这是值得思考与总结的军事谋略。唐代赵蕤说："陈平以金纵反间于楚军，间范增，楚王疑之。此用反间者也。故知三军之亲，莫亲于间赏，莫厚于间事，莫密于间非，圣智莫能用间，非密微莫能得间之实。此三军之要，唯贤哲之所留意也。"（钦定四库全书《长短经》卷九）在对敌斗争中，无论是实施反间计或者防范反间计，都具有借鉴意义。范增的离去，加速了项羽集团灭亡。无论刘邦集团还是项氏集团，都肯定范增在反秦战争中的重要作用和作为战略家的远见卓识。其历史文化意义盖在于此。

论卜式

＊本文作者邝岚，北京胜算资产管理有限公司副总经理、高级会计师。

一、引　言

在浩荡的中华五千年文明历史进程中，商人以一贯被赋予吝啬、奸诈、唯利是图的嘴脸出现，且在历史文献中鲜有记载。士农工商，商人排在最末位，乃是世人最看不起的一种身份，唐代诗人白居易更是以"重利轻别离"来形容商人。然而，司马迁在其所编写的《史记》中却记载了几个例外。他们都是一些普普通通的小人物，在这些小人物身上体现了视国家利益为最高准则的大德精神。最突出的，当数汉武帝刘彻时期的卜式。

卜式，作为这一时期的杰出代表，以牧羊起家，最终成为朝廷重臣，其人生轨迹不仅充满了传奇色彩，更蕴含了丰富的精神内涵。本文将从卜式的生平事迹出发，深入剖析其精神品质，并探讨其对当代社会的启示。

二、卜式的生平事迹

卜式，字子怜，河南（今河南洛阳东）人，是卜姓始祖卜商（卜子夏）的第六世孙。关于"卜式"这个人物，《丰县卜氏族谱》与《巨野卜氏族谱》的记载有异：前者记载为"卜曰祯之孙"，后者记载为"卜晃之子、卜丕之孙"，孰是孰非，有待进一步考证。

卜式是继卜商后卜氏族人中政史有声、史册有载、最为显赫的人物了，其爵位与丞相并列，为"三公"之一。纵观卜式的人生，从一个放羊的农民，由于愿意捐献自己的财物给国家和地方，受到武帝的重用，位至御史大夫。

卜式在朝中任职期间，历任多个职位，均表现出色。

首先，卜式是个好羊倌。《史记·平准书》记载，卜式"以田畜为事。亲死，式有少弟，弟壮，式脱身出分，独取畜羊百余，田宅财物尽予弟。式入山牧十余岁，羊致千余头，买田宅。而其弟尽破其业，式辄复分予弟者数矣。"说的是卜式是一个农家子弟，以种田养畜为业。父母去世得早，留下一个年少的弟弟。等弟弟长大成人，就与他分了家，自己只要了百余只羊，其余田地、房屋等全都留给弟弟。从此，卜式入山牧羊，经过十多年，羊繁育到1000多只，换来钱买了田地，修建了房屋，成为当地的富户。他的弟弟可能是一个不务正业，好吃懒做的败家子，家业几次破落，卜式就几次再分给他一些钱财予以支助。从这一情况可以看出，卜式不仅是一个善于养羊的好羊倌，勤劳致富的好农民，而且还是一个爱护弟弟的好哥哥。

其次，卜式是一个好公民。卜式是个具有管理经营天才的人，尽管经营畜牧业给他带来了财富，但他并不贪财爱财，乐于无偿给予他人帮助。彼时，汉武帝正遣将出兵对匈奴作战，所需的军费庞大，国家很吃力。而当时富商大贾冶铁煮盐，财富惊人，却不佐国家之急、黎民重困。汉武帝急于筹措军费，为增加国库收入，提拔任用了一批靠煮盐冶铁发迹的大资本家当财政大臣。《史记·平准书》记载，"以东郭咸阳、孔仅为大农丞，领盐铁事；桑弘羊以计算用事，侍中。"总之，群策群力要增加国库收入。在这种时代背景下，卜式胸怀国家，却发扬超前的国家主人翁精神，报效大汉，他自费到京城，托人上书天子说，"愿输家之半县官助边。"汉武帝认为卜式捐献那么多钱财，肯定是对朝廷有所求，于是派使者问卜式，你想当官吗？卜式回答说，我从小就是一个种田牧羊的，不懂做官的规矩，当不得官，也不愿当官。使臣又问他，你家有什么冤情，想要政府为你伸张正义吗？卜式说，我平生与人没有发生什么纠纷，对同乡中贫穷的人辅助他们并借给钱，对违法乱规的人我总是规劝他们要当守法的公民，所以，周围的邻居都和我很融洽，愿意听我的话，我怎么会被人冤枉呢，没什么想申诉的。使者说，既然你没有所求，为什么要捐那么多钱呢？卜式说："天子诛匈奴，愚以为贤者宜死节于边，有财者宜输委。如此而匈奴可灭也。"卜式的一句话，就把自己的境界提高到爱国忠君的精神上来了。他的意思是，匈奴侵我疆土，杀我官民，为战匈奴凡我大汉子民理应有钱出钱，有力出力，我不求别的，只求匈奴早日被灭。天子征讨匈奴，我认为有才能的人应战死边塞以全臣节，有财的人应拿出钱财支援国家，这样才能将匈奴消灭。看起来，卜式几乎具有超越时代的公民意识，认为国家危难之际，每个人应该尽其所能，有能力的人就上场杀敌，有财的人就该出钱。他不想获取任何回报，不想当官，没有事情要让政府为自己出头，是主动为国家分忧。这应该是道德水准很高的臣民，甚至具有超前的公民意识，如果个个臣民都有这样的觉悟，那不就达到天下大治了吗？

使者把卜式的话回报给了汉武帝，汉武帝听完之后大喜，他连忙将卜式的优秀事迹和将他树为全国学习的榜样的想法告诉公孙弘丞相，想听听他的意见。公孙弘是历史上有名的布衣丞相，是儒生为相的汉代第一人，作为"经世致用"的儒家思想熏陶出来的高级官员，公孙弘说："此非人情。不轨之臣，不可以为化而乱法，愿陛下勿许。"意思是说，人的本性是自私的，什么要求都没有，这不合人情。不守法度的人，不可以做天下楷模以扰乱了法纪，希望陛下不要再去理会他。于是汉武帝很久没给卜式答复，几年后，才告诉他国家很富强，不接受个人赞助，打发他离开京城。

卜式回家后，依旧种田放牧。过了一年多，正赶上汉军屡次出征，浑邪王等人投降，河南当地政府花费很大，仓库空虚。第二年，贫民大迁徙，都靠地方供给，官府没有力量全部负担起来。卜式拿出 20 万钱交给河南太守，作为被迁百姓的花费。河南呈上富人资助穷人的账簿，天子见到上面卜式的名字，还有印象，说道："这是前些日子要献一半家产助边的那个人。"（是固前而欲输其家半助边。）于是赐给卜式免戍边徭役 400 人的权力。卜式又把它全都交给县官。那时富豪人家为了逃税争着隐匿家产，唯有卜式热衷于输资帮助官府。（是时富豪皆争匿财，唯式尤欲输之助费。）汉武帝于是认为卜式的确是位有德长者，才给他显官尊荣以诱导百姓。（天子于是以式终长者，故尊显以风百姓。）

这里提到风和化。风就是教，如风行草上，化则是从风而服，随风而化。古代以德治天下，风化是主要手段，后来流行的旌表烈女孝子，都属此列。在林立于古代的种种榜样中，卜式算是最早最有名的一位。有意思的是，对道德榜样的褒扬，是许以名利，想让人知道做好人可能得"好报"——有利可图，一方面宣扬反功利即为道德，一方面又以功利劝善，只能令道德的涵义本身发生堕落，执行长久，后果不问可知。

再次，卜式不贪图名利。汉武帝为了招徕天下之财，以补政府财政不足，曾经规定捐钱献财者可以封官赐爵。卜式给河南官府捐献 20 万钱，按照卜式的情况，他是可以被封为郎官的。但卜式却不愿意做官，说明他做这些事并不是贪图名利。汉武帝发现卜式是真心帮助国家，于是打心眼里高兴，决定把卜式树立为全国人民的学习榜样，开展一次争做好百姓的教育活动。后来，汉武帝为了奖励卜式，坚持要留他做朝廷园林的牧羊官，卜式只好答应了下来。

汉武帝要任命他为中郎官，卜式不愿做郎官。于是汉武帝给他做工作说：我有羊在上林苑中，想请你替我放牧。（吾有羊上林中，欲令子牧之。）卜式才做了郎官，却是穿着布衣草鞋的放羊郎。一年多后，羊群肥壮且繁殖了很多。汉武帝路过这里看到羊群，夸奖他一番。（式乃拜为郎，布衣履而牧羊。岁余，羊肥息。上过见其羊，善之。）意思是汉武帝说，我有羊在上林苑中，想请你替我放牧。因此，卜式才做了郎官。卜式道："不但是羊，治理百姓与这是同一道理：让它们按时起居，不断把凶恶的除掉，不要让它败了羊群。"（非独羊也，治民犹是也。以时起居，恶者辄斥去，毋令败羊。）汉武帝听了很是惊奇，封他为缑氏令试一试他的本领，果然缑氏百姓反映很好。升任为成皋令，办理漕运的政迹又被评为"最"好。汉武帝认为卜式为人朴实忠厚，封他做了齐王太傅。《资治通鉴》中也有相关的记载："乃召拜式为中郎，爵左庶长，赐田十顷，布告天下，使明知之。未几，又擢式为齐太傅。"意思是说汉武帝将卜式召到京师，任命为中郎，赐左庶长爵位，赏给十顷土地，并宣告天下，使人人知晓。不久，又提升卜式为齐国太傅。

后又因积极表态要父子一起参加平定南越之战而受到汉武帝的赏识，当上了御史大夫。只是任职期间，因反对盐铁官营和征收船税，刚直进谏，导致皇帝对其不满，卜式被降职为太子太傅。后来卜式"退休"了，在家乡，在他曾经耕作畜牧的田野上，他以一个牧羊人的身份得到了善终。

三、卜式精神的内涵及在当代社会的价值与意义

牧羊人卜式的升迁经历了三大步，第一步为郎官，第二步为齐相，第三步为国家的御史大夫。而这三次升迁无不与国家利益连在一起，第一次为了打赢与匈奴的战争，他自愿献给国家一半的家产；第二次政绩突出，并能揭示从政的规律，又适应了国家开展的算缗运动；第三次为了打赢与南越的战争，卜式父子要求上前线。卜式的三次升迁都是由汉武帝亲自提名，他的所作所为与汉武帝是一致的。历来，中国开明的统治者总是从人民群众中吸取优秀分子进入统治者的行列，从而巩固统治。这一点汉武帝开了个先例。

在卜式升迁的同时，我们看到统治者中的另一部分人正在遭到淘汰，被逐出，甚至于被投进监狱，被诛杀。为什么？因为他们已经完全不顾国家利益，只顾一己的私利。国家对匈奴作战，经济十分困难，但是豪富们就是不出钱；国家树立了卜式的榜样，他们还是不拿钱。按理讲，就是因为国家安定，富人们才发了财，现在国家为难，出点钱有什么不可以呢？终于一场算缗（征收财产税）与告缗的运动爆发了，多少人在这一场运动中破产、被投进监狱、被诛杀！接下去对南越的战争，汉武帝将感动中国的卜式的事例布告天下，诸侯上百人，没有一人要求从军与羌、越作战。汉武帝不得不借酎金之事，剥夺了他们的侯位。

卜式的事迹体现了勤劳、诚信、爱国等优秀品质。他通过勤劳致富，展现了中华民族勤劳节俭的传统美德；他慷慨捐资助边，体现了对国家的深厚情感与责任感；他在朝中任职期间，忠诚履职，为国家的繁荣稳定做出了贡献。卜式的这些精神品质，不仅在西汉时期备受赞誉，也对后世产生了深远的影响。

在当代社会，卜式精神依然具有重要的价值与意义。首先，卜式的勤劳节俭精神是现代社会所倡导的。在快速发展的今天，我们更应该珍惜资源，勤俭节约，为社会的可持续发展贡献力量。其次，卜式的爱国情怀是每一个公民应该具备的品质。在新时代的征程中，我们应该像卜式一样，心系国家，为国家的繁荣富强贡献自己的力量。最后，卜式的忠诚履职精神对于当代职业人士来说具有启示意义。我们应该在自己的工作岗位上，尽职尽责，为国家和社会的发展贡献自己的智慧和力量。

四、结 论

卜式作为西汉时期的杰出代表，其生平事迹和精神品质对后世产生了深远的影响。在当代社会，我们应该深入学习和传承卜式精神，将其转化为推动社会进步和发展的强大动力。通过本文的探讨，我们更加深入地了解了卜式的人生轨迹和精神内涵，也更加坚定了在新时代传承和发扬卜式精神的信念。

　　回顾这一段历史，我们赞扬牧羊人卜式的不惜钱财不惜生命把国家利益放在第一位的平民精神，我们同样赞扬汉武帝为了国家利益的铁腕手段，我们特别憎恨那些富商、王侯为一己私利不顾国家利益的可耻行径。

　　当历史的隧道穿越漫长的时空，到了21世纪的今天，我们的商人们真要扪心自问：在盈利之外，我们是否还要承担更加重要的社会责任？2000多年了，卜式把国家利益放在第一位的平民精神还在，而那些富商、高官们哪里去了？一抔黄土而已。真可谓公者千古，私者一时！

《史记》民族文化研讨

从《史记》十二本纪看司马迁大一统的民族融合观

＊本文作者郝思源，山西大学历史文化学院硕士研究生。

一、引 言

西汉初期，统治者推行黄老无为的休养生息政策，社会财富逐渐积累，国力日强。在国内诸侯王问题基本解决后，实现了内部的繁荣安定。但汉周边的四裔族群或自立，或侵扰边境，汉初的和亲政策不能根本解决匈奴的进犯，匈奴问题一直是西汉初年统治者心头之患。武帝雄才大略，形成了"汉为天下宗，操杀生之柄，以制海内之命，危者望安，乱者印治"① 的大一统思想，并盛行于世。这一时期，汉与四裔族群间的交流与融合更为频繁，司马迁著《史记》，关注到了这一问题，并单独为四裔族群设传。司马迁师承董仲舒，认同其"大一统"立场，继承以中央王朝为"一尊"的一统思想，但司马迁对四裔族群与中原关系的看法与正统公羊学的"大一统"思想并不完全一致，他本着"究天人之际"，"通古今之变"，"成一家之言"的写史宗旨，书写着不同于时人的独到见解，于十二本纪中以"大一统"为视域，述说着史公自己的民族融合观点。

---

① 《汉书》卷 64 上《严朱吾丘主父徐严终王贾传》，北京：中华书局，第 2787 页。

二、四海兄弟的宗族家国建构

司马迁肯定民族融合，并以宗族姻亲的同宗同源关系将华夏族与四裔的蛮夷戎狄融为一体，认为海内皆兄弟，同祖于中原黄帝，共同以子孙、苗裔的身份构建出以汉王朝为尊的大一统盛世，而汉代的华夏正是由上古时期的夏族和各部族融合而成的。

（一）同宗同源的家国天下

司马迁于《史记》十二本纪构建出以黄帝为宗的家族谱系，首先体现于《五帝本纪》中，以黄帝为第一位有圣德的帝王，其正妃嫘祖生玄嚣、昌意两子。昌意与蜀山氏女昌仆生子高阳，即帝颛顼，是以"起黄帝至颛顼三世"。而玄嚣的孙子高辛于帝颛顼崩后而立，是为帝喾，司马迁云"帝喾高辛者，黄帝之曾孙也"，到此传至四世。又高辛娶陈锋氏女生子放勋，放勋德盛，其父崩后，受禅于其兄挚，为帝尧，是黄帝的五世孙。尧禅位于舜，舜名重华，是黄帝的"玄孙之玄孙"。以上五帝的世系关系散见于《五帝本纪》以圣德为主线的叙事脉络之中，其系统、具体的家族谱系建构则详见于《三代世表》中，司马迁将颛顼和其后的三帝及夏商周三代之始祖系于黄帝之谱。而后，自夏至秦的帝王本纪，或上溯始祖至颛顼，或上溯始祖至帝喾：《夏本纪》言"禹者，黄帝之玄孙而帝颛顼之孙也"；《殷本纪》以契为殷商始祖，言"（契）母曰简狄，有娀氏之女，为帝喾次妃"，吞玄鸟卵而生契；《周本纪》以后稷为周始祖，言后稷名为弃，其母为姜原，"姜原为帝喾元妃"，践巨人迹而生后稷。又《秦本纪》直言曰："秦之先，帝颛顼之苗裔"。值得注意的是，《史记》所载殷始祖契、周始祖后稷皆言母而不言父，司马迁在《三代世表》中借张夫子之口问其缘由，"《诗》言契、后稷皆无父而生。今案诸传记咸言有父，父皆黄帝子也，得无与《诗》谬乎"，又借褚先生之口言之所以要两言之，归根结底是"信以传信，疑以传疑"，而司马迁于本纪中凸显其神迹是为了"见其有天命精诚之意"，又以天命归之于德，言天报有德。这一思想继承了《春秋》公羊家的圣人感生说，董仲舒以圣人的祖先是人神相合而生，来解释其后人王天下的必然性[1]。而《高祖本纪》中高祖母亲刘媪在湖边休息"梦与神遇……太公往视，则见蛟龙于其上。已而有身，遂产高祖"，亦是这种思想的典型例证。另外，司马迁言契母为帝喾次妃、后稷之母为帝喾元妃，亦通过圣王祖先与他们母亲间的血缘关系和他们母亲与黄帝儿孙间的姻亲关系，将圣德之宗系在黄帝的宗族家谱之中。

在十二本纪之后，司马迁又将这些先王之苗裔，分别列于诸世家与列传之中，而春秋战国时被视为蛮夷，其后又融入华夏的苗裔被列入世家，秦汉时依旧

---

[1]　参见汪高鑫：《公羊学与司马迁史学》，《史学理论与史学史学刊》2014年第1期，第253页。

为蛮夷者则分布于匈奴、南越等列传之中。《楚世家》言楚先祖为帝颛顼之苗裔；《越王勾践世家》言越王勾践之先是夏少康之子，为夏禹的苗裔；《吴太伯世家》言吴始祖为周太王古公亶父的长子，周文王姬昌的长兄；又《匈奴列传》言匈奴的先祖是"夏后氏之苗裔也，曰淳维"。《东越列传》言闽越及东海二王之先皆为越王勾践之后。《西南夷列传》追溯其统治者先祖为楚庄王苗裔，名庄蹻；而《南越列传》《朝鲜列传》和《大宛列传》皆不言统治者之先祖，但前两者与《高祖本纪》一样在追本溯源时只言其王为华夏统治区内某地之人①，而后者则为武帝时张骞凿空才出现的地域，所谓"大宛之迹，见自张骞"，又大宛诸国距汉太远，是武帝政治需要才纳入控制范围的，可见司马迁在建构家国天下时的区别而述。是以除大宛外，有帝纪或世家、列传者或出自黄帝世系，或以布衣为王者其先也出自中原之民，故言"黄帝二十五子，其得姓者十四人"，而"中国之虞与荆蛮勾吴兄弟也"。又体例上，《史记》将原本及当时为蛮夷戎狄者纳入世家和列传的体例之中，与帝王本纪形成一目了然的政治上的君臣关系，是以自宗族到天下邦国，海内血缘上一统于黄帝苗裔，政治文化上一统于华夏正统，如是建构起一个四海皆为兄弟的家国天下，可见司马迁在政治地位上的王者独尊思想和王朝"大一统"立场。

（二）发展的"华夏"族群

司马迁所构建的宗族家国体系之发展演变，更向我们展现了变动的华夷关系与一个发展的"华夏"族群。但在讨论这一问题之前，我们首先应透过《史记》看司马迁的夷夏观。《史记》开创了专门的民族史书写，其所透露的民族意识与儒学"华夷之防"的传统有别②。实际上，司马迁承认客观的夷夏有别，是以我们当先厘清司马迁眼中夷夏之别，别在何处，其区分标准是什么。

首先，我认为这一标准不是血统，因为司马迁构建了血缘上的华夷兄弟，他们同宗同源于黄帝，其后虽血统分支，但显然非司马迁夷夏之别的根本标准。其次，我认为也不是地域。司马迁在大一统的语境下记述中央与四方的关系，亦在一定程度上认同传统的"内其国而外诸夏，内诸夏而外夷狄"的以华夏为"中"、夷狄为"外"，并以华夏族群居中为大为贵的华夷有别、贵贱尊卑理论③，但我认为有很大区别。从原文来看，《史记》十二本纪中在描述地域上的"中"时，有以

---

① 参见《史记》卷110《匈奴列传》，第2967页，载"南越王尉佗者，真定人也，姓赵氏。秦时已并天下，略定杨越，置桂林、南海、象郡，以谪徙民，与越杂处十三岁"；《史记》卷115《朝鲜列传》，第2985页，载"朝鲜王满者，故燕人也。自始全燕时尝略属真番、朝鲜，为置吏，筑鄣塞。秦灭燕，属辽东外徼"。《史记》卷8《高祖本纪》，第341页，载"高祖，沛丰邑中阳里人，姓刘氏，字季"。

② 参见王子今：《"冠带""夷狄"之间：司马迁的民族意识》，《中华民族共同体研究》2022年第1期，第71页。

③ 参见王永：《司马迁之民族观及其根源与价值》，《宁夏大学学报》（人文社会科学版）2001年第2期，第117页。

下四处表述：其一为《五帝本纪》的（舜）"之中国践天子位"，《集解》引刘熙曰"帝王所都为中，故曰中国"，此处中国被解释为都城，即京师；其二为《周本纪》的"此天下之中，四方入贡道里均"，此处天下之中指洛邑；其三为《秦本纪》言费昌的"子孙或在中国，或在夷狄"，此处将中国与夷狄对举；其四亦为《秦本纪》，载秦缪公与戎王使臣由余辩论时言"中国以诗书礼乐法度为政，然尚时乱，今戎夷无此，何以为治，不亦难乎"，亦将中国与戎夷相对而言。可见一方面司马迁在华夷问题上以中国为华并认为华夏当居中而立；另一方面这四处"中"虽有地域概念但多和政治相关，无论是帝王即位、四方纳贡，还是中国以诗书礼乐为治理方式，皆展现了司马迁将中国、华夏视为正统，肯定其高于夷狄的政治地位。况且，客观上华夏族群与蛮夷戎狄常混居，直到西周乃至春秋时，蛮、夷、戎、狄等部族"不仅散居四裔，而且在中原地区与华夏族错居杂处"①，可见地域之别亦非司马迁区分华夷的根本标准。是以，司马迁在一定程度上继承了传统华夷观以华夏为"中"的理论，但司马迁并不认同不同族群间有贵贱之分的观点，转而通过地域的"中"和"中"背后的尚中理念，强调夷狄族群在政治上当服从华夏正统的政治地位，这是司马迁"大一统"思想一个层面的阐释。

是以，我认为司马迁区分夷夏的标准，一在于大一统下夷夏政治地位的不同，二在于"中国以诗书礼乐法度为政"而"戎夷无此"的文化传统。而文化是可以通过族群间的沟通而交流、融合的，族群又是不断繁衍发展的，春秋尊王攘夷、战国的七雄兼并，乃至秦始皇的大一统战争，将混居于华夏族群间甚至与华夏族群相邻的蛮夷戎狄，或战争兼并、驱逐到四方较远之地，或以文化交流、礼乐风化的方式将其融入华夏之中。是以华夏是变动的华夏，一如《吴太伯世家》中所载吴"在夷蛮"，又"自晋使吴，教吴用兵乘车，令其子为吴行人，吴于是始通于中国"，而后的历史进程中吴更是与中原进行文化融合、族群交融等，最终成为华夏族群的一部分。而客观上华夏族群正是以这种方式不断发展，文化交融使蛮、夷、戎、狄不断进入"华夏"集团。是以细追究多民族国家形成的过程，中国历史则是一部"'中国'和'中国民族'从小到大不断发展的历史"②。

三、从理想到现实的融合与发展

从司马迁在《史记·五帝本纪》中对五帝足迹、疆域和盛德的影响范围的书写，可见一个十分广泛的"天下"概念，所谓皆慕盛德的日月所照之地，但这一概念太过抽象，既包括了中原地区，也包括了四海蛮夷。事实上以当时的统治条件，是达不到这样的控制力的。而这一理想的真正实现则在于秦汉，史公先构建

---

① 陈琳国：《论中国古代民族观的形成和发展》，《北京师范大学学报》（社会科学版）1995年第1期，第36页。

② 王柯：《从"天下"国家到民族国家：历史中国的认知与实践》，上海：上海人民出版社2020年版，第68页。

了一个四裔归心的理想天下，之后又将这一理想天下含义赋予"大一统"的王朝控制范围，从而表达了他对"大一统"的称颂。是以，我们今天所言的民族融合有了具体翔实的地理范围。

（一）从抽象到具象的天下国家建构

《史记》五帝本纪中司马迁常称颂帝王圣德，其后多言帝王足迹或德广所及，如黄帝"东至于海，登丸山，及岱宗。西至于空桐，登鸡头。南至于江，登熊、湘。北逐荤粥"，《集解》引《地理志》认为丸山在郎邪硃虚县，《正义》增言之于青州，究其大概所处当于今山东境内。而《集解》以空桐为山而在陇右，《索隐》言鸡头山是崆峒山别名，在陇西，《正义》陈此说的同时还存另说，认为鸡头山还要更西于崆峒山；熊、湘亦为山名，《集解》以熊为熊山，在召陵附近，湘山的位置在长沙益阳县，而《正义》以熊为熊耳山，其地位于商州上洛县以西，又以湘山为艑山，在岳州巴陵以南；"荤粥"则为部族名称，是北方的游牧民族之一，《索隐》以之为秦汉时期匈奴的别称。又言帝颛顼的疆域"北至于幽陵，南至于交阯，西至于流沙，东至于蟠木……日月所照，莫不砥属"，《正义》言幽陵即幽州，交阯在交州，流沙则位于居延海之南，在甘州张掖县东北方向一千多里，而《集解》则认为流沙无需再向东北延伸一千多里。并以蟠木为东海中的神山。又《夏本纪》载"东渐于海，西被于流沙，朔、南暨，声教讫于四海……天下于是太平治"，以禹之功德所见的东至海表、西入流沙，南北达到最远之地的声教范围，认为禹时达到了"太平治"的理想天下国家状态，即帝王有德、诸夏贡服、海内得化、天下归心。以上的地理概念表述，或根本不知具体所处，或一地有多种位置解说，或依照天圆地方、地的尽头是海洋的传闻言从未有人到达之地，可见司马迁于《五帝本纪》自黄帝之世到夏禹之世逐步塑造出一个理想、抽象的疆域地理空间，或为禹所创五服制度下的天下地理范围构建。而从上述空间范围的表述中不难看出在以九州为核心的华夏区划外还有"朔、南暨"和"四海"的广大空间，且与《五帝本纪》中日月所照皆愿归心的理想相互印证，是以极具德化成果的抽象意味。

而信史所载地理疆域与声教范围在《史记》的秦汉本纪、列传中则具象了起来，亦从理想塑造走向了现实描述。《秦始皇本纪》载始皇二十六年时秦疆域"地东至海暨朝鲜，西至临洮、羌中，南至，北据河为塞，并阴山至辽东"，其中海指东海，又言秦疆域东北部达到朝鲜国；秦西面到达洮州，洮州是古西羌旧地，而古羌中在秦京师咸阳西面一千五百五十一里。秦最南边到达"北乡户"之处，"北乡户"即需要在北面开户的地方，即今北回归线以南的区域，虽此处未言具体地点，但其后始皇三十三年开边，置桂林、南海、象三郡，管理五岭以南之地，可知此处"北乡户"的地理范围在几年之后又拓展出桂林、南海、象三郡之地。秦北据黄河，又阴山在朔州之北的塞外之地，辽东即辽东郡，《正义》曰："从河傍阴山，东至辽东，筑长城为北界"，可见司马迁在记述秦边界线时相较于先秦时期的模糊状态体现出鲜明、详细的特点。而对汉朝开疆拓土、在四裔部族所在区域设郡的记载，则多见于四裔部族的列传之中，如《南越列传》载武帝灭南越后"遂为九郡"，《东越列传》则载武帝平定东瓯和闽越之乱，并"诏军吏皆将其民徙处江淮间"，而武帝实将其地纳入会稽郡所辖范围；《朝鲜列传》则载汉武帝"遂定朝鲜，为四郡"；《西南夷列传》言滇王降，"（汉）以为益州郡，赐滇王王印"；《匈奴列传》言"汉东拔秽貉、朝鲜以为郡，而西置酒泉郡以隔绝胡与羌通之路……又北益广田至眩雷为塞"，可见汉与四裔族群间近乎明确的分界线，以及对边疆的强大控制力。是以秦汉时期大一统中原王朝对郡县制度的推行已深入四裔族群所居之地，其明确的大一统思想将五帝、三代时期的理想国家落实于真实的地理区域，将五服四海的抽象概念聚焦于一个强有力的具象国家。

（二）大一统立场的融合观

上文对比可知，《史记》十二本纪从对先秦邦国林立、夷夏杂居的记载到对秦汉郡县制或郡国并行制下的"大一统"疆域及对四方族群的管理的记述，一步一步使德泽海表的理想范围落实到翔实的地理区域，由此也从侧面反映出司马迁对大一统疆域范畴的积极建构与其背后天下国家的逐步发展。再结合司马迁所处的时代背景和文化环境，则于《史记》的书写中清晰可见史公对"大一统"思想的认同与赞颂[①]。

以《秦始皇本纪》为例，司马迁记载始皇与群臣议帝号时，曰："昔者五帝地方千里，其外侯服夷服诸侯或朝或否，天子不能制。今陛下兴义兵，诛残贼，平定天下，海内为郡县，法令由一统，自上古以来未尝有，五帝所不及。"这句话包含了三个层面的内容。其一，指出了五帝时期帝王实际控制范围为千里，其外的侯服、夷服之诸侯是否参与朝会、进行纳贡，天子不能切实控制。更不能实现对不朝者的处罚。其二，点明始皇的两大功绩：一为兴正义之师，诛灭残贼，指结束战国时期天下混乱、分崩离析的状态，使天下重新回归到同一块版图之上；二为推行郡县制度，以实现疆域内的划一而制，战国时各自为政，不同地区法律不同的局面结束了，法令统一预示着控制范围内货币和度量衡等各项基础标准的统一工程。其三，是对始皇在地理、内政、法令上的大一统和极高的控制力的肯定，认为是亘古未有、五帝不及的功业。司马迁引用此句正是对秦始皇功业的肯定，其宗旨便落在了国家各个方面的一统上。

疆域的一统，便意味着政治的整齐划一与法令的推行，在《秦始皇本纪》中我们看到许多始皇巡行时勒石刻碑、歌功颂德的语段。司马迁以引用的方式，表达了对始皇"大一统"功业的肯定，所谓琅玡台石刻的"并一海内，以为郡县，

---

① 参见张大可：《论司马迁的大一统历史观》，《红河学院学报》2021 年第 5 期，第 77、78 页。文章第一部分就以十二本纪为大纲，解析司马迁从统一到大一统的国家建构书写，包括从五帝时期家国一体的产生，发展到三代则为天子与诸侯共治天下，最后是秦汉大一统的中央集权制国家，十二本纪体现了从统一到大一统国家机器的进步发展，体现司马迁对大一统、家国一体观念的认同。

天下和平"；东海之罘山东观石刻的"清理疆内，外诛暴彊"，"黔首改化，远迩同度"；碣石门石刻的"皇帝奋威，德并诸侯"等。《史记·六国年表》言"秦取天下多暴，然世异变，成功大"，结合司马迁所处时代，他能以"大一统"为立论之基肯定秦的合理性、合法性是极其不易的。时人多以秦法苛刻，又残暴无德，将秦置于闰位，以彰汉之天命正统、德合天地，对比而言，司马迁看到了时移世异，并"以其近已而俗变相类，议卑而易行也"的发展视角看秦政与秦之功业，认为大有汉可效法之处，所谓"法后王"。是以将"大一统"的思想倾注于汉史的书写，其言曰："汉兴，海内为一，开关梁，驰山泽之禁，是以富商大贾周流于天下，交易之物莫不通，得其所欲"，又汉兴以来，"泽流罔极，海外殊俗，重译款塞，请来献见者，不可胜道"，可见司马迁以汉为时代背景的大一统立场，其内容更是体现了中原王朝居正统而对四裔族群有所调和、教化的民族融合观。

四、大一统视域下的融合方式与理念

如前两部分所述，《史记》十二本纪所反映出的司马迁的民族融合观是在"大一统"语境下进行记述的，自然而然地站在了统治者治国角度来看华夏族如何面对边疆问题、如处理不同文化下的族群关系问题。而这一角度恰恰展现出司马迁面对汉武帝过度用兵的四处征服、朝堂之内官吏不顾民生的自我实现的清醒认识，进而司马迁首次提出"羁縻"概念，以亲历者视角和史官"通古今之变"的宗旨，确立自己的族群交往、融合理念。但对于司马迁乃至班固的"羁縻"，目前学界并没有较为完整、系统的释义，而司马迁提出"羁縻"是以武帝对四裔族群的征伐战争为背景的，是以本段先讨论司马迁对暴力方式融合的观点。

（一）对暴力融合的辩证态度

《史记》十二本纪中自黄帝始就有很多部族战争的记载，到了汉代中央王朝之于边境部族的主要冲突在于匈奴，高祖时因有白登之围而奠定和亲传统；文、景二帝时亦国书往来，通使和亲，但匈奴多次入寇，汉皆发兵击之；《孝武帝纪》遗失为后人补录，未必全部出自司马迁之手，但《史记》民族列传中亦多处提及汉与匈奴及其他四裔族群的战争，在叙述的言语中隐约可见司马迁对这一战争的评价。《史记·太史公自序》中司马迁直言作《匈奴列传》的本意为"自三代以来，匈奴常为中国患害；欲知强弱之时，设备征讨"，又《建元以来侯者年表》言"匈奴绝和亲，攻当路塞……况乃以中国一统，明天子在上，兼文武，席卷四海，内辑亿万之众，岂以晏然不为边境征战哉"！可见司马迁将三代以来匈奴不断侵扰中原视为隐患，甚至是祸害，他对匈奴为患的态度是明确的，支持用战争的方式来维护海内一统的和平稳定，但他通过《匈奴列传》通古今之变，希望统治者能够顺应时势，强调中原实力强弱不同时对抗匈奴方式的不同，以及应如何防备与征讨。从上述所引《建元以来侯者年表》之言可见当时汉王朝在经历休养生息后的晏安强盛①，是以司马迁对汉武帝在国力充盈的前提下用兵于强胡、劲越，以绝其侵扰之患是支持的态度，可见司马迁对暴力融合的态度是以大一统为立场的。若四裔族群入侵，则支持中原王朝出兵，并认为是正义之师。如文帝刚刚即位时匈奴右贤王"入居河南地，侵盗上郡葆塞蛮夷，杀掠人民"，文帝立即发骑兵八万多人进攻右贤王驻地，迫使其逃到塞外；又孝文皇帝十四年，匈奴大举入寇，杀都尉、虏人民畜产，"候骑至雍甘泉"，文帝发骑兵十万、战车千乘，驻扎于长安周围，又发车骑大举击胡，将单于逐出边塞。司马迁于《孝文本纪》赞文帝"胜残去杀"，并于《律书》以"兵者，圣人所以讨强暴，平乱世，夷险阻，救危殆"的明确定义，给出了战争是否正义、是否当战的标准。

以此标准观武帝之于四裔族群的大一统战争，总体上看武帝以战争的方式对抗以匈奴为首的四裔族群破坏大一统的扰掠行为是符合讨暴诛逆、平乱救危的正义之战标准的，但是武帝确有过度用兵，为实现功业而出兵远征之实，司马迁便提出了反对意见，认为其失去了战争的合理性。往往此时，司马迁都会将战争所带来的消耗民力、百姓困苦的代价附于其后，而若这类战争失败了，则更言其损兵折将、靡资耗财、劳而无功。《史记》对马邑之谋有多次记载，于《韩长儒列传》和《匈奴列传》中详细记录了王恢为汉诈谋始末与被匈奴单于识破的过程，所谓"单于不至，以故汉兵无所得"，"（汉）以便宜罢兵，皆无功"，汉不仅是这场战役无所得，使三十余万战士徒劳于马邑，策略上更打破了之前以和亲维持的相对稳定，"自是之后，匈奴绝和亲，攻当路塞，往往入盗于汉边，不可胜数"。此后，司马迁在《匈奴列传》中列举了汉匈之间相互报复式的战争形式：匈奴入寇烧杀掳掠，汉便出兵诛灭其人；汉出兵大败匈奴，其后匈奴必返回作乱，如此循环往复。表现在双方互相扣留使者上，司马迁曰："汉留匈奴使，匈奴亦留汉使，必得当乃肯止。"如是反复，其间在李广、卫青、霍去病等将军的努力下，匈奴大挫，欲遣使和亲，重修旧"好"，武帝欲使其为"外臣"②，严词相逼，遭到匈奴拒绝，之后又开始了战争的恶性循环。但即便前期获得胜利，其代价也是巨大的，《史记·平准书》言大将军、骠骑大将军进攻胡人，斩首八九万之多，但"汉军马死者十余万匹，转漕车甲之费不与焉。是时财匮，战士颇不得禄矣"。由此可见司马迁对双方复仇式战争和武帝的过度征战持反对态度，徐复观分析道："《史记》一书，很少录当时奏议，但凡谏伐匈奴及反对向外黩武之论，皆为史公所不弃"③，可见他对武帝之于四裔族群的战争持辩证观点，他一方面反对武帝为了开疆拓土、加强控制而过度用兵于四裔部族；另一方面他支持以战争作为维护

---

① 亦可参见《史记》卷30《平准书》，第1420页，载"至今上即位数岁，汉兴七十余年之间，国家无事，非遇水旱之灾，民则人给家足，都鄙廪庾皆满，而府库余货财。京师之钱累巨万，贯朽而不可校。太仓之粟陈陈相因，充溢露积于外，至腐败不可食"。

② 参见李大龙：《从"天下"到"中国"多民族国家疆域理论解构》，北京：人民出版社2015年版，第76页。

③ 徐复观：《两汉思想史（三）》，《徐复观全集》，北京：九州出版社2014年版，第354页。

和平秩序、大一统的方式，在中原受到侵扰、威胁时，进行维护稳定秩序的正义
之战。

（二）德化理念与羁縻方式的宣扬

司马迁在对暴力融合持辩证态度、反对过度武力征服的同时，还坚持了以德
化之的融合理念，并提出羁縻的融合方式，这是中国正史体系中首次以"羁縻"
一词谈论中原王朝之于四裔的族群政策。首先，司马迁在《孝文帝纪》中肯定了
德化四裔的宽容理念，"南越王尉佗自立为武帝，然上召贵尉佗兄弟，以德报之，
佗遂去帝称臣。与匈奴和亲，匈奴背约入盗，然令边备守，不发兵深入，恶烦苦
百姓。吴王诈病不朝，就赐几杖……专务以德化民，是以海内殷富，兴于礼义"。
再对比他在《史记·平准书》中对武帝一朝四裔政策的评价，史公直言汉武帝于
东瓯、两越之事，"江淮之间萧然烦费矣"，于西南夷开路，"巴蜀之民罢焉"，灭
朝鲜，"燕齐之间靡然发动"，绝交与匈奴，"天下苦其劳，而干戈日滋"。具体而
言，其外攘夷狄所导致的劳民伤财的严重后果为"海内之土力耕不足粮饷，女子
纺绩不足衣服。古者尝竭天下之资财以奉其上，犹自以为不足也"。史公之意昭
然而见：一方面，从文帝与武帝的做法来看，都属于为稳定"大一统"政权及局
势所做出的努力，而其最终皆保持了汉与四裔族群间在"大一统"政治范畴下的
君臣关系；不同的是，武帝之于四裔的控制力要远胜于文帝。另一方面，文、武
二帝对四裔族群的态度、政治导向以及维稳方式完全不同，文帝采取了一种宽仁
的态度，换言之，以德报怨，他能宽宥南越王称帝的行为，以和气的态度在剑拔
弩张的氛围中与之约为兄弟，使使臣晓之以情，动之以礼，使其感化称臣；在勾
奴背信弃义、屠戮百姓、威胁统治时，果敢出兵，但只驱逐而不恋战，与匈奴始
终保持一定距离，不烦苦百姓，所谓专务"以德化民"。的确，文帝朝限于国力，
不足以与四裔族群有过多的武力冲突，进行暴力融合，但文帝的德化方针并不完
全是迫于实力的选择，更有其以民为本，推行仁政的主观倾向，是以司马迁赞
曰："德至盛也。"反观武帝建功立业的积极寻求开疆拓土，欲将四裔族群完全纳
于其绝对的管辖之下，甚至不惜暴力融合，所造成的劳民伤财的后果，史公亦表
达了反对意见。他借汲黯之口，言武帝政策之实质："陛下内多欲而外施仁义，
奈何欲效唐虞之治乎"，使武帝听后盛怒而默然。

而文帝以德化之的理念正是司马迁首倡羁縻方式的指导方针，《司马相如列
传》引蜀都耆老进言天子，曰："盖闻天子之于夷狄也，其义羁縻"，《索隐》释
"羁"为马络头，"縻"为牛的缰绳。又《周礼》有九服之分，第六层曰"蛮服"，
孔颖达疏云："言蛮者，近夷狄。蛮之言縻，以政教縻来之。"由是可知司马迁
"羁縻"的两层含义，一为由马络头和牛的缰绳的作用所引申出的控制之意，二
是由政令及教化共同加之的怀柔方式。而政教当为司马迁评价文帝怀柔政策时所
言的"兴于礼义"，是文化的融合。目前学界关于司马迁的羁縻并没有明确的定
义，而有对班固《汉书》中羁縻的程度鉴定，有很大的参考价值，以羁縻为恩威

并施的策略，并以控制为要义，所谓"在'外夷稽首称藩，中国让而不臣'和保持称臣纳贡、接受册封等之间的关系"①。我认同这种解释，司马迁首倡"羁縻"政策，主张的是以不劳民伤财的方式，进行族群间互利共赢的沟通，可见其怀柔、顺势而为、有很大宽松性的特点。且其中开明的民族观念传达了希望通过德化的方式，使四裔族群接受礼乐文化的熏陶和帝王之德，以达到心悦诚服的归心效果。

五、结　语

《史记》作为中国历史上第一部纪传体通史，首次列民族传记于中原君臣体系之列，记述汉四裔族群由来与发展的历史，尤其是与汉王朝间的冲突融合等。并将族群与交融问题作为重要题材系统纳入正史书写之列。本文于民族融合问题上推本溯源，探究《史记》所书反映出的司马迁民族融合思想。而十二本纪作为《史记》之大纲，完整系统地贯穿着司马迁"究天人之际，通古今之变，成一家之言"的写作目的。就民族融合这一论题而言，十二本纪自先秦至秦汉历经时代转换，系统彰显了司马迁在大一统视域下有关民族融合的思想体系，是以本文以十二本纪为依托，并参考与民族问题相关的世家、列传，以细化司马迁民族融合思想的具体内容。第一部分，从宗族血缘的角度，讨论司马迁对华夷同宗同源于黄帝的家族谱系的建构，可知史公"四海之内皆兄弟，天下一家"的民族观念，而这种观念更是司马迁大一统家国同构的合法性基础，另外也反映出史公关注到华夏族群的形成过程是动态发展的，并以文化融合为媒介主导，最终形成了一个多元一体的民族集团。第二部分，分析司马迁的天下国家建构，史公于十二本纪中塑造了自五帝至秦汉的地理疆域及中原文化之影响四裔的天下范围，纵观之，有一个自抽象德化的理想空间到后期逐渐成为具象控制的现实区划的变化历程，从而使天下实现了"大一统"，是大一统民族融合在地域上的集中展现。第三部分，在大一统视域下讨论夷夏融合的方式问题，司马迁对暴力融合持辩证态度，他虽以大一统为立场肯定修德振兵，在受到侵略时支持以武力解决部族冲突，但反对过度用兵，更反对双方以劳民伤财为代价的复仇式交兵。进而分析司马迁与时人不同的民族政策提议，他首倡羁縻，肯定汉文帝的德化方针，主张放弃夷夏之防，进行族群平等（而非族群统治者政治地位的平等）的融合。客观承认华夷有别，以怀柔宽容的态度进行文化交流，传播礼义，使四裔归心，稳定大一统，是以司马迁的民族融合观体现出超越那个时代基本看法的远见卓识。

---

① 参见李大龙：《从"天下"到"中国"多民族国家疆域理论解构》，北京：人民出版社 2015 年版，第 250—254 页。

略论司马迁化外为内的民族观

＊本文作者孙豪飞，山西大学历史文化学院博士研究生。

当今学界司马迁《史记》的研究可谓丰硕穰满，有着明显的阶段特征，最初探讨了司马迁"民族一统"或"大一统"观；再之，基于之前的研究成果对司马迁民族观提炼出"民族平等"与"天下一家"的思想；目前而言，通过对《史记》的持续深入研究和当今铸牢中华民族共同体意识，更多的学者倾向于宏大叙事，逐渐凝练出司马迁的民族观念是当今中华民族共同体的历史根基与历史依据。通过文献梳理对司马迁在民族观念或者华夷观念有着一个清晰的认知：即司马迁在撰写《史记》已经具有"华夷同源"与"同源异族"的认识，在这一认识下司马迁构建了"以华统夷"的合理性与书写逻辑。鉴于此，故对司马迁如何书写"以华统夷"的合理性与内在逻辑以做探讨。

一、当今司马迁民族观念研究中的三重层次

自 20 世纪 80 年代，学者们对司马迁民族一统的思想书写范式常以司马迁首创民族传记体例作为论述大一统思想的论据[1]，进而探讨司马迁大一统思想的历史形成条件。肖黎、张大可《司马迁的民族一统思想试探》梳理出司马迁等列各民族均为天子臣民，认为每个民族都是客观的实体，而详究各族人民的历史，分别立传，赞颂民族一统，并从心理要素（各民族皆为黄帝子孙）和经济文化等方面的联系，论证各民族的历史发展走向一统。这些构成了司马迁进步的民族一统思想。[2] 张大可《司马迁的民族一统思想》再度论述了司马迁民族一统思想的形成是那个时代的必然产物。具体地说，这一思想来自秦汉封建大一统的完成和巩固，来自汉武帝推行民族地区郡县化政策的影响，这两个方面是司马迁形成民族一统思想的客观历史条件；司马迁奉使西南夷，亲历民族地区考察，则是主观机遇为民族一统思想的形成奠定了坚实的生活基础。[3] 陈广武《论司马迁的正统观》认为秦始皇完成了封建社会大一统的实践，而司马迁构建了封建社会大一统的理论模式，陈广武还以边疆少数民族视角探析出少数民族自觉吸收汉族文化与思

---

① 即《史记》中的《匈奴列传》《大宛列传》《朝鲜列传》《西南夷列传》《东越列传》《南越列传》。

② 肖黎、张大可：《司马迁的民族一统思想试探》，《中南民族学院学报》1982 年第 3 期，第 27—33 页。

③ 张大可：《司马迁的民族一统思想》，《社会科学战线》2003 年第 1 期，第 127—129 页。

想、并融合汉民族。① 刘春《〈史记〉与云南民族史研究》以个案研究证出秦汉时期的边疆少数民族史就是中国历史的一部分。② 汪高鑫《司马迁大一统思想析论》以六个民族传记编写体例论述了司马迁：一是借助史官身份以通过"厥协六经异传，整齐百家杂语"来完成学术思想的大统一；二是借助传记体例强调司马迁的夷夏一统和以夏统夷的民族观蕴含了大一统之义。③ 周文玖《司马迁的"大一统"思想》将司马迁的大一统思想细分化，提出他的大一统思想包括民族大一统思想、疆域大一统思想和政治大一统思想等，这一思想在史学上表现为"通史意识"。④ 周文玖的这一论断是对商周时期上层政权民族观发展至汉武帝时期的高度概括，总结出了司马迁《史记》民族观在汉武帝时期的具象表述。

20 世纪 90 年代伊始，学者们运用文献实证和文献比较的研究方法继续耕耘探究司马迁的民族观念，并论证出司马迁具有民族等列与平等的思想观念。张新民《司马迁、班固的民族观及史学实证精神异同论——从〈史记〉〈汉书〉"西南夷传"谈起》一文首先比较司马迁、班固所处的官员政治生态、国家内外局势，提出司马迁的民族大一统思想强于班固，此外还把不同地区的人物和民族同纳互错于一编之中，与其他有功名于天下的人臣列传交错杂列，表面看仅是操作性技术处理，实则寓有深刻的民族等视价值含义——周边少数民族和内地人民一样，通过自己的社会生产和创造活动共同谱写了中华民族的灿烂历史。⑤ 郎华芳《〈史记〉〈汉书〉民族史的撰述及意义》以少数民族传记体例编排顺序作比较论出司马迁把少数民族史传与有关人物传记排列在一起，等列天子臣民，这显然是"普天之下，莫非王土；率土之滨，莫非王臣"的四海一家的民族大一统思想的表现，是把汉族与各民族放在同等的位置上来评价相互的关系。⑥ 刘春华《司马迁、班固民族思想之比较》总结出司马迁把这些少数民族列传当作中央王朝的一方臣民来写，穿插安排在与其有关的名臣大将的列传之间，并强调他们与华夏族同祖，其本身就包含了朴素的民族平等意识，表明他的"夷夏之辨"观并不强烈。也可以说，他是以政治因素为标准，视"夷狄"为大一统政权的一员，反映出了他的"用夏变夷"观。⑦ 汪高鑫《司马迁与董仲舒"大一统"思想不一致论》一文将司马迁与董仲舒的"大一统"思想对比后，先是明确出司马迁思想大一统的统一路径是"厥协六经异传，整齐百家杂语"；而后指出司马迁民族大一统的思想内涵则是直接从血缘上肯定华夷为同宗同祖的兄弟，故而"不斤斤于夷夏之

① 陈广武：《论司马迁的正统观》，《内蒙古民族师院学报》1992 年第 1 期，第 53—58 页。

② 刘春：《〈史记〉与云南民族史研究》，《史学史研究》1992 年第 2 期，第 30—36 页。

③ 汪高鑫：《司马迁大一统思想析论》，《淮北煤师院学报》2001 年第 5 期，第 80—84 页。

④ 周文玖：《司马迁的"大一统"思想》，《唐都学刊》1994 年第 6 期，第 30—40 页。

⑤ 张新民：《司马迁、班固的民族观及史学实证精神异同论——从〈史记〉〈汉书〉"西南夷传"谈起》，《民族研究》1993 年第 6 期，第 66—73 页。

⑥ 郎华芳：《〈史记〉〈汉书〉民族史的撰述及意义》，《温州师范学院学报》2000 年第 2 期，第42—45 页。

⑦ 刘春华：《司马迁、班固民族思想之比较》，《西域研究》2003 年第 4 期，第 8—16 页。

别"，并视华夷各族为中国历史的共同创造者。①

　　司马迁《史记》民族思想研究的第三个阶段，以宏大叙事的角度解构司马迁民族思想，注重梳理司马迁民族传记中的中华民族共同体民族谱系。王文光、江也川《司马迁的民族思想与中华民族共同体发展的谱系建构述论》司马迁第一次系统建构了"五帝世系"，即"华夷共祖"于黄帝。在上述前提下，"华夷"子孙经过不断地交往、交流、交融，成为一个有内在历史文化联系的民族共同体。以此为逻辑起点，司马迁在《史记》里除了《五帝本纪》之外，还为6个边疆民族列传记述，对汉代的民族共同体进行了系统的记述，由此形成了中华民族共同体发展的谱系。这是司马迁留给中华民族伟大的精神财富之一，对于中华民族共同体建设和铸牢中华民族共同体意识意义非凡。② 在人文始祖黄帝和五帝世系的谱系研究基础上，吕新峰《血统、族统、道统：司马迁中华民族共同体意识的一统建构》总结出司马迁以鲜明的天下格局与以九州为尊的地缘意识划定了地理范围，建构了中华民族地缘共同体。同时，其以淡化华夷之别与多民族共生共荣为核心描述了中华民族共同体多元共生的民族发展格局。③ 刁生虎、王欢《〈史记〉民族书写与司马迁的中华民族共同体意识》总结出司马迁的中华民族共同体意识在两汉大一统格局的完成与巩固、家国一体与和合大同的儒家观念以及著家本人的著史意愿与品格三者的交互作用下生成，影响深远，促成了古代中国多民族友好大家庭的建构以及当代中国各民族大团结大融合局面的稳固。④ 武沐从构建炎黄体系着手研究，正如《大一统视域下的司马迁炎黄共同体理论》所论，西周时期所呈现的"政治共同体"，随着平王东迁、周天子式微、诸侯轮番称霸，战国时期的"中国"已经完成了从政治属性过渡到具有地理方位观念的"华夏共同体"，并指出司马迁大一统思想主导下的炎黄共同体理论可视作中华民族共同体理论建设进程中迈出的第一步，对后世的民族观、历史观产生了深远影响，也为中国大一统思想的发展贡献了丰富的理论。⑤ 刘依宁《〈史记〉中司马迁中华民族共同体意识的建构》解读了司马迁民族思想的重要价值，并指出其重要贡献是初步构建了中华民族共同体的整体意识，实现了"成一家之言"的史学追求，为中华民族共同体的历史基础和价值导向提供了坚实支持。⑥

　　① 汪高鑫：《司马迁与董仲舒"大一统"思想不一致论》，《史学理论与史学史学刊》2012年第10期，第180—196页。

　　② 王文光、江也川：《司马迁的民族思想与中华民族共同体发展的谱系建构述论》，《思想战线》2020年第3期，第1—7页。

　　③ 吕新峰：《血统、族统、道统：司马迁中华民族共同体意识的一统建构》，《深圳大学学报》2021年第5期，第152—160页。

　　④ 刁生虎、王欢：《〈史记〉民族书写与司马迁的中华民族共同体意识》，《南都学刊》2022年第1期，第46—51页。

　　⑤ 武沐、陈晓晓、王盼盼：《大一统视域下的司马迁炎黄共同体理论》，《陕西师范大学学报》2023年第1期，第36—45页。

　　⑥ 刘依宁：《〈史记〉中司马迁中华民族共同体意识的建构》，《收藏》2024年第1期，第28—30页。

自 20 世纪 80 年代至今，史学界对司马迁民族思想的探究连绵不断。一切历史都是当代史，对司马迁民族思想的解读和深层次的挖掘，离不开学者对历史时期王朝追求的大一统、中华民族和谐共生的持续思考与钻研。正因如此，近 40 余年的司马迁民族思想研究有着重大的突破，从司马迁民族思想的形成、司马迁民族思想的历史价值、到追溯至铸牢中华民族共同体的历史依据和基础，无不宣示着历史时期的中华各个民族始终像石榴籽一样紧紧抱在一起成为中华文明绵延恒长的内在因素，发扬着中华民族精神与构建中华民族命运共同体。

二、司马迁《史记》的民族谱系与化外为内的合理建构

司马迁在《史记》中或直书或暗示的民族之间交流、交往、交融正是撰写民族传记的底色及民族观念的表达。司马迁在《五帝本纪》中构建了"黄帝始祖"与"五帝谱系"，有曰："自黄帝至舜、禹，皆同姓而异其国号，以章明德。故黄帝为有熊，帝颛顼为高阳，帝喾为高辛，帝尧为陶唐，帝舜为有虞。帝禹为夏后而别氏，姓姒氏。契为商，姓子氏。弃为周，姓姬氏。"构建谱系有着极深的政治含义与书写立意，是民族传记形成的基石，是构建中华各族同源同根但又异族的合理性表达。司马迁《史记》作为纪传体通史，在民族传记上首创了一种书写模式：一是创建各族同源的谱系结构；二是入主中原王朝皆为正统，中原王朝通过战争、归降、联姻等具体措施可以使得少数民族实现"变服从俗"为王朝的一部分，或者自愿"变服从俗"成为华夏民族的一部分，具体表现在蛮夷自称之变、地理观念之变。

司马迁《史记》对每个朝代或者民族传记进行民族溯源及书写发展过程，所有族源皆可追溯至传说时代的黄帝。夏启取代伯益，废禅让制，开世袭制之先河，建立中国历史上第一个王朝——夏朝。司马迁为汉朝之前的四个统一王朝作《夏本纪》《殷本纪》《周本纪》《秦本纪》，司马迁还为被称为蛮荆的楚国作《楚世家》，为覆灭姬姓吴国的越国作《越王句践世家》，以及与汉朝发生过战争的边疆少数民族作《匈奴列传》《大宛列传》《东越列传》《南越列传》《西南夷列传》《朝鲜列传》。无论是中原王朝的夏商周、秦朝、汉朝，还是边疆少数民族，《史记》均有相关的谱系书写：

《夏本纪》：禹者，黄帝之玄孙而帝颛顼之孙也。禹之曾大父昌意及父鲧皆不得在帝位，为人臣。

《殷本纪》：殷契，母曰简狄，有娀氏之女，为帝喾次妃。三人行浴，见玄鸟堕其卵，简狄取吞之，因孕生契。契长而佐禹治水有功。帝舜乃命契曰："百姓不亲，五品不训，汝为司徒而敬敷五教，五教在宽。"封于商，赐姓子氏。契兴于唐、虞、大禹之际，功业著于百姓，百姓以平。

《周本纪》：周后稷，名弃。其母有邰氏女，曰姜原。姜原为帝喾元妃。姜原出野，见巨人迹，心忻然说，欲践之，践之而身动如孕者。居期而生子，

以为不祥，弃之隘巷，马牛过者皆辟不践；徙置之林中，适会山林多人，迁之；而弃渠中冰上，飞鸟以其翼覆荐之。姜原以为神，遂收养长之。初欲弃之，因名曰弃。

《秦本纪》：秦之先，帝颛顼之苗裔孙曰女修。女修织，玄鸟陨卵，女修吞之，生子大业。大业取少典之子，曰女华。女华生大费，与禹平水土。已成，帝锡玄圭。禹受曰："非予能成，亦大费为辅。"帝舜曰："咨尔费，赞禹功，其赐尔皂游。尔后嗣将大出。"乃妻之姚姓之玉女。大费拜受，佐舜调驯鸟兽，鸟兽多驯服，是为柏翳。舜赐姓嬴氏。

《楚世家》：楚之先祖出自帝颛顼高阳。高阳者，黄帝之孙，昌意之子也。高阳生称，称生卷章，卷章生重黎。重黎为帝喾高辛居火正，甚有功，能光融天下，帝喾命曰祝融。共工氏作乱，帝喾使重黎诛之而不尽。帝乃以庚寅日诛重黎，而以其弟吴回为重黎后，复居火正，为祝融。

《越王句践世家》：越王句践，其先禹之苗裔，而夏后帝少康之庶子也。封于会稽，以奉守禹之祀。文身断发，披草莱而邑焉。后二十余世，至于允常。云："於，语发声也。"允常之时，与吴王阖庐战而相怨伐。允常卒，子句践立，是为越王。

《匈奴列传》：匈奴，其先祖夏后氏之苗裔也，曰淳维。唐虞以上有山戎、猃狁、荤粥，居于北蛮，随畜牧而转移。

《南越列传》：南越王尉佗者，真定人也，姓赵氏。

《东越列传》：闽越王无诸及越东海王摇者，其先皆越王句践之后也，姓驺氏。

《朝鲜列传》：朝鲜王满者，故燕人也。自始全燕时尝略属真番、朝鲜，为置吏，筑鄣塞。秦灭燕，属辽东外徼。汉兴，为其远难守，复修辽东故塞，至浿水为界，属燕。燕王卢绾反，入匈奴，满亡命，聚党千余人，魋结蛮夷服而东走出塞，渡浿水，居秦故空地上下鄣，稍役属真番、朝鲜蛮夷及故燕、齐亡命者王之，都王险。

《西南夷列传》：秦灭诸侯，唯楚苗裔尚有滇王。汉诛西南夷，国多灭矣，唯滇复为宠王。然南夷之端，见枸酱番禺，大夏杖、邛竹。西夷后揃，剽分二方，卒为七郡。

《大宛列传》：乌孙以千匹马聘汉女，汉遣宗室女江都翁主往妻乌孙，乌孙王昆莫以为右夫人。匈奴亦遣女妻昆莫，昆莫以为左夫人。昆莫曰"我老"，乃令其孙岑娶妻翁主。乌孙多马，其富人至有四五千匹马。

司马迁的民族谱系构建随着朝代更迭凸显出民族融合的倾向。司马迁明确指出夏商周三代为黄帝后裔，夏朝开国君主大禹为黄帝玄孙，殷契与周朝始祖弃皆出自帝喾高辛的后妃，帝喾高辛为黄帝曾孙。武王克商，西周初年"兼制天下，立七十一国，姬姓独居五十三人"[①]，楚国、越国、秦国均为非姬姓诸侯国，但楚

---

① 《荀子》卷 4《儒效篇》。

国先祖出自颛顼高阳，秦国为"颛顼之苗裔"，越国为"禹之苗裔"，实则均为黄帝后裔血脉。西汉时期，东越、南越、匈奴、朝鲜、大宛诸国、西南诸夷环汉而立，司马迁笔下东越、匈奴、均为黄帝之苗裔，《西南夷列传》没有具体明确始祖，不过传记有"唯楚苗裔尚有滇王"之语，按《楚世家》的族源谱系，出自颛顼高阳一脉。朝鲜王卫满本就出自燕国，燕国实乃西周皇室旁支，真正的姬姓封国。而真正与中原王朝血脉较远的西域诸国在张骞凿空西域后，不乏有些小国与汉朝联姻，史载："乌孙以千匹马聘汉女，汉遣宗室女江都翁主往妻乌孙，乌孙王昆莫以为右夫人。匈奴亦遣女妻昆莫，昆莫以为左夫人。"西域各国迎娶的无论是汉宗室女还是匈奴女子本质上都是黄帝后裔的血脉，其实质上是历朝历代的各个民族经过血脉交融形成了华夷同源的华夏民族。

　　有学者论吴国不同周人相通，试图把吴人当作蛮夷之列。[①] 其实该行径言之无物，企图混淆华夷关系、甚至强调华夷有分别。目前学界公认周人同姓不婚是对该观点有力反戈，吴国不与周朝相通的根本原因在于二者皆为姬姓。[②] 司马迁《史记》追溯东越、匈奴、西南夷的族源时，提到先祖为"黄帝之苗裔"。何为"黄帝之苗裔"，《国语》载："凡黄帝之子，二十五宗，其得姓者十四人，为十二姓：姬、酉、祁、己、滕、箴、任、荀、僖、姞、儇、依是也。唯青阳与苍林氏同于黄帝，故皆为姬姓。"[③] 杨希枚对先秦姓氏文化研究可谓洞隐烛微，其言："就族属集团而言，先秦所谓姓或族，如姜姓或姜族之类，则意指《尔雅·释亲》所谓'亲同姓'，也即《礼记·大传》所谓'同姓从族，合族属'的同姓亲族，而包括同出一祖的若干宗族的集团组织。这样的'姓'或'族'的集团组织（相当于人类学上所谓的'gens/clan'），依家族、部族、民族、国族之称，自应称为姓族。"[④] 赵博雄将杨希枚的说法总结为"先秦所谓姓相当于现代历史科学中所称的'氏族'"。按考古学研究认为黄帝生活在母系氏族时期，其黄帝之子有十二姓很可能从母系而定，"黄帝之苗裔"，言下之意概是黄帝与其他少数民族女性有蠡斯衍庆之实。司马迁溯源王朝及周边民族先祖时一般书写至帝喾与颛顼，而司马迁关于匈奴、西南夷等先祖时归为"黄帝之苗裔"。虽少数民族先祖名称不详，但司马迁有意突出华夷无别，以此构建了系统且完整的华夷同源、异族列等的民族谱系。换句话而言，这为蛮夷入华、以华统夷的政治观念提供了合理逻辑，无论是以华统夷还是蛮夷入华皆变成国家内部矛盾，为"攘外安内"中的"安内"部分。

---

　　① 武沐、陈晓晓、王盼盼：《大一统视域下的司马迁炎黄共同体理论》，《陕西师范大学学报》2023 年第 1 期，第 36—45 页。

　　② 魏哲铭：《论周人"同姓不婚"制》，《西北大学学报》2000 年第 2 期，第 163—167 页。葛生华：《试析西周"同姓不婚"制》，《兰州学刊》1992 年第 1 期，第 69—75 页。李衡眉：《论周代的"同姓不婚"礼俗》，《齐鲁学刊》1988 年第 5 期，第 31—35 页。唐汇西：《西周"同姓不婚"探微》，《学术论坛》1986 年第 4 期，第 67 页。赵伯雄：《周代国家形态研究》，长沙：湖南教育出版社，1990年，第 54 页。

　　③ 《国语》卷 10《晋语》。

　　④ 杨希枚：《论先秦所谓姓及其相关问题》，《中国史研究》1984 年第 3 期。

三、司马迁《史记》民族谱系构建后的民族书写

司马迁《史记》撰写少数民族传记时，通过书写"变服从俗"表达了两类民族认同与区域认同。这两类具有强烈的交互性，一类是由少数民族地区通过政治角逐，完成以蛮夷身份跨向华夏民族一列。另一类是原本为中原王朝统治范围内的华夏民族向少数民族聚集地迁徙，并通过"变服""从俗"后完成民族转换，并继续保持着对中原王朝有着较高的服从性和民族认同。

西周初年，王室将召公姬奭封于燕国，又称北燕。史载："燕外迫蛮貉，内措齐、晋，崎岖强国之间，最为弱小，几灭者数矣。"按谭其骧《中国历史地图集》，燕国北处界限大抵在滦河一线，势力范围大抵在今北京市稍北。西周时期的滦河以北、辽西地区为孤竹国。碍于先秦时期文献无几，又经删略，司马迁并未对孤竹国溯源，不过《伯夷列传》中已有孤竹国王子伯夷、叔齐与西周王畿地区的交往，载曰：

> 其传①曰：伯夷、叔齐，孤竹君之二子也。父欲立叔齐，及父卒，叔齐让伯夷。伯夷曰："父命也。"遂逃去。叔齐亦不肯立而逃之。国人立其中子。于是伯夷、叔齐闻西伯昌善养老，盍往归焉。及至，西伯卒，武王载木主，号为文王，东伐纣。伯夷、叔齐叩马而谏曰："父死不葬，爰及干戈，可谓孝乎？以臣弑君，可谓仁乎？"左右欲兵之。太公曰："此义人也。"扶而去之。武王已平殷乱，天下宗周，而伯夷、叔齐耻之，义不食周粟，隐于首阳山，采薇而食之。及饿且死，作歌。其辞曰："登彼西山兮，于嗟徂兮，命之衰矣！"遂饿死于首阳山。由此观之，怨邪非邪？

春秋时期，燕国向冀北、辽西扩张，《史记》载："（鲁庄公）二十七年，山戎来侵我，齐桓公救燕，遂北伐山戎而还。"在齐国军队助理之下，燕国的势力范围突破滦河到现今赤峰市—锦州市一带，并于今北京地区建都。此次与山戎之战后，虽到达赤峰市—锦州市一带，但其有效的势力扩张很快收缩，滦河以北的山戎时常侵入燕国北境。战国时期，燕国在军政全胜阶段打败北戎等敌人，并将势力范围推进到牡丹江流域，占领真番、朝鲜，并设置官员、修筑要塞，"自始全燕时尝略属真番、朝鲜，为置吏，筑鄣塞"。秦灭燕，设辽东郡，北境以浿水为界，浿水以南为今沈阳—本溪—丹东一带，浿水以北为朝鲜地区。汉朝初立，因朝鲜辽远便继续沿秦制。汉高祖时期，燕王卢绾叛入匈奴，属下卫满率部分辽东郡人北入朝鲜地区归附箕子朝鲜，箕子朝鲜王"说准求居西界，（故）中国亡命为朝鲜藩屏。准信宠之，拜为博士，赐以圭，封之百里，令守西边。""变服从俗"后居住浿水以东、箕子朝鲜西境边线。汉惠帝元年，卫满羽翼渐丰，"乃诈遣人告

---

① 指《韩诗外传》《吕氏春秋》等先秦文献。

准，言汉兵十道至，求入宿卫，遂还攻准。准与满战，不敌也。将其左右宫人走入海，居韩地，自号韩王。"稍役属真番、朝鲜蛮夷及故燕、齐亡命者王之。"卫满继箕子朝鲜之后建立卫氏朝鲜后，与中原汉朝十分亲近，其出自中国的民族认同感亦十分高涨，与辽东太守相约自己为汉朝外臣，"会孝惠、高后时天下初定，辽东太守即约满为外臣，保塞外蛮夷，无使盗边。"司马迁笔下的汉朝与卫满统治下的真番人、朝鲜族人有着和平交往、交流关系，汉朝官方十分重视与辽东少数民族的长久交往，并与卫满约定不得干扰东北地区少数民族与汉朝的来往，史载："诸蛮夷君长欲入见天子，勿得禁止。以闻，上许之，以故满得兵威财物侵降其旁小邑，真番、临屯。"汉朝时期的浿河以东与朝鲜半岛的政治环境繁杂、民族众多、各具风情，但呈现着不同民族群体下而文化和谐共存的社会形态。这既有历史依据又有民族相惜的因素，燕国与浿河以东、朝鲜半岛有着密切联系，更在秦朝一统六国后设置辽东郡，与东北各个少数民族有着一定的民族认同与地域归属感。而卫满建立卫氏朝鲜后，汉朝与其统治下各族以民族列等前提下的民族交流、交往、交融。

楚国成国的绝对时间已经无稽可考，《史记》载"熊绎当周成王之时，举文、武勤劳之后嗣，而封熊绎于楚蛮，封以子男之田，姓芈氏，居丹阳"，可知是周成王将颛顼高阳的苗裔后代熊绎封于楚地，此乃楚国。对于芈氏一族，司马迁记曰："其后中微，或在中国，或在蛮夷，弗能纪其世。"显然，对于司马迁认为楚人为华夏民族这一认识无需质疑。身在蛮夷之地的芈氏后裔是华、是蛮夷，司马迁出于同一民族分布不同地域导致认识存有歧义这一事实，着重以该视角进行了蛮夷楚人自我认识更迭的构建与书写。周夷王时期楚地领袖熊渠对自己民族的认知在于"我蛮夷也，不与中国之号谥"，于是，熊渠将诸子进行重新封号及分封属国。张守节作《史记正义》对"荆蛮"注释"楚灭越，其地属楚，秦灭楚，其地属秦，秦讳"楚"，改曰"荆"，故通号吴越之地为荆。及北人书史加云"蛮"，势之然也"。秦国灭楚国从公元前 225 年持续至公元前 223 年，按张守节所言，"荆"地之称当在秦始皇灭楚之后。然而并非如此，学界公认《诗经》为中国最早的诗歌总集，收录时间范围在西周初年至春秋中叶，而《诗经》已有"荆蛮"二字用作称呼楚人，《诗经·采芑》宣扬周宣王时期的方叔领导军队征服了北方劲敌猃狁、震慑了长江中游地区的蛮荆之人，其曰："蠢尔蛮荆，大邦为仇。方叔元老，克壮其犹。方叔率止，执讯获丑。戎车啴啴，啴啴焞焞，如霆如雷。显允方叔，征伐猃狁，蛮荆来威。"西周王室式微，"诸侯或不朝，相伐"。东周时期，春秋五霸轮番登场挟天子以令诸侯、逐鹿中原以求一统。"共公二年，晋赵穿弑其君灵公。三年，楚庄王疆，北兵至雒，问周鼎。共公立五年卒，子桓公立。桓公三年，晋败我一将。十年，楚庄王服郑，北败晋兵于河上。当是之时，楚霸，为会盟合诸侯。"楚庄王之前，楚国一直被其他诸侯国排除在华夏民族之外，庄王问鼎中原、邲之战打败晋国，实乃称霸中国、行入伍中国之实。

周成王为何封熊绎于楚，按司马迁《史记》载曰："成王恽元年，初即位，布德施惠，结旧好于诸侯。使人献天子，天子赐胙，曰：'镇尔南方夷越之乱，无侵中国。'于是楚地千里。"周成王意在楚国为中国南境边界，有抵御外敌、缴纳贡赋、朝觐述职等职。东周时期，齐桓公为春秋五霸之首，曾南伐楚国，齐桓公以"数以周之赋不入王室"责问楚成王，楚成王答应履行职责后方才退兵。由此可知，司马迁通过书写可知蛮夷之地的楚国不是蛮楚，而是华夏一族。东周时期的周惠王封楚国为南方"夷越之长"，东周王室并未袭承西周王室出于政治层面对于楚国的考虑，而是简单地从文化面貌将楚国列为夷越之长，以至东周时期其他诸侯对楚国民族属性认知存在偏颇。司马迁在构建处于蛮夷之地的楚国皆是华夏民族时，效仿、征引《尚书·禹贡》中山川形胜地理观念，并将与天命、礼制、合法性政权结合，构建了楚国当在中国、楚人当为华夏民族。他首先书写出自古受命帝王皆封禅的历史事实，即"每世之隆，则封禅答焉"。而后通过书写历代帝王与名山大泽、山川形胜的封禅活动，强调出名山大川代表王朝势力范围的底层逻辑，道曰："天子祭天下名山大川，五岳视三公，四渎视诸侯，诸侯祭其疆内名山大川。"天下名山大川亦有范围，其云：

> 昔三代之皆在河洛之间，故嵩高为中岳，而四岳各如其方，四渎咸在山东。至秦称帝，都咸阳，则五岳、四渎皆并在东方。自五帝以至秦，轶兴轶衰，名山大川或在诸侯，或在天子，其礼损益世殊，不可胜记。及秦并天下，令祠官所常奉天地名山大川鬼神可得而序也。

> 于是自殽以东，名山五，大川祠二。曰太室。太室，嵩高也。恒山，泰山，会稽，湘山。水曰济，曰淮。

按司马迁《史记·楚世家》有"熊渠甚得江汉间民和，乃兴兵伐庸、杨粤，至于鄂"之文，可知楚国当在司马迁的"天下"观之内。司马迁以民族溯源论出楚人先祖出自黄帝之苗裔、又以天下方位观道出楚地在天下名山大川地理方位之内，从而构建了蛮夷地区的楚人为华夏族的民族观念。

四、司马迁《史记》同源异族格局的书写逻辑

正如前文所提到的陈广武认为秦始皇完成了封建社会大一统的实践，而司马迁构建了封建社会大一统的理论模式。① 司马迁确实很出色地完成了构建封建社会大一统理论这一要务，主要体现在秦朝兼并六国后所形成的中华民族这一主体延绵至今。关于秦人的起源，学界持论颇多，主要有秦人西来说、东来说②这个歧义背后无法规避的是秦人族别问题，秦人是西戎、东夷，还是华夏一族。蒙文

---

① 陈光武：《论司马迁的正统观》，《内蒙古民族师院学报》1992年第1期，第53—58页。
② 持西来说的学者主要有王国维、蒙文通、周谷城等；持东来说的学者以傅斯年、卫聚贤、黄文弼、陈秀云、郭沫若、范文澜、丁山、徐旭生、马非百、王玉哲等为代表。

通认为秦人为西戎，[①]他借《史记·秦本纪》中申侯与孝王的对话为论据，"昔我先郦山之女，为戎胥轩妻，生中潏，以亲故归周，保西垂，西垂以其故和睦。"中潏的母亲为戎人，中潏即是嬴氏秦人的先祖之一，他由此得出秦人出自戎族。司马迁《史记》认为秦人东来，近现代学者多从该说。司马迁认为秦人源于东方，并在《秦本纪》明确指出秦人先祖出自颛顼之苗裔。此外，司马迁对秦人进行溯源的行文方式与《殷本纪》无过多差别，他将殷商、秦人放在共同神话书写模式中，殷人是"玄鸟生契"，秦人是"玄鸟生大业"，可证在司马迁的民族观念中秦人虽然来自东方，但族别确实是华夏族后裔。司马迁撰写《秦本纪》时，强调书写秦人与舜的关系密切，舜赐给秦人先祖大费为"嬴"姓。秦人先祖自秦非子开始就是协助殷商守护西北边界、镇压西戎的得力氏族，虽与戎人长久保持来往，但与西戎更多是暴力冲突与战争。西周末年，秦襄公因守护平王东迁有功，正式被平王封为诸侯，秦国自此成为周朝的诸侯国。同其他诸侯国一样，兼有朝觐述职、缴纳贡赋、守护周朝等职。

首先，司马迁在《史记》构建了中国与四夷共生的民族地理观。区域上的中国一词常与四夷同被书写、并列，如"子孙或在中国、或在夷狄"，又如"天下名山八，而三在蛮夷，五在中国"。该编排的实质是强调中国与四夷不可分割、华夷一家、是同源异族的大一统观念的呈现。《史记》"中国"一词使用凡112例，这其中有多达100例指的是华夏中国。[②] 司马迁的中国意识存有明显的变迁，随着朝代更迭、边疆外拓、民族融合，他笔下的中国所具有的含义随之延伸。最初，在五帝时期的"中国"仅为黄河中游的中原地区。《五帝本纪》有曰："舜曰'天也'，夫而后之中国践天子位焉，是为帝舜。"裴骃引刘熙注解"中国"为"天子之位不可旷年，于是遂反，格于文祖而当帝位。帝王所都为中，故曰中国"。又引马融曰："谓在八议，君不忍刑，宥之以远。五等之差亦有三等之居：大罪投四裔，次九州之外，次中国之外。当明其罪，能使信服之。"至东周时期，"是时周室微，唯齐、楚、秦、晋为彊。晋初与会，献公死，国内乱。秦穆公辟远，不与中国会盟。楚成王初收荆蛮有之，夷狄自置。唯独齐为中国会盟，而桓公能宣其德，故诸侯宾会。""中国"的地理范围已经北至汾河流域、南至长江中游、西至陇山一带、东至泗水流域。秦朝国运短祚。司马迁笔下的汉朝武帝时期的中国，已经包括诸多蛮夷之地，行一国之实。如有"是时汉方南诛两越，东击朝鲜，北逐匈奴，西伐大宛，中国多事"，已然超过秦朝国土面积，东至东海、凿空河西走廊、南至珠江流域、北至辽东地区。同时，司马迁还记述了东瓯在地理、民族等观念上归于中国，"会稽太守欲距不为发兵，助乃斩一司马，谕意指，遂发兵浮海救东瓯。未至，闽越引兵而去。东瓯请举国徙中国，乃悉举众来，处江淮之

① 蒙文通：《周秦少数民族研究》，成都：巴蜀书社 2019 年版，第 34—36 页。
② 武沐、陈晓晓、王盼盼：《大一统视域下的司马迁炎黄共同体理论》，《陕西师范大学学报》2023 年第 1 期，第 36—45 页。

间。"至汉武帝时期,司马迁在《史记》中已然从地理、民族归属两个层面构造出了一统华夏与四夷的王朝观念,为当今铸造中华民族共同体意识提供历史依据。

其次,国家外扩和民族归顺铸成了以华统夷的合理、自洽逻辑。因中国地域辽阔、族属众多、文化面貌多样,注定中国内部的民族交往方式繁多。从普遍意义上看,民族交往是民族生存和发展的基本方式,主要解决的是"互通有无"问题。通常,引发民族交往的因素主要有三种情况,一是各民族基于不同经济类型的互补性交往,二是基于生存竞争和趋利避害驱动的群体的社会性交往,三是由统治集团组织的、以扩张为特征的战争等交往。换言之,战争是各民族之间交往的重要形式。① 传统政治体的形成,自先秦以降经历了不同的形式,从宗亲到联姻,分封之制的实质是以国造家,构造"家邦",将没有血缘关系的人放到家族性血缘亲属的"位"上,人的"位关系"才是构建周礼的纽带和维持周礼的根基。② 司马迁在构建秦汉时期的民族关系时同用模拟血缘的方式完成书写,他在构建中国与四夷在地理层面合为一家的大一统理论之后,随后便开始借助血缘同祖填充这个理论框架。司马迁在书写华夏与少数民族时强调民族同源,但他在其中有意指出以华统夷才是规律与历史正道,并将以华统夷作为宣扬汉朝的最终目标和根本所指。司马迁《史记》以血缘共同、地缘共同、精神共同等多个层次有意构建大一统下的中华民族多元一体的格局,并成为一种合乎常理的天下共识。时至今日,司马迁《史记》中的大一统理论与民族思想仍在作用于当下,"汉人""汉民族"成为当今中国的主体民族,当今中国与人民致力于并坚定地追求国家统一和领土完整,成为维护祖国统一与加强民族团结的政治意识。

---

① 彭勇:《试论中华民族交往交流交融史研究的路径和方法》,《中华民族共同体研究》2023 年第 4 期,第 61—77 页。

② 李若晖:《久旷大仪——汉代儒学政制研究》,北京:商务印书馆 2018 年版,第 12—24 页。

司马迁对汉代档案文献的改造与重构

——以《史记》民族史传为中心的探考

＊本文作者马倩，陕西国际商贸学院国际史记学中心副教授。

随着秦汉王朝的开疆拓土，汉与周边民族在政治、经济、文化上的接触越来越频繁，丰富完善了已有的民族知识，民族史撰述肇始于此。司马迁在当时的社会情境与新的认同体系下，设置《匈奴列传》《南越列传》《东越列传》《朝鲜列传》《西南夷列传》，首次构建了有关少数民族的系统性知识。这五篇民族史传书写当代民族交往时，多涉战争、封赏等内容，那么司马迁在整合前代文献形成民族史传时，除了参阅古今典籍文献与亲身闻见外，还大量参考与利用了档案资料，并将之与其他性质、来源不同的材料缀合在一起，从而形成了一个完整、流畅的文本。本文通过分析五篇民族史传对档案资料的选取，对学者未曾提及或重视不够的地方进行补充，以兹对该问题进行深入论述。

一、天子的诏、策

诏书，是中国历代皇帝专用的一种文体，起源于秦代。秦统一六国后，在商议皇帝帝号与名号的御前会议上，李斯建议："命为'制'，令为'诏'"①，自此确定了皇帝之命为"制"，其令称为"诏"。《史记集解》引蔡邕言："制书，帝者制度之命也，其文曰制。诏，诏书。诏，告也。"② 诏书，作为一种专用文书，专指帝王对臣子下达的公告。《文心雕龙·诏策》云："汉初定仪则，则命有四品：一曰策书，二曰制书，三曰诏书，四曰戒敕。敕戒州部，诏诰百官，制施赦命，策封王侯。策者，简也。制者，裁也。诏者，告也。敕者，正也。"③ 诏书主要用于诏告，诏文内容涉及了很多重要的历史事件，这些记载成为研究与还原历史的重要材料。据《全汉文》及《两汉全书》收录的多封汉高祖至武帝时期的诏文，涉及四方关系的诏文共有 26 篇，大多属征伐诏、封赏诏。以下列表略举几例：

① ［汉］司马迁：《史记》卷六《秦始皇本纪》，北京：中华书局 2014 年版，第 304 页。
② ［汉］司马迁：《史记》卷六《秦始皇本纪》，北京：中华书局 2014 年版，第 305 页。
③ ［南朝梁］刘勰著，范文澜注：《文心雕龙注》，北京：人民文学出版社 1962 年版，第 358 页。

表1　汉高祖至汉武帝时期诏书及《史记》民族史传中的重大事件

时间	诏名	诏文内容	与之相关大事记
高帝五年二月 (前202)	《立吴芮为长沙王诏》	诏曰："故衡山王吴芮与子二人、兄子一人，从百粤之兵，以佐诸侯，诛暴秦，有大功，诸侯立以为王。项羽侵夺之地，谓之番君。其以长沙、豫章、象郡、桂林、南海立番君芮为长沙王。"(《汉书·高帝纪》下)	及诸侯畔秦，无诸、摇率越归鄱阳令吴芮，所谓鄱君者也，从诸侯灭秦。当是之时，项籍主命，弗王，以故不附楚。汉击项籍，无诸、摇率越人佐汉。汉五年，复立无诸为闽越王，王闽中故地，都东冶。(《史记·东越列传》)
	《以亡诸为闽粤王诏》	又曰："故粤王亡诸世奉粤祀，秦侵夺其地，使其社稷不得血食。诸侯伐秦，亡诸身帅闽中兵以佐灭秦，项羽废而弗立。今以为闽粤王，王闽中地，勿使失职。"(《汉书·高帝纪》下)	
文帝元年 (前179)	《赐南越王赵佗书》	赐佗书曰："皇帝谨问南粤王，甚苦心劳意。朕，高皇帝侧室之子，弃外奉北藩于代，道里辽远，壅蔽朴愚，未尝致书。……今即位。乃者闻王遗将军隆虑侯书，求亲昆弟，请罢长沙两将军。朕以王书罢将军博阳侯，亲昆弟在真定者，已遣人存问，修治先人冢。前日闻王发兵于边，为寇灾不止。当其时长沙苦之，南郡尤甚。虽王之国，庸独利乎！必多杀士卒，伤良将吏，寡人之妻，孤人之子，独人父母，得一亡十，朕不忍为也。……故使贾驰谕告王朕意，王亦受之，毋为寇灾矣。……"(《汉书·西南夷两粤朝鲜传》)	及孝文帝元年，初镇抚天下，使告诸侯四夷从代来即位意，喻盛德焉。乃为佗亲冢在真定，置守邑，岁时奉祀。召其从昆弟，尊官厚赐宠之。诏丞相陈平等举可使南越者，平言好畤陆贾，先帝时习使南越。乃召贾以为太中大夫，往使，因让佗自立为帝，曾无一介之使报者。(《史记·南越列传》)

续表

时间	诏名	诏文内容	与之相关大事记
武帝元朔二年（前127）	《益封卫青》	天子曰："匈奴逆天理，乱人伦，暴长虐老，以盗窃为务，行诈诸蛮夷，造谋藉兵，数为边害。故兴师遣将，以征厥罪。《诗》不云乎，"薄伐猃狁，至于太原"，"出车彭彭，城彼朔方"。今车骑将军青度西河，至高阙，获首虏二千三百级，车辎畜产毕收为卤，已封为列侯，遂西定河南地，按榆谿旧塞，绝梓领，梁北河，讨蒲泥，破符离，斩轻锐之卒，捕伏听者三千七十一级，执讯获丑，驱马牛羊百有余万，全甲兵而还，益封青三千户。"（依《史记·卫将军骠骑列传》，《汉书·卫青传》亦载）	于是汉使将军卫青将三万骑出雁门，李息出代郡，击胡。得首虏数千人。其明年，卫青复出云中以西至陇西，击胡之楼烦、白羊王于河南，得胡首虏数千，牛羊百余万。于是汉遂取河南地，筑朔方，复缮故秦时蒙恬所为塞，因河为固。（《史记·匈奴列传》）
元狩二年（前121）	《益封霍去病》	天子曰："骠骑将军率戎士逾乌盭，讨遫濮，涉狐奴，历五王国，辎重人众慑慴者弗取，冀获单于子。转战六日，过焉支山千有余里，合短兵，杀折兰王，斩卢胡王，诛全甲，执浑邪王子及相国、都尉，首虏八千余级，收休屠祭天金人，益封去病二千户。"（依《史记·卫将军骠骑列传》，《汉书·霍去病传》亦载）	汉使骠骑将军去病将万骑出陇西，过焉支山千余里，击匈奴，得胡首虏方八千余级，破得休屠王祭天金人。（《史记·匈奴列传》）
元狩二年（前121）	《又益封霍去病》	天子曰："骠骑将军逾居延，遂过小月氏，攻祁连山，得酋涂主，以众降者二千五百人，斩首虏三万二百级，获五王，五王母、单于阏氏、王子五十九人，相国、将军、当户、都尉六十三人，师大率减什三，益封去病五千户。赐校尉从至小月氏爵左庶长。……"（依《史记·卫将军骠骑列传》，《汉书·霍去病传》亦载）	其夏，骠骑将军复与合骑侯数万骑出陇西、北地二千里，击匈奴。过居延，攻祁连山，得胡首虏三万余人，裨小王以下七十余人。（《史记·匈奴列传》）

续表

时间	诏名	诏文内容	与之相关大事记
元封元年（前110）	《迁东越民诏》	诏曰："东越险阻反覆，为后世患，迁其民于江淮间。"（《汉书·武帝纪》）	于是天子曰东越狭多阻，闽越悍，数反覆，诏军吏皆将其民徙处江淮间。东越地遂虚。（《史记·东越列传》）
元封二年（前109）	《使公孙遂往朝鲜》	天子曰："将率不能前，乃使卫山谕降右渠，不能颛决，与左将军相误，卒沮约。今两将围城又乖异，以故久不决。"（《汉书·西南夷两粤朝鲜传》）	天子为两将未有利，乃使卫山因兵威往谕右渠。……山还报天子，天子诛山。今两将围城，又乖异，以故久不决。使济南太守公孙遂往正之，有便宜得以从事。（《史记·朝鲜列传》）
元鼎五年（前112年）	《封韩千秋子等》	于是天子曰："韩千秋虽亡成功，亦军锋之冠。封其子延年为成安侯；摎乐，其姊为主太后，首愿属汉，封其子广德为龑侯"。（《汉书·西南夷两粤朝鲜》）	于是天子曰："韩千秋虽无成功，亦军锋之冠。"封其子延年为成安侯。樛乐，其姊为主太后，首愿属汉，封其子广德为龙亢侯"。（《史记·南越列传》）

（说明：表中加点字为诏文与传记文辞相似或相同的部分）

这些诏书内容大致可以分为五类，分别是：一、封赏类，共12封，分别为：《以亡诸为闽粤王诏》、《立赵佗南海王诏》、《益封卫青》、《又益封卫青》、《诏御史封公孙敖等》、《封霍去病》、《益封霍去病》（元狩二年）、《又益封霍去病》、《浑邪王降益封霍去病》、《益封霍去病》（元封四年）、《封韩千秋子等》、《李广利为海西侯诏》；二、征伐类，共8封，分别为：《遣灌婴击匈奴诏》、《欲伐匈奴诏》、《诏罢王恢韩安国兵》、《使公孙弘往朝鲜》、《征南粤诏》、《击匈奴诏》、《诏路博德》、《诏李陵》；三、和亲类，共2封，《与匈奴和亲诏》、《与匈奴和亲布告天下》；四、赦类，共1封，为《赦雁门代郡军士诏》；五、其他，共3封，《迁东越民诏》、《立吴芮为长沙王诏》、《赐南越王赵佗书》。这些诏书从数量上来看，武帝时期与四方相关的诏书为19封，数量高于高祖、文帝时期，这与武帝全面经营四方有关。从内容上来看，高祖时期的诏书主要与南越、闽越问题有关，文帝时期大多与匈奴问题有关，而兼及南越。武帝时期19封诏书中，与匈奴有关的有13封。可以看出，汉匈问题从汉初起一直处于四方关系之首，这也是司马迁详细书写《匈奴列传》的原因之一。

　　《史记》民族史传中，汉与四方民族关系占大部分篇幅，史传中封赏、征伐类的内容，应是参照了诏文。将表格中所录诏文与民族史传比对后，可看出司马迁并非机械地照录原文，而是进行了一定的改易处理，具体方式如下：

　　（一）改诏文为叙述。这种方式是将诏文改为叙述性的语言，将诏书内容改写为历史事件进行叙述。如高祖五年二月《以亡诸为闽粤王诏》中，"诸侯伐秦，亡诸身帅闽中兵以佐灭秦，项羽废而弗立。今以为闽粤王，王闽中地，勿使失职"，《史记·东越列传》记载为"当是之时，项籍主命，弗王，以故不附楚。汉击项籍，无诸、摇率越人佐汉。汉五年，复立无诸为闽越王，王闽中故地，都东冶"。秦亡后，项羽并未立无诸和摇为王，故而无诸和摇就率众辅助汉王。高祖五年封无诸为闽越王，建都在东冶。这段叙述性的内容文意与诏文内容一致，甚至有部分文辞完全一致。再如，武帝元狩二年《益封霍去病》诏文，"（骠骑将军）转战六日，过焉支山千有余里，合短兵，杀折兰王，斩卢胡王，诛全甲，执浑邪王子及相国、都尉，首虏八千余级，收休屠祭天金人，益封去病二千户。"司马迁在《匈奴列传》中将其改写为"汉使骠骑将军去病将万骑出陇西，过焉支山千余里，击匈奴，得胡首虏骑万八千余级，破得休屠王祭天金人"。改写后叙述节奏更为紧凑，省略了大量细节性的内容。

　　（二）文辞改易。这种方式与诏文相似性更高，内容基本一致，仅是修改了个别词语。如元狩二年（前121）《又益封霍去病》诏文中，"骠骑将军逾居延，遂过小月氏，攻祁连山……斩首虏三万二百级，获五王，五王母，单于阏氏、王子五十九人"，《匈奴列传》记载为"其夏，骠骑将军复与合骑侯数万骑出陇西、北地二千里，击匈奴。过居延，攻祁连山，得胡首虏三万余人，裨小王以下七十余人。"只是将"逾居延"改为"过居延"，"斩首虏"改易为"得首虏"，"攻祁连山"四字则完全相同。当然，这种方式是建立在第一种的基础之上，这样的改动不影响内容的表达，反而使叙事更加清晰流畅。另据元狩四年《益封霍去病》，《匈奴列传》将"封狼居胥山"，改为"封于狼居胥山"，将"禅于姑衍"改为"禅姑衍"，将"登临翰海"改为"临翰海而还"。司马迁仅调整了个别字眼，其他内容几乎没有差别。

　　（三）直录诏文。《史记》民族史传原文录入的诏文共有5封，分别是《与匈奴和亲布告天下诏》《迁东越民诏》《封韩千秋子等》《征南粤诏》《击匈奴诏》。在这些诏文中，收录文帝时期《与匈奴和亲布告天下诏》一封，其余四封均为武帝时期诏书，涉及匈奴两封，东越两封，南越一封。内容上，包含与匈奴和亲、征战，迁东越百姓于江淮，征伐南越与击越有功的封赏。《卫将军骠骑列传》也收录了七封诏书，主要是封赏卫青、霍去病征讨匈奴的功劳，涉及的历史大事件有河南之战、河西之战、漠北之战。诏文叙述了卫青击匈奴的军功，"今车骑将军青度西河至高阙，获首二千三百级，车辎畜产毕收为卤，已封为列侯，遂西定河南地，按榆谿旧塞，绝梓领，梁北河，讨蒲泥，破符离，斩轻锐之卒，捕伏听者三千十七一级，执讯获丑，驱马牛羊百有余万，全甲兵而还。"从中可以感受到武帝在征伐匈奴阶段性胜利后的自豪与骄傲，封赏卫青三千八百户、八千七百户，封赏霍去病千六百户、冠军侯、二千户、五千八百户等，封赏的数量、规模都相当可观。

除了诏令外，还有"谕"这种形式。"谕"主要用于口头传达帝王的命令。据《文体明辨序说》载："至春秋内外传始载周天子谕告诸侯及列国往来相告之词，然皆使人传言，不假书翰。"① 可知，春秋时期周天子用"谕"这种方式，通过使者口头向诸侯传达命令。汉王朝与四方民族交往时，也通过派遣使者以谕告的方式传达旨意。如《东越列传》中"会稽太守欲距不为发兵，助乃斩一司马，谕意指，遂发兵浮海救东瓯"，"故越衍侯吴阳前在汉，汉使归谕馀善，馀善弗听"。《朝鲜列传》中"元封二年，汉使涉何谯谕右渠，终不肯奉诏"，"天子为两将未有利，乃使卫山因兵威往谕右渠"，"天子曰将率不能前，乃使卫山谕降右渠"。《南越列传》"天子使庄助往谕意南越王"，"汉数使使者风谕婴齐"，"汉使安国少季往谕王、王太后以入朝"。《大宛列传》载"骞谕使指曰：'乌孙能东居浑邪地，则汉遣翁主为昆莫夫人。'"司马迁撰写时应参考了朝廷口谕，史传中虽并未明言谕告的内容，但联系上下文均可知晓。

二、廷议记录

廷议兴于秦，盛于两汉。廷议又称朝议、集议，当国家要制定法规政策、出台某项重大措施、废立帝后、人事任免调动、外事活动等时，皇帝召集大臣进行议事的活动。

秦王朝建立以后，继承了周与战国时期的廷议制度，每有大政，必招群臣议事。二世时，放弃廷议，阻绝谏争的途径。董仲舒指出"至秦则不然。……诛名而不察实，为善者不必免，而犯恶者不必刑也，是以百官皆饰虚辞而不顾实，外有事君之礼，内有背上之心，造伪饰诈，趣利无耻。"② 可见，秦王朝的速衰，与统治者政治的独断和腐败有一定关系。

汉王朝建立后，借鉴秦亡之教训，广开言路，廷议之制成为汉代重要的议政制度。汉代廷议主要包括外交、制定礼仪、刑罚诉讼、吏治人事、政治经济等方面，其中尤以外交居多。随着汉与周边民族接触的频繁，这时外交政策的制定可能会关乎到国家的安危，如与朝鲜、西域、西南夷等地区及属国有交往，与匈奴关系更为复杂，和战交替。汉初，恢复了廷议制度，孝惠时，"单于尝为书嫚吕后，不逊，吕后大怒，召诸将议之"。关于此次廷议，以《汉书·季布栾布田叔传》记载尤详：

> 单于尝为书嫚吕太后，太后怒，召诸将议之。上将军樊哙曰："臣愿得十万众，横行匈奴中。诸将皆阿吕太后，以哙言为然。布曰：樊哙可斩也。夫以高帝兵三十余万，困于平城，哙时亦在其中。今哙奈何以十万众横行匈

---

① （明）徐师曾：《文体明辨序说》，北京：人民文学出版社 1998 年版，第 112 页。
② [汉] 班固：《汉书》卷五十六《董仲舒传》，北京：中华书局 1962 年版，第 2510 页。

奴中，面谩！且秦以事胡，陈胜等起。今疮痍未瘳，哙又面谀，欲摇动天下。"是时殿上皆恐，太后罢朝，遂不复议击匈奴事。

冒顿单于出言不逊，高后大怒，下议。樊哙认为应横扫匈奴，季布以高祖被围白登而斥止，提出应从大局出发，不宜此时出击匈奴。廷议时，吕后听取臣子不同的意见，继续和亲匈奴。关于这次廷议，《匈奴列传》仅简略记载为"高后欲击之，诸将曰：'以高帝贤武，然尚困于平城。'于是高后乃止"。

汉武帝时，出于政治考虑、发展经济和战争的需要，经常通过议政来博采众议，故而廷议较为活跃。随着汉初 70 余年经济的恢复发展，武帝不甘与匈奴继续和亲，想打破与周边民族的关系，更倾向于"外事四夷，内兴功利"。于是出现了朝臣竞献良策的局面，各方就历史上对匈奴政策的得失、汉匈实力对比、作战方案与计划等问题，进行廷辩，为武帝最终决策提供了一定参考。《史记·韩长孺列传》反映了汉匈由和转战的过程，司马迁完整记录了这次廷议中主和与主战派所持的态度：

> 匈奴来请和亲，天子下议。大行王恢，燕人也，数为边吏，习知胡事。议曰："汉与匈奴和亲，率不过数岁即复倍约。不如勿许，兴兵击之。"安国曰："千里而战，兵不获利。今匈奴负戎马之足，怀禽兽之心，迁徙鸟举，难得而制也。得其地不足以为广，有其众不足以为强，自上古不属为人。汉数千里争利，则人马罢，虏以全制其敝。且强弩之极，矢不能穿鲁缟；冲风之末，力不能漂鸿毛。非初不劲，末力衰也。击之不便，不如和亲。"

在这次廷议中，韩安国主张继续和亲匈奴，王恢主张兴兵征讨，群臣则大多附和韩安国，武帝只好延续和亲之策。这次廷议在元光元年（前 134）初，韩安国分析了汉匈形势，认为不宜开边。武帝虽许和亲，但并未动摇讨伐匈奴的决心。《史记·酷吏列传》云：

> 匈奴来请和亲，群臣议上前。博士狄山曰："和亲便。"上问其便，山曰："兵者凶器，未易数动。高祖欲伐匈奴，大困平城，乃遂结和亲。孝惠、高后时，天下安乐。及孝文帝欲事匈奴，北边萧然苦兵矣。孝景时，吴楚七国反，景帝往来两宫间，寒心者数月。吴楚已破，竟景帝不言兵，天下富实。今自陛下举兵击匈奴，中国以空虚，边民大困贫。由此观之，不如和亲。"上问汤，汤曰："此愚儒，无知。"狄山曰："臣固愚忠，若御史大夫汤乃诈忠。若汤之治淮南、江都，以深文痛诋诸侯，别疏骨肉，使蕃臣不自安。臣固知汤之为诈忠。"于是上作色曰："吾使生居一郡，能无使虏入盗乎？"曰："不能。"曰："居一县？"对曰："不能。"复曰："居一障间？"山自度辩穷且下吏，曰："能。"于是上遣山乘鄣。至月余，匈奴斩山头而去。自是以后，群臣震慑。

这次廷议应在元狩年间，[①] 此时武帝已遣卫青、霍去病展开全面对匈战争，

---

① 据《史记·汉兴以来将相名臣年表》，张汤于元狩二年（前 121 年）为御史大夫，故此次廷议应在元狩年间。

但朝廷仍就和战问题争论不休。狄山被斩，恰说明武帝决意讨伐匈奴之意。《匈奴列传》并未记载此次廷议内容。

元狩四年（前119），卫青、霍去病率大军出击匈奴，"匈奴远遁，而幕南无王庭"。匈奴为了避免汉的武力进攻，欲与汉和亲：

> 天子下其议，或言和亲，或言遂臣之。丞相长史任敞曰："匈奴新破，困，宜可使为外臣，朝请于边。"汉使任敞于单于。单于闻敞计，大怒，留之不遣。先是汉亦有所降匈奴使者，单于亦辄留汉使相当。汉方复收士马，会骠骑将军去病死，于是汉久不北击胡。

廷议时，朝臣发表了不同的政见，任敞提出的外臣匈奴之策正中武帝下怀，而匈奴却并不甘心为外臣，故而双方在外交领域展开了新的斗争。

由以上可看出，武帝前期廷议频仍，虽然廷辩各方意见有分歧，且各方势力错综复杂，但仍有一些良策善谋。武帝能够审时度势，择善而从，最终做出合理的决策。元封三年（前108），因李陵之事司马迁由太史令转任为中书令，"迁既被刑之后，为中书令，尊宠任职"①。"司马迁任此职，虽然地位不算高，但这是枢机之任，必得武帝信任则无疑。"② 尽管中书令仅千石之奉秩，然而常随武帝左右，甚得武帝信任。故此，司马迁能够参加重要的廷议。

《大宛列传》记载张骞提出联合乌孙以断匈奴右臂，武帝遂派使者到乌孙，最终并未得到明确答复。其后，乌孙担心匈奴会攻打他们，于是向汉朝献马，欲娶汉女为夫人，武帝为此征求群臣看法，群臣认为"必先纳聘，然后乃遣女"。再如：

> 其夏，汉亡浞野之兵二万余于匈奴。公卿及议者皆愿罢击宛军，专力攻胡。天子已业诛宛，宛小国而不能下，则大夏之属轻汉，而宛善马绝不来，乌孙、仑头易苦汉使矣，为外国笑。

由于第一次征伐大宛失利，公卿、议者在廷议时认为应着力征伐匈奴，建议撤回攻打大宛的军队。然而武帝并未采纳，认为若无法攻下大宛，会被大夏等国嘲笑，于是有了第二次征伐大宛。

司马迁所任中书令得以听闻机要，并在《史记》民族史传中记录了一些军事秘谋、大臣上书等内容，如《史记·匈奴列传》中马邑诱单于是武帝对匈讨伐的开始，《史记·韩长孺列传》详述此次战争的过程，整个部署完全依王恢之计，这些秘谋应为汉之朝议记录，并不为世人所知，若非亲闻或根据官方档案便无可稽考。

---

① [汉] 班固：《汉书》卷六十二《司马迁传》，北京：中华书局1962年版，第2725页。
② 祝总斌：《有关〈史记〉歌颂汉王朝的几个问题》，载《材不材斋史学丛稿》，北京：中华书局2009年版，第53—55页。

三、汉与四方交往的文书

在汉人的空间观念中，四方民族地处边缘又远离统治中心，故而汉中央政府对其统治相对宽松，但仍在汉政权统治范围之内。汉与四方的交往，常通过正式的文书交相往来，如吕后《报匈奴冒顿书》、文帝《赐南粤王赵佗书》《遗匈奴书》《遗匈奴和亲书》等。西汉初期至武帝时期与四方交往文书具体见下表：

表2　西汉初期至武帝时期与四方交往文书

时间	文书名	文书内容
高后	《报匈奴冒顿书》	令大谒者张泽报书曰："单于不忘弊邑，赐之以书，弊邑恐惧。退日自图，年老气衰，发齿堕落，行步失度，单于过听，不足以自污。弊邑无罪，宜在见赦。窃有御车二乘，马二驷，以奉常驾。"（《汉书·匈奴传》）
文帝四年（前176）	《匈奴单于遗汉书》	其明年，单于遗汉书曰："天所立匈奴大单于敬问皇帝无恙。前时皇帝言和亲事，称书意，合欢。汉边吏侵侮右贤王，右贤王不请，听后义卢侯难氏等计，与汉吏相距，绝二主之约，离兄弟之亲。皇帝让书再至，发使以书报，不来，汉使不至，汉以其故不和，邻国不附。……未得皇帝之志也，故使郎中係零浅奉书，请献橐他一匹、骑马二匹，驾二驷。皇帝即不欲匈奴近塞，则且诏吏民远舍。使者至，即遣之。"（《史记·匈奴列传》）
文帝六年（前174）	《遗匈奴书》	孝文皇帝前六年，汉遗匈奴书曰："皇帝敬问匈奴大单于无恙。使郎中係零浅遗朕书曰：'右贤王不请，听后义卢侯难氏等计，绝二主之约，离兄弟之亲，汉以故不和，邻国不附。今以小吏败约故，罚右贤王使西击月氏，尽定之。愿寝兵休士卒养马，除前事，复故约，以安边民，使少者得成其长，老者安其处，世世平乐。……服绣袷绮衣、绣袷长襦、锦袷袍各一，比余一，黄金饰具带一，黄金胥纰一，绣十匹，锦三十匹，赤绨、绿缯各四十匹，使中大夫意、谒者令肩遗单于。"（《史记·匈奴列传》）
文帝后元二年（前162）	《遗匈奴和亲书》	孝文帝后二年，使使遗匈奴书曰："皇帝敬问匈奴大单于无恙。使当户、且居雕渠难、郎中韩辽遗朕马二匹，已至，敬受。先帝制：长城以北引弓之国，受命单于；长城以内冠带之室，朕亦制之。使万民耕织射猎衣食，父子无离，臣主相安，俱无暴逆。今闻渫恶民贪降其进取之利，倍义绝约，忘万民之命，离两主之欢，然其事已在前矣。……故来者不止，天之道也。俱去前事：朕释逃虏民，单于无言章尼等。朕闻古之帝王，约分明而无食言。单于留志，天下大安，和亲之后，汉过不先。单于其察之。"（《史记·匈奴列传》）

《匈奴列传》并未详载汉高后时与匈奴的文书往来，仅记"冒顿乃为书遗高后，妄言"，"复与匈奴和亲"，而《汉书·匈奴传》则完整记录了《报匈奴冒顿书》。司马迁因为避讳略而未载，仅用"妄言"二字概括冒顿之嚣张。整个西汉时期，孝文帝与匈奴单于的书信往来最为频繁、密切。司马迁收录文帝与单于往来的几封文书，其中全文收录文帝四年与单于书信一封、文帝六年诏书一封、孝文帝后二年诏书一封。匈奴单于以尺二寸牍和又大又宽印章封缄给汉皇帝，并使用"天所立匈奴大单于"字样。而文帝给单于的书信，简牍仅有一尺一寸长，开头语是"皇帝敬问匈奴大单于无恙"，文辞态度诚恳，布告单于以仁德之意，总体上保持温和平等的理念。单于称汉文帝为"皇帝"，文帝亦自称"皇帝"，这与表1—4武帝自称"天子"有一定区别。外交文书若以天子名义颁布，其标榜汉帝国在世界处于中心位置之用意很明显。

四、军功簿

司马迁叙述汉与四方战争时，并未含混带过，而是较为详细具体地记载了战争情况，如将领、兵力、虏获、伤亡、战前准备、兵马数量、出兵路线、战略战术、军功封赏、战绩情况等，这些内容若不是参考档案文献，是绝对无法完成的。下表略举几例：

表3　汉与四方作战情节、战绩等情况

篇目	作战情节及部署	军功、封赏、战绩情况
《匈奴列传》	樊哙往击之，复拔代、雁门、云中郡县，不出塞。 丞相灌婴发车骑八万五千，诣高奴，击右贤王。 文帝以中尉周舍、郎中令张武为将军，发车千乘，骑十万，军长安旁以备胡寇。而拜昌侯卢卿为上郡将军，宁侯魏遫为北地将军，隆虑侯周灶为陇西将军，东阳侯张相如为大将军，成侯董赤为前将军，大发车骑往击胡。 汉使三将军军屯北地，代屯句注，赵屯飞狐口，缘边亦各坚守以备胡寇。又置三将军，军长安西细柳、渭北棘门、霸上以备胡。 卫青将三万骑出雁门，李息出代郡，击胡。 汉使四将军各万骑击胡关市下。 汉使将军韩安国屯渔阳备胡。 汉以卫青为大将军，将六将军，十余万人，出朔方、高阙击胡。	将军卫青出上谷，至笼城，得胡首虏七百人。 公孙敖出代郡，为胡所败七千余人。 卫青复出云中以西至陇西，击胡之楼烦、白羊王于河南，得胡首虏数千，牛羊百余万。于是汉遂取河南地，筑朔方，复缮故秦时蒙恬所为塞，因河为固。 汉得右贤王众男女万五千人，裨小王十余人。其秋，匈奴万骑入杀代郡都尉朱英，略千余人。

续表

篇目	作战情节及部署	军功、封赏、战绩情况
《匈奴列传》	汉复遣大将军卫青将六将军，兵十余万骑，乃再出定襄数百里击匈奴，得首虏前后凡万九千余级，而汉亦亡两将军，军三千余骑。 汉使骠骑将军去病将万骑出陇西，过焉支山千余里，击匈奴，得胡首虏八千余级，破得休屠王祭天金人。骠骑将军复与合骑侯数万骑出陇西、北地二千里，击匈奴。 令大将军青、骠骑将军去病中分军，大将军出定襄，骠骑将军出代，咸约绝幕击匈奴。 汉使浞野侯破奴将二万余骑出朔方西北二千余里，期至浚稽山而还。 汉使贰师将军广利以三万骑出酒泉，击右贤王于天山，得胡首虏万余级而还。 又使骑都尉李陵将步骑五千人，出居延北千余里。 复使贰师将军将六万骑，步兵十万，出朔方。强弩都尉路博德将万余人，与贰师会。游击将军说将步骑三万人，出五原。因杆将军敖将万骑步兵三万人，出雁门。	过居延，攻祁连山，得胡首虏三万余人，裨小王以下七十余人。 行斩捕匈奴首虏万九千级，北至阗颜山赵信城而还。 汉骠骑将军之出代二千余里，与左贤王接战，汉兵得胡首虏凡七万余级，左贤王将皆遁走。 初，汉两将军大出围单于，所杀虏八九万。 浞野侯行捕首虏得数千人。
《南越列传》	高后遣将军隆虑侯灶往击之。 元鼎五年秋，卫尉路博德为伏波将军，出桂阳，下汇水；主爵都尉杨仆为楼船将军，出豫章，下横浦；故归义越侯二人为戈船、下厉将军，出零陵，或下离水，或抵苍梧；使驰义侯因巴蜀罪人，发夜郎兵，下牂柯江：咸会番禺。	封其子延年为成安侯。樛乐……封其子广德为龙亢侯。 以其故校尉司马苏弘得建德，封为海常侯；越郎都稽得嘉，封为临蔡侯。
《南越列传》	元鼎六年冬，楼船将军将精卒先陷寻陕，破石门，得越船粟，因推而前，挫越锋，以数万人待伏波。伏波将军将罪人，道远，会期后，与楼船会，乃有千余人，遂俱进。楼船居前，至番禺。建德、嘉皆城守。楼船自择便处，居东南面；伏波居西北面。会暮，楼船攻败越人，纵火烧城。	戈船、下厉将军兵及驰义侯所发夜郎兵未下，南越已平矣。遂为九郡。伏波将军益封。楼船将军兵以陷坚为将梁侯。
《东越列传》	乃遣庄助以节发兵会稽。 上遣大行王恢出豫章，大农韩安国出会稽，皆为将军。 天子遣横海将军韩说出句章，浮海从东方往；楼船将军杨仆出武林；中尉王温舒出梅岭；越侯为戈船、下濑将军，出若邪、白沙。元封元年冬，咸入东越。	封繇王居股为东成侯，万户；封建成侯敖为开陵侯；封越衍侯吴阳为北石侯；封横海将军说为案道侯；封横海校尉福为缭嫈侯。……东越将多军，汉兵至，弃其军降，封为无锡侯。

续表

篇目	作战情节及部署	军功、封赏、战绩情况
《朝鲜列传》	其秋，遣楼船将军杨仆从齐浮渤海；兵五万人，左将军荀彘出辽东：讨右渠。右渠发兵距险。左将军卒正多率辽东兵先纵，败散，多还走，坐法斩。楼船将军将齐兵七千人先至王险。 　　左将军破浿水上军，乃前，至城下，围其西北。 　　左将军急击之，朝鲜大臣乃阴间使人私约降楼船，往来言，尚未肯决。 　　左将军已并两军，即急击朝鲜。	左将军使右渠子长降、相路人之子最告谕其民，诛成已，以故遂定朝鲜，为四郡。封参为澅清侯，阴为荻苴侯，唊为平州侯，长为几侯。最以父死颇有功，为温阳侯。

　　通过上表可以看出，司马迁记载汉与周边族群战争时，对将领的军功记载得较为具体。将领参加军事活动，有"击""攻""伐""破""围""虏""困""攻败""发兵""急击""击灭""迎击""往迎之""击破之""大破之""射败之""屠之"等等。记军功时写到："得……人""无所得""所败……人""取""略""斩捕""所杀""行捕""封……侯"，共计封侯者20余人，封赏之多足见作战成果丰硕。

　　武帝时期，对四方征伐的次数多且规模大，先后北伐匈奴、东征朝鲜、西通西域、平定东越、闽越、南越及西南夷等，其中对匈奴的征伐持续时间最长且规模最大。《汉书·韦贤传》对此有很详细地概括："孝武皇帝愍中国罢劳无安宁之时，乃遣大将军、骠骑、伏波、楼船之属，南灭百粤，起七郡；北攘匈奴，降昆邪十万之众，置五属国，起朔方，以夺其肥饶之地；东伐朝鲜，起玄菟、乐浪，以断匈奴之左臂；西伐大宛，并三十六国，结乌孙，起敦煌、酒泉、张掖，以鬲婼羌，裂匈奴之右肩。单于孤特，远遁于幕北。四垂无事，斥地远境，起十余郡。"

　　《史记·匈奴列传》记载了自高祖至武帝时期大大小小的战争20余次，较为具体地交代了交战的因由后果。传篇完整记述了武帝时期卫青七击匈奴和霍去病六出塞北的经过，详写了河南之战、河西之战、漠北之战，涉及作战将领50余人，有名有姓者30余人。司马迁对出兵路线、官职职责、战功大小、损失兵马数量、虏获情况等记载尤详，但并未涉及战后封赏。《南越列传》详写元鼎五年与元鼎六年两次攻伐南越的战争，详记出兵路线及封赏情况，并未涉及具体俘获情况。《东越列传》详写元鼎五年、元鼎六年楼船将军讨伐东越，略写大行王恢、大农韩安国出兵讨伐闽越，并完整记录战功封赏，而没有具体兵马数量。《朝鲜列传》着重记述朝鲜成为汉朝四郡的过程，由于卫满之孙右渠"所诱汉亡人滋多，又未尝入见；真番旁众国欲上书见天子，又拥阏不通"，汉派使者涉何告知右渠，右渠不仅不肯奉诏，而且还兴兵攻杀涉何。武帝遣楼船将军、左将军、右将军讨伐朝鲜，详写楼船兵败、收散卒复聚、与朝鲜私下约降等，同时记述左将军之疑、并楼船两军、急击朝鲜、定朝鲜为四郡以及封赏情况。《西南夷列传》略写平定且兰、头兰、南夷，以及消灭了劳浸、靡莫、滇国而设置益州郡的过程。《大宛列传》详写贰师将军伐宛，对各自职责分工、兵马数量、战略战术、封赏情况记写清楚，略写破奴击姑师、虏楼兰王、困乌孙大宛，插叙攻郁成、屠仑头，最终得善马而归。这些若非根据军功档案等，着实难以完成。

综上所述，随着汉与周边少数民族交往的愈加频繁，完善丰富了关于周边民族的知识，为《史记》民族史传的撰写创造了条件。司马迁整合了先秦文献中已有的民族书写，将先秦典籍中那些族属不明、族称各异、片段零散的材料融合改易，形成脉络清晰、内容翔实、可信的少数民族前部族史。对于当代史部分，司马迁结合实地调查，并参照皇家所藏图书档案资料，对当事人的口述资料、历史实物等进行广泛参证，形成了关于周边民族的系统性知识，展现出汉周边民族生活的立体画面。

为贵州少数民族历史作传

——司马迁史记"且兰国"

＊本文作者陆景川，中国史记研究会理事、贵州省文史研究馆馆员。

在黔东南苗族侗族自治州首府凯里市西北部 78 公里处，有一盆地，阡陌纵横，大坝万亩。这里群山环绕，气候宜人，物产丰饶，富甲黔东。境内水陆交通，十分便利。乘潕阳河水，直抵沅水、长江；沿古代驿道，可通荆楚、滇蜀。尤其潕阳一湖，银光熠熠，辉映峰峦。古镇历史悠久，文化厚重，如珠璀璨。城内古迹"九宫、八庙、三庵、四阁"，古色古香，蕴含丰厚。加上"鼓台仙境""铜顶铁峰""晴岚拥郭""白鹭盈洲""宝寺钟声""石埂游龙""两岔渔歌"等十六佳胜，锦上添花，使这座古城赢得了"金盆""银碗""玉带""明珠"的美称。这里就是中国历史文化名镇——贵州黄平县旧州古镇。

说起旧州古镇，它曾与古老的"且（jū）兰国"关系神秘，奇缘悠远；它还与一个伟大的名字司马迁紧密相连，不可分离。

据《辞海》载："且兰，古县名。西晋改故且兰县置。治所在今贵州贵阳附近；一说在今凯里西北。"《百越源流史》谓："黄平旧州属且兰国，而且兰国在春秋时期已存在，直到汉初才被牂牁取代。"《黄平县地名志》曰："元鼎六年，平且兰，改建牂牁郡，黄平旧州为郡治所在。"又据中国青年出版社 1983 年 3 月出版的《中国古代史常识》说："元鼎六年，汉王朝又在贵州置牂牁郡，治所在故且兰（今贵州凯里西北），辖境相当今贵州大部、广西西北部和云南东部。"以上古籍、辞书、方志、著述，几乎认同古且兰国治所就在贵州凯里西北部的黄平县旧州古镇。可见，旧州至少已有 2500 余年历史之久。

黄平是一个以苗族人口为主、还有几万僳家人聚居的少数民族县份。当地苗语的口述史至今仍在传承和印证黄平为古代且兰国治地这一事实。旧州，苗语叫"旺珍"或"王简"，汉语为"皇城""皇帝的家"或"皇帝居住的平坝、地方"之意。又，在苗语里，"且"是城的意思，"兰"是"王"或"王者"的意思，"且兰"，意为"王城"。而在僳家人的僳语中，"且兰"为"蓝家居住的城池、国家"之意，而蓝姓又是僳家的大姓，长期为僳家首领。关于僳家人的历史与文化，著名作家和文化学者冯骥才 2003 年 10 月下旬在考察黄平县重兴乡的僳家枫香寨后曾记述："僳家人自称是射日的羿的后裔。这不仅象征地表现在他们头饰上——插着一根银簪；还在各家祭拜祖先和神佛的神龛上悬挂竹制的弓箭。僳家人不承认自己属于苗族，是一支有待识别的民族。它们的文化自有完整和独特的体系。从语言、信仰、道德、伦理、建筑、器物、工艺、节庆、礼仪、服饰和文艺，都有独自的一套。这是世居此地二万多侾家人千年以上历史积淀的结果。"（冯骥才《侾家·反排·郎德》，原载《收获》2004年第3期）

　　尽管在2000多年前，"且兰"地处偏僻遥远，政治不入"王化"，经济文化也极落后，仍属部落酋长王国，但作为一代伟大历史学家、文学家和思想家的司马迁，在著述"究天人之际，通古今之变，成一家之言"的《史记》中还是把视野放到了西南，放到了且兰。这当然是得力于司马迁"二十壮游，奉使西征"的经历与见闻。据历史记载，汉武帝元朔三年（前126），司马迁20岁正当盛壮之年，即怀抱凌云壮志，奉命漫游全国，首开走出书斋读无字之书、向社会学习调查之先河。他首先西征巴蜀以南，这是他青年出任郎中后所做的第一件大事。他在今云贵两省及四川西部地区认真履职了半年时间，掌握了大量的地理知识和民情风俗。由于使命是安抚新区的少数民族，司马迁便据实提出了"以故俗治"的理念与政策，开创了尊重少数民族风俗习惯的施政大纲，承认少数民族的自治权利。这在当时是很了不起的先进思想。

　　之后，他在著述《史记》中的《西南夷列传》等篇什中记述说，战国时西南地区有几十个"君长"（氏族和部落首领）统治者，汉朝统称其为"西南夷"。其中南部的部落以夜郎（今贵州西部及北部，包括云南东北及四川南部部分地区）为最大，西部的部落以滇（今云南东部滇池附近地区）为最大，滇北的部落以邛（qióng，今四川西昌一带）为最大。再往西为嶲（xí，今云南云龙西南）、昆明（今云南大理一带）。嶲东北的部落，有徙（今四川天全一带）、筰（zuó，今四川汉源一带）、冉马龙（今四川茂县一带）、白马（今甘肃成县一带）等。西南这一带地区在战国以前和中国内部是隔绝的。战国时，楚庄王派大将庄蹻溯长江而上，由黔中到达滇池一带。后来因秦兵的阻隔，道路不通，无法和楚国联系，庄蹻就在滇地称了王。从秦末到汉初，这一带与中国内地没有政治上的联系。建元六年（前135），汉武帝即皇位不久，就开始施行"大一统"的建国经略。他的雄心就是要建立一个历史上从未有过的、疆域广大的封建大一统帝国。此时，他的眼光不仅注视着祖国东南的边疆，同时也把目光转向大西南，想把这一广大地区收入汉朝的版图。于是汉武帝派兵遣将进击闽越、东越，威降南越；又以强大的国力促使夜郎国及附近的部落小国归附汉朝，并设置犍为郡。随后，邛、筰一带的部落首领也都自请为汉朝的内臣。汉武帝很高兴，就下令在这些地区设置了十几个县，归蜀郡管辖。至此，汉武帝没有花费很大的军事力量，主要靠强盛的国力和发达的经济、文化，便成功地达到了开拓西南边疆的目的。

　　元鼎五年（前112）四月，南越王丞相吕嘉造反。汉武帝即派四路大军十余万人合围讨伐，其中一路是由驰义侯利用巴蜀的罪犯，调遣夜郎的军队，由牂牁江前进去攻击。对于这一军事会剿，司马迁在《西南夷列传》中写道（以下意译）："到了南越反叛，皇上派驰义侯以犍为郡的命令征发南夷的兵力。且兰君担心派军队和汉军远行之后他的国内空虚，周围的邻国会趁机来俘虏他的老弱人们，于是就和他的部众谋反，杀害了汉使者和犍为郡的太守。汉朝就派遣了八个本来要去攻打南越的校尉，率领巴蜀的罪犯，前往攻击且兰君，平定了且兰。恰好南越已被打败，汉朝的八校尉不再沿牂牁江进攻，率军返回。途中并诛戮了头兰。因为头兰经常阻碍汉前往滇的通道。平定了头兰以后，就把南夷平定，设置了牂牁郡。夜郎侯本来依赖南越，南越被消灭后，汉军回师讨伐反叛的国家，夜郎侯就进入汉朝朝见天子，皇上封他为夜郎王。"

此后，在汉朝的政治、军事压力下，邛、筰、冉駹、白马相继归汉朝统治。汉朝在邛设越郡（治所在邛都，今四川西昌东南），筰为沈黎郡（治所在筰都，今四川汉源东北），白马设武都郡（治所在武都，今甘肃成县西），冉駹为汶山郡（治所在汶江，今四川茂汶羌族自治县）。元封二年（前109），滇国投降，汉设益州郡（治所在滇池，今云南晋宁东）。从此，西南的大部分地区都重归中国版图。

以上所引，是司马迁对且兰国及国君浓墨重彩的一笔。文中司马迁对且兰君心系夷民、为民谋利的政举予以同情和肯定。但对且兰君不识时务，以一部落小国局部之利，阻碍汉武帝"大一统"的整体利益，并因以谋反的不当举措招来杀身之祸的恶果，则给予了否定。而对夜郎王能以祖国一统为重，既保境安民，还能续袭王位的三全其美的德政即予以赞赏与总结。

"伤心秦汉经行处，宫阙万间都做了土。"如今，据民间传说，在贵州黄平县旧州北侧的天官寨，当年且兰国郡的遗址也只残留些稀落的颓垣废墟，几许秦砖汉瓦。真是世事沧桑，弹指一挥间啊！

然而，我们少数民族地区却因2000多年前伟大史学家、文学家和思想家司马迁的"绝唱"史笔而分享到了历史馈赠的思想文化的光辉：

第一，且兰国、夜郎国和西南夷少数民族的历史，第一次在中国的历史巨著《史记》中占有了自己的位置。而少数民族人物也因司马迁的史笔而在《史记》中树了碑，立了传。

第二，通过司马迁记述且兰、夜郎和西南夷的大部分地区归入中国版图的史实，歌颂了西南各族人民与汉族和谐相融的民族关系，以及为共同创造祖国的物质文明和精神文明，推动祖国历史的发展作出的积极贡献。

第三，司马迁通过且兰、夜郎和西南夷归顺汉朝的史实，赞扬了我国各族人民渴望统一、坚持统一和维护统一的民族精神和文化性格，这为当代中国各族人民铸牢中华民族共同体意识提供了强大的思想武器和文化源泉。

因此，我们贵州黔东南苗族侗族自治州也因古代的且兰国、夜郎国而在《史记》这个博大思想的历史天空中如星闪烁，永放光芒！

侗族为汉夜郎国主体民族考

＊本文作者方煜东，贵州黔东南州档案专家委员会副主任、研究馆员。

都江流域聚居有苗、侗、瑶、壮、水、布依等少数民族，其中苗、侗、水是主要聚居民族，这些民族基本上都是当地的土著，应与夜郎国有关。都江流域还是侗族和水族的主要聚居区和发源地，从民族文学、民间文化、宗教信仰等多方面综合考察，今侗族应是最接近古代夜郎国的主体民族。

一、夜郎得名于侗族的蛙郎崇拜

在都江流域侗族地区，今尚传承有许多关于蛙郎崇拜的侗戏、古歌和民间传说等。中国社会科学院少数民族文学研究所南方民族文学研究室主任、兼任中国社会科学院研究生院教授，原中国少数民族文学学会常务理事、侗族文学学会会长邓敏文在《没有国王的王国——侗款研究》一书中曾提到："'夜'是古代越人对青蛙的一种称呼"，"所谓'夜郎'，就是'蛙郎'；所谓'夜郎国'，就是'蛙郎国'，就是指崇拜青蛙的古代越人所居住的那片土地。"[1]

今壮侗语族中主要语支壮语、侗语、水语、仫佬语、毛南语、布依语等几乎都称青蛙为"夜"，也都有对青蛙的崇拜，但却极少有"蛙郎"崇拜。而侗族是唯一有"蛙郎"崇拜且将"蛙郎"称为"郎夜"（即"夜郎"）的西南夷民族。

"蛙郎"崇拜主要发生在都江流域的侗族地区，此在其侗族古歌、侗戏、民间故事中可见一斑。

如龙玉成主编的《中国民间文学集成·贵州侗族民间故事选》就提到有在黎平县境内的"蛙郎"故事，题目为《郎夜》[2]。又贵州省民族古籍整理办公室主编、梁丁香收集整理的《侗族民间童话选》也收录有在从江县收集的"蛙郎"故事，题目也是《郎夜》[3]。

---

① 邓敏文、吴浩：《没有国王的王国——侗款研究》，北京：中国社会科学出版社 1995 年版，第230 页。

② 龙玉成：《中国民间文学集成·贵州侗族民间故事选》，成都：西南交通大学出版社 1993 年版，第 74 页。

③ 贵州省民族古籍整理办公室编，梁丁香收集整理：《侗族民间童话选》，贵阳：贵州民族出版社 2012 年版，第 6 页。

1980 年出版的《贵州地方戏曲简志》中也有载侗戏中的《郎夜》剧目，称"侗戏的传统剧目，……一类是由侗族的叙事歌或侗族民间故事编写的，有《门龙》《金汉》《三郎五妹》《珠郎娘美》《补桃奶桃》《芒遂》《不贯》《美道》《华团圆坠》《汉边》《鸳洞》《话赛》《郎夜》《刹岁》等二十四出剧。"①

《郎夜》从侗族叙事歌或侗族民间故事被改编为侗戏是在清代道光年间前后，此《黔东南苗族侗族自治州志·文化志》"大事年表"有载："道光十八年至咸丰四年（1838—1854），根据侗族民间传说改编的侗戏《金汉列美》《三郎五妹》《芒隋流美》《甫桃乃桃》《甫义乃义》《元本》《田八汉》《美道》《花赛》《郎夜》《郎衣》等在侗族聚居区广为流传。"②

凯里学院教授傅安辉所编《侗族口传经典》中引用杨权《侗族民间文学史》提到了侗戏中的《郎夜》篇目而将其称为《夜郎》。《侗族口传经典》引侗族民间唱侗戏时的开场白而称曰：

　　……百多年前腊洞有个吴文彩，是他首先编侗戏。他用汉族书本《二度梅》，改成侗戏叫《梅良玉》。就从那时起，侗家开始有了戏。何人编侗戏，听我一一来说起。吴文彩编的戏叫《刘告》，小黄吴德编的是《甫贯》，銮里吴公道编《夜郎》，……从此我们侗家如虎添了翼。不但会唱歌，而且会唱戏。③

由此可知《郎夜》又名《夜郎》。《榕江县志》中也将《郎夜》称为《夜郎》，该志载："1959 年，县侗戏实验剧团创作、改编的传统戏剧有《珠郎娘美》《甫桃乃桃》《金俊》《夜郎》等。"④

在侗族地区广泛流传的《郎夜》（《夜郎》）故事及剧本，都将故事中的主人公（即侗族所崇拜传颂的人物）"郎夜"的故里定在榕江古州城北五里的章鲁寨。

如贵州省民族事务委员会于 1985 年所编的《侗族文学资料》（第二集）中收录有一部称《郎夜》的古歌，这部叙事体说唱文学作品由 134 首唱词组成，外加一首序歌，共 135 首歌词，共 2000 多句。流传于今榕江古州的车江一带。⑤ 该叙事古歌主要内容称：

　　在三宝古州章鲁寨，有一家拥有三间堂屋、七千"屯"田的富裕人家（也译为头领家）。男主人叫文举，女主人叫索美。夫妇婚后一直没有儿子，

　　① 中国戏剧家协会贵州分会：《贵州地方戏曲简志》，贵阳：贵州人民出版社 1980 年版，第 58 页。
　　② 黔东南苗族侗族自治州地方志编纂委员会：《黔东南苗族侗族自治州志·文化志》，贵阳：贵州人民出版社 2004 年版，第 297 页。
　　③ 选自杨权编：《侗族民间文学史》，北京：中央民族学院出版社 1992 年版。见黔东南少数民族文化典籍丛书，傅安辉编：《侗族口传经典》，民族出版社 2012 年版，第 196 页。
　　④ 榕江县地方志编纂委员会：《榕江县志》，贵阳：贵州人民出版社 1999 年版，第 833 页。
　　⑤ 石宗庆记译，龙玉成意译：《侗族文学资料》第二集，贵州省民族事务委员会、贵州省文联民研会编印，1985 年，第 174—330 页。

于是便到寨头大庙去求菩萨。玉帝派龙金（指金龙，龙王之子）和女宝（指龙女）同时下凡投胎，并在天上给他们定下姻缘。龙金投到三宝古州当文举的儿子，女宝投到广西宜北的谢家当女儿。龙金尚未出世，其父文举就已病死；龙金刚刚生下，其母索美又难产而亡。龙金长得人不像人，鬼不像鬼，像一只青蛙，到五六岁还不会站立走路，所以人们叫他"郎夜"（即青蛙后生）。中宝寨有一位非常漂亮的姑娘名叫或美，她心高气傲。友托、金海等许多帅气的小伙子向她求亲，她一个也看不上。消息传到郎夜耳朵里，他决心要娶或美为妻。郎夜的养母无奈，只好亲自到或美家去提亲。或美根本不把郎夜放在眼里。可是郎夜并不死心，又请金桑和万松两位老人去求亲。或美对金桑和万松说："假如郎夜有长生不老的仙丹和取之不尽、用之不完的聚宝瓶，我就心甘情愿做他的妻子。"郎夜求助于龙公（指龙王），终于拿回了这两样东西。或美无奈，只好做了郎夜的妻子。可是或美并不喜欢郎夜，总是闷闷不乐。有一天郎夜脱掉蛙皮，变成一个年轻帅气的小伙子。或美非常高兴，怕郎夜再变回去，就用火把难看的蛙皮烧掉了。这事被投生异地的女宝得知。她沿河而上，寻迹追踪，终于找到了郎夜。郎夜虽然爱或美，但他不敢违抗天命只好假装溺水而死，偷偷跟随女宝到谢家去了。或美得知郎夜溺水而死，痛不欲生。没过多久"山寇"造反，李坤作乱，或美的家财被夺。李坤还想占有或美。或美不依，沿河而下，逃离古州。逃难途中，她得知郎夜并没有死，而已在宜北（今河池市东北，民国曾建宜北县）同女宝结为夫妻。或美为了活命投奔他们，一家终于团聚。后郎夜在朋友帮助下，打败李坤，夺回了家产和土地。①

侗族的《郎夜》叙事歌已经被多次改编，现已成为一则以爱情为主题兼及复仇情节等内容的故事。而在民间故事《郎夜》等版本中，则还有郎夜当上皇帝女婿并最终当上皇帝等内容。这说明《郎夜》的真实原型可能是历史上自立为王、称霸西南夷的夜郎侯。《郎夜》叙事歌应曾是侗族所流传的祖先英雄史诗，亦即夜郎国史诗。

除榕江县之外，在今黎平县、从江县及广西三江县等地所流传的《郎夜》叙事歌、侗戏和民间传说中，故事内容的情节虽稍有不同，但主人公"郎夜"的故里都指向在古州章鲁寨。而古州章鲁寨还是中国侗语标准音的发源地。这说明古州章鲁寨可能是夜郎文化的一处重要发祥地。

由此也可知，侗族与夜郎国之间可能有重要的渊源关系。著名侗族学者邓敏文、吴浩在《侗族口传史》中就提到侗族与夜郎国的渊源关系，称："从民俗学方面考察，今日侗族尚保留有夜郎文化的许多痕迹，竹王的传说在侗族地区广有流传。""在一些关于吴勉王②的传说中，亦有与竹王传说相似的情节，如竹中育兵，

---

① 陆景川：《贵州世居少数民族文学史侗族卷》，贵阳：贵州民族出版社 2023 年版，第 233—234 页。
② 吴勉为明洪武年间的侗族起义领袖，都江流域广有其传说，侗民尊称其为吴勉王。

插筷为竹、击石出水等。""在古老的侗族宗教仪式中，也有竖竹求子的仪式，这大概与'竹生人'的观念有关。"①

因此可断定，夜郎国应是从侗族的蛙郎崇拜中得名而来，"郎夜"是侗语字句，即汉文"夜郎"。夜郎国就是崇拜英雄神蛙郎或是以蛙郎为图腾的部落（国家）。

二、侗族地区广泛存在有夜郎王崇拜

侗族的蛙郎崇拜还可以破解《华阳国志》《后汉书》中关于夜郎侯传说的千古之谜。《华阳国志》将夜郎王称为竹王，载曰："有竹王者，兴于遯水。有一女子浣于水滨，有三节大竹流入女子足间，推之不肯去。闻有儿声，取持归，破之，得一男儿。长（养），有才武，遂雄夷濮。氏以竹为姓。捐所破竹于野，成竹林，今竹王祠竹林是也。王与从人尝止大石上，命作羹。从者曰：'无水。'王以剑击石，水出，今竹王水是也，破石存焉。后渐骄恣。"② 《后汉书》将此故事摘录，将竹王改为夜郎侯。

而在今广西三江侗族自治县侗族聚居区一带，所流传的"蛙郎"故事与《华阳国志》《后汉书》略相类似，中国社科院研究生院少数民族文学系研究生、全国侗族文学学会副会长、广西民间文艺家协会副主席吴浩20世纪八九十年代曾在三江县都江北岸的河里村一带收集到这样一个故事：

> 从上游漂下来的一节竹筒，三次进入一村妇桶中，倒出去，再打水，竹筒又再次进入桶中。如此者三。该村妇便把竹筒挑回家来。剖开，从节筒里跳出一只青蛙。青蛙把皮脱掉后，变成一个小男孩。男孩跑到女子怀中呼唤妈妈。女子如是把蛙郎养大成人，后蛙郎成亲生三子。三子很有才武，成为为民除害的英雄。三子死后，人们立庙祭之。有求必应，十分灵验。起初，人们连其父一起祭奉，后因父庙比不上子庙灵验，故父庙（称祖庙）便因没有香火而废掉了。三王庙，乃蛙郎之三子。过去在三王庙的神台上，即供祭有青蛙神，铁铸的青蛙模型。③

吴浩在《夜郎新说》中还称："河里一带侗族民间传说，给我们提供了一个新的材料：三王之父，乃是蛙郎，是蛙从竹节中跳出来而变为人——'竹生蛙，蛙变人。'是这则传说的核心内容。"④

这说明《华阳国志》所收集到的夜郎竹王传说可能出自侗族的古代蛙郎崇拜故事。

① 邓敏文、吴浩：《侗族口传史》，南宁：广西人民出版社2014年版，第7—8页。
② 晋常璩：《华阳国志》，济南：齐鲁书社2015年版，第44页。
③ 吴浩：《鼓楼·太阳·月亮——吴浩作品集》，广州：广东人民出版社1995年版，第79—80页。
④ 吴浩：《鼓楼·太阳·月亮——吴浩作品集》，广州：广东人民出版社1995年版，第80页。

在这个故事流传的河里村一带，今还保存有竹王宫、三王宫等两座与夜郎王崇拜有关的庙宇。竹王宫在三王宫上方二三里处，宫旁还有光绪二十七年的古碑，提到"李氏浣纱水边，流一竹节至足间，拾剖得一婴儿，抚育成人，以竹为姓，才德文武兼全，汉武帝敕封为夜郎侯，殁后显灵为祖庙"等事迹。①

三王宫位于该村人和桥旁，宫内外有古碑十余方，涉及道光、同治、光绪、民国等时期，大多都提及与夜郎侯（竹王）及其三子（三王）崇拜有关。当地称三王宫是为纪念古夜郎王三王子而建，始建于明嘉靖年间，清代多次重修，占地1200平方米，依山而立，规模宏大，内有侗戏台和左右大殿，2013年列为全国重点文物保护单位。②

广西三江县境内三王庙祀神为夜郎王，清初陈梦雷《古今图书集成·职方典》有载，称怀远县（即今广西三江县）"三王庙，即夜郎王祠。一在县北门外，一在老堡对岸，土人祷之，其应如响。"乾隆《柳州府志》亦载：怀远县"三王庙即夜郎王祠，在北门外洲头（今丹洲，明万历十九年怀远县治从老堡迁至丹洲，次年县令在新县城新建三王庙），明万历二十年知县苏朝阳建。案《水经注》：汉武帝时，一女子李氏浣沙遁水之滨，有三节大竹流至足间，推之不去。闻有婴儿声，剖得一男。及长，以竹为姓，自立为夜郎王。后唐蒙开牂牁，斩竹王首。夷獠咸怨，以竹王非血气所生，求立为祠。帝封其三子为侯。殁后，配食父庙。"③

可知广西三江境内至少有老堡（宋县城）、丹洲（明县城）及河里竹王宫、三王宫等多处夜郎王崇拜遗迹。

老堡为都江与浔江会流成融江的三江口，老堡三王庙早在宋代就已建，《宋会要》有记载。

广西三王庙信仰一般认为是从都江上游的贵州内地传播而来，此民国《三江县志》"风俗"载："三王庙，夷俗之祀也，汉武帝杀夜郎王后，复封其三子为侯（竹姓），死后夜郎人为之立庙，其习遂由黔省而染于县境耳。"④ 又三江县史志办原主任吴启强所撰三江县竹王崇拜调查资料也称："县境溶江河流域具有非常深厚的夜郎文化底蕴，而这些夜郎文化又与都柳江上游黔东南从江、榕江一带的夜郎文化有一定的渊源关系。"⑤

贵州境内的都江流域今也尚存有不少夜郎竹王及竹王三郎崇拜遗迹，如从

---

①　广西地方志编委会办公室古籍整理部：《和里村志》，北京：线装书局，第376页。

②　广西地方志编委会办公室古籍整理部：《和里村志》，北京：线装书局，第155页。

③　清王锦修，乾隆《柳州府志》，乾隆二十九年（1764）刻本，卷十七坛庙第15页。该志又载："旧志载，出清水江，由古州而达于老堡，则系容江无疑。对面系老堡滩，有三王庙最灵。"见同志卷十七坛庙第26页。

④　中国方志丛书华南地方第197号，魏任重修，《民国三江县志》1946年版，台北：台湾成文出版社1975年版，第156页。

⑤　吴启强：《广西三江侗族自治县境内"夜郎文化"的初探》，柳州市档案信息网，2017-12-05。

老堡循都江而上，沿江北岸的黎平县地坪乡有归公竹王宫、宜列三王宫，从江县贯洞镇有八洛三王宫，榕江县古州有腊岑三王宫等等。这些地方都是侗族聚居区。

黎平城内旧亦有竹王宫和三郎祠，光绪《黎平府志》"卷八艺文志"有司炳煌《铜鼓歌》称："献出醅酽醉呷筒，有时岁暮毕农工。持鼓赛神竹王宫，髽结箐裙纷躩躔。木叶芦笙相琤琮，三郎祠内此为供。"[①] 今当地尚存三郎司等地名。

榕江古州古城内的诸葛台旧祀诸葛亮和济火，可能是移竹王及竹王三郎父子二神而改祀之，诸葛台当是祀竹王及竹王三郎父子二神的竹王祠改称而来。今古州城北的车寨尚有二帝阁，据《黔东南苗族侗族自治州文物志》记载，始建于清道光年间，后毁于火，光绪十七年（1891）重建，1984 年维修。该楼坐北向南，为三层重檐四角攒尖顶木质结构，占地面积约 80 平方米，通高 17 米，底层金柱四根，檐柱 12 根，各层飞檐翘角，门有楹联一副：四面河山，车江大坝三十里；万般秀色，黔省东南第一楼。1984 年公布为县级文保单位。

二帝阁当为二王庙嬗化而来，二王庙祀神应为夜郎王及其子竹王三郎。乃在雍正乾隆年间朝廷驻军移诸葛亮和济火祀于诸葛台（原竹王台）后当地民众又在城北的侗族聚居区建二王阁，后尊为二帝阁，成为当地夜郎崇拜新的中心。

《后汉书》也提到有竹王三郎，载曰："夜郎者，……自立为夜郎侯，以竹为姓。武帝元鼎六年，平南夷为牂柯郡，夜郎侯迎降，天子赐其王印绶。后遂杀之。夷獠咸以竹王非血气所生，甚重之，求为立后。牂柯太守吴霸以闻天子，乃封其三子为侯，死配食其父。今夜郎县有竹王三郎神是也。"《华阳国志》提及夜郎县有竹王三郎祠，其原型当是古州诸葛台（竹王台）。今在古州城北约 10 里的脉寨车江边还矗立有一块道光二十八年重立的张中丞（疑为张广泗）断分界处碑，以碑北称六百司，碑南称三郎司，即以碑南侧的章鲁寨、车寨直至县城，古代的地名称为三郎。该三郎司的得名，可能与当地旧有竹王三郎祠有关。

以榕江古州等一带为中心的竹王三郎崇拜后拓展至周边地区，如都江上游的三都、独山皆有三王庙，榕江西南侧龙江河流域的河池旧有三侯祠，东南漓江流域的阳朔旧也有竹王祠，西北侧重安江流域福泉杨老有竹王祠，东北侧清水江及支流亮江流域也都有三王庙，等等。沅江上游的夜郎王崇拜后还传播至沅江中游流域一带，泸溪、凤凰、吉首、花垣等地的白帝天王信仰（天王庙）在乾隆年间及以后大多改称为竹王祠、三王庙、三侯庙等。

三、侗族萨岁崇拜也与竹王崇拜有关

侗族分为南北两大方言区，南侗的萨岁在北侗译称为圣婆。早在明代贵州建省后所纂的第一部贵州通志——《弘治贵州图经新志》中，就提到有邛水河流域

---

① 黎平县史志办：《黎平府志点校本》，北京：方志出版社 2014 年版，第 2127 页。

今三穗县境内的圣婆崇拜。

邛水河唐宋称思邛水，《元和郡县图志》称该水与夜郎王崇拜有关，据该志"卷三十思王县"载："相传云汉时陈丘（指陈立）为牂柯太守，阻兵保据思邛水。汉将夜郎王数万，破丘于此，安抚百胜，时人思慕，遂为县名。"

《弘治贵州图经新志》在所载的"圣婆井"中就提到与竹王崇拜有关，称："在邛水司东南八里岑楼山上，土人云：昔有下妇领五男来略地，行至岑楼山，渴甚，以柱杖卓地，祝云：我得地，竹当成林。后果成林。待（乎复）辛挥涕竹，止今雾雨此处，竹有液如涕。"① 因《贵州图经新志》原本缺页导致关于圣婆的文字不全，稍后的嘉靖《贵州通志》补全文曰："圣婆井，在（邛水）司治东南八里岑楼山上，俗云昔有一妇领五男来争地方，行至岑楼，渴甚，以手柱竹杖卓地，祝云：我得地，水当随杖而出。果得水。又以竹植地，祝云：我得地，竹当成林。果成林。及后至，因挥涕竹上，今有液如涕。"②

圣婆以竹杖卓地得水，又以竹植地成林的传说与《华阳国志》所载夜郎王以剑击石出水、捐破竹于野成林的故事基本上是吻合的。可知圣婆有避水女子和夜郎王崇拜的影子和痕迹。

据清乾隆镇远知府朱桂祯在《瓦寨冷神碑记》中所载，圣婆"姓杨出吴氏"，"从伏耳高山来"。③ 此伏耳高山即为锦屏县东南郎江发源的湖耳山，旧在郎江流经的锦屏老县（今铜鼓镇）城东，建有圣母宫，所祀当为圣婆的原型夜郎王母。道光《黎平府志》载："锦屏乡圣母宫，在城东门内，道光二十三年新建。"④ 说明圣婆是沿郎江、亮江下游及邛水河（今称小江）一路北上，去宣告土地主权的。故可知从都江以北直至邛水河流域的广大侗族聚居区，可能都曾是夜郎国的领土。

北侗地区的圣婆或圣母，在侗族南部方言区称萨岁。据《侗族简史》载，"萨岁"，又称"萨麻""萨柄""萨堂"，为黎平、榕江、从江、龙胜、三江、通道等县侗族所供奉。人们都认为她的神威最大，能主宰一切，保境安民，使六畜兴旺，村寨平安。村村设有她的"神坛"，侗语称为"然萨"（祖母屋）或"堂萨"（祖母堂）、"堂间萨"（祖母殿）。汉语叫作"圣母祠""宁威祠"等。⑤

萨岁作为侗族人民共同祭祀的最大祖母神和保护神，在民间有其广泛的传说，凯里学院教授、侗族学者傅安辉《侗族口传经典》有载此传说，转录如下：

　　很久很久以前，耐河口上的平瑞寨有一位孤苦伶仃的侗族姑娘，她的名字叫仰香。仰香刚满八岁，就给伯父放羊养鸭。平瑞寨有一位穷苦善良的老

　　① 明沈庠，弘治《贵州图经新志》（十七卷），贵州省图书馆影印本，第60页。

　　② 贵州省文史研究馆，明谢东山：嘉靖《贵州通志》（点校本），贵阳：贵州人民出版社2015年版，第87页。

　　③ 三穗县志编纂委员会编：《三穗县志》，北京：民族出版社1994年版，第658页。

　　④ 黎平县史志办：《黎平府志》点校本，北京：方志出版社2014年版，第355页。

　　⑤ 《侗族简史》编委会：《侗族简史》，贵阳：贵州民族出版社1985年版，第153页。

人名叫贯公。贯公见仰香可怜，就指引她到六甲寨去寻找自己的舅舅九库。仰香来到六甲寨上，殊不知九库已被害逃走。仰香在投亲无着的情况下，被当地汉族官家财主李从庆收为家奴。李家有位长工名叫堵囊，仰香和堵囊同命相怜，年长日久，相互产生了爱慕之情。李从庆见仰香人才出众，品貌双全，遂起歹意，想娶仰香为妾。堵囊得知，救出仰香，逃出虎口。他俩逃到螺蛳寨上，被好心的天巴奶奶收留。堵囊和仰香在螺蛳寨男耕女织，生活美满，不久就生了一个女儿，取名婢奔。有一天，仰香、堵囊和众乡亲到九龙山挖鱼塘，挖到一块闪闪发光的神铁。堵囊拿回来请人打了一把大刀，称九龙宝刀。李从庆得知此事，借口说挖鱼塘毁了他家的地气龙脉，于是趁众人不备之际，派家丁打手到螺蛳寨强占鱼塘，打死仰香。李从庆得寸进尺，还想杀死堵囊，夺取宝刀。李从庆的另一侗族帮工石道得知此事，星夜跑来给堵囊报信。堵囊悲愤之至，忍无可忍，决定趁财主李从庆不备，邀集螺蛳寨众乡亲，以攻为守，半夜攻打六甲。贯公得知，也星夜赶来献计献策，并将珍藏多年的一把神扇送给婢奔。堵囊父女为报妻仇雪母恨，一举攻下六甲寨，杀死了仇人。婢奔见石道忠厚诚实，勤劳能干，武艺高强，便同他结为夫妻，生索佩、索美两个女儿。李从庆的管家王树，用计骗取信任，并害死了石道。婢奔查明真相，杀死了王树。李从庆的儿子李点郎在朝廷当官，得知父亲被杀、田地被侗人瓜分，遂启奏皇上派八万官兵前来讨伐。李点郎为了夺取宝刀，派人伪装成远方的侗家小伙子，到六甲寨上去同索佩、索美行歌坐夜，骗取了九龙宝刀。堵囊失去了宝刀，抵敌不住，奋战身死。婢奔寡不敌众，率众乡亲退守九层岩上。李点郎手持金印，追到九层岩。婢奔的神扇也失去了神力，与敌人殊死拼搏。最后她和她的两个女儿一起纵身跳下悬崖，牺牲于弄塘凯。婢奔死后，化作神女，继续率领侗乡人民与仇敌战斗，终于杀死了李点郎，击败了官兵，迎来了胜利。从此，婢奔也就成了侗乡的护佑女神，人们尊称她为"萨岁"。①

　　婢奔这个名字，与夜郎国竹崇拜有关。"婢"是古代女人、妇人的谦称，而"奔"是侗语"竹"的语音，侗族称"竹"为"奔"。故"婢奔"就是"竹姑娘""竹妇人"的意思。而在有的版本中，萨岁也有称"杏妮"的，而榕江地区流传的萨岁故事中则称之为"圣尼"②，故此"杏妮""圣尼"或是"圣妮"的转音，"圣妮"乃指神圣的姑娘或圣母。婢与妮在汉语中基本相同，妮的本义指婢（见元戴侗《六书故》：今人呼婢曰妮）。

　　《萨岁的传说》的故事情节可能综合有汉灭夜郎国及唐初桂州都督李弘节开獠夷置古州、北宋广西经略安抚使王祖道平王江古州蛮置平、允、从州等历史事件，然故事中将李姓作为主要反对派，则该传说的主要情节原型或是以唐贞观年

---

① 傅安辉：《侗族口传经典》，北京：民族出版社 2012 年版，第 124—125 页。
② 杨宏远、姜永能：《山水相伴的家园——榕江》，贵阳：贵州人民出版社 2006 年版，第 179 页。

间以桂州都督李弘节派兵占今侗族主要聚居地的黎平、从江、榕江、锦屏、三都等地置古州有关。李弘节开置古州后，使夜郎国腹地一带重新列入朝廷管理，这是在经过激烈的战争以后所取得的，《萨岁的传说》讲述的可能就是当时的场景。由于侗族没有文字，因此当时的真实历史已无从知晓，后人为了纪念这段历史，构建了萨岁（竹妇人或圣母）率领侗民抗击入侵、保卫家园，最后壮烈牺牲、死后成神，最终战胜官兵等故事。

　　而在更早版本（中华人民共和国成立前后由从江县龙图乡侗族歌师梁普安口述原稿）的《撒岁》侗戏中，还出现有夜郎国及夜郎郡官员等历史、人物情节。此贵州省黔东南苗族侗族自治州文化局主编的《民间侗戏剧本选》有载。该剧中有杏妮（侗族女英雄，后人尊称"撒岁"（即萨岁），即至高无上的女祖）、喜道（杏妮的丈夫）、九库（杏妮的舅舅）、佳葵（杏妮的女友）、贯公（侗寨长老）、梁公（侗寨长老）、李昌顺（汉族财主，又称真"嘎李"）、李顶郎（朝廷命官，李昌顺之子）、王树（李昌顺在六甲的管家）、吴盛（县官）、尤心（夜郎郡主，即夜郎郡太守）等主要人物，共有《杏妮出走》《遇险结缘》《歌会遭劫》《鱼塘获宝》《斩霸还田》《杀奸雪恨》《首挫官军》《贼子瞒封》《抗暴显灵》九场侗戏内容，情节与传说内容基本一致，只是人物及个别人名稍有调整。

　　在该侗戏中，以李顶郎为朝廷命官及钦差大臣，他将不大听从命令、有心保护杏妮的夜郎郡主尤心斩杀了，并在剧中称"杀了杏妮，我当夜郎国王"。[1] 并在包围杏妮后又向手下传令的："夜郎郡不听主上法令，被我砍死。从现在起我就是夜郎国王。你们带兵冲杀，二天我封你们当宰相大臣。"[2]

　　从此处情节可知，杏妮作为侗族女英雄，还是夜郎国的实际掌权人。而侗族所居住的区域，也应是夜郎国和夜郎郡的核心区。这说明在古老的侗族叙事歌及所改编的侗戏中，侗族与夜郎国之间有极深的渊源，而侗族创始神及保护女神的萨岁，直指为是夜郎国的国王。

　　在该剧本《撒岁》侗戏中，还提到撒岁（即萨岁）被皇帝敕封事，皇帝唱词中有"杏妮女怎么会这样凶？她既有宝扇兵丁勇，夜郎地山多路窄你兵再多也难用兵。念她杏妮也是我的黎民百姓，我有意册名'锦伞夫人'把她封。"[3]

　　关于萨岁被敕封的事，《宋会要》也有载。据《宋会要辑稿》记载称："王口江神祠，在柳州融江寨（指融州）。在州东北三百里。土人曰三王庙。神宗元丰七年八月赐庙额顺应，徽宗崇宁四年十月封，一曰宁远王，二曰绥远王，三曰惠远王。庙中三神祖母封灵佑夫人。"[4]

　　此三王神即夜郎竹王三郎，但宋时已讹传为宁远王三兄弟。而三王神祖母的

---

　　①② 贵州省黔东南苗族侗族自治州文化局主编（李瑞岐编），贵州民间文艺丛书《民间侗戏剧本选》，贵阳：贵州人民出版社 1986 年版，第 318 页。

　　③ 贵州省黔东南苗族侗族自治州文化局主编（李瑞岐编），贵州民间文艺丛书《民间侗戏剧本选》，贵阳：贵州人民出版社 1986 年版，第 312 页。

　　④ 清徐松：《宋会要辑稿》，北京：中华书局 1957 年版，第 820 页。

原型，当是指侗族的祖母神萨岁，在北宋时期被宋徽宗敕封为"灵佑夫人"。故侗戏中所称萨岁被敕封"锦伞夫人"① 当是从宋徽宗敕封三王祖母为"灵佑夫人"演化而来。也说明宋徽宗敕封三王祖母（萨岁）这一荣誉也在侗族民众中口口承袭，世代传耀。从此也可知侗族与三王崇拜、夜郎国等之间的传承关系。

今侗族地区普遍可见在寨中建萨坛前一般要先竖三根节节相齐的竹子②，所意指当与竹王三郎（夜郎王）有关。

在宋代，今贵州黎平、榕江一带侗族核心区有一支迁至今湖南新宁的瑶区，今仍保留有相对原始的《竹王祭》习俗，与侗族古歌中"未起房屋先把祭坛建，祭坛立在寨中间，竹子三根节节齐，红丝绿线来绕缠"的说法基本一致。

此林河《中国巫傩史》有载及，称：当地（指新宁瑶寨）多称《竹王祭》为"庆鼓坛""绊萨坛"或"跳竹王"。又称："绊萨坛"的步骤是：先在竹林深处选一块上好的竹林，以三根鲜活的金竹为"萨坛"的支柱，将竹尾扎到一块，做成一座帐篷似的神坛。清理出一片祀神的场地来，以备祭祀竹王。③

这就说明"萨坛"就是竹王神坛。因此侗族地区仍在传承的祭萨活动其源头实与祭祀竹王即夜郎王有关。

《中国巫傩史》还提道："从这里黄岩峒的兰、雷二姓清朝道光年间的手抄族谱中了解到，他们是宋朝绍兴年间从贵州黔东南州的古州、黎平，循着大落山经广西古宜，莳竹溪峒、城步最后才定居于新宁八峒瑶山的。"④

这些夜郎遗民到达瑶区后，肯定也吸收了当地的瑶族习俗，但所保留的《竹王祭》是极为宝贵的文化瑰宝。

古州、黎平是侗族主要聚居区，可知宋代时期的这些夜郎后裔是沿着都江、浔江一路向东的，这说明以古州、黎平为中心的夜郎文化在宋代有向周边地区拓展的趋势。

因为侗族在古代或近代以来从未主动或被动认为与夜郎国主体民族有关，因此这些资料就显得非常珍贵和客观。反观近代尤其是民国以来贵州西部地区被认定为夜郎国地后，当地一些少数民族开始尽量把本民族传说或史诗往夜郎竹王上去靠，这是典型的先树观点，后找资料或构建资料。

以上诸点，可论证侗族与夜郎国之间有极深厚的渊源关系，也直指今侗族为夜郎国的主体民族。

---

① 南朝隋时高凉郡俚族大首领冼太夫人（敕封谯国夫人）民间也尊为锦伞夫人，故此锦伞夫人应指被朝廷敕封过的土著女首领。

② 见王胜先：《侗族文化与习俗》，贵阳：贵州民族出版社 1989 年版，第 125 页。《嘎莎岁》歌词中称"未起房屋先把祭坛建，祭坛立在寨中间，竹子三根节节齐，红丝绿线来绕缠。"

③ 林河：《中国巫傩史》，广州：花城出版社 2001 年版，第 417 页。

④ 林河：《中国巫傩史》，广州：花城出版社 2001 年版，第 414 页。

汉夜郎县夜郎侯父子祠考

＊本文作者方冶文，日本东京亮星株式会社，文学硕士。

晋常璩《华阳国志》"南中志"有载夜郎郡，称："夜郎郡，故夜郎国也。属县二，户千。"又有载夜郎县曰："郡治，有遯水通广郁林，有竹王三郎祠，甚有灵响也。"

这说明至少在东汉末及两晋之际，在汉夜郎国故地的夜郎县境内已形成有祭祀夜郎王父子的祖先神及土主神、英雄神崇拜。并称"甚有灵响"。说明影响很大。

范晔《后汉书》也有载夜郎县境内的竹王三郎祠。曰：

> 夜郎者，初有女子浣于遯水，有三节大竹流入足间，闻其中有号声，剖竹视之，得一男儿，归而养之。及长，有才武，自立为夜郎侯，以竹为姓。武帝元鼎六年，平南夷，为牂柯郡，夜郎侯迎降，天子赐其王印绶。后遂杀之。夷獠咸以竹王非血气所生，甚重之，求为立后。牂柯太守吴霸以闻，天子乃封其三子为侯。死，配食其父。今夜郎县有竹王三郎神是也。①

《后汉书》关于夜郎侯发迹的传说出自晋常璩所著《华阳国志》，其故事虽然神奇，但夜郎县境内有竹王三郎祠应该是真实的，而夜郎侯从竹中剖得的神话应主要是出自竹王三郎祠的传播而对夜郎国真实的历史所进行的改编和演化。因此，对汉夜郎国故地的研究还应结合当地的竹王三郎崇拜进行考察。

一、蜀地与鄂西的竹王夜郎崇拜及其源头

在《华阳国志》及《后汉书》对夜郎县竹王三郎祠进行记载后，目前文献最早记载夜郎竹王祠的是在北宋，地址在荣州治旭川县。

此北宋初乐史在所撰《太平寰宇记》"荣州旭川县"载："竹王庙，《蜀记》云：昔有女人于溪浣纱，有大竹流入而触之，因有孕，后生一子，自立为王，因以竹为姓。汉武使唐蒙伐牂柯，斩竹王，因有此故，故土人不忘其本，立竹王庙，岁必祀之。"②

---

① ［南朝宋］范晔：《后汉书》，北京：中华书局1965年版，第2844页。
② ［宋］乐史：《太平寰宇记》，北京：中华书局2007年版，第1700页。

旭川县为荣州治，即今荣县城。《太平寰宇记》又载："荣州，和义郡，今理旭川县，禹贡梁州之域，古夜郎之国。汉武开西南道，为南安县地，属犍为郡。"① 因为唐代著名女诗人薛涛曾题竹郎庙云："竹郎庙前多古木，夕阳沉沉山更绿，何处江村有笛声，声声尽是迎郎曲。"② 因此荣州竹王祠一般认为在唐代或已建成。唐宋荣州在今四川荣县一带，先秦时期这一带属古蜀国，秦灭蜀后属蜀郡，为南安县地，汉武帝并夜郎国地置犍为郡时，将蜀郡南安县划归犍为郡。由于北魏郦道元将今大渡河、青衣江注入岷江处的乐山市区称为汉武阳县地，而武阳县又曾设置为犍为郡郡治，故郦道元在《水经注》中称之为故大夜郎国。而唐置荣州又曾辖今乐山市一带，故乐史《太平寰宇记》就认为这一带为古夜郎国地。而唐代中期所撰的《元和郡县图志》并无提及这一带为古夜郎国地，因此薛涛所题竹郎庙诗及荣州建竹王庙当是元和年间以后之事。

乐史《太平寰宇记》也提到嘉州为夜郎国，还称"汉武使唐蒙伐西戎，得夜郎，遂立犍为郡。"③ 嘉州位于今乐山市区岷江以西一带，岷江以东唐为荣州境。故乐史称荣州、嘉州皆为古夜郎国地，实受郦道元之影响。

《太平寰宇记》中还记载有邛州大邑县有竹王庙，但未详所址，仅复述《华阳国志》所载竹王三郎庙史料，该庙渊源或与《史记》载唐蒙使夜郎从巴蜀筰关入有关，古代可能以此为蜀筰关遗址。

但唐荣州、嘉州及邛州皆与夜郎国地无关，荣州、嘉州一带为古蜀国蜀郡地，且近临蜀国都及蜀郡治，不是故大夜郎国地。而邛州则与汉初同夜郎国并存的邛都等国有关，亦非夜郎国地。因此，关于嘉州、荣州一带的竹王庙，明代蜀地大学者曹学佺予以否定，并在其所著《蜀中广记》曰：

> 《蜀记》云：古夜郎国传为一女人浣溪，有竹浮下，而中啼声，取而视之，则孩也，及长，呼为夜郎，封竹溪王。今治北三里有竹公溪矣。按宋祁答劝农李渊宗《嘉州江上见寄诗》：嘉月嘉州路，舸栽接画船，山围杜宇国，江入夜郎天。即咏此事。又《舆地广记》云汉武帝开夜郎置犍为郡，《汉书地理志》夜郎故县乃属牂柯郡，如此则今之嘉州犍为郡非夜郎故地矣。后世徒见嘉州名犍为郡，又领犍为县，遂以为夜郎国，恐失真。④

又清王士禛《蜀道驿程记》对嘉州竹公溪三郎祠祀夜郎王也存有疑议，故其文称"或云（竹王祠）在夜郎县"。⑤ 认为不可能在蜀地一带，应是在汉夜郎县境内。因为上述地方都与汉夜郎县无关。

及至南宋，又在四川东南方向的今湖北恩施州一带置有竹王祠，祀夜郎侯。

---

① ［宋］乐史：《太平寰宇记》，北京：中华书局 2007 年版，第 1700 页。

② 张篷舟笺：《薛涛诗笺》，北京：人民文学出版社 1983 年版，第 13 页。

③ ［宋］乐史：《太平寰宇记》，北京：中华书局 2007 年版，第 1506 页。

④⑤ ［明］曹学佺：《蜀中广记》，商务图书馆影印故宫博物院藏文渊阁本，"卷一一〇名胜记第十一上川南道嘉定州"第 2 页。

此南宋祝穆《方舆胜览》"施州"有载："竹王祠，在歌罗寨西北五十里东门山，即夜郎侯祠也。《华阳国志》初有女子浣於遯水，有三节竹流至，闻其中有婴儿声，剖竹得男，归而养之，及长，材武，遂自立为夜郎王，以竹为姓，捐竹于地遂成竹林，崇宁间赐灵惠庙额。"①

歌罗寨位于今湖北恩施州南部宣恩县南高罗镇。此地与今湖南省龙山县较为接近，古代认为是汉夷分界处。此祝穆《方舆胜览》亦载："东门山，在歌罗寨西北五十里，东即夜郎故地，古来夷夏分界入贡之门户。"②

此"东即夜郎故地"的东当是指南，即在歌罗寨以南，古代认为是夜郎国故地。唐代牂柯蛮北上入贡，都要经过施州，或将礼物交由施州官员代呈。故称为"夷夏分界入贡之门户。"而此古夜郎国地，实是将汉及唐代的牂柯郡与夜郎国混为一谈而致。而汉牂柯郡的地盘比大夜郎国都大，何论夜郎国腹地夜郎县？汉夜郎县仅是牂柯郡所辖的十七个县之一。而真正能称夜郎故地的只有汉夜郎县。

故施州歌罗寨东门山竹王祠实与邛州竹王祠一样，是将入夜郎古道的门户移作是汉夜郎国腹地夜郎县，从而建竹王祠以提高当地的文化影响力。

歌罗寨东门山竹王祠在明代施州建卫后，又北移至施州卫东门外山下建祠。该祠后一直存在，直到解放后毁。明嘉靖《湖广图经志书》"祠庙"有载："竹王祠，在（施州卫）东门山下，即夜郎侯祠也。"又"古迹"载："竹王林，在竹王祠下。"③清初陈梦雷《古今图书集成》仍载："竹王庙，在（施州）卫东门外山下，即夜郎侯。"④清嘉庆《恩施县志》也有载竹王祠，称"竹王祠，在城东山下，即夜郎侯祠。"⑤

历史上的施州为巴国、巴郡及黔中郡之地，与夜郎国无关。此《方舆胜览》"施州建置沿革"称："春秋巴国之界，战国为楚巫郡之地，秦属黔中郡，后汉为巫山县之境，隶南郡。"⑥

以施州之南为夜郎国故地，可能还与北宋乐史《太平寰宇记》以唐夜郎郡（即珍州，今遵义市北部）、播川（遵义县，今遵义市）、犍为郡（今四川东南部）为夜郎国有关。⑦又五代晋刘昫等编修的《旧唐书》中也提到播州遵义县为秦夜郎郡之西南境也。故至南宋祝穆撰《方舆胜览》时将位于施州之南及西南，又在播州遵义县东北方向的今渝鄂湘黔边地区认为是汉夜郎国故地。

——————

①② ［宋］祝穆：《方舆胜览》，北京：中华书局 2003 年版，第 1051—1052 页。

③ ［明］薛刚：《湖广图经志书》，嘉靖元年（1522 年）刊本，卷二十施州卫祠庙及古迹第 22、23 页。

④ ［清］陈梦雷：《钦定古今图书集成》"方舆汇编职方典"，雍正四年（1726）印本，第 154 册，第 51 页。

⑤ ［清］张家澜：嘉庆《恩施县志》，嘉庆十三年（1808）刻本，卷二祀礼五祠庙，第 180 页。

⑥ ［宋］祝穆：《方舆胜览》，北京：中华书局 2003 年版，第 1050 页。

⑦ ［宋］乐史：《太平寰宇记》，北京：中华书局 2007 年版，第 3406 页。

二、广西阳朔、三江竹王夜郎崇拜及其源头

北宋初乐史在所撰《太平寰宇记》中还提到有今广西阳朔县一带也有竹王祠。该书"卷一百六十二桂州阳朔县"载曰："竹皇祠，《郡国志》云：竹王者，女子浣衣水次，有三节竹入足间，推之不去，中有声，破之，得一男儿，养之，有材武，遂雄诸夷地。今宁州始兴三狼乌浒，即竹王之遗裔，故有竹王三郎祠于此地。"①

乌浒为汉南越国灭亡后西瓯、骆越部族的族称，始于东汉时期。《太平寰宇记》亦载："《郡国志》云：阳朔县有夷人名乌浒，在深山洞内，能织文布，以射翠取羽，割蚌取珠为业。"②

《太平寰宇记》称乌浒为夜郎竹王之遗裔，又以阳朔县境内有夷人名乌浒，故认为阳朔县竹王三郎祠当地乌浒人的祖先神崇拜遗迹。

乐史因将汉夜郎国定位于今四川东南部及贵州中北部一带，因此没有认为阳朔县竹王祠可能是因与汉夜郎县邻近而传播所至。但其所载"今宁州始兴三狼乌浒即竹王之遗裔"已实指明阳朔县境内乌浒乃是三狼乌浒，此"三狼"当是以三郎崇拜为核心的乌浒支系。而"宁州始兴"可能指位于宁州（今云南曲靖）至始兴（今广东韶关）一带之间；也可能是宁州始安之误，始安即今广西桂林一带，阳朔县在始安；还可能指从宁州境内（夜郎县东汉时属宁州所辖）开始兴起，总之有此三层解释，而"三狼乌浒"应是"三郎乌浒"。

阳朔县的西侧为今广西永福县、柳城县，西北侧有融水县、融安县和三江县。在今广西融水县、三江县境内，今尚存竹王三郎祠及诸多夜郎文化遗存。

竹王三郎祠今又称三王庙，据《三江侗族自治县民族志》"第三章侗族"载："（侗族地区有）三王庙，祀汉代夜郎王之三子。"③

融水县三王庙位于大浪乡，在大浪、白云两乡交界处的田寨河南岸，为田寨屯韦氏先祖所建，祀竹王三郎，以农历三月初三为庙会日。

三江县境内所存三王庙众多，据三江县史志办主任吴启强撰文称：

> 县境溶江流域普遍信仰三王、竹王。目前三江县境民间信仰及供奉的神祇基本上分为三大片，县城所在地及附近的浔江流域六甲人片区基本信仰并供奉二圣侯王，多建有二圣侯王庙；林溪、武洛江及苗江上游片区基本信仰并供奉飞山公，多建有飞山宫；而溶江河（都江在三江县境内的俗称）流域片区普遍信仰古夜郎国侯王竹多同父子，称竹王爷、三王爷，并当作民族英雄建宫立庙供奉。同时还普遍流传有各种不同版本的竹王、三王故事传说，流行着各种与夜郎文化有关的民风民俗。经调查，目前县境内确证有三王

①② ［宋］乐史：《太平寰宇记》，北京：中华书局 2007 年版，第 3104 页。
③ 三江县民委：《三江侗族自治县民族志》，南宁：广西人民出版社，1989 年版，第 83 页。

宫、三王庙、竹王宫等夜郎文化庙宇及其遗址遗迹的共有 33 处，另外相关资料和老人家反映有而查无遗迹的还有三团三王宫和丹洲三王庙两处。这些庙宇或遗迹除冠小三王宫处林溪流域、三团三王宫处武洛江流域属飞山公信仰区，马坪三王庙处浔江六甲人片区属二圣侯王信仰区外，其余都处于溶江河流域（其中丹洲三王庙、大浪三王庙处溶江下游的融江流域）古夜郎国侯王竹王爷、三王爷信仰区。而冠小三王宫系从老堡接去，三团三王宫系从和里接去，马坪三王庙也与和里三王宫有渊源关系。可以说，县境夜郎文化庙宇皆出自溶江河流域。①

　　这说明当地的夜郎竹王崇拜至今仍十分兴盛，且夜郎王崇拜主要位于三江县境西部与贵州黎平县交界的都江流域。

　　与民间兴盛的夜郎竹王崇拜相对应，古代文献也记载有该县的三王庙等夜郎崇拜古迹。

　　如雍正《广西通志》就记载有怀远县（即今三江县）老堡的三王庙，称："大容江口，在老堡对面，两山对峙，有三王庙神最灵。"②

　　乾隆《柳州府志》也称：怀远县"三王庙即夜郎王祠，在北门外洲头，明万历二十年知县苏朝阳建。案《水经注》：汉武帝时，一女子李氏浣沙遁水之滨，有三节大竹流至足间，推之不去。闻有婴儿声。剖得一男。及长，以竹为姓，自立为夜郎王。后唐蒙开牂牁，斩竹王首。夷獠咸怨，以竹王非血气所生，求立为祠。帝封其三子为侯。殁后，配食父庙。宋崇宁间赐灵惠庙额。"③

　　又清康熙年间陈梦雷《古今图书集成》也载："三王庙，即夜郎王祠，一在县北门外，一在老堡对岸，土人祷之，其应如响。"④

　　老堡位于浔江汇入都江的三江口，今两山对峙口山坡上尚存三王庙，庙直对江口，祀夜郎竹王三郎。

　　而当地保存最为完好的是良口乡和里三王宫，现为全国重点文物保护单位。和里三王宫占地面积 1700 平方米，整体布局为二进三层。宫门以大青石方做门枋，门上镶嵌的青石板上刻有"三王宫"三个大字。门内有木楼戏台一座，台前有一可容纳 1000 余人的广场，两边回廊环抱，廊下碑刻林立，碑上刻有捐资建宫的善士芳名、三王历史及宫宇建造记载碑文等。戏台两侧圆柱上挂有清同治七年（1868）时的对联一副。广场后面是中堂长廊，其后面是青石板天井，天井后是并排的两座各三开间的神殿，分别供奉着夜郎王及竹王三郎神像。神殿大柱上均挂有光绪年间楹联，殿内四壁画像密布，明镜高悬。神宫两侧各有偏舍一间。

---

①　吴启强：《广西三江侗族自治县境内"夜郎文化"的初探》，柳州市档案信息网，2017 - 12 - 05。
②　[清] 金鉷：雍正《广西通志》，雍正十一年（1733）刻本，"卷十六山川怀远县"第 14 页。
③　[清] 王锦修：乾隆《柳州府志》，乾隆二十九年（1764）刻本，卷十七坛庙第 15 页。
④　[清] 陈梦雷：《钦定古今图书集成》"方舆汇编职方典"，雍正四年（1726）印本，第 171 册第 58 页。

　　三王宫内尚有清光绪二十一年（1895）二月所立的重修碑，碑记系湖南靖州萧德谦撰文书写，碑文称："溯我和里南寨之有圣庙尊神，威灵显烁，惠译覃敷，实千秋之福主，乃四民所钦崇。爰考三王之发祥也，昉于汉代施州之水，应时而挺。竹君继姜嫄之奇迹，迄诞而生三子。精忠事汉，封夜郎侯。殁后圣灵于明，俊蒙帝封为三王，配竹君而同歆峨血食，镇黔粤而泽被生民。"碑记对重修缘由作了记叙："某等稽诸往迹，创自前明，原有正宫两座，共属房郎，头门戏树，百堵威周。自昔以来，屡经修葺，规模宏敞，殿宇巍峨。但以阅历弥深，渐凋残于虫蚁，堂榱倾仄，众自系而感伤。""承诸父老金议，从新鼎建"。云云。此碑对研究侗族与夜郎国之关联有重要价值。

　　从此清代古碑可知，说明当地夜郎竹王崇拜被认为与汉代施州之水有关。又认为夜郎竹王是坐镇黔粤边的土主神。

　　清光绪二十一年三王宫重修碑提及的"汉代施州"，但汉代并无施州建置，今湖北恩施州为南北朝时期的北周建德三年（574）始置施州，治沙渠县（隋改清江县，即今湖北恩施市）。又与夜郎王崇拜有关的是唐思州，该思州为唐贞观四年（630）改务州置，"以思邛水为名"（《元和郡县志》）。思州虽为唐置，但思邛水或在汉代就已得名。前文中已多次提及，思邛水因汉牂柯郡太守陈立与夜郎王兵大战而得名。

　　故此"汉代施州之水"的原型可能是思邛水。但古代或以为该思邛水原型从施州之南歌罗寨流出，该水原型为今酉水上游的西支哥罗河，该水向南流注入酉水，酉水又向南流，在湖南沅陵县注入沅江，后又向南借道沅江，至湖南洪江市托口镇会渠江，古代以渠江可向南通入今都江，称之为潭水。而古代又误以为渠江向南可通入今都江，亦即为汉潭水之原型。而潭水即是遯水。

　　在今广西三江县境内，尚流传有与歌罗寨及遯水有关的夜郎侯发源传说。

　　此广西师范大学研究生高姣乔撰《侗族：夜郎后裔?》一文载：关于夜郎的解释，在三江县有另一种说法："很久很久以前，歌罗寨有一村妇在遯水浣纱，突然有一段竹子漂到妇人的两足之间，这名村妇听到里面有小孩的啼器之声，便剖开竹子，发现里面有一蛙状小孩，但是顷刻间小孩的皮便脱掉了，并且跑到村妇怀中叫妈妈，于是村妇将其抚养成人。因蛙在侗壮语里叫夜，故称夜郎。"夜郎长大成人后，文武双全，成为国王后，施仁政，引入先进农耕技术，子民无不钦佩崇敬。[①]高姣乔又称："《后汉书》中关于夜郎的记载与民间传说极为相似，唯一不同的是《后汉书》中漂过来的是男孩，而传说中则是蛙孩。这是由于民族语言上的差异，'夜'是民族语言的音译，蛙在侗语里的发音是'夜'，而郎字在侗语里则是有本事、勇敢的人。"[②]

　　高姣乔所撰此文，也提到了夜郎即蛙郎，说明夜郎国的发源与蛙崇拜及蛙图腾等有关。但文中的歌罗寨，则不可能是实指施州，而是代指施州之水，故间接说明

---

①②　高姣乔：《侗族：夜郎后裔?》，《文教资料》2011年第17期（6月号中旬刊），第81页。

了夜郎遯水与施州之水的某种关联。这也说明南宋祝穆《方舆胜览》所称的"歌罗寨东门山之东即夜郎故地"所指为在施州歌罗寨之南的今广西三江及其周边贵州一带为夜郎国故地。

明清时期，今广西三江县也自称为汉牂柯郡夜郎县地。此明万历十七年福建晋江人苏朝阳作《建置怀远县始末》称："怀远县（即今三江县）古百粤地，西南夷夜郎境也。"① 又民国《三江县志》录清代旧序亦载："怀远，古为夜郎地，盖指溶江而言也……与贵州黎平府相连，故黎平府亦号牂柯。"② 又该志"疆域总论"也称："县本牂柯夜郎地。"③

由于古代常将黎平一带认为汉武陵郡镡成县地。因此如以广西三江县为汉牂柯郡夜郎县地，则黎平也应为汉牂柯郡之地。以都江流域所传播的蛙郎及蛙崇拜及传说等来看，今贵州黎平、从江、榕江及广西三江县西部将蛙郎称为夜郎的侗族聚居地无疑就是汉夜郎国腹地，亦即汉牂柯郡夜郎县境地。

三、汉夜郎县境内的竹王三郎崇拜及二侯祠

上文提及今贵州东南部黎平、从江、榕江县一带为汉牂柯郡夜郎县的核心区。广西三江县境内的竹王三郎崇拜就是从贵州东南部一带传播过去的。

此吴启强《广西三江侗族自治县境内"夜郎文化"的初探》也载："在各种不同版本的三王、竹王故事传说及三王宫、三王庙、竹王庙的渊源关系传说中，除县境内部分大多互有渊源关系外，再溯及起源，基本都提到源出贵州内地（在日常交往中，县境溶江河一带一般也称黔东南州的贯洞、龙图等地为内地）。""以上这些信仰、遗址遗迹、故事传说及民风民俗说明了县境溶江河流域具有非常深厚的夜郎文化底蕴，而这些夜郎文化又与都柳江上游黔东南从江、榕江一带的夜郎文化有一定的渊源关系，都处于夜郎文化区的范围之内。"④

这说明在至今仍在传播的三江县竹王三郎崇拜区域，田野调查的信息都指向其源头都追溯至以今贵州从江、榕江为核心的夜郎国腹地。也说明广西三江县三王庙（宫）等应是以今贵州从江、榕江为中心的汉夜郎县竹王三郎祠演变而来。

由于夜郎国为古骆越一支部族溯都江而上发展，其所带来的是粤地先进的农耕文明。因此可知，夜郎国的都城应建于境内有较大平坝的土地周边。在今都江流域，以贵州榕江县三宝侗寨旁的车江大坝规模最大，其附近又是古州水运大码头，古代航运直抵汉南越国首都番禺。因为无论是从《史记》所载"西南夷君长以什数，夜郎最大；其西靡莫之属以什数，滇最大；自滇以北君长以什数，邛都最大：此皆魋结，耕田，有邑聚。"还是载及"道西北牂柯，牂柯江广数里，出番禺城

① 覃卓吾、龙澄波纂：民国《三江县志》碑记，民国三十五年铅印本，第549页。
② 覃卓吾、龙澄波纂：民国《三江县志》，民国三十五年铅印本，第19页。
③ 覃卓吾、龙澄波纂：民国《三江县志》，民国三十五年铅印本，第60页。
④ 吴启强：《广西三江侗族自治县境内"夜郎文化"的初探》，柳州市档案信息网，2017－12－05。

下"，"夜郎者，临牂柯江，江广百馀步，足以行船。"都说明夜郎国都（即汉夜郎县）有耕田邑城及水运码头等。而今三宝侗寨旁的榕江县城古州一带无疑比较符合《史记》所载夜郎国都的条件。

今榕江县城古州大码头对岸的杨家湾有一座三王庙，位于三江口西南岸的杨家湾腊岑，依山而建，有上下两庙，下面称三王庙，上面为飞山庙，原规模较大，惜在建红岩电站时被毁，今改建祀龙王、观音等。① 又榕江县城西郊的头塘村也有一座三王庙，建于都江北岸，庙正对江滩，所祀三尊神像，原型应是竹王三郎，今改称山王庙。

又都江下游黎平县境内亦有竹王三郎崇拜遗迹。如黎平县地坪乡归公村宜列屯有三王庙，归公屯有竹王宫，所祀亦为夜郎竹王。

由于历史上今贵州东南部一带长期脱离朝廷管辖，又在明清时期因拔屯田、开苗疆引发激烈的官军与土著冲突，故朝廷对当地一带的土主英雄神、祖先神崇拜尤为警惕和压制，故在当地一带开府设县后并没有留下有与夜郎王与竹王三郎崇拜有关的记载。但在一些文献及地名中也仍能看探出与夜郎竹王等有关的崇拜痕迹。

如光绪《黎平府志》载及一座城内的小二郎庙称："郡人以五月十八日神诞祀之（遵义志以六月二十四日祀），用职事鼓乐奉神像游于市。""按神乃蜀郡守李公讳冰，及子二郎也。……凡夜郎之民岁时蒸，尝千百年犹如一日。黎平在夜郎境内，立祠祀之，更以见英灵之所及者远矣。"②

此小二郎庙可能是以古代当地流传的夜郎王及其子三郎神崇拜改造而来，其神诞日为五月十八日，与川主李冰及其子二郎神庙诞日明显不同。五月十八日神诞所祀为湘黔边中部所流传的黔王庙祀神张巡，而黑神张巡崇拜又从贵州土主神、英雄神夜郎王崇拜借壳演化而来。因此，光绪《黎平府志》中最后两句也点出了该二郎神庙与夜郎神崇拜的关系。即夜郎之民祀二神已尝千百年犹如一日，又黎平在夜郎境内，故立祠祀之。此光绪《黎平府志》所称的"夜郎境内"应当指为在汉夜郎县境内。

因此在《华阳国志》《后汉书》中所提及的祀夜郎侯及其子竹王三郎神的汉夜郎县竹王三郎祠在汉夜郎县境内的流传中而改称或演化为二侯庙、二王庙或三王庙等。

黎平县境内亦有二侯庙，乾隆年间之前已见载，乾隆《贵州通志》载："二侯祠，在（黎平）府城内赤龙山。"③ 但该二侯祠当时祀神已移为武侯诸葛亮及壮缪侯关羽。诸葛亮及关羽与当地一带并无关联，所祀二神当是引导官军尽忠朝廷。但从此二侯祠在境内的传承也大体可了解或与当地民间信仰的英雄神、祖先神夜郎侯及其子竹王三郎崇拜有关。

---

① 《五溪之神》编委会：《五溪之神》，海口：海南出版社（三环出版社）2011年版，第209页。
② ［清］俞渭修：《黎平府志》，清光绪十八年（1892）刻本，"卷二地理志下坛庙"第31页。
③ 清鄂尔泰等：《贵州通志》，乾隆六年（1741）刻本，"卷十坛庙黎平府"第12页。

如在黎平府治北侧的清代亮寨土司长官司治内也有二侯祠，据道光《（亮寨）龙氏家乘》记载该二侯祠祀诸葛武侯、威远侯祖孙三人。① 可知各地二侯祠祀神并不相同。本人前述已经考证飞山神威远侯杨再思的原型即是夜郎王，故此二侯祠所祀威远侯祖孙三人当即指汉夜郎侯或竹王三郎神。此龙木斋《天王考》称："（亮寨）司旧有大小二庙，大庙上祀武侯，下一层威远侯居中，二孙分侍左右，旁祀吾家始祖。庙门外圆井一口，嘉庆乙亥，宗官观远倡首修砌，立碑庙右，祀井神焉。小庙塑三神像，纱帽补服，通身装金，似尊官模样，人咸以大王、二王、三王呼之，不知何神。"② 从木斋此文大体可知夜郎王崇拜后演化成两庙，亦即广西三江县和里竹王宫内并排的两座主殿，其一主祀夜郎侯，附其子，称二侯庙，又一主祀夜郎侯之子竹王三郎，但民间祀为三尊兄弟神，又称为大王、二王、三王，即竹王大郎、竹王二郎、竹王三郎也。

木斋《天王考》也称："据此则小庙三神之为三天王，三天王之为杨姓三人无疑也。或又曰三神者，竹王三郎。"③

黎平境内还有与竹王三郎崇拜有关的地名遗迹。在黎平县北境之三多村境内有三郎寨，曾是明清时期所设的三郎长官司及三郎司土舍旧址。光绪《黎平府志》载："嘉靖三十六年置三郎司土舍。"④ 又载："银赖山，在旧三郎司。《方舆纪要》明初俞通海讨古州蛮洞，首克银赖洞是也。"⑤《大清一统志》亦载："分管三郎废司，在府城南三十里，或云即曹滴司也，宋有容江巴黄，元置曹滴，明以容江巴黄并入共为一司，本朝康熙二十三年改土归流。"⑥

三郎司是明嘉靖三十六年（1557）以古州长官司地分设置，又以曹滴洞长官司地分设三郎司土舍等。三郎长官司至清同治光绪年间仍有承袭。

从此三郎司所设，略可知明代及之前当地一带可能传承有较兴盛的竹王三郎神崇拜。故龙氏亮寨土司遯园在其所作《夜郎疆域考》文中也称："……或者又谓夜郎以竹王三郎得名，今黎平有三郎司，其即夜郎之故壤欤？"⑦

这说明清代之际，因当地及周边一带竹王三郎崇拜的兴盛，当地士绅也认为黎平的三郎司可能与夜郎王崇拜及夜郎国（县）故里有关。

又因亮寨土司滨亮江之畔，而龙氏以遯园为号，也可略知其以亮江以为遯水。

黎平县境内明代亦建有二王庙，光绪《黎平府志》有载："中右城北有二王

① 龙泽江点校：《苗族土司家谱（亮寨）龙氏家乘迪光录》（清道光、同治二谱），贵阳：贵州大学出版社 2020 年版，第 107 页。

② 龙泽江点校：《苗族土司家谱（亮寨）龙氏家乘迪光录》（清道光、同治二谱），贵阳：贵州大学出版社 2020 年版，第 430 页。

③ 同上

④ ［清］俞渭修：《黎平府志》，清光绪十八年（1892）刻本，"卷二地理志上建革"第 22 页。

⑤ ［清］俞渭修：《黎平府志》，清光绪十八年（1892）刻本，"卷二地理志上山水"第 65 页。

⑥ ［清］穆彰阿：《大清一统志》，嘉庆十七年（1812）钦奉本，"卷五百八黎平府（古迹）"第 8 页。

⑦ 龙泽江点校：《苗族土司家谱（亮寨）龙氏家乘迪光录》（清道光、同治二谱），贵阳：贵州大学出版社 2020 年版，第 432 页。

庙，神像二，相传一为吴姓，失名，其一即英惠侯，邓子龙有碑记，郡人以六月初六日为侯生辰，十月二十六日为忌辰祀之。"明万历间邓钟有作《二王庙碑记》。①

邓钟《二王庙碑记》称祀神为飞山神英惠侯杨再思及汉寿亭侯关羽②，故可知此二王庙应是由二侯庙改称而来。邓钟所作《二王庙碑记》的目的就是要将民间所崇拜的二王神移作尽职朝廷的官方神，但其目的显然并未实现，光绪《黎平府志》所载的祀神并未提及汉寿亭侯关羽，而是称为吴姓神。由于飞山神英惠侯杨再思崇拜的原型为汉夜郎王，故此吴姓神当亦是与汉夜郎王崇拜有关的人物演化而来。

此二王庙所在的黎平县洪州镇一带，今下属六爽村仍传承有飞山大王神、二王神、三王神、四王神等崇拜，并祀为杨、石及黄、粟、吴等五姓的家庙。③ 说明当地祀以飞山神为原型的夜郎王为祖先神。

今在湘黔桂边地区及都江流域尚存诸多二侯神崇拜遗迹④，大多应是从夜郎侯父子崇拜嬗化而来。如贵州榕江县南侧的广西河池州及宜州区、天河县等地，亦有二侯祠及三侯祠崇拜。⑤ 其中二侯祠祀神为梁吴二侯，可能是从黎平府境内的杨吴二侯神所嬗化，但其中也说明该梁姓与杨姓渊源极深。

又广西三江县旧有梁吴二侯王庙，清初《古今图书集成》载："梁吴侯王庙，在（怀远县）南门外。"⑥ 三江县境内今尚存多座二侯庙或二王庙，祀神称为二圣侯王，今在古宜、斗江、沙宜、黄排、光辉等地有庙会，而其庙会日则大多与三江境内的三王庙基本一致，都与农历三月初三有关。

湖南靖州境内则称二王庙。康熙《靖州志》载："在州西古城乡，祀五溪郡主。"⑦

以上杨吴侯神、梁吴侯王及五溪郡主的原型当都与夜郎王崇拜有关。

而以上夜郎二侯及竹王三郎神崇拜的祖庙可能是位于今贵州榕江县城古州诸

---

① ［清］俞渭修：《黎平府志》，清光绪十八年（1892）刻本，"卷二地理志下坛庙"第35页。
② 邓钟《二王庙碑记》称："万历庚子春，值郡苗猖獗，戕我官军，夺我囤房，毁我庙宇，盖神人共愤久矣。余自惠州三檄征播，事后复有征苗之役，值中右告急，乃以偏师三道进发，一日遂破草坪，平黄菖蒲上下洪州诸寨，中右易危为安，尽是岁之阳月念四日也，时值大兵未集，驻营郊外，飞山庙址在焉，因忆兴师之夜，梦三神自云中夹山而飞，其一赤面，其二面白，呼曰吾来助战。余觉而心异之，其赤面吾知其为关汉寿亭侯也，其白面不可知，然知其缴神之惠也，比谒飞山二神，恍如梦中所见，遂捐金属材官胡朝文新其庙貌。"
③ 黎平县政协编：《五溪之神：杨再思历史文化研究》，海口：海南出版社2011年版，第163页。
④ 现广西三江侗族自治县县城一带尚有较兴盛的二侯神崇拜，但已嬗化为二圣侯王兰氏兄弟。又河池市一带亦有二侯祠。
⑤ 据陈梦雷《古今图书集成》"庆远府祠庙考"载："二侯祠，在（宜山县附郭）旧城北门外，祀梁吴二侯。""梁吴庙，在（天河县）城西门外。""三侯祠，在（河池州）城外正南秀水河边，祀莫姓三土神。"可知在流传过程中皆有嬗化。
⑥ 陈梦雷：《古今图书集成》（职方典），北京：中华书局影印本，1934年，第171册第58页。
⑦ 祝钟贤：康熙《靖州志》，康熙二十二年刻本，卷三坛庙，第17页。

葛台（祀诸葛亮）及其旁的济火庙（祀济火）遗迹。

古州诸葛台相传为千数百年之遗物。雍正七年古州同知毛振翮曾撰《诸葛台记》曰："署之外罗旧城名曰诸葛城，署之旁耸方台曰诸葛台，乃备约耆老，咸曰高曾相传诸葛南征屯兵于此。迄今云昏雨暗，电走风号，横塞其间，吾苗民不敢撞入，入则心目迷眩，必积首再叩始出，是非其神留后世，何以有此。"又清官员常安所作《诸葛台记》称"未闻其（即诸葛亮）至古州也"，"是台也，没于岚瘴之乡者千数百年矣，其岿然如故者，不但无倾圮之患，且能使苗望而生威。"① 故此所谓的诸葛城、诸葛台肯定不是诸葛亮所建，而极有可能是古代夜郎国的王城及宫殿遗址。其中宫殿规模应该是较为庞大的，因此虽"没于岚瘴之乡者千数百年"，仍"岿然如故"。夜郎国灭除后或被祀为夜郎王祠。

济火在三国文献中无载，贵州建省后始载其迹，明万历郭子章撰《黔记》载："蜀汉时，有济火者从丞相亮破孟获有功，封罗甸国王，即今宣慰使安氏远祖也。"诸葛亮与济火均与古州一带无涉，当是明代以后当地军队或政府移原神祇而改祀之，光绪《古州厅志》载胡朝云撰《济火庙记》称："若济火者，乃牂牁蛮长，姓韦名牁里黑……雍正六年制宪张公清理苗疆土部，刘云章领示招抚苗寨，慕神威勇，望空祷叩，默祈阴佑，后从总镇韩公查探夷情，引导攻剿无不响应……后司马修建武侯神祠，章亦竭诚鼎建济火是神。……今黔属土人之姓韦者皆其苗裔也。"② 可知此"济火"为古州地方神，因阴助朝廷开苗疆有功而被祭祀。而济火为彝族的先祖，未闻是古州一带侗水苗壮等少数民族的祖先。元代古州一带曾隶属顺元宣慰司所辖③，而顺元宣慰司土司长官的祖先即认为是济火，而济火又被认为是贵州土著中曾协助朝廷有功的酋长，也是朝廷可树立的榜样。因此在明清时期古州建卫设厅驻军后，济火与诸葛亮同在此享受香火。又从胡朝云《济火庙记》称济火乃牂牁蛮长的身份记载来看，汉牂牁郡以大夜郎国境为主设置，故此牂牁蛮长所指当是夜郎王或其子竹王三郎。

由此也可知，榕江县古州之诸葛台及济火庙可能是汉夜郎县境内分别祀夜郎王和竹王三郎神的祖庙，两庙合称为二侯祠，又分别称为竹王祠及竹王三郎祠。而古州诸葛城、诸葛台亦当由竹王城、竹王台所演化，侗族称大且老者为嘎，竹王即竹嘎，亦指夜郎竹王也。

在古代，以古州境内为核心的汉夜郎县竹王三郎崇拜还不断向周边一带传播，如宋代古州夜郎王崇拜传播至今湖南西南部的新宁县一带。据湖南民俗学者林河先生称，"他在湖南新宁县八峒瑶山作田野考察时，发现当地保留着原始的'竹王祭'，这种祭祀活动十分盛大，方圆百里的瑶胞都会赶来参加，为时七天七夜，内容丰富多彩，祭祀的就是夜郎王。据当地兰、雷二姓手抄族谱中记载，他

---

① ［清］余泽春：《古州厅志》，光绪十四年（1888）刻本，"卷之十下艺文"第9—10页。

② ［清］余泽春：《古州厅志》，光绪十四年（1888）刻本，"卷之六典礼志"第25—26页。

③ 见光绪《古州厅志》：元世祖至元二十年九溪十八洞叛，讨平之，定其地为州县，乃立古州八万军民总管府，听顺元路宣慰司节制。

们的先祖'是宋朝绍兴年间从贵州黔东南的古州、黎平，循着大苗山、八十里南山，游猎到广西古宜（今广西三江侗族自治县）、莳竹溪峒（今湖南绥宁县）、城步苗族自治县，最后才定居于新宁八峒瑶山的'。"①

广西三江宋代也已有竹王三郎神崇拜，《宋会要》有载王江口（今三江县老堡浔江注入都江处）三王庙，北宋元丰七年（1084）八月赐庙额为"顺应"。②

明清时期，今沅江中下游一带也曾广泛传播有夜郎竹王崇拜及三侯信仰，当也是从古州一带向外流传。以今贵州榕州古州为中心，其周边一带的贵州三都、独山、福泉、石阡、岑巩及湖南新晃、洪江、会同、靖州、通道，广西三江、融水、阳朔、河池等地也都有夜郎王或竹王三郎等崇拜遗迹。

这说明汉夜郎县及境内竹王三郎祠在今贵州榕江古州或其周边一带应是无疑的，也表明《华阳国志》《后汉书》所载夜郎侯父子祠在历史上可能真实存在，但在传播过程中演化为竹王祠（宫）、三郎祠（庙）、三王宫（庙）、三侯祠（庙）、二王庙、二侯祠等不同名称，所祀当皆与夜郎王（侯）及其三子有关，至今仍在传承。

① 王鸿儒：《夜郎文化门外谈》，见熊宗仁《夜郎研究选粹：学人见证》，贵阳：贵州人民出版社2010年10月版，第320页。

② 见清徐松：《宋会要辑稿》，北京：中华书局1957年版，第820页。

论李白诗歌的夜郎意象及文化意义

＊本文作者韩大强，信阳师范大学教授、硕士生导师。

一、概　述

　　夜郎是中国西南地区由少数民族的先民建立的第一个国家。最早明确记载夜郎国的是司马迁的《史记·西南夷列传》："西南夷君长以什数，夜郎最大。""夜郎者，临牂柯江，江广百余步，足以行船。"后来的《汉书·西南夷两粤朝鲜传》和《后汉书·南蛮西南夷列传》都有关于夜郎国的记载。夜郎国大约在汉成帝河平二年（前27）左右被汉王朝所灭。在历史的长河中，夜郎由"国"变"郡"变"县"，其行政区划不断变更，但大体分布在今天的贵州、云南以及湘西南、渝东南一带。

　　夜郎的行政区划在唐代废置、变更比较频繁，而且地域设置不统一。唐武德三年（620）原牂牁首领谢龙羽遣使者朝贡，朝廷拜谢龙羽为牂州刺史，并封之为夜郎郡公。武德四年（621）析夷州的宁夷县置夜郎县（今石阡县西部一带）。贞观元年（627）废夜郎县。贞观八年（634）置巫州析龙标县为夜郎（今黎平县与铜仁一带）、郎溪、思微三县。天授二年（691）改巫州为沅州。长安四年（704）夜郎县与渭溪县合并置舞州（今镇远县）。天宝元年（742）改舞州为龙溪郡，析夜郎县地为羕山县（今岑巩县东北）。唐朝在夷州、巫州、沅州、舞州等地建置的夜郎县，时而废置，时而更名，大约存在100多年。

　　另外，贞观十六年（642）唐代宗在窦、渝之界间设置播川镇，后改为珍州，置夜郎（今桐梓县内）、丽皋、乐源三县。天宝元年（742）改珍州为夜郎郡，不久，并夜郎郡入溱州，改称溱溪郡。乾元元年（758）再分出夜郎郡仍称珍州。元和二年（807）再并珍州入溱州，下辖夜郎（今桐梓）、荣懿、扶欢、丽高、乐源等5县。唐代后期再废夜郎县。李白流放的地方就是珍州夜郎。在唐代夜郎属于黔中道，黔中道的设立经过了从"江南道—江南西道—黔中道"的过程，黔中道乃唐玄宗开元年间所置，包括黔州、费州、巫州、辰州、播州、夷州、珍州、溱州、溪州、施州、黔中等。黔中道域内山高谷深、道路迤逦、民风剽悍，时人谓之"蛮夷之地""瘴疠之乡"。

　　唐代用流放和贬降的方式惩处犯罪或犯错官员，即所谓的流贬刑罚。在《唐律疏议》中明确载有流刑条目，并将流刑分为常流、五流、特流及长流等类别，常流亦称为三流，即流二千里、二千五百里和三千里，是最为常见的流刑①。李白在至德二年（757）流放夜郎就属于常流。唐朝的主要流贬地是"岭南""黔中""陇右"等偏远荒蛮的地方。据日本学者辻正博在《唐代贬官考》一文中的统计，有唐一代的贬官 1027 人②。又据王娟的硕士论文《唐五代黔中道客居文人及其涉"黔"诗作》的统计，唐代黔中道地区客居文人为 42 人③。唐代流贬至黔中的文人学士心中充满了委屈、愤懑，到了"边恶之州""化外之邦"，往往触景生情、心生哀怨，便创作了或抒发心中郁闷之情，或描写流贬之地的风土人情的诗歌。

由于被流贬之人大多为朝中官员、将士、文人等，他们不仅是饱学之士，而且具有国家治理、带兵打仗、文化传播的能力，而被流贬之地，往往在政治、经济、军事、文化等方面都较为落后。他们来到流贬之所虽然委屈悲怨，但在客观上却促进了当地的政治、经济、军事、文化和教育等方面的发展，具有一定的积极历史意义。

李白因永王李璘事件流放夜郎，行至途中遇赦得以放回，这段人生经历对李白打击很大。李白在流放夜郎的途中创作了一系列抒发了人生失意、悲凉之慨的诗歌，诗风发生了明显的变化。李白虽然最终没有抵达夜郎，但是对黔中文化影响却很大，至今西南地区依然流传许多关于李白的故事与传说。另外，李白的《送王昌龄左迁龙标遥有此寄》中"我寄愁心与明月，随风直到夜郎西"的经典诗句，被永久传唱，更加强化了人们对夜郎的记忆。

二、李白流放夜郎与诗歌创作

（一）李白流放夜郎考

李白受李璘事件的牵连被流放夜郎。安史之乱爆发，永王李璘等奉父皇玄宗旨，招兵买马合力平叛，但在西逃的路上太子李亨已经于灵武即位，奉玄宗为上皇帝。在这种情势下，李璘不听肃宗李亨让他不要轻举妄动之告诫，还一意孤行，因此李璘之举被肃宗视为谋逆，派兵讨伐，李璘兵败被杀。安史之乱平息后，肃宗回到长安后，对李璘一党进行清算，凡追随李璘的将士官员幕僚或杀或流贬。李白虽然自辩被胁迫入李璘幕，且在崔涣、宋若思、郭子仪以及妻家宗氏等众亲友的多方营救下，但还是被判流放夜郎。

《旧唐书·文苑下·李白传》云："禄山之乱，玄宗幸蜀，在途以永王璘为江

---

① 《旧唐书·刑法》有载："流刑三条，自流二千里，递加五百里，至三千里。"第 2137 页。
② 《东方学报》第 63 册，京都大学人文科学研究所 1991 年。
③ 王娟《唐五代黔中道客居文人及其文学创作研究》，厦门大学硕士论文 2019 年。统计资料来源：《旧唐书》《新唐书》《全唐诗》《太平广记》《资治通鉴》《唐诗纪事》《唐才子传》《全唐文》《全唐诗补编》《全唐文补编》《唐文拾遗》《唐刺史考》《唐五代文学编年史》《唐五代笔记小说大观》《中国文学家大辞典·唐五代卷》。

淮兵马都督、扬州节度大使，白在宣州谒见，遂辟从事。永王谋乱，兵败，白坐长流夜郎。后遇赦得还……"① 《新唐书·文艺中·李白传》则云："安禄山反，转侧宿松、匡庐间，永王璘辟为府僚佐。璘起兵，逃还彭泽，璘败，当诛。初，白游并州，见郭子仪，奇之。子仪尝犯法，白为救免。至是子仪请解官以赎，有诏长流夜郎。会赦，还寻阳，坐事下狱。"② 新旧唐书把李白入李璘的前后经过记载得较为清楚，认为李白是主动干谒李璘的。但李白在《为宋中丞自荐表》《经乱离后天恩流夜郎忆旧游书怀赠江夏韦太守良宰》等诗文中则说自己是被"胁迫"。无论是主动干谒还是被"胁迫"，在李璘府做幕僚却是不争的事实。而且"胁迫"是李白自言，难免有为求赦免而自编之嫌。从李白在永王幕所作《在水军宴赠幕府诸侍御》《江上答崔宣城》《永王东巡歌》等诗中可以看出李白当时的得意洋洋、雄心勃勃。

李白被流放夜郎，是否到达了夜郎贬所史上所有争议，有人认为未至夜郎，还有人认为已至夜郎说。《旧唐书》和《新唐书》都载："白坐长流夜郎，后遇赦得还。""有诏长流夜郎。会赦……"认为李白未到达夜郎贬所。宋代曾巩也认同未至夜郎的观点，他说："乾元元年，终以污璘事长流夜郎，遂泛洞庭，上峡江、至巫山。以赦得释。憩岳阳、江夏。久之，复如浔阳……"③ 认为李白走到巫山附近遇赦返回。其后诸如宋代薛仲邕，明代文学家杨慎，清代学者郑珍、莫友芝等皆持此说。但明清学者张澍、黎庶昌，以及近人周春元《李白流放夜郎考》④、张才良《李白流放夜郎的法律分析》⑤、蒋志《李白与旅游》⑥、胡大宇《李白与夜郎》⑦ 等，认为李白流放至夜郎。同时，学界关于李白流放夜郎出发时间地点、行走路线、何时何地遇赦、夜郎在何处等还存在着一些分歧。其实，李白本人在《流夜郎，半道承恩放还，兼欣克复之美，书怀示息秀才》中说"半道承恩放还"。因此，从《新唐书》《旧唐书》以及李白的诗歌这几则比较权威的史料来看，陈述了一个基本事实：流放夜郎，途中赦还。

唐代黔中道与外地的交通有三条线路，其中最主要的一条是沿长江向下经三峡—江陵（荆门）—江夏（武汉）……水路坐船比较方便，沿途官方设有驿站。李白去夜郎走的就是这条路线。其实，前往夜郎还有一条路，就是当年王昌龄被贬龙标县（巫州）走的：从江宁到洞庭湖，折向西南由岳阳到朗州溯沅水西上，再到卢溪—辰阳—麻阳—巫州（龙标县）。综合史料和李白诗歌，大致可以判断：李白从至德二年（757）底从浔阳（九江）出发，沿江西上，经洞庭湖，上溯三

---

① ［晋］刘昫：《旧唐书·李白传》，北京：中华书局1975年版，第5053页。

② ［宋］欧阳修，宋祁：《新唐书·李白传》，北京：中华书局1975年版，第159页。

③ 宋代曾巩《李白集三十卷》序，北京：中华书局1982年版。

④ 周春元：《李白流放夜郎考》，《贵州师范学院学报》1981年第2期，第31—37页。

⑤ 张才良：《李白流放夜郎的法律分析》，《绵阳师专学报》，1992年第1期，第7—13页。

⑥ 蒋志：《李白与旅游》，《中国李白研究》，合肥：安徽文艺出版社1997年版。

⑦ 胡大宇：《李白与夜郎》，《中国李白研究》2012年，第109—126页。

峡，至巫山，前往珍州夜郎，乾元二年（759）春到巫山附近，因大旱流人及以下获赦，历经 3 个年头。

（二）李白流放夜郎诗歌创作

李白流放大约在至德二载底开始起程，沿途作了《窜夜郎于乌江留别宗十六璟》《流夜郎赠辛判官》《赠刘都使》《赠别郑判官》《流夜郎永华寺寄寻阳群官》《流夜郎至西塞驿寄裴隐》《泛沔州城南郎官湖》等诗歌。清代王琦编注的《李太白全集》中收入李白直接涉及流放夜郎的诗作有 32 首。李白豪迈飘逸的诗风在长流夜郎后发生较大变化，主要体现在如下几个方面①。

一是请托诉冤的寄言赠答诗增多。这些诗歌主要是请托说情辩白、感激亲朋好友于困境中相助，抒发哀怨冤屈之情。如《流夜郎赠辛判官》："昔在长安醉花柳，五侯七贵同杯酒。……我愁远谪夜郎去，何日金鸡放赦回。"用往昔之豪放与今日之落魄相比照，透出诗人心境之凄凉与落寞。又如《流夜郎闻酺不预》："北阙圣人歌太康，南冠君子窜遐荒。汉酺闻奏钧天乐，愿得风吹到夜郎。"当时朝廷大赦赐酺，李白却不在被赦之列，故心情忧郁而作此诗。再如李白《窜夜郎于乌江留别宗十六场》："拙妻莫邪剑，及此二龙随。惭君瑞波苦，千里远从之。"《南流夜郎寄内》："夜郎天外怨离居，明月楼中音信疏。北雁春归看欲尽，南来不得豫章书。"与妻弟、妻子的诀别，含冤负屈、感慨伤怀。

从《张相公出镇荆州，寻除太子詹事，余时流夜郎，行至江夏，与张公去千里，公因太府丞王昔使车寄罗衣二事及五月五日赠余诗，余答以此诗》这首诗的题目，就可以看出李白与故宰相张镐交谊深厚，非常感激老前辈在他困顿之时的安慰与帮助。又如《赠别郑判官》："远别泪空尽，长愁心已摧。二年吟泽畔，憔悴几时回。"《流夜郎半道承恩放还兼欣克复之美书怀示息秀才》："遭逢二明主，前后两迁逐。去国愁夜郎，投身窜荒谷。"《赠刘都使》："而我谢明主，衔哀投夜郎。"从"泪空尽""长愁""憔悴""愁夜郎""窜荒谷""衔哀"等低落哀怨之词中，流露出李白的离别愁绪。

李白遇赦后，即兴写了《早发白帝城》："朝辞白帝彩云间，千里江陵一日还。两岸猿声啼不住，轻舟已过万重山。"遇赦后的喜悦之情尽显无余。情随境迁，大悲大喜。回途中又在江夏逗留了一些时日，写了《流夜郎至江夏陪长史叔及薛明府宴兴德寺南阁》和《经乱离后天恩流夜郎书怀赠江夏韦太守》等诗作表达自己的或感激或愤懑之情。李白流放途中受到好友的热情接待，心理得到了些许慰藉，但平日里的豪放之情却荡然无存。

二是借古喻今的咏史诗增多。既是对历史上怀才不遇的屈原、伍子胥、宋玉、贾谊、司马相如等表达了深切地同情，也是作者自伤自悼。如《放后遇恩不沾》："独弃长沙国，三年未许回。何时入宣室，更问洛阳才。"《江上赠窦长史》：

---

① 王晓阳：《李白流夜郎遇赦心态与诗歌研究》，首都师范大学硕士论文，2013 年。

"汉求季布鲁朱家，楚逐伍胥去章华。万里南迁夜郎国，三年归及长风沙。"《经乱离后天恩流夜郎书怀赠江夏韦太守》："君登凤池去，忽弃贾生才。……中夜四五叹，常为大国忧。"《陪族叔刑部侍郎晔和贾舍人至游洞庭湖五首》其三："洛阳才子谪湘川，元礼同舟月下仙。"李白借用才子贾谊等人的不幸遭际来自喻人生坎坷，既有同病相怜的自悼，又有发自内心的精神认同。

再如，《赠易秀才》云："嗟蛇君自惜，窜逐我因谁。地远虞翻老，深秋宋玉悲。"《自汉阳病酒归寄王明府》诗云："去岁左迁夜郎道，琉璃砚水长枯槁。今年敕放巫山阳，蛟龙笔翰生辉光。圣主还听《子虚赋》，相如却与论文章。"无论是宋玉还是司马相如，都是历史上怀才不遇的代表人物，李白通过他们来抒发自己的悲情。

三是诗歌意象明显变小，基调也较为低沉。李白以叛逆罪人浔阳狱和长流夜郎，对其打击非常大。正如他在《在浔阳非所寄内》中云："闻难知恸哭，行啼人府中。……相见若悲叹，哀声那可闻。"在监狱里写给家人的书信，字里行间充溢着痛苦绝望的意绪，以及世态人情的薄凉之感。又如《忆秋浦桃花旧游时窜夜郎》："不知旧行径，初拳几枝蕨。三载夜郎还，于兹铼金骨。"《流夜郎题葵叶》云："惭君能卫足，叹我远移根。白日如分照，还归守故园。"李白流放后的诗风一改往日的阔达雄迈、豪迈飘逸之风格，诗的基调变得低沉了，意境取象也变小了，多为抒写委屈悲慨之情。

再如，《宿巫山下》："昨夜巫山下，猿声梦里长。"《流夜郎永华寺寄待阳群官》："天命有所悬，安得苦愁思。"《流夜郎西塞骚寄裴隐》："鸟去天路长，人愁春光短。空将泽畔吟，寄尔江南管。"《秋夕书怀》："北风吹海雁，南渡落寒声。感此潇湘客，凄其流浪情。"如果把"猿声梦里长""安得苦愁思""人愁春光短""南渡落寒声"这些诗句单独列出来，很难看出是诗仙李白所写。李白流放后的诗歌没有了昔日那种豪情壮志，充满悲切、压抑之感。

三、夜郎意象的流变及文化意义

随着"夜郎自大"这一成语的流行，尤其是李白的《闻王昌龄左迁龙标遥有此寄》中"我寄愁心与明月，随风直到夜郎西"诗句的广为传唱，"夜郎"可谓尽人皆知。夜郎在古代曾以国名、族名、人名、郡名、县名、坝名被史册记载。随着历史的发展，夜郎已经演变为一个具有丰富文化内涵的专有名词，成为西南地区少数民族传统文化的标志性符号。

（一）夜郎意象的生成与流变

在漫长的历史发展过程中，"夜郎"的意指经历了从国名到人名、族名演变。《史记·西南夷列传》和《汉书·西南夷两粤朝鲜传》对夜郎有相同的记载，即"西南夷君长以什数，夜郎最大"，这里指的是国家。而《后汉书·南蛮西南夷列传》载："西南夷者，在蜀徽外。有夜郎国。""夜郎者，初有女子浣于豚水，有三节大竹流入足间。闻其中有号声，剖竹视之，得一男儿，归而养之。及长，有才武，自立为夜郎侯，以竹为姓。"已经演变为人名和族名了。《后汉书·南蛮西南夷列传》还载："夷僚咸以竹王非血气所生，甚重之，求立后。"以及晋代常璩《华阳国志·南中志》云：竹王"遂雄夷濮"。"夷僚""夷濮"意同，均指夜郎的创建民族（大概是现在的仡佬族）。从这几则史料来看，"夜郎"不仅是国名，也是人名、族名。后来"夜郎国"虽然消失在历史的长河中，但是作为民族的"夜郎"仍然存在，只不过在历史的发展中发生了融合与分化。

夜郎在古代的行政区虽然发生变化，但大致位置在我国的西南边陲地区，那里山高路远、穷乡僻壤，在古代被称为"蛮夷之地""瘴疠之乡"。从唐代开始，夜郎成为重要的流放之地，大量的官员、将士、文士被流放于此，尤其是自李白流放夜郎后，写了大量涉及夜郎的诗歌，以及后来的文人墨客创作了一些吟咏夜郎的作品，尤其是写了大量的为李白流放夜郎鸣不平的诗歌，于是"夜郎"变成为较为固定的诗歌意象，成为愁苦、不得志的象征。唐代诗人项斯《经李白墓》："夜郎归未老，醉死此江边。……身没犹何罪，遗坟野火燃。"为天才诗人鸣不平。中唐诗人戴叔伦《冬日有怀李贺长吉》云："月冷猿啼惨，天高雁去迟。夜郎流落久，何日是归期？"诗中"夜郎"已经与实地无关了，是幽怨失意的一种意象表达。因此，夜郎经历了从物质层面到精神层面的流变过程。夜郎不仅成为荒凉偏僻、贬谪之地的代名词，而且具有心理暗喻作用。只要流放夜郎，就表明流放者命运坎坷、政治失意。

（二）夜郎意象的文化意义

明代著名诗评家胡应麟说："古诗之妙，专求意象。"[1]"当某一意象被诗人反复选取，它正体现了诗人的特定心态、特定的情感模式和审美模式"[2]。诗歌意象与审美趣味密切相关，作家在构建诗歌意象时也表达了自己的情感特质和审美情趣。唐代诗歌意象丰富多彩，其中"夜郎"是其独特意象之一。

一是夜郎成为中国古代文学的特有文化符号。在中国古代诗歌发展中，形成了许多独特的意象，"夜郎"意象便是其中之一。在唐代夜郎属于黔中道，唐诗中关于描写黔中道的诗歌很多，除了李白流放夜郎途中写了一些涉及夜郎（黔中道）的诗歌外，其他的文人学士也创作了许多涉及黔中道的诗歌。这些诗歌大致分为两种情形：一是客居黔中道文士（含流贬、任职、旅行等）的涉"黔"诗歌。统计发现共有56首，王昌龄26首、高力士3首、戎昱10首、窦群3首、房孺复1首、许彬1首、李频7首、贯休7首。二是未到黔中道涉黔诗歌。有杜甫、白居易、刘禹锡、刘长卿、韩翃、贾岛、孟郊、卢僎、孙逖、李嘉祐、綦毋潜、苗发、

①　胡应麟：《诗薮》，上海：上海古籍出版社1979年版，第97页。
②　许瑶：《诗的情感与形式》，北京：北京大学出版社1983年版，第2页。

司空曙、罗隐、权德舆、顾非能、周繇、羊士谔、吕温、许棠、王周、陈陶，共计 30 首①。比如，王昌龄自天宝八年（749）贬龙标尉到天宝十四年（755）离开龙标，长达 6 年之久。他是作涉"黔"诗最多的诗人，共 26 首。杜甫属于没有去过黔中道的诗人，但他写了《梦李白二首》："江南瘴疠地，逐客无消息。"《寄李十二白二十韵》："五岭炎蒸地，三危放逐臣。"对李白被流放到"瘴疠地""炎蒸地"的黔中道之夜郎表达了深深的同情与不平。

唐代以后关于吟咏李白流放夜郎一事的诗歌也较多。如宋代苏轼《沿流馆中得二绝句》中有"李白当年流夜郎，中原无复汉文章"句；贺铸《和幽老郎官湖怀古》中有"白也遭时网，临年放夜郎"句；林季仲《谢李端明惠李翰林集》有"长流夜郎得不死，定知造物须怜才"句。宋代王庭圭就有一首《菩萨蛮》词，其序说："绍兴十九年，谪夜郎。州学诸职事，邀就孔志行家圃宴集。时初至贬所，之美，夜久方归，恍然莫知为何所。酒醒，作此词以记之。"元代张以宁《题李白问月图》中有"迢迢夜郎外，垂光一何偏"句；陶安《李翰林墓》中有"自别金銮抵夜郎，江南有梦到朝堂"句。这些诗句都是表达对李白流放夜郎的深切同情。

随着李白诗歌的广泛流传，以及关于李白研究的深入推进，到明清时期吟咏李白与夜郎的诗更多了。如明代杨慎《夜郎曲》云："夜郎城桐梓，原东堞垒平。村民如野鹿，犹说翰林名。"夜郎当地人不识字的山村野夫都能讲李白的故事，可见李白流传之光、影响之大。再如王叔承《采石矶吊李太白》中有"夜郎逐客浔阳囚，一片青山魂烂熳"句；宋濂《题李太白观瀑布图》中有"猰㺄哀啼闻夜郎，苍天欲使诗道昌"句；吴中蕃《题怀白亭》中有"夜郎远窜谪亦轻，中道寻闻赦书至"句。以及程生云的《怀白堂》《桃源洞太白亭》、唐文煌的《怀李谪仙》等都是吟咏李白与夜郎的诗歌。清代魏裔介《读李太白诗》中有"元知功未酬，夜郎竟远戍"句；吴绮《李白》中有"可怜酒醉沉香后，独自崎岖向夜郎"句；赵熙《过夔州》中有"如今两岸猿声少，不尽春愁落夜郎"句。由此可见"夜郎"成为历代诗人歌咏的意象，尤其是与李白联系的比较紧密。

诗歌意象由特定的语境生成，如果脱离了具体语境，"孤立的各物便不复成其为意象了"②。"夜郎"成为具有独特寓意的诗歌意象，与其生成背景密切相关，夜郎与"蛮夷之地"、流贬之所联系在一起，也与李白的不幸遭遇有关。因此，在中国古代文学史中，夜郎意象不仅有天荒地远、与世隔绝之义，而且寓含着遭受挫折、政治失意之意。

二是夜郎成为民族文化符号。首先，在长期的历史演进过程中，夜郎的意涵不断扩大，由最早的国名，发展到人名、族名等含义。夜郎国虽然消失在历史的

---

① 统计来源于《全唐诗》《全唐诗补编》。

② 陈伯海：《意象艺术与唐诗》，上海古籍出版社 2015 年版，第 12 页。

长河中，但其形成的风俗习惯、政治经济制度、文化遗存等依然影响着西南地区，这些构成民族传统文化的精髓。其次，经过长期的历史积淀与演变，夜郎已经从物质层面流变到精神层面，由具体到概念，夜郎的虚化是一个文化的建构过程，其形成的文化维度也是多元的，有物质文化、社会制度文化、精神文化等。夜郎文化是西南少数民族文化不可或缺的基因和源流，它体现在少数民族生产生活、日常行为和思想观念等方方面面，代表了少数民族文化的过去、现在和未来，也深刻地影响着当地少数民族的思想、性格、心理和生活①。夜郎文化作为西南少数民族历史和古文化的一种类型，是此地民族传统文化的核心，也是中华民族文化的一个有机组成部分，至今仍产生着深远的、巨大的影响。然而，由于历史的原因，国人对夜郎认知的局限性，如"夜郎自大"，影响夜郎文化的发扬与传承。因此，夜郎文化需要重新梳理、重新释义、重新命名，只有这样才能更好地传承、弘扬、光大。

同时，李白流放夜郎和创作的涉及夜郎的诗歌，以及历代关于李白与夜郎的种种传说故事都构成了夜郎文化的有机组成部分。桐梓、绥阳、遵义、綦江、涪陵、新晃等湘黔渝边区有诸多夜郎文化遗迹，尤其是关于李白流放夜郎的各种掌故、地名、诗词、纪念物和民间传说等，非常丰富，如太白坟、太白望月台、太白闻莺处、太白故宅、太白寺、太白泉、太白碑亭、太白书院、谪仙楼、夜郎溪李白石刻、桃源洞石刻、怀白堂等等。这些遗存与传说出现时间绝大多数是清中期以前，甚至到宋代，这表明了它们也是经过历史的累积与沉淀逐渐形成的，是夜郎文化的一个有机组成部分。

四、结　语

由李白流放夜郎、书写夜郎而生发出的夜郎意象，成为中国古代诗歌的一个独特意象。夜郎意象在中国文学史具有特定的意涵，且在历史的演进中增添了丰富的文化意蕴。在中国古代史学、文学中有大量关于夜郎的巫鬼、雄雌黄、竹枝词、文士流贬的记录。这些都说明了自汉代开发沟通夜郎始，经历代改置后的夜郎与中原文化进行了一定程度的交流与融合，并且相互产生了广泛而深远的影响。

夜郎文化资源非常丰富，有物质层面的，还有精神层面的，如何发掘与阐释，需要顶层设计与科学规划，考古发掘、学术阐释至关重要。目前，西南地区的一些地方政府出于经济发展目的、争夺旅游资源需要，各自为政、自说自话，缺乏严谨的科学的历史态度，有的甚至违背历史史实，任意打造夜郎文化景点，损害了夜郎文化的科学、健康的发展。夜郎文化只有在借鉴历史学、考古学及民

---

① 王子尧：《贵州地区夜郎民族历史文化溯源》，《贵州民族学院学报（哲学社会科学版）》2007年第4期。

族学研究成果的基础上，实行跨学科、多视角、全方位的研究与阐释，才能修复并再现古代夜郎文化风貌，进而发掘中国民族传统文化的精髓。

对夜郎原貌的揭示及展现，对西南地区的地方史、民族史的编写和旅游业的发展均有相当意义与价值。因此，需要打破地域限制，认知偏见，把夜郎文化放在更高的层面去认识其人文精神与历史价值。

藏族史传文学对内地史传文学的接受研究

＊本文作者姚晓晓、薛晨光。单位：西藏民族大学文学院。

文化因交流而多彩，因融合而发展。中华民族内，藏、汉两个兄弟民族千百年来共同生活在祖国的辽阔土地上，长期处于文化交流与融合的过程，具有源远流长的文化交流历史，在政治、经济、文化、宗教等方面有着密切的历史联系，这种历史联系在藏族文学领域也有深刻地反映。藏地史传写作传统，无论是从内容方面还是形式方面去看，早在吐蕃时期就受到了汉族古代史书的影响，具有多方面、多渠道的接受。

一、吐蕃时期藏族史传文学对汉地史传文学的接受途径

唐朝时期，文成公主、金城公主先后入吐蕃，加强了唐朝与吐蕃的友好往来。松赞干布迎娶文成公主后，"遣酋豪子弟，请入国学以习诗、书。又请中国识文之人典其表疏。"① 金城公主入吐蕃后，在公元 730 年曾派使臣向唐朝请典籍"《毛诗》《礼记》《左传》《文选》各一部"②，唐玄宗皆令秘书省照办。随着藏汉民族的密切交往，很多作品被翻译为藏文在藏地流传。汉族史传文学对藏族史传文学产生了深刻的影响，主要表现在以下三方面。

（一）直接翻译汉文典籍

吐蕃时期，藏族社会政治、经济、文化迅速繁荣，多代领袖如松赞干布，赤松德赞等高度重视翻译事业的发展，翻译了大量的汉地史著典籍，对藏族的社会发展，特别是藏族史传文学的发展起到了重大的推动作用。文字的创造是文化兴盛的重要标志，也是文化发展的重要前提，在吐蕃时期的藏族语言学家吞米·桑布扎创制藏文后，部分藏族学者便和汉族学者合作，利用藏文翻译了《尚书》《战国策》和汉文佛经中的一些名篇；另外，敦煌在吐蕃赞普统治下，当地的藏族、汉族大德僧师们聚会在一起，除了从事日常的佛事活动之外，更重要的活动

---

① ［后晋］刘昫：《旧唐书》，北京：中华书局 1975 年版，第 5222 页。
② ［后晋］刘昫：《旧唐书》，北京：中华书局 1975 年版，第 5232 页。

是将内地的佛经和俗讲经文、文史名著翻译并传播到吐蕃王朝的腹心地区去①。

敦煌发现的古藏文残卷中，有多段材料译自《尚书·周书》《战国策·魏策》和《史记·魏世家》。在翻译过程中，译者们并不局限于对原文逐字逐句的照搬，而是在汉文典籍原文的基础上进行了个别修改，使所译文字更加完整，尊重了原文句子的根本含义，融入了藏族文学特有的"理解"与"表达"，可以说这些史传作品是一种以"意译"为主的"再创作"，使故事的内涵得到更为全面的阐释和更为广泛的传播。

下面以敦煌藏文写卷中第一节惠子劝告田需应恪守为臣之道内容为例分析《战国策》原文与藏译文写卷的异同。例如《战国策》中惠子劝诫田需的原文是："田需贵于魏王。惠子曰：'子必善左右。今夫杨，横树之则生，倒树之则生，折而树之又生。然使十人树杨，一人拔之，则无生杨矣。故以十人之众，树易生之物，然而不胜一人者，何也？树之难而去之易也。今子虽自树于王，而欲去子者众，则子必危矣。'"②

藏译文："襄王薨，子哀王即王位。哀王为政，以田需为相臣，颇得王之信任。智者惠子对田需说：'你已为相臣，应谦恭啊；比方以杨树为例，横放着它，它也会生长。但是，如果一个人去拔它，它就不长了。十人种杨树，只用一个人去拔它，它就长不了。十个人合力去种植易于生长的杨树，但一人即可除之。何也？这是因为种植、生长比较困难，而毁坏、拔除它却非常容易的缘故啊。如今，你被任命为大臣，深得大王的宠信，有很多人不喜欢你，并想把你赶出相臣之列，所以，你要警惕啊！你要以大臣的规矩来约束自己啊！'"③

藏译文与《战国策》原文相比，可以看出译者的翻译风格比较自由，并没有完全拘泥于汉文的字句，而是译其大意。惠子劝说田需时，首先以特别容易生长的杨树为例，十个人种植杨树，一个人拔掉，所植杨树全部被毁掉。原因是种一棵树使之成活难度较大，拔掉一棵树很容易。然后由树及人，指出田需虽然现在得到魏哀王的宠信，但是却有很多人想赶走他，处境很危险，应该谨慎行事以免招来横祸。

藏译文的内容有所增减。第一，藏译文写卷内容有删减。《战国策》原文中用"横树之则生，倒树之则生，折而树之又生"这三句说明种植杨树成活率很高。藏译文只用"横放着它，它也会生长"举例点明杨树极易生长的特点，删减了《战国策》原文中杨树倒插、折枝插也会生长这两种情况。第二，藏译文写卷内容有增加。藏译文中一开始交代了魏襄王死后，其子哀王继位，非常信任田需，以其为相，补充了田需为相的背景，可见，译述者比较熟悉中原当时的社会历史情况。惠子在劝诫田需话语的首句就指明田需为人处世应谦虚慎重，最后一

---

① 罗秉芬：《唐代藏汉文化交流的历史见证——敦煌古藏文佛经变文研究》，《中国藏学》，1989年第2卷，第100—113页。

② 缪文远、罗永莲、缪伟译注：《战国策》，北京：中华书局2016年版。

③ 王尧、陈践译注：《敦煌古藏文文献探索集》，上海：上海古籍出版社2008年版，第434页。

句再次语重心长地告诉田需希望他恪守为臣之道，前后对应，主题突出。藏译文写卷行文顺畅明达，人物性格鲜明。

部分在敦煌发现的古藏文残卷还翻译了与汉地史传文学相关的史料和故事。例如：《尚书·周书》记录了纣王杀比干的故事，原文中记录："斮朝涉之胫，剖贤人之心"，译者对这个故事进行了翻译，演绎成另一个故事：

《尚书》是中国第一部古代文献资料汇编，主要保存了商朝和西周初期的一些重要史料，被儒家列为经典之一。在敦煌发现的古藏文写卷中的 P. T. 986 号是汉文《尚书》中部分章节的藏译文，共"有藏文 157 行，外一行跋尾"。① 这些内容可以分为四节，"四节之中，伪《泰誓》两篇，《牧誓》一篇，《武成》一篇，均属于《周书》的范围。这与当时流行在敦煌一带的汉文写本有关"。②

藏译文对《尚书》中内容不是逐句翻译，而是以汉族史料和历史传说为素材进行的再创作。例如《尚书》中关于纣王听信妲己谗言杀涉水者及比干的故事在原文里只有"斮朝涉之胫，剖贤人之心"一句话。但藏文却"译"成如下的文字：

纣王和妃子妲己坐于平台之上。冬，有二人至河边欲渡。一人至，即涉水而过，另一人不敢涉水。妃妲己向王曰："奴奴听说，壮年父母生子，骨质坚硬，行路有力；老年父母生子骨质稀疏，行路无力。"纣王遂将那两人召来，为辨明（妃言）真伪，令将其双脚斮断。时王叔比干曰："此举与礼法相违，极不应该！"纣王曰："予无杀一人之权乎？"言已，下令。妃妲己奏曰："奴奴曾闻：圣人心有九窍，贤人心有七窍。此公为贤人莫非心有七窍乎？是真是假，请于圣驾看可乎？"（纣王）立即将比干杀掉，剜心呈验。心上果有七窍。涉水二人足被斮下后，奏请王验看，果如妃妲己所言，真实无讹。如此残虐无辜之事，遍于天下，弃却王礼；对父叔、臣僚等忠诚谏告之人，严刑酷法相加；极尽奇技淫巧，以取悦妃妲己心意，肆意淫乐。

从以上内容可以看出，译者依据敦煌一带流传的汉文《尚书》写本并结合历史传说等内容进行再创作，语言简洁、条理清晰，寥寥几笔就生动形象地刻画出了商纣王的凶狠残暴、荒淫无道，妲己的心狠手辣、阴险歹毒以及比干的忠心耿耿、直言敢谏等性格特征。

翻译原典是对文学作品进行深入解读，并推动民族间文化交流的一个重要途径。翻译原典的过程是作品阐释与作品传播的双重统一，藏族译者基于对原文的理解，将汉地史传典籍以藏文的形式呈现，其内涵得到了丰富与升华，更为符合藏民族的需要，更易被藏族人民接受与承认。

（二）模拟汉文典籍的体例和描写方法

藏族史传文学在内容和形式上，对汉族文学进行了巧妙的借鉴，有些作品甚

① 王尧、陈践译注：《敦煌古藏文文献探索集》，上海：上海古籍出版社 2008 年版，第 419 页。
② 同上。

至就是对汉地史传典籍进行了横向的移植。赞普传略作为记录政权建立与人物事迹的史传文学，与汉地经典史传作品《史记》的"本纪"高度相似，模仿了其写作技巧，借用了其中的部分典故。

《纳日伦赞传略》中描写赞普与大臣们商议如何平息达布叛乱一节，就是对《史记·平原君列传》的高度模仿，化用了"毛遂自荐"这一历史典故，在人物刻画、表现手法、表达方式等方面相一致。

《纳日伦赞传略》中这样记述：

> 此后，达布地区叛乱，王臣集会，商讨选任能将，前往平息。这时，有一个名叫僧果米钦的人自告奋勇说："我能率兵去平叛！"琼布·崩赛听了说道"你过去当过将军吗?! 你若是英俊豪杰之士，当如锥处囊中，脱颖而出。但是，你在赞普麾下任职多年，却从来未闻有人称赞你智勇能干。这说明你不堪重任，为什么还大言不惭！此实误国害民之举！"僧果米钦答道："诚然，过去没有人称赞过我。实在因为没把我置于囊中，故锥尖未出。若置我于囊中，则莫说锥尖，就是锥柄也会脱囊而出的！所以，今有所请：因往昔未处囊中，故今日请置我于囊中！"于是，赞普准米钦所请，授以将军之职，卒兵征讨，终平达布之乱。……①

《史记·平原君列传》中这样记述：

> 秦之围邯郸，赵使平原君求救，合纵于楚，约与食客门下有勇力文武备具者二十人偕。平原君曰："使文能取胜，则善矣。文不能取胜，则歃血于华屋之下，必得定从而还。士不外索，取于食客门下足矣。"得十九人，余无可取者，无以满二十人。门下有毛遂者，前，自赞于平原君曰："遂闻君将合纵于楚，约与食客门下二十人偕，不外索，今少一人，愿君即以遂备员而行矣。"平原君曰："先生处胜之门下几年于此矣?"毛遂曰："三年于此矣。"平原君曰："夫贤士之处世也，譬若锥之处囊中，其末立见。今先生处胜之门下三年于此矣，左右未有所称诵，胜未有所闻，是先生无所有也。先生不能，先生留。"毛遂曰："臣乃今日请处囊中耳。使遂蚤得处囊中，乃颖脱而出，非特其末见而已。"平原君竟与毛遂偕。十九人相与目笑之而未废也。毛遂比至楚，与十九人论议，十九人皆服。

对以上两段文字进行对照，可以发现二者具有多点相似之处，"赞普与群臣商议如何平息达布之叛乱"是对《史记·平原君列传》的直接模拟。

僧果米钦关于"锥处囊中"的这一段描述，是对"毛遂自荐"典故中"锥处囊中"这一比喻的直接借用，是吸收了"毛遂自荐"这一历史典故创作而成；毛遂与米钦在先前都是默默无闻的存在，在"毛遂自荐"的故事中，平原君、众食客、楚王等人物的言行是对毛遂人物形象的侧面烘托，反衬毛遂在之后展现出的

---

① 　马学良、恰白·次旦平措：《藏族文学史》，成都：四川民族出版社 1994 年版，第 114 页。

超人才华。而米钦也只说了短短的两句话，但赞普"知人善任"和大臣"居功自傲"的言行，成功地从侧面对米钦的人物形象进行了塑造，再现了人物在典型环境中的典型性格，突出了他勇于自荐，敢担重任的人物特点。可见，米钦勇担平叛重任的故事是对《史记·平原君列传》欲扬先抑表现手法的高度借鉴。两个故事的叙述虽然处于两种完全不同的历史背景，但是在写作技巧方面却达到了高度的统一，可见汉地史传典籍与文学传统对藏族史传文学影响之深、之远。

（三）在学习和吸收汉地史传文化基础上，发展出自己独具特色的史传文学

藏族史传文学根植于丰厚的藏族传统文化，它在借鉴与模仿汉文典籍之中保持着创新自觉，不断丰富其思想主体和表现形式。汉藏两地的史传典籍中都记载了吐蕃王朝武力扩张、征战四方的过程，在敦煌发现的古藏文历史写卷中，很大一部分是赞普传略，它们继承了汉族史传作品中以传为纬，通过历史事件塑造英雄形象的艺术特点，在记述青藏高原各部族统一融合的过程中，赞颂了在吐蕃王朝强大过程中建立了丰功伟绩的英雄人物，有《止贡赞普传略》《达布聂赛传略》《纳日伦赞传略》《松赞干布传略》《赤都松与赤德祖赞传略》《赤松德赞传略》等，这些作品具有丰富的思想内容：就外部而言，描绘了青藏高原由分散独立到融合统一的历史过程和各邦国之间的友好往来；就内部而言，记录了统治阶级安定内部的激烈过程。

《赞普传略》的出现，是藏族史传文学在学习和吸收汉地史传文化基础上，进行的具有本民族特色的自觉创作。在题材选择、人物刻画、情节安排、叙述方式等方面，具有《史记》《汉书》《三国志》等历史著作的风韵。《赞普传略》以帝王将相作和有关人物作为主人公，这与汉地史传作品以帝王将相作为主要表现对象相一致，在《史记》中，"本纪"述帝皇，"世家"总诸侯，"列传"录卿士，《赞普传略》以人物为中心，事件辅之的写作方法与《史记》的布局有异曲同工之妙。

在松赞干布征服羊同（象雄）一段中：

　　……
在铁钩子尖端，
不要向右边歪斜，
若往右边倒过去，
若往左边倒过来，
把它朝下悬挂着！
过了明天，又后天，
确是一条会跃出水面的大鱼啊！
把鱼挂上铁钩子，
天上之银河，
相距虽远但可相连，
往上走就靠近了天；

要是越走越近了，
白岩石会成为粉末。
水獭一个个在跳跃；
六谷长得绿油油；
小风凉飕飕。
药树和松树多得很，
爬上去又滑下来，
请君火速发兵来。
肠肠肚肚给"夏"与"布"。
挂上老虎肉，
不要向左边倒塌，
有时候鱼鹰在等着，

有水獭在一旁窥测，　　　　　　　命星就靠近了山岩，
若不是火速来取拿，　　　　　　　"吾瓦"靠近大河，
水獭子就会吃掉它！　　　　　　　辗噶尔宫靠近地面，
见到（大鱼）就抓吧，　　　　　　墨竹靠近陇姆；
能挂上就把它挂上吧！　　　　　　要是越走越近了，
地上之泉水，　　　　　　　　　　上方之沙山，
要是越走越近了，　　　　　　　　设伏几曲深谷中。
天上星辰亮晶晶！

松赞干布的妹妹赞蒙通过向使者唱歌和赠送物品来传递"出兵攻打羊同"的消息，羊同当时雄居北部，是一个强大的部落联盟，土广地众，对吐蕃王朝有着不容忽视的威胁，是吐蕃的一个劲敌，本次战争的结果极大影响着吐蕃的存亡发展问题，因此作者在此处进行了详细的叙述，体现出作品的情节安排主次分明。

这部分传略采用了符合藏族性格的散韵结合的叙述方式，在故事叙述过程中加入了诗歌对话，使得行文生动活泼，大大提升了文字的表现力，是藏族史传文学的主动创造。可以说，汉地史传文学在吐蕃时期传入藏地，藏民族在学习和吸收汉地史传文化基础上，创作出了具有本土特点的传记文学作品，可见汉地史传文学对藏族史传文学的深刻影响。

二、接受原因分析

汉地史传文学何以会受到藏族人民的关注和借鉴，并吸收为自己文化的一部分呢？综合上述内容，其基本原因可以归纳为以下几个方面：

（一）汉地史传文学本身的丰富性，对藏族史传文学产生了强大的吸引力

史传文学，又称历史文学，即史乘而有文学价值者，换言之，就是兼具史学和文学两种属性的历史记载。[1] 纵观汉地史传文学发展历史，两汉是史传文学最为辉煌的时期，《史记》作为这一时期的纪传体历史著作，达到了历史性和文学性的高度统一，对我国史传文学的发展具有划时代意义。汉地史传文学的先进性与丰富性对藏族史传文学产生了强大吸引力，汉地雄厚的经济与军事实力，深厚的文化底蕴让藏族人民持有崇尚与追慕的态度，正如费孝通先生所表示：汉地文化在中华各民族中，是一个具有凝聚力的核心力量。并且汉地文化兼容并包，经过了历时长久的积蓄与发展，在政治、文化、精神等方面融汇了大量的"民族"因素，使得汉地文化更具普适性、进入性和可融性，利于藏族人民模仿、适应、融合，汲取汉地史传文学的精髓。

---

① 李少雍：《中国古代的文史关系——史传文学概论》，《文学遗产》1996 年第 2 期。

（二）藏族社会文明的不断发展，自发向中原优秀文明靠拢

吐蕃时期，社会环境发生急剧变化，松赞干布为了加强统一政权，在设官定制、军事改革、农业改革、行政区划改革、立法、统一度量衡、建都等多方面，全方位对吐蕃社会进行管理改造，使得生产力高速进步，生产关系适应不断发展的生产力的要求，因此当时的藏族社会呈现出一片欣欣向荣的繁荣景象。

主动地对其他民族优秀文化进行学习和吸收，是促进本民族快速发展和繁荣昌盛的基本条件。松赞干布为顺应吐蕃社会的历史发展要求，积极吸收汉地文化，密切了唐蕃之间的文化交流，据记载，自唐太宗贞观八年（634）开始，吐蕃遣使180多次，这是前所未有的，频繁的文化交流推进了吐蕃社会经济和文化的发展。另外，历代中央政府都十分关注藏族地区的发展，针对当地特殊的地域环境、宗教特点、人文习俗等而采取与内地不同的特殊政策，积极发掘与发挥藏汉两民族之间的共通性与可供借鉴性基础，这也是藏族文明自觉向中原优秀文明靠拢的重要因素。

从文学角度看，汉地史传作品传入吐蕃社会，对藏族史传作品的产生起到了催化作用。松赞干布派遣贵族子弟入长安学习《诗》《书》等汉文著作，并让饱读《诗》《书》通晓历史的汉族学者担任官职，又请汉族学者"典其表疏"。唐朝的两位公主远嫁吐蕃，搭建起汉藏民族间交流的"文化桥梁"，使藏族人民的精神生活发生了显著变化。她们都带去了汉文典籍，文成公主带去了金玉镶嵌的经史书籍和汉地卜算书籍300卷，汉族史学传统开始影响吐蕃统治者以及知识分子；公元710年金城公主入藏后还遣使赴唐上奏，请求《毛诗》《春秋》《礼记》《左传》《文选》各一部，据《贤者喜宴》记载，赤松德赞登基后就曾对大臣提到过这些"汉地经典"，并指出其先祖就是受这些"属民安乐之法"的影响才得以治理天下的。虽然在这里没有提到《战国策》，但敦煌遗书其藏文译本则对正史进行了补全。这些汉文经典进入吐蕃后，有的被译成藏文，在翻译过程中，又有一些作品的情节被演绎成独立的小故事，或在翻译中进行再创作，或在译文中掺入新的内容，更符合藏族读者的口味，成为藏族人民喜闻乐见的文学形式。①

（三）汉藏长期的历史交往，使藏族人民受到汉地文化的浸润和影响

史传文学是一种交流，这种交流更重要的是纵向的，代代相传的。② 从松赞干布建立统一全藏的吐蕃王朝，创制藏文开始，诸多著名的藏文典籍应运而生，这些典籍不光是对西藏发展历史的记录，更是广大藏族人民对美好生活的记录，是人的本质的生动反映，寄予了人民的美好理想与真情实感。在汉藏长期的交往过程中，内地的诸多熟知儒家经典的"饱学之士"进入藏地，他们的言传身教潜

---

① 魏强：《从文学看汉藏文化交流》，《黑龙江民族丛刊》2003年第1期。
② 吴伟：《论吐蕃文学的崛起》，《民族文学研究》1992年第1期。

移默化地影响了西藏人民，使得藏族人民渐渐地产生对理想人格的追求。可以说，藏族史传文学的发展，是人民的需要，是审美与认识的需要。另外，综观当时的整个文学环境，藏译本的《孝经》、《礼仪问答写本》、"孝经判官"可以看出藏族人民对儒家文化的认可与吸收；《千字文》《开蒙要训》《九九乘法表》《寒食诗》《孔子相托相问书》等，都有相应的藏文注译，是当地民众学习藏文和汉文化知识的抄本。

从这个角度来看，正是因为有这样一个藏汉两民族长期历史交往的背景，让西藏地区有了深厚的汉文化土壤，长期受到汉文化传统的熏陶，使得中原优秀文明逐渐地深入藏族人民的心灵之中，树立了"中华大一统"的价值取向，正是在这种基础上，汉地史传文学也就更容易被藏族社会基层民众所认可，在一定程度上成为他们的思想来源，进而更容易被藏族史传文学所接受、借鉴和融合，体现出了藏族作家对民族文化的认同，强化了民族文化认同感，丰富了中华民族共有之精神文化家园。

《史记》文学艺术研究

唐宋时期的《史记》人物评论①

＊本文作者刘彦青，陕西师范大学文学院副教授。

唐宋时期出现大量的《史记》人物论，这在《史记》研究史上值得关注。这类论述往往集中于《史记》相关的人物与事件上。尽管绝大多数属于史论性质，但是受唐宋时期社会思潮的影响，论者对人物行事的评价与典型事件的讨论，往往能够深入伦理层面，从而强化了典型人物的文化意义。具体来看，唐宋两代的《史记》人物评论在形式与内容上有较为明显的区别。

一、唐代的《史记》人物论

按照司马迁所记的内容发表评价。唐代的《史记》人物论按照形式可分为四类。

第一类是赞语。这种赞语基于直接或间接的读史体悟，或聚焦于历史人物的某一特殊事情，或者总论人物一生。前者如王绩的《子推抱树死赞》《荆轲刺秦王赞》《项羽死乌江赞》《蔺相如夺秦王璧赞》《陈平分社肉赞》《宁戚扣牛角歌赞》等，后者如李华《四皓赞》、《隐者赞》（留侯）、《先贤赞》、（管仲）和李白的《朱虚侯赞》、权德舆的《四皓赞》。这些赞语往往使用简洁的语言概括事件，借此褒扬人物的精神。如王绩《项羽死乌江赞》曰："项羽慷慨，临江问津。马赠亭长，侯封故臣。何为不渡，自取亡身。八千子弟，今无一人。"② 在概括项羽兵败的过

---

① 本文为国家社科基金后期资助项目"《史记》十二本纪文本生成研究"（21FZWB030）和陕西省社会科学基金项目"唐宋《史记》研究论稿"（2022H019）成果。
② ［清］董诰等编：《全唐文》卷132，北京：中华书局1983年版，第1325页。

程后，重点指出其"马赠亭长，侯封故臣"的慷慨之举，在"八千子弟，今无一人"的前后对比中表现出一种悲凉。李白的《朱虚侯赞》则借《史记·齐悼惠王世家》所载朱虚侯刘章铲除诸吕之乱平定汉室的事迹，表现了一种积极作为的人生抱负。然而其叙事又不仅限于诸吕之乱本身，而是展现出更为广阔的历史视野："嬴氏秽德，金精摧伤。秦鹿克获，汉风飞扬。赤龙登天，白日升光。阴虹贼虐，诸吕扰攘。朱虚来归，会酌高堂。雄剑奋击，太后震惶。爰锄产禄，大运乃昌。功冠帝室，于今不忘。"① 将平定诸吕之乱的功业放在秦灭汉兴的历史进程中，体现出朱虚侯刘章平定诸吕之乱的历史功业。在赞语中最具代表性的是司马贞《史记索隐》为《史记》每一篇作赞语，别具一格。唐代还有一类画赞亦涉及《史记》人物论，如韦渠牟的《商山四皓画图赞并序》是为房茂长《商山四皓图》所作画赞，其中对商山四皓进行了歌颂，有"匡汉避秦，惟兹四人。于德之邻，不孤其身。于涧之滨，不迷其津"② 句叙述其事迹，并指出基于史书所记内容的想象而作画的经过，"绘事后素，孰知其故。想象仪形，念兹丹青"③，显示了《史记》所载故事在唐代的特殊传播方式。

第二类是祭吊碑铭文。其中祭文以陈子良《祭司马相如文》为代表，其中"含章挺生，慕蔺斯在。题桥去蜀，仗策入关。终倦梁园之游，还悦临邛之客。杨意为之延誉，王孙以之开筵。弹琴而感文君，诵赋而惊汉主。金门待制，深嗟武骑之轻。长门赐金，方验雕龙之重。及乎茂陵谢病，游岱无归，空留封禅之书。"④ 依据《史记·司马相如列传》概括了司马相如的一生。吊文数量众多，如卢藏用《吊纪信文》、柳识《吊夷齐文》、李观《吊汉武帝文并序》、柳宗元《吊屈原文》《吊乐毅文》、刘蜕《吊屈原辞三章并序》、皮日休《悼贾并序》、欧阳詹《吊汉武帝文并序》等。碑文有卢藏用《纪信碑》《纪信碑阴》、李观《项籍碑铭并序》《周苛碑并序》、皮日休《首阳山碑》《春申君碑》等，铭文方面则有李华《四皓铭》、权德舆《圯桥石表铭并序》、李观《大夫种铭并序》等，此类铭文皆以《史记》人物为对象发表历史评价，而褚遂良的《故汉太史司马公侍妾随清娱墓志铭》一文则与此截然不同，文章以自己的梦境为文，拟定了司马迁侍妾随清娱这一虚拟人物并为之作墓志铭，显得别有趣味。

第三类是史论文，这类文章就人物遭际与命运发论，表达自己的观点。此类论文自汉魏时期便已产生，如三国魏夏侯玄文作《乐毅论》对乐毅发表评价，东晋王羲之曾以楷书书写，成为书法名帖，唐代褚遂良作《拓本乐毅论记》就王羲之书法而论，赞其"笔势精妙，备尽楷则"⑤，这一主题在后世得以不断延续。除了"乐毅"主题外，管仲、季札、晁错也是重要的评论对象，如元结《管仲论》、

---

① ［清］董诰等编：《全唐文》卷 350，北京：中华书局 1983 年版，第 3543 页。
② ［清］董诰等编：《全唐文》卷 623，北京：中华书局 1983 年版，第 6292 页。
③ ［清］董诰等编：《全唐文》卷 623，北京：中华书局 1983 年版，第 6292 页。
④ ［清］董诰等编：《全唐文》卷 134，北京：中华书局 1983 年版，第 1354 页。
⑤ ［清］董诰等编：《全唐文》卷 149，北京：中华书局 1983 年版，第 1514 页。

独孤及《吴季子札论》、李观《晁错论》，此外，白居易《李陵论》、李德裕《夷齐论》《张辟疆论》《管仲害霸论》《袁盎以周勃为功臣论》《三良论》、刘蜕《嬴秦论》、林简言《汉武封禅论》等也从不同角度对历史人物发表了评价。有些论文建立在直接的读史体悟基础上，如权德舆《酷吏传议》有关于司马迁作《酷吏列传》"郅都为酷吏传首"的做法，从郅都的贡献出发，提出了不同意见，并称："子长既首冠酷吏。班氏又因而从之，善善恶恶之义，于此缺矣。"① 又如李翱《题燕太子丹传后》对太子丹指使荆轲刺秦的行为进行了评价。

　　第四类是诗赋。唐代还出现一类以诗赋形式发表历史评论的文章。郑少微《悯相如赋》以赋的形式赞誉了司马相如的文采，对其"凉德污行""蒙恶声于简书"② 的历史遭遇进行了评价。李程的《汉文帝罢露台赋》则以《史记·孝文本纪》载文帝罢露台的节俭行为着眼，称赞"延载祀于二百，岂不以肇于露台，播无为之嘉画"③。李德裕《项王亭赋并序》赞誉了项羽的慷慨悲壮，称其"虽霸业之无成，亦终古而独步"④。还有徐寅的《首阳山怀古赋》《朱虚侯唱田歌赋》《樊哙入鸿门赋》《毛遂请备行赋》《斩蛇剑赋》《过骊山赋》《汉武帝重见李夫人赋》等赋作也以《史记》人物故事为题。与此稍异，一些赋作在以《史记》人物为主题外，在创作上还能别具匠心。王起的《燕王市骏骨赋以"求骨于好骐骥云集"为韵》《延陵季子挂剑赋以"冥会心许暗无我欺"为韵》、张仲素的《千金市骏骨赋以题为韵》、白居易《汉高祖斩白蛇赋以"汉高皇帝亲斩长蛇"为韵》《叔孙通定朝仪赋以"制定朝仪上尊下肃"为韵》、陆瑰的《垓下楚歌赋以"汉师清歌遂统天下"为韵》、康僚的《武帝重见李夫人赋以"神仙异术变化通灵"为韵》等在吟咏人物的同时能够采用《史记》相关记事话语为韵脚进行创作，表现出高超的艺术成就。

　　此外，唐代还出现一些针对《史记》体例的研究论文，虽然未成系统，但是仍然是《史记》研究史上重要的成果。如皇甫湜《编年纪传论》针对史书编年与纪传体例的优劣，发出"湜以为合圣人之经者，以心不以迹，得良史之体者，在适不在同。编年纪传，系于时之所宜，才之所长者耳，何常之有"⑤ 的中肯评价，并指出"司马氏作纪，以项羽承秦，以吕后接之，亦以历年不可中废。年不可阙故书也。观其作传之意，将以包该事迹，参贯话言，纤悉百代之务，成就一家之说，必新制度而驰才力焉"⑥ 的观点，从而指出司马迁对史书体例的变革，称赞其："革旧典，开新程，为纪为传，为表为志。首尾具叙述，表里相发明。庶为得

① ［清］董诰等编：《全唐文》卷488，北京：中华书局1983年版，第4987页。

② ［清］董诰等编：《全唐文》卷396，北京：中华书局1983年版，第4037页。

③ ［清］董诰等编：《全唐文》卷632，北京：中华书局1983年版，第6375页。

④ ［清］董诰等编：《全唐文》卷697，北京：中华书局1983年版，第7156页。

⑤ ［清］董诰等编：《全唐文》卷686，北京：中华书局1983年版，第7030页。

⑥ ［清］董诰等编：《全唐文》卷686，北京：中华书局1983年版，第7030页。

中，将以垂不朽。"① 这一论述在唐代《史记》研究史上具有重要的意义。

二、宋代的《史记》人物论

除了专门的古文选本评论和《史记》评论外，宋代出现了大量以《史记》人物为对象的单篇论文，这些论文着眼于人物的性格、命运与谋略等不同角度发表历史看法，在评论历史人物的同时暗含了特殊的现实判断。这些论文除了其本身的文学价值外，具有强烈的现实意义。

（一）宋代《史记》人物评论的广泛性

有关《史记》人物的专论，在宋代以前即已经出现，司马迁在人物传记的传述中即夹杂了历史评价，汉魏以来的《史记》人物论也不断涌现，唐代《史记》人物评论开始增多，元结的《管仲论》、独孤及的《吴季子札论》、李观的《晁错论》、白居易的《李陵论》、李德裕的《夷齐论》《张辟疆论》《三良论》等是其中具有代表性的，而至宋代，《史记》人物论说大量涌现。

据笔者不完全统计，两宋至少有 68 位学者有至少 430 余篇《史记》人物论文传世。这些论文涉及《史记》篇幅广泛，有本纪所涉朝代与帝王的，如孙复《尧权议》《舜制议》《文王论》、宋祁《论文帝不能用颇牧》、张方平《史记五帝本纪论》、刘敞《汤武论》、苏洵《高祖论》、苏轼《秦始皇帝论》《汉高帝论》、苏辙《汉高帝》《汉文帝》《汉景帝》《汉武帝》《夏论》《商论》《周论》《秦论》《汉论》、张耒《秦论》《汉文帝论》《汉景帝论》、杨时《项羽》、王质《汉高帝论》《汉文帝论》、林亦之《论舜》《文王》、王十朋《禹论》《武王论》、史尧弼《吕后论》、周南《高祖论》、马廷鸾《吕后》等，可以说宋代《史记》人物论涉及《史记》十二本纪的所有篇目，不仅本纪中的帝王被论及，本纪篇中所涉及的其他臣子等历史人物也有被论及，如《殷本纪》中的伊尹即被频繁论及，徐铉、石介、刘敞、苏轼、胡宏都有专门针对伊尹的论文。本纪之外，世家体中的人物也有被涉及，如针对《留侯世家》中的商山四皓，孙复有《辨四皓》、胡宿有《四皓论》等，苏轼也有《留侯论》，论周公的也有石介的《周公论》、王安石的《周公》、苏轼的《周公论》、苏辙《周公》等，此外邹浩有《曹参论》、李新有《萧何论》、蔡戡有《陈平论》、陈耆卿有《陈平周勃王陵论》、张耒有《萧何论》《子房论》《陈平论》《平勃论》等、杨时有《张良》《萧何》《曹参》《陈平》《周勃》等篇论及汉代的世家人物。论及列传中的人物更是不胜枚举，其中最有代表性的是《晁错论》，宋代先后有徐铉、田锡、苏轼、秦观、晁补之、杨时、李纲、王之望、周紫芝等十余位学者撰写过《晁错论》，此外列传中的伯夷、商鞅、韩信、贾谊、主父偃等也是被评论次数较多的历史人物。如针对伯夷，有郑獬《伯夷论》、王安石《伯夷论》、

---

① ［清］董诰等编：《全唐文》卷 686，北京：中华书局 1983 年版，第 7030 页。

黄庭坚《伯夷叔齐庙记》、范浚《夷齐谏武王论》、周紫芝《伯夷论》等篇目；针对商鞅，有苏轼《商君功罪》、陈师道《商君论》、张耒《商君论》、胡宏《商鞅变法》、马廷鸾《商鞅》等；针对韩信，有陈襄《韩信论》、张耒《韩信议二首》、杨时《韩信》、陈亮《韩信》、陈耆卿《韩信论》等；针对贾谊，有欧阳修《贾谊不至公卿论》、郑獬《书贾谊传》、苏轼《贾谊论》、晁补之《贾谊讥》、谢薖《书贾谊传后》、杨时《贾谊》等；针对主父偃，也有夏竦《主父偃论》、郑獬《书主父偃传》、陈造《主父偃》等。

除了这些历史人物外，宋代还出现了不少针对司马迁本人的评论文章，如张耒《司马迁论上》《司马迁论下》、秦观《司马迁论》、晁补之《司马迁雪李陵》、周紫芝《司马迁论》等。

（二）宋代《史记》人物评论的内容

宋人对《史记》人物的专论内容较为宽泛，往往结合《史记》所记人物生平最为典型的事件发论，故而在《史记》人物的定型化过程中产生了作用。宋人对《史记》人物评论角度不一，且好发新论。如与传统评价不同，陈襄《鲍叔荐管仲论》指出管仲不忠、不信、不礼、不义，刘攽的《书李广传后》称"李将军追咎杀降者，以使己不封，能自讼矣。呜呼，可谓非笃厚君子哉？"[1] 王安石的《读孟尝君传》也认为"孟尝君特鸡鸣狗盗之雄耳，岂足以言得士？"[2] 等等，这些论点都十分新颖，反映了宋代特殊的文化背景。

即便对同一历史人物往往也有截然不同的评价，以最有代表性的《晁错论》为例。唐代李观曾撰《晁错论》反驳司马迁"太史公曰"对晁错的批判，分析了晁错"未尝不忠于心"及其"至忠至略"[3]。从南唐到北宋的徐铉所作《晁错论》并不同情晁错，而认为"盎、错之罪一也"。他说晁错与袁盎有同样的罪过，二人都"皆欲功名在我，莫肯急病让夷"的心理，并且从"忘公家而务私怨"的角度，批评罪先在晁错，进而指出"今二子者，冒道家之所忌，以智能为身荣，故终于恶"[4]。田锡的《晁错论》则首先批评了班固以来论者对晁错的评价，其曰："班固以晁错急于利国，而不知身害。后代论者，或以景帝听袁盎之逸，因七国举兵，遂诛错以悦诸侯，或以晁错智小而谋大，或以景帝不明而无惩乱之术。斯皆执偏见之一端，而不周览前后之次第也。"他认为"安危理乱之形，必起于渐也"[5]。田锡援引贾谊《治安策》认为汉代的诸侯王问题并不是汉景帝时候才出现的，而是从汉高祖时间就已经埋下了祸端，所谓"乱本萌于高帝之时，滋蔓于文

---

① ［宋］刘攽：《彭城集》卷40，济南：齐鲁书社2018年版，第999页。
② ［宋］王安石：《王安石文集》卷71，北京：中华书局2021年版，第1240页。
③ ［唐］董诰等编：《全唐文》卷534，北京：中华书局1983年版，第5425页。
④ ［南唐］徐铉：《徐铉集校注》卷24，北京：中华书局2016年版，第713页。
⑤ ［宋］田锡：《咸平集》卷11，巴蜀书社2008年版，第101页。

帝之世，难图于景帝之代也"，而"晁错之谋，适促诸侯之弄兵也"①。苏轼的《晁错论》影响更大，苏轼认为"天下悲错之以忠而受祸，而不知错之有以取之也"，晁错的悲剧是咎由自取，原因在于在吴楚起兵的情况下"错不于此时捐其身，为天下当大难之冲，而制吴楚之命，乃为自全之计，欲使天子自将，而己居守"的策略，苏轼认为晁错不应该寻求自全之计，而应该"自将而击吴楚"②。秦观并不为晁错被杀而遗憾，他的《晁错论》指出晁错被杀有重要的政治意义，即"汉斩错，七国之兵所以破也"。秦观认为"胜败之机，系于理之曲直。理直则师壮，师壮，胜之机也；理曲则师老，师老，败之机也。故善战者战理"，秦观联系安史之乱中唐明皇诛杀杨国忠，指出吴楚之乱以诛晁错为名，汉景帝斩晁错就使得吴楚无出师之名，"汉斩错而兵不罢，则逆节暴露，天下亦忿然有不直七国之心。当此之时，诸侯曲而汉直，故太尉得以破其兵也"③。晁补之在《晁错学申韩》中反驳了司马迁对晁错"变古乱常，不死则亡"的评价，而认为"夫错豫为国计，虑山东反者，抗言而削之，岂'变古乱常'哉？"④杨时的《晁错论》将晁错削除诸侯王与孔子堕三都相类比，认为"错无硕德重望以镇服其心，而强为之谋，其召乱而取祸，盖无足怪者"，并联系汉武帝时"淮南王欲反，独畏汲黯之节义"，"以一汲黯犹足以寝淮南之谋，况不为黯者乎？"杨时的结论是"天下大器，非智力所能胜也"⑤。王之望的《晁错论》则从谋略角度指出了晁错被杀的必然性，王之望认为："天下之势，强弱异形，则攻取有先后。先攻小以图大者，弱国之形也；先攻大以令小者，强国之形也。先小后大，则敌脆而力有所并；先大后小，则威加而交不得合。"汉景帝时候解决诸侯王问题应该先从势利最强大的吴国入手，"景帝之世，山东之国凡十有八，而吴阻江负海，其地最大；怨望不朝，其罪最深；铸山煮海，招纳叛亡，其谋最久。景帝初立，宜姑加惠藩臣，阔略细故，使睦我而无反侧心，然后首议削吴。彼削之出于不意，则事有所不及谋。既而势益弱，则谋有所不敢发；就使果发，亦难动摇诸侯。一区区之吴，何能为哉？吴既削而天下定矣。"这样才能够"削而不敢反，反亦不能为祸者也"。但是晁错却采取了错误的策略，"纷然更定律令，以侵刻诸侯为己功，先削赵，又削楚，又削胶西，然后乃议削吴。诸侯人人自危，皆有怨怒不服之心，故刘濞一呼，天下皆应，吴未及削而祸结矣。然则，错之谋实驱之，尚何冤哉！"⑥周紫芝的《晁错论》从"盖世之善论人者，不以迹而以心"的角度批判了后世对晁错的非议与否

① ［宋］田锡：《咸平集》卷11，巴蜀书社2008年版，第102页。

② ［宋］苏轼撰，［明］茅维编：《苏轼文集》卷四，北京：中华书局1986年版，第107—108页。

③ 曾枣庄、刘琳主编：《全宋文》第120册卷2581，上海：上海辞书出版社2006年版，第70—71页。

④ 曾枣庄、刘琳主编：《全宋文》第126册卷2732，上海：上海辞书出版社2006年版，第281页。

⑤ ［宋］杨时：《杨时集》卷9，北京：中华书局2018年版，第214页。

⑥ 曾枣庄、刘琳主编：《全宋文》第197册卷4370，上海：上海辞书出版社2006年版，第411—412页。

定，认为"错虽至愚，岂不知削其地则必叛，叛则祸必及己。错所以不畏其祸而肯为其君言之者，其心果安在哉？盖特以安国家而定社稷也"，"察错之心，则要在安刘氏而已"。值得注意的是周紫芝在此文中反驳了秦观的看法，认为"错之忠，岂可与国忠比？孝景之治，岂可与明皇论？时国忠虽诛，而禄山之难未必戢。晁错不诛，七国将何为哉？此其理较然易知者，而景帝竟纳盎言。此殆不察其心而然欤！"同时他也反驳了苏轼认为晁错自全的看法，指出晁错使天子自将的谋略"是乃所以为忠也。错知大臣之欲杀己，而自将其兵，则足未及旋而首已堕于奸臣之手矣。孰若使天子自将，己居其中，扼奸臣之吭而控之。则天子收战胜之功，而己不失忠臣之名。岂非两全之道欤？"① 所论不无道理。

（三）宋代《史记》人物论的《史记》学价值

宋代的《史记》人物论固然侧重于人物本身，属于史学与理学的范畴。但是不少论文在论述中涉及传记编撰、撰述方法、史公评价等方面的内容，在《史记》学上也有着特殊的价值。

宋代有不少学者在论述中肯定司马迁的撰述。如苏轼《尧不诛四凶》中肯定"太史公多见先秦古书，故其言时有可考，以正自汉以来儒者之失。"② 苏轼在《直不疑买金偿亡》中阐明了司马迁对直不疑的评价，而称"直不疑买金偿亡，不辨盗嫂，亦士之高行矣。然非人情。其所以蒙垢受诬，非不求名也，求名之至者也。太史公窥见之，故其赞曰：'塞侯微巧，周文处诮，君子讥之，为其近于佞也。'不疑蒙垢以求名，周文秽迹以求利。均以为佞。佞之为言智也。太史公之论，后世莫晓者。吾是以疏解之。"③ 欧阳修《贾谊不至公卿论》则借助司马迁合传编撰方法进行人物分析，他从司马迁将屈原与贾谊合传的角度出发，指出"太史公传于屈原之后，明其若屈原之忠而遭弃逐也"。由此批评了汉文帝，同情贾谊。其言："则谊之不遇，可胜叹哉！且以谊之所陈，孝文略施其术，犹能比德于成、康。况用于朝廷之间，坐于廊庙之上，则举大汉之风，登三皇之首，犹决壅裨坠耳。"④ 郑獬《伯夷论》阐明了司马迁将伯夷作为列传之首的合理性。"当伯夷不生，天下孰知让国之为美欤？伯夷不死，天下孰知伐君之为非欤？伯夷生死之节尽之矣，浑浑之俗，其不大明而大惊也哉？"⑤

宋代《史记》人物评论中更多的学者对司马迁的传记处理方法提出了异议，这是宋人好为新论的一个体现，在《史记》研究史上成为一个值得重视的现象。如孙复的《辨四皓》从传嗣立嫡的伦理角度出发，指出"夫传嗣立嫡，周道也。

---

① 曾枣庄、刘琳主编：《全宋文》第 162 册卷 3524，上海：上海辞书出版社 2006 年版，第220—222 页。

② ［宋］苏轼撰，（明）茅维编：《苏轼文集》卷 65，北京：中华书局 1986 年版，第 1998 页。

③ ［宋］苏轼撰，（明）茅维编：《苏轼文集》卷 65，北京：中华书局 1986 年版，第 2016 页。

④ ［宋］欧阳修：《欧阳修全集》卷 60，北京：中华书局 2001 年版，第 867 页。

⑤ 曾枣庄、刘琳主编：《全宋文》第 68 册卷 1477，上海：上海辞书出版社 2006 年版，第 127 页。

为国之大者，莫大于传嗣，传嗣之大，莫大于立嫡，不可不正也。苟一失其正，则覆亡篡夺之祸随之。"由这点立论，指出商山四皓的深远意义。他说："昔汉祖携一剑行四海，由布衣取天子位，斯可谓真主矣。及夫祸乱既定，嗜欲既起，内有嬖宠之惑，外有废嫡之议，群臣汹汹，莫之能止。四先生将因是时以行其道，故从子房而出，吐一言以正太子之位，此非周道绝而四先生复传之者乎？然四先生之出，岂止为汉而出哉？为万世而出也。"① 由此，孙复主张应该为商山四皓立传，他们传承了儒家传嗣立嫡之道。商山四皓应该与伯夷叔齐有相同的地位，进而认为"司马迁、班固不能博采厥善，发舒其光，为四先生立传，垂于无穷，斯其过矣。噫，万世之下，使臣不敢戕其君者，夷、齐是也；万世之下，使庶不敢乱其嫡者，四先生是也"②。王安石从体例设置角度，对司马迁将孔子列入世家体提出了不同的看法，在《孔子世家议》中王安石曰："夫仲尼之才，帝王可也，何特公侯哉？仲尼之道，世天下可也，何特世其家哉？处之世家，仲尼之道不从而大；置之列传，仲尼之道不从而小。而迁也自乱其例，所谓多所抵牾者也。"③ 张方平《史记五帝本纪论》中对《史记》的体例意义进行解读，其曰"太史公缀缉天下放失旧闻，录秦汉，上记轩辕，下至太初，成一家之言，事迹条贯，信该详而周悉矣，然而为史之法，系在本纪。纪者，统也，言王者大一统，正天下，正朔所禀，法令所由出者也。"并称"书以该名数，表以正时历，世家以显宗本，列传以著成败，然其大本，纪为之主。"张方平由此对《五帝本纪》的设立提出了异议，指出其问题在于"一纪之初，所失者二，考三皇之迹而牺、农不录，观五帝之事而少昊不载"④。范浚《五帝纪辨》同样对《五帝本纪》的设置产生了不同看法，指出"迁姑欲擅摅传记，以示洽博，非复考其言之当否。夫黄帝，神农后也，阪泉之战，信亦悖妄。以臣伐君，犹有惭德，而况为之后者？信或有之，则黄帝贼矣，尚得为圣人乎！"⑤

也有学者对司马迁的撰述态度进行了批评。陈襄《韩信论》批判了韩信"见其利而不知其义"，指出"司马迁、班固修史至此，而无明讥，予恐后代臣子踵其所为，不能尽事君之节，故扬摧而论之云耳"⑥。与此相似，王安石《伯夷》否定了司马迁到韩愈以来对伯夷"义不食周粟"的称赞，"故孔孟皆以伯夷遭纣之恶，不念以怨，不忍事之，以求其仁，饿而避，不自降辱，以待天下之清，而号为圣人耳。然则司马迁以为武王伐纣，伯夷叩马而谏，天下宗周而耻之，义不食周

① 曾枣庄、刘琳主编：《全宋文》第19册卷401，上海：上海辞书出版社2006年版，第301页。
② 曾枣庄、刘琳主编：《全宋文》第19册卷401，上海：上海辞书出版社2006年版，第301页。
③ ［宋］王安石：《王安石文集》卷71，北京：中华书局2021年版，第1244页。
④ 曾枣庄、刘琳主编：《全宋文》第38册卷816，上海：上海辞书出版社2006年版，第140—141页。
⑤ ［宋］范浚：《范浚集》卷15，杭州：浙江古籍出版社2015年版，第176页。
⑥ 曾枣庄、刘琳主编：《全宋文》第50册卷1087，上海：上海辞书出版社2006年版，第176—177页。

粟，而为《采薇之歌》。韩子因之，亦为之颂，以为微二子，乱臣贼子接迹于后世。是大不然也。""伯夷固不事不仁之纣，以待仁而后出。武王之仁焉，又不事之，则伯夷何处乎？"①

还有从材料真伪角度的思考，如苏洵《嫚妃论》从材料真伪的角度出发否定了司马迁有关契、稷的神异诞生说法。苏轼在《司马穰苴》中也提出了"凡《史记》所书大事，而《左氏》无有者，皆可疑"②的观点。张耒《应侯论》则对司马迁叙范雎见秦昭王误入永巷一事提出了异议，认为此事不可信，指出"荆轲刺始皇，而殿下之兵不敢辄动，安有误入永巷事耶？扬子曰：'子长多爱，爱奇也。'此亦好奇之过软？"③胡宏《史记谬妄》对《殷本纪》所记载伊尹放太甲一事提出异议，进而对经与史的价值进行了判断，指出"经所传者，义也，史所载者，事也。事有可疑，则弃事而取义可也，义有可疑，则假事以诬义可也。若取事而忘义，则虽无经史可也"④。

三、宋代的《司马迁论》

在宋代《史记》人物论中，《司马迁论》直接对司马迁发论，其内容或关注李陵之祸，或关注《史记》叙事，成为《史记》专论中的一个特殊现象。

张耒的《司马迁论（上）》聚焦于李陵之祸对司马迁的影响，文章借助司马迁《伯夷列传》和《管晏列传》中的评论，谈到了司马迁在《史记》中寄托自己思想情感的现象。他说："司马迁作《伯夷传》言'非公正不发愤而遇祸灾'，此特迁自言为李陵辩而武帝刑之耳。论管、晏之事，则于晏子独曰：'使晏子而在，虽执鞭所欣慕焉。'迁之为是言者，盖晏子出越石父于缧绁，而方迁被刑，汉之公卿无为迁言，故于晏子致意焉。"李陵之祸对司马迁撰《史记》有直接影响。张耒认为"李陵之降，其为汉与否未可知，而迁独激昂不顾出力辩之如此，几于愚乎！与夫时然后言，片言解纷者异矣。不知其失，而惑夫道之是非，何哉？至怨时人之不援己于祸，而拳拳于晏子，迁亦浅矣！迁亦浅矣！"⑤张耒的《司马迁论（下）》则从司马迁"尚气好侠"的角度对司马迁的叙事风格进行了解释，指出"司马迁尚气好侠，有战国豪士之余风。故其为书，叙用兵、气节、豪侠之事特详"。张耒认为："其言侯嬴自杀以报魏公子，而樊於期自杀以头遗荆轲，皆奇诞不近人情，不足考信。以嬴既进朱亥以报魏公子，不自杀未害为信；而樊於期自匿以求苟免，尚安肯愤然劫以浮词，以首遗人哉？此未必非燕丹杀之也。予读《刺客传》，颇爱曹沫、豫让之事，沫有补其国，而让为不负其君，然皆不合大义，

① ［宋］王安石：《王安石文集》卷63，北京：中华书局2021年版，第1104页。
② ［宋］苏轼撰，［明］茅维编：《苏轼文集》卷65，北京：中华书局1986年版，第2002页。
③ ［宋］张耒：《张耒集》卷39，北京：中华书局1990年版，第648页。
④ ［宋］胡宏：《胡宏集》，北京：中华书局1987年版，第241页。
⑤ ［宋］张耒：《张耒集》卷41，北京：中华书局1990年版，第664页。

而庶几所谓好勇者。如聂政、荆轲之事，此特贱丈夫之雄耳。予观窦婴、田蚡、灌夫之事，考婴与蚡皆庸人不学，其所立无可称录，而灌夫屠沽之人也，斗争于酒食之间，不啻若奴妾，是皆何足载之于书？而迁叙聂政、荆轲、窦婴、田蚡之事特详，反复叙录而不厌，盖其尚气好侠，事投其所好。故不知其言之不足信，而忘其事之为不足录也。"①　其分析为我们理解《史记》叙事选择与叙事策略提供了一个视角。

秦观的《司马迁论》针对班固对司马迁"是非颇谬于圣人，论大道则先黄老而后六经，序游侠则退处士而进奸雄，述货殖则崇势利而羞贫贱"②　的评论进行了反驳，指出了"先黄老而后六经，求古今缙绅先生之论，尚或有之，至于退处士而进奸雄，崇势利而羞贫贱，则非闾里至愚极陋之人不至是也，孰谓迁之高才博洽而至于是乎？以臣观之不然，彼实有见而发，有激而云耳"。秦观认为"迁之遭李陵祸也，家贫无财贿自赎，交游莫救，左右亲近不为一言，以陷腐刑，其愤懑不平之气无所发泄，乃一切寓之于书"。这在《游侠列传》《货殖列传》中都有体现。秦观肯定司马迁，称赞"迁为人多爱不忍，虽刺客、滑稽、佞幸之类，犹屑屑焉称其所长，况于黄老、游侠、货殖之事，有见而发，有激而言者。其所称道，不能无溢美之言也，若以《春秋》之法，明善恶、定邪正责之，则非矣"③。

周紫芝的《司马迁论》同样针对班固《司马迁传》中对司马迁的评论而论，班固评价司马迁曰："以迁之博物洽闻，而不能以知自全，既陷极刑，幽而发愤，书亦信矣。迹其所以自伤悼，《小雅》巷伯之伦。夫唯《大雅》'既明且哲，能保其身'，难矣哉！"④　批评司马迁在李陵事件中不能明哲保身。周紫芝援引范晔批评班固"谓其议论尝排死节，否正直，不叙杀身成仁之美"，否定了班固对司马迁的评价。周紫芝首先阐明"公天下之赏罚，以当天下之功罪者君也。公天下之是非，以辨天下之善恶者史也。赏罚不公，则无以厌人心。是非不审，则无以取信于后世"的观点，指出在汉武帝盛怒李陵兵败的情况下，司马迁力夺群议为李陵辩白，落得腐刑而不是被杀已是幸运，在这种情况下司马迁"是亦几于死节之士"。他反驳班固的"明哲保身"之论，认为"所谓明哲云者，谓其智足以虑患，识足以周身，不至冥行以触罪罟而已，是为君子保身之道"，而不是"缄默不言，坐视人主之过，全躯以保妻子而后为明哲"，并辩证地指出"李陵之降，迁当直其过而不当辨，辨则迁之罪也。马迁之辨，汉当容之而不当刑，刑则汉之过也"。而司马迁因李陵事件遭受腐刑"过在于汉而不在迁明矣"⑤。

---

①　[宋] 张耒：《张耒集》卷41，北京：中华书局1990年版，第664—665页。

②　[汉] 班固：《汉书》卷62，北京：中华书局1862年版，第2737—2738页。

③　曾枣庄、刘琳主编：《全宋文》第120册卷2582，上海：上海辞书出版社2006年版，第78—79页。

④　[汉] 班固：《汉书》卷62，北京：中华书局1862年版，第2738页。

⑤　曾枣庄、刘琳主编：《全宋文》第120册，卷2582，上海：上海辞书出版社2006年版，第222—223页。

史记戏魂史公心

——秦腔史记戏对《史记》思想意蕴的接受

＊本文作者高益荣、师浩龙。高益荣，西安翻译学院文学与传媒学院；师浩龙，西安翻译学院文学与传媒学院。

江君在《由史而文，融雅于俗——从〈史记〉到"史记戏"》中将司马迁在《史记》中所叙述的故事内容提炼总结为八种母题："正邪对立，报仇雪耻型""文武保国，同心一致型""贤人怀才难遇，深感世态炎凉型""知己遇合，甘心效力型""爱情婚姻，悲欢离合型""女色误国，以史为鉴型""功臣遇祸，怨愤难平型"和"隐逸访道，远祸全身（节）型"①，而秦腔史记戏取材于《史记》，故而其创作是戴着镣铐跳舞，因此基本承袭了《史记》文本提供的母题形式。而从上文的分类中，我们可以看到，在多达86部的秦腔史记戏中，其题材内容既有宠幸女色型、表现战争型、内部斗争型，也有婚姻爱情型、个人经历型、博取功名型等，故而其题材内容可谓包罗万象，丰富多彩，从多角度、多方面全方位地反映了不同时期观众的兴趣爱好和理想愿望。因此我们有必要进一步挖掘这些秦腔史记戏剧目中所蕴含的思想内涵，继承其中的优秀思想，发挥秦腔史记戏所蕴含的独特文化价值，这也是我们研究秦腔史记戏的目的和意义所在。具体而言，秦腔史记戏所蕴含的思想内涵主要表现在以下几方面。

一、表现抗敌斗争，歌颂爱国主义

表现抗敌斗争，歌颂爱国主义思想和行为是中国文学中最为永恒持久的主题思想之一，也是许多文学作品为历代读者传诵，成为经典的主要因素之一，如陆游、辛弃疾就因其诗、词中洋溢着强烈的爱国主义思想而被后世分别尊为爱国主义诗人、词人，其诗、词也因此成为中国文学史上的经典之作。而中国文学中表现秦人之抗敌，表达对其爱国主义思想和行为的歌颂，可以追溯至《诗经·秦风·无衣》：

---

① 江君：《由史而文，融雅于俗——从〈史记〉到"史记戏"》，暨南大学 2008 年博士论文，第 91—93 页。

岂曰无衣？与子同袍。王于兴师，修我戈矛。与子同仇。岂曰无衣？与子同泽。王于兴师，修我矛戟。与子偕作。岂曰无衣？与子同裳。王于兴师，修我甲兵。与子偕行。①

这是一首由秦地军民创作的军中战歌。诗歌描写了秦地军民在面对西戎入侵时，团结一致，克服困难，积极修理自己的兵器，踊跃参军，同仇敌忾，共同抵御外侮的情景。全诗表现了秦地军民在反侵略战争中的大无畏精神，洋溢着秦地军民强烈的爱国主义热情和精神，同时也歌颂了秦地军民的爱国主义行为。由此可见秦地及秦人有着历史悠久的爱国主义传统，因此表现抗敌斗争，歌颂爱国主义思想和行为的主题内涵自然便成了诞生于斯的秦腔剧目所主要表达的题中之义，而作为秦腔剧目重要组成部分的秦腔史记戏表现这一主题内涵便也在情理之中了。

首先秦腔史记戏重点表现了王侯将相的抗敌斗争和爱国主义思想及行为，对他们为了国家安危和民族利益而英勇抗敌的爱国主义行为给予充分肯定和表扬。王伯明先生的《黄帝开国图》一剧又名《战蚩尤》，取材于《史记·五帝本纪》。主要演绎了轩辕黄帝率领应龙、力牧等将领抵抗北方蚩尤部落的入侵，并于逐鹿之野战胜蚩尤，开创中国的故事。李桐轩先生曾在《演说〈开国图〉宗旨》中如是说：

这一回是《开国图》，为什么可叫《开国图》呢？……"开"就是开创呢。"国"就是中国。"图"就和那谋略差不多。编这回戏的意思，就是想教大家要知道咱们老先人黄帝创造咱们中国很不容易，大家要为先人争气，努力保守，一尺一寸土地，万不要外人剥夺。也就能对住咱们先人了。也不枉挪出功夫看这回戏了。记上了么？爱国二字包括全本了。②

该段演说词用通俗易懂的语言为秦腔观众阐述了《黄帝开国图》一剧的思想内涵，既高度肯定了轩辕黄帝抵御外族入侵，守卫祖国领土，寸土不让的爱国行为，展现出祖先建国的艰难与不易，也激励人民大众要学习轩辕黄帝的爱国行为，在民族危亡时刻，誓守祖先开创的每一寸土地。由此可见，先生以"爱国"二字概括该剧的思想内涵可谓深得该剧之主旨，实为至评。

范紫东先生的《秦襄公》讲述了西周末期，犬戎屡次入侵中国，秦襄公及其兄秦世父抵御外辱，守卫、收复西周故地的英雄事迹。特别是该剧一开场便正面描写了秦襄公兄弟二人之间的对话及秦世父的礼让，直接表现出秦襄公和秦世父抵御犬戎侵略、立志誓雪民族之耻的决心和民族气节；而当申侯勾结犬戎入侵西周京畿，周室危亡之际，秦襄公与郑武公等人团结一致，护送平王东迁，安定周

---

① 程俊英、蒋见元：《诗经注析》（上），北京：中华书局1991年版，第357—358页。
② 严文：《最近发现的易俗社早期之"演说词"》，载西安戏曲志编辑委员会：《西安戏曲史料集》，北京：中国广播电视出版社1989年版，第359页。

室，驱逐犬戎，收复故地，更是表现出了秦襄公的伟大功勋。诚如先生在《原序》中所言："若非秦襄公应时而出，则犬戎当出函谷，越轘辕，东周列国之局亦将破坏。岂待魏晋以后，而始招五胡之祸乱哉。"① 因此，先生特作此剧表彰秦襄公以民族利益为重，抵御犬戎入侵的爱国行为及精神，并许其以民族英雄之称，秦襄公实当之无愧！

在秦腔史记戏中表现王侯将相抗敌斗争，歌颂其爱国思想和行为的剧目还如《哭秦庭》《霍去病》《火牛阵》《屈原》等剧目。但是秦腔史记戏对这一主题内涵的表现并没有局限于王侯将相，所谓"天下兴亡，匹夫有责"，秦腔史记戏还表现了普通百姓的爱国行为与爱国热情。如在《崤山战》一剧中，郑国商人弦高在得知秦军即将袭击自己的国家时，他以国家利益为先，急中生智，说服郑人塞他回国报信，而自己则不畏生死，以所贩卖之牛为资，前去犒劳秦军，戳穿了秦军袭击郑国的阴谋，迫使秦军放弃袭击郑国的企图，为郑伯巩固内部，抵御秦军赢得了时间与机会，使得郑国转危为安。在该剧中，他以大局为重，将自己的生死置之度外，为维护国家利益而不惜牺牲个人利益，尤其是他"为国为民，救亡图存，弟之生死存亡，何足挂齿"② 的对白更是将自己满腔的爱国热情挥洒得淋漓尽致，活灵活现；同时，该剧《缝制军服》一场中同样表现了普通百姓的爱国热情。在该场中，当民妇甲、乙、丙为郑国兵士缝制军服时，民妇乙和民妇丙颇有微词，而民妇甲则晓之以大义："自古常言讲得好：覆巢之下无完卵。要是敌兵来了，咱们都免不了蹂躏之苦，你们那些想法都是不对的。"③ 于是三人达成共识，团结一致，共同为郑军缝制完寒衣，为郑国军民抵御秦军做出了自己应有的贡献，以这种独特的方式表达了自己的爱国之情。其他表现普通百姓爱国热情和爱国精神的还如《卧薪尝胆》中的陈音、处女这对普通父女及西施、郑旦，《哭秦庭》中的书生钟健等。

以上，秦腔史记戏对爱国主义思想和精神的表现没有因剧中人社会地位的不同而显现出任何等差性，既表现了王侯将相的爱国精神，也展现了普通百姓的爱国热情，从而以通俗文学的形式向世俗观众演绎、传递了"天下兴亡，匹夫有责"的独特文化内涵；这一思想内涵的表现在中华文明发展史上有着十分重要的文化价值和现实意义，尤其每在中华民族危亡之际，民间通过对这类剧目的搬演，使得爱国主义的思想内涵得到广泛宣传，极大地鼓舞了军民士气，调动了军民抗敌斗争的积极性，遂为我国军民为抵御外侮、维护国家和民族利益而英勇斗争提供了强大的精神力量和动力支持。

---

① 范紫东：《秦襄公》，西安曲江新区管理委员会、西安市政协文史资料委员会：《西安秦腔剧本精编》13，西安：西安出版社 2011 年版，第 271 页。

② 《崤山战》，西安曲江新区管理委员会、西安市政协文史资料委员会：《西安秦腔剧本精编》2，西安：西安出版社 2011 年版，第 255 页。

③ 《崤山战》，西安曲江新区管理委员会、西安市政协文史资料委员会：《西安秦腔剧本精编》2，西安：西安出版社 2011 年版，第 265 页。

二、演绎忠孝节义，弘扬核心价值

忠、孝、节、义是中华民族传统文化价值观中的重要组成元素，为历代统治者所提倡，借以构建其理想中的社会意识形态，维护社会稳定，辅助其统治。特别是在“宋元明清时期，‘忠孝节义’成为社会热议的焦点词汇，尤其在民间，‘忠孝节义’通过文学、戏曲、对联、匾额、字画、艺术品等广为流传，浸入人心，化人最深。”① 对于秦腔剧目而言，尤其热衷于表现这一主题思想，清代戏曲理论家焦循就曾在其《花部农谭》中明确说道：“花部原本于元剧，其事多忠、孝、节、义，足以动人”②；今人杨云峰亦在其《秦腔史话》中如是概括秦腔剧目的主题思想和表现方式：“只不过它更偏重于表述朴实厚重的历史忧患……偏重于对忠、孝、节、义和仁、义、礼、智、信中华传统价值观的世俗演绎。”③ 而秦腔史记戏作为秦腔剧目的重要组成部分，亦通过对《史记》中相关故事的通俗化演绎，借助秦腔的独特艺术形式，表达了忠、孝、节、义这一中华民族的传统思想内涵。

忠有两个层面的含义，一为忠于君，即孔子所说的“臣事君以忠”④；一为忠于民，即《左传·桓公六年》中所言：“上思利民，忠也。”⑤而在秦腔史记戏中，忠与义通常联合使用，既表现为臣子忠于君王、家主，同时也表现为仁人志士维护正义的忠义行为。秦腔史记戏《八义图》（米钟华本）通过讲述赵盾与屠岸贾之间的忠奸斗争，表现了程婴、卜凤、公孙杵臼等八位义士为维护正义而慷慨赴死的忠义行为，宣扬了忠义的思想内涵。尤其是《舍子》一场，描写了义士程婴欲舍弃自己亲生儿子代替赵氏孤儿一死时与妻子的对话场景，表现出程婴为救孤儿所作的牺牲，场面凄惨，感人至深，这是何等的忠义之举；而《拷卜凤》一场中，当屠岸贾拷打卜凤时，卜凤义正词严，毫不畏惧，宁死也不透露赵氏孤儿的下落；而剧末赵氏孤儿复仇成功后，修八义祠祭祀八位义士，这既是孤儿对他们忠义行为的感激，同时也预示着剧作家对八位义士忠义行为的肯定与褒扬。而《六义图》通过描写赵高陷害丞相匡宏，其子匡扶逃走，义士赵忠、李信等六人为救匡扶而牺牲的事迹，同样表现了这六人的忠义行为，宣扬了忠义的思想内涵；另外值得一提的是，在该剧中，当匡宏得知匡扶欲造反、杀昏君时，极力反对，并且在狱中上本告发以维护自己的忠烈之名，表现了忠君的思想内涵。在秦腔史记戏中，这类表现忠义主题的剧目还如《义乳母》《豫让剁袍》《哭秦庭》，马

---

① 刘君莉：《“忠孝节义”观的形成及其当代价值》，《河北科技师范学院学报（社会科学版）》2017年第3期，第9页。

② （清）焦循著，韦明铧点校：《焦循论曲三种》，广陵书社2008年版，第173页。

③ 杨云峰：《秦腔史话》，北京：社会科学文献出版社2015年版，第3页。

④ 杨伯峻：《论语译注》，北京：中华书局2009年版，第30页。

⑤ 杨伯峻：《春秋左传注》（修订本），北京：中华书局1981年版，第111页。

建翎先生的改编本《赵氏孤儿》等。

孔子在《孝经》中说道："夫孝，德之本，教之所由生也"①，认为孝是一切德行的本源，高度肯定了孝的社会价值和意义，得到历代君主和臣民的认可与遵行，成为中华民族一以贯之的核心价值观。范紫东先生的秦腔史记戏《大孝传》一剧便通过讲述舜的事迹，向读者和观众表达了孝这一主题思想，诚如先生在《原序》中所说，"世俗所传之二十四孝，人皆知以虞舜为首。究竟舜之际遇若何，读书人类能知之，而普通人未必知之也，故本剧曲为传出，以为教孝之一助"②。该剧以第十回《乞火》为界，前段正面表现了舜与父亲瞽叟、继母姚婆、弟弟象之间的矛盾冲突。在姚婆的蛊惑下，眼瞎的瞽叟和象通过"饮舜以药酒""与焚廪浚井"③ 等方式对舜极尽迫害之能事，多次欲置舜于死地，毫无父子、母子、兄弟亲情可言；然而，由于其贤妹敤首的帮助，舜每次都能化险为夷，安全逃脱；后段尤其是《窃逃》《出山》两场，分别描写了舜在得知瞽叟因误会杀人被捕后，毅然放弃摄政的地位，偷带父亲逃离以及在遇到乞讨为生的姚婆和象时，舜不仅不计前嫌，反而说服父亲原谅二人："请父为儿放海量，继母一样是亲娘"④ 的事迹，正面表现出舜的孝悌之情；而作者亦在剧中通过《讴歌》一场，借四岳等众人之口："虞舜孝行格天，厚德感人，我们不拥戴虞舜，更拥戴何人"⑤ 从侧面表现出舜至孝的高尚品德；此外，在本剧中，范紫东先生不仅描写和表彰了舜的孝行品德，同时也极力再现了敤首的孝悌之情，正是在她的帮助下，舜才能逃脱姚婆和象的谋杀；在父亲遇难时，她没有跟随姚婆和象逃走，而是为营救父亲而奔走，其孝悌之品德亦可见一斑，故而范先生在《原序》中直言："本剧表彰虞舜处，兼表彰敤首，以见孝子孝女，皆独有千古云"⑥，对其高尚品德给以充分肯定和褒扬。

最后，"戏曲中的节，涵括了'贞节''气节''义节'等层次"⑦，而秦腔史记戏对"节"这一内涵的表现主要以"气节"为主，尤其是对民族气节的表现。这类剧目如前文提到的《黄帝开国图》中的轩辕黄帝在面对蚩尤部落入侵时，寸土不让；又如《秦襄公》中的秦襄公在面对西戎入侵时，率军抵御外辱，誓雪大

---

① 汪受宽：《孝经译注》，上海：上海古籍出版社 2016 年版，第 1 页。

② 范紫东：《大孝传》，陕西省文化局：《陕西传统剧目汇编·秦腔》（第一二集），陕西省文化局 1959 年编印，第 3（秦腔 4301）页。

③ 范紫东：《大孝传》，陕西省文化局：《陕西传统剧目汇编·秦腔》（第一二集），陕西省文化局 1959 年编印，第 32（秦腔 4300）页。

④ 范紫东：《大孝传》，陕西省文化局：《陕西传统剧目汇编·秦腔》（第一二集），陕西省文化局 1959 年编印，第 386（秦腔 4384）页。

⑤ 范紫东：《大孝传》，陕西省文化局：《陕西传统剧目汇编·秦腔》（第一二集），陕西省文化局 1959 年编印，第 382（秦腔 4380）页。

⑥ 范紫东：《大孝传》，陕西省文化局：《陕西传统剧目汇编·秦腔》（第一二集），陕西省文化局 1959 年编印，第 32（秦腔 4300）页。

⑦ 纪丁：《戏曲的忠孝节义与当代意识》，《戏剧报》1987 年第 3 期，第 10 页。

耻，并收复西周故地，同样寸土不让；而《霍去病》中的霍去病在面对匈奴寇边逼亲时，毫不屈服，坚决与卫青率兵给其奋力一击，迫使其写下降表，尤其是他一句"匈奴未灭，何以家为"更是将消灭匈奴的坚定意志和远大理想表现得淋漓尽致！《玉梅缘》中苏武出使匈奴被扣在北海牧羊十九年，既不屈服更不投降，李陵虽被匈奴招为驸马，但为不说出通往天朝的路径而愤然自杀，这又是何等的民族气节呀！由此可见，秦腔史记戏在表现他们爱国主义精神的同时，也表现了他们面对外族入侵时，毫不妥协、屈服的高尚民族气节。值得一提的是，秦腔史记戏中极少宣扬封建节烈观的剧目，这与取材于《史记》的特殊性有关，表现出秦腔史记戏的进步性。

以上秦腔史记戏通过对《史记》人物故事的通俗化演绎，表达了忠、孝、节、义的思想内涵，传递了其独特的思想文化价值。它们是传统社会"人们生活和信仰中基本行为准则的出发点"，是"从皇权到最底层的平民共同的物质与精神需求的结晶"①，为传统社会规范人们的社会行为习惯和价值观提供了基本的评判尺度和标准，为维护传统社会的正常运行和中华文明的发展做出了巨大贡献；当然其间精华与糟粕并存，我们需要对其去伪存真，去粗取精，积极引导，与当代社会主义文化相适应，相结合，使其实现现代转型，为社会主义文化建设做贡献。

三、揭示内部矛盾，再现权力斗争

揭示、再现统治者内部的矛盾斗争也是秦腔史记戏的主题之一。这类剧目通常以对权力的争夺为线索，以通俗的艺术形式再现了统治者内部因权力之争而产生的矛盾冲突，并以此为中心展开激烈的斗争。在秦腔史记戏中，这些内部矛盾斗争主要表现为皇帝与功臣之间的矛盾斗争、汉初帝后权力之争、王室与诸侯之间的矛盾斗争等形式。

秦腔史记戏《未央宫》又名《斩韩信》，集中反映了皇帝与功臣之间的矛盾冲突。韩信为汉朝的建国立下汉马功劳，但却因功高震主而引起刘邦的不断猜忌与打压。《未央宫》一剧讲述的便是刘邦借吕后之手斩杀功臣韩信的故事。在该剧中，吕后利用萧何将韩信骗进未央宫，以"高皇不在，谁使你迎戏哀家"②的莫须有罪名将其绑缚，最终以陈仓女的厨刀将其杀害。剧中塑造的韩信形象不再是昔日叱咤风云的一代名将，也不再具有名将的英雄气魄，而是近乎窝囊，他被以"迎戏"的滑稽罪名而抓，尽管为求活命他更是急切认错、恳求吕后："撞了娘娘金身玉体，该臣满门犯抄，娘娘饶臣活命，你家江山臣保"③，之后又试图通过

①　傅谨：《"忠孝节义"有什么不好》，《中国图书评论》2007年第12期，第18页。
②　《未央宫》，西安市曲江新区管理委员会、西安市政协文史资料委员会：《西安秦腔剧本精编》48，西安：西安出版社2011年版，第176页。
③　《未央宫》，西安市曲江新区管理委员会、西安市政协文史资料委员会：《西安秦腔剧本精编》48，西安：西安出版社2011年版，第176页。

表述自己归汉后的十大功劳说服吕后："臣与高皇把业创，有十大功劳表一场。……十大功立逼霸王乌江丧，才扶娘娘坐昭阳"①；然而他的所有尝试都无济于事，最终都难逃被杀的悲惨命运。该剧正是通过塑造韩信这一形象，既正面表现出了普通观众对韩信悲惨命运与结局的同情，鞭挞了吕后罗织罪名，残杀功臣的冷酷行为，同时也从侧面反映了以刘邦为中心的统治阶级在皇权有可能受到威胁时，对功臣的猜忌、刻薄寡恩与打击迫害，从而向观众再现了昔日皇帝与功臣之间的矛盾冲突及斗争。类似的剧目还如《石佛寺》，其前半部分同样主要描写了汉高祖刘邦与功臣之间的矛盾及斗争。

秦腔史记戏《汉宫案》则反映了吕后与刘邦之间的矛盾冲突。《汉宫案》取材于《史记·吕后本纪》，讲述了刘邦晚年宠幸戚夫人，托孤陈平，欲传位赵王如意；吕后与审食其密谋，请来商山四皓相助，并在刘邦病危之时，上殿逼宫，气死刘邦，撕毁陈平手中托孤传位的遗诏，遂使太子刘盈登基；至此，吕后完全篡夺了汉朝皇权，将戚夫人剜去双眼，剁去手足，变成"人彘"，又将赵王如意诓至长安后与戚夫人一同杀害。该剧正是通过对这一故事的演绎，塑造了残酷、毒辣、充满野心的吕后形象，以通俗的形式揭示了汉初宫廷中吕后与刘邦、戚夫人之间的矛盾冲突，再现了汉初宫廷中以吕后为中心的诸吕集团的篡权阴谋与斗争过程。而秦腔史记戏《陈平保国》同样反映了这一矛盾冲突。剧中首先讲述了吕后气死刘邦，篡夺汉室皇权的过程，继而讲述了右丞相陈平联合功臣樊哙之子樊抗，反抗吕后专权，铲除吕氏集团，囚禁吕后，迎立刘恒，安定汉室江山的过程。显然，该剧仍然是以争夺汉室皇权为线索展开剧情的，以通俗的文艺形式反映了汉初宫廷的这场帝后权力之争。类似的剧目还如《石佛寺》。

又如秦腔史记戏《淮河营》。《淮河营》又名《盗宗卷》，讲述了吕后与淮南王刘婵之间的事迹。剧中淮南王刘婵欲证明自己的身世，前往长安查看宗卷；而提前得知消息的吕后，篡改皇室宗卷，蒙骗刘婵，刘婵遂认为叔父诓骗自己，离间其母子关系，于是举兵欲杀之；此时汉室托孤老臣栾布、蒯彻、李左车一同前往淮河营说明真相，因无证据而被刘婵囚禁；后刘婵派遣道士田子春前往长安盗取宗卷，无奈宗卷已被吕后烧毁；在此绝望之际，张苍之子张秀儒将自己偷偷换取的宗卷原本献出，戳穿吕后的阴谋，证实了刘婵的真实身世。于是得知真相的刘婵在田子春、陈岱、樊抗等人的协助下，起兵反吕，铲除吕氏集团，将吕后诛杀。《淮河营》一剧通过对吕后与淮南王刘婵事迹的演绎，反映了汉初统治阶级内部吕氏集团与宗室藩王之间的矛盾冲突，从侧面间接描写了"吕后杀母夺子"②的恶行及其篡夺汉室皇权、巩固自己势力的阴谋及宗室藩王铲除吕氏集团，拱卫汉室江山的斗争历程。显然，二者之间矛盾冲突及斗争的实质仍然是统治集团内部

---

① 《未央宫》，西安市曲江新区管理委员会、西安市政协文史资料委员会：《西安秦腔剧本精编》48，西安：西安出版社 2011 年版，第 178 页。

② 《淮河营》，陕西省文化局：《陕西传统剧目汇编·秦腔》（第一集），陕西省文化局 1958 年编印，第 10 页。

不同派系之间的权力争夺。

再如秦腔史记戏《大郑宫》一剧在结构上短小精悍，矛盾冲突集中，通过演绎发生在大郑宫中的一件宫廷丑事，反映了秦始皇与其母后、嫪毐之间的矛盾冲突。剧中秦始皇前往大郑宫探望母后，与母后团聚，在酒宴之际得知其母后与假太监嫪毐私通并育有二子的丑事，于是与将军白起定计欲擒杀嫪毐；而嫪毐自知丑事已被始皇知晓，遂与太后商议，获得太后的玉玺大印，欲搬来诸侯杀了始皇，扶持自己的儿子登基；秦始皇很快粉碎了嫪毐的阴谋，将其及二子诛杀，并囚禁太后于械阳宫中。剧中塑造了秦始皇的狠毒形象，他在自己的颜面受损、皇权受到威胁时，手段残忍，不惜以"七寸长的钢钉"钉杀两个无辜的孩子，并囚禁自己的亲生母亲，"每日赐她半升粗糠米，自折自磨一死。"① 由此揭示和反映出这一内部矛盾冲突斗争的冷漠与残酷。另外秦腔史记戏《周公征东》则通过描写殷商后裔武庚在管叔、蔡叔的挑唆下起兵叛周，周公率军平叛的故事，向观众展现了西周初期王室与诸侯之间的矛盾冲突。

由以上可见，揭示、再现统治者内部的矛盾冲突斗争也是秦腔史记戏热衷于表现的思想内涵之一，尤其对于汉初皇帝与功臣之间的矛盾冲突、诸吕集团与汉室之间的权力之争更是情有独钟。

四、追求爱情自由，坚守自我婚姻

自《诗经》开始，婚姻爱情就是中国文学所表现的主要内容之一，成为中国文学史中另一永恒的主题。秦腔史记戏中，婚姻爱情故事也是其表现内容的题中之义。但由于秦腔史记戏创作素材主要来源于《史记》记载的独特性，秦腔史记戏中集中表现婚姻爱情的剧目并不多，且主要是对司马相如与卓文君故事的演绎，如《琴箭飞声》《卓文君》《文君当垆》等剧目；此外，关于婚姻爱情故事的表现则主要穿插在其他题材的剧目中，这成为秦腔史记戏表现婚姻爱情故事的主要方式，如《殷桃娘》《六义图》《范雎相秦》等剧目。它们或表现对婚姻爱情的主动、大胆追求，或表现对婚姻爱情的忠诚坚守，或表现对婚姻爱情的肯定等，反映了秦地乃至西北女性直率大胆的豪爽性格和她们质朴自然的婚姻理想与愿望。

范紫东先生的《琴箭飞声》通过对司马相如与卓文君故事的演绎，表现了卓文君对婚姻爱情自由的向往、大胆追求和忠诚坚守。其中《感身世文君择婚》一场讲述卓文君因丧偶而寡居在家，整日闷闷不乐。当卓王孙夫妇问及她是否打算守节时，她毅然选择再嫁，并且直言抱怨卓王孙："我爹爹原是为他择门户，并不是为我选才郎。从前与我订婚，门第虽是豪富，女婿却是病夫。如今把我闪得

前不前、后不后，岂不是吃了我爹爹的亏咧吗?"① 卓文君借此道出了以其父为代表的封建家长们在为儿女婚配时只重门第不问幸福的自私行径及自己婚姻失败的主要原因。因此，卓文君毅然试图冲破封建家长制对自己婚姻爱情和幸福的束缚，决定"如今寡妇再醮，自行择配"②，大胆、主动地寻求自己的婚姻爱情及幸福;《名士琴心挑卓女》一场中，卓文君倾慕相如才名，更是大胆主动地隔屏窥视，遂给相如以琴心挑逗、表达心意的机会;及至《佳人月夜奔相如》一场中，卓文君在梅香的帮助下，终于将自己对相如的倾慕付诸行动，"黑夜三更天未亮"，"不须行礼就过场"③，急切地奔向司马庄，追寻自己的婚姻爱情及幸福，将其对婚姻爱情的主动、大胆追求表现得活灵活现;而当她看到相如家徒四壁时，尽管也表现出了"才子虽然终有望，目前生计怎下场"④ 的抱怨与担忧，但是她并没有后悔，也没有因此而离去，而是同相如商议在临邛市上当垆买酒，同甘共苦，表现出对自己主动追求的婚姻爱情及幸福的忠诚与坚守;此外，剧中还讲述了夜郎公主珍珠对婚姻爱情的大胆、主动追求。当她遇到潜入夜郎的相如时，倾慕其武艺，在尚不知其名姓的情况下，便认为"他是个好女婿"⑤，毅然决定招其为驸马;当得知被相如欺骗、抛弃时，她不甘接受事实，"女人找丈夫，原是正理，去便去，谁还不敢去"⑥，亲身前往临邛寻找相如，最终将事闹至金銮殿。剧中正是通过塑造珍珠这一直率、大胆的形象，同样表现了女性对自己婚姻爱情的主动、大胆追求以及对已有婚姻的维护与坚守。

如果说《琴箭飞声》是爱情与功名并重，那么王保易的整理本《卓文君》则主要以表现卓文君与司马相如的爱情为主，重点突出了对"情"的渲染与表现。该剧主要由《赏赋》《和琴》《抛家》《私奔》《当垆》五场组成，相比于《琴箭飞声》，删去了司马相如再次获得武帝赏识出使夜郎立功的情节，篇幅大为缩减，但剧情和主题却更为集中。尤其在《抛家》《私奔》和《当垆》三场中，突出表现了卓文君在自己向往的幸福婚姻爱情受到封建礼教的束缚和阻挠时，敢于以世俗礼教所不容的私奔方式冲破束缚奔向幸福的勇敢性格。而相比于金钱与地位，她更重视相如之学识和人品，为了情，她甘守清贫，情愿当垆卖酒，展现出卓文君

① 范紫东:《琴箭飞声》，陕西省文化局:《陕西传统剧目汇编·秦腔》(第一一集)，陕西省文化局 1959 年编印，第 15 (秦腔 3927) 页。

② 范紫东:《琴箭飞声》，陕西省文化局:《陕西传统剧目汇编·秦腔》(第一一集)，陕西省文化局 1959 年编印，第 16 (秦腔 3928) 页。

③ 范紫东:《琴箭飞声》，陕西省文化局:《陕西传统剧目汇编·秦腔》(第一一集)，陕西省文化局 1959 年编印，第 27 (秦腔 3939) 页。

④ 范紫东:《琴箭飞声》，陕西省文化局:《陕西传统剧目汇编·秦腔》(第一一集)，陕西省文化局 1959 年编印，第 32 (秦腔 3944) 页。

⑤ 范紫东:《琴箭飞声》，陕西省文化局:《陕西传统剧目汇编·秦腔》(第一一集)，陕西省文化局 1959 年编印，第 71 (秦腔 3983) 页。

⑥ 范紫东:《琴箭飞声》，陕西省文化局:《陕西传统剧目汇编·秦腔》(第一一集)，陕西省文化局 1959 年编印，第 93 (秦腔 4005) 页。

坚守爱情、同甘共苦的高尚品德，将其追求幸福爱情时的坚决与勇敢表现得淋漓尽致。

而《六义图》中则在赵高与匡扶的忠奸斗争过程中穿插了赵艳容与匡扶的爱情故事。剧中赵高陷害丞相匡宏一家，匡扶因赵忠替死，出逃在外；此时秦二世欲纳匡扶之妻赵艳容为妃，而知晓丈夫未死的赵艳容断然拒绝了这一"美意"，并通过装疯骗过父亲和秦二世而被赶出家门。尽管赵艳容拒绝入宫的理由是"夫死后由着我守节为先"①，表面看来这一理由和行为是维护传统封建礼教的守节行为，是在践行封建统治者提倡的妇女节烈观；其实不然，因为她从一开始便知晓丈夫未死，只是出逃在外，所以这只是迷惑赵高和秦二世的借口和幌子，完全谈不上是守节，相反是对自己已有婚姻和爱情的忠诚与坚守。

像这类在其他题材的剧目中穿插主动、勇敢地追求幸福婚姻爱情生活的还如《范雎相秦》中须曼丽与郑安平的故事，《荆轲刺秦王》中蒲仙与荆轲的故事，《殷桃娘》中殷桃娘与韩信、虞姬与项羽的故事，《和氏璧》中冯巧云与张仪的故事，《优孟衣冠》中优小姐与孙公子的故事，《晋文公》中里云吉与狐偃、朱霞与狐毛、季隗与晋文公的故事，《玉梅绦》中桂花郡主与霍去病的故事，《哭秦庭》中畀我与王孙由于、季芈与钟健的故事等，或融爱情于政治斗争中，或融爱情于个人经历中，或融爱情于家国安危中，以此"把爱情与国家的命运和天下的安定联系在一起，既忠诚于爱情，又忠诚于国家，儿女之情与家国情怀系于一身，成就了为世人所敬仰的艺术典型"②，既表现了对婚姻爱情主动、勇敢追求行为的歌颂，也赞扬了对婚姻爱情的忠诚坚守、甘于牺牲、付出的态度；而这些剧目也因为有表现婚姻爱情的故事情节存在而更具吸引力和诱惑力，极大地吸引了世俗观众的注意力。

当然，除了以上所述的思想内涵外，秦腔史记戏也表现出一些其他方面的思想内涵，如《未央宫》一剧在韩信的唱词中也表现了因果报应思想，《商汤革命》《武王革命》主要通过对夏桀和商纣暴政的描写，揭露和讽刺了暴君及其暴政对人民美好生活的迫害，同时也寄托了人民大众对仁君的呼唤，对德政、仁政的渴求，《管鲍分金》《和氏璧》主要通过叙述焦点的转移，诠释了重友情，轻利益的思想内涵，《范雎相秦》通过对范雎个人经历的描写，表现了其"一饭之德必偿，睚眦之怨必报"③ 的恩怨分明，《进骊姬》《进妲己》《进褒姒》《齐桓公之死》则通过描写君王宠幸女色的故事，向观众传递了拒绝内宠，亲贤举能，以史为鉴的思想内涵，而《商君》则表现了重诺守信、及时进行坚定不移的内政改革等思想内涵。

① 《六义图》，陕西省文化局：《陕西传统剧目汇编·秦腔》（第八集），陕西省文化局 1959 年编印，第 41（秦腔 2513）页。

② 张文明：《"非遗"保护视野下的山东梆子研究》，济南：齐鲁书社 2017 年版，第 204 页。

③ ［汉］司马迁著，［宋］裴骃集解，［唐］司马贞索隐，［唐］张守节正义：《史记》，北京：中华书局 2014 年版，第 2930 页。

　　总之，秦腔史记戏是对《史记》人物故事的重构，尽管受到原始材料与原有主题的限制，戴着镣铐跳舞，但其在思想内涵的表现上却尽可能做到了丰富多彩、包罗万象，借助秦腔这一独特艺术形式和《史记》人物故事的结合，力图再现王侯将相和普通民众的抗敌行为和爱国热情，歌颂他们忠君爱国、维护社会正义的伟大精神，表达、传递传统社会赖以维系和运行的社会核心价值观——忠、孝、节、义，揭露统治阶级在权力和利益支配下的虚伪冷酷与残忍无情，表现、反映西北女性的直率大胆及对自己婚姻幸福的果敢追求……秦腔剧作家正是通过对《史记》人物故事的演绎，反思历史，以史为鉴；解剖人性，弘扬正义，抨击邪恶；追求真善美，鞭挞假恶丑；通过一次次的舞台演出，潜移默化地影响着世俗观众的价值观和行为习惯，对维系健康的社会道德和营造和谐的社会风气作出了重要贡献。

《史记》文学经典的形成与小故事的特点及意义

* 本文作者张学成，江苏护理职业学院教授。

《史记》是举世公认的史学巨著，也是众所周知的文学经典。因其多方面的伟大创造，所以成为后世正史的标范，理所当然地成为"正史之首"。史学巨著自然属于史学经典的范畴，那么《史记》在何时成为史学经典的呢？有学者指出："《史记》成书之后，随着时间推移，其史学性、文学性在历朝历代不断受到关注。现在，《史记》成为史学经典的脉络已经非常清楚。"① "脉络"既然"已经非常清楚"，说明《史记》成为经典的历史时期已经成为学界几乎没有争议的公论了。那么，《史记》到底在什么时期成为史学经典的呢？"到东汉末年，所谓的'史'已经超越了过去单纯地记录之史，逐渐形成了具有后世历史意识与观念的史学概念，史学发展至此突破经学的束缚，逐渐走向了独立。……自史学脱离于经学之后，《史记》便被尊为史学经典。"梁代阮孝绪《七录》将史学著作归入"纪传录"，《隋书·经籍志》明确经史子集的四部分类，史部首列"正史"，其定位即是以《史记》为标准纪传体，"至此，《史记》成为区别于《春秋》'古史'的'正史'而成为史学经典之一。"② 由此可知，《史记》成为史学经典在东汉末年至迟在唐代即已完成。

一、《史记》何时成为文学经典

《史记》是什么时候成为文学经典的呢？张新科认为《史记》"文学经典的建构，是一个长期的过程，而且有许多要素，如文本自身的价值、文本的传播、读者的消费与接受，等等。《史记》之所以能成为文学经典，首先在于它本身具有独特的文学价值，这是成为经典的根本和基础，尤其是《史记》中的本纪、世家、列传三种体例的叙事、写人，最能体现它的文学价值"。如果《史记》本身没有文学价值和文学成就，自然就没有文学经典这一说；但该文同时认为，《史记》成为文学经典是一个长期化的建构过程，"《史记》作为文本产生以后，后代不同的

---

① 方铭、冯茂民：《史家与诗家：史记的一体两面》，《中华读书报》，2022 年 10 月 26 日，第 15 版。
② 张新科：《〈史记〉文学经典的建构之路》，北京：中国社会科学出版社 2021 年版。

读者对它产生不同的认识，而且经过不同时代的反复检验，《史记》作为文学经典逐渐被建构起来"。① 而这个建构过程包括普通读者的阅读欣赏、评论家的意义阐释和文学家在《史记》基础上的再创造。上文作者在《〈史记〉文学经典化的重要途径——以明代评点为例》一文中又提出，《史记》评点是《史记》文学经典化的特殊形态和重要途径。关于《史记》的评点对于《史记》的文学经典化起到了积极作用。② 这里涉及"经典化"的理解问题，笔者认为《史记》成为文学经典不是一个长期的建构过程，而应该像《史记》成为史学经典一样也要而且也必须具体到某一个历史时期，到明朝再提《史记》的经典化问题明显不符合客观实际。

"化"，《辞源》释为"变化，改变"③。《辞海》相关义项释义为："表示转变成某种性质或者状态，如绿化、现代化。"④ 那么，毫无疑问，"经典化"，就是化为经典。既然如此，经典成为经典一定有比较具体的历史时期。如前所言，《史记》成为史学经典至迟在唐代完成，文学史上只要成为经典的名著，它成为经典的过程一般不会过于长久；如果持续时间过于长久，这样的经典就难以成为真正的经典了。笔者认为，《史记》成为文学经典与成为史学经典一样，也应有特定的时期。而这个时期，与《史记》成为史学经典的时期一样，《史记》的文学"经典化"同样是在唐代完成的。

唐代统治者重视修史，《史记》成为修史之宗，《史记》被官方列入科举考试内容、众文史学者对《史记》文学特点作出了很多肯定和精彩点评，而且唐代注释《史记》者众多，唐代古文运动又高举起向《史记》学习的大旗，无数作家诗人在创作中广泛取材《史记》，如此种种，足以证明《史记》在当时已经得到官方的承认，有了史学界的重视，更成为文学界创作的重要素材，所以宋人王应麟在《玉海》卷四六《唐十七家正史》正式提出"史记之学"，这已然得到历代《史记》研究界的广泛认可。⑤ 这些方面都充分证明《史记》在唐代已经成为经典，后来历代读者、评论家、文学家的阅读、研究和再创造只是强化了这个经典。既然成为文学经典，就不应该再是一个长期化的过程，这本身就与"经典"这个词的内涵构成了逻辑上的矛盾，实际上正是因为《史记》成为文史经典，所以才有了历代传播和接受的长盛不衰，以后只是文学经典的强化、细化和深化，是"更经典"而非长期的"经典化"的过程。

可永雪认为我们今天研究《史记》与古代有着观念上的区别："传统的研究，多半是从广义的文学角度，也就是从文章、古文以及散文的角度来进行研究，这份遗产当然也十分宝贵，我们也应当重视，应当吸取；然而我们今天研究《史记》的文学成就，已经不仅仅从这样的角度，而是改变到从现代的文学观念上，

① 张新科：《〈史记〉文学经典的建构过程及其意义》，《文学评论》2012 年第 5 期，第 144 页。
② 张新科：《〈史记〉文学经典化的重要途径——以明代评点为例》，《文史哲》2014 年第 3 期。
③ 《辞源》，北京：商务印书馆 1979 年版，第 338 页。
④ 《辞海》第六版，上海：上海辞书出版社 2009 年版，第 936 页。
⑤ 张新科：《〈史记〉文学经典的建构过程及其意义》，《文学评论》2012 年第 5 期，第 144 页。

即既从广义也从狭义的文学角度，特别是从写人、塑造人物形象，把《史记》作为传记文学看待的角度来进行研究。"① 从尊重历史的客观角度来讲，古代对《史记》文学经典的界定，自然是建立在"文章、古文以及散文的角度"这样大文学观念基础上的，所以在唐代，"司马迁与《史记》在文学界普遍受到重视，由此《史记》在中国文学史上的地位开始奠定"②。张大可认为，王应麟所称《史记》之学即"史记学""形成于唐代，这与实际的发展是吻合的"，"汉唐是史记学的形成时期"③，史记学最终形成于唐代，那么《史记》成为文学经典也是在唐代完成的，这个结论应该是符合历史事实的。

二、《史记》小故事及其特点

作为以人物传记为核心的纪传体叙事散文，塑造出活生生的历史人物是该书成为文学经典的重要标志。人物形象只有有了鲜明的个性才能让人更容易记住，人物个性的表现离不开手段。司马迁表现人物个性的最主要手段就是情节结构的故事化，或言人生的故事化，也就是把人物言行化为一个个生动具体的故事（或言事件），这样人以事显，用以揭示历史人物生活的人生概貌，表现出其突出鲜明的人物个性，从而塑造出清晰的人物形象。

可永雪认为："善于把普通事件——以及带有传奇性的事件点化为生动的文学情节的结果，就形成《史记》故事性强的特点。确实，司马迁工于结构艺术的一个突出表现就是他非常喜欢并且善于运用生动的故事来刻画人物，表现主题。从人物的一些逸闻轶事到一些重大的政治军事斗争，司马迁都喜欢把它们故事化。"④ 在故事化的人生或言人生故事化的问题上，我们要进行全面分析，对大多数列传而言，历史人物的一生是由一个个大大小小的故事构成的，故事的表现形式灵活多样，具体而言，体现在《史记》中有大故事、小故事、故事的凝缩和集中——场面以及构成故事的重要因素——细节描写等。

而从叙事学的角度来说，只要是对整个叙事有意义的东西，便可成为最初级的事件，细节就是最小的叙述单位。运用重大事件、典型事件表现人物自有它的长处，规模宏大，人物众多，事件复杂，便于塑造人物群像。而生活琐事和小故事在塑造人物形象、表现人物性格特征方面也具有大事件、大故事所不具备的优点，它可以活灵活现地展现出人物的内心世界和独特的精神风貌，几乎可以给人留下"过目不忘"的深刻印象，甚至能够让人铭记终生。由于重大事件涉及的人多、面广、事繁、关系复杂，我们在平时的阅读中对重大事件往往只有笼统、模糊的印象，而对一些人事关系简单却蕴含深厚的小故事、生活琐事或者逸闻趣事

① 可永雪：《〈史记〉文学成就论衡》，北京：中央民族大学出版社2012年版，第32页。
② 可永雪：《〈史记〉文学成就论衡》，北京：中央民族大学出版社2012年版，第16页。
③ 张大可：《司马迁评传》，南京：南京大学出版社1994年版，第414页。
④ 可永雪：《〈史记〉文学成就论衡》，北京：中央民族大学出版社2012年版，第230页。

却能让我们如数家珍，历久难忘，甚至会成为一辈子的记忆。

为什么称为生活琐事或者逸闻趣事呢？因为如果单纯从史学角度来看，很多细琐小事缺少历史价值，没有多大意义，完全可以一删了之，但从文学角度来说，却是必不可少的存在，基于此，本文称其为小故事。《史记》小故事在塑造人物形象、表现人物性格特征方面具有大事件、大故事不具备的优点，它可以活灵活现地展现出人物的内心世界和精神风貌。清代文史学家章学诚说："陈平佐汉，志见社肉；李斯亡秦，兆端厕鼠。推微知著固相士之玄机；搜间传神，亦文家之妙用也。"① 陈平辅佐汉朝的伟大志向，从分社肉中可以看出来；李斯因私利而灭亡秦朝，从见厕中、仓中老鼠生叹就已有征兆。由隐微之事可以推知未来本来是相士的神机；由细节琐事见出人物的个性风神也是文史学家的神妙手笔。此处章氏所引即我们要论述的重点——《史记》小故事经典。

叙述成功的大故事自然成为经典，如《廉颇蔺相如列传》中的"完璧归赵""渑池之会""将相之和"，《项羽本纪》中的"巨鹿之战""鸿门之宴""垓下之围"等即是如此。而缺少小故事的篇章，如《萧相国世家》《曹相国世家》《绛侯周勃世家》《樊郦滕灌傅靳周传》等，读起来往往索然寡味，而点缀着一个或多个小故事的篇章往往成为经典中的经典，在《史记》一书中散发着耀眼的光芒。从文学性的角度来说，小故事绝非可有可无，它能够彰显人物性格，展示人物心理，塑造人物形象，有不少小故事还预示了历史人物或成功或失败的命运。小故事对于文史巨著——《史记》来说，不是锦上添花的可有可无，而是雪中送炭的必要存在。《史记》之所以成为文学经典，与《史记》小故事有着分不开的关系，或者说，《史记》小故事就是经典中的经典。笔者通过对《史记》众多小故事进行的综合分析研究，发现它们具有如下特点：

第一，典型性以小见大

美国学者浦安迪认为："简而言之，叙事就是'讲故事'"，"叙事就是作者通过讲故事的方式把人生经验的本质和意义传示给他人。"② 《史记》小故事往往能够以小见大，表现出历史人物典型性的特征，它常常能概括出该人物最具代表性的一面，也可以表现出人物的主要性格，甚至隐喻了历史人物的最终命运。

《项羽本纪》记载项羽少时："学书不成，去学剑，又不成。项梁怒之。籍曰：'书足以记名姓而已。剑一人敌，不足学，学万人敌。'於是项梁乃教籍兵法，籍大喜，略知其意，又不肯竟学。"故事短小精悍，含蕴深厚，由此可以看出项羽的有勇无谋其来有自。以后在反秦、楚汉争霸的过程中，他虽然暗噁叱咤，冲锋陷阵，所向披靡，但在政治上、人际关系的处理上却显得简单、幼稚，屡犯致命错误。如就袭杀义帝这件事来说，就表现得非常愚蠢。凌稚隆说："汉王袒而大哭，特借此以激怒天下，非真哀痛之也。……要知项羽不杀义帝，汉王岂能出义帝下

---

① ［清］章学诚著：《文史通义校注》卷五《古文十弊》，北京：中华书局1985年版，第507页。
② ［美］浦安迪：《中国叙事学》，北京：北京大学出版社2018年版，第5—6页。

者？项羽特为汉驱除耳。"① 虽然起初是"力拔山兮气盖世"，到最后他还是落得个四面楚歌，八面埋伏，功败垂成，自刎乌江。本传一开篇就交代了项羽青少年时期学书、学剑、学兵法统统有始无终的典型特点，他最终收获悲剧的结果自然就在情理之中了。

《汉高祖本纪》一开始就连着叙述了多个小故事。有的是神化刘邦的出生："其先刘媪尝息大泽之陂，梦与神遇。是时雷电晦冥，太公往视，则见蛟龙于其上。已而有身，遂产高祖。"有的记载了刘邦的圣人异表："高祖为人，隆准而龙颜，美须髯，左股有七十二黑子。"有的反映他好酒及色以及爱赚人便宜的本性："常从王媪、武负贳酒，醉卧，武负、王媪见其上常有龙，怪之。高祖每酤留饮，酒雠数倍。及见怪，岁竟，此两家常折券弃责。"另外还有"贺钱万""老父相面"等小事。故事虽小，但很典型，这些故事告诉我们，给刘邦记载了这么多小故事就是告诉读者，刘邦这是为了神化自己，最终达到君权神授的目的。

其他，如李广的因私心而杀霸陵尉、以射为赌等小故事，体现出李广心胸狭隘、不善交际的性格，最终导致了李广难封、引刀自刎的悲剧结局。李斯见鼠之叹，事件细琐，却非常具体而深刻地揭示了李斯的性格特征和人生追求。李斯把追求利禄享受看作了人生最重要的东西，他一生向着这个目标不懈奋斗，人生获得极大成功，成为一人之下，万人之上的大富大贵者，但"成也见鼠，败也见鼠"，李斯最终为自我的利禄享受成就了李斯，也最终毁掉了李斯。陈平分社肉故事，"里中社，平为宰，分肉食甚均。父老曰：'善，陈孺子之为宰！'平曰：'嗟乎！使平得宰天下，亦如是肉矣！'"故事只有短短 30 来字，却表现出陈平的超人抱负和怀才不遇的慨叹，正是基于绝好的人缘才使得分肉这样无比难做的事情做得让家乡父老都很满意，这也是陈平能够打破封建社会一朝天子一朝臣的铁律，成为汉初政坛上不倒翁的根本原因。

此等故事在《史记》文学名篇中都很常见，故事虽小，但都很典型，对人物性格的表现，对人物形象的塑造绝非可有可无，小故事大都含蕴极深，既能相对独立，又能贯穿全篇，起到以小见大的作用。

第二，本篇前后形成照应

有些小故事，出现在本篇前后，形成了前后照应，巧妙地表现了人物性格，塑造了鲜明的人物形象。《淮阴侯韩信》上来就讲了三个引人入胜、妙趣横生、意味深长的小故事：从亭长寄食、漂母饭信、忍胯下之辱。这三个故事告诉人们，一个人有得时有不得时，此时韩信只能靠蹭饭而活，说明英雄尚无用武之地；"孰视，俛出"，简单的神情反映出内心复杂激烈的思想斗争，大丈夫能屈能伸，君子报仇，十年不晚。韩信起初追随项羽碌碌无为，后来转投刘邦，起初也未得到重用，最后萧何追韩信，最终说服刘邦筑坛拜将，韩信成了带兵多多益善的韩大将军。韩信指挥垓下之战，大败项羽，成为雄霸一方的诸侯王，"信至国，

① ［明］凌稚隆：《史记评林·高祖本纪》，哈佛大学汉和图书馆藏本。

召所从食漂母，赐千金。及下乡南昌亭长，赐百钱，曰：'公，小人也，为德不卒。'召辱己之少年令出胯下者以为楚中尉。告诸将相曰：'此壮士也。方辱我时，我宁不能杀之邪？杀之无名，故忍而就于此。'"此处与前形成了鲜明具体的照应，一个一诺千金、知情重义的厚道之人的形象呼之欲出。对已过数年甚至十几年的别人的小恩小惠尚且记得报答，刘邦对他的大恩大德又怎会轻易背叛呢？在人物形象的塑造之外，太史公留下了很多耐人寻味的言外之意，我们在研读《史记》时必须多多留意，才能品出真味，悟出真谛。

再如，陈平分肉的前后照应，"陈丞相平少时，本好黄帝、老子之术。方其割肉俎上之时，其意固已远矣。"这与以前的分肉一线贯穿，以小见大，汉初政坛不倒翁其来有自。吕后虐杀戚夫人的前后照应，其令人发指的行为举动，违逆人伦天道的逆天之举，而最后吕后的不得好死正表达出司马迁对灭绝人性者的痛恨。张良见圯上老人的照应，"子房始所见下邳圯上老父与太公书者，后十三年从高帝过济北，果见穀城山下黄石，取而葆祠之。留侯死，并葬黄石。每上冢伏腊，祠黄石。"老人说十三年之后在古城山下见我，十三年之后果真见到了，因此这样的照应，这个故事就有始有终，变得圆满起来；但是也正因过于圆满，所以让人怀疑圯上老人和这个故事的真实性，"从种种情况分析，所谓圯下奇遇应该是张良本人编造的。……这就是要给自己头上罩上一层神圣的光圈，以为自己的出山创造资本"。① 司马迁未必相信这个故事的真实性，但不管其相不相信，他都得"如实记录"，因为在当时这都是尽人皆知的"真实"故事。

第三，他篇之间形成对比

《史记》在不同篇章记载的小故事往往形成了鲜明的对比。韩信对待少年屠户、李广对待霸陵尉和韩安国对待田甲的小故事构成了鲜明的对比，通过对比表现出了韩信的能忍善忍、李广的狭隘心胸和韩安国海纳百川的肚量。将李广与韩信进行比较，二者高下，判然有别，"试取李广被起为右北平太守，'即请霸陵尉与俱，至军而杀之'者与此相较，其气度心胸相差多少？"②

刘邦、项羽、陈涉都见过高祖巡游天下的盛况，三人都发出了近似的慨叹。高祖太息曰："嗟乎，大丈夫当如此也！"刘邦此言主要表现的是羡慕之情，说的委婉曲折，反映的是自己老练深沉的性格特点。项羽说："彼可取而代也！"语言坦率直露，反映的是自己强悍刚直的性格。而首先揭起反秦大旗的陈涉说："壮士不死即已，死即举大名耳，王侯将相宁有种乎！"透出更多的不甘、愤慨与放手一搏、坚决斗争的怒豪之气。清代王鸣盛说："项之言悍而戾；刘之言则津津然不胜其歆羡矣。……项籍口吻正与胜等，而高祖似更出其下。"日人泷川资言将项、刘、陈三人之言放在一起评论道，"三样词气，三样笔法，史公极力描

---

① 陈桐生：《〈史记〉名篇述论稿》，汕头：汕头大学出版社 1996 年版，第 68 页。
② 韩兆琦：《史记》（评注本），长沙：岳麓书社 2004 年版，第 1290 页。

写。"① 而王鸣盛在做了上述比较后，又举出刘邦当众大臣面奚落其父亲的事例，"天下既定，置酒未央宫，奉玉卮，为太上皇寿曰：'始大人常以臣亡赖，不能治产业，不如仲力，今某之业所就孰与仲多？'王氏作如此评价："其言之鄙至此。"② 只有刘邦才能说出如此鄙薄、如此粗俗的语言。个性化的人物做出来的个性化的行为，个性化的人物说出来的"只此一家，别无分店"的个性化的语言，这是个性化的语言，这也是极短的故事。从这个角度来说，毫无疑问，司马迁是伟大的文学艺术大师。

再如，韩信小故事的前后照应，为韩信的人品作了定性评价，说话算话，知恩重恩，重情重义，韩信的故事与刘邦对待相面老人的表现形成了鲜明对比，韩信的故事活像一面镜子，照出了刘邦的本性和原形。对于老人相面一事，我们难以分辨真假，但与高祖计谋有关应无大的问题。"及高祖贵，遂不知老父处。"这可以从两方面来理解：一是汉高祖是言而无信、忘恩负义之人；二是该故事本来就是凭空杜撰，只有刘邦家人参与，别人并不知晓，相士本不存在，又如何能找到报恩呢？在相吕氏子女以及刘邦夫妻皆富贵后，结果老人预言一一应验，最后却"遂不知老父处"。司马氏的用意之一，如果相面老人存在，说明刘邦一贯言而无信，与说话算话、知恩报恩的韩信形成鲜明对比，这是不折不扣的讽刺。用意之二，如果此为刘邦的编造，那么，老人本不存在，又如何能够找到？通过这样的曲笔告诉了读者，"相面故事"的真相就是刘邦为了获得百姓支持而搞出来的神化自己的鬼把戏。

第四，戏剧性传奇性相互融通

《史记》中多数小故事往往具有强烈的戏剧性，有的还具有较尖锐的戏剧冲突。故事往往涉及人物不多，人物关系相对比较简单，人物行动的场景比较固定单一，变化不是很大，多数小故事都有成功的心理描写，还有的有台词，有对话，有自白，甚至还有表情刻画，非常适合舞台搬演。有不少小故事具有浓厚的传奇色彩，不少还具有较强的趣味性，有的还具有深刻的内涵，往往引人入胜，发人深省。

兵圣孙武，鼎鼎大名，但是在司马迁的笔下，其传记却只是一个小故事——"吴宫教战"，这一异乎寻常之举，恰恰是司马迁爱奇、好奇的最好证明。故事写得非常生动，有张有弛，情节曲折，扣人心弦，故事引人入胜，有极强的戏剧性和高超的艺术性；这个小故事从表面上看只是一个"儿戏"，其实并非"儿戏"，看似嘻嘻哈哈的闹剧和残酷无情的惩罚中却蕴含着军事兵家的策略法则，同时也体现出孙武严肃认真、不苟言笑的性格。

《史记》中的小故事因多为漫游时从传记人物故乡搜集而来，故事往往有一定的现实性，又有了民间的夸张虚构性的加工，再加之司马迁本身就好"奇"，

① ［日］泷川资言：《史记会注考证》（影印本），新世界出版社 2009 年版，第 530 页。

② ［清］王鸣盛著，黄曙辉点校：《十七史商榷》，上海：上海书店出版社 2005 年版，第 15 页。

所以,《史记》中的历史人物多带有明显的传奇色彩。

> 初,田婴有子四十余人,其贱妾有子名文,文以五月五日生。婴告其母
> 曰:"勿举也。"其母窃举生之。及长,其母因兄弟而见其子文于田婴。田婴怒
> 其母曰:"吾令若去此子,而敢生之,何也?"文顿首,因曰:"君所以不举五
> 月子者,何故?"婴曰:"五月子者,长与户齐,将不利其父母。"文曰:"人生
> 受命于天乎? 将受命于户邪?"婴默然。文曰:"必受命于天,君何忧焉? 必受
> 命于户,则可高其户耳,谁能至者!"婴曰:"子休矣。"(《孟尝君列传》)

孟尝君之父田婴有子40多人,而孟尝君之母身份卑微,又因出生于五月五
日,而被田婴明确告知禁止养育,就是这样一个命运多舛的孩子,最后却被封为
太子,这是出乎意料的戏剧性变化,这又实在是非常传奇之事。一个小故事,戏
剧性与传奇性相互融通,大大增强了文学色彩。看来,命运之说并不可信,也并
不可靠。谋事在人,成事在天,后天的努力才可以决定一个人的成功与否。

《商君列传》一开头就写了这样的一则小故事:

> 商君者,卫之诸庶孽公子也,名鞅,姓公孙氏,其祖本姬姓也。鞅少好
> 刑名之学,事魏相公叔座为中庶子。公叔座知其贤,未及进。会座病,魏惠
> 王亲往问病,曰:"公叔病有如不可讳,将奈社稷何?"公叔曰:"座之中庶子
> 公孙鞅,年虽少,有奇才,愿王举国而听之。"王嘿然。王且去,座屏人言
> 曰:"王即不听用鞅,必杀之,无令出境。"王许诺而去。公叔座召鞅谢曰:
> "今者王问可以为相者,我言若,王色不许我。我方先君后臣,因谓王即弗
> 用鞅,当杀之。王许我。汝可疾去矣,且见禽。"鞅曰:"彼王不能用君之言
> 任臣,又安能用君之言杀臣乎?"卒不去。惠王既去,而谓左右曰:"公叔病
> 甚,悲乎,欲令寡人以国听公孙鞅也,岂不悖哉!"

一国之君魏惠王拜访病中的国相公叔座,此为一奇,由此可以看出其尊贤重
贤的一面。君主交谈中问及国相之接班人问题,更可看出公叔座的重要性,公叔
座有感事情之重要,举荐名不见经传的公孙鞅,此又为一奇,俗话说"人之将
死,其言也善",主贤臣忠,国之幸事,魏惠王如若听从国相之建议,这该多令人
欣慰啊! 但接下去故事一转,司马迁用了"王嘿然",戳穿了魏惠王尊贤的假象,
其不识人、不信人,更不用人,而且表现得也很没有涵养。此为离奇一转。继之,
公叔座明知魏惠王不会用鞅,与王悄悄话,劝说魏惠王杀之。这让读者一下子为
商鞅揪紧了心弦,担心起了商鞅的命运。而魏惠王离开以后,公叔座又把劝杀一
事告诉了商鞅,却又让人把心放下来了。公叔座能识人,能荐人,且能爱才;对
国君忠心耿耿,坦坦荡荡。此又一转又一奇。而公孙鞅的回答,证明公孙鞅高之
远甚,"彼王不能用君之言任臣,又安能用君之言杀臣乎?"表面看来是为了凸显
公叔座,而真实目的还是为了烘托公孙鞅。魏惠王回去之后对左右的感慨又进一
步看出了国君的昏庸短视,缺乏政治策谋和远见。通过这样层层转、层层奇的手
法,让读者通过对比认清了三个人物。这也让人明白了一个道理,认识一个人不

容易，推荐一个人更不容易，而人才获得重用更是难上加难。①

《史记》中的小故事大多如此，既有鲜明的戏剧性，又带有浓郁的传奇色彩，戏剧性传奇性的相互融通正是《史记》文学性的突出表现。

第五，哲理性发人深省

人是欲望的动物，更是情感的人，归根到底他应该是理性的大写的人。培根说："孤独寂寞时，阅读可以消遣。高谈阔论时，知识可供装饰。处世行事时，正确运用知识意味着才干。懂得事务因果的人是幸运的。有实际经验的人虽能够处理个别性的事务，但若要综观整体，运筹全局，却唯有学识方能办到。"他还说："读史使人明智，读诗使人聪慧，演算使人精密，物理学使人深刻，道德使人高尚，逻辑修辞使人善辩。总之，'知识能塑造人的性格'。"②《史记》不仅仅是历史，更是文学，它是一部非常特殊的文学经典，它是一部比文学更真实，比文学更深刻，比文学更理性，甚至比一般的文学作品更抒情的巨著，所以鲁迅先生比之为"无韵之离骚"。

正因其内涵的深厚，所以不同时代不同国籍的人可以反复阅读，常读常新，每个人都会有独特的感受和体会。《史记》小故事大多都包含简单而深刻的哲理，这些哲理至今读来仍不过时，发人深省，令人警醒，催人奋进，对一代代中国人有着丰富的启迪。

李斯见鼠故事告诉我们，君子爱财，要取之有道。做人坚持原则很重要，不能因为小事就放松了对自己的要求，就要放弃多少年来形成的意识、习惯和价值观。做人如果没有原则性，只图利禄享受，就一定会走到穷途末路。无限贪利一定要付出代价，即便不被抓到，也要遭受良心的谴责，注定没有真正的幸福生活可言。现在历史已经过去了 2000 多年，李斯们却"前腐后继"，层出不穷，《李斯列传》永不过时，直到今天仍具有非常深刻的现实指导意义。

陈平分肉故事告诉我们，人无理想目标，如同行尸走肉，"分社肉"，正面抒写了陈平的抱负和怀才不遇的慨叹。正因为有远大的理想壮志，所以陈平由"为宰分肉甚均"，到最后终于"得宰天下"。这个故事还告诉我们，对人际关系的处理不能不审慎。现代社会单枪匹马难以成事，因此我们都要有正常的人际交往。因为在吃肉的问题上是挑肥拣瘦，所以分肉想让百姓都满意是难上加难，但陈平分肉却能让所有人都满意，说明其人缘绝好，而且能力超群，因此才能成为汉初政坛上的不倒翁。

韩信忍辱胯下故事，告诉我们一个人要有广阔的心胸气度。在特殊时期，一个人任性行事，小不忍乱大谋，因小失大，后果非常严重。很多时候，进一步山穷水尽，退一步海阔天空，进退之间，大有学问。人在屋檐下，不得不低头。一

---

① 张学成：《〈史记〉人生艺术十讲》，北京：清华大学出版社 2015 年版，第 47—48 页。

② ［英］弗兰西斯·培根：《人性的探索——培根随笔全集》，黑龙江人民出版社 1989 年版，第172—173 页。

个人的胸襟气度有多大，他的事业就有多成功，他的人生就有多幸福。

吴宫教战给予我们的启迪是多方面的，从二妃被杀留给我们的教训来说，将自己的幸福寄托到别人身上是危险的，最后落得两手空空，甚者还会丢掉身家性命。靠山山会倒，靠水水会流，真正的靠山是自己。

三、《史记》小故事的意义

《史记》小故事大大强化了《史记》一书的文学性，《史记》经典篇目往往文史兼胜，有典型性，富传奇性，还有很强的对比性，妙趣横生，引人入胜，很多小故事言简意赅，高度概括，内蕴深厚，往往发人深省，成为代代传诵、多种体裁改编的热门素材，这也是《史记》之所以成为经典的重要因素。小故事具有如上特点，大故事更是无需多论。

古往今来，尤其是在今天很多学者是从文学角度来把握《史记》的，从文学的角度来把握，这些小故事于历史人物性格的表现、人物形象的塑造方面大有意义，为我们表现出了历史人物的独特个性，或简洁或详尽地增强了人物形象的质感。大多数小故事的存在是司马迁漫游成果的体现，是《史记》成为一部文学著作的重要因素，可以说《史记》中的小故事大大强化了《史记》一书的文学性。

回到经典的这个话题上来，《史记》成为经典与纪传无法分开，纪传就是为人物作传，人物的具体阐释在《史记》中自然就是故事或事件，也即人生的故事化，或称故事化的人生。对文学经典《史记》来说，《史记》小故事自然就是经典的经典。对很多中国人来说，可以不读《史记》，但不会不熟悉《史记》故事。中国是成语的国度，出自《史记》的成语很多，孙维张认为有近200条，郝晓辑认为有360余条，俞樟华则统计为500余条。数字有多有少，但不可否认的是，《史记》是保存先秦以来历史成语最多的一部文化典籍。在这些与《史记》相关的成语中，很多都与《史记》大小故事密切相关，是故事的高度浓缩和精华。

经典在中国有特殊含义，自古就与封建政治有密切关系。汉代就有经典，汉代设立五经博士，于是就有了经典，以后的四书五经都是经典。经典一旦形成就会持续很久，对不同时代的人们发挥着长久的影响力。科举制在今天早已不复存在，但这些典籍的经典地位仍旧牢不可破。有人认为经典必须具有世界意义，笔者并不认同这种看法，因世界的含义过于笼统，要求也过于严格，在实践中不好操作。一国的经典不一定能得到别国的承认，是自己国家的经典不一定是别国的经典。政治因素对经典的形成具有强大的影响，但不能决定经典的形成，单纯一个政治集团强力作用下的经典往往不是经典。如果没有经过漫长的历史考验，一个历史时期的所谓"经典"就不成其为经典。古往今来，历代得到统治者大力扶持揄扬的歌功颂德的文学作品大多都成了历史的烟云。

文学地理学视域下古代作家吟咏漂母诗歌研究^①

＊本文作者张海燕、赵望秦。张海燕，山西师范大学文学院副教授、硕士生导师；赵望秦，陕西师范大学文学院教授、博士生导师。

司马迁最精彩的篇章《史记·淮阴侯列传》中，用寥寥数笔塑造了漂母这一人物形象，可以说是中国民间最普通的一位女性，人们甚至不知道她的名姓容貌，仅有一个职业代号——漂洗丝絮的老妇人，因而简称为漂母！但她却又是一位极为了不起的女性，仅因一饭之恩，便名垂青史！是漂母遇见了韩信这位贵人而扬名青史，还是漂母高洁品格本身令人敬重，历代墨客骚人对此有吟咏分析。在知恩图报的传统美德中，在高山流水，难遇知音的千古悲叹中，漂母在各种综合因素的合力中定格，诗人们也因所处不同，各怀深情，颂赞不一。

本文结合历代诗人吟诵漂母诗歌内容，运用文学地理学的知识方法，重点探讨朝代更替、京杭运河交通的兴盛衰败与漂母诗歌创作方式及内容的差异与文化内涵的逐渐丰富之间的互动关系，并追寻内在动因，进而探寻文学历史景观的建构过程与当下对优秀传统文化的传承发展。

一、漂母文学历史景观的建构

司马迁作为伟大的历史学家，创作了"史家之绝唱，无韵之离骚"纪传体通史巨著《史记》。这不经典巨著开创了中国正史叙写的体例，对后世历朝史书撰写影响极深。司马迁以"发愤著书"的心志在《史记》中塑造了一系列经典的人物形象：项羽、刘邦、张良、荆轲等，可谓形形色色、丰富多彩，尤其是对一些悲剧人物如韩信等倾注了满腔热情，深刻分析了他们不幸的人生与命运。在这些悲剧人物身上，无疑投射着司马迁自己人生悲情。司马迁在《史记·淮阴侯列传》为了更好地塑造传主韩信的悲情英雄形象，用巨椽之笔画龙点睛地刻画了漂母的善良形象。《史记·淮阴侯列传》中记载漂母的文字只有两处。第一处是："信钓于城下，诸母漂，有一母见信饥，饭信，竟漂数十日。信喜，谓漂母曰：

① 本文为 2022 年度山西省哲学社会科学规划课题项目"山西历代文庙史料集成与文化旅游开发研究"（2022YJ053）阶段性成果。

'吾必有以重报母。'母怒曰：'大丈夫不能自食，吾哀王孙而进食，岂望报乎！'"
第二处便是韩信因功封齐王而千金酬报漂母。如此简略干净却又生动传神的笔
墨，使我们在惊叹司马迁运用文字上取得的惊人文学表现力之余，也感慨只有司
马迁这样的天才文学想象和伟岸高洁的人格才能塑造出漂母，开启后世歌咏、叙
写多文体塑造漂母形象的无限法门。漂母作为文学文化景观首先是在《史记》文
学文本中得到建构，进而在后世不断丰富且转化为多种形态。

　　历史原貌已不可知。韩信时代的历史处境中是否真有漂母其人其事，显然已
不可考。但是，司马迁叙写漂母事迹的目的和后世产生的影响和价值，是值得追
问的！

　　司马迁《史记·淮阴侯列传》叙事的核心目标在于塑造韩信形象——叙述漂
母饭韩而得到重报，也是为刻画韩信形象服务，这是毫无疑问的。司马迁通过叙
写此事突出韩信信守诺言，知恩图报。司马迁这样叙写，是为了运用韩信千金报
漂母事例来推理韩信与刘邦之间的关系，让人明白韩信受恩于刘邦是必然不会背
叛刘邦的。正如韩信面对蒯通劝他自立为王时所言："臣事项王，官不过郎中，
位不过执戟，言不听，画不用，故倍楚而归汉。汉王授我上将军印，予我数万众，
解衣衣我，推食食我，言听计用，故吾得以至于此。夫人深亲信我，我倍之不祥，
虽死不易。幸为信谢项王！"司马迁借此叙写进而反衬出韩信身死未央宫的浓重
悲剧。这一点在后世诗人中多有吟咏分析。

　　"大丈夫不能自食，吾哀王孙而进食，岂望报乎？"漂母的话语是激励韩信知
耻而后勇的吗？还是漂母只是出于善良怜悯，由此而显现人格高洁的精神？这些
都不得而知。但在后世诗人的解读中，漂母之语是既有激励韩信之意也有不求回
报的高洁品质的。当然，司马迁运筹帷幄，一篇韩信生平大文在胸中酝酿成书，
可谓前因后果相互照应，草蛇灰线，伏脉千里。司马迁在叙写漂母"哀王孙"与
"岂望报乎"中有意识的让漂母最终获得千金酬报，且与亭长的百钱之报形成对
比，意在突出韩信受人滴水之恩当以涌泉相报的优良品质。司马迁至此最终构成
韩信—漂母故事叙事的圆满，也为天下人树立了楷模，更是一种信念的传递——
付出终有回报。这样，司马迁尽管通过漂母之口强调付出"岂望报乎"，也就是
施恩于人，不能想着回报；但是这种施恩必然有丰厚回报的叙事结局，又在传递
着司马迁的美好寄托，希望天下人都能知恩图报，更是其付出终有回报的理念牵
挂。犹如司马迁自己历经人生悲剧坚持创作《史记》，藏之名山，以待来者，最终
青史流芳。

　　《史记》叙事范型的确立的确泽惠泽披后世文人，开启后世史书书写与文学
创作的无限法门。司马迁非常擅长运用精练笔法塑造人物形象，这在《史记》众
多的人物列传中都有所呈现。司马迁略去漂母容貌描绘，只以职业取名，却深刻
道出漂母饭韩的伟大（职业属性暗含漂母自身生活境况不好，且能连续十余日送
饭，品质极为高贵），这也能看出司马迁遗形取神笔法的高超娴熟。此处，韩信
与漂母对话法运用，使漂母的高洁品格、凛然气节更加生动突出，且在无意之中

构成强烈对比：韩信必有重报却不一定靠谱的诺言，漂母一句"岂望报乎"却收到四两拨千斤奇效。天下人都会许诺，但是个人人生发展机遇有别，真能成就自我赢得事业成功者又有几人？即便如韩信能成就一番事业，能真正能回报恩人的又有几人？何况还出现了众多恩将仇报的卑鄙小人呢？这又构成后世众多文人墨客歌颂漂母对韩信的知音相遇的美好，来寄托他们生活中难遇知音的悲叹！

历史上最早吟咏漂母的诗歌是唐代崔国辅《漂母岸》，其诗曰："泗水入淮处，南边古岸存。秦时有漂母，于此饭王孙。王孙初未遇，寄食何足论。后为楚王来，黄金答母恩。事迹遗在此，空伤千载魂。茫茫水中渚，上有一孤墩。遥望不可到，苍苍烟树昏。几年崩冢色，每日落潮痕。古地多堙圮，时哉不敢言。向夕泪沾裳，遂宿芦洲村。"① 作者身临漂母岸，睹景思人，发思古之幽情，感慨沧桑巨变，遂掬一腔热泪，充满浓郁悲伤情绪。这成为后世骚人咏叹漂母经久不息的主题之一。曾大兴先生曾指出："在传统的农业社会或者计划经济时代，包括文学名人故里在内的文学景观的经济价值是无由彰显的，它只是人们的一个登临游览之所，一个引发思古之幽情的地方，一个引发文学的灵感与才情的地方。"② 在漂母祠墓前的这种情感的激发与宣泄也因诗人处境不同而生发出各种论调。

漂母墓祠修建具体始于何时，已无从考证。但是自司马迁在《史记》记载之后，随着《史记》的传播，漂母家乡先贤或者后世敬仰者极有可能就为漂母修建祠墓予以纪念。据《水经注·淮水》载："（淮水）又东经淮阴县故城北。北临淮水，汉高帝六年，封韩信为侯国。王莽之嘉信也。昔韩信去下乡而钓于此处也。城东有两冢：西者，即漂母冢也，周回数百步，高十余丈。昔漂母食信于淮阴，信王下邳，盖投金增陵以报母矣。东一陵即信母冢也。"③ 可见，至少在北朝时期，漂母冢墓已经存在。此后，历朝各代应该都有修缮。如上面所举唐代崔国辅《漂母岸》虽说遗迹所存无多，但至少还有"一孤墩"。对此，《咸丰清河县志·古迹》亦记载："漂母墓在韩母墓西，即今之泰山墩。"④ 另据《淮阴文物志》记载："漂母祠明成化初移建于此。清康熙二十三年（1684）知县王命选捐修，乾隆年间知府李日章委乡绅大修。同治九年（1870）复修，抗日战争时该祠毁于战火，片瓦无存。"⑤ 2008 年，淮阴区人民政府投资 700 余万元，围绕漂母墓建设了漂母祠景区。就这样，漂母祠在时代发展的洪流中屡毁屡建，生生不息。漂母精神也随之代代传承，熠熠生辉。

曾大兴先生指出："文学地理学所讲的文学景观，其全称是文学地理景观。所谓文学景观，在笔者看来，就是指那些与文学密切相关的景观，它属于景观的一种，却又比普通的景观多一层文学的色彩，多一份文学的内涵。"⑥ 很明显，漂母墓祠就是带有浓郁文学意味的文学景观。在历史发展中，漂母祠墓在迁人骚客

---

① 《全唐诗》卷 119 _ 7。
② 曾大兴著：《文学地理学概论》，北京：商务印书馆 2017 年版，第 233 页。
③④⑤ 转引徐业龙：《纷纷天下奇男子 不及淮阴一妇人》，《渭南师范学院学报》2017 年第 1 期。
⑥ 曾大兴著：《文学地理学概论》，北京：商务印书馆 2017 年版，第 233 页。

的不断吟咏中，其文化内涵日益丰富起来。如果仔细考察历代作家吟咏漂母诗词，则可发现，国家兴衰是影响这种文化景观接受的重要因素。

二、京杭运河与漂母诗歌文化的盛衰变迁

曾大兴先生指出："文学源地，用现代传播学的术语来讲，就是信息源。信息源的信息只有通过信息工具和信息通道才能传播出去。在传统的农耕社会里，信息传播的工具是非常单一的，一般只有人的感觉器官和纸质媒体，以及少量的可用于留题的墙壁、石壁、门板、树木等。"文学源地的第二个特点是"交通便利"。① 漂母祠墓作为文学景观是漂母文化的文学源地，也正好具备此种向外传播的必备条件。漂母祠墓正处在京杭大运河与淮河的交汇之地的水道要冲之地——淮安，交通便利，文人墨客经过此处，大都有雅兴吟诗作词。

据淮安人民政府新闻网报道："公元前486年，吴王夫差开挖中国大运河最早开凿河段——邗沟（即京杭大运河的扬州至楚州段），沟通长江、淮河，由此（淮安）与运河相伴相生。故成为春秋战国列强争夺的重要地区，先后为吴、越、楚所有。"② 此后，隋朝开凿大运河，当时淮安郡治山阳，便是交通要道。

唐代更不用说，淮安也是重要的交通枢纽。到南宋时期，宋金在淮河一线对峙，淮安便处于战争前线，几遭毁灭。元代之后，京杭大运河全面承担起沟通南北漕运重任，淮安自此兴盛起来。当然，也有明中叶以后，黄河全流夺淮，境内水患愈演愈烈，农业衰落，鱼米之乡的盛景不再的情形。总体而言，明清两朝都委派大员驻淮治河。淮安扼漕运、盐运、河工、榷关、邮驿之机杼，进入鼎盛时期，与扬州、苏州、杭州并称运河线上的"四大都市"。明清作家吟咏漂母诗词也远远超越前代，尤其是清代，诗人吟咏漂母诗歌达到前代总和数倍。

据不完全统计，历代吟咏漂母诗歌数量如下：晋陶渊明《乞食》一首；唐代4首；宋代明确咏漂母5首（陆游有4首间涉漂母）；元代明确咏漂母5首；明代有34人36首；清代共计127人152首。

漂母祠墓作为文学景观，其价值和意义也随着历代文人的吟咏而丰富起来。

英国当代文化地理学家迈克·克朗指出：

> 很显然，我们不能把地理景观仅仅看作物质地貌，而应该把它当作可解读的"文本"，它们能告诉居民及读者有关某个民族的故事，他们的观念信仰和民族特征. 它们不是永恒不变的，也并非不可言喻，其中某些部分是无可争议的日常生活的一部分，而有些则含有政治意义。……我们将地理景观看作是一个价值观念的象征系统，而社会就是建构在这个价值观念之上的。从这个意义上说，考察地理景观就是解读阐述人的价值观念的文本。地理景

---

① 曾大兴著：《文学地理学概论》，北京：商务印书馆2017年版，第189—190页。
② 《淮安历史沿革》，淮安人民政府，2016年8月1日。

观的形成过程表现了社会意识形态，而社会意识形态通过地理景观得以保存和巩固。①

历代作家吟咏漂母的诗歌情感有一个逐渐丰富与各异的特点。唐代作家吟咏漂母诗中名利之念尤为突出，突出浓烈的千秋留名意识，也有韩信千金酬报的重要性。这与唐代士子强烈的建功立业意识密切相关。如刘长卿《经漂母墓》："昔贤怀一饭，兹事已千秋。"汪遵《淮阴》："秦季贤愚混不分，只应漂母识王孙。归荣便累千金赠，为报当时一饭恩。"宋代理学兴盛，则带有浓重的理学气味。如金朋说《漂母堂》："恻隐殊无一念仁，谁能推食食王孙。纷纷天下奇男子，不及淮阴一妇人。"金朋说曾师从朱熹，诗中有理学家的诗味。

元代作家咏漂母诗中常有知己不遇之叹。这与文人身处下位无人识，且与女性艺人关系密切，因而渴望有漂母这样的青眼慧珠女性予以支持。诗人们有着与韩信同病相怜的情感内在共鸣，并且突出女性对男性的重要性。这也是元代文艺男性在长久废置科举考试中的无奈，毕竟学成文学艺，帝王不接受。尽管历代文人都或多或少有知遇难有之叹，但是在元代尤为突出。如陈孚《千金亭》："英雄未遇亦堪羞，一饭区区不自谋。莫笑千金酬漂母，汉家更有颖羹侯。"唐肃《过漂母墓》："我来不吊韩将军，悲歌独吊漂母墓。英雄贫贱少知己，不在男子在女子。"黄庚《题漂母饭信图》："国士无双未肯臣，汉皇眼力欠精神。筑坛直待追亡后，不及溪边一妇人。"等。

明代诗人吟咏漂母诗歌更加深入细致，突破千金酬报的物欲观念，上升到精神气节，重道德轻物欲转化，对漂母内在心态条分缕析，重点在漂母气节人品。这也与明代士人高倡气节追求有关，还与王阳明心学中内圣思想相连。李濂《题漂母图》："古人思报德，薄俗说堪论。脱手千金赠，微时一饭恩。此心期不负，高谊炯犹存。耿耿奉酬意，垂名何足论。"

清代作家吟咏漂母诗歌思想内容更为全面，较为突出的一点是女性主义观念崛起，突出彰显漂母、吕后对韩信一生生死重要性。如汪激《漂母祠（二首）》其二："成败缘何由两妇？至今长乐使人哀。"舒章《过钓台因步漂母祠（二首）》其二："国士曾因一饭留，千金报后更千秋。只缘巾帼多珠眼，他日还为吕雉谋。"程宗城《漂母祠（二首）》其一："乞食王孙自有真，后来难处是功臣。如何颠倒英雄手，生死翻凭两妇人。"有的诗歌更是彰显漂母的巾帼英雄形象。如张壤《漂母祠》："天教大将扫秦尘，侠气千钟一妇人。若论进贤受上赏，应褒巾帼是功臣。"萧楼《淮阴怀古》："怜才巾帼女英雄。"这与清代女性意识觉醒密切相关。

清代诗人也在感慨漂母至少，知己难遇。秦文超《过漂母祠》："母能忘报真高谊，汉不酬功实寡恩。我亦江湖垂钓客，经过聊为荐芳君。"作家在诗中对漂母望报之心有无有所争论。如陆嘉淑《漂母祠》："惭愧恩叨一饭深，当时果否识

---

① ［英］迈克·克朗：《文化地理学》，杨淑华等译，南京：南京大学出版社 2005 年版，第25、37页。

淮阴。后来不却千金赐，谁说初无望报心。"金坦《漂母祠》："亭长妻无识，刘家后寡恩。千秋重漂母，只眼饭王孙。高谊须眉愧，明桂俎豆存。当年若受报，此事不勘论。"吴兆英《淮阴吊韩王孙》："能淡望报心，进退绰何有。"何廷模《千金亭》："莫怪无人留一饭，报恩人少受恩多。"蒋元龙《千金台》："当年进食为王孙，一饭千金且莫论。似尔区区邀厚禄，奈余多少未酬恩。"祝德麟《漂母祠》："平生未报人恩处，不敢轻过漂母祠。"袁枚《漂母祠（二首）》其一："千金一饭寻常事，不肯模糊是此心。我受人恩曾报否，荒祠一过一沾襟。"等，这说明诗人们对此事的认识更加客观真实。

诗人们在现实中总非如意，多有苍凉沮丧心态，经过漂母祠，渴望知己之遇的情感一下就被拉到极致，遂潸然泪下。但是，现实生活中，哪能有这样的贤良漂母呢？不由得感慨风俗飘摇。世风日下。如杨延亮（嘉庆时人）《漂母祠》："击漂人何处，王孙此旧游。英雄才一饭，巾帼已千秋。我亦江湖客，高风不可求。曾闻沛公嫂，羹颉竟封侯。"和《千金亭》："寂寞王孙芳草残，空亭犹记报分餐。千金撒手寻常事，冷落人间一饭难。"胡骏珂《登千金亭》："一恩一怨两妇人，回首烟波使人哭。""炎凉历尽变幻更，兴来狂歌悲击筑。今有王孙无母哀，留此空亭励薄俗。千金之报等闲耳，安得漂母今再续。吁嗟乎！安得漂母今再续，悠悠淮水浮云逐。"人世间的各种关系复杂的让人难以捉摸，诗人们在现实苦难面前又是多么的脆弱，有这些诗句不难体味他们的悲苦人生。

三、余论：文学历史地理学中地方文化的承载与传承

曾大兴先生总结说："文学景观是地理环境与文学相互作用的结果，它是文学的另一种呈现，既不是传统的纸质呈现，也不是新兴的电子呈现，而是一种地理呈现。许多景观（包括自然景观和人文景观）虽是已然存在的，但是知名度并不高，只是由于文学家与文学作品的作用和影响，它们的知名度才得以提升，甚至名满天下，于是这些景观就成了文学景观，例如黄鹤楼、杭州西湖、小鸟天堂等。还有一些景观原本是不存在的，是人们根据文学家的事迹和文学作品的内容而专门建造的，因而是很纯粹的、原生态的文学景观，例如桃花源、东坡赤壁等。"①

漂母祠墓乃至各种遗迹已经成为一种救助落难者的精神文化象征。随着历代迁人骚客的广泛吟咏传播，成为一种精神文化力量，而不仅仅是一处文学景观。其内在价值诚如《漂母墓志铭》所言："以一夫人能识英雄于草泽，既不愿受报，且不愿留名，其襟怀坦白，识见坚卓，诚非须眉所能及者。"② 明人冯梦龙在《智

---

① 曾大兴：《文学地理学概论》，北京：商务印书馆 2017 年版，第 4 页。

② 杜文东：《淮阴区韩信纪念景观》见花法荣：《韩信研究文集》，哈尔滨：黑龙江人民出版社 2006 年版，第 195 页。

囊补·闺智·漂母》说:"楚汉诸豪杰,无一人知信者,虽高祖亦不知,仅一萧相国,亦以与语故奇之,而母独识拔于邂逅憔悴之中,真古今第一具眼矣。"① 漂母慧眼识英雄多是后人所附会和解读阐释,但也正因为超越了世俗的猜度,回归到漂母不求回报的原始初心,才更能彰显漂母饭信的经典不朽价值。其思想光辉也才超越时代而弥足珍贵。曾大兴先生指出:"在所有的文化景观中,又以文学景观的意义最为丰富,因为文学景观是可以不断地被重写、被改写的。越是历史悠久的文学景观,越是著名的文学景观,其所被赋予的意义越丰富。尤其是那些著名的文学景观,可以说是人类思想的一个记忆库。"② 漂母文学景观从无到有的不断建构和诗歌等文学作品不断阐释解读,全面丰富升华了漂母高洁的人格精神,也让人看出世间人生活的不易与辛酸以及他们内心的真切渴望,尤其是对知己挚友的期盼,这应该是全人类在苦难之时都会有的一种期待吧!因而正如曾大兴先生所说:"文学景观的意义是由不同的作家和读者在不同的时间所赋予、所累积的,因而也是难以穷尽的。"③ 漂母的人格魅力和文化精神必将是无可穷尽而永存的。

---

① [明]冯梦龙:《智囊全集·闺智》卷二十五,南京:凤凰出版社 2009 年版,第 412 页。
② 曾大兴:《文学地理学概论》,北京:商务印书馆 2017 年版,第 242 页。
③ 曾大兴:《文学地理学概论》,北京:商务印书馆 2017 年版,第 241 页。

《史记》风格的渊源与特征

＊本文作者魏耕原、张萍。魏耕原，西安培华学院中文系教授；博士生导师张萍，西安培华学院中文系副教授。

任何伟大的作品都具有独特的风格，而所形成的特征也必然有所本源。像《史记》这样的史学兼文学名著，带有百科全书性质的大著作，无论是中国史学史、文学史、文化史，都是空前性的，甚至是绝后的。它是一部集大成著作，必然与此前文化渊源有千丝万缕的联系，也与它所处的时代，以及作者的审美追求具有紧密的关系，从而形成这部光辉著作的风格与各种特征，及其主体规律。本此三者关系，我们想努力去把握、去体味、去追寻。

一、厚重雄浑而激扬的风格

按照理论家的说法，风格是作品的独特性，它表现在内容与形式的特征中。简而言之，风格就是形式和内容。每个时代的伟大作品都是时代生命力的最高体现，作品自身风格与时代风格犹如植物与赖以生存的土壤关系一样。"风格是艺术作品的富有表现力的形象形式的特点，但它是各种形象形式在它的具体内容的结构细节和语言细节的直接美感的具体统一中表现出来的特点。"或者说"对于作品的风格来说，作品内容的一切和特点都是风格形成的因素。"① 依此而论，作品风格的分析，就是分析作品形式表现力的三个方面，即内容、结构与语言，此为内在规律，它们的特点都是风格形成的因素。然而作品的内在规律往往与作者本身的人格，以及所处社会，前此的文化遗产也有重要联系，此又形成外在的三个方面。作品内外六个方面，即内容、结构与语言，则与人格、时代风气、文化遗产，相互之间有影响、融合。内在的三个规律呈现在作品中是外在的，而外在的三个方面的影响却是内在的。我们要把握作品本身即外在的规律，同时要考虑对之有影响的外在特征，这才能接近、把握《史记》的风格。

司马迁两次说过"唯倜傥非常之人称焉"（《报任安书》），在《史记·太史公自序》里即说，他其所以要写成以人为中心的《史记》，就是为了"扶义倜傥，不令己失时，立功名于天下，作七十列传"。如果说"非常之人"可以看作英雄，这

---

① 以上两节引文，见波斯彼洛夫《文学原理》，王忠琪等译，北京：生活·读书·新知三联书店1985年版，第403、404页。

就是他要把李广列入单传，地位比李广高得多的卫青与霍去病却写成合传，因为是靠裙带关系成事的，还够不上"非常之人"，与"倜傥"不群还有一定的距离。他瞧不起平庸，而以此类手段钻营的人，即就是做了丞相，他也是瞧不起的，我们看《万石君列传》幽默辛辣的讽刺就知道。司马迁是"倜傥之人"，而且他自己说过"少负不羁之才"。在《自序》里说过："先人有言：'自周公卒五百岁而有孔子，孔子卒后至今五百岁，有能绍明世，正易传，继《春秋》，本诗书礼乐之际？'意在斯乎！意在斯乎！小子何肯让焉？"他放眼历史，以五百年必有一大人物自居，要像孔子作《春秋》那样，要记载"明主贤臣忠臣死义之士"——要以历史人物为中心——以"上记轩辕，下至于兹"的通史，要"原始察终，见盛知衰"，"亦欲以究天人之际，通古今之变，成一家之言"。这是以一种前所未有的勇气去审视历史，去记载历史，这不是"倜傥非常之人"，又是什么呢？他"鄙末世而文采不表于后也"的精神与追求，就直然是《论语》所说的"君子疾末世而名不称焉"的再版，或者干脆说，他是以孔子的人格与精神自居的。又赶上汉承秦制，或被严法之刑，自杀或被杀，可谓成群结队，司马迁受宫刑后也想到死，其所以"隐忍苟活，涵粪土之中而不辞者"，正是把孟子舍生取义的精神转化为舍死取义，这也是他读《孟子》废书而叹的原因之一！总之，司马迁是一个敢于担当历史责任的勇者，他的骨子里把自己当作时代的代表人物，他要做一番伟大的事业，完成对以往三千年历史的记载。

司马迁所处的时代，是西汉开国已 70 年的时代，70 年是个大数，就像项羽、李广都身经 70 余战，也是个大数。经过文景之治近 40 年的休养生息，汉代已成为大汉帝国，雄才大略的汉武帝决心执意要做一番大事业，他首先要解决匈奴长期入侵的问题，曾祖刘邦在平城被围，曾祖母吕后曾遭到单于书信之辱嫚而不敢有所举动，他决心洗刷这些耻辱①。他从 16 岁继位，71 岁崩，自继位第 6 年祖母窦太后过世，主政整整半个世纪。主政伊始，立即派李广屯兵云中，程不识驻防雁门，终其一生发动出击匈奴凡 18 次，多数为数十万大军。直至死前两年才告结束，也就是到了 69 岁时，思想才有点澄澈，这或许与太子被逼死，自己上了年纪有关。他对群臣说："朕即位以来，所为狂悖，使天下愁苦，不可追悔，自今事有伤害百姓，靡废天下者，悉罢之。"②汉武帝另一大"狂悖"，他似乎又以秦始皇为影子，极好求仙，多次到泰山封禅，到东海求仙。他听了公孙卿胡诌的黄帝乘龙上天，且战且学仙的故事，高兴极了："嗟乎，吾诚得如黄帝，吾视脱妻子如脱躧耳！"他上了方士许多次当，但总不能戒绝，时时求仙，嗜瘾再发。究其一生，"实在是在'且战且学仙'里度过的"（李长之语）。同样在这年，悉罢方士候神人者，每对群臣自叹："向时愚惑，为方士所欺。天下岂有仙人，尽妖妄耳。节食服

---

① 汉武帝太初四年《击匈奴诏》："高皇帝遗朕平城之忧，高后时单于书绝悖逆。昔齐襄公复九世之仇，《春秋》大之。"见于《汉书·匈奴传》。

② 司马光《资治通鉴》政和四年三月，北京：中华书局 2007 年版，第 2 册 738 页。论者或称此为《轮台罪己诏》。

药，差可少病而已。"汉武帝一生做了许多事，他的车子很少停息过，"孝武初立，卓然罢黜百家，表章《六经》。……兴太学，修郊祀，改正朔，定历数，协音律，作诗韵，建封禅，礼百神。"他还修治黄河，改革货币，兴建水利，穿凿昆明池，起建柏梁台、建章宫。还征西羌、西南夷，击朝鲜，伐南越，不惜代价以求汗血马。招致史学家严厉的批评："汉武帝穷奢极欲，繁刑重敛，内侈宫室，外事四夷。信惑神怪，巡游无度，使百姓疲敝，起为盗贼，其所以异于秦始皇者无几矣。然秦以之亡，汉以之兴者，孝武能尊先王之道，知所统守，受忠直之言，恶人欺蔽，好贤不倦，诛赏严明，晚而改过，顾托得人，此其所以有亡秦之失而免亡秦之祸乎！"

汉武帝的好大喜功，使汉代走向帝国，也为之付出了深重的代价，但毕竟为一代天骄，以雄才大略开创了一个前所未有的局面，这也是一个人才辈出的时代。"汉兴六十余载，海内艾安，府库充实，时而四夷未宾，制度多阙。上方欲用文武，求之如弗及，始以蒲轮迎枚生，见主父而叹息，群士慕向，异人并出。卜式拔于刍牧，弘羊擢于贾竖，卫青奋于奴仆，日磾出于降虏，斯亦曩时版筑饭牛之朋已。汉之得人，于兹为盛，儒雅则公孙弘、董仲舒、儿宽，笃行则石建、石庆，质直则汲黯、卜式，推贤则韩安国、郑当时，定令则赵禹、张汤，文章则司马迁、相如，滑稽则东方朔、枚皋，应对则严助、朱买臣，历数则唐都、洛下闳，协律则李延年，运筹则桑弘羊，奉使则张骞、苏武，将率则卫青、霍去病，受遗则霍光、金日磾，其余不可胜纪。是以兴造功业，制度遗文，后世莫及。"这真是群星灿烂的时代，都围绕汉武帝各自建功立业，都做了种种不同的弘业。究其出身，有放猪、牧羊、小商人、奴仆、俘虏、书生、小妾的私生子、小官吏、学人，即就是外戚，也都有辉煌的军功，这是与任何时代不同的地方。汉武帝所用各方面的人才，正如元封五年求人才诏书所言：

> 盖有非常之功，必待非常之人。故马或奔踶而致千里，士或有负俗之累而立功名。夫泛驾之马，跅弛之士，亦在御之而已。

这和司马迁所说的"古者富贵而名磨灭，不可胜计，惟倜傥非常之人称焉"的精神又何等相似！而"亦欲究天人之际，通古今之变，成一家之言"，又是何等心胸眼光，何等抱负宏愿，何等的精神气魄！他要从宇宙到人生，从自然到社会政治皆有所阐述，也就是其中要贯穿一种哲学史的思考精神。要把从轩辕到武帝的古今历史发展规律梳理清楚，而且还要是文采表于后具有个性的大著述。所以他的《史记》是带有哲理性的历史记述，是揭示历史嬗变原因的史著，"原始察终，见盛观衰"，是他记述历史的使命。

历史是在发展中进行的，而每一次发展，都会酿造许多历史的悲剧！血与火的付出换得历史的进展。汉初面临最大的历史变迁，莫过于汉之兴与秦之亡，这就是陆贾所论秦之失天下而汉之所以得者，而得到高祖的称善与群臣的欢呼，而陆贾所论不过是"行仁义，法先圣"，这和贾谊的《过秦论》一样，并没有指出问题的关键。而《史记·六国年表》序论则言"论秦之德义不如鲁卫之暴戾者，量秦之兵不如三晋之彊也，然卒并天下，非必险固便形埶利也，盖若天所助焉。"对此"盖若天助"则指出："秦取天下多暴，然世异变，成功大。传曰'法后王'，何也？以其近己而俗变相类，议卑而易行也。学者牵于所闻，见秦在帝位日浅，不察其终始，因举而笑之，不敢道，此与以耳食无异。悲夫！"他见出历史前进中的悲剧，这种眼光又是何等的超人，他肯定历史的前进，又对其中付出的悲剧予以悲痛，一部《史记》其所以"悲世之意多，愤世之意少"，就是他"立身常在高处"（刘熙载《艺概·文概》语）。所以钱大昕说："太史公修《史记》以继《春秋》，其述作依乎经，其议论兼乎子。"① 也就是说《史记》实则以史明义，历史观带有历史哲学的眼光，是带有历史哲学性的大著作，可称"哲史"——一部哲学性的历史。

　　汉代以前的中国史书的统绪，就史学而言，《尚书》记言，《春秋》记事，《左传》详赡而富文采，《国语》分国记言，《战国策》不主一家，放言纵论。《春秋》严峻写得很冷，仅在用词上显示微言大义，《左传》舒缓，不动声色，其言简要，其事详博。"《左传》善用密，《国策》善用疏，《国策》之章法笔法奇矣。若论字句之精严，则左公允推独步。"② 除了史书以外，司马迁还"厥协六经异传，整齐百家杂语"，"集义养气，是孟子本领"（刘熙载语）。孟子是以理明义，《春秋》以道明义，《史记》继承二者，以史事明义，而铸成"一家之言"。还有使司马迁"未尝不垂涕想见其为人"的屈原，包括屈子所作辞赋，对司马迁的影响极其深刻。鲁迅先生称《史记》为"无韵之离骚"，这不但就思想而言，更重要的指出《史记》记事是抒情的，司马迁是持着悲世的深切的同情心，记述了历史发展中的悲剧。由此说来《史记》不但是带有哲理的哲史，也是倾注满腔感情的"情史"。比起《春秋》的冷静，《左传》的不动声色，《史记》更近《孟子》，不但在集义尚气上为近，语言之质朴，感情之热烈，则更为接近，因之我们说《史记》是一部直面历史的"热史"。

　　西方著名史学家柯林伍德曾有句名言："一切历史都是思想史。"他把人类历史形成看作许多问题与对之的回答，这一衔接的不尽过程，而史学家就是对这些问题的追寻，就是对历史的再现。作为"哲史"的《史记》，其所以看重"原始察终，见盛知衰"，原因也正在这里。柯氏《历史的观念》又认为一切历史都具有当代史性质，主张以当代精神对历史深入理解与把握，去描述历史事件背后的思想与规律、历史过程层面的思想变化过程，否则就不能真正了解历史。"要做到这一点，唯一的办法就是在他自己的心灵中重新思考它们，这并不是屈从过去的思想，而是将其纳入自己的知识结构中来重演它，重演它即批判它，并对它形成自

　　① 钱大昕为梁玉绳《史记志疑》所作《序》，该书为商务印书馆 1937 年版，第 1 册第 1 页。
　　② 刘熙载：《艺概·文概》，上海：上海古籍出版社 1978 年版，第 3 页。

己的价值判断。"① 司马迁记述历史的批判思想是著称的，他的身后的"谤书"之诬称，也从另一面说明了这一问题。他不仅是批判，而且以悲愤精神，希望以后的悲剧能为之减少。他站在历史的更高处，这也是我们称《史记》为"哲史"的原因。

司马迁出生于关中平原东北的高地韩城，他自小看惯了奔啸的黄河，黄河对岸就是大禹开辟的禹门，亦称龙门，沿河往北不远就是著名的壶口瀑布，那奔腾四溅的飞沫，喧嚣吼叫的水声震动数里。往南就是令人神往的华山，其上可以俯视八百里秦川与渭河，而秦川的北部是厚重的黄土高原，南面就是逶迤千里的划分中国南北的秦岭，长安就坐落在八百里秦川的中部。这是司马迁一生生活成长的地方，这里成长了一代又一代的伟人，《汉书》的作者班固就出生在关中平原的茂陵，如此得天独厚的天府之国，是那样的大气磅礴、厚重雄阔。本身所具有的厚重广阔，孕育了一代伟人司马迁，必然会形成《史记》厚重雄浑而又激昂的风格，而体现在结构、语言与情感等方面。

二、集大成的百科全书式纪传体通史的大结构

中国是史学大国，而先秦早期的经学著作，往往也蕴含着史学材料，即就是文学作品，如屈原的辞赋之作，亦复如此。司马迁立志要撰述一部历史大著作，必然要对先秦文化有所继承、汲纳、辨别与选择。

对此，李长之先生认为司马迁《史记》所代表的汉人精神，其骨子就是楚人的文化，他认为："汉的文化并不接自周秦，而是接自楚，还有齐。原来就政治上说打倒暴秦的是汉，但就文化上说，得到胜利的乃是楚。"② 他特别指出："周的文化可说是近于数量的、科学的、理智的、秩序的"，"他们的精神重在凝重典实，……这种凝重坚实的文化最好的代表可以看铜器，尤其是鼎。楚文化和这恰可做一对照，它是奔放的、飞跃的、轻飘的、流动的，最好象征就是漆画了。这两种文化也可以说一是色彩学的，一是几何学的。……周文化是古典的，楚文化是浪漫的。就是这种浪漫的文化征服了汉代，而司马迁是其中的一个代表人物。"③ 所以说："司马迁的先驱实在是屈原。"

对楚汉两种文化的分析，所言极为精到。但汉文化与秦文化不一样，秦文化是唯我独尊，战胜且要摧毁其他文化；而刘邦和他共同起事的哥们儿的沛县、沣县，名为楚地，实际上已临近中原地带。而且汉文化是吸收性和综合性，如果说秦之统一在历史长河中不过是昙花一现，而真正的大一统到了汉代方能彻底完成。汉文化不是秦文化那样狠戾霸气的而且带些小家子气，她只有容纳百川才能

---

① 柯林伍德：《历史的观念》，商务印书馆。
② 李长之：《司马迁之人格与风格》，北京：生活·读书·新知三联书店 1984 年版，第 2 页。
③ 同上，第 4 页。

雄居天下。所以刘邦一听娄敬建都关中的提议，即当日进发，而不像项羽硬抱着楚之地方性文化，而要以彭城为都。刘邦一入咸阳便约法三章，与民方便，这便是一种融合的大文化胸襟，而非让其染上楚文化的色彩。娄敬不穿楚服刘邦也听取了他的建议，如果汉家要以楚文化"征服汉代"，汉代是否能成为泱泱大国，那就是另外一回事了。

如果说屈原是司马迁的先驱，那只是从"作辞以讽谏，连类以争义"的角度出发。更被看重的先驱应是"匡乱世反之于正，见其文辞，为天下制仪法"的孔子，还有"猎儒墨之遗文，明礼仪之统纪，绝惠王利端，列往世兴衰"的孟子。而从大方面看，司马迁对周秦文化、中原文化、鲁齐文化以及楚文化，带有全面汲取吸收的胸襟。我们看他在《太史公自序》所说：要"网罗天下放失旧闻，王迹所兴，原始察终，见盛观衰，论考之行事"，还要"以拾遗补义，成一家之言，厥协六经异传，整齐百家杂语"，这绝不是仅从楚文化的角度出发的，也不是南方浪漫精神所能范围。

司马迁处在前所未有的大一统的新时代，汉武帝具有征服天下的雄心，司马迁"意欲以究天人之际，通古今之变，成一家之言"——他的《报任安书》的这几句话——可见在学术上，同样是集大成式的囊括一切，显示了汉代人征服一切的力量。因而，"武帝是亚历山大，司马迁就是亚里士多德，这同是一种时代精神的表现而已"。[①] 司马迁之前的史书，《春秋》《左传》为编年史，《国语》《战国策》为国别体，都属于断代史，自司马迁记述轩辕以至汉武帝时三千年，方才作为一部通史出现，显示了中华民族不断发展壮大，具有重大意义，为前所未有。这也只有汉代人才有如此打通之勇气。此前史书主要以一国或一代的政治史、战争史为主要内容，而经济史、水利史、货币史，包括军事制度之沿革变化，很少有系统记述。这是就其要者而言。《史记》五体的十二本纪，与三十世家、七十列传都具有通史性质，而且本纪与世家，大多带有编年体制，世家又具有国别体特点，八书为各种典章制度的专门史，更为以前所未有。如果说本纪为大纲，世家为大目，而列传则为细目，八书则为这棵大树的主要侧枝，表则是不同时代的细枝末节的人或事，亦即大树上的密叶与细枝。或者言之，本纪犹如人之首腹主体，世家犹如手足四体，列传犹如皮肤肌肉，书则为关节枢纽，表则为枢纽处的细枝末节。或者犹如建筑，本纪为堂室一体，两边厢房为世家，周围罗布的寝室则为列传，仓库、储存之所则为八书，走廊、通道则为表。五体组成一个有机的整体，有联络、有补充，互为作用。"其勒此五体，以为一书，使之虚实相资，详略互见，彼此神补，各尽其用。既具史事之文，又见治乱盛衰成败之机者，则太史公首创，正史中不祧之宗也。"[②] 这是自有史书以来，开天辟地的大气象，如此

---

① 这两句见于李长之《司马迁之人格与风格》，天津：天津人民出版社2007年版，第14页。这是按开明书店1948年初版照排的，生活·读书·新知三联书店1984年版把这两句删掉了。

② 程金造：《〈史记〉体例溯源》，见所著《史记管窥》，西安：陕西人民出版社1985年版，第31—32页。

集大成的百科全书性质的大体制大著作，具有极其重要的历史意义。她是一座丰碑，永远照亮中华民族的三千年历史，以后的史书都是在此基础上，沿此体例，络绎奔来。

这种灵活庞大的有机整体，作为体例，对《史记》来说，就成了最显著的风格特征之一。本纪之十二，犹如天有十二格，年有十二月，日有十二时。世家之三十，犹如车轮之有辐条，可以加固车轮之运行，此即"三十辐共一毂，运行无穷"之谓也。八书有如方位的不同方向，可以辐射到各个领域，所谓"礼乐损益，律历改易，兵权、山川、鬼神，天人之际，承敝通变"，都包括在内。列传之七十是个大数，可以记载形形色色的人物。依他的设计，《史记》堂皇的精心设置的结构，"不惟是一个建筑，简直是一个宇宙的缩影，秩序的天体之副本了"①。

凡是叙述事件的著述，结构很紧要，包括小说、戏剧在内。我们看《水浒传》一个个故事很生动，但一经纳入百川灌河的结构，一个一个逼上梁山，气势就更为轰轰烈烈。《三国演义》的网状结构使故事不仅引人入胜，而且惊心动魄。《史记》这种大结构，主体辅助配备齐全，具有气势浩荡的艺术效果。刘大魁说："文贵大，道理博大，气脉洪大，丘壑远大。丘壑中，必峰峦高大，波澜阔大，乃可谓之远大。古文之大者莫如史迁，震川论《史记》，谓为'大手笔'，又曰'起头处来的勇猛'，又曰'连山断岭，峰头参差'，又曰'如画《长江万里图》'，又曰'如大塘上打拼，千船万船，不相妨碍。此气脉洪大，丘壑远大之谓也。"②《史记》就整体看，有全书之结构；就一篇看，有每篇之结构，就篇与篇，有相互照应之结构。我们看《陈涉世家》就如千船争渡，不相妨碍；读《项羽本纪》，犹如"连山断岭，峰头参次"；读《高祖本纪》，犹如看《长江万里图》，这些小结构又在大结构里安排得头头是道。刘、项进入本纪体，陈平、萧何、张良列入世家体，但都用了传体去叙述，这种"圆而神"的手法不仅打破了文体的限制，而且运用得体，显得在结构处理上出之文史结合之手段，既写活了历史，又写活了人物。在本纪不立惠帝，却代之高后吕雉，如从史学看，也显示了他弃名求实的一贯宗旨，何况吕后是更重要的人物，而且可以写得更为生动。陈涉、项羽分别安排在世家或本纪，也出于同样的道理。再如他的列传又分了单传、合传、类传、附传，每一类的结构都极尽千变万化之能事。他把屈原与贾谊合为一传，鲁仲连与邹阳合为一传，把战国人与汉代人合在一起叙写，时代差异显著，然而精神又何等相似！孟子和荀子分属战国中期和后期，因都属儒家，完全可置一传，而又把阴阳家、墨子等人渗透其间，此篇名为合传，实际上又近似战国诸子传。而对诸子中的兵家、法家与纵横家又非常重视，对商鞅、苏秦、司马穰苴都用了单传，孙子与吴起、范雎与蔡泽、张仪与陈轸，白起与王翦等均用了合传。同样的道理，给李广立了单传，写卫青与霍去病却用了合传，孰轻孰重，一目了然。同样的道

① 李长之：《司马迁之人格与风格》，北京：生活·读书·新知三联书店 1984 年版，第 255 页。
② 刘大櫆：《论文偶记》，北京：人民文学出版社 1998 年版，第 7 页。

理，给乐贤荐士，救人于危难之中的韩安国立了单传，却把丞相张仓、御史大夫周昌等六七人合为一传，无不包含着轻重肯否。他把汉之纵横家郦生、陆贾以及朱建合为一传，却把随和作为附传，分别附在其他几传，这些都显示了在"小结构"的安排上特别之用心。而在每一篇传里，结构方法又千变万化，有对比、对称、烘托、穿插、连类而及的引带等。即就是小人物的附传，在结构处理上，似乎更为出人意料。又在英布、栾布传里带出丁公，他投降了刘邦却被杀掉，就与二布差异极大。还有项伯，他在鸿门宴里也算个重要人物，但未进正传，只作为附传，又断续见于《项羽本纪》。这些大大小小、林林总总的各种传记，犹如建章宫的宫殿群，千门万户，气象万千，从中也可以见出在小结构上最见作者精心的地方。

对于《史记》的结构，陈于陛说《意见》"太史公"条说："太史公真是千古绝伦，今二千年，文家极力模拟，仅得一字一句，便以为工，至其结构之神巧处，瞠乎不可及也。"张秉直《文谈序》也说："司马迁开合抑扬，纵横变化，不可羁勒，故为文章之祖。"程金造据此则谓："详陈、张此言，都以《史记》一书，所以为千古绝伦之作，只是由于文章节结构变化神奇，故为人所不及。"① 所以，本书在结构解析上下了很大功夫，以见作者在纵横变化、离合断续的绝大用心。

总之，风格是著者全部作品显示出的个性特征，而结构是作者成熟的标志。通过结构，我们可以约略了解风格的整体规模与特色，因为"庄严而生动的布局"，就像远看一座建筑，是那样的崇高、雄伟、辉煌，而吸引人走入她的殿堂，去阅读这部集大成的百科全书，就会发现她的语言更为生动感人！

三、质苍雅建的语言风格

就《史记》来说，它的五体布局的大结构是外在的，而每篇文章的小结构则是内在的，只有深入细读才会有更多的发现。而其语言则是外在的，不仅使人"一见钟情"，而且常读常新，好像刚脱笔砚之间，永远蕴含使人耐读的魅力。她像唐诗一样，能唤起种种共鸣，又像晋字——东晋书法经得起看，那样潇洒雅健，千古长青，使人神往。

我们定睛细看《史记》的语言，是那样的质朴无华，不做作，不粉饰，甚至让人怀疑司马迁掌握的词汇肯定没有班固丰赡，然而他能把那有限词汇的弹性发挥到极致，不仅质朴，还能苍劲老辣，且能俗中出雅，以至于雄深雅健，可歌可泣，可惊可叹，显得非常奇异。我们看影视剧，无论大片小片，很少有人去看第二次，小说也是这样，无论是《红楼梦》还是《水浒传》，回头通读第二遍的人恐怕不会多有。如果读《汉书》，就缺乏像《史记》这样的吸引力，原因之一就是语言太讲究，太矜持，缺乏唤起人阅读的魅力，缺乏奇异的可读性。

刘大魁说："文贵奇，所谓'珍爱者必非常物'。然有奇在字句者，有奇在意

---

① 程金造：《史记中把抽象情理作具象化之妙用》，见所著《史记管窥》，第38页。

思者，有奇在笔者，有奇在丘壑者，有奇在神者。字句之奇，不足为奇，奇气则真奇矣。神奇则古来亦不多见，次第虽如此，然字句亦不可不奇，自是文家能事。"而"奇气最难识，大约忽起忽落，其来无端，其去无迹。读古人文，于起灭转接之间，觉有不可测识，便是奇气"。"奇者，于一气行走之中，时时提起。"①司马迁好奇，凡是读过《项羽本纪》，巨鹿之战一节之奇特，人人都会情感激发，受到文字的鼓动："当是时，楚兵冠诸侯，诸侯军救巨鹿下者十余壁，莫敢纵兵。及楚击秦，诸将皆从壁上观。楚战士无不一以当十，楚兵呼声动天，诸侯军无不人人惴恐。"这里的文字却没有奇字奇句，只是一片素朴，不，全为粗硬劲健，而且粗服乱头，简朴至极，还不免质而俗。前人谓"叙巨鹿之战，踊跃振动，极羽平生"（刘辰翁《班马异同》语），或谓"项羽最得意之战，太史公最得意之文"（毛坤《史记钞》语），甚至说："史公书至此，笔头恐生无文杀气。"（［日］井范平《史记评林补标》）这里固然写得如火如荼，但是尚未达注家之所评。然而有了以下几句，则如火上浇油，不同凡响：

> 于是已破秦军，项羽召见诸侯将，（诸侯将）入辕门，无不膝行而前，莫敢仰视。项羽由是为诸侯上将军，诸侯皆属焉。

括号里的"诸侯将"诸本俱无，只见于张文虎所据金陵本。我们以为这三个字少它不得，有了它，以下数句才能虎虎而有生气，气氛才会顿时紧张起来。《史记》最喜欢使用反复，而顶针可以说是一种特殊的反复②。这一段文字就有不少反复，反复于此起了陪衬作用，才使这场大战熠熠生光很诧异，这节雄劲无比的破秦军文字，秦军却没有出现，只是一而再，再而三地让诸侯军反复作陪衬。由"楚兵冠诸侯"领起，所谓诸侯军"莫敢纵兵"，"及楚适秦，诸将皆从壁上观"，"楚兵呼天动地，诸侯军无不人人惴恐"，层层烘托，"于是已破秦军"，这真是大刀阔斧的叙写，也真是粗枝大叶，并不会使读者得到惬意。然而有了——"（诸侯将）入辕门，无不膝行而前，莫敢仰视"——这一次陪衬是逼真的，因是描写，而不是叙述，是具体的，不是概括，但是仍然属于陪衬——然而有了这一层再陪衬，全局皆活。而"入辕门，无不膝行而前，莫敢仰视"，这种粗硬质俗而又雅健雄深的语言，使项羽如丈二金刚，光芒四射，又如颊上之毫，项羽的威武真是栩栩如生。这里的"无不"，又与"楚战士无不一以当十"，"诸侯军无不人人惴恐"，三个"无不"呼应一片，这场大战的屋瓦震裂的气势恍如目前。还有"莫敢仰视"的"莫敢"，真是质朴不过，硬语盘空，全然提动了这节大战的所有文字，与前诸侯军"莫敢纵兵"呼应一片，这样方能看出"数语有如火如荼之观"。其实不仅如此，"羽杀会稽守，则一府慑伏，'莫敢起'，羽杀宋义，'诸将皆慑服，

---

① 刘大櫆：《论文偶记》，第 6—7 页。

② 何凌风《史记"联珠格"运用艺术成就初探》，所言"联珠格"实指顶真。谓《史记》128 篇用了顶真，数量多达 4510 对，字数为 13988 字，约占全书 536500 字的 2.66％。文载《宜春师专学报》1997 年第 6 期。

莫敢枝梧'，羽救巨鹿，'诸将莫敢纵兵'，已破秦军，'诸侯膝行而前，莫敢仰视'。势愈张而人愈惧，下四'莫敢'字，而羽当时勇猛，宛然可想见也。"[1] 而且不仅如此，楚汉广武相持，汉之楼烦三次射杀楚之挑战者，项羽披甲持戟杀射挑战，楼烦欲射之，"项王瞋目斥之，楼烦目不敢视，手不敢发，遂走还入壁，不敢复出。"这里的三"不敢"，则与前次诸多"莫敢"连成一气。还有垓下之围霸王别姬时，慷慨悲歌，"泣数行下，左右皆泣，莫能仰视"。这又与巨鹿之战的"莫敢仰视"呼应一片，形成大起大伏大对比，引起人不尽的深思。其实都是一种变化的反复，而反复是《史记》语言最为显著的特色，很值得深入全面研究。

司马迁所用动词，最能见《史记》质朴的风格。项羽与项梁杀会稽太守时，"梁眴籍曰：'可行矣。'于是籍拔剑斩守头。"这瞬间紧张间不容发。"眴"，"动目使人，犹言'丢个眼色'"。——王伯祥《史记选》这个注释很精彩[2]，然而"可行矣"不是说的话，而是使眼色示意，也就是眼睛"说的话"。注家未注，未免可惜。这个"眴"用得很出彩、很雅，而且雅而有力。这大概就是韩愈谓《史记》语言"雄深雅健"，柳宗元谓之"峻洁"，都可以于此看出其间消息。至于质朴通俗，则"操"是绝好的范例。鸿门宴上，刘邦借入厕将要溜走，"乃令张良留谢。良问曰：'大王来何操？'""操"字很普通，然而用在这里却很别致、很特殊，是说这次来特意带了什么贵重的东西，若用作"持"，就少了很多意味，这个简洁的字也显示了当时的气氛极为紧张。而《范雎传》说，范雎死里逃生，"魏人郑平安闻之，乃遂操范雎亡"，论者谓有"奇货可居之意"[3]，甚确，亦即特意带着的意思。在《绛侯周勃世家》里，文帝以为周勃有造反迹象被关入大牢。"文帝朝，薄太后以冒絮提文帝"，是说以头巾掷打文帝，"提"字俗而奇。而《刺客传》说"侍医夏无且以其所奉药囊提荆轲"。薄太后的"提"，只是做个样子，以示警告，夏无且的"提"，却是在情急时无所选择，只好以此一"提"，也就是一掷。这些朴素普通的动词，只因为用到恰好的地方，就显得新颖而内涵增多，都能显示出质苍雅健的特色。

《史记》语言之风格不仅质苍雅健，而且用笔疏朗，动态感极强。从巨鹿之战就已看得分明，这和班固《汉书》的行文密实截然不同。至于总论其语言风格，真可用一部大书来完成。至于质朴疏朗的语言，为何那么动人，其中所饱含的感情，就很值得实实在在留意！

四、倾注情感的风采

按理，撰著史书，著者的感情越冷静越好，越客观才能近于史实，先秦的

---

① 明人凌约言评语，见凌稚隆《史记评林》，天津古籍出版社1998年版，第2册第21页。

② 《汉书》颜师古注："眴，动目也，音舜，动目而使之也。"王伯祥注据此，更为明确。

③ 李长之：《司马迁之人格与风格》，北京：生活·读书·新知三联书店1984年版，第287页。

《尚书》《春秋》《左传》都可以说是冷静的史书，只有《战国策》写得恣意尽性，然那些执笔的纵横家们，老是盯着利禄与富贵，境界并不高，故常为人诟病。《左传》文辞丰赡，把自己的感情表达得很含蓄，故被认为是史家之上乘。《春秋》因了名词，特别是动词的选择，具有自家的用意与标准，千百年来被盛称为具有微言大义的史书，而且上升到经部。《汉书》写得很矜持，尽量不把感情直接流露出来，处处控制自己，所以唐代以前对《汉书》的评价总在《史记》之上。

《史记》不隐恶、不虚美，要写成一部忠实于历史真相的实录，除了对历史每一进程"原始察终，见盛知衰"，推究天人之际，揭示承敝通变的原因，对那些"扶义俶傥，不令己失时，立功名于天下"的可歌可泣的形形色色人物予以记载，还要加以褒贬，并且以"鄙末世文采不表于后也"的理念与追求，发愤著书，以成就"一家之言"。司马迁以忧愤的悲世情怀，站在历史的高度，要对历史人物与事件不仅予以记录，而且还要予以裁判，就没必要隐蔽自己的情感。唯其如此，才能把三千年的历史写成生动的"现代史"。

对此，首先开辟了"太史公曰"的论赞体例，置于每篇之末尾。其本源来自《春秋三传》，或为作者自言"公羊子曰""谷梁子曰"，或假借他人以自言，如"君子曰"，或借名人以传己言，如"孔子曰"。它们都处于一件事之末尾，表示对史事与人物之评判。由于位置处在文之中间，故只能出自简短的只言片语。《史记》则置放正文之末尾，而且可以增大论述空间，构成一种微型史论，带有文体论性质，或者说即是该篇的跋文，还可以说后世的跋文即源于此而来。正文是以第三人称记叙，论赞是以第一人称直接表示自己的评判与看法。二者互相补充，使史事表述显得更为圆满。

《史记》倾注感情的风采，首先体现在这些画龙点睛的论赞上。我们看《孔子世家》论赞："诗有之：'高山仰止，景行行止。'虽不能至，然心向往之。余读孔氏书，想见其为人。"他是用朝圣的语气表示了自己的无限敬仰。以下又言，"适鲁"见到孔子庙堂礼器，又如何"祗回留之不能去云"，说如何流连忘返，徘徊而不能去，充分发抒了对孔子极为崇敬的心情，然后方言"天下君王至于贤人众矣，当时则荣，没则已焉"，把孔子置于对比大框架中，指出"孔子布衣，传十余世，学者宗之。自天子王侯，中国言六艺者折中于夫子，可谓至圣矣！"经他两番对比，无冕之王的孔子的伟大，便矗立得熠熠生辉！李广是司马迁赞美的真英雄，对他的礼赞则充满了不尽的同情："余睹李将军悛悛如鄙人，口不能道辞。及死之日，天下知与不知，皆为尽哀。"李广口讷，不善言辞，就用了最朴素的语言。对于他的委屈而死，致以不尽的同情，还要加上"彼其忠实心诚信于士大夫也"！是说上至大夫，下至百姓，都被"忠实"所感动，而为之"尽哀"。这是至高无上的赞美，对忠实老将予以无比的隆敬。要知道他对王侯将相，包括汉家的天子们，没有用过对孔子、对李广这样崇高的语言。不仅如此，在这段话前还加上《论语·子路》的"其身正，不令而行；其身不正，虽令不从"，末尾还要再加上谚语"'桃李不言，下自成蹊'，此言虽小，可以喻大也。"这就把李广"口不能道辞"，本身却具有无比的感召力量全方位展现出来。它像一座丰碑永世矗立在历史的上空。

对礼贤下士的魏公子无忌，他也持有无限向往与敬仰。在传文末了则言"高祖始微少时，数闻公子贤。及即天子位，每过大梁，常祠公子。高祖十二年，从击黥布还，为公子置守冢五家，世世岁以四时奉祠公子。"在不动声色的叙写中，而且前后三致意焉。因而在论赞中还说："吾过大梁之墟，求问其所谓夷门。夷门者，城之东门也。天下诸公子亦有喜士者矣，然信陵君之接岩穴隐者，不耻下交，有以也。名冠诸侯，不虚耳。高祖每过之而令民奉祠不绝也。"他访问夷门就像瞻仰一个胜地，因为魏公子礼敬过这里的看门老头侯嬴，此为历史上永恒的佳话。魏公子的"喜士"，"不耻下交，有以也，名冠诸侯，不虚耳。"这里何等虔敬的笔墨，娓娓袅袅，何等渗透人心。末尾再一句："高祖每过之而令民奉祠不绝也。"又和上文连成一篇，成为美妙的赞歌。

是的，太史公的论赞，是褒贬分明的史论，对于"倜傥非常"人物，他是充满十二分礼敬，倾注衷心的向往，这样的文字简直是散文诗，不，应是充满感情的"咏史诗"。正是在这个原因上，我们说史记是一部与"冷史"相对的"热史"，是一部充满感情的"情史"！不要忘记它还是带有历史哲学性的"哲史"。

对于博浪沙刺杀秦始皇后来又成为智囊式人物的张良，在《留侯世家》先用了一种扑朔迷离的语言："学者多言无鬼神，然言有物。至如留侯所见老父予书，亦可怪矣。高祖离困者数矣，而留侯常有功力焉，岂可谓非天乎？"不要误解这是一种送天命论，而是以一种理性的思索对异常事物的追寻。接言："上曰：'夫运筹策帷帐之中，决胜千里外，吾不如子房。'余以为其人计魁梧奇伟，至见其图，状貌如妇人好女。盖孔子曰：'以貌取人，失之子羽。'留侯亦云。"这种意想不到的笔调，犹如观看北宋山水画，天外远峰，若有若无，在虚无缥缈之间，使人无限神往，真把张良这个道家人物写活了，其中同样充满了自己的礼敬。

刘邦做大汉天子只有六七年，他的天子"伟绩"就是平叛，韩信就是吕后帮他除掉了，罪名和其他"反叛"者一样，就是要"造反"，对他的论赞就是很棘手的事。但他却说："假令韩信学道谦让，不伐己功，不矜其能，则庶几哉，于汉家勋可以比周、召、太公之徒，后世血食矣。不务出此，而天下已集，乃谋畔逆，夷灭宗族，不亦宜乎！"评说判处死刑的韩信，就像拿捏烫手的山芋一样，深浅很难把握。既要与汉廷主流结论保持一致，是因"叛逆"而死，又要把屈死真相有所暗示，就很难为。所谓"天下已集，乃谋叛逆"，是说韩信在手握重兵之时，楚使武涉劝其叛汉，还有善辩而有奇策的蒯通鼓动归楚，这些用了此传的四分之一文字详载传中，韩信都没有动心，而在"天下已集"而手无兵权之时，他又怎么能叛逆造反？而他被处死的原因，就是不能"学道谦让""伐己功""矜其能"。高祖说自己能将兵十万，他却言多多益善。命他奔赴垓下歼灭项羽，他则迟迟不动兵，高祖只好许了他许多封地，像这样肆无忌惮能带兵的大将军，不杀掉高祖怎能放心地死去呢？尤其是还特别指出，他在汉家的功勋，可比周、召、姜太公，这简直是极高的无所顾忌的赞美，也是为他的冤死鸣屈。司马迁把自己的感情隐蔽起来，用官方的结论来评说，而实际效果却是相反，这就不得不佩服他摇曳生姿的笔端，所带情感同样能在冰下悠然自在流淌。

司马迁把那么多的历史人物写得栩栩如生，其原因就是把不管远近的历史都能写成"现代史"，其原因就是把人物的言行举止写活了。尤其值得一提的是人物自己的话语，千年之下，如在耳畔。这不仅是以人物为中心的"纪传体"的重点，也是借历史人物的话语，展示他们的个性与感情，同样也是抒情性的一大亮点。先秦史传除了《春秋》《尚书》，《国语》《战国策》的对话都占了绝大的比重。《左传》的对话也不少，这是优秀的传统。缘此司马迁，更把人物对话不仅作为叙事的手段，同样也是刻画人物的重要方法，这就显得更为超乎其上。《汉书》的《苏武传》其所以感人，就因为效法《史记》用对话来刻画人物。两《唐书》在二十四史也有名声，但郭子仪与李光弼传，以仕履为主，很难见到人物自己的语言。苏轼喜读《后汉书·范滂传》，其中母子的对话尤为感人。我们看《史记》的《魏其武安侯列传》就像话剧，全靠对话叙事写人。《李将军列传》里很少见到对话，因为李广口讷少言。《淮阴侯列传》不算《史记》的上乘文字，但只要看韩信过访樊哙，"哙跪拜送迎，言称臣，曰：'大王乃肯临臣！'信出门，笑曰：'生乃与哙等为伍！'"樊哙语见出何等诚惶诚恐，以韩信过访为荣，毕恭毕敬。韩信的话带有无奈自嘲——"活着居然肯与樊哙这样的人来往！"① 怏怏失意怅然无奈之状可见，而且两人恰成对照。鸿门宴上樊哙不怕项羽，此处却敬韩信若神明，"乃肯临臣"，竟然肯来光临，而信语之"乃"为居然意，两"乃"用意不同，真是各有千秋！不仅写活了人物当时的内心情感与个性，也是《史记》善于言情之处。

在《魏其武安侯列传》里，用对话写活了年轻的汉武帝。当田蚡得志时常"坐语移日"，"权移主上"，逼得汉武帝"上乃曰'君除吏已尽未？吾亦欲除吏。'"田蚡提拔官员没完没了，说自己也想委任几个官员，硬把其人挡了回去，这是说气话时用了狠重的刺激语。田蚡"尝请考工地益宅，上怒曰：'君何不遂取武军！'"考工地是督造械器的官衙，可见田蚡贪得无厌，武帝便骂他何不占了国家兵器重地，他的潜台词就是老舅莫非想要造反。田蚡是汉武帝母亲王太后同母弟，对老舅如此狠语应对，可见他的鹰派之性格了。田蚡为太尉时曾与淮南王刘安勾结，刘安送了重金，直到田蚡死后，汉武帝方闻此事，便愤愤然说："使武安侯在者，族矣！"以斩绝的快语见出武帝的深恶。在《汲郑列传》里，汉武帝说"吾欲云云"，是说我想干这干那，汲黯对曰："陛下内多欲而外施仁义，奈何欲效唐虞之治乎？"据荀悦《汉纪·孝武皇帝纪》谓武帝的"云云"是"吾欲兴政治，法尧、舜如何？"所以汲黯一下就把汉武帝拉大旗作虎皮褫夺了下来。闹得"上默然，怒，变色而退朝，公卿皆为黯惧，上退谓左右曰：'甚矣，汲黯之戆也。'"匈奴来

---

① 王伯祥《史记选》说这句话"与'羞与绛、灌为列'意同。生，自称。伍犹等列"。见361页注385。韩兆琦《史记选注集说》说"生——犹言'一辈子'"。见江西人民出版社1982年版，第342页注77。因前有："信知汉王恶其能，常称病不朝从。信由此日夜怨望，居常怏怏，羞与绛、灌等列。"可知韩信处境。

降，汉武帝高兴，花大代价出车马欢迎，汲黯反对，"上默然，不许曰：'吾久不闻汲黯之言，今又复妄发矣！'前言"戆"是愚而刚直，与俗语发急疯相近，见出如何敬惮，这是鹰派人物的妥协语、胆怯语，汉武帝下不了台，为自己的回护语，读了可笑，又见出性格的另一面。以上这些地方，司马迁就像一个高明的雕塑家，从对话的不同方面，要把所塑造人物多方面的性格，有棱有角地刻画出来，处处投注着丰富饱满的感情。

有时候只有一两句人物话语，个性顿出。《吕后本纪》里，吕后崩，周勃等欲除诸吕而先夺兵权，掌兵权的吕禄却时出游猎，"过其姑吕媭，媭大怒曰：'若为将军而弃军，吕氏今无处矣。'乃悉出珠玉宝器散堂下曰：'勿为他人守也。'"就可以见出这是一个很有政治嗅觉与眼光的女人，个性之狠戾不亚于同胞吕雉。这个人物只出现了这一次，就因了她的狠鸷语，给人留下了难忘的印象。

就是不含实义的虚词，在他手里全都用得充满感情。李长之曾说："'矣'字最能代表司马迁的讽刺和抒情"，"用'也'字的时候，让文字格外多了一番从容，有舒缓悠扬之致"，"以'而'字为转折，原很普通，但司马迁用来却特别有一种娟峭之美，清脆之声"，又以为"'则'字有无限声色"，"能把'乃'字用得很响，"在轻易之中，却也把'亦'字发挥了许多作用"[①]。而他的虚词连用就更为出色。李广曾对望气王朔私下说："自汉击匈奴而广未尝不在其中，而诸部校尉以下，才能不及中人，然以击胡军功取侯者数十人，而广不为后人，然无尺寸之功以得封邑者，何也？岂吾相不当侯邪？且固命也？"转折连词"而"与"然"共出现了五次，还有表疑问和揣测的"岂"与"且"，以及"何也"与"邪"疑问，把李将军满腹的委屈表达得山转水绕，淋漓尽致。这些虚词起了极浓郁的抒情作用，而且是那样的强烈与激动。

除了《史记》，司马迁只有两篇文章，《悲士不遇赋》与《报任安书》，而后者简直是《太史公自序》的副本。信中说自己遭受宫刑，"所以隐忍苟活，函粪土之中而不辞者，恨私心有所不尽，鄙没世而文采不表于后也。"但《史记》"草创未就适会此祸，遭此祸，惜其不成，是以就极刑而无愠色"，于是"是以肠一日而九回，居则忽忽若有所亡，出则不知其所往。每念斯耻，汗未尝不发背沾衣也！"这是一种何等悲壮的心理。所以那些"倜傥非常"之人常能唤起他的共鸣，所以"史公之身，乃《史记》之身，非史公所得自私"[②]。如前所言，历史每向前进一步，都要付出绝大的代价，甚至血与火般的惨重，这是使人凄怆的悲剧。司马迁正以发愤之情怀，以《史记》展示三千年的大大小小的悲剧史，以淑世情怀求对社会有改变，这就是他"悲世之意多"，而"立身常在高处"，故能成为一部悲剧史，这大概是《史记》风格最为悲怆的底色与基本风格。

---

① 李长之：《司马迁之人格与风格》，北京：生活·读书·新知三联书店，1984年版，第289、290、291页。

② 包世臣：《复石赣州书》，见《包世臣全集》，合肥：黄山书社1994年版，第285页。

《史记·伍子胥列传》之多重对比叙事结构

* 本文作者李佳，新加坡南洋理工大学亚洲语言文化学系教师。

　　《伍子胥列传》是《史记》列传中非常精彩的一篇，茅坤评价说："《伍胥传》凡二千言，而串如尺练。……伍胥遭多难而传宛曲指悉如生存，可令人悲咽流涕矣"①，道出了后世读者的真切阅读体验。这篇之所以特别打动读者，是因为其中融入了很多司马迁的身世之感和对社会人生重大问题的看法；在结构上更是精心结撰，回环往复，颇具匠心。本文通过对《伍子胥列传》多重对比叙事结构的分析，以见太史公是如何通过"笔削"之法，传达出自己的人生信条。

　　《春秋》写作的目的，按照董仲舒引用孔子的话为"我欲载之空言，不如见之于行事之深切著明也。"司马迁以周公、孔子的继承者自居，在《自序》中说："先人有言：'自周公卒五百岁而有孔子。孔子卒后至于今五百岁，有能绍明世，正《易传》，继《春秋》，本《诗》《书》《礼》《乐》之际？'意在斯乎！意在斯乎！小子何敢让焉。"明确表示要以孔子为榜样，效法《春秋》的精神，"成一家之言"。孔子作《春秋》时，"笔则笔，削则削，子夏之徒不能赞一辞"，司马迁也继承了《春秋》的"笔削"之法来创作《史记》，因此司马迁写作《史记》的目的并非单纯记史，更是希望能够"别嫌疑，明是非，定犹豫，善善恶恶，贤贤贱不肖"。

　　伍子胥，楚国人，其先人武举以直言敢谏闻名，父亲伍奢是楚平王太子建的老师，为人忠厚正直，哥哥伍尚是棠邑大夫。荒淫残暴的楚平王听任费无忌谗言，纳了原为太子所娶的秦女，继而疏远甚至想杀死太子。伍奢因为直言劝谏，楚平王竟将伍奢、伍胥杀害，伍子胥逃至吴国后，投在公子光门下，进专诸刺杀吴王僚，协助公子光成为吴王阖闾。助吴伐楚，五战而入楚都郢城。彼时楚平王已死，子胥掘墓鞭尸三百，报了杀父兄的大仇。吴王阖庐死后，其子夫差继位，两年败越于夫湫，越王勾践通过贿赂太宰伯嚭帮其请和，夫差不听子胥的忠言，接受了勾践的求和，后又听信伯嚭的谗言，不再信任伍子胥。伍子胥三番两次正言直谏，最终被夫差赐死。事迹具见《伍子胥列传》，此外在《吴太伯世家》《楚世家》《越王勾践世家》也有记载，叙事颇有重复之处，那么司马迁为何还要单

---

　　① ［明］凌稚隆：《史记评林》第5册，天津古籍出版社1998年版，第17页。

独为其列传呢？这值得我们思考。

一、《伍子胥列传》中为父复仇之对比叙事

复仇的观念在人类历史上可谓源远流长，在原始社会起就已非常普遍，其产生与家族具有不可分割的联系，为亲属特别是直系复仇，成为家庭成员的"责任"，并且具有"传承性"①，因而有"五世"复仇、"九世犹可以复仇"、国仇"虽百世可也"等说法。子曰："以直报怨，以德报德"，主张以正确适当的方式处理恩怨。而对于直系亲属的仇怨，早期儒家典籍中也有不少论述，如《礼记·曲礼上》："父之仇，弗与共戴天，兄弟之仇，不反兵"②，《大戴礼记·曾子制言上》亦言："父母之仇，不与共生；兄弟之仇，不与聚国。"③ 由此可见，在早期文化中，父母兄弟之仇是不与共生的大仇。

伍子胥在父兄无辜惨死后，逃到吴国，隐忍等待时机，不惜带领吴国军队入侵楚国、直捣郢都，甚至掘坟鞭尸，最终借助吴国的力量给父兄报仇。这样的复仇行为被很多人视为大逆不道，伍子胥曾经的好友申包胥就曾质问道："子之报雠，其以甚乎！……今子故平王之臣，亲北面而事之，今至于僇死人，此岂其无天道之极乎！"殊不知《孟子·离娄下》就曾说过："君之视臣如手足，则臣视君如腹心；君之视臣如犬马，则臣视君如国人；臣之事君如草芥，则臣视君如寇仇。"楚平王残忍无道，虐杀忠臣，君臣之义业已断绝。黄省曾评论曰："《书》云：抚我则后，虐我则仇。抚者君之道也。子胥父兄无罪而平王杀之，则平王乃胥之仇也，非君也。鞭之者，鞭其仇，非鞭其君也。"④ 因此，伍子胥的复仇行为虽然极端，却得到了很多人的同情和理解。

在《伍子胥列传》里，为父兄报仇是伍子胥前半生的核心事件，在这一历史叙述过程中，司马迁围绕伍子胥，穿插了若干人的复仇，与之形成一种对比的叙事结构，从而服务于该篇的写作意旨。

（一）夫差的复仇

吴王夫差的事迹在《史记》中主要见于《吴太伯世家》和《越王勾践世家》，夫差是吴王阖闾的太子，吴王阖闾十九年伐越，越王勾践在槜李迎击。"使死士挑战，三行造吴师，呼，自刭。吴师观之，越因伐吴，败之姑苏，伤吴王阖庐指，军却七里。吴王病伤而死。"在临死之前，阖闾使立太子夫差，谓曰"尔而忘句践杀汝父乎？"对曰："不敢！"阖闾在临终前，以近乎命令的口吻给夫差留下遗言，

①　李隆献《复仇者的省察与诠释》（先秦两汉魏晋南北朝隋唐编），台湾大学出版中心 2012 年版，第 9 页。

②　[元] 陈澔注：《礼记》，上海：上海古籍出版社 1987 年版，第 13 页。

③　[清] 王聘珍：《大戴礼记解诂》，北京：中华书局 1983 年版，第 91 页。

④　《史记评林》，第 5 册，第 37—38 页。

要其向勾践报杀父之仇，夫差允诺。此后，夫差厉兵秣马，矢志向越国复仇，并于两年后大败越军于夫椒。在吴可一举灭吴之际，越王勾践听从范蠡的计策，向吴国太宰伯嚭行贿，表示愿卑辞厚礼"请委国为臣妾"，被胜利冲昏头脑的夫差已听不进伍子胥"句践为人能辛苦，今不灭，后必悔之"的劝谏，傲慢地接受了越国的投降，罢兵而去，从而给勾践留下了卧薪尝胆的机会。最终越国反败为胜，吞并了吴国。

当伍子胥与夫差的事迹置于一处叙述，这里就形成了一重对应关系。同样面对杀父之仇，伍子胥复仇的对象是高高在上的楚王，这几乎是不可能完成的任务，难怪他会沉痛地感慨："吾日暮途远，故倒行而逆施之"；而夫差作为一国之君，与邻国争锋，其难度自然小很多，却因为刚愎自用、听信谗言而轻纵杀父仇人。两相对比之下，伍子胥复仇心志的坚毅，不能不令人惊叹！这可能也是他被后世很多人视为不畏强暴，抗争到底英雄的原因吧。而夫差好大喜功，无法慎终如始，最终落得身死国灭的下场，令人感叹。

（二）鬭怀的复仇

《伍子胥列传》中另一位与伍子胥有对比关系的人物是郧公鬭辛的弟弟鬭怀。鬭氏兄弟的父亲鬭成然（或称蔓成然）曾帮助楚平王登上王位有功，封为令尹，但却因贪得无厌，被楚平王杀死，则鬭氏兄弟与楚平王也有杀父之仇。伍子胥辅佐阖闾兴师伐楚，在柏举大败楚军，楚平王的儿子昭王出亡，逃到了郧地。鬭怀曰："平王杀我父，我杀其子，不亦可乎"，想要趁机杀死昭王，为父报仇，而郧公不赞成，怕弟弟不听劝阻，就保护昭王逃到了随国。在这一事件中，鬭怀也是想要报杀父之仇，郧公阻止他时，鬭怀曰："平王杀吾父，在国则君，在外则雠也。见雠弗杀，非人也"[①]，也是秉承着杀父之仇不共戴天的观念，与伍子胥是类似的，是叙事结构形成了又一重的对照。不同之处在于，伍子胥的父兄是无罪被楚平王枉杀；而鬭氏兄弟的父亲却属于有罪伏诛。《公羊传》在定公四年云："父不受诛，子复仇可也。父受诛，子复仇，推刃之道也"，主张父亲如果是无辜被杀，则儿子可为父报仇；如果父亲本身有罪，那么儿子就不能复仇，强调复仇的前提必须正义。伍子胥和郧公兄弟刚好分别属于这两种情况，虽同为父仇，但一可报，一不可报，这大概是郧公极力阻止弟弟复仇的一个原因。

（三）白公胜的复仇

在《伍子胥列传》中与伍子胥的复仇形成最典型对照关系的，当属白公胜的为父报仇。白公胜的父亲是楚平王的太子建，因受大夫费无忌的陷害，太子建出奔宋国后遇到"华氏之乱"，遂与伍子胥一起逃到郑国。郑国十分善待这位流亡太子，但晋顷公却唆使建说："郑信太子。太子能为我内应，而我攻其外，灭郑必

---

① 徐元诰：《国语集解》，北京：中华书局 2002 年版，第 524 页。

矣。灭郑而封太子。"这样忘恩负义的谋划，建居然深以为然而想照做，不料事情败露后，建被郑定公诛杀。此后建的儿子胜就与伍子胥从郑国逃到吴国居住。胜则将郑国视为杀父仇人，后被楚惠王召回楚国后，号为"白公"，"归楚五年，请伐郑，楚令尹子西许之。兵未发而晋伐郑，郑请救于楚。楚使子西往救，与盟而还。"子西的做法激怒了白公胜，遂将叔叔子西视为杀父仇人，最终发动白公之乱，杀死了令尹子西、司马子綦。在这段历史叙事当中，伍子胥和白公胜一为楚国的臣子，一为楚国的王孙，因同一事件而变得家破人亡，被迫流亡异国他乡，那么他们复仇的对象应该都是楚平王才对，而白公胜却将仇恨付诸郑国，"阴养死士求报郑"；并且在楚国救援郑国后，又将仇恨转移到帮助自己的叔叔子西、子綦身上，这样恩将仇报的做法和他的父亲建倒是如出一辙。司马迁将白公之乱附于伍子胥传后从，在叙事结构上又添一重对比，尽管白公胜也和伍子胥一样，都是对为父报仇几十年矢志不渝，但是白公胜的"认人为仇"的复仇行为，却显得荒唐可笑。

　　司马迁在叙述伍子胥复仇始末的同时，串联了夫差、郧公弟和白公三个人的复仇，形成了一种多重对比的叙事结构。通过这样巧妙的叙事方式，透露出司马迁对于复仇的态度。按照李隆献教授的研究，先秦儒家大体肯定复仇的意义，但对于复仇的观念并非完全一致，各家论述间是有细部差异的，如《周礼》和《左传》不太赞成复仇，更强调法治精神；而《礼记》《大戴礼》《公羊传》和《谷梁传》都肯定伦理复仇的必要与必然性，其中《公羊传》讲求复仇的动机正义，且复仇观念最为激烈。[①] 在对复仇的对象、前提和方式等，各执一词的大背景之下，司马迁在《伍子胥列传》中，显示了自己的立场，即：

　　1. 支持血亲复仇的正义性，即便复仇的对象贵为一国之君，这一点尤其激进；

　　2. 对于有始无终的复仇（如夫差的复仇），予以讥贬，不忘父仇，才是孝的表现；

　　3. 不赞成不问就里的复仇行为，反对为了泄愤滥杀无辜的行为，强调复仇必须基于合理的道义前提，即血亲无辜被杀；否则，复仇就变得十分荒唐（如白公胜和郧公弟怀）。

　　据《汉书·司马迁传》载，司马迁曾从董仲舒问《春秋》公羊学，很可能上述复仇观念是受到了公羊学的影响。

二、《伍子胥列传》中复仇与报恩之对比叙事

　　《伍子胥列传》的前半部分围绕伍子胥复仇叙事，表达了对于合理血亲复仇的称扬，并对在反抗暴君过程中，伍子胥所展现出的百折不挠的决心和韬略，予

---

① 这段论述见于《复仇者的省察与诠释》（先秦两汉魏晋南北朝隋唐编），第12—44页。

以热情地讴歌和赞颂！而这并非传记的全部，传记的后半部分则围绕伍子胥为吴国披肝沥胆，死而后已的不朽事迹展开。

伍子胥大仇得报之后，遂尽心辅佐吴王阖闾，君臣相得，"当是时，吴以伍子胥、孙武之谋，西破强楚，北威齐晋，南服越人"，这是伍子胥的人生，也是吴国的高光时期。吴越两国皆处东南沿海，比邻而居，自鲁昭公五年，越国附和出国，参与伐吴后，吴越两国从此战事不断。随着勾践败阖闾于姑苏，阖闾受伤而死，夫差既立，伍子胥的人生也开始了艰难的后半段。吴王夫差在夫椒大败越王勾践，勾践采纳范蠡的计策，向伯嚭行贿，表达臣服求和之意，伍子胥识破越国的诡计，坚决反对：

> 越王为人能辛苦。今王不灭，后必悔之。①

但自命不凡的吴王根本听不进去。后夫差欲兴师伐齐，伍子胥再次劝谏：

> 句践食不重味，吊死问疾，且欲有所用之也。此人不死，必为吴患。今吴之有越，犹人之有腹心疾也。而王不先越而乃务齐，不亦谬乎！

直言示弱的越国才是真正的心腹大患，夫差不听。当夫差大败齐军之后，愈发狂妄，对伍子胥的劝谏置若罔闻。四年后，夫差再次要北上伐齐时，伍子胥第三次进谏：

> 夫越，腹心之病，今信其浮辞诈伪而贪齐。破齐，譬犹石田，无所用之。且盘庚之诰曰："有颠越不恭，劓殄灭之，俾无遗育，无使易种于兹邑。"此商之所以兴。愿王释齐而先越；若不然，后将悔之无及。

这逆耳的话，吴王哪里理会。伍子胥无奈，就趁着出使齐国的机会，将儿子托付给齐国的大夫鲍牧。后夫差听信伯嚭的谗言，竟将伍子胥赐死，伍子胥在临死前说：

> 嗟乎！谗臣嚭为乱矣，王乃反诛我。我令若父霸。自若未立时，诸公子争立，我以死争之于先王，几不得立。若既得立，欲分吴国予我，我顾不敢望也。然今若听谀臣言以杀长者。

并在自刎前愤怒的预言：

> 必树吾墓上以梓，令可以为器；而抉吾眼县吴东门之上，以观越寇之入灭吴也。

伍子胥忠心吴国、反复直言进谏；纵有可以离开吴国的机会，仍旧选择以死报吴。对这样的忠臣在先秦时期的文献中，就已可以看到很多赞颂之辞：

> 有能进言于君，用则可，不用则死，谓之争。……比干、子胥可谓争矣。

---

① 以下皆出自《史记·伍子胥列传》，第2178—2180页，不再一一出注。

（《荀子·臣道》

　　子胥忠而君不用。（《荀子·大略》）

　　世之所谓忠臣者，莫若王子比干、伍子胥。（《庄子·盗跖》）

甚至作为敌对方，忠君爱楚的屈原都在作品中，肯定伍子胥对吴国的忠诚：

　　忠不必用兮，贤不必以。伍子逢殃兮，比干菹醢。（《楚辞·九章·涉江》）

　　吴信谗而弗味兮，子胥死而后忧。（《楚辞·九章·惜往日》）

　　而伍子胥之所以对吴国誓死效忠，正是因为吴国曾助其报了父兄的血海深仇。王维桢论曰："伍员借吴力得报复仇，故尽忠谋如此。"[①] 黄省曾也评价道："胥也始之尽谋于阖闾者，欲感动其君以为之报也；终之尽谋于夫差者，思先君报仇之恩而欲忠于其子，亦以报楚故也"[②]，都是一针见血的看法。

　　《伍子胥列传》前半部分的复仇与后半部分的报恩，在结构上也就形成了对照的关系。伍子胥的前半生的复仇看起来是冷酷无情，不达目的誓不罢休；但后半生对吴国的报恩却又是那样尽心竭力，至死方休。这前后段人生的对比，展现了一个有仇必报、有恩不忘、铁骨铮铮、有血有肉的烈丈夫形象。伯嚭向夫差诋毁伍子胥"刚暴，少恩，猜贼，其怨望恐为深祸也"，正是执其一端的恶意诬蔑，正见出其自身在人品卑下和恶毒。

　　除了"复仇"与"报恩"的对照，在《伍子胥列传》后半部分的叙事中，同样出现了对照性的人物，从而形成一种对比叙事结构。

　　伯嚭可谓伍子胥命中的劫数，同为楚人，其父为楚令尹囊瓦所杀，并被灭族，伯嚭便逃到吴国。从早期经历来说，伯嚭与伍子胥有着类似的家破人亡的不幸遭遇。后来吴国伐楚，五战五捷攻入郢都，伯嚭也借着吴国的力量报了血亲之仇，在夫差即位后，伯嚭更得到了夫差的信任。可是与伍子胥的忠贞耿直不同，伯嚭贪婪善专，甚至为了一己私利不惜出卖有恩于己的吴国利益。太史公在《伍子胥列传》特意记载了伯嚭的下场，勾践灭吴、夫差身死后，伯嚭"以不忠于其君，而外受重赂，与己比周也"，被勾践诛杀，卖国求荣者最终自食恶果。伍子胥因忠言直谏被杀，后世感佩；伯嚭因贪利祸国被杀，遗臭万年。太史公通过这样的对照书写，"述往事"，"思来者"。

三、隐忍就功名

　　《史记》是中国第一部纪传体通史，鲁迅先生称之为"史家之绝唱，无韵之离骚"。很多学者从"信史"的角度，对《史记》中的记载多有批评，如刘勰在

---

　　① 《史记评林》第5册，第30页。
　　② 《史记评林》第3册，第731页。

《文心雕龙·史传》中就曾批评司马迁"爱奇反经"、"条例踳落"。具体到《伍子胥列传》这篇，不少学者在将之与《左传》《国语》等文献对读后，指出《伍子胥列传》有不少不可信的内容。例如，《左传》载伍尚在赴死前对伍子胥有一段冷静清醒的嘱咐：

> 尔适吴，我将归死，吾知不逮，我能死，尔能报，闻免父之命，不可以莫之奔也，亲戚为戮，不可以莫之报也，奔死免父，孝也，度功而行，仁也，择任而往，知也，知死不辟，勇也，父不可弃，名不可废，尔其勉之，相从为愈。

而在《伍子胥列传》，则更加凸显了伍子胥的临危不惧和果敢不屈：

> 员曰："楚之召我兄弟，非欲以生我父也，恐有脱者后生患，故以父为质，诈召二子。二子到，则父子俱死。何益父之死？往而令雠不得报耳。不如奔他国，借力以雪父之耻，俱灭，无为也。"伍尚曰："我知往终不能全父命。然恨父召我以求生而不往，后不能雪耻，终为天下笑耳。"谓员："可去矣！汝能报杀父之雠，我将归死。"

此外，《伍子胥列传》增加了伍子胥在逃往吴国时所历经的磨难，如昭关遇渔父、乞食中道等；特别是《伍子胥列传》增加了鞭尸的情节。这些都是《左传》中所没有记载的。从而认为这是一种再创作的行为，是为了更加有力地塑造伍子胥的形象。

探讨这个问题，我们需要再回到《春秋》的叙事传统。《孔子世家》中载："子曰：'弗乎弗乎，君子病没世而名不称焉。吾道不行矣，吾何以自见于后世哉？'乃因史记作《春秋》……约其文辞而指博"，同样司马迁也是通过撰写《史记》以自见于后世。司马迁在《史记·孔子世家》中写道"（孔子）为《春秋》，笔则笔，削则削，子夏之徒不能赞一辞。"所谓"笔削"，就是指对史料的选取，"取而书之，谓之笔；舍而不书，谓之削"。① 太史公显然有意继承了《春秋》"笔削"的传统。章学诚在《文史通义·答客问》中就曾指出："所以通古今之变，而成一家之言者，必有详人之所略，异人之所同，重人之所轻，而忽人之所谨，绳墨之所不可得而拘，类例之所不可得而泥，而后微茫杪忽之际，有以独断于一心。"② 由此，"或详或略，或异或同，或重或轻，或忽或谨，出于作者之独断与别裁，是一家之言之所由生。"③ 当司马迁面对当时可见的各种史料④来写作《史

① 可参考张高评：《笔削显义与胡安国〈春秋〉阐释学——〈春秋〉宋学诠释方法之一》，王水照、朱刚主编：《新宋学》第 5 辑，上海：复旦大学出版社 2016 年版，第 275—308 页。

② 章学诚著，叶瑛校注：《文史通义校注》，北京：中华书局 1985 年版，第 470 页。

③ 张高评：《〈春秋〉笔削见义与传统叙事学——兼论〈三国志〉〈三国志注〉之笔削书法》，《文史哲》2022 年第 1 期，第 128 页。

④ 班固在《汉书·司马迁传》中云："司马迁据《左氏》《国语》，采《世本》《战国策》，述《楚汉春秋》，接其后事，迄于天汉。"

记》，资料可能非常庞杂，因此如何"笔削"去取，毫无疑问是出于其史识和史观，以及"成一家之言"的追求。《伍子胥列传》末的太史公曰：

> 怨毒之于人甚矣哉！王者尚不能行之于臣下，况同列乎！向令伍子胥从奢俱死，何异蝼蚁。弃小义，雪大耻，名垂于后世，悲夫！方子胥窘于江上，道乞食，志岂尝须臾忘郢邪？故隐忍就功名，非烈丈夫孰能致此哉？白公如不自立为君者，其功谋亦不可胜道者哉！

这段评论颇有夫子自道的意味，司马迁对于伍子胥隐忍以就功名的坎坷经历，想来是心有戚戚，感同身受的。施害的一方往往力量强大，而受害的一方短时间内很难凭借自身力量报仇雪恨，特别是面对像君王这样的绝对权威压迫，此时便只有能耐心等待时机、苦心孤诣、有始有终者才能成就一番功业。在《伍子胥列传》中，包含着司马迁苦痛与坚守的人生体验，这也是他不惜花费笔墨，专门为伍子胥写作专传的重要原因。

司马迁在《伍子胥列传》中，以伍子胥的复仇与报恩为线索，排比了一系列人物的事迹，从而造成多重对比的独特叙事结构，对相关史料或书或不书，比事属辞，从而阐明自己对于隐忍以就功名的人生信条与坚定追求！

论《史记》战争情境下的食客书写

＊本文作者尚勤思，宝鸡文理学院文学与新闻传播学院硕士研究生。

当食客是战国中后期士人的一种重要的生存方式。在战乱动荡的背景下，部分士人成为贵族公子的"士"，为主人付出智力资源和实际行为以换得生存。特别是在战争烈度和频次不断扩大的背景下，食客群体的作用愈发明显。作为史传文学，《史记》真实记录了食客群体在战争中的言行，他们与传主之间的战争事例不仅是列传的取材，更是兵家理论至关重要的实践运用。本文试图在战国兵家兴盛的语境下，对列传中食客群体的形象进行分析，从而探寻其中的兵家特色与时代风格。

一、战争的时代之变

战争性质的转变是春秋战国时期的重要背景，也是士人群体在战争情境中重要的思想根源。早在上古三代，中国古代成熟的战争逻辑就不将战争视为进行杀戮的机器，而是坚持弘道的正义之行。根据《尚书》的表述，启伐有扈的原因是"有扈氏威侮五行，怠弃三正。"① 周武王言明自己发动战争的原因是"商王受，惟妇言是用，昏弃厥肆祀弗答，昏弃厥遗王父母弟不迪"。② 从商纣王昏庸背礼的倒行逆施出发，确立战争合法性，并以此在牧野之战中获得民心，从而影响战争的胜负。自然而然，周王的军队就师出有名。在立国到发展壮大的过程中，战争伦理形成于礼乐文化的土壤中，与西周积淀的人文主义传统一道发扬光大。周人通过战争对外征讨，也通过战争的形式约束诸侯，维护秩序。礼乐传统正是在战争合法性确立的过程中逐渐深化，并在"仁""德"观念的基础上形成最早的"军礼"。这一观念深刻影响了后世对战争的界定，兵书《六韬》言："仁之所在，天下归之。"③ 这就是将战争与"仁"的关系进行细致解读的典型文献，《司马法》《孙子兵法》《吴子》等兵书中同样也强调了仁义对于战争的重大意义。

西周末年，礼崩乐坏，战争的规模和烈度也不断扩大。各国虽无明确的军事概念，但是在以兵家、法家为主导的强国变革中纷纷建立起战斗力至上的常备

---

① 《今文尚书·夏书·甘誓》。
② 《今文尚书·周书·牧誓》。
③ 《六韬·文韬·文师》。

军，如吴起商鞅在国家层面上扩大兵源以应对烈度更甚的战争。而在个人层面，战争性质的转变也成为士人关注的焦点。随着文化的下移和士人意识的发展，对战争的新阐释也具有更加深刻的层次：春秋时期的著作《左传》言"国之大事，在祀与戎"①，是从政治角度将战争与祭祀定义为国本级别的要事；而兴起于春秋末年，兴盛于战国初年的兵家代表人物孙武则已经是从现实国家存亡的角度认为"兵者，国之大事，死生之地，存亡之道，不可不察也"，②将战争的本质和系统考虑的内容概括为现实层面的"国之大事"，国家现实存亡的优先级在政治意义之上。从对战争的阐释中可以看出，在以乱世为基调的春秋战国时代，战争已经具有鲜明的现实意义。作为政治的最高形态，战争有对应的最终目标和实际意义。因而，兵书中不乏大量的兵法权变之术，从理性和实际的角度对战争进行关注。

除了具有现实意义外，战争也有深层思想意识方面的重要性，象征士人肩负的弘道精神。《司马法》中对战争本质的解释为"古者以仁为本，以义治之之谓正，正不获意则权，权出于战，不出于中人"。③又强调了战争在维护个人底层品质"仁"和人际社会的底层秩序"义"方面的重要作用。战争的合理与否，要看它是否符合仁义之实，符合仁义的战争纵使有权谋之变，也是非常规状态下的应变手段。这一思想同样体现在诸子的表述之中，先秦显学儒墨二家虽在学术上多有异见，但却都不乏在对战争的表述中看到品性精神的一面④。

据此，我们认为：战国语境下的"战争"内涵同时指向礼乐社会底色下的"仁""义"和现实政治层面的攻伐开疆。以"止戈为武""以仁为本"的文化性质定义了战争的止乱正当性，而兵法的实际应用则是服务于现实的存与亡。战争与国家和个人皆密切相关，自然也与士人有着千丝万缕的联系。《史记》记录的诸多战争中，士人直接参与的就不少。其中一个重要的方式，就是以食客的身份与贵族公子一同出战。当战事爆发国家危难之际，作为贵族公子手中的可靠军事力量，他们参与信陵君窃符救赵，邯郸之战等重大战役。在战争爆发前后，他们也能够通过智慧进行用间、游说、后勤、勘察，做到未战而先占领先机。在战争的大背景下，食客的精神和境遇得到了丰富的展现空间，他们也是《史记》战争书写中的重要群体。

①　《左传》成公十三年。

②　《孙子兵法·始计篇》。

③　《司马法·仁本》。

④　《论语·颜渊》篇中面对子贡的问政，孔子回答道"足食，足兵，使民信之矣……自古皆有死，民不信不立。"战争需建立在信义之上，信义又是达到"仁"所必备的品质。墨家则是从理论的高度将仁义品质糅合进对国家层面的评价，《墨子·非攻》将战争分为攻（攻无罪）和诛（诛无道），无罪之国可以攻，无道之国可以诛。

二、《史记》战争情境下的食客角色

春秋战国之际，"士"阶层发生了剧烈的变动。由底层劳动者流动向上的手工业劳动者，王官衰落后流落而出的底层贵族，中下层官吏等都构成了士人群体中的一部分①。《史记》中对士人的称呼也极多，有舍人、门客、士、门士等。从文献中的具体指向来看，这些多样称呼皆指食客性质的士人。司马迁怀"成一家之言"的史家心态著《史记》，所选择的描写对象、描写内容皆有常人所不具备的闪光点，食客或依传主，或从其自身，皆因有超人事迹而在《史记》中留下浓墨重彩的一笔。不论是在社会现实还是在《史记》之中，食客都具有不可替代的重要性，他们是战争规模和烈度扩大背景下的重要力量。

养士之风兴起于春秋时期，至战国大行于世。食客作为重要的军事力量参与战争也是在战国末期。在秦国并吞天下的战争进程中，不同国家的食客承担着不同的军事职责。秦国国力强盛，军功制度严明，秦国的食客不需直接面对战争，而是在内部进行战争前后的谋划，更接近于"谋士"的职责。山东六国由于直接面对战争威胁，食客往往直接参与战事。但与富国强兵后的常备军相比，这些食客在战时同样带兵打仗，却不以作战为唯一职责，更接近于具有士文化基础上的宗族武装②。他们的效忠对象不再是国家与君王，而是直接统领他们的贵族公子。从士人的流动性质来看，这些带有宗族色彩的士人团体脱离了以血缘为纽带的旧宗族，又在贵族公子门下形成了更具社会性和现实色彩的新宗族。

新宗族色彩的特点主要体现在食客对主人的依附关系上。食客以自身的智力或武力资源依附于贵族门下，事实上淡化了自己作为士的流动性。这些食客以择主谋得士人群体中较好的政治地位和衣食环境，自然也会对贵族公子产生新的宗亲关系，以效力尽忠作为自己的思想原点，"士为知己者死"的观念就是食客报主之语。在需要进入战争或应付与战争相关的事宜时，贵族公子更加需要食客的智力资源和武力资源，在战争中形成"养兵千日用兵一时"的严密上下级关系，而并非传统的亦师亦友。食客在战前、战中与战后的不同情境中，承担着不同的角色。

（一）战略局势的分析者

从战争情境下的用士情况来看，食客都是在主人遇到与战争相关的急迫情境下挺身而出，其个人魅力也是在主人需要之时方可显现。在战争情境出现之前，部分食客群体与主人间是弱依附关系，主人并非完全知道这些食客的才能和魅力。而这些食客往往也需要在战争情境下建功立业，在战争中展现自己的思维和

---

① 余英时：《士与中国文化》，上海：上海人民出版社1987年版，第77页。
② 张岂之：《中国历史（先秦卷）》，北京：高等教育出版社2001年版，第194页。

能力，进而抓住升迁为高阶士人的机会。以《平原君虞卿列传》中的毛遂为例，毛遂是在秦"围邯郸，赵使平原君求救，合从于楚"的情境下登场的。平原君初次选士的标准是"有勇力文武备具者二十人偕"。他以士人的能力和品性出发，并没有选择让毛遂随行。然而在说服楚王的过程中，毛遂的话却是在勇力文武之外，展现出极强的兵家色彩：

> 毛遂按剑历阶而上，谓平原君曰："从之利害，两言而决耳。今日出而言从，日中不决，何也……王之所以叱遂者，以楚国之众也。今十步之内，王不得恃楚国之众也，王之命悬于遂手。吾君在前，叱者何也？且遂闻汤以七十里之地王天下，文王以百里之壤而臣诸侯，岂其士卒众多哉，诚能据其势而奋其威。今楚地方五千里，持戟百万，此霸王之资也。以楚之强，天下弗能当。白起，小竖子耳，率数万之众，兴师以与楚战，一战而举鄢郢，再战而烧夷陵，三战而辱王之先人。此百世之怨而赵之所羞，而王弗知恶焉。合从者为楚，非为赵也。吾君在前，叱者何也？"

面对谈判的僵局，随行使者不能解困，推举毛遂劝解。而毛遂以"兵非益多也，惟无武进，足以并力、料敌、取人而已；夫惟无虑而易敌者，必擒于人。"从战争实际角度入手，提出兵不在多而贵在精，驳斥楚王以楚国之众压人；又着重点明秦将白起在鄢郢之战中攻入楚国故土，破坏楚国国力，而且丢失祖地数迁国都所带来的政治影响让楚国丧失了大国的声誉。而毛遂接下来的论述，也是以《孙子兵法》中"智者之虑，必杂于利害"利与害的衡量切入赵楚之间的合纵谈判。将与楚王的谈判不利和无礼呵斥定位成以势压人的不当之举，在谈判性质层面压倒楚王之势，再直指楚王以势压人的原因：自恃国力强盛。毛遂与楚王的交锋，正是兵家视角与纵横家论辩技巧的结合运用，是战国士人外交游说的常态。毛遂作为平原君门下的食客，自然不会有生存之忧，又有因功受赏的舍人制度作为保障，这就使得毛遂在论辩之中更多地以兵家角度的实际内容说服楚王，从食客的角度展现了兵家思想的影响。

战略价值的重要性除了体现在战争本身外，还与战后处理有密切关系。战争来临时退敌为第一要务，恢复和平状态时善后同样重要。食客不因名利改节的精神往往也在此处显现。如孟尝君手下的食客冯谖，虽在待遇上与孟尝君多有争执，但在孟尝君被罢官食客们纷纷离开时，只有冯谖为孟尝君出谋划策，使齐国君主最终恢复他的官位。信陵君救赵后，虞卿想借信陵君救援并保住邯郸之事为平原君请求封地和爵位，平原君门下的食客公孙龙站出来劝阻，平原君最终拒绝了虞卿的建议，确保不因封赏造成额外的不稳定。

（二）战前情报的提供者

战争取胜与否，取决于带兵打仗者能够收集到的信息有多少。尽可能多地获得已知信息，同样是兵家理论中制胜的关键。《孙子兵法》言"不知诸侯之谋者，不能预交；不知山林险阻沮泽之形者，不能行军；不用乡导者，不能得地利。"食客作为与贵族关系密切的士，既有效忠报主的需要，又有适合进行秘密收集情报的身份便利。《史记·魏公正列传》信陵君窃符救赵的故事，就是充分利用情报收集渠道尽可能多地获得信息，从做出合理抉择的经典事例：

> "臣之客有能探得者，赵王所为，客辄以报臣，臣以此知之。"
>
> 侯生乃屏人间语，曰："嬴闻晋鄙之兵符常在王卧内，而如姬最幸，出入王卧内，力能窃之。"
>
> "臣所过屠者朱亥，此子贤者，世莫能知，故隐屠间耳。"

在信陵君领兵前行之前，门下的食客先后三次为信陵君提供有效信息。第一次是借门客的情报取得魏安厘王的信任，让他充分放权于己，为后来窃符救赵奠定了军事上的基础。后两次皆是食客侯嬴为信陵君单独献计，为信陵君带来了借如姬盗窃虎符的方式和果敢勇毅身份不显的屠夫朱亥。此二人在救赵的过程中起到了重要作用。正如朱亥向信陵君的保证"今公子有急，此乃臣效命之秋也。"他们突破了身份的限制，在战争情境下食客和贵族公子紧密配合，成为战争中同样闪光的人物。

引荐二人的侯嬴除了有识人用人之功以外，也在思想上展现出食客独有的士人精神。在完善战争计划之后，为敦促信陵君出发，侯嬴以"将在外，主令有所不受，以便国家。"坚定信陵君的目标，并发出拼将一死以报公子的承诺敦促信陵君上路。整个事件中侯嬴既如同报主之士，又在战争场景下展现出近似职业军人的品行，一切以取得战争目标和保证备战的信任为前提，谋定而后动。任何人和事都为战略目标的施行服务。如此强大的驱动力正是食客在知遇之恩底色下的宗亲观念中形成的绝对服从和言行一致。司马迁在《太史公自序》中解释创作《信陵君列传》的理由是"能以富贵下贫贱，贤能诎于不肖，唯信陵君为能行之。作魏公子列传第十七"。可见不以贵族身份为贵，屈尊养士是信陵君的人格魅力，庞大的食客群体充分助力了信陵君，同时也是窃符救赵能够得以施行的关键。

（三）战法的谋划者和推进者

食客除了作为贵族公子的帮手以外，也有自己特立独行的一面。能被主人发现并实现价值的食客只是部分，还有更多的食客会经历不得主用的怀才不遇，抑或需奇策奇谋的智慧破局。因此他们更需要以自我为核心，用奇计奇行来实现自己的人生价值。

复仇是战争思想影响下的正义之行。司马迁的《史记·律书》从个体层面解释战争："自含血戴角之兽见犯则校，而况于人怀好恶喜怒之气？喜则爱心生，怒则毒螫加，情性之理也。"喜怒哀乐是人之常情，所遇不平而反击也是自然合理的情感。这是从人的本心出发对战争影响的解释，也是宏观战争思潮下对个人的影响，士人的魅力也在复仇中得以展现。如《刺客列传》中的豫让，他在智伯灭了范氏和中行氏后成为智伯的食客。后来智伯被杀，豫让竭尽全力为主人报仇。先后"变姓名为刑人""漆身为厉，吞炭为哑，使形状不可知，行乞于市""伏于所当过之桥下"。但三次报仇都被赵襄子发现，他请求赵襄子脱下衣服，以满足自己报仇的愿望，遂"拔剑三跃而击之"，伏剑自杀。在这一漫长的复仇路上，豫让先更名换姓，后自毁面容，妻离子散。在个体的极限付出中，展现了忠诚报恩的底色。这种复仇过程中留下的情感底色，也成为"刺客"和"游侠"的精神内核，他们在社会地位上不显于世，但是他们的行为同样能够彪炳史册。

运用战法更直接的体现是外交用间。"战阵之间，不厌诈伪"[1]是春秋战国时期战争思想的重要发展的表现，他突破了战争背后道义的一面，不再以道德约束下的战争法则为真正的法则，而是以出其不意的智谋运用为先，以战争的实际效果为上。从根源来讲，这种认识是建立于人性变化之上的思想转变，是时人极大程度地改变了过去的思想规则和道德约束，是分裂动荡的时代为士人乃至社会留下的裂痕。但是从战争的视角来看，真正以政治现实为主题的成熟战争也正是在此时日趋增加，也是在这前所未有的军事外交方略中，加快了新社会局面的形成。

从战国至秦汉之际，外交和用间最多的群体当属秦国食客。他们在列国的外交场上纵横捭阖，以达到不战而屈人之兵的目的。在秦国逐一消灭六国，统一天下的进程中，张仪、苏秦、范雎、李斯、姚贾等食客皆为大一统进程出谋划策，辅助秦王朝达到战略目的。为了达到外交和用间的效果，他们在方式上无所不用其极，游说、贿赂、远交近攻等战略欺骗都是战国时期精彩的外交游走。按照《孙子兵法》的说法，凡是能充当间谍[2]的人，皆为上智的杰出人物，所以《孙子兵法》中也唯有《用间》一篇有伊挚、吕牙两位辅君开国的重臣人名。

三、《史记》战争情境下食客形象的叙事原则

通过对《史记》中食客形象的分析，我们可以发现在战争情境下的食客群体具有丰富的文学和史学意蕴，这些食客在战争的情境下既以参与者的身份展现士人在战争情境下的主观作用，同时也以社会边缘者的身份展现战争中的民间力量。食客群体在战争的经典情境与代表平民百姓的日常之笔的交汇点上展现出战争叙事的魅力，同时也寄托着太史公广博的史心。

（一）战争叙事原则

"以兵行文"是我国古代文论中值得重视的一种现象。战争本身凝练了足够广的写作内容和以史为鉴发人深省的思想深度[3]。因而从任何切口来看，战争的

---

① 《韩非子》卷第十五《难一》。

② 根据史料来看，《孙子兵法》记载的用间五法往往与外交纵横相辅相成，文中所举纵横士往往也是间者。

③ 张文安《〈史记〉与兵书、兵法》，《史学史研究》2003 年第 3 期。

方方面面都具有极其广大的文学书写空间。从宏观来说,《史记》描画出一条点线面结合的战争源流。司马迁的《律书》将上自三皇五帝下自西汉武帝的更替与变革依时铺排,展现出一幅宏大壮丽的战争史,同时也赋予战争如六律一般的重要性,是历代帝王恪守不变的正道。在围绕人物为核心的世家和列传之前,就定下以战争为纲的基本准则。

从微观来看,兵家理论点明了战争情境下将帅用兵的要义,开创了战果至上的理性功利视角。将如何实现最终的战果作为实际技法层面的考量,种种战法最终指向"以正合,以奇胜"的作战理念。战争情境下的一反常规,夺取战果过程中的出奇制胜,正是以个人层面看待战争艺术魅力的重要角度。

我们还发现,战争情境下的叙事法则与司马迁撰《史记》的爱奇、崇士创作心态不谋而合。司马迁塑造历史人物,乃至整个《史记》的学术定位都是"以拾遗补艺,成一家之言,厥协六经异传,整齐百家杂语。"创作过程中广泛收集和加工整理资料,力求写旁人所不及之要事奇事。更加广阔的学术视域同样影响了司马迁笔下的诸子形象,他们不仅仅是历史上的人物,同时还承载着司马迁对往圣先贤的追慕向往之情。食客们在战争情境下的出色表现,深刻影响了司马迁对他们的选取和书写角度,在以兵、谋、士为先的创作群体中,食客们具有重要的历史价值和文学价值。这些人物寄托了司马迁心中的人格魅力,其在战争中的魅力也在列传中得到了着重体现。司马迁能站在史学高度分析战争,还与其家世有着千丝万缕的联系。据《太史公自序》介绍,司马氏家族与武相关,家族的精武传统让司马迁能够从他人未关注之处书写传主在战争情境和武力展示中最具闪光点的部分。

(二) 民间叙事原则

与《律书》《留侯世家》等同样涉及战争的内容相比,列传的体例和内容更能体现出作为"兵家人物"的独特之处。赵翼《廿二史札记》中说《史记》采用"本纪以序帝王,世家以记侯国,十表以系时事,八书以详制度,列传以志人物"。《史记》中的人物往往是深沉而有悲剧性的,这与西汉时代以"深沉雄大"为美的审美倾向相适应。

在列传中,战争叙事的重心由国与国转变成人与人,以普通人的角度表达食客身上所具有的民众观念、情感以及文化。这些食客在战争情境中固然有自己闪光的一面,然而他们并非如贵族公子一般拥有自己独立的政治力量和经济基础,同样是社会历史的边缘化人物。如鸡鸣狗盗之客、朱亥、李同等人,他们在战争情境以外甚至不是士人身份,只是因一技之长被贵族公子赏识的普通人。但是在与战争密切相关的情境中,他们跨越了身份的限制,起到了"士"的关键性作用,又以暂时性的"士"之作为展现了来自底层的民间力量。

司马迁将这些底层人物写入战史,体现了司马迁历史观中人民性的一面,也使《史记》中记录的战争成为一幅由各阶层共同构成的细致而丰富的画卷,展现出了战国时期的文化繁荣。战国时期正处于德国哲学家卡尔・亚斯贝尔斯所说的"文化轴心时代",同时也是中国思想史和文化史上最为重要的时期,其中每一位人物的思想和精神都属于这个时代的文化精华,也会伴随文化的传播源远流长地发展。食客们身上普通的一面,正是他们个人魅力的所在。

四、《史记》战争情境下食客书写的兵家伦理

先秦时期是否有真正意义上的兵家学派,《史记》没有明确的表述。但据文献和史料来看,有兵家之实而未有兵家之名,这一论断更接近战国时期的真实样貌。原因有二:一是先秦文献中已出现"兵家"的称谓,《孙子兵法・计篇》中:"攻其无备,出其不意,此兵家之胜,不可先传也。"最早提出"兵家"一词,此处的"兵家"虽未必有军事理论的高度,但与战争密不可分。后世被定义的兵家人物,其人其事皆有史可证,甚至会随着新文献的出土而更加清晰。二是在先秦两汉的学术史书写中,"兵家"逐渐被作为一个前后相续的学术流派概念而记录,《吕氏春秋》中简要记述了孙膑一系的学术脉络,已初有将兵家作为流派的视角。学术史上所载"兵家者,盖出古司马之职,王官之武备也。"① 对兵家的总结和扬雄之言:"六经之治,贵于未乱;兵家之胜,贵于未战。"② 都表明将兵家称为一种学派的认识并非后出,而是时人的共识。

司马迁在文史并重的原则下书写了食客群体在战争中的言行,使得这些食客在战争情境中展现出鲜明的兵家特点。出于私门的食客,他们在为主效命之时展现出来的身份和动机,接近于行军打仗中的士兵。兵家语境下对士兵的约束,他们往往也会有意无意地践行。因而,以兵家对士兵的伦理规范去进一步剖析食客群体,我们也能够看出兵家思想在食客实践层面的深刻影响。

对于任何军事性质的群体来说,忠诚永远是第一要义。在先秦兵家的军事伦理中,忠诚体现在战争需要与士人担当的共同构建中。《尉缭子》中言及的"三忘"精神:"将受命之日,忘其家,张军宿野,忘其亲,援枹而鼓,忘其身。"③就是对忠诚伦理的具体阐释。在战争情境下的具体实践理性以及士人建功立业实现自身价值的共同约束下,达到基于军事逻辑的仁与义之道。

在忠诚为先的伦理约束下,食客群体同样以日常境遇甚或生死之上的心态来报效主人。在《孟尝君列传》中,面对境遇的前后差异和孟尝君的愤恨之语,冯驩以"生者必有死,物之必至也;富贵多士,贫贱寡友,事之固然也"劝导孟尝君,食客聚散来去本是常事,只要养士之情不减,食客出于自己的精神道义,依然会再来投奔旧主。忠诚为先在主客关系中起到了重要的作用,同样也在战争情

---

① 《汉书》卷三十《艺文志》。
② 《汉书》卷九十四《匈奴传下》。
③ 《尉缭子》卷三《武议》。

境下能够迅速凝聚成战斗力。《平原君虞卿列传》记载，邯郸被围之时，城中一个管理馆舍官员的儿子李同就以食客对主人的忠诚入手，劝平原君"今君诚能令夫人以下编于士卒之间，分功而作，家之所有尽散以飨士，士方其危苦之时，易德耳。"基于忠诚底色的兵家逻辑，李同和平原君得以迅速拉起一支战意高涨的军队，并最终化解邯郸之围。

当然，"三忘"精神并未贯穿食客发展的始终。随着战事的发展，食客与主人之间的主客关系日渐淡化。在《春申君列传》中，春申君活跃的年代已是战国晚期，晚于"战国四公子"中的其他三位公子，且春申君也不具有正统的贵族身份。在秦国统一天下的大势即将明了之际，贵为楚相的春申君反而需要向秦王进书劝谏。同时，对于身份差异巨大的底层士人，他也无法很好地掌控。李园自入宫之初，便有了杀春申君的念头，其后更是在楚考烈王逝世之际诛杀春申君及其家族。即使是在上升趋势明显的秦国，吕不韦门下食客嫪毐因一己之私引发大规模叛乱，同样影响了秦国对外统一的进程。秦汉帝国建立起君主专制制度之后，食客的作用愈发削弱，汉武帝时贵为大将军的卫青，对于养士的态度也是"人臣奉法遵职而已，何与招士？"叱咤风云的食客群体终于在历史的发展中逐渐退居角落。

五、结　语

士人作为先秦时期重要的活跃团体，在社会发展中起到了重要作用。正如刘向在《战国策》中所赞"战国之时，君德浅薄，为之谋策者，不得不因势而为资，据时而为画。故其谋，扶急持倾，为一切之权，虽不可以临国教化，兵革救急之势也。皆高才秀士，度时君之所能行，出奇策异智，转危为安，运亡为存，亦可喜，皆可观。"[①] 士群体虽非如刘向所夸耀一般皆有鲜明的谋略和智慧见诸丹青，但也在战争之世的大背景下展现出士人精神。他们不仅是食客，而且还是在战争时代下受影响的"兵家"，更是为实现自身价值发挥自身智力资源的士人。

这样一个复杂多样、影响巨大的关键群体充分展现了先秦士人的社会样貌，《史记》正好帮助读者探查食客们在他们的时代中所发挥的作用。

---

① 《战国策·刘向书录》。

唐代诗人对《史记》张良形象的接受与重塑

＊本文作者王影菊，陕西国际商贸学院国际史记学中心助教。

引 言

《史记》这部浩瀚巨著，跨越数千年历史长河，为后世文学创作筑就了坚实的基石，尤其是唐代诗人的咏史之作，成了其影响下的璀璨明珠。唐代文人从《史记》中汲取灵感，创作了大量咏史怀古诗，这不仅是对《史记》的独特解读，也为后世研究提供了宝贵资料。尤为显著的是，他们对张良形象的描绘，在60余首诗歌中熠熠生辉，展现了不同视角下的智慧与谋略。这些诗作不仅反映了唐代社会的价值取向与审美倾向，还深刻揭示了咏史诗歌与史学之间的密切互动，两者相辅相成，共同丰富了中华文化的内涵与外延。

一、《史记》中的张良形象

《史记》中关于张良的记述主要出现在《留侯世家》，司马迁通过一系列与张良有关的具体事件，有的进行正面描写，有的侧面烘托，将张良的形象栩栩如生地勾勒和渲染出来。

（1）勇气可嘉的侠客

张良出身于战国末期的韩国，是《史记·货殖列传》中记载的"任侠为奸"的三晋之一。这样的家风和侠风浓厚的地域特性可能影响了张良的气质和品性。因此，在秦灭韩国后，张良就散尽家财决心为家族和祖国复仇。《史记》记载"韩破，良家僮三百人，弟死不葬，悉以家财求客刺秦王"。秦始皇二十九年，张良与大力士在阳武博浪沙谋划袭击秦始皇车队，但未成功，不得不隐姓埋名，亡命天涯。博浪沙行刺秦始皇是《史记·留侯世家》一书中最能反映张良侠义精神的一段，它对于后世文人在张良形象的加工、塑造上具有重大的作用。张良在下邳隐居十余年，潜心研读黄石公留下的兵书，磨炼自己，伺机复仇。张良因身负重罪，时刻都有被人告发而被处死的风险。但他却给"常杀人"的项伯打了掩护，使他有了藏身的地方。《史记·留侯世家》记载"居下邳，为任侠。项伯常杀人，从良匿。"项伯志在复楚，张良视其志同，遂不顾安危，毅然助之，冒险隐匿，尽显其侠义之风，为友为道，义薄云天。这种冒险的隐匿行动也源于他的侠风气质。《韩非子·五蠹》云："其带剑者，聚徒属，立节操，以显其名，而犯五官之禁。"此外，张良还继续召集游侠少年，以图灭秦复韩。张良聚集百余人后，本想投往景驹处，途中遇到了刘邦。张良携复仇之志，与沛公一见如故，非单纯政治或霸业之盟，乃基于对秦之共恨，及游侠文化滋养下的深厚侠义情怀。

（2）运筹帷幄的"帝王师"

"帝王师"形象在典籍中多为孔孟儒生之流，主要以启蒙教化为主。《史记》描绘的张良是一个神秘而又光辉的形象，他不仅是一个奇士，还有着"帝王师"的称号。张良藏身下邳的十年里，他巧遇黄石老人，得到了奇书《太公兵法》。老人告诉他："读此则为王者师矣。后十年兴。十三年孺子见我济北，谷城山下黄石即我矣。"然后飘然而去。这番话令张良大为惊异，非常重视此书，常习诵读。《史记·留侯世家》记载的这一故事，常被视为"帝王之师"典故的来源。后来，在刘邦平定天下，建立汉朝的过程中，张良出谋划策，立下汗马功劳。《史记·留侯世家》中记载"沛公入秦宫，宫室帷帐狗马重宝妇女以千数，意欲留居之。樊哙谏沛公出舍，沛公不听。"良曰："夫秦为无道，故沛公得至此。夫为天下除残贼，宜缟素为资。今始入秦，即安其乐，此所谓'助桀为虐'。且'忠言逆耳利于行，毒药苦口利于病'，原沛公听樊哙言。"沛公于是听从张良建议，还军霸上。"汉三年，项羽急围汉王荥阳，汉王恐忧，与郦食其谋桡楚权。"食其建议刘邦复立六国，张良听说之后，立马找到刘邦，循循善诱，用"八不可"说服刘邦，汉王辍食吐哺，骂曰："竖儒，几败而公事！"令趣销印。在这些关键时刻，张良往往能够用自己的智慧辅佐刘邦，解除危机。千余年来，一提到"帝王师"，人们便会想到张良。张良是刘邦的股肱之臣，也是他的合作伙伴，两人惺惺相惜。中国历史上，像刘邦这样的开国君主，很难容得下有功之臣，但是张良和刘邦配合得如此融洽，他的功勋也得到了刘邦的高度肯定。刘邦平定天下后张良则被给予"自择齐三万户"的待遇。当时的齐地富庶，其重要性仅次于关中，由此可见张良在刘邦心中的独特地位，他对张良始终敬重如恩师。对于张良来说，他的确实现了"帝王师"的人生理想。

（3）淡泊名利的隐士

台湾学者南怀瑾曾评价说："司马迁做《史记》，特别点出隐士一环的重要，把他和谦让的高风合在一起，指出中国文化，与中国文人高尚其志的另一面目。"① 虽然司马迁未将张良归入隐士之列，但《史记》中张良却具有隐士特质。他的传奇经历，从《史记·留侯世家》中可见一斑。张良的事迹笼罩着神秘色彩，他如龙般神出鬼没，一生充满奇遇，与侠客、隐逸、精怪、神仙等打交道。

---

① 唐俐：《儒家仕隐观及在中国隐士文化中的核心地位》，《船山学刊》2006 年第 4 期，第 103 页。

从反秦复韩、隐居下邳，到辅佐刘邦，再到隐居山林，他的足迹遍布皇宫、市井和山林，过着半隐逸的生活。他不仅是"王者之师"，更有"方外之士"的气质。尽管张良精通兵法，擅长权谋，全力辅佐刘邦统一华夏，被誉为"人之能臣、仕之典范"，但在内心深处，他却怀有道家的避世思想。从《史记》可以看到，张良身体屡弱，自汉高祖入主关中，平定天下之后，他就以身体不适为由，将自己关在家中。随着刘邦帝位的稳固，张良也逐渐由"帝者师"转为"帝者宾"，在刘邦平定诸王之乱时，张良几乎没有参加；他在西汉王室斗争时，亦是谨守"疏不问亲"之训，这些都是他厌倦政治、有心归隐的前兆。刘邦为了表彰张良的功劳，让他从齐国选择三万户作为封邑，张良推辞宣称："家世相韩，及韩灭，不爱万金之资，为韩报仇强秦，天下振动。今以三寸舌为帝者师，封万户，位列侯，此布衣之极，于良足矣。愿弃人闲事，欲从赤松子游耳。"于是他学辟谷、道引轻身。晚年的张良行踪极为诡秘，充满神秘色彩，死后葬处成谜。传说他晚年隐居于景色秀美的青岩山，死后葬于此地。

二、唐诗对《史记》张良形象的接受

在中国的历史上，唐朝是一个政治安定，经济发达，文化昌盛的时代。在这样的时代背景下，唐人更多地关注人物的智慧、品德和人格魅力。张良是汉代著名的谋略家、政治家，他的智谋、德行与人格魅力，在唐朝受到文人的普遍认同。

（1）对张良忠勇的赞美

博浪沙是张良首次亮相的地点，标志着其传奇人生的开端，展现了少年豪侠仗剑而行的形象。张良行刺秦始皇的举动产生了巨大社会影响，成为巨幕历史背景下，社会矛盾、公理道义、人心向背的焦点。张良敢为天下先，智勇过人的少年侠义形象，是司马迁笔下以弱抗强、不屈于豪暴的典型形象。唐诗中大部分关于张良博浪沙行刺的书写，多由张良报仇刺秦的少年侠义形象引发感慨。骆宾王《咏怀》："金椎许报韩"①，通过张良博浪沙事件，展现了一个忠义的侠客形象。李白《猛虎行》："朝过博浪沙，暮入淮阴市。张良未遇韩信贫，刘、项存亡在两臣"，前一句诗人虽然写的是张良未遇刘邦之前，但后一句却点出了张良的豪侠之气。又《送张秀才谒高中丞》："壮士挥金槌，报雠六国闻"，写张良少年意气，刺杀秦王，一举而天下闻名，表现了诗人对张良这一行为的赞美。元稹《四皓庙》："张良韩孺子，椎碎属车轮。遂令英雄意，日夜思报秦"，则指出张良博浪沙事件的历史意义。张良的身份是韩国贵族公子，并非所谓的江湖侠客。但是他却有勇有谋策划并实施了刺秦计划。"遂令英雄意。日夜思报秦"，直言这件事的影响力，时值秦暴政肆虐，百姓苦不堪言，六国遗民心中积怨已久，对秦之仇恨如

---

① ［唐］骆宾王撰，［清］陈熙晋笺，王群栗标点：《骆宾王集》，杭州：浙江古籍出版社 2015 年版，第 272 页。

烈火燎原，却碍于秦始皇之铁血手腕，人人自危，噤若寒蝉。当此之时，一位亡国公子，一位看似文弱却心怀壮志的少年，毅然决然地踏上了刺杀强秦的征途。他不仅是为自己家族的覆灭寻求复仇，更是为天下苍生发声，挑战那不可一世的暴政，天下有志之士无不受其鼓舞。元稹对张良博浪沙之事的评价，可谓史论俱出，见解独到。胡曾《博浪沙》："山东不是无公子，何事张良独报雠"，则将山东其他公子与张良对比，彰显其智勇过人、侠肝义胆的英雄形象。唐代诗人在吟咏博浪沙事时，既根植于史传的坚实土壤，又不失其独特的浪漫情怀。他们或细腻描绘行刺现场的惊心动魄，笔触间流淌着历史的沧桑与悲壮；或深刻剖析张良行刺背后的家国情怀与英雄壮志，以诗意的语言挖掘历史人物的精神内核。

（2）张良才能的钦羡

唐诗中的张良，是智慧与美德的化身，是诗人心中理想人格的典范。诗人们通过张良的故事，抒发了自己对国家兴亡的关切，对英雄人物的敬仰，以及对个人命运的深刻思考。他们将自己的情感与张良的生平事迹相融合，创造出了一幅幅生动感人、意蕴深远的诗意画卷。唐代诗人生活在一个欣欣向荣的时代，都想一展自己的抱负，因此，他们常常在诗歌中咏诵张良功绩，表达对其才华的钦羡和对其人生的思考。他们通过张良具体的人生片段，突出其才干或个性特点。张碧《鸿沟》："留侯气魄吞太华，舌头一寸生阳春"。在楚汉争霸的关键时期，鸿沟之盟的签订与随后的破裂，成了决定胜负的重要转折点。在这一历史进程中，张良作为刘邦的重要谋士，其谏议刘邦一举剪灭项羽的策略，诗歌就歌颂了他卓越的战略眼光和深远的政治智慧。唐彦谦《汉嗣》："汉嗣安危系数君，高皇决意势难分。张良口辨周昌吃，同建储宫第一勋。"诗中高度推崇张良护储之功。李白《酬张卿夜宿南陵见赠》："身为下邳客，家有圯桥书"，诗中借张良的事迹表现对友人的赞美。唐人诗歌中张良的形象远远超越了单纯的历史功绩记载，他成了一种精神象征，承载着诗人们对智慧、忠诚与功成身退的无限赞许与深切钦羡。唐诗中的张良，不再是史书中冷冰冰的功勋列表，而是被赋予了诗人炽热情感与主观色彩的鲜活人物。李商隐《四皓庙》："本为留侯慕赤松，汉庭方识紫芝翁。萧何只解追韩信，岂得虚当第一功？"此诗题目虽为《四皓庙》，但后世文人多认为，此诗写的张良之功。徐德泓指出此诗"本赞四皓，而反说萧何"，是匠心独具"避直写"，为"远致虚神之法"。李商隐，作为晚唐时期的杰出诗人，其诗作常以其深邃的意境、隐晦的寓意和丰富的象征手法而著称，使得诗意往往扑朔迷离，引人深思。然而，若我们将目光聚焦于唐代时政可能会有不同的看法"义山同时虽无若张良者，然前此历事肃、代、德三朝之李泌则颇有张良之风"。《新唐书·李泌传》载李泌有护储之事，颇似张良之举。赞曰："其谋事近忠，其轻去近高，其自全近智。"因此，可以说李商隐写诗的奥义，就在于他能够巧妙地运用历史典故与人物形象，以独特的艺术手法和深邃的情感表达，将个人的情感与时代的脉搏紧密相连。他笔下的张良，正是这一艺术追求的生动体现，也是后人理解其诗歌深层含义的重要钥匙。

（3）对张良超脱的歌咏

诗人们以笔为媒，将张良的智计无双、辅佐刘邦的功勋，以及对国家社稷的深沉责任感，融入了自己的诗意世界。他们不仅颂扬张良运筹帷幄之中、决胜千里之外的非凡才能，更感慨于他功成不居、淡泊名利的高尚情操。每一句诗词，都是对张良人格魅力的深情礼赞，每一首作品，都洋溢着诗人对这位历史伟人的由衷钦佩。功成身退是文人心中最高的理想。李商隐的《安定城楼》"永忆江湖归白发，欲回天地入扁舟"正是对这一人生美学境界的无限想象。李白心驰神往于张良之逸迹，那位汉初智谋无双的谋士，于功成名就之后，毅然决然地舍弃了权位的诱惑，转而步入江湖，寻觅那超脱尘世的"英雄神仙"之境。在李白眼中，张良的选择不仅仅是一种个人追求的体现，更是对自由、对自然、对心灵深处那份宁静与淡泊的无限向往。《赠韦秘书子春二首》中"徒为风尘苦，一官已白须。气同万里合，访我来琼都。披云睹青天，扪虱话良图。留侯将绮里，出处未云殊。终与安社稷，功成去五湖。"可以说，张良的隐逸形象，在李白的心中，不仅仅是一个历史人物的符号，更是一种精神境界的象征，一种对生命自由与美好的极致追求。正是这份深切的共鸣与向往，使得李白在诗歌创作中，不断地探寻与表达着自己对于隐逸生活的理解与追求。唐诗中，对商山四皓的题咏，往往蕴含着对张良政治智慧的间接赞美。诗人们以细腻的笔触，勾勒出商山四皓的超凡脱俗与智慧深沉，仿佛透过他们，看到了张良那超越时代的政治远见与深邃思考。这些诗篇，不仅是对商山四皓的颂扬，更是对张良一生智慧与贡献的深刻铭记与高度评价。如元稹诗《四皓庙》："秦政虐天下，黩武穷生民。诸侯战必死，壮士眉亦颦。张良韩孺子，椎碎属车轮。遂令英雄意，日夜思报秦。"但白居易认为张良隐居山林自有供奉保证《从同州刺史改授太子少傅分司》："留侯爵秩诚虚贵，疏受生涯未苦贫。"李商隐则认为张良隐退后仍不忘为汉室出力，功德与境界均在丞相萧何之上《四皓庙》："本为留侯慕赤松，汉庭方识紫芝翁。萧何只解追韩信，岂得虚当第一功。"在李商隐看来，与张良相比，萧何只是徒有虚名而已。这一评价虽然有失偏颇，但也道出了张良形象在诗人心目中的分量。张良不但有过人的智谋，还能急流勇退，当他功成名就时，自谓"愿弃人间事，欲从赤松子游耳。"许浑《题勤尊师历阳山居》："二十知兵在羽林，中年潜识子房心。苍鹰出塞胡尘灭，白鹤还分楚水深。春坼酒瓶浮药气，晚携棋局带松阴。"刘知几《读汉书作》中则从"鱼得自忘筌，鸟尽必藏弓"的角度赞许张良能够淡泊名利，存身自保流芳后世，"智裁（哉）张子房，处世独为工；功成薄爱（受）赏，高举追赤松。知止信无辱，身安道亦隆，悠悠千载后，击抃（柝）仰遗风。"当然，也有纯然为归隐而"相中"张良的，如徐寅《忆旧山》："游鱼不爱金杯水，栖鸟敢求琼树枝。陶景恋深松桧影，留侯抛却帝王师。"唐代诗歌中对于功成身退思想的广泛表达，不仅反映了当时文人士大夫对于人生价值的独特理解，也展现了唐代社会文化的多元性与包容性。这种思想，不仅是对个人命运的深刻反思，更是对时代精神的精准把握与生动诠释。

三、唐诗对《史记》张良形象的重塑

《史记》勾勒了张良的传奇人生，而唐代诗人则将这位智者视为精神灯塔与政治神话的化身。他们不仅追溯史实，更将个人情感与价值观倾注于张良的形象之中。他们以独特的视角和情感色彩，对历史事件进行剪裁与重塑，使历史人物不再是孤立于时空的个体，而是成为承载诗人思想情感与理想追求的媒介。

（1）对张良生平事迹的重构

唐代诗人对张良的评价角度各异，立场多变，这些都是唐代诗人对现实世界的深刻反思与对未来可能性的积极探索。通过改写与重塑，张良不仅活在了唐代诗人的笔下，更活在了每一个读者心中，成为了一个跨越时空、连接古今的智慧化身。张良晚年选择追随仙人赤松子，云游四方，并言及欲修炼辟谷之术、研习道引以求轻身飞举，此举不仅在当时引发了世人的无限遐想，更在后世的道家典籍中被赋予了浓厚的神秘色彩，使得张良求长生的故事愈发显得扑朔迷离，引人入胜。王维《故太子太师徐公挽歌四首·其一》："留侯常辟谷，何苦不长生。"诗中将历史上张良"尝辟谷"，改为"常"。在历史的长卷中，张良以其卓越的智慧与淡泊名利的高洁品性著称，其中他晚年偶尔辟谷修行的经历，虽非常态，却也为后世留下了一段佳话。当吕后出于关怀或政治考量，强令其恢复饮食之时，这一插曲更添了几分人间烟火与人情冷暖的意味。唐代诗人们，敏锐地捕捉到了这一历史片段中的深意，尤其是当他们将张良求长生而不得的形象，巧妙地融入对当代或已故贤臣的赞美与悼念之中时，更是赋予了这一典故新的生命。白居易《和裴侍中南园静兴见示》："何必学留侯，崎岖觅松子。"这首诗既表达了对张良追求长生之道的质疑与否定，又肯定了其辟谷修行的行为，展现了诗人对历史人物复杂而深刻的理解与评价。刘禹锡《自左冯归洛下酬乐天兼呈裴令公》："自有园公紫芝侣，仍追少傅赤松游。"少傅即张良，其曾任太子少傅。园公指东园公，是商山四皓之一，四皓隐居时曾作《紫芝歌》。四皓归隐与张良欲从赤松子游本无关系，此处诗人因表意需要，说四皓欲追张良与赤松子，以此表达对政治心灰意冷。刘禹锡《游桃源一百韵》："黄石履看堕，洪崖肩可拍。""洪崖"即《列仙全传》中洪崖先生，是黄帝的乐官，得道仙去。白居易《从同州刺史改授太子少傅分司》："留侯爵秩诚虚贵，疏受生涯未苦贫。"诗人以戏谑的口吻评留侯张良任太子少傅不过徒有其名，根本没有实际的权力，以此调侃自己此时分司东都的官职。在唐诗中，张良这一历史智者的形象被诗人以细腻的笔触重新勾勒，不仅再现了其运筹帷幄、决胜千里的辉煌事迹，更通过精妙的细节刻画，尤其是对其神态的深入描绘，让这位古代谋士的内心世界跃然纸上，赋予了其形象前所未有的生动与深度。如杜甫《寄韩谏议》通过想象张良为辅佐刘邦鞠躬尽瘁的情形，突出张良的光辉形象。诗曰：似闻昨者赤松子，恐是汉代韩张良。昔随刘氏定长安，帷幄未改神惨伤。国家成败吾岂敢，色难腥腐餐枫香。杜甫之所以如此细腻地刻画张良的形象，并非仅仅为了回顾历史，更重要的是为了借古喻今，将张良的境遇与现实中韩谏议的处境相映照。韩谏议作为杜甫同时代的人物，或许也面临着相似的抉择与困惑。杜甫通过张良的故事，寄托了自己对韩谏议的期望与鼓励，希望他能像张良一样，在复杂多变的现实世界中保持清醒与独立，不为世俗所累，追求更高远的精神境界。同时，这也反映了杜甫自身对于人生价值的深刻思考，以及对于理想人格的不懈追求。总之，唐代诗人通过对张良求长生故事的改写与发挥，不仅丰富了文学创作的题材与内涵，更在字里行间传达了他们对生命、自由、超脱等哲学命题的深刻思考，使张良这一历史人物的形象在文学的长廊中熠熠生辉，历久弥新。

（2）对张良英雄形象的完善

唐代诗人妙笔生花，将历史与现实交融，为张良构筑了浓厚的历史背景。他们深挖《史记》，以古今相通之情，绘制跨越时空的张良画卷。诗中，战场硝烟、朝堂权谋、山林隐居，均被赋予新生，与张良的智慧超脱相映成趣。诗人心中的张良，智勇双全，心怀天下，既能决胜千里，也能超脱物外，追求心灵自由。其形象生动鲜活，成为历史的见证与诗人情感的寄托。这些诗篇，不仅映射出唐代士人对历史的深刻反思，更彰显了他们对于人生、理想与现实的独特见解与不懈追求。李白《扶风豪士歌》中，豪情万丈，直抒胸臆，渴盼建功立业之志跃然纸上。诗人以非凡想象，跨越时空界限，将张良拉入其瑰丽诗篇。历史画面被浪漫笔触重新着色，张良形象不再拘泥于史书记载，而是化身为追求理想的勇士。诗人笔下，张良的智慧与勇气，在壮阔的历史舞台上熠熠生辉，激励着每一个渴望成就非凡的灵魂。李白以诗为媒，让张良的传奇人生再次焕发光彩，同时也寄托了自己对英雄时代的无限向往与追求。诗曰：扶风豪士天下奇，意气相倾山可移。作人不倚将军势，饮酒岂顾尚书期？雕盘绮食会众客，吴歌赵舞香风吹。原尝春陵六国时，开心写意君所知。堂中各有三千士，明日报恩知是谁？抚长剑，一扬眉，清水白石何离离。脱吾帽，向君笑，饮君酒，为君吟。张良未逐赤松去，桥边黄石知我心。此诗作于安史之乱爆发初期，李白逃难期间。他借扶风豪士之名，喻指同避战祸的长安权贵，自比为客卿，渴望在平叛烽火中一展抱负，以报知遇之恩。李白笔下，这些豪士宛如战国四公子再世，胸襟宽广，广开府门，招贤纳士，共商天下兴亡大计。酒宴间，觥筹交错，豪情万丈，不仅是对过往辉煌的追忆，更是对未来胜利的憧憬。李白以张良为镜，为这些豪士构筑了新的历史舞台，让他们的壮志与智慧，在乱世中熠熠生辉，引领时代潮流。严羽评曰："真豪语，如此使古事才有生气。""抚长剑，一扬眉，清水白石何离离。脱吾帽，向君笑。饮君酒，为君吟。张良未逐赤松去，桥边黄石知我心"，是李白根据自己思想情感，对历史人物进行改写。方东树评："《扶风豪士歌》此为禄山之乱而作。以张良自比，以黄石比士（扶风豪士）。"李白在《扶风豪士歌》中，他肆意挥洒笔墨，跨越历史长河，重塑张良形象。张良，这位历史上以智谋著称的帝师，在李白笔下摇身一变，成为兼具游侠风采的豪杰。诗人不拘史实，仅凭胸中意气，赋予张良行侠仗义、血性刚的特质，让他成为乱世中的英勇担当。这不仅是李白对张良个人魅力的独特解读，更是他内心深处对理想英雄形象的向往与寄托。在李白心中，张良不仅是运筹帷幄的智者，更是挺身而出、守护正义的勇士，其形象闪耀着人性的光辉与不屈的精神。又《送张秀才谒高中丞》是李白在狱中读《留侯列传》时所作诗曰：秦帝沦玉镜，留侯降氛氲。感激黄石老，经过沧海君。壮士挥金槌，报雠六国闻。智勇冠终古，萧陈难与群。两龙争斗时，天地动风云。酒酣舞长剑，仓卒解汉纷。宇宙初倒悬，鸿沟势将分……高公镇淮海，谈笑却妖氛。采尔幕中画，戡难光殊勋。我无燕霜感，玉石俱烧焚。但洒一行泪，临歧竟何云？李白既羡张良功成，又叹己身时运不济，以"我无燕霜感，玉石俱烧焚"抒怀，泪洒歧路，尽显浪漫情怀下的深邃感慨。他眼中的张良，仿佛天命所归，轻松驾驭时局，成就非凡。然史实深处，张良每一步都踏在刀尖之上，政治旋涡中他勇于破家为国，历经生死考验，其谨慎与牺牲，非外人所能尽知。晚年修道，看似超脱，实则是智者对世事的深刻洞察与审慎抉择。李白以诗传情，既颂张良之伟业，亦寓己身之憾，二者交织间，展现了诗人复杂而丰富的内心世界与对历史的独到见解。陆时雍评曰："材大者声色不动，指顾自如，不则意气立见。李太白所以妙于神行，韩昌黎不免有蹶张之病也。气安而静，材敛而开。张子房破楚椎秦，貌如处子；诸葛孔明陈师对垒，气若书生。以此观其际矣。"文人以笔为剑，挥洒情感，而政治家则需深谙藏锋之道。李白笔下的历史人物，如张良，被赋予了诗人自身的豪情壮志与浪漫情怀，与真实历史中的形象存在显著差异。这种差异，正是文人创作时强烈主观抒情色彩的体现。李白通过对历史事件的精心剪裁，不仅重构了张良的形象，更在其中寄托了自己的理想追求与人生感慨。这种创作方式，使得文学作品成了诗人内心世界的镜像，让读者在领略文学之美的同时，也能感受到诗人深邃的情感与思考。

结　语

唐代士人，在独特社会背景下，借《史记》张良形象，抒发情感与哲思。张良作为智慧与超脱的化身，被赋予多彩的艺术生命。诗人或创新重塑，赋张良新意；或借其孤独，映盛世个人苍凉；依托《史记》经典，诗人细腻描绘张良才情，展现其入世出世矛盾，反映士人理想与现实冲突，抒发对过往的感慨与历史的沉思。这些咏史诗，不仅仅是在颂扬张良，更是诗人情感与智慧的结晶，展现生命、历史与宇宙的微妙联系。它们不仅是唐代文学瑰宝，更是连接古今的桥梁，同时，也为研究《史记》及张良形象演变提供了宝贵资料。

文化景观视域下的司马迁祠墓诗文

＊本文作者姚军、陈宏翠。姚军，宝鸡文理学院文学与新闻传播学院副教授；陈宏翠，宝鸡文理学院文学与新闻传播学院硕士研究生。

陕西关中地区作为人类生息繁衍圣地，多个朝代更迭，祠墓更是数不胜数，历代均有游人在此凭吊，吟咏成文。在所流传下来的各类文章中，至今最多且最有成就的，当属司马迁祠墓文。本文拟以文化景观为视角，从景观变化探究司马迁及其《史记》历代的传播与接受情况。

一、民间祭祀与植被保护探析司马迁祠墓诗文

司马迁祠墓的祭祀可分为群体祭祀和个人祭祀，群体祭祀是国家层面的认可，而个人祭祀则与民间传播密切相关。根据资料记载，《史记》在汉武帝、汉成帝时期已经传播到了长安城以外的地方，甚至"在西汉末期，在官僚则秘不示人，在私家则传播最速，如卫衡是隐居乡里之人，也可以续补一部分，居延是边郡之地，也可以书写一部分，他们所见未必是全部，一传一节，互相口传，汉廷愈秘密，则民间愈流传。"① 从长安城传播到边郡，统治阶层的意志从上而下呈现递减趋势，民间流传《史记》的范围越广，涉及的人群越多，社会对《史记》的认识以及对司马迁的敬仰逐渐加深，也为自西晋开始的祭祀奠定了群众基础。

根据资料记载，西晋时期的殷济组织了一次活动。北魏郦道元《水经注》中记载"河水又南，右合陶渠水。水出西北梁山，东南流，迳汉阳太守殷济精庐南。俗谓之子夏庙。陶水又南迳高门南，盖层阜堕缺，故流高门之称矣。又东南迳华池南，池方三百六十步，在夏阳城西北四里许。故《司马迁碑》文云：高门华池，在兹夏阳。今高门东去华池三里。溪水又东南迳夏阳县故城南。服虔曰：夏阳，虢邑也，在大阳东三十里。又历高阳宫北。又东南迳司马子长墓北。墓前有庙，庙前有碑。永嘉四年，汉阳太守殷济瞻仰遗文，大其功德，遂建石室，立碑树桓。《太史公自序》曰：迁生于龙门；是其坟墟所在矣。溪水东南流入河。昔魏武侯与吴起浮河而下，美河山之固，即于此也。"② 殷济到此地，因赞颂其功德，修建石

---

① 陈直：《汉晋人对〈史记〉的传播及其评价》，《四川大学学报（社会科学版）》1957年第3期。

② 杨守敬、熊会贞：《水经注疏》，南京：江苏古籍出版社1999年版。

室，立碑纪念。魏晋南北朝时期，朝代更迭频繁，战乱频发，国家政治、经济、文化严重受挫，民间祭祀受此影响，并未见有相关记载。隋唐时期，一改前代风貌，天下实现大一统，文化、思想等方面都得到了发展，司马迁的思想被执政者重视，各阶层的人都非常地尊崇他。初唐时期，李泰等人编撰的《括地志》中记载了墓的具体位置：司马迁墓在韩城县南二十二里。中唐诗人牟融在《司马迁墓》诗中写道："一代高风留异国，百年遗迹剩残碑。"① 由此可见，文人经常在此凭吊。司马迁祠墓由祠门、献殿和寝宫三部分组成，其中寝宫是在北宋靖康四月（1127）重建。南宋时期社会复杂且多元，有契丹族、党项族、女真族等民族，这一时期处于多民族融合的时期。在《史记》大一统思想的影响下，这两个时期的统治者需要一个有影响的人物作为标杆，让这些政权非常重视司马迁祭祀。金大定时期赵振写道："及其卒也，葬于梁山之岗，至今韩人享祀不绝。"② 从西晋到金，韩城人一直都在祭祀司马迁。

明朝初期，统治阶层对民间祭祀对象有明文规定，1370 年，明太祖颁发了《禁淫祠制》，规定"凡民庶祭先祖，岁除祭灶，乡村春秋祈土谷之神。凡有灾患，祷于祖先。若乡厉、邑厉、郡厉之祭，则里社自为之。其僧道建斋设醮，不许章奏上表，投拜青词，亦不许塑画天神地祇。及白莲社、明尊教、白云宗、巫觋、扶鸾、祷圣、书符、咒水诸术，并加禁止"③，按照统治者颁布的法令，这一时期的民间祭祀对象只能是家族祖先、神仙崇拜等类，但是根据明代底层社会史实，这一规定在民间并未完全执行，民间祭祀对象繁多，司马迁庙祭祀就是其中之一，并且形成了一定规格和礼仪上的定式。隆庆五年，张士佩偕举人马永亨等二十九人进行了祭拜活动④，"惟公学贯天人，道穷古今，百世文宗，万代良史。士佩等幸生太史之乡，默承斯文之佑。届兹清明，用伸祭扫。尚飨。"⑤ 人数众多，属于群体祭祀行为。"既陈牲卤，逾阀东观：时天朗气清，中条在望，倏然古城之北，大河之壖，有鸟数只，其羽如雪，其次若鸿，溯飞而来，经祠前徐盘三五，若朝若临，既复端翔祠上；暮间，渐亘长空而西，众咸异之"⑥，这是明代民间祭祀司马迁的最早文字记述⑦。万历六年（1578），韩城知县刘从古向上申报，把祠墓"应祀牲仪品物，动支公费官银，载入祭祀项下。每春秋祭扫之时，令本县掌印官以主其祭，永为定例"，"每祀各用猪一口、羊一只、帛一段、烛一对，合用银一两五钱六分，照数易买，于本年秋季致祭"，"永为令典"⑧。上述可知，这次

①　安平秋、刘新兴、姚双年：《龙门论坛》，北京：华文出版社 2005 年版，第 814 页。

②　［清］毕沅：《韩城县志》，傅应奎修，台北：成文出版有限公司 1976 年版，第 34 页。

③　《明太祖实录》卷五十三，洪武三年甲子。

④　梁中效：《司马迁墓祠文化述论》，《渭南师范学院学报》，2021，36（04），第 16—24 页。

⑤　李国维、张胜发：《司马迁祠碑石录》，西安：陕西师范大学出版社 1993 年版，第 32 页。

⑥　李国维、张胜发：《司马迁祠碑石录》，西安：陕西师范大学出版社 1993 年版，第 32—33 页。

⑦　梁中效：《司马迁墓祠文化述论》，《渭南师范学院学报》，2021，36（04），第 16—24 页。

⑧　李国维、张胜发：《司马迁祠碑石录》，西安：陕西师范大学出版社 1993 年版，第 44—45 页。

的祭祀活动主要是由官府申报，再由上级批准，由地方落实的大型祭祀行为。在这一时期，个人祭祀行为也有相关记载，例如隆庆六年（1572）叶梦熊的《谒太史公墓》中"有事于韩，谒先生墓"，动情之处发出"国士漂零同感慨，一杯和泪滴重泉。"①

康熙七年（1669），韩城知县翟世琪对司马迁祠墓有历史记载规模最大的一次扩建和修葺，祠墓的规模突破了在朝规定的规格。康熙二十年（1684），韩城知县何宪曾为司马迁祠题写了一块"史冠古今"匾，还有一块"山高水长"的牌坊，肯定了司马迁的功绩。康熙二十三年（1684），《翟邑侯重修太史庙记原文》中有"后人不敢废坠"，即不敢把祭祀太史的事停休。直到清朝末年，对司马迁墓祠的祭祀历代不绝。

二、从作者与内容探析诗文

（一）祠墓诗文作者

司马迁祠墓诗文的作者是一个广泛而复杂的群体。广泛，是说这些作者的出生地分布范围广，遍布全国各个地区；复杂，是说这些作者来自各个阶层，有着各种各样的身份。百名吟咏祠墓诗文的作者中，一些人是韩城人，如赵振、张国英、张邦俊；一些是在韩城任职的，有 11 人担任过韩城的知县，如李奎、翟世琪、刘从吉、尹阳，候选县丞张圣械，临潼县知事赵于京，清承宣使者和宁，也有冀兰泰、马景星等举人，张开东等文人。

王公贵族和封建正统文人是《史记》的第一波受众。这些人处于上层社会，在一定程度上掌握了整个社会的政治、经济、文化的话语权，左右着社会意识形态的发展方向。《史记》从初步传播到被广大读者所接受并推崇，从否定到肯定。随着时间的发展，社会发展的需要，《史记》从上层社会进入了底层社会，越来越多的人传播和接受《史记》，赞颂司马迁。从西晋开始的民间祭祀，一直到清代的延续，足以说明《史记》逐渐被重视的事实。

司马迁祠墓诗文的主要作者是在陕西和韩城任职的官员，且多集中在明清时期，其余朝代只有零星一部分。汉代，人们对经学的关注度超过史学，《史记》虽然是"司马迁绍明世、正《易传》，继《春秋》、本《诗》、《书》、《礼》、《乐》"②，但是并不属于官方要求的正统思想，甚至被王允称为"谤书"。直到唐朝时期，与司马迁祠墓相关的诗文仍然很少。到中唐时期，人们对于司马迁的看法有所转变，裴度的《寄李翱书》可以看出："司马迁之文，财成之文也。"③ 时代更迭，唐代牟融写出称颂太史公的诗文也不是巧合了。

---

① 安平秋、刘新兴、姚双年：《龙门论坛》，北京：华文出版社 2005 年版，第 755 页。
② ［汉］司马迁：《史记》，北京：中华书局 1959 年版，第 123 页。
③ 董诰：《全唐文》，北京：中华书局 1983 年版，第 5461 页。

（二）祠墓诗文内容

自唐以来，关于司马迁祠墓的诗文共有 100 余首，有七律、五律、三言、五言、七言绝句和五言绝句，也有不少现代诗，尤其以五言和七言居多。这些诗文，宋代 5 通，金代 2 通，元代 1 通，明代 13 通，清代 17 通，近现代有 60 余通，无法判断年代的有 10 余通。这些诗词从多个方面体现了当时社会上对太史公的评价。

第一，对司马迁的才华和历史贡献的赞颂。纵观历代的司马迁祠墓诗文，从唐代的牟融到宋代的李奎和尹阳，金代的高有邻，再到明清时期的文人墨客，无不抒发这一情怀。北宋的尹阳非常尊崇司马迁，认为现有的司马迁祠"卑庳如此，其不称公之辞与学也甚"①，荒凉景象和史圣的形象不相符合，于是率领当地百姓维修祠墓，修建了寝殿，立塑像，并且"作述事享神之歌，使邦人习之，岁时以乐公之神"②。尹阳开始了宋代民间祭祀司马迁的行为。他在《芝川新修太史公庙诗》中写道："公辞有如黄河流，黄河吐流昆仑丘，上贯星躔经斗牛，下连地轴横九州……公凿混沌开双眸，乃敌造化穷冥搜。"③ 在这首诗歌中，尹阳以"经斗牛"形容《史记》这部不朽著作；更是用"横放三千秋"来描述司马迁的卓越才能和其记载三千年历史的功绩；用"敌造化"和"穷冥搜"来形容《史记》的宏伟。至近代，我们仰望太史公的伟著，郭沫若层言"龙门有灵秀，钟毓人中龙。学识空前富，文章旷代雄。怜才膺斧钺，吐气作霓虹。功业追尼父，千秋太史公"。④ 司马迁不但开创了自己的史书体系，更是开创了贸易和游侠的先河。他的历史观念，可以说是独树一帜，他的文字就像祠墓诗歌一样如滔滔江水奔流不止，他的功绩就像祠墓所处的梁山一样巍峨耸立，他的灵魂坚韧如松柏，文字不朽如天地。

第二，表达对太史公悲惨命运的怜悯。祠墓诗文的作者大都是官吏或是文人，他们能更早，有更多的机会接触到《史记》，能更好地理解司马迁的思想，同时，也能更好地正视司马迁与《史记》。太史公为李陵辩解而受辱，这让许多人缅怀他时，内心难以平静。李奎在诗歌中写道"一言遭显戮，将耐汉君何"⑤；明人伍福（1469）在《过太史公墓》中写道："故里龙门犹在望，余年蚕室重堪哀"⑥；庞胜在《题汉太史司马迁诗》中的"李陵力屈因降虏，武帝刑施不惜贤"。⑦ 汉武帝处理李陵案时，不爱惜贤才。以及清人和宁（1672）写道"蚕室至

---

① 李国维、张胜发：《司马迁祠碑石录》，西安：陕西师范大学出版社 1993 年版，第 7 页。
② 李国维、张胜发：《司马迁祠碑石录》，西安：陕西师范大学出版社 1993 年版，第 8 页。
③ 李世忠：《历代咏关中陵墓诗笺注》，西安：陕西人民出版社 2013 年版，第 220 页。
④ 安平秋、刘新兴、姚双年：《龙门论坛》，北京：华文出版社 2005 年版，第 830 页。
⑤ 李世忠：《历代咏关中陵墓诗笺注》，西安：陕西人民出版社 2013 年版，第 218 页。
⑥ 李世忠：《历代咏关中陵墓诗笺注》，西安：陕西人民出版社 2013 年版，第 230 页。
⑦ 安平秋、刘新兴、姚双年：《龙门论坛》，北京：华文出版社 2005 年版，第 752 页。

今遗恨在，龙门终古大名余"。① 这类诗歌大多感叹太史公的冤屈，在感叹之余，也有对无情皇权的谴责。张琛（1814）在作品中写道："蚕室非其罪，龙门寄此魂……死后文章重，生前寺宦论。大人都见屈，洒涕石留痕。"② 他在诗文叹息司马迁受辱一事，将太史公生前受人折辱与他死后受人尊敬形成鲜明的对照，指出汉武帝的错误。

第三，对司马迁思想进行评价。班固曾这样评价《史记》："是非颇缪于圣人，论大道先黄老而后六经。"③ 他认为司马迁对"对错论"的看法与儒家有出入。后来，王允也认为《史记》是"谤书"。严宪认为司马迁的思想和他的实际行动之间不匹配，"胸中博古通今学，笔底尊王贱伯功。辅汉制番心有在，援陵累己恨无穷。"④ 司马迁在书中主张尊重皇权，认可"辅汉制藩"，但实际上，他为李陵求情，蒙受冤屈。这与他在史书中的主张实属矛盾。高有邻的"汉庭文物萃君门，良史独称司马尊"⑤。他认为司马迁是"良史"，质疑王允等人的说法。清代尹龙光在作品中也称赞道："美哉太史翁，述史麟经同……世爱千秋名，何论委质穷。"⑥ 诗中认为《史记》《春秋》功德一致，《史记》一百三十篇，以彰明先圣之功绩，岂是什么人都能知道对与错的？《史记》收藏在石室内，流传于后人，显示了作者的伟大气概，千古流传。郭沫若则是认可司马迁编撰通史的思想以及他的伟大功绩，"功业追尼父，千秋太史公"。

第四，回顾司马迁的生平事迹并加以评述。首先，对太史公早期生平的记载，大多是对《太史公自序》的复述。比如，康乃心的"太史重黎后，唐虞自世家……不知耕牧地，何处隐平沙。"⑦ 诗歌对司马迁的祖先进行溯源，勾勒出他家乡的地形地貌，会议他年轻时的意气风发，并对他当年的农耕之地，现在却找不到了的情况而感慨万千。其次，关于司马迁为李陵求情的诗歌很多，而且作者各持己见。比较典型的是明代李炯然（1472），诗中写道"龙颜冒犯徒为尔，蚕室行刑亦惨哉。"⑧ 他认为司马迁不应为李陵而得罪执政者。

无论是对司马迁才华的赞美，还是对其命运的哀叹抑或是对其史学思想的评价，诗歌都从不同角度展现司马迁的伟大与不幸。《史记》传播的范围越广，接受度越高，祠墓的景观便可以焕然一新，反之，则是一副破败景象。诗文提供的独特视角，让我们能在文化景观的视域下更加深入地探析司马迁祠墓诗文所反映的历史事实。

---

① 李世忠：《历代咏关中陵墓诗笺注》，陕西人民出版社 2013 年版，第 246 页。
② 李世忠：《历代咏关中陵墓诗笺注》，陕西人民出版社 2013 年版，第 230 页。
③ 班固：《汉书》，北京：中华书局 1962 年版，第 2738 页。
④ 李世忠：《历代咏关中陵墓诗笺注》，陕西人民出版社 2013 年版，第 233 页。
⑤ 李世忠：《历代咏关中陵墓诗笺注》，陕西人民出版社 2013 年版，第 225 页。
⑥ 李世忠：《历代咏关中陵墓诗笺注》，陕西人民出版社 2013 年版，第 268 页。
⑦ 傅应奎修：《韩城县志》，刻本，1784（乾隆四十九年）。
⑧ 李世忠：《历代咏关中陵墓诗笺注》，陕西人民出版社 2013 年版，第 232 页。

三、从文化景观探析司马迁祠墓诗文

司马迁祠墓经晋、宋、元、明、清几个朝代的修葺和维护，逐渐形成我们如今看到的规格。从现存的诗歌和历史文献中能大致勾勒出司马迁祠墓在不同时期的景观变化。

韩城市梁山是司马迁祠墓所在地。毕沅《韩城县志》中仅有"梁山在县西北九十里"① 的记载，关于建立祠墓以及祭祀时间，并没有记录。《水经注》卷四载："（子长）墓前有庙，庙前有碑。永嘉四年，汉阳太守殷济瞻仰遗文，大其功德，遂建石室、立碑树垣。"② 殷济修建石室，立碑垣，整个修建过程历时两年，写了《创建太史祠碑记》以示记录。这是关于司马迁祠最早的形制描写。在牟融的笔下，我们看到了更多祠墓的景观。"落落长才负不羁，中原回首益堪悲。英雄此日谁能荐，声价当时众所推……经过词客空帐，落日寒烟赋黍离。"③ 祠周围没有庙宇，也没有树木景观，整座祠只剩下一块残缺的石碑，一副破败景象。由唐至宋，李奎出任韩城知县，于1064 在《司马太史庙诗二首》中写道："荒祠临后土，孤冢压黄河"④，"丛生荆棘迷坟冢，旧画龙蛇照庙庭"⑤。祠墓仍十分荒凉，周围杂草丛生，但是祠墓所在之处已经修建庙宇，墙壁上刻满了龙凤图案，说明在此时期或在此之前已有人重新翻修了祠墓。尹阳在《芝川新修太史公庙记》（1126）"因低徊周览，则栋宇甚倾颓，阶圮已甚卑坏，埏隧甚荒茀"⑥，再结合北宋时期的张昇在《司马太史墓》中的"于今冢上柏，郁郁复葱葱"。⑦ 可知北宋时期的祠庙上房屋倒塌，台阶破败，房上的瓦沟和地下的水道都长满了草，一片荒凉破败的样子，但是柏树依然很坚挺。历史记载的最早的修缮是在金大定己亥年（1179），根据赵振《重修太史公墓碑》载："惜乎时代历久，旧冢倾颓。今春姚定，乃率里人命工修复"⑧，其中还有"施柏树伍拾根"字样，修葺铺砖之后在墓旁种了柏树，也就是现在我们仍能看到的古柏。高有邻任提刑副使时（1192）创作了《司马太史庙诗》，"古庙风霜香火冷，白云衰草满平原"⑨，司马迁祠冷落凄清。段彝于元代延祐年间（1314）在《重修汉太史司马祠记》记载"治城之南里，仅一舍，有镇号芝川……后存巨冢，互嵌山石，刻诸新诗雄文，乃宋金巨人魁士之作也。""我公奉命来帝乡，下车睹此心弗遑。构祠洁尔修蒸尝，荐新黍稷唯馨

---

① ［清］毕沅：《韩城县志》，傅应奎修，台北：成文出版有限公司1976年版，第58页。
② ［北魏］郦道元：《水经注校证》，陈桥驿校证，北京：中华书局2007年版，第105页。
③ 安平秋、刘新兴、姚双年：《龙门论坛》，华文出版社2005年版，第814页。
④ 安平秋、刘新兴、姚双年：《龙门论坛》，华文出版社2005年版，第740页。
⑤ 韩城市司马迁学会：《历代咏司马迁诗选》，三秦出版社1990年版，第56页。
⑥ 安平秋、刘新兴、姚双年：《龙门论坛》，华文出版社2005年版，第742页。
⑦ 安平秋、刘新兴、姚双年：《龙门论坛》，华文出版社2005年版，第815页。
⑧ 安平秋、刘新兴、姚双年：《龙门论坛》，华文出版社2005年版，第745页。
⑨ 安平秋、刘新兴、姚双年：《龙门论坛》，华文出版社2005年版，第747页。

香。它山伐石勒铭章，告于厥后俾勿忘。"① 可知这一时期，司马迁祠墓与岩石是"互嵌"状态②，庙内修葺完成，曾刻石作灵位。

嘉靖十五年（1536）郭宗傅在《重修太史公祠记》中记载："墓端一柏，直上参天，晴则翠色凌风，雨则瀴瀴莹浴，雪则白贲堆琼，而碧颜尤澈。"③ 康熙时期，康行偘（1701）在《司马子场墓》中写道："古柏生新翠，龙蟠太史坟。"④ 可见柏树在清时很繁茂。康熙元年尹龙光写道："荒冢天地老，孤祠暮云封。龙门伊在望，残碣伴青松。"⑤ 这是说祠堂的建筑大多倒塌，古柏还算完好。康行偘重现了昔日的颓败景象，"低回春草外，断碣异吾闻。"⑥ 碑石已断，倒在草堆外无人问津。"檐瓦孛黄雀，□垣宿白云。绸缪旧祠宇，伏腊喜馨闻。"⑦祠墓破败，一片荒芜，韩城知县组织维护，从诗文看，此次的修复工作非常顺利。然而，几年之后周渭的笔下，景象发生了很大的变化，这座祠墓再次遭遇被毁，成了断碑残碣，"长飚吹袂陟嵯峨，司马残碑卧薜萝……平川秋草烟沉晚，翠柏夕阳鸦噪多。"⑧ 在乾隆时期，祠墓的景象有了变化，"夹道柏林怪且秃，但闻风吹声凄然。促拜公殿盼颜色，神腾光溃转渥丹……前有汉阳殷太守，后有韩城左郎官"。⑨ 在这一时期，祠墓前的山坡、路旁绿树、塑像、祠墓形制、殷济以及左懋弟写的碑铭，柏树都在，墓碑上的石头虽然已经碎了，但是墓碑上依然铺着青砖。在1814年任韩城县令的张琛看来，司马迁祠墓还是保存得不错。"四壁韩原峻，松楸一带青。"⑩ 由此可以看出，梁山附近的生态状况已是焕然一新。

从西晋建祠直至清代，历代都对祠墓有不同程度的维护，在某些特定年代，规格甚至超过了官方的规定。这些诗歌不仅是对司马迁个人的缅怀，更是对其精神和文化遗产的继承和发扬。祠墓在不同历史时期的变化，反映社会对历史文化的认知和态度的变迁，也展示景观与人文精神的互动关系。祠墓作为地方景象，但是呈现了不同历史时期的人们对于司马迁及其《史记》的态度，尤其是官方对《史记》的态度，展现了人们在思想禁锢的条件下对于正统的反抗以及对于优秀著作的维护，是人们有意识地在自然景观基础上创造出的景观。自然景观着重体现的是自然的创造力，而文化景观展现的是人类文明与进步的历程，更多体现的是某个群体乃至国家的意志，尤其是像司马迁这种在政治、思想等方面都影响了

①　[清] 毕沅：《韩城县志》，傅应奎修，台北：成文出版有限公司1976年版，第579页。

②　梁中效：《司马迁墓祠文化述论》，《渭南师范学院学报》2021，36（04），第16—24页。

③　韩城市司马迁学会：《历代咏司马迁诗选》，三秦出版社1990年版，第609页。

④　韩城市司马迁学会：《历代咏司马迁诗选》，三秦出版社1990年版，第748页。

⑤　赵本荫修，程仲昭纂：《韩城县续志》，台北：成文出版有限公司1976年版，第54页。

⑥　[清] 毕沅：傅应奎修，《韩城县志》台北：成文出版有限公司1976年版，第748页。

⑦　同上。

⑧　同上，第768页。

⑨　《清代诗文汇编》编纂委员会：清代诗文汇编（第333册）《白苑诗集》，上海：上海古籍出版社2010年版，第752页。

⑩　赵本荫修，程仲昭纂：《韩城县续志》，台北：成文出版有限公司1976年版，第257页。

后代社会发展的人物来说，祠墓就是一个重要的文化景观。

结　语

　　作者以真挚的感情和生动的笔触，阐发了他们的所思所感，将《史记》的价值和意义融入其中。从文化景观的角度来看，司马迁祠墓诗文是这一景观的灵魂所在。这些诗文以生动的语言、丰富的情感和深刻的思考描绘了司马迁祠墓的景色、历史底蕴和文化内涵，它们就是一座桥梁，连接着过去和现在，让我们感受到司马迁的精神魅力和历史的厚重，也让我们看到了历代对司马迁的态度以及《史记》在上层社会和民间的传播和接受情况。在当代社会，司马迁祠墓诗文所代表的文化景观具有重要的现实意义。它提醒我们要珍视这些景观，这些景观是国家意志的体现，也是民间社会的真实思想，也为我们提供了一个思考的窗口，在景观中汲取智慧和力量。

历史与神话：双重维度书写中的张骞形象

＊本文作者冯奕，东南大学中国史专业研究生。

西汉时期张骞出使西域乃是我国古代对外关系与民族关系史上的一项创举，素有"凿空"之称，张骞作为著名外交家，事迹因此流传后世。案诸史料，历史上张骞的形象是复杂多变的，不仅在使节形象基础上，衍生出寻访河源的探险者形象、西域物种的引入者形象以及佛教和胡乐的传播者形象；① 并且就其使节形象本身而言，也分正面与负面两种形象，既是坚韧不拔、建功绝域的杰出使节，又是迎合汉武帝喜好，促使其对西域用兵的生事之臣。而神话传说中的张骞，则吸收了其形象中正面性的同时，更添加了几份浪漫色彩，使得史书与诗词之外的张骞形象变得生动饱满，同时减弱了形象中的负面色彩，呈现出源自史实而逐渐独立于史实的塑造特点。此前研究者已经对历史书写中张骞负面形象的生成做过论述，② 并在搜集了唐至明代文学作品中关于张骞的记载的基础上，分析了文学叙事中的张骞形象在不同朝代的接受情况，③ 对张骞传说的形成过程也做过系统梳理，④ 本文将在厘清张骞作为"生事之臣"的负面形象如何历经两汉史籍而明确的基础上，概括汉代以后神话传说中张骞形象的演变脉络，再对比历史与神话书写维度中张骞形象的异同，从而探究在张骞形象的历史书写中，神话元素的加入带来的多维角度对历史人物塑造的意义。

一、两汉时期作为"事件"的张骞形象塑造

关于张骞功业的分析，此前研究成果已然十分丰富，近年来，亦有学者对张

---

① 参见李荣华：《魏晋南北朝时期张骞形象考述》，《中华文化论坛》2014 年第 2 期。

② 参见向红：《〈史记〉中的张骞——读〈史记·大宛列传〉》，《新疆师范大学学报（哲学社会科学版）》1996 年第 3 期；李佳《凿空之功与逢君之恶——张骞功过评说与〈史记·大宛列传〉的若隐不发》，《湖北大学学报（哲学社会科学版）》2020 年第 3 期。

③ 参见于洁：《宋元人心目中张骞形象及其历史渊源》，《中原文化研究》2014 年第 1 期；梁中效《唐宋诗词中张骞形象的变迁》，《陕西理工大学学报（社会科学版）》2017 年第 2 期。

④ 参见王子今：《张骞"浮槎"故事的生成与传播》，《文史哲》2023 年第 1 期；邓绍基：《典实和传说：古代文学作品中的张骞》，《阴山学刊》1995 年第 1 期；邹近：《张骞传说研究》，硕士学位论文，四川师范大学文学系，2016 年。

骞正面形象的塑造做过概括性论述，并探讨了《史记》之后的史籍《汉书》与后世的文学作品中对张骞功业的书写、建构情况；① 而张骞的负面形象是如何基于《史记》而流传后世的，则尚且少有人关注，笔者将《史记》与其他汉代典籍进行对比，尝试对该问题加以分析。

张骞的事迹最早见于《史记》，集中于《大宛列传》，散见于《李将军列传》《卫将军骠骑列传》《西南夷列传》。司马迁在刻画出一个坚忍爱国的使节典范形象的同时，又通过春秋笔法，为该形象增添了几分负面色彩，使得张骞作为逢迎上意、屡次挑起事端的生事之臣形象也初具雏形。

司马迁在编纂《史记》时虽没有为张骞单独立传，但是他却在《大宛列传》中以大段篇幅记载张骞的出使经过，其原因或如向红所说，《史记·太史公自序》直接表明了司马迁的写作目的，而司马迁作《大宛列传》的目的在于"汉既通使大夏，而西极远蛮，引领内向，欲观中国"，因此，司马迁实际上"是将《大宛列传》当成人物传记——外交家张骞的传记来对待的"。②

通过司马迁作《大宛列传》的动机，可推断出司马迁对张骞整体上持褒扬态度，原因就在于他重视张骞的通使之功与首创精神。因此，司马迁主要塑造的是张骞作为使节典范的正面形象，而该形象的形成归功于《史记》中以下两方面的描写。一方面是对张骞出使西域功绩的描写。首先，司马迁多处下笔直接点出张骞的凿空之功与首创精神。《大宛列传》开头便写道，"大宛之迹，见自张骞"，之后，又以"张骞凿空"一句，概括说明了张骞出使乌孙的意义。《史记索隐》将"凿空"解释为"谓西域险厄，本无道路，今凿空而通之也"，可见"凿空"一词更加直白地点出张骞出使带来的开创意义。并且，在写到张骞第二次出使西域的结果时，以"西北国始通于汉矣"。又一次强调张骞的首创之功。其次，司马迁具体描写了张骞出使带来的积极影响，包括有利于西汉对西域开展后续外交活动与间接促使西域与中原互通有无。张骞第一次出使西域归来，将沿途增长的对大宛、大月氏、大夏、康居等国的见识，都"具为天子言之"，可见他带回了大量关于西域各国的地理、风俗信息，为汉武帝此后对西域进行外交、军事活动提供了信息基础；张骞第二次出使西域时，使得乌孙、大夏等国增进了对西汉的了解，"因令窥汉，知其广大"，增加了乌孙、大夏等国与西汉交往的积极性。另一方面，是对张骞品行的刻画。司马迁不仅直接赞扬了张骞的品行，作出"骞为人强力，宽大信人，蛮夷爱之"的高度评价，并且通过两件事例来佐证，一是张骞被困匈奴十余年，然而始终没有屈服，并最终伺机出逃归国；二是第二次出使时，面对倨傲的乌孙王昆莫，张骞不卑不亢，体现出使臣的气节，"骞大惭，知蛮夷贪，乃曰：'天子致赐，王不拜则还赐'"。最后，司马迁还指出，张骞本人俨然成为一个榜样人物，被后

①　参见王华宝：《张骞功业的历史书写与形象接受研究》，《信阳师范学院学报（哲学社会科学版）》2024 年第 1 期。

②　向红：《〈史记〉中的张骞——读〈史记·大宛列传〉》，《新疆师范大学学报（哲学社会科学版）》1996 年第 3 期，第 64 页。

来出使西域的使者用来取信于外国，"其后使往者皆称博望侯，以为质于外国，外国由此信之。"从侧面体现出张骞作为使节的优异表现令人影响深刻。

　　由上可见，司马迁通过着重点出张骞的出使功绩，肯定张骞为人，记载其遇事时的言语、心理等细节，将张骞塑造成一位使节典范，为此形象在后世的广为流传奠定基础。然而与此同时，由于《史记》以下几方面的微言，张骞"生事之臣"的负面形象也初步形成。首先，司马迁将张骞的进言与汉武帝对西域进行外交和军事行动紧密联系起来。在汉武帝再次试图打通前往身毒等地的道路一事上，司马迁先写张骞向武帝的进言，表现出张骞对武帝此次决定的推动作用，"今使大夏，从羌中，险，羌人恶之；少北，则为匈奴所得；从蜀宜径，又无寇。"此后他又三次点出张骞的进言与武帝决定之间的因果关系，如"初，汉欲通西南夷，费多，道不通，罢之。及张骞言可以通大夏，乃复事西南夷。"此外，《史记·西南夷列传》中记载张骞"因盛言大夏在汉西南……有利无害。"于是汉武帝派人"间出西夷西，指求身毒国。"点出因果关系的同时，司马迁用"盛言"一词，表现张骞极力劝说武帝的情景，从而突出张骞自身对开通西南夷一事的热衷，并用互见的笔法，在《大宛列传》中揭示了这份热衷并非基于张骞为国家利益的考虑，而是出自其一己私欲。在记载张骞二次出使西域前，司马迁运用插叙，先写张骞乃是因为配合李广对抗匈奴，后期当斩，而赎为庶人；其后他又写道："是后天子数问骞大夏之国。骞既失侯，因言曰……"从而显示出张骞积极向武帝进言再次开发西南夷和其失去爵位一事之间的因果关系，并解释了《西南夷列传》中张骞"盛言"背后的心理动机。

　　而对于汉武帝"复事西南夷"一事本身，司马迁就明确表示反对。首先是一句概括，"初，汉欲通西南夷，费多，道不通，罢之。"指出欲开通此道所费甚多，而且难以开通；其次，在写到汉武帝再次做出的开道尝试时，司马迁用了两次"数万人"，来体现这次尝试耗费的人力之大，"于是汉发三辅罪人，因巴蜀士数万人，遣两将军郭昌、卫广等往击昆明之遮汉使者，斩首虏数万人而去。"司马迁在此通过描写大规模军事行动带来的惨重后果，复又强调此举对西汉国力的损耗。并且，司马迁在下文中还写到，尽管所耗甚大，此次开道尝试的结果依然是"其后遣使，昆明复为寇，竟莫能得通"。此前在《西南夷列传》中，司马迁也详细描写了早些时候汉武帝欲开通前往西南地区的道路是如何耗财，并且此举相当困难。当时巴郡四郡尝试打通此道，"戍转相馈"，可见动用的劳力数量巨大；然而经过几年的努力，却依然没有开通道路，并且"士罢饿离湿死者甚众；西南夷又数反，发兵兴击，耗费无功。"司马迁以"甚众""数"这些形容数量的字词，来凸显此次尝试的艰难与辛劳。

　　总之，司马迁在刻画出张骞正面形象的同时，也通过将张骞与汉武帝复事西南夷的动机紧密联系，又强调此事极耗人力物力，并且通过插叙，点出张骞出使乌孙包含私欲，从而使得张骞作为生事之臣的负面形象也初具雏形。

　　而《史记》作为距离张骞所处年代最近，记载最为详细，同时本身也具备相当可信度的史籍，司马迁对张骞形象中双面性的塑造对后世文本的影响深远，奠定了西汉往后历史事件中张骞形象的塑造基调；但另一方面，时代因素也影响着不同时期的文人对张骞的评价。

张骞的形象脱胎于《史记》，而创作于东汉的《汉书》与《前汉纪》，在继承了《史记》相关叙事的同时，又进行了删减，将张骞的负面形象进一步明晰，为后世，尤其是南宋文人对张骞的批判提供了论据。《汉书》对于张骞正面形象的塑造与《史记》相近，如对张骞的品性作了同样的评价："为人强力，宽大信人，蛮夷爱之"。而在张骞负面形象的书写方面，比起《史记》的微言，《汉书》的记叙具有更强的指向性，将张骞与汉武帝对大宛用兵一事更为明确地联系起来。后世文人指责张骞，大多是认为张骞促使了汉武帝对用兵，虚耗民力，在此基础上往往针对具体事件进行批评，其中，汉武帝为获良马而对西域发兵一事，尤其受人指摘。然而检阅《史记》，并没有发现有记载可以直接证明张骞在汉武帝对大宛用兵一事上起到了推动作用。《大宛列传》明确记载了汉武帝获得大宛马，乃是在张骞死后，"自博望侯骞死后，匈奴闻汉通乌孙，怒，欲击之。及汉使乌孙，若出其南，抵大宛、大月氏相属，乌孙乃恐，使使献马……初，天子发书易，云'神马当从西北来'。得乌孙马好，名曰'天马'。及得大宛汗血马，益壮，更名乌孙马曰'西极'，名大宛马曰'天马'云。"而且，在讲述武帝求取大宛马的起因时，也厘清了时间线，"而汉使者往既多，其少从率多进熟于天子，言曰：'宛有善马在贰师城，匿不肯与汉使。'天子既好宛马，闻之甘心，使壮士车令等持千金及金马以请宛王贰师城善马。"可见，《史记》中虽写到张骞第一次出使归来时曾向武帝提到过大宛的汗血马，但《史记》呈现出的效果是，张骞仅是提及有此马，而真正促使武帝求取大宛马的乃是继张骞之后的使者，这与"自博望侯开外国道以尊贵，其后从吏卒皆争上书言外国奇怪利害，求使"的记载也形成了呼应。因此，后人无法通过《史记》认为张骞是武帝派李广利攻打西域的祸首。

《汉书》却将张骞与此次军事行动更为明确地联系起来。《西域传》中，班固在记载到大宛时，写到大宛"多善马，马汗血，言其先天马子也"，而"张骞始为武帝言之，上遣使者持千金及金马，以请宛善马"，此后才有汉武帝派人求马的一系列事件。不难看出，在这段的记载中，班固通过"始"字以及模糊了张骞与后来使者之前时间差的叙事处理，将这次军事行动的祸根，归结到了张骞身上。此外，《汉书》较《史记》还补充写道："初，武帝咸张骞之言，甘心欲通大宛诸国，使者相望于道，一岁中多至十余辈。""甘心"一词，凸显出张骞的进言对武帝的影响力。因此，在大宛马一事上，《汉书》虽在张骞本传中基本继承了史记的叙事结构，但是在《西域传》中却进行调整，以一体化的叙事将张骞与武帝求马的起因紧密串联起来。而班固采用这样的书写方式，与此前朝臣的言论也有着分不开的关系。距离武帝朝不远的那场著名的"盐铁会议"中，就有大臣提过大宛马事件，直言武帝是因为张骞的话才不惜武力也要获得良马，跳过了其中后来使者的推动作用，"张骞言大宛之天马汗血，安息之真玉大鸟，县官既闻如甘心焉，乃大兴师伐宛，历数期而后克之。"《盐铁论》中的这段记载，无疑向班固提供了有力的证据。而通过《盐铁论》，也可发现西汉时期，已有朝臣明确提出张骞出使西域这项创举背后劳民伤财的一面，比起《史记》的隐晦更为直接，文学贤良们将张骞出使西域之举与司马相如、唐蒙开辟通往西南夷的道路、韩说征伐南夷、张荀彘讨伐朝鲜等事并举，将武帝穷兵黩武带来的国力的消耗归罪于武帝朝中这些"好事"之臣的唆使，"张骞通殊远，纳无用，府库之藏，流于外国……由此观之：非人主用心，好事之臣为县官计过也。"可见昭帝朝，张骞作为生事之臣的一面已经被当时部分文人包含于整体形象中。不过，张骞的出使之功仍然为当时人承认，批评的声音毕竟还在少数，桓宽、扬雄等人都将张骞视为使节典范，赞扬其品行，此外更有班超投笔从戎，欲效仿张骞建功绝域的典故，因此两汉时期，张骞形象中的正面形象依然占据主流，但是形成自《史记》的负面形象经过《盐铁论》《汉书》的塑造也逐渐明确，这在成书于东汉末的《前汉纪》中得到证明。

在书写张骞形象时，与班固一样，荀悦既继承了《史记》所塑造的使节典范形象，又保留了张骞的负面形象。首先，在记述大宛马一事时，荀悦删去了后来使者对武帝的进言，仅保留了张骞向武帝提及大宛有汗血马以及武帝令李广利带兵前往大宛求马不成，进而攻打大宛的记载，使得读者若要探究武帝求马的原因，只能溯源至张骞的进言。其次，《前汉纪》里关于张骞向汉武帝描述自己见闻的大段文字中，比起《史》《汉》两书，增加了对罽宾国的描写，"罽宾国，王治修苏城，去长安万二千里，土地平坦，温和，有苜蓿、杂果、奇木，种五谷稻，多蒲桃、竹、漆……出封牛、水牛、犀、象、大狗、沐猴、孔雀、珠玑、珊瑚、琉璃"[1]，从中增强了前两者所记载的汉武帝之所以试图再次开发西南夷，是因为张骞向其列举了西域种种奇珍异宝一事的可信性。最后，荀悦还运用了东汉时盛极一时的谶纬神学。在集中记载张骞事迹的末尾，《前汉纪》提到当年发生了日食，"十有一月癸酉晦，日有蚀之。"[2] 在谶纬神学中，日蚀即日食，属于异象，何休在《春秋公羊传解诂》中便提到，"异者，非常可怪。先事而至者。"[3] 也就是说异象往往出现在暴乱未发之前，用来警示君王令其即使自我反思。荀悦通过在张骞出使的事迹之后记载当年的日食，或许便想表达其对张骞出使的不赞同态度。

总之，张骞巧言迎合上意、屡生事端的负面形象，由《史记》塑造出大致轮廓，在汉代即经由《汉书》《盐铁论》《前汉纪》等较为权威且在后世具有相当知名度的典籍而成为张骞形象中不可忽视的一部分，并且影响了之后文人对张骞的书写与评价。关于这个问题，目前研究者已经从文学的角度分析了唐至明代诗词散文中张骞形象的演变，在此不作谈论。

---

① 《前汉纪》卷12《孝武皇帝纪三》"六年春二月"条，第203页。

② 《前汉纪》卷12《孝武皇帝纪三》"六年春二月"条，第204页。

③ 《十三经注疏》，《春秋公羊传注疏》卷2《隐公三年》"三年春王二月"条，北京：中华书局2009年点校本，第4783页。

二、汉代之后作为"神话"的张骞形象塑造

张骞传说的成立是一个循序渐进的过程，以《史记》等原始史料为基础，在流传的过程中创作者结合主观认识，对其进行二次创作，后世又有人沿用了该创作，最终使得张骞在使节形象与寻访河源的探险者形象基础上衍生出仙人形象，并不断完善。

该传说的形成最早可追溯至西晋以前，张华《博物志》提到有人乘槎至天河，遇见牛郎织女，据其中的"旧说云"可知，类似故事在之前也出现过。南朝时刘义庆将天河与严君平、支机石结合起来，庾肩吾、庾信父子在诗歌中又将乘槎的主人公称为"汉使"，并且增强了其与牛郎织女故事的联系，有"天河来映水，织女欲攀舟。汉使俱为客，星槎共逐流。"① 等句。此后南朝梁宗懔的《荆楚岁时记》第一次将模糊性指称"汉使"明确为张骞，该故事由此基本定型，后被当成典故用于文学作品中。而之所以张骞能够以配角的身份加入尚且仅为雏形的乘槎传说中，源于以《史记》为首的关于张骞探索河源的记载。

《史记·大宛列传》首次提及张骞穷河源，树立探险者形象，"骞身所至者大宛、大月氏、大夏、康居，而传闻其旁大国五六，具为天子言之。曰：大宛在匈奴西南……盐泽潜行地下，其南则河源出焉。在结尾处又对此事加以评论，"今自张骞使大夏之后也，穷河源，恶睹本纪所谓昆仑者乎？"对张骞的探险精神给予称赞。而《汉书》《前汉纪》等史书均沿用了此说法，张骞穷河源一事由此固定下来，并由于河源在《山海经》等书的形容下就具有神秘性，而使得张骞此举在后世的传播中逐渐带有浪漫的神话色彩。易与神话传说结合。

魏晋南北朝时，玄学兴起，清谈的流行促进了志怪故事的产生与传播，炼丹服药以登仙的习气也促使文人创作时选材由人间转向仙境，因此志怪小说和游仙诗呈井喷式发展，出现了《博物志》《幽明录》等作品。在升仙思想的影响下，加上当时人们对"河"的概念模糊，容易由地上的河流联想到"天河"，因此张骞穷河源的记载开始与牛郎织女、昆仑、支机石、严君平占卜等传说建立联系，形成"张骞乘槎出世，经过天河，遇见织女，得赠支机石，后向严君平询问"的故事框架，张骞形象中的一部分，也开始了由人到仙的转变。但这一时期张骞的仙人形象仅具轮廓，其内核在经过后世的两轮刻画后才得以充实，并以其正面性从另一维度一定程度上掩盖了张骞形象中的负面性。

第一轮刻画集中于唐代，主要体现在情节的扩展与细节的增添。根据敦煌变文中保留的两处涉及张骞乘槎传说的记载，可以看出此时张骞乘槎传说与东方朔偷西王母桃的传说结合起来，丰富了传说内容。《前汉刘家天子传》中就将故事

---

① 逯钦立辑校：《先秦汉魏晋南北朝诗》，北京：中华书局 2011 年版，第 1995 页。

变为张骞奉汉武帝之命寻河源，遇见西王母，西王母给予其支机石，"报卿君命"①，之后西王母赠桃给汉武帝，并指出东方朔偷桃一事。至于原本的给予张骞支机石的织女，虽在这则故事中并未出现，但是在变文中收录的另一则歌辞中，又重新加入传说中。歌辞在写到张骞遇见西王母后这一情节后，又补充了织女的部分，"张骞本自欲登仙，汉帝使遣上升天。今朝得遇西王母，驾鹤乘龙上紫烟……张骞寻河甚迟迟，正见织女在罗机。"写张骞见织女哭泣，安慰织女并欲帮助其搭建鹊桥，"织女啼哭莫号咷，谁能为汝造浮桥。寄语填河乌鹊鸟，年年为汝早填壕。"② 根据以上两种变化，可以看出唐代"张骞乘槎"的传说中既改变了张骞出使的主因，从寻求政治同盟到寻找河源，而河源也从地上的河流转变为天河，通过加入张骞遇西王母的情节，将张骞从人间的使节变为汉武帝与西王母沟通的一道桥梁。又进而补充了张骞帮助织女和丈夫相见的故事，在保留传说中织女元素的同时，使得昆仑神话的浪漫与普通的民众生活结合起来，不仅让原本"乘槎"传说中织女的仙人形象弱化，更贴切现实，代言的出现也使得歌辞中的张骞具备个性，形象更加细致。而"乘槎"传说中织女和张骞仙人形象的弱化和唐代时代背景有关。歌辞中提到"征辽"，"织女身向内宫坐。拟共牵牛为夫妇。状似远道昔征辽。水深千丈而难渡。"③ 反映唐初因多次征讨高丽而导致无数夫妻分离的情况，而张骞出使西域，也属远赴边地之举，因此创作者将两件事结合，进一步补充了"张骞乘槎"的传说。

第二轮刻画集中于明清。明清时期市民文化较宋代更加繁荣，涌现出大量戏剧小说，张骞传说在这一时期也增添了更多细节。如明小说《新刻全像牛郎织女传》中，对天河场景的描写更加细致，使得场景更加生活化，"汉时张骞溯河源，直至天河，见牛郎丰神俊伟，斋饭粮，持两具，牵牛至渚次求牧。"《剪灯新话》中更是对天河与织女住所做了大量形容，并从另一个角度继承了此前的故事梗概，通过织女与处士的对话来佐证张骞乘槎遇织女、获赠支机石等事的确发生过，并指出张骞、严君平等人乃是出身不凡，方能上天，"夫博望侯乃金门宜吏，严先生乃玉府仙曹，暂谪人间，灵性具在，故能周游八极，辨识异物。岂常人之可比乎？"从而填补了此前传说中逻辑的缺陷，也通过指出张骞的"灵性""暂谪人间"的遭遇来强调其仙人形象，使其更与人间的使节身份剥离。清代由于黄河频繁泛滥，历代皇帝都致力于致力黄河水灾，这在民间小说杂剧等文本中亦有反映，比如张骞传说到了清代，张骞寻访的河源最终明确为黄河，动机也变为治理黄河。道光年间的杂剧《银汉槎》就再次扩充了故事背景，将张骞寻河源的动机变为山东蚩鼋兴风作浪，而他在出使西域得封博望侯后，又奉武帝之命治水，其间在牛郎织女的帮助下访探河源，获赠支机石，并在精卫的协助下，降伏水妖。而为了增添现实

---

① 黄征、张涌泉校注：《敦煌变文校注》，北京：中华书局1997年版，第244页
② 任半塘编著：《敦煌歌辞总编》，上海：上海古籍出版社1987年版，第627页。
③ 任半塘编著：《敦煌歌辞总编》，上海：上海古籍出版社1987年版，第627页。

性，作者还设置了汲黯集粮赈灾的副线，来强化治理水灾的故事背景。可见一方面，在清代，张骞的使节身份重新突出，实现从仙到人的回归，另一方面，也为张骞穷河源之举赋予新的现实目的：治水，从而强化了张骞为国为民的正面形象。

综上所述，"张骞乘槎"传说的成立是一个层层递进的过程，以史书记载为基础，结合种种联想，在不同时代中又因时事而变化，并受时代风气与民众心理因素的影响，最终成为一个有着完整叙事结构，结合了多种传说的独立传说。

三、多维的书写及意义

张骞形象书写中大致存在历史、神话、文学三种书写纬度，历史纬度的书写主要体现在史书中，《史记》为张骞形象的塑造提供了底本，后世有关张骞的记载其源头都可追溯至《史记》，因此其所塑造出的张骞正反两面形象对后世的书写影响深远。司马迁在塑造张骞形象时，采用了以突出某一品性为中心的人物形象塑造策略与仅提供一二典型事件为支撑的叙事建构策略。《史记·大宛列传》在前半部分对张骞品性做了概括，称赞其"为人强力，宽大信人"，在通篇叙事中，都围绕该点来描述张骞事迹，比如补叙张骞第一次出使被匈奴人扣留时的细节，"留骞十余岁，与妻，有子，然骞持汉节不失"。又通过刻画张骞出使过程中的两例事迹，来体现张骞的气节与急智。一次是在记载张骞第一次出使西域时，写到张骞从匈奴处逃脱，说动大宛王派向导将其送至康居，转而抵达大月氏，"骞曰：'为汉使月氏，而为匈奴所闭道。今亡，唯王使人导送我。诚得至，反汉，汉之赂遗王财物不可胜言。'大宛以为然，遣骞，为发导绎，抵康居，康居传致大月氏。"另一次是在记载张骞出使乌孙时，运用神态、心理以及语言描写，来描写张骞面对乌孙王昆莫不合礼数的行径所采取的应对之举，来表现张骞遇事沉着、应对从容的一面。同时，司马迁选取张骞两次出使过程中的典型事迹进行刻画，至于张骞生平中的其他事情，如封侯、被贬等，则以互见的笔法在其余列传中略提一笔。然而如前文列举的那样，司马迁同样塑造出负面的张骞形象，使得人物更加饱满。司马迁著《史记》的目的在于，"究天人之际，通古今之变，成一家之言"。因此更加注重人物性格的复杂性，将历史人物放在整个环境下进行考量，而在《史记·西南夷列传》中不难看出，司马迁对汉武帝"复事西南夷"一事持反对态度，这在前文中已有概述，因此对于推动这一事件的张骞，司马迁用微言以显其过。

此后同为汉代典籍的《盐铁论》《汉书》，直至《前汉纪》都强化了《史记》中初步形成的生事之臣形象，将汉武帝攻打大宛一事的动机与张骞紧密结合，使得宋代张骞形象出现了价值否定的高峰，多数宋人在诗词、散文中指责张骞为追名逐利而逢君之恶、虚耗国力。而史籍所书写的正面形象同样反映在文学纬度的书写中，如唐人作诗赞扬作为杰出使节的张骞，宋人在享受物质生活的同时感念促使西域物种流入中原的张骞。

相比文学纬度，神话纬度与历史纬度的联系看似较为薄弱，然而传说中的张骞形象其核心依然在于张骞的使节身份，此外一切元素都是在此基础上得以加入，如张骞乘槎的传说之所以能和织女传说相结合，是因为汉代就有以昆明池为背景的牛郎织女的传说，张衡在《西京赋》中曾提到"昆明灵沼，黑水玄址。牵牛立其右，织女居其左。"① 这个传说也为后世人所接受，有《昆明池织女石》等诗作。而《史记·大宛列传》中记载汉武帝因张骞的进言欲通大夏从而前往身毒等国，即当时所谓"西南夷"地区，"及张骞言可以通大夏，乃复事西南夷。"《汉书》也有相关记载。此外，《汉书》记载武帝年间挖昆明池一事，"发谪吏穿昆明池"。至于其目的，该句的注中指出是为征讨昆明以清理前往身毒的阻碍，"汉使求身毒国，而为昆明所闭。今欲伐之，故作昆明池象之，以习水战"。西汉时的《西京杂记》也有类似解释，此后的《三辅黄图》等书也采纳了该说法，因此后世人或将张骞与昆明池相联系，再结合昆明池的传说，遂使张骞与牛郎织女的故事有了联系的可能。

不可否认的是，神话维度中的张骞形象，由于历代文本在故事结构、细节方面的不断调整，其演变过程的确相对独立于历史维度中的张骞形象。但正因如此，后人在塑造传说中的张骞时获得更广阔的创作空间，也能够通过赋予仙人形象正面性来弥补张骞形象原本的负面色彩。唐代的传说将张骞出使目的完全归为寻河源，"汉武帝使大夫张骞赍衣粮，寻盟津河上源"。② 同时期的另一则歌辞，表露得更加明显，"张骞本自欲登仙。汉帝使遣上升天"。将张骞个人的出使动机，从因罪失侯因此欲再度建功西域，变为本来就想要登仙，借助武帝命令成功实现愿望。由此可见，唐代"张骞乘槎"传说中张骞的形象变得更加人性化，其出使动机与史书中有了明显区别，但其出使的私心与史书所载却又异曲同工之处。明代有关"张骞乘槎"传说的故事中，张骞的使节形象再次弱化，其仙人形象则更加突出，从由凡人登仙变为原本即仙人，所《剪灯新话》中所写。清代杂剧则将张骞出使的根本动机变为治水，强化了传说中的政治性，弱化了张骞的仙人色彩，其仙人形象的表现回归魏晋时期，也使得张骞的出使动机更为正面，完全是为救百姓脱离苦难。

纵观历史文本中的张骞形象，不难看出历史与文学维度中的张骞形象始终正面与负面并存，其两面性肇始于《史记》，又在两汉时期得以巩固，流传后世。而一旦张骞的使节身份淡化，仙人色彩逐渐明细，神话维度中的张骞形象几乎完全正面，而正是这种正面性，影响着南北朝之后文人对张骞的评价与书写，从唐至清，都有诗人赞美、艳羡身为仙人，逍遥自在的张骞，元时此类作品尤多，并衍生出《张骞乘槎图》等画作。可见神话维度的加入影响着后世文人对张骞的评价，在一定程度上削弱了史籍记载中张骞"生事之臣"形象带来的负面性，这种填补与充实，也正是多重书写维度对于历史人物形象塑造方面的意义之一。

---

① 张衡著，张震泽校注：《张衡诗文集校注》，上海：上海古籍出版社 2009 年版，第 59 页。
② 黄征、张涌泉校注：《敦煌变文校注》，北京：中华书局 1997 年版，第 244 页。

史事研讨及其他

创新的盛会 学术的盛宴

——"史记学与大学生人文素养学术研讨会暨中国史记研究会第二十届年会"综述

※ 本文作者王晓燕。江苏省产业海外发展协会业务部副主任。

[编者按] 由中国史记研究会、陕西国际商贸学院主办的史记学与大学生人文素养学术研讨会暨中国史记研究会第二十届年会，于 2023 年 11 月 11—12 日在陕西咸阳成功举办，98 名专家学者参加。这是三年新冠疫情之后的第一次《史记》研讨会，会前征集论文编辑出版了《史记论丛》第 19 集，会中成立了"国际史记学文化中心"，对于提升大学生人文素养，推进《史记》研究的国际化进程，具有重大的意义。这是一次创新的盛会、学术的"盛宴"。

史记学与大学生人文素养学术研讨会暨中国史记研究会第二十届年会，由中国史记研究会、陕西国际商贸学院主办，陕西国际商贸学院文学与教育学院承办，西北大学中国思想文化研究所、泰国格乐大学、新加坡南洋管理学院、吉尔吉斯国立大学、国际商学研究院、中吉史记学文化中心、中吉中医药中心、中国传统文化促进会国际交流委员会、中国史记学网协办，于 2023 年 11 月 11—12 日在陕西咸阳举办，全国各地的《史记》研究专家学者和大学生代表 98 人参加了研讨会，其中副教授以上的专家学者 41 人，占总数的 40% 以上。研讨会取得了成功。

一、盛会概述

11月11日上午，首先举行开幕式。中国史记研究会会长张大可先生，中国史记研究会常务副会长、长江学者、陕西师范大学教授张新科先生，陕西国际商贸学院董事长、校长赵超先生，陕西国际商贸学院董事、校务委员会副主席张玉洁女士，陕西国际商贸学院执行校长贾明远先生，中国史记研究会副会长、中国历史文献研究会会长赵生群先生，中国史记研究会副会长、陕西国际商贸学院特聘教授丁德科先生，中国史记研究会副会长兼秘书长丁波先生，中国史记研究会副会长、陕西国际商贸学院特聘教授、中国传统文化促进会国际交流委员会主任委员、泰国格乐大学理事长、新加坡南洋管理学院理事长王长明先生，中国史记研究会副会长、西北师范大学文学院院长马世年先生，中国史记研究会原副会长、云南红河学院教授田志勇先生，中国史记研究会副会长、中国史记研究会副会长、浙江师范大学教授俞樟华先生，中国史记研究会副会长、重庆市文化与旅游研究院刘德奉先生，陕西国际商贸学院副校长甘世平先生、浙江工商大学教授徐日辉先生，李吉友先生，校长助理王文博先生、张利军先生等嘉宾出席了研讨会。

开幕式上，首先是赵超先生代表学院致欢迎词，接着张大可先生代表研究会致开幕词，然后是举行中心揭牌与颁发聘书仪式，吉尔吉斯国立大学副校长阿依古丽·乌鲁·塔兰特别克教授在线上致辞。

赵超先生在致欢迎词中表示，当代大学生人文素养关系到国家发展、民族复兴大业，史记学研究为大学生人文素养教育提供了历史的视角。各位专家学者共襄盛举，探讨《史记》研究，传播《史记》文化，拉开了"史记学与大学生人文素养"这一宏伟主题的序幕，为"史记学"的纵深发展拓宽了路径，也为"大学生人文素养"这一课题研究提供了崭新的思路。希望与会代表建言献策，为弘扬司马迁精神，提高大学生人文素养，培养社会主义建设者和可靠接班人做出积极的贡献。祝愿大家在古都停留期间舒心愉快，身体健康！

张大可先生在致开幕词中强调，这次研讨会以习近平文化思想为指导，因受疫情影响停办两届年会后，中国史记研究会举办的一次盛会，旨在推动《史记》研究进一步走向世界。东道主特别给力，在非常情况下，用短短半年时间进行筹备，举办全国性、上百人的大型学术研讨会，是十分不容易的。研讨会于5月中旬发出征稿通知，8月中旬截稿，短短三个月结集了60多篇论文，编辑出版了第19集《史记论丛》。预祝研讨会圆满成功！

开幕式上，举行了中心揭牌与颁发聘书仪式。为了更好地促进中医药文化和史记学文化的交流传播，陕西国际商贸学院与吉尔吉斯斯坦国家文化遗产保护基金会、吉尔吉斯国立大学、吉尔吉斯斯坦国际医科大学、泰国格乐大学、新加坡南洋管理学院、中国—北欧中医药中心（瑞典）、中国史记研究会、中国生物工程学会、中国史记学网共同成立国际中医药中心、国际史记学文化中心。赵超先生与张大可先生为两个中心揭牌。为更好地建设两个中心，推动中医药文化和史记学文化的国际交流，特聘请与会代表为两个中心的教授、特约研究员，聘请赵生群、马世年、王晓娟、王长顺等 28 人为教授，聘请丁波、王文运、刘彦青、朱枝富等 36 人为特约研究员。张新科先生和贾明远先生为两个中心的教授代表颁发聘书；赵生群先生与甘世平先生为两个中心的特约研究员代表颁发聘书。接着，陕西国际商贸学院聘请张大可先生为特聘教授，赵超先生颁发聘书。

塔兰特别克先生在线上致辞。他表示，吉尔吉斯斯坦与中国在历史文化领域有着深厚的友谊，两校共建的国际中医药中心、国际史记学文化中心也将成为探索陕西国际商贸学院在吉尔吉斯斯坦建设分校可能性的起点。希望通过双方合作，进一步深化中吉两国在教育、科技领域的交流与合作，结出丰厚的硕果。

开幕式由王文博先生主持。结束后，与会代表集体合影留念。

上午的第二项议程，是大会学术交流。由田志勇先生主持，张新科先生点评。丁德科先生、张大可先生、王华宝先生、朱卉平女士、郭瑶洁同学作分享交流。

丁德科先生发言的题目是：《中华文明的科学文化根脉—〈史记·五帝本纪〉的科学文化理念》。他深入剖析《五帝本纪》中的科学文化意蕴，运用地上、地下的历史文物相互印证，提出了鲜明的观点。他认为，《史记》记载的中华文明从黄帝开始，至少有 5000 多年的历史，实际上可能还要更早。在中华文明的初创时期，人们在生存和发展中潜移默化地形成了敬天利民、遵循时节、奋勇而为的思想信念，天文地理、耕作渔猎、礼乐法制的知识认知，选贤任能、激励约束、"咸成厥功"的思维理念，认识自然、利用自然、智慧理性的进取精神，科学文化与思想道德、身心健康趋向新的高度，形成了中华文明的科学文化根脉。

张大可先生的发言题目是：《什么是历史，怎样做历史研究》。他从"商都五迁与盘庚迁殷"和"项羽是否死在乌江"两个典型案例入手，阐述了历史哲学的一个重大命题，具有一定的理论高度。他认为，"历史"有两个释义：一是"历史"的本身，是自然界和人类社会的发展过程，是在一定时间和空间范围内存在的物与人和事，是"过去的事实"。二是"历史学"的概念，是"过去事实的记载"。消逝的原生态历史已不可知，已知的历史是历史家凭借语言、文字记载的历史记忆而重新复制的历史。原生态历史只有一个版本，而语言、文字留下的复制品历史可以有若干个版本。因此，历史研究，就是对已知的复制品历史作研究，揭示出作者的历史观，升华复制品历史，使之无限接近原生态历史。

东南大学人文学院教授王华宝先生以《张骞功业的历史书写与形象接受研究》为题，对张骞的一生功业与形象特点作了细致的阐述。他认为，张骞是丝绸之路的拓荒者，作为沟通中外文明的文化符号，形象不断演化。在两千多年的历史长河中，既有早期正史的历史书写，也有历代文学作品的形象塑造，以持节

"使臣"形象、将军形象、开拓者形象定型，展现出张骞形象的时代性、多元性、丰富性。作者提出，在"一带一路""人类命运共同体"的语境下，张骞作为一名体现中华民族精神的楷模，人类文明"对话之路"的开拓者，其中蕴含的"丝路精神"，具有较高的传承价值，值得我们高度重视与大力弘扬。

陕西国际商贸学院文学与教育学院副教授朱卉平女士，作了题为《〈史记〉中的理想人格及其时代意义》的发言。她认为，《史记》塑造了许多具有仁爱博爱、忠诚正直、智慧谋略、谦虚谨慎、无私奉献、勇往直前等理想人格的人物形象，在中国传统文化中具有重要的地位，对社会道德和价值观的传承起到了积极的影响，在当代社会具有重要的价值和借鉴意义，成为人们效法的榜样和典范。通过道德榜样、精神激励、政治教化和文化传承等方面的作用，激励和引导人们勤奋进取、追求卓越，弘扬民族精神、凝聚国家力量，树立正确的价值观、激发社会责任感，推动当代新文化建设，为社会的进步和发展作出积极的贡献。

陕西师范大学文学院硕士研究生郭瑶洁同学，作《〈史记新证〉引文考》的发言。她从文献学的角度入手，从非常细微的地方探讨问题，而引发出来的是对《史记》研究之研究，具有较强的学术价值。她认为，《史记新证》是陈直先生参考传世铜器铭文、殷墟甲骨文、竹简等材料及相关文献后对《史记》典章制度、官吏名称以及历史史实等方面作出的考证，地上文献和地下考古相结合，开辟了《史记》研究的新思路，是《史记》研究中非常重要的著作。他大胆地对《史记新证》作出了评价，也提出了不足，敢于向权威挑战，这种勇于创新的精神是值得肯定的。这一做法，也体现了年轻一代的《史记》研究者的创新精神。

下午，分三个研讨组开展学术讨论，分别以田志勇先生、刘德奉先生、杨波先生为召集人，与会专家学者分组交流研究成果，探讨学术问题。

11月12日上午，首先举行学术交流大会。由田志勇先生、徐日辉先生主持。闫伟先生、张学成先生、李潇瑾同学作分享交流。

陕西国际商贸学院文学与教育学院闫伟先生的发言题目是：《"史记学"的建立对当代大学人文精神的影响》。他认为，"史记学"的建立，发轫于古代，完成于现代，是对《史记》的全面研究与总结。古代"史记学"萌芽于汉魏，形成于唐宋，发展于元明，完善于清代。现代"史记学"的建立，与张大可先生的努力是分不开的。1983年，他首次提出建立全国性的《史记》研究组织，经常性地举办研讨活动，开展学术研究，普及《史记》内容。中国史记研究会成立后，在课题攻坚、文化传播等方面取得了丰硕成果。"史记学"的建立，促进了当代大学人文精神的提升，培养了高尚情操，强化了民族自豪感和家国情怀。

江苏护理职业学院教授张学成先生以"司马相如传"和《朱买臣传》为例，对《史记》《汉书》进行比较研究，发现《汉书》在《史记》的基础上所进行的修改，与《史记》相比，多数都有所提高，更加规范。从史书编撰的角度来说，史书的格式标准到《汉书》宣告正式形成。《汉书》的多数修改更具有形式之美，文学性更强，有益于抒发情感，塑造人物形象；语言逻辑关系更加严谨，意义的表达、感情的抒发，更加科学、准确，也更加生动、传神。《汉书》在写心上也取得了极高的成就，善于通过行动来反映人物心理活动变化，善于运用空白法。从具体、规范、准确的角度来说，《汉书》对《史记》多有超越。

陕西国际商贸学院汉语言文学专业李潇瑾同学论述了《史记》对当代大学生提升人文素养的意义。她认为，《史记》展现了人文精神的多样性和丰富性，对于当代大学生提升人文素养，具有极高的价值和意义。一是有助于养成浩然正气，弘扬民族精神。《史记》所塑造的屈原和李广形象，他们的家国情怀和无私奉献精神，有助于大学生健全自身人格。二是有助于坚守人生理想，发扬奋斗精神。司马迁经历磨难后发愤著书的经历，启发大学生应当实现自我超越，积极主动"塑造自我"。三是有助于坦然面对困难，端正生活态度。通过苏秦的人物形象，提出大学生在面对困难和挫折时，应当保持坚定的信念和积极向上的态度。

接着是研讨组成果汇报。渭南师范学院学报编辑部编审朱正平先生、研究出版社编辑谭晓龙先生、陕西师范大学古典文献学博士研究生张亦清同学，分别代表三个小组汇报。三个小组共有 40 多位专家学者发言，讨论非常热烈，提出了不少新颖独到的观点。

大会的最后一个议程是闭幕式，由丁波先生主持。主要内容是：

首先由贾明远先生致闭幕词。他说，研讨会展开了多角度、多层面的研讨和交流，取得了显著的成果。代表们充分发表了各自的学术见解，展示了《史记》研究的学术成果，各种学术思想得以相互交流和碰撞，进一步拓展了学术视野，深化了研究向度，增进了友谊与合作，使大学生人文素养的培育和养成得以与中国传统文化的融合与滋润。他表示，要把史记学文化及其历史精神融入到实践教学和课程之中，让学生在学习过程中感受中国传统文化的魅力，增强文化自信和民族自豪感，从而实现教书育人和立德树人的目的。要进一步重视和加强文化传承和国际交流方面的工作，努力讲好中国故事，传播好中国声音，让世界更好地了解和认识中国，同时也要借鉴世界各地的优秀文化成果，丰富文化内涵，推动人类文明的共同进步。

明年有两场全国《史记》研究的学术研讨会。一是初定明年 10 月在山西大学举办史记研究会第二十一届年会；二是初定明年 9 月在河北邯郸学院召开"《史记》与赵文化研讨会"。山西大学历史学院院长向晋卫教授在闭幕大会上作表态发言。

向晋卫教授介绍了山西与《史记》的历史渊源，代表山西大学邀请各位专家学者明年聚会山西，一方面探索山西大学先辈学者的优良传统，另一方面共同推进"史记学"向纵深发展，感受三晋大地的古韵新风，共话《史记》研究的新发展。

这次研讨会还组织专家对学者的参会论文以及大学生论文进行评比选优。其中，学者论文特等奖 1 名，由王华宝先生获得；一等奖 24 名，由张学成、朱枝富、杨波、郭瑶洁等学者获得；二等奖 40 名，由陈曦、徐日辉、邰旻、王甜等学者获得；大学生论文特等奖 1 名，由周成子同学获得；一等奖 4 名，由郭晶、周教平、宿凯波、李潇瑾同学获得；二等奖 20 名，由王卓媛、杨柔柔、马梦娇、赵鑫怡等同学获得。

最后，王长明先生代表中国史记研究会、陕西国际商贸学院、泰国格乐大学、新加坡南阳管理学院致辞。他认为，中国史记研究会长期致力于组织中外学者开展研究，不断推出新的学术成果，为传承和传播《史记》文化，乃至中华优秀传统文化作出了积极的贡献。他介绍，泰国格乐大学、新加坡南洋管理学院所建立的尼山世界儒学中心泰国格乐大学分中心，开展了文化与文明论坛、科学素质发展论坛等重要学术活动，高度重视中华文化的海外传播工作，特别聘请张大可先生、张新科先生等知名学者，以及刘彦青等青年才俊为教授、博士生导师，积极组建国际史记学文化中心，开展多方面的教学科研合作交流，并与大家一起，积极推介"史记学"研究成果，大力传承司马迁精神，积极传播中华文化，弘扬中华人文精神，为人民谋幸福，为民族谋复兴，为世界谋大同。

12 日下午，组织了文化考察体验活动。

陕西省司马迁研究会向外地参会的专家学者赠送了一套六本的《司马迁与〈史记〉论集》，是研究会 2016—2021 年的年会论文集。

在研讨会召开前的 11 月 10 日晚上，中国史记研究会召开了常务理事会，20 多名学者参加，由丁波先生主持。张大可先生介绍了《史记》研究会近年来的工作情况；这次研讨会牵头负责的丁德科先生、具体筹办的学院党总支副书记王娜女士介绍了筹备情况；向晋卫先生介绍了 2024 年承办史记研究会第二十一届年会的初步打算。常务理事会决定，中国史记研究会增补丁德科先生、王长明先生为副会长；增补向晋卫先生、王娜女士为常务理事；增补陕西国际商贸学院副教授马倩，山西大学历史系教授杨永康，贵州黔东南州方煜东、陆景川，新加坡南洋管理学院总经理张旭伟，中国史记学网编辑部主任王水为理事。

二、学术概要

这次研讨会共征集到论文 87 篇，编辑论文集《史记论丛》第 19 集，收录论文 62 篇，约 60 万字，共设置五大栏目，主编为张大可、赵超、王娜、陈曦，由中国文史出版社正式出版。还有 25 篇是东道主的学生论文，将专门编印成书。

第一个栏目，是"《史记》文本与注释研究"，共收录 12 篇论文。国防大学军事文化学院教授陈曦的《高山仰止追司马，景行行止颂史公》、中华书局编审周旻的《师门箕裘不坠，小子踵武赓续》、项目组的《三全本〈史记〉八大看点》，是中华书局出版"三全本《史记》"的推介文章，认为"三全本《史记》"是真正的全本全注全译，全面校正了《史记》文本，注重发微索隐，揭示深层意涵，汇集古今评论，对相关问题进行详细分析和延伸探讨，并请学术带头人审核把关。徐日辉研究《史记·夏本纪》，考辨大禹的"身为度"乃是"禹步"的丈量尺度，认为"禹步"是大禹治水时使用的测量手段，是对大禹为民造福的赞美，开掘颇有深度。西安培华学院中文系副教授张萍等，对《史记·荆轲刺秦》进行探讨，编辑部加了"编者后按"，说："本文论证'荆轲刺秦'为司马迁所写，并非承袭《战国策》之文，以不可辩驳的充实论据，从史实演变、文章风格、特殊用语、特殊句法多个方面深入浅出的论说，可以说做成了铁案，表现了作者用力之勤，是一篇上等论文。"泰州学院人文学院讲师孙利政研究《〈史记会注考证〉驳议》，考证李元春的《史记注正》、周永年的《孔子世家补》，认为鲁实先的《驳议》所列《会注》"采辑未备"的《史记》研究书目并非全经目验，存在贪大求全、贪多求胜的心理。宝鸡市社会科学院副研究员王宏波对《史记》中的"相君之面"与"相君之背"、"乘字牝者"、"雉"与"野鸡"、"倾危之士"等疑难问题进行考辩，提出了独到的观点。三江学院文学与新闻传播学院徐国栋对《秦本纪》昭五十年的"晋""楚"二字进行深入细致的考辩，从张守节的"无楚军"，"楚"为"走"字阐发，先辨"楚""走"，再复析"晋"义，最后指出"晋"应理解为赵、魏之军。江苏省泰州中学教师郄旻对《史记·孔子世家》"后七日卒"《史记正义》引《括地志》所叙孔子之后受封的一段话进行考误。

　　第二个栏目，是"《史记》与大学生人文素养研究"，是这次研讨会的主题，共收录了10篇，是《史记》研究领域的新开拓。《史记》是"人伦道德教科书"，就是指导人的成长怎样提高修养，怎样做人。大学生是国家培养的栋梁人才，正是青年成长时期，如何提高人文素养是当务之急。编委会在《题记》中说："如何使《史记》融入当代生活，在做到古为今用的同时，实现对《史记》的创造性转化和创新性发展，一直是《史记》研究者努力的方向。《史记》与大学生人文素养研究"的一组论文，呈现的就是这一努力方向的最新成果。这批论文的集中推出，必能激发大学生研读《史记》的热情，推动这一群体从《史记》中汲取丰富的精神营养。"咸阳师范学院文学与传播学院教授王长顺研究司马迁的"三不朽"观念对大学生命教育的启示，认为司马迁以"不朽意识"超越死亡，实现生命价值，足以启示大学生正确认识生命、尊重生命、珍惜生命，重视精神生命价值，树立远大理想目标，为实现生命价值不懈奋斗，对当代大学生有着一定的启发意义。淮北师范大学历史文化旅游学院讲师陈郑云的《"史记学"的建立对当代大学生人文教育的影响》，揭示了《史记》的人文精神对大学生的启发教育，主要表现在自觉担当的社会责任、以人为本的主体精神、忠诚爱国的家国情怀、自强不息的进取精神。渭南师范学院副教授刘鑫还探讨了《史记》文化中"校园＋"的数字化赋能建设。

　　第三个栏目，是"《史记》思想文化研究"，共收录23篇论文。江苏省产业海外发展和规划协会常务副秘书长朱枝富的《范增"奇计"论》，朱正平先生在向大会汇报中说："著名的《史记》研究专家朱枝富先生的文章，是对历史人物范增的评论。虽然，史书上对范增的记载寥寥无几，司马迁也没有对其专门著传，只是散记于《项羽本纪》等传记中。《汉书》也只是重复相关史料。朱先生认为，司马迁笔下的范增公允、客观，恰当地评价范增的'奇计'很有必要。作者从'出山'献策，'奇计'力劝立楚后（熊心）；急击勿失，'奇计'只为除刘邦；貌合神离，'奇计'被间命归西；众说纷纭，'奇计'未曾见奇效四个方面阐述，肯定了范增在秦汉之际所发挥的历史性作用。作者对范增的评价不拔高、不贬低，论证平实公允，结论客观公正。这篇文章将刊发于《渭南师范学院学报》第十期。"安徽和县第一中学特级教师薛从军等，进行刘邦、项羽的政治策略比较研究，肯定项羽勇往直前的战斗精神、主动自我牺牲的精神，以及敢于自责、忠于爱情的品格。中国史记研究会常务理事杨波通过研究，认为中医近祖扁鹊秦越人，在历史上确有其人，被尊为中国古代医学的祖师。韩城市司马迁学会程永庄研究《史记》的当代价值。南京霸王山研究会副会长朱宏研究项家军，从南京霸王山与项羽有关的地名、故事入手，认为这些印记与项羽厉兵秣马有关。江苏淮安市淮阴区政协文史委主任徐业龙研究韩信文化及其当代价值，提炼出韩信胸怀大志、聪明睿智、知恩图报、能屈能伸的文化特征。恒丰环球资本管理（北京）有限公司邝岚研究仓公淳于意，认为淳于意对病例的收集整理、对扁鹊医学理论的继承发展、改变医术的传授方式，是他所作出的医学贡献。东南大学人文学院何亦橦进行中国式现代化思想溯源，认为《史记》的编纂体例创新、褒贬评价取向、历史国情分析都体现出以人为本的思想理念。

第四个栏目，是"《史记》文学艺术研究"，共收录了8篇论文。陕西师范大学文学院副教授刘彦青研究司马迁"发愤著书"形象的建构与意义，认为《太史公自序》开始建构司马迁形象，《报任安书》完成了司马迁"发愤著书"形象的自我建构，司马迁"发愤著书"形象促进了《史记》文学经典的建构。山西师范大学文学院副教授张海燕等，研究清代女作家吟咏刘邦的诗歌，以女性独有的悲悯情怀惋惜韩信、彭越、丁固等人的悲惨遭遇，批判刘邦兔死狗烹、鸟尽弓藏、斩杀救命恩人的残忍手段。

第五个栏目，是"史事研讨及其他"，共收录9篇文章。西安外事学院人文学院教授李小成研究秦都咸阳古城。陕西省弘扬汉文化研究中心常务副理事长薛引生研究《史记》中的韩城地名，作为地理称谓的，有龙门、梁山、韩地；作为行政建置称谓的，有梁伯国、芮伯国、少梁、夏阳；作为村堡称谓的，有花池、高门、繁庞城、籍姑城。南京传媒学院教授徐同林通过《史记》所载的"晋为伯，郑入陈"，研究孔子所说的"非文辞不为功"，认为其中所蕴含的军事思想、文学思想、战略思想不容忽视，发挥文辞妙用，建立不世之功。三江学院文学与新闻传播学院教授顾跃挺探索汉初五星聚井的真相，认为司马迁已将天文观测资料赋予浓浓的天命色彩，但对五星聚井的天象时间进行了模糊化处理。作者既看到了司马迁的天命色彩，又指出了他没有迷失自我，对汉朝的黑暗历史和现实持批判态度。北京师范大学附属实验中学教师丁慧添研究司马迁的内陆欧亚视野，认为《史记》是中国历史上第一部以民族志形式记载内陆欧亚国家历史的史书，颇有新意。方煜东考证了楚庄豪入滇伐夜郎之事，文章史料丰富，论辩细致入微。韩城市金城文管所党支部书记薛希婷研究司马迁故里的文庙，认为具有鲜明的元代建筑特征。

　　这次研讨会中，除了东道主外，有 17 位研究生提交了论文，占《史记论丛》的 27.4％。具体是：国防大学军事文化学院硕士研究生三位：李稳琦研究《史记》对当代大学生走出心理困境的启示，认为要确立明确的人生目标，构建积极的人生态度，重视家庭情感与人际关系支持，以解决迷茫与焦虑情绪，提高心理健康水平。石赟研究司马迁对郑庄公形象的改写，体现了司马迁对无道王权的反叛精神。岳辰研究刺客要离的逆袭，司马迁以"仁爱"作为选拔刺客入传的道德底线，更多是欣赏他们身上"轻死重气"的性格。军事科学院研究生院硕士研究生高义卓研究陇西李氏的衰微与将略传统，认为李氏家族具有将略持家、出身清白、骁勇善战、才气无双，国士遗风、世代相承的将略传统。陕西师范大学有三位博士生撰写论文：张亦清研究《史记》对《论语》的接受与再诠释，认为《史记》偏重于选取《论语》中叙事性较强的部分，对于不强的部分增添故事背景；诠释侧重于政治功能的发挥，展现了司马迁高超的叙事能力和对史料的把控能力，对《论语》的经典化产生了积极的影响。秦茹梅从《班马异同评》看司马相如的作赋，认为其特点是骈俪工整、铺陈夸饰、笔力气势、模写形容、虚实结合、气象万千。马富罡研究《史记》精神对家族构建良好声誉的影响，认为是培养了家族成员的优良品质，塑造了"诗书传家"的优良家风、构建了富有社会责任的商业模式。有硕士研究生五位撰写了论文。郭瑶洁在大会发言。王睿鑫的论文题目是《从〈汉书·艺文志·诸子略〉看〈史记〉目录学作用》，以"诸子略"中的十家为顺序，逐一进行考证，以探求司马迁所见书的目录学价值。编辑部加"编者后按"说："按本文内容，应改题目为《整理〈史记〉中司马迁所见书，可补〈史记·艺文志〉》，则文与题目相符，也是本文的价值所在。"王甜对《史记·周本纪》所引的《尚书·吕刑》进行考辩，认为司马迁通过摘要式、翻译式、增补式引用《吕刑》，形成了"明德慎刑"的刑法观。李依帆研究刘辰翁评点"酷吏"，认为刘氏在评点的情感内涵中，有着对明君贤臣的期盼，并抒发了不平之愤。丁月月等研究楚国与鲁国的祭祀文化，有一些新的见解。东南大学人文学院博士研究生二位：魏三原研究司马迁对孔子的学术传承，从立言著述、天人追问、为学治世三个方面思考，肯定两者之间具备深厚的学术传承，对司马迁的研究不能忽视孔子的深刻影响。孙博涵考证《春秋》"伯于阳"，认为司马迁克服了《公羊传》中史实记载失真的问题，保留了义例义法、借史明理的传统。西北师范大学博士研究生一位：蒲婧怡研究《史记》的赋税文献与司马迁的赋税观，认为司马迁通过对赋税文献的甄选，肯定赋税在国家社会变革中的重要作用，表达了以民生为基础的赋税观。新加坡南洋理工大学中文系博士研究生一位：罗必明以《史记·樊郦滕灌列传》为例，研究司马迁的的直书与曲笔，剖析了刘邦诛杀患难之交樊哙，以及"郦寄卖友"，认为司马迁的撰作，与《文心雕龙·征圣》所说的"虽精义曲隐，无伤其正言；微词婉晦，不害其提要"相为吻合。香港中文大学历史系硕士研究生方冶文进行牂柯江研究，认为夜郎国的中心在贵州东南部都江流域。

　　东道主、陕西国际商贸学院的 13 位教师提供了论文，占《史记论丛》的五分之一。其中闫伟、朱卉平在大会交流。副教授张晓妮研究《史记·李将军列传》对当代大学生的启示，解析"李广难封"的原因，认为一个人的成功，时代和环境只是外因，关键在于自身，不要一味的怨天尤人。副教授张瑞华等研究《史记》英译的策略。杨雁研究《史记》的人文精神与人文素养，认为两者是相辅相成的关系，《史记》应当成为学生攫取精神养料的地方。刘三雄论述《史记·刺客列传》的人格信仰在大学生教育中的重要性，认为刺客以勇见长、凭信立身、舍身取义的人格精神，是治疗"精神疲软"的一剂良药。张文华对《史记》融入国际中文教育的价值意蕴进行研究，认为讲好《史记》故事，丰富课程资源，以注重道德培养，能够推动中华文化的繁荣与创新，培养知华、友华、爱华的力量。王雨晴研究《史记》在今时的新生，以启迪智慧，唤醒责任。邵乐以屈原、田文、陈胜、韩信为例，研究《史记》的理想人格，分析《史记》悲剧人物的崇高美，唤起当代大学生对崇高理想人格的追求。赵家豪研究《史记》的民族史，认为司马迁具有华夷同源的族群认知、华夷有别的民族等列思想，提倡融洽团结的民族关系。王盼娣通过《史记》研究文理平衡之道，探讨大学生应当具备的人文科学素养。张清清研究《史记》中蔺相如形象的建构，认为司马迁精心建构蔺相如形象，是为了发扬其英勇抗秦时所展现的优秀品质，赞扬视死如归的精神，以弘扬浩然正气。赵佰儒等研究《史记》的英译及海外传播。

　　陕西国际商贸学院的学生积极参与撰写论文，提交了 25 篇，都是围绕这次研讨会的主题进行研究思考，虽然有的还比较稚嫩，但都说出了一些新的观点，令人刮目相看。由于篇幅的关系，这里不能逐一阐述，只记录姓名及论文标题。具体是：周成子《论〈史记〉中的文化观念及其对社会的影响》；李潇瑾《〈史记〉对于当代大学生提升人文素养的意义》；秦浩哲《浅析〈史记〉对大学生人文素质教育的作用》；马梦娇《浅析〈史记〉与大学生优秀品质的关系》；叶蒋《〈史记〉与大学生科学人文素养》；刘洁雅《浅谈〈史记〉对大学生人文素养的提升作用》；杨宇诺《论"史记学"对大学生人文素养的价值》；郭晶《〈史记·乐书〉中的美育观及其对当代大学生人文素养的启示》；李金龙《〈史记〉对提升大学生科学文化素质的价值》；王卓媛《浅析〈史记〉中司马迁的人格精神》；周教平《〈史记·商君列传〉——商鞅变法中政治理念的再思考》；杨柔柔《〈史记·西南夷列传〉西南地区民俗风情研究》；张少云《论〈史记〉中的人文精神》；陈昌巧《论〈史记〉文化数字化传承对大学生文化素养的作用》；郝婷《"史记学"与大学生人文素养》；程诚《关于〈史记〉中的人本观念》；叶竸涵《论"史记学"对大学生人文素养的提升》；马琪雯《〈史记〉对提高大学生科学人文素养的积极作用》；刘子楠《"史记学"对大学生人文素养的影响》；宿凯波《浅析司马迁精神及其对人文学科发展的影响》；赵鑫怡《论司马迁思想中的变革精神》；何园园《浅析"史记学"与大学生科学人文素养培养》；雷奕晨《以史为鉴知得失，读史思昭明路途——大学生读〈史记〉的意义》；翟慧敏《论〈史记·项羽本纪〉中项羽的正负人格对大学生的影响》；徐佳玲《论〈史记〉对大学生科学人文素养的影响》。

中国史记研究会第二十届年会原计划与孙武子研究会在苏州合办，编辑出版《史记论丛》第18集。由于受疫情影响以及其他特殊原因，年会未能如期举办，但留下了丰厚的精神食粮。《史记论丛》第18集共收集论文61篇，76万字，设置了六大栏目：《孙子兵法》与吴文化研究、《史记》军事文化研究、《史记》文本与注释研究、《史记》思想文化研究、《史记》文学艺术研究、附录。其亮点，编委会在"题意"中阐述："一是孙武与《孙子兵法》研究所收16篇论文，不少篇章颇有新意，彰显《孙子兵法》研究领域不容忽略的最新成果；二是《史记》军事文化研究收文7篇，可谓篇篇精到，老话题有新意，新话题看似平淡，确补了学术空白。两者共同推进了先秦两汉军事思想的研究。"张大可先生的《司马迁写历史转折的三大战役》，即战国后期的长平之战、秦汉之际的楚汉相争、西汉盛世的汉匈大决战，大开大合，气势恢宏，三大战役所留下的历史借鉴，一是大战役必将伴随历史转折而发生；二是双方矛盾不可调和，大战役不可避免；三是大战役的双方拼尽全力，时间长、规模大，最终决出输赢；四是大战役取胜，既是力敌，更要智取，往往是新生方以弱胜强，表现为以智胜力。百年大变局，敢战才能止战，或许才能不战而屈人之兵。朱枝富的《〈史记·五帝本纪〉等译研究》，也投给这次的咸阳《史记》研讨会，因刊登在第18集《史记论丛》上，这一集就没有重复刊登。在刊登时，加"编者按"说："本文作者朱枝富，近年来倾力研究《史记》文本的普及化试探，总题为'《史记》文本梳理及简体与等译研究'，以中华书局点校本为底本进行梳理等译，已持续了五年时间，取得了数百万字的成果，将次第整理为专题论著出版，其中一项为《史记等译读本》。即《史记》原著为五十二万六千五百字，等译读本仍为五十二万六千五百字，即改繁为简，改异体、通假为正体，用同义词代替文言词，改生冷字为通俗字，可最大限度保持原本的风格内涵，变难读的文言文为通俗的今语文本，方便大众阅读。等译读本已不是司马迁原著，如同今语译文本，是作者的创作，即译文创作，可谓是一种新型译文范式。本文摘取作者《史记等译读本》的《五帝本纪》一篇，发表供学术研讨，欢迎学界朋友踊跃参与，可望在下一集《史记论丛》展开讨论。"并将"等译"用大号字排版，附有等译统计和等译说明。

三、"亮点"概说

在中国史记研究会顾问丁德科先生积极奔走和联系下，本届年会商定由陕西国际商贸学院负责筹办。从今年5月开始，用了不到半年时间，完成了《史记论丛》第19集的征集出版，成功召开了研讨会，可谓"亮点"纷呈。

1. 由于东道主的倾力打造，《史记》研讨会开成创新的大会。陕西国际商贸学院是一所民办高校，经过25年的建设，具有相当的规模，已发展成为一所拥有全日制在校生2万多人，具有国家级一流专业的应用型本科高校。这次举办全国性的《史记》学术研讨会，对于他们而言，具有一定的挑战性。他们勇于实践，大胆创新，研讨会举办得非常成功，得到与会专家的一致好评。全校师生的参与度非常高，有 38 人提交了研究论文。总结这次活动的创新点，主要有三点：一是创新主题，提出新的研究方向。大会的主题是"史记学与大学生人文素养学术研讨会"，《史记》研究以来，把研究的目光关注到"大学生人文素养"上面，还是破天荒的第一次。研究这样的主题，意义十分重大，关系到大学生的人格塑造与健康成长，从这个意义上来说，《史记》为现代社会作出了新的贡献。张大可先生在致辞中说："本届年会这一主题的提出，与一大批论文的涌出，是破天荒的一次开拓，推动《史记》研究融入当代生活，是实现《史记》研究从传统纯学术研究转化为现实性生活实践起到了示范作用。"研讨会上，丁德科先生提出研究司马迁的科学文化理念，认为《史记》是中华文明的科学文化根脉，这是一个全新的研究课题，值得继续认真探讨。根脉，指思想文化的根本、源泉和血脉。只有"魂脉"和"根脉"有机结合，才能巩固中华文明的主体性。"根脉"二字，与《史记》融合在一起，是丁德科先生首次提出来。《史记》的总体价值，历来被概括为四句话，即"史家之绝唱，无韵之《离骚》，国学之根柢，治国之宝典"，是从史学、文学、国学、政治四个方面来概括，是否可以再加上"文明之根脉"？这样是否更加全面？二是重视史记学与中华文化的海外传播。陕西国际商贸学院积极开展国际合作，建立了泰国格乐大学、新加坡南阳管理学院，这次又与吉尔吉斯斯坦国立大学共同建立了"国际史记学文化中心"，并聘请了教授和特约研究员，将全国的研究力量相互融合，形成研究合力，打造国际化的《史记》研究平台，促进中外文化的交流和互鉴，这是非常了不起的一项举动。在《史记》研究史上也是第一次，为《史记》研究走向世界发挥了重大的助力作用。三是进行论文评奖，设置特等奖、一等奖、二等奖，这在史记研究会自建立以来也是首次进行，激发了专家学者的研究热情。因此，我们称这次研讨会是"创新的盛会"。

2. 中国史记研究会在《史记》研究中发挥了中坚作用。研究会自 2001 年成立以来，一直坚持高质量办好研讨会，连续编辑出版了 19 集《史记论丛》。在研讨会召开前就将征集的论文编辑出版，这对于全国的各类研究会来说，大概是绝无仅有的。不少院校都把《史记论丛》列入核心期刊。红河学院还收入《史记论丛》的论文给予一定的物质奖励。每次研讨会都有明确的主题，确定研究的方向，每集《史记论丛》都有重头文章，在编委会的"题记"中予以阐明，起着导向和激励的作用。这集《史记论丛》，隆重推出张大可先生的《什么是历史，怎样做历史研究》的论文，是作者 60 多年钻研历史、探究《史记》的思想总结和理论升华。《题记》中说："该文通过对《史记·殷本纪》'商都五迁与盘庚迁殷'文本解读，与对《项羽本纪》中项羽在四望山突围，文本是'决战'还是'快战'，特别是项羽死地是'东城'还是'乌江'的解读，上升为一个历史哲学命题'什么是历史，怎样做历史研究'的研讨，这是一个带有根本性的历史研究方法论的探索与研讨。"研究新秀郭瑶洁的《〈史记新证〉引文考》，在"题记"中认为是"对历史研究的一大开拓，具有多方面的历史意义"，并发出期待，"希望作者百尺竿头更进一步，对古本、今本《竹书纪年》的辑文引书做出一一详考，以补王国维、朱右曾、方诗铭等人研究之不足，用以洞察《竹书纪年》之价值，可以更正王国维等人研究之瑕疵。"在"编者后按"中说："若有这样一份'《竹书纪年》引文考'，可以判定纪年资料的真实程度，有几分在司马迁之前，所以学术价值特别重大。"这无疑是对研究新人的召唤与希望，与会学者都期盼着郭瑶洁以及一大批研究新人有新的研究成果呈现。会长张大可先生，在《史记》研究中起着"支柱"作用，诚如"题记"所说："先生不顾耄耋之龄，持续奋战在学术研究的最前沿，每年均有厚重成果推出，为广大《史记》研究者树立了学习的标杆。"

3. 陕西成为司马迁与《史记》研究的"热土"。司马迁出生于陕西韩城，陕西研究司马迁的热情持续高涨。就这次《史记》研讨会，东道主陕西国际商贸学院，共有 13 位老师、25 位学生撰写了研究论文，形成了研究的热潮，这在历次《史记》研讨会中可以称之为"最"。陕西省司马迁研究会从 1992 年成立以来，尤其是张新科先生担任会长以来，坚持持续召开《史记》研讨会，共出版了 14 辑《司马迁与〈史记〉论集》，研究《史记》蔚然成风，青年学子的研究遍布全省，研究会被省有关部门评为先进单位。张新科先生坚持 40 年研究《史记》，成果累累，被称为是"一生与《史记》结缘的大先生"，陕西师范大学发出"在全校开展向张新科同志学习活动"的决定，省委教育工委将张新科先生评为全省教育系统先进典型，这无形中起到了重大的示范引导作用。《渭南师院学报》的标志性专栏《司马迁与〈史记〉研究》，已持续设栏 34 篇，刊发 200 期，发表文章 889 篇，入选国家教育部名栏工程，起到了很好的导向作用。韩城市司马迁研究会成立于 1985 年，也在推进司马迁与《史记》研究中发挥了重要的作用。

4. 《史记》研究的一代新人在成长，使人惊喜连连。每年的研讨会，都涌现出一批研究新人，这次研讨会更是喜出望外，在提交的 87 篇研究论文中，研究生、本科生提交的论文 42 篇，占 48.3%。编委会选出的大会发言人，青年才俊也占三分之一以上，这是历届年会以来首次出现的景况。有不少论文达到了较高的研究水平，如这次在大会上发言的郭瑶洁、李潇瑾，就是其中的代表。郭瑶洁的论文，被中国史记际研究会作为"重头文章"推荐，并希望有更加精彩出色的论文问世。"桐花万里丹山路，雏凤清于老凤声。"（李商隐语）"长江后浪推前浪，世上新人赶旧人。"（《增广贤文》）我们期望有更多的研究新人出现，也希望新人中出现像张大可先生、张新科先生等知名学者那样，用一生心力研究《史记》，成为司马迁与《史记》研究的精英与台柱。

司马迁生年百年论争综述

　　*本文作者朱枝富、朱承玲。朱枝富，江苏省产业海外发展协会原副会长兼秘书长，中国史记研究会常务理事；朱承玲，江苏省产业海外发展协会办公室副主任。

　　关于司马迁的生年，两千年来埋没无闻，1917 年王国维开展司马迁行年研究，发表《太史公系年考略》（后更名为《太史公行年考》），提出司马迁生于汉景帝中元五年，即前 145 年（以下简称"前 145 年说"或"王说"）；而后又以郭沫若为代表，认为司马迁生于汉武帝建元六年，即前 135 年（以下简称"前 135 年说"或"郭说"）。"两说"相差十年，学界进行了广泛而热烈的讨论，前前后后讨论了 100 多年，无法形成定论，可称之为"百年论争"；发表了 91 篇研究文章，参加研讨的作者有 48 人"。双方各说其理，各执一端，形不成统一的意见，直接影响了司马迁与《史记》的深入研究。中国史记研究会、北京史记研究会从 2015 年 10 月开始，重启司马迁生年研究，进行系统的总结性梳理，其旗帜鲜明地定案司马迁生年，为百年论争作出了阶段性结论。

　　司马迁生年的十年之差、百年论争，可以归结为五个时期，即：一是 1917—1955 年，是司马迁生年十年之差"两说"形成时期；二是 1956—1967 年，是司马迁生年十年之差第一次论争时期；三是 1980—1987 年，是司马迁生年十年之差第二次论争时期；四是 1988—2015 年 9 月，是"前 135 年说"论者主导论辩时期；五是 2015 年 10 月—2018 年，是司马迁生年十年之差第三次论争时期。本文依照以上五个时期，将司马迁生年十年之差、百年论争的史实情况进行回顾与综述，辨别其中的是非曲直，提出鲜明的观点，充分肯定"前 145 年说"论者所作出的阶段性结论。

　　笔者通过系统整理司马迁生年研究的目录索引，收集并阅读其中约 90% 以上的研究文章，进行统筹思考和综合分析，认为，司马迁的生年问题，"两说"都是主要依凭《太史公自序》（以下简称"《自序》"）中司马贞《索隐》、张守节《正义》的两条注说，其中相差十年，无法兼容和调和。两条注说作为文献资料，可以并存；而司马迁的生年只有一个，两条注说必有一真一伪、一正一误；而如果单纯依凭两条注说来研究其真伪、正误，只能是公说公理、婆说婆理，各自得出的结论，无法判明是否正确无误，也无法令人信服，而只有通过考证和研究司马迁的行年，以行年来验证司马迁的生年，才能水落石出，水到渠成。依照王国维指引的方向，以考证为主调，以证据为根本，以推论为辅助，以行年为验证，通过深入研究，然后得出结论，才是真实可靠的。"前 145 年说"论者，依照王国维指引的考证思路，注重论据，考辨行年，然后确定司马迁的生年，认为司马迁生于前145年，可以作为阶段性定论。

一、1917—1955年，是司马迁生年十年之差"两说"形成时期

1917年，王国维提出司马迁生于汉景帝中元五年，拉开了司马迁生年研究的序幕；1955年，郭沫若提出司马迁生于汉武帝建元六年，"前135年说"经桑原骘藏、李长之而至郭沫若，形成气候，与王国维的"前145年说"成并列之势，形成了司马迁生年"两说"，成为研讨司马迁生年的主流说法，其他说法尽废。

"两说"形成的文献来源，均源于《史记》三家注中的《正义》《索隐》。"两说"不同，司马迁的生年相差十年，经王国维考证为一真一假，十年之差由数字讹误造成。由于《博物志》失传，"两说"论者均未能在存世的各种《史记》版本中找到《正义》《索隐》直接讹误的例证，故数字讹误，既不能推倒，也不能落实。这说明数字讹误推理的本身不能定案司马迁的生年。而考证排比司马迁行年，则是成为定案司马迁生年的唯一办法。"两说"形成的方法，王国维在考证中排比司马迁行年，为正确研究司马迁生年指引了方向。这期间，发表的相关研究论文为21篇，其中"王说"2篇，代表者是王国维，代表作分别是王国维《太史公行年考》、钱穆《司马迁生年考》；"郭说"4篇，代表者是李长之、郭沫若，代表作分别是桑原骘藏《关于司马迁生年之一新说》、李长之《司马迁生年为建元六年辨》、郭沫若《〈太史公行年考〉有问题》；司马迁年谱、卒年及其他的研究为15篇。

（一）司马迁生年十年之差的"两说"形成，王国维、郭沫若分别为"两说"的代表者，从而引发了长期的论争

关于司马迁的生年，《史记》《汉书》都没有明确记载，一直是一个谜，没有人弄得清楚，后来大致有六种说法，除王、郭两说外，还有四种说法，即：一是王鸣盛《十七史商榷》，认为司马迁生于汉景帝四年，即前153年；二是周寿昌《汉书注校补》，认为司马迁生于汉景帝后元年，即前143年；三是张惟骧的《太史公疑年考》，认为司马迁生于汉武帝元光六年，即前129年；四是华山道士，认为司马迁生于汉武帝元朔二年，即前127年（见翟世琪《重修太史庙记》）。这些说法均无论证和文献依据，只是臆测而已，也没有太多的人关注。

1917年，国学大师王国维考定司马迁生年，发表《太史公系年考略》，经过对《史记·太史公自序》（以下简称"《自序》"）中《索隐》《正义》两条注说的梳理，推定司马迁生年为汉景帝中元五年，即前145年。1923年，王国维重发了他的考证文章，改换题目为《太史公行年考》，全文内容不变，观点不变，只将标题中的"系年"改为"行年"，表达了他考证司马迁生年的方法，是注重司马迁的行

年研究，以排比行年为重要依据。王国维的观点得到学术界的普遍认同。梁启超《史记解题及读法》、张鹏一《太史公年谱》、郑鹤声《司马迁年谱》、刘汝霖《汉晋学术编年》、日本泷川资言《史记会注考证》、朱东润《史记考索》、钱穆《司马迁生年考》、季镇淮《司马迁》等，都赞同其说法。

而后，张惟骧于1927年发表《太史公疑年考》，认为司马迁生于武帝元光六年，即前129年。并认为《正义》所说"迁年四十二岁"是其年寿。张氏虽然也引经据典，但不免牵强附会。

日本学者桑原骘藏于1922年发表《关于司马迁生年之一新说》。所谓"新说"，即是提出司马迁的新的生年。他不同意王国维的说法，以古时"四"作"三"为依据，认为《索隐》《正义》两者讹误几率相等，并以"前145年说"与《报任安书》"早失二亲"不吻合为据，认为《正义》"四十二"乃为"三十二"之误，司马迁生于汉武帝建元六年，即前135年，为司马迁生年"前135年说"的首创者。他所依凭的文献资料与王国维同源，只不过是各有所侧重，是以《索隐》为主说，因而所得出的结论自是不同。

张鹏一于1933年作《太史公年谱》，不同意张惟骧与桑原骘藏的说法，主张司马迁生于前145年，认为："张氏之误在不辨《博物志》'二十'之'二'乃'三'字之误，又误以'元封三年'为'太初三年'，故与史公生年有十七年之差。桑原之误与张氏同，上推有十年之差，故以建元六年为史公生年。"

1944年，施之勉作《〈太史公行年考〉辨误》，以"早失二亲""入仕郎中"与"待罪辇毂下二十余年"为据，对王国维"前145年说"予以非议，申证"前135年说"，认为司马迁在元朔四年仕为郎中，到太始四年，三十三岁，"与《报任安书》自谓'待罪辇毂下二十余年'甚为不合。……《正义》作四十二岁，'四'当是'三'之讹。惜乎，《行年考》承之讹而用之也。"

而后，李长之于1944年作《司马迁生年为建元六年辨》，举证十条以立其说，认为"是《索隐》对，司马迁应该生于前135年"。对此，将在后文专门论说。

国学大师钱穆于1953年发表《司马迁生年考》，针对施之勉的观点，提出五条证据申证"前145年说"。一是认为"迁之徙茂陵，定在元朔二年。依《正义》，是岁迁十九岁，明年即出外远游。"如果是司马迁晚生十年，此年司马迁便是九岁，则是幼童，"如何说耕牧河山之阳呢？"二是入寿宫，侍祠神语，《通鉴》定其时在元狩五年。"若依《正义》，迁年二十八，时已为郎中，故得从巡祭天地鬼神。若依《索隐》，迁年仅十八，尚未为郎中，便无从驾巡祭之资格。"三是郭解家徙茂陵，也在元朔二年。"若依《正义》，是年迁十九岁，即在茂陵认识郭解。若依《索隐》，迁便在童年认识郭解，而所说'状貌不及中人，言语不足采'，似乎与十龄左右的年岁不相称。"四是李广自杀在元狩四年，"迁与广相识，断在元狩四年前。若依《正义》，元狩四年迁年二十七；依《索隐》，迁年十七。十七岁以前的青年，也不能说定无机缘认识到李广，但那样的观人于微处，似乎放在过了二十以后的人身上更相称。"五是司马迁奉使西征，从巴蜀到昆明，"依《索隐》，当年二十六，继职为太史令，当年二十八，这也未尝不可能。若依《正义》，迁三十六奉使，三十八为太史令，似乎在年龄上更近情理些。"故此，"考迁之学问著作与师友之关系，其与孔安国、董仲舒、壶遂诸人之交游，皆似据《正义》比据《索隐》更为妥当。"因此，他认为："《索隐》《正义》两注必有一讹字，详为斟酌，应该说讹在《索隐》，不讹在《正义》，《索隐》'二'字乃'三'字之讹写。"

钱穆注重用司马迁的行年来验证其生年，说得合情在理，并用行年的事实说明两注之讹在《索隐》而不在《正义》，不是拘泥于数字的求证。这根本不同于后之论者咬文爵字来求证甲对乙错。钱穆说《索隐》的数字错了，虽然没有证据证明究竟是错在什么环节、错在什么时候，但肯定就是错了，因为它不符合司马迁的行年实际啊！我们不得不为钱穆大师"点赞"，因为他在王国维研究的基础上向前推进一步，提出了司马迁生于前145年而不是生于前135年的非常过硬的证据。

到了1955年，历史学家郭沫若在《历史研究》上发表《〈太史公行年考〉有问题》，认为王国维证明《博物志》"年二十八"为太史令，"二"为"三"之讹字，"是大成问题的"，以《报任安书》中的"早失"二字为依据，断定司马迁的生年是汉武帝建元六年。此说在后文予以评论。同期还刊登了刘际铨所盗用的李长之的旧作，以与郭沫若的文章相呼应。

这一年，本来是学术界举行纪念司马迁诞辰2100周年的盛会，由于郭文的发表未能召开，而后在20世纪60年代发生了"文化大革命"，司马迁诞辰纪念活动便被搁置。到了1985年，国家各项工作重上轨道，中国历史文献研究会首次举办了纪念司马迁诞辰2130周年的纪年研讨活动；陕西省韩城县（后改为"市"）司马迁研究会也邀请全国各地的司马迁与《史记》研究者，召开了首次全国司马迁与《史记》研讨会，笔者有幸被邀请参加了以上两次盛会。

从以上梳理看出，主张司马迁生于前135年，其发明权不是李长之，也不是郭沫若，而是日本的学者桑原骘藏，而桑原骘藏只是推论，没有证据支撑，故没有引起学人重视；而郭沫若重拾其观点，加以论述，发表在国家著名的刊物上，又以冒名李长之的文章作陪衬，才是声名鹊起。于是，与王国维的"前145年说"，形成了司马迁生年十年之差之"两说"，而其他"诸说"尽废。王国维、郭沫若为"两说"的代表人物，而引发了20世纪50年代中期乃至一直到当今的司马迁生年十年之差的大讨论。

还有一点要说明的，《正义》按语"迁年四十二岁"，张惟骧将此说成是司马迁的年寿，认为司马迁只活了四十二岁。这样，他以《索隐》所引《博物志》"年二十八"来推算司马迁生年，以《正义》"年四十二"为司马迁年寿，因而得出结论，认为："以此解之，则诸说互通，是《索隐》《正义》所引之年均不误也。"张惟骧是一个非常合格的"涂墙师"，经他这么一涂抹，《索隐》《正义》的说法都没有错，但只是苦了司马迁，本活了60岁左右的司马迁被折去了十几年的阳寿。这样的观点，显然是漏洞百出，是拍脑袋，想当然，没有任何实据。但却被李长之、郭沫若接受了，他们均认为司马迁只活了 42 岁，以证成《索隐》所引《博物志》不诬，司马迁生于汉武帝建元六年。这样的说法是否有道理？肯定是无稽之谈。因司马迁的卒年不在本文综述范围内，故这里从略。

（二）王国维主张司马迁生于前 145 年，论点坚实，方法妥当，逻辑严密，结论正确，其开创之功是不可抹杀的

王国维主张司马迁生于前 145 年，所依据的是司马贞《索隐》、张守节《正义》在《自序》中的注说。在《自序》"（司马谈）卒三岁而迁为太史令"下，《索隐》注曰：

> 《博物志》："太史令茂陵显武里大夫司马迁，年二十八，三年六月乙卯除，六百石。"

中华修订本《史记》在《校勘记》中曰："司马迁，耿本、黄本、彭本、柯本、凌本、殿本作'司马'。"就是说，"司马迁"三字，有不少版本作"司马"，而无"迁"字。或许原文就是夺"迁"字。也有的学者认为"司马"后所夺的应是"谈"字，即是司马迁其父司马谈，而正文中的"三年"为建元三年。这留待后文再讨论。

张华《博物志》所征引的是司马迁初任太史令时的汉代官籍档案，登记了司马迁的官职、籍贯、姓名、年龄、任职、俸禄等。据此可知，司马迁是在父亲去世守孝满三年后的汉武帝元封三年（前 108 年）六月二日，承袭父职担任太史令，时年 28 岁。由此上推 28 年，司马迁生于汉武帝建元六年（前 135 年）。

而《太史公自序》"五年而当太初元年"下，《正义》注曰：

> 案：迁年四十二岁。

司马迁当上太史令的第五年，即汉武帝太初元年（前 104），时年 42 岁。由此上推，司马迁当生于汉景帝中元五年（前 145）。而李长之、郭沫若认为"四十二岁"为司马迁的卒年，是总括司马迁一生的年岁。对以上两条注引的证据，王国维分析说：

> 《索隐》引《博物志》，今本《博物志》无此文，当在逸篇中。此条当本先汉记录，非魏、晋人语。"三年"者，武帝之元封三年。苟元封三年史公年二十八，则当生于建元六年。然张守节《正义》与《索隐》所引《博物志》，相差十岁。《正义》所云，亦当本《博物志》，疑今本《索隐》所引《博物志》"年二十八"，张守节所见本作"年三十八"，"三"讹为"二"，乃事之常；"三"讹为"四"，则于理为远。以此观之，则史公生年当为孝景中五年，而非孝武建元六年矣。

以上所引，便是王国维对司马迁生年论定的主要考证内容，一是肯定《索隐》所引为《博物志》之文，《正义》所说，亦本之《博物志》；二是提出讹误的常理说，即"'三'讹为'二'，乃事之常"，认定《索隐》所引《博物志》"年二十八"为"年三十八"之讹，而《正义》所说不讹。这也是为后来"前135年说"论者诟病的主要方面；三是明确司马迁的生年，为景帝中五年，即前145年。当然，这不是王国维考证的全部内容，只是其中比较关键的内容。而王国维的主要做法，是排比司马迁的行年来验证所作出的结论。

"前145年说"论者张大可先生认为，王国维的考证，论点坚实，其所说的立论基石"数字讹误说"不可动摇；方法正确，其推定的司马迁生年不是想当然，钻牛角、玩文字游戏，而是实实在在地在做考证，即是用校勘学"鲁鱼亥豕"形体相近致误的常理来推断，用排比司马迁行年来验证，强调其人生轨迹的经历；逻辑严密，不是表面上看谁有据，谁无据，而是发现《索隐》与司马迁行年不相符，而用严密的逻辑，推论出《正义》与《索隐》同源，其按语是结论，必有前提，必有所依，是一种赞同语，而数据不同，是《索隐》数字发生讹误。王国维所践行的排比行年法，"是考证司马迁生年的唯一正确的方法。"张大可先生也认为，王国维在司马迁的行年论说中也有不妥的地方，如认为司马迁"仕为郎中"不可考、十岁"或随父在京师"、问故孔安国与师事董仲舒在十七八岁至二十岁之前，等等，都存在着瑕疵和疏失。王国维在司马迁生年研究上的开创之功是不可抹杀和泯灭的。

（三）李长之、郭沫若别出心裁，认为司马迁生于汉武帝建元六年，李长之举证十条、郭沫若举证三条，皆无一考据

李长之、郭沫若等人提出司马迁生于汉武帝建元六年，也是根据《索隐》与《正义》在《自序》中的注说来分析的，视角不同，固然观点也不相同。

李长之作《司马迁生年为建元六年辨》，列举十条理由来立论，认为：

> 照王静安（国维）说，《索隐》所引，是和敦煌汉简上的格式正是一样的，应该是"本于汉时簿书，为最可信之史料"，那末，二十八岁也就应该信为实据。此条既系于"卒三岁而迁为太史令"之下，那就是生于前135年无疑了。"

郭沫若作《〈太史公行年考〉有问题》，从数字讹误、向孔安国学古文、见董仲舒三个方面评说王国维，以"早失二亲"来立论，认为：

> 王国维所定的生年是有问题的。司马迁的生年应改，还要推迟十年。……王国维的三条根据，证明《博物志》"年二十八为太史令"，"二"为"三"之讹字，是大成问题的。……可以断定，司马迁的生年是汉武帝建元六年丙午，前135年。

对于李长之、郭沫若的观点，"前135年说"论者自然是充分肯定，不断有人撰文支持，并且予以"丰满"和充实。而"前145年说"论者则是予以批评，予以否定。

对于李长之的十条举证，陈曦认为"无一考据"，"也违背了推理的基本原则，即由已知推未知，用什么'假若''看口气，也很像''宛然是''但我想''的确可能'，运用文学想象的手法代替考证，无一条成立。"并逐条予以辩驳。第一条"早失二亲说"，认为是"附会上去的，不是司马迁要表达的意思"。第二条"为官说"，认为"司马迁南游了几年，何时为郎，何自为郎，李长之未做任何考证，凭着一个童蒙加法，再加一个假设，就提出了一个证据，太轻率了"。第三条"十岁问故说"，认为"年十岁诵古文，只是说司马迁年少聪慧，十岁就能诵读古文书，并不等于向孔安国问故。……以'从安国问故'来推测司马迁的生年，是徒劳的"。第四条"空白说"，认为"十六年间的'空白'并不多，当然也就说不上'景帝中五年说'有什么'大漏洞'"。第五条"《自序》有生年说"，认为"这又是大胆提出的一个猜想和假设，未做任何考证，开了一个主观虚妄的猜想恶例。……按时间顺序推论'司马迁自叙生于建元年间'，是一个伪命题，纯属荒诞的字意揣测"。第六条"受命说"，认为"一个'宛然'，就把'俯首流涕'转化成了司马迁出生于前135年的论据，只是妙笔生花的文学想象"。第七条"少年躁进说"，认为"未加考证，只是一个假设，荒诞不经，只能称作'文学虚构考证法'"。第八条"夏阳见郭解说"，认为"似乎是在刻意混淆史实，不只是假设，甚至有臆造的嫌疑"。第九条"年幼见李广说"，认为"是缺乏考证的文学想象"。第十条"迁年四十二说"，认为"这不是考据，只是一种推测，当然不能成立"。

对于郭沫若的论说，张大可先生认为："郭沫若以主观认定事实，以推论代替考据，在学术界开了一个很不好的先例。"并说，"郭文驳难王说，举证三条，皆有辨无考，不能成立。第一条，用汉简记录数字连体书写的殷周老例，驳难王国维的'常理说'，虎头蛇尾，无果而终。第二条，未加考证就主观认定'年十岁颂古文'，即是向孔安国问故，证明司马迁晚生十年正好与王国维说'迁年二十问故于孔安国'吻合。这也是未做考证的主观认定，取借王国维之说以立说，王错郭亦错，是没有价值的。第三条，说董仲舒元朔、元狩间已家居广川，司马迁向董仲舒学习，不知在何处，用以驳难王国维'司马迁年十七八向董仲舒学习'，也未有任何考证，是承袭王国维的错误以驳王国维，是典型的文字游戏，与司马迁生年的考证毫无关系。"

对于李长之、郭沫若的观点，"前135年说"后继论者不断加以阐发和演绎，在后文还要评说到，这里从略。

（四）李长之、郭沫若研究司马迁生年，将司马迁晚生十年，其根本目的不是求历史之真，而是发抒其浪漫情怀

李长之论述司马迁生于汉武帝建元六年，虽然提出了十条理由，后来他也坦言"论据不巩固"，并且"放弃前说"（参见李仲均《读程金造先生〈从史记三家注商榷司马迁的生年〉》）。那么，我们不得不追问李长之如此研究的目的究竟是什么？他自己说：

> 假若司马迁早生十年，则《史记》是四十二岁到五十几岁的作品，那是一部成年人的东西；否则晚生十年，《史记》便是三十二岁到四十几岁的作品，那便恰是一部血气方刚、精力弥漫的壮年人的东西了，我们对于他整个人格的了解，也要随着变动。所以这十年之差，究竟是值得去争的。

李先生的这段话，说得再明白不过了，他是希望《史记》是司马迁青年时期的作品，他是追求那么一种浪漫的情怀。他认为司马迁晚生十年，正好是在血气方刚时作《史记》，这只是不符实际的、一厢情愿的文学猜想。试想，一个不谙世事的青年小伙能够达到现今《史记》呈现出来的思想深度吗？能够提炼出经世治国的撰史宗旨吗？能够有继《春秋》、"成一家之言"的深邃情怀吗？这就如同我们研究《史记》吧，阅历不深的年轻人与阅历深厚的中老年人写出来的文章能够一样吗？

再说李长之，他曾将《司马迁之人格与风格》定名为《抒情诗人司马迁及其悲剧》，完全是从文学的角度来考虑问题的。就是这篇《司马迁生年为建元六年辨》，也是用文学的笔调来写成的，文中充满了"大概""可能"等不能确定的词汇，如果作为一般研究，说说是可以的，不必求之过深，而作为考证，作为定案语言，则是不合格的，这在他后来推翻自己的观点，可能也是意识到这一点。

那么，郭沫若为什么与李长之具有同样的观点，认为司马迁晚生十年呢？虽然他没有直接说明目的和动机，但从字里行间也是看出来了，他是要推翻史学界曾经拟议的在 1955 年的纪念司马迁诞辰 2100 周年。

以上是从李长之、郭沫若的情感和动机来思考他们提出司马迁晚生十年的说法，这也是一般研究者没有注意到的地方。

司马迁早生十年还是晚生十年，其实质性的要害，就是有没有青年时期的时代熏陶和人生磨砺。司马迁早生十年，一生与雄才大略的汉武帝相终始。武帝建元五年，司马迁已经十岁了，正是知事的时候，亲眼目睹了武帝内兴外攘的全过程，故此对汉武帝时代有着独到的理解，给予热情赞颂，认为是"汉兴五世，隆在建元，外攘夷狄，内修法度，封禅，改正朔，易服色"。这以上数件大事，都是司马迁亲身经历啊，故在《史记》的撰著中，抒发了深沉的思想感情，既有充分的肯定，也有委婉的批评，更有辩证的分析，《卫将军骠骑列传》《酷吏列传》《封禅书》《平准书》等，就是这方面的代表作，这充分体现了司马迁的成熟与睿智，是经过了汉武帝四十多年伟大时代的历史熏陶，方能如此啊！

二、1956—1967 年，是司马迁生年十年之差研讨的第一次论争时期

自郭沫若 1955 年发表《〈太史公行年考〉有问题》，提出司马迁生年为前 135

年，引起了关于司马迁生年的热烈讨论。"两说"论者沿着"王说""郭说"的思绪向前延伸，双方开展论辩，既立论，又驳难。这一时期，以 1956 年为主体，形成了研究和争辩的高潮，而后略有起伏，在总体上是倾向于"王说"，认为司马迁生于前 145 年。"前 145 年说"论者论据充分，令人折服。这一时期，共发表了 18 篇文章，其中主张"王说"的有 5 篇，主张"郭说"的有 6 篇，研究司马迁年谱、卒年及其他的有 7 篇。这一时期，虽然发表的文章不多，但不少文章写得很有力度，补充了"王说"的不足，阐发了对"郭说"的不同见解。"前 145 年说"论者赞成"王说"，对"郭说"提出异议，代表者与代表作是：郑鹤声《司马迁生年问题的商榷》、程金造《从〈史记〉三家注商榷司马迁生年》《从"年十岁诵古文"商榷司马迁生年》。"前 135 年说"论者赞同"郭说"，并予以生发，代表者与代表作是：王达津《读郭沫若〈太史公行年考有问题〉后》、赵光贤《司马迁生年考辨》。赵光贤的文章发表于 1983 年，据他自己说，此文写于 20 世纪 60 年代，故作为这一时期的文章来论说。

（一）"前 145 年说"论者郑鹤声认为《正义》按语"为大家公认，比较合理"，"郭说"抹杀"王说"，近于"武断"

郑鹤声在 1933 年研究司马迁年谱，形成专著，1956 年重印，撰写了《司马迁生年问题的商榷》，收入"年谱"。这里提出"商榷"，就是对郭沫若所说司马迁生于汉武帝建元六年予以评说，不同意其观点。文章有一个副标题，即是"对郭、刘两先生讨论司马迁生年问题提出一些意见"。刘先生，即刘际铨，与郭沫若在同一期《历史研究》上发表《司马生年为建元六年辨》。此文实际上是全文抄袭李长之《司马迁之人格与风格》一书的附录，经李长之来信揭发，刊物编辑部在 1956 年第一期专门发了"致歉声名"。故此，从内容的角度来说，"刘先生"实际上就是"李先生"。郑鹤声对郭沫若文中的主要观点进行了系统的分析，非常明确地认为：

> 郭先生对于司马迁生年的考订，是有问题的，至于刘先生（实际上是李长之）所说的问题就更多了。……根据张守节《正义》的说法，司马迁生于汉景帝中元五年，为大家所公认，也是比较合理的，不妨加以采用。其说"由此我们可以断定，司马迁的生年是汉武帝建元六年"，这种说法便是抹杀其他一说，就近于"武断"了。

对此，郑鹤声进行了具体的论证，他认为郭沫若以司马迁所说"早失二亲"作为驳斥王国维主张的主要论据，实际上是张惟骧提出来的，即"人生至三十六岁而失父母，似不得云'早'"。这说明，郭沫若煞有介事的观点，只是"贩货"，而非发明。郑鹤声认为："所谓'早失'，自然也没有年龄的限制。郭先生根据什么理由来判定'二十六岁'死父母，可以说'早失'，三十六岁便不能呢？此说太泥，未可以此为定。"

对于郭沫若反驳王国维的三条理由，郑鹤声逐一分析，予以否定。一是认为王国维提出的"三"与"二"之讹乃"事之常"的讹误之说是成立的。并举例说明"古书记载'三''二'相讹的地方极多，甚至举不胜举"。二是认为郭沫若把司马迁"诵古文"与向孔安国"问故"混为一谈，以此来否定王国维把司马迁学古文定在"二十左右"的说法，"是不合逻辑的，也是不符事实的"。三是辨说王国维提及的司马迁会见董仲舒的时间、地点问题，与司马迁生年的推定没有多大关系。

至于李长之的十条，郑鹤声认为，除了与郭沫若相重的以外，其他可归结为两点：一是司马迁一生活动的时间问题，李长之认为司马迁自出生而就职京师、遨游奉使，以及会见郭解、李广等一系列活动，都发生时间上的问题。他认为，这些问题，"司马迁自己没有明白交代清楚"，是"不可能正确地解决的"，是没有解决问题的一个考证。二是司马迁"待罪辇毂下二十余年"的问题，这首先应当确定司马迁为郎中的年代问题。王国维认为"迁侍为郎中，大抵在元朔、元鼎间"，并定为元鼎元年，按此推算，与司马迁所说的"二十余年"并没有矛盾。他坦率地承认，自己原来也曾经认为司马迁是元朔五年仕为郎中，其实也是"想当然"之辞，是没有确切根据的。也就是说，郑鹤声在这里否定了自己原来认为的司马迁仕于元鼎五年的说法，因为这种说法与李长之的说法相吻合，被他所引证利用。我们佩服郑先生的这种勇于修正错误的勇气。如此一来，李长之的这一条证据就是虚无的，无法立得住脚的。

（二）"前135年说"论者王达津列举六条证据，认为司马迁家贫无法出游，支持"郭说"，被程金造等学者驳正

赞成郭沫若之说的，这时期主要是"前135年说"论者王达津。他提出，如果按照王国维所说，则司马迁"二十南游"在元朔三年，"元朔三年正是淮南王谋反已具的时候，司马迁似乎不应在天下还未安定时便率尔南游。"又认为，假如司马迁就是此时南游江淮，必对淮南王事有所耳闻目见，根据他的撰史方法，在《史记》中一定有所体现，但恰恰没有这样的证据。还认为，司马迁以什么条件去旅游，也须要估计，其家贫不足以自赎，必不能自己去。司马迁可能为博士弟子，符合"功令"而仕为郎中，"元鼎元年即随博士褚大或徐偃等巡行天下，回来以后是元鼎六年，'于是仕为郎中'。"①

对于王达津的说法，程金造予以驳正。他认为："元朔三年，淮南王并无谋反已具的记载，更无天下未安的现象，司马迁怎么不能南游呢？且淮南谋反，当初并非与京师为敌，又只是谋之在内，连太子妃还怕她知道，司马迁异乡作客，对淮南谋反之事，既不参与，何能耳闻目见呢？"至于司马迁家贫，无法自游与跟随"巡行"，认为也是站不住脚的，曰："那时是否可以随行，司马迁是否随行，史无明文，无法证明；司马迁后来的赎钱虽然没有，而当时的游历之费必有，因

---

① 《读郭沫若〈太史公行年考有问题〉后》。

为他是太史令的儿子，不是贫无立锥之地！"故此，"王达津之说，不能证明司马迁生于建元六年"。①

（三）"前 145 年说"论者程金造从《史记》三家注关联、司马迁"年十岁诵古文"商榷司马迁生年，力挺"王说"

到了 1957 年，程金造先生发表了两篇论文，从两个具体的视角来考证司马迁的生年：一是从三家注的关系上破解张守节《正义》中的按语。他引证十条，说明《正义》与《集解》《索隐》有联系，"是相互有结合的"。从联系的角度去研究司马迁的生年，"自然可以求得事实的真相"。故此，他认为《正义》的按语是在《集解》《索隐》的基础上作出的。曰："张守节既然见到《索隐》之书，如果当初《索隐》所引《博物志》之文是'二十八'，张守节必然予以驳正。因为当时有书可凭。……在《自序》'太初元年'一语注文下，张守节直下按语说'按迁年四十二'，而不明其依据，这显然是已见到《索隐》所引《博物志》之文，所以直以按语出之。十年之差，是《正义》《索隐》以后传录的讹误。"又曰："在《自序》里，《集解》诠释本文，说'太初元年，司马迁始作《史记》'，《正义》便诠释《集解》说：'司马迁作《史记》时那年是四十二岁。'《自序》中'卒三岁而迁为太史令'一语下，《索隐》引据《博物志》注明'司马迁为太史令时，是元封三年，那时他三十八'；张守节便依据《索隐》'年三十八'之文，推断其作史时之年岁。这样彼此诠释疏通，归宗于本文。这怎么不是特标其年岁以明其岁呢？依从《正义》的说法，与各方面的事实都无矛盾；若依《索隐》的说法，则在事实上都说不通。司马迁生于景帝中五年，是绝无可疑的。"

据张大可先生的研究，《索隐》所引《博物志》的"年二十八"，可能有五种数字讹误的可能，而程金造先生认定张守节所见《索隐》所引《博物志》是作"年三十八"，故而只作"迁年四十二岁"的按语，认为其讹误发生在唐代以后，"年三十八"变成了"年二十八"，其错在《索隐》。程先生是从《史记》三家注的角度来研究和考证，具有一定的可信度。

二是从"年十岁诵古文"来考证司马迁的生年，弄清司马迁诵读的是什么"古文"，以及理解"从安国问故"的意义。他列举例证，认为："只有《春秋国语》（《国语》）、《春秋古文》（《左传》）才有可能是司马迁十岁时所诵读的书籍。'诵古文'与'问故'，完全是两回事，不可并为一谈，与孔安国所传的《尚书》不相干。"并曰："司马迁从安国问故，是问古文的训故，在元朔二年。司马迁实生于景帝中五年，到元朔二年，司马迁十九岁时，问古文尚书的训诂于孔安国，这是事实，无可怀疑了。若是司马迁生在建元六年，到元朔三年，年方十龄，如何能问古文尚书的训故呢？"

程先生的这一研究，将笼罩在司马迁"年十岁而诵古文"上的阴霾一扫而

---

① 从《〈史记〉三家注商榷司马迁生年》。

光。根据张大可先生的研究，司马迁谈在元朔二年迁徙茂陵前，司马迁都是在家乡度过，根本无缘"问故"，而"诵古文"则是非常可能的，只是阅读古文书籍而已，而将"问故"扯进来，是"前135年说"论者的别有用心。故此，程先生的这一研究非常有见解，有意义。

程金造还认为："司马迁生于景帝中五年的说法，是能由事实证明的，是可靠的说法。"司马迁见郭解，与贾嘉、樊他广、冯遂、平原君朱建子的交游，足证司马迁是生于景帝中五年，为前145年，不可能生于建元六年。他还对郭沫若"早失二亲"的理解提出非议，举例说明26岁死父母与36岁死父母没有本质的区别，甚至古人50岁以上死父母，皆可谓"早"，为什么36岁死父母不能称为"早"呢？这其实是沿着郭沫若的思路在理解"早失"二字。"早失"二字在《报任安书》中并不是如此理解，这在后文评论中予以阐述。

"前145年说"论者李仲均撰文，肯定程金造的说法，认为"程金造从《史记》三家注疏通结合的关系，及《正义》对《索隐》的申明、驳斥、纠正彼此间之联系，断司马迁确生于汉景帝中五年，是完全正确的。"并说，他曾经与李长之相晤，李长之"自云论据不巩固，已放弃前说"。作者还列举大量事实说明郭沫若认为司马迁只活了42岁之说"绝不可信"[1]。郭沫若为了使《索隐》"年二十八"的注说没有任何矛盾，将《正义》的"迁年四十二"理解为司马迁一生的年岁，认为"司马迁可能即死于太始四年尾，那他只活了四十二岁"。这显然是猜测之说，是站不住脚的，故李仲均予以辨说。

（四）"前135年说"论者赵光贤列举三大根据，并提出"大漏洞说"，借以否定"王说"，受到众多学者的批评

赵光贤的《司马迁生年考辨》，写于20世纪60年代，肯定司马迁生于建元六年，提出了三个根据：一是认为"《索隐》所说，是主张司马迁生于建元六年说的根源，是最好的、无可辩驳的证据。"对王国维认为"二十八"之"二"疑为"三"之讹，认为是没有根据的；而《正义》所说，"既未说明出处，怎知他也根据《博物志》呢？也不能否定司马贞所见本作'年二十八'，怎能知道张守节之必是，司马贞之必非呢？……《正义》既未说明出自何书，其可信与否？怎能把这样一个来历不明的说法，竟驾于《博物志》所载有最高价值的原始材料之上呢？"二是认为《自序》中"于是"二字表明时间很短，很可能即在同一年中。按照王国维的说法，"司马迁20岁时于元朔三年南游，至元鼎元年30岁，中间无事可记，南游无论如何不会有十年之久，显然这是个大漏洞。……假定南游时间用二三年，还有十四五年的空白时间，司马迁干什么去了呢？"并认为这个漏洞的存在，有力地证明了景帝中五年说者"把司马迁的生年提前十年是错误的"，只有说司马迁生于建元六年，才"更合情理"。三是"假定司马迁侍为郎中在元鼎三

① 《读程金造先生〈从史记三家注商榷司马迁生年〉》。

年，下距征和二年，是二十四年，正符'待罪辇毂下二十余年'的话，如果说司马迁生于景帝中五年，按《自序》南游归来后，不久即'侍为郎中'，下距征和二年是三十四五年，与《报任安书》不合"。并且肯定，"上述不合之处，是无法弥缝的，因此证明'建元六年说'是完全正确的"。同时，他认为司马迁生于景帝中五年说的种种论据"都有问题"，见郭解之"太史公"，"应指司马谈而非司马迁自己"。"平原君子与余善"，其"余"字，"仍然指司马谈"。

赵光贤的说法，是站在司马迁生于武帝建元六年的角度而作的综合分析，有些说法并不新鲜，是老调重弹，在本文其他的评说中还会说到，这里且不去评说。其实，也没有评说的必要，因为前人已经说过，已经批评过，后面还有人作专门研究。但是，赵光贤在这里说出了一个新名词，即"大漏洞"，也就是说，司马迁若生于前145年，从南游到元鼎年间，有一段时间是空白，司马迁在《自序》中没有写出具体的事情，故早生十年不能成立。当然，这"大漏洞说"也不新鲜，是李长之"空白说"的翻版，是"新瓶装旧酒"而已。李长之认为："司马迁在元朔五年（前124）仕为郎中，一直到元封元年（前110），前后一共是十五年，难道除了在元鼎六年（前111）奉使巴蜀滇中外，一点事情也没有吗？这十几年的空白光阴恐怕就是由于多推算了十年而造出的。"

对于赵光贤的"大漏洞说"如何看待？后来施丁回答了这个问题。他说："司马迁在《史记》里面写人物列传，不是开履历表，不是记流水账，而是写每个历史人物的特点和重点。司马迁在《自序》中写自己，也是如此。"[①]施丁还例举具体事实予以说明。

张大可亦对此进行辨正，在施丁研究的基础上予以补充，认为："司马迁南游归来，其间三五年时间，正是向孔安国、董仲舒问学的时间，也是认知李广的时间，是司马迁必须要有的人生历练。从仕为郎中到奉使西征，即前118年至前111年，其间七年的官场历练和扈从武帝，这才能担当奉使西征的钦差之任。"[②]综合两位学者所列举的事实，具体是：

元朔三年（前126）开始南游；元朔五年（前124，张说）或元狩元年（前122），此年左右，"过梁、楚以归"；元朔末至元狩五年，司马迁二十三四至二十七八，问故于孔安国，受学于董仲舒；元狩五年（前118），"仕为郎中"，"入寿宫侍祠神语"；元鼎五年（前112），扈从武帝，"西至空同"；元鼎六年（前111），春，"奉使西征"；元封元年（前110），"还，报命"。

对此，施丁断言："以此而言，十六年间的'空白'并不多，当然也就说不上'景帝中五年说'有什么'大漏洞'。"[③]张大可分析赵光贤所作的"司马迁行年新旧对照表"，认为，赵光贤的"大漏洞"之说，根本不能成立，"既然司马迁只早

① 《司马迁生年考》。
② 《司马迁生年十年之差论争的意义》。
③ 《司马迁生年考》。

生了'十年'，为什么在'对照表'上出现了'十四年'的空白？这是作伪的又一痕迹：逻辑紊乱。"①

其实，所谓"大漏洞"之说，实际上是故弄玄虚，故作耸人听闻之说，司马迁早生十年，反而多了十四五年的"大漏洞"，这不是也说明司马迁晚生十年也是站不住脚的吗？说这话本身，就是大荒谬，信口开河，纯属无稽之谈。第一，司马迁的著作不是履历表，不是"狗肉账"，不是什么"鸡毛蒜皮"都要写上去，至于什么要写，什么不写，他心中是有一定标准的，没有写，不等于就是没有事情发生，也不等于就是不存在这段时间。司马迁作《自序》，主要是写撰著《史记》的有关事项，其他的都略去不谈，笔墨非常集中。第二，司马迁撰著历史人物，并不是将其人的事迹都写在本传内，而是采用"互见法"，在其他传记中亦有所体现。在《史记》中，司马迁对自己的行踪，在不少的纪传中都有所记叙，有所反映。如司马迁的交游，张大可先生考证，在《史记》中有 24 处记载，在《自序》中能有多少？难道这些就不存在吗？更何况还有很多的被略去？只是赵先生没有用心寻找，就武断地认为是"大漏洞"，后来施丁不是列举了很多事例吗？怎么能就单凭《自序》来说话呢？第三，这也说明赵先生治学不够严谨，用自己的疏漏来指责司马迁，来批评别人，犹如"歪嘴和尚念经"，自己的嘴歪了，反而说是"经书"不正，简直是岂有此理！

三、1980—1987 年，是司马迁生年十年之差研讨的第二次论争时期

1980 年，司马迁生年十年之差的论争又重新开始。这一时期，论争双方都非常活跃，对司马迁的生年问题都进行了不遗余力的研究。这一时期，又可分为两个阶段：第一阶段，1980 年至 1983 年，是"前 135 年说"论者李伯勋首先发声，支持"郭说"，而后"前 145 年说"论者陆续发文，予以争辩；第二阶段，1984 年至 1987 年，是"前 145 年说"论者张大可、施丁、徐朔方、王重九等连续发文，肯定司马迁生于汉景帝中元五年，"前 135 年说"论者几乎无言以对。这一时期共发文 36 篇，其中申明"王说"的为 10 篇，支持"郭说"的为 8 篇，研究司马迁年谱、卒年及其他的为 18 篇。"前 145 年说"的代表者为张大可、施丁；代表作主要有 6 篇：黄瑞云《司马迁生年考》、徐朔方《司马迁生于汉景帝中元五年考》、张大可《关于司马迁生年的考辨》《评司马迁生于建元六年之新证》、施丁《司马迁生年考》、王重九《从王国维、郭沫若共认的"先汉记录"考定司马迁父子生年》；"前 135 年说"的代表者为李伯勋、吴汝煜、苏诚鉴；代表作主要有 3 篇：李伯勋《司马迁生卒年考辨》、吴汝煜《司马迁的生年及与此有关的几个问题》、苏诚鉴《司马迁行年三事考辨》。

---

① 《司马迁生年十年之差论争的意义》。

（一）"前135年说"论者李伯勋首先发声，赞成"郭说"，提出五条论据以驳斥王国维，被逐条批驳，不能成立

20世纪80年代伊始，首先发表研究司马迁生年文章的，是李伯勋，他是主张司马迁生于前135年的，文章的副标题为"驳王国维《太史公系年考略》"，前人一般都用"商榷"的字样，而他用一"驳"字，驳者，批驳、驳难也，含有一种气势汹汹的意味。他提出5点理由：一是《正义》说太初元年司马迁42岁，并没有注明材料的根据，"这是一个最大的可疑之点"，而《索隐》说元封三年司马迁"年二十八"，明著来源于《博物志》，因而较为可靠。二是根据《自序》推算，司马迁在元鼎元年二十岁"南游江淮"，元鼎六年以"郎中"身份出使西南，元封元年回来复命，元鼎六年司马迁为郎中时25岁，再过3年，就是元封三年，正好28岁。三是司马迁元鼎六年为郎中，出使西南，到征和二年，为时21年，"说成'二十余年'是符合语言习惯的"；王国维模棱两可，说司马迁仕为郎中在元朔、元鼎间共18年，取上、中、下三限均不合。四是认为"四十二"有可能是讹为"三十二"，王国维的"数字讹误说"，是"为他的大胆假设寻找理论依据"，"逻辑不严密，存在着片面性和绝对化的错误倾向。"五是认为按照王国维所说，时司马迁已36岁，就不能说是"早失"了。最后得出的结论是："司马迁的生年定为汉武帝建元六年，比之于定为汉景帝中元五年，论据更可靠一些，理由更充分一些，说服力也就更强一些。"

李伯勋所说的五条，并没有什么新意，只是概括得比较系统，与50年代的大讨论相比，时隔20多年，只是旧事重提而已。就是如此，一石激起千层浪，不少学者发表文章，反驳其观点，认为司马迁生于前145年。首先是黄瑞云，接着是张大可、施丁等，他们都对李伯勋的观点提出了不同的意见，并逐条予以批驳。把他们的具体意见综合起来，内容是：

第一条，司马贞、张守节两人同时，所据材料同源，《正义》是根据《索隐》所记元封三年司马迁的年龄推算出来的，不再注明来源并不值得可疑。可能张守节看到的《索隐》为元封三年司马迁"年三十八"，所以推出太初元年四十二岁，后来《索隐》上的"年三十八"讹作"年二十八"了。

第二条，司马迁自己写的经历当然可信，但这个时间表是李伯勋代司马迁排定的，司马迁未必如此。司马迁只说"二十南游"，并没有说20岁时即元鼎元年，也没有说此次游历到元鼎六年；只说"为郎中，奉使西征"，并没有说为郎中时刚好25岁，更没有说当了郎中马上就奉使西征，中间没有任何对接。司马迁自己所写的经历是可信的，但怎么可能把2000多年后为司马迁排定的时间表也看成是史料呢？李伯勋由《索隐》所说元封三年"年二十八"上推，算出他生于建元六年，又以建元六年为起点，下推元封三年"正好"28岁，如此推算，怎么能不"正好"呢？"这样的'正好'，能说明什么呢？"其实，这就是后人所批评的循环推演论证，在此暴露无遗，是"乌龟吃徽子，自绕自"，没有任何价值和意义。

第三条，肯定司马迁为郎中与奉使西征在同一时间，中间没有任何间隙，是未经证明的。"迁仕为郎中，奉使西征"，有什么理由一定只能理解为当郎中的时候奉使西征呢？即使按照李说，从元鼎六年到征和二年虚算才 21 年，说成"二十余年"，未必那么符合语言习惯，再多几年，未必反而不符合语言习惯。

第四条，李氏说"三""四"皆能相讹，既然"三"可以讹作"四"，也可以讹作"二"，"但都不能以怀疑为定论"，也不能以此否定王国维的说法。这是一个非常中肯的说法。

第五条，司马迁在遭难的时候，父母早已不在了，"'早失'二字是相对于遭祸时候说的，可以理解为'早已失去'，而并非通常情况下的'早年失去'。""早失"二字并不能证明司马谈死的时候，司马迁正好 26 岁。这里需要强调的是，对于"早失"二字，到这时候才有了正确的解释，"两说"论者在以前都是沿着李长之、郭沫若的思维来研究，纠缠于 26 岁为"早失"、36 岁算不上"早失"之中，是在误解、错解的路上寻找正确的答案。而这里所论，则是拨开云雾，豁然开朗。在此以后，再也没有人去讨论司马迁是 26 岁、还是 36 岁失去双亲为"早失"了。

"前 145 年说"论者在逐一辩驳了李伯勋的 5 点理由后，黄瑞云认为："司马迁的生年，应取王国维之说。这样，同他生年的几个重要年代都不相抵触：10 岁以前，'耕牧河山之阳'；10 岁以后，随父到京师，'诵古文'（按：此点仍有疑问，容后再论）；元朔元年前后即十七八岁，从董仲舒受《春秋》学，见过著名的游侠郭解；20 岁开始漫游；元鼎初年即 30 岁左右，'为郎中'；元鼎五年得以随武帝'西至空同'。元鼎初年为郎中，与他后来《报任安书》所谓'待罪辇毂下二十余年'，时间完全吻合。"[1] 张大可先生认为："王国维的推理和考证是很严密的，方法是正确的，难以推翻，故信而从之。李伯勋说王国维的考证不科学，是缺乏根据的。[2]"

对于李伯勋的文章，还引发了一场学术风波，魏明安发表《〈司马迁生卒年考辨〉的考辨》，以揭发形式向行政管理领导提出李伯勋五条——抄自郭沫若、李长之，张大可先生曾介入这场风波，撰写了《〈司马迁生卒年考辨〉辨》，认为李伯勋是袭用郭沫若、李长之的论据，既无新意，也没有说明出处；提出的一些新的论证方法也完全背离事实，是想当然的考辨，这实际上是"前 135 年说"论者的通病，故李氏之说不能成立。

（二）"前 135 年说"论者苏诚鉴、吴汝煜从不同角度阐发"郭说"，张大可先生逐一评论，批评他们搞循环论证

接着，"前 135 年说"论者苏诚鉴、吴汝煜两人从不同的角度阐发了关于司马

---

① 《司马迁生年考》。

② 《〈司马迁生卒年考辨〉辨》。

迁生于武帝建元六年的观点。

苏诚鉴于 1981 年发表《司马迁行年三事考辨》，认为司马迁"二十南游"，"是以尚未入仕的年轻官员子弟的身份，充当随员出行郡国。要确定此次行动，可事先选定司马迁生年是武帝建元六年，下延十九年是武帝元狩六年（前 117）。这一年有一件大事，即分遣博士褚大等六人'巡行天下'。"于是，苏诚鉴事先选定司马迁生年是建元六年，将司马迁自述的"二十南游"，主观确定与元狩六年褚大"巡行天下"这一历史事件相搓捏，当了一回"拉郎配"的"红娘"。

对此，张大可认为："既然是事先选定的，也就是有待证明的。可苏文在论证过程中把假定的建元六年当作了已知的因，以因推果，陷入了循环的因果互证中。……苏文把司马迁的'宦学'考察与褚大的博士巡风两件毫不相干的事附会在一起，虽称之为是'内证与外证'相结合，仍是不可能成立的。"① 并且认为："若司马迁参与褚大巡风，《史记》全书无丝毫反映，岂非咄咄怪事？可见司马迁为博士巡风之说，完全是无中生有。"②

吴汝煜于 1982 年发表《论司马迁的生年及与此有关的几个问题》，历举《正义》纪年十误，用以证明张守节之说不可信。他认为："从《索隐》与《正义》对数字的记载和推算的总的情况来考察，不能对《正义》所说的'迁年四十二岁'过于轻信。与其相信《正义》的'迁年四十二岁'，不如相信《索隐》的'年二十八'。"

张大可先生以子之矛攻子之盾，对其所列举的十例进行逐一分析，认为其中有一例是《正义》引书纪异；有三例是传写脱误；有两例是《正义》不误，吴文自误；有一例是《正义》误引；只有三例存在数字讹误。并曰："吴文的引例，非始料所及地再次证明了王国维的立论基石，司马迁生年的十年之差，为传抄流传中数字讹误造成，从而进一步推倒主张建元六年说者的数字不讹说。"并进一步论证说："在司马迁生年问题上，张守节直以按语出之，是阐发'按迁年四十二'，是依据《索隐》'年三十八'推得，故今本'年二十八'是《索隐》在唐以后流传中出现的传抄讹误。"最后认为："依《正义》说推导司马迁的行年，事事无碍；而依《索隐》说推导司马迁行年，多有抵牾。因此，从理论上说，《正义》与《索隐》的讹误是一对一，而引证史事，则可以确信是《索隐》之误。"③

如果把这一时期的双方的"论争"比作打擂台，则是前期"前 135 年说"论者为"攻方"，"前 145 年说"论者为"守方"，攻方所有的攻击，都被守方挡了回去。而后期，即于此以后，攻守异形，形势倒转，"前 145 年说"论者成为"攻方"，"前 135 年说"论者成为"守方"，攻者凌厉、犀利，而守者理屈词穷，无可奈何。

---

① 《评司马迁生于建元六年说之新证》。

② 《司马迁生年研究八讲》之五。

③ 《评司马迁生于建元六年说之新证》。

（三）"前145年说"论者徐朔方研究司马迁的交游及会见友人，列出六条证据，证明司马迁生于前145年

"前145年说"论者徐朔方，于1983年发表《司马迁生于汉景帝中元五年考》，采用与王国维不同的论证方法，从司马迁的交游以及他曾会见的友人来研究，逐一分析了司马迁见公孙季功、董生，见樊他广，见平原君子，见冯遂，见李广，见郭解的情况，认为："司马迁只有生于汉景帝中元五年，这些交游才可能全部实行，司马迁所写的会见某些人物的印象才可能是真实的。司马迁如果迟生十年，某些交游就不可能实行，他所会见某些人物的印象就会是不真实的。"并且认为："一条孤立的例证，可能版本文字有出入，年代推算有误差，或者另外有意想不到的情况，因此难以做出结论。可是，列举的例证是六条，不是一条，总起来不难看出，司马迁生于建元六年的这个说法是很难说通的。"

徐先生的论证，非常有力，是通过考证的方法证明司马迁不能生于汉武帝建元六年，而只能生于汉景帝中元五年。这不是仅仅就是论证数字讹误而得出的结论，故而非常准确，令人信服。

（四）"前145年说"论者施丁发现南化本有《索隐》引《博物志》作"年三十八"，认为是"一条可贵的证据"

"前145年说"论者施丁，致力于司马迁与《史记》的研究，颇见功力。他于1984年发表了《司马迁生年考——兼及司马迁入仕考》，主张司马迁生于前145年，系统地论述司马迁行年的若干基点，可以说这一时期研究的集成者和推进者。他从四个方面来论述，提出了鲜明的观点：一是认为司马迁生于景帝中五年，并提出日本南化本《史记》，将历来争论不休的《索隐》所引《博物志》"年二十八"作"年三十八"，《史记会注考证校补》对此说明："依南化本，则迁生于景帝中元五年，与《正义》说同，今本《史记》'三'讹为'二'。"作者认为："这是一条可贵的证据。"并且认为："张守节依据《索隐》'年三十八'之文，以推断司马迁作史时四十二岁，这个说法是可以成立的，至少说不是妄言。这样看来，景帝中元五年说，比之建元六年说，可靠性就大多了，虽然还难说百分之百的正确，但却有90%以上的把握。"二是认为司马迁"南游始于元朔三年"，"从司马迁生年来推论，则定于元朔三年较为妥些。……司马迁此游，当有数年，假定五年确实不为过。秦始皇两次巡游，每次大约将近一年，汉武帝南巡，超过半年；而司马迁南游，比之秦始皇、汉武帝等南游，范围广得多，条件差得多，困难大得多，任务重得多，内容多得多，没有四五年时间，是不能圆满成功的。"三是认为司马迁"入仕始于元狩年间"。其曰："司马迁始仕郎中，肯定在元狩年间，至迟在元狩五年。《报任安书》写于太始元年，自元狩五年至于太始元年，是23年，称'二十余年'是可以的。"四是认为司马迁"西征始于元鼎六年"。"汉武帝令驰义侯征西南夷，是在元鼎六年春，司马迁'奉使西征巴蜀以南'，当是始于此时，当时一定参加了征西南夷的活动，又在定西南夷置郡之时，'南略邛、筰、

昆明'，然后才'还报命'。……司马迁向武帝复命，当是元封元年冬于朔方（今内蒙古河套地区）。"施丁所说，立论与驳正相结合，用力颇深，澄清了许多模糊认识和一些偏见曲解，具有相当的可信度。

后来，施丁出版了《司马迁行年新考》的专著，又进一步申论了扈从巡祭、与李陵俱居门下、《报任安书》写于太始元年冬等与司马迁生年有关的问题，这里不再细说。

（五）"前145年说"论者王重九认为，"先汉记录"的"司马"后是脱"谈"字，肯定司马迁生于前145年

"前145年说"论者王重九，于1985年发表《从王国维、郭沫若共认的先汉记录考订司马迁父子的生年》，认为："先汉记录是属于迁父司马谈的材料，反为王、郭认为是司马迁的史料。'司马'下所夺的不是'迁'，应是'谈'。先汉记录与司马迁一无关系，司马迁实生于前145年，张守节《正义》所按，才是唯一的根据。郭氏之说，自难成立。"作者也顺及考证了司马谈的生卒年，是生于汉文帝前元十五年，即前165年；去世于汉武帝元封元年，即前110年，终年56岁。

对于王重九的这一说法，施丁于1996年发表《〈史记索隐〉注"太史令"有问题》，进一步阐述了这个观点。他从新的角度并运用新出土的汉简等资料进行综合考证，确认司马迁生于汉景帝中元五年。他认为，《博物志》"太史令"条写的是汉武帝三年除司马谈为太史令之事，司马贞引《博物志》注处有误，也可旁证《正义》太初元年"迁年四十二岁"之注本来无误。在这篇文章中，施丁列举了汉简有关汉代除官的时间，认为"凡有年号者必定写明而不脱误"，所举50例，有49例书写了年号，故"三年"并非指元封三年，而是指建元三年。

后来，到2005年，施丁又在《光明日报》上发表《司马迁生于汉景帝中元五年》，继续坚持这一观点，认为，司马迁生年十年之差的"两说"双方，王国维和桑原骘藏都是依据司马贞与张守节在《自序》中的两条注说来立论，都是有弱点的，一是没有看清司马贞真正的错误，"《博物志》的三年，是哪时的三年？它只是说'三年'，而没有年号，未标明'元封三年'。司马贞把它定为元封三年，总是个推测。元封的年号，在元封元年已定了下来，自此时起，凡是提到元封年号内的纪年，都是要书'元封'。《博物志》的'三年'本来就没有年号，司马贞将它引注于《自序》'卒三岁而迁为太史令'之下，乃主观臆断，是错误的。"二是《博物志》的"司马"之下夺了一字，是否是"迁"字？"为太史令者，不止司马迁一人，还有司马谈。《博物志》所缺，未必是'迁'字，司马贞将'司马'置于'卒三岁而迁为太史令'之下，显然又是主观臆断，也欠妥当。"并认为，元封三年，应是武帝三年，即建元三年，前138年，所缺之字，应为"谈"字。故此，《博物志》'太史令'条，写的是汉武帝三年除司马谈为太史令之事，以免人们再盲从于司马贞，再犯《索隐》之错；又可由此推知司马谈的生卒年（汉文帝十五年至汉武帝元封元年，即前 165—前 110 年）"；还可确定《正义》太初元年'迁年四十二岁'之注本来无误，从而断定司马迁生于汉景帝中五年。"

王重九、施丁认为《索隐》所引的《博物志》，是指司马谈，而非司马迁。这一说法具有一定的合理性和可能性。如果《自序》中"三年"是指"元封三年"，为什么不加"元封"二字？按照惯例，光是"三年"二字，并不能确指"元封三年"，而一般指起首之三年，即武帝建元三年，因为武帝时期在"元封"前没有年号，所谓"年号"，都是后来拟定的，故只称"三年"。如汉景帝后来有"中元""后元"，而前面的则不称"前元"，只称"景帝××年"。"司马"后所缺字，可以是"迁"，也可以是"谈"字，两者的概率是一样的。如果"三年"指"武帝三年"，即"建元三年"，则此处所缺字当是"谈"字无疑。而《索隐》则是张冠李戴，或者《索隐》本来不错，是后人将三家注合刊时出了差错，也未可知。当然，如果是这样，还有一些疑问：一是《正义》所说的"迁年四十二岁"的根据是什么，是根据什么样的史料来推算？二是汉武帝时期，究竟是什么时间开始有了年号？而目前还有争议，需要确切地弄清楚；三是施丁所引的汉简 50 例，并没有汉武帝时的年号，最早的也是汉昭帝"始元"的年号，是否汉武帝时期就没有年号？还是没有找到文献资料？这些问题还需要进行深入研究，才能得出结论。如果这一问题得到解决，则司马迁的生年问题便迎刃而解，就不存在十年之差的矛盾，也无须再费多少口舌，即可依《正义》而定论。

四、1988—2015 年 9 月，是司马迁生年"前 135 年说"论者主导论辩时期

1988 年至 2015 年 9 月，"前 135 年说"论者袁传璋、赵生群等连续发力，肯定司马迁生于汉武帝建元六年，得到不少学者信从。这一时期可分为三个阶段：一是 1988 年至 1999 年，可称为"袁传璋时期"，袁先生连续发文，从不同的角度论述司马迁生于前 135 年，提出"书体演变说"，以否定王国维的"数字讹误说"；二是 2000 年至 2004 年，可称为"赵生群时期"，赵先生发现《玉海》"汉史记"条《正义》佚文征引《博物志》，便认为是"直接的证据"，认为凭此条足可定案司马迁生年；三是 2004 年至 2015 年 9 月，是"前 135 年说"论者误解《自序》时期，认为司马迁自叙生于武帝建元年间。这一时期共发表论文 42 篇，其中"前 145 年说"论者为 5 篇；"前 135 年说"论者为 26 篇；司马迁年谱、卒年及其他研究为 11 篇。从中可以看出，"前 145 年说"论者很少发文，代表作有 3 篇：施丁《〈史记索隐〉注"太史令"有问题》、张家英《王国维〈太史公行年考〉补正三则》、易平《司马迁生年考证中的史料鉴别问题》；"前 135 年说"的代表者为袁传璋、赵生群，代表作主要有 6 篇：袁传璋《司马迁生于武帝建元六年新证》《从书体演变角度论〈索隐〉〈正义〉的十年之差》、刘大悲《司马迁生年探源》、赵生群

《从〈正义〉佚文考定司马迁生年》、曾维华《司马迁生年新证》、吴名岗《司马迁自叙生于建元年间》。

（一）"前 135 年说"论者袁传璋连续发力，提出"书体演变说"，声援"郭说"，是"在考证烟幕下精制伪证伪考"

在这期间，袁传璋致力于司马迁生年研究，自 1988 年以来，陆续发表了数篇研究文章，后来到 2005 年还出版了《太史公生平著作考论》专著，其研究之深，用力之勤，可以想见。他是主张司马迁生于建元六年的，对此不遗余力，比较有影响力的，主要是两篇，一是《司马迁生于武帝建元六年新证》；二是《从书体演变角度论〈索隐〉〈正义〉的十年之差》。

在第一篇文章中，袁传璋提出了"新证"。他自称对于司马迁生年研究是"新证"，颇为自负。而"新证"一词也从此泛滥起来。

袁先生在本文中认为，《自序》提供了推算其生年的基本线索，提出了三个标准数据，即"年十岁则诵古文""二十而南游……于是迁仕为郎中""待罪辇毂下二十余年"，再加一个基准点，即《报任安书》的作年。司马迁的行年点，王国维考证是 14 个，张大可先生深入考证后，再增加 6 个，共有 20 个（参见《评司马迁生年"前 135 年说"论者的三大"曲说"》），岂能是三个行年点就能概括得了的？这种说法，实际上是一种投机取巧，是以偷换概念巧为立说，以塞进私货，而用来取代司马迁的重要行年关节点，是根本不能成立的。袁先生认为《报任安书》作于征和二年，即前 91 年；而又将司马迁的入仕定为"南游归来后即进入仕途"，中间没有间隔，为元朔五年，即前 124 年，以此推算，为 34 年，故认为与司马迁自己所说的"待罪辇毂下二十余年"不符，以此否定《正义》按语所推算的司马迁生于前 145 年。而张大可先生对此深入研究，制作《司马迁行年表》，认为司马迁仕为郎中是在武帝元狩五年，即前 118 年；而作《报任安书》在太始四年，即前 93 年，两者之间为 25 年（参见《司马迁生年十年之差百年论争述评》），正符合司马迁自己所说的"待罪辇毂下二十余年"，司马迁生于景帝中元五年无疑。"前 145 年说论者"陈曦认为，《报任安书》不作于征和二年，袁传璋据此推导司马迁生年不成立，"与此相关的所有考证因而成了无源之水、无本之木，是沙滩上的海市蜃楼，没有讨论价值。①"

袁先生在是篇中还认为，司马迁的入仕为郎与壮游，在时间上前后相承，南游归来后即因父荫仕为郎中，并抓住"于是"一词大做文章，认为"'于是'以下的行为在时间上紧承'于是'以前的行为发生，无一例外。……司马迁亲自告诉人们，他南游归来后即进入仕途，中间并没有间隔。"其实，对"于是"的理解，本身并不重要，它只是一个虚词而已，并不能证明什么，就如同袁先生自己所据的事例一样，秦与汉中间间隔了十四年，也是用"于是"一词来承接，说穿了，

---

① 《评袁传璋"司马迁生于前 135 年说"之新证》。

它只是一个承接连词，起了连接的作用。至于"于是"前后两个中心词的具体事实，要进行深入的考证才能弄清楚，而不是纠缠于"于是"一词上。而袁先生把力气用在"于是"一词上，以此作为司马迁生于武帝建元六年的证据，说的不好听，实在是"黔驴技穷"，误入歧途。"前 145 年说论者"陈曦认为，"于是"二字，"非无缝对接词，而是相当长时间段的连接词。……司马迁晚生十年，恰好是挤掉了两个'于是'连接的司马迁十年历练的跨度时间，变成了二十南游、二十二三仕为郎中、二十四五为钦差大臣，岂不荒诞?①"

袁先生最后得出的结论是："司马迁早生十年则纰漏丛生，而晚生十年则百事皆通。"果真如此吗？张大可先生予以针锋相对，回敬说："司马迁生于前 145年合于情理，合于事实，早生十年则百事皆通，晚上十年则纰漏丛生。"张先生如此说，则是有大量的证据来支撑。（参见《评司马迁生年"前 135 年说"后继论者的"新证"》）

在第二篇文章中，袁传璋提出了"书体演变说"，认为"今本《史》《汉》中'二十'与'三十'罕见相讹；而'三十'与'四十'经常相讹"，由此得出两点基本认识："一是王国维立论的基石不具备'科学的基础'；二是《索隐》所引《博物志》是完全可靠的档案材料，是推算司马迁生年的一项可靠依据，司马迁应生于汉武帝建元六年。"

对于袁传璋的这一说法，"前 145 年说"论者施丁在研究中发现了丰富的数字书写演变的内容，《居延汉简甲乙篇》已有数字分书之例，而《居延新简》则提供了大量的例证，认为郭沫若说汉人沿殷周以来的老例书写"二十""三十""四十"为"廿""卅""卌"的连体书并不确切，至今有人还在这方面做文章，提出隋唐至北宋也是照旧未变，也是不妥，有汉至唐，数字的书写，并不只是沿袭殷周老例，而是两位数字连体书写分化出了单体分书，北宋以后，数字的书写由单体分书全面代替了。② 张大可先生认为："王氏的'三讹为四，于理为远'，也不能排斥偶然的'三'与'四'相讹；同理，袁氏的'二十'与'三十'罕见相讹，也不能杜绝'二十'与'三十'不相讹。着重在'数字讹误'本身，永远不会有定论。"故此，他认为《索隐》《正义》两说并存，皆为待证之假说，不能作为推导司马迁生年的基准点。"③ 并认为："袁传璋驳的不是王国维的立论基石数字讹误说，而是他自设的标靶。双方穷尽文献均未找到《索隐》《正义》直接的数字讹误，在没有新的材料发现之前，不可能在数字讹误本身找到突破。"④ 也就是说，袁传璋欲用"书体演变"的论说确定司马迁的生年，此路是行不通的。

张大可先生的这一说法是比较客观的，也就是说，司马迁生年的论定，仅靠《索隐》《正义》的说法，是无法得出正确的结论的，因为两者文献资料的可靠性

---

① 同上。

② 《〈史记索隐〉注"太史令"有问题》。

③ 《评"司马迁生年前 135 年说"后继论者的新证》。

④ 《解读袁传璋"虚妄论"提出的一些问题》。

无法得到确证，无论是将哪一方说得天花乱坠，但毕竟都是"旁敲侧击"，敲锣不在锣心上，都无法否认另一方，两种说法的致讹，都是有可能的。而王国维的论证，并不仅仅就是依靠《正义》所说的文献资料以及推论《索隐》的容易致讹，而是通过考订司马迁的行年，通过行年来论证，故而得出的结论比较科学、公允。

袁传璋还发表了《太史公"二十岁前在故乡耕读说"商酌》，认为从史公自叙推断他二十岁前不可能在故乡耕读，理由是夏阳不具备培养司马迁"古文"英才的条件，只有当他离开夏阳故里定居京师茂陵后才有条件诵习古文。这其实是想多了，想深了，想偏了。所谓"古文"，并不是那种深奥的考古之文，也不是孔安国的所谓"古文尚书"，就如同现今 10 岁的小孩子上三四年级，阅读"三字经""百家姓"之类的文章，或者就是像《史记》中的"鸿门宴""完璧归赵""将相和"等古代文言故事。司马迁以"年十岁诵古文"引以为自豪，说明他比同龄的小孩子要聪明和具有一定的天赋才能。司马迁在夏阳，怎么就不能"诵古文"呢？难道在夏阳就不具备这样的条件吗？如果确实如此，是否所有夏阳的小孩子都要到京师去读书才行？恐怕不是如此吧！对此，张大可先生认为，袁先生对"年十岁则诵古文"的伪考，一是掩盖司马迁晚生十年被砍掉的十年青年时段；二是将古文作含混的解释，便于少年司马迁进入元狩年间，以便与"问故孔安国、师事董仲舒"相搓捏；三是暗藏年十岁到京师，为晚生十年的"建元六年说"制造论据①。

（二）"前 135 年说"论者赵生群发现《玉海》"佚文"，以为找到了直接证据，其实是一条被目为"铁证"的伪证

继之而起论证司马迁生年用力甚勤的，是赵生群先生，他从 2000 年开始，发表了数篇研讨司马迁生年的文章，主张司马迁生于建元六年，而最具有新意的，用陈曦的话说，"实际上只有一条，那就是他在《玉海》中发现《正义》引《博物志》与《索引》相同"。②

赵生群于 2000 年在《光明日报》发表《从〈正义〉佚文考定司马迁生年》，认为："两条资料所载司马迁年岁，与今本《史记》中的司马贞引《博物志》之文完全一致，说明《索隐》引文准确无误，同时也证实，张守节推算司马迁生年的根据也是《博物志》。《博物志》确实是考订司马迁生年唯一的，也是最为可靠的原始资料。张守节云太初初年'迁年四十二岁'，比司马迁实际年岁多出十岁，肯定有误。……对《正义》与《索隐》之间特殊关系的认定，有理由作出如下判断：其一，张守节肯定能见到《博物志》有关司马迁事迹的记载。其二，《博物志》的记载，是确定司马迁年岁的唯一资料，《正义》加以征引，当在情理之中。否则，太初元年'迁年四十二岁'的按语就显得突兀无据。其三，张守节对《索

---

① 《解读袁传璋"虚妄论"提出的一些问题》。
② 《评赵生群"司马迁生于前 135 年说"之新证》。

隐》引文不置一词，本身就是一种认同。《玉海》所引《正义》佚文是可信的。司马迁的生年应该是武帝建元六年，而非景帝中元五年。"并信心满满地论断此为铁证，并在中华书局 2013 年出版的修订本《史记》前言中直接用《玉海》的《正义》引文断言司马迁生于汉武帝建元六年（前 135），未加注明据郭沫若说，更未介绍王国维的"前 145 年说"，似乎就是直接画句号了。也就是说，司马迁的生年，仅凭这一条所谓"铁证"，就似乎是板上钉钉、大功告成了，就可以定案了。

这条所谓的"铁证"果真是"铁"吗？其实并不是如此，张大可先生认为是"一条被目为'铁证'的伪证"。易平随即亦在《光明日报》发表《司马迁生年考证中的史料鉴别问题》，怀疑《玉海》引文的真实性，提出两条相反的证据：一是"《博物志》记司马迁官名为'太史令'，而张守节坚持'（司马）迁官太史公'。"二是"《博物志》记司马迁官秩'六百石'，而张氏则主'太史公秩两千石'。"并认为："此皆不争之事实。那条记载所谓司马迁'官籍'的《博物志》，居然连官名、官秩这等至关重要之事，在张守节看来都是错的，能说他会'认同'《博物志》并据以推算司马迁的年龄吗？……张守节对《博物志》所记司马迁'官籍'持全盘否定态度。用《正义》佚文可以证明《索隐》引文的'年二十八'不误，却没有任何理由和证据可以证明《正义》案语的'迁年四十二岁'是错的，因为张守节推算司马迁年龄与《博物志》无关，根本不存在所谓《博物志》和《正义》记司马迁年龄'十年之差'的问题。……至于《玉海》所录的《正义》佚文，旨在存《博物志》材料而非存张守节说，此不言而喻。正因王应麟这种做法，将这条《正义》佚文的史料价值降低到只能'说明《索隐》引文正确无误'，仅此而已。把此佚文视为考订司马迁生年的直接证据，借以推断《博物志》的可靠性，即证明司马迁生年考证的另一前提能成立，实无济于事。因为《索隐》引文正确无误，不等于《博物志》本身准确无误。"

陈曦在《评赵生群"司马迁生于前 135 年说"之新证》中认为，"易文的驳斥非常有力，特别是第二点指出'正因王应麟这种做法'，实是指赵生群断章取义。王应麟《玉海》不是存录《史记》及'三家注'原始材料，而是把张守节的按语及依据统统删了，像这样的二手材料，乃至三手、四手、五手材料，怎能用来做铁证呢？赵生群的发现，恰恰证明了张守节是在驳正《博物志》，也就是驳正《索隐》的'元封三年迁年二十八岁'。在没有找到张守节的按语、依据之前，张氏之说仍是一个疑案。"

张大可在《司马迁生年十年之差论争的意义》一文中认为："更有甚者，直接编造伪证。南宋王应麟在《玉海》中自写词条'汉史记'，引文有《正义》引《博物志》与《索隐》司马贞一致，发现者宣称这是一条司马迁生于前 135 年的铁证。王应麟引文又删去了张守节按语'案：迁年四十二岁。'像这样掐头去尾的引文，根本不具有版本价值。"又曰："经过核查《玉海》的这条《正义》佚文，根本不是什么皇家所藏唐写本，乃是王应麟自己撰写的'汉史记'条目转引的资料，而且删去了张守节的按语，与日藏南化本那条栏外的《索隐》差不多，甚至还要等而下之，正确性值得怀疑，同样也是一条伪证。"

从以上的分析看出，在这一阶段，双方的争论是非常激烈的，各自寻找证据，有立论，有驳正，真正有一种"百花齐放，百家争鸣"的味道，这是一种可喜的现象。然而，司马迁生年的说法可以有多种，但真正的生年只有一个。

（三）"前135年说"论者袁传璋甚至编造皇家藏本、唐写本，并予以复原，乃是编造"伪证"

"前135年说"论者袁传璋对于《玉海》的《正义》佚文，如获至宝，认为是"为考证司马迁生年提供确证"，以此为标题撰文刊于《司马迁与〈史记〉研究年鉴》（2011卷）的显赫位置，并依据《正义》佚文将其复原唐写本。其复原之文如下：

> 　　　　　　　　　《博物志》云：迁年廿八，
> 卒三岁而迁为太史令　三年六月乙卯除，六百石。绌史记　　徐广曰：
> 　　　　　　　　　按：迁年卅二岁。　　　　　　　　　绌音抽。
> 　　　　　　　　李奇曰：迁为太史后五年，适当于
> 五年而当太初元年　武帝太初元年，此时述《史记》。

后来在《王国维之〈太史公行年考〉之发覆》中认为唐写本的原格式为"《史》文大字，注文小字双行夹注"。再复原为：

卒三岁而迁为太史令《博物志》云："迁年廿八，三年六月乙卯除，六百石。"

五年而当太初元年《集解》李奇曰："迁为太史后五年，适当于武帝太初元年，此时述《史记》。"按：迁年卅二岁。

其他且不论，就从袁先生两处复原的本身来看，乃是谬误百出。首先，是复原的《正义》原文格式，完全是"子虚乌有"，凭空虚构。清人王鸣盛曰："张守节《正义》三十卷，见《唐志》，皆别自单行，不与正文相附，今本皆散入。"就是说，《正义》原本的行文，是以注释为主体，"不与正文相附"，根本不是"双行小注"。到了王鸣盛时候，"张氏三十卷本，今不可得而见"，说明已经失传了。王鸣盛还非常感慨，认为明末毛晋翻刻三家注，只能找到《集解》《索隐》的单刻本，就是找不到《正义》的"唐本"。《正义》原本在北宋时就失佚了，而南宋的王应麟能看到《正义》原本吗？那么，《正义》原文究竟是什么模样？袁先生煞有介事地说是"双行小注"，而"双行小注"，只是到了北宋翻刻时，将三家注散于正文之后才有的。时至今日，袁先生把《正义》原本说得天花乱坠，果真如此吗？恐怕连他自己也弄不清楚。如果能够弄得清楚，为什么两次复原的格式完全不一样？这也是在妄自猜测啊！《正义》原本是单行本，只是张守节注说的内容，怎么还有《集解》的"徐广曰""李奇曰"，怎么《集解》又穿越到《正义》中去了？也真是离奇八怪！

其次，复原的《正义》原文内容，是为我所需，妄加删改。这里首先要说的，

是王应麟的《正义》佚文与《索隐》所引《博物志》的内容相去甚远，是"缺胳膊少腿"，断章取义，甚至凭着自己的猜测，如"迁"字，在当时的绝大部分版本中，都是作"司马"，后面脱一字，而王氏直接就写"迁"字，有何版本依据？还有更重要的，是袁先生将"二十八"改作"廿八"，将"四十二"改作"卅二"，更是无根之说。没有任何文献证明，张守节在当时就是将"二十"写作"廿"，将"四十"写作合体的"卅"，这无异是异想天开，做了一个"黄粱美梦"，真的以为"二十八"就是"廿八"，"四十二"就是"卅二"了。

最后，复原的《正义》原文的位置，也是随心所欲，极不严肃。袁先生的前后两次复原，《正义》的按语"按：迁年卅二岁"，前面的在"卒三岁而迁为太史令"后，后面的在"五年而当太初元年"后，"迁为太史令"怎么就成了"卅二岁"？我们再来看王应麟的《正义》佚文，是作在《汉书·司马迁传》的"细史记金鐀石室之书"一句后，这里怎么复原到司马迁的《太史公自序》上来了，这何止是张冠李戴，阴差阳错？简直就是瞒天过海，将北海之鱼置于南极之冰。固然，班固的《汉书·司马迁传》是根据《史记·太史公自序》摘抄而成，含有《自序》的成分，但《司马迁传》就是《司马迁传》，而不是《自序》。这就如同司马迁改造《尚书》，将《尚书》的内容写入《史记》，这《史记》中含有与《尚书》相关的内容，你能说它就是《尚书》吗？

因此，无论从哪个方面来说，无论是格式、内容还是位置，袁先生的所谓《正义》复原，是不存在的。因为王应麟根本就没有引用过《自序》，何谈复原？至于《正义》原本中有没有关于《博物志》的征引，都是一个谜，因为《正义》征引《博物志》，只见于王氏《玉海》，别无他证，王应麟引用非常随意，连正规的引用《司马迁传》都有讹误，更何谈引用《正义》注文？而袁先生还居然称《正义》佚文是"确证"，究竟"确"在哪里？恐怕是一无所是，谬误百出！这种凭空想象的复原，实在是伪考无二啊！

（四）"前135年说"论者用伪命题立说，认为司马迁自叙生于建元年间，声称是"铁证"，实乃误读、曲解史文

"前135年说"论者，在这期间，陆续发表了一些文章，声音不断，但无非是重复以往的一些说法，没有什么新的观点和证据。而能够说出一些想法的，是张韩荣、曾维华、吴名岗，他们把注意力集中到司马迁的《自序》上，认为《自序》中有司马迁生于建元六年的证据。虽然在前面几个阶段，也有学者说到这一问题，但只是作为综合论证的其中一个方面，如袁传璋，也只是说《自序》"提供了推算其生年的基本线索"，而他们几人可以说是用《自序》来求证司马迁生年的集成者，达到了登峰造极的地步。

张韩荣于2012年写成《司马迁生年论证》，认为，《自序》是"严格按照时间顺序进行的"，"有子曰迁"前出现了三次较为确定的时间，即司马迁仕于建元、元封之间；《论六家要旨》创作于建元年间，大约在建元五年；司马迁"掌天官，

不治民，有子曰迁"接在《论六家要旨》后。按照三个时间点，司马迁生于司马谈出仕之后，且在写《论六家要旨》之后。"既然司马谈出仕在建元元年，写《要旨》在建元五年，之后出生的司马迁必在建元六年无疑。"后来到 2017 年又发表了《从〈太史公自序〉考证司马迁的生年》继续阐述这一观点，也掺入了其他一些内容。

曾维华于 2013 年发表了《司马迁生年新证》，进一步认为司马谈为官在前，生儿子司马迁在后。通篇只说了这么一件事，且先不论其观点是否准确，就是这么个事儿还自诩为"新证"，新在何方？难道是突发奇想，就没有看到以前学者的论文，是突然从地上冒出来的？

吴名岗撰文，标题就是《司马迁自叙生于建元年间》，可谓直截了当，一目了然。他将"有子曰迁"的"有"字理解为"生"，这是很不妥当的。还有其他的一些观点，笔者已在《新一轮司马迁生年研究综论》中有详细的辨正，这里不论。他认为："司马迁生于汉武帝建元元年之后，这话是司马迁自己说的，任何人都可以根据司马迁的记述作出这一判断；任何到建元元年之前寻找司马迁生年的做法，都是违背司马迁《自序》的记述的。"这也是自欺欺人，把自己的观点强加到司马迁的头上，具有诬妄古人、欺瞒今人之嫌。

以上几个学者的说法，如出一辙。其实，这些观点也是李长之的观点，只是拾人牙慧而已。李长之说："《自序》上说：'太史公仕于建元、元封之间，……太史公既掌天官，不治民，有子曰迁，迁生龙门。'看口气，也很像他父亲任为太史令之后才生他，那么，这也是他生于建元六年的证据。"他们只是说法不同而已，还在那儿津津乐道，根本没有什么新意，只是说得太过伶牙俐齿、面目狰狞，似乎只有他们才能读懂《自序》，自欺欺人而已。

对此，张奇虹发表《〈太史公自序〉中没有记载司马迁的生年》，明确认为，"司马迁自叙生于建元年间，是一个伪命题"，用"时间顺序"记事来推论，也是不成立的。张大可称之为"在字缝中作考证"。而将"有"字解释为"生"，以证明司马迁生于司马谈"仕于建元"之后，也未免有些武断，因为"生"不是"有"的唯一解释，既然不是唯一，就经不住推敲，而作为论据来支撑观点，也就不攻自破了。因此，毫无疑问，司马迁也就不是生于建元年间了。"吴先生根本就没有真正读懂《自序》，遑论从中推断司马迁生年了。"

司马迁按时间先后叙事，本来没有错，但拘泥于事事都按时间顺序来解释，则是走极端，钻牛角尖，是不能自圆其说的。如果按照吴文认为的用"时间顺序"记事观点来推论，司马谈的治学就一定在出仕之前，出仕之后就不求学了吗？司马谈先出仕，后生子，难道司马迁在京城做官，又跑到乡下去生子？既然司马谈已经仕于建元、元封之间，那么，生儿子司马迁则是在元封之后了，而元封元年司马谈已不在人世间了，难道司马谈要到阴间去生司马迁？司马迁又破阴转阳？难道可以这样理解吗？这不是天大的笑话吗？从哲学的观点来看，真理和谬误是可以相互转化的。列宁说过，真理只要向前一步，哪怕是一小步，就会成为谬误。这说明，真理都是在一定范围内、一定限度内，才能成为真理。如果超出了一定的范围、一定的限度，就会成为谬误。这范围与限度，就是真理的适用范围，不能超过，过犹不及。这样的观点运用到司马迁生年的研究中，也同样有效。司马迁在《自序》中确实有按时间顺序叙事的事实，但作绝对化的理解，就是大错特错了。

五、2015 年 10 月—2018 年，是司马迁生年十年之差重启研究时期

2015 年 10 月，中国史记研究会于陕西渭南师范学院召开纪念司马迁诞辰 2160 周年研讨会，会长张大可先生在大会上提出，由中国史记研究会和北京史记研究会共同发起，重启司马迁生年疑案研讨，对百年争论进行系统梳理，排比行年，集中考辨，解决司马迁生年研究中的误读误解、无据推论、主观臆断、猎"奇"失"正"等问题，力图通过综合研究和系统研究，得出阶段性结论，确定司马迁的生年。

重启司马迁生年疑案研究的 4 年间，双方共发表了 20 篇文章，其中"前 145 年说"论者发表 14 篇，"前 135 年说"论者发表 6 篇。"前 145 年说"的代表者是张大可先生，主要从方法论的角度研究，形成《司马迁生年十年之差、百年论争述评》《评司马迁生年"前 135 年说"后继论者的"新证"》《司马迁生年十年之差论争的意义》，高度概括总结了司马迁生年十年之差、百年论争的内容、实质和意义，提出了阶段性结论；还针对袁传璋先生的观点，发表了《解读袁传璋"虚妄论"提出的一些问题》，而后系统研究，形成《司·马迁生年研究》专著。"前 145 年说"论者陈曦，主要是针对"前 135 年说"的几个重点人物进行解剖研究，形成了《李长之"司马迁生于前 135 年说"举证十条无一考据》《评赵生群"司马迁生于前 135 年说"之新证》《评袁传璋"司马迁生于前 135 年说"之新证》。"前 145 年说"论者朱枝富，主要进行综述研究，形成了《新一轮司马迁生年疑案研究综论》《评司马迁生年"前 135 年说"论者的三大"曲说"》《司马迁生年十年之差、百年论争梳理与综论》。"前 135 年说"的代表者是袁传璋，发表了《王国维之〈太史公行年考〉发覆》《司马迁生年"前 145 年论者"的考据虚妄无征论》，继续坚持认为司马迁生于前 135 年。这一时期的研究以"前 145 年说"论者为主体，具有综合性、综述性，将前几次论争中的所有观点都拎出来进行系统评说，几乎无遗漏，无死角，既有立论，也有驳正，以期形成阶段性结论。

（一）"前 145 年说"论者张大可着重从方法论上进行研究，形成三篇力作，高度概括总结，高屋建瓴，大气磅礴

在重启司马迁生年疑案研究中，张大可先生对司马迁生年的十年之差、百年论争疑案，着重从方法论的角度进行梳理研究，形成了 3 篇论文，高度概括总结

了百年论争的由来、内容、实质和意义，提出了阶段性结论。

张先生的第一篇论文《司马迁生年十年之差、百年论争述评》认为："百年论争画一个句号，已经是水到渠成。"他回顾司马迁生年百年论争的由来，认为王国维考证司马迁生年为前145年，论点坚实，方法正确，逻辑严密；郭沫若、李长之主张司马迁生年为前135年，无一考据，不能成立；主张依据现有文献资料，排比行年，是考证司马迁生年唯一正确的方法，只有深入地研究司马迁的行年，才能从中得出真知灼见的结论。

张先生的这一观点，乃是金玉之言。只有深入地研究司马迁的行年，从中得出真知灼见的结论，才是正道，一味地咬文嚼字，一味地钻牛角尖，一味地沉溺于旁征博引、牵强附会，是得不出真正的结论来的。

张先生还通过深入研究，形成了王、郭"两说"对照的"司马迁行年表"，从中比较其合理性、可行性、科学性，可见其用力甚多，开掘其深，功力其厚，结论其确。

张先生的第二篇论文《评"司马迁生年前135年说"后继论者的"新证"》，系统研究"前135年说"后继论者的观点，从四个方面展开：一是《索隐》《正义》两说并存，皆为待证之假说，不能作为推导生年的基准点；二是"前135年说"后继论者误读史文，搞循环论证，得不出真正的结论；三是"前135年说"后继论者认为司马迁"句句"按时间先后叙事，是在字缝里作考证，于事无补；四是司马迁生于前145年可作阶段性定论。其具体内容再前面的论述中已有所引用，这里不再展开。

张先生的第三篇论文《司马迁生年十年之差论争的意义》，进一步深化研究，系统地阐述了论争的重大意义，具有五大价值：一是求历史之真，排比司马迁行年，是考证司马迁生年唯一正确的方法；二是厘正了"前135年说"论者对《史记》的误读，认为"前135年说"论者为了编织司马迁晚生十年的论据，有意误读《自序》和《报任安书》，主要是对"有子曰迁""年十岁则诵古文""耕牧河山之阳"、连词"于是"、"早失二亲"的误读，从而得出了错误的结论；三是透视了"空白说"或"大漏洞说"的无据，不能成立，认为赵光贤排列"司马迁行年新旧对照表"，以解读李长之"空白说"，是煞费苦心编制的伪证伪表；四是认为司马迁晚生十年，砍掉了司马迁十年的青年时代，使司马迁缺失了十年伟大时代的熏陶，影响了司马迁的人生修养；五是司马迁生年"两说"，只并存于"三家注"，王、郭"两说"一真一伪，王真郭伪，不能并存，应去伪存真，确定司马迁生年。

张大可的三篇论文，功力深厚，可谓论说精当，持之有据，结论准确，大气磅礴，令人一赞三叹。

在此基础上，张大可先生形成了"司马迁生年研究八讲"，作为司马迁生年十年之差、百年论争的系统梳理和"总盘点"，证实了王国维所说的"十年之差由数字讹误造成"，但纠缠于数字讹误本身，既不能推倒，也不能落实。而考证司马迁生年，排比行年是唯一正确的方法。张先生运用文献和史实考证，合于

"前 145 年说"的行年关节点有六大证据,有问故孔安国、师事董仲舒两大旁证,有交友六条证据,共有 14 条证据,足可定案司马迁生于前 145 年。而李长之、郭沫若主张的"前 135 年说"无一考据,后继论者的"新证"无一实证,以辨代考,精制伪证伪考和循环论证,甚至剑走偏锋,用伪命题在字缝中作考证,不能成立。

（二）"前 145 年说"论者陈曦对"前 135 年说"代表者李长之、袁传璋、赵生群的主要观点逐一评说,各个击破

"前 145 年说"论者陈曦,对"前 135 年说"几位代表人物的观点进行了剖析和评论,用力颇深,有些论证可以说是力透纸背。

《李长之"司马迁生于前 135 年说"驳议》一文,对李长之的十条证据,先是分论,一条一条予以剖解,鞭辟入里,然后是综论,总体论说,结论是无一考据,不能成立,这无疑是釜底抽薪,"前 135 年说"论者证据不立,所形成的结论自然就是无源之水、无根之木、无基之厦,如果"前 135 年说"论者认真读过此文,还好意思再坚持李长之的观点吗?就是连李长之自己本人也曾坦言有误,放弃了啊!我倒是非常佩服李长之的勇气,不固执己见,勇于修正错误,如果连这一点都做不到,还遑论搞什么研究?

《评袁传璋"司马迁生于前 135 年说"之新证》一文,认为袁传璋关于司马迁生年的两大核心论点,一是《报任安书》作于征和二年,作为推算司马迁行年的基准点;二是"于是迁仕为郎中"的"于是"二字为无缝连接词,说明"司马迁的入仕为郎与壮游在时间上前后相承",中间没有间隔,认为在这至关紧要的地方,无考无据,完全是一厢情愿的主观推测,并强加于司马迁,说成是"司马迁亲自告诉人们的",有诬妄之嫌。两大核心论点既已推翻,其认为司马迁必定生于前 135 年的说法,已失去了立论的基石,是不成立的。

《评赵生群"司马迁生于前 135 年说"之新证》一文,认为赵生群提出"新证",多方考察,试图为《史记》研究的这一重大疑案画上句号,非常遗憾的是,他"在司马迁生年问题上的'新证',新意不多,在论证过程中,有鉴别史料不客观、以假说为依据、考证缺乏、倒因为果等偏差,延续了李长之的错误理念和方法",故此,尽管他将司马迁生于前 135 年写上了《史记》(修订本)前言,但是,这个句号是画不得的,画不圆的。

（三）"前 135 年说"论者袁传璋等进一步申明观点,极力主张司马迁生于前 135 年,张大可先生等予以驳正

袁传璋针对张大可等学者进行的述评、综论,对司马迁生年问题再进行研究思考,形成了两篇文章,即《王国维之〈太史公行年考〉立论基石发覆》《司马迁生年"前 145 年说"论者的考据虚妄无征论》,回应"前 145 年说"论者的研究评论。上篇系统分析王国维对司马迁生年研究的贡献与缺陷,重申原来的研究观点,认为宋刻以来的《史记》注本中"二十"与"三十"罕见互讹,而"三十"

与"四十"频繁互讹,结论是"王国维的司马迁生于汉景帝中元五年说不能成立",并且探究了《索隐》与《正义》十年之差的成因,继续坚持司马迁生于汉武帝建元六年的观点。下篇对"前145年论者"的考据逐项检验,认为:"'前145年说'论者'十九岁之前耕牧河山之阳'与对'家徙茂陵'之考证纯属想当然;对'仕为郎中'之考证荒诞无稽;'《报任安书》作于太始四年说'及'任安死于征和二年七月说'皆属伪证伪考",认为"前145年说",是"一份不及格的司马迁生年考证答卷。"

作为回应,张大可先生发表了《解读袁传璋〈虚妄论〉提出的几个问题》,陈曦发表了《〈报任安书〉作年为基准点不能成立》等,进一步论证司马迁生于汉景帝中元五年。

张大可先生系统地论述并评说了袁传璋提出的一些问题,从五个方面说明:一是认为袁传璋的两位数字合写之说,无法驳倒王国维的立论基石,即"'三'讹为'二',乃事之常"的常理之说,认为袁传璋放大自我,自相矛盾,巧设标靶,自娱自乐,在没有新的材料发现之前,还应回到王国维指引的方向上去;二是认为排比司马迁行年是考证司马迁生年唯一正确的方法,《自序》和《报任安书》留下了最直接的司马迁行年资料,所排列的《司马迁行年表》是百年论争"两说"双方共同的研究成果;三是认为袁传璋对已正确认识到的"唯一出路"(指从《自序》中寻找"本证")不用正解,而是标新立异扭曲,只能是南辕北辙;四是袁传璋精心编织伪证伪考,暗度陈仓,循环推演,以证成其说;五是司马迁元狩五年仕为郎中,并非施丁考证荒诞无稽,而是驳难者在"胡柴",无限放大自我,夸张一条材料的发现是"唯一证据",浮躁而虚妄。

陈曦在回应文中认为,《报任安书》作年为司马迁生年的基准点不能成立,具有三点理由:一是认为《报任安书》的作年不具有直接推导司马迁生年的功能,无论哪一种说法(如太始元年说、太始四年说、征和二年说),均不是基准点,以《报任安书》作年为推导司马迁生年的基准点,是一个伪命题;二是用历史事实证明《报任安书》不作于征和二年,袁传璋的说法于史无据,全为主观臆测;三是袁传璋没有依据任何史实与文献,费心费力,认为《报任安书》作于征和二年,掩盖不了伪证、伪考,即没有考据的推论,以辨代考,无一实证,因此不能成立。

在此期间,还有不少学者发表了申说自己观点的文章:张韩荣发表了《从〈太史公自序〉考证司马迁生年》,还是沿袭了以往的说法,进行了新的包装,强调《自序》"太史公既掌天官,不治民,有子曰迁"就是"铁证",其实,这是误读误解,"既"字是针对"不治民"而言,"既掌天官"与"有子曰迁"为并列句,分说两件事情,并不绝对是先做官,后生儿子;所谓"铁证",也是无根之说,充其量,只是他个人的理解而已,司马迁自己并没有这样认为。对此,将有专门的分析,这里不详细叙说了。(参见《评司马迁生年"前135年说"论者的三大"曲说"》)

吴名岗发表了《"二十南游江淮"证明司马迁生于建元年间》,用了三重证据:排比行年法、数学求解法、原文解读法,三重解法证实司马迁生于前135年。张大可先生认为:"只看包装的三重标题,像在考证,实际的文章内容、伪证手法,肤浅浮躁。他把排比行年法、数学求解法、原文解读法称为三条路,如果三种方法中均有考证,仍是一条路,只是多样的考证,如果三种方法中全无考证,那就是一条路都不会走。排比行年法,巧借《司马迁行年表》说事,但没有看懂,将'王说'和'郭说'直接比较的归谬方法根本就是错误的,是毫无讨论价值的文字游戏;数学求解法,乃是演示循环论证,是一个没有依据的伪证公式;原文解读法,是按时间先后叙事弯弯绕。"①

(四)"前145年说"论者朱枝富系统研究司马迁生年疑案的百年论辩史,予以梳理和综论,重点剖解三大"曲说"

"前145年说"论者朱枝富将1916年以来研究司马迁生年的文章全部收集起来,做成详细的"目录索引",然后系统研读,分析司马迁生年十年之差"两说"的由来与优劣、是非与曲直,提出了明确的看法,主张司马迁生于前145年。

在《新一轮"司马迁生年疑案研讨"综论》中认为,2015年重启司马迁生年疑案研究成效显著;王国维"前145年说"吻合司马迁行年,立论无误;李长之、郭沫若"前135年说"是为推论,无法取代"王说";《索隐》与《正义》的十年之差之讹,是导致司马迁生年纷争的主要根源;王应麟《玉海》关于司马迁生年史料的可靠性值得推敲,不能视为考订司马迁生年的直接证据;《自序》没有表明司马迁生于建元年间,从字缝里找证据是徒劳的;司马迁《报任安书》"早失二亲"不容曲解。王国维提出的司马迁生于汉景帝中元五年,即前145年,具有相对的科学性,可作为阶段性结论。

在《评司马迁生年"前135年说"论者的三大"曲说"》中,认为"前135年说"论者形成的关键性观点,大致上是三个方面,即三大"曲说":"'书体演变说'推倒王国维'数字讹误说'""《玉海》之《正义》佚文确证郭沫若说""司马迁自叙生于建元年间说",逐一进行解剖与评说:一是"前135年说"论者从"书体演变"角度,用"'三十''四十'经常相讹"来论定《正义》按语有误,借以推倒王国维立论,实乃"大言欺人";二是"前135年说"论者发现《玉海》"汉史记"条《正义》佚文,宣称是"直接证据"与"确证",以此定案司马迁生于前135年,乃是伪证、伪考;三是"前135年说"论者误读、曲解《自序》,认为司马迁自叙生于建元年间,把自己的观点强加于司马迁,玩弄文字游戏,真乃荒诞无稽。

在本篇中,将司马迁生年十年之差、百年论争的研究分为五个阶段,一是1917—1955年,是司马迁生年十年之差"两说"形成时期;二是1956—1967年,

---

① 《解读袁传璋"虚妄论"提出的一些问题》。

是司马迁生年十年之差第一次论争时期；三是 1980—1987 年，是司马迁生年十年之差第二次论争时期；四是 1988—2015 年 9 月，是"前 135 年说"论者主导论辩时期；五是 2015 年 10 月—2018 年，是司马迁生年十年之差重启研究时期。并进行百年回顾与综述，辨别其中的是非曲直，阐明观点，认为司马迁生于前 145 年，可作为阶段性结论。

六、司马迁生年十年之差、百年论争之综论

司马迁生年十年之差"两说"争论了 100 多年，双方发表了 91 篇论文，是到了该终结的时候了。再讨论下去，无非是"翻烧饼"，把以前说过的话再变换花样炒作一遍，了无新意。故此，本文在系统梳理司马迁生年十年之差、百年论争所有研究资料的基础上，提出以下结论：

首先，在司马迁生年研究的大方向上，百年论争提供了成功的经验，概括起来，就是四句话：以考证为主调，以证据为根本，以推论为辅助，以行年为验证。具体地说，就是采用考证的方法，一切结论从考证中来，而不是"大概""可能"之类的估猜，不费力气的拍脑袋，想当然，也不是一时的心血来潮，忽然想起；在充分考证的基础上，提炼出切实可行，而又能说明问题，并且经得起推敲的证据，用证据和事实说话；虽然在司马迁生年研究中离不开推论，但这种推论，不是简单地论证数字的讹与不讹，用不能确定的数字来推论，不是靠凭空想象、"自我作古"，或者是通过循坏论证，以假设推未知，而是建立在事实的基础上，是水到渠成的推论；在此基础上，再用司马迁的行年来验证，看一看到底哪一种说法更加合理，更加符合历史事实，于是就采用哪一种说法。对此，张大可先生认为，仅仅通过《索隐》《正义》的注说来研究司马迁的生年，是得不出正确的结论来的，而通过研究司马迁的行年来论证司马迁的生年，才能得出正确的结论。曰："司马迁生年由于《索隐》《正义》两说并存，具有同等权威，因此，两说推导的生年均为假说，需要求证落实。在没有找到直接的材料之前，只有依据现有文献资料，排比行年是验证司马迁生年的唯一正确的方法。具体说，就是通过考证，尽可能找出有关司马迁行年的资料或行年线索，然后串联起来验证两个生年假说，哪一个合于司马迁自述的行年轨迹，就确定哪一个为司马迁的生年。是否遵循以上原则，是检验'前 135 年说'与'前 145 年说'谁是谁非的试金石。"①

基于以上观点，我们再回过来看"王说"与"郭说"，究竟孰是孰非？应当说，尽管"王说"仍然有不够完善的地方，但总体上是站得住脚的，是经得住推敲的；再看"郭说"，无论李长之还是郭沫若，都是以想象代替考证，通过文学想象来确定司马迁的生年，张大可、陈曦经过逐条逐项研究，认为他们所作的论说"无一考据"，因而所得出的结论无法成立。那么，再看后来的研究者，要么东拉

---

① 《司马迁生年十年之差百年论争述评》。

西扯，添油加醋；要么旁征博引，无关紧要；要么避实就虚，咬文嚼字；要么歪说曲解，误入歧途，虽然用力甚勤，但收效甚微。

对于"王说"中争论最多的，就是数字讹误之说，王国维认为司马贞的《索隐》"年二十八"为"三十八"之讹的可能性比较大；而"前135年说"论者则千方百计寻找"四十"与"三十"相讹的证据，提出"书体演变说"，几乎是挖空心思，穷尽其极，借以否定王国维所说的"数字讹误"常理。平心而论，王国维的"数字讹误说"，也不能排除"三"与"四"相讹的可能性，因为"鲁鱼亥豕"的讹误并没有什么规律可循，也没有所谓的概率之说；而"郭说"以及后继者们力图论争不是"三"讹为"二"，而是"四十"讹为"三十"，以此否定《正义》按语，否定"王说"，也是偏执之举，简直是天真得可笑！这怎么可能呢？应当说，是具有这样一种可能性，但不具有排他性，同样也不能证明就一定是如此。所以说，无休无止地纠缠于这种"鲁鱼亥豕"的相讹，是无济于事的，不管下多大的功夫，不管有多深的学问，在研究司马迁生年这个问题上，是根本不能说明任何问题的。

如此说来，司马迁的生年问题，就没有办法解决了，成了一个不明不白的无头案了？当然不是。解决司马迁生年问题的关键，就在于用司马迁的行年来验证。张大可曰："如何论证《正义》与《索隐》的是非，最可靠的方法，是找出司马迁行年的几个坐标点，进行行年排比，看哪一个生年最合理，不要在任何后人的孤证上纠缠，这才是科学的论证方法。"[①] 这说得好极了，"前145年说"论者，如钱穆、郑鹤声、程金造、张大可、施丁、徐朔方等，主要就是运用排比行年这种方法来验证司马迁的行年点，考证司马迁的生年，<u>丝丝入扣</u>，鞭辟入里，因而得出的结论，比较可信，符合司马迁的行年实际。

如果按照"郭说"，司马迁晚生十年，最大的问题，就是砍掉了司马迁十年的青年时代，使司马迁缺失了十年的伟大时代的熏陶。这十年，对于司马迁个人的人生修养、《史记》成书、思想积淀、史识提升，是何等的重要！《史记》的厚重内涵，岂能是一个"血气方刚"的愣头青年所能积淀而成？《史记》能够写到这个份上，达到这样的思想高度，具有无为的批判精神，都是少不了了这十年的阅历和熏陶。故此，司马迁是生于前145年，而不是生于前135年。

对此，张大可曰：

总结百年论争的结果，用以检验王国维、郭沫若两家之说，从行年排比与论证方法两个层面来看，都鲜明地呈现出一真一伪的对比，王真郭伪，两说不并存。"前135年说"论者从源到流，对《索隐》说生年的考证，方法错误，论据不立；而"前145年说"论者对《正义》说生年的考证，依王国维指引的方向，方法正确，论据充分。郭沫若支持的"前135年说"，则司马迁9岁蒙童耕牧河山之阳，12岁至14岁的少年间学孔安国、董仲舒，二十壮游

---

① 《司马迁生年十年之差百年论争述评》。

在元鼎元年，23 岁仕为郎中，25 岁奉使西征，这些行年坐标点既无考证，又不合理，全都是想当然的安排，不能成立。按照王国维支持的"前 145 年说"，则司马迁 19 岁以前少年时代耕牧河山之阳，二十壮游在元朔三年，二十三四岁至二十七八岁之间问学孔安国、师事董仲舒，28 岁仕为郎中，35 岁奉使西征，壮游与仕为郎中之间、仕为郎中与奉使之间，都各自经历了数年的人生历练，不仅合情合理，均有考证文献支撑。王国维所支持的《正义》之说的司马迁生年为其行年所证实，当然是真。司马迁生于前 145 年，可以作为定论。①

综上所述，司马迁生于前 145 年，比生于前 135 年要准确得多，要合理得多，要科学得多，可以为定论，作为司马迁生年十年之差、百年论争的阶段性结论。如果有新的文献资料出现，则又另当别论。这里就以张大可先生对司马迁生年研究的结论作为本文的结束语吧！

---

① 《司马迁生年十年之差论争的意义》。

上古四论

＊本文作者沈燕，江苏省产业海外发展协会原秘书。

一、黄帝论

黄帝，是中华民族始祖，被称为"人文初祖"，上下五千年，纵横五千里，天下者，黄帝之天下，这是被举世公认的。那么，中国古代历史悠久，为什么就认定黄帝是人类的杰出之祖呢？这首先要归功于司马迁。

是司马迁，认为中国的信史是从黄帝开始，而黄帝以前的历史，如伏羲蛇身人首之说、女娲补天炼石之谈，都是经不住推敲的，从而撰著了中华三千年的历史巨著《史记》，置黄帝于"书首"，确定了黄帝至高无上的历史地位。

是司马迁，坚持实录精神，爬罗剔抉，刮垢磨光，独具慧眼，从"儒者或不传"的《五帝德》《帝系姓》中攫取具有历史价值的史料，从神人杂糅的神话传说中"披沙拣金"，摒弃那些荒诞无稽之说，著成千古传诵的《皇帝纪》。

是司马迁，充满感情，饱蘸笔墨，写出黄帝是人不是神，塑造了生动完美、血肉丰满的黄帝形象，是上古历史上创世纪的英雄人物，是能征善战、统领天下、法天则地、万世祖之的绝代英雄，具有顶天立地、开拓未来的崇高形象。

司马迁撰著《皇帝纪》，所依凭的《大戴礼·五帝德》，开篇便是提出"黄帝三百年"的问题，似乎把黄帝看成是"神"了，而孔子巧为说法，认为"民赖其利，百年而死；民畏其神，百年而亡；民用其教，百年而移。故曰'黄帝三百年'。"这其中包含了黄帝的精神遗传和文化影响。从这个意义上来说，何止是"黄帝三百年"，而应当是"黄帝五千年"！

第一，黄帝统一天下，其统一的行为和壮举，为历代中华儿女所尊崇和效法。司马迁写黄帝的统一，用了"修德振兵"这个至为关键的词，是说既要"厚德载物"，具有崇高的道德思想，同时又要具有实力，有时候是要靠"拳头"说话，要用武力解决问题。两者缺一不可，如果单纯用德，对于那些不德之人而言，则是苍白无力，对牛弹琴；如果单纯用兵，则是匹夫之举，行之不远，故必须德力兼备，刚柔相济，方能完成统一壮举。黄帝时的前任"共主"是炎帝，神农氏的末代首领，可他遇到了重重危机，是"诸侯相侵伐，暴虐百姓"，而他力不能制。这时候的黄帝，即轩辕，已是比较强大的部族首领，他挺身而出，毅然决然地伸出援手，帮助炎帝摆平了那些挑事的诸侯，使炎帝渡过危机；而炎帝本身却出了问题，面临黄帝一族的日益强大，感觉到"生当末世运偏消"，便背德而行，也肆意"侵凌诸侯"。这时候的黄帝看不下去了，"路见不平一声吼"，不可避免地与炎帝发生冲突，在阪泉之野大打出手，结果打败了炎帝，赢得了天下"共主"的地位，得到各诸侯部落的拥戴。唐代诗人胡曾曾有《逐鹿》诗说："逐鹿茫茫白草秋，轩辕曾此破蚩尤。丹霞遥映祠前水，疑是成川血尚流。"说的就是黄帝破蚩尤之事。由此看出，黄帝首先是用"德"，其次才是用"力"，所谓"得人心者得天下"，所言不虚矣！而这时候，有一个强势的诸侯部落，即东方蚩尤部落，拥有比较先进的武器，在黄帝部落使用石器的时候，他们已经使用铜器了，他对黄帝的"共主"地位进行挑战，"不用帝命"，欲取而代之。这时候的黄帝，如果单凭实力，很难战胜蚩尤。于是，他用"智"，就是以己之长，攻其所短，用且战且走的办法，把蚩尤部队引到冀北山区的逐鹿之地，那里常年烟天雾地，经常刮起沙尘暴。而蚩尤部队依仗自己的雄厚实力，丝毫没有觉察到危险在等着他们，就一路追赶过去，而对那里的地形地貌则非常生疏，如坠云雾之中。黄帝部队终于等到了一个绝妙的沙尘暴天气，运用指南车辨别方向，一举对蚩尤部队进行反攻，终于打败了不可一世的蚩尤，最终确定了统领地位。可见，用德、用力、用智，是黄帝制胜炎帝、蚩尤，统一天下的三大法宝啊！

第二，黄帝创造天下，成功地统领各部族，实现了天下的统一、安宁。黄帝统一天下后，统领、治理天下的问题又凸显出来了，怎样才能维持统一的局面？黄帝开创了国家管理的新形式，进行了前所未有的发明创造，迅速发展农业生产，提升生产力，这是了不得创举啊！黄帝的国家治理，根据司马迁的记载，可以集中在六个字上，就是勤、监、举、抚、顺、创。勤，勤劳节俭，劳勤心力耳目，提升自身行为的影响力；监，监临万邦，置左右大监，监管各诸侯国，巡狩四方，到达四极之地；举，举贤用能，任用风后、力牧、常先、大鸿为治国大臣；抚，抚民安民，时播百谷草木，种植五谷，驯化鸟兽虫蛾，让民众过上安居乐业的生活；顺，适时而动，顺应自然规律，有节制地充分利用大自然给予人类的禀赋。创，创造文明。黄帝时代的发明，不胜枚举，如文字、图画、律历、音乐、历数、宫室、舟车、弓矢、衣裳和指南车等。孙中山先生曾以中华民国临时大总统的名义，撰写了《黄帝赞》祭文，说："中华开国五千年，神州轩辕自古传。创造指南车，平定蚩尤乱。世界文明，惟有我先。"则是对黄帝创造文明的高度赞扬。因此，黄帝的统领天下，可以说是"创造天下"！

第三，黄帝子孙天下，血浓于水，具有非凡的凝聚力。在司马迁笔下，中华民族的历史，就是黄帝子孙的历史。《黄帝纪》中说黄帝有25个儿子，有14人得到天下，为得姓始祖。五帝中，颛顼、喾、尧、舜，一脉相承，是黄帝的后代。"自黄帝至舜禹，皆同姓而异其国号，以章明德。"而夏、商、周三代、秦朝、汉朝，皆是出自黄帝。春秋战国时期，各诸侯也多追认黄帝为始祖。即使是少数民族，也都明确声称为黄帝后裔。如辽、金、西夏，声称是黄帝孙子始均的后代。黄帝后裔少昊，叫金天氏，他的后裔姓金，而成吉思汗铁木真出自蒙古部落的黄金家族，就是这个"金天氏"的后裔；大清皇族爱新觉罗氏，就是"金氏"的意思。虽然这其中有些无从稽考，但所产生的凝聚力，则是不可低估的。数千年来，在以汉族为主体的中华民族大融合中，在近代各族人民抗御外侮的斗争中，起到了统一、团结的积极作用。

第四，黄帝遗教天下，也就是黄帝的文化，凝聚成为中华民族的民族精神，代代相传，万世不朽。黄帝文化博大精深，源远流长，经过数千年的积淀和发展，已深深地融入中华民族的血脉之中，成为中华民族共同的精神记忆和中华文明特有的文化基因。这是我们今天弘扬中华文化的宝贵财富和资源优势。黄帝文化，具体说，有五点：一是重德精神，追求道德人格完美；二是务实精神，富有理性主义人文情怀；三是自强精神，无限追求，永不停息；四是宽容精神，尊重他人，和谐相处；五是爱国精神，爱好和平，忠于国家；等等。我们不仅要挖掘黄帝的物质遗产和他的丰功伟绩，而且要深入研究黄帝的精神世界，结合现代化发展实际，继承和发扬这一优良传统，为中华民族掘起而努力。

司马迁撰著《史记》，首书黄帝，唱响了黄帝，树立了中华民族的不朽典型，其功不可没，可以说是与世长存。我们研读《史记》，研究黄帝，不是要发古之幽情，而是要弘扬黄帝精神，树立创新意识，增强民族凝聚力，为中华民族的繁荣、强盛而自强不息，实现中华民族的伟大复兴！

二、炎帝论

炎帝，被历代称为中华民族的先祖，与黄帝并列，为中华民族的源头所在，称为"炎黄"，中华儿女被称为"炎黄子孙"。

然而，在古代历史文献中，炎帝却有三个版本，一是指神农氏的末代首领；二是指神农世系的历代首领；三是指姜姓氏族的始祖神农。三种不同的说法，出现了三种不一样的炎帝。那么，所谓"炎黄"之说，究竟是指哪一种说法中的炎帝？

说炎帝是神农氏族的末代首领，司马迁在《五帝本纪》中撰写黄帝时写到炎帝，否定了神农氏就是炎帝的说法，明确地认为炎帝是神农氏的末代首领，与黄帝处于同一时代。炎帝给人们展现的却是软弱、滋事、败微的形象。司马迁写道，神农氏族经过了曾经的辉煌，正走向衰微，进入衰世，这时候的神农氏首领是炎帝，统治力下降，结果是诸侯互攻战，暴虐百姓，而炎帝无力征讨，不能制止，有些软弱无力的样子，而黄帝出手相救，才解决了炎帝的统治危机；更糟糕的是，炎帝居然也"侵陵诸侯"，走上了自我毁灭的道路。而后黄帝实在看不下去了，与"共主"炎帝在阪泉之野开战，打败了炎帝，炎帝逐渐退出历史舞台，由黄帝统领诸侯各国，成为天下"共主"。这大约是根据《国语》《吕氏春秋》而来。《国语·晋语》记载说："昔少典氏娶于有蟜氏，生黄帝、炎帝。黄帝以姬水成，炎帝以姜水成。"《吕氏春秋·荡兵》记载说："炎帝者，黄帝同母异父兄弟也。"这黄帝实在是伟岸、高大，而炎帝则是陪衬，非常渺小，所谓"炎黄"并列，很不相称。

其次，炎帝是神农世系的历代首领。《御览·卷七十八》则说："炎帝人身牛首，长于姜水，有圣德，以火承木，位在南方主夏。故谓之'炎帝'。都于陈，作五弦之琴。凡八世，帝承，帝临，帝明，帝直，帝来，帝哀，帝榆罔。"是说炎帝经历了八世。第一世炎帝叫神农，他的时代比黄帝的时代早几百年。而和黄帝同一个时代的炎帝是第八世炎帝，叫榆罔。这种说法，把炎帝作为一个部族的历代首领，炎帝代表的是一个氏族，与"黄帝"代表的是一个部族首领，也很不相称，因此，历代称为"炎黄"，则也是很不相称的。

再次，神农就是炎帝，也就是话说，炎帝就是神农。《帝王世纪》记载所："神农氏，姜姓也。母曰'任姒'，有蟜氏女登，为少典妃，游华阳，有神龙首感生炎帝，人身牛首，长于姜水，有圣德，以火德王，故号'炎帝'。"《类聚·卷十一》记载："炎帝神农氏，姜姓也。人身牛首，长于姜水，有圣德，都陈，作五弦之琴，始教天下种谷，故号'神农氏'。"《世本·帝系》认为，"炎帝即神农氏"。《汉书·古今人表》也称"炎帝神农氏"。这是说炎帝即是神农氏，为姜姓氏族的开国首领。如果此说成立，则"炎黄"并称，则是当之无愧的。但炎帝究竟是不是神农，历代存有争议。

由上可见，以上三说，并世同传。由于上古历史没有文字记载，都是历代流传下来，而被后人记载而成，在流传过程中，难免产生不同的版本，甚至是相互矛盾的说法。这其实并不奇怪，用司马迁的话来说，疑则传疑，两存之也。但问题是，炎帝三说并存，而"炎黄"并称，炎帝究竟是指开国首领还是末代首领，抑或是氏族诸首领，究竟以什么样的形象存在于世？弄清这一问题非常重要，涉及中华儿女的历史传承和民族自信的重大问题。

按照司马迁的撰写，炎帝是神农氏族的末代首领，根本不能与黄帝相提并论，如果要谈他的贡献，就是被黄帝打败，而黄帝融合了炎帝部族。这其实是揶揄之说；如果说炎帝为历代姜姓氏族首领，也是与黄帝不相称，而只有建立在炎帝为姜姓部族开创性首领，即称为"神农"，才与"黄帝"相为匹配。

历史事实也正是如此，神农，是一位伟大的上古氏族首领。《白虎通》记载："古之人民皆食禽兽肉，至于神农，人民众多，禽兽不足，于是神农因天之时，分地之利，制耒耜，教民农作，神而化之，使民宜之，故谓之'神农'也。"《淮南子·修务训》记载："古者民茹草饮水，采草木之实，食螺蚌之肉，时多疾病毒伤之害。于是，神农乃始教民播种五谷。"《尚书大传·卷第四》记载："神农为农皇也。……神农以地纪，悉地力种谷疏，故托农皇于地。"指其功德之实质在发挥地力，亦称"地皇"。概括起来，相传神农为中华民族作出了开拓性、奠基性、创造性的贡献，据史料记载，他有八大功绩，即创造耒耜，发展农业生产；遍尝百草，发明中医中药；开辟市场，活跃社会经济；织麻为布，开始制作衣裳；发明弓箭，改进狩猎工具；发展制陶，改善生活器具；建造房屋，改善居住条件；制作琴弦，丰富文化生活。由于有了神农的开拓性贡献，才有了我们民族的生息繁衍；由于有了神农的奠基性贡献，才有了我们社会的发展繁荣。由于有了神农的创造性贡献，才有了灿烂的中华农耕文明。在上古时代鏖战洪荒、创造文明的进程中，神农留给我们"四种精神"，就是自强不息的艰苦创业精神，敢为人先的开拓创新精神，厚德载物的民族团结精神，为民造福的崇高奉献精神。这就是伟大的神农，是中华民族自尊、自立、自信、自强精神的源泉。三国时期诗人曹植《神农赞》诗说："少典之胤，火德承木。造为耒耜，导民播谷。正为雅琴，以畅风俗。"宋代诗人范仲淹《咏农》诗说："圣人作耒耜，苍苍民乃粒。国俗俭且淳，人足而家给。"

我们完全有理由，非常自信地认为，神农，为中华民族的伟大祖先，和黄帝一样，成为中华民族的"人文初祖"。

那么，完全可以说，和黄帝相提并论的是神农，而且也只有是神农，其概念非常明确，是姜姓氏族的开创性首领。故此，我们应当将引以为傲的人类祖先称为"神黄"，历代中华儿女皆是"神黄子孙"，而比称为"炎黄""炎黄子孙"来得科学，不至于引起混淆，引起不必要的联想和纷争。

我们称"神黄""神黄子孙"，将黄帝与司马迁所记载的炎帝相区别，是非常必要的。司马迁笔下的炎帝，形象非常不佳，不配与黄帝相提并论。而且司马迁也认为，炎帝就是神农氏"世衰"时的首领，而不是神农，而先祖神农另为其人。他在《封禅书》中引用《管子》说，古者封泰山、禅梁父者有七十二家，而管仲所记载的有十二家，其中有"神农封泰山，禅云云；炎帝封泰山，禅云云"，很明显，神农与炎帝并非一人。

故此，将"炎黄"改成"神黄"，更加符合历史事实，这不仅仅是一字之差的问题，而是有着特别重的意义，以更好地树立炎、黄二帝的光辉形象，更加激励中华儿女开创美好的未来。

三、蚩尤论

蚩尤，在中国上古时期，是九黎部族首领，曾在中原一带兴农耕、冶铜铁、制五兵、创百艺、明天道、理教化，为中华早期文明的形成做出了杰出的贡献。完全可以说，蚩尤与炎帝（神农）、黄帝，是中国上古时期三个伟大人物，是中华民族的三大始祖。

蚩尤，5000多年前活动在晋、冀、豫、鲁之间，在黄帝、炎帝、九黎、九夷四大黄淮部族的融合战争中，蚩尤先胜炎帝，再胜黄帝，最后被黄帝在逐鹿之野打败，而被擒杀。

应当说，蚩尤是中国上古历史上一位了不起的英雄，是一位虽败犹荣的英雄。而人们一说起失败的英雄，首先想到的是项羽，那"力拔山兮气盖世"的英雄形象，深深地映入人们的脑海。宋代词人曾写下千古名诗："生当作人杰，死亦为鬼雄。至今思项羽，不肯过江东！"这其实要归功于司马迁，司马迁笔下的项羽，虎虎生气，气盖云霄，那巨鹿之战，诸侯尽作壁上观，只有惊骇、敬佩的份儿，即使是走到生命尽头的垓下之战，项羽告别虞姬，跨上乌骓马，杀敌无数，尽显英雄本色；即使是乌江亭长劝他东归，他也毅然回绝，用杀敌刎首画上生命的句号。项羽活在人们心中，司马迁功不可没。

同样，蚩尤一败无名，千载埋没于人世之间，也是受到司马迁的影响。司马迁在《黄帝纪》中，把蚩尤作为黄帝的对立面来叙写，在蚩尤的脸上画上了"脸谱"，打上了"反派人物"的印记。司马迁写道："诸侯相侵伐，暴虐百姓，而神农氏弗能征。……而蚩尤最为暴，莫能伐。……蚩尤作乱，不用帝命。于是，黄帝乃征师诸侯，与蚩尤战于涿鹿之野，遂禽杀蚩尤。"其中"诸侯相侵伐"，就包括蚩尤在内，其影响力非常大。蚩尤曾与炎帝大战，把炎帝打败。而当时的黄帝，则是一匹"黑马"，横空杀出，与蚩尤在涿鹿之野展开决战，最终打败蚩尤。蚩尤部属四散五逃，绝大部分融合于黄帝部落，实现了民族的大融合，成就了黄帝的百世之功和万世英名。

就是这次逐鹿大战，蚩尤虽然失败了，但他是一个非凡的战斗英雄，统率81个氏族，形成强大的族团，敢于同黄帝对抗，表现得非常英勇。他善于使用刀、斧、戈，率领81个氏族部落与黄帝在涿鹿展开激战，不死不休，勇猛无比，曾经九战九胜，真是威震八方的一位大英雄。黄帝不能力敌，请天神助其破之，直杀得天昏地暗，血流成河。蚩尤部族不仅骁勇善战，还善于制作兵器，当黄帝部族还在使用石器的时候，他们制作的铜制兵器，十分精良，非常坚利。但最终，蚩尤还是被打败，尽管他的兵力雄厚，兵器装备都优于对手，但连年对外扩张，早已兵疲马困，而埋下了失败的种子。

我们说，黄帝固然伟大，具有统一的无尚之功，但蚩尤对历史发展的贡献，也是功不可没，不可泯灭。

首先，蚩尤为物质文明作出了重要贡献。当时，蚩尤统率的九黎部落联盟，生活在黄河中下游和长江中下游一带，是一个面对海河而生长起来的部落，是当时三大部落联盟中最强大的部落联盟，物质文明有着较大的发展。他们借助当地的地理、气候、水源等优越条件，发明了谷物种植，开始由采集、渔牧、游牧向农业发展，这是对古代文明的一个重大贡献。而谷物种植需要育苗、移苗、壮苗，后来人们就用"苗"字来给蚩尤的子孙命名为"苗族"。与此同时，他们还能创制较精美的陶器，手工业也开始发展起来。

其次，蚩尤发明了金属冶炼和金属兵器的制造。翦伯赞称说："据说蚩尤'以金作兵器'，是金属冶炼的最早发明者。"蚩尤也是金属兵器制造的最早发明者。蚩尤不但作为战神被人们称颂，他的部落还率先从石器时代步入了金属时代，金属冶炼技术的出现，在人类生产力发展史上是一个质的飞跃，是一次新的技术革命，而实现这一飞跃和革命的人就是蚩尤。《管子·地数》说：蚩尤能以金为兵，制作"剑铠矛戟"。冶炼业的出现具有划时代的进代意义，从此，人类开始进入了使用金属工具的时代，它标志着原始社会生产力的一次新的飞跃。

再次，蚩尤是建立法规、实行法制的最早创造者和施行者。在古代中国，蚩尤首创法规，实施刑法，以肃纲纪。《周书·吕刑》说："蚩尤对苗民制以刑"；《路史·蚩尤传》在记述蚩尤被擒杀后说："后代圣人著其尊彝，以为贪戒。"罗萍注曰："蚩尤天符之神，状类不常，三代彝器，多著蚩尤之像，为贪虐者之戒。"这说明，蚩尤严格实行法制而树立了威严的形象和产生了深远的影响。有的史料还说，兵器和刑法是蚩尤发明的，后来被黄帝部落集团效法。可见，蚩尤乃是中国古代法制的缔造者。

蚩尤一直受到历代帝王和臣民的追思和闵怀。在蚩尤死后，黄帝及其后代帝王都把蚩尤奉为"兵主"，视为"战神"，予以崇敬和缅怀。

蚩尤在逐鹿之战中被擒杀而死后，蚩尤的影响力还非常强大。《龙鱼河图》记载说："蚩尤没后，天下复扰乱，黄帝遂画蚩尤形象以威天下，天下咸谓蚩尤不死，八万万邦皆为弭服。"当时蚩尤死了，天下仍然有人反抗黄帝的权威，黄帝就命人把蚩尤的像四处悬挂，并画在军旗上，用来鼓励自己的军队勇敢作战，威吓天下八方。于是，反叛的诸侯畏惧蚩尤的勇猛，纷纷向黄帝表示臣服，不战而降，天下的反抗渐渐平息。

蚩尤的英名长留人间。据文献记载，周秦间蚩尤已和黄帝齐名，并列为战神，并举行师祭。秦祀东方八神，"三曰兵主，祭蚩尤"，后来汉高祖刘邦起兵，也在沛庭"祠蚩尤，衅鼓旗，令祝官立蚩尤之祠于长安"，类似的习俗一直行于宋代，在出师祭旗的典礼中，仍要祭祀蚩尤。由此也可见，涿鹿之战后，华夏、东夷共同融为后来华夏族的核心。

相传在历史上，蚩尤被享祭于东夷以及各地。在今山东地区，有传说中的蚩尤冢和他的肩髀冢，因为他被黄帝所杀，身首异处，所以人们用两个高七丈的土冢作为他的纪念碑，并常在十月于蚩尤冢前举行祭祀。不仅如此，还传说在南方的大荒之中，宋山上的香枫树是蚩尤被杀时的刑具所化；今山西解县盐池中，盐水为红色，民间称之为"蚩尤血"；冀州人把蚩尤称为神，民间人常作蚩尤戏。如今，河北涿鹿县仍有蚩尤墓、蚩尤碑、蚩尤祠、蚩尤庙、蚩尤三寨、蚩尤泉、蚩尤血染山等，蚩尤深受当地人民的怀念和祭祀。

蚩尤还被视为苗族的先人与远古英雄。据传说，蚩尤死后，大批九夷部落的人南逃，不少人逃到了贵州一带，成了苗族的祖先。他的史迹，广泛流传于各地苗族群众的传说与史诗之中。其中，黔西北苗族史诗与传说尤具有代表性。涿鹿之战导致了九黎部落的南迁，亦即黄河文明向长江流域播散，促进了古代民族的大融合。

战神蚩尤，中华始祖，其人虽已没，千载有余威！

四、尧舜论

尧与舜，是司马迁《五帝本纪》中的最后两位帝王，也是被儒家公认的两位贤圣帝王，历代往往将尧舜并举，代表着上古时代的一段美好的历史，尧舜，被历代人们说效法。

尧舜时代，是上古历史中的一个重要阶段，在中国文明发展史上占有重要的地位。孔子删《书》，断自唐尧，祖述尧、舜，《论语·尧曰》表达了孔子对尧舜言论的认同；战国时期，"孟子言性善，言必称尧舜"，荀子也称赞"尧舜者，天下之善教化者也"。崔述在《唐虞考信录》中说："尧、舜者，道统之祖，治法之祖，而亦即文章之祖也。"可以说，黄帝时代，是中华文明的源头，而尧舜时代，则是中华文明的孕育期。我们透过司马迁对尧舜的撰写，从中看出，司马迁树立了尧舜的大仁大孝、举贤用才、禅让传贤、健全国治的光辉形象，充分发挥着人格的力量，成为历代人们向善事齐的楷模和标杆。孟子曾说："人皆可以为尧舜。"毛泽东说："春风杨柳万千条，六亿神州尽舜尧。"尧与舜，乃大美之人也！

大仁大孝。司马迁评断尧，是"其仁如天"，这四个字分量极重，在司马迁的心目中，尧是"仁"的代表。司马迁写黄帝。下的断语是"神灵""聪明"；写颛顼，是沉静，通达；写帝喾，是修身，执中，都没有达到"其仁如天"的境界。那么，尧的仁德，体现在哪里？表现在他任命羲和大臣，研究历法，敬授民时，确保农时正确，不出差误，使农耕文化出现了飞跃的进步；表现在他唯恐埋没人才，常常深入穷乡僻壤，到山野之间去寻查细访，求贤问道，察访政治得失，选用贤才；表现在他生活非常俭朴，住茅草屋，喝野菜汤，穿用葛藤织就的粗布衣，设"欲谏之鼓""诽谤之木"，及时了解民众的呼声和疾苦。而舜，则是大孝的代表。舜的一家，都是"歪瓜裂枣"，司马迁记载是"父顽，母嚚，弟傲"，"舜母死，瞽叟更娶妻而生象，象傲；瞽叟爱后妻子，常欲杀舜"。好像奸邪小人全集中到舜的家中来了，舜倒成了坏人管理站的站长了。在这种情况下，舜是怎么做的呢？是父亲要杀他，他就避逃；有小的过失，就甘愿受罚，对父及后母与弟的孝敬和友爱，"不失子道"，友于其弟，日以笃谨，丝毫不松懈。天下竟有这样的至孝之人！古代编辑的"二十四孝"中，虞舜为第一孝，所下的评语为"孝感动天心"，是"孝行至淳脱险境"，"动君择婿续天命"。如果说，尧帝是"其仁如天"，那么，舜帝则可以说是"其孝如天"。尧舜，是中国历代大仁大孝的至上代表！

举贤用才。尧的治国，并不是自己有多大的本事，而是他善于识别人才，重用人才。他重用羲和四人，研究天文历法，让民众掌握农时，考核百官，"众功皆兴"；他有一套识才的本领，众臣推荐丹朱、共工协理国事，推荐鲧治理洪水，都被他否决了，认为他们不能成就大事；他从民间选拔舜辅佐治国，经过重重考验，甚至把两个女儿、九个儿子都作为棋子，放到舜的身边，最后认定，舜就是他要寻找的接班人，把治国的重任交给了舜，而舜帝更是用人的"高手"。尧未能起用的"八元""八恺"，早有贤名，使"八元"管土地，使"八恺"管教化；还有"四凶"，即帝鸿氏的不才子浑敦、少皞氏的不才子穷奇，颛顼氏的不才子梼杌、缙云氏的不才子饕餮，虽然恶名昭彰，但尧未能处置，舜将"四凶族"流放到边远荒蛮之地。唐代诗人周昙为诗说："进善惩奸立帝功，功成揖让益温恭。满朝卿士多元凯，为黜兜苗与四凶。"原已举用的大禹、皋陶、契、弃、伯夷、夔、龙、垂、益等人，职责都不明确，此时舜设官分职，委以重任，命禹担任司空，治理水土；命弃担任后稷，掌管农业；命契担任司徒，推行教化；命皋陶担任"士"，执掌刑法；命垂担任"共工"，掌管百工；命益担任"虞"，掌管山林；命伯夷担任"秩宗"，主持礼仪；命夔为乐官，掌管音乐和教育；命龙担任"纳言"，负责发布命令，收集意见。还规定三年考察一次政绩，由考察三次的结果决定提升或罢免。通过这样的整顿，各项工作都出现了新面貌。上述这些人都建树了辉煌的业绩。

禅让传贤。实行禅让，统治者把首领之位让给别人，是尧舜的亮彩之举。有一个成语，叫"尧天舜日"，就是说的尧禅让、舜摄政的事情。相传尧年老的时候，举行部落联盟议事会，各部落领袖都推举舜为继承人。尧便对舜进行了 3 年考核，认为他可以胜任，就命舜摄政。舜的政绩得到各方肯定，于是帝尧举行禅让仪式，在祖庙里的祖宗牌位前大力推荐舜来做自己的继承人。尧死后，便由舜继任为国家领导人。舜继位后，也用同样的方式选拔国家领导人。经过治水考验，各方意见认同大禹的表现，于是帝舜举行禅让仪式，在祖庙里的祖宗牌位前大力推荐大禹做自己的继承人。司马迁对此津津乐道，饱含深情地写道："尧知子丹朱之不肖，不足授天下，于是乃权授舜。授舜，则天下得其利而丹朱病；授丹朱，则天下病而丹朱得其利。尧曰：'终不以天下之病而利一人'，而卒授舜以天下。"可见其以天下为上，所具有的是"大公"意思。宋代诗人王十朋诗说："仁德如天帝业隆，四凶不去付重瞳。当时黄屋如传子，千古那知揖逊风！"而舜对待尧的禅让是什么态度呢？司马迁记载说："尧崩，三年之丧毕，舜让辟丹朱于南河之南。诸侯朝觐者不之丹朱而之舜，狱讼者不之丹朱而之舜，讴歌者不讴歌丹朱而讴歌舜。舜曰：'天也夫'，而后之中国，践天子位焉。"则表现了舜的谦让，而众望所归，舜毅然挑起了治国的重担。而到了舜年老的时候，也是如此，"舜子商均亦不肖，舜乃豫荐禹于天。"元代诗人许衡诗说："唐尧一百载，虞舜五十年。禅让官天下，有子不相传。"而后，禹也欲学着尧舜的样子，把帝位让给伯益，可他做不下去了，被他的儿子启夺去了帝位，开始了家天下的时代。对于尧舜的禅让，历代有不同的看法，《竹书》说："昔尧德衰，为舜所囚也。舜囚尧，复偃塞丹朱，使不与父相见也。"《汲冢竹书》说："舜囚尧于平阳，取之帝位。"《汲冢书》说："舜放尧于平阳。"似乎舜代尧执政是抢班夺权，犹如后世的巧取豪夺一般。当然，司马迁对尧舜的禅让是坚信不疑的，他没有表示"或曰""又云""一说"的看法。我们当依之、从之。

健全国治。在尧执政初期，处于原始社会向早期国家过渡的中间环节，还没有基本的国家制度，国家只是部落联合体，非常松散，不利于国家的统一管理，所以在尧积累了一定的施政经验后，开始建立国家政治制度，许多制度在这一时期得以萌芽、形成。其中很重要的一条，就是按各种政务任命官员，在我国历史上第一次建立较为系统的政治制度，其治国的基本方略是注重时政，关心民生；恩威并施，依法治国；分工明确，量才使用。这一治国方略成效显著，因而被后世誉为圣王明君、政治典范。舜进一步完善国家政治制度，实行分职治理，到了舜的时代，国家治理制度非常完备，司马迁称为"天下明德，皆自虞帝始"，这其中不仅包含历代帝王所具备的美德，也包括团结九族，协和万邦的国家治理的制度完善，即政治文明、为政之德。尧舜为中国古代国家文明的开端。

　　综上所述，司马迁所歌颂的尧舜，可以用"四大"来概括，即大德、大仁、大孝、大治。"四大"集于尧舜自身，难怪后之论者津津乐道，称赞备至。

造（赵）父与前丝绸之路的考察

＊本文作者徐日辉，浙江工商大学人文与传播学院教授。

中国自大禹建立夏王朝到 1910 年清王朝覆灭以来，在长达 4000 年的历史发展过程中，有两个王朝的统治者直接来自嬴姓，一是嬴姓秦氏建立的秦王朝，二是嬴姓赵氏建立的宋王朝。有意义的是秦、赵都与"马"密切相关。秦氏之祖非子为周孝王养马有功而"邑之秦"，[①] 在今甘肃张家川回族自治县，[②] 是为秦氏的由来；赵氏之祖造（赵）父为周穆王赶马车有功被封赵城，[③] 在今山西今洪洞县北一带，遂开赵氏一宗。历史上赵氏对中国社会的前行贡献颇多，尤其是对丝绸之路的发展功不可没。

一、嬴姓赵氏的兴起

公元前 960 年周穆王游西域会见西王母是前丝绸之路的节点，造父为其驾车游历及突返江淮平覆徐偃王造父，堪称最熟悉该道路的人之一。造父立此大功于周，被周穆王封于赵，是为赵氏之始祖。

赵父嬴姓与秦共祖同出伯益。郑樵《氏族略》曰："赵氏，嬴姓，与秦共祖。"[④]《史记·秦本纪》记载："秦之先为嬴姓。其后分封，以国为姓，有徐氏、郑氏、莒氏、终黎氏、运奄氏、菟裘氏、将梁氏、黄氏、江氏、修鱼氏、白冥氏、蜚廉氏、秦氏。然秦以其先造父封赵城，为赵氏。"上述 14 氏均出自嬴姓一苗，唯独赵氏一支，发迹于山西赵城（今洪洞县北一带），有别于其他诸氏。究其原因与西周初年的嬴姓西迁相关。《清华简·系年》曰：

> 周武王既克殷，乃执（设）三监于殷。武王陟，商邑兴反，杀三监而立彔子耿。成王屎（践）伐商邑，杀彔子耿，飞（廉）东逃于商盍（盖）氏，成王伐商盍（盖），杀飞（廉），西迁商盍（盖）之民于邾圉，以御奴虘之戎，

① 司马迁：《史记·秦本纪》卷五，北京：中华书局 2013 年版。
② 徐日辉：《秦亭考》，《文史知识》1983 年第 1 期。
③ 司马迁：《史记·赵世家》卷四十三，北京：中华书局 2013 年版。
④ 郑樵：《通志·二十略》第二，北京：中华书局 1995 年版。

是秦先先人，世作周厍。①

蜚廉，即飞廉。"商阉"即"商奄""商蓋"，地名，中心在今天山东省的曲阜一带地。墨子记载：周公"辞三公，东处于商蓋，人皆谓之狂"。② 这里的"商蓋"与韩非子所说的周公"将攻商蓋"、③《春秋左传·定公四年》的"商奄"之民，指同一个地方。

朱圉，朱圉山的简称，在今甘肃甘谷县境，④ 是赢姓人西迁后的发祥地，在周孝王时期被封之秦，因封地而氏，是后来秦始皇帝的老家。

司马迁《史记》之所以没有记载这段历史，是因为秦王朝刻意隐讳了因反叛被迁徙西部的这段不光彩记忆。⑤ 在三监叛乱的过程中赢姓蜚廉从山西赶到殷都故地一带，积极加入纣王子武庚以及三监等反周行动，随同东方夷人起兵造反，后经周公三年时间的镇压才得以平复。蜚廉反周并不奇怪，入商以来赢姓最辉煌的阶段在纣王时期，以蜚廉、恶来为代表，极为得势，但名声不好。周武王克商之后，杀死恶来以平民愤。当时非廉不在京城，而是在山西为纣王办差，故侥幸逃脱。《史记·殷本纪》载：

> 是时蜚廉为纣石北方，还，无所报，为坛霍太山而报，得石棺，铭曰："帝令处父不与殷乱，赐尔石棺以华氏"。死，遂葬于霍太山。

霍太山，即霍山，也称太岳山，在今山西霍县东南。所谓"为纣石北方"，清人郭嵩焘曰"当是令蜚廉求石霍太山。纣都朝歌，霍山正在其北，是时纣方益广沙丘苑台，求石以为宫室也。"⑥ 派蜚廉去山西采石以造宫室来满足个人的欲望，符合殷纣侈奢无度的执政实情。

不过，蜚廉的归宿不是"死，遂葬于霍太山"，而是死于周公镇压三监之乱的战争中被就地掩埋。《孟子·滕文公下》记载：

> 周公相武王诛纣。伐奄三年讨其君，驱飞廉于海隅而戮之。灭国者五十，驱虎、豹、犀、象而远之。天下大悦。

《孟子》所记与出土文献《清华简》的记载相同。商朝灭亡恶来被杀，蜚廉失去了往日的富贵，怀抱反周复商的希望自在情理之中。周人既得天下，殷商大势已去，蜚廉自投罗网到周人严密监管的东方，无非是想借助东方是赢姓的发源地，凭靠深厚的人脉，便于联络东方殷商遗民反周，达到个人之目的。

蜚廉反周的希望破灭之后，灾难开始降落到赢人头上，被削赢姓的族人大规

① 清华大学出土文献研究与保护中心编，李学勤主编：《清华大学藏战国竹简（二）》，北京：中西书局 2011 年版。

② 吴毓江：《墨子校注》，北京：中华书局 2006 年版。

③ 陈其猷：《韩非子集释》，北京：上海人民出版社 1974 年版。

④ 徐日辉：《朱圉山与秦人始出地考略》，载《赢秦文化研究》2018 年合集。

⑤ 徐日辉：《〈史记〉失载秦人始出地考》，《渭南师范学院学报》2015 年第 23 期。

⑥ 郭嵩焘：《史记札记》卷一，北京：商务印书馆 1957 年版。

模西迁至甘肃天水、礼县一带，就此拉开了嬴人新的历史序幕。相对嬴姓西迁，蜚廉一支的命运要好得多。蜚廉虽然参与东方反周，但其家族包括儿子及族人等依然留在山西，生存空间似乎没有受到太大的冲击，为嬴姓再次发达保留了火种。他们经过坚忍不拔努力奋斗，直到周穆王时才重新回到了周王的周围。《史记·秦本纪》称：

> 蜚廉复有子曰季胜。季胜生孟增。孟增幸于周成王，是为宅皋狼。皋狼生衡父，衡父生造父。造父以善御幸于周缪王，得骥、温骊、骅骝、騄耳之驷，西巡狩，乐而忘归。徐偃王作乱，造父为缪王御，长驱归周，一日千里以救乱。缪王以赵城封造父，造父族由此为赵氏。自蜚廉生季胜已下五世至造父，别居赵。赵衰其后也。恶来革者，蜚廉子也，蚤死。有子曰女防。女防生旁皋，旁皋生太几，太几生大骆，大骆生非子。以造父之宠，皆蒙赵城，姓赵氏。

司马迁的记载表明，三监之乱后蜚廉后人继续在为周王室服务，直到造父（赵父）为周穆王驾车有功，被封赵城始为标志。考古发现造父封地所在区域的坊堆—永凝堡遗址，其年代"从商代晚期到周代时间序列完整。"[1] 毫无疑问，这是自蜚廉被杀八十余年后嬴姓人终于有了一块自己的封地，而且获得了新的赵氏之称，重新进入主流社会。在中国传统文化的姓氏文化当中，姓与氏不同，有着明显的区别。《春秋左传·隐公八年》：

> 天子建德，因生以赐姓，胙之土而命之氏。诸侯以字为谥，因以为族。官有世功，则有官族，邑亦如是。

姓是姓，氏是氏，姓是血缘标志，氏为身份象征。嬴姓从伯益在协助大禹治水的同时就有在位帝舜牧马、驯马和御马，有功而被赐于嬴姓。[2] 伯益的后裔造父之所以能为赵氏开山之祖，完全依赖于一手御马技术，也就是赶马车的家传手艺。用今天的话讲，便是世世代代为首领开车的工匠技艺，从古自今替首领驾车必然是亲信，得到好处自不待言。

嬴姓自费昌弃夏入商，为商汤驾御参加灭桀的鸣条之战大功以来，多有显贵，并且上升为诸侯，其代表人物有费昌、孟戏、中衍、中潏、蜚廉、恶来、费仲等。

特别是商朝前期太戊时的孟戏、中衍，因其高超的驯马御马技术引起了太戊的关注，想召孟戏、中衍为他驾车，遂请大巫占卜，结果为"吉"。从此孟戏、中衍又为太戊驾车，成为天子近臣。商王启动巫师占卜一位赶车的把式，其重要性由此可见，确非一般人不能胜任。由于孟戏、中衍努力服务周到，太戊非常满

---

① 山西省考古研究院、洪洞县文物旅游管理服务中心、洪洞县博物馆：《山西洪洞坊堆—永凝堡遗址商至西周遗存调查简报》，《考古研究》2020 年第 10 期。

② 司马迁：《史记·秦本纪》卷五，北京：中华书局 2013 年版。

意，"遂致使御而妻之"，①颇为荣耀。所以《史记・秦本纪》记载：

> 自太戊以下，中衍之后，遂世有功，以佐殷国，故嬴姓多显，遂为诸侯。

从这个意义上讲"周灭商之后，赵（嬴秦）族受到'坠命亡氏'的处罚，失去了家园，被剥夺了嬴姓，整个家族沦为周王朝的部族奴隶。而这一切周穆王未尝不清楚，但他还是选用造父作御者，这无疑是看中了其家族的祖传绝技以及造父本人高超的'御术'。"②当然了，造父家族知恩图报也是人所共知，例如，造父六世孙奄父，为周宣王驾车，在周宣王三十九年（前789）与姜氏之戎的千亩战争中，周军大败而逃，幸亏奄父以高超的驾车技术，才使宣王脱离险境幸免罹难，史称"奄父脱宣王"。③再一次为赵氏后来的兴旺发达打下了坚实的基础。

二、见证丝路的赵父

周初以武、成、康三代国力最为强盛。周穆王姬满，西周第五代国君，"穆王立五十五年，崩。"④在位时间（前976—前922）是三代之中仅次于武丁（在位59年）的国王，并且得到了夏商周断代工程的认同。⑤周穆王一生颇为传奇，执政后厉行改革，又西征戎狄，南慑夷人，国力中兴，扩大了宗周对周边的影响。由于周穆王善游，所以后人对他的西征，被赋予了种种浪漫色彩。⑥

源远流长的丝绸之路是中华民族开拓进取放眼世界的伟大创举，早在五帝时期西王母就以西域的和田玉作为礼品（变相的交易品）千里迢迢与中原王朝贸易结好，除去主观愿望之外，其行为本身却开辟了一条中西贸易的通道，成为闻名于世的丝绸之路的前身。⑦周穆王游西域与此密切相关，而造父正是该历史的见证人，至少有两次为周穆王驾车西行的经历。根据《穆天子传》的记载，周穆王十三年曾经北出西行，途中会见河宗氏国君伯夭，伯夭奉送给周穆王五匹束丝和数枚玉璧，并且向周穆王提供了一份珍贵的西域资料，曰：

> 伯夭既致河典，乃乘渠黄之乘，为天子先，以极西土。⑧

乘渠黄，就是乘四匹黄色马拉的车，为周穆王前导带路，向西域进发，而为

---

① 司马迁：《史记・秦本纪》卷五，北京：中华书局2013年版。

② 董林亭、孙建刚：《释"御"与"赵"——赵文化原生形态研究》，《河北大学学报》2010年第4期。

③ 司马迁：《史记・赵世家》卷四十三，北京：中华书局2013年版。

④ 司马迁：《史记・周本纪》卷四，北京：中华书局2013年版。

⑤ 夏商周断代工程专家组编著：《夏商周断代工程报告》，北京：科学出版社2022年版。

⑥ 徐日辉：《中国旅游文化史》，北京：黑龙江人民出版社2008年版。

⑦ 徐日辉：《西王母与与早期丝绸之路开通》，载《史记论丛》第15集，北京：中国文史出版社2019年版。

⑧ 郭璞注，王贻樑、陈建敏校释：《穆天子传汇校集释》卷一，北京：中华书局2019年版。

周穆王御车者正是"造父"。周穆王十三年，夏商周断代工程给出的纪年是公元前964年。① 对此也有"认定穆王西征发生在三千年前的公元前994—前993年，即周穆王十三年至十四年。"② 还有认为："先秦古籍《穆天子传》卷三记载，周穆王十三年（前989）十月乙丑（二十九日），天子滥觞西王母于瑶池之上。"③ 尽管对于周穆王西游或者说西征的年代存在不同的认识，但是对于此次事件本身没有疑议。第二次发生在周穆王十七年，依旧是造父为周穆王御车西行。《竹书纪年》记载：

> （周穆王）十七年，王西征昆仑丘，见西王母。其年，西王母来朝，宾于昭宫。

周穆王十七年，即公元前960年。此次西征，实际上是周穆王特意西游，成为首次开拓内地人视野的创举。周穆王会见西王母的目的圆满实现，他如愿以偿给西王母带去了白圭玄璧，一起饮宴于瑶池之上，乐不思归，《穆天子传》曰：

> 癸亥，至于西王母之邦。吉日甲子，天子宾于西王母。乃执白圭玄璧以见西王母，好献锦组百纯，□组三百纯。西王母再拜受之□。□乙丑，天子觞西王母于瑶池之上。西王母为天子谣，曰："白云在天，山陵自出。道里悠远，山川间之。将子无死，尚能复来。"天子答曰："予归东土，和治诸夏。万民平均，吾顾见汝。比及三年，将复而野。"西王母又为天子吟曰："徂彼西土，爰居其野。虎豹为群，於鹊与处。嘉命不迁，我惟帝女。彼何世民，又将去子。吹笙鼓簧，中心翱翔。世民之子，惟天之望。"天子遂驱升于弇山，乃纪丌于弇山之石，而树之槐，眉曰西王母之山。西王母还归丌□。

文献为后人展呈出一派歌舞升平的美好景象，看不出一丝一毫的战争氛围。周穆王到昆仑山去会见西王母，两个人在瑶池之上推杯换盏饮宴作乐的热烈场面，特别是对细节之处的描述非亲临现场者不能为之。宴会的高潮是西王母与周穆王所歌以及周穆王之对，一唱一和美不胜收如在眼前，大有身临其境之感。常言道乐极生悲，正当周穆王得意忘形之际，后院起火，江淮地区是徐偃王，趁周穆王远行之机举兵反周，声势浩大。《史记·赵世家》记载：

> 造父幸于周穆王。造父取骥之乘匹，与桃林盗骊、骅骝、绿耳，献之穆王。穆王使造父御，西巡狩，见西王母，乐之忘归。而徐偃王反，穆王日驰千里马，攻徐偃王，大破之。乃赐造父以赵城，由此为赵氏。

《史记》所记正是《穆天子传》的实录，而"天子主车，造父为御"，④ 同样

　① 夏商周断代工程专家组 编著：《夏商周断代工程报告》，北京：科学出版社2022年版。

　② 张闻玉：《穆天子西征年月日考证——周穆王西游三千年祭》，载《贵州社会科学》2007年第10期。

　③ 戴良佐：《〈穆天子传〉中的瑶池今地考》，载《西北民族研究》2004年第1期。

　④ 郭璞注，王贻樑、陈建敏校释：《穆天子传汇校集释》卷四，北京：中华书局2019年版。

是历史的真实记录。徐偃王造反的突发事件，使造父大显身手，他驾车载着周穆王从西王母处疾速返回江淮平叛徐偃王造反，成就了造父在赵城的兴起，所以才有"卒灭赵氏"，[①] 以及出土文献称秦始皇为"赵正"的说法。[②]

三、山西与前丝绸之路

周穆王西域活动及其旅行踪迹，被《穆天子传》记录在案可寻可考，并非空穴来风。比对《穆天子传》描述的历史场景，可证司马迁曾经看过该书，并且引用于《史记》当中，以增加周穆王游西域的真实性。2003 年 1 月 19 日陕西省宝鸡市眉县杨家村五位农民发现的西周逨盘，其铭文记录了从周文王开始，到武王、成王、康王、昭王、穆王、共王、懿王、孝王、夷王、厉王和宣王，凡十二位周王，[③] 完整再现了西周王室世系，与司马迁《史记》的记载完全相同，第一次印证了西周的历史和司马迁的伟大，堪称弥足珍贵。

考察周穆王一生的行踪，他东到大海、淮泗，南至越南以南，北至内蒙古诸地，西达黄河之源，至青海积石山，最远达到昆仑山。但是，对于他第二次西行会见西王母所涉及的范围，学界至今没有统一的认识。以《竹书纪年》周穆王"至于西王母之邦"为例，所谓西王母之邦也就是西王母管辖的势力范围。对此，有专家认为"以柴达木盆地的地貌及考古发现与《穆天子传》的记载互相印证，考定周穆王进入'西王母之邦的'路线，即'丝绸之路青海道'的南线西段。今锡铁山即《穆天子传》中的'铁山郼韩氏'所在的'平衍'之地应即台吉乃尔湖南岸一带的平原"，并且明确"'西王母之邦'即今南疆"。[④] 从大区域讲："周穆王西征的地域范围主要为西北的河套以西、黄河上游、河西走廊和新疆地区。"[⑤] 还有专家认为："中国神话大多记录在历史文献中，远古时期今青海境内羌戎部族首领西王母本体的真实存在由此得以实证，古代羌戎人生活的昆仑山即为今青海境内祁连山，西王母在青海地域的演化反映的是人类社会由氏族社会到国家形成递进中的历史形貌。"[⑥] 实际上甘青地区西王母有着丰富的故事和传说，尤其是甘肃省的泾川县一带。

周穆王西行，由于年代久远留下的资料本身就不多，加之《穆天子传》出土后在流传的过程中有部分损佚，故而产生不少谜团。简单而言，周穆王与西王母推杯换盏的核心地点就未能确定，且说法不一。"天子是周穆王，西王母是中国

① 司马迁：《史记·陆贾列传》卷九十七，南京：中华书局 2013 年版。
② 北京大学出土文献研究所编：《北京大学藏西汉竹简》，上海：上海古籍出版社 2015 年版。
③ 霍彦儒、辛怡华主编：《商周金文编——宝鸡出土青铜器铭文集成》，西安：三秦出版社 2009 年版。
④ 任乃宏：《"西王母之邦"与"丝绸之路青海道"》，《民族历史研究》2017 年第 2 期。
⑤ 王守春：《〈穆天子传〉地域范围试析》，《中国历史地理论丛》2000 年第 1 期。
⑥ 赵春娥：《青海地域中西王母的历史流变》，《青海社会科学》2010 年第 6 期。

古代传说中的一个传奇人物。周穆王会见西王母的瑶池今地在哪里，1000 多年来众说纷纭"，① 如天山天池说、布伦托海说、巴尔喀什湖近处说、塞里木湖说、古代印度说、昆仑山说、塔什库尔干说、泾川说、酒泉说，等等，大概率当在今新疆维吾尔自治区内。

另外，关于周穆王西行的路线，大体上是以成周洛阳为出发点，经山西前往西域，"《穆天子传》记周穆王此次西游，从成周启程，渡黄河北上，经太行山西行，经漳水和铏山（今河北井陉东南），又经隃之关隥（即今雁门山）而行，到达河宗氏（今内蒙古河套一带），从此由河宗氏首领作引导，长途西行，直到昆仑山（即今甘肃的祁连山）。"② 其中"山西是西域、西亚进入中国内地的必经之路。《穆天子传》记载，从中原地区的洛阳，向北经过山西，从雁门关、大同到塞外，越过内蒙古草原，从新疆草原向西，是一条到达西域、中亚的路线。这条路线穿过整个山西地区。这就是我国先秦史籍《穆天子传》记载的，周穆王从洛阳西行西域、中亚看望西王母，再从西域、中亚回到洛阳，来往皆经过这条路线。"③ 凡此等等，百花齐放，限于篇幅不能一一列举。

综合各家研究成果，周穆王的具体行程是从宗周（今河南洛阳）开始，过漳水到河北巨鹿县，然后北行，到达戎、胡之间地；然后又西行越雁门关，经内蒙古草原，到达今内蒙河套地区；然后又沿黄河向西南前进，行程数千里直到新疆阿尔泰山一带会见了西王母。

有意思的是周穆王西域之行往返走的不是同一条道路，与今天旅游线路不走回头路的设计理念完全相同。"周穆王之东归路线系自'伊犁河谷'东出'焉耆'，经今吐鲁番境，东南向穿越今库姆塔格沙漠中部之'丝绸之路大海道'至'敦煌'一带，之后再经'走廊南山道'翻越祁连山至'张掖'。"④ 也有专家提出："周穆王东归路线当不是原路返回，而是自中亚从塔里木盆地的北麓向东，经阳纡之东尾、偰人国；进入山西境内，然后经雷首，即今山西东南之中条山；髭之隥，今山西代县；铏山、太行、越过黄河，入于宗周'御术'。"⑤ 甘肃的张掖是传统丝路上的重要城市，当年张骞通西域的节点，汉武帝所开河西四郡之一。周穆王从山西到西域已然是学界共识，而其返程虽存有不同的看法，鉴于周穆王从西王母处返回中原，是在军情紧急的状态下做出的决定，从张掖入中原确要便捷于

　　① 戴良佐：《〈穆天子传〉中的瑶池今地考》，《西北民族研究》2004 年第 1 期（总第 40 期）第149 页。

　　② 韩高年：《"前丝绸之路"上的文化与文学交流——以〈穆天子传〉为核心》，《文学遗产》2018 年第 2 期。

　　③ 李玉洁、李丽娜：《山西在先秦中亚交通中的重要地位——以〈穆天子传〉记载的西行路线和考古学为视角》，《山西大学学报（哲学社会科学版）》2020 年 11 月第 43 卷，第 6 期。

　　④ 任乃宏：《"采石之山"与"走廊南山道"》，《青海师范大学学报（哲学社会科学版）》2019 年第 41 卷第 3 期。

　　⑤ 李玉洁、李丽娜：《山西在先秦中亚交通中的重要地位——以〈穆天子传〉记载的西行路线和考古学为视角》，《山西大学学报（哲学社会科学版）》2020 年 11 月第 43 卷第 6 期。

太行诸井。

诸多要素表明,周穆王所游大都可信,其足迹已超出今天中国的版图,涉及中亚地区,并且被境外的考古发现所证实。例如,位于阿尔泰山北麓的巴泽雷克墓群(今苏联戈尔诺阿尔泰省乌拉干区乌拉干河畔)的发现震惊了世界考古界。"①周穆王游西域及中亚地区毫无疑问是中国官方对西方交流的开始,作为中西交流实践,为后来丝绸之路的发展做出了不可磨灭的贡献。

当然,周穆王西域千里之行,不仅仅是交流还与玉石贸易密切相关。由玉石贸易产生的玉石之路是商人以西域的和田玉作为商品运到中原地区进行贸易的交通通道,作为前丝绸之路的凸显,早在五帝时期就已经发生。《竹书纪年》记载,虞舜九年"西王母之来朝,献白环、玉玦。"《大戴礼·少间篇》亦记载"昔舜以天德嗣尧,西王母来献白琯。"还有其他典籍如《宋书·符瑞志》都有着同样记载。而考古发现早在距今 4000 年前夏朝时期的二里头就出土了用和田玉制作的柄形器,可与《竹书纪年》以及《论衡·无形篇》"禹已见西王母"的记载相对印。另外,在《山海经》《尚书》《吕氏春秋》《淮南子》等古代典籍中均有西玉母来内地献玉,以及来自西域地区的昆山玉以及和田玉的记载。

西王母利用和田玉东传,不仅打开了与中原地区交流的大门,同时也极大地丰富了中国的传统文化。"玉石作为神圣的物质成为穆王征巡道路上一个重要的追求目标,穆王之路也是玉石之路。"②周穆王西域之行,实际上是回访西王母中原交流的延续。所不同的是周穆王代表是周王朝,玉石之路的产生与繁荣,为后来丝绸之路的发展提供了成功的实践,功莫大焉。

四、结　语

前丝绸之路是赢姓赵氏、赵国与西方交流贸易的核心通道,成为后来丝绸之路的重要构成,以至于影响到赵国的经济发展。《战国策·赵策》记载:"秦以三军强弩坐羊肠之上,即地去邯郸百二十里。且秦军以三军攻王之上党而危其北,则句注之西非王之有也。今逾句注、禁常山而守,三百里通于燕之唐、曲逆,此代马、胡驹不东,而昆山之玉不出也,此三宝者,又非王之有也。"此为战国时期著名辩士苏秦对赵王形势的分析之一,苏秦虽然没有意识到中西贸易的重要性,但他却看到了经济发展对国家兴亡衰败的影响。在他看来,如果秦军占领韩魏的上党(今山西子长县),并且据守险要,如此一来代、胡之地的良马和昆仑山的宝玉就不能运出,也就不归赵王所有,经济贸易就受到打击,国家的安全势必受到威胁。从这段记载看,传统的前丝绸之路在战国时期已经成为赵国重要的经济

---

① 戴禾、张英莉:《先汉时期的欧亚草原丝路》,载《草原丝绸之路与中亚文明》,乌鲁木齐:新疆美术摄影出版社 1994 年。

② 方艳:《玉石之寻——论〈穆天子传〉的历史文化意义》,《中国社会科学院研究生院学报》2008 年 6 期。

命脉，包括中原生产的丝绸以及多种产品的交易。

　　毋庸置疑，丝绸之路把世界上最古老的文明古国——中国、印度、埃及、巴比伦等联系在一起，通过商贸活动将中西文化有机地结合起来，成为一条真正横贯欧亚的贸易之路、文化之路和旅游之路。"丝绸之路的开通，使沿线的国家和地区最先体验到文化的魅力，最先接受到先进的社会生产力和最新的科学技术，最先享受到文明的气息和分享文明的成果。"① 而赢姓赵氏的先祖造（赵）父，成为最先实践中国人由内陆转向西方视野的先行者。

---

① 　徐日辉：《丝绸之路——中华民族放眼世界的伟大创举》，《天津日报》2015 年 5 月 11 日。

申公巫臣使吴时间与吴伐郯之事略探

＊本文作者杨佩衡，山西大学历史文化学院博士研究生。

　　春秋时期，晋国与吴国建立了长达百余年的邦交，晋与吴的邦交是春秋中后期十分重要的历史事件，《左传》《国语》和《史记》等传世文献对两国的邦交都有详细的记载。晋与吴建立邦交的目的是联吴制楚，以此稳固其霸主地位。吴与晋建立邦交一是为了摆脱蛮夷身份，跻身中原诸侯之列，二是出于其北上中原争霸之意。晋与吴的邦交始自晋国派申公巫臣出使吴国，两国自此建立邦交关系。关于申公巫臣出使吴国的时间，《左传》记载为鲁成公七年，即公元前 584 年，以往多以此说为准。然近出《清华简》第二册（以下简称《系年》）第二十章中记载申公巫臣出使吴国是在鲁成公六年，即公元前 583 年，这与传世文献记载不同。那么，申公巫臣出使吴国究竟是在鲁成公七年，还是鲁成公六年呢？此问题值得探讨。

一、申公巫臣出使吴国时间探讨

（一）各史料对申公巫臣出使的记载

　　为便于讨论，将有关申公巫臣出使吴国的记载罗列如下：

　　《系年》："晋景公立十又五年，申公屈巫自晋适吴，焉始通吴晋之路，二邦为好，以至晋悼公。"①

　　《左传》成公七年："巫臣请使于吴，晋侯许之。吴子寿梦说之，乃通吴于晋。"

　　《史记·晋世家》："十六年，楚将子反怨巫臣，灭其族。巫臣怒，遗子反书曰：'必令子罢（疲）于奔命！'乃请使吴，令其子为吴行人，教吴乘车用兵。吴晋始通，约伐楚。"

　　《史记·吴太伯世家》："王寿梦二年，楚之亡大夫申公巫臣怨楚将子反而犇（奔）晋，自晋使吴，教吴用兵乘车，令其子为吴行人，吴于是始通于中国。吴伐楚。"

　　《系年》中的申公屈巫即传世文献中的申公巫臣。据《系年》记载，申公巫臣出使吴国是在晋景公十五年，即鲁成公六年，公元前 585 年。《左传》中记载申公巫臣前往吴国是在鲁成公七年，即公元前 584 年。《史记·晋世家》记载是在晋景

――――――――――

　　① 清华大学出土文献研究与保护中心编，李学勤主编：《清华大学藏战国竹简（贰）》，上海：中西书局 2011 年版，第 186 页。

公十六年，即鲁成公七年。《史记·吴太伯世家》记在寿梦二年，即鲁成公七年。但《史记·吴太伯世家》记申公巫臣奔吴也是在寿梦二年，此处应有误，申公巫臣奔吴应在鲁成公二年，即公元前589年，《左传》对申公巫臣奔晋有着详细记载。由此可知，《左传》和《史记》对申公巫臣出使吴国时间的记载相同，都是在鲁成公七年，唯独《系年》是记在鲁成公六年。

（二）鲁成公六年说

有学者曾指出，申公巫臣出使吴国或许是在鲁成公六年。杨伯峻在《春秋左传注》中曾推测："当年使吴，当年教之车战，吴当年伐楚、入州来，使楚七次奔命，未必见效如此之快。或巫臣使吴在去年。"依据杨伯峻所言，从申公巫臣使吴，到教吴人作战，再到吴人与楚战，需要一段较长的时间，并非能在一年之内完成。从地理位置来看，晋吴两国相隔较远，且两国道路不通，如鸡泽之会时"吴子不至"，这便是出于道路不通的原因，《左传》襄公三十一年时"吴子使屈狐庸聘于晋，通路也"，这也是为了打通晋吴之间的道路。由此观之，晋吴两国之间的道路确实十分不便。那么申公巫臣从晋到吴，再教吴人作战，再伐楚、入州来，似乎的确是需要一段较长的时间。

《左传》成公七年对吴国的记载从吴伐郯起，直至言"通吴于上国"结束。广陵李氏曰此为书吴之始终，春秋书伐郯、伐陈、入州来、入郓、灭州来、灭巢、灭徐、战长岸雞父，皆书国，虽会钟离、会善道、会柤、会向、会鄗、会橐皋，亦书国。惟襄五年于戚始书吴人，襄十二年始书吴子卒，二十九年始书吴子以聘至柏举，书子已同于中国，至黄池书子则主诸侯之词矣，后七世而亡于越。[1] 李氏是认为《左传》成公七年对吴国的记载是一个总述，即其所言"此为书吴之始终"。

《左传》成公七年在记述申公巫臣使吴前，首先叙述的申公巫臣的经历。《左传》成公七年："楚围宋之役……子重是以怨巫臣……子反亦怨之……子反杀巫臣之族子阎子荡及清尹弗忌……巫臣自晋遗二子书曰……余必使尔罢于奔命以死。"楚围宋之役在宣公十四年，这里记载的明显是追述申公巫臣与子重子反结怨之事，表明了申公巫臣使吴的动机。那么"巫臣请使于吴，晋侯许之。吴子寿梦说之，乃通吴于晋"这句是仍属于追述，还是确是鲁成公七年之事？笔者认为此处仍然属于追述。《左传》中也有在一年之内追述一人或一国多年事情的情况。如《左传》僖公二十三年记载重耳流亡之事，将重耳过卫、过齐、过曹、过宋、过郑、过楚、过秦都记在同一年，但此处属于追述，重耳在外流亡经历各国并非一年之内的事情。那么《左传》记载的鲁成公七年申公巫臣使吴教吴车战一事，也有可能并非一年之事。

（三）鲁成公七年说

关于申公巫臣出使吴国在鲁成公七年之说，亦有其支持者。李殊认为若申公

---

① ［清］李集凤撰：《春秋辑传辨疑七十二卷》（二），《四库全书存目丛书·经部一三四》，济南：齐鲁书社1997年版，第383页。

巫臣是在鲁成公六年使吴，则晋吴在成公六年时便已经建立邦交。而在成公七年初，吴国曾讨伐晋国的附庸国郯。如果在成公六年时晋吴就已经建立了邦交，那么成公七年时吴伐郯的行为便无法解释。李殊认为这种行为与晋吴邦交产生矛盾，故认为申公巫臣使吴应该在鲁成公七年。① 这一观点不无道理，如若晋吴在鲁成公六年建立了邦交，那么为何成公七年时吴还要伐郯呢？这似乎于理不通。如此，若想探究申公巫臣究竟是在成公六年还是七年出使吴国，那么吴伐郯的动机为何这一问题便需要探讨。

二、吴伐郯一事探讨

讨论吴伐郯之前，首先将吴国和郯国进行了一个简单的交代，以更好地理解吴伐郯的动机。

吴国，春秋五霸之一（采用墨子中的五霸一说）。吴国始自太伯与仲雍，《史记》记载二人为周太王之子，王季历之兄。太伯和仲雍为了让位给季历，便"乃奔荆蛮，文身断发，示不可用"，荆蛮感叹他们的义气，有上千家都归附了他们，吴国便因此而立。周武王灭商后，分封诸侯，寻得太伯、仲雍之后，封于吴，吴国成为周王室的一个诸侯国。但由于吴国地处蛮夷之地，在春秋时期，中原诸国将其视为蛮夷之国。

郯国，春秋时期一小国，在今山东省临沂市郯城一带。春秋时期，其与鲁国、莒国、徐国等接壤。传世文献对郯国的记载很少，《左传》中对其有零星记载。《左传》宣公四年载："四年春，公及齐侯平莒及郯，莒人不肯。公伐莒，取向。"这里说的是公元前605年，郯国和莒国发生了矛盾，齐国和鲁国出面调和，莒人不答应，最后鲁宣公出兵讨伐了莒国，取了向地。再如《左传》宣公十六年载："秋，郯伯姬来归，出也。"这里记载的是公元前593年秋，郯伯姬回到鲁国。由这两处记载可知，郯国与其邻国莒国和鲁国有较多往来，鲁国曾出面解决郯国和莒国的矛盾，且郯国与鲁国通婚，说明郯国应是属于鲁国的附属小国，故郯国也是晋国的附属国。

据《左传》记载，吴国于鲁成公七年伐郯，郯成。中原诸国如何看待吴伐郯之事？《左传》在吴伐郯之后记载了季文子之语。其曰："中国不振旅，蛮夷入伐，而莫之或恤，无吊者也夫。诗曰：'不吊昊天，乱靡有定。'其此之谓乎？有上不吊，其谁不受乱。吾亡无日矣。君子曰：'知惧如是，斯不亡矣。'"季文子认为，吴国属于蛮夷，郯国被其侵犯而中国的军队不能前去帮助郯国，这是中原霸主不能保护其附属国的表现。由季文子之言可以看出，中原诸国将吴国视为蛮夷，对其并不认可。渝关李氏曰"吴之去郯亦远矣，此时吴犹未交于中国，郯亦何由得罪于吴而被伐耶？此年《左传》曰吴伐郯，郯成。明年四国伐郯，《左传》曰以其

---

① 李殊：《清华简所载晋国相关问题研究》，山西师范大学，2020年。

事吴故，由此观之，可知吴之所以伐郯者是必责其不事己也。春秋既忧楚而又忧吴，书吴伐郯而东南又多一大寇矣。"① 此处记载言《春秋》忧楚又忧吴，是将吴国视为东南一大患。由两处记载可看出，此时的吴国被中原诸国视为蛮夷，吴伐郯之举被视为蛮夷对中原诸国的侵扰和祸患，对吴国持排斥的态度。

再从吴国的角度来看，吴为何要在此时伐郯？这或许与吴国称霸的意图有关。吴王寿梦时，吴国逐渐变强，开始中原诸国交往。《吴越春秋·吴王寿梦传》记载，在寿梦即位后他"朝周，适楚，观诸侯礼乐。鲁成公会于钟离，深问周公礼乐"。上文已述，吴国在此时被视为蛮夷。吴王寿梦即位后，朝见周王，又前往楚国，观察诸侯的礼乐制度，这一系列的行为，应是吴国想摆脱自身蛮夷的身份，以跻身于中原诸侯之中。《史记》载"寿梦立而吴始益大，称王"。史记的记载表明吴国自寿梦起开始发展壮大。寿梦元年是鲁成公六年，伐郯之事即在次年，伐郯也正是吴国扩张的表现。彭山李氏曰吴在荆蛮习于夷俗不循礼义，此中国之人素以夷狄待之者也。今僭窃称王，势日强盛，举兵伐郯。夫吴距郯稍远，而越江淮二水以伐之，则争中国之端也。而晋宋齐卫之道亦自此开矣。② 李氏之言指出，吴伐郯之举，是为了争中国之端，通晋宋齐卫，也就是有称霸之意图，吴国自此始大。襄陵许氏曰吴自寿梦得申公巫臣而为楚患，伐郯之役兵连上国，于是始见于春秋。③ 许氏认为，吴伐郯是为了"兵连上国"，也就是为了与鲁国等中原诸国交往，《左传》也因此开始记载吴国之事。

从上述记载看，吴伐郯的目的一是出于自身的扩张需求，二是为了摆脱自身蛮夷的身份，与中原诸国进行交往。

《左传》成公七年："七年春，吴伐郯，郯成。"吴伐郯一事的确在成公七年，关于此事的记载并无误。成公七年时，郯服于吴。而到成公八年，晋又伐郯。《春秋》成公八年："叔孙侨如会晋士燮、齐人、邾人伐郯。"晋国为何又要伐郯？《左传》记载晋国伐郯的原因是"以其事吴故"。从当时的环境看，晋伐郯是必要之举。郯国属于鲁国的附属国，晋国为当时的中原霸主，鲁国和郯国都服于晋国。而吴国为蛮夷之国，其伐郯的行为无疑是对晋国霸主地位的挑衅。齐桓公称霸时，邢、卫受到夷狄攻伐，齐桓公存邢救卫，获得了诸侯的称赞，维护了其霸主地位。如今晋国伐郯之举，亦是为维护其霸主地位，故晋国必须伐郯。鲁成公八年时，申公巫臣又再次出使吴国。《左传》成公八年："晋侯使申公巫臣如吴，假道于莒。"从《左传》的记载看，此处出使吴国是在晋伐郯之前。那么申公巫臣为何又要在鲁成公八年时再次使吴？或许正是因为鲁成公七年吴伐郯一事，申公巫

---

① ［清］李集凤撰：《春秋辑传辨疑七十二卷》（二），《四库全书存目丛书·经部一三四》，济南：齐鲁书社 1997 年版，第 385 页。

② ［清］李集凤撰：《春秋辑传辨疑七十二卷》（二），《四库全书存目丛书·经部一三四》，济南：齐鲁书社 1997 年版，第 384 页。

③ ［清］李集凤撰：《春秋辑传辨疑七十二卷》（二），《四库全书存目丛书·经部一三四》，济南：齐鲁书社 1997 年版，第 384 页。

臣此去或许是为了解决郯国的问题。

三、小 结

上文已述吴国伐郯之事，那么现在需要讨论的问题是申公巫臣使吴究竟是在吴伐郯之前还是之后？

笔者认为，申公巫臣出使吴国应是在吴伐郯之前，吴伐郯之事与晋吴建立邦交关系并不冲突，申公巫臣出使吴国的时间应该是在鲁成公六年。第一，从时间和距离上考量，晋吴之间相隔甚远，且道路不通。据《左传》记载申公巫臣入吴后，教吴战车，又有伐楚、伐徐和入州来等事。正如杨伯峻所言，如若都在鲁成公七年，似乎并非一年能完成之事。第二，《左传》是在追述申公巫臣与楚结怨的事情后再记述申公巫臣出使吴国，故笔者认为这里仍然属于追述前事。第三，不能因为鲁成公七年吴伐郯，便认为申公巫臣使吴定在此事之后。相反，笔者认为吴伐郯反而能成为申公巫臣于鲁成公六年入吴的佐证。无论吴国是伐郯，还是伐楚、入州来、伐徐，都反映了吴国争霸的意图。那么吴国身为蛮夷之国，其伐郯的实力从何而来？在申公巫臣入吴之前，吴国并不习车战，吴国开始强大是始自申公巫臣使吴，教其车战及作战执法之后。因此，正是因为申公巫臣出使吴国，使得吴国军队实力变强，才有了之后吴国伐郯之举。晋国联合吴国的目的只有一个，便是制衡楚国，以维护其霸主地位。而吴伐郯之举影响了晋国利益，故在成公八年时晋国伐郯，维护自身霸主地位。第四，晋吴虽然建立了邦交，但都有其各自的利益。从吴国来看，自寿梦即位后，"朝周，适楚，观诸侯礼乐"，这是吴国想跻身中原诸侯的表现。从晋国的角度看，晋国派申公巫臣出使吴国，目的是连吴制楚。晋吴两国在对楚国上，是有共同利益的，因此两国可以联合起来。但吴国也有争夺霸主的意图，这点是与晋国的利益冲突的。吴伐郯之举便是其试图争霸中原的表现。但此时的晋国作为霸主实力仍然强大，很快便会合诸侯伐郯，出于晋国实力的原因，吴国暂时服晋，将矛盾转移到楚国，故有了伐楚、入州来之举。但吴国仍然有着争霸的意图，如在晋吴之后的交往中，晋国地位有所下降时，吴国便会不服于晋，黄池之会晋吴争先就是最好的证明。总体而言，晋吴虽然建立邦交，但都有着各自的利益。春秋时期，晋齐的关系也是如此。齐国在齐桓公时曾经称霸，之后晋国成为了霸主，齐国便服于晋。但每当晋国地位有所衰落时，齐国都会试图争夺霸主的地位，晋齐之间的三次战争就是最好的证明。晋吴之间的关系，亦是如此。两国之间建立邦交是出于共同利益的考量，而矛盾仍然会存在。不能说因为建立了邦交，两国之间就会不有冲突和矛盾。故不能用吴伐郯之事来否定申公巫臣是在鲁成公六年出使吴国。

综上所述，本文认为申公巫臣出使吴国的时间应是在鲁成公六年，应以《系年》为准。

略论韩信井陉之战及其影响

＊本文作者徐业龙，江苏省淮安市淮阴区政协文史委主任。

《淮阴侯列传》是《史记》十大名篇之一，司马迁好奇多爱，笔底带有强烈的感情色彩，他选取的历史人物往往带有鲜明的典型性、理想型、抒情性、悲剧性。[1] 在司马迁的笔下，韩信是一位极富传奇色彩的大军事家，在楚汉相争的历史大决战中，韩信叱咤风云、纵横捭阖，谱就了辉煌的历史篇章，他先后指挥陈仓之战、安邑之战、井陉之战、潍水之战和垓下之战等一系列重要战役，无一败绩，其卓著战绩堪称世界战争史上的奇观。在这一系列战役中，井陉之战是一次以少胜多的经典战例，韩信奇正并用，背水列阵，拔帜易帜，速战速决，出奇制胜，谱写了中国古代战争史上光辉的篇章。井陉之战的胜利，对楚汉战争的全局影响极大，消灭了北方最强劲的敌手，既给刘邦正面战场以强有力的支持，又为兵不血刃平定燕地创造了声势和前提，并为东进击齐铺平了道路，从而造就了孤立项羽的有利战略态势。

一、灭亡代国

汉高帝二年（前205）四月，刘邦兵败彭城，一些原来归汉的诸侯王纷纷改换门庭投靠项羽。九月，韩信平定魏地，但战略形势仍然十分不利于汉。汉军正面战场受到了很大的压力，荥阳、成皋多次易守。在十分困难的形势下，韩信估量了当时楚汉双方的力量对比和客观形势，分析了彭城之战和灭魏之战的经验教训，向刘邦提出建议："愿益兵三万人，臣请以北举燕、赵，东击齐，南绝楚之粮道，西与大王会于荥阳。"[2] 刘邦批准了韩信的计划，并派熟悉赵地情况的张耳襄助韩信。

张耳和赵国军事统帅陈余原本是"刎颈之交"的生死兄弟，早在陈胜、吴广起义的时候就已经活跃在政治舞台上了，两个人的交情非常深厚，一文一武，共同辅佐赵王歇治理国家。巨鹿之战时，被困在巨鹿城中的张耳派人向陈余求救，陈余因自己兵少，无法相救，阴差阳错，两个人相互误解竟成为仇敌。后来项羽分封诸侯，张耳被封为常山王，原来的赵王歇被赶到代国，而陈余只分到了三个

---

① 朱正平：《论〈史记〉的历史浪漫主义》，《渭南师范学院学报》2016年第13期，第23—32页。
② ［汉］班固：《汉书·韩信传》（卷三十四），北京：中华书局2007年版，第376页。

县。陈余得到田荣的支持，带领人马把张耳得大败，落荒而逃。陈余再把赵王歇请了回来，赵王歇以代国封赏陈余，陈余派偏将夏说以相国之职守卫代国，自己以"成安君"自居，留在赵国继续辅佐赵王歇。至于被打跑了的张耳，不得不投奔老友刘邦。

汉高帝二年（前205）后九月（闰九月），韩信挥师向代国发起进攻。自韩信灭魏之后，身为代王并兼任赵相的陈余就预感到对汉作战已迫在眉睫，开始同赵王歇谋划对策，准备抵御韩信的进攻。陈余首先命代相夏说率领代国军队南下，驻守于邬县（今山西介休东北）之东，并由代将戚公率兵一部屯守于邬县城中，企图阻止汉军北上，或从侧翼牵制汉军东下。与此同时，陈余和赵王歇动员赵国的全部兵力，开赴井陉（今河北井陉东南），准备随时应援代军和防守井陉关①。

代国国小兵弱，又无名将，代、赵联军被太行山隔开，难以互相策应与配合，代军孤立地防守邬县。韩信针对代、赵联军的部署，率领汉军自平阳（今山西临汾西南）沿汾水河谷北上，秘密行进，直奔邬县之东，突然向夏说的军队发起攻击，当即将其击败。夏说率军东逃，企图越太行山向赵军靠拢。汉军置邬县城的代军于不顾，全力猛追，追至阏与（今山西和顺），终于全歼代军主力夏说部，擒斩夏说。接着，韩信、张耳麾军东进，进攻赵国；由曹参率兵回师，包围邬县。这时，由于夏说部被歼，邬县成为一座孤城，代将戚公不敢坚守，弃城而逃，曹参追击并斩杀了戚公。至此，代国的武装力量基本覆灭，代国灭亡。

这次作战的规模不大，代军的力量也比较弱小，但仍然体现了韩信用兵的一贯特点，即先消灭敌人的军队，而后再解决攻城问题，即使作战的对象兵力弱小，也要突然袭击，出奇制胜。因此，汉军进展十分顺利，既未顿兵于坚城之下，也未受阻于险隘之上，以迅雷不及掩耳之势一举歼敌，致使代军既未能屏蔽赵军，也未能迟滞汉军，几乎没有发挥任何作用。韩信以突然袭击的手段，长驱直进，快速行动，一举歼灭代军，消除了东下破赵来自侧翼的威胁。

灭掉了代国，韩信随即将兵锋指向赵国。韩信清楚地知道，赵、代一体，只要赵不灭，代就不能算是稳握于汉军之手，真正有军事实力的还是赵而非代，要保全代的胜利果实必须进一步灭赵。然而，就在韩信刚刚歼灭了代军，准备东下进攻赵国之时，由于荥阳正面战场受到楚军强大压力，战事吃紧，刘邦派人前来抽走韩信的精兵支持荥阳战场。此时，荥阳刘邦阵营正处在项羽猛烈攻击之下，与楚军作战的正面战场上需要兵力。既然刘邦要自己的人马去荥阳抵抗楚军的进攻，韩信坚决服从大局利益。韩信、张耳立刻挑选英勇善战的将士，由曹参率领火速赶赴荥阳，支援刘邦那里的战斗。

① 井陉关：广义的井陉关指的是西起娘子关，东至土门关的整条峡谷通道，而狭义的井陉关指的就是峡谷通道东边的土门关，即井陉口，位于今河北省石家庄市鹿泉区西南东土门村，是山西、陕西从古驿道通往华北的必经之路，为历代兵家必争之地。

　　刘邦不仅抽走了韩信的精兵，就连麾下最得力的战将曹参也一同调去了荥阳，等于给韩信来个釜底抽薪。刘邦此举使韩信攻赵的兵力受到了极大的削弱，在这种情况下，韩信仍然请求刘邦允许他就地组建军队北上击赵，继续扩大北面战场上的战果。韩信从长远打算，坚持要开辟北面战场进取赵国，实现他的迂回战略构想，从侧面绕到项羽的彭城之后，配合刘邦主力军夹击项羽，并最终置项羽于死地。

二、大战井陉

　　汉高帝三年（前204）十月①，韩信与张耳统兵数万越过太行山向东挺进，对赵国发起攻击。刘邦调走了韩信的军队，由于手头无兵，韩信没有能在破代之后乘胜取赵，失去了攻打赵国的最佳时机。韩信在短时间内招募了三万新兵，等到韩信重新组织好兵马东下攻赵时，赵军早已有了充分的准备，赵王歇和赵军统帅成安君陈余集中20万兵力于井陉关外，占据有利地形，准备与韩信决战。

　　赵军先期扼守井陉口，以逸待劳，且兵多将广，处于优势和主动地位。陈余的军师广武君李左车精通军事，擅长谋略。李左车向陈余认真分析了敌情和地形：韩信越过黄河，实施外线作战，前段时间俘虏了魏王豹、夏说，并乘胜进攻赵国，士气旺盛，锐不可当，所以赵军必须暂时避开汉军的锋芒。但是汉军方面也存在着很大的弱点，汉军的军粮必须从千里以外运送，补给困难。井陉道路狭窄，车马不能并行，因此汉军粮秣输送一定滞后不济。有鉴于此，李左车向陈余建议：由他带领奇兵三万人从小道出击，去夺取汉军的辎重，切断韩信的粮道；而由陈余本人统率赵军主力深沟高垒，坚壁不战，与韩信军周旋相持。李左车认为只要运用这一战法，就能使得韩信求战不得，后退无路，不出十天，就可以彻底消灭汉军；否则，赵军是一定会被汉军打败的。

　　李左车的计策相当高明。可是，陈余是个信奉儒家学说的刻板书生，还常常说什么"义兵不用诈谋奇计"②。陈余听了李左车的建议后很不以为然，他回答李左车说："兵法上有'十则围之，倍则战之'之说。韩信兵少且疲，号称数万，实际上不过数千，竟然跋涉千里来袭击我们，已经极其疲惫。如今像这样回避不出击，等后续援兵到达，又该怎么对付呢？诸侯们会认为我胆小，就会轻易地来攻打我们。"陈余断然拒绝了李左车的建议。

　　将在谋而不在勇，兵在精而不在多，两军对垒，最重要的就是要胜敌于战前的设谋。韩信怕的就是李左车的那一招，他一直不敢轻举妄动就是因为他也想到敌人可能会用李左车的那个办法来对付他。恰在此时，韩信侦知陈余没有采纳李左车的建议，心里暗暗高兴。面对强大的赵军，韩信深知汉军处于明显的劣势，

---

① 汉承秦制，以十月为岁首。

② ［汉］司马迁《史记·淮阴侯列传》（卷九十二），北京：中华书局2009年版，第549页。

但他没有畏敌不前。韩信知道只有在数量优势大到足够抵消其他所有因素的效力，数量才是决定战斗成败的关键。汉军数量少是相对的，但只要运用得当，在一定的时间和空间里反而会变成优势。战场的形势变化万千，最重要的就是当机立断，韩信抓住战机，马上采取行动。

韩信率领大军前进到距井陉口不到 30 里的地方安营扎寨，命令大军在此过夜。到了半夜的时候，韩信突然传令升帐调军。韩信令靳歙选拔精锐轻骑两千人，每人拿一面红旗，从隐蔽小道上山，在山上隐蔽着观察赵军的动静。韩信嘱咐靳歙："我等将要和赵军正面作战，当我佯败往后撤的时候，赵军必然会全军出动来追我，你们看准了，一旦赵军倾巢而出，你们就迅速占领赵军大营，把他们的旗帜全部拔掉，换成汉军的旗帜。"

韩信传令将士，整装待发，预备出战。韩信还派遣裨将分给各人点心，暂且充饥，并对他们说："大家先吃点东西垫着，等到我们打败了赵军就会餐。"赵军20多万人，而韩信率领的汉军仅有 3 万人左右，可主帅竟然发话说大破赵军后会餐，汉军将士谁都不敢相信，口里假装答应，心里却直犯嘀咕。

韩信又对诸将说道："赵兵现据井陉口安营，占据有利的地势，若未见我大将旗鼓，必不肯尽数来攻。"韩信先遣步卒一万渡过绵蔓水，在绵蔓水东岸背对着河流布下阵势。早有探卒报知赵军，赵营将士遥望汉兵背水列阵，不留退路，正犯兵法所忌，都笑韩信不懂兵法。正如韩信所预料的那样，赵军没有来袭击他们。

部署甫定，东方天际晨曦微露，决战的时刻悄然来临了。韩信与张耳带领大队人马渡河，向井陉口进发。天已大亮，韩信不慌不忙地出现在井陉口。韩信唯恐赵军不知道他这个主帅已经来了，命令士卒竖起大将的旗帜，擂响战鼓，大张旗鼓地开出井陉口。韩信的这一张扬的举动吸引了赵军。陈余见汉军阵前帅旗飘扬，鼓声大震，韩信与张耳大队人马已到，便下令大开营门，出兵迎战汉军。

两军激战良久，韩信见时机已到，和张耳丢下帅旗、将鼓佯装败逃，径直向背水阵退去。陈余以为汉军已被击败，应该乘胜将其歼灭，遂率全部赵军空壁跟踪追击，向汉军的背水阵发起进攻。韩信、张耳退至绵蔓水东岸，与先行的一万人马会合。韩信传令回兵拒敌，汉、赵两军杀得难解难分。韩信背水布阵，等于把士卒置于死地，汉军将士身处绝境，前有大军追杀，后有河水断路，唯有战胜敌人方可死里求生，不用战场动员，部队的士气就发挥到极致，汉军人人争先，个个奋勇，无不以一当十。

背水阵还有一个特点就是整个战场纵深不是很大，赵军虽然人数占优，但是在这样的战场上根本展不开，不能发挥人数优势，赵军没有讨得丝毫便宜。两军激战正酣，预先埋伏在赵军大营附近草山上的二千轻骑，突然发起攻击，兵不血刃占领赵军营垒。汉军骑兵把赵军军旗全都拔了下来，把带来的 2000 面汉军红旗全都插到了赵军的营垒上。

攻击背水阵的赵军遇到了汉军的顽强抵抗，鏖战多时也无法取胜，士气逐渐懈怠。赵军正准备收兵回营休息，不料回头一看，只见营垒上到处飘扬着汉军的红旗，大吃一惊。赵军大营被占，上下俱以为汉之援军已抄其后路，顿时军心大乱，士兵各图逃生，四散而走，战场形势急转直下。

兵败如山倒，陈余等连杀多人也控制不了赵军纷纷溃逃的混乱局面。背水而战的汉军士气大振，乘势追亡逐北，同占领赵营的士兵前后夹击。在汉军两面夹击下，赵军顷刻间土崩瓦解，一溃而泻千里。韩信不给敌人以任何喘息的机会，全力追杀陈余于泜水上，斩杀赵王歇于襄国，全歼赵军残部于鄗县（今河北高邑东），不数日迅速平定了赵国全境。

三、重要影响

井陉之战，韩信天才的军事指挥艺术发挥到了极致。明代学者茅坤对韩信军事谋略推崇备至："使成安君能用李左车之计，以奇兵绝井陉之口，而亲为深沟高垒以困之，信特投虎于匣矣。信之间观知成安君之不用，故敢入焉。信之虑盖亦岌岌矣。兵入之后，又安知成安君不以战少利而悔悟乎？故兵法曰：'薄人于险，利在速战。'非为水上阵，不可以致赵人之空壁而逐利，非拔赵帜而立汉帜，则成安君失利而还壁，信与赵相持之势成，而其事未可知也。故信之此举，谋定而后动，诚入虎口一举而毙之矣。"[①] 以区区三万人的部队，面对二十万强敌，是多么艰险的局面。而韩信运用其卓越的军事智慧，背水为阵，一举击破二十万敌军，前后不过一顿饭工夫，这实在是令人匪夷所思的杰作。汉军上下，充塞着对韩信由衷的歌颂和热诚的赞叹。从此以后，韩信在官兵的心目中成为神人，韩信的任何一句话，一道命令，无论是否正确，是否合情合理，都能为部下所坚信不疑，都能得到部下坚定不移地贯彻落实。

韩信破赵之战的胜利确实来之不易，我们从韩信战后对李左车的态度中，可以深刻地感受到这一点。据《史记·淮阴侯列传》记载，韩信知李左车富有计谋，英雄惜英雄，还在两军激战正酣之时，韩信就通告全军，"令军中毋杀广武君，有能生得者购千金。"韩信对广武君李左车很是欣赏，当有人把李左车绑至其面前时，韩信是亲自"解其缚，东向坐，西向对，师事之。"才高八斗的韩信对李左车如此恭敬，足见韩信对李左车献给陈余的计策是多么地心有余悸和深深倾服。

平定赵国之后，北方诸国只剩下燕、齐两国。韩信下一步就要考虑继续东进的问题了，他的目的是要绕到项羽的彭城侧后去打击项羽，而不是平定了赵国就算完事了。燕国虽然没有像太行山这样的险阻，但国大兵众，城池坚固。这时的汉军，由于远离后方，又连续征战，士卒疲惫，需要休整。在这样的情况下，用

---

① ［明］凌稚隆辑：《史记评林》（第五册），天津：天津古籍出版社1998年版，第762页。

什么样的战法去降服燕国，是韩信必须认真思考的问题。韩信虚心地向李左车讨教如何继续北上攻燕、东进伐齐的问题。破魏、灭赵时，韩信的用兵艺术已经达到炉火纯青的境地，但他不以胜利者自居，而是放下架子，主动向"降虏"李左车请教击燕的方略。《史记·淮阴侯列传》记载了韩信与李左车的这段精彩对白：

于是信问广武君曰："仆欲北攻燕，东伐齐，何若而有功？"广武君辞谢曰："臣闻'败军之将不可以言勇，亡国之大夫不可以图存'，今臣败亡之虏，何足以权大事乎！"信曰："仆闻之，百里奚居虞而虞亡，在秦而秦霸，非愚于虞而智于秦也，用与不用，听与不听也。诚令成安君听足下计，若信者亦已为禽矣。以不用足下，故信得侍耳。"因固问曰："仆委心归计，愿足下勿辞！"广武君曰："臣闻'智者千虑，必有一失；愚者千虑，必有一得。'故曰'狂夫之言，圣人择焉。'顾恐臣计未必足用，愿效愚忠。夫成安君有百战百胜之计，一旦而失之，军败鄗下，身死泜上。今将军涉西河，虏魏王，禽夏说阏与，一举而下井陉，不终朝破赵二十万众，诛成安君。名闻海内，威震天下。农夫莫不辍耕释耒，褕衣甘食，倾耳以待命者。若此，将军之所长也。然而众劳卒罢，其实难用。今将军欲举倦弊之兵，顿之燕坚城之下，欲战恐久力不能拔，情见势屈，旷日粮竭，而弱燕不服，齐必距境以自强也。燕、齐相持而不下，则刘、项之权未有所分也。若此者，将军所短也。臣愚，窃以为亦过矣。故善用兵者不以短击长，而以长击短。"韩信曰："然则何由？"广武君对曰："方今为将军计，莫如案甲休兵，镇赵抚其孤，百里之内，牛酒日至，以飨士大夫醳兵，北首燕路，而后遣辩士奉咫尺之书，暴其所长于燕，燕必不敢不听从。燕已从，使谊言者东告齐，齐必从风而服，虽有智者，亦不知为齐计矣。如是则天下事皆可图也。兵固有先声而后实者，此之谓也。"韩信曰："善。"从其策，发使使燕，燕从风而靡。

韩信谦虚好学，谦逊有礼，他完全没有因为自己刚刚取得了一场重大胜利而趾高气扬。韩信深知在敌我双方的谋略博弈中，失败者未必就一无是处，胜利者也不是没有弱点。韩信问计于李左车，就是希望借助他人的智慧，弥补自己设想的不周。韩信虚怀若谷，向俘虏、向部下、向一切有真知灼见的人请教，察纳雅言，使自己始终处于不败之地。韩信的杰出成就，大概就是通过类似的请教才逐渐积累起来的。"（李）左车之见解，甚能掌握成败之关键，复以高瞻远瞩之目光，洞察大势，故所立之策，遂为一世名将韩信所欣然接受。"① 韩信采纳李左车高明的计谋，将军队屯在赵地休整，并摆出要大举攻燕的姿态。与此同时，韩信遣使者入燕，致书燕王臧荼，说明利害，劝其归降。

韩信破赵，兵威大振，燕中百姓，一日数惊，燕王臧荼亦甚恐慌。臧荼见到韩信派来的使者很是恭敬。燕王臧荼早已闻知韩信取三秦、平魏、破代、灭赵，勇略过人，所向无敌。如今，韩信兵锋指向燕国，燕王臧荼早已吓破了胆，不敢与韩信交锋。鉴于魏、代、赵等国败亡的教训，慑于汉军的强大和韩信的声威，

① 台湾三军大学编著：《中国历代战争史》（第三册），北京：中信出版社 2012 年版，第 66 页。

燕王果然如李左车所言，韩信一纸书信，便纳款投降，背楚归汉。韩信没有费一兵一卒，也没有动一枪一刀就迫降了燕国。这固然是李左车的计策高明，但同时我们也看出，韩信不愧为名将，有勇有谋，有胆有识，能慧眼识英雄，更能尊重贤能之士，辨别出计策的好坏，果决地采纳别人的良谋妙策。

井陉之战是在韩信迂回战略思想指导下取得的一个重要胜利，韩信自关中出兵以来，仅仅三个多月的时间，在北方战场上打出了一个大好局面，这虽然是一次战役规模的战争，但却有着战略性质的地位，韩信消灭了北方战场上最强大的敌人，为汉军胁燕、平齐创造了十分有利的条件，且使刘邦荥阳防线得到有力支持并转趋稳固，汉军从此赢得了楚汉战争的主动权，在战略全局上渐获绝对之优势，对楚汉战争的整个进程具有重大的意义。

《天人古今》办刊始末及其价值影响

＊本文作者刘宏伟，韩城市司马迁学会副会长。

欣逢盛世，学术昌明，司马迁与《史记》研究进入了繁花盛果的丰收季，国内外致力于研究《史记》的学人难以数计。在 20 世纪 80 年代，国内的《史记》研究才刚刚起步，第一个学术研究团体——韩城市司马迁学会于 1985 年成立。当时，全国尚没有一家专门刊登司马迁研究与《史记》研究文章的刊物。直到 1994 年 1 月，由政协韩城市委员会和韩城市司马迁学会主办的杂志《天人古今》正式出刊，国内才有了第一个这方面的专门刊物。本文拟就《天人古今》杂志的创刊经过、办刊始末作以简要介绍，对其作为国内首家司马迁与《史记》研究刊物的首创之功予以充分肯定。

一、办刊缘起

正如《天人古今》1994 年第 1 期《发刊寄语》所说的："究天人之际，通古今之变，成一家之言。"这是司马迁著述《史记》的宗旨，也是本刊的宗旨。

1885 年 3 月 28 日（农历二月初八），韩城市司马迁学会正式成立。它是有史以来第一个以司马迁与《史记》为研究对象的群众性学术团体。学会甫一成立，立即引起史学界和新闻媒体的广泛关注，《人民政协报》、陕西人民广播电台率先予以报道，并被载入《中国历史年鉴》。学会成立后，致力于加强对司马迁和《史记》基本知识的学习、普及和宣传，举办专题讲座、印发学习资料、邀请外地专家学者作学术报告；还协助司马迁祠文管所加强祠墓保护和建设、编写旅游解说词，出版研究论文集，积极与外界联络、参加国内高级别的《史记》学术研讨会，接待国内外《史记》研究团体和专家。同时注重加强组织建设，成立了司马迁中学、象山中学和和华池、徐村四个研究小组，形成了老、中、青相结合的研究梯队，并注意不断吸收新鲜血液，培养年轻的研究爱好者，壮大队伍，保持了旺盛的生命力。1993 年 9 月，韩城市隆重举办"两会一节"，在新城区建设太史园广场，并为司马迁铜像举行了盛大的揭幕仪式。司马迁成为韩城市最亮丽的一张名片。

正是在这种宣传司马迁、弘扬司马迁精神的浓厚氛围中，一大批有志于传播《史记》、弘扬司马迁精神、宣传历史文化名城韩城的学人和韩城走出去的各界知名人士，共同发起成立了《天人古今》编辑部，创办了国内唯一的司马迁及史记研究刊物——《天人古今》，刊号是陕西省报刊登记证 05—1017（S），主办单位是政协韩城市委员会、韩城市司马迁学会，杂志地址是位于韩城市太史大街的司马迁图书馆。

在创刊号的组织机构名单中，可以看到许多在司马迁与《史记》研究方面作出卓越贡献的老领导、老专家，有董继昌、刘钢民、袁仲一、李若冰、高英杰、张福祥、叶增宽、赵万怀、巨超、刘文科、高荣堂、王鹏、冯庄、范旺林、王连科、苏智斌、卫文峰；名誉社长是刘民立、王志伟、张维民、刘根成。刘爱玲担任顾问，刘承汉出任社长。主编是李子、杨仲光，副主编是张天恩（常务）、高巨成；编委有梁军、孙升、张胜发、李国维、薛万田、冯中岳、冯学忠、程喜庆。特邀编委有韩兆琦、宋嗣廉、施丁、张大可、张登第、赵光勇、徐兴海等国内知名的《史记》研究专家。

二、艰难起步

从 1993 年 10 月决定创办《天人古今》杂志，到 1994 年 1 月 5 日正式出刊，短短不到三个月时间，中间经历了办理刊号、批准登记、申请经费、组织稿源、联系印刷等一系列琐碎而繁杂的工作。这些具体工作主要由李子主编和张天恩、高巨成两位副主编承担，十分辛苦。我当时是加入韩城市司马迁学会的新会员，十分关注《天人古今》杂志。第 2 期杂志刚印出来，司马迁学会的张天恩会长就托人告诉我过来领取。1994 年 5 月 9 日，我来到韩城老城的教师进修学校，高巨成先生带我到一间房子里领取杂志，只见靠墙堆了厚厚一摞，都是《天人古今》杂志第 1 期和第 2 期。

翻阅前两期，可以从中看出办刊的基本情况。第 1 期是创刊号，首页有本刊编辑部的《发刊寄语》，明确创办《天人古今》的宗旨是"究天人之际，通古今之变，成一家之言"。《发刊寄语》进一步指出："承继司马迁的精神、中华民族的精神；开掘《史记》的文化遗产、中华民族的文化遗产；弘扬古老而又精粹的民族文化、伟大而又灿烂的华夏文明；研究和发扬祖国的文化传统，有利于社会主义精神文明的建树、为东方巨龙的不朽雕塑，再度重彩着色。""推陈出新，古为今用，履行'两为'和'双百'方针，坚持四项基本原则，一切有利于研究、总结大自然和大社会的发展规律，古今中外社会发展历史的运动规律，为实现人类社会祖祖辈辈、千秋万代共同为之奋斗的最伟大最文明最理想最崇高的生存空间而战斗！"

创刊号的封二，刊登了国内著名的《史记》研究学者宋嗣廉、施丁和老领导刘钢民的贺词，封三是陕西省司马迁研究会首届年会剪影。刊物的主要栏目有专家论坛、货殖新说、名人传记、龙门风光、文学长卷、龙门诗赋、万卷书目、美术摄影等，前几年这些栏目均与司马迁与《史记》研究有关，后来有的栏目刊登的内容就远离这一主旨了。譬如，1997 年第 2 期《天人古今》，只有"专家论坛"的两篇文章是研究《史记》的，一篇是何世华、尹迪撰写的《〈史记〉对史传散文的继承和影响》，另一篇是关雷撰写的《司马迁笔下的女性形象》，其他所有文章都与司马迁与《史记》研究无关，这种情况愈往后愈加明显，2000 年出刊的几期杂志中，《史记》研究方面的文章就更鲜见了。

《天人古今》杂志一开始是在韩城组稿、编辑、印刷出版的，社址是韩城市司马迁图书馆，主要编辑人员是韩城司马迁学会的张天恩先生和高巨成先生，在韩城矿务局印刷厂印刷，但只编辑出版了第 1 期和第 2 期。从 1994 年总第 3 期起，杂志就转到西安市编辑出版了，再后来，主管单位也变成了陕西省政协，主办单位变为陕西省政协办公厅、陕西省司马迁研究会、韩城市司马迁学会，社址是西安市西七路 169 号陕西省群众艺术馆，刊号重新登记为陕西省报刊登记证第 1057 号（S），印刷厂也先后改成西安市第一彩印厂、陕西省军区印刷厂、西安宏远印刷厂等单位，主要编辑人员是韩城籍的老革命、省群艺馆老干部李子、雷达以及陕西师大的一些学人，还有韩城学会的张天恩、李国维等。后来一直由李子先生独力支撑，坚持办刊，但最终到 2003 年《天人古今》杂志再也维系不下去了，正式停刊。之后的十九年里，最早一批热爱和支持司马迁与《史记》研究的学人师哲、董继昌、范明、宋嗣廉、施丁、李若冰、叶增宽、李子、张天恩、高巨成等也相继离世了，但他们锲而不舍、执着追求的奋斗精神永远值得我们《史记》研究界发扬光大。

三、搭建平台

20 世纪 90 年代初期，在当时全国还没有专门研究司马迁与《史记》的刊物的情况下，《天人古今》杂志的创刊无疑为广大的《史记》研究学人提供了一个发表学术观点和学术文章的平台。在特邀编委有韩兆琦、宋嗣廉、施丁、张大可、张登第、赵光勇、徐兴海等国内知名的《史记》研究专家的大力推动和鼎力帮助下，全国各地的高校教授不计报酬、踊跃投稿，使《天人古今》的档次与品位日渐得到提高，影响也随之逐渐扩大。据统计，从 1994 年创刊到 1999 年的 6 年间，《天人古今》刊登的专门研究《史记》的论文就有 95 篇之多。现列举如下：

论《史记》的实录精神	作者：张大可	载《天人古今》1994 年第 1 期
《史记》上溯性比较论说	作者：可永雪　刘凤泉	载《天人古今》1994 年第 1 期
司马迁《货殖列传》中的商贾思想	作者：刘民立	载《天人古今》1994 年第 1 期
货殖杂谈（之一）	作者：内　因	载《天人古今》1994 年第 1 期
韩城市发现少梁故城遗址	作者：高增岳	载《天人古今》1994 年第 1 期

续表

历史古地高门原	作者：刘承汉	载《天人古今》1994 年第 1 期
中华史圣（电影文学剧本）	作者：天人　天恩	载《天人古今》1994 年第 1 期
黄帝的故事	作者：张胜发	载《天人古今》1994 年第 1 期
龙门古今谈	作者：史　鉴	载《天人古今》1994 年第 1 期
《史记》峻洁论	作者：俞樟华	载《天人古今》1994 年第 2 期
外戚功罪评说	作者：孙尔慧	载《天人古今》1994 年第 2 期
《货殖列传》中的多种经营思想	作者：刘民立	载《天人古今》1994 年第 2 期
最下之策（货殖杂谈之二）	作者：内　因	载《天人古今》1994 年第 2 期
颛顼、帝喾、唐尧、虞舜的故事	作者：张胜发	载《天人古今》1994 年第 2 期
李陵之祸三题	作者：施　丁	载《天人古今》1994 年第 3 期
《史记》的特质	作者：阮芝生	载《天人古今》1994 年第 3 期
《苏秦列传》史料价值不容怀疑	作者：赵生群	载《天人古今》1994 年第 3 期
《货殖列传》中的义利观	作者：刘民立	载《天人古今》1994 年第 3 期
货殖杂谈（之三）	作者：内　因	载《天人古今》1994 年第 3 期
《史记》书的演变	作者：张天恩	载《天人古今》1994 年第 3 期
司马氏"去周适晋"二题	作者：张胜发	载《天人古今》1994 年第 3 期
能言善辩的淳于髡	作者：高　潮	载《天人古今》1994 年第 3 期
"天人古今"探源	作者：师　建	载《天人古今》1994 年第 3 期
《汉书》继承改动《史记》的得与失——韩国朴宰雨《〈史记〉〈汉书〉传记文学比较研究》序	作者：韩兆琦	载《天人古今》1994 年第 4 期
书《史记·伯夷列传》后	作者：赵光贤	载《天人古今》1994 年第 4 期
司马迁所受的家教	作者：徐兴海	载《天人古今》1994 年第 4 期
司马迁的家教于师承	作者：陈天琦	载《天人古今》1994 年第 4 期
《史记》《汉书》研究文献目录（日本篇）	作者：藤田胜久 孙文阁译	载《天人古今》1994 年第 4 期
《史记》与中国浪漫主义文学	作者：张新科	载《天人古今》1995 年第 1 期
在 20 世纪仍值得信赖——阿里·玛扎海里论《史记》	作者：彭树智	载《天人古今》1995 年第 1 期
《史记》不为惠帝立传	作者：崔曙庭	载《天人古今》1995 年第 1 期
谈《史记》的结构与体例	作者：何世华　尹迪	载《天人古今》1995 年第 2 期

续表

太史公笔下的一个小丑形象	作者：武　原	载《天人古今》1995 年第 2 期
《史记》的人物塑造	作者：蒋希正	载《天人古今》1995 年第 2 期
《史记新探》序	作者：张大可	载《天人古今》1995 年第 3 期
司马迁的气质精神	作者：冯光波	载《天人古今》1995 年第 3 期
纪念司马迁 2140 周年诞辰	作者：高康宁	载《天人古今》1995 年第 3 期
《伯夷列传》析论	作者：阮芝生	载《天人古今》1995 年第 4 期
司马迁生地漫谈	作者：张天恩	载《天人古今》1995 年第 4 期
司马迁的农业思想	作者：张　艳	载《天人古今》1995 年第 4 期
《史记》的比较研究"新探"——读俞樟华的《史记新探》	作者：宋嗣廉	载《天人古今》1995 年第 5 期
关于《史记》的编次	作者：［日］今鹰真	载《天人古今》1995 年第 5 期
《史记》在西洋（1895－1995）	作者：［美］倪豪士	载《天人古今》1995 年第 5 期
《史记》与中国古典诗歌	作者：俞樟华	载《天人古今》1996 年第 1 期
《史记人生百态》序言	作者：段国超	载《天人古今》1996 年第 1 期
谈谈《索隐》"年二十八"	作者：施　丁	载《天人古今》1996 年第 1 期
内容全，钻研深，评价准——读张新科的《史记与中国文学》	作者：俞樟华、张文飞	载《天人古今》1996 年第 2 期
《史记》中的建筑思想	作者：赵安启	载《天人古今》1996 年第 2 期
论《史记》女性形象描写	作者：李春祯	载《天人古今》1996 年第 2 期
《史记》探"勇"	作者：林亦修	载《天人古今》1996 年第 3 期
《史记·循吏列传》诠析	作者：冯光波	载《天人古今》1996 年第 3 期
司马迁所见书新考	作者：赵生群	载《天人古今》1996 年第 3 期
司马迁藏书的得与失	作者：文胜子	载《天人古今》1996 年第 3 期
略论司马迁的廉政思想	作者：陈兰村	载《天人古今》1996 年第 4 期
《史记》的地震记载	作者：高继宗	载《天人古今》1996 年第 4 期
《史记》三家注考论	作者：吴忠匡	载《天人古今》1996 年第 4 期
司马迁的哲学观	作者：徐兴海	载《天人古今》1996 年第 5 期
《史记》中的恩仇观念	作者：梁晓云	载《天人古今》1996 年第 5 期
洪迈论《史记》	作者：俞樟华　张文飞	载《天人古今》1996 年第 6 期
《货殖列传》成书的历史条件	作者：高良田等	载《天人古今》1996 年第 6 期

续表

司马迁为何愿为晏子执鞭	作者：文胜子	载《天人古今》1996 年第 6 期
构建"史记通论"的学术专著——读杨燕起《史记的学术成就》	作者：张大可	载《天人古今》1997 年第 1 期
《史记》刻画人物的手法	作者：熊慕鸿　李儒科	载《天人古今》1997 年第 1 期
《史记》对史传散文的继承和影响	作者：何世华　尹迪	载《天人古今》1997 年第 2 期
司马迁笔下的女性形象	作者：关　雷	载《天人古今》1997 年第 2 期
《史记》的现实主义特色	作者：李春祯	载《天人古今》1997 年第 3 期
微观搞活　宏观管住——《史记·平准书》宏观治国经济思想	作者：刘民立	载《天人古今》1997 年第 3 期
《司马迁一家言》简评	作者：彭　辉	载《天人古今》1997 年第 3 期
"道之史"与"史之道"——《春秋》《史记》比较论	作者：陈国灿	载《天人古今》1997 年第 4 期
"淮阴侯族灭案"考辨	作者：徐荣信	载《天人古今》1997 年第 4 期
论司马迁"善因"主张	作者：吴　青	载《天人古今》1997 年第 5 期
班马抑扬新探	作者：邱江宁	载《天人古今》1997 年第 5 期
龙门功臣　考证渊海	作者：苏　杰	载《天人古今》1997 年第 5 期
桐城"义法"源于《史记》	作者：张文飞	载《天人古今》1997 年第 6 期
于细微处见精神——《史记》的细节描写	作者：郑蒽苠	载《天人古今》1997 年第 6 期
《史记·廉颇蔺相如列传》的用字艺术	作者：章怡虹	载《天人古今》1997 年第 6 期
大战略家白起	作者：马宏骄	载《天人古今》1997 年第 6 期
《史记》叙事是否真实	作者：内　因	载《天人古今》1998 年第 2 期
论元杂剧中的《史记》戏	作者：许菁频	载《天人古今》1998 年第 2 期
司马迁尚侠的心理阐述	作者：邓飞龙	载《天人古今》1998 年第 2 期
论司马迁的生死观	作者：蔡孝莲	载《天人古今》1998 年第 2 期
司马迁的传说	作者：[日] 青木五郎	载《天人古今》1998 年第 2 期
批评《史记》何故	作者：徐　村	载《天人古今》1998 年第 3 期
父权制社会里的女性写作——浅析司马迁的女性观	作者：刘胜利	载《天人古今》1998 年第 3 期
求真 扬善 显美 贬恶——试析《史记》度事论人的标准	作者：尹　迪	载《天人古今》1998 年第 3 期

续表

论《史记》的复笔	作者：邱江宁	载《天人古今》1998 年第 4 期
历史史实与合理想象的结合 ——曹尧德《司马迁传》序言	作者：宋嗣廉	载《天人古今》1998 年第 4 期
司马迁的王权制约思想	作者：张天恩	载《天人古今》1998 年第 5 期
《史记》的成书原因	作者：章怡红	载《天人古今》1998 年第 5 期
《史记》名言典故选释	作者：鱼智勇	载《天人古今》1998 年第 5 期
司马迁研究的研究	作者：李　子	载《天人古今》1998 年第 6 期
《史记》名言典故选释	作者：鱼智勇	载《天人古今》1998 年第 6 期
经济自由思想——司马迁与 亚当·斯密	作者：鲁明学	载《天人古今》1999 年第 1 期
梁启超与《史记》	作者：张慧禾	载《天人古今》1999 年第 6 期
《史记》编次问题	作者：蒋文杰	载《天人古今》1999 年第 6 期

这些论文的作者，涉及的范围较广，除了国内的专家学者，还有国外的史记研究专家；论文的内容也十分丰富，有《史记》文本研究，有《史记》思想研究、文学研究、体例研究、历史人物研究，也有比较学研究、传播学研究，还有韩城当地学者的乡土研究成果。但是，我们从上述刊登论文的数量变化也能看出，《天人古今》杂志初期刊登的司马迁与《史记》研究方面的文章数量比较多、分量也比较重；从杂志迁往西安之后，每期基本上不超过 3 篇研究论文，更多的版面是其他方面的内容，诸如散文、诗歌、名人逸事、企业采访、革命故事、回忆录等等，与《史记》研究毫不相干，渐渐地《天人古今》淡出了各地史记研究学人的视野；加之办刊经费捉襟见肘，无法维持正常的运转，这本全国首创的以"究天人之际、通古今之变、成一家之言"为宗旨的杂志，在坚持了不到十年，最终走向了停刊。

四、价值影响

现在回过头来看，与如今陈列在各类书店、图书馆的设计考究、印刷精美、图文并茂、外观高大上的时尚刊物相比较，《天人古今》确实是一本印刷质量较低、编辑水平不高的刊物，而且从内容看，有点综合性的味道，算不上专业性的杂志，但 1994 年创刊的《天人古今》，在司马迁与《史记》研究领域却有首创之功。就像韩城市司马迁学会一样，虽然只是一个县级的学术团体，但在全国也是第一家司马迁与《史记》研究的学术团体。

李子、张天恩、高巨成等老一辈学者视刊物如生命，把办好《天人古今》当作人生的一大事业，在一无经费支持、二无任何报酬、三无办公场所的艰难情况下，吃苦受累，四处化缘，勉力维持，使《天人古今》苦苦支撑了将近十个年头，刊发了近 100 篇司马迁研究与《史记》研究方面的学术文章，激发了许多年轻学者潜心研读《史记》这本国学的根砥书，走上了"史记学"研究之路，这更是功莫大焉。

今天笔者撰写本文，是为了保留司马迁与《史记》研究之路上的一个重大事件和一段重要资料，也是以此文向已逝的诸位前辈学者表达崇敬、敬仰之情。当今社会，政治清明，经济腾飞，科技发达，文化繁荣，国学研究昌盛，学术氛围浓厚，创作环境良好，出版条件优越，传播速度迅速，影响范围广大。面对这么好的内外部环境和条件，我们研究会的同人要学习太史公司马迁好学深思、调查研究的求索精神和秉笔直书、发愤著述的拼搏精神，拿出"板凳要坐十年冷，文章不写一句空"的韧劲来，耐得住寂寞、禁得起诱惑，踏踏实实多读书，老老实实做学问，写出高质量、有见地的学术文章，为文化强国奉献绵薄之力，作出应有贡献。

司马迁生于韩城考

＊本文作者程永庄，韩城市司马迁学会。

太史公幽而发愤著《史记》彪炳史册，其家世他在《太史公自序》中已说的再也明白不过，本不应存在异议，却炒作得沸沸扬扬。笔者不揣浅陋试论之。

一、太史公自述家世

太史公在《自序》中说："我们司马家族的历史可以上溯到颛顼帝时，让南正重掌管天文，北正黎掌管地理。尧、舜时，重、黎氏的后代继续掌管天文地理，一直到夏、商。到了周朝，程伯休甫就是他们的后代。周宣王时，程伯休甫的后代失去了掌管天文地理的官司而改姓司马氏。司马家族世代掌管周史。周惠王、周襄王时王室纷乱，司马家族离开周朝去了晋国。到了公元前621年，晋国的中军将随会逃奔秦国时，司马家族又到了少梁。"

"而我们司马家族在原来离开周朝到晋国时，族人就已经分散了，有的在卫国，有的在赵国，有的在秦国。来到秦国名叫司马错的曾经与张仪争论伐蜀的事，秦惠王派司马错伐蜀，攻取后就镇守在那里（此事记录在秦惠王更元九年，即公元前316年，其时距司马氏入少梁已经过去305年）。司马错的孙子司马靳侍奉白起。这时少梁已经更名为夏阳（少梁更名夏阳在司马错伐蜀11年前的公元前327年）。司马靳与白起坑杀赵国长平战败的俘虏，回国后与白起一起被赐死在杜邮，葬在华池（此事在公元前257年）。司马靳的孙子司马昌做过秦朝的铁官，当时是秦始皇时。司马昌生司马无泽，司马无泽为汉市长（汉长安城设东西市，其长四百石），司马无泽生司马喜，司马喜为五大夫（汉爵第九级），他们死后都葬在高门。司马喜生司马谈，司马谈为太史令（属太常）。……太史令掌管天文，不治理民众，有个儿子叫司马迁。"

司马迁非常自豪地说："我就出生在西汉左内史（汉武帝太初元年、公元前104年改为左冯翊）夏阳县这个有着龙门名山胜境的好地方，少小时在黄河之西、梁山之东的家乡过着非常惬意的耕牧生活。"到王莽时求封司马迁的后代为史通子。

至此，司马迁的家世、出生地当已明矣。概括而言就是：司马家族是公元前621年，晋国的中军将随会逃奔秦国时来到了少梁。到少梁后，从司马错到司马迁共传九世，这时少梁已经更名为夏阳。司马迁说这里有他六世祖司马靳在华池的墓茔（司马错墓也在华池），有他的高祖司马昌、曾祖司马无泽、祖父司马喜在高门的墓茔（司马谈墓也在高门）。而北魏郦道元在《水经注》中又对司马迁故乡的地形地貌作了更为详尽的地理考察描述。

二、太史公出生地在韩城

《水经注·河水》卷四有一段关于黄河韩城段及黄河支流盘水、濐水、芝水的生动描述，可分作四小段。

第一段记黄河龙门："昔者，大禹导河积石，疏决梁山，谓斯处也，即《经》所谓龙门矣。《魏土地记》曰：梁山北有龙门山，大禹所凿，通孟津河口，广八十步。岩际镌迹，遗功尚存。岸上并有庙祠，祠前有石碑三所：二碑文字紊灭，不可复识，一碑是太和中立。《竹书纪年》：晋昭公元年，河水赤于龙门三里。梁惠成王四年，河水赤于龙门三日。京房《易妖占》曰：河水赤，下民恨。"

梁山横亘关中东北部，北连吕梁山，龙门山峰凸起于两大山系之间，横跨黄河，分为东西龙门山。西龙门山在韩城境，东龙门山在河津。北魏孝文帝太和二十年（497）夏四月初四日巡幸龙门，曾以猪、牛、羊太牢礼祭祀夏禹，并在此立碑。《水经注》所说"太和中立"，即此碑也。

第二段记盘河："河水又南右合畅谷水（今盘河）。水自溪东南流，迳夏阳县西北，东南注于河。河水又南迳梁山原东。原自山东南出至河，晋之望也。在冯翊夏阳县之西，临于河上。山崩壅河，三日不流。晋侯以此问伯宗，即是处也。《春秋穀梁传》曰：成公五年，梁山崩，遏河水三日不流。召伯尊。遇辇者，不避，使车右鞭之。辇者曰：所以鞭我者，其取道远矣。伯尊因问之。辇者曰：君亲素缟，率群臣哭之，斯流矣。如其言而河流。"详细记载了盘河、梁山原（即今韩城北原）一带地理情况。其中的梁山崩故事也见《国语·晋语》中。

第三段记濐水："河水又南，崌谷水（今濐水）注之。水出县西北梁山，东南流，横溪水（小迷川水）注之。水出三累山，其山层密三成，故俗以三累名山（也称笔架山）。按《尔雅》，山三成为昆仑邱，斯山岂亦昆仑邱乎？山下水际有二石室，盖隐者之故居矣。细水东流，注于崌谷。侧溪山南有石室，西面有两石室，北面有二石室，皆因阿结牖，连扃接闼，所谓石室相距也。东厢石上，犹传杵臼之迹。庭中亦有旧（臼）宇处，尚仿佛前基。北坎室上有微涓石溜，丰周瓢饮，似是栖游隐学之所。昔子夏教授西河，疑即此也，而无以辨之。溪水又东南，迳夏阳县故城北，故少梁也，秦惠文王十一年，更从今名矣。王莽之冀亭也。其水东南流注于河。昔韩信之袭魏王豹也，以木罂自此渡。"其中提到秦惠文王十一年（前327）少梁更名为夏阳后，至北魏时夏阳县仍存。楚汉相争时韩信就是从这里以木罂缶渡河，奇袭打败魏王豹的。20世纪80年代，曾在其地发现汉武帝扶荔宫遗址，出土有"夏阳扶荔宫令辟与天地无极"的瓦当。汉武帝当年就是从这里渡河去山西万荣祭祀后土的。

第四段记芝水："河水又南，右合陶渠水（今芝水），水出县西北梁山，东南流径汉阳太守殷济精庐南，俗谓之子夏庙。陶水又南径高门原南，盖层阜堕缺，故流高门之称矣。又东南径华池南。池方三百六十步，在夏阳城西北四里许。故司马迁《碑文》云：高门华池，在兹夏阳。城西北汉阳太守殷济精舍四里所。今高门东去华池三里。溪水又东南径夏阳县故城南。服虔曰：夏阳，虢邑也，在太阳东三十里。又历高阳宫北，又东南径司马子长墓北。墓前有庙，庙前有碑。永嘉四年，汉阳太守殷济瞻仰遗文，大其功德，遂建石室，立碑树桓。《太史公自序》曰：迁生于龙门。是其坟墟所在矣。溪水东南流入河。"此段与司马迁出生地有关，需要作一番深入探讨，咱们还是先从韩城历史沿革说起吧。

韩城是一座从《诗经》中走来的城市。古称下危，夏商称龙门，属雍州。《诗经·小雅·韩奕》："奕奕梁山，维禹甸之。溥彼韩城，燕师所完。"梁山高又大，大禹曾经来治理。梁山下的韩侯城宽又广，燕国军队来修筑。公元前1039年周武王的少子被封在韩，称韩侯国。这是韩城西周初的名称。韩侯立国282年后，公元前757年被晋文侯所灭（《竹书纪年》卷十：周平王十四年晋人灭韩），但韩、韩原地名仍存。公元前678年，韩武子被晋国封于韩，采邑地在韩，为子爵（《史记·韩世家》："韩之先与周同姓，姓姬氏。其后苗裔事晋，得封于韩原，曰韩武子"）。公元前645年秦晋韩原大战，晋国败，晋惠公被秦穆公俘虏。韩原就是《水经注》里所说的梁山原。西周末年周厉王无道，西戎入侵。周宣王命秦仲平息戎乱，有功。公元前770年周平王东迁时，封秦仲少子康于夏阳梁山，是为梁伯国，子孙以国为氏（《括地志》：梁氏伯夷后，秦仲有功，封其少子于夏阳梁山。子孙以国为氏）。梁伯国存世130年，公元前640被秦穆公所灭（《左传·僖公十九年》：初，梁伯好土工，亟城而弗处。民疲而弗堪，则曰："某寇将至。"乃沟公宫，曰："秦将袭我。"民惧而溃，秦遂取梁）。梁亡后，少梁地名仍存。这是韩城在春秋时的名称。

韩城地处黄河西岸秦晋要冲，春秋战国诸侯割据，这一带被称为西河之地，秦晋（魏）长期在此拉锯。秦灭梁后不久，晋灵公四年（前617）晋伐秦，即夺取了少梁（《史记·晋世家》：（灵公）四年，伐秦，取少梁）。公元前453年三家分晋，历史进入战国，少梁属魏（《太平寰宇记·华州》：按华山纪云：此山分秦晋之地，鄙晋之西则曰阴晋，边秦之东则曰宁秦。战国时，自高陵以东，皆魏之分）。秦晋西河之争也演变成了秦魏之争，初期魏强秦守，后期秦攻魏守。前期：魏文侯六年（前439），魏国在少梁筑城。魏文侯十七年（前429），魏国向西攻打秦国，到了郑地后返回，在洛阴、合阳筑城（《史记·魏世家》：文侯六年，城少梁。……十七年，西攻秦，至郑而还，筑洛阴、合阳）。魏文侯二十七年（前419），魏国再次在少梁筑城，遭到秦国攻击。再看后期，秦孝公即位后，魏惠王二年（前362），秦国即围攻魏国的少梁，俘虏魏国将领公孙痤（《史记·秦本纪》：（秦）灵公六年，晋城少梁，秦击之。……秦献公二十三年，与魏战少梁，虏其将公孙痤）。接着秦孝公任用商鞅变法，国势日强。魏惠王十七年（前353），魏军与秦军在元里交战，秦国夺取了少梁（《史记·魏世家》：十七年，与秦战元里，秦取我少梁）。魏惠王十九年（前351），处于劣势的魏国开始修筑长城，在固阳（今合阳东南）筑起关塞（《史记·魏世家》：十九年，筑长城，塞固阳）。魏惠王三十一年（前340），秦国商鞅欺骗魏将公子卬，趁机袭击打败魏国，领土扩张到黄河岸边，因为魏都安邑靠近秦国，因此将都城迁到大梁（今开封），魏国在西河争霸中慢慢处于下风。魏襄王五年（前330），秦将犀首在雕阴打败魏将龙贾，魏国彻底失去与秦争雄基础，割让西河之地于秦。公元前328年，魏国献出上郡15县，完全退出黄河西岸（《史记·魏世家》：五年，予秦河西之地。……七年，魏尽入上郡于秦）。公元前327年，秦惠文王改少梁为夏阳（《史记·秦本纪》：惠文君（王）十年魏纳上郡十五县。十一年更名少梁曰夏阳）。秦晋、秦魏西河争霸终于在300年后落下帷幕。而以韩城古地名演化论，则继少梁衣钵者夏阳也。夏阳秦时属内史，西汉时先属左内史，后太初元年（前104）改为左冯翊。王莽时夏阳改为冀亭（《汉书·地理志》：夏阳，故少梁，秦惠文王十一年更名。《禹贡》：'梁山在西北，龙门山在北。'有铁官，莽曰冀亭）。北周明帝二年（558）废夏阳并入郃阳（《陕西通志》：夏阳县历两汉、魏晋和北朝，到北周明帝二年撤销，辖地并入郃阳县）。隋开皇十八年（598）析郃阳置韩城县（宋《太平寰宇记》：隋文帝分郃阳于此置韩城县），一直沿用至今。然则继夏阳者韩城也，它与春秋时期司马迁家族迁入的少梁是一脉相承的，都指的是同一个地方。

弄清了韩城的历史沿革，再来看司马迁出生地。《水经注》谓司马迁（庙）《碑文》有："高门华池，在兹夏阳。"又说陶渠水（芝水）旁，层阜坠缺，丘冈塌坏了个大缺口，好似门阙，所以高门之名便流传开来（北宋《太平寰宇记》：高门原南有层阜，秀出云表，俗谓马门原是也）。而高门旁又有华池，芝水旁又有夏阳古城和司马子长墓。西晋永嘉四年（310），汉阳太守殷济为司马迁立碑树桓，建立石室，立神主，植柏，以立标志。殷济为太史公祠墓保护立了第一功。

那么，殷济为什么要为太史公修祠"遂建石室，立碑树桓"？据晋人许国昌的《养性斋杂记》：殷济，字润国，夏阳梁下乡高门原人，祖籍金陵（今南京）。祖父殷仲山曾任夏阳县令，因此落户于此。殷济少有抱负，发愤读书，曾任洛阳令，后官至凉州汉阳郡（在今天水市，为凉州治所）太守。永嘉元年因母丧回乡守丧三年，深居简出，苦读经史，瞻仰太史公遗文，大其功德。乃于永嘉元年上书晋怀帝，请求为太史公立祠，予以旌表，以收文史化民、礼仪成风之效。晋怀帝自思太史公乃其远祖，逐拨银3000两，于永嘉四年建成太史祠，建石室以供奉太史公神位，植柏树表，立碑纪念。其碑文中就有前文所说的"高门华池，在兹夏阳"之句，就是说高门、华池就在这里的夏阳县。这与《太史公自序》所记司马迁出生地高度契合，《水经注》好似循着《太史公自序》记载，来了一场地理大勘探。

而且郦道元也非常欣喜地说，他在陶渠水（今芝水）边，找到了《太史公自序》中记载的高门、华池，还有西晋永嘉四年（310）殷济为太史公修建的庙宇，以及殷济当年讲学的精庐和夏阳古城。而其时已距太史公600年、殷济200年之后，所以郦道元才引用他所看到的司马迁祠碑文（盖为殷济所立）说：原来司马迁所说的高门、华池就在这里的夏阳县（郦道元生活的北魏韩城仍称夏阳），其寻访古迹得其所愿的喜悦心情溢于言表，力透纸背，仿佛就活灵灵地展现在今天的我们面前。

如此则太史公生于夏阳（今韩城）更明矣，似无需再争议，却无端起波澜，有了各种各样的说法。

三、与司马迁出生地无涉的几个地方

考察司马迁的出生地，必须族支明晰、时代衔合、地理环境高度契合，要环环相扣，缺一不可。否则，就是盲人摸象，只窥一斑；断章取义，只取所需，所得出的结论自然也会离史实越来越远。

1. 平陆"夏阳"春秋时已有，为虢国城池

《水经注》陶渠条有："溪水又东南径夏阳县故城南。服虔曰：夏阳，虢邑也，在太阳东三十里"。此处的溪水即指陶渠水，即今芝水。因水流太小被称为溪，这样的例子《水经注》中比比皆是。这里忽然出现东汉人服虔有关平陆夏阳的注解，不知何意？疑好事者后来窜入。原因有二。

其一，虢国的夏阳城不在韩城。《公羊春秋·僖公》二年（前658）："夏阳者何？虢之邑也。"原来司马家族公元前621年入少梁前，虢国的夏阳城早已存在了，而韩城那时还叫少梁。《谷梁春秋·僖公》二年即载："夏阳者，虞、虢之塞邑也"，两国间重要的关隘城池。而《汉书·地理志》弘农郡条下更说："陕，故虢国。有焦城，故焦国。北虢在大阳，东虢在荥阳，西虢在雍州。莽曰黄眉。"一下子冒出了好几个虢国，让人摸不着头脑。历史上的虢国其实先后有五。西周初年，虢仲被封的东虢，在河南荥阳的制邑一带，后公元前767年被郑武公所灭（《中国历史大事年表》：周平王四年，郑灭东虢），这是第一个虢国；虢叔被封的雍州西虢，在今宝鸡虢镇，这是第二个虢国。周平王东迁时西虢国也向东迁，其地仍存小虢，这是第三个虢国。小虢公元前678年被秦武公所灭（《史记·秦本纪》：武公十一年，初县杜郑。灭小虢）。东虢国被灭后，其后裔虢序被周平王行制衡之策、限制郑国日益膨胀的势力，又封在夏阳，即今山西平陆县一带，汉时称大阳县（太阳县），史称北虢，这是第四个虢国。北虢国公元前658年为晋献公所灭。《左氏春秋·僖公》二年（前658）云："夏（晋）里克、荀息帅师会虢师伐虞，灭下阳（即夏阳）"。这是因为北虢经常卷入晋国内乱，替周王攻打以曲沃夺晋的晋献公这一小宗才招致的。而《水经注》卷四陶渠条下引用服虔的话，解释夏阳，大概就缘此。岂不知平陆夏阳不在韩，汉时已是乡邑，而非县治，而且在司马氏入少梁前就已经被晋国灭掉了。

《水经注》卷四就载："（河水）又东过大阳县南，交涧水出吴山，东南流入河，河水又东。路涧水亦出吴山，东径大阳城西，西南流入于河。河水又东径大阳县故城南。《竹书纪年》曰：晋献公十有九年，献公会虞师伐虢，灭下阳（夏阳）；虢公丑奔卫，献公命瑕父吕甥邑于虢都。《地理志》曰：北虢也，有天子庙，王莽更名勤田。"对平陆大阳县的历史地理作了详尽描述。

而西虢东迁后建立的南虢国在河南三门峡、陕县一带，这是第五个虢国。南虢国公元前655年也被晋献公所灭。《左氏春秋·僖公》五年（前655）："八月甲午，晋侯围上阳。……冬十二月丙子朔，晋灭虢，虢公丑奔京师。"历史上唇亡齿寒的故事就发生在这里。即《谷梁春秋》所语："晋献公将伐虢，荀息曰：'君何不以屈产之乘，垂棘之璧而借道乎虞也。'公曰：'此晋国之宝也。如受吾币而不借吾道，则如之何？'荀息曰：'是小国之所以事大国也。彼不借吾道，必不敢受吾币。如受而借吾道，则是我取之中府，而置外府，取之中厩而置之外厩也。'……公遂借道而伐虢。……荀息牵马操璧而曰：'璧则犹是也，而马齿加长矣。'"

其二，司马迁出生的年代平陆已经改称大阳县。平陆夏、商称虞，前文已述周初武王封仲雍后于此。春秋时为晋献公所灭，成了晋国的大阳邑，以在大河之阳而得名（而韩城其时称少梁）。战国时为魏国的吴城（韩城少梁此时已改称夏阳）。秦为河东郡地。西汉始置大阳县。王莽新朝改名勤田（《汉书·地理志》河东郡：大阳，吴山之西，上有吴城，周文王封太伯后于此，是为虞公，为晋所灭。莽曰勤田）。东汉复为大阳县，又名太阳县，即服虔所谓太阳城者。魏晋因之。北魏太和十一年（487），河北郡来治，太阳县属之。北周天和二年（567）大阳县改为河北县。隋开皇初（581）郡废，属河东郡。唐初属蒲州，贞观元年（677）改属陕州。唐天宝元年（742）陕郡太守李齐物开黄河三门漕道以利水运，从河中挖出古刃，有篆文"平陆"二字，以为祥瑞，遂改河北县为平陆县（见《太平寰宇记》）。如此，平陆之夏阳不在韩已明亦。

而韩城其时已改为今名，春秋时的少梁、战国秦汉以至北魏的夏阳，与韩城今名是一脉相承的。《水经注》在陶渠条下忽然插入"服虔曰：夏阳，虢邑也，在太阳城东三十里"显属后来好事者讹入，不足采信。

2. 河津皮氏不符合司马迁出生地地理环境

说司马迁出生地在山西河津者首先是元朝监察御史王思诚。王思诚在《河津县总图记》中说："司马迁墓前有庙，庙前有碑。永嘉四年，汉阳太守殷济为之建石室，立碑树桓。《太史公自序》曰：迁生龙门，居于太和坊，是其坟墟所在矣"（其文见清乾隆《河津县志卷九·艺文》）。王思诚之文也系抄录《水经注》卷四陶渠条内容，却省略掉"瞻仰其文，大其功德"8个字，而窜入"居于太和坊"5个字，并将它记载在《河津县总图记》中，想以此证明太史公就是河津人，却不免唐突，让人难解。因为这5个字《太史公自序》没有，班固《汉书·地理志》没有，《水经注》没有，遍阅唐李吉甫《元和郡县图志》、宋乐史《太平寰宇记》等元朝以前的地理志书都没有，而王思诚于史公千年后忽然提出，不知何所据？盖其治学不严矣？还是后来人借其名伪作？这些尚不得而知，需要认真去考证！因为不惟汉、唐、宋考诂大家的文章内没有提到，就是其后的《元史·地理志》《明一统志》《大清一统志》等地理著作亦没有提到。北宋《太平寰宇记》还提到，"同州，冯翊县，司马迁祠，代父谈毕《史记》者。昔居于郡，今有祠在焉。"早在北宋时，同州府城就有了太史公的享祠。其后《明一统志·同州》更说："冯翊县：司马迁祠在同州，迁汉太史令。……韩城县：司马迁墓在韩城县南二十里芝川镇，迁，汉太史令。"故乡人民敬仰史公，在同州府给他立祠纪念。然两书河津县条下却无此记载。再观《大清一统志》："同州：司马迁墓在韩城县南。《水经注》：陶渠水东南径司马子长墓北。《括地志》：司马迁墓在县南二十里故夏阳城东，《（韩城）县志》在县南芝川镇东南司马岭。岭以墓名。"其说与北魏郦道元《水经注》高度一致，太史公墓在韩城更明矣。而《大清一统志》河津县条下又说："汉司马迁墓在河津县西十五里，或曰圮于河，或曰在河西岸。《水经注》：'司马子长墓前有庙有碑，永嘉四年汉阳太守殷济建石室立碑树柏。'按陕西韩城县亦有墓。"太史公墓究竟在哪里？这里给出了在河津县西十五里，圮于河（淹没在黄河中）、在黄河西岸（即韩城）两种截然不同的说法。盖撰文者看到了两地有关司马迁出生地纷乱的记载，心中疑惑不解，所以引用《水经注》原文以塞说者之口。那么，既然这里特意强调韩城芝水旁已经有太史公祠墓，北魏郦道元《水经注》也做了详细记载，《清一统志》也未提到河津西辛封村的太史公墓，只说没于黄河，或在黄河西岸韩城，那么清时才出现的西辛封村太史公墓，只能解释为其地的司马后人为怀念远祖，两千年后才在河津陇封的纪念墓冢而已。比如韩城有苏武墓，然世人皆知苏武为武功人。明朝韩城人张士佩就在《汉太史公世系碑》中说："子长自云生龙门，而河津夺龙门，争子长为其乡人，闻者惑焉。故余检子长自序而碑之，使观者目'奔秦'及'入少梁'字，则知争者误也。"是说争者不探究《太史公自序》："晋中军随会奔秦，而司马氏入少梁"的时代背景，是极不正确的，算给这段铁案定了调。

　　历史地理考察是一门严肃的学问。《水经注》陶渠条对司马迁出生地环境描述非常之生动，读之如临其境，都想见太史公之为人。但《河津县总图记》摘录《水经注》陶渠条时却将"河水又南，右合陶渠水"这一背景断然删掉了，其不言陶渠水边的地理环境，也不言陶渠水边有着高门、华池这样的如画美景，更不言潺潺陶渠水边美丽的夏阳故城，而是离开特定历史地理环境，掐头去尾说太史公墓就在太和坊。坊为城中街道里巷的通称，若如王说，那司马迁墓就要在河津老县城中了，即今河津市阳村街道太阳村了，河津古城是20世纪60年代因为地下水位上升才搬迁的。然而《水经注》已在芝水边发现了太史公墓，这里千年后元代的王思诚又在河津皮氏古城中寻到另一处太史公墓，岂不乱乎！即如好事者言太和坊就是西辛封村，然西辛封却不在城中呀，何来坊之说？但却开了一个很不好的头，引起一些河津人以及宦游至河津的文人们百般地弥缝。这些文字都记录在《河津县志》《平阳府志》《山西通志》等一些地方性历史文献中（同理《韩城县志》《同州府志》《西安府志》《陕西通志》等也收录了相关不同的记载）。今山陕两岸争之不断，还是避之皆不用，只以国家历史地理文献为依据。概括起来主要有四点。

第一点：强调河津有龙门山。岂不知龙门扼秦晋咽喉，龙门山横跨黄河之上，河津有东龙门山，韩城也有西龙门山。《大清一统志》绛州条就说："龙门山在河津县西北二十五里，西与陕西韩城龙门山对峙，中通河流，形如门阙。"

又强调说只有河津才符合"河山之阳"地形，然太史公却把自己的出生地夏阳也说成了"河山之阳"。这就产生一个问题，夏阳并不在龙门山的南面、黄河的北边，而在梁山的东面、黄河的西边，这就要仔细一探风水学了。传统观念里，似乎山南水北才谓之阳，其实与之对应的山东水西也谓之阳，因为每当太阳东升的时候首先就照射在这里。考察下来河津虽在龙门山南，却不在黄河之北，而在河东（《水经注》卷四：（河水）又南过皮氏县西），就不是"河山之阳"了。而观韩城处于梁山之东、黄河之西，正是河山之阳，这里的合阳、夏阳地名就由此得来（《水经注》故应劭曰：在洽水之阳也）。

第二点：河津曾设龙门县，迁言生龙门就是生在河津。而仔细考究下来，河津古有皮人氏，后称耿。公元前661年晋献公灭耿，把耿地赐给大夫赵夙作为采邑地，就是赐的河津耿地。战国时，耿属魏国皮氏。公元前211年，秦置皮氏县，属河东郡，汉因之。新莽天凤元年（14）更名延平县，东汉时复为皮氏县（《汉书·地理志》："河东郡，皮氏，耿乡，故耿国，晋献公灭之，以赐大夫赵夙。后十世（赵）献侯徙中牟。有铁官，莽曰延平"）。这就与司马迁生地少梁夏阳毫无瓜葛了。西汉时夏阳属左内史（太初元年改为左冯翊），而皮氏当时属河东郡，两者根本不在一个郡级行政区划内。

河津改称龙门是在北魏太平真君七年（446）时，其时去太史公之世早已过去500余年。王思诚《河津县总图记》就说："后（北）魏七年（446）武帝因巡狩至此，改县为龙门，因龙门山为名，属北乡郡。隋开皇二年（582）废郡，以县属绛州，十六年割属蒲州。唐武德二年（619）属泰州，贞观十七年（643）州废，复属绛州。宋征和初（1111）属河中府，宣和二年（1120）改为河津县，至今因之，仍属河中府。"从北魏太武帝拓跋珪太平真君七年（446）皮氏改称龙门，到北宋徽宗赵佶宣和二年（1120）改名河津，其间共历674年。

唐李吉甫《元和郡县图志·绛州》龙门县条就载：《三秦记》曰："河津一名龙门，水陆不通，鱼鳖之属莫能上。江海大鱼集龙门下数千不得上，上则为龙，故曰：曝腮龙门。"《水经注》曰："其鱼出巩县穴，每三月则上渡龙门，得则为龙，否则点额而还。"津者渡也。《水经注》卷五："自黄河泛舟而渡者皆为津也。"这段话的意思是说那个处在山陕黄河间的渡口，它还有一个名字叫龙门。其时河西为夏阳县，河东为皮氏县。河津、龙门这个名称细算下来，其实还有一半的基因为夏阳韩城所据有，所以司马迁自称"迁生龙门"有何不可？而每年春三月都会有群鱼来跃龙门，跃上者为龙，跃不上者点额而还。唐李白《赠崔侍御》就有"黄河三尺鲤，本在孟津居，点额不成龙，归来伴凡鱼"之句。后北宋《太平寰宇

记·同州》韩城县条也引用了这段话，记载了鲤鱼跃龙门这个美丽的神话传说故
事。若依此，就知道了如今的河津县建制由来了，它是由一个渡口名字演化而来
的。《河津市志》就明确记载："北宋宣和二年（1120），改龙门县为河津县，因境
内有黄河渡口而得名。"

其间韩城的历史也经过了两次大的变迁。第一阶段从秦惠文王十一年（前
327）少梁更名为夏阳后，夏阳地名历经战国、秦汉、三国、北魏、西魏，至北周
明帝二年（558）撤销，辖地并入合阳县，一直沿用了885年。夏阳、龙门当时两
存，互不隶属。至于后来又有人说龙门县跨河领有夏阳，不知所本何据？盖为了
证明河津就是太史公家乡，胡凑乱捧耳！第二阶段从隋开皇十八年（598）析合阳
置韩城县，韩城地名一直沿用至今。唐李吉甫《元和郡县图志》："隋文帝（598）
分合阳于此置韩城县"，属同州冯翊郡。唐高祖武德三年设置西韩州，领河西、
合阳、韩城三县。武德八年移州治于韩城。唐太宗贞观八年州废，仍属同州，其
间共历14年。《新唐书·地理志》："韩城，上。武德八年徙置西韩州，贞观八年
州废，以韩城、河西、郃阳来属（同州），天祐二年更名韩原。有铁；有梁山；有
龙门山；有关。武德七年，治中云得臣自龙门引河溉田六（千余）顷。郃阳，望。
有阳班湫，贞元四年堰泬谷水成。夏阳，本河西，武德三年析郃阳置，又以河
西、郃阳、韩城置西韩州。"韩城五代后梁时一度改为韩原县，共18年，后唐仍
改回韩城县名。《唐会要》："（后梁）天祐二年（905）十二月改为韩原县，五代梁
属河中府，（后）唐庄宗同光元年（923）复韩原为韩城还属同州。"《太平寰宇
记》："后梁割属河中府，后唐天成元年（926）复旧。宋属同州冯翊郡定国军节
度。"韩城后梁时一度属河中府（治所在今山西永济蒲州镇），后唐又属同州。韩
城、河津在不同的政区范围内，并不互治，都创造了属于自己的辉煌历史。此不
细说，且看：

第三点：强调河津有司马后裔。在今河津市阳村街道西辛封村仍然生活着一
支司马后裔，而且他们有笏板等历史遗物，西辛封司马后裔并一直坚称自己就是
司马迁的后代。他们这种追宗思源，一直不忘自己就是太史公后人的精神是值得
充分肯定的。如今韩城，太史高坟屹立，高门司马故里祖茔仍在，司马后裔仍生
活在这里，热情好客的韩城人民欢迎你们认祖归宗，前来祭奠，共续秦晋千年之
好，共同发扬光大太史公精神，共同谱写国家黄河文化发展战略新篇。

第四点：强调"迁生龙门"。他们虽承认高门、华池是司马迁祖茔，却以"迁
生龙门"之句，臆断司马迁之世已经迁到河津，高门、华池乃为祖，河津西辛封
才是宗，把司马迁的家世无端二元化了，分作两段了。前边从司马错到司马喜居
于韩城高门原，后边从司马谈、司马迁父子就迁居河津了。其离太史公《自序》
文意远矣，其不明《水经注》："（陶渠水）又历高阳宫北，又东南径司马子长墓
北"之意明矣！既然《水经注》已经考察清楚司马迁墓在陶渠芝水边，更何况司
马迁说他生于龙门，只是用名山大川作为地望，并没有在《太史公自序》中说他
的家族迁徙到河津，争之还有何益？

且《太史公自序》在"迁为太史令"下载:"《博物志》:太史令茂陵显武里大夫司马(迁),年二(讹,当为三)十八,三年六月乙卯除,六百石。"如此,太史公举家当已迁往茂陵邑。西汉推行"徙陵制度",将巨室豪强迁入帝陵邑。据《汉书·武帝纪》:汉武帝于建元二年(前139)"初置茂陵邑"(为己预造陵墓)。元朔二年(前127)夏,"又徙郡国豪杰及訾三百万以上于茂陵。"太史公大约是这时随父亲举家迁到茂陵邑的,后又随父亲来到了国都长安城,跟随伏生学习《古文尚书》。"年十岁则诵古文。"如此,太史公家迁河津哪还有时间?也无迁去的动机。

还是引用《水经注》卷六,还河津秦汉地理以本来面目。《水经注》卷六:"汾水又西,经皮氏(今河津市)县南。《竹书纪年》:魏襄王十二年(前307),秦公孙爰率师伐我,围皮氏。翟章率师救皮氏围,疾西风。十三年,城皮氏。汉河东太守番系穿渠引汾水以溉皮氏,故渠尚存。今无水。"皮氏就是秦汉今河津的名称。

3. 合阳唐宋时才有"夏阳",与司马迁出生地无涉

近读《司马迁原是合阳人》文章,感觉应该答疑解惑,对这一说法进行认真解答,以正本清源。其文提出司马迁是合阳人的根据大约有二:一是韩城曾属合阳,二是合阳也有夏阳。这就要说一说合阳县的历史了。

第一阶段:隋以前郃阳曾并入夏阳(韩城)34年,夏阳(韩城)亦并入郃阳40年。

《水经注·河水》卷四:"河水又南,徐水注之。水出西北梁山,东南流径汉武帝登仙宫东,东南流,绝强梁原。右径刘仲城北,是汉祖兄刘仲之封邑也。故徐广《史记音义》曰:郃阳,国名也,高祖八年,侯刘仲是也。其水东南径子夏陵北,东入河。河水又南径子夏石室东,南北有二石室,临侧河崖,即子夏庙室也。"……"河水又径郃阳城东。周威烈王之十七年,魏文侯伐秦,至郑,还筑汾阴、雕阴,即此城也。故有莘邑矣,为太姒之国。《诗》云:在洽之阳,在渭之涘。又曰:缵女维莘,长子维行。谓此也。城北有瀵水,南去二水各数里,其水东径其城内,东入于河。又于城内侧中,有瀵水,东南出城,注于河。城南又有瀵水,东流注于河。水南犹有文母庙,庙前有碑,去城十五里。水,即洽水也,县取名焉。故应劭曰:在洽水之阳也。"

对合阳地形地貌作了详尽描述,概括起来就是:约在公元前21世纪,夏启封支子于莘(今合阳),称"有莘国",上属雍州。商因之。西周,有莘国改属畿内地。晋出公二十二年(前453)韩、赵、魏三分晋室后,莘地属魏"西河之地"。魏文侯十七年(前429)于黄河西岸合水(亦称洽水,清初断流)北岸筑城,取名"合阳城"。《诗经·大雅·大明》云:"在洽之阳,在渭之涘",这就是合阳名称的由来。秦惠文八年(前330)魏献西河之地于秦,秦置"合阳邑",上属内史郡。秦二世三年(前207),西楚霸王项羽划秦腹地为塞、雍、翟三国,号称"三秦",合阳属塞国(《史记·项羽本纪》:长史欣者,故为栎阳狱掾,尝有德于项

梁……故立司马欣为塞王，王咸阳以东至河，都栎阳）。西汉高祖二年（前205）灭塞，合阳归汉，属河上郡。高祖八年，刘仲被封在这里。合阳是汉高祖之兄刘仲的封邑（《史记·吴王濞列传》：高祖已定天下，七年立刘仲为代王。而匈奴攻代，刘仲不能坚守，弃国亡，间行走洛阳，自归天子。天子为骨肉故，不忍致法，废以为合阳侯）。高祖九年（前198）改属内史郡。景帝二年（前155）改"合"为"郃"，始设"郃阳县"，属内史郡。武帝太初元年（前104）属左冯翊郡。东汉光武帝建武元年（25），并郃阳入夏阳县（今韩城市）。明帝永平二年（59）复设郃阳县，上属左冯翊郡。这是郃阳第一次并入韩城县，共34年。北周明帝二年（558），撤销夏阳县，辖地并入合阳县。隋开皇三年（583）属同州。开皇十六年（596），郃阳县治由黄河西岸迁至县中部（今县城），改同州为冯翊郡，郃阳属之。隋开皇十八年（598）析合阳置韩城县，夏阳（韩城）并入合阳共40年。

第二阶段：唐朝时郃阳曾属韩城9年，韩城属合阳析出的河西县5年。唐武德三年（620），析郃阳东部黄河沿岸一带设"河西县"，并设置西韩州，领河西、合阳、韩城三县。武德八年（625）移州治于韩城。唐太宗贞观八年（634）州废，仍属同州。这是合阳第一次属韩城，共9年。唐肃宗李亨乾元三年（760），改河西县为夏阳县（唐《元和郡县图志·同州》：夏阳县，古有莘国，汉郃阳县地。（唐）武德二年分郃阳于此置河西县，在河之西，因以为名。乾元三年改为夏阳县。又割同州之郃阳、韩城二县于今县理置西韩州，取古韩国名名也。以何东有韩州，故以此加西）。五代后梁，韩城、郃阳、夏阳短暂属河中府（治所在今山西永济蒲州镇），后唐时复属同州。北宋神宗熙宁四年（1071），撤夏阳并入郃阳县，设夏阳镇（《宋书·地理志》同州：郃阳，上。熙宁四年，省夏阳县为镇入焉）。金仍为镇，后废（《金史·地理志》：郃阳有非山、瀵水、黄河。镇一：夏阳）。合阳之夏阳前后存在311年，此地现仍有夏阳村、夏阳渡。

而韩城之夏阳自秦惠文王十一年（前327）即设，至北周明帝二年（558）并入合阳，前后存在了885年，司马迁就出生在西汉时的韩城夏阳县。楚汉相争，韩信木罂渡夏阳，渡的就是韩城的夏阳，其时合阳尚无夏阳。合阳之夏阳较韩城之夏阳整整晚了202年，前后存在311年。包括芝川在内的濛水下游盆地，土地肥沃，物产丰富，一直是韩城经济文化核心区域，县治长期在此，如今少梁故地尚有东、西少梁村，夏阳故地尚有夏阳府村。而河西县、以及由河西改名的夏阳县，一直都在合阳沿河一带，县治就在今天合阳的夏阳村，何来芝川归河西县说？

第三阶段：金元时合阳曾属韩城54年，新中国成立后合阳并入韩城3年。韩城金宣宗贞祐三年（1215）升桢州，领韩城、郃阳两县（《金史·地理志》：韩城，贞祐三年为桢州，以郃阳县隶焉。镇二：寺前、良辅）。元世祖忽必烈至元元年（1264）州废。二年再立，治所迁薛峰土岭。六年（1269）撤桢州，复属同州，县治迁回原址。这是韩城第二次领属郃阳，共54年。明清，韩城、郃阳仍属同州（《明一统志·同州》：韩城县，金改桢州，元初罢州，复为韩城县。寻复置桢州，后罢，以县属同州。本朝因之，编户三十六里。……郃阳县，在州城东北一百二十里，古莘国地。汉始置郃阳县，属冯翊郡，以在郃水之阳，故名。后周属澄城郡。隋属冯翊郡。唐初属西韩州，贞观间州罢，属同州。五代梁属河中府，（后）唐复旧。宋复属同州，以夏阳县省入。金属桢州，后复属同州。元初属桢州，后仍旧。本朝因之，编户四十七里）。1958 年 12 月，郃阳县并入韩城县。1961 年 8 月 22 日，恢复郃阳县建制。这是郃阳第二次并入韩城，共 3 年。1964 年 9 月，改"郃"为"合"，称合阳县。

韩城、合阳一衣带水，历史上分分合合，合阳曾经两次并入韩城，共 37 年；两次属韩，共 63 年；韩城并入合阳一次，共 40 年。领属合阳析出的夏阳一次，5年。历史车轮碾压这些印记早已不复存在，我们敬仰史公，就应该共同一道在《史记》研究宣传推广上下功夫，在《史记》当代价值挖掘上继续再努力，共同讲好《史记》当代故事，凝聚起中国式现代化高质量发展磅礴力量！

司马迁的人格魅力与大学生的素质培养

＊本文作者彭宏业、王福栋。彭宏业，河北工程大学马克思主义学院讲师；王福栋，河北工程大学文法学院教授。

近代以来，西方学科的深度分化对我国的学术发展影响深远，不可避免地带来了学科壁垒日趋严重的副作用，而且日渐显示出其弊端和不足，传统的学术一体观正经历着一种崭新的回归。例如我们熟知的文学、历史、哲学是三个不同的学科门类，是三大研究领域。但我们又一直说"文史哲不分家"，实际上，岂止是文史哲不能分家，这三个学科与教育、艺术、宗教、军事等学科又岂能完全割裂？现在我们国家正在倡导新文科、新工科等教学理念，笔者以为，这其实是对我国传统学科观念的某种回归。关于此，我们可以司马迁为例来讨论一下。我国传统教育一直是综合性的，例如，我们的古人在讲授《史记》时，不但会讲授史书内容，同时还会对学生的道德观念、史学思想、审美判断、价值判断等进行有意识的培养，可谓"毕其功于一役"。鲁迅评价《史记》说它是："史家之绝唱、无韵之离骚。"① 而对于司马迁则没有给予足够的重视。愚以为司马迁的人格意义对于我们的大学生具有重要的借鉴意义和引导作用。司马迁出生在一个史官家庭，他的农耕经历、学习生活、漫游生涯以及临终受命并没有太多出奇之处。司马迁最令人敬佩的地方，是他在"李陵事件"前后所变现出来的道德品质和人生价值思考与抉择。

首先是他的道德品质。"李陵事件"中司马迁受罚是非常无辜的，他在《报任安书》中说自己与李陵的关系是："夫仆与李陵俱居门下，素非能相善也。趣舍异路，未尝衔杯酒，接殷勤之余欢。"简而言之，李陵和司马迁就只是同事而已，全无深交。那么司马迁为什么要在朝堂之上为李陵仗义执言呢？一是司马迁认为李陵品有高格，而且"常思奋不顾身，以殉国家之急"，颇有国士之风，值得尊敬。所以非常痛恨那些"举事一不当，而全躯保妻子之臣"，尤其痛恨他们"随而媒孽其短"的行径；二是惊叹于对李陵在抗击匈奴战场上的壮烈表现。司马迁谈到李陵在战场上的表现时说："且李陵提步卒不满五千，深践戎马之地，足历王庭，垂饵虎口，横挑强胡，仰亿万之师，与单于连战十有余日，所杀过当……转斗千里，矢尽道穷，救兵不至，士卒死伤如积。然陵一呼劳军，士无不起，躬自流涕，沫自饮泣，更张空弮，冒白刃，北首争死敌者。"李陵带兵以少击多，兵

---

① 鲁迅著：《汉文学史纲要》，北京：人民文学出版社 1956 年版，第 435 页。

士视死如归，种种表现都激荡着司马迁。所以当汉武帝问询司马迁关于李陵投降事件的意见时，司马迁本着宽慰皇上，堵塞那些攻击、诬陷李陵的朝官之口的目的而为李陵辩护，全然没有考虑自身安危。

当代的大学生已经完全不同于古代，但古今对人的道德要求却具有一致性。随着交通、通信、网络的急速发展，除了从学校、课本上学习道德要求，当代大学生可以很便利地从很多渠道获得多种多样的价值观和道德观念，高校对学生品德的培养变得不那么容易。国家因此十分重视大学生道德的培养，例如，2005 年教育部颁发的关于印发《高等学校学生行为准则》的通知，在开头部分说明制定行为准则的目的时说，为了全面贯彻党的教育方针，加强高等学校学生思想政治教育工作，引导学生坚定理想信念，形成良好的道德品质。又如，2019 年 4 月 30 日习近平总书记在纪念五四运动 100 周年大会上就对青年学生在道德上提出了要求、寄予了希望：青年要把正确的道德认知、自觉的道德养成、积极的道德实践紧密结合起来，不断修身立德，打牢道德根基，在人生道路上走得更正、走得更远。党的二十大报告则强调，育人的根本在于立德。司马迁欣赏李陵舍身报国的精神、痛恨那些落井下石之人的丑恶嘴脸，在朝堂上不顾个人安危仗义执言。这种精神是需要我们的大学生学习的，我们的社会要发展，国家要建设，靠那些精致的利己主义者是不行的，靠谁呢？当然是靠那些坚守正义、疾恶如仇，关键时刻能够仗义执言、能够挺身而出的俊杰之士。大学生是我们的希望，是国家未来建设者，他们的道德水平直接关系着我们国家、社会的发展方向，因此倡导大学生了解司马迁、学习司马迁是非常有必要的。

其次是他关于生命价值的思考正直的司马迁与李陵素无瓜葛却在皇帝面前仗义执言，实现了一个君子在道义上的自觉。然而这道义的代价却十分沉重——触怒了汉武帝，引来了杀身之祸。求生是人之常情，司马迁当然不例外。就司马迁而言，面对死刑，当时的汉朝法律是有可回旋的余地的——"令死罪（人）赎钱五十万减死一等"，或者接受"腐刑"。如果有足够多的钱，这是一道很简单的选择题。然而司马迁没有钱，而且没有人伸以援手："家贫，货赂不足以自赎，交游莫救，左右亲近不为一言。"那么摆在司马迁面前的路就只有两条：赴死或者接受腐刑。当时的司马迁 47 岁，身任太史令之职，虽俸禄很低但身为朝廷史官却也是很荣耀的一个官职。司马迁在《报任安书》中罗列了十重"辱"，最轻的是"不辱先（人）"，其次是"不辱身（体）"，第十重也是最重的"辱"就是司马迁所要面对的腐刑。中国士阶层素来就有"可杀不可辱"的道德信条，所以一般而言，赴死是司马迁保存名节的最好选择。司马迁并没有立即选择赴死，而是进行了严肃而认真的思考。他以为就此"死"去，生命没有任何价值，所谓："假令仆伏法受诛，若九牛亡一毛，与蝼蚁何以异？"轻易地死去，别人不会拿他之死与能殉节的人相比，只会认为他是智尽无能、罪大恶极，不能免于死刑，而终于走向死路罢了！那怎样的生命有价值？或者说如何才能让生命有价值？司马迁痛定思痛之后，说："古者富贵而名摩灭，不可胜记，唯倜傥非常之人称焉。"那么如何能成为"倜傥非常之人"呢？"三不朽"当是他最终的价值取向——"大上有立德，其次有立功，其次有立言，虽久不废，此之谓不朽。"结合着司马迁的太史令之职和父亲司马谈的临终受命，司马迁思考再三，决定要活下来，尽管是痛苦、悲哀地活下来也要活下来。因为他还有未尽的事业，他还想实现人生的不朽价值——他要完成《史记》，他要"立言"，他要通过《史记》"究天人之际，通古今之变，成一家之言。"他要实现永恒的"名"。司马迁找到了属于他的使命，所以司马迁无奈而又勇敢地选择了腐刑。

古今虽异，但人生大道却是相通的。大学生是我们国家的未来，他们虽然已经成年，但仍是一个需要特别关注的人群，仍需关注他们的成长。近年来，大学生自杀事件频繁发生，大学生是自杀的高危人群，其自杀率高于同龄人，并且有上升的趋势。一个个年轻的生命就此陨落，心理学专家、教育专家、社会工作者等都在探索大学生自杀的原因，有的归因于认知偏差、心理障碍、性格特征、心理应激、负面生活事件等。总结这些原因我们会发现大学生普遍存在生命价值认知上的迷惑，不清楚生命的价值该如何体现，更没有使命感可言。

如何解决上述问题？笔者以为除了在心理学、教育学等方面努力之外，从古代历史人物身上汲取精神营养也是一个可以尝试的办法。生与死是所有人都不得不思考的问题，很多古人都有过深刻的思考，例如司马迁就是其中很杰出的一个。古今中外，来过这个世界的人多得无法计算，然而只有少数人能为后人所熟知，在历史的城墙上刻下姓名的人非常少，其余的绝大多数人都成了筑墙的砖，没有人知道他们曾经来过，就像诗人臧克家所说的那样："有的人活着，他已经死了；有的人死了，而他还活着！"① 真正的死不是肉体的消逝，而是被忘却。那么如何才能不被忘却？那就必然得有价值，也就是必须实现生命的价值。司马迁给自己的定位是依靠"立言"（《史记》）实现"三不朽"，那么我们的大学生呢？他们正处于事业的起跑线，如司马迁一样的人生价值教育就如指北针一样，必要而重要。那么大学生应该怎样实现人生价值呢？立德，立功还是立言？作为普通人而言，其实我们只要能脚踏实地、坚定目标、坚忍不拔就已经很好了。而且历史上留下姓名的人并非都是从事非凡的事业，而是将一件普通的简单的事做到了极致，如蔡伦改进了造纸术、李春设计了一座赵州桥、毕昇发明了活字印刷、张若虚仅留一下一首《春江花月夜》……这些古人在各自的领域都做出了相应的贡献，历史上留下了他们的足迹。现代人又何尝不是？我们当代也有很多人会被永远铭刻在历史上，如航天员杨利伟、诺奖得主屠呦呦和莫言、奥运冠军石智勇……我们的大学生里面同样不乏这样的人物，如2019国际篮联三人篮球世界杯女子组夺冠的中国篮球队员天津财经大学的吴迪和她的队友们、2020年东京奥运会上的中国首枚金牌获得者射击运动员清华大学的杨倩、2021年国际大学生超算竞赛（SC21）夺得总冠军的清华大学的翟明书等人、2001年在WCG（世界电子

① 臧克家著，王晓编选：《臧克家诗选》，北京：人民文学出版社2018年版，第217页。

竞技大赛）星际争霸 2V2 项目中拿下属于中国电竞的首个冠军的中国选手马天元和韦奇迪。除了这些高大上的领域，在一些看似普通的领域，很多大学生同样轰动了全世界。比如 2020 年在世界大学生智力运动会（线上）桥牌比赛夺得公开团体赛冠军的天津师范大学的褚子杰和郭淞源等人，又比如在 2022 年的世界技能大赛上获得抹灰与隔墙系统项目金牌的浙江建设技师学院的马宏达和夺得光电技术项目金牌的重庆电子工程职业学院的李小松，再比如 2023 年获得全国自由式轮滑锦标赛轮滑花式绕桩－成年女子组冠军的齐鲁师范学院的秦雨晴……在平凡的大学生活中，还有很多这样的例子，大学生们默默地寻找自己的着力点，执着地努力、勤奋地思考，最终实现了自己独特的人生价值。人生如果能像司马迁那样思索并找到自己的人生价值所在，并将有限的精力投入自己的学习和事业中去，大学生的生活就会无比充实而丰富。

人是有使命的，使命是特定时代、社会和国家对于社会个体的要求，使命是客观存在的，不以人的意志为转移，无论你是否愿意接受，无论你是否意识到，是否感觉到它的存在，这种使命伴随人出生而降临到每个人身上。而使命感，是人对一定社会一定时代，社会和国家赋予的使命的一种感知和认同。人作为个体，势必要体现出自己独特的生命的价值才能得到他人的、社会的和历史的认同。一方面是个人的生命价值，需要在特定的时代、社会和国家环境下才能实现；另一方面是时代、社会和国家对个体的要求，需要个体无条件地服从。这两者是一种矛盾的关系，个体的价值只有符合时代大环境才能真正体现，而国家、社会的发展则有赖每个人都发挥自己的价值，才能实现。当代大学生尽可以自己探索自己生命的价值，包括自己创业、发展兴趣爱好等。然而，只有当他们清晰地认识到自己的历史使命，他们才能更好地实现自己的价值，他们才更有力量和奋斗的欲望。习近平总书记在很多场合都强调过大学生的人生价值和历史使命。例如，2021 年 4 月 19 日，在清华大学建校 110 周年校庆日即将来临之际，习近平总书记来到清华大学考察，勉励广大青年要肩负历史使命，坚定前进信心，立大志、明大德、成大才、担大任，努力成为堪当民族复兴重任的时代新人，让青春在为祖国、为民族、为人民、为人类的不懈奋斗中绽放绚丽之花。西汉武帝时代国家强盛，需要有人能撰写一部能够体现大汉王朝国家气象的历史书。而司马迁则具备了一个优秀史官的所有素质，并且还有"李陵事件"的刺激，正所谓"天将降大任于斯人也，必先苦其心志，劳其筋骨，饿其体肤，空乏其身，行拂乱其所为，所以动心忍性，增益其所不能。"于是才有了伟大的《史记》。我们的大学生有幸生在这个伟大的时代，他们只有尽力实现自己的人生价值，才能让自己的生活和工作更幸福。使国家更富强、更文明是当代大学生的历史使命，在这个宏伟蓝图的指导下，他们的人生价值才能更耀眼。

最后是司马迁强大的抗挫折能力。选择腐刑是司马迁的无奈之举。他选择实践他的使命，他要把自己的姓名留在历史之碑上，所以他就要承受常人所难以承受的巨大的耻辱，就像他在《报任安书》中写的那样："肠一日而九回，居则忽忽若有所亡，出则不知其所往。每念斯耻，汗未尝不发背沾衣也！"这种痛苦令司马迁时时不能忘怀，只要想到就会汗流浃背。腐刑给司马迁造成了严重的身心伤害，司马迁的自信更是丧失殆尽，他在给任安的信开头便说自己"身残处秽，动而见尤，欲益反损，是以独郁悒而无谁语。"他自称"刀锯之余"，后面又说自己"亏形为扫除之隶，在阘茸之中""交手足，受木索，暴肌肤，受榜箠，幽于圜墙之中。"司马迁甚至说："李陵既生降，隤其家声，而仆又佴之蚕室，重为天下观笑。"这个"笑"字由司马迁自己说出来，他的身心到底经历着什么样的痛苦是没有人能够理解和感受的。《周易》说："穷则变，变则通，通则久。"意为人在没有出路的时候心理就会发生变化，这种变化往往会产生意想不到的效果。面对自己的历史使命和悲惨的遭遇，司马迁最终在内心说服了自己，超越了简单的生死，他说："且勇者不必死节，怯夫慕义，何处不勉焉！仆虽怯懦，欲苟活，亦颇识去就之分矣，何至自沉溺缧绁之辱哉！且夫臧获婢妾，犹能引决，况仆之不得已乎？所以隐忍苟活，幽于粪土之中而不辞者，恨私心有所不尽，鄙陋没世，而文采不表于后也。"司马迁不是不怕屈辱，而是明知会受到屈辱而仍然勇敢面对，这才是真正的勇敢。并且司马迁的目的也非常明确，他怕自己死去而《史记》不能在后世显露。司马迁这段话里面有个重要的关键词，那就是"勇者"。一般而言，慷慨赴死是勇者行径，而在司马迁看来，隐忍苟活以图大业才是真正的勇者，有时候苟活比赴死更难，也更能体现人的抗挫折能力。司马迁重新定义了"勇"，而且靠着内心强大的"勇"抵抗着命运给他的巨大的挫折，将所有心血都奉献给《史记》的写作。《史记》最终完成了，"究天人之际，通古今之变，成一家之言"的目标也实现了，司马迁实现了真正的不朽。

当代大学生经历了层层选拔才进入高校，虽然知识水平达到了国家要求，但在其他方面如抗挫折能力则相对较弱，导致他们进入高校后面对挫折难免产生不适应。当他们面临学业上的压力、情感挫折、人际关系的压力，还必须面对就业前景的迷茫，这些足以使他们焦虑和抑郁。当这种不适应长期积累至一定程度又不能适时释放，一旦遇到某种刺激就难免会发生自残、自杀或者伤害同学、老师的行为。现在社会网络十分普及，网上总是能看到大学生自杀的新闻，而自杀的原因多是他们在生活中遇到了各种各样的挫折而不能正确应对，于是自杀的事件屡见网络。

那么该如何解决这个问题呢？这时候，大学生自身的抗挫折能力就显得特别重要。抗挫折能力是指个体遭受挫折情境时，能否经得起打击和压力，有无摆脱和排解困境使自己避免心理与行为失常的一种耐受能力，亦即个体认知挫折、抵抗挫折和应付挫折的一种能力[1]。"思想政治教育的目标是铸魂育人。"[2] 加强当代

---

① 陈晶晶：《论青少年抗挫折心理能力的培养》，《现代中小学教育》2011年第2期。

② 李忠军：《"铸魂育人"是思想政治教育本质核心内涵的探讨》，《思想理论教育导刊》2015年第10期。

大学生抗挫折能力的培养，有利于大学生自身的健康发展；有利于立德树人教育目标的实现，加强当代大学生挫折教育是十分重要的。笔者以为适时地在高校加强《史记》普及阅读、让大学生深入了解司马迁的不幸遭遇以及忍辱负重的精神，对培养大学生的抗挫折能力是很有必要的。司马迁是中国古代"士"的典型代表，他也十分认可"士可杀不可辱"的道德信条，认为一死便可以解决失去尊严的问题。然而司马迁没有选择死，他选择了屈辱地活着，为什么？因为他有深深的使命感，相较于用死来保留下自己的尊严，他以为忍辱偷生而完成自己的使命更重要，所以他选择了腐刑。当代大学生是没有如此大的挫折的，无论遇到什么挫折，总是有办法解决的，即使没有办法解决，只要活着就可以从头再来，年轻最不怕的就是失败。哪怕彻底失败年轻的大学生都能承受得来，而用死来逃避则是最不理智的选择。大学生是有使命的，近的是对家庭的使命，要对自己的父母亲人负责，父母养育儿女付出巨大，自杀对父母亲人打击甚大；远的是对社会国家的使命，国家调动各自资源培育学生，为的是能够为将来的发展培养、储备人才，而自杀则将国家和社会在教育上的投入毁于一旦。大学生的自杀将自身的使命弃之不顾，反映出他们使命感的缺失。所以我们需要让学生深入认识司马迁，了解他至死不渝的对于人生价值的追求，了解他对于父亲临终遗愿的重视，了解他忍辱负重以完成《史记》写作使命的极其强大的抗挫折能力，有时候，活着比选择死亡需要更大的勇气，而这往往能够促成主体在事业上取得很好的成就。

中华民族的传统文化有几千年的历史，像司马迁这样的无数的古人为我们留下了宝贵的精神财富，尽管时移世易，他们用生命总结出来的人生经验是无比宝贵的。作为他们的后人，我们想要站得更高、看得更远，我们就只有站在他们的肩头、充分借鉴他们的人生经验才能实现。司马迁一生坚持道义、忍辱负重，使本该消逝的生命焕发出无比耀眼的光芒，他的人生价值观和人生选择对我们今天的大学生大有巨大的启发意义，是"立德"二字的生动的历史阐释。

项羽与南京霸王山

＊本文作者王强，南京霸王山文化研究会尚武社副社长兼秘书长。

南京霸王山文化研究会搜集整理的《霸王山传说》，是一本民间故事集，讲的是公元前206年项羽与叔父项梁在吴中起兵反秦，项羽率领先锋部队渡过长江，在今南京市霸王山地区建立前沿阵地，屯兵4个月训练项家军，多次打败秦军的故事。"霸王山传说"已于2023年正式入选第五批南京市非物质文化遗产目录。项羽作为"兵形势"家代表人物，其独有的军事战法就是在霸王山地区实战中形成的。本文作一简要评说。

一、项羽作为义军先锋，北伐进军南京霸王山，建立前沿阵地

（一）项羽率兵渡江行，攻打棠邑初安营

公元前206年九月，项梁、项羽在会稽郡吴中起兵后，"广陵人召平于是为陈王徇广陵，未能下……乃渡江矫陈王命，拜梁为楚王上柱国。曰：江东已定，急引兵西击秦。"（《史记·项羽本纪》）项羽奉命率先锋军从吴中发兵西进，按广陵人召平提供的西征作战路线，从丹徒（今镇江）渡江攻打广陵。当义军到达丹徒江边时，见江面宽达15里，义军没有大型渡江船只，且广陵又有秦军重兵把守，无法组织有效地快速隐蔽渡江作战。项羽审时度势地从战略全局出发，果断放弃从丹徒西征渡江攻打广陵的计划。

项羽决定引义军从他当年与叔父避难吴中时走过的那条路，（"项梁杀人，与籍避仇于吴中。"《史记·项羽本纪》）北上伐秦。

项羽作为裨将率先锋军择江乘县燕子矶这一带渡江。江中有一洲（今八卦洲。秦时称"青沙"），将江水一分为二，每到秋冬枯水季节，水势平缓，宜于用小舟、竹筏渡江。项羽登上北岸，来到那片被后人称作"霸王山"的丘陵山麓。（《霸王山传说》）

项羽到霸王山后没几日，就联合英布的部将间武攻打棠邑城，这是项羽平生第一次带兵攻打城池，只率几十名精兵前来协同攻城，项羽自知城中秦兵有六七百之众。

"战斗一开始项羽就一人一骑奔至城下，冲着城楼大喊道：秦兵贼子，速来受死。"

"那秦军主将早接禀报，只见前方尘土满天，一队人马远远而来，正有点搞不清虚实时，见只有一小将单人匹马前来挑战，心中稍安，于是点一偏将虚开城门迎战。"

"忽刺刺一骑刚冲出城门外，项羽便策马迎将上去，未等来将发话，便大铁刀高举，力砍而下。那偏将大惊，急横矛过首以格挡，哪料到'咔嚓'一声，那矛不经项羽神力，应声而断，刀势不减，直将那将一个劈俩。"

"项羽横刀立马，大呼：还有哪个不怕死的，出城一战。"

"城中主将见状大惊，来将如此凶狠，如何能敌？尚未发话，大将蒙深见手下只一招便被劈于马下，睚眦欲裂，不待主将发话，愤然跃马冲出城外，直奔项羽而去，项羽也不搭理蒙深的咆哮，只举大铁刀杀将过去。蒙深使得一把大刀，刀法精准，上下翻飞，耍得泼水不进，奈何刀法再精妙，却架不住项羽的大铁刀刀重势沉，没几个回合便敌不过项羽，乱了刀法，项羽寻一破绽，将之斩于马下。守将见景，忙令关闭棠邑城门。城门关闭后，间武指挥兵卒用千斤破城木，欲撞开城门，无奈城门重千斤，根本无法撼动。项羽见景，抢过千斤破城木，运起神力，只十来下，便将棠邑城千斤重城门撞倒，义军士卒一拥而上，杀进城内，灭了守城秦军。解除了霸王山西北方向秦军对霸王山根据地的威胁，使义军站稳了脚跟。"（《霸王山传说》）

（二）轻奇巧袭金塘营，监视广陵秦军前沿

自项羽联合英布部将间武，取棠邑城后，由间武驻守，便回到霸王山。

一日，项羽坐军中帐，斥候来报。距义军大营以东二十余里金塘营，发现小股秦军，有四五十人。

项羽闻之，眉头微蹙："金塘营距吾大营最多一个半时辰路途……"

龙且道："是也！这小股秦军，若为秦军斥候，窥得吾等方位，回报广陵秦军大营，那广陵距吾大营不过百余里，驻有几万秦军，倘若来攻吾地，后果难料。"

项羽对龙且曰："兵贵神速。你速率五十骑兵和一百步卒，前往金塘营剿之。占领该地后，设立前哨驻守，拱卫霸王山，监视广陵秦军。切记，留活口带回。"龙且受命，遂率一百五十人马于午后直扑金塘营。

暮色降临前，龙且率队悄悄逼近金塘营两座不大的秦军行军帐。但见那秦兵进进出出，生火起灶。龙且将人马四下散开，布下两层包围。外层专司戒备，防溃敌逃窜。

部署停当，龙且一挥手，里层义军策马直冲秦军行帐。杀至帐前，几个秦兵猝不及防，尚未回过神来，便已人头落地。义军蜂拥冲入行帐。不多时，行帐内秦军鲜血四溅。外层义军收缩包围，奔涌过来。起先还有十几个持刀、矛、剑的秦兵意图反抗，很快就被义军砍倒在血泊中。龙且高喊："留下活口。"但为时已晚，只见帐里帐外躺着几十具尸首，几个奄奄一息者，亦不能言语。义军亦伤了

近十人。龙且很是懊恼，又觉饥肠辘辘，招呼士卒吃饭。秦军的四五十人饭菜，不够义军一百十号人吃喝，龙且差人再找粮造饭。此时只听一找粮的步卒大喊："这有秦贼。"众人呼啦上前，将吓得两腿筛糠的秦兵捉来。龙且大喜，见是一秦军百将，即刻审问。秦百将交代，这小股人马是驻瓜步大营的巡行队伍，每隔半月机动巡行一次，一次巡行来往五日，随行随驻。

翌日，龙且留下一屯长率一百二十人驻守金塘营，自领三十人押着秦军百将，带上缴获的秦军军服回霸王山复命。（《霸王山传说》）

（三）智取瓜步秦军营，扩大义军根据地

项羽从被俘的秦军百将口中得知，距义军大营不足三十里的瓜步有秦军步营，营内士卒千余人，距步营三里外汉江口官渡有秦水军约五百。项羽经过一番周密侦察、细致谋划，决定择日攻打瓜步秦军的水、陆大营。

攻打瓜步秦水、陆大营之日，项羽命虞姬率二百人留守霸王山大营。亲率骑兵三百、步卒及役夫八百，向瓜步进发。行至离瓜步秦军大营约五里时，一河横断去路（此河，唐时叫滁河，沿用至今）。时逢冬季枯水时节，河面甚宽，河水却不深。项羽早有准备，命役夫入河，打桩架桥。为避免打桩时发出声响惊动秦军，打桩锤皆用麻布包裹，将碗口粗木桩，一根根打入河中，再行铺竹排、垫木板以成桥面。骑兵则用蒿草、麻布缠裹马蹄，消除马蹄行进声响。

天色微明时，桥成，义军悄无声息地从栈桥上过了大河。

斥候来报：秦营四周掘有深两丈、宽三丈余沟壕，全凭吊桥方可进出。

龙且道："秦军军服正堪此用。"随即带头换上秦百将衣服，又挑四五十名身手极好的步卒，换上秦军兵服，乔扮成巡行回营的秦军，向吊桥走去。

龙且行至桥下，守卒道："大人此次巡行怎毫无收获？"龙且怕口音暴露，不敢应声，低首挥臂，示意守卒快放吊桥。守卒不疑有他，吊桥甫落，龙且率众疾速冲过，杀了惊慌失措的守桥卒，控制住吊桥，发出攻击信号。义军大队人马见信号迅猛直冲秦营。项羽手持利刃，一马当先，冲入秦营，左突右扫，手中利刃上下翻飞，杀得秦兵血溅四处，或是颈首相离，或是臂断腰斩，无人敢撄其锋。项羽直奔秦军大帐。季布紧随其后，众步卒高呼"伐无道，诛暴秦，复楚国！"是时，秦军大多尚在梦乡，忽闻杀声四起，尚未穿衣拿械，便被冲入营帐的义军取了性命。

一时间，道道血光惊人魂，声声哀号恸四野。

义军们奋勇杀敌，如风卷残云，午后时分，胜局已定。

项羽令龙且率一百五十骑兵、二百步卒及役夫留守瓜步秦军步营，新建义军前哨。对被俘的约五百秦兵，招降纳顺。冥顽不化者，立斩之。（《霸王山传说》）

（四）勇夺汉江口官渡战船，迎接项梁大军过江

寒冷冬夜，与陆路义军同时出发的三十余只小船、竹筏，顶着刺骨寒风沿江而行。这支临时组建的义军水军二百余人，多为江南水乡弄船人。数个时辰后，小船、竹筏上的士卒，已见秦军战船桅杆上灯火，义军统领知晓已到瓜步汉江口官渡附近，隐蔽待击。当闻三里外瓜步秦营传来隐隐鼓号声，得知项将军已发动攻击。水路义军统领立命四条小船上的钩拒手，用钩拒套牢旗舰，弓弩手举弓射杀旗舰上打盹的值夜秦兵。其他义军小船、竹筏则分散出击秦军其他战船。持匕首、刀、剑、斧的义军迅速用抓钩套牢秦军战船船帮，攀上各自既定的攻击目标，展开厮杀。

与秦军陆营一样，秦水军士卒也大多在梦乡，毫无戒备，只有少数流哨与义军厮杀抵抗。待秦水军大部惊醒后，蜂拥而来与义军厮杀，鏖战两个多时辰。因兵力悬殊，义军采用拉锯战拖住秦军，不让其战船驶出锚地。但终因义军人少势寡，渐显劣势。秦水军取得主动后，步步进逼，一时间，义军亦死伤甚众，有义军被迫跳下秦水军战船，撤回义军的小船、竹筏上。

危急时刻，马蹄声由远而近，喊杀声越发清晰。项羽骑着战马冲在最前，季布及义军六百余人马，沿堤而来，势如破竹，直逼秦军大小战船。秦水军见势，自知抵抗无果，纷纷弃械跪降。

项羽季布登船——查看秦军战船，大悦。命人将秦水军俘虏二百余人押往霸王山，命季布率临时水军和三百步卒，驻守瓜步汉江口官渡。

项羽回到霸王山大本营，向四周扩建义军营地，收集建营材料，以九龙洼原有军帐为依托，为项梁建造了中军大帐，并在霸王山方圆十里内的山洼里筑建营舍，方圆二十里地界内征集粮草马匹，为项梁率领的七千大军入驻霸王山做准备。一切妥当后，季布带几十精兵过江，给主帅项梁报信，约定三日后，迎请项梁率领的大军过江。

迎接项梁大军之日，项羽率已归顺的秦水军二百余人，抵达汉江口官渡，编入义军建制，同守官渡。项羽从官渡登船直下对岸的下江乘官渡，恭迎在那等候多时的主帅项梁。

项梁等登船后，项羽禀报了作为先锋军，渡江入驻霸王山后，去刘庄主家取回祖传兵书；攻棠邑、取金塘营、打瓜步之战况，及在棠邑城、金塘营、瓜步的水、陆设立前哨，监视广陵秦军，严防入侵，拱卫霸王山大本营的经过。（《霸王山传说》）

（五）胥浦大捷破敌阵，誓师北伐灭暴秦

一日派往广陵的斥候报：广陵秦军一万人马今晨已开拔，直奔霸王山大本营而来。项羽朗声笑道："天遂人愿，快哉，快哉！吾正欲直捣广陵，踏平秦军，为

陈王雪恨。不想彼竟斗胆来犯，正合我演练的'万人敌'阵法一试。"

项梁拊掌道："需多少兵马？何将相佐？"

项羽道："五千，闾武同往。"

项羽率领整军肃纪后的项家军，对阵广陵来犯的一万余秦军，人数稍劣。

项家军疾行，步卒小跑前进。项羽抬头望天道："棠邑至广陵120余里，秦军清晨出发已两个时辰。此番两军相向而行，最多两个时辰后遭遇，不如我军缓行，以逸待劳。"

行二三里，眼前一片开阔地带，路北边远处有些小山峦。此时已是未申交会之时，一派肃杀气氛。项羽在此摆下九龙八卦阵。坐等秦军前来，秦军约一个半时辰后与项家军遭遇，双方排开阵势，主将互通姓名。一阵风过，项羽也没听清，刀枪取胜，管他姓甚名谁。

项羽按照事先布阵，避其锋芒，两翼收缩，秦军见势包抄形成包围圈。瞬间，项家军排成"蛇蟠阵"，骑兵在内圈，硬弩发矢，实施远距离杀伤。步卒在外，以盾护身，专砍马腿，近前秦军骑兵多有伤亡。

秦军主将没承想项家军仗打得如此有章法，手下已损了数百人。正进退失据时，眼见对面项家军主将令旗一挥，恰逢狂风大作，飞沙走石，睁眼不得，耳边一片喊杀之声。项家军突然变作"雁形阵"各小队呈"锐状"一路砍杀，同时突围。

待到风势暂息，眼前的景象令秦军主将大吃一惊：身旁的副将手臂被砍伤，哀号不已。几名亲兵倒地身亡。再看包围圈内，空无一人。蓦然回首，项家军却在自己的身后，形成了对秦军的反包围。

项羽再挥令旗，项家军又变作"衡轭阵"。掩杀过去，分割包围秦军。秦军主将自忖，再战下去，必输全盘，下令撤军。

项羽大败秦军，歼敌五千余。

广陵守军尚有近万余人。秦将深谙"兵贵神速"。估摸项家军获胜后麻痹松懈，意杀个回马枪。岂料，项羽早有洞察，安排斥候，监视退败秦军的动向。胥浦东五里官道两边皆山峦，虽说不上冈崇岩峻，但满山的松树密密匝匝十分有利项家军设伏。

秦军主将率残部逃回广陵，郡守置办酒席为主将压惊，主将伏地叩首，声明次日定灭项家军。

第二天上午，主将抖擞精神，遴选了两名副将、一万余精兵。午饭后即刻开拔。两个多时辰过去，秦军已到了胥浦地界。虽然已是申时，天色尚明。满心想着偷袭成功的主将，举头望天。如此行军速度，西行抵达棠邑过早，倘暴露了行踪，深夜偷营将化为泡影。

下令原地休息，提前晚炊。正忐忑间，西面官道上烟尘滚滚。主将知道对方已有了准备，急命各队按序迎战。秦主将见"项家军"大旗，心里先怯了三分。

忙指挥军阵，舍命搏杀，阵脚渐稳。不料两侧山峦鼓声骤响，杀声震天，项家军伏兵全数掩杀过来。秦军主将眼看回天乏术，手下四散奔逃、主将彻底绝望了，自刎身亡。

项羽的"东征"，以少胜多。沉重打击了广陵秦军，拱卫了霸王山大本营。《霸王山传说》为次年初春北上伐秦，赢得了筹措粮草，招募人马的时间。项羽由吴中出发西征时的八千人，迅速发展到六七万人。

二、项羽在霸王山，屯兵四个月，训练项家军，操练"万人敌"战法

项羽依楚国军队建制操训新卒。霸王山十几座山峰下的洼地里，被一一平为操训之地，伐树、砍苇扩建营舍。一个"洼"，安置一千人，设二五百将一人。若此将姓"耿"，此洼地，即称为"耿家洼"，如此建营盘，便有了林家洼、王家洼、仇家洼、吴家洼和毕家洼。项梁和项羽的中军大帐叫九龙洼，一直沿用至今。

项羽不愧名将之后，继承了项家严明治军的传统，整军肃纪之初即定律数十条，依律治军。

战斗间隙，日日操训，重复单调，步卒难免生出厌倦之态、懈怠之情。那日，项羽巡察时，发现几个步卒持矛练刺动作迟缓、臂膀弯曲，未使全力，顿生怒火。立捆违纪的步卒及屯长、什长、伍长。集合各部二五百将、百将、屯长、什长、伍长，前来观看处罚过程。受罚步卒、屯长、什长、伍长被施以棍刑、鞭刑等，打得皮开肉绽。观者皆心生悸然，引以为戒。铁律之下，偷懒、耍滑、松懈状况绝迹。半月下来，义军战斗力整体素质大大提高。一日，项羽心情愉悦小酌，让虞姬舞剑助兴。虞姬漠然不动，面带怒色。项羽才知是因有乡民来诉，一曰骑兵操演时踩踏麦田，毁了麦苗；二曰有步卒白日侵扰渔家之女。

项羽闻之，拍案而起："竟有此等恶行，岂不是坏了义军名声，律不可恕。"派侍卫立查。侍卫回禀踩踏麦田和欺侮渔家女的步卒，皆已拿下。项羽、虞姬亲自将这些步卒捆绑至乡民家，当面鞭杖责罚，又拿出秦半两作为赔偿。

对侵扰渔家之女者，诛！

项羽要求每个步卒会使三种兵器。平日用练石（石锁）、牛筋条、藤条练习臂力、爆发力，强壮肌骨。

数日后，从棠邑城归来的项梁召集各路人马道："今亲人相聚，新年在即，按楚国传统当围猎取获，以贺佳节。"众人雀跃。项梁、项伯、项羽、项庄、龙且、季布、虞子期和自棠邑城赶来的英布，各带人马，以猎为阵，借机演练'万人敌'排兵布阵的战法。霎时，霸王山群峰鼓号齐鸣，呐喊声直贯云霄，划破了霸王山的静寂。黑松林里，耿家洼中，卸甲甸半坡半平的草甸上，吴家洼、毕家

洼平缓原野上,马蹄声声,惊鸟冲天,人声鼎沸,狍兔奔窜。

各路英豪显神通,进击时勇猛,撤退时善变。王山出没的狼、野猪、狍子、獐子、野兔,露头即被击杀。

日落时分,各路人马将猎物堆集在霸王山下九龙洼的中军大帐前。项梁委派项羽论功行赏。

各路大军汇聚霸王山后,项梁择一吉日偕项羽威风凛凛登上了那座刚刚搭起的"授旗台",按楚国祭祀礼仪行事。项梁跪于牌位前,双手托爵:"祖先在上,天、地、百神在看。今项氏后人望祭山川,请神决之。望众神及先人佑吾重组项家军,重振项氏名将世家雄威。吾今率项家军,伐无道,诛暴君,以血家仇国恨,亡秦复楚。"

项羽等项家后人及各路义军将领一一祭拜行礼起誓。

众人誓毕,项梁将"项家军"军旗郑重交于项羽道:"自今起,吾义军便以'项家军'为名,打'项'字义旗!吾项家乃将门世家,忠心报国,如今重整旗鼓,闻名天下的'项家军'又重见天日了!汝之父临终所言:楚虽三户,亡秦必楚。"

自此,霸王山上的义军,皆被百姓称作"项家军"。这支从霸王山崛起的项家军,此后跟随项羽出生入死,克敌制胜,成为后来楚军的主力,最终推翻了秦王朝。

项家军在霸王山期间,项羽演练儿时萌想的"万人敌"战法。

常常项梁、项伯、项羽、项庄、龙且、季布、虞子期、间武等各带一队人马,反复演练各种阵法,进行对抗演习。在霸王山各山尖山洼,薄雪覆盖的黑松林中,半坡半田的丘土堆上,卸甲甸的开阔地里,马蹄声疾震四野,齐声嘶吼沸云天。各色各形旗帜相互穿梭,旌旗列列。数万将士各自引阵入列,互为假想对手。运用九龙八卦阵、车悬阵、雁形阵、蛇蟠阵、衡矩阵、偃月阵、鱼鳞阵,阵阵有招。项梁熟知兵法,见招拆招;项羽则以形利势,山林沟坎,变化无穷;龙且是招招变化,犹如游龙戏水。

楚军后来击秦所用的阵法,都是在霸王山练就已久的阵法。以弓弩为先,持矛、戈的重步兵殿后,车、骑、步混成协同包抄。以"形""势"之魂先发制人的准则排兵布阵演练战法,使其锋芒锐利,势不可当。为"破釜沉舟"的决绝,巨鹿之战、彭城之战的胜利,埋下了伏笔。

时至隆冬,霸王山下练兵场上,项家军操练的士卒无不生龙活虎,汗流浃背。休息时,步卒们解下被汗水浸透的铠甲,铺地晾晒。数千只铠甲铺地,甚为壮观,"卸甲甸"地名由此而来,并流传至今。(《霸王山传说》)

三、项羽屯兵南京霸王山,实践"万人敌"的三大军事斗争特点

从《霸王山传说》中,总结项羽在霸王山军事斗争的三大特点:一是借鉴诸

子百家兵法，尤其是《尉缭子》的"兵形势"家作战特点，形成了项羽特有的"万人敌"战法，使其作战指挥的规律性变化无常，让对手无懈可击。二是善用轻疾制敌，以"疾、快、勇、狠"为长，打出了自己特有的"万人敌"战法。三是作战中创造性地对敌人以轻疾快速穿插闪击战，不给对手喘息之机，完全彻底地对敌方进行毁灭性的打击。

具体分析：

一是借鉴诸子百家兵法

尤其是《尉缭子》的"兵形势"家作战特点，使其作战指挥的规律性变化无常，让对手无懈可击。

具体的表现在棠邑之战中，项羽一马当先，斩了秦军守城二将之后，不是指挥士卒强行攻城，造成不必要的战场伤亡，而是利用自己单兵作战能力强的优势，勇猛抛扛起千斤破城木，以一己之力撞开棠邑城门，为义军顺利攻入城内扫除了障碍，开辟了通往胜利的道路，在吴中，项羽以自身"籍所击杀数十百人""籍长八尺余，力能扛鼎，才气过人"（《史记·项羽本纪》）的"势"的优势，在棠邑之战中，项羽先是连斩秦军二将，使对手胆怯。棠邑城秦军见状慌张紧闭城门是"形"虚的表现，项羽用千斤破城木撞开城门，义军攻入城内达到了战斗的目的，是项羽的"形"胜。

再从兵力的"形"上分析，棠邑之战，项羽只带几十名精兵，数量上为劣"形"。城中秦军六七百人，是秦军数量上的优"形"。但项羽运用《孙子兵法》中"势"的概念，先斩守城的干将，削其"势"，再充分利用个人"势"的能力，撞开城门，使义军顺势攻入城中，便将义军的劣"势"变成优"势"。

棠邑之战，项羽将劣"形"变成优"形"。"破军杀将，乘堙发机，溃众夺地，成功乃返，此力胜也"（《尉缭子》），项羽做到了。

由此联想到项羽在指挥巨鹿之战中，项羽两用善打恶仗的蒲将军，在楚军只有区区几万人的情况（后期各诸侯义军也参战）同秦军名将王离、章邯所率的四十万秦军主力作战。项羽用破釜沉舟之策，让楚军士卒知道，若战败则无后退可言，置死地而后生。起初各路诸侯军畏缩观望不前，项羽率楚军主动猛攻秦军，呈现楚军战败秦军的趋势，促动诸侯联军一起参战，使楚军从劣"形"转成优"形"。最终全歼王离军。八个月后又迫使章邯率二十万秦军全部投降。

回顾棠邑之战的战略战术与巨鹿之战有着异曲同工的相似，只是战斗规模一小一大。也正是项羽在霸王山期间以小规模的战场实践，奠定了项羽在未来推翻秦王朝的大战场上，能够把握住军事战场的主动权和把控战争进程的决策能力，逐步使项羽少年时萌想的"万人敌"战法在后来的战争中成为有效御敌的战法，为其成为一代战神，奠定了坚实的基础。清人郑板桥在评巨鹿之战时，写下了"项王何必成天子，只此快战千古无"的佳句。

项羽在霸王山期间学习诸子百家的兵法，强调军队的治军首先是要树立军队的灵魂，就是"治"。所谓的治军，就是军队要有精神支柱，项羽提出的"反秦复楚"就是士卒的精神支柱；其次是整理军队的秩序。项羽在北伐秦王朝的路上屡屡以少胜多的根本所在，就在于熟知了《尉缭子》中"凡兵有以道胜，有以威胜，有以力胜"的道理。项羽的"道胜"，即"反秦复楚"，"楚虽三户，亡秦必楚"的口号，符合当时广大民众的民情，"威胜"，项羽借助楚人对祖父项燕的威名敬仰，在霸王山成立项家军，引入其他五路义军入盟；"力胜"，则是项羽在瓜埠与秦军陆上、水上的战斗中体现了项羽如何将军队的战斗力、统帅作战指挥的能力和战斗方式的策略运筹，以及地形的利用，做到"天、地、人、和"的最佳统一。

二是善用轻疾制敌，以"疾、快、勇、狠"为长，打出了自己特有的"万人敌"战法

胥浦大捷是项羽充分利用作战区域内对自己有利的地形和空间加以布置，将广陵来犯的秦军，运用灵活多变的阵法将其分割包围，各个击破。在战斗中用九龙八卦阵、车悬阵、雁形阵、蛇蟠阵、衡矩阵、偃月阵等战法，指挥义军突击部队作为诱饵率先攻入敌阵后，使敌方误以为义军是盲目攻入其腹地，是义军一部孤军深入包围圈，正当秦军合围之时，项羽侧用蛇蟠阵实施反包围，并用偃月阵的钳形进攻之法，实施反分割包围敌方阵形。在分割包围敌阵后，又采用衡距阵对敌阵开展"切豆腐块"似的"拖、拉、拽、扯"，将敌方阵地再次分散包围成无数的小包围圈，使秦军首尾不能呼应，敌方作战单元被义军冲击肢解得支离破碎，形成蚕食效果，以最小化分割之态快速地歼灭之。"讲武料敌，使敌之气失而消散，虽形全而不为用之，叱道胜也。"（《尉缭子》）胥浦之战，项羽亲临战场，指挥已威震四方的项家军，以足智多谋地推演胥浦之战的战法，策略谋划，利用地形布阵，使只有五千人马的项家军打败了上万之众的秦军主力，又是以少胜多。项羽审时度势，充分发挥击敌的威势，"形势者，雷动风举，后发而先至，离合背乡，变化无常，以轻疾制敌者也。"精心运筹，造成最佳战场态势，取得了辉煌的战果。

项羽后来在打邯郸和巨鹿也是分割包围，割断了秦军漳水甬道形成的战斗资源补给通道的相互联系，将资源劣"势"的楚军，变成战斗资源的优"势"。

胥浦之战，项羽运筹项家军阵法，根据秦军阵形的变化，不断调整变化义军阵形，起到疾、快、勇、狠以快制敌的效果。针对秦军二次偷袭的战况，采用"欲擒故纵"埋伏深兵的战法，让秦军轻蔑项家军放松戒备，并事先谋划好战法，先于秦军欲偷袭尚未得手之际，命项家军主力攻入秦军后阵，再采用快速迂回穿插的阵法，将义军主力挥师到秦军主阵之中，核心就是集中优势兵力诱使秦军包围，项家军再反包围，形成内外夹击，瓮中捉鳖之"势"，一举全歼秦军。项羽一方面"事在未兆"的情况下，突然发起攻击秦军；另一方面又诱施迷惑，不断迂回穿插，频繁变化阵法，打出了前人未有的战法。此番战略战术上的指挥，项羽可谓是"战权在乎道之所极，有者无之，无者有之，安所信之"（《尉缭子》）

从"形"和"势"的方略审视胥浦之战第一阶段胜利后，项羽并未像秦军想象的麻痹松懈，而是派出斥候监视败逃广陵的秦军动态和数量，以防穷凶之敌反扑。果不出项羽所料，秦军动态频出和兵力数量上的优"势"。项羽则做到在战事之前就对敌情知己知彼的做出正确的判断，成为赢得战斗胜利的法宝。也是项羽在霸王山期间，在数次未战之前不断地平衡敌我"形"与"势"的力量，以"万人敌"之战法，将战前的战场布势、战中的凌敌、战后的威势三个重要的战斗元素串联起来，符合《汉书·艺文志》"兵形势"家特有的作战特征。

三是作战中创造性地对敌人以轻疾快速穿的手段闪击敌方的战术，不给对手喘息之机，完全彻底地对敌方进行毁灭性的打击

项羽第二次率义军来到霸王山时，一踏上霸王山的土地，就有派出前方侦查的斥候来报："发现了小股巡逻的秦军，约数十人。""此役，必须速战速决，绝不可因放走一个而走漏了消息。"项羽言毕，亲率百人埋伏，待秦军小队经过时，从山洼间突然冲出，打了秦军小部队一个措手不及。项羽身先士卒带头冲进敌阵，左砍右杀。众将士看主将如此勇猛，焉有不上前拼杀的道理，一顿饭工夫不到，便将秦军杀得一个活口都不留了。

巧袭金塘营之战，项羽引用"战不必胜，不可言战，攻不必拔，不可言攻"（《尉缭子》）的"兵形势"家战略战术攻略的原则，不打无把握之战。

从军事战略地位上讲，金塘营距霸王山义军根据地二十余里，虽秦军只有四五十人，但作为广陵秦军的斥候前哨，揳入霸王山义军前沿，显然是骨鲠在喉。只有拔除秦军前哨，拿下金塘营，才可拱卫霸王山根据地的安全，并监视广陵秦军的动向。这就是项羽的战略眼光"攻在于意表"。

项羽在巧袭金塘营战斗谋划中，采取"兵贵神速"之策，轻疾制敌的闪电战法，取得了成功。由此演绎出后来项羽在彭城之战中，用三万楚军轻疾精锐之师，击溃了汉军五十六万之众，消灭了汉军刘邦的主力。这种闪击战术，能够起到以少胜多的目的，是项羽把"兵形势"的"势"用到了极致。

项羽在指挥攻打瓜步秦军大营和夺取瓜步汉江口官渡秦水军的战斗中，义军的水军虽是临时拼凑起来的，且战斗资源与秦水军相比悬殊。义军在只有小舟和竹筏的情况下，项羽采取先快速奇袭，消耗秦水军一部有生力量的战术，当义军士卒力疲时，采用拉锯战术，同数倍于己的强大秦水军鏖战数个时辰，拖住秦水军，不使其有逃窜、撤退的机会，直至援军到来时，合力打败秦水军，夺得全部战船。就整个瓜步之战的战斗过程，剖析瓜步之战对后来项羽发起巨鹿之战的影响可以说是一场载入史册大战前的实战预演。也是项羽在霸王山期间，用兵之道上的历练成长。

在瓜步之战中，看"形"与"势"的对比，项羽率领的义军只有几百人攻打秦军大营，在"形"上是劣"形"，秦军大营则有千余人驻扎，属优"形"。项羽谋划其虚实，龙且乔装外出巡行归来的秦军分队，骗过把守吊桥的秦军士卒，抢占吊桥。以出奇制胜之"形"，项羽疾率隐蔽的轻骑发起突然攻击，直捣秦军中军帐，打掉敌指挥系统，使秦军在指挥瘫痪的情况下，失去整体战斗力，形成中央突破，中心开花，群龙无首之势，造成秦军快速溃不成军，兵败如山倒之"形"。

这三大特点，延伸到项羽一生的军事生涯中，可概括为：项羽善于麻痹迷惑敌方，善于厘清战斗指挥思维，善于观察战局变化并果断准确地指挥作战，善于捕捉敌之要害，善于在战役中以逸待劳，从而使整个军队保持强悍的战斗力。同时项羽善于利用"形"与"势"的战略战术，懂得先发制人，避实击虚，运用到具体实战的战略战术中。

庄子解惑死生认识的茫昧

＊本文作者乐松，商务部退休干部、中国史记研究会理事。

《庄子》开篇就提出了人生追求的逍遥游的境界，这是一个与道合一的逍遥的境界，不是人人都可以达到的。现实中大多数人却处于茫昧的状态，只有认识到自己的茫昧，解决了茫昧才有可能最终实现逍遥游。对死生认识的芒昧是其中特别重要的内容。

"芒"字在《庄子》原文中，出现过多次，《齐物论》首先提到："人之生也，固若是芒乎，其我独芒，而人亦有不芒者乎？"就说人的生命一直是这样茫昧不明，或者只有我自己是这样，而别人并不是这么茫昧呢？《大宗师》："芒然仿徨乎尘垢之外，逍遥乎无为之业。"此外在外篇和杂篇也有。《天下》："虽然，其应于化而解于物也，其理不竭，其来不蜕，芒乎昧乎，未之尽者。"《达生》："子独不闻夫至人之自行邪？忘其肝胆，遗其耳目，芒然彷徨乎尘垢之外，逍遥乎无事之业，是谓为而不恃，长而不宰。"《盗跖》："孔子再拜趋走，出门上车，执辔三失，目芒然无见，色若死灰，据轼低头，不能出气。"《说剑》："文王芒然自失，曰：'诸侯之剑何如？'"因此，从《庄子》原文之"芒"之用法来看，其意多为今之"茫昧"义，即处于茫昧不明、混沌不清的状况，而处于此状况，人亦不免有自失疲役之感。因此，庄子《齐物论》之"芒"也即是世间之人陷入是非、陷入成心之后的状态，亦是道隐而不彰、言隐而不实的现实使然。然使人陷入此茫然疲役之悲哀境地的原因，即为现实世界中人的分辨与计度，庄子亦以儒墨之是非使这种分辨进一步具象化了。

首先茫昧是庄子在什么情况下提出来的，针对的都是未曾闻道之时的茫昧无知。

《天运》："孔子行年五十有一而不闻道，乃南之沛，见老聃。"《论语·里仁》："朝闻道夕死可矣。"闻道是人生最重大的问题，哪怕苦苦追求一辈子也在所不惜。人生茫昧的状态在庄子笔下被描绘得栩栩如生：

> 一受其成形，不忘以待尽。与物相刃相靡，其行尽如驰，而莫之能止，不亦悲乎？终身役役而不见其成功，苶然疲役而不知其所归，可不哀邪？人谓之不死，奚益？其形化，其心与之然，可不谓大哀乎，人之生也，固若是芒乎，其我独芒，而人亦有不芒者乎？（《齐物论》）

这段描写十分逼真，描述人生从一开始就是与物缠斗不清的而且为了生存一直劳碌到死都不得解脱。问题在于，庄子遇到的问题应该与孔子的问题是一样的，就是人生之芒，所谓"人之生也，固若是芒乎，其我独芒，而人亦有不芒者乎？"其实可能几乎所有的人都是这样的茫昧而并非个例。因为追求外物，为各种世俗的东西束缚而不知所终。

关于上述齐物论中这一段发人深省的话，历代注释《庄子》之人有很多的评论。中国人民大学罗安宪教授认为："这是打开庄子人生论的一把金钥匙。"① 庄子哲学的最终落脚点都是人生论，笔者也以为只有理解了这一段话，直面了解了人生的种种艰难困苦才有可能进入庄子人生论的大厦里去。王博教授说："在物的世界中行进如驰流连忘返的人是悲哀的，他的心连同着他的形体一起都变成了物的奴隶。活着无异于死亡，因为他的心已经死了。也许更悲哀的是，人们并未意识到心的死去。意识到死去，还有重生的希望。意识不到，则永无回天之日。"② 一般人或未得道之人深陷与物相刃相靡直至生命尽头无力自拔，既是展现这种人生真实场景和悲惨现状，又充满了悲天悯人之情。庄子连续用了三个感叹："不亦悲乎""可不哀邪""人谓之不死，奚益？"结论就是不仅悲哀而且这种人生就算不死，活着又有什么意义呢！而且正像王博教授所说的那样，如果知道自己很茫昧尚且还好、还有希望，如若浑然不知、根本就没有意识到则更加可怕，就更加没有希望了。陈鼓应教授对此段也有一个很直接中肯的评论："庄子形象地写尽人间的悲苦和烦恼，引导人们思考，受情绪左右的假我，背后还有没有一个真我呢？"③ 不管是受情绪还是什么影响，要区分真我和假我，我感觉是说出了假我背后的真茫，茫昧正是人首先面临的大问题。林光华副教授评说："非常形象，非常准确，穿越时空，振聋发聩。"④ 在笔者看来，这也的确是一段对人生茫昧状态既真实又经典的描述，庄子这一段刻画的确非常准确，抓住了人生苦难的根源，刻画细腻、生动、入木三分。

笔者注意到，庄子在《养生主》一开头还讲过这么一句名言："吾生也有涯，而知也无涯。以有涯随无涯，殆已。"如何在一个有限的生命时长内去求取无限的知识，这是一个疲劳困苦的事情，一定意义上这也是"终身役役而不见其成功"，这两句话从不同侧面谈到了人生茫昧这同一个问题，解决的办法都必须是在道的层面去理解和认识方才可能明了。

庄子在《应帝王》中提出："至人之用心若镜，不讲不迎，应而不藏，故能胜物而不伤"的思想，庄子把至人的心比作镜子，如是的反映外在的客观世界，就像镜子一样，物去不送，物来不迎，一切自然而然。陈鼓应评论说："这个心境说，与'以明'一样，庄子强调要能如实反映万物，不为私欲和成见所有隐

---

① 罗安宪：《庄子"吾丧我"义解》，《哲学研究》2013 年第 6 期。

② 林光华：《放下心中的尺子》，北京：中国人民大学出版社 2019 年版，第 50 页。

③ 陈鼓应：《庄子解读》，北京：国家图书馆出版社 2017 年版，第 45 页。

④ 林光华：《放下心中的尺子》，北京：中国人民大学出版社 2019 年版，第 73 页。

蔽。"① 不想用心若镜竟然发展成所谓心境说，还跟"莫若以明"联系起来了，可见笔者追踪的从芒到明的主线是有意义的。

老子也讲："以道观物。"从道的角度观察物才是正确的，虽然现象世界中万物殊异、纷繁复杂、变化无常，但它们均以道为本、以德相通、以气相通，自然各尽其性、各得其所，）而庄子站在道的角度观万物，彼此是没有分别、没有界限，所以能够随顺万物之自性，自然而无为。《庄子山木》有言："物物而不于物，则胡可得而累邪"！也就是不要受制于物，要做物的主人，要努力摆脱人生的茫昧状态。庄子在《齐物论》中还讲道："天地与我并生，而万物与我为一"，也就是要达到物我齐一的最高境界。《秋水》里说：'以道观之物无贵贱；以物观之，自贵而相贱；以俗观之，贵贱不在己。"用自然的常理或道来看，万物本没有贵贱的区别。从万物自身来看，各自为贵而又以他物为贱。也就是不要受制于物，要做物的主人，要努力摆脱人生的茫昧状态。又如："岂唯形骸有聋盲哉？夫知亦有之！"（《齐物论》），这里的知通智，心智或智力。也就说心智上也像形体上一样也有聋和盲点，也就是人生的芒的地方。追求体道人生的目的首先就是要正确认识到茫昧的存在并努力去消除它。

生死也是身体茫昧的一部分。丽姬刚到晋国涕泣沾襟，后与王同筐床食刍豢（过上好日子后）后悔其泣也，庄子借此发问："予恶夫知夫死者不悔其始之蕲生乎？"（《齐物论》），看似反常的庄子踦踞鼓盆而歌《至乐》，"夫大块载我以型，劳我以生，息我以死，善我生善我死"（《大宗师》）"生为气之聚，死为气之散"（《知北游》），"死生为昼夜"（《至乐》）等卓越的见解。连孔子都说："未知生，焉知死"（《论语·先进》），也就是说生死是说不清的。老子言："吾所以有大患者，为吾有身；及吾无身，吾有何患？"（《老子》十三章）人最大的负担在于身体。在自我的得失之中，生死是排在第一位的。郭象："况利害于死生，愈不足以介意。"值得注意的是庄子的态度。崔大华认为："庄子在对生命短暂的深沉感叹中蕴涵着对现世生活、生命的积极的肯定，不同于原始佛教思想把现世生活、生命本身看作是苦难，因而对人生表现出憎恶、负担的那种关键和态度。"②庄子并不是悲观的。庄子对于这些刻意以求长寿者皆持贬斥之态度，甚至感慨："寿者惽惽，久忧不死，何之苦也！"（《至乐》）昏昏懵懂地久活于世，常常忧患着如何才能不死，是多么苦恼！同样在《至乐》，庄子妻死，惠子去吊问时，发现庄子竟然箕踞鼓盆而歌，因为他认为死也许不是最坏的。在《养生主》中，庄子讲到老聃死，秦失吊之，别人认为非夫子之友时，庄子认为：安时而处顺，哀乐不能入也。安心适时，顺应变化，哀乐的情绪便不能侵入心中。实际上简单地说就是不为生死所系。

---

① 陈鼓应：《庄子解读》，北京：国家图书馆出版社 2017 年版，第 130—131 页。
② 崔大华：《庄学研究》，北京：人民出版社 1997 年版，第 143 页。